DOUGLAS ADAMS
O GUIA DEFINITIVO DO MOCHILEIRO DAS GALÁXIAS

ARQUEIRO

The Hitchhiker's Guide to the Galaxy, copyright © 1979
por Completely Unexpected Productions Ltd.
The Restaurant at the End of the Universe, copyright © 1980
por Completely Unexpected Productions Ltd.
Life, the Universe and Everything, copyright © 1982
por Completely Unexpected Productions Ltd.
So Long, and Thanks for All the Fish, copyright © 1984
por Completely Unexpected Productions Ltd.
Mostly Harmless, copyright © 1992 por Completely Unexpected Productions Ltd.

Copyright do prefácio © 2002 por Neil Gaiman
Copyright da introdução © 1986 por Douglas Adams
Copyright da tradução © 2004, 2005, 2006 e 2020 por Editora Arqueiro Ltda.

Todos os direitos reservados. Nenhuma parte deste livro pode ser utilizada ou reproduzida sob quaisquer meios existentes sem autorização por escrito dos editores.

tradução: Carlos Irineu da Costa,
Marcia Heloisa Amarante Gonçalves e Paulo Henriques Britto
tradução do prefácio de Neil Gaiman e da introdução: Leonardo Alves
coordenação editorial: Alice Dias
revisão: Ana Kronemberger e Marlon Magno
diagramação: Ana Paula Daudt Brandão
design de capa e ilustrações: Gustavo Cardozo
foto de capa: Triff/ Shutterstock
impressão e acabamento: Geográfica e Editora Ltda.

CIP-BRASIL. CATALOGAÇÃO NA PUBLICAÇÃO
SINDICATO NACIONAL DOS EDITORES DE LIVROS, RJ

A176g   Adams, Douglas
O guia definitivo do mochileiro das galáxias / Douglas Adams; tradução de Carlos Irineu da Costa ... [et al.]. São Paulo: Arqueiro, 2020.
784 p.: il.; 16 x 23 cm.

Tradução de: The ultimate hitchhiker's guide to the galaxy
ISBN 978-85-306-0149-2

1. Ficção inglesa. I. Costa, Carlos Irineu da. II. Título.

20-62254   CDD: 813
CDU:82-3(73)

Todos os direitos reservados, no Brasil, por
Editora Arqueiro Ltda.
Rua Funchal, 538 – conjuntos 52 e 54 – Vila Olímpia
04551-060 – São Paulo – SP
Tel.: (11) 3868-4492 – Fax: (11) 3862-5818
E-mail: atendimento@editoraarqueiro.com.br
www.editoraarqueiro.com.br

SUMÁRIO

Prefácio: Como era o Douglas Adams?, por Neil Gaiman 7

Prefácio, por Bradley Trevor Greive 11

Introdução: Um guia para o Guia 13

VOLUME 1
O Guia do Mochileiro das Galáxias 19

VOLUME 2
O Restaurante no Fim do Universo 161

VOLUME 3
A Vida, o Universo e Tudo Mais 323

VOLUME 4
Até Mais, e Obrigado pelos Peixes! 479

VOLUME 5
Praticamente Inofensiva 615

Prefácio: Como era o Douglas Adams?

por Neil Gaiman

Ele era alto, muito alto. Tinha um ar de constrangimento impertinente. Combinava um intelecto afiado e uma compreensão do que estava fazendo com a expressão encasquetada de alguém que havia ido parar em uma profissão que o surpreendia em um mundo que o embasbacava. E ele passava a impressão de que, no frigir dos ovos, até que estava gostando.

Era um gênio, claro. Essa palavra costuma circular bastante hoje em dia, e é usada para se referir a praticamente qualquer coisa. Mas Douglas *era* um gênio, porque ele via o mundo de um jeito diferente e, acima de tudo, conseguia comunicar o mundo que ele via. Além disso, depois que a gente começava a ver do mesmo jeito que ele, não tinha mais volta.

Douglas Noel Adams nasceu em 1952 em Cambridge, na Inglaterra (pouco antes do anúncio da descoberta de um DNA mais influente ainda: o ácido desoxirribonucleico). Ele se descrevia como uma "criança estranha" que só foi aprender a falar aos 4 anos. Queria ser físico nuclear ("Nunca consegui, porque minha aritmética não prestava"), e depois foi estudar letras em Cambridge, com ambições que incluíam tornar-se parte da tradição de escritores/artistas performáticos britânicos (da qual os membros do Monty Python's Flying Circus são o exemplo mais conhecido).

Quando tinha 18 anos, bêbado no meio de um campo em Innsbruck, mochilando pela Europa, ele olhou para o céu cheio de estrelas e pensou: "Alguém devia escrever o Guia do Mochileiro das Galáxias." E então pegou no sono e quase, mas não exatamente, esqueceu a ideia toda.

Ele saiu de Cambridge em 1975 e foi para Londres, onde muitos de seus projetos de escrita e encenação tenderam, de modo geral, a não acontecer. Trabalhou com Graham Chapman, ex-Python, escrevendo roteiros e esquetes para projetos abortados (incluindo um show para Ringo Starr que continha o germe de *Starship Titanic*) e com o roteirista-produtor John Lloyd (eles tentaram vender uma série chamada *Snow Seven and the White Dwarfs* [Neves sete e as anãs-brancas], uma comédia sobre dois astrônomos em um observatório no monte Everest – "A ideia era ter um elenco mínimo, cenário mínimo, e a gente tentaria vender a série apelando para a fajutice").

Ele gostava de ficção científica, embora nunca tenha sido fã. Nesse período, ele se sustentava fazendo diversos bicos: por exemplo, foi contratado como guarda-costas por uma família árabe que fez fortuna com petróleo, um emprego que demandava o uso de um terno e noites a fio sentado em corredores de hotel ouvindo o apito de elevadores.

Em 1977, o produtor de rádio (e famoso escritor de mistérios) Simon Brett, da BBC, encomendou para ele uma comédia de ficção científica para a BBC Radio 4. A princípio, Douglas imaginou uma série de seis episódios de meia hora chamada *The Ends of the Earth* (Os fins da Terra) – histórias engraçadas que sempre acabavam com o fim do mundo. No primeiro episódio, por exemplo, a Terra seria destruída para liberar espaço para uma estrada cósmica.

Mas Douglas logo se deu conta de que, se a Terra ia ser destruída, precisava ter alguém para quem ela fosse importante. Alguém como um correspondente de... sim, *O Guia do Mochileiro das Galáxias*. E mais alguém... um homem que na proposta original de Douglas era chamado de Alaric B. No último segundo, Douglas riscou Alaric B e escreveu Arthur Dent em cima. Um nome normal para um homem normal.

Para os ouvintes da BBC Radio 4 em 1978, o programa foi uma revelação. Era engraçado – genuinamente sagaz, surreal e inteligente. A série foi produzida por Geoffrey Perkins, e os dois últimos episódios da primeira temporada foram escritos em parceria com John Lloyd.

(Eu fui uma criança que descobriu a série – sem querer, como a maioria dos ouvintes – no segundo episódio. Fiquei sentado no carro na entrada da garagem, passando frio, escutando poesia vogon e, depois, a frase "Ford, você está virando uma quantidade infinita de pinguins". Então me senti feliz; perfeita e indizivelmente feliz.)

A essa altura, Douglas já tinha um emprego de verdade. Ele era editor de roteiros da consagrada série de FC da BBC *Doctor Who*, na época de Tom Baker.

A Pan Books entrou em contato com ele com a ideia de um livro baseado na série, e Douglas se atrasou ligeiramente para entregar o original aos editores (reza a lenda que eles telefonaram e perguntaram, com algum desespero, em que pé ele estava no livro, e quanto ainda faltava. Ele respondeu. "Bom", disse o editor, tentando fazer o melhor possível em uma situação ruim, "termine a página que você está escrevendo, e vamos mandar um motoqueiro buscar daqui a meia hora"). O livro virou um sucesso surpreendente, assim como, não tão surpreendentemente, suas quatro continuações. E deu origem a um jogo de computador que também foi sucesso de vendas.

A série *O Guia do Mochileiro das Galáxias* usava os clichês da ficção científica para falar das questões que inquietavam Douglas, do mundo que ele observava, de suas reflexões sobre a Vida, o Universo e Tudo Mais. Conforme adentrávamos um mundo em que as pessoas realmente achavam que relógios digitais eram um negócio bem bacana, a paisagem tinha se transformado em ficção científica, e Douglas – com uma curiosidade incansável sobre assuntos científicos, um instinto para explicações e uma precisão atômica para acertar a piada – estava em perfeitas condições de comentar, explicar e descrever essa paisagem.

Li recentemente uma matéria comprida de jornal que demonstrava que o *Guia* era, na verdade, um longo tributo a Lewis Carroll (algo que teria surpreendido Douglas, que detestara o pouco que tinha lido de *Alice no País das Maravilhas*). Na realidade, a tradição literária da qual Douglas fazia parte era, pelo menos no início, a da Escrita Humorística Inglesa que nos proporcionou P. G. Wodehouse (que Douglas citava frequentemente como influência, embora a maioria das pessoas não percebesse, porque Wodehouse não escrevia sobre naves espaciais).

Douglas Adams não gostava de escrever, e foi gostando menos ainda com o passar do tempo. Era um romancista best-seller, aclamado e adorado, que não tentara se tornar romancista, e que não sentia muito prazer no processo de escrever romances. Ele adorava falar para plateias. Gostava de criar roteiros. Gostava de desbravar a última geração da tecnologia e inventar e explicar as coisas com um entusiasmo exclusivamente seu. A capacidade que Douglas tinha de furar prazos se tornou lendária. ("Adoro prazos", disse ele, certa vez. "Adoro o barulho que eles fazem quando passam voando por mim.")

Ele morreu em maio de 2001 – jovem demais. Sua morte pegou todos nós de surpresa e deixou no mundo um buraco enorme, do tamanho de um Douglas Adams. Nós tínhamos perdido tanto o homem (alto, afável, encarando com um sorriso gentil um mundo que o intrigava e encantava) quanto a mente por trás dele.

Deixou como legado vários romances que, por mais que tenham sido imitados, são, em última análise, inimitáveis. Deixou personagens sensacionais como Marvin, o Androide Paranoide, Zaphod Beeblebrox e Slartibartfast. Deixou frases que nos fazem rir com gosto enquanto reorganizam a fiação do nosso cérebro.

E fez parecer que era muito fácil.

Janeiro de 2002

(Muito antes de Neil Gaiman se tornar o autor best-seller de livros como *Deuses americanos* e *Lugar nenhum*, ou de quadrinhos como a série *The Sandman*, ele escreveu um livro chamado *Não entre em pânico*, uma história de Douglas Adams e *O Guia do Mochileiro das Galáxias*.)

Prefácio

por Bradley Trevor Greive

Com uma galeria de personagens bizarros e tantas reviravoltas abruptas na trama que você se sentirá em uma montanha-russa, O Mochileiro das Galáxias é, sem dúvida, uma das mais criativas e cômicas séries de aventura já escritas.

Mas o que torna o texto de Douglas Adams tão hipnótico? Além do fato de ser considerado por muitos um dos autores mais perspicazes de nossos tempos, ele também se envolveu profundamente com a literatura e a ciência. A leitura, o humor, os animais selvagens e a tecnologia eram suas grandes paixões, e ele soube reunir esses interesses aparentemente disparatados com toda a concisão e a energia de um supercondutor de partículas atômicas, inundando seus leitores com um dilúvio de hilariantes conceitos abstratos e teorias perversamente avançadas.

Adams nasceu em Cambridge, na Inglaterra, em 1952. Sob a orientação de alguns professores dedicados, desenvolveu um intelecto privilegiado durante seu período na escola. O que lhe faltou em termos de agilidade física, ele compensou com seus neurônios ágeis, impressionando seus mestres e colegas com pensamentos originais, introspecções profundas e um humor avassalador.

De acordo com o que se diz, ele viveu para escrever, mas essa versão se opõe à sua própria confissão de que escrevia "de forma lenta e dolorosa". Por outro lado, há relatos de sua habilidade invejável de gerar página após página de puro brilhantismo, com um editor desesperado bufando sobre seus ombros. Curiosamente, mesmo após ter obtido sucesso internacional, tornou-se famoso nos círculos literários por fazer qualquer coisa, menos escrever. Sua impressionante falta de autoconfiança muitas vezes chegou a incapacitá-lo a tal ponto que simplesmente não conseguia enfileirar duas palavras.

A trajetória de Adams jamais foi previsível. Em um determinado momento, com suas ocupações literárias temporariamente "em suspenso", ele foi empregado como "limpador de galinheiros e guarda-costas da família governante do Qatar". Mas finalmente encontrou seu lugar ao produzir a série de rádio da BBC em que *O Guia do Mochileiro das Galáxias* é baseado.

Embora se declarasse "um ateu radical", seus livros demonstram um sentido claro de justiça e compaixão. No início achei isso um pouco estranho, mas depois compreendi o que ele queria dizer. A maneira como você se comporta hoje, como explora os talentos e as oportunidades, é uma coisa muito mais importante para um ateu genuíno do que para um religioso. O que você faz nesta vida torna-se incrivelmente importante, já que você só tem essa única possibilidade de fazer a coisa certa, de contribuir de alguma forma para aqueles que você ama ou que seguirão seus passos.

Adams usou sua importância, seu intelecto e sua energia para contribuir de várias formas. Viajou ao redor do mundo para documentar as espécies em risco de extinção para o livro *Last Chance to See* (Última oportunidade para ver) e se tornou patrono dos projetos The Dian Fossey Gorilla Fund e Save the Rhino International. Entre suas muitas ações para apoiar este último, escalou o Kilimanjaro fantasiado de rinoceronte para ajudar a divulgar sua causa.

Sua crítica social afiada é recoberta pelo mais fino humor, tornando-se por vezes áspera e adoravelmente ofensiva. A tecnologia era uma grande paixão de Adams, que provavelmente possuiu e usou mais computadores da Apple do que qualquer outra pessoa, a não ser talvez o próprio Steve Jobs. Ele era um tanto peculiar nesse ponto, achando que a tecnologia poderia ser usada para salvar nosso planeta de quase todos os males, incluindo o tédio e a extinção da espécie.

Douglas Adams era um indivíduo extraordinário, que deixou um enorme vazio nesta dimensão quando morreu de um ataque cardíaco no dia 11 de maio de 2001. Muitas pessoas sentem uma enorme falta dele, mesmo aquelas que, como eu, nunca apertaram sua mão. Em breve você entenderá o porquê.

Esta edição, que reúne os "cinco livros da trilogia" em um só volume, é uma oportunidade de dar um mergulho ainda mais profundo na obra desse autor tão incrivelmente complexo. A genialidade de Douglas Adams e a forma como ele usa situações absurdas para nos fazer rir de nós mesmos certamente encontrarão ecos no amor pela vida e no bom humor que meus amigos brasileiros têm de sobra.

Divirta-se!

Introdução: Um guia para o Guia

Algumas observações imprestáveis do autor

A história de *O Guia do Mochileiro das Galáxias* ficou tão complicada que eu contradigo a mim mesmo sempre que a conto, e quando finalmente acerto alguém repete errado. Então a publicação desta edição em volume único parece uma boa oportunidade para botar os pingos nos is – ou pelo menos nos jotas. Por mim, se alguma coisa sair errado desta vez, vai ficar errado para sempre.

A ideia do título pipocou na minha cabeça pela primeira vez quando eu estava caído, bêbado, no meio de um campo em Innsbruck, na Áustria, em 1971. Não particularmente bêbado, só com a tonteira que dá quando alguém toma um par de Gössers fortes depois de ter passado dois dias seguidos sem comer nada, em função de ser um mochileiro duro. Tratava-se de uma ligeira incapacidade de ficar em pé.

Eu estava viajando com um exemplar do *Hitchhiker's Guide to Europe* (Guia do mochileiro pela Europa) de Ken Walsh, um exemplar muito surrado que eu tinha pegado emprestado com alguém. Na verdade, como isso foi em 1971 e eu ainda tenho o livro, agora já devia ser considerado roubado. Eu não tinha um exemplar de *Europe on Five Dollars a Day* (Na Europa com 5 dólares por dia) porque eu não estava nesse patamar financeiro.

A noite começava a cair no campo enquanto ele girava vagarosamente embaixo de mim. Eu estava pensando aonde poderia ir que fosse mais barato que Innsbruck, rodopiasse menos e não fizesse comigo o tipo de coisa que Innsbruck tinha feito naquela tarde. O que aconteceu foi o seguinte. Eu tinha caminhado pela cidade tentando achar um endereço específico e, como estava fatalmente perdido, parei para pedir informações a um homem na rua. Eu sabia que talvez não fosse fácil, porque não falo alemão, mas fiquei surpreso ao constatar o tamanho da dificuldade que eu estava tendo para me comunicar com aquele homem específico. A verdade que se revelou gradativamente para mim, enquanto tentávamos em vão compreender um ao outro, foi que, de todas as pessoas em Innsbruck que eu poderia ter abordado para perguntar, o indivíduo que eu havia escolhido não falava inglês, não falava francês, e era também surdo e mudo. Com uma série de gestos sinceros com as mãos para pedir desculpas, desenrolei-me, e alguns minutos depois, em outra rua, abordei outro homem que também acabou sendo surdo e mudo, e foi aí que comprei as cervejas.

Voltei a me aventurar rua afora. Tentei de novo.

Quando o terceiro homem com quem falei se revelou surdo e mudo e ainda por cima cego, comecei a sentir um peso terrível se acomodando nos meus ombros; para todo lado que eu olhava, as árvores e os prédios assumiam um aspecto sinistro e ameaçador. Fechei bem meu casaco em volta do corpo e me esgueirei às pressas pela rua, sacudido por uma ventania súbita. Esbarrei em alguém e pronunciei um pedido de desculpas gaguejante, mas o sujeito era surdo, mudo e incapaz de me entender. O céu baixou. O asfalto pareceu se entortar e girar. Se nessa hora eu não tivesse entrado por acaso em uma viela e passado por um hotel onde estava acontecendo um evento para surdos, é bem possível que minha mente tivesse se desintegrado de vez e eu passasse o resto da vida babando e escrevendo o tipo de livro que fez a fama de Kafka.

Daí que fui parar deitado em um campo, com meu *Hitchhiker's Guide to Europe*, e quando as estrelas apareceram me ocorreu que, se alguém escrevesse também um *Guia do Mochileiro das Galáxias*, eu pelo menos iria voando. Depois de pensar isso, logo peguei no sono e esqueci tudo por seis anos.

Fui para a Universidade de Cambridge. Tomei alguns banhos – e saí na beca com um diploma de letras. Eu pensava muito em garotas e no que tinha acontecido com minha bicicleta. Mais tarde, virei escritor e trabalhei em muita coisa que quase fez um sucesso incrível, mas na verdade acabou não dando em nada. Outros escritores vão entender.

Meu projeto de estimação era escrever algo que combinasse comédia e ficção científica, e foi essa obsessão que me lançou em um poço de dívidas e desespero. Ninguém tinha interesse, exceto, finalmente, um homem: um produtor de rádio da BBC chamado Simon Brett, que tinha tido a mesma ideia de misturar comédia e ficção científica. Embora Simon só tenha produzido o primeiro episódio antes de sair da BBC para se concentrar em seus próprios escritos (ele é mais conhecido nos Estados Unidos por seus excelentes livros de mistério com Charles Paris), tenho uma dívida imensa de gratidão só de ele ter feito a coisa acontecer. Ele foi sucedido pelo lendário Geoffrey Perkins.

Na forma original, o programa ia ser bem diferente. Eu estava me sentindo meio insatisfeito com o mundo na época e tinha preparado uns seis enredos, e cada um deles terminava com a destruição do mundo de um jeito diferente, e por motivos diferentes. O título ia ser "Os fins da Terra".

Enquanto eu completava os detalhes da primeira trama – em que a Terra era demolida para abrir espaço para uma nova via expressa hiperespacial –, percebi que eu precisava de alguém de outro planeta que pudesse falar para o leitor o que estava acontecendo e fornecer o contexto que a história exigia. Então eu tinha que resolver quem era esse sujeito e o que ele estava fazendo na Terra.

Decidi chamá-lo de Ford Prefect. (Essa era uma piada que não fez o menor sentido para os ouvintes americanos, claro, já que eles nunca tinham ouvido falar do carrinho com esse nome esquisito, e muitos acharam que fosse um erro de digitação da palavra *Perfect*, perfeito em inglês.) Expliquei no texto que a pesquisa irrisória que meu personagem alienígena tinha feito antes de chegar a este planeta o levara a crer que esse nome seria "belamente discreto". Ele só havia se enganado quanto à espécie dominante.

Então como esse erro aconteceria? Lembrei que, quando eu mochilava pela Europa, era comum receber informações ou conselhos desatualizados ou equivocados em algum sentido. A maioria, claro, vinha de relatos que outras pessoas faziam de suas experiências de viagem.

A essa altura, o título *O Guia do Mochileiro das Galáxias* pulou de repente na minha cabeça de novo, saído sabe-se lá de que buraco em que ele ficou escondido esse tempo todo. Decidi que Ford seria um pesquisador que juntava informações para o *Guia*. Assim que comecei a desenvolver essa noção específica, ela se deslocou inexoravelmente para o centro da trama, e o resto, como diria o criador do Ford Prefect original, é bobagem.

A história cresceu de um jeito extremamente convoluto, o que deve surpreender muita gente. Como eu estava escrevendo de forma episódica, sempre terminava um episódio sem a menor ideia quanto ao que haveria no seguinte. Quando, nas idas e vindas da trama, acontecia algo que de repente iluminava momentos que tinham passado antes, eu ficava tão surpreso quanto todo mundo.

Acho que a postura da BBC em relação ao programa na época em que ele estava em produção foi muito semelhante à que Macbeth tinha quanto a matar pessoas – dúvidas iniciais, seguidas de um entusiasmo cauteloso, e depois mais e mais inquietação diante da dimensão do ato e sem fim à vista. Boatos de que Geoffrey e eu e os técnicos de som passávamos semanas a fio enterrados em um estúdio subterrâneo, demorando para produzir um único efeito sonoro o tempo que outras pessoas levavam para produzir uma série inteira (e roubando de todo mundo o tempo de estúdio para fazê-lo), eram rejeitados vigorosamente, mas absolutamente verdadeiros.

O orçamento da série cresceu a ponto de praticamente dar conta de bancar alguns segundos de *Dallas*. Se o programa não tivesse funcionado...

O primeiro episódio foi ao ar na BBC Radio 4 às 22h30 de 8 de março de 1978, quarta-feira, com um estrondo imenso de propaganda nula. Morcegos ouviram. Um ou outro cachorro latiu.

Depois de algumas semanas, chegou uma carta. Então... alguém no mundo tinha escutado! Aparentemente, as pessoas com quem eu falava gostaram de Marvin, o Androide Paranoide, personagem que eu tinha incluído para servir de piada em uma cena e que só desenvolvi mais por insistência de Geoffrey.

Aí alguns editores ficaram interessados, e a Pan Books, na Inglaterra, me encomendou a série em forma de livro. Depois de procrastinar muito e me esconder e inventar desculpas e tomar banhos, consegui terminar mais ou menos dois terços do negócio. A essa altura, eles disseram, com muita simpatia e educação, que eu já havia furado dez prazos, então que por favor terminasse a página que eu estava escrevendo e os deixasse pegar aquele diacho.

Enquanto isso, eu estava ocupado tentando escrever outra série e também compunha e editava roteiros para a série de TV *Doctor Who*, porque, ainda que fosse muitíssimo interessante ter sua própria série de rádio, especialmente uma que alguém tinha mandado uma carta para dizer que escutou, não chegava a pagar o almoço.

Então a situação era mais ou menos essa quando o livro *O Guia do Mochileiro das Galáxias* foi publicado na Inglaterra em setembro de 1979 e apareceu em primeiro lugar na lista de mais vendidos do *Sunday Times* e continuou lá. Obviamente, alguém tinha escutado.

É aí que as coisas começam a complicar, e foi isso que me pediram para explicar nesta introdução. O *Guia* apareceu em tantas formas – livros, rádio, uma série de televisão, discos e até um filme –, sempre com uma trama diferente, que às vezes confundia até os seguidores mais fiéis.

Então aqui vou destrinchar as versões diferentes – sem incluir as diversas adaptações para o teatro, que não foram vistas fora do Reino Unido e só complicam mais ainda a história.

A série radiofônica começou na Inglaterra em março de 1978. A primeira temporada consistia em seis programas, ou "peças", como chamavam antigamente. Peças 1 a 6. Fácil. Depois, no mesmo ano, foi gravado e transmitido mais um episódio, tipicamente conhecido como episódio de Natal. Não continha absolutamente nenhuma referência ao Natal. Ele foi chamado de episódio de Natal porque foi transmitido no dia 24 de dezembro, que não é o Natal. Depois disso, as coisas foram ficando cada vez mais enroladas.

No outono de 1979, o primeiro livro do *Guia* foi publicado na Inglaterra, com o título *O Guia do Mochileiro das Galáxias*. Era uma versão consideravelmente ampliada dos quatro primeiros episódios da série radiofônica, em que alguns dos personagens se comportavam de um jeito completamente distinto e outros se comportavam exatamente do mesmo jeito, mas por motivos completamente distintos, o que dá no mesmo mas dispensa a necessidade de reescrever diálogos.

Mais ou menos na mesma época, saiu um disco duplo que, por sua vez, era uma versão ligeiramente abreviada dos quatro primeiros episódios da série radiofônica. Essas não eram as mesmas gravações das transmissões originais, e sim gravações totalmente novas com roteiro praticamente idêntico. Foi feito assim porque tínhamos usado discos de gramofone para as músicas de fundo, o que funciona no rádio, mas em um álbum comercial é impossível.

Em janeiro de 1980, foram transmitidos cinco episódios novos da série na BBC Radio, tudo em uma semana, levando o total de episódios a doze.

No outono de 1980, o segundo livro do *Guia* foi publicado na Inglaterra, mais ou menos na mesma época em que a Harmony Books publicou o primeiro nos Estados Unidos. Era uma versão muito consideravelmente revista, reeditada e abreviada dos episódios 7, 8, 9, 10, 11, 12, 5 e 6 (nessa ordem) da série radiofônica. Caso isso tenha parecido simples demais, o livro foi chamado de *O Restaurante no Fim do Universo*, porque incluía material do episódio 5 da série radiofônica, que se passava em um restaurante chamado Milliways, também conhecido como o Restaurante no Fim do Universo.

Mais ou menos na mesma época, foi feito um segundo disco com uma versão bastante reescrita e ampliada dos episódios 5 e 6 da série radiofônica. Esse álbum também foi chamado de *O Restaurante no Fim do Universo*.

Enquanto isso, uma série de seis episódios do Guia para a televisão foi produzida pela BBC e transmitida em janeiro de 1981. Ela se baseava, mais ou menos, nos seis primeiros episódios da série radiofônica. Em outras palavras, ela incorporava a maior parte do livro *O Guia do Mochileiro das Galáxias* e a segunda metade de *O Restaurante no Fim do Universo*. Portanto, embora seguisse a estrutura básica da série radiofônica, ela incorporava revisões dos livros, que não seguia.

Em janeiro de 1982, a Harmony Books publicou *O Restaurante no Fim do Universo* nos Estados Unidos.

No verão de 1982, um terceiro livro do *Guia* foi publicado simultaneamente na Inglaterra e nos Estados Unidos, chamado *A Vida, o Universo e Tudo Mais*. Esse não se baseava em nada que já tivesse sido ouvido ou visto no rádio ou na televisão. Na verdade, ele contrariava categoricamente os episódios 7, 8, 9, 10, 11 e 12 da série radiofônica. Esses episódios, como você deve lembrar, já haviam sido incorporados de forma revista no livro *O Restaurante no Fim do Universo*.

A essa altura, fui para os Estados Unidos para escrever um roteiro de cinema que divergia completamente de quase tudo que tinha acontecido até então, e, como a produção desse filme depois atrasou (corre um boato de que as filmagens vão começar pouco antes da Última Trombeta), escrevi o quarto e último livro da trilogia, *Até Mais, e Obrigado pelos Peixes!*. Ele saiu na Grã-Bretanha e nos Estados Unidos no outono de 1984 e, na prática, contrariava tudo que tinha saído até então, incluindo ele próprio.

Como se isso tudo não bastasse, escrevi um jogo de computador para a Infocom chamado *The Hitchhiker's Guide to the Galaxy*, que tinha apenas uma vaga semelhança com tudo que já havia recebido esse título antes, e, em colaboração com Geoffrey Perkins, reuni *The Hitchhiker's Guide to the Galaxy: The Original Radio Scripts* (publicado na Inglaterra e nos Estados Unidos em 1985). Essa foi uma iniciativa interessante. O livro, como o título sugere, é uma coletânea de todos os roteiros para rádio, tal como foram transmitidos, e é, portanto, o único exemplo de publicação do Guia que reflete de forma correta e coerente alguma outra. Fico um pouco incomodado com isso – e é por esse motivo que a introdução desse livro foi escrita *depois* do volume final e definitivo que você está lendo agora e, claro, o contradiz categoricamente.

Muita gente me pergunta como sair do planeta, então preparei umas observações breves.

Como sair do planeta

1. Ligue para a NASA. O telefone deles é (1-202) 358-0001. Explique que é muito importante você sair o mais rápido possível.
2. Se eles não colaborarem, ligue para qualquer amigo que você tiver na Casa Branca – (1-202) 456-2121 – para pedir que quebrem seu galho com o pessoal da NASA.
3. Se você não tiver nenhum amigo na Casa Branca, ligue para o Kremlin (dê para a telefonista o número 7495 697-03-49). Eles também não têm nenhum amigo lá (pelo menos nenhum digno de nota), mas parece que têm um pouco de influência, então não custa tentar.
4. Se isso também não der certo, ligue para o Papa e peça conselhos. O número dele é 39.06.698.83712, e acho que a central dele é infalível.
5. Se todas essas tentativas fracassarem, faça sinal para um disco voador que estiver de passagem e explique que é crucial você sair do planeta antes que a conta do telefone chegue.

Douglas Adams
Los Angeles, 1983, e
Londres, 1985/1986

O GUIA DO MOCHILEIRO DAS GALÁXIAS

VOLUME 1
da trilogia de cinco

Prólogo

Muito além, nos confins inexplorados da região mais brega da Borda Ocidental desta Galáxia, há um pequeno sol amarelo e esquecido.

Girando em torno deste sol, a uma distância de cerca de 148 milhões de quilômetros, há um planetinha verde-azulado absolutamente insignificante, cujas formas de vida, descendentes de primatas, são tão extraordinariamente primitivas que ainda acham que relógios digitais são uma grande ideia.

Este planeta tem – ou melhor, tinha – o seguinte problema: a maioria de seus habitantes estava quase sempre infeliz. Foram sugeridas muitas soluções para esse problema, mas a maior parte delas dizia respeito basicamente à movimentação de pequenos pedaços de papel colorido com números impressos, o que é curioso, já que em geral não eram os tais pedaços de papel colorido que se sentiam infelizes.

E assim o problema continuava sem solução. Muitas pessoas eram más, e a maioria delas era muito infeliz, mesmo as que tinham relógios digitais.

Um número cada vez maior de pessoas acreditava que havia sido um erro terrível da espécie descer das árvores. Algumas diziam que até mesmo subir nas árvores tinha sido uma péssima ideia, e que ninguém jamais deveria ter saído do mar.

E então, uma quinta-feira, quase dois mil anos depois que um homem foi pregado num pedaço de madeira por ter dito que seria ótimo se as pessoas fossem legais umas com as outras para variar, uma garota, sozinha numa pequena lanchonete em Rickmansworth, de repente compreendeu o que tinha dado errado todo esse tempo e finalmente descobriu como o mundo poderia se tornar um lugar bom e feliz. Desta vez estava tudo certo, ia funcionar, e ninguém teria que ser pregado em coisa nenhuma.

Infelizmente, porém, antes que ela pudesse telefonar para alguém e contar sua descoberta, aconteceu uma catástrofe terrível e idiota, e a ideia perdeu-se para todo o sempre.

Esta não é a história dessa garota.

É a história daquela catástrofe terrível e idiota, e de algumas de suas consequências.

É também a história de um livro chamado O Guia do Mochileiro das Galáxias – um livro que não é da Terra, jamais foi publicado na Terra e, até o dia em que ocorreu a terrível catástrofe, nenhum terráqueo jamais o tinha visto ou sequer ouvido falar dele.

Apesar disso, é um livro realmente extraordinário.

Na verdade, foi provavelmente o mais extraordinário dos livros publicados pelas *grandes editoras de Ursa Menor – editoras das quais nenhum terráqueo jamais ouvira falar.*

O livro é não apenas uma obra extraordinária como também um tremendo best-seller – mais popular que a Enciclopédia Celestial do Lar, *mais vendido que* Mais Cinquenta e Três Coisas para se Fazer em Gravidade Zero, *e mais polêmico que a colossal trilogia filosófica de Oolonn Colluphid,* Onde Deus Errou, Mais Alguns Grandes Erros de Deus *e* Quem É Esse Tal de Deus Afinal?

Em muitas das civilizações mais tranquilonas da Borda Oriental da Galáxia, O Guia do Mochileiro das Galáxias *já substituiu a grande* Enciclopédia Galáctica *como repositório-padrão de todo o conhecimento e sabedoria, pois ainda que contenha muitas omissões e textos apócrifos, ou pelo menos terrivelmente incorretos, ele é superior à obra mais antiga e mais prosaica em dois aspectos importantes.*

Em primeiro lugar, é ligeiramente mais barato; em segundo lugar, traz na capa, em letras garrafais e amigáveis, a frase NÃO ENTRE EM PÂNICO.

Mas a história daquela quinta-feira terrível e idiota, a história de suas extraordinárias consequências, a história das interligações inextricáveis entre essas consequências e este livro extraordinário – tudo isso teve um começo muito simples.

Começou com uma casa.

Capítulo 1

A casa ficava numa pequena colina bem nos limites de uma vila, isolada. Dela se tinha uma ampla vista das fazendas do oeste da Inglaterra. Não era, de modo algum, uma casa excepcional – tinha cerca de 30 anos, era achatada, quadrada, feita de tijolos, com quatro janelas na frente, cujo tamanho e cujas proporções pareciam ter sido calculados mais ou menos exatamente para desagradar a vista.

A única pessoa para quem a casa tinha algo de especial era Arthur Dent, e assim mesmo só porque ele morava nela. Já morava lá há uns três anos, desde que resolvera sair de Londres porque a cidade o deixava nervoso e irritado. Ele também tinha cerca de 30 anos; era alto, moreno e quase nunca estava em paz consigo mesmo. O que mais o preocupava era o fato de que as pessoas viviam lhe perguntando por que ele parecia estar tão preocupado. Trabalhava na estação de rádio local, e sempre dizia aos amigos que era um trabalho bem mais interessante do que eles imaginavam. E era, mesmo – a maioria de seus amigos trabalhava em publicidade.

Na noite de quarta-feira tinha caído uma chuva forte, e a estrada estava enlameada e molhada, mas na manhã de quinta um sol intenso e quente brilhou sobre a casa de Arthur Dent pelo que seria a última vez.

Arthur ainda não havia conseguido enfiar na cabeça que o conselho municipal queria derrubá-la e construir um desvio no lugar dela.

Às oito horas da manhã de quinta-feira, Arthur não estava se sentindo muito bem. Acordou com os olhos turvos, levantou-se, andou pelo quarto sem enxergar direito, abriu uma janela, viu um trator, encontrou os chinelos e foi até o banheiro.

Pasta na escova de dentes – assim. Escovar.

Espelho móvel – virado para o teto. Arthur ajustou-o. Por um momento, o espelho refletiu um segundo trator pela janela do banheiro. Arthur reajustou-o, e o espelho passou a refletir o rosto barbado de Arthur Dent. Ele fez a barba, lavou o rosto, enxugou-o e foi até a cozinha em busca de alguma coisa agradável para pôr na boca.

Chaleira, tomada, geladeira, leite, café. Bocejo.

A palavra *trator* vagou por sua mente, procurando algo com o que se associar. O trator que estava do outro lado da janela da cozinha era dos grandes.

Arthur olhou para ele.

"Amarelo", pensou, e voltou ao quarto para se vestir. Ao passar pelo banheiro, parou para tomar um copo d'água, e depois outro. Começou a desconfiar que estava de ressaca. Por que a ressaca? Teria bebido na véspera? Imaginava que sim. Olhou de relance para o espelho móvel. "Amarelo", pensou, e foi para o quarto.

Ficou parado, pensando. "O bar", pensou. "Ah, meu Deus, o bar." Tinha uma vaga lembrança de ter ficado irritado com algo que parecia importante. Falara com as pessoas a respeito, e na verdade começava a achar que tinha falado demais: a imagem mais nítida em sua memória era a dos rostos entediados das pessoas ao seu redor. Tinha algo a ver com um desvio a ser construído, e ele acabara de descobrir isso. A obra estava planejada há meses, só que ninguém sabia de nada. Ridículo. Arthur tomou um gole d'água. "A coisa ia se resolver; ninguém queria aquele desvio, o conselho estava completamente sem razão. A coisa ia se resolver", pensou ele.

Mas que ressaca terrível. Olhou-se no espelho do armário. Pôs a língua para fora. "Amarelo", pensou. A palavra *amarelo* vagou por sua mente, procurando algo com o que se associar.

Quinze segundos depois, Arthur estava fora da casa, deitado no chão, na frente de um trator grande e amarelo que avançava por cima de seu jardim.

O Sr. L. Prosser era, como dizem, apenas humano. Em outras palavras, era uma forma de vida bípede baseada em carbono e descendente de primatas. Para ser mais específico, ele tinha 40 anos, era gordo e desleixado e trabalhava no conselho municipal. Curiosamente, embora ele desconhecesse este fato, era também descendente direto, pela linhagem masculina, de Gengis Khan, embora a sucessão de gerações e a mestiçagem houvessem misturado de tal modo sua carga genética que ele não possuía nenhuma característica mongol, e os únicos vestígios daquele majestoso ancestral que restavam no Sr. L. Prosser eram uma barriga pronunciada e uma predileção por chapeuzinhos de pele.

Ele não era em absoluto um grande guerreiro: na verdade, era um homem nervoso e preocupado. Naquele dia estava particularmente nervoso e preocupado porque tivera um problema sério com seu trabalho, que consistia em retirar a casa de Arthur Dent do caminho antes do final da tarde.

– Desista, Sr. Dent, o senhor sabe que é uma causa perdida. O senhor não vai conseguir ficar deitado na frente do trator o resto da vida. – Tentou assumir um olhar feroz, mas seus olhos não eram capazes disso.

Deitado na lama, Arthur respondeu:

– Está bem. Vamos ver quem é mais chato.

– Infelizmente, o senhor vai ter que aceitar – disse o Sr. Prosser, rodando seu chapéu de pele no alto da cabeça. – Esse desvio tem que ser construído e vai ser construído!

– Primeira vez que ouço falar nisso. Por que é que tem que ser construído?

O Sr. Prosser sacudiu o dedo para Arthur por algum tempo, depois parou e retirou o dedo.

– Como assim, "por que é que tem que ser construído"? Ora! – exclamou ele.
– É um desvio. É necessário construir desvios.

Os desvios são vias que permitem que as pessoas se desloquem bem depressa do ponto A ao ponto B ao mesmo tempo que outras pessoas se deslocam bem depressa do ponto B ao ponto A. As pessoas que moram no ponto C, que fica entre os dois outros, muitas vezes ficam imaginando o que tem de tão interessante no ponto A para que tanta gente do ponto B queira muito ir para lá, e o que tem de tão interessante no ponto B para que tanta gente do ponto A queira muito ir para lá. Ficam pensando como seria bom se as pessoas resolvessem de uma vez por todas onde é que elas querem ficar.

O Sr. Prosser queria ficar no ponto D. Esse ponto não ficava em nenhum lugar específico, era apenas um ponto qualquer bem longe dos pontos A, B e C. O Sr. Prosser teria uma bela casinha de campo no ponto D, com machados pregados em cima da porta, e se divertiria muito no ponto E, o bar mais próximo do ponto D. Sua mulher, naturalmente, queria uma roseira trepadeira, mas ele queria machados. Ele não sabia por quê. Só sabia que gostava de machados. O Sr. Prosser sentiu seu rosto ficar vermelho ante os sorrisos irônicos dos operadores do trator.

Apoiou o peso do corpo numa das pernas, depois na outra, mas sentiu-se igualmente desconfortável com as duas. Era óbvio que alguém havia sido terrivelmente incompetente, e ele pedia a Deus que não fosse ele.

– O senhor teve um longo prazo a seu dispor para fazer quaisquer sugestões ou reclamações, como o senhor sabe – disse o Sr. Prosser.

– Um longo prazo? – falou Arthur. – Longo prazo? Eu só soube dessa história quando chegou um operário na minha casa ontem. Perguntei a ele se tinha vindo para lavar as janelas e ele respondeu que não, vinha para demolir a casa. É claro que não me disse isso logo. Claro que não. Primeiro lavou umas duas janelas e me cobrou cinco pratas. Depois é que me contou.

– Mas, Sr. Dent, o projeto estava à sua disposição na Secretaria de Obras há nove meses.

– Pois é. Assim que eu soube fui lá me informar, ontem à tarde. Vocês não se esforçaram muito para divulgar o projeto, não é verdade? Quer dizer, não chegaram a comunicar às pessoas nem nada.

– Mas o projeto estava em exposição...

– Em exposição? Tive que descer ao porão pra encontrar o projeto.

– É no porão que os projetos ficam em exposição.

– Com uma lanterna.

– Ah, provavelmente estava faltando luz.
– Faltavam as escadas, também.
– Mas, afinal, o senhor encontrou o projeto, não foi?
– Encontrei, sim – disse Arthur. – Estava em exibição no fundo de um arquivo trancado, jogado num banheiro fora de uso, cuja porta tinha a placa: *Cuidado com o leopardo.*

Uma nuvem passou no céu. Projetou uma sombra sobre Arthur Dent, deitado na lama fria, apoiado no cotovelo. Projetou uma sombra sobre a casa de Arthur Dent. O Sr. Prosser olhou-a, de cara feia.

– Não chega a ser uma casa particularmente bonita.
– Perdão, mas por acaso gosto dela.
– O senhor vai gostar do desvio.
– Ah, cale a boca! Cale a boca e vá embora, você e a porcaria do seu desvio. Você sabe muito bem que está completamente sem razão.

A boca do Sr. Prosser abriu-se e fechou-se umas duas vezes, enquanto por uns momentos seu cérebro foi invadido por visões inexplicáveis, porém terrivelmente atraentes: via a casa de Arthur Dent sendo consumida pelas chamas, enquanto o próprio Arthur corria aos gritos do incêndio, com pelo menos três lanças bem compridas enfiadas em suas costas. Visões como essas frequentemente perturbavam o Sr. Prosser e o deixavam nervoso. Gaguejou por uns instantes e depois recuperou a calma.

– Sr. Dent.
– Sim? O que é?
– Gostaria de ressaltar alguns fatos para o senhor. O senhor sabe que danos esse trator sofreria se eu deixasse ele passar por cima do senhor?
– O quê?
– Absolutamente zero – disse o Sr. Prosser, afastando-se rapidamente, nervoso, sem entender por que seu cérebro estava cheio de cavaleiros cabeludos que gritavam com ele.

POR UMA CURIOSA COINCIDÊNCIA, "absolutamente zero" era o quanto o descendente dos primatas Arthur Dent suspeitava que um de seus amigos mais íntimos não descendia dos primatas, sendo, na verdade, de um pequeno planeta perto de Betelgeuse, e não de Guildford, como costumava dizer.

Tal suspeita jamais passara pela cabeça de Arthur Dent.

Esse seu amigo havia chegado ao planeta Terra há uns quinze anos terráqueos e se esforçara ao máximo no sentido de se integrar na sociedade terráquea – com certo sucesso, deve-se reconhecer. Assim, por exemplo, ele passara esses quinze anos fingindo ser um ator desempregado, o que era perfeitamente plausível.

Porém, cometera um erro gritante, por ter sido um pouco displicente em suas pesquisas preparatórias. As informações de que ele dispunha o levaram a escolher o nome "Ford Prefect", achando que era um nome bem comum, que passaria despercebido.

Não era alto a ponto de chamar atenção, e suas feições eram atraentes, mas não a ponto de chamar atenção. Seus cabelos eram avermelhados e crespos e ele os penteava para trás. Sua pele parecia ter sido puxada a partir do nariz. Havia algo de ligeiramente estranho nele, mas era algo muito sutil, difícil de identificar. Talvez os olhos dele piscassem menos que o normal, de modo que quem ficasse conversando com ele algum tempo acabava com os olhos cheios d'água de aflição. Talvez o sorriso dele fosse um pouco largo demais e desse a sensação desagradável de que estava prestes a morder o pescoço de seu interlocutor.

Para a maioria dos amigos que fizera na Terra ele era um sujeito excêntrico, porém inofensivo: um beberrão com alguns hábitos meio estranhos. Por exemplo, ele costumava entrar de penetra em festas na universidade, tomar um porre colossal e depois começava a gozar qualquer astrofísico que encontrasse, até que o expulsassem da festa.

Às vezes ele ficava desligado, olhando distraído para o céu, como se estivesse hipnotizado, até que alguém lhe perguntava o que ele estava fazendo. Então, por um instante, Ford ficava assustado, com um ar culpado, mas logo relaxava e sorria.

– Ah, estou só procurando discos voadores – brincava, e todo mundo ria e lhe perguntava que tipo de discos voadores ele estava procurando. – Dos verdes! – ele respondia com um sorriso irônico, depois ria às gargalhadas por alguns instantes e daí corria até o bar mais próximo e pagava uma enorme rodada de bebidas.

Essas noites normalmente terminavam mal. Ford tomava uísque até ficar totalmente bêbado, se encolhia num canto com uma garota qualquer e dizia a ela, com voz pastosa, que na verdade a cor dos discos voadores não tinha muita importância.

Depois, cambaleando meio torto pelas ruas, de madrugada, com frequência perguntava aos policiais que passavam como se ia para Betelgeuse. Os policiais normalmente diziam algo assim:

– O senhor não acha que é hora de ir pra casa?

– É o que eu estou tentando fazer, meu chapa, estou tentando – era o que Ford sempre respondia nessas ocasiões.

Na verdade, o que ele realmente procurava quando ficava olhando para o céu era qualquer tipo de disco voador. Ele falava em discos voadores verdes porque o verde era a cor tradicional do uniforme dos astronautas mercantes de Betelgeuse.

Ford Prefect já havia perdido as esperanças de que aparecesse um disco voador porque quinze anos é muito tempo para ficar preso em qualquer lugar, principalmente num lugar tão absurdamente chato quanto a Terra.

Ford queria que chegasse logo um disco voador porque sabia fazer sinal para discos voadores descerem e porque queria pegar carona num deles. Ele sabia ver as Maravilhas do Universo por menos de 30 dólares altairianos por dia.

Na verdade, Ford Prefect era pesquisador de campo desse fabuloso livro chamado *O Guia do Mochileiro das Galáxias*.

OS SERES HUMANOS se adaptam a tudo com muita facilidade. Assim, quando chegou a hora do almoço, nos arredores da casa de Arthur já havia se estabelecido uma rotina. O papel de Arthur era o de ficar se espojando na lama, pedindo de vez em quando que chamassem seu advogado, sua mãe ou lhe trouxessem um bom livro. O Sr. Prosser ficou com o papel de tentar novas táticas de persuasão com Arthur de vez em quando, usando o papo do Para o Bem de Todos, o da Marcha Inevitável do Progresso, o de Sabe que Uma Vez Derrubaram Minha Casa Também mas Continuei com Minha Vida Normalmente, bem como diversos outros tipos de propostas e ameaças. O papel dos operadores dos tratores, por sua vez, era o de ficar sentado, tomando café e examinando a legislação trabalhista para ver se havia um jeito de ganhar um extra com aquela situação.

A Terra seguia lentamente em sua órbita cotidiana.

O sol estava começando a secar a lama em que Arthur estava deitado.

Uma sombra passou por ele novamente.

– Oi, Arthur – disse a sombra.

Arthur olhou para cima com uma careta, por causa do sol, e surpreendeu-se ao ver Ford Prefect em pé a seu lado.

– Ford! Tudo bem com você?

– Tudo bem – disse Ford. – Escute, você está ocupado?

– Se estou *ocupado*? – exclamou Arthur. – Bem, tenho apenas que ficar deitado na frente desses tratores todos senão eles derrubam minha casa, mas fora isso... bem, nada de especial. Por quê?

Em Betelgeuse não existe sarcasmo, por isso Ford muitas vezes não o percebia, a menos que estivesse prestando muita atenção.

– Ótimo – disse ele. – Onde a gente pode conversar?

– O quê? – exclamou Arthur Dent.

Por alguns segundos, Ford pareceu ignorá-lo, e ficou olhando fixamente para o céu, como um coelho que está querendo ser atropelado por um carro. Então, de repente, acocorou-se ao lado de Arthur.

– Precisamos conversar – disse, num tom de urgência.

– Tudo bem – disse Arthur. – Pode falar.

– E beber. Temos que conversar e beber, é uma questão de vida ou morte. Agora. Vamos ao bar lá na vila.

Olhou para o céu de novo, nervoso, como se esperasse algo.

– Escuta, será que você não entende? – gritou Arthur, apontando para Prosser. – Esse homem quer demolir a minha casa!

Ford olhou para o homem, confuso.

– Ele pode fazer isso sem você, não é?

– Mas eu não quero que ele faça isso!

– Ah.

– O que deu em você, Ford?

– Nada. Nada de mais. Escute... eu tenho que lhe dizer a coisa mais importante que você já ouviu. Tenho que lhe dizer isso agora e tem que ser lá no bar Horse and Groom.

– Mas por quê?

– Porque você vai precisar beber algo bem forte.

Ford olhou para Arthur, e este constatou, atônito, que estava começando a se deixar convencer. Não percebeu, é claro, que foi por causa de um velho jogo de botequim que Ford aprendera nos portos hiperespaciais que serviam as regiões de mineração de madranita no sistema estelar de Beta de Órion.

O jogo era vagamente parecido com a queda de braço dos terráqueos e funcionava assim:

Os dois adversários sentavam-se a uma mesa, um de cara para o outro, cada um com um copo à sua frente.

Entre os dois colocava-se uma garrafa de Aguardente Janx (imortalizada naquela velha canção dos mineiros de Órion: "Ah, não me dê mais dessa Aguardente Janx/ Não, não me dê mais um gole de Aguardente Janx/ Senão minha cabeça vai partir, minha língua vai mentir, meus olhos vão ferver e sou capaz de morrer/ Vai, me dá um golinho de Aguardente Janx").

Então, cada lutador tentava concentrar sua força de vontade sobre a garrafa para inclina-la e verter aguardente no copo do adversário, que então era obrigado a bebê-la.

Depois enchia-se a garrafa de novo, começava uma nova rodada, e assim por diante.

Quem começava perdendo normalmente acabava perdendo, porque um dos efeitos da Aguardente Janx é deprimir o poder telepsíquico.

Assim que se consumia uma quantidade previamente estabelecida, o perdedor era obrigado a pagar uma prenda, que costumava ser obscenamente biológica.

Ford Prefect normalmente jogava para perder.

FORD OLHOU PARA Arthur, que estava começando a pensar que talvez quisesse mesmo ir até o Horse and Groom.

– Mas e a minha casa...? – perguntou, em tom de queixa.

Ford olhou para o Sr. Prosser e de repente lhe ocorreu uma ideia maliciosa.

– Ele quer demolir a sua casa?

– É, ele quer construir...

– E não pode porque você está deitado na frente do trator dele?

– É, e...

– Aposto que podemos chegar a um acordo – disse Ford. – Com licença! – gritou ele para o Sr. Prosser.

O Sr. Prosser (que estava discutindo com o porta-voz dos operadores dos tratores se a presença de Arthur Dent constituía ou não um fator de insalubridade mental no local de trabalho e quanto eles deveriam receber neste caso) olhou em volta. Ficou surpreso e ligeiramente alarmado quando viu que Arthur estava acompanhado.

– Sim? Que foi? – perguntou. – O Sr. Dent já voltou ao normal?

– Será que podemos supor, para fins de discussão – perguntou Ford –, que ainda não?

– E daí? – suspirou o Sr. Prosser.

– E podemos também supor – prosseguiu Ford – que ele vai ficar aí o dia inteiro?

– E então?

– Então todos os seus ajudantes vão ficar parados aí sem fazer nada o dia todo?

– Talvez, talvez...

– Bem, se o senhor já se resignou a não fazer nada, o senhor na verdade não precisa que ele fique deitado aqui o tempo todo, não é?

– O quê?

– O senhor, na verdade – repetiu Ford, paciente –, não precisa que ele fique aqui.

O Sr. Prosser pensou um pouco.

– Bem, é, não exatamente... *Precisar*, não preciso, não... – disse Prosser, preocupado, por achar que ele, ou Ford, estava dizendo um absurdo.

– Então o senhor podia perfeitamente fazer de conta que ele ainda está aqui, enquanto eu e ele damos um pulinho no bar, só por meia hora. O que o senhor acha?

O Sr. Prosser achou aquilo perfeitamente insano.

– Acho perfeitamente razoável... – disse, com um tom de voz tranquilizador, sem saber quem ele estava tentando tranquilizar.

– E, se depois o senhor quiser dar uma escapulida pra tomar um chope – disse Ford –, a gente retribui o favor.

– Muito obrigado – disse o Sr. Prosser, que não sabia mais como conduzir a situação –, muito obrigado, é muita bondade sua... – Franziu o cenho, depois sorriu, depois tentou fazer as duas coisas ao mesmo tempo, não conseguiu, agarrou seu chapéu de pele e rodou-o no alto da cabeça nervosamente. Só podia achar que havia ganhado a parada.

– Então – prosseguiu Ford Prefect –, se o senhor tiver a bondade de vir até aqui e se deitar...

– O quê?! – exclamou o Sr. Prosser.

– Ah, desculpe – disse Ford –, acho que não soube me exprimir muito bem. Alguém tem que ficar deitado na frente dos tratores, não é? Senão eles vão demolir a casa do Sr. Dent.

– O quê?! – repetiu o Sr. Prosser.

– É muito simples – disse Ford. – Meu cliente, o Sr. Dent, declara que está disposto a não mais ficar deitado aqui na lama com uma única condição: que o senhor o substitua em seu posto.

– Que história é essa? – disse Arthur, mas Ford cutucou-o com o pé para que se calasse.

– O senhor quer – disse Prosser, tentando captar essa nova ideia – que eu me deite aí...

– É.

– Na lama.

– É, como disse, na lama.

Assim que o Sr. Prosser se deu conta de que na verdade era ele o perdedor, foi como se lhe retirassem um fardo dos ombros: essa situação era mais familiar para ele. Suspirou.

– E em troca disso o senhor vai com o Sr. Dent até o bar?

– Isso – disse Ford –, isso mesmo.

O Sr. Prosser deu uns passos nervosos à frente e parou.

– Promete? – disse ele.

– Prometo – disse Ford. Virou-se para Arthur: – Vamos, levante-se e deixe o homem se deitar.

Arthur pôs-se de pé, achando que tudo aquilo era um sonho.

Ford fez sinal para o Sr. Prosser, que se sentou na lama, triste e desajeitado. Tinha a impressão de que toda a sua vida era uma espécie de sonho, e às vezes se perguntava de quem era aquele sonho, e se o dono do sonho estaria se divertindo. A lama envolveu suas nádegas e penetrou em seus sapatos.

Ford olhou para ele, muito sério.

– Nada de bancar o espertinho e derrubar a casa do Sr. Dent enquanto ele não estiver aqui, certo?

– Nem pensar – rosnou o Sr. Prosser. – Jamais passou pela minha cabeça – prosseguiu, deitando-se – sequer a possibilidade de fazer tal coisa.

Viu o representante do sindicato dos operadores de tratores se aproximar, deixou a cabeça afundar na lama e fechou os olhos. Estava tentando encontrar argumentos para provar que ele próprio não passara a representar um fator de insalubridade mental. Estava longe de estar convencido disso – sua cabeça estava cheia de barulhos, cavalos, fumaça e cheiro de sangue. Isso sempre acontecia quando ele se sentia infeliz ou enganado, e jamais entendera por quê. Numa dimensão superior, da qual nada sabemos, o poderoso Khan urrava de ódio, mas o Sr. Prosser limitava-se a tremer um pouco e a resmungar. Começou a sentir que lhe brotavam lágrimas por trás das pálpebras. Quiproquós burocráticos, homens zangados deitados na lama, estranhos indecifráveis impondo-lhe humilhações inexplicáveis e um exército não identificado de cavaleiros rindo dele em sua mente – que dia!

Que dia! Ford Prefect sabia que não tinha a menor importância se a casa de Arthur fosse ou não derrubada, agora.

Arthur continuava muito preocupado.

– Mas será que a gente pode confiar nele? – perguntou.

– Eu, por mim, confiaria nele até o fim do mundo.

– Ah – disse Arthur. – E quanto falta pra isso?

– Cerca de doze minutos – disse Ford. – Vamos, preciso beber alguma coisa.

Capítulo 2

Eis o que diz a Enciclopédia Galáctica *a respeito do álcool: é um líquido volátil e incolor formado pela fermentação dos açúcares. Acrescenta ainda que o álcool tem o efeito de inebriar certas formas de vida baseadas em carbono.*

O Guia do Mochileiro das Galáxias *também menciona o álcool. Diz que o melhor drinque que existe é a Dinamite Pangaláctica.*

Afirma que o efeito de beber uma Dinamite Pangaláctica é como ter seu cérebro esmagado por uma fatia de limão colocada em volta de uma grande barra de ouro.

O Guia do Mochileiro *também lhe dirá quais os planetas em que se preparam as melhores Dinamites Pangalácticas, quanto irá custar uma dose e quais as ONGs existentes para ajudar você a se recuperar posteriormente.*

O Guia do Mochileiro *ensina até mesmo como preparar a bebida por conta própria. Eis o que diz o livro:*

Pegue uma garrafa de Aguardente Janx.

Misture-a com uma dose de água dos mares de Santragino V – ah, essa água dos mares de Santragino!, diz. Ah, os peixes de Santragino!

Deixe que três cubos de Megagim Arcturiano sejam dissolvidos na mistura (se não foi congelado da maneira correta, perde-se a benzina).

Deixe que quatro litros de gás dos pântanos de Fália borbulhem através da mistura em memória de todos aqueles mochileiros bem-aventurados que morreram de prazer nos pântanos de Fália.

Faça flutuar, no verso de uma colher de prata, uma dose de extrato de Hipermenta Qualactina, plena da fragrância inebriante das sombrias Zonas Qualactinas, sutil, doce e mística.

Acrescente um dente de tigre-solar-algoliano. Veja-o dissolver-se, espalhando os fogos dos sóis algolianos no âmago do drinque.

Jogue uma pitadinha de Zânfuor.

Acrescente uma azeitona.

Agora é só beber... mas... com muito cuidado...

O Guia do Mochileiro das Galáxias *vende bem mais que a* Enciclopédia Galáctica.

– SEIS CHOPES DUPLOS – disse Ford Prefect ao barman do Horse and Groom. – E depressa, porque o fim do mundo está próximo.

O barman do Horse and Groom não merecia ser tratado desse jeito, era um senhor de respeito. Ajeitou os óculos e encarou Ford Prefect. Ford ignorou-o e virou-se para a janela, de modo que o barman encarou Arthur, que deu de ombros, como quem também não entendeu, e não disse nada.

Então, o barman disse:

– Ah, é? Um belo dia pro mundo acabar.

E começou a tirar os chopes.

Tentou outra vez.

– E então, o senhor vai assistir ao jogo hoje à tarde?

Ford virou-se para ele.

– Não, não tem sentido – disse, e virou-se para a janela novamente.

– Quer dizer que o senhor acha que nem adianta? – insistiu o barman. – O Arsenal não tem a menor chance?

– Não, não – disse Ford. – É só que o mundo vai acabar.

– Ah, é mesmo, o senhor já disse – respondeu o barman, olhando agora para Arthur por cima dos óculos. – Seria uma boa saída para o Arsenal, escapar da derrota por causa do fim do mundo.

Ford olhou de novo para o velho, realmente surpreso.

– Na verdade, não – disse, franzindo a testa.

O barman respirou fundo.

– Aí estão, seis chopes.

Arthur sorriu para ele, sem graça, e deu de ombros outra vez. Virou-se para trás e dirigiu um sorriso sem graça ao resto do bar, caso alguém mais tivesse ouvido a conversa.

Ninguém tinha ouvido nada, e ninguém entendeu por que Arthur estava sorrindo para eles daquele jeito.

Um homem sentado ao lado de Ford no balcão olhou para os dois, depois para os seis chopes, fez um rápido cálculo de cabeça, chegou a um resultado que lhe agradou e sorriu de forma boba e esperançosa para eles.

– Nem pensar – disse Ford –, são nossos. – Dirigiu ao homem um olhar que faria um tigre-solar-algoliano continuar a fazer o que estivesse fazendo.

Ford jogou uma nota de cinco libras no balcão, dizendo:

– Pode ficar com o troco.

– O que, cinco libras? Muito obrigado, meu senhor.

– Você tem dez minutos pra gastar isso.

O barman decidiu que era melhor ir fazer outra coisa.

– Ford – disse Arthur –, você pode por favor me explicar que história é essa?

– Beba – disse Ford. – Ainda faltam três chopes.

– Você quer que eu beba três canecos de chope na hora do almoço?

O homem do lado de Ford sorriu e concordou com a cabeça, satisfeito. Ford ignorou-o e disse:

– O tempo é uma ilusão. A hora do almoço é uma ilusão maior ainda.

– Muito profundo – disse Arthur. – Essa você devia mandar pra *Seleções*. Eles têm uma página pra gente como você.

– Beba.

– Por que três canecos de chope de repente?

– É um relaxante muscular, você vai precisar.

– Relaxante muscular?

– Relaxante muscular.

Arthur olhou para dentro do caneco.

– Será que eu fiz alguma coisa de errado hoje – disse ele – ou será que o mundo sempre foi assim, só que eu estava encucado demais pra perceber?

– Está bem – disse Ford. – Vou tentar explicar. Há quanto tempo a gente se conhece?

– Há quanto tempo? – Arthur pensou um pouco. – Deixe ver, uns cinco anos, talvez seis. A maior parte desse tempo pareceu fazer algum sentido na época.

– Está bem – disse Ford. – Qual seria a sua reação se eu lhe dissesse que não sou de Guildford e sim de um pequeno planeta perto de Betelgeuse?

Arthur deu de ombros, com indiferença.

– Sei lá – disse, bebendo um gole. – Por quê? Você acha que é capaz de dizer uma coisa dessas?

Ford desistiu. Realmente, não valia a pena se preocupar com aquilo naquele momento, com o fim do mundo tão próximo e tudo mais. Limitou-se a dizer:

– Beba. – E acrescentou, como quem dá uma informação como outra qualquer: – O fim do mundo está próximo.

Arthur sorriu sem graça para o resto do bar, outra vez. O resto do bar fez cara feia para ele. Um homem lhe fez sinal para que parasse de sorrir para eles e cuidasse de sua própria vida.

"Hoje deve ser quinta-feira", pensou Arthur, debruçando-se sobre o chope. "Nunca consegui entender qual é a das quintas-feiras."

Capítulo 3

Nessa quinta-feira em particular, alguma coisa deslocava-se silenciosamente através da ionosfera, muitos quilômetros acima da superfície do planeta; aliás, muitas "algumas coisas", dezenas de coisas achatadas, grandes e amarelas, cada uma do tamanho de um quarteirão de prédios, silenciosas como pássaros. Voavam serenas, banhando-se nos raios eletromagnéticos emitidos pela estrela Sol, sem pressa, agrupando-se, preparando-se.

O planeta lá embaixo ignorava sua presença quase completamente, o que era justamente o que elas queriam. Aquelas coisas amarelas passaram por Goonhilly despercebidas; sobrevoaram Cabo Canaveral sem que os radares acusassem nada; Woomera e Jodrell Bank ignoraram sua passagem – uma pena, já que era exatamente esse tipo de coisa que estavam procurando havia muitos anos.

A única coisa que acusou sua presença foi um aparelhinho preto chamado Sensormático Subeta, que ficou piscando discretamente na escuridão da mochila de couro que Ford Prefect sempre levava consigo. O conteúdo da mochila de Ford era bastante interessante: se algum físico terráqueo olhasse dentro dela, seus olhos saltariam para fora das órbitas. Era para esconder essas coisas que Ford sempre jogava por cima de tudo, na mochila, um ou dois roteiros amassados, dizendo que estava estudando um papel para uma peça de teatro. Além do Sensormático Subeta e dos roteiros, Ford levava um polegar eletrônico – um bastão curto e grosso, preto, liso e fosco, com interruptores e ponteiros numa das extremidades – e um aparelho que parecia uma calculadora eletrônica das grandes. Este último possuía cerca de cem pequenos botões planos e uma tela quadrada de 10 centímetros, na qual podia ser exibida instantaneamente qualquer uma dentre um milhão de "páginas". Parecia um aparelho absurdamente complicado, e esse era um dos motivos pelos quais a capa plástica do dispositivo trazia a frase NÃO ENTRE EM PÂNICO em letras grandes e amigáveis. O outro motivo era o fato de que esse aparelho era na verdade o mais extraordinário livro jamais publicado pelas grandes editoras da Ursa Menor – *O Guia do Mochileiro das Galáxias*. O livro era publicado sob a forma de um microcomponente eletrônico subméson porque, se fosse impresso de forma convencional, um mochileiro interestelar iria precisar de diversos prédios desconfortavelmente grandes para acomodar sua biblioteca.

No fundo da mochila de Ford Prefect havia algumas esferográficas, um bloco de anotações e uma toalha de banho grande, comprada na Marks and Spencer.

O Guia do Mochileiro das Galáxias *faz algumas afirmações a respeito das toalhas.*

Segundo ele, a toalha é um dos objetos mais úteis para um mochileiro interestelar. Em parte devido a seu valor prático: você pode usar a toalha como agasalho quando atravessar as frias luas de Jaglan Beta; pode deitar-se sobre ela nas reluzentes praias de areia marmórea de Santragino V, respirando os inebriantes vapores marítimos; você pode dormir debaixo dela sob as estrelas que brilham avermelhadas no mundo desértico de Kakrafoon; pode usá-la como vela para descer numa minijangada as águas lentas e pesadas do rio Moth; pode umedecê-la e utilizá-la para lutar em um combate corpo a corpo; enrolá-la em torno da cabeça para proteger-se de emanações tóxicas ou para evitar o olhar da Terrível Besta Voraz de Traal (um animal estonteantemente burro, que acha que, se você não pode vê-lo, ele também não pode ver você – estúpido feito uma anta, mas muito, muito voraz); você pode agitar a toalha em situações de emergência para pedir socorro; e, naturalmente, pode usá-la para enxugar-se com ela se ainda estiver razoavelmente limpa.

Porém, o mais importante é o imenso valor psicológico da toalha. Por algum motivo, quando um estrito (isto é, um não mochileiro) descobre que um mochileiro tem uma toalha, ele automaticamente conclui que ele tem também escova de dentes, esponja, sabonete, lata de biscoitos, garrafinha de aguardente, bússola, mapa, barbante, repelente, capa de chuva, traje espacial, etc., etc. Além disso, o estrito terá prazer em emprestar ao mochileiro qualquer um desses objetos, ou muitos outros, que o mochileiro por acaso tenha "acidentalmente perdido". O que o estrito vai pensar é que, se um sujeito é capaz de rodar por toda a Galáxia, acampar, pedir carona, lutar contra terríveis obstáculos, dar a volta por cima e ainda assim saber onde está sua toalha, esse sujeito claramente merece respeito.

Daí a expressão que entrou na gíria dos mochileiros, exemplificada na seguinte frase: "Vem cá, você sancha esse cara dupal, o Ford Prefect? Taí um mingo que sabe onde guarda a toalha." (Sancha: conhecer, estar ciente de, encontrar, ter relações sexuais com; dupal: cara muito incrível; mingo: cara realmente muito incrível.)

Bem enroladinho na toalha, dentro da mochila de Ford Prefect, o Sensormático Subeta começou a piscar mais depressa. Quilômetros acima da superfície do planeta, as enormes algumas coisas amarelas começaram a se espalhar. No observatório de Jodrell Bank, alguém resolveu que era hora de tomar um chá.

– Você tem uma toalha aí? – perguntou Ford a Arthur de repente.

Arthur, lutando com seu terceiro caneco de chope, olhou ao redor.

– Uma toalha? Bem, não... Por que, era pra eu ter? – Arthur havia desistido de sentir-se surpreso; pelo visto, não adiantava nada.

Ford deu um muxoxo, irritado.

– Beba – insistiu.

Naquele momento, o ruído surdo de alguma coisa se espatifando, vindo da rua, misturou-se ao murmúrio de vozes dentro do bar, à música do jukebox e aos soluços do homem ao lado de Ford, para quem ele acabara pagando um uísque.

Arthur engasgou-se com a cerveja e pôs-se de pé num salto.

– O que foi isso? – gritou.

– Não se preocupe – disse Ford. – Eles ainda não começaram.

– Ainda bem – disse Arthur, relaxando.

– Deve ser só a sua casa sendo demolida – disse Ford, virando seu último chope.

– O quê? – berrou Arthur. De repente quebrou-se o encantamento que Ford lançara sobre ele. Arthur olhou ao redor, desesperado, e correu até a janela. – Meu Deus, é isso mesmo! Estão derrubando a minha casa. Que diabo eu estou fazendo aqui neste bar, Ford?

– A esta altura do campeonato, não tem muita importância – disse Ford. – Deixe que eles se divirtam.

– Isso lá é diversão? – gritou Arthur. – Diversão!

Ele olhou de novo pela janela e constatou que ambos estavam falando sobre a mesma coisa.

– Diversão, o cacete! – berrou Arthur, e saiu correndo do bar, furioso, brandindo uma caneca de chope quase vazia. Naquele dia, Arthur definitivamente não fez amigos no bar.

– Parem, seus vândalos! Destruidores de lares! – gritava Arthur. – Seus visigodos malucos, parem com isso!

Ford teria de ir atrás dele. Virou-se depressa para o barman e pediu-lhe quatro pacotes de amendoins.

– Tome aí – disse o barman, colocando os pacotes no balcão. – São 28 pence, por favor.

Ford foi generoso: deu ao homem mais uma nota de cinco libras e disse que ficasse com o troco. O barman olhou para a nota e depois para Ford. De repente estremeceu: teve momentaneamente uma sensação que não compreendeu, porque nenhum terráqueo jamais a experimentara antes. Em momentos de grande tensão, todas as formas de vida existentes emitem um pequeno sinal subliminar. Esse sinal simplesmente comunica uma noção exata e quase patética do quanto a criatura em questão está longe de seu local de nascimento. Na Terra, nunca se pode estar a mais de 26 mil quilômetros do local de nascimento, uma distância não muito grande, na verdade, e portanto esses sinais são demasiadamente fracos para serem percebidos. Ford Prefect estava naquele momento sob grande tensão, e nascera a 600 anos-luz dali, perto de Betelgeuse.

O barman ficou desnorteado por um momento, atingido pela sensação chocante e incompreensível de distância. Ele não sabia o que significava aquilo, mas olhou para Ford Prefect com mais respeito, quase com reverência.

– O senhor está falando sério? – perguntou ele, sussurrando baixinho, o que teve o efeito de fazer com que todos se calassem no bar. – O senhor acha que o mundo vai mesmo acabar?

– Vai – disse Ford.

– Mas hoje?

Ford havia se recuperado. Sentia-se mais irreverente do que nunca.

– É – disse, alegre –, daqui a menos de dois minutos, na minha opinião.

O barman não conseguia acreditar na conversa que estava tendo, mas também não conseguia acreditar na sensação que acabara de experimentar.

– Podemos fazer algo a respeito?

– Não, nada – respondeu Ford, enfiando os amendoins no bolso.

Alguém de repente soltou uma gargalhada no bar silencioso, rindo da burrice de todos.

O homem ao lado de Ford já estava meio alto. Com esforço, focalizou os olhos em Ford.

– Eu pensava – disse ele – que quando o mundo acabasse todo mundo tinha que deitar no chão ou enfiar a cabeça num saco de papel, ou coisa parecida.

– Se você quiser, pode – disse Ford.

– Foi o que disseram pra gente no exército – disse o homem, e seus olhos começaram sua longa jornada de volta para o copo de uísque.

– Isso vai ajudar? – perguntou o barman.

– Não – disse Ford, com um sorriso simpático. – Com licença, tenho que ir embora. – Deu adeus e saiu.

O bar ainda permaneceu em silêncio por um instante, e depois o homem da gargalhada estrepitosa atacou de novo, deixando todos sem graça. A garota que ele arrastara até o bar meia hora antes já o detestava cordialmente a essa altura e provavelmente ficaria muito satisfeita se soubesse que, dentro de uns noventa segundos, ele iria evaporar em um sopro de hidrogênio, ozônio e monóxido de carbono. Porém, quando chegasse a hora, ela também estaria ocupada demais evaporando para se preocupar com isso.

O barman pigarreou. Quando se deu conta, estava dizendo o seguinte:

– Últimos pedidos, por favor.

AS ENORMES MÁQUINAS AMARELAS começaram a descer e a acelerar.

Ford sabia que elas estavam vindo. Não era assim que ele queria voltar para o seu planeta.

CORRENDO PELA ALAMEDA, Arthur já estava quase chegando em casa. Não percebeu como havia esfriado de repente, não percebeu o vento, não percebeu a chuva torrencial e irracional que começara a cair subitamente. Só viu os tratores passando por cima dos destroços do que fora sua casa.

– Seus bárbaros! – gritou. – Vou processar o conselho municipal e arrancar deles até o último centavo! Vocês vão ser enforcados, arrastados e esquartejados! E chicoteados! E cozidos em óleo fervente... até... até... até vocês não aguentarem mais.

Ford ainda estava correndo atrás dele, muito depressa. Muito, muito depressa.

– E depois tudo de novo! – gritou Arthur. – E quando terminar vou pegar todos os pedacinhos e pisar em cima deles!

Arthur não percebeu que os homens estavam correndo dos tratores, e também não percebeu que o Sr. Prosser olhava para o céu, desesperado. O que o Sr. Prosser havia percebido era que as coisas amarelas enormes estavam atravessando as nuvens, ruidosamente. Coisas amarelas impossivelmente enormes.

– E vou continuar pulando neles – gritou Arthur, ainda correndo – até eu ficar cheio de bolhas, ou até eu pensar numa coisa ainda mais desagradável pra fazer, aí...

Arthur tropeçou e caiu para a frente, rolou e terminou deitado de costas no chão. Finalmente percebeu que estava acontecendo alguma coisa. Apontou para o céu.

– Que diabo é isso? – gritou.

Fosse o que fosse, a coisa atravessou o céu com toda a sua monstruosidade amarela, rasgou o céu com um estrondo estonteante e sumiu na distância, deixando atrás de si um vácuo que se fechou com um *bang* alto o suficiente para empurrar os ouvidos para dentro do cérebro.

Outra coisa amarela veio em seguida e fez exatamente a mesma coisa, só que ainda mais alto.

É difícil dizer exatamente o que as pessoas na superfície do planeta estavam fazendo, porque na verdade elas próprias não sabiam direito o que estavam fazendo. Nada fazia sentido – correr para dentro de casa, correr para fora de casa, gritar surdamente no meio da barulheira. Por todo o mundo, as ruas das cidades explodiam de gente, carros se enfiavam uns nos outros quando o barulho desabava sobre eles e depois se afastava, como um gigantesco maremoto sobre serras e vales, desertos e oceanos, parecendo achatar tudo aquilo que atingia.

Apenas um homem permanecia parado, olhando para o céu, com uma tristeza imensa nos olhos e protetores de borracha nos ouvidos. Ele sabia exatamente o que estava acontecendo, e já o sabia desde que seu Sensormático Subeta começara a piscar no meio da noite ao lado de seu travesseiro, fazendo-o acordar assustado.

Era por isso que ele vinha esperando esses anos todos, mas quando decifrou os sinais, sozinho em seu pequeno quarto escuro, sentiu um frio no coração. De todas as raças existentes na Galáxia que podiam vir fazer uma visitinha ao planeta Terra, pensou ele, por que tinham que ser justamente os vogons?

Fosse como fosse, ele sabia o que tinha de fazer. Quando a nave vogon sobrevoou o lugar onde ele estava, Ford abriu sua mochila. Jogou fora um exemplar de *José e a Extraordinária Túnica de Sonhos Tecnicolor* e um exemplar de *Godspell*: ele não ia precisar daquilo no lugar para onde ia. Tudo estava pronto, tudo estava preparado.

Ele sabia onde estava sua toalha.

Um silêncio súbito tomou conta da Terra, talvez pior ainda que o barulho. Por algum tempo, não aconteceu nada.

As grandes espaçonaves pairavam imóveis no céu, sobre todas as nações da Terra. Pairavam imóveis, imensas, pesadas, completamente paradas no céu, uma blasfêmia contra a natureza. Muitas pessoas entraram em estado de choque quando suas mentes tentaram entender o que estavam vendo. As naves pairavam imóveis no céu da mesma forma como os tijolos não o fazem.

E continuava não acontecendo nada.

Então ouviu-se um leve assobio, um súbito assobio espaçoso de fundo sonoro ao ar livre. Todos os aparelhos de som do mundo, todos os rádios, todas as televisões, todos os gravadores, todos os alto-falantes, de agudos, graves ou frequências médias, em todo o mundo, silenciosamente se ligaram.

Todas as latinhas, todas as latas de lixo, todas as janelas, todos os carros, todas as taças de vinho, todas as chapas de metal enferrujado, tudo foi ativado, funcionando como uma caixa de ressonância acusticamente perfeita.

Antes de ser destruída, a Terra assistiria a uma demonstração da perfeição absoluta em matéria de reprodução sonora, o maior sistema de som jamais construído. Mas não se ouviu um concerto, nenhuma música, nenhuma fanfarra, e sim uma simples mensagem.

– *Povo da Terra, atenção, por favor* – disse uma voz, e foi maravilhoso. Som quadrafônico perfeito, com níveis de distorção tão baixos que o mais corajoso dos homens não conseguiria conter uma lágrima.

– *Aqui fala Prostetnic Vogon Jeltz, do Conselho Galáctico de Planejamento Hiperespacial* – prosseguiu a voz. – *Como todos vocês certamente já sabem, os planos para o desenvolvimento das regiões periféricas da Galáxia exigem a construção de uma via expressa hiperespacial que passa pelo seu sistema estelar e infelizmente o seu planeta é um dos que terão de ser demolidos. O processo levará pouco menos de dois minutos terrestres. Obrigado.*

O sistema de som voltou ao silêncio.

Um terror cego se apoderou de toda a população da Terra. O terror transmitia-se lentamente através das multidões, como se fossem limalhas de ferro sobre uma chapa de madeira e houvesse um ímã deslocando-se embaixo da madeira. Instaurou-se novamente o pânico, uma vontade desesperada de fugir, só que não havia para onde.

Observando o que estava acontecendo, os vogons ligaram o sistema de som outra vez. Disse a voz:

– *Esta surpresa é injustificável. Todos os planos do projeto, bem como a ordem de demolição, estão em exposição no seu Departamento local de Planejamento, em Alfa do Centauro, há cinquenta dos seus anos terrestres, e portanto todos vocês tiveram muito tempo para apresentar qualquer reclamação formal, e agora é tarde demais para criar caso.*

O sistema de som foi desligado novamente e seu eco foi morrendo por todo o planeta. As naves imensas começaram a se virar lentamente no céu, com facilidade. Na parte de baixo de cada nave abriu-se uma escotilha, um quadrado negro vazio.

A esta altura, alguém tinha conseguido ligar um transmissor de rádio, localizar uma frequência e enviar uma mensagem às naves vogons, falando em nome do planeta. Ninguém jamais ouviu o que foi dito, apenas a resposta. O imenso sistema de som voltou a transmitir. A voz estava irritada:

– *Como assim, nunca estiveram em Alfa do Centauro? Ora bolas, humanidade, fica só a quatro anos-luz daqui! Desculpem, mas, se vocês não se dão o trabalho de se interessar pelas questões locais, o problema é de vocês.* – Após uma pausa, disse:
– *Energizar os raios demolidores.*

Das escotilhas saíram fachos de luz.

– *Diabo de planeta apático* – disse a voz. – *Não dá nem pra ter pena.* – E o sistema de som foi desligado.

Houve um silêncio terrível.

Houve um ruído terrível.

Houve um silêncio terrível.

A Frota de Construção Vogon desapareceu no negro espaço estrelado.

Capítulo 4

Longe dali, no braço oposto da Galáxia, a uma distância de 500 mil anos-luz da estrela Sol, Zaphod Beeblebrox, presidente do Governo Imperial Galáctico, navegava pelos mares de Damogran. Seu barco delta com drive iônico brilhava à luz do sol de Damogran.

Damogran, o quente; Damogran, o remoto; Damogran, o quase completamente desconhecido para todos.

Damogran, morada secreta da nave Coração de Ouro.

O barco deslizava rapidamente sobre a água. Ainda levaria algum tempo para chegar a seu destino, porque a geografia de Damogran não é nada prática. Consiste apenas em algumas ilhas desertas de tamanho médio a grande, separadas por oceanos de rara beleza, mas de uma vastidão chatíssima.

O barco seguia em frente.

Devido a sua incômoda geografia, Damogran sempre foi um planeta desabitado. Foi por isso que o Governo Imperial Galáctico escolheu Damogran para o projeto Coração de Ouro, porque o planeta era muito deserto e o projeto Coração de Ouro era muito secreto.

O barco deslizava rápido pela superfície do mar, o mar que separava as principais ilhas do único arquipélago de tamanho aproveitável em todo o planeta. Zaphod Beeblebrox vinha do pequeno cosmoporto da ilha da Páscoa (o nome era uma coincidência sem nenhum significado – em galactês, *páscoa* quer dizer pequeno, plano e castanho-claro) para a ilha do projeto Coração de Ouro, cujo nome era França, em mais uma coincidência sem nenhum significado.

Um dos efeitos colaterais do projeto Coração de Ouro era uma série de coincidências sem significado.

Mas não era por coincidência que aquele dia, o dia da coroação do projeto, o grande dia do lançamento, o dia em que a nave Coração de Ouro seria finalmente revelada a uma Galáxia maravilhada, era também um dia muito especial para Zaphod Beeblebrox. Foi pensando nesse dia que ele havia decidido concorrer à Presidência, uma decisão que causou grande surpresa em toda a Galáxia Imperial – Zaphod Beeblebrox? Presidente? Não *aquele* Zaphod Beeblebrox? Ele, *presidente*?*

---

* Presidente: o nome oficial do cargo é presidente do Governo Imperial Galáctico.
O termo *Imperial* é mantido embora seja atualmente um anacronismo. O imperador hereditário está quase morto, há muitos séculos. Nos últimos instantes de seu coma, ele foi colocado num campo de

Muitos encararam o fato como prova de que todo o universo havia afinal pirado completamente.

Zaphod sorriu e aumentou a velocidade do barco.

Zaphod Beeblebrox, aventureiro, ex-hippie, bon vivant (trambiqueiro?, possivelmente), maníaco por autopromoção, péssimo em relacionamentos pessoais, frequentemente considerado um doido varrido.

Presidente?

Mas o universo não havia enlouquecido, pelo menos não em relação a isso.

Apenas seis pessoas em toda a Galáxia conheciam o princípio no qual se baseava o governo galáctico, e sabiam que, uma vez proclamada a intenção de Zaphod Beeblebrox de concorrer à Presidência, a coisa estava mais ou menos resolvida: ele tinha tudo para ser presidente.

O que elas realmente não entendiam era por que Zaphod resolvera se candidatar.

Zaphod deu uma guinada súbita com o barco, levantando um lençol d'água.

O dia havia chegado; o dia em que todos entenderiam quais haviam sido as intenções de Zaphod. Aquele dia era a razão de ser da presidência de Zaphod Beeblebrox. Era também o dia em que ele completava 200 anos de idade, mas isto era apenas mais uma coincidência sem qualquer significado.

Enquanto seu barco atravessava os mares de Damogran, ele sorria de leve, pensando no dia maravilhoso e divertido que tinha pela frente. Relaxou os músculos e descansou os dois braços preguiçosamente no encosto, e ficou dirigindo o barco com um braço adicional que ele instalara recentemente embaixo de seu braço direito, para melhorar seu desempenho no esquiboxe.

– Sabe – cantarolou ele para si próprio –, você é realmente um cara incrível.

---

estase, que o mantém num estado de imutabilidade perpétua. Todos os seus herdeiros já morreram há muito tempo, o que significa que, sem ter havido nenhuma grande convulsão política, o centro do poder foi deslocado de forma simples e eficaz para escalões inferiores, sendo agora aparentemente atribuição de um órgão cujos membros antes atuavam como simples conselheiros do imperador – uma assembleia governamental eleita, chefiada por um presidente eleito por ela. Na verdade, não é aí que está o poder, em absoluto.

O presidente, em particular, é simplesmente uma figura pública: não detém nenhum poder. Ele é aparentemente escolhido pelo governo, mas as qualidades que ele deve exibir nada têm a ver com liderança. Ele deve é possuir um sutil talento para provocar indignação. Por esse motivo, o presidente é sempre uma figura polêmica, sempre uma personalidade irritante, porém fascinante ao mesmo tempo. Não cabe a ele exercer o poder, e sim desviar a atenção do poder. Com base nesses critérios, Zaphod Beeblebrox é um dos melhores presidentes que a Galáxia já teve – pois já passou dois dos dez anos de seu mandato na cadeia, condenado por fraude. Pouquíssimas pessoas sabem que o presidente e o governo praticamente não têm nenhum poder, e, dessas pouquíssimas pessoas, apenas seis sabem onde é, de fato, exercido o verdadeiro poder político. A maioria das outras está convencida de que, em última instância, o poder é exercido por um computador. Elas não poderiam estar mais erradas.

Mas seus nervos cantavam uma canção mais estridente do que um apito para chamar cachorro.

A ilha da França tinha cerca de 30 quilômetros de comprimento por 9 de largura; era arenosa e em forma de crescente. Na verdade, dava a impressão de ser menos uma ilha propriamente dita do que uma simples maneira de definir o formato e a curvatura de uma grande baía. A impressão era ressaltada pelo fato de que a costa interior do crescente consistia apenas em penhascos íngremes. Do alto dos penhascos, o terreno seguia um declive gradual até a costa oposta, 9 quilômetros adiante.

No alto dos penhascos havia um comitê de recepção.

Era constituído basicamente de engenheiros e pesquisadores que haviam construído a nave Coração de Ouro – humanoides em sua maioria, mas havia um ou outro atomeiro reptiloide, dois ou três maximegalacticianos verdes silfoides, um ou dois fissucturalistas octópodes e um Huluvu (o Huluvu é uma tonalidade de azul superinteligente). Todos, com exceção do Huluvu, trajavam jalecos de laboratório de gala, multicoloridos e resplandecentes; o Huluvu fora temporariamente refratado num prisma capaz de ficar em pé, especialmente para a ocasião.

Havia um clima de enorme empolgação entre eles. Trabalhando em equipe, haviam atingido e ultrapassado os últimos limites das leis da física, reestruturado a configuração fundamental da matéria, forçado, torcido e partido as leis das possibilidades e impossibilidades, mas apesar disso o que mais os entusiasmava era a oportunidade de conhecer um homem com uma faixa alaranjada em volta do pescoço (o distintivo tradicional do presidente da Galáxia). Talvez até não fizesse muita diferença se eles soubessem exatamente quanto poder exercia o presidente da Galáxia: absolutamente nenhum. Apenas seis pessoas na Galáxia sabiam que a função do presidente não era exercer poder, e sim desviar a atenção do poder.

Zaphod Beeblebrox era surpreendentemente bom no seu trabalho.

A multidão exultava, deslumbrada pelo sol e pela perícia do presidente, que fazia o barco contornar o promontório e entrar na baía. O barco brilhava ao sol, ao deslizar pela superfície em curvas abertas.

Na verdade, o barco não precisava encostar na água, já que ele se apoiava numa camada de átomos ionizados, mas para fazer efeito ele vinha equipado com umas quilhas finas que podiam ser baixadas para dentro d'água. Elas levantavam lençóis d'água no ar e rasgavam sulcos profundos no mar, que espumava na esteira do barco.

Zaphod adorava fazer efeitos: era sua especialidade.

Virou a roda do leme subitamente. A embarcação descreveu uma curva fechada bem rente ao penhasco e parou, balançando ao sabor das ondas suaves.

Segundos depois, Zaphod já estava no tombadilho, acenando e sorrindo para mais de três bilhões de pessoas. Os três bilhões de pessoas não estavam fisicamente presentes, porém assistiam a tudo através dos olhos de uma pequena câmera-robô tridimensional, que pairava no ar ali perto, subserviente. As proezas do presidente faziam muito sucesso junto ao público: era para isso que elas serviam mesmo.

Zaphod sorriu outra vez. Três bilhões e seis pessoas não sabiam, mas a proeza daquele dia seria mais incrível do que qualquer coisa que elas esperassem.

A câmera-robô aproximou-se para fazer um close da cabeça mais popular (ele tinha duas) do presidente, e ele acenou outra vez. Sua aparência era mais ou menos humanoide, afora a segunda cabeça e o terceiro braço. Seus cabelos claros e despenteados apontavam para todas as direções, seus olhos azuis brilhavam com um sentido absolutamente incompreensível e seus queixos estavam quase sempre com a barba por fazer.

Um globo transparente de 7 metros de altura flutuava ao lado de seu barco, balançando as ondas, brilhando ao sol. Dentro dele flutuava um amplo sofá semicircular, estofado com um esplêndido couro vermelho.

Quanto mais o globo balançava, mais o sofá permanecia completamente imóvel, como se fosse um rochedo transformado em sofá. Mais uma vez, o objetivo principal daquilo era fazer efeito.

Zaphod atravessou a parede do globo e refestelou-se no sofá. Pôs dois braços sobre o encosto do sofá, e com o terceiro espanou um pouco de poeira que tinha no joelho. Suas cabeças olharam ao redor, sorridentes; pôs os pés sobre o sofá. "Se não conseguisse se conter, ia começar a gritar", pensou ele.

Debaixo da bolha a água fervia, subia, esguichava. A bolha elevava-se no ar, balançando-se na coluna de água. Subia mais e mais, refletindo raios de sol em direção ao penhasco. Subia impulsionada pela água que esguichava debaixo dela e caía de volta na superfície do mar, dezenas e dezenas de metros abaixo.

Zaphod sorriu, imaginando o efeito visual.

Um meio de transporte absolutamente ridículo, porém belíssimo.

No alto do penhasco o globo parou por um instante, pousou numa rampa gradeada, rolou até uma pequena plataforma côncava e lá parou, por fim.

Aplaudido entusiasticamente, Zaphod Beeblebrox saiu da bolha. Sua faixa alaranjada brilhava ao sol.

O presidente da Galáxia havia chegado.

Esperou que os aplausos morressem e levantou a mão, saudando a multidão.

– Oi – disse.

Uma aranha do governo chegou-se até ele e tentou lhe entregar uma cópia de seu discurso previamente preparado. As páginas 3 a 7 da versão original estavam naquele momento flutuando no mar de Damogran, a uns 10 quilômetros da baía. As páginas 1 e 2 haviam sido encontradas por uma águia-de-crista--frondosa de Damogran e já haviam sido incorporadas a um novo e extraordinário tipo de ninho que a águia inventara. Era construído basicamente de papel machê, e era praticamente impossível para um filhote de águia recém-saído do ovo escapar de dentro dele. A águia-de-crista-frondosa de Damogran ouvira vagamente falar de luta pela sobrevivência da espécie, mas não queria nem saber dessa história.

Zaphod Beeblebrox não ia precisar de seu discurso preparado e delicadamente recusou a cópia oferecida pela aranha.

– Oi – repetiu.

Todo mundo sorriu para ele, ou pelo menos quase todo mundo. Viu Trillian no meio da multidão. Era uma garota que Zaphod conhecera recentemente ao visitar um planeta, incógnito, como turista. Era esguia, morena, humanoide, com longos cabelos negros e ondulados, uma boca carnuda, um narizinho estranho e saliente e olhos ridiculamente castanhos. Seu lenço de cabelo vermelho, amarrado de modo diferente, e seu vestido longo e leve de seda marrom lhe davam uma aparência vagamente árabe. Não que alguém ali tivesse ouvido falar nos árabes, claro. Os árabes haviam deixado de existir muito recentemente, e mesmo no tempo em que eles existiam estavam a 500 mil anos-luz de Damogran. Trillian não era ninguém em particular, ou pelo menos era isso que Zaphod dizia. Ela simplesmente andava muito com ele e lhe dizia o que pensava a seu respeito.

– Oi, meu bem – disse para ela.

Ela lhe dirigiu um sorriso rápido e tenso e desviou o olhar. Então olhou novamente para ele por um momento e sorriu de forma mais calorosa – mas agora ele já estava olhando para outro lado.

– Oi – disse para um pequeno grupo de criaturas da imprensa, que estava a pouca distância dali, ansioso para que parasse de dizer "oi" e começasse logo a dizer coisas que eles pudessem publicar.

Zaphod sorriu, pensando que dentro de alguns instantes ia dar a eles coisas muito interessantes, mas muito interessantes mesmo, para publicar.

Porém o que ele disse em seguida não interessou muito às criaturas da imprensa. Um dos funcionários do partido concluíra, irritado, que o presidente obviamente não estava a fim de ler o discurso fascinante que havia sido preparado para ele, e acionara um interruptor no controle remoto que tinha no bolso. Ao longe, uma enorme cúpula branca que se destacava contra o céu rachou ao meio, abriu-se e foi lentamente dobrando-se sobre o chão. Todos ficaram boquiabertos, embora soubessem perfeitamente que aquilo ia acontecer, já que eles próprios haviam construído a cúpula.

Embaixo dela havia uma imensa espaçonave, de 150 metros de comprimento, esguia como um tênis de corrida, perfeitamente branca e estonteantemente bonita. Bem no centro dela, invisível para quem olhava de fora, havia uma pequena caixa de ouro que continha o aparelho mais alucinante jamais concebido em toda a Galáxia, o qual deu o nome à nave – o Coração de Ouro.

– Uau! – disse Zaphod Beeblebrox ao ver a nave Coração de Ouro. Também, não tinha outra coisa a dizer.

E repetiu, porque sabia que isso ia irritar a imprensa:

– Uau!

Toda a multidão virou-se para ele, cheia de expectativa. Zaphod piscou o olho para Trillian, que alçou as sobrancelhas e arregalou os olhos para ele. Ela sabia o que ele ia dizer agora, e achava-o muito exibido.

– É realmente incrível – disse Zaphod. – É realmente incrivelmente incrível. É tão incrivelmente incrível que acho que estou com vontade de roubá-la.

Uma maravilhosa frase presidencial, absolutamente apropriada. A multidão riu, satisfeita, os jornalistas apertaram os botões de suas reportmáticas Subeta e o presidente sorriu.

Enquanto sorria, seu coração batia desesperadamente e seus dedos tateavam a pequena bomba paralisomática que trazia no bolso.

De repente, não aguentou mais. Virou ambos os rostos para o céu, soltou um tremendo grito, formando um acorde de terça maior, jogou a bomba no chão e saiu correndo por entre aqueles rostos sorridentes imobilizados.

Capítulo 5

Prostetnic Vogon Jeltz não era bonito de se ver. Nem outros vogons gostavam de olhar para ele. Seu nariz alto e abobadado elevava-se acima de uma testa estreita e porcina. Sua pele verde-escura e borrachuda era grossa o suficiente para permitir-lhe jogar – e bem – o jogo da política do funcionalismo público vogon, e tão resistente à água que lhe permitia sobreviver por períodos indefinidamente longos no fundo do mar a profundidades de 300 metros, sem qualquer efeito negativo.

O que não significa que ele sequer houvesse nadado algum dia, é claro. Não tinha tempo para isso. Ele era do jeito que era porque, há bilhões de anos, quando os vogons pela primeira vez saíram dos mares primevos da Vogsfera e foram arfar nas praias virgens do planeta, quando os primeiros raios do jovem e forte Vogsol os atingiram naquela manhã, foi como se as forças da evolução houvessem simplesmente desistido deles e se virado para o outro lado, cheias de aversão, considerando-os um erro infeliz e repulsivo. Nunca mais os vogons evoluíram: não deviam sequer ter sobrevivido.

Se sobreviveram, isso se deveu à teimosia e à força de vontade dessas criaturas de raciocínio preguiçoso. *Evolução?*, pensavam elas. *Evolução pra quê?* E o que a natureza se recusou a fazer por eles ficou por isso mesmo, até que pudessem consertar as grosseiras inconveniências anatômicas através da cirurgia.

Enquanto isso, as forças naturais do planeta Vogsfera estavam trabalhando mais do que nunca, fazendo hora extra para compensar o erro anterior. Criaram caranguejos ágeis, cobertos de joias cintilantes, que os vogons comiam, quebrando suas carapaças com marretas de ferro; árvores altas, extraordinariamente esguias e coloridas, que os vogons derrubavam e queimavam para cozinhar a carne dos caranguejos; criaturas elegantes, semelhantes a gazelas, de pelos sedosos e olhos orvalhados, que os vogons capturavam para se sentar em cima. Elas não serviam como meio de transporte porque suas espinhas partiam-se imediatamente, mas os vogons sentavam-se em cima delas assim mesmo.

Assim, o planeta Vogsfera atravessou tristes milênios até que os vogons descobriram de repente os princípios do transporte interestelar. Poucos anos vogs depois, todos os vogons já haviam migrado para o aglomerado de Megabrantis, o centro político da Galáxia, e agora constituíam a poderosíssima espinha dorsal do funcionalismo público da Galáxia. Tentaram adquirir cultura, tentaram adquirir estilo e boas maneiras, mas sob quase todos os aspectos o vogon moderno pouco difere de seus ancestrais primitivos. Todo ano eles importam 27 mil caranguejos cintilantes de seu planeta nativo e passam muitas noites divertidas bebendo e esmigalhando caranguejos com marretas de ferro.

Prostetnic Vogon Jeltz era um vogon mais ou menos típico, já que era absolutamente vil. Além disso, não gostava de mochileiros.

EM UMA PEQUENA e escura cabine nas entranhas mais profundas da nave capitânia de Prostetnic Vogon Jeltz, um fósforo acendeu-se nervosamente. O dono do fósforo não era um vogon, mas sabia tudo sobre os vogons, e tinha toda a razão de estar nervoso. Chamava-se Ford Prefect.*

Olhou ao redor, mas não dava para ver quase nada; sombras estranhas e monstruosas formavam-se e tremiam à luz bruxuleante do fósforo, mas o silêncio era completo. Silenciosamente, Ford agradeceu aos dentrassis. Os dentrassis são uma tribo indisciplinada de gourmands, um povo selvagem, porém simpático. Recentemente vinham sendo empregados pelos vogons como comissários de bordo em suas viagens mais longas, sob a condição de que ficassem na deles.

Os dentrassis achavam isso ótimo, porque adoravam o dinheiro vogon, que é uma das moedas mais sólidas do espaço, porém detestavam os vogons. Os dentrassis só gostavam de ver um vogon quando ele estava chateado.

Graças a esse pequeno detalhe, Ford Prefect não fora transformado numa nuvenzinha de hidrogênio, ozônio e monóxido de carbono.

Ford ouviu um leve gemido. À luz do fósforo, viu uma forma pesada mexendo-se no chão. Rapidamente apagou o fósforo, pôs a mão no bolso, encontrou o que procurava e tirou-o do bolso. Abriu o pacote e sacudiu-o. Ajoelhou-se. A forma mexeu-se de novo. Ford Prefect disse:

– Eu trouxe uns amendoins.

---

* O nome original de Ford Prefect só é pronunciável num obscuro dialeto betelgeusiano, hoje em dia praticamente extinto, devido ao Grande Desastre Hrung do Ano/Gal./Sid. 03578, que dizimou todas as antigas comunidades praxibetelenses de Betelgeuse VII. O pai de Ford foi o único homem em todo o planeta a sobreviver ao Grande Desastre Hrung, devido a uma extraordinária coincidência que ele jamais conseguiu explicar de modo satisfatório. Todo o episódio está envolto em mistério: na verdade, ninguém jamais descobriu o que era um Hrung e por que ele resolveu cair em cima de Betelgeuse VII em particular. O pai de Ford, magnânimo, ignorou as nuvens de suspeita que naturalmente se formaram em torno dele e foi morar em Betelgeuse V, onde se tornou ao mesmo tempo pai e tio de Ford; em memória de seu povo agora extinto, deu-lhe um nome no antigo idioma praxibetelense.

Como Ford jamais aprendeu a dizer seu nome original, seu pai terminou morrendo de vergonha, coisa que ainda é uma doença fatal em certas regiões da Galáxia. Na escola, seus colegas o apelidaram de Ix, o que no idioma de Betelgeuse II quer dizer "menino que não sabe explicar direito o que é um Hrung nem por que ele resolveu cair em cima de Betelgeuse VII".

Arthur Dent mexeu-se e gemeu de novo, produzindo sons incoerentes.

– Tome, coma um pouco – insistiu Ford, sacudindo o pacote. – Se você nunca passou antes por um raio de transferência de matéria, deve ter perdido sal e proteína. A cerveja que você tomou deve ter protegido um pouco seu organismo.

– Rrrrr... – disse Arthur Dent. Abriu os olhos. – Está escuro.

– É – disse Ford Prefect –, está escuro, sim.

– Luz nenhuma – disse Arthur Dent. – Escuro, completamente.

Uma das coisas que Ford Prefect jamais conseguiu entender em relação aos seres humanos era seu hábito de afirmar e repetir continuamente o óbvio mais óbvio, coisas do tipo *Está um belo dia*, ou *Como você é alto*, ou *Ah, meu Deus, você caiu num poço de 10 metros de profundidade, você está bem?*. De início, Ford elaborou uma teoria para explicar esse estranho comportamento. Se os seres humanos não ficarem constantemente utilizando seus lábios – pensou ele –, eles grudam e não abrem mais. Após pensar e observar por alguns meses, abandonou essa teoria em favor de outra: se eles não ficarem constantemente exercitando seus lábios – pensou ele –, seus cérebros começam a funcionar. Depois de algum tempo, abandonou também essa teoria, por achá-la demasiadamente cínica, e concluiu que, na verdade, gostava muito dos seres humanos. Contudo, sempre ficava muitíssimo preocupado ao constatar como era imenso o número de coisas que eles desconheciam.

– É – concordou Ford –, nenhuma luz. – Deu uns amendoins a Arthur e perguntou-lhe: – Como é que você está se sentindo?

– Que nem numa academia militar, em posição de sentido – disse Arthur. – A toda hora, um pedacinho de mim desmaia.

Ford, sem entender, arregalou os olhos na escuridão.

– Se eu lhe perguntasse em que diabo de lugar a gente está – perguntou Arthur, hesitante –, eu me arrependeria de ter feito essa pergunta?

– Estamos a salvo – disse Ford, levantando-se.

– Ah, bom.

– Estamos dentro de uma pequena cabine de uma das espaçonaves da Frota de Construção Vogon.

– Ah – disse Arthur. – Pelo visto, você está empregando a expressão "a salvo" num sentido estranho que eu não conheço.

Ford acendeu outro fósforo para tentar encontrar um interruptor de luz. Novamente surgiram sombras monstruosas. Arthur pôs-se de pé e abraçou seus próprios ombros, apreensivo. Formas alienígenas horríveis pareciam cercá-lo; o ar estava cheio de odores rançosos que entravam em seus pulmões sem terem sido identificados, e um zumbido grave e irritante impedia que ele concentrasse sua atenção.

– Como é que viemos parar aqui? – perguntou, tremendo um pouco.

– Pegamos uma carona – disse Ford.

– Espere aí! – disse Arthur. – Você está me dizendo que a gente levantou o polegar e algum monstrinho verde de olhos esbugalhados pôs a cabeça pra fora e disse: *Oi, gente, entrem aí que eu deixo vocês na saída do viaduto*?

– Bem – disse Ford –, o polegar na verdade é um sinalizador eletrônico Subeta, e a saída do viaduto, no caso, é a estrela de Barnard, a 6 anos-luz da Terra; mas no geral é mais ou menos isso.

– E o monstrinho de olhos esbugalhados?

– É verde, sim.

– Tudo bem – disse Arthur –, mas quando eu vou voltar para casa?

– Não vai – disse Ford Prefect, e encontrou o interruptor. – Proteja os olhos... – acrescentou, e acendeu a luz.

Até mesmo Ford ficou surpreso.

– Minha nossa! – disse Arthur. – Estamos mesmo dentro de um disco voador?

PROSTETNIC VOGON JELTZ contornou com seu corpo verde e desagradável a ponte de comando da nave. Sempre se sentia vagamente irritado após demolir planetas povoados. Desejou que alguém viesse lhe dizer que estava tudo errado, pois aí ele poderia dar uma bronca e se sentir melhor. Jogou-se com todo o peso no seu banco na esperança de que ele quebrasse, dando-lhe um bom motivo para se irritar, mas o banco limitou-se a ranger, como se reclamasse.

– Vá embora! – gritou ele para um jovem guarda vogon que entrava naquele instante na ponte de comando.

O guarda desapareceu imediatamente, um tanto aliviado. Assim, não seria ele quem teria de dar a notícia que acabava de ser recebida. Era um despacho oficial informando que estava sendo lançado naquele instante num centro de pesquisas do governo em Damogran um novo tipo maravilhoso de espaçonave que tornaria desnecessárias todas as vias expressas hiperespaciais.

Outra porta abriu-se, mas dessa vez o capitão vogon não gritou, porque era a porta que dava para a cozinha, onde os dentrassis trabalhavam. Uma refeição agora seria ótima ideia.

Uma enorme criatura peluda entrou com uma bandeja e um sorriso de maluco.

Prostetnic Vogon Jeltz ficou contente. Sabia que quando um dentrassi estava sorridente daquele jeito era porque havia alguma coisa acontecendo na nave que lhe daria um pretexto para ficar irritadíssimo.

FORD E ARTHUR olhavam ao redor.

– Bem, o que você acha? – perguntou Ford.

– Meio bagunçado, não é?

Ford olhou contrafeito para os colchões encardidos, copos sujos e roupas de baixo malcheirosas de alienígenas espalhados pela cabine apertada.

– Bem, isto aqui é uma nave de serviço – disse Ford. – Estamos numa das cabines dos dentrassis.

– Mas não eram vogons ou coisa parecida?

– É – disse Ford. – Os vogons mandam, os dentrassis cozinham. Foram eles que nos deram carona.

– Estou meio confuso – disse Arthur.

– Dê uma olhada nisso – disse Ford, sentando-se num dos colchões e mexendo em sua mochila.

Arthur apalpou o colchão nervosamente e depois sentou-se também: na verdade, não havia motivo para ficar nervoso, já que todos os colchões cultivados nos pântanos de Squornshellous Zeta são muito bem mortos e ressecados antes de serem utilizados. É muito raro um desses colchões voltar à vida.

Ford deu o livro a Arthur.

– Que é isso? – perguntou Arthur.

– *O Guia do Mochileiro das Galáxias*. É uma espécie de livro eletrônico. Tem tudo sobre todos os assuntos. Informa sobre qualquer coisa.

Arthur revirou nervosamente o aparelho.

– Gostei da capa – disse ele. – *Não entre em pânico*. Foi a primeira coisa sensata e inteligível que me disseram hoje.

– Eu lhe mostro como funciona – disse Ford. Pegou o livro das mãos de Arthur, que continuava a segurá-lo como se fosse um pássaro morto há duas semanas, e tirou-o de dentro da capa. – Aperte este botão aqui que a tela acende e aparece o índice.

Uma tela de cerca de 8 por 10 centímetros iluminou-se e começaram a aparecer caracteres em sua superfície.

– Você quer saber sobre os vogons. Então é só digitar "vogon", assim. – Ford apertou umas teclas. – Veja.

As palavras *Frota de Construção Vogon* apareceram em letras verdes.

Ford apertou um grande botão vermelho embaixo da tela e um texto começou a correr por ela, ao mesmo tempo que uma voz calma e controlada ia lendo o que estava escrito:

"*Frota de Construção Vogon. Você quer pegar carona com vogons? Pode desistir. Trata-se de uma das raças mais desagradáveis da Galáxia. Não chegam a ser malévolos, mas são mal-humorados, burocráticos, intrometidos e insensíveis. Seriam incapazes de levantar um dedo para salvarem suas próprias avós da Terrível Besta Voraz de Traal sem antes receberem ordens expressas através de um formulário em três vias, enviá-lo, devolvê-lo, pedi-lo de volta, perdê-lo, encontrá-lo de novo, abrir um inquérito a respeito, perdê-lo de novo e finalmente deixá-lo três meses sob um monte de turfa, para depois reciclá-lo como papel para acender fogo.*

A melhor maneira de conseguir que um vogon lhe arranje um drinque é enfiar o dedo na garganta dele, e a melhor maneira de irritá-lo é alimentar a Terrível Besta Voraz de Traal com a avó dele.

Jamais, em hipótese alguma, permita que um vogon leia poemas para você."

Arthur ficou olhando para a tela.

– Que livro esquisito. Então como foi que pegamos essa carona?

– É justamente essa a questão. O livro está desatualizado – disse Ford, guardando-o dentro da capa. – Estou fazendo uma pesquisa de campo pra nova edição revista e aumentada, e uma das coisas que eu vou ter que fazer é mencionar que agora os vogons estão empregando dentrassis como cozinheiros, o que facilita as coisas pra nós.

Uma expressão contrariada surgiu no rosto de Arthur.

– Mas quem são esses dentrassis?

– Gente finíssima – disse Ford. – São disparado os melhores cozinheiros e os melhores preparadores de drinques, e estão se lixando pra todo o resto. E sempre dão carona pras pessoas, em parte porque gostam de companhia, mas acima de tudo para irritar os vogons. O que é exatamente o tipo de coisa que você precisa saber se é um mochileiro sem muita grana a fim de ver as maravilhas do Universo por menos de 30 dólares altairenses por dia. Meu trabalho é esse. Divertido, não é?

Arthur parecia perdido.

– É incrível – disse, olhando de testa franzida para um dos outros colchões.

– Infelizmente, fiquei parado na Terra bem mais tempo do que eu pretendia – prosseguiu Ford. – Fui passar uma semana e acabei preso lá por quinze anos.

– Mas como foi que você chegou lá?

– Foi fácil, peguei carona com um gozador.

– Um gozador?

– É.

– Mas... o que é um...?

– Gozador? Normalmente é um filhinho de papai rico que não tem o que fazer. Fica zanzando por aí procurando planetas que ainda não fizeram nenhum contato interestelar e vai lá pirar as pessoas.

– Pirar as pessoas? – Arthur começou a pensar que Ford estava gostando de complicar a vida para ele.

— É — disse Ford —, fica pirando as pessoas. Vai a um lugar bem isolado onde tem pouca gente, aí pousa ao lado de um pobre infeliz em que ninguém jamais vai acreditar e fica andando na frente dele, com umas antenas ridículas na cabeça, fazendo bip-bip e outros ruídos engraçados. Realmente, uma tremenda criancice. — Ford recostou-se no colchão, apoiando a cabeça nas mãos; aparentava estar irritantemente satisfeito consigo mesmo.

— Ford — insistiu Arthur —, não sei se minha pergunta é idiota, mas o que é que eu estou fazendo aqui?

— Bem, isso você sabe — disse Ford —, eu salvei você da Terra.

— E o que aconteceu com a Terra?

— Ah. Ela foi demolida.

— Ah, sei — disse Arthur, controlado.

— Pois é. Foi simplesmente vaporizada.

— Escute — disse Arthur —, estou meio chateado com essa notícia.

Ford franziu a testa, e pareceu estar pensando.

— É, eu entendo — disse, por fim.

— Eu entendo! — gritou Arthur. — Eu entendo!

Ford pôs-se de pé num salto.

— Olhe para o livro — insistiu ele.

— O quê?

— *Não entre em pânico.*

— Não estou entrando em pânico!

— Está, sim.

— Está bem, estou. O que você quer que eu faça?

— Venha comigo e se divirta. A Galáxia é um barato. Só que você vai ter que pôr esse peixe no ouvido.

— Que diabos você quer dizer? — perguntou Arthur, de modo bastante delicado, pensou ele.

Ford mostrou-lhe um pequeno vidro que continha um peixinho amarelo, que nadava de um lado para o outro. Arthur olhou para ele, sem entender. Queria que houvesse alguma coisa simples e compreensível para que ele pudesse se situar. Ele se sentiria melhor se, juntamente com a roupa de baixo dos dentrassis, as pilhas de colchões de Squornshellous e o homem de Betelgeuse que lhe oferecia um peixinho amarelo para colocar no ouvido, pudesse ver ao menos um pacotinho de flocos de milho. Mas ele não podia; logo, sentia-se perdido.

De repente ouviu-se um ruído violento, vindo de um lugar que Arthur não conseguiu identificar. Ficou horrorizado com aquele barulho, que parecia um homem tentando gargarejar e lutar contra toda uma alcateia ao mesmo tempo.

— Pss! — disse Ford. — Escute, pode ser importante.

– Im... importante?
– É o comandante da nave dando um aviso.
– Quer dizer que é assim que os vogons falam?
– Escute!
– Mas eu não sei falar vogon!
– Não precisa. É só pôr esse peixe no ouvido.

Ford, com um gesto rápido, levou a mão ao ouvido de Arthur, que teve de repente a desagradável sensação de que um peixe estava se enfiando em seu conduto auditivo. Horrorizado, ficou coçando o ouvido por uns instantes, mas aos poucos seu rosto foi assumindo uma expressão maravilhada. Estava tendo uma experiência auditiva equivalente a ver uma representação de duas silhuetas negras e de repente passar a entendê-la como um candelabro branco, ou de olhar para um monte de pontos coloridos e de repente ver neles o número seis, o que significa que seu oculista vai cobrar uma nota preta para você trocar as lentes dos óculos.

Arthur continuava ouvindo aquela mistura de gritos e gargarejos, só que de repente aquilo de algum modo havia se tornado perfeitamente inteligível.

Eis o que ele ouviu...

Capítulo 6

grito grito gargarejo grito gargarejo grito grito grito gargarejo grito gargarejo grito grito gargarejo gargarejo grito gargarejo gargarejo gargarejo grito slurpt aaaaaaargh se divertindo. Repetindo mensagem. Aqui fala o comandante desta nave, por isso parem de fazer o que estiverem fazendo e prestem atenção. Em primeiro lugar, nossos instrumentos acusam a presença de dois mochileiros a bordo. Oi, mochileiros, onde quer que estejam. Eu gostaria de deixar bem claro que vocês não são em absoluto bem-vindos a bordo. Eu trabalhei duro para chegar aonde estou hoje e não virei comandante de uma nave de construção vogon apenas pra servir de táxi para aproveitadores degenerados. Enviei uma equipe de busca e assim que vocês forem encontrados serão expulsos da nave. Se tiverem muita sorte, lerei pra vocês alguns dos meus poemas primeiro.

"Em segundo lugar, estamos prestes a saltar para o hiperespaço e seguir rumo à estrela de Barnard. Ao chegar lá, vamos ficar na oficina durante 72 horas para reparos e ninguém sairá da nave durante esse período. Repito: todas as licenças de desembarque estão canceladas. Acabo de sofrer uma desilusão amorosa. Logo, não quero ver ninguém se divertindo. Fim da mensagem."

O ruído cessou.

Arthur constatou, envergonhado, que estava deitado no chão, todo encolhido, feito uma bola, com os braços apertados em torno da cabeça. Sorriu, meio sem graça.

– Sujeito encantador – disse ele. – Gostaria de ter uma filha, só pra proibir que ela se casasse com um deles...

– Não seria preciso – disse Ford. – Os vogons têm menos sex appeal que um desastre de carro. Não, não se mexa – acrescentou quando Arthur começou a se esticar. – É melhor ficar assim mesmo para se preparar pra entrar no hiperespaço. É uma sensação desagradável, como uma bebida.

– O que há de desagradável em uma bebida?

– Pergunte como um copo d'água se sente.

Arthur pensou um pouco.

– Ford.

– Que é?

– O que é que esse peixe está fazendo no meu ouvido?

– Está traduzindo pra você. É um peixe-babel. Consulte o livro, se quiser.

Jogou *O Guia do Mochileiro* para Arthur e depois encolheu-se todo, em posição fetal, preparando-se para o salto para o hiperespaço.

Nesse instante, o cérebro de Arthur se abriu em dois.

Seus olhos viraram-se do avesso. Seus pés começaram a escorrer do topo do crânio.

A cabine ao seu redor achatou-se, rodopiou, desapareceu, fazendo com que Arthur fosse chupado para dentro de seu próprio umbigo.

Estavam passando pelo hiperespaço.

"O PEIXE-BABEL", disse *O Guia do Mochileiro das Galáxias*, baixinho, *"é pequeno, amarelo e semelhante a uma sanguessuga, e é provavelmente a criatura mais estranha em todo o Universo. Alimenta-se de energia mental, não daquele que o hospeda, mas das criaturas ao redor dele. Absorve todas as frequências mentais inconscientes dessa energia mental e se alimenta delas, e depois expele na mente de seu hospedeiro uma matriz telepática formada pela combinação das frequências mentais conscientes com os impulsos nervosos captados dos centros cerebrais responsáveis pela fala do cérebro que os emitiu. Na prática, o efeito disso é o seguinte: se você introduz no ouvido um peixe-babel, você compreende imediatamente tudo o que lhe for dito em qualquer língua. Os padrões sonoros que você ouve decodificam a matriz de energia mental que o seu peixe-babel transmitiu para sua mente.*

"Ora, seria uma coincidência tão absurdamente improvável que um ser tão estonteantemente útil viesse a surgir por acaso, por meio da evolução das espécies, que alguns pensadores veem no peixe-babel a prova definitiva da inexistência de Deus.

"O raciocínio é mais ou menos o seguinte: 'Recuso-me a provar que eu existo', diz Deus, 'pois a prova nega a fé, e sem fé não sou nada.'

"Diz o homem: 'Mas o peixe-babel é uma tremenda bandeira, não é? Ele não poderia ter evoluído por acaso. Ele prova que você existe, e portanto, conforme o que você mesmo disse, você não existe. QED.**'*

"Então Deus diz: 'Ih, não é que eu não tinha pensado nisso?' E imediatamente desaparece, numa nuvenzinha de lógica.

"'Puxa, como foi fácil', diz o homem, e resolve aproveitar e provar que o preto é branco, mas é atropelado ao atravessar fora da faixa de pedestres.

"A maioria dos teólogos acha que esse argumento é uma asneira, mas foi com base nela que Oolon Colluphid fez uma fortuna, usando-a como tema central de seu best-seller Sai Dessa, Deus.

---

* Do latim *quod erat demonstrandum* (como queríamos demonstrar). (N. do T.)

"Enquanto isso, o pobre peixe-babel, por derrubar os obstáculos à comunicação entre os povos e culturas, foi o maior responsável por guerras sangrentas, em toda a história da criação."

ARTHUR GEMEU BAIXINHO. Horrorizou-se ao constatar que a passagem pelo hiperespaço não o matara. Agora estava a 6 anos-luz do lugar onde se encontraria a Terra, se ela ainda existisse.

A Terra.

Visões de seu planeta flutuavam em sua mente nauseada. Não havia como apreender com sua imaginação a ideia de que toda a Terra deixara de existir, era uma ideia grande demais. Testou seus sentimentos, pensando que seus pais e sua irmã não existiam mais. Nenhuma reação. Pensou em todas as pessoas que conhecera bem. Nenhuma reação. Então pensou num estranho que estivera parado atrás dele na fila do supermercado, dois dias antes, e de repente sentiu uma pontada – o supermercado deixara de existir, com todos que estavam dentro dele. A Coluna de Nelson havia desaparecido! Havia desaparecido e não haveria uma comoção popular, porque não restava ninguém para fazer uma comoção. Dali em diante, a Coluna de Nelson só existia em sua mente. A Inglaterra só existia em sua mente – a qual estava enfiada naquela cabine úmida e fedorenta, numa espaçonave de metal. Sentiu-se invadido por uma onda de claustrofobia.

A Inglaterra não existia mais. Isso ele já entendia – de algum modo conseguira entender. Tentou de novo: a América não existe mais. Não conseguia entender isso. Resolveu começar com coisas pequenas, de novo. Nova York não existia mais. Nenhuma reação. Na verdade, no fundo ele nunca acreditara mesmo na existência de Nova York. "O dólar", pensou ele, "caiu completamente." Isso lhe provocou um pequeno tremor. "Todos os filmes de Humphrey Bogart desapareceram", pensou ele, e a ideia lhe causou um choque desagradável. "O McDonald's", pensou. "Não existe mais nenhum Big Mac."

Desmaiou. Quando voltou a si, um segundo depois, chorava, chamando sua mãe.

De repente, pôs-se de pé, com um gesto violento.

– Ford!

Ford, que estava sentado num canto da cabine, cantarolando, olhou para ele. A parte da viagem em que a nave só se deslocava no espaço sempre lhe parecera muito chata.

– Que foi? – perguntou ele.

– Se você está fazendo pesquisa pra esse livro e se você esteve na Terra, então você deve ter algum material sobre a Terra.

– É, deu pra aumentar um pouco o verbete original, sim.

– Deixe-me ver o que estava nessa edição, tenho que ver.

– Está bem. – Estendeu o livro a Arthur de novo.

Arthur segurou o livro, tentando fazer com que suas mãos parassem de tremer. Apertou o botão da página que o interessava. A tela iluminou-se, piscou e exibiu uma página. Arthur ficou olhando para ela.

– Não tem nada! – exclamou.

Ford olhou por cima do ombro de Arthur.

– Tem, sim. Olhe lá embaixo, logo abaixo de *T. Eccentrica Gallumbits, a prostituta de três seios de Eroticon 6*.

Arthur seguiu com o olhar o dedo de Ford e viu para onde ele apontava. Por um momento, ficou sem entender; de repente, sua mente quase explodiu.

– O quê? *Inofensiva?* Só diz isso, mais nada? *Inofensiva!* Uma única palavra!

Ford deu de ombros.

– Bem, tem cem bilhões de estrelas na Galáxia, e os microprocessadores do livro são limitados – disse ele. – Além disso, ninguém sabia muita coisa a respeito da Terra, é claro.

– Bem, eu espero que você tenha melhorado um pouco essa situação.

– Ah, sim, consegui transmitir um novo verbete pra redação. Tiveram que resumir um pouco, mas de qualquer modo melhorou.

– E o que diz o verbete agora? – perguntou Arthur.

– *Praticamente inofensiva* – disse Ford, com um pigarro, para disfarçar seu constrangimento.

– *Praticamente inofensiva!* – gritou Arthur.

– Que barulho foi esse? – sussurrou Ford.

– Era eu gritando – falou Arthur.

– Não! Cale a boca! Acho que estamos em maus lençóis.

– Tremenda novidade!

Ouvia-se lá fora o ruído inconfundível de pessoas marchando.

– Os dentrassis? – sussurrou Arthur.

– Não, são botas de ponta de metal – disse Ford.

Ouviram-se batidas vigorosas na porta.

– Então quem é? – perguntou Arthur.

– Bem – disse Ford –, se estivermos com sorte, são os vogons que vieram nos jogar no espaço.

– E se estivermos com azar?

– Nesse caso – disse Ford, sombrio –, talvez o comandante tenha falado sério quando disse que antes de nos expulsar ia ler alguns poemas dele pra nós...

Capítulo 7

A poesia vogon é, como todos sabem, a terceira pior do Universo. Em segundo lugar vem a poesia dos azgodos de Kria. Durante um recital em que seu Mestre Poeta, Gruntos, o Flatulento, leu sua "Ode ao pedacinho de massa de vidraceiro verde que encontrei no meu sovaco numa manhã de verão", quatro pessoas na plateia morreram de hemorragia interna, e o presidente do Conselho Centro-Galáctico de Marmelada Artística só conseguiu sobreviver roendo uma de suas próprias pernas completamente. Consta que Gruntos ficou "decepcionado" com a reação da plateia, e já ia começar a ler sua epopeia em doze tomos intitulada *Meus Gargarejos de Banheira Favoritos* quando seu próprio intestino grosso, numa tentativa desesperada de salvar a vida e a civilização, pulou para cima, passando pelo pescoço de Gruntos, e estrangulou-lhe o cérebro.

A pior poesia de todas desapareceu com sua criadora, Paula Nancy Millstone Jennings, de Greenbridge, Essex, Inglaterra, com a destruição do planeta Terra.

Prostetnic Vogon Jeltz sorria muito devagar – não que ele quisesse fazer gênero, estava era tentando lembrar-se da sequência de contrações musculares necessárias para realizar o ato. Tinha dado uns gritos de excelente efeito terapêutico com seus prisioneiros, e agora sentia-se bem relaxado, pronto para um pouquinho de crueldade.

Os prisioneiros estavam sentados em cadeiras de Apreciação Poética – amarrados nelas. Os vogons não alimentavam quaisquer ilusões acerca da reputação de sua literatura. Suas primeiras tentativas poéticas faziam parte de um esforço malogrado no sentido de serem aceitos como uma espécie evoluída e culta, mas agora só persistiam por puro sadismo.

Ford Prefect suava frio, e o suor de sua testa molhava os eletrodos aplicados a suas têmporas, os quais estavam ligados a um complicado equipamento eletrônico – intensificadores de imagens, moduladores de ritmo, residuadores aliterativos e descarregadores de símiles. Tais aparelhos tinham o efeito de intensificar a experiência poética e garantir que nenhuma nuança do pensamento do poeta passaria despercebida.

Arthur Dent, sentado, tremia. Não fazia ideia do que o esperava, mas não tinha gostado de nada que acontecera até então, e não achava que viria coisa melhor.

O vogon começou a ler – um trechinho nauseabundo que ele próprio havia cometido.

– *Ó fragúndio bugalhostro...* – começou. O corpo de Ford foi sacudido por espasmos; aquilo era bem pior do que esperava. – *... tua micturição é para mim/ Qual manchimucos num lúrgido mastim.*

– Aaaaaaarggggghhhhh! – berrou Ford Prefect, jogando a cabeça para trás, latejando de dor. Mal podia ver Arthur a seu lado, estrebuchando em sua cadeira. Ford rangeu os dentes.

– *Frêmeo implochoro-o* – prosseguiu o vogon, implacável –, *ó meu perlíndromo exangue.* – Levantou a voz num crescendo horrível de estridência apaixonada. – *Adrede me não apagianaste a crímidos dessartes?/ Ter-te-ei rabirrotos, raio que o parte!*

– Nnnnnnnnnnyyyyyyuuuuuuurrrrrggggghhhhhh! – exclamou Ford Prefect, contorcido por um último espasmo quando a chave de ouro do poema golpeou-lhe as têmporas, ainda mais com o reforço eletrônico. Ficou todo mole.

Arthur estrebuchava.

– Bem, terráqueos – sibilou o vogon (ele não sabia que Ford Prefect era na verdade de um pequeno planeta perto de Betelgeuse, e estaria pouco ligando se soubesse) –, dou-lhes duas opções: ou morrer no vácuo do espaço, ou ... – fez uma pausa, para criar suspense – me dizer o quanto gostaram do meu poema!

Refestelou-se num grande sofá de couro em forma de morcego e ficou olhando para os dois. Deu aquele sorriso de novo.

Ford tentava respirar, com dificuldade. Revolveu a língua áspera na boca ressecada e gemeu.

Arthur disse então, entusiástico:

– Sabe, eu gostei bastante.

Ford virou-se para ele, boquiaberto. Simplesmente jamais lhe ocorrera tal saída.

O vogon, surpreso, levantou uma sobrancelha, a ponto de tapar-lhe o nariz, o que aliás foi ótimo.

– Ah, que bom... – sibilou, muito espantado.

– É, sim – disse Arthur. – Achei algumas das imagens metafísicas realmente muito vivas.

Ford continuava de olhos pregados em Arthur, lentamente reorganizando suas ideias em torno desse conceito radicalmente novo. Será que conseguiriam sair daquela enrascada com aquela cara de pau?

– Mas sim, continue... – falou o vogon.

– Ah... e também... tem uns efeitos rítmicos interessantes – prosseguiu Arthur – que fazem contraponto ao... ao... – Nesse ponto, empacou.

Ford acudiu, chutando:

– ... ao surrealismo da metáfora subjacente da... ah... – Empacou também, mas Arthur já estava pronto:

– ... da humanidade da...
– *Vogonidade* – soprou-lhe Ford.
– Sim, claro, da vogonidade (desculpe) da alma compassiva do poeta – prosseguiu Arthur, sentindo-se perfeitamente seguro agora –, que consegue, através da estrutura do texto, sublimar isto, transcender aquilo e apreender as dicotomias fundamentais do outro – Arthur ia agora num crescendo triunfal –, proporcionando ao leitor uma visão aprofundada e intensa do... do... ah... – De repente, vacilou. Ford, então, deu o golpe de misericórdia:
– ... do sentido do poema, seja ele o que for! – gritou. E sussurrou discretamente: – Muito bem, Arthur, parabéns.

O vogon olhou-os detidamente. Por um momento, sua endurecida alma vogon fora tocada, mas em seguida ele pensou: não; é tarde demais, e muito pouco. Sua voz lembrava o som de um gato arranhando um pedaço de náilon:
– Em outras palavras, eu escrevo poesia porque, por trás da minha fachada cruel e insensível, no fundo o que eu quero é ser amado – disse ele. Após uma pausa, perguntou: – É isso?

Ford deu um risinho nervoso:
– Bem, quer dizer, é – disse ele. – Todos nós, lá no fundo, sabe...
O vogon levantou-se.
– Não, vocês estão completamente enganados – disse. – Escrevo poesia só pra ressaltar minha fachada cruel e insensível por contraste. Vou expulsar vocês da nave de qualquer jeito. Guarda! Leve os prisioneiros para a câmara de descompressão número três e jogue-os para fora!
– O quê?! – exclamou Ford.

Um jovem e enorme guarda vogon aproximou-se e arrancou os dois prisioneiros de suas amarras com seus brações gordos.
– Você não pode jogar a gente no espaço – gritou Ford. – Estamos tentando escrever um livro.
– Toda resistência é inútil! – exclamou o guarda vogon. Foi essa a primeira frase que ele aprendeu quando entrou para o Batalhão de Guarda Vogon.

O comandante ficou vendo a cena, distante, divertindo-se, e depois virou-se.
Arthur olhava para todos os lados, desesperado.
– Não quero morrer agora! – gritou ele. – Ainda estou com dor de cabeça! Não quero ir pro céu com dor de cabeça, vou ficar emburrado e não vou achar graça em nada!

O guarda agarrou os dois pelo pescoço e, curvando-se respeitosamente para o comandante, que estava de costas, arrastou-os para fora da ponte de comando; os prisioneiros protestavam sem parar. Uma porta de aço fechou-se, e o comandante estava sozinho de novo. Ele cantarolava baixinho, folheando seu caderno de poesias.

– Humm – exclamou ele –, *contraponto ao surrealismo da metáfora subjacente...* – Pensou nisso por um momento, então fechou o caderno com um sorriso mau. – A morte é um castigo suave demais pra eles – disse então.

O longo corredor de paredes de aço ressoava as fúteis tentativas de fuga dos dois humanoides firmemente apertados nas axilas do vogon, duras como borracha.

– Isso é genial! – explodiu Arthur. – Isso é só o que faltava! Me solta, seu covardão!

O guarda vogon continuava a arrastá-los.

– Não se preocupe – disse Ford –, eu dou um jeito. – Pelo tom de voz, não parecia acreditar muito no que dizia.

– Toda resistência é inútil – urrou o guarda.

– Pare de dizer isso, por favor – gaguejou Ford. – Como é que a gente pode manter uma atitude mental positiva com você dizendo coisas assim?

– Meu Deus – reclamou Arthur –, você fala de atitude mental positiva, e olhe que o seu planeta nem foi demolido. Eu acordei hoje achando que ia passar um dia tranquilo, ler um pouco, escovar meu cachorro... São só quatro da tarde e já estou sendo expulso de uma espaçonave extraterrestre a 6 anos-luz do que resta da Terra! – Começou a engasgar, porque o vogon apertou com mais força.

– Está bem – disse Ford –, mas não entre em pânico!

– Quem é que falou em pânico? – gritou Arthur. – Isso é só choque cultural. Espere só até eu conseguir me situar e me orientar. Aí é que vou entrar em pânico!

– Arthur, você está ficando histérico. Cale a boca!

Ford estava tentando desesperadamente pensar em alguma saída, mas foi interrompido pelo grito do guarda:

– Toda resistência é inútil!

– E cale a boca você também! – exclamou Ford.

– Toda resistência é inútil!

– Ah, não me canse – disse Ford. Torceu-se todo até poder encarar o guarda. Teve uma ideia. – Você realmente gosta disso?

O vogon parou de repente, e uma expressão de imensa estupidez lentamente esboçou-se em seu rosto.

– Se eu gosto disso? – disse ele, com sua voz tonitruante. – Como assim?

– Quero dizer – explicou Ford –, isso é uma vida satisfatória pra você? Marchar de um lado pro outro, berrando, empurrando gente pra fora de espaçonaves...

O vogon levantou os olhos para o teto baixo de aço, e suas sobrancelhas quase passaram uma por cima da outra. A boca entreabriu-se. Por fim, disse:

– Bem, o horário é bom...

– Também, tem que ser – concordou Ford.

Arthur revirou a cabeça para olhar para Ford.

– Ford, que diabo você está fazendo? – sussurrou ele, espantado.

– Nada, estou só tentando entender o mundo ao meu redor, está bem? – respondeu. – Então, quer dizer que o horário é bom?

O vogon olhou-o, e nas profundezas turvas de sua mente alguns pensamentos começaram a formar-se, pesadamente.

– É – disse ele –, mas agora que você falou nisso, a maior parte do tempo é um saco. Tirando... – e parou para pensar de novo, olhando para o teto – tirando a parte de gritar, de que gosto muito. – Encheu os pulmões e urrou: – Toda resistência...

– Sei, sei – interrompeu Ford mais que depressa –, você é bom nisso, já deu pra perceber. Mas, se a maior parte do tempo é um saco – disse lentamente, dando tempo para que suas palavras fossem bem entendidas –, então por que você continua nessa? Por quê? Por causa das garotas? O uniforme de couro? O machismo da coisa? Ou é só por que você acha um desafio interessante enfrentar o tédio imbecilizante desse trabalho?

Arthur olhava para um e para outro, sem entender nada.

– Ah... – disse o guarda – ah... ah... sei não. Acho que eu faço isso só pra... só por fazer, sabe. A titia me disse que trabalhar como guarda de espaçonave é uma boa carreira para um rapaz vogon, sabe, o uniforme, a pistola de raio paralisante na cintura, o tédio imbecilizante...

– Está vendo, Arthur? – disse Ford, como quem chegou à conclusão de uma argumentação. – E você que pensava que estava na pior?

Mas Arthur continuava pensando que estava na pior. Além da questão desagradável com seu planeta, o guarda vogon estava estrangulando-o, e a ideia de ser jogado no espaço também não lhe agradava muito.

– Tente entender o problema dele – insistiu Ford. – Coitado do rapaz, o trabalho dele é só marchar de um lado pro outro, jogar gente pra fora da nave...

– E gritar – acrescentou o guarda.

– E gritar, claro – acrescentou Ford, dando tapinhas condescendentes no braço gordo apertado em torno de seu pescoço. – Mas... ele nem sabe por que faz o que faz!

Arthur concordou que era muito triste. Exprimiu essa ideia com um gesto tímido, pois estava asfixiado demais para falar.

O guarda emitia ruídos que indicavam sua perplexidade profunda.

– Bem. Do jeito que você coloca a coisa, pensando bem...

– Isso, garoto! – disse Ford, para estimulá-lo.

– Mas, nesse caso – prosseguiu o guarda –, qual é a alternativa?

– Bem – disse Ford, falando com entusiasmo, mas devagar –, parar de fazer isso, é claro! Diga a eles que você não vai continuar a fazer isso. – Teve vontade de dizer mais alguma coisa, mas sentiu que o guarda já tinha material para profundas ruminações em sua mente.

– Hummmmmmmmmmmmmmmmmmmmm... – disse o guarda –, hum, bem, não acho essa ideia muito boa, não.

De repente, Ford sentiu que estava perdendo a oportunidade.

– Espere aí, é só o começo, sabe; a coisa é bem mais complicada do que parece à primeira vista...

Mas nesse momento o guarda apertou com mais força os pescoços dos prisioneiros e seguiu em frente, rumo à câmara de descompressão. Evidentemente, aquela conversa calara fundo em sua mente.

– É, mas se vocês não se incomodam – disse ele –, vou mesmo jogar vocês pra fora da nave e vou cuidar da minha vida, que ainda tenho muito que gritar hoje.

Só que Ford Prefect se incomodava, e muito.

– Mas espere aí... pense um pouco! – disse ele, falando mais depressa e mais preocupado.

– Huhhhhgggnnnnnnn... – disse Arthur, sem muita clareza.

– Além disso – insistiu Ford –, existe a música, a arte, tanta coisa pra lhe dizer! Arrggghhh!

– Toda resistência é inútil! – berrou o guarda, e depois acrescentou: – Sabe, se eu persistir, vou acabar sendo promovido a oficial superior gritador, e normalmente não tem vaga pra quem não grita nem empurra gente, por isso acho melhor ficar mesmo fazendo o que sei fazer.

Haviam agora chegado à câmara de descompressão – uma grande escotilha redonda de aço, forte e pesada, embutida na parede interna da nave. O guarda acionou um botão e lentamente a escotilha se abriu.

– De qualquer forma, obrigado pela atenção – disse o guarda vogon. – Tchau! – Jogou Ford e Arthur para dentro da apertada câmara de descompressão. Arthur, ofegante, tentava recuperar o fôlego. Ford corria de um lado para o outro e tentava inutilmente impedir com o ombro que a escotilha fosse fechada.

– Mas, escute – gritou para o guarda –, existe um mundo de coisas das quais você nunca ouviu falar... que tal isso, por exemplo? – No desespero, apelou para o único dado cultural que ele tinha sempre à mão: cantarolou o primeiro compasso da *Quinta Sinfonia* de Beethoven. – Tchã tchã tchã tchãããã! Isso não diz nada a você?

– Não – disse o guarda. – Nada. Mas vou contar pra titia.

Se ele ainda disse alguma coisa depois, os dois não ouviram. A escotilha foi hermeticamente fechada e todos os sons desapareceram, salvo o zumbido distante dos motores da nave.

Estavam dentro de uma câmara cilíndrica, de metal polido, de cerca de 2 metros de diâmetro por 3 de comprimento.

Ford olhou ao redor, ofegante.

– E eu que achava que o rapaz tinha até certo potencial! – disse ele, e encostou-se na parede curva.

Arthur continuava deitado no chão, onde caíra ao entrar. Não levantou a vista. Continuava ofegante.

– Agora estamos ferrados, não é?

– É – disse Ford –, estamos ferrados.

– E aí, você não pensou em nada? Você, se não me engano, me disse que ia pensar numa solução. Talvez você tenha pensado em alguma coisa, só que não percebi.

– Ah, é, eu realmente pensei numa coisa – disse Ford. Arthur olhou para ele, esperançoso. Ford prosseguiu: – Infelizmente, só daria certo do outro lado desta escotilha.

E chutou a escotilha pela qual haviam entrado.

– Mas a ideia era boa, não era?

– Ah, era ótima.

– O que era?

– Bem, eu não tinha ainda nem elaborado a coisa detalhadamente. Agora não adianta mais, não é?

– Mas... e agora? – perguntou Arthur.

– Bem, sabe, essa outra escotilha vai se abrir automaticamente daqui a pouco e nós vamos ser chupados para o espaço profundo, imagino, e vamos morrer asfixiados. Se você encher bem os pulmões ainda aguenta uns trinta segundos, é claro... – disse Ford. Pôs as mãos atrás das costas, levantou as sobrancelhas e começou a cantarolar uma velha canção marcial de Betelgeuse. De repente, Arthur se deu conta de que ele era um ser muito estranho.

– Quer dizer então – disse ele – que vamos morrer.

– É – disse Ford –, só que... não! Espere aí! – De repente levantou-se e lançou-se sobre algo que estava atrás do campo visual de Arthur. – O que é esse interruptor?

– O quê? Onde? – exclamou Arthur, virando-se.

– Nada, brincadeira minha – disse Ford. – A gente vai morrer, sim.

Sentou-se no mesmo lugar de antes e recomeçou a cantarolar a mesma música a partir do trecho em que a havia interrompido.

– Sabe – disse Arthur –, é em ocasiões como esta, em que estou preso numa câmara de descompressão de uma espaçonave vogon, com um sujeito de Betelgeuse, prestes a morrer asfixiado no espaço, que realmente lamento não ter escutado o que mamãe me dizia quando eu era garoto.

– Por quê? O que ela dizia?

– Não sei. Eu nunca escutei.

– Ah. – Ford recomeçou a cantarolar.

"Que barato", pensou Arthur. "A Coluna de Nelson não existe mais, o McDonald's não existe mais, só restamos eu e as palavras *praticamente inofensiva*. Daqui a alguns segundos, só restará *praticamente inofensiva*. E ontem mesmo o planeta parecia estar tão bem."

Ouviu-se o ruído de um motor.

Um silvo suave foi aumentando, até transformar-se num rugido ensurdecedor; a escotilha exterior abriu-se, mostrando um céu vazio e negro cheio de pontinhos de luz incrivelmente brilhantes. Ford e Arthur foram expelidos da nave como rolhas atiradas por um revólver de brinquedo.

Capítulo 8

O Guia do Mochileiro das Galáxias *é um livro realmente admirável. Há muitos anos que vem sendo escrito e revisto, por muitos redatores diferentes. Contém contribuições fornecidas por inúmeros viajantes e pesquisadores.*
A introdução começa assim:
"O espaço é grande. Grande, mesmo. Não dá pra acreditar o quanto ele é desmesuradamente inconcebivelmente estonteantemente grande. Você pode achar que da sua casa até a farmácia é longe, mas isso não é nada em comparação com o espaço. Vejamos..." E por aí vai.
(Mais adiante o estilo fica mais seco, e o livro começa a dizer coisas realmente importantes, como, por exemplo, que o lindíssimo planeta Bethselamin está agora tão preocupado com a erosão cumulativa causada pela presença de dez bilhões de turistas por ano que qualquer discrepância entre o que você come e o que você evacua durante sua estada no planeta é removida cirurgicamente do seu corpo antes de você partir de lá: assim, cada vez que se vai ao banheiro é vitalmente necessário pegar um recibo.)
Porém, justiça seja feita: quando se trata de falar sobre a imensidão das distâncias entre as estrelas, inteligências superiores à do autor da introdução do Guia do Mochileiro *também fracassaram. Há quem peça ao leitor que imagine um amendoim em Londres e uma noz das pequenas em Joanesburgo, entre outras comparações estonteantes.*
A simples verdade é que as distâncias interestelares estão além da imaginação humana.
Até mesmo a luz, que se desloca tão depressa que a maioria das espécies de seres vivos leva milênios para descobrir que ela se move, demora para se deslocar de uma estrela a outra. Ela leva oito minutos para ir do Sol até o lugar onde ficava antigamente a Terra, e mais quatro anos para chegar à estrela mais próxima ao Sol, a Alfa do Centauro.
Para chegar até o outro lado da Galáxia – a Damogran, por exemplo – demora muito mais: quinhentos mil anos.
O tempo mais rápido em que um mochileiro cobriu essa distância foi pouco menos de cinco anos, mas desse jeito a pessoa não aproveita nada da paisagem.
O Guia do Mochileiro das Galáxias *afirma que, com os pulmões cheios de ar, é possível sobreviver no vácuo total por cerca de trinta segundos. Porém afirma também que, sendo o espaço estonteantemente grande do jeito que é, a probabilidade*

de ser salvo por outra nave durante esse período de trinta segundos é da ordem de uma chance em duas elevado a 276.709.

Por uma coincidência absolutamente inacreditável, esse é o mesmo número do telefone de um apartamento em Islington onde Arthur uma vez foi a uma festa ótima e conheceu uma garota ótima que ele não conseguiu ganhar – ela acabou saindo com um penetra.

Embora o planeta Terra, o apartamento de Islington e o telefone tenham sido todos destruídos, não deixa de ser um consolo saber que, de algum modo, eles foram homenageados pelo fato de que, 29 segundos depois, Ford e Arthur foram salvos.

Capítulo 9

Um computador disparou, quando percebeu que uma câmara de descompressão abriu-se e fechou-se sozinha, sem nenhuma razão.

Isso porque a Razão, naquele exato momento, estava tomando um cafezinho.

Um buraco acabara de aparecer na Galáxia. Tinha exatamente um zerézimo de centímetro de largura e muitos milhões de anos-luz de comprimento.

Quando se fechou, um monte de chapéus de papel e balõezinhos de borracha saíram dele e se espalharam pelo Universo. Um grupo de sete analistas de mercado de 1,5 metro de altura também saiu do buraco e morreu logo em seguida, em parte por asfixia, em parte por espanto.

Duzentos e trinta e nove mil ovos estrelados também saíram, materializando-se sob a forma de uma grande omelete na terra de Poghril, no sistema de Pansel, onde havia muita fome.

Toda a tribo de Poghril morrera de fome, com exceção de um último homem, que morreu de intoxicação por colesterol algumas semanas depois.

O zerézimo de segundo durante o qual o buraco existiu teve as mais improváveis repercussões no passado e no futuro. Num passado remotíssimo, ele causou perturbações profundas num pequeno grupo aleatório de átomos que cruzavam o espaço vazio e estéril, fazendo com que se agrupassem das maneiras mais extraordinárias. Esses agrupamentos rapidamente aprenderam a se reproduzir (era essa uma das características mais extraordinárias deles) e acabaram causando perturbações muito sérias em todos os planetas onde foram parar. Foi assim que começou a vida no Universo.

Cinco selvagens Redemoinhos de Eventos formaram-se, numa violenta tempestade irracional, e vomitaram uma calçada.

Na calçada, arquejantes como peixes moribundos, estavam Ford Prefect e Arthur Dent.

– Eu não disse? – exultou Ford, ofegante, tentando agarrar-se à calçada, que nesse momento atravessava o Terceiro Domínio do Desconhecido. – Eu disse que ia pensar em alguma coisa.

– É, é claro – disse Arthur. – Claro.

– Grande ideia minha – disse Ford –, achar uma nave passando por perto e ser salvo por ela.

O universo real se retorcia sob eles, assustadoramente. Diversos universos falsos passavam silenciosamente por ali, como cabritos monteses. A luz primal explodiu, espirrando pelo espaço-tempo como coalhada derramada. O tempo floresceu, a matéria encolheu. O maior número primo se acocorou quietinho num canto, para nunca mais ser descoberto.

– Ah, essa não – disse Arthur. – A probabilidade de isso acontecer era infinitesimal.

– Não reclame, deu certo – disse Ford.

– Que espécie de nave é esta? – perguntou Arthur.

A seus pés, o abismo da eternidade bocejava.

– Não sei. Ainda não abri os olhos.

– Nem eu.

O Universo saltou, congelou, estremeceu e espalhou-se em diversas direções inesperadas.

Arthur e Ford abriram os olhos e olharam ao redor, muito espantados.

– Meu Deus – disse Arthur –, isto aqui é igualzinho ao calçadão da praia de Southend.

– Pô, é um alívio ouvir você dizer isso – disse Ford.

– Por quê?

– Porque achei que estava ficando maluco.

– E talvez esteja mesmo. Talvez você tenha apenas imaginado que eu disse isso.

Ford pensou nessa possibilidade.

– Bem, afinal, você disse ou não disse? – perguntou ele.

– Acho que sim.

– Vai ver nós dois estamos ficando malucos.

– É – concordou Arthur. – Pensando bem, só mesmo um maluco poderia pensar que isto aqui é Southend.

– Bem, você acha que isto aqui é mesmo Southend?

– Acho, sim.

– Eu também.

– Portanto, devemos estar malucos.

– Um bom dia pra ficar maluco.

– É – disse um maluco que passava por ali.

– Quem é esse? – perguntou Arthur.

– Quem? Aquele cara com cinco cabeças e com um pé de sabugueiro carregadinho de filhotes de salmão?

– É.

– Não sei, não. Um cara qualquer.

– Ah.

Ficaram os dois sentados na calçada, vendo, um pouco preocupados, crianças enormes quicando pesadamente na areia e cavalos selvagens correndo pelo céu, levando grades reforçadas para as Regiões Incertas.

– Sabe – disse Arthur, com um pigarro –, se estamos mesmo em Southend, tem alguma coisa esquisita aqui...

– Você está se referindo ao fato de que o mar está parado como uma pedra e os edifícios formam ondas sem parar? – perguntou Ford. – É, eu também estranhei. Aliás – acrescentou ele no momento em que, com uma grande explosão, Southend partiu-se em seis pedaços iguais, que começaram a rodar um ao redor do outro, com gestos lascivos e lúbricos –, no geral, há alguma coisa bem esquisita por aqui.

Uma barulhada infernal de canos e cordas veio trazida pelo vento; bolinhos quentes pipocaram do chão, a dez pence cada um; peixes horrorosos choveram do céu, e Arthur e Ford resolveram sair correndo.

Atravessaram densas muralhas de som, montanhas de pensamento arcaico, vales de música suave, péssimas seções de sapatos e morcegos bobos, e de repente ouviram uma voz feminina.

Parecia uma voz bastante sensata, porém ela disse apenas o seguinte:

– Dois elevado a cem mil contra um e diminuindo. – Mais nada.

Ford escorregou por um raio de luz e correu para todos os lados tentando descobrir de onde vinha a voz, mas não encontrou nada em que pudesse realmente acreditar.

– Que voz foi essa? – gritou Arthur.

– Não sei, não – gritou Ford. – Não sei. Parecia um cálculo de probabilidade.

– Probabilidade? Como assim?

– Probabilidade. Assim, tipo dois contra um, três contra um, cinco contra quatro. A voz falava numa probabilidade de dois elevado a cem mil contra um. É uma probabilidade mínima.

Um vasilhame contendo 1 milhão de litros de creme de leite despejou-se sobre eles.

– Mas o que significa isso? – exclamou Arthur.

– O que, o creme de leite?

– Não, esse cálculo de probabilidade.

– Não sei. Não faço ideia. Acho que estamos em algum tipo de espaçonave.

– Uma coisa eu garanto – disse Arthur. – Esta não é a primeira classe.

A textura do espaço-tempo começou a formar calombos, calombos grandes e feios.

– Haaaaauuuurgghhh... – disse Arthur, sentindo que seu corpo amolecia e dobrava-se em direções inusitadas. – Southend parece estar se desmanchan-

do... as estrelas estão rodopiando... poeira pra todo lado... minhas pernas estão resvalando para o poente... meu braço esquerdo se soltou do corpo também... – Ocorreu-lhe um pensamento assustador: – Pô, como é que eu vou mexer no meu relógio digital agora? – Revirou os olhos, em desespero, na direção de Ford.
– Ford – disse ele –, você está virando um pinguim. Pare com isso.

A voz ouviu-se mais uma vez:

– Dois elevado a 75 mil contra um e diminuindo.

Ford rodopiava em sua poça, num círculo furioso.

– Ei, quem é você? – disse ele, com voz de Pato Donald. – Onde é que você está? O que está acontecendo aqui? E como é que a gente pode parar com isso?

– Por favor, relaxem – disse a voz, num tom agradável, como uma aeromoça em um avião com apenas uma asa e dois motores, um dos quais pegando fogo. – Vocês não estão correndo o menor perigo.

– Mas não é essa a questão! – disse Ford, irritado. – A questão é que agora sou um pinguim que não corre o menor perigo, e meu amigo daqui a pouco não vai ter mais membros para perder!

– Tudo bem, eles já voltaram – disse Arthur.

– Dois elevado a cinquenta mil contra um e diminuindo – disse a voz.

– É bem verdade – disse Arthur – que eles estão um pouco mais compridos do que eu estou acostumado, mas...

– Será que você não podia – grasnou Ford, com fúria – nos dizer uma coisa um pouco mais concreta?

A voz pigarreou. Um *petit-four* gigantesco foi galopando em direção ao infinito.

– Bem-vindos – disse a voz – à nave Coração de Ouro.

Prosseguiu a voz:

– Por favor, não se assustem com nada do que virem ou ouvirem. É de esperar que vocês sintam certos efeitos negativos, já que foram salvos de uma morte certa, numa probabilidade de dois elevado a 276 mil contra um, ou talvez muito mais. Estamos no momento viajando a um nível de dois elevado a 25 mil contra um e diminuindo, e voltaremos à normalidade assim que tivermos a certeza do que é de fato normal. Obrigada. Dois elevado a vinte mil contra um, diminuindo.

A voz calou-se.

Ford e Arthur viram-se num pequeno cubículo rosado e luminoso.

Ford estava excitadíssimo.

– Arthur! – exclamou ele. – É fantástico! Fomos salvos por uma nave movida por um Gerador de Improbabilidade Infinita! É incrível! Eu já tinha ouvido falar sobre isso antes! Esses boatos sempre foram oficialmente negados, mas devem ser verdade! Eles conseguiram! Construíram o Gerador de Improbabilidade Infinita! Arthur, é... Arthur? O que está acontecendo?

Arthur estava se apertando contra a porta do cubículo, tentando mantê-la fechada, mas a porta não encaixava bem no vão. Diversas mãozinhas peludas estavam se introduzindo pela fresta, com os dedos sujos de tinta; vozinhas agudas tagarelavam incessantemente.

Arthur olhou para Ford.

– Ford! – exclamou ele. – Há um número infinito de macacos lá fora querendo falar conosco sobre um roteiro que eles fizeram, uma adaptação do *Hamlet*.

Capítulo 10

O Gerador de Improbabilidade Infinita é uma nova e maravilhosa invenção que possibilita atravessar imensas distâncias interestelares num simples zerézimo de segundo, sem toda aquela complicação e chatice de ter que passar pelo hiperespaço.

Foi descoberto por um feliz acaso, e daí desenvolvido e posto em prática como método de propulsão pela equipe de pesquisa do governo galáctico em Damogran.

Em resumo, foi assim a sua descoberta:

O princípio de gerar pequenas quantidades de improbabilidade *finita* simplesmente ligando os circuitos lógicos de um Cérebro Subméson Bambleweeny 57 a uma impressora de vetor atômico suspensa num produtor de movimentos brownianos intensos (por exemplo, uma boa xícara de chá quente) já era, naturalmente, bem conhecido – e tais geradores eram frequentemente usados para quebrar o gelo em festas, fazendo com que todas as moléculas da calcinha da anfitriã se deslocassem 30 centímetros para a direita, de acordo com a Teoria da Indeterminação.

Muitos físicos respeitáveis afirmavam que não admitiam esse tipo de coisa – em parte porque era uma avacalhação da ciência, mas principalmente porque eles não eram convidados para essas festas.

Outra coisa que não suportavam era não conseguir construir uma máquina capaz de gerar o campo de improbabilidade *infinita* necessário para propulsionar uma nave através das distâncias estarrecedoras existentes entre as estrelas mais longínquas, e terminaram anunciando, contrafeitos, que era praticamente impossível construir um gerador desses.

Então, um dia, um aluno encarregado de varrer o laboratório depois de uma festa particularmente ruim desenvolveu o seguinte raciocínio:

Se uma tal máquina é *praticamente* impossível, então logicamente se trata de uma improbabilidade *finita*. Assim, para criar um gerador desse tipo é só calcular exatamente o quanto ele é improvável, alimentar essa cifra no gerador de improbabilidades finitas, dar-lhe uma xícara de chá pelando... e ligar!

Logo, foi o que fez, e ficou surpreso ao descobrir que havia finalmente conseguido criar o ambicionado Gerador de Improbabilidade Infinita a partir do nada.

Ficou ainda mais surpreso quando, logo após receber o Prêmio da Extrema Engenhosidade concedido pelo Instituto Galáctico, foi linchado por uma multidão exaltada de físicos respeitáveis, que finalmente se deram conta de que a única coisa que eram realmente incapazes de suportar era um estudante metido a besta.

Capítulo 11

A cabine de controle à prova de improbabilidade na nave Coração de Ouro parecia a de uma espaçonave perfeitamente convencional; a única diferença é que era perfeitamente limpa, por ser tão nova. Em alguns dos bancos ainda nem haviam sido removidos os plásticos protetores. A cabine era basicamente branca, retangular, do tamanho de um restaurante pequeno. Na verdade, não era perfeitamente retangular: as duas paredes mais compridas eram ligeiramente curvas, paralelas, e todos os ângulos e cantos eram cheios de protuberâncias decorativas. De fato, teria sido bem mais simples e mais prático fazer uma cabine retangular tridimensional normal, mas isso deixaria os autores do projeto deprimidos. Fosse como fosse, a cabine parecia arrojadamente funcional, com grandes telas de vídeo por cima do painel do sistema de controle e navegação na parede côncava e longas fileiras de computadores embutidos na parede convexa. Num dos cantos havia um robô sentado, com a cabeça de aço reluzente caída entre os joelhos de aço reluzente. O robô também era bem novo, mas, embora fosse muito bem-feito e lustroso, dava a impressão de que as diferentes peças de seu corpo mais ou menos humanoide não casavam bem umas com as outras. Na verdade, elas se encaixavam perfeitamente, mas havia algo no porte do robô que dava a impressão de que elas poderiam se encaixar ainda melhor.

Zaphod Beeblebrox andava nervosamente de um lado para o outro, correndo a mão pelos equipamentos reluzentes, sem conseguir conter risinhos de entusiasmo.

Trillian estava debruçada sobre um conjunto de instrumentos, lendo números. O sistema de som transmitia sua voz para toda a nave.

– *Cinco contra um e diminuindo* – dizia ela. – *Quatro contra um e diminuindo... três contra um... dois... um... fator de probabilidade de um para um... atingimos a normalidade, repetindo, atingimos a normalidade.* – Desligou o microfone, mas depois ligou-o de novo, com um leve sorriso nos lábios, e acrescentou: – *Se houver ainda alguma coisa que não consigam entender, é problema de vocês. Por favor, relaxem. Em breve vocês serão chamados.*

Zaphod exclamou, irritado:

– Quem são eles, Trillian?

Trillian virou a cadeira giratória para ele e deu de ombros.

– Uns caras que pelo visto pegamos em pleno espaço – disse ela. – Seção ZZ9 Plural Z Alfa.

— É, é muito simpático, Trillian — queixou-se Zaphod —, mas você não acha isso meio arriscado nas atuais circunstâncias? Afinal, somos fugitivos, e a polícia de metade da Galáxia deve estar atrás da gente. E nós parando pra dar carona. Em matéria de estilo, nota dez; mas, em matéria de sensatez, menos um milhão.

Irritado, começou a dar batidinhas num dos painéis de controle. Com jeito, Trillian empurrou sua mão, antes que ele desse uma batidinha em alguma coisa importante. Ainda que tivesse inegáveis qualidades intelectuais — ostentação, fanfarronice, presunção —, Zaphod era fisicamente desajeitado e bem capaz de fazer a nave explodir com um gesto extravagante. Trillian desconfiava que ele conseguia levar uma vida tão louca e bem-sucedida principalmente por não entender jamais o verdadeiro significado de nada que ele fazia.

— Zaphod — disse ela, paciente —, eles estavam flutuando no espaço, sem qualquer proteção... Você não queria que eles morressem, não é?

— Bem, não exatamente... mas...

— Não exatamente? Não morrer, exatamente? Mas o quê? — Trillian inclinou a cabeça.

— Bem, talvez alguma outra nave os salvasse depois.

— Se demorasse mais um segundo, eles morreriam.

— Justamente. Portanto, se você tivesse se dado o trabalho de pensar um pouquinho mais no problema, ele se resolveria por si só.

— Você ficaria satisfeito se eles morressem?

— Não exatamente satisfeito, mas...

— Seja como for — disse Trillian, voltando ao painel de controle —, não fui eu que dei carona a eles.

— Como assim? Então quem foi?

— Foi a nave.

— O quê?

— A nave. Sozinha.

— O quê?

— Quando o gerador de improbabilidade estava ligado.

— Mas isso é incrível.

— Não, Zaphod. É apenas muito improvável.

— É, isso é.

— Escute, Zaphod — disse ela, dando-lhe uns tapinhas no braço —, não se preocupe com eles. Não vão causar problema nenhum. Vou mandar o robô trazê-los até aqui. Ô Marvin!

Sentado no canto, o robô levantou a cabeça subitamente, porém em seguida ficou balançando-a ligeiramente. Pôs-se de pé como se fosse uns 2 ou 3 quilos mais pesado do que era na realidade e fez um esforço aparentemente heroico para atravessar o recinto. Parou à frente de Trillian e ficou olhando por cima do ombro esquerdo da moça.

– Acho que devo avisá-los de que estou muito deprimido – disse ele, com uma voz baixa e desesperançada.

– Ah, meu Deus – murmurou Zaphod, jogando-se numa cadeira.

– Bem – disse Trillian, num tom de voz alegre e compreensivo –, então vou lhe dar uma coisa pra distrair a sua cabeça.

– Não vai dar certo – disse Marvin. – Minha mente é tão excepcionalmente grande que uma parte dela vai continuar se preocupando.

– Marvin! – ralhou Trillian.

– Está bem – disse Marvin. – O que é que você quer que eu faça?

– Vá até a baia de entrada número dois e traga os dois seres que estão lá, sob vigilância.

Após uma pausa de um microssegundo, e com uma micromodulação de tom e timbre minuciosamente calculada – impossível se ofender com aquela entonação –, Marvin conseguiu exprimir todo o desprezo e horror que lhe inspirava tudo que é humano.

– Só isso? – perguntou ele.

– Só – disse Trillian, com firmeza.

– Não vou gostar de fazer isso – disse Marvin.

Zaphod levantou-se de um salto.

– Ela não está mandando você gostar – gritou. – Limite-se a cumprir ordens, está bem?

– Está bem – disse Marvin, com voz de sino rachado. – Já vou.

– Ótimo! – exclamou Zaphod. – Muito bem... obrigado...

Marvin virou-se e levantou seus olhos vermelhos e triangulares para ele.

– Por acaso eu estou baixando o astral de vocês? – perguntou Marvin, patético.

– Não, não, Marvin – tranquilizou-o Trillian. – Está tudo bem.

– Porque eu não queria baixar o astral de vocês.

– Não, não se preocupe com isso – continuou Trillian, no mesmo tom. – Aja do jeito que você acha que deve agir que tudo vai dar certo.

– Você jura que não se incomoda? – insistiu Marvin.

– Não, não, Marvin, está tudo bem... É a vida – disse Trillian.

Marvin dirigiu a Zaphod um olhar eletrônico.

– Vida? – disse ele. – Não me falem de vida.

Virou-se e saiu lentamente da cabine, desolado. A porta zumbiu alegremente e fechou-se com um estalido.

– Acho que não vou aguentar esse robô muito tempo, Zaphod – desabafou Trillian.

A ENCICLOPÉDIA GALÁCTICA define "robô" como "dispositivo mecânico que realiza tarefas humanas". O Departamento de Marketing da Companhia Cibernética de Sírius define "robô" como "o seu amigão de plástico".

O Guia do Mochileiro das Galáxias define o Departamento de Marketing da Companhia Cibernética de Sírius como "uma cambada de panacas que devem ser os primeiros a ir para o paredão no dia em que a revolução estourar". Uma nota de rodapé acrescenta que a redação do Mochileiro está aceitando candidatos para o cargo de correspondente de robótica.

Curiosamente, uma edição da Enciclopédia Galáctica que, por um feliz acaso, caiu numa descontinuidade do tempo, vinda de mil anos no futuro, definiu o Departamento de Marketing da Companhia Cibernética de Sírius como "uma cambada de panacas que foram os primeiros a ir para o paredão no dia em que a revolução estourou".

O cubículo rosado desaparecera num piscar de olhos e os macacos haviam passado para uma dimensão melhor. Ford e Arthur viram-se na área de embarque de uma nave. O lugar era bonito.

– Acho que esta nave é nova em folha – disse Ford.

– Como é que você sabe? – perguntou Arthur. – Você tem algum aparelho exótico que calcula a idade do metal?

– Não. Eu acabei de achar este folheto de vendas no chão, cheio de frases do tipo "Agora o Universo é todo seu". Arrá! Está vendo? Acertei.

Ford mostrou uma página do folheto para Arthur.

– Diz aqui: *Nova descoberta sensacional na física de improbabilidade. Assim que o gerador da espaçonave atinge a improbabilidade infinita, ela passa por todos os pontos do Universo. Faça os outros governos morrerem de inveja.* Puxa, coisa fina, mesmo.

Entusiasmado, Ford leu as especificações técnicas da nave, de vez em quando soltando uma interjeição de espanto. Pelo visto, a astrotecnologia galáctica havia progredido muito durante seus anos de exílio.

Arthur ficou ouvindo os detalhes técnicos que Ford lia, mas, como não entendia quase nada, começou a pensar em outras coisas, enquanto seus dedos deslizavam por uma incompreensível fileira de computadores, até apertar um botão vermelho e tentador num painel. Imediatamente o painel iluminou-se, com os dizeres: *Favor não apertar este botão outra vez*. Arthur ficou quieto na mesma hora.

– Escute só – disse Ford, ainda fascinado pelo folheto. – Diz coisas fantásticas sobre a cibernética da nave. *Uma nova geração de robôs e computadores da Companhia Cibernética de Sírius, contando com o novo recurso de PHG.*

– O que é PHG? – perguntou Arthur.

– Diz que é "Personalidade Humana Genuína".
– Que coisa horrível – disse Arthur.
– Põe "horrível" nisso – disse uma voz atrás deles.

Era uma voz baixa, desesperançada; foi seguida de um leve estalido. Os dois viraram-se e viram um homem de aço, arrasado, todo encolhido, à porta do compartimento.

– O quê? – disseram os dois.

– É horrível – prosseguiu Marvin. – Tudo isso. Medonho. Melhor nem falar nisso. Vejam esta porta – disse, entrando. Os circuitos de ironia começaram a atuar sobre seu modulador de voz, e Marvin pôs-se a parodiar o estilo do folheto de vendas. – *Todas as portas desta nave são alegres e bem-humoradas. É um prazer para elas abrir para você, e fechar de novo com a consciência de quem fez um serviço bem-feito.*

Ao fechar-se, a porta realmente parecia dar um suspiro de satisfação: "Hummmmmmmmmmmmmmmmm ah!"

Marvin encarou-a com fria repulsa, enquanto seus circuitos lógicos, cheios de asco, consideravam a possibilidade de agredir a porta fisicamente. Outros circuitos, porém, intervieram, dizendo: "Pra quê? Não vai adiantar mesmo. Nunca vale a pena se envolver." Enquanto isso, outros circuitos divertiam-se analisando os componentes moleculares da porta e dos neurônios dos humanoides. Para terminar, mediram também o nível de emissões de hidrogênio no parsec cúbico de espaço a seu redor, e depois se desligaram de novo, chateados. Um espasmo de desespero sacudiu o corpo do robô, que se virou para os dois.

– Vamos – disse ele. – Me mandaram buscar vocês e levá-los até a ponte de comando. Pois é. Eu, com um cérebro do tamanho de um planeta, e eles me mandam buscar vocês e levar até a ponte de comando. Que tal isso como realização profissional?

Virou-se e voltou à porta odiosa.

– Ah, desculpe – disse Ford, seguindo-o –, mas a que governo pertence esta nave?

Marvin ignorou a pergunta.

– Olhe bem pra esta porta – sussurrou ele. – Ela vai abrir agora. Sabe como é que eu sei? Por causa do ar de autocomplacência insuportável que ela gera nessas ocasiões.

Com um gemidinho manhoso, a porta se abriu outra vez, e Marvin saiu, pisando com força.

– Vamos – disse ele.

Os dois seguiram-no rapidamente, e a porta fechou-se, com uma série de estalinhos e gemidinhos de contentamento.

– Agradeçam ao Departamento de Marketing da Companhia Cibernética de Sírius – disse Marvin, e foi subindo, desolado, o corredor curvo e reluzente. – *Vamos construir robôs com Personalidades Humanas Genuínas,* eles disseram. Resultado: eu. Sou um protótipo de personalidade. Nem dá pra perceber, não é?

Ford e Arthur, sem graça, murmuraram que não.

– Detesto essa porta – insistiu Marvin. – Não estou baixando o astral de vocês, estou?

– A que governo... – insistiu Ford.

– Nenhum – respondeu o robô. – Foi roubada.

– Roubada?

– Roubada? – disse Marvin, imitando-o.

– Por quem?

– Zaphod Beeblebrox.

Uma coisa extraordinária aconteceu com o rosto de Ford. No mínimo cinco expressões diferentes e perfeitamente distintas de choque e espanto se acumularam sobre ele, formando uma barafunda fisionômica. Sua perna esquerda, que estava no ar naquele instante, teve dificuldade para encontrar o chão de novo. Ford olhava para o robô e tentava contrair seus músculos dartoides.

– Zaphod Beeblebrox...? – disse, em voz baixa.

– Desculpe, será que eu disse algo que não devia dizer? – disse Marvin, seguindo em frente sem se virar. – Desculpem-me por respirar, embora eu nunca respire de fato, então nem sei por que estou dizendo isso. Ah, meu Deus, estou tão deprimido! Mais uma porta metida a besta. Ah, vida! Não me falem de vida.

– Ninguém falou de vida – retrucou Arthur, irritado. – Ford, você está bem?

Ford virou-se para ele.

– Eu ouvi mal ou esse robô falou em Zaphod Beeblebrox?

Capítulo 12

Uma música barulhenta e vulgar encheu a cabine de controle da nave Coração de Ouro enquanto Zaphod percorria as estações do rádio Subeta para tentar ouvir alguma notícia a respeito de si próprio. Aquela máquina era difícil de operar. Durante muito tempo, os rádios foram controlados por botões de apertar e de rodar; depois a tecnologia sofisticou-se e bastava roçar os dedos no painel; agora era só fazer um sinal com a mão a distância, em direção ao rádio. Realmente, dava bem menos trabalho, mas obrigava a pessoa a ficar quietinha se ela quisesse ficar escutando a mesma estação.

Zaphod mexeu com a mão e a estação mudou outra vez. Mais música vagabunda, só que dessa vez era o prefixo de um boletim de notícias. O noticiário era sempre editado de modo a corresponder ao ritmo da música de fundo. Dizia o locutor:

– ... *e reportagens via faixa Subeta, irradiadas para toda a Galáxia dia e noite... E um bom dia para todas as formas de vida inteligentes em toda a Galáxia... A grande notícia de hoje, é claro, é o sensacional roubo da nave-protótipo com o Gerador de Improbabilidade Infinita, cometido por ninguém menos que o presidente da Galáxia, Zaphod Beeblebrox. E o que todos querem saber é se o Grande Z. B. finalmente pirou de vez. Beeblebrox, o homem que inventou a Dinamite Pangaláctica, ex-vigarista, uma vez citado por T. Eccentrica Gallumbits como um homem capaz de proporcionar a uma mulher uma sensação semelhante ao big bang da Criação, recentemente eleito pela sétima vez a Criatura Racional Mais Malvestida de Todo o Universo Conhecido... Qual será a dele desta vez? Perguntamos a seu terapeuta cerebral, Gag Halfrunt...*

O fundo musical cresceu e diminuiu logo em seguida, e ouviu-se uma outra voz, provavelmente Halfrunt: *Bem, a senhorr Zaphorr serr uma criaturra muita...* Nesse momento, um lápis elétrico arremessado do outro lado da cabine desligou a distância o aparelho de rádio. Zaphod virou-se irritado para Trillian – fora ela quem jogara o lápis.

– Por que você fez isso? – perguntou ele.

Trillian estava tamborilando com os dedos uma tela cheia de números.

– Acabo de ter uma ideia – disse ela.

– É mesmo? Tão importante que vale a pena interromper um noticiário a meu respeito?

– Você já devia estar cansado de ouvir falar de você mesmo.

– Sou um cara muito inseguro. Você sabe.

– Será que dava pra gente deixar de lado o seu ego só um minutinho? É uma coisa importante.

– Se tem aqui alguma coisa mais importante que meu ego, que seja imediatamente presa e fuzilada – disse Zaphod, olhando para ela zangado. Depois começou a rir.

– Escute – disse ela –, nós pegamos os tais caras...

– Que caras?

– Os dois caras que a gente pegou.

– Ah, sei – disse Zaphod. – Aqueles dois caras.

– Eles estavam no setor ZZ9 Plural Z Alfa.

– Sei – disse Zaphod, sem entender.

– Isso não lhe diz nada? – disse Trillian, em voz baixa.

– Humm – disse Zaphod –, ZZ9 Plural Z Alfa, ZZ9 Plural Z Alfa?

– E então? – insistiu Trillian.

– Ah... o que quer dizer Z? – perguntou Zaphod.

– Qual deles?

– Qualquer um deles.

Uma das coisas que Trillian achava mais difícil no seu relacionamento com Zaphod era saber quando ele estava fingindo ser burro só para desarmar as pessoas, quando estava fingindo ser burro porque estava com preguiça de pensar e queria que os outros fizessem isso por ele, quando estava fingindo ser terrivelmente burro para ocultar o fato de que não estava entendendo o que estava acontecendo e quando realmente era burrice mesmo. Ele tinha fama de ser inteligentíssimo – e sem dúvida era –, mas não o tempo todo, coisa que evidentemente o preocupava; daí os fingimentos. Preferia que as pessoas ficassem intrigadas a que o encarassem com desprezo. Era isso que Trillian achava a maior burrice de todas, mas ela já desistira de discutir o assunto.

Trillian suspirou e apertou um botão. Apareceu um mapa estelar na tela. Ela resolvera trocar tudo em miúdos para ele, qualquer que fosse o motivo pelo qual ele não queria entendê-la.

– Ali – disse ela, apontando. – Bem ali.

– Ah... sei! – disse Zaphod.

– E então?

– Então o quê?

Uma parte da mente de Trillian gritava com outras partes de sua mente. Muito calma, ela respondeu:

– É o mesmo setor em que você me pegou quando a gente se conheceu.

Zaphod olhou para ela e depois olhou de volta para a tela.

– É mesmo – disse ele –, mas que loucura! A gente devia ter ido direto para a nebulosa da Cabeça de Cavalo. Como é que fomos parar aí? Realmente, isso aí fica no meio do nada.

Trillian ignorou o comentário.

– Improbabilidade infinita – disse ela, paciente. – Foi você mesmo que me explicou. A gente passa por todos os pontos do Universo, você sabe.

– É, mas é uma tremenda coincidência, não é?

– É.

– Pegar uma pessoa naquele lugar? Dentre todos os lugares no Universo? É, realmente... Quero calcular isso. Computador!

O computador de bordo da Companhia Cibernética de Sírius que controlava todas as partículas da nave entrou na comunicação.

– Oi, gente! – disse ele, muito alegrinho, e ao mesmo tempo cuspiu um pedaço de fita perfurada para fins de registro. Na fita perfurada estava escrito *Oi, gente!*.

– Ah, meu Deus – disse Zaphod. Estava trabalhando com aquele computador há pouco tempo, mas já o detestava.

O computador continuou, no tom de voz esfuziante de quem está tentando vender detergente:

– Olhem, quero que saibam que, seja qual for o problema que vocês tiverem, eu estou aqui pra resolvê-lo, está bem?

– Está bem, está bem – disse Zaphod. – Escute, acho que eu mesmo vou calcular isso na ponta do lápis.

– Tudo bem – disse o computador, ao mesmo tempo que ia cuspindo sua mensagem dentro de uma cesta de papéis. – Eu entendo. Mas se você quiser qualquer...

– Cale a boca! – gritou Zaphod, e pegando um lápis foi sentar-se ao lado de Trillian, junto ao painel de controle.

– Está bem, está bem... – disse o computador, num tom de voz magoado, desligando seu canal de fala.

Zaphod e Trillian puseram-se a examinar as cifras que o rastreador de trajetória navegacional de improbabilidade exibia na tela à sua frente.

– Dá pra gente calcular – perguntou Zaphod – qual a improbabilidade de eles serem salvos, do ponto de vista deles?

– Dá, é uma constante – disse Trillian. – Dois elevado a 276.709 contra um.

– É bem alta. Esses dois têm sorte, hein?

– É.

– Mas em relação ao que nós estávamos fazendo quando a nave pegou os dois...

Trillian deu entrada nos números. A tela exibiu a improbabilidade de dois elevado a infinito menos um contra um (um número irracional que só tem significado convencional na física de improbabilidade).

– ... é bem baixa – prosseguiu Zaphod, com um assobio de espanto.

– É – concordou Trillian, olhando para ele com um ar de perplexidade.

– É uma improbabilidade boçalmente difícil de ser explicada. Tem que aparecer alguma coisa muito improvável pra compensar, pra que o saldo seja um número razoável.

Zaphod rabiscou uns cálculos, riscou-os e jogou o lápis longe.

– Que droga, não dá pra calcular.

– E então?

Zaphod bateu com uma das cabeças na outra, de irritação, e trincou os dentes.

– Está bem – disse ele. – Computador!

Os circuitos de voz foram ligados novamente.

– Opa, tudo bem! – exclamou o computador (e toca a sair a fitinha perfurada). – Eu só quero é facilitar a sua vida cada vez mais, e mais, e mais...

– Sei. Pois cale a boca e calcule um negócio pra mim.

– Mas claro – disse o computador. – Você quer uma previsão de probabilidade baseada em...

– Em dados de improbabilidade, isso.

– Sei – disse o computador. – E vou lhe dizer uma coisa interessante. Sabia que a vida da maioria das pessoas é regida por números de telefone?

Um dos rostos de Zaphod assumiu uma expressão constrangida, logo copiada pelo outro.

– Você pirou? – perguntou ele.

– Não, mas você vai pirar quando eu lhe disser isso...

Trillian soltou uma interjeição de espanto. Mexeu nos botões da tela de trajetória de voo.

– Números de telefone! – exclamou. – Essa coisa falou em *números de telefone*?

Apareceram números na tela.

O computador fez uma pausa, por uma questão de delicadeza, e depois prosseguiu:

– O que eu ia dizer é que...

– Não precisa, não, por favor – disse Trillian.

– Afinal, o que foi? – perguntou Zaphod.

– Não sei – disse Trillian –, mas aquelas duas criaturas estão vindo para cá com aquele robô desgraçado. Dá pra gente focalizá-las com as câmeras de monitoração?

Capítulo 13

Marvin subia o corredor, ainda gemendo.

– ... e, além disso, os meus diodos do lado esquerdo doem que é um horror...

– Não diga – disse Arthur, irritado, caminhando a seu lado. – É mesmo?

– É, sim – disse Marvin. – Já pedi pra trocarem esses diodos, mas ninguém me dá atenção.

– É. Sei.

Ford emitia assobios e outros sons vagos e repetia em voz baixa:

– Ora, ora; quer dizer que o Zaphod Beeblebrox...

De repente Marvin parou e levantou um dos braços.

– Você sabe o que aconteceu agora, não é?

– Não. O quê? – perguntou Arthur, que no fundo não estava interessado em saber.

– Chegamos a mais uma daquelas portas.

Havia uma porta de correr dando para o corredor. Marvin encarou-a, desconfiado.

– E aí? – perguntou Ford, impaciente. – Vamos entrar?

– *Vamos entrar?* – debochou Marvin. – É. Aqui é a entrada da ponte de comando. Me mandaram buscar vocês e trazer até aqui. Provavelmente é a tarefa de hoje que vai exigir mais das minhas capacidades intelectuais.

Lentamente, cheio de asco, o robô aproximou-se da porta, como um caçador tocaiando sua presa. De repente a porta abriu-se.

– *Muito obrigada* – disse ela – *por fazer uma simples porta muito feliz.*

No tórax de Marvin, algumas engrenagens rangeram.

– Gozado – disse ele, cavernoso –, justamente quando você pensa que a vida não pode ser pior, de repente ela piora ainda mais.

Jogou-se pela porta adentro e deixou Ford e Arthur olhando um para a cara do outro e dando de ombros. Ouviram a voz de Marvin vindo de dentro da cabine:

– Imagino que vocês queiram ver os alienígenas agora. Querem que eu fique sentado num canto criando ferrugem ou apodrecendo em pé mesmo?

– É só mandar que eles entrem, está bem, Marvin? – disse outra voz.

Arthur olhou para Ford e surpreendeu-se ao ver que ele estava rindo.

– O que...

– Psss – disse Ford. – Vamos.

E passou pela porta.

Arthur foi atrás, nervoso, e viu com espanto um homem refestelado numa cadeira com os pés em cima do painel central de controle, palitando os dentes da cabeça direita com a mão esquerda. A cabeça direita parecia estar inteiramente absorta nessa tarefa, mas a esquerda sorria de modo jovial e simpático. Havia um número razoavelmente grande de coisas que Arthur via sem acreditar no que estava vendo. Seu queixo ficou caído por algum tempo.

O homem esquisito acenou preguiçosamente para Ford e, com um tom de voz de informalidade e descontração que era absolutamente falso, disse:

– Oi, Ford, tudo bem? Um prazer ver você por aqui.

Ford não fez por menos:

– Quanto tempo, Zaphod! Você está ótimo, esse terceiro braço ficou muito bem em você. Que beleza de nave você roubou, hein?

Arthur arregalou os olhos para Ford.

– Quer dizer que você conhece esse cara? – perguntou, apontando para Zaphod com um dedo trêmulo.

– Se eu o conheço! – exclamou Ford. – Ora, ele... – Fez uma pausa e resolveu começar as apresentações por Zaphod. – Ah, Zaphod, este aqui é Arthur Dent, amigo meu. Eu o salvei quando o planeta dele explodiu.

– Ah, sei – disse Zaphod. – Oi, Arthur! Que bom que você escapou, não é? – Sua cabeça direita olhou ao redor com indiferença, disse "oi" e entregou-se de novo ao palito.

Ford prosseguiu:

– Arthur, este aqui é meu semiprimo Zaphod Beeb...

– Já nos conhecemos – disse Arthur, seco.

Quando você está correndo na estrada, na pista de alta velocidade, e passa na maior tranquilidade uma fileira de carros que estão dando tudo, e você está muito satisfeito da vida, e de repente você vai mudar a marcha e em vez de passar da quarta para a terceira passa por engano para a primeira, e o motor é cuspido para fora do capô, todo arrebentado, a sensação que você tem é mais ou menos a que Ford sentiu quando ouviu o comentário de Arthur.

– Ah... o quê?

– Eu disse que já nos conhecemos.

Zaphod levou um susto, enfiando o palito na gengiva.

– Espere aí, você disse que nós... Quer dizer que... ah...

Ford virou-se para Arthur com raiva nos olhos. Agora que ele se sentia em casa de novo, de repente começou a arrepender-se de ter trazido consigo aquele ser primitivo e ignorante, que entendia tanto de política galáctica quanto uma mosca inglesa entende da vida em Pequim.

– Como é que você pode conhecê-lo? – perguntou ele. – Este aqui é Zaphod Beeblebrox de Betelgeuse, e não o Martin Smith lá de Croydon.

– Pois já nos conhecemos – teimou Arthur, frio. – Não é mesmo, Zaphod Beeblebrox... ou, se você preferir, Phil?

– O quê? – gritou Ford.

– Você vai ter que me refrescar a memória – disse Zaphod. – Tenho uma cabeça horrível para espécies.

– Foi numa festa – insistiu Arthur.

– Olhe, eu acho difícil – disse Zaphod.

– Pare com isso, Arthur! – ordenou Ford.

Arthur não desistiu:

– Uma festa, seis meses atrás. Na Terra... Na Inglaterra...

Zaphod sacudiu a cabeça, apertando os lábios e sorrindo.

– Londres – prosseguiu Arthur. – Islington.

– Ah – disse Zaphod, subitamente com um olhar cheio de culpa. – *Aquela festa*.

Essa foi de mais para Ford. Ele olhava de Arthur para Zaphod e de Zaphod para Arthur.

– Você está me dizendo que também esteve naquela porcaria daquele planetinha?

– Não, claro que não – disse Zaphod, sorridente. – Bem, pode ser que eu tenha dado um pulinho lá, só de passagem, sabe, indo pra outro lugar qualquer...

– Pois eu fiquei preso lá quinze anos!

– Bem, como eu poderia saber?

– Mas o que é que você estava fazendo lá?

– Nada, só olhando.

– Ele entrou numa festa de penetra – disse Arthur, tremendo de raiva. – Uma festa a rigor.

– Você não faz por menos, não é? – disse Ford.

– Nessa festa – prosseguiu Arthur –, tinha uma garota que... ora, deixe isso pra lá. O planeta todo desapareceu, afinal...

– Você também não para de ruminar sobre essa porcaria desse planeta – disse Ford. – Quem era a moça?

– Ah, uma garota, sei lá. É, admito que eu não estava conseguindo me dar bem com ela. Tentei a noite inteira. Mas ela era um barato. Linda, charmosa, inteligentíssima; finalmente eu consegui entrar na dela e estava levando uma conversa quando este seu amigo me aparece em cena e diz assim: *Ô coisa linda, esse cara está chateando você? Por que você não vem conversar comigo? Eu sou de outro planeta*. Nunca mais vi a garota.

– Zaphod! – exclamou Ford.

– É – disse Arthur, olhando fixamente para ele e tentando não se sentir ridículo. – Ele só tinha dois braços e uma cabeça e se apresentou como Phil, mas...

– Mas você tem que reconhecer que ele era mesmo de outro planeta – disse Trillian, aproximando-se, vindo do outro lado do recinto. Dirigiu a Arthur um sorriso agradável, que o atingiu como se fosse uma tonelada de tijolos, e depois voltou aos controles da nave.

Fez-se silêncio por alguns segundos, e então do cérebro aturdido de Arthur escaparam algumas palavras:

– Tricia McMillan? O que você está fazendo aqui?

– O mesmo que você – disse ela. – Peguei uma carona. Afinal, formada em matemática e astrofísica, o que mais eu podia fazer? Se não viesse pra cá, ia ter que continuar na fila do auxílio-desemprego.

– Infinito menos um – disse o computador. – Soma de improbabilidade agora completa.

Zaphod olhou a seu redor, para Ford, Arthur e depois Trillian.

– Trillian – disse ele –, esse tipo de coisa vai acontecer toda vez que a gente usar o gerador de improbabilidade?

– Creio que muito provavelmente – disse ela.

Capítulo 14

A nave Coração de Ouro voava silenciosamente pela escuridão do espaço, agora movida pelo motor convencional, a fótons. Seus quatro passageiros estavam intranquilos, sabendo que haviam sido reunidos não por sua própria vontade ou por simples coincidência, e sim por uma curiosa perversão da física – como se as relações entre pessoas fossem regidas pelas mesmas leis que regiam o comportamento dos átomos e moléculas.

Quando caiu a noite artificial da nave, todos ficaram satisfeitos de ir cada um para sua cabine e tentar acertar as suas ideias.

Trillian não conseguia dormir. Sentada num sofá, olhava fixamente para uma pequena gaiola que continha os últimos vínculos com a Terra que lhe restavam – dois ratos brancos que ela insistira em levar consigo. Jamais pretendera voltar à Terra, porém perturbava-a a sua própria reação negativa ao saber que o planeta fora destruído. Parecia algo de remoto e irreal, e ela não conseguia encontrar pensamentos apropriados a respeito. Ficou vendo os ratos zanzando de um lado para o outro em sua gaiola, ou correndo furiosamente sem sair do lugar numa roda de exercício; acabou ficando totalmente absorta no espetáculo dos ratos. De repente sacudiu-se e voltou à ponte de comando para olhar as luzinhas e números que indicavam a trajetória da nave através do espaço vazio. Ela tentava descobrir qual era o pensamento que estava tentando evitar.

Zaphod não conseguia dormir. Também queria saber qual era o pensamento que não se permitia pensar. Ele sempre sofrera da sensação incômoda de não estar completamente presente. Na maior parte do tempo, conseguia pôr de lado essa ideia e não se preocupar com ela, mas tais pensamentos haviam retornado com a chegada inesperada de Ford Prefect e Arthur Dent. De algum modo, aquilo parecia fazer um sentido que ele não conseguia entender.

Ford não conseguia dormir. Ficara muito excitado por estar novamente com o pé na estrada. Haviam terminado seus quinze anos de exílio, justamente quando ele estava quase perdendo as esperanças. Viajar com Zaphod por uns tempos lhe parecia uma perspectiva interessante, ainda que houvesse algo de ligeiramente estranho em seu semiprimo que ele não conseguia definir com clareza. O fato de ele se tornar presidente da Galáxia era surpreendente, como também o era o modo como abandonara seu cargo. Haveria uma razão para seu gesto? Não adiantaria perguntar-lhe – Zaphod jamais justificava o que fazia. Ele tornara a imprevisibilidade uma forma de arte. Fazia tudo com uma mistura de extraordinária genialidade e incompetência ingênua, sendo muitas vezes difícil saber distinguir uma coisa da outra.

Arthur dormia; estava absolutamente exausto.

ALGUÉM BATEU À PORTA de Zaphod. A porta se abriu.
– Zaphod...?
– Que é?
A silhueta de Trillian desenhava-se à entrada da cabine.
– Acho que acabamos de encontrar o que você está procurando.
– É mesmo?

FORD DESISTIU DE TENTAR DORMIR. No canto de sua cabine havia uma pequena tela de computador e um teclado. Sentou-se ante o terminal e tentou redigir um novo verbete a respeito dos vogons para o *Mochileiro*, mas não conseguiu pensar em nada que fosse agressivo o bastante, por isso desistiu. Vestiu um roupão e foi até a ponte de comando.

Ao entrar, surpreendeu-se ao ver duas figuras excitadas, debruçadas sobre o painel de controle.

– Está vendo? A nave está prestes a entrar em órbita – dizia Trillian. – Tem um planeta aí. Justamente nas coordenadas que você previu.

Zaphod ouviu um barulho e olhou em volta.
– Ford! Venha dar uma olhada nisso.

Ford foi dar uma olhada. Viu uma série de números na tela.
– Está reconhecendo essas coordenadas galácticas? – perguntou Zaphod.
– Não.
– Vou lhe dar uma pista. Computador!
– Oi, pessoal! – disse o computador, simpático. – Isso aqui está virando uma festa, não é mesmo?
– Cale a boca e mostre as telas – disse Zaphod.

A iluminação da cabine diminuiu. Pontos de luz acenderam-se nos painéis, refletidos nos quatro pares de olhos que perscrutavam as telas de monitoração.

Não havia absolutamente nada nelas.
– Está reconhecendo? – cochichou Zaphod.

Ford franziu as sobrancelhas.
– Hum... não.
– O que você está vendo?
– Nada.
– Está reconhecendo?
– Sobre o que você está falando?

– Estamos na nebulosa da Cabeça de Cavalo. Uma enorme nuvem escura.
– E você queria que eu adivinhasse isso porque não aparece nada na tela?
– Os únicos lugares da Galáxia em que a tela fica preta são os interiores das nebulosas escuras.
– Muito bem.
Zaphod riu. Claramente, estava muito entusiasmado por algum motivo, uma empolgação quase infantil.
– Mas isso é incrível, isso é de mais!
– Qual o grande barato de estar dentro de uma nuvem de poeira? – perguntou Ford.
– O que você espera encontrar aqui? – retrucou Zaphod.
– Nada.
– Nenhuma estrela? Nenhum planeta?
– Nada.
– Computador! – gritou Zaphod. – Vire o ângulo de visão 180 graus, e nada de comentários bestas!
Por um instante, nada aconteceu. De repente, surgiu uma luminosidade no canto do telão. Uma estrela vermelha do tamanho de um pires começou a atravessar a tela, rapidamente seguida de outra – um sistema binário. Então um grande crescente surgiu no canto da tela – um brilho vermelho que aos poucos se esvaía em negro, o lado noturno do planeta.
– Achei! – exclamou Zaphod, com um tapa no painel. – Achei!
Ford ficou olhando para a tela estupefato.
– O que é isso?
– Isso – respondeu Zaphod – é o planeta mais improvável que jamais existiu.

Capítulo 15

(Trecho de O *Guia do Mochileiro das Galáxias*, p. 634.784, 5ª seção. Verbete: Magrathea.)

Há muito tempo, nas brumas do passado, nos dias de glória do antigo Império Galáctico, a vida era selvagem, exuberante e livre de impostos.
   Grandes espaçonaves navegavam entre sóis exóticos, em busca de aventuras e riquezas nos mais remotos confins do espaço galáctico. Naqueles tempos, os espíritos eram bravos, as apostas eram altas, os homens eram homens de verdade, as mulheres eram mulheres de verdade e as criaturinhas peludas de Alfa do Centauro eram criaturinhas peludas de Alfa do Centauro de verdade. E todos desafiavam terrores desconhecidos para realizar feitos grandiosos e corajosamente conjugar infinitivos jamais conjugados. Assim foi forjado o Império.
   Naturalmente, muitos homens enriqueceram enormemente, mas isto era natural e não era problema nenhum, pois ninguém era realmente pobre – pelo menos ninguém importante. E para todos os mercadores mais ricos, como era inevitável, a vida tornou-se um tanto tediosa e insatisfatória, levando-os a pensar que isso se devia às limitações dos mundos em que eles haviam se estabelecido – nenhum deles era inteiramente satisfatório. Ou o clima não era muito bom no final da tarde, ou o dia era meia hora mais comprido do que devia ser, ou o oceano era precisamente da tonalidade errada de rosa.
   Assim, surgiram circunstâncias favoráveis ao nascimento de uma espetacular indústria: a construção de planetas de luxo sob medida. A sede dessa indústria era o planeta Magrathea, cujos engenheiros hiperespaciais drenavam a matéria por buracos brancos no espaço para transformá-la em planetas de sonho – planetas de ouro, planetas de platina, planetas de borracha macia cheios de terremotos, todos eles encantadoramente feitos segundo as mais detalhadas especificações determinadas pelos homens mais ricos da Galáxia.
   Mas tamanho foi o sucesso dessa indústria que o próprio planeta Magrathea logo se tornou o planeta mais rico de todos os tempos e o resto da Galáxia ficou reduzido à mais negra miséria. Assim, o sistema entrou em colapso, o Império entrou em colapso e um longo período de silêncio submergiu um bilhão de mundos famintos, um silêncio perturbado apenas pelos ruídos das canetas dos estudiosos, que passavam suas noites em claro elaborando pequenos tratados confiantes em que defendiam o valor de uma economia política planejada.

Magrathea desapareceu e logo se transformou numa lenda obscura...

Hoje em dia, em nossos tempos esclarecidos, é claro que ninguém acredita numa palavra disso.

Capítulo 16

Arthur foi despertado por vozes exaltadas e dirigiu-se à ponte de comando. Ford gesticulava, exaltado.

– Você está maluco, Zaphod. Magrathea é um mito, um conto de fadas que os pais contam para os filhos de noite quando querem que eles se tornem economistas quando crescerem; não passa de...

– Pois é em torno de Magrathea que estamos em órbita.

– Olhe, você em particular pode até estar em órbita em torno de Magrathea – disse Ford –, mas esta nave...

– Computador! – gritou Zaphod.

– Ah, não...

– Oi, turma! Aqui fala Eddie, seu computador de bordo. Hoje estou me sentindo muito bem, caras, e estou doidinho pra que vocês me programem do jeito que vocês quiserem.

Arthur olhou para Trillian sem entender. Ela fez sinal para que ele entrasse, mas não dissesse nada.

– Computador – disse Zaphod –, diga novamente qual é nossa trajetória no momento.

– Com prazer, meu querido. Estamos atualmente em órbita do lendário planeta Magrathea, a uma altitude de 500 quilômetros.

– Isso não prova nada – disse Ford. – Eu não confiaria nesse computador nem mesmo para calcular meu peso.

– Posso fazer isso sem problemas – disse o computador, animado, cuspindo mais fita perfurada. – Posso até mesmo determinar seus problemas de personalidade com precisão de dez casas decimais, se você quiser.

Trillian interrompeu.

– Zaphod – disse ela –, a qualquer momento estaremos sobrevoando o lado diurno desse planeta, seja ele o que for.

– O que você quer dizer com isso? O planeta está justamente onde eu previ, não é?

– É, eu sei que há um planeta lá. Não estou discutindo com ninguém. O negócio é que eu não seria capaz de distinguir Magrathea de nenhum outro pedregulho flutuando no espaço. O dia está nascendo, caso você esteja interessado.

– Está bem, está bem – murmurou Zaphod. – Pelo menos vamos apreciar a vista. Computador!

– Oi, gente! O que é...

– Cale a boca e mostre o planeta outra vez.

Novamente uma massa escura e sem detalhes discerníveis encheu as telas: era o planeta que estavam sobrevoando.

Ficaram olhando para as telas por um momento. Zaphod estava excitadíssimo.

– Ainda estamos sobrevoando o lado noturno – disse ele, em voz baixa. A imagem do planeta passava pelas telas. – A superfície do planeta está no momento a uma distância de 500 quilômetros... – prosseguiu Zaphod, tentando valorizar aquele momento que ele considerava de grande importância. Magrathea! Sentia-se ofendido pelo ceticismo de Ford. Magrathea! – Dentro de alguns segundos estaremos vendo... olhem!

Foi um momento grandioso. Mesmo o mais viajado vagabundo das estrelas não pode conter um arrepio diante de uma espetacular alvorada vista do espaço, e uma alvorada num sistema binário é uma das maravilhas da Galáxia.

Do meio da escuridão absoluta surgiu subitamente um ponto de luz ofuscante. Aos poucos foi se abrindo, formando um fino crescente, e segundos depois dois sóis apareceram, duas fornalhas de luz, queimando o horizonte com fogo branco. Raios de cor intensa riscavam a atmosfera rarefeita do planeta.

– As luzes da aurora...! – exultava Zaphod. – Os sóis gêmeos Soulianis e Rahm...!

– Ou seja lá o que for – disse Ford baixinho.

– Soulianis e Rahm! – insistiu Zaphod.

Os sóis ardiam no negrume do espaço, e ouvia-se uma música macabra no recinto: era Marvin cantarolando, sarcástico, porque detestava a espécie humana.

Ford contemplava o espetáculo de luz à sua frente, ardendo de entusiasmo; porém era apenas o entusiasmo de ver um planeta que jamais vira antes; isso lhe bastava. Irritava-o um pouco a necessidade que Zaphod tinha de criar uma fantasia ridícula para poder se empolgar com a cena. Toda essa bobagem de Magrathea parecia-lhe infantil. Não basta apreciar a beleza de um jardim, sem ter que imaginar que há fadas nele?

Para Arthur, toda essa história de Magrathea era totalmente incompreensível. Virou-se para Trillian e perguntou-lhe o que estava acontecendo.

– Só sei o que Zaphod disse – cochichou. – Pelo visto, Magrathea é uma espécie de lenda antiquíssima que ninguém leva a sério. Mais ou menos como a lenda da Atlântida lá na Terra, só que dizem que os magratheanos fabricavam planetas.

Arthur olhava para a tela, sentindo falta de alguma coisa importante. De repente deu-se conta do que era.

– Tem chá nesta nave?

Pouco a pouco ia aumentado a faixa visível do planeta que sobrevoavam. Os sóis agora estavam bem acima do horizonte, destacando-se da escuridão do céu; terminara o espetáculo pirotécnico do amanhecer, e a superfície do planeta parecia erma e assustadora à luz do dia – cinzenta, cheia de poeira e de contornos imprecisos. Parecia morta e fria como uma cripta. De vez em quando surgiam detalhes promissores no horizonte longínquo – desfiladeiros, talvez montanhas, quem sabe até cidades –, mas, à medida que se aproximavam, a imagem perdia a nitidez e não ficava claro do que se tratava. A superfície do planeta estava apagada pelo tempo, pelo lento movimento da atmosfera estagnada que nela roçava havia séculos.

Certamente era um planeta velhíssimo.

Por um momento surgiu uma dúvida na mente de Ford, ao contemplar a paisagem cinzenta do planeta. A imensidão do tempo o perturbava; era uma presença palpável. Pigarreou.

– Bem, e se for...

– É – disse Zaphod.

– Não é – prosseguiu Ford. – Mas o que você quer com esse planeta? Não há nada nele.

– Não na superfície – disse Zaphod.

– Está bem. Mesmo que tenha alguma coisa, não acredito que você esteja interessado em estudar arqueologia industrial. O que é que você está procurando?

Uma das cabeças de Zaphod desviou a vista. A outra olhou ao redor para ver o que a primeira estava vendo, mas ela não estava olhando para nada em particular.

– Bem – disse Zaphod, meio vago –, em parte é curiosidade, em parte é o gosto pela aventura, mas acho que o principal é a perspectiva de fama e dinheiro...

Ford encarou-o. Teve a nítida impressão de que Zaphod não tinha a menor ideia do motivo que o levara ali.

– Sabe, não fui nem um pouco com a cara desse planeta – disse Trillian, com um arrepio.

– Ah, não ligue para isso – disse Zaphod. – Com metade das riquezas do antigo Império Galáctico guardadas em algum lugar aí dentro, o planeta tem todo o direito de não ser lá essas coisas em matéria de beleza natural.

"Bobagem", pensou Ford. "Ainda que fosse mesmo a sede de uma antiga civilização já extinta, ainda que uma série de coisas muito improváveis fosse verdadeira, se houvesse de fato imensas riquezas guardadas lá, é impossível que elas tenham algum valor para a civilização atual." Deu de ombros.

– Acho que é só um planeta sem vida – disse ele.

– Esse suspense está me matando – disse Arthur, irritado.

A TENSÃO NERVOSA e o estresse são agora problemas sociais sérios em todas as partes da Galáxia, e é para não exacerbar ainda mais essa situação que vamos revelar os fatos que se seguem antecipadamente.

O planeta em questão é mesmo o lendário Magrathea.

O terrível ataque de mísseis que terá início em breve, desencadeado por um antigo sistema de defesa automático, resultará apenas na destruição de três xícaras de café e de uma gaiola de ratos, um braço machucado e a inoportuna criação e súbita morte de um vaso de petúnias e um inocente cachalote.

Para manter um mínimo de suspense, não diremos por enquanto a quem pertence o braço que será machucado. Esse fato pode ser mantido em segredo sem qualquer problema por ser absolutamente irrelevante.

Capítulo 17

Tendo começado mal o dia, a mente de Arthur estava se recompondo a partir dos fragmentos a que havia sido reduzida na véspera. Arthur encontrara uma Nutrimática, máquina que lhe dera um copo plástico cheio de um líquido que era quase, mas não exatamente, completamente diferente do chá. A máquina funcionava de maneira muito interessante. Quando o botão de bebida era apertado, ela fazia um exame instantâneo, porém altamente detalhado, das papilas gustativas do usuário, uma análise espectroscópica de seu metabolismo, e então enviava pequenos sinais experimentais por seu sistema nervoso para testar seu gosto. Porém, ninguém entendia por que ela fazia tudo isso, já que invariavelmente servia um líquido que era quase, mas não exatamente, completamente diferente do chá. A Nutrimática é fabricada pela Companhia Cibernética de Sírius, cujo Departamento de Reclamações atualmente cobre todos os continentes dos três primeiros planetas do sistema estelar de Sírius Tau.

Arthur bebeu o líquido e sentiu que ele o reanimou. Olhou para as telas de novo e viu mais algumas centenas de quilômetros de deserto cinzento passarem por eles. De repente resolveu fazer uma pergunta que o incomodava havia algum tempo.

– Não tem nenhum perigo?

– Magrathea está morto há cinco milhões de anos – disse Zaphod. – É claro que não há perigo nenhum. A esta altura, até os fantasmas já criaram juízo e estão casados e cheios de filhos.

Nesse momento, um som estranho e inexplicável ouviu-se no recinto – parecia uma fanfarra distante; um som oco, frouxo, insubstancial. Foi seguido de uma voz igualmente oca, frouxa e insubstancial.

– *Sejam bem-vindos...* – disse a voz.

Alguém estava falando com eles, daquele planeta morto.

– Computador! – gritou Zaphod.

– Oi, gente!

– Que diabo é isso?

– Ah, alguma gravação de cinco milhões de anos que está sendo tocada para nós.

– O quê? Uma gravação?

– Psss! – exclamou Ford. – Vamos escutar.

A voz era velha, cortês, quase encantadora, porém continha um toque de ameaça inconfundível.

– *Isto é uma gravação, e infelizmente não há ninguém presente no momento. O Conselho Comercial de Magrathea agradece a sua gentil visita...*
– Uma voz de Magrathea! – exclamou Zaphod.
– Está bem, você venceu – disse Ford.
– *... porém lamenta informar que todo o planeta está temporariamente fechado. Obrigado. Se tiverem a bondade de deixar seus nomes e o endereço de um planeta em que possamos contatá-los, por favor, falem após o sinal.*
Ouviu-se um zumbido e, depois, silêncio.
– Querem se livrar de nós – disse Trillian, nervosa. – O que vamos fazer?
– É só uma gravação – disse Zaphod. – Vamos em frente. Ouviu, computador?
– Ouvi, sim – disse o computador, acelerando um pouco a nave.
Esperaram.
Um ou dois segundos depois ouviu-se a fanfarra, seguida da voz:
– *Queremos informar-lhes que, assim que reabrirmos, o fato será anunciado nas principais revistas e suplementos coloridos e nossos clientes poderão mais uma vez adquirir o que há de melhor em matéria de geografia contemporânea.* – O tom de ameaça da voz intensificou-se. – *Até então, agradecemos o interesse de nossos clientes e pedimos que partam. Agora.*
Arthur olhou para os rostos nervosos de seus companheiros.
– Bem, acho melhor a gente ir embora, não é?
– Ora! – disse Zaphod. – Não há motivo para preocupação.
– Então por que todo mundo está tão nervoso?
– Estamos só interessados! – gritou Zaphod. – Computador, comece a penetrar na atmosfera e preparar para a aterrissagem.
Desta vez a fanfarra foi só pró-forma, e a voz, bem fria:
– *É muito gratificante o seu entusiasmo manifesto em relação a nosso planeta. Portanto, gostaríamos de lhes dizer que os mísseis teleguiados que estão no momento convergindo para sua nave fazem parte de um serviço especial que oferecemos a nossos clientes mais entusiásticos; as ogivas nucleares prontas para detonar são apenas um detalhe da cortesia. Esperamos não perder contato com vocês em vidas futuras... Obrigado.*
A voz calou-se.
– Ah – exclamou Trillian.
– Hummm... – disse Arthur.
– E agora? – perguntou Ford.
– Escutem – disse Zaphod –, será que vocês não entendem? Isso é só uma mensagem gravada há milhões de anos. Não se aplica ao nosso caso, entenderam?
– E os mísseis? – perguntou Trillian, em voz baixa.
– Mísseis? Ora, não me faça rir.

Ford deu um tapinha no ombro de Zaphod e apontou para a tela de trás. Nela viam-se claramente dois dardos prateados subindo em direção à nave. Com um aumento maior, viu-se claramente que eram dois foguetes dos grandes. Foi um choque.

– Acho que eles vão se esforçar ao máximo para que se aplique ao nosso caso também – disse Ford.

Zaphod olhou para os outros, atônito.

– Que barato! Tem alguém lá embaixo que quer matar a gente!

– Maior barato! – disse Arthur.

– Mas você não entende o que isso representa?

– Claro. Vamos morrer.

– Sim, mas fora isso.

– *Fora* isso?

– Quer dizer que lá deve ter alguma coisa!

– Como é que a gente sai dessa?

A cada segundo, a imagem dos mísseis na tela aumentava. Agora eles já estavam apontando diretamente para o alvo, de modo que tudo que se via deles eram as ogivas, de frente.

– Só por curiosidade – disse Trillian –, o que vamos fazer?

– Não perder a calma – disse Zaphod.

– Só isso? – gritou Arthur.

– Não, vamos também... ah... adotar táticas de evasão! – disse Zaphod, subitamente em pânico. – Computador, que espécie de tática de evasão podemos adotar?

– Bem... infelizmente nenhuma, pessoal – disse o computador.

– ... ou então outra coisa qualquer – disse Zaphod.

– Hããã...

– Alguma coisa parece estar interferindo com meus sistemas de controle – explicou o computador, com uma voz alegre. – Impacto em 45 segundos. Podem me chamar de Eddie, se isso os ajudar a manter a calma.

Zaphod tentou correr em várias direções ao mesmo tempo.

– Certo! – exclamou. – Bem... vamos ter que assumir o controle manual da nave.

– Você sabe pilotá-la? – perguntou Ford, com um tom de voz simpático.

– Não. E você?

– Também não.

– Trillian, e você?

– Também não.

– Tudo bem – disse Zaphod, relaxando. – Vamos trabalhar todos juntos.

– Eu também não sei – disse Arthur, achando que já era hora de começar a se afirmar.

– Era o que eu imaginava – disse Zaphod. – Está bem. Computador, quero controle manual, imediatamente.

– É todo seu – disse o computador.

Diversos painéis grandes abriram-se, contendo diversos pacotes de plásticos e rolos de celofane: os controles nunca tinham sido usados antes.

Zaphod contemplou-os assustado.

– Vamos lá, Ford. Retroceder a toda velocidade, 10 graus para estibordo. Ou coisa parecida...

– Boa sorte, gente – disse o computador. – Impacto dentro de trinta segundos...

Ford saltou para cima dos controles; só conseguiu reconhecer alguns deles, e os acionou. A nave estremeceu e guinchou, pois todos os seus foguetes direcionadores tentaram empurrá-la em todas as direções simultaneamente. Ford soltou metade dos controles, e a nave começou a rodar num arco fechado, até completar meia-volta, seguindo diretamente rumo aos mísseis.

Colchões de ar amortecedores de impacto saíram das paredes de repente e todos foram atirados de encontro a eles. Por alguns segundos, as forças de inércia os mantiveram achatados contra os colchões, ofegantes, incapazes de se mexer. Em desespero, Zaphod conseguiu safar-se e dar um pontapé numa pequena chave que fazia parte do sistema de direcionamento.

A chave caiu da parede. A nave fez uma curva abrupta e virou para cima. A tripulação foi toda jogada contra a parede oposta. O exemplar de Ford do *Guia do Mochileiro* foi cair em cima do painel de controle, o que teve dois efeitos simultâneos: o livro começou a dizer a quem estivesse prestando atenção nele quais eram as melhores maneiras de partir de Antares levando clandestinamente glândulas de periquitos antareanos (espetadas em palitos, são salgadinhos asquerosos, porém estão na moda, e verdadeiras fortunas são gastas na aquisição dessas glândulas, por idiotas muito ricos que querem esnobar outros idiotas muito ricos); e a nave de repente começou a cair como uma pedra.

NATURALMENTE, FOI MAIS OU MENOS nesse momento que um membro da tripulação machucou bastante o braço. É necessário enfatizar esse fato porque, como já afirmamos, fora isso a tripulação escapou absolutamente incólume, e os letais mísseis nucleares não atingiram a nave. A segurança dos tripulantes estava inteiramente garantida.

– IMPACTO EM VINTE SEGUNDOS, pessoal – disse o computador.

– Então liga a porcaria dos motores! – gritou Zaphod.

– Claro, tudo bem – disse o computador. Com um zumbido sutil, os motores ligaram-se novamente, a nave retomou seu curso e voltou a seguir em direção aos mísseis.

O computador começou a cantar.

– Ao caminhar na tempestade... – começou ele, com uma voz anasalada – mantenha a cabeça erguida...

Zaphod gritou-lhe que se calasse, porém não foi possível ouvi-lo no meio daquele ruído, que todos, naturalmente, acharam que fosse o ruído de sua própria destruição.

– E não tenha medo do escuro! – cantava Eddie.

Ao reassumir sua trajetória, a nave ficara de cabeça para baixo; assim, os tripulantes estavam no teto, e portanto não tinham acesso aos comandos.

– No final da tempestade... – cantarolava Eddie.

Os dois mísseis cresciam cada vez mais nas telas, e seus rugidos eram cada vez mais próximos.

– ... há um céu dourado...

Porém, por um acaso extraordinariamente feliz, eles não haviam corrigido sua trajetória com precisão em relação à trajetória aleatória da nave, e passaram logo abaixo dela.

– E o doce canto da cotovia... Correção: impacto dentro de quinze segundos, pessoal... Caminhe contra o vento...

Os mísseis descreveram um arco e voltaram.

– É agora – disse Arthur, olhando para a tela. – Agora vamos morrer mesmo, não é?

– Preferia que você parasse de dizer isso – gritou Ford.

– Mas é verdade, não é?

– É.

– Caminhe pela chuva... – cantava Eddie.

Arthur teve uma ideia. Pôs-se de pé com dificuldade.

– Por que a gente não liga o tal gerador de improbabilidade? – perguntou ele. – Talvez a gente o alcance.

– Você está maluco? – exclamou Zaphod. – Sem antes fazer a programação, pode acontecer qualquer coisa.

– Qual o problema, a esta altura? – gritou Arthur.

– Ainda que seus sonhos se esfumem... – cantava Eddie.

Arthur agarrou-se a uma protuberância decorativa localizada no trecho em que a curva da parede encontrava o teto.

– Siga em frente, cheio de esperança...
– Alguém podia me dizer por que Arthur não deve ligar o gerador de improbabilidade? – gritou Trillian.
– E você não há de estar sozinho... Impacto dentro de cinco segundos, pessoal; foi um prazer conhecê-los. Deus os abençoe... Sozinho jamais!
– Eu perguntei – berrou Trillian – por que...
Houve então uma explosão estonteante de ruídos e luzes.

Capítulo 18

E logo em seguida a nave Coração de Ouro seguia em frente na mais perfeita normalidade, com seu interior inteiramente redecorado. Agora era um pouco maior, pintado com delicados tons pastel de verde e azul. No centro havia uma escada em espiral, que não levava a nenhum lugar em especial, cercada de samambaias e flores amarelas; a seu lado, um pedestal de relógio de sol, de pedra, em cima do qual se encontrava o terminal central do computador. Uma série de luzes e espelhos engenhosamente dispostos criava a ilusão de que o observador estava dentro de uma estufa, com vista para um amplo jardim, muito bem cuidado. Ao redor da estufa havia mesas com tampos de mármore e pernas de ferro batido, lindamente trabalhadas. Quando se olhava para a superfície polida do mármore, as formas vagas dos controles se tornavam visíveis, e, ao estender a mão para tocá-los, os controles se materializavam imediatamente. Olhando-se os espelhos no ângulo correto, eles pareciam refletir todos os dados relevantes, embora fosse impossível dizer qual a origem dessas imagens refletidas. Em suma: uma beleza extraordinária.

Refestelado numa espreguiçadeira de palhinha, Zaphod Beeblebrox perguntou:

– Que diabos aconteceu?

– Bem, o que eu estava dizendo – disse Arthur, ao lado de um pequeno laguinho com peixes ornamentais – era que a tal chave do gerador de improbabilidade ficava aqui. – E, ao falar, indicava o lugar onde antes ficava a chave e agora havia um vaso com uma planta.

– Mas onde estamos? – perguntou Ford, sentado na escada em espiral, com uma Dinamite Pangaláctica geladinha na mão.

– Exatamente no mesmo lugar, pelo visto – disse Trillian, pois nos espelhos a seu redor de repente apareceu a mesma paisagem árida de Magrathea.

Zaphod levantou-se de um salto.

– Então o que aconteceu com os mísseis?

Uma nova e surpreendente imagem apareceu nos espelhos.

– Parece – disse Ford, hesitante – que se transformaram num vaso de petúnias e numa baleia muito espantada...

– O fator de improbabilidade – interrompeu Eddie, que não havia mudado nem um pouco – é de oito milhões, setecentos e sessenta e sete mil, cento e vinte e oito contra um.

Zaphod olhou para Arthur.

– A ideia foi sua, terráqueo?
– Bem – disse Arthur –, eu só fiz...
– Você usou a cabeça, sabe? Grande ideia, ligar o gerador de improbabilidade por um segundo sem ativar as telas de proteção. Olhe, rapaz, você salvou as nossas vidas, sabe?
– Ah – disse Arthur –, não foi nada...
– Nada? – disse Zaphod. – Bem, então não se fala mais nisso. Computador, vamos aterrissar.
– Mas...
– Eu disse que não se fala mais nisso.

TAMBÉM NÃO SE FALOU MAIS no fato de que, contra todas as probabilidades, um cachalote havia de repente se materializado muitos quilômetros acima da superfície de um planeta estranho.

E como não é esse o meio ambiente natural das baleias em geral, a pobre e inocente criatura teve pouco tempo para se dar conta de sua identidade "enquanto" cachalote, pois logo em seguida teve de se dar conta de sua identidade "enquanto" cachalote morto.

Segue-se um registro completo de toda a vida mental dessa criatura, do momento em que ela passou a existir até o momento em que ela deixou de existir.

Ah...! O que está acontecendo?, pensou o cachalote.

Ah, desculpe, mas quem sou eu?

Ei!

Por que estou aqui? Qual a minha razão de ser?

O que significa perguntar quem sou eu?

Calma, calma, vamos ver... ah! que sensação interessante, o que é? É como... bocejar, uma cócega na minha... minha... bem, é melhor começar a dar nome às coisas para eu poder fazer algum progresso nisto que, para fins daquilo que vou chamar de discussão, vou chamar de mundo. Então vamos dizer que esta seja minha barriga.

Bom. Ah, está ficando muito forte. E que barulhão é esse passando por aquilo que resolvi chamar de minha cabeça? Talvez um bom nome seja... vento! Será mesmo um bom nome? Que seja... talvez eu ache um nome melhor depois, quando eu descobrir pra que ele serve. Deve ser uma coisa muito importante, porque tem muito disso no mundo. Epa! Que diabo é isto? É... vamos chamar essa coisa de cauda. Isso, cauda. Epa! Eu posso mexê-la bastante! Oba! Oba! Que barato! Não parece servir pra muita coisa, mas um dia eu descubro pra que ela serve. Bem, será que eu já tenho uma visão coerente das coisas?

Não.

Não faz mal. Isso é tão interessante, tanta coisa pra descobrir, tanta coisa boa por vir, estou tonto de expectativa...

Ou será o vento?

Realmente tem vento demais aqui, não é?

E, puxa! O que é essa coisa se aproximando de mim tão depressa? Tão depressa. Tão grande e chata e redonda, tão... tão... Merece um nome bem forte, um nome tão... tão... chão! É isso! Eis um bom nome: chão!

Será que eu vou fazer amizade com ele?

E O RESTO – após um baque súbito e úmido – é silêncio.

CURIOSAMENTE, A ÚNICA COISA que passou pela mente do vaso de petúnias ao cair foi: "Ah, não, outra vez!" Muitas pessoas meditaram sobre esse fato e concluíram que, se soubéssemos exatamente por que o vaso de petúnias pensou isso, saberíamos muito mais a respeito da natureza do Universo do que sabemos atualmente.

Capítulo 19

Esse robô vai conosco? – perguntou Ford, olhando com repulsa para Marvin, que estava em pé, os ombros caídos para a frente, desconjuntado, debaixo de uma palmeirinha.

Zaphod desviou a vista das telas-espelhos, que mostravam uma visão panorâmica da paisagem desértica na qual a nave Coração de Ouro acabava de aterrissar.

– Ah, o Androide Paranoide – disse ele. – É, vamos levá-lo.

– Mas o que a gente vai fazer com um robô maníaco-depressivo?

– Você acha que o *seu* problema é sério? – exclamou Marvin, como se estivesse se dirigindo ao novo morador de uma sepultura. – E eu? O que faço se eu *sou* um robô maníaco-depressivo? Não, nem tente responder; eu sou 50 mil vezes mais inteligente que você e nem eu sei a resposta. Só de tentar me colocar no seu nível intelectual, fico com dor de cabeça.

Trillian veio correndo de sua cabine.

– Meus ratinhos brancos fugiram! – exclamou ela.

Nos dois rostos de Zaphod, expressões de profunda preocupação e consternação nem sequer fingiram aparecer.

– Danem-se os seus ratinhos brancos.

Trillian olhou-o com raiva e saiu de novo.

É possível que a frase de Trillian tivesse despertado mais atenção se todos soubessem que os seres humanos eram apenas a terceira forma de vida mais inteligente do planeta Terra, e não (como era geralmente considerado pela maioria dos observadores independentes) a segunda.

– **BOA TARDE**, meninos.

A voz era estranhamente familiar, porém curiosamente diferente. Tinha um quê de maternal. Ela manifestou-se pela primeira vez quando os tripulantes aproximaram-se da câmara de descompressão pela qual passariam para sair da espaçonave.

Eles se entreolharam, surpresos.

– É o computador – explicou Zaphod. – Descobri que ele tinha uma segunda personalidade, para ser usada em casos de emergência, e eu achei que talvez fosse melhor que a outra.

– Esta é a primeira vez que vocês vão sair nesse planeta desconhecido – prosseguiu a nova voz de Eddie. – Por isso eu quero todos bem agasalhadinhos, e nada de botar a mãozinha em criaturinhas feias de olhos esbugalhados, ouviram?

Zaphod tamborilava na escotilha com impaciência.

– Me desculpem – disse ele. – Acho que estaríamos melhor com uma régua de cálculo.

– Muito bem! – gritou o computador. – Quem foi que disse isso?

– Quer abrir a escotilha de saída, por favor, computador? – disse Zaphod, tentando não perder a calma.

– Só quando a pessoa que disse aquilo se identificar – falou o computador, fechando algumas sinapses.

– Ah, meu Deus – murmurou Ford, encostando-se num anteparo e começando a contar até dez. Preocupava-o muito a possibilidade de que um dia as formas de vida inteligentes não soubessem mais fazer isso. Contar era a única maneira que restava aos seres humanos para provar sua independência em relação aos computadores.

– Vamos – disse Eddie, sério.

– Computador... – foi dizendo Zaphod.

– Estou esperando – interrompeu Eddie. – Se precisar, espero o dia inteiro...

– Computador – disse Zaphod, que havia tentado pensar num raciocínio sutil que convencesse o computador, mas resolveu desistir de continuar lutando com as mesmas armas que ele –, se não abrir essa escotilha agora, vou agora mesmo até o seu banco de dados pra reprogramar você com um porrete deste tamanho, ouviu?

Eddie, chocado, parou para pensar.

Ford continuava contando discretamente. Isso é a coisa mais agressiva que se pode fazer com um computador. É como se aproximar de um ser humano e dizer: *Sangue... sangue... sangue.*

Afinal, Eddie disse, em voz baixa:

– Pelo visto, todos nós vamos ter que nos esforçar para desenvolver um bom relacionamento.

E a escotilha se abriu.

Um vento gélido surpreendeu-os; encolheram-se de frio e desceram a rampa até a poeira morta de Magrathea.

– Aposto que tudo isso vai acabar em lágrimas – gritou Eddie quando eles já se afastavam, e fechou a escotilha.

Alguns minutos depois, ele abriu e fechou a escotilha obedecendo a uma ordem que o pegou completamente de surpresa.

Capítulo 20

Cinco figuras caminhavam lentamente pela terra desértica. O solo era às vezes de um cinza chato, às vezes de um marrom chato, e o resto era menos interessante ainda. Era como um pântano seco, sem qualquer vegetação, coberto com uma camada de 2 centímetros de poeira. Fazia muito frio.

Zaphod estava evidentemente muito deprimido com aquela paisagem. Foi se destacando dos outros e logo se perdeu de vista atrás de uma pequena elevação.

O vento fazia arder os olhos e ouvidos de Arthur, e o ar viciado e rarefeito ressecava-lhe a garganta. Porém o que estava mais impactado era sua mente.

– É fantástico... – exclamou ele, e surpreendeu-se com o som de sua própria voz. Naquela atmosfera rarefeita, o som se propagava com dificuldade.

– Quer saber o que eu acho? O fim do mundo é isto aqui – disse Ford. – Um mictório pra gatos é mais divertido. – Sua irritação crescia. Com tantos planetas em todos os sistemas estelares da Galáxia, muitos deles selvagens e exóticos, cheios de vida, depois de quinze anos de exílio, ele tinha que ir parar numa droga daquelas! Nem mesmo uma barraquinha de cachorro-quente por perto. Abaixou-se e pegou um torrão de terra fria, mas embaixo dele não havia nada pelo qual valesse a pena viajar milhares de anos-luz para ver.

– Não – insistiu Arthur –, será que você não entende? É a primeira vez que ponho os pés em outro planeta... todo um mundo diferente... É mesmo uma pena que não tenha nada pra se ver.

Trillian, toda encolhida de frio, tremia. Havia uma expressão de dúvida em seu rosto. Ela seria capaz de jurar que tinha visto um leve movimento inesperado com o canto da vista, mas quando olhou naquela direção só viu a nave, imóvel e silenciosa, uns 100 metros atrás.

Sentiu-se aliviada quando, segundos depois, viu Zaphod no alto da elevação, fazendo sinal para que os outros se aproximassem.

Ele parecia excitado, mas não dava para ouvir o que dizia, por causa do vento e da atmosfera rarefeita.

Ao se aproximarem da elevação, perceberam que ela parecia ser circular – uma cratera de uns 150 metros de diâmetro. Ao redor da cratera havia umas coisas pretas e vermelhas. Pararam e olharam para um dos pedaços. Era úmido. Tinha a consistência de borracha.

Horrorizados, descobriram que era carne de baleia fresca.

Na beira da cratera, encontraram Zaphod.

– Vejam – disse ele, apontando para dentro da cratera.

No centro via-se a carcaça arrebentada de um cachalote que não vivera o suficiente para se decepcionar com a sua condição. O silêncio foi perturbado apenas pelos leves espasmos involuntários da garganta de Trillian.

– Acho que é bobagem enterrá-lo, não é? – murmurou Arthur, e logo se arrependeu de ter falado.

– Venha – disse Zaphod, e foi descendo rumo ao centro da cratera.

– O quê? Ir aí? – disse Trillian, com extrema repulsa.

– É – disse Zaphod. – Venham. Quero mostrar uma coisa.

– Dá pra ver daqui – disse Trillian.

– Não, é outra coisa – disse Zaphod. – Venham.

Todos hesitaram.

– Vamos! – insistiu Zaphod – Eu achei a entrada.

– *Entrada?* – exclamou Arthur, horrorizado.

– A entrada do interior do planeta! Uma passagem subterrânea. O impacto da baleia rachou o chão, e é por aí que a gente pode passar. Vamos aonde homem algum pisou desde cinco milhões de anos atrás, explorar as profundezas do tempo...

Marvin mais uma vez começou a cantarolar, irônico.

Zaphod deu-lhe um tabefe e ele parou.

Com arrepios de asco, todos seguiram Zaphod, descendo a encosta da cratera, esforçando-se ao máximo para não olhar o ser que a criara.

– Ah, a vida – disse Marvin, lúgubre. – Pode-se odiá-la ou ignorá-la, mas é impossível gostar dela.

No ponto em que caíra a baleia, o chão havia cedido, revelando uma rede de galerias e passagens, muitas delas obstruídas por terra e entranhas de baleia. Zaphod havia começado a desobstruir uma delas, mas Marvin era bem mais rápido nessa tarefa. Um ar úmido saía das cavernas escuras, e, quando Zaphod iluminou a passagem com uma lanterna, não se viu quase nada.

– Reza a lenda – disse ele – que os magratheanos passavam a maior parte do tempo debaixo da terra.

– Por quê? – perguntou Arthur. – Por que a superfície tornou-se muito poluída ou superpovoada?

– Não, acho que não – disse Zaphod. – Creio que eles simplesmente não gostavam muito dela.

– Você sabe mesmo o que está fazendo? – perguntou Trillian, olhando nervosa para as trevas. – Nós já sofremos um ataque, não é?

– Escute, menina, eu garanto que a população deste planeta é de zero mais nós quatro. Vamos entrar. Ô terráqueo...

– Arthur – disse Arthur.

– Pois é, será que dava pra você ficar com esse robô e tomar conta dessa entrada?

– Tomar conta? – perguntou Arthur. – Pra quê? Você não acabou de dizer que não tem ninguém neste planeta?

– É, pois é, mas, você sabe, só por segurança, está bem? – insistiu Zaphod.

– A sua segurança ou a minha?

– Então estamos combinados. Vamos lá.

Zaphod enfiou-se na passagem, seguido de Trillian e Ford.

– Tomara que vocês não se divirtam nem um pouco – disse Arthur.

– Não se preocupe – disse Marvin. – Não há perigo de eles se divertirem.

Segundos depois, eles já haviam desaparecido.

Arthur ficou andando de um lado para o outro, batendo com os pés no chão, e depois concluiu que túmulo de baleia não é um bom lugar para ficar andando e batendo com os pés no chão.

Marvin dirigiu-lhe um olhar assassino e em seguida desligou-se.

ZAPHOD DESCIA RAPIDAMENTE a passagem, nervosíssimo, mas tentava disfarçar o nervosismo andando depressa. Apontou a lanterna para todas as direções. As paredes eram recobertas de ladrilhos escuros e frios; no ar havia um cheiro pesado de podridão.

– Está vendo, eu não disse? – exclamou ele. – Um planeta habitado, Magrathea. – E seguiu em frente, caminhando por entre os montes de terra e detritos que enchiam o chão de ladrilhos.

Trillian, naturalmente, lembrou-se do metrô de Londres, só que ali era bem mais limpo.

De vez em quando, os ladrilhos das paredes eram interrompidos por grandes mosaicos, formando desenhos simples e angulosos, em cores vivas. Trillian parou e examinou um deles, mas não conseguiu interpretar seu significado. Dirigiu-se a Zaphod:

– Você faz alguma ideia do que representam esses símbolos estranhos?

– Acho que são símbolos estranhos de alguma espécie – disse Zaphod, sem sequer olhar para trás.

Trillian deu de ombros e seguiu-o.

De vez em quando havia uma porta à esquerda ou à direita. Essas portas davam para pequenos recintos que, conforme constatou Ford, continham equipamentos de computador abandonados. Ford arrastou Zaphod para dentro de um desses cubículos para mostrar-lhe o que havia lá. Trillian entrou também.

– Escute – disse Ford –, você acha que estamos em Magrathea...

– Acho – disse Zaphod –, e a voz confirmou, não é?

– Está bem. Então aceito que estamos mesmo em Magrathea, para fins de discussão. Só que até agora você não explicou como foi que descobriu este planeta. Garanto que não foi ao consultar um atlas de astronomia.

– Pesquisas. Arquivos do governo. Trabalho de detetive. Algumas intuições felizes. Fácil.

– E aí você roubou a nave Coração de Ouro pra vir até aqui?

– Roubei a nave pra procurar um monte de coisas.

– Um monte de coisas? – exclamou Ford, surpreso. – Por exemplo?

– Sei lá.

– O quê?

– Sei lá o que eu estou procurando.

– Como assim?

– Porque... porque... acho que porque... se soubessem o que eu procurava, eu não poderia procurar.

– Você está maluco?

– É uma possibilidade que ainda não excluí – disse Zaphod em voz baixa. – De mim mesmo só sei o que meu cérebro consegue entender nas atuais circunstâncias. Que não são nada boas.

Durante um bom tempo ninguém disse nada. Ford ficou olhando para Zaphod, bastante preocupado.

– Escute, meu amigo, se você quer... – começou Ford.

– Não, espere... vou lhe dizer uma coisa – disse Zaphod. – Eu vivo rodando por aí. Eu tenho uma ideia, penso em fazer uma coisa, eu vou e faço. Resolvo virar presidente da Galáxia, e pronto, é fácil. Resolvo roubar essa nave. Resolvo procurar Magrathea, e pronto, tudo acontece. É, eu vejo qual é a melhor maneira de agir e sempre acerto. É como se eu tivesse um cartão Galaxicred que sempre é aceito, embora eu nem precise mandar o cheque. E aí, quando eu paro e penso: por que eu quis fazer isso? Como foi que eu consegui? – aí eu sinto uma tremenda vontade de parar de pensar nisso. Como agora, por exemplo. Tenho que fazer o maior esforço só pra conseguir falar sobre esse assunto.

Zaphod fez uma pausa. Fez-se silêncio por algum tempo. Depois Zaphod franziu as sobrancelhas e disse:

– Ontem à noite eu estava pensando nisso outra vez. Esse problema de uma parte do meu cérebro não funcionar direito. Depois me ocorreu que o que parecia era que alguém estava usando minha mente para ter boas ideias, sem me dizer nada. Juntei as duas ideias e concluí que talvez alguém tenha reservado uma parte do meu cérebro para isso, portanto eu não tenho acesso a ela. Aí resolvi encontrar um jeito de verificar se era isso mesmo.

Zaphod olhou para Ford e continuou:

– Fui ao compartimento médico da nave e me liguei ao encefalógrafo. Fiz todos os testes mais importantes com minhas duas cabeças, todos os testes que eu tive que fazer com os médicos do governo para poder ratificar minha nomeação para a Presidência. Não deu nada. Quero dizer, nada de inesperado. Deu que era inteligente, irresponsável, nada confiável, extrovertido – tudo o que vocês já sabem. Nenhuma outra anomalia. Então comecei a inventar outros testes, completamente aleatórios. Nada. Aí tentei fazer uma superposição dos resultados referentes a uma das cabeças com os da outra. Nada. Aí resolvi que era só paranoia. Antes de guardar os equipamentos, peguei a foto da superposição e olhei pra ela através de um filtro verde. Você se lembra da minha superstição em relação à cor verde quando eu era garoto? Eu sempre quis ser astronauta mercante.

Ford concordou com a cabeça.

– E não deu outra – disse Zaphod. – No meio dos cérebros havia em cada um deles uma seção, e elas só estavam relacionadas uma com a outra, mas sem relação com o que estava em volta delas. Algum sacana cauterizou todas as sinapses e traumatizou eletronicamente aqueles dois pedaços do cérebro.

Ford arregalou os olhos. Trillian estava branca.

– Alguém *fez* isso com você? – sussurrou Ford.

– É.

– Mas você faz alguma ideia de quem foi? E por quê?

– Por quê? Tenho uns palpites, só isso. Mas sei quem foi o sacana.

– Sabe? Como?

– Porque deixaram as iniciais marcadas nas sinapses cauterizadas. De propósito, pra eu saber.

Ford olhou para ele horrorizado; estava todo arrepiado.

– Iniciais? Marcadas no seu cérebro?

– É.

– Mas quais eram as iniciais, afinal?

Zaphod olhou para ele em silêncio por um momento. Então desviou a vista.

– Z. B. – disse, em voz baixa.

Nesse momento, uma porta de aço fechou-se atrás dele e o recinto começou a encher-se de gás.

– Depois eu explico – disse Zaphod, tossindo, e os três desmaiaram.

Capítulo 21

Na superfície de Magrathea, Arthur andava de um lado para o outro, emburrado.
Para distraí-lo, Ford tivera a ideia de emprestar-lhe *O Guia do Mochileiro das Galáxias*. Arthur apertou alguns botões aleatoriamente.

O Guia do Mochileiro das Galáxias é uma obra organizada de modo um tanto caótico e contém diversos trechos que foram incluídos simplesmente porque na hora os organizadores acharam que era uma boa ideia.

Um desses trechos (foi o que Arthur leu nesse momento) supostamente é o relato das experiências de um certo Veet Voojagig, jovem e tímido estudante da Universidade de Maximegalon, que seguiu uma carreira brilhante estudando filologia arcaica, ética transformacional e a teoria ondulatória-harmônica da percepção histórica, e que, após uma noite bebendo Dinamite Pangaláctica com Zaphod Beeblebrox, começou a ficar obcecado com o que teria acontecido com todas as esferográficas que ele havia comprado nos últimos anos.

Seguiu-se um longo período de pesquisas meticulosas, durante o qual Voojagig visitou todos os principais centros de perdas de esferográficas da Galáxia, e terminou formulando uma curiosa teoria que se popularizou muito na época. Em algum lugar no cosmos – afirmou ele –, além de todos os planetas habitados por humanoides, reptiloides, peixoides, arvoroides ambulantes e tons de azul superinteligentes, haveria também um planeta habitado exclusivamente por seres vivos esferografoides. E era para esse planeta que iam todas as esferográficas perdidas e abandonadas, escapulindo por buraquinhos no espaço para um mundo onde elas podiam viver uma vida esferografoide, reagir a estímulos de caráter eminentemente esferografítico – em suma, levar a vida com que sonha toda esferográfica.

Como teoria, isso era bastante interessante. Mas, um dia, Veet Voojagig resolveu afirmar que havia descoberto esse planeta, onde teria trabalhado por algum tempo como chofer de uma família de canetas verdes baratas de ponta retrátil. Então Voojagig foi internado, escreveu um livro e terminou como exilado tributário, que é o que costuma acontecer com aqueles que fazem papel de bobo publicamente.

Quando, um dia, foi enviada uma expedição para as coordenadas espaciais onde, segundo Voojagig, se encontraria o tal planeta, acharam apenas um pequeno asteroide cujo único habitante era um velhinho, o qual vivia afirmando que nada era verdade, se bem que mais tarde constatou-se que ele estava mentindo.

Porém permaneceram sem resposta duas questões: a misteriosa quantia anual de 60 mil dólares altairenses depositada na sua conta, em Brantisvogan; e, naturalmente, a lucrativa empresa de comércio de esferográficas de segunda mão de propriedade de Zaphod Beeblebrox.

Depois de ler essa passagem, Arthur largou o livro. O robô continuava sentado, completamente inerte.

Arthur levantou-se e caminhou até o alto da borda da cratera. Ficou andando em torno da depressão, vendo os dois sóis de Magrathea se pondo, uma cena magnífica.

Desceu para o centro da cratera outra vez. Acordou o robô, porque até mesmo falar com um robô maníaco-depressivo é melhor do que falar sozinho.

– Está anoitecendo – disse Arthur. – Veja, robô, as estrelas estão aparecendo.

Do interior de uma nebulosa escura só se pode ver um pequeno número de estrelas, e assim mesmo muito fracas; mas era melhor que nada.

Obediente, o robô olhou para o céu e depois baixou a vista.

– É – disse ele. – Que droga, não é?

– Mas aquele pôr do sol! Nunca vi nada igual, nem nos meus sonhos mais alucinantes... dois sóis! Era como montanhas de fogo ardendo contra o céu.

– Já vi esse tipo de coisa – disse Marvin. – Um saco.

– Lá na Terra a gente só tinha um sol – insistiu Arthur. – Sou de um planeta que se chamava Terra, você sabe.

– Sei, sim – disse Marvin. – Você não fala noutra coisa. Pelo que você diz, devia ser horrível.

– Ah, não, era um lugar belíssimo...

– Tinha oceanos?

– Se tinha! – disse Arthur, suspirando. – Oceanos enormes, com ondas, bem azuis...

– Não tolero oceanos – disse Marvin.

– Me diga uma coisa... – disse Arthur. – Você se dá bem com os outros robôs?

– Detesto todos – disse Marvin. – Aonde você vai?

Arthur não aguentava mais. Levantou-se.

– Acho que vou dar mais uma volta.

– É, eu entendo – disse Marvin, e contou 597 bilhões de carneiros até conseguir adormecer de novo.

Arthur ficou dando tapinhas nos seus próprios braços para estimular a circulação. Recomeçou a subir a borda da cratera.

Como a atmosfera era muito rarefeita e não havia lua, a noite caía muito depressa, e já estava muito escuro. Por isso, Arthur só viu o velho quando já estava quase esbarrando nele.

Capítulo 22

O velho estava de costas para Arthur, contemplando os últimos vestígios de luz que desapareciam no horizonte. Era um velho alto, que trajava uma longa túnica cinzenta. Quando se virou, revelou um rosto fino e nobre, envelhecido porém bondoso, o tipo de rosto que você gosta de ver no gerente do seu banco. Mas ele não se virou nem mesmo quando Arthur soltou uma interjeição de espanto.

Por fim, os últimos raios de luz morreram completamente, e só então ele se virou. Seu rosto ainda estava iluminado por alguma luz, e, quando Arthur procurou a fonte de onde ela vinha, viu que a alguns metros dali havia uma pequena nave, uma espécie de pequeno hovercraft. A seu redor havia um pálido círculo de luz.

O homem olhou para Arthur, com um olhar aparentemente triste.

– Você escolheu uma noite fria para visitar nosso planeta morto – disse ele.

– Quem... quem é você? – gaguejou Arthur.

O homem virou o rosto. Novamente surgiu uma expressão de tristeza em sua fisionomia.

– Meu nome não é importante – disse.

Parecia estar pensando em alguma coisa. Pelo visto, não estava com pressa de começar a conversa.

Arthur sentiu-se pouco à vontade.

– Eu... aaah... o senhor me deu um susto – disse, por falta do que dizer.

O homem virou-se e olhou para ele de novo, arqueando de leve as sobrancelhas.

– Hum?

– Eu disse que o senhor me assustou.

– Não tenha medo, não vou lhe fazer mal.

Arthur franziu a testa.

– Mas o senhor nos atacou! Os mísseis...

O homem olhou para o centro da cratera. A luzinha fraca que saía dos olhos de Marvin projetava débeis sombras vermelhas sobre a enorme carcaça da baleia.

O homem deu uma risadinha.

– É um sistema automático – disse, e suspirou. – Há milênios que esses computadores funcionam no interior do planeta, e seus empoeirados bancos de dados aguardam há muitas eras algum acontecimento. Acho que de vez em quando eles soltam um míssil só pra quebrar a monotonia. – Dirigiu um olhar sério a Arthur e acrescentou: – Eu gosto muito de ciência, sabe?

– Ah... é mesmo? – perguntou Arthur, que estava começando a ficar desconcertado com o jeito cortês e curioso do velho.

– Gosto, sim – respondeu o velho, e calou-se de novo.

– Ah... – disse Arthur. – É... – Sentia-se como um homem que, apanhado em flagrante de adultério quando o marido da amante entra no quarto, vê o marido mudar as calças, comentar o tempo que está fazendo e ir embora.

– Você parece desconcertado – disse o homem, atencioso.

– Não, quero dizer... é, estou, sim. O senhor sabe, é que a gente não esperava encontrar ninguém aqui. Eu pensava que vocês todos já tinham morrido, sei lá...

– Morrido? – disse o velho. – Não, que ideia! Estávamos apenas dormindo.

– Dormindo? – exclamou Arthur, surpreso.

– É, por causa da recessão econômica, sabe? – disse o velho, aparentemente pouco ligando se Arthur entendia o que ele estava dizendo ou não.

Arthur foi obrigado a perguntar:

– Ah... recessão econômica?

– Bem, há uns cinco milhões de anos a economia galáctica entrou em crise, e como os planetas sob medida são um luxo supérfluo, você entende...

Fez uma pausa e olhou para Arthur.

– Você sabe que a gente construía planetas, não sabe?

– Ah, claro – disse Arthur. – Era o que eu imaginava...

– Uma atividade fascinante – disse o velho, com um olhar nostálgico. – O que eu preferia era fazer os litorais. Como eu me divertia, caprichando nos fiordes... Mas, como eu ia dizendo – disse ele, tentando retomar o fio da meada –, veio a recessão e resolvemos que o melhor a fazer seria dormir por uns tempos. Assim, programamos os computadores para nos acordarem quando tudo tivesse voltado ao normal. – O velho sufocou um leve bocejo e prosseguiu: – Os computadores estavam ligados à bolsa de valores da Galáxia, de modo que seríamos acordados quando a economia já tivesse se recuperado o bastante para as pessoas voltarem a se interessar por nossos produtos, que são um tanto caros.

Arthur, que lia *The Guardian* regularmente, ficou muito chocado.

– Mas isso é um comportamento imperdoável, não acha?

– Você acha? – perguntou o velho, cortês. – Desculpe, ando meio desatualizado. – Apontou para o fundo da cratera. – Aquele robô é seu?

– Não – respondeu uma vozinha metálica vinda do fundo da cratera. – Sou meu mesmo.

– Se é que isso é um robô – murmurou Arthur. – É mais uma espécie de gerador eletrônico de mau humor.

– Traga-o aqui – disse o homem, surpreendendo Arthur com o tom de voz autoritário que de repente surgiu em sua voz. Arthur chamou Marvin, que subiu à borda da cratera mancando ostensivamente, embora não fosse manco. – Pensando bem – disse o velho –, é melhor deixá-lo aí. Venha comigo. Coisas importantes estão acontecendo.

Virou-se para seu veículo, o qual, embora aparentemente o velho não tivesse feito nenhum sinal para ele, vinha deslizando silenciosamente na direção deles, na escuridão.

Arthur olhou para Marvin, que agora ostensivamente virou-se com dificuldade e começou a descer de volta para o centro da cratera, resmungando.

– Venha – disse o velho. – Venha logo, senão você chegará tarde.

– Tarde? – exclamou Arthur. – Tarde pra quê?

– Como você se chama, humano?

– Dent. Arthur Dent.

– Tarde, como em "tarde demais", Dentarthurdent – disse o velho friamente. – É uma espécie de ameaça. – Novamente seus olhos cansados assumiram uma expressão melancólica. – Nunca fui muito bom em matéria de ameaças, mas dizem que às vezes ameaçar funciona mesmo.

Arthur arregalou os olhos.

– Que criatura extraordinária – murmurou.

– Como? – perguntou o velho.

– Ah, nada, desculpe – disse Arthur, sem jeito. – Bem, para onde vamos?

– Vamos pegar meu aeromóvel – disse o velho, fazendo sinal para que Arthur entrasse no veículo, que já estava parado a seu lado. – Vamos nos aprofundar no interior deste planeta, onde neste exato momento nossa espécie está despertando após um sono de cinco milhões de anos. Magrathea está acordando.

Arthur estremeceu sem querer, ao sentar-se ao lado do velho. Perturbava-o a estranheza do movimento daquele veículo, que balançava de leve ao elevar-se no ar.

Arthur olhou para o velho, cujo rosto estava iluminado pelas luzinhas do painel de controle.

– Desculpe – perguntou –, mas qual é seu nome mesmo?

– Meu nome? – disse o velho, e a mesma tristeza nostálgica apareceu em seu rosto. Fez uma pausa. – Meu nome... é Slartibartfast.

Arthur quase se engasgou.

– Como?

– Slartibartfast – repetiu o velho, tranquilo.

– *Slartibartfast?*

O velho dirigiu-lhe um olhar sério.

– Eu disse que meu nome não era importante.

O aeromóvel singrou o céu escuro.

Capítulo 23

É um fato importante, e conhecido por todos, que as coisas nem sempre são o que parecem ser. Por exemplo, no planeta Terra os homens sempre se consideraram mais inteligentes que os golfinhos, porque haviam criado tanta coisa – a roda, Nova York, as guerras, etc. –, enquanto os golfinhos só sabiam nadar e se divertir. Porém, os golfinhos, por sua vez, sempre se acharam muito mais inteligentes que os homens – exatamente pelos mesmos motivos.

Curiosamente, há muito que os golfinhos sabiam da iminente destruição do planeta, e faziam tudo para alertar a humanidade; porém suas tentativas de comunicação eram geralmente interpretadas como gestos lúdicos com o objetivo de rebater bolas ou pedir comida, e por isso eles acabaram desistindo e abandonaram a Terra por seus próprios meios antes que os vogons chegassem.

A derradeira mensagem dos golfinhos foi entendida como uma tentativa extraordinariamente sofisticada de dar uma cambalhota dupla para trás assobiando o hino nacional dos Estados Unidos, mas na verdade o significado da mensagem era: *Até mais, e obrigado pelos peixes.*

Na verdade havia no planeta uma única espécie mais inteligente que os golfinhos, que passava boa parte do tempo nos laboratórios de pesquisas de comportamento, correndo atrás de rodas e realizando experiências incrivelmente elegantes e sutis com seres humanos. O fato de que mais uma vez os homens interpretaram seu relacionamento com essas criaturas de modo totalmente errado era exatamente o que estava nos planos elaborados por elas.

Capítulo 24

Silenciosamente, o aeromóvel cruzava a fria escuridão, a única luzinha acesa nas trevas profundas da noite de Magrathea. O veículo voava depressa. O companheiro de Arthur parecia absorto em seus próprios pensamentos, e nas duas vezes que Arthur tentou puxar conversa com ele o velho limitou-se a perguntar-lhe se estava tudo bem com ele, e a coisa ficou por aí mesmo.

Arthur tentou calcular a velocidade com que estavam se deslocando, mas a escuridão lá fora era absoluta, não havendo, assim, qualquer ponto de referência. A sensação de estarem se movendo era tão suave que era quase possível acreditar que estavam parados.

Então apareceu ao longe um pontinho de luz, que em poucos segundos já havia crescido tanto que Arthur concluiu que o ponto estava se aproximando deles a uma velocidade colossal. Tentou discernir que espécie de nave seria. Olhava, mas não conseguia perceber nenhuma forma definida; de repente soltou uma interjeição de pavor quando o aeromóvel perdeu altura num movimento súbito, parecendo estar prestes a chocar-se de frente com o outro veículo. A velocidade relativa dos dois parecia inacreditável, e antes que Arthur tivesse tempo de respirar tudo já havia terminado. Quando deu por si, Arthur viu que estavam cercados de uma luminosidade prateada incompreensível. Virou-se para trás de repente e viu um pequeno ponto preto diminuindo rapidamente na distância, e levou alguns segundos para entender o que havia acontecido.

Haviam entrado num túnel subterrâneo. A velocidade relativa colossal fora simplesmente a velocidade do aeromóvel em relação a um buraco no chão, a boca do túnel. A luminosidade prateada era a parede circular do túnel que eles agora estavam percorrendo, a algumas centenas de quilômetros por hora.

Apavorado, Arthur fechou os olhos.

Depois de um intervalo de tempo que ele sequer tentou avaliar, sentiu que estavam perdendo um pouco de velocidade, e algum tempo depois percebeu que estavam gradualmente parando.

Reabriu os olhos. Ainda estavam dentro do túnel prateado, atravessando um verdadeiro labirinto de túneis convergentes. Quando por fim estacionaram, estavam numa pequena câmara de paredes curvas de aço. Diversos outros túneis também terminavam ali, e na extremidade oposta Arthur viu um círculo grande de luz fraca e irritante. Era irritante porque proporcionava uma espécie de ilusão de ótica: não havia como focalizar os olhos nela, e era impossível calcular a que distância estava. Arthur imaginou (erradamente) que fosse luz ultravioleta.

Slartibartfast virou-se e encarou Arthur com seus olhos velhos e solenes.

– Terráqueo – disse ele –, estamos agora no coração de Magrathea.

– Como descobriu que eu sou terráqueo?

– Essas coisas vão ficar claras para você – disse o velho, delicadamente. – Pelo menos – acrescentou, com um toque de dúvida na voz – vão ficar mais claras do que agora. – E prosseguiu: – Devo lhe avisar que a câmara pela qual vamos passar agora não existe literalmente dentro de nosso planeta. É um pouco... grande demais. Vamos entrar numa ampla extensão de hiperespaço. A experiência talvez seja perturbadora para você.

Arthur fez uns ruídos nervosos.

Slartibartfast apertou um botão e acrescentou, num tom não muito tranquilizador:

– Eu, pelo menos, fico de perna bamba. Segure-se bem firme.

O aeromóvel disparou em direção ao círculo de luz, e de repente Arthur teve uma ideia mais ou menos clara do que é o infinito.

NA VERDADE, NÃO ERA O INFINITO. O infinito é uma coisa chata, nos dois sentidos da palavra. Quem olha para o céu à noite está olhando para o infinito; a distância é incompreensível, portanto sem significado. A câmara na qual o aeromóvel entrou estava longe de ser infinita; era apenas muito, muito, mas muito grande, tão grande que dava a impressão de ser o infinito melhor do que o próprio infinito.

Os sentidos de Arthur balançavam-se e rodavam enquanto o aeromóvel, naquela velocidade imensa que ele já pudera estimar, subia lentamente no espaço aberto, e a passagem por onde eles haviam entrado transformava-se num pontinho invisível na parede reluzente da qual eles se afastavam.

A parede.

A parede desafiava a imaginação – ela a seduzia e derrotava. Era tão assustadoramente imensa e lisa que seus limites, no alto, embaixo e nos lados, estavam além do alcance da vista. Ela proporcionava uma vertigem capaz de matar uma pessoa de choque.

A parede parecia perfeitamente plana. Seria necessário o mais delicado medidor para constatar que, à medida que ela subia, aparentemente rumo ao infinito, e descia, e se espalhava para os dois lados, ela também se curvava. Fechava-se sobre si própria a uma distância de 13 segundos-luz dali. Em outras palavras: a parede era o interior de uma esfera oca, com cerca de 5 milhões de quilômetros de diâmetro, inundada por uma luz inimaginável.

– Bem-vindo – disse Slartibartfast, quando o cisco infinitesimal que era o aeromóvel, viajando agora a uma velocidade três vezes superior à velocidade da luz, avançava imperceptivelmente naquele espaço estonteante. – Bem-vindo à nossa fábrica.

Arthur olhou ao redor, com uma mistura de deslumbramento e horror. Dispostas à sua frente, a distâncias que ele não podia calcular, nem mesmo imaginar, havia curiosas suspensões, delicadas redes de metal e luz penduradas sobre sombrias formas esféricas que pairavam no espaço.

– É aqui – disse Slartibartfast – que fazemos a maioria dos nossos planetas.

– Quer dizer – disse Arthur, articulando as palavras com dificuldade – que vocês vão reabrir a fábrica agora?

– Não, não, que é isso! – exclamou o velho. – Não, a Galáxia ainda está longe de ter dinheiro suficiente para manter nosso negócio. Não, fomos despertados apenas para realizar um único serviço, para clientes muito... especiais, de outra dimensão. Talvez aquilo lhe interesse... ali, ao longe, à nossa frente.

Arthur olhou na direção em que o velho apontava, até que conseguiu distinguir a estrutura que ele indicava. Era, de fato, a única delas que tinha alguns sinais de atividade, embora fosse mais uma impressão subliminar do que uma coisa concreta.

Porém nesse instante um facho de luz descreveu um arco através da estrutura, pondo em relevo as formas na superfície da esfera negra nela contida. Formas que Arthur conhecia, formas irregulares que lhe eram tão familiares como as formas das palavras, parte do mobiliário de sua mente. Por alguns segundos, Arthur ficou abestalhado, sem palavras, enquanto as imagens dançavam em sua mente, tentando encontrar um ponto em que pudessem estacionar e fazer sentido.

Uma parte de seu cérebro lhe dizia que ele sabia muito bem o que era que estava vendo, o que representavam aquelas formas, enquanto outra parte, muito sensatamente, recusava-se a admitir aquela ideia e não assumia a responsabilidade por levar adiante tal raciocínio.

O facho de luz iluminou o globo outra vez, e agora não havia mais lugar para dúvida.

– A Terra... – sussurrou Arthur.

– Bem, a Terra II, para ser exato – disse Slartibartfast, sorridente. – Estamos fazendo uma cópia, com base nos esquemas originais.

Houve uma pausa.

– O senhor quer dizer – foi dizendo Arthur lentamente, controladamente – que foram vocês que *fizeram*... a Terra original?

– Isso mesmo – disse Slartibartfast. – Você já esteve num lugar chamado... acho que era Noruega?

– Não – disse Arthur. – Nunca.

– Que pena – disse Slartibartfast. – Fui eu que fiz. Ganhou um prêmio, sabe? Beleza de litoral, todo trabalhado. Fiquei muito aborrecido quando soube que tinha sido destruída.

– O *senhor* ficou aborrecido!

– Fiquei. Cinco minutos depois, eu não teria me incomodado. Um equívoco fenomenal.

– Hein? – exclamou Arthur.

– Os ratos ficaram furiosos.

– Os *ratos* ficaram furiosos?

– É, ora – disse o velho.

– Está bem, mas não só os ratos como, imagino eu, os cachorros, os gatos, ornitorrincos, mas...

– Ah, mas não foram eles que pagaram por ela, não é?

– Escute – disse Arthur –, não seria mais prático pro senhor se eu entregasse os pontos e pirasse logo de uma vez?

Durante algum tempo, o aeromóvel voou num silêncio constrangedor. Depois o velho, paciente, tentou explicar:

– Terráqueo, o planeta em que você vivia foi encomendado, pago e governado pelos ratos. Ele foi destruído cinco minutos antes de terminar de servir aos propósitos para o qual foi construído, e agora vamos ter que fazer outro.

Só uma palavra fora registrada no cérebro de Arthur.

– *Ratos?*

– É, terráqueo.

– Escute, por acaso estamos falando sobre aquelas criaturinhas peludas que se amarram em queijo e que faziam as mulheres subir nas mesas e ficar gritando naquelas comédias enlatadas dos anos 1960?

Slartibartfast tossiu um pouco, polidamente.

– Terráqueo, às vezes é difícil compreender a sua fala. Lembre-se que há cinco milhões de anos estou dormindo dentro de Magrathea, e portanto não sei muita coisa sobre essas comédias enlatadas dos anos 1960. Essas criaturas chamadas ratos não são exatamente o que parecem ser. Não passam de protusões em nossa dimensão de seres pandimensionais imensos e hiperinteligentes. Toda essa história de queijo e guinchos é só fachada. – O velho fez uma pausa, uma careta simpática e prosseguiu. – Eles estavam fazendo experiências com vocês.

Arthur pensou nisso por um segundo, e então seu rosto se desanuviou.

– Ah, não – disse ele. – Agora entendi a origem desse mal-entendido. – Não, o que acontece é que *nós* é que fazíamos experiências com eles. Os ratos eram muito utilizados em pesquisas de comportamento. Pavlov, essas coisas.

O que acontecia era que os ratos participavam de tudo quanto era experiência, aprendiam a tocar campainhas, corriam em labirintos, de modo que toda a natureza do processo de aprendizagem pudesse ser examinada. Com base nas observações do comportamento deles, a gente aprendia um monte de coisas a respeito do nosso comportamento...

A voz de Arthur foi morrendo aos poucos.

– Que sutileza! – disse Slartibartfast. – É realmente admirável.

– Como assim?

– Para disfarçar melhor suas verdadeiras naturezas e orientar melhor o pensamento de vocês. De repente corriam para o lado errado de um labirinto, comiam o pedaço errado de queijo, inesperadamente morriam de mixomatose... a coisa sendo bem calculada, o efeito cumulativo é imenso. – Fez uma pausa para acentuar o efeito de suas palavras. – Sabe, terráqueo, eles são mesmo seres pandimensionais particularmente hiperinteligentes. O seu planeta e a sua espécie formaram a matriz de um computador orgânico que processou um programa de pesquisa de dez milhões de anos... Eu lhe conto toda a história. Vai levar algum tempo.

– Tempo – respondeu Arthur, com voz débil. – No momento não é um dos meus problemas.

Capítulo 25

Como é sabido, a vida apresenta uma série de problemas, dos quais os mais importantes são, entre outros, *Por que as pessoas nascem? Por que elas morrem? Por que elas passam uma parte tão grande do tempo entre o nascimento e a morte usando relógios digitais?*.

Há muitos e muitos milhões de anos, uma espécie de seres pandimensionais hiperinteligentes (cuja manifestação física no universo pandimensional deles não é muito diferente da nossa) ficaram tão de saco cheio dessas discussões incessantes a respeito do significado da vida, as quais costumavam interromper seu passatempo favorito, o ultracríquete broquiano (um jogo curioso, no qual, entre outras coisas, os jogadores de repente batiam uns nos outros sem nenhum motivo aparente e depois fugiam correndo), que decidiram sentar e resolver esses problemas de uma vez por todas.

Para tal, construíram um estupendo supercomputador tão extraordinariamente inteligente que, mesmo antes de seus bancos de dados serem ligados, ele já deduzira, a partir do princípio *Penso, logo existo*, a existência do pudim de arroz e do imposto de renda, antes que tivessem tempo de desligá-lo.

Era do tamanho de uma cidade pequena.

Seu terminal principal foi instalado num escritório especialmente projetado para esse fim, sobre uma mesa imensa de ultramogno, com tampo forrado de finíssimo couro ultravermelho. O carpete escuro era discretamente suntuoso; havia plantas exóticas e gravuras de muito bom gosto que representavam os principais programadores do computador com suas respectivas famílias, e janelas imponentes que davam para uma praça toda arborizada.

No dia da Grande Ligação do Computador, dois programadores de roupas sóbrias, carregando pastas, entraram e foram discretamente levados até a sala do terminal. Sabiam que nesse dia agiam como representantes de sua espécie em seu momento mais solene, mas estavam perfeitamente calmos. Sentaram-se à mesa com certa deferência, abriram suas pastas e delas tiraram cadernos encadernados em couro.

Chamavam-se Lunkwill e Fook.

Por alguns momentos, permaneceram num silêncio respeitoso. Depois, após trocar um olhar com Fook, Lunkwill inclinou-se para a frente e tocou num pequeno painel negro.

Um sutilíssimo zumbido indicou que o enorme computador estava agora em funcionamento. Após uma pausa, ele falou, com uma voz cheia, ressoante e grave:

– Qual é a grande tarefa que eu, Pensador Profundo, o segundo maior computador do Universo do Tempo e Espaço, fui criado para assumir?

Lunkwill e Fook entreolharam-se, surpresos.

– Sua tarefa, ó computador... – ia dizendo Fook.

– Não, espere um minuto, isso não está certo – interrompeu Lunkwill, preocupado. – Nós projetamos esse computador de modo que ele fosse o maior de todos, e não vamos aceitar essa história de "segundo maior". Pensador Profundo – disse ele, dirigindo-se ao computador –, então, você não é, tal como foi feito para ser, o maior e mais poderoso computador de todos os tempos?

– Eu disse que era o segundo maior – respondeu Pensador Profundo –, e é o que sou.

Os dois programadores trocaram outro olhar preocupado. Lunkwill pigarreou.

– Deve haver algum engano – disse ele. – Você não é maior que o Pantagrucérebro Colossal de Maximegalon, que é capaz de contar todos os átomos de uma estrela em um milissegundo?

– O Pantagrucérebro Colossal? – disse Pensador Profundo, sem tentar disfarçar seu desprezo. – Aquele ábaco? Falemos de outra coisa.

– E você não é um calculador mais hábil – disse Fook, nervoso – que o Pensador Estelar Googleplex da Sétima Galáxia de Luz e Engenho, capaz de calcular a trajetória de cada grão de poeira em uma tempestade de areia de cinco semanas em Beta de Dangrabad?

– Uma tempestade de areia de cinco semanas? – exclamou Pensador Profundo, arrogante. – Eu, que já considerei os vetores dos átomos do próprio big-bang? Não me venham com essas proezas de calculadora de bolso.

Por um momento, os dois programadores não souberam o que dizer. Então Lunkwill falou de novo:

– Mas não é verdade que você é um adversário mais temível que o Grande Estronca-Nêutrons Omni-Cognato Hiperlóbico de Ciceronicus 12, o Mágico e Infatigável?

– O Grande Estronca-Nêutrons Omni-Cognato Hiperlóbico – disse Pensador Profundo, caprichando nos erres – é capaz de argumentar com uma megamula de Arcturus até ela cair morta de exaustão, mas só eu seria capaz de convencê-la a levantar-se e andar depois.

– Então – perguntou Fook – qual é o problema?

– Não há problema – disse Pensador Profundo, num tom de voz extraordinariamente ressonante. – Sou simplesmente o segundo maior computador no Universo do Espaço e Tempo.

– Mas o segundo? – insistiu Lunkwill. – Por que você fala a toda hora que é o segundo? Será que você está pensando no Ruminador Titânico Perspieutrônico Multicorticoide? Ou no Meditamático? Ou no...

Luzinhas arrogantes piscaram no terminal.

– Não gasto um bit pensando nesses retardados cibernéticos! Só falo do computador que há de vir depois de mim!

Fook estava perdendo a paciência. Pôs de lado o caderno e murmurou:

– Acho esse seu messianismo totalmente fora de propósito.

– Você nada sabe do futuro – disse Pensador Profundo –, enquanto eu, com meus circuitos abundantes, navego nos deltas infinitos da probabilidade futura, e vejo que um dia surgirá um computador cujos parâmetros operacionais não sou digno de calcular, mas que será meu destino um dia projetar.

Fook suspirou fundo e olhou para Lunkwill.

– Podemos fazer logo a pergunta?

Lunkwill fez sinal para que ele esperasse.

– De que computador você está falando? – perguntou Lunkwill.

– Não falarei mais dele no presente – respondeu Pensador Profundo. – Podem perguntar-me qualquer outra coisa que eu funcionarei. Falem.

Os dois deram de ombros. Fook endireitou-se na cadeira.

– Ó Pensador Profundo, a tarefa que lhe cabe assumir é a seguinte: queremos que nos diga... – fez uma pausa e concluiu: – ... a Resposta!

– A Resposta? – repetiu Pensador Profundo. – Resposta a que pergunta?

– A Vida! – exclamou Fook.

– O Universo! – disse Lunkwill.

– E tudo mais! – exclamaram em uníssono.

Pensador Profundo fez uma pausa para refletir.

– Essa é fogo – disse, finalmente.

– Mas você pode nos dizer?

Outra pausa significativa.

– Posso, sim – respondeu Pensador Profundo.

– Então há uma resposta? – perguntou Fook, ofegante.

– Uma resposta simples? – perguntou Lunkwill.

– Sim – respondeu Pensador Profundo. – A Vida, o Universo e Tudo Mais. Há uma resposta. Mas vou ter que pensar nela.

O momento solene foi interrompido por uma comoção súbita: a porta abriu-se de repente e entraram dois homens irritados, trajando as vestes e cinturões de fazenda azul desbotada e grosseira que os identificavam como membros da Universidade de Cruxwan, empurrando para o lado os empregados que tentavam impedir sua entrada.

— Exigimos o direito de entrar! – gritou o mais jovem dos dois, enfiando um cotovelo no pescoço de uma jovem e bonita secretária.

— Ora! – gritou o mais velho. – Vocês não podem nos manter do lado de fora! – Empurrou um jovem programador para fora da sala.

— Exigimos o direito de vocês não terem o direito de impedir que entremos! – gritou o mais jovem, embora já estivesse dentro da sala e ninguém o estivesse empurrando para fora.

— Quem são vocês? – perguntou Lunkwill, irritado, levantando-se. – O que vocês querem?

— Sou Majikthise! – proclamou o mais velho.

— E exijo que eu seja Vroomfondel! – gritou o mais jovem.

Majikthise virou-se para Vroomfondel.

— Tudo bem – explicou, zangado. – Isso você não tem que exigir!

— Está bem! – berrou Vroomfondel, esmurrando uma mesa. – Eu sou Vroomfondel, e isto não é uma exigência, e sim um *fato concreto!* O que exigimos são *fatos concretos!*

— Nada disso! – exclamou Majikthise, mais irritado ainda. – É justamente isso que não exigimos!

Sem parar para respirar, Vroomfondel gritou:

— *Não* exigimos fatos concretos! O que exigimos é uma *ausência* total de fatos concretos. Exijo que eu possa ser ou não ser Vroomfondel!

— Mas, afinal, quem são vocês? – gritou Fook, indignado.

— Somos – disse Majikthise – filósofos.

— Se bem que podemos não ser – disse Vroomfondel, dedo em riste na cara dos programadores.

— Ah, somos, *sim*, definitivamente! – insistiu Majikthise. – Somos representantes do Sindicato Reunido de Filósofos, Sábios, Luminares e Outras Pessoas Pensantes, e queremos que essa máquina seja desligada *agora mesmo!*

— Qual é o problema? – perguntou Lunkwill.

— Eu lhe digo já, já qual é o problema, meu chapa! – respondeu Majikthise. – O problema é a demarcação!

— Exigimos – gritou Vroomfondel – que o problema possa ser ou não ser a demarcação!

— Essas máquinas têm mais é que fazer contas – disse Majikthise –, enquanto nós cuidamos das verdades eternas. Quer saber a sua situação perante a lei? Pela lei, a Busca da Verdade Última é uma prerrogativa inalienável dos pensadores. Se uma porcaria de uma máquina resolve procurar e *acha* a porcaria da Verdade, como é que fica o nosso emprego? O que adianta a gente passar a noite em claro discutindo se Deus existe ou não pra no dia seguinte essa máquina dizer qual é o número do telefone dele?

– Isso mesmo! – gritou Vroomfondel. – Exigimos áreas de dúvida e incerteza rigidamente delimitadas!

De repente, uma voz tonitruante ressoou no recinto.

– Por acaso eu poderia fazer uma observação? – perguntou Pensador Profundo.

– A gente entra em greve! – gritou Vroomfondel.

– Isso mesmo! – apelou Majikthise. – É o que vocês vão arranjar, uma greve nacional de filósofos!

O nível de zumbido de repente aumentou, quando diversos alto-falantes auxiliares, instalados em caixas de som envernizadas e trabalhadas, entraram em funcionamento para dar um pouco mais de potência à voz de Pensador Profundo, que prosseguiu:

– Eu só queria dizer que meus circuitos agora estão irrevogavelmente dedicados à tarefa de calcular a resposta à Questão Fundamental da Vida, o Universo e Tudo Mais. – Fez uma pausa, para certificar-se de que agora todos estavam prestando atenção nele, e então acrescentou, em voz mais baixa: – Só que o programa vai levar certo tempo pra ser processado.

Fook olhou para o relógio, impaciente.

– Quanto tempo?

– Sete milhões e quinhentos mil anos – respondeu o computador.

Lunkwill e Fook entreolharam-se.

– Sete milhões e quinhentos mil anos...! – exclamaram em uníssono.

– Exato – disse Pensador Profundo. – Eu disse que ia ter que pensar, não disse? E ocorre-me que um programa como esse certamente há de gerar uma publicidade imensa para toda a área de filosofia. Todo mundo vai elaborar uma teoria a respeito da resposta que vou dar no final. E ninguém poderá explorar melhor essa situação nos meios de comunicação do que vocês. Enquanto vocês continuarem a discordar violentamente um do outro e a atacar-se mutuamente na imprensa e a contratar bons agentes, vocês garantem sombra e água fresca pro resto da vida. É ou não é?

Os dois filósofos olhavam boquiabertos para o terminal.

– Ora, porra – disse Majikthise –, isso é que é pensar de verdade, o resto é conversa fiada. Me diga uma coisa, Vroomfondel, como é que a gente nunca teve uma ideia dessas?

– Sei lá – sussurrou Vroomfondel, reverente. – Acho que é porque nossos cérebros são treinados demais, Majikthise.

E, assim, os dois se viraram e saíram da sala, prontos para viver num padrão de vida muito superior aos seus sonhos mais loucos.

Capítulo 26

— É muito edificante — disse Arthur, quando Slartibartfast terminou sua narrativa —, mas continuo não vendo relação entre isso tudo e a Terra, os ratos e tudo mais.

— Isso é apenas a primeira metade da história, terráqueo — disse o velho. — Se você quiser saber o que aconteceu sete milhões e quinhentos mil anos depois, no grande dia da Resposta, permita-me convidá-lo a visitar meu gabinete de estudo, onde você mesmo poderá vivenciar os eventos por meio de gravações em Sensorama. Quero dizer, a menos que você prefira dar um passeio pela superfície da Nova Terra. Infelizmente ainda não está terminada; ainda nem acabamos de enterrar os esqueletos de dinossauros artificiais na crosta terrestre, e depois ainda temos que fazer os períodos terciário e quaternário da era cenozoica, mais o ...

— Não, obrigado — disse Arthur. — Não seria a mesma coisa.

— É — concordou Slartibartfast —, não mesmo. — E deu meia-volta no aeromóvel, voltando para a parede inconcebível.

Capítulo 27

O gabinete de Slartibartfast era uma bagunça completa, semelhante a uma biblioteca pública após uma explosão. O velho fechou a cara assim que entraram.

– Que azar! – disse ele. – Explodiu um diodo de um dos computadores dos sistemas de suporte de vida. Quando tentamos reavivar nossa equipe de limpeza, descobrimos que estão todos mortos há quase trinta mil anos. Eu queria saber quem é que vai remover os cadáveres. Escuta, senta ali enquanto eu ligo o aparelho, está bem?

Indicou uma cadeira que parecia feita com a caixa torácica de um estegossauro.

– Ela foi feita com a caixa torácica de um estegossauro – explicou o velho, puxando uns fios de baixo de pilhas de papel e instrumentos. – Pronto. Segure as pontas – disse, entregando duas pontas de fio desencapado a Arthur.

No momento em que ele as pegou, um pássaro veio voando e passou através dele.

Arthur estava pairando em pleno ar, e totalmente invisível para si próprio. Lá embaixo via uma bela praça arborizada; para todos os lados havia prédios de concreto branco, construções bem espaçosas, porém um tanto velhas; muitos dos prédios tinham rachaduras e manchas causadas pela chuva. Mas naquele dia em particular fazia sol, uma brisa agradável balançava os galhos das árvores, e Arthur tinha a curiosa sensação de que todos os prédios estavam zumbindo discretamente, talvez porque a praça e as ruas que nela desembocavam estavam cheias de pessoas alegres e animadas. Em algum lugar uma banda de música tocava; flâmulas coloridas balançavam na brisa; havia um ar de festa na cidade.

Arthur sentia-se extraordinariamente solitário lá no alto, sem ter nem mesmo um corpo para chamar de seu, mas, antes que ele tivesse tempo de pensar em sua situação, uma voz ressoou na praça, pedindo a atenção de todos.

Em pé sobre uma plataforma enfeitada em frente ao prédio mais importante da praça, um homem se dirigia à multidão através de um megafone.

– Ó vós que aguardais à sombra de Pensador Profundo! – gritou ele. – Honrados descendentes de Vroomfondel e Majikthise, os maiores e mais interessantes sábios do Universo... É findo o Tempo de Espera!

Um coro de vivas elevou-se da multidão. Bandeiras, flâmulas e assobios cruzaram os ares. As ruas mais estreitas pareciam centopeias emborcadas, agitando suas perninhas desesperadamente.

– Há sete milhões e quinhentos mil anos que nossa espécie espera por este Grande Dia de Iluminação! – gritou o homem. – O Dia da Resposta!

Hurras entusiásticos brotaram da multidão.

– Nunca mais acordaremos de manhã perguntando a nós mesmos: *Quem sou eu? Qual meu objetivo na vida? Em uma escala cósmica, faz alguma diferença se hoje eu resolver não me levantar e não ir ao trabalho?* Pois hoje saberemos, de uma vez por todas, a resposta clara e simples a todas estas incômodas perguntas relacionadas à Vida, ao Universo e a Tudo Mais!

Enquanto a multidão aplaudia mais uma vez, Arthur viu-se planando no ar em direção a uma das grandes e imponentes janelas do primeiro andar do prédio atrás da plataforma.

Arthur foi dominado pelo pânico durante um instante, quando se viu voando para dentro da janela, mas um segundo depois deu-se conta de que havia atravessado a vidraça sem sentir nada.

Ninguém na sala achou nada de estranho quando ele chegou, o que aliás era perfeitamente compreensível, já que, na verdade, Arthur não estava lá. Ele começou a entender que toda aquela experiência que ele estava tendo não passava de uma projeção, algo que punha no chinelo o filme de 70 milímetros com seis canais de som.

A sala era tal como Slartibartfast a havia descrito. Durante sete milhões e quinhentos mil anos ela fora bem cuidada, sendo limpa regularmente a cada cem anos, mais ou menos. A mesa de ultramogno estava gasta nas beiradas, o carpete estava um pouco desbotado, mas o grande terminal de computador embutido no tampo de couro da mesa estava tão reluzente quanto se tivesse sido construído na véspera.

Dois homens sobriamente vestidos, sentados diante do terminal, aguardavam.

– Está chegando a hora – disse um deles, e Arthur surpreendeu-se ao ver uma palavra materializar-se ao lado do pescoço do homem. A palavra era LOONQUAWL; ela piscou umas duas vezes e depois desapareceu. Antes que Arthur tivesse tempo de assimilar o ocorrido, o outro homem falou, e a palavra PHOUCHG apareceu ao lado de seu pescoço.

– Há 75 gerações, nossos ancestrais deram início a esse programa – disse o segundo homem –, e após todo esse tempo nós seremos os primeiros a ouvir o computador falar.

– Uma perspectiva tremenda, Phouchg – concordou o primeiro homem, e Arthur de repente entendeu que estava assistindo a uma gravação com letreiros.

– Seremos nós que ouviremos a resposta à grande questão da Vida...! – disse Phouchg.

– O Universo...! – disse Loonquawl.

– E Tudo Mais...!

– Psss! – exclamou Loonquawl com um gesto sutil. – Acho que Pensador Profundo está se preparando para falar!

Houve uma pausa cheia de expectativa quando as luzes do painel lentamente foram se acendendo. As luzes piscaram, como se a título de experiência, e logo assumiram um ritmo funcional. O canal de comunicação começou a emitir um zumbido suave.

– Bom dia – disse Pensador Profundo por fim.

– Ah... Bom dia, ó Pensador Profundo – disse Loonquawl, nervoso. – Você tem... ah, quero dizer...

– Uma resposta para vocês? – interrompeu Pensador Profundo, majestoso. – Tenho, sim.

Os dois homens tremeram de expectativa. Sua espera não fora em vão.

– Então há mesmo uma resposta? – exclamou Phouchg.

– Há mesmo uma resposta – confirmou Pensador Profundo.

– A resposta final? À grande Questão da Vida, o Universo e Tudo Mais?

– Sim.

Os dois homens haviam sido treinados para esse momento. Toda a sua vida fora uma longa preparação para ele: haviam sido escolhidos no momento em que nasceram para testemunhar a resposta, mas mesmo assim sentiam-se alvoroçados e ofegantes como crianças excitadas.

– E você está pronto pra nos dar a resposta? – perguntou Loonquawl.

– Estou.

– Agora?

– Agora – disse Pensador Profundo.

Os dois umedeceram os lábios secos.

– Se bem que eu acho que vocês não vão gostar – disse o computador.

– Não faz mal – exclamou Phouchg. – Precisamos conhecer a resposta! Agora!

– Agora? – perguntou Pensador Profundo.

– É, agora!

– Está bem – disse o computador, e calou-se. Os dois homens remexiam-se, inquietos. A tensão era insuportável.

– Olhem, vocês não vão gostar mesmo – comentou Pensador Profundo.

– Diga logo!

– Está bem – disse o computador. – A Resposta à Grande Questão...

– Sim...!

– Da Vida, o Universo e Tudo Mais... – disse Pensador Profundo.

– Sim!

– É... – disse Pensador Profundo, e fez uma pausa.

– Sim...!
– É...
– Sim...!!!...?
– Quarenta e dois – disse Pensador Profundo, com uma majestade e uma tranquilidade infinitas.

Capítulo 28

Durante muito, muito tempo, ninguém disse nada. Com o canto do olho, Phouchg via pela janela o mar de rostos cheios de expectativa na praça.
– Nós vamos ser linchados, não vamos? – sussurrou.
– A pergunta não foi fácil – disse Pensador Profundo, com modéstia.
– Quarenta e dois! – berrou Loonquawl. – É tudo que você tem a nos dizer depois de sete milhões e quinhentos mil anos de trabalho?
– Eu verifiquei cuidadosamente – disse o computador –, e não há dúvida de que a resposta é essa. Para ser franco, acho que o problema é que vocês jamais souberam qual é a pergunta.
– Mas era a Grande Pergunta! A Questão Fundamental da Vida, o Universo e Tudo Mais – gritou Loonquawl.
– É – disse Pensador Profundo, com um tom de voz de quem tem enorme paciência para aturar pessoas estúpidas –, mas qual é exatamente a pergunta?
Um silêncio de estupefação aos poucos dominou os homens, que olharam para o computador e depois se entreolharam.
– Bem, você sabe, é simplesmente tudo... tudo... – começou Phouchg, vacilante.
– Pois é! – disse Pensador Profundo. – Assim, quando vocês souberem qual é exatamente a pergunta, vocês saberão o que significa a resposta.
– Genial – sussurrou Phouchg, jogando o caderno para o lado e enxugando uma pequena lágrima.
– Está bem, está bem – disse Loonquawl. – Será que dava pra você nos dizer qual é a pergunta?
– A Pergunta Fundamental?
– É!
– Sobre a Vida, o Universo e Tudo Mais?
– É!
Pensador Profundo pensou um pouco.
– Essa é fogo – disse ele.
– Mas você pode descobri-la? – perguntou Loonquawl.
Pensador Profundo ponderou a questão por mais algum tempo.
– Não – respondeu por fim, com firmeza.
Os dois homens caíram sentados, em desespero.
– Mas eu lhes digo quem pode – disse o computador.
Os dois levantaram os olhos de repente.

– Quem?

– Diga!

De repente, Arthur começou a sentir seus pelos inexistentes ficarem em pé à medida que ele se aproximava lenta porém inexoravelmente do terminal do computador, mas era apenas um zoom de grande efeito dramático por parte de quem havia realizado aquela gravação, aparentemente.

– Refiro-me ao computador que virá depois de mim – proclamou Pensador Profundo, reassumindo seu tom declamatório habitual. – Um computador cujos parâmetros operacionais eu não sou digno de calcular, mas que, ainda assim, irei projetar para vocês. Um computador capaz de calcular a Pergunta referente à Resposta Fundamental, um computador de tamanha complexidade sutil e infinita que a própria vida orgânica fará parte de sua matriz operacional. E vocês assumirão uma nova forma e entrarão no computador para operar seu programa, durante dez milhões de anos! Sim! Eu projetarei esse computador para vocês. E eu também lhe darei um nome. E ele se chamará... Terra.

Phouchg olhou para Pensador Profundo, atônito.

– Que nome mais besta – disse ele, e longas incisões abriram-se em seu corpo de alto a baixo. Loonquawl, também, de repente começou a sofrer cortes terríveis vindos de lugar nenhum. O terminal do computador inchou e rachou-se, as paredes estremeceram e desabaram, e toda a sala caiu para cima, em direção ao teto...

SLARTIBARTFAST ESTAVA EM PÉ diante de Arthur, segurando os dois fios.

– Fim da gravação – explicou ele.

Capítulo 29

– Zaphod! Acorde!
– Mmmmmaaaaaãããããhn?
– Vamos, acorde logo.
– Deixe que eu continue fazendo o que sei fazer, está bem? – murmurou Zaphod; sua voz morreu aos poucos e ele adormeceu de novo.
– Quer levar um chute? – perguntou Ford.
– Isso vai lhe dar muito prazer? – retrucou Zaphod, com a voz cheia de sono.
– Não.
– A mim também não. Então pra que me chutar? Pare de me perturbar. – E Zaphod encolheu-se todo novamente.
– Ele ingeriu uma dose dupla de gás – disse Trillian, olhando para Zaphod. – Duas traqueias.
– E parem de falar – disse Zaphod. – Já não é fácil dormir aqui. Que diabo deu neste chão? Está tão duro, gelado.
– É ouro – disse Ford.

Com um movimento espantoso de bailarino, Zaphod pôs-se de pé e começou a olhar para todos os lados, até o horizonte; era tudo ouro, o chão era uma camada perfeitamente lisa e sólida de ouro. Brilhava como... é impossível achar uma comparação razoável, porque nada no Universo brilha exatamente como um planeta de ouro maciço.

– Quem botou isto tudo aqui? – exclamou Zaphod, de olhos esbugalhados.
– Não fique excitado – disse Ford. – Isto é só um catálogo.
– O quê?
– Um catálogo – disse Trillian – Uma ilusão.
– Como é que vocês podem dizer uma coisa dessas? – exclamou Zaphod, caindo de quatro e olhando para o chão. Cutucou-o com o dedo. Era muito pesado e ligeiramente macio – era possível riscá-lo com a unha. Era muito amarelo e muito brilhante, e, quando ele bafejava a superfície, ela embaçava e depois desembaçava daquela maneira peculiar que é característica das superfícies de ouro maciço.

– Eu e Trillian acordamos uns minutos atrás – disse Ford. – Gritamos até que alguém veio, e continuamos a gritar até que eles se encheram e trancaram a gente aqui no catálogo de planetas, pra gente se distrair até que eles estejam preparados pra lidar conosco. Isto aqui é só uma gravação em Sensorama.

Zaphod olhou-o com raiva.

– Ora, merda – exclamou ele –, você me acorda no meio do meu sonho agradável pra me mostrar o sonho de outra pessoa? – Sentou-se, emburrado. – E aqueles vales ali, que é aquilo? – perguntou.

– É só o selo de qualidade – disse Ford. – Já fomos lá ver.

– Não acordamos você antes – disse Trillian. – O último planeta era só peixe até a altura das canelas.

– Peixe?

– Tem gosto pra tudo.

– E antes dos peixes – disse Ford – foi platina. Meio chato. Mas este aqui achamos que você ia gostar de ver.

Mares de luz dourada resplandeciam em todas as direções, para onde quer que olhassem.

– Muito bonito – disse Zaphod com petulância.

No céu apareceu um enorme número de catálogo. Ele piscou e mudou, e, quando os três olharam ao redor, viram que a paisagem mudara também.

Em uníssono, os três exclamaram:

– Argh!

O mar era roxo. A praia em que estavam era de pedrinhas amarelas e verdes – provavelmente pedras terrivelmente preciosas. Ao longe, as montanhas ostentavam picos vermelhos; pareciam macias e ondulantes. A pouca distância de onde estavam havia uma mesa de praia de prata maciça, com uma sombrinha alva ornada com borlas de prata.

No céu apareceram os seguintes dizeres em letras garrafais substituindo o número do catálogo: *Qualquer que seja seu gosto, Magrathea tem o que você deseja. Não nos orgulhamos disso.*

E então quinhentas mulheres nuas em pelo caíram do céu de paraquedas.

Imediatamente o cenário desapareceu, sendo substituído por um pasto cheio de vacas.

– Ah, meus cérebros! – exclamou Zaphod.

– Quer falar sobre isso? – perguntou Ford.

– Está bem – disse Zaphod, e os três sentaram-se e ignoraram os cenários que surgiam e desapareciam a seu redor.

– O que eu acho é o seguinte – disse Zaphod. – Seja lá o que for que aconteceu com a minha mente, fui eu que fiz. E fiz de um jeito tal que os testes governamentais a que me submeteram quando me candidatei não pudessem descobrir nada. E que nem mesmo eu soubesse o que fiz. Tremenda loucura, não é?

Os outros dois concordaram com a cabeça.

– Então me pergunto: o que seria tão secreto que não posso deixar que ninguém saiba, nem mesmo o governo galáctico, nem mesmo eu? E a resposta é: não sei. É óbvio. Mas juntei uma coisa e outra, e dá pra eu fazer uma ideia. Quando foi que resolvi me candidatar à Presidência? Logo depois da morte do presidente Yooden Vranx. Você se lembra de Yooden, Ford?

– Lembro – disse Ford. – Aquele cara que nós conhecemos quando éramos garotos, o comandante de Arcturus. Ele era um barato. Nos deu umas castanhas quando você arrombou o megacargueiro dele. Disse que você era o garoto mais incrível que ele já tinha visto.

– Que história é essa? – perguntou Trillian.

– Uma história antiga – disse Ford –, do nosso tempo de garotos, lá em Betelgeuse. Os megacargueiros de Arcturus eram encarregados da maior parte do comércio entre o Centro Galáctico e as regiões periféricas. Os vendedores da astronáutica mercante de Betelgeuse encontravam os mercados e os arcturianos os abasteciam. Havia muita pirataria no espaço antes das guerras de Dordellis, quando os piratas foram dizimados, e os megacargueiros eram equipados com os escudos de defesa mais fantásticos de toda a Galáxia. Eram realmente umas naves enormes. Quando entravam em órbita ao redor de um planeta, elas eclipsavam o sol.

Ford fez uma pausa para criar suspense.

– Um dia – continuou –, o jovem Zaphod resolveu saquear uma delas. Num patinete de três propulsores a jato, feito para navegar na estratosfera, coisa de garoto mesmo. Ele era totalmente pirado. Fui junto porque havia apostado uma boa nota que ele não ia conseguir, e não queria que ele voltasse com provas falsas de que tinha conseguido. Pois sabe o que aconteceu? Entramos no patinete dele, que já era algo totalmente diferente de tanto que ele o tinha incrementado, cobrimos uma distância de três parsecs em poucas semanas, arrombamos um megacargueiro, até hoje não sei como, fomos até a ponte de comando brandindo pistolas de brinquedo e exigimos castanhas. Maluquice maior nunca vi. Perdi um ano de mesadas. Tudo pra ganhar o quê? Castanhas.

– O capitão era um cara realmente incrível, o tal de Yooden Vranx – disse Zaphod. – Ele nos deu comida, bebida, coisas dos lugares mais exóticos da Galáxia, muita castanha, claro, e a gente se divertiu paca. Depois ele teleportou a gente. Direto pra ala de segurança máxima da prisão estadual de Betelgeuse. Um cara incrível. Acabou presidente da Galáxia.

Zaphod parou de falar.

O cenário ao redor deles estava no momento imerso na escuridão. Névoas escuras elevavam-se, sombras imensas moviam-se indistintas. O ar era ocasionalmente riscado por ruídos de seres ilusórios assassinando outros seres ilusórios. Pelo visto, havia quem gostasse daquilo o bastante para ter valor comercial.

– Ford – disse Zaphod, em voz baixa.

– Sim?

– Pouco antes de morrer, Yooden me procurou.
– É mesmo? Você nunca me contou.
– Não.
– O que foi que ele disse? Por que ele procurou você?
– Me falou sobre a nave Coração de Ouro. Ele é que me deu a ideia de roubá-la.
– *Ele?*
– É – disse Zaphod –, e a única oportunidade pra isso seria a cerimônia de lançamento.

Ford arregalou os olhos para ele por um instante, depois caiu na gargalhada.

– Você está me dizendo que virou presidente da Galáxia só pra roubar essa nave? – perguntou ele.

– Justamente – disse Zaphod, com o tipo de sorriso que, na maioria das pessoas, teria o efeito de fazer com que elas fossem trancafiadas em celas acolchoadas.

– Mas por quê? – perguntou Ford. – Por que é tão importante pra você ter essa nave?

– Sei lá – disse Zaphod. – Acho que, se eu soubesse conscientemente por que isso é tão importante e pra que eu precisava dela, isso teria aparecido nos testes governamentais e eu jamais teria passado. Acho que Yooden me disse um monte de coisas que ainda estão trancadas no meu cérebro.

– Então por causa da conversa com Yooden você bagunçou o seu próprio cérebro?

– Ele levava qualquer um no papo.
– É, rapaz, mas você tem que se cuidar, sabe?

Zaphod deu de ombros.

– Mas será que você não faz a menor ideia do porquê disso tudo? – insistiu Ford.

Zaphod pensou bastante na pergunta e uma dúvida pareceu esboçar-se em sua mente.

– Não – disse por fim. – Acho que não estou revelando nenhum dos meus segredos a mim mesmo. Seja como for – acrescentou, após pensar mais um pouco –, eu até entendo. Eu é que não sou maluco de confiar em mim.

Um minuto depois, o último planeta do catálogo desapareceu e o mundo concreto reapareceu a seu redor.

Estavam sentados numa sala de espera luxuosa, cheia de mesas de vidro e prêmios recebidos em concursos de design.

Um magratheano alto estava em pé diante dos três.

– Os ratos querem ver vocês agora.

Capítulo 30

– **P**ois é isso – disse Slartibartfast, fazendo uma tentativa puramente pró-forma de arrumar a bagunça extraordinária de seu gabinete. Pegou um papel que estava no alto de uma pilha de objetos, mas, como não sabia onde guardá-lo, recolocou-o no alto da mesma pilha, que imediatamente desabou. – Pensador Profundo projetou a Terra, nós a construímos e você viveu nela.

– E os vogons vieram e a destruíram cinco minutos antes de terminar o processamento do programa – disse Arthur, não sem um toque de rancor.

– É – disse o velho, olhando ao redor sem saber por onde começar. – Dez milhões de anos de planejamento e trabalho, tudo por água abaixo. Dez milhões de anos, terráqueo... Você concebe uma coisa dessas? Toda uma civilização galáctica pode evoluir a partir de um verme, cinco vezes seguidas, em dez milhões de anos. Tudo por água abaixo. – Fez uma pausa. – Pois é, coisas da burocracia – acrescentou.

– Sabe – disse Arthur, pensativo –, isso explica um monte de coisas. Toda a minha vida eu sempre tive uma impressão estranha, inexplicável, de que estava acontecendo alguma coisa no mundo, uma coisa importante, até mesmo sinistra, e ninguém me dizia o que era.

– Não – disse o velho –, isso é só uma paranoia perfeitamente normal. Todo mundo no Universo tem isso.

– Todo mundo? – repetiu Arthur. – Bem, se todo mundo tem isso, então talvez isso queira dizer alguma coisa. Quem sabe em algum lugar fora do Universo que conhecemos...

– Talvez. E daí? – disse Slartibartfast, antes que Arthur ficasse muito excitado com a ideia. – Talvez eu esteja velho e cansado, mas acho que a probabilidade de descobrir o que realmente está acontecendo é tão absurdamente remota que a única coisa a fazer é deixar isso pra lá e simplesmente arranjar alguma coisa pra fazer. Veja o meu caso: eu trabalho em litorais. Ganhei um prêmio pela Noruega. – Começou a remexer no meio de uma pilha de cacarecos, tirou dela um grande bloco de acrílico contendo um modelo da Noruega e mais o nome dele. – O que adiantou ganhar isto? Que eu saiba, nada. Passei a vida inteira fazendo fiordes. De repente, durante algum tempo, eles entraram na moda e eu ganhei um grande prêmio. – Revirou o bloco de acrílico na mão e, dando de ombros, jogou-o para o lado, descuidadamente, mas não tão descuidadamente que não desse um jeito de fazer com que o troféu caísse sobre alguma coisa macia. – Nesta Terra substituta que estamos construindo me encarregaram da África, e é claro que estou carregando nos fiordes, porque eu gosto, e sou um sujeito antiquado a ponto de achar que os fiordes dão um belo toque barroco num continente. E agora estão me dizendo que isso não condiz com o caráter equatorial do lugar. Equatorial! – soltou uma risada sarcástica. – Que importância tem isso? A ciência conseguiu algumas coisas fantásticas, não vou negar, mas acho mais importante estar feliz do que estar certo.

– E o senhor está feliz?

– Não. Aí é que está o problema, é claro.

– Que pena – disse Arthur, com sentimento. – Estava me parecendo um estilo de vida e tanto.

Uma luzinha branca se acendeu na parede.

– Vamos – disse Slartibartfast –, você vai conhecer os ratos. A sua chegada a este planeta causou muito rebuliço. Parece que alguém já fez o cálculo, e é o terceiro evento mais improvável na história do Universo.

– Quais são os dois primeiros?

– Ah, provavelmente apenas coincidências – disse Slartibartfast, dando de ombros. Abriu a porta e esperou que Arthur o seguisse.

Arthur olhou ao redor mais uma vez e depois para suas próprias roupas, as mesmas roupas suadas e sujas com as quais havia se deitado na lama na manhã de quinta-feira.

– Estou tendo sérios problemas com meu estilo de vida – murmurou Arthur.

– O quê? – perguntou o velho.

– Ah, nada. Eu estava só brincando.

Capítulo 31

Como todos sabem, palavras ditas impensadamente podem custar muitas vidas, mas nem todos sabem como esse problema é sério.

Por exemplo, no exato momento em que Arthur disse "Estou tendo sérios problemas com meu estilo de vida", abriu-se um buraco aleatório na textura do contínuo espaço-tempo que transportou as palavras de Arthur para um passado muito remoto, para uma distância espacial quase infinita, até uma galáxia distante onde estranhos seres belicosos estavam prestes a dar início a uma terrível batalha interestelar.

Os dois líderes adversários estavam se encontrando pela última vez.

Fez-se um silêncio terrível na mesa de reuniões quando o comandante dos vl'hurgs, com seu resplandecente short de batalha negro cravejado de pedras preciosas, encarou o líder dos g'gugvuntts, de cócoras à sua frente, numa nuvem de vapor verde e odorífico, e, cercado de um milhão de cruzadores estelares aerodinâmicos e armados até os dentes, preparados para desencadear a morte elétrica assim que ele desse a ordem, desafiou a vil criatura a retirar o que ela tinha dito a respeito da mãe dele.

A criatura remexeu-se em sua nuvem de vapor escaldante e pestilento e, neste exato momento, ouviram-se as palavras *Estou tendo sérios problemas com meu estilo de vida* na sala de reuniões.

Infelizmente, na língua dos vl'hurgs isso era o pior insulto possível, e não havia outra reação senão desencadear uma terrível guerra, que durou séculos.

Naturalmente, alguns milênios depois, quando a galáxia em questão havia sido devastada, descobriu-se que tudo não passara de um lamentável mal-entendido; e assim as duas frotas inimigas resolveram acertar as poucas diferenças que ainda tinham e unir-se para atacar a nossa Galáxia, já identificada, com absoluta certeza, como fonte do comentário ofensivo.

Durante milhares de anos, as naves majestosas atravessaram os imensos espaços vazios intergalácticos, finalmente parando no primeiro planeta que encontraram, que era, por acaso, a Terra; e lá, devido a um erro colossal de escala, toda a frota foi acidentalmente engolida por um cachorrinho.

Aqueles que estudam o complexo inter-relacionamento entre causas e efeitos na história do Universo dizem que esse tipo de coisa acontece o tempo todo, mas nós não podemos fazer nada.

– A vida é assim mesmo – dizem eles.

APÓS UMA CURTA VIAGEM DE AEROMÓVEL, Arthur e o velho magratheano chegaram a uma porta. Saltaram do veículo e entraram numa sala de espera cheia de mesas de vidro e troféus de acrílico. Quase imediatamente, uma luz começou a piscar acima da porta no lado oposto do recinto.

– Arthur! Você está bem! – exclamou a voz.
– Estou mesmo? – perguntou Arthur, um tanto assustado. – Que bom.

A luz era pouca, e demorou algum tempo para que ele reconhecesse Ford, Trillian e Zaphod, sentados em volta de uma mesa em que se via uma bela refeição: pratos exóticos, doces estranhos e frutas bizarras. Os três estavam tirando a barriga da miséria.

– O que aconteceu com vocês? – perguntou Arthur.
– Bem – disse Zaphod, atacando um músculo grelhado –, os nossos anfitriões nos desacordaram com um gás, depois bagunçaram totalmente todos os nossos sentidos, agiram de várias formas estranhas e agora, pra compensar, estão nos oferecendo um senhor jantar. Tome – disse, estendendo um pedaço de carne malcheirosa que estava numa tigela –, prove esta costeleta de rinoceronte de Vegan. Pra quem gosta, é uma iguaria.
– Anfitriões? – exclamou Arthur. – Que anfitriões? Não estou vendo nenhum...

Uma vozinha então falou:
– Seja bem-vindo, terráqueo.

Arthur olhou para a mesa e soltou uma interjeição de asco.
– Argh! Tem ratos na mesa!

Houve um silêncio constrangedor; todos dirigiram olhares significativos a Arthur.

Ele olhava para os dois ratos brancos que estavam dentro de objetos semelhantes a copos de uísque. Percebeu o silêncio e olhou para as caras de seus companheiros.

– Ah! – exclamou, entendendo tudo de repente. – Desculpe, é que eu não estava preparado pra...
– Permita-me apresentar-lhe Benjy – disse Trillian.
– Prazer – disse um dos ratos, tocando com os bigodes o que devia ser um painel sensível ao tato no interior do recipiente de vidro, o qual avançou um pouco.
– E esse aqui é Frankie.
– Muito prazer – disse o outro rato, e seu recipiente também avançou.

Arthur estava boquiaberto.
– Mas esses não são...?
– São eles – disse Trillian. – São mesmo os ratos que eu trouxe da Terra.

Ela encarou Arthur, e ele julgou perceber em seu olhar uma sutil expressão de resignação.

– Me passa essa tigela de megamula arcturiana gratinada, sim? – pediu ela.

Slartibartfast pigarreou discretamente.

– Ah, com licença... – disse ele.

– Sim, obrigado, Slartibartfast – disse Benjy, seco. – Você pode retirar-se.

– O quê? Bem... ah, está bem – disse o velho, um pouco desconcertado. – Vou trabalhar nos meus fiordes.

– A propósito, isso não é mais necessário – disse Frankie. – Creio que não vamos mais precisar da nova Terra. – Revirou os olhinhos rosados. – Porque encontramos um nativo do planeta que estava lá segundos antes de sua destruição.

– O quê? – exclamou Slartibartfast, atônito. – Não pode ser! Tenho mil geleiras prontas pra avançar sobre a África!

– Bem, talvez você possa tirar umas férias pra esquiar antes de desmontá-las – disse Frankie, irônico.

– Esquiar? – exclamou o velho. – Essas geleiras são verdadeiras obras de arte! Contornos elegantes, picos altíssimos de gelo, desfiladeiros majestosos! Esquiar numa obra-prima dessas seria um sacrilégio!

– Obrigado, Slartibartfast – disse Benjy com firmeza. – Assunto encerrado.

– Sim, senhor – disse o velho, com frieza. – Muito obrigado. Bem, adeus, terráqueo – disse para Arthur. – Espero que dê um jeito no seu estilo de vida.

Com um leve aceno para os outros, o velho virou-se e saiu do recinto, cabisbaixo.

Arthur ficou a vê-lo sair, sem saber o que dizer.

– Bem – disse Benjy –, vamos ao que interessa.

Ford e Zaphod fizeram tintim com seus copos.

– Ao que interessa! – disseram.

– Como assim? – perguntou Benjy.

Ford olhou ao redor.

– Desculpe, pensei que estivesse propondo um brinde – disse ele.

Os ratos remexeram-se com impaciência dentro de seus recipientes de vidro. Então aquietaram-se, e Benjy avançou para falar com Arthur.

– Criatura da Terra – disse –, a situação é a seguinte: como você sabe, há dez milhões de anos que administramos o seu planeta para descobrir essa maldita Questão Fundamental.

– Por quê? – indagou Arthur.

– Não, essa aí já descartamos – disse Frankie, interrompendo – porque não bate com a resposta. *Por quê? Quarenta e dois...* Como você vê, não faz sentido.

– Não é isso – explicou Arthur. – Eu perguntei por que vocês querem saber isso.

– Ah – exclamou Frankie. – Bem, pra ser absolutamente franco, só por força do hábito, creio eu. E acho que a questão é mais ou menos esta: já estamos de saco cheio dessa história toda, e a ideia de ter que começar do zero outra vez por causa daqueles panacas dos vogons realmente é de mais, sacou? Foi por mero acaso que Benjy e eu terminamos a tarefa específica de que estávamos encarregados e saímos do planeta pra tirar umas feriazinhas, e conseguimos dar um jeito de voltar a Magrathea graças aos seus amigos.

– Magrathea é um dos portais que dão acesso à nossa dimensão – explicou Benjy.

– E recentemente – prosseguiu o outro roedor – recebemos uma proposta irrecusável de participar de uma mesa-redonda na quinta dimensão e dar umas palestras lá na nossa terra, e estamos inclinados a aceitar.

– Eu aceitaria, se me convidassem; você não aceitaria, Ford? – perguntou Zaphod.

– Ah, claro, na mesma hora – disse Ford.

Arthur olhava para eles, sem saber aonde aquilo ia dar.

– Só que a gente não pode ir de mãos abanando – disse Frankie. – Ou seja: temos que descobrir a Questão Fundamental de algum modo.

Zaphod debruçou-se, chegando mais perto de Arthur.

– Imagine só – disse ele – se eles estão lá no estúdio, muito tranquilos, dizendo que sabem qual é a Resposta à Questão da Vida, o Universo e Tudo Mais, e depois têm que admitir que a Resposta é 42. O programa vai acabar ali mesmo. Não dá pra espichar o programa, entendeu?

– A gente tem que ter alguma coisa que soe bem – disse Benjy.

– Uma coisa que *soe bem!* – exclamou Arthur. – Uma Questão Fundamental que soe bem? Formulada por dois ratos?

Os ratos irritaram-se.

– Olhe – disse Frankie –, essa história de idealismo, de dignidade da pesquisa pura, da busca pela verdade em todas as suas formas, está tudo muito bem, mas chega uma hora que você começa a desconfiar que, se existe uma verdade realmente verdadeira, é o fato de que toda a infinidade multidimensional do Universo é, com certeza quase absoluta, governada por loucos varridos. E, entre gastar mais dez milhões de anos pra descobrir isso ou então faturar em cima do que já temos, eu fico tranquilamente com a segunda opção.

– Mas... – começou Arthur, desanimado.

– Você vai entender, terráqueo – disse Zaphod. – Você é um produto de última geração daquela matriz de computador, certo? E você estava lá na Terra até o instante em que o planeta foi exterminado, não é?

– Bem...

– Assim, o seu cérebro estava organicamente integrado à penúltima configuração do programa do computador – disse Ford, e admirou a clareza de sua própria explicação.

– Certo? – perguntou Zaphod.

– É – disse Arthur, hesitante. Ele jamais havia se sentido organicamente integrado a coisa nenhuma. Sempre achara que esse era um de seus problemas.

– Em outras palavras – disse Benjy, fazendo com que seu curioso veículo se aproximasse de Arthur –, é bem provável que a estrutura da pergunta esteja codificada na estrutura de sua mente, e por isso queremos comprá-la de você.

– O quê? A pergunta? – indagou Arthur.

– É – responderam Ford e Trillian.

– Por uma nota preta – disse Zaphod.

– Não, não – explicou Frankie –, o que a gente quer comprar é o seu cérebro.

– O quê?

– Mas que falta vai fazer? – perguntou Benjy.

– Eu entendi você dizer que sabiam ler o cérebro dele eletronicamente – protestou Ford.

– É claro que sabemos – disse Frankie –, só que primeiro a gente tem que retirá-lo do lugar. Tem que ser preparado.

– Tratado – disse Benjy.

– Cortado em pedaços.

– Obrigado – gritou Arthur, inclinando a cadeira para trás para afastar-se da mesa, horrorizado.

– Se você achar isso importante – disse Benjy, razoável –, a gente coloca outro no lugar.

– É, um cérebro eletrônico – disse Frankie –, bastaria um bem simples.

– Bem simples! – gemeu Arthur.

– É – disse Zaphod, com um sorriso maldoso –, era só programá-lo para dizer *O quê?, Não entendi* e *Cadê o chá?*. Ninguém ia notar a diferença.

– O quê? – exclamou Arthur, afastando-se ainda mais.

– Está vendo? – disse Zaphod, e urrou de dor por causa de algo que Trillian fez naquele momento.

– Pois eu notaria a diferença – disse Arthur.

– Não – disse Frankie –, porque você seria programado pra não notar.

Ford saiu em direção à porta.

– Vocês me desculpem, meus caros ratos, mas, pelo visto, nada feito.

– Creio que essa posição é inaceitável – disseram os ratos em coro; suas vozinhas finas perderam todo e qualquer toque de cordialidade. Com um zumbido agudo, os dois recipientes de vidro levantaram-se da mesa e partiram em direção a Arthur, que ficou encurralado num canto do recinto, absolutamente incapaz de fazer alguma coisa, ou mesmo de pensar em alguma coisa.

Trillian agarrou-o pelo braço, em desespero, e tentou arrastá-lo em direção à porta, que Ford e Zaphod estavam tentando abrir, mas Arthur era um peso morto. Parecia hipnotizado pelos roedores voadores que se aproximavam dele.

Trillian gritou, mas ele continuou abestalhado.

Com um último safanão, Ford e Zaphod conseguiram abrir a porta. Lá fora havia uma pequena multidão de homens mal-encarados, que, aparentemente, era o pessoal que fazia os serviços sujos em Magrathea. Não apenas eram mal--encarados, mas também traziam equipamentos cirúrgicos bem assustadores. Os homens atacaram.

Assim, a cabeça de Arthur ia ser aberta, Trillian não conseguia ajudá-lo, e Ford e Zaphod iam ser atacados por um bando de brutamontes bem mais fortes e armados do que eles.

Portanto, foi bem a calhar que, naquele exato momento, todos os alarmes do planeta tenham soado ao mesmo tempo, fazendo uma barulheira infernal.

Capítulo 32

— *Emergência! Emergência!* — ouvia-se em todo o planeta. — *Nave inimiga aterrissou no planeta. Invasores armados na seção 8A. Postos de defesa, postos de defesa!*

Os dois ratos fungavam, irritados, cercados dos cacos de seus recipientes de vidro, quebrados, no chão.

— Droga — disse o rato Frankie. — Tanta confusão por causa de um quilo de cérebro de terráqueo. — Seus olhos rosados estavam cheios de cólera; seu belo pelo branco estava eriçado de eletricidade estática.

— A única saída agora — disse Benjy, acocorado e coçando os bigodes pensativamente — é tentar inventar uma pergunta que pareça plausível.

— Vai ser difícil — disse Frankie. — Que tal *o que é, o que é, que é amarelo e perigoso?*

Benjy pensou por alguns instantes.

— Não, não serve — disse. — Não casa com a resposta.

Por alguns segundos, permaneceram em silêncio.

— Está bem — disse Benjy. — *Quanto dá seis vezes sete?*

— Não, muito literal, muito objetivo — disse Frankie. — Não vai despertar o interesse do público.

Pensaram mais um pouco.

Então Frankie disse:

— Que tal *Quantos caminhos é preciso caminhar?**

— Arrá! — exclamou Benjy. — Essa parece promissora! — Repetiu a frase, saboreando-a. — É, essa é excelente, mesmo! Parece uma coisa muito importante, mas ao mesmo tempo não quer dizer nada de muito específico. *Quantos caminhos é preciso caminhar? Quarenta e dois.* Excelente, excelente! Com essa a gente enrola todo mundo. Frankie, meu rapaz, estamos feitos!

E dançaram entusiasmados.

Perto deles, no chão, havia alguns homens mal-encarados que tinham sido golpeados na cabeça com pesados troféus de acrílico.

---

* No original, *How many roads must a man walk down*, primeiro verso de *Blowin' in the Wind*, canção de Bob Dylan. (N. do T.)

A 1 quilômetro dali, quatro figuras corriam por um corredor, tentando achar uma saída. Saíram numa sala espaçosa cheia de portas, onde havia um terminal de computador. Olharam ao redor, confusos.

– Pra onde vamos, Zaphod? – perguntou Ford.

– Eu chutaria por ali – disse Zaphod, correndo entre o terminal e a parede. Antes que os outros saíssem atrás dele, Zaphod parou imediatamente quando uma faísca de Raio-da-Morte estalou alguns centímetros à sua frente, fritando um pedaço da parede.

Ouviu-se uma voz forte ampliada, dizendo:

– Pare aí mesmo, Beeblebrox. Você está encurralado.

– Os tiras! – sibilou Zaphod, acocorando-se e virando-se para trás. – Você tem alguma sugestão, Ford?

– Por aqui – propôs Ford, e os quatro se enfiaram numa passagem entre dois painéis do terminal.

No final da passagem havia uma figura com um traje espacial à prova de qualquer projétil, com uma tremenda arma de Raio-da-Morte na mão.

– **NÃO QUEREMOS ATIRAR EM VOCÊ**, Beeblebrox! – gritou a figura.

– Ótimo! – gritou Zaphod, e enfiou-se entre duas unidades de processamento de dados.

Os outros foram atrás dele.

– Eles são dois – disse Trillian. – Estamos encurralados.

Espremeram-se entre um grande banco de dados e a parede.

Prenderam a respiração e esperaram.

De repente, o ar foi riscado por raios; os dois policiais estavam atirando neles ao mesmo tempo.

– Vejam, estão atirando na gente – disse Arthur, todo encolhido. – Eles não disseram que não queriam fazer isso?

– É, foi o que eu entendi também – concordou Ford.

Zaphod esticou a cabeça para fora do esconderijo, corajosamente.

– Ei – disse ele –, vocês não disseram que não queriam atirar na gente?

E escondeu-se de novo.

Esperaram.

Após um momento, uma voz respondeu:

– Ser policial não é mole!

– Que foi que ele disse? – cochichou Ford, espantado.

– Disse que ser policial não é mole.

– Bem, mas isso é problema dele, não é?

– A meu ver, é.

– Escutem – gritou Ford. – Acho que nós já temos bastante problemas sem que vocês fiquem atirando em nós. Então, se vocês parassem de descarregar as *suas* frustrações em cima de nós, acho que seria melhor pra todo mundo!

Uma pausa, depois a voz amplificada ecoou novamente:

– Escute aqui, cara, não pense que a gente é que nem esses retardados que só sabem puxar gatilho, com olhar vazio, que nem sabem conversar direito! Nós somos uns caras inteligentes, decentes, e se vocês nos conhecessem melhor até gostariam de nós! Eu não ando por aí dando tiros a torto e a direito e depois saio contando vantagem pelos botecos da Galáxia, como muitos policiais que conheço! Eu saio por aí dando tiros a torto e a direito, só que depois morro de arrependimento e conto tudo pra minha namorada!

– E eu escrevo romances! – disse o outro policial. – Se bem que ainda não consegui publicar nenhum deles. Quer dizer, é bom vocês saberem que hoje estou com um humor terrível!

Os olhos de Ford quase saltaram das órbitas.

– Qual é a desses caras? – perguntou.

– Sei lá – disse Zaphod. – Eu gostava mais deles quando estavam só dando tiros.

– Então, vocês vão sair daí por bem ou vai ter que ser na porrada? – gritou um dos policiais.

– O que você preferir – gritou Ford

Um milissegundo depois, as armas de Raio-da-Morte encheram a sala de relâmpagos, que atingiram em cheio o terminal de computador atrás do qual os quatro estavam escondidos.

O tiroteio continuou por algum tempo, com uma intensidade insuportável.

Quando parou, seguiram-se alguns segundos de quase silêncio, e os ecos foram morrendo.

– Vocês ainda estão aí? – gritou um dos policiais.

– Estamos – gritaram eles.

– Nós não gostamos nem um pouco de ter que fazer isso – gritou o outro policial.

– Deu pra perceber – gritou Ford.

– Agora, preste atenção no que vou dizer, Beeblebrox, mas preste atenção mesmo!

– Por quê? – gritou Zaphod.

– Porque vou dizer uma coisa muito inteligente, interessante e humana! Bem, ou vocês se entregam agora e deixam a gente dar umas porradinhas em vocês, só um pouquinho, é claro, porque nós somos totalmente contra a violência desnecessária, ou então a gente explode este planeta todo e talvez mais um ou dois que nós vimos quando viemos pra cá!

– Mas isso é loucura! – exclamou Trillian. – Vocês não podem fazer isso!
– A gente não pode? – gritou o policial. – Não pode? – perguntou ele ao outro.
– A gente pode e deve, não tenha dúvida – gritou o outro.
– Mas por quê? – perguntou Trillian.
– Porque tem coisas que a gente tem que fazer, mesmo sendo policiais liberais esclarecidos, cheios de sensibilidade e o cacete!
– Esses caras não existem! – murmurou Ford, sacudindo a cabeça.
Um dos policiais gritou para o outro:
– E aí, vamos dar mais uns tirinhos neles?
– É uma!
Outra tempestade elétrica.
O calor e o barulho eram fantásticos. Lentamente, o terminal de computador foi se desintegrando. A parte da frente já tinha se dissolvido quase toda, e riachos espessos de metal derretido se aproximavam do canto em que os quatro estavam escondidos. Eles se encolheram ainda mais e esperaram pelo fim.

Capítulo 33

Mas o fim não veio. Pelo menos não naquela hora. De repente os raios cessaram, e no silêncio repentino que se seguiu ouviram-se gritos guturais e dois baques surdos.

Os quatro se entreolharam.

– O que houve? – perguntou Arthur.

– Eles pararam – disse Zaphod, dando de ombros.

– Por quê?

– Sei lá! Quer ir lá e perguntar a eles?

– Não.

Esperaram.

– Ei! – gritou Ford.

Nada.

– Estranho.

– Pode ser uma armadilha.

– Eles são burros demais pra isso.

– Aqueles baques, o que foi aquilo?

– Não sei.

Esperaram mais alguns segundos.

– Eu vou lá ver – disse Ford. Olhou para os outros e acrescentou: – Será que ninguém vai dizer: *Não, você não, deixe que eu vou*?

Os outros três sacudiram a cabeça.

– Nesse caso... – disse ele, e levantou-se.

Por um momento, não aconteceu nada.

Então, alguns segundos depois, continuou a não acontecer nada. Ford olhou para a fumaça espessa que saía do computador destruído.

Cuidadosamente, saiu do esconderijo.

Continuou não acontecendo nada.

Vinte metros adiante, ele pôde entrever em meio à fumaça o vulto de um dos policiais em sua roupa espacial. Estava encolhido no chão. A 20 metros dele, no outro lado da sala, estava o outro. Não havia mais ninguém.

Ford achou isso extremamente estranho.

Lenta e nervosamente, aproximou-se do primeiro policial. O corpo estava perfeitamente imóvel quando ele se aproximou e permaneceu perfeitamente imóvel quando ele colocou o pé sobre a arma de Raio-da-Morte que o cadáver ainda tinha na mão.

Abaixou-se e pegou a arma, sem encontrar nenhuma resistência.

O policial estava indubitavelmente morto.

Ford examinou-o rapidamente e constatou que ele era de Kappa de Blagulon – um ser que respirava metano e que só poderia sobreviver na rarefeita atmosfera de oxigênio existente em Magrathea com seu traje espacial.

O pequeno sistema computadorizado em sua mochila, que lhe permitia sobreviver naquele planeta, parecia ter explodido inesperadamente.

Ford examinou-o, profundamente intrigado. Esses minicomputadores normalmente funcionavam ligados ao computador central que ficava na nave e com o qual eles permaneciam ligados através do Subeta. O sistema era completamente seguro, a menos que houvesse uma falha completa do sistema de retroalimentação, o que jamais acontecera.

Ford correu até o outro cadáver e descobriu que exatamente a mesma coisa impossível havia acontecido com ele. E, pelo que tudo indicava, exatamente na mesma hora.

Ford chamou os outros para olharem também. Eles foram, manifestaram o mesmo espanto, mas não a mesma curiosidade.

– Vamos sair daqui – disse Zaphod. – Se a coisa que estou procurando está mesmo aqui, seja lá o que ela for, não quero mais saber dela.

Zaphod agarrou a segunda arma, fulminou um computador de contabilidade absolutamente inofensivo e saiu correndo pelo corredor; os outros foram atrás. Quase atirou também num aeromóvel que os esperava perto dali.

O veículo estava vazio, mas Arthur reconheceu-o: era de Slartibartfast.

No painel de controle, que tinha poucos controles, aliás, havia um recado do proprietário. No papel havia uma seta apontando para um dos botões do painel e os seguintes dizeres: *Este é provavelmente o melhor botão para vocês apertarem.*

Capítulo 34

O aeromóvel, a uma velocidade acima de R17, percorreu os túneis forrados de aço e levou-os de volta à aterradora superfície do planeta, onde mais uma vez raiava uma melancólica madrugada. Uma luz cinzenta e fantasmagórica congelava-se sobre a superfície do planeta.

R é uma unidade de velocidade definida como uma velocidade razoável para se viajar, compatível com a saúde física e mental dos viajantes e garantindo um atraso não maior do que cinco minutos, mais ou menos. É, por conseguinte, uma grandeza quase infinitamente variável, que depende das circunstâncias, já que os dois primeiros fatores variam não apenas em função da velocidade absoluta do veículo, mas também em função da consciência do terceiro fator. A menos que seja abordada com tranquilidade, essa equação pode resultar em estresse, úlceras e até mesmo morte.

R17 não é uma velocidade definida, mas é sem dúvida excessivamente alta.

O aeromóvel saiu do túnel a mais de R17, largou seus passageiros ao lado da nave Coração de Ouro, que se destacava daquele chão congelado como se fosse um osso ressecado, e mais que depressa voltou para as bandas de onde eles tinham saído, para cuidar de sua própria vida.

Trêmulos, os quatro encararam a nave.

Ao lado dela estava pousada uma outra.

Era uma nave policial de Kappa de Blagulon. Parecia um tubarão inchado, verde-ardósia, coberto de letras negras dos mais variados tamanhos, todas igualmente antipáticas. A inscrição informava a todos os interessados de onde era aquela nave, qual a seção da polícia que a utilizava e onde deviam ser feitas as conexões de força.

De algum modo, parecia anormalmente escura e silenciosa, mesmo sabendo-se que sua tripulação de dois membros estava naquele momento morta por asfixia numa câmara enfumaçada muitos quilômetros abaixo da superfície. É uma dessas coisas curiosas que não há como explicar nem definir, mas o fato é que dá para sentir quando uma nave está completamente morta.

Ford sentia isso, e achava tudo muito misterioso – a nave e seus dois tripulantes pareciam ter morrido espontaneamente. De acordo com sua experiência, o Universo simplesmente não funciona assim.

Os outros três também sentiam isso, mas sentiam ainda mais o frio desgraçado que estava fazendo, e correram para dentro da nave Coração de Ouro, com um forte ataque de ausência de curiosidade.

Ford ficou lá fora e resolveu examinar a nave de Blagulon. Enquanto caminhava, quase tropeçou numa figura inerte, deitada de bruços na poeira fria.

– Marvin! – exclamou ele. – O que você está fazendo?

– Não fique achando que você tem obrigação de se importar comigo, por favor – disse Marvin, com uma voz monótona e abafada.

– Mas como é que você está, sua lata velha? – perguntou Ford.

– Deprimidíssimo.

– O que aconteceu?

– Eu nem sabia que tinha acontecido alguma coisa – disse Marvin.

– Por que – indagou Ford, acocorando-se ao lado do robô, tremendo de frio – você está deitado de bruços na poeira?

– Pra quem está com o astral lá embaixo, é um prato cheio – disse Marvin. – Não finja que você está com vontade de falar comigo. Eu sei que você me odeia.

– De jeito nenhum.

– Odeia, sim, você e todo mundo. Faz parte da estrutura do Universo. É só eu falar com uma pessoa que na mesma hora ela me odeia. Até os robôs me odeiam. É só você me ignorar que eu provavelmente vou desaparecer do mapa.

O robô levantou-se e ficou olhando para o outro lado, irredutível.

– Aquela nave me odiava – disse, apontando para a nave policial.

– Aquela nave? – perguntou Ford, subitamente animado. – O que aconteceu com ela? Você está sabendo?

– Ela passou a me detestar porque falei com ela.

– Você *falou* com ela? Como assim?

– Muito simples. Eu estava muito entediado e deprimido, e aí me liguei na entrada externa do computador. Conversei por muito tempo com o computador e expliquei a ele a minha concepção do Universo – disse Marvin.

– E o que aconteceu? – insistiu Ford.

– Ele se suicidou – disse Marvin, e foi caminhando em direção à Coração de Ouro.

Capítulo 35

Naquela noite, quando a Coração de Ouro já estava a alguns anos-luz da nebulosa da Cabeça de Cavalo, Zaphod descansava debaixo da palmeirinha da ponte de comando, tentando consertar o cérebro com doses maciças de Dinamite Pangaláctica; Ford e Trillian discutiam num canto sobre a vida e questões correlatas; e Arthur, deitado na cama, folheava *O Guia do Mochileiro das Galáxias*. "Como ia ter que viver na tal da Galáxia, o jeito era aprender alguma coisa sobre ela", pensou.

Encontrou o seguinte verbete:

"A história de todas as grandes civilizações galácticas tende a atravessar três fases distintas e identificáveis – as da sobrevivência, da interrogação e da sofisticação, também conhecidas como as fases do como, do porquê e do onde.

Por exemplo, a primeira fase é caracterizada pela pergunta: Como vamos poder comer?

A segunda, pela pergunta: Por que comemos?

E a terceira, pela pergunta: Onde vamos almoçar?"

Nesse momento o interfone da nave soou.

– Ô terráqueo! Está com fome, garoto? – Era a voz de Zaphod.

– É, seria legal comer alguma coisa – disse Arthur.

– Então se segure – disse Zaphod – que a gente vai dar uma paradinha no Restaurante no Fim do Universo.

O RESTAURANTE NO FIM DO UNIVERSO

VOLUME 2
da trilogia de cinco

Prólogo

Existe uma teoria que diz que, se um dia alguém descobrir exatamente para que serve o Universo e por que ele está aqui, ele desaparecerá instantaneamente e será substituído por algo ainda mais estranho e inexplicável.

EXISTE UMA SEGUNDA TEORIA que diz que isso já aconteceu.

Capítulo 1

Resumo dos últimos capítulos: No início, o Universo foi criado.
Isso irritou profundamente muitas pessoas e, no geral, foi encarado como uma péssima ideia.

Muitas raças acreditam que o Universo foi criado por alguma espécie de Deus, embora os jatravartids, habitantes de Viltvodle VI, acreditem que, na verdade, o Universo inteiro tenha escorrido do nariz de um ser chamado Megarresfriadon Verde.

Os jatravartids, que vivem constantemente com medo de uma era que chamam de A Chegada do Grande Lenço Branco, são pequenas criaturas azuis que têm mais de cinquenta braços, sendo assim absolutamente únicos por terem sido a única raça em toda a história a inventar o desodorante em spray antes da roda.

Contudo, a teoria do Megarresfriadon Verde é pouco aceita fora de Viltvodle VI e, sendo o Universo um lugar tão extraordinariamente estranho, outras explicações vêm sendo procuradas.

Há, por exemplo, uma raça de seres pandimensionais hiperinteligentes que certa vez construiu um supercomputador gigantesco chamado Pensador Profundo para calcular de uma vez por todas a Resposta à Questão Fundamental sobre a Vida, o Universo e Tudo Mais.

O Pensador Profundo computou e calculou durante sete milhões e meio de anos, e no final anunciou que a resposta de fato era "42". Assim, outro computador ainda maior teve que ser construído para descobrir qual era exatamente a pergunta.

Esse computador, que foi chamado de Terra, era tão grande que frequentemente era confundido com um planeta – especialmente pelos estranhos seres simiescos que perambulavam por sua superfície, completamente alheios ao fato de que eram apenas parte de um gigantesco programa de computador.

Isso é muito estranho, na verdade, pois, sem o conhecimento desse fato bastante simples e um tanto óbvio, nada do que acontecia na Terra tinha o menor sentido.

Infelizmente, porém, pouco antes do momento crítico do término do programa e apresentação do resultado, a Terra foi inesperadamente demolida pelos vogons para que fosse construída uma via expressa interestelar – ou pelo menos foi o que eles alegaram. Sendo assim, qualquer esperança de descobrir um sentido para a vida se perdeu para todo o sempre.

Ou quase.

Duas dessas estranhas criaturas simiescas sobreviveram.

Arthur Dent escapou no último minuto porque um velho amigo seu, Ford Prefect, subitamente declarou vir de um pequeno planeta próximo a Betelgeuse, e não de Gildford, como até então havia alegado. Não apenas isso, mas ele também sabia pegar carona em discos voadores.

Tricia McMillan – ou Trillian – tinha dado o fora do planeta seis meses antes com Zaphod Beeblebrox, que nessa época ainda era presidente da Galáxia.

Dois sobreviventes.

É só o que resta da maior experiência já realizada para descobrir a Questão Fundamental e a Resposta Final sobre a Vida, o Universo e Tudo Mais.

Em meio à profunda escuridão do espaço, a nave espacial onde se encontram Zaphod, Ford, Trillian e Arthur se move calmamente. A menos de meio milhão de quilômetros dali, uma nave vogon se deslocava inexoravelmente em sua direção.

Capítulo 2

Como qualquer nave vogon, esta parecia uma massa amorfa congelada, e não exatamente um projeto de design. As desagradáveis protuberâncias amarelas que saíam dela em ângulos repugnantes teriam estragado a aparência da maioria das espaçonaves, mas neste caso, infelizmente, isso era impossível. Coisas mais feias já foram vistas nos céus, mas não por testemunhas confiáveis.

Na verdade, a única forma de ver algo bem mais feio do que uma nave vogon seria entrar na nave e olhar para um vogon. No entanto, se você for uma pessoa sensata, isso é exatamente o tipo de coisa que irá evitar, porque um vogon típico não vai pensar duas vezes antes de lhe fazer algo tão terrivelmente hediondo que você vai desejar nunca ter nascido ou, se você for uma pessoa mais esclarecida, vai desejar que o vogon nunca tivesse nascido.

Na verdade, um vogon comum provavelmente não iria pensar sequer uma única vez. Vogons são criaturas burras, grosseiras, com cérebros de lesma e pensar não é exatamente sua especialidade. A análise anatômica de um vogon nos mostra que seu cérebro era originalmente um fígado muito deformado, deslocado e dispéptico. A melhor coisa que se pode dizer deles, portanto, é que sabem do que gostam, e eles geralmente gostam de coisas que envolvam machucar outras pessoas e, sempre que possível, zangar-se muito.

Uma coisa de que não gostam é deixar um trabalho incompleto, particularmente este vogon, e, por vários motivos, particularmente este trabalho. O vogon em questão era o capitão Prostetnic Vogon Jeltz, do Conselho Galáctico de Planejamento Hiperespacial, que tinha sido o responsável pela destruição do assim chamado "planeta" Terra.

Suspendeu seu corpo monumentalmente vil de sua cadeira desajeitada e asquerosa e observou a tela do monitor em que a espaçonave Coração de Ouro estava constantemente focalizada.

Pouco lhe importava que a Coração de Ouro, com seu Motor de Improbabilidade Infinita, fosse a mais bela e revolucionária nave já construída. Estética e tecnologia eram duas palavras que não existiam em seu dicionário e, se ele pudesse, o restante do dicionário também seria queimado e enterrado.

Também não lhe importava a mínima que Zaphod Beeblebrox estivesse a bordo. Zaphod era agora o ex-presidente da Galáxia, e, embora todas as forças policiais da Galáxia estivessem nesse momento à procura dele e da nave que tinha roubado, o vogon não estava interessado nisso.

Ele tinha outras contas para acertar.

Dizem que os vogons não estão acima de um pequeno suborno e corrupção da mesma forma que o mar não está acima das nuvens, o que certamente era verdade nesse caso. Quando Prostetnic Vogon Jeltz ouvia expressões como "integridade" ou "moralmente correto", ele pegava o dicionário, e, quando ouvia o doce som de uma boa pilha de dinheiro fácil, corria para o livro de regras e o jogava no lixo.

Em seu esforço tão implacável para destruir a Terra e tudo o que havia nela, ele estava agindo um pouco acima e além do que seria um "mero dever profissional". Na verdade, pairavam no ar certas dúvidas se a tal via expressa ia ser mesmo construída, mas o assunto foi abafado e esquecido.

Grunhiu um grunhido repelente de satisfação.

– Computador – grasnou –, abra uma linha para meu terapeuta cerebral.

Em poucos segundos o rosto de Gag Halfrunt apareceu na tela, com o sorriso de um homem que sabia estar a dez anos-luz de distância da cara do vogon que estava vendo. Em algum lugar nesse sorriso havia também um leve toque de ironia. Embora o vogon persistisse em chamá-lo de "meu terapeuta cerebral pessoal", não havia ali uma quantidade suficiente de cérebro para uma terapia, e na verdade era Halfrunt que tinha contratado o vogon. Estava lhe pagando uma enorme quantia para fazer um serviço muito sujo. Como um dos mais proeminentes e bem-sucedidos psiquiatras da Galáxia, ele e um grupo de colegas estavam preparados e absolutamente dispostos a gastar uma pequena fortuna naquele momento em que todo o futuro da psiquiatria parecia estar em jogo.

– Olá, prezado capitão dos vogons Prostetnic, como estamos nos sentindo hoje? – disse ele.

O capitão vogon lhe contou que nas últimas poucas horas tinha exterminado quase metade de sua tripulação num exercício disciplinar.

O sorriso de Halfrunt não se abalou 1 milímetro sequer.

– Bom – disse ele –, creio que esse é um comportamento perfeitamente normal para um vogon, não é? Essa forma natural e saudável de canalizar os instintos agressivos em atos de violência sem sentido.

– Isso – resmungou o vogon – é o que você sempre diz.

– Ótimo! – disse Halfrunt –, pois creio que esse é um comportamento perfeitamente normal para um psiquiatra. Bem, vejo claramente que nós dois estamos muito bem ajustados em nossas atitudes mentais hoje. Agora me diga, quais são as notícias da missão?

– Localizamos a espaçonave.

– Maravilhoso – disse Halfrunt –, maravilhoso! E os ocupantes?

– O terráqueo está lá.

— Excelente! E...?

— Uma fêmea do mesmo planeta. São os últimos.

— Bom, muito bom. — Halfrunt estava radiante. — Quem mais?

— O tal Prefect.

— E?

— E Zaphod Beeblebrox.

Por um instante o sorriso de Halfrunt estremeceu.

— Ah, sim — disse ele —, eu esperava por isso. É realmente uma pena.

— Um amigo pessoal? — perguntou o vogon, que tinha ouvido essa expressão em algum lugar e decidiu experimentar.

— Ah, não — disse Halfrunt —, em minha profissão não fazemos amigos pessoais.

— Entendo — grunhiu o vogon —, vocês precisam manter um distanciamento profissional.

— Não — disse Halfrunt alegremente —, é só que não levamos muito jeito pra essas coisas mesmo.

Fez uma pausa. Sua boca continuava congelada em um sorriso, mas ele franziu um pouco as sobrancelhas.

— É que Beeblebrox é um dos meus clientes mais lucrativos. Ele tinha problemas de personalidade muito além dos sonhos de qualquer analista.

Pensou um pouco no assunto antes de abandoná-lo relutantemente.

— De qualquer forma — disse —, você está preparado para sua tarefa?

— Estou.

— Muito bem. Destrua a nave imediatamente.

— E Beeblebrox?

— Bom — disse Halfrunt bruscamente —, Zaphod é só uma pessoa como outra qualquer, sabe?

E depois sumiu da tela.

O capitão vogon apertou um botão de comunicação que o colocava em contato com o que restava de sua tripulação.

— Atacar — disse.

NESSE EXATO INSTANTE Zaphod Beeblebrox estava em sua cabine xingando e berrando. Duas horas antes ele tinha dito que iam dar uma passada para um jantar rápido no Restaurante no Fim do Universo, mas logo em seguida ele teve uma briga ferrenha com o computador da nave e saiu chutando o chão em direção à sua cabine, gritando que ele mesmo ia calcular os fatores de improbabilidade usando um lápis.

O motor de Improbabilidade da Coração de Ouro a tornava a nave mais poderosa e imprevisível que jamais existira. Não havia nada que ela não pudesse fazer, contanto que soubesse o quão exatamente improvável seria a possível ocorrência dessa coisa a fazer.

Zaphod tinha roubado a nave quando, como presidente, participava da cerimônia de lançamento da nave. Não sabia exatamente por que a tinha roubado, exceto que gostava dela.

Também não sabia muito bem por que se tornara presidente da Galáxia, exceto que parecia uma coisa divertida para fazer.

Na verdade, ele sabia que havia motivos mais fortes do que esse, mas estavam todos enterrados em seções obscuras e inacessíveis de seus dois cérebros. Ele gostaria que as seções obscuras e inacessíveis de seus dois cérebros fossem embora, porque de quando em quando elas apareciam e jogavam uns pensamentos estranhos nas seções descontraídas e divertidas de sua mente, tentando desviá-lo daquilo que ele considerava o objetivo principal de sua vida: divertir-se enormemente.

Nesse momento ele não estava se divertindo enormemente. Sua paciência e seus lápis haviam acabado e ele continuava com muita fome.

– Zork! – gritou.

Naquele mesmo instante, Ford Prefect estava suspenso no ar. Não que houvesse algum problema com o campo gravitacional artificial da nave, mas é que ele estava saltando pela escada que descia às cabines individuais da nave. Era uma altura considerável para um só pulo considerável, e ele aterrissou de forma meio atrapalhada, tropeçou, recuperou o equilíbrio, correu pelo corredor chutando alguns minirrobôs de manutenção no caminho, se atrapalhou com a curva e finalmente atirou-se dentro da cabine de Zaphod. Explicou o que tinha em mente:

– Vogons – disse ele.

Um pouco antes disso tudo, Arthur Dent tinha saído de sua cabine em busca de uma xícara de chá. Isso não era exatamente algo que ele fizesse com otimismo, porque sabia que a única fonte de bebidas quentes em toda a nave era uma máquina ignóbil produzida pela Companhia Cibernética de Sírius. Chamava-se Sintetizadora Nutrimática de Bebidas, e ele já a conhecia de experiências anteriores.

A propaganda dizia que ela era capaz de produzir a mais ampla variedade de bebidas, adaptadas individualmente ao paladar e ao metabolismo de qualquer um que se aventurasse a usá-la. Na prática, porém, ela invariavelmente produzia uma xícara de plástico cheia de um líquido que era quase, mas não exatamente, completamente diferente do chá.

Tentou chegar a um acordo com a tal máquina.

– Chá – disse ele.

– Compartilhe e aproveite – respondeu a máquina, servindo-lhe mais uma xícara daquele líquido insosso.

Ele jogou fora a xícara.

– Compartilhe e aproveite – repetiu a máquina, fornecendo a ele mais uma xícara de líquido insosso.

"Compartilhe e aproveite" era o lema da bem-sucedida Divisão de Reclamações da Companhia Cibernética de Sírius, que ocupa atualmente as massas continentais de três planetas de tamanho médio, sendo a única divisão da companhia que apresentou lucros consistentes nos últimos anos.

Esse lema está escrito – ou melhor, estava – em letras luminosas de 2 quilômetros de altura, perto do espaçoporto do Departamento de Reclamações em Eadrax. Infelizmente as letras pesavam tanto que, pouco depois de serem colocadas no lugar, o chão cedeu sob elas, fazendo com que afundassem até a metade, atravessando os escritórios de vários jovens executivos do Departamento de Reclamações agora falecidos.

A metade que sobrou das letras agora dá a impressão de dizer, no idioma local, "Não encha o saco", e não está mais iluminada, a não ser durante comemorações especiais.

Arthur jogou fora a sexta xícara do líquido.

– Escute aqui, máquina – disse ele –, você diz que pode sintetizar qualquer bebida existente no Universo, então por que fica me dando sempre essa coisa intragável?

– Informações de nutrição e paladar prazeroso – balbuciou a máquina. – Compartilhe e aproveite.

– O gosto é nojento.

– Se você gostou da experiência proporcionada por essa bebida – prosseguiu a máquina –, por que não compartilhar esse prazer com seus amigos?

– Porque – disse Arthur, sarcástico – eu quero que eles continuem sendo meus amigos. Você pode prestar atenção no que eu estou tentando dizer? Essa bebida...

– Essa bebida – disse a máquina com uma voz doce – foi individualmente preparada para satisfazer suas necessidades pessoais de nutrição e prazer.

– Ah – disse Arthur –, quer dizer que sou um masoquista fazendo dieta?

– Compartilhe e aproveite.

– Ah, cala a boca.

– Mais alguma coisa?

Arthur decidiu desistir.

– Não, deixa – respondeu.

Então ele resolveu que não iria desistir tão fácil.

– Na verdade, sim, há mais uma coisa – disse ele. – Olha, é muito simples, muito mesmo... tudo o que eu quero é... uma xícara de chá. Você vai fazer isso pra mim. Fique quieta e escute.

Ele se sentou. Falou à Nutrimática sobre a Índia, falou sobre a China, falou sobre o Ceilão. Falou de folhas estendidas secando ao sol. Falou de bules de prata. Falou sobre tomar chá no jardim nas tardes de domingo. Falou de como se coloca o leite antes do chá para não talhar. Chegou até mesmo a falar (brevemente) sobre a história da Companhia das Índias Orientais.

– Então é isso? – disse a Nutrimática quando ele terminou de falar.

– É – disse Arthur –, é isso que eu quero.

– Você quer o sabor de folhas secas fervidas em água?

– É isso. Com leite.

– Retirado de uma vaca?

– Sim, é uma forma de ver a coisa, eu acho...

– Vou precisar de uma ajuda com isso – disse a máquina sucintamente. Toda aquela animação tinha desaparecido de seu tom de voz, e agora a coisa era séria.

– Se eu puder ajudar em mais alguma coisa... – disse Arthur.

– Você já fez o bastante – informou-lhe a Nutrimática.

Ela pediu ajuda ao computador da nave.

– Oi, gente! – disse o computador da nave.

A Nutrimática explicou ao computador da espaçonave a respeito do chá. O computador hesitou e então conectou seus circuitos lógicos aos da Nutrimática e, juntos, penetraram num silêncio profundo.

Arthur ficou observando e esperou por algum tempo, mas não aconteceu mais nada.

Deu uma pancadinha na máquina, e nada aconteceu.

Acabou desistindo e subiu para a ponte de comando.

Nas imensidões vazias do espaço, a nave Coração de Ouro estava imóvel. Ao seu redor ardiam os bilhões de pequenos pontos luminosos da Galáxia. Em sua direção arrastava-se a horrenda massa amarela da nave vogon.

Capítulo 3

– Alguém tem uma chaleira? – perguntou Arthur quando entrou na ponte de comando, e imediatamente começou a pensar por que Trillian estava gritando para que o computador falasse com ela, Ford estava batendo nele enquanto Zaphod o chutava, e também por que havia uma protuberância amarela asquerosa no visor.

Largou a xícara vazia que estava carregando e foi falar com eles.

– Câmbio? – disse ele.

Nesse momento Zaphod atirou-se sobre a superfície polida de mármore que continha os instrumentos que controlavam o motor convencional a fótons. Eles materializaram-se em suas mãos e Zaphod passou o sistema para controle manual. Empurrou, puxou, apertou e xingou. O motor a fótons deu um tranco e morreu de novo.

– Algum problema? – disse Arthur.

– Ei! Ouviram essa? – resmungou Zaphod ao mesmo tempo que corria para os controles manuais do Motor de Improbabilidade Infinita. – Temos um macaco falante!

O motor de Improbabilidade zuniu duas vezes e também morreu.

– Um momento histórico, cara – disse Zaphod, chutando o motor de Improbabilidade. – Um macaco que fala!

– Se você está chateado com alguma coisa... – disse Arthur.

– Vogons! – gritou Ford. – Estamos sendo atacados!

Arthur estremeceu.

– E o que a gente está esperando? Vamos dar o fora daqui!

– Não dá. O computador travou.

– Travou?

– Está dizendo que todos os circuitos estão ocupados. Não há energia em nenhum ponto da nave.

Ford afastou-se do terminal do computador, enxugou a testa com a manga da camisa e recostou-se contra a parede.

– Não há nada que a gente possa fazer – disse. Olhou para o nada e mordeu os lábios.

Quando Arthur era garoto, na escola, muito antes de a Terra ser demolida, ele costumava jogar futebol. Não era nada bom nisso, e sua especialidade havia sido a de marcar gols contra em partidas importantes. Sempre que isso acontecia, experimentava uma sensação peculiar de formigamento ao redor da nuca, que subia lentamente por sua face. A imagem de lama e grama e de um monte de garotinhos sacanas indo para cima dele subitamente surgiu de forma muito vívida em sua cabeça nesse momento.

Uma sensação peculiar de formigamento ao redor da nuca subiu lentamente pela face.

Começou a falar, e parou.

Começou a falar de novo, e parou de novo.

Por fim conseguiu falar.

– Ahn – disse ele. Limpou a garganta. – Eu queria saber... – prosseguiu, e estava tão nervoso que todos os outros se viraram e olharam para ele. Ele deu uma espiada na bolha amarela que se aproximava no visor. – Pois é, eu queria saber... – disse mais uma vez. – O computador chegou a dizer por que ele estava tão ocupado? Bem, só para saber...

Todos olhavam fixamente para ele.

– É mera curiosidade, sério.

Zaphod estendeu uma das mãos e segurou Arthur pela nuca.

– O que foi que você fez com o computador, homem-macaco? – perguntou, entre dentes.

– Bom – disse Arthur –, nada de mais. É só que agora há pouco acho que ele estava tentando descobrir como fazer...

– O quê?

– Como fazer um chá.

– É isso aí, pessoal – disse o computador de repente. – Estou às voltas com esse problema agora mesmo, e, nossa, é dos grandes! Falo com vocês mais tarde. – Mergulhou novamente num silêncio tão intenso quanto o silêncio das três pessoas que olhavam para Arthur Dent.

Para aliviar um pouco a tensão, os vogons escolheram aquele momento para começar a atirar.

A nave balançava e ressoava. Do lado de fora, seu poderoso campo de força se retorcia, estalava e trincava sob o fogo pesado de uma dúzia de Canhões Fotrazônicos Megadeath de trinta Destructons, e não parecia que fosse aguentar muito tempo. Pelos cálculos de Ford Prefect, iria durar quatro minutos.

– Três minutos e cinquenta segundos – disse ele pouco depois. – Quarenta e cinco segundos – acrescentou, na hora apropriada.

Mexeu em vão em alguns botões inúteis, depois dirigiu um olhar hostil a Arthur.

– Morrer por uma xícara de chá, não é? – disse. – Três minutos e quarenta segundos.

– Quer parar de contar? – resmungou Zaphod.

– Claro – disse Ford Prefect. – Dentro de três minutos e trinta e cinco segundos.

A bordo da nave vogon, Prostetnic Vogon Jeltz estava confuso. Ele tinha esperado uma caçada, uma luta excitante entre raios de tração, tinha esperado usar o Assegurador Subcíclico de Normalidade especialmente instalado para combater o Motor de Improbabilidade Infinita da nave Coração de Ouro, mas o Assegurador Subcíclico de Normalidade permanecia inativo, enquanto a nave Coração de Ouro ficava ali parada, apanhando.

Uma dúzia de Canhões Fotrazônicos Megadeath de trinta Destructons mantinha o fogo cerrado contra a Coração de Ouro, e mesmo assim ela ficava ali parada, apanhando.

Testou cada um dos sensores em seu painel para ver se não havia algum truque sutil na jogada, mas parecia não haver truque algum.

Ele não sabia do chá, é claro.

Também não sabia como os ocupantes da nave Coração de Ouro estavam passando os últimos três minutos e trinta segundos de vida que lhes restavam.

Exatamente como Zaphod Beeblebrox chegou à ideia de fazer uma sessão espírita a essa altura é algo que ele nunca entendeu muito claramente.

Obviamente essa questão de "morte" estava no ar, mas no geral estavam tentando evitá-la e não falar repetidamente sobre o assunto.

É provável que o horror que Zaphod sentia ante a ideia de juntar-se a seus parentes falecidos tenha feito com que ele concluísse que eles provavelmente sentiam o mesmo a seu respeito e, mais que isso, fariam qualquer coisa que ajudasse a adiar essa reunião.

Por outro lado, talvez fosse outra daquelas estranhas ideias que ele ocasionalmente tinha, vindas daquela área obscura de sua mente que ele trancafiara, inexplicavelmente, antes de tornar-se presidente da Galáxia.

– Você quer falar com seu bisavô? – perguntou Ford, espantado.

– Quero.

– Tem que ser agora?

A nave continuava balançando e ressoando. A temperatura estava subindo. As luzes diminuíam, toda a energia que o computador não estava usando para pensar sobre como fazer chá era direcionada para o campo de força que se desfazia rapidamente.

– Tem! – insistiu Zaphod. – Escuta, Ford, penso que ele talvez possa nos ajudar.

– Tem certeza de que você quer dizer *penso*? Escolha as palavras com cuidado.

– Sugira outra coisa que a gente possa fazer.

– É, bom...

— Ok, todo mundo em volta do painel central! Já! Venham! Trillian, homem-macaco, mexam-se!

Agruparam-se em torno do painel de controle central, confusos, sentaram-se e, sentindo-se excepcionalmente idiotas, deram-se as mãos. Com sua terceira mão, Zaphod apagou as luzes.

A escuridão tomou conta da nave.

Lá fora o rugido ensurdecedor dos canhões Megadeath continuava a martelar o campo de força.

— Concentrem-se — sussurrou Zaphod — no nome dele.

— Qual é? — perguntou Arthur.

— Zaphod Beeblebrox Quarto.

— O quê?

— Zaphod Beeblebrox Quarto. Concentrem-se!

— Quarto?

— É. Escuta, eu sou Zaphod Beeblebrox, meu pai era Zaphod Beeblebrox Segundo, meu avô, Zaphod Beeblebrox Terceiro...

— O quê?

— Houve um acidente envolvendo um anticoncepcional e uma máquina do tempo. Agora, concentrem-se!

— Três minutos — disse Ford Prefect.

— Por que — disse Arthur Dent — estamos fazendo isso?

— Cale a boca — ordenou Zaphod.

Trillian não dizia nada. O que havia para dizer?

A única luz na ponte de comando vinha de dois triângulos vermelhos num canto distante onde Marvin, o Androide Paranoide, estava sentado, curvado, ignorando todos e ignorado por todos, em seu mundo particular e um tanto desagradável.

Em torno do painel de controle central, quatro figuras estavam debruçadas em enorme concentração, tentando apagar de suas mentes os tremores apavorantes da nave e o terrível ruído que ecoava por ela.

Concentraram-se.

Concentraram-se mais.

Concentraram-se ainda mais.

Os segundos corriam.

Gotas de suor brotavam sobre as sobrancelhas de Zaphod, primeiro por conta da concentração, depois por frustração, e no final das contas por total mal-estar.

Finalmente ele soltou um grito furioso, largou as mãos de Trillian e de Ford e socou o interruptor de luz.

— Ah, estava começando a achar que vocês nunca iriam acender a luz — disse uma voz. — Não, por favor, não muito claro, meus olhos não são mais os mesmos.

As quatro figuras sacudiram-se nas cadeiras. Viraram lentamente as cabeças para olhar, embora seus couros cabeludos estivessem decididamente propensos a ficar no lugar onde estavam.

– Quem vem me incomodar numa hora dessas? – disse a pequena figura esquálida e curvada que estava em pé junto aos vasos de samambaia no outro lado da ponte de comando. Suas duas cabeças de cabelos ralos pareciam velhas a ponto de poder guardar vagas lembranças do próprio nascimento das galáxias. Uma cochilava e a outra olhava-os de soslaio. Se seus olhos já não eram os mesmos, então um dia devem ter sido afiados como uma broca de diamante.

Zaphod gaguejou nervosamente por um momento. Fez o complexo aceno duplo de cabeças que é o tradicional gesto betelgeusiano de respeito familiar.

– É... ahn... oi, bisavô... – disse, ofegante.

O velhinho moveu-se em direção a eles. Ele tentava enxergar melhor em meio à luz tênue. Apontou um dedo ossudo para seu bisneto.

– Ah – disse ele bruscamente –, Zaphod Beeblebrox. O último da nossa nobre estirpe. Zaphod Beeblebrox Nadésimo.

– Primeiro.

– Nadésimo – repetiu ele com veemência. Zaphod odiava sua voz. Soava como uma unha arranhando um quadro-negro de algo que ele gostava de pensar como sendo sua alma.

Ajeitou-se incomodamente em sua cadeira.

– Bom, tá – resmungou. – E, olha, mil desculpas pelas flores, eu ia mandar, sabe, mas é que todas as coroas da floricultura tinham acabado e daí...

– Você esqueceu! – cortou Zaphod Beeblebrox Quarto.

– Bom...

– Ocupado demais. Nunca pensa nos outros. Os vivos são todos iguais.

– Dois minutos, Zaphod – sussurrou Ford em um tom respeitoso.

Zaphod estava nervoso e irrequieto.

– É, mas eu tinha intenção de mandá-las – disse. – E também vou escrever para minha bisavó assim que sairmos dessa...

– Sua bisavó... – murmurou consigo mesmo a esquálida criatura.

– É – disse Zaphod. – Como ela está? Sabe de uma coisa, irei visitá-la. Mas antes a gente tem que...

– Sua *falecida* bisavó e eu estamos muito bem, obrigado – ralhou Zaphod Beeblebrox Quarto.

– Ah. Oh.

– Mas muito desapontados com você, jovem Zaphod...

– Bom, né... – Zaphod sentia-se estranhamente sem poderes de tomar as rédeas da conversa, e a respiração ofegante de Ford a seu lado lhe dizia que o tempo estava correndo. O barulho e o sacolejo tinham assumido proporções assustadoras. Ele viu os rostos de Trillian e de Arthur, pálidos e sem piscar na penumbra.

– Ahn, bisavô...

– Temos acompanhado seu progresso com considerável desânimo...

– Certo, mas olha, é que, no momento, entende...

– Para não dizer desprezo!

– Será que você poderia me ouvir por um instante...

– Quero dizer, o que exatamente você está fazendo de sua vida?

– Estou sendo atacado por uma frota de naves vogons! – gritou Zaphod. Era um exagero, mas essa tinha sido sua primeira oportunidade até o momento de falar sobre o motivo básico daquele encontro.

– Não me surpreende nem um pouco – disse o velho, sacudindo os ombros.

– Só que está acontecendo exatamente neste instante, entende? – insistiu Zaphod fervorosamente.

O espectro ancestral balançou a cabeça, apanhou a xícara que Arthur Dent tinha trazido e a observou com interesse.

– Ahn... bisavô...

– Sabia – interrompeu a figura fantasmagórica, fixando um olhar severo sobre Zaphod – que Betelgeuse V desenvolveu uma pequena excentricidade em sua órbita?

Zaphod não sabia e achou difícil concentrar-se naquela informação com todo aquele barulho, a iminência da morte e essas coisas.

– Bom, não... Olha... – disse.

– E eu me revirando no túmulo! – berrou o ancestral. Atirou a xícara no chão e apontou um dedo ameaçador para Zaphod.

– Culpa sua! – disse ele, num guincho.

– Um minuto e meio – murmurou Ford, com a cabeça entre as mãos.

– Tá, olha, bisavô, será que o senhor poderia ajudar, porque...

– Ajudar? – exclamou o velho, como se tivessem lhe pedido para servir uma porção de picanha malpassada.

– É, ajudar, e já, porque senão...

– Ajudar! – repetiu o velho, como se tivessem pedido para servir uma porção de picanha malpassada acompanhada de uma porção de batatas fritas.

– Você fica vagabundeando pela Galáxia com seus... – o velho fez um sinal de desprezo – ... com seus amigos desprezíveis, ocupado demais para colocar umas flores no meu túmulo, mesmo que fossem de plástico, o que seria bem típico de você, mas não. Ocupado demais. Moderno demais. Cético demais – até que de repente se encontra numa enrascada e vem cheio de boas intenções!

Sacudiu a cabeça, com cuidado para não acordar a outra, que estava cochilando.

– Bem, não sei, Zaphod, meu jovem – prosseguiu –, acho que vou ter que pensar no assunto.

– Um minuto e dez – disse Ford numa voz cavernosa.

Zaphod Beeblebrox Quarto olhou para ele curioso.

– Por que esse moço fica falando em números? – perguntou.

– Esses números – disse Zaphod sucintamente – são o tempo que ainda nos resta de vida.

– Ah – disse o bisavô. Falava consigo próprio. – Isso não me diz respeito, é claro – disse e foi até um canto menos iluminado da ponte de comando procurando outro objeto para brincar.

Zaphod sentia-se à beira da loucura, e pensava se não era melhor acabar com tudo de uma vez.

– Bisavô – disse ele. – Isso nos diz respeito! Ainda estamos vivos, mas prestes a perder nossas vidas!

– Como se isso importasse.

– O quê?

– De que serve sua vida para os outros? Quando penso no que você fez com sua vida, a palavra "desperdício" me vem diretamente à cabeça.

– Mas fui presidente da Galáxia, cara!

– Ah, sim – murmurou seu antepassado. – E isso lá é trabalho para um Beeblebrox?

– Como assim? Eu era apenas o presidente, entende? Da Galáxia inteira!

– Mas que garotinho convencido!

Zaphod piscou, meio atordoado.

– Ei, aonde você está querendo chegar, cara? Quer dizer, bisavô.

O velhinho arrastou-se, curvado, até seu neto e deu-lhe uns tapinhas no joelho. O principal efeito desse gesto foi lembrar Zaphod de que ele estava falando com um fantasma, pois não sentiu absolutamente nada.

– Você sabe e eu sei o que significa ser presidente, Zaphod, meu jovem. Você sabe porque já esteve lá, e eu sei porque estou morto, e isso me dá um ângulo de visão bem abrangente. Lá em cima temos um ditado: "É um desperdício dar uma vida para os vivos."

– Tá bom – disse Zaphod amargamente. – Muito bom. Muito profundo. No momento é exatamente disso que preciso, máximas como essa e lapsos em minhas cabeças.

– Cinquenta segundos – disse Ford Prefect.

– Onde eu estava? – perguntou Zaphod Beeblebrox Quarto.

– Dando um sermão – disse Zaphod Beeblebrox.

– Ah, é verdade.

– Esse cara pode mesmo – sussurrou Ford baixinho para Zaphod – realmente ajudar a gente?

– Ninguém mais pode – respondeu Zaphod cochichando.

Ford balançou a cabeça, completamente sem esperança.

– Zaphod! – disse o fantasma. – Você se tornou presidente da Galáxia por um motivo específico. Você se esqueceu?

– A gente não podia falar sobre isso mais tarde?

– Você se esqueceu? – insistiu o fantasma.

– É, claro que esqueci! Tinha que esquecer. Você sabe que eles fazem uma varredura completa em seu cérebro quando te dão o emprego. Se achassem minha cabeça cheia de ideias perspicazes eu estaria de novo na rua, sem nada a não ser uma gorda pensão, um secretariado, uma frota de espaçonaves e duas gargantas cortadas.

– Ah – disse o fantasma, satisfeito. – Então você se lembra!

Ele parou um segundo.

– Muito bom – disse, e todo o barulho parou.

– Quarenta e oito segundos – disse Ford. Depois olhou de novo para seu relógio e deu umas pancadinhas. Olhou para o fantasma do bisavô.

– Ei, o barulho parou!

Um brilho malicioso reluziu nos pequenos olhos penetrantes do fantasma.

– Eu diminuí a velocidade do tempo por uns instantes – disse –, só por uns instantes, sabem. Detestaria que vocês perdessem tudo o que tenho a dizer.

– Olha, escuta aqui, seu malandro velho metido a adivinho – disse Zaphod pulando da cadeira. – A: obrigado por parar o tempo e tudo mais, genial, maravilhoso, fantástico, mas B: dispenso o sermão. Não sei qual é essa coisa grandiosa que eu supostamente estou fazendo, e parece que não é para eu saber. E eu fico indignado com isso, certo? Meu eu antigo sabia. Meu eu antigo se preocupava. Tudo bem, até aqui tudo tranqs. O chato é que o antigo eu se preocupava tanto que entrou dentro de seu próprio cérebro, *meu* próprio cérebro, e bloqueou as partes que sabiam e que se preocupavam, porque, se eu soubesse e me preocupasse, não seria capaz de fazê-lo. Não seria capaz de ir em frente, me tornar presidente, e não seria capaz de roubar esta nave, que deve ser uma coisa realmente importante. Mas esse meu antigo ego se matou, não é, ao mudar meu cérebro? Ok, essa foi a escolha dele. Agora este novo eu tem suas próprias escolhas a fazer, e por uma estranha coincidência parte dessas escolhas tem a ver com não saber e não me preocupar com essa coisa grandiosa, seja ela qual for. É isso que ele queria, foi isso que ele conseguiu. O único detalhe é que esse meu velho ego tentou manter-se no controle deixando ordens na parte de meu cérebro que ele bloqueou. Pois bem, eu não quero saber, e não quero ouvir essas ordens. Essa é minha escolha. Não vou servir de fantoche para ninguém, sobretudo não para mim mesmo!

Zaphod deu um soco furioso no painel sem notar os olhares atônitos que estava atraindo.

– O velho eu está morto! – exclamou. – Ele se matou! Os mortos não deviam ficar por aí interferindo nos problemas dos vivos!

– Mas ainda assim você me invocou para tentar tirá-lo de uma enrascada – disse o fantasma.

– Ah – disse Zaphod, sentando-se novamente. – Bom, isso é outra história, não? Dirigiu um sorriso bobo para Trillian.

– Zaphod – disse a aparição em voz áspera –, acho que a única razão para eu estar aqui perdendo meu tempo com você é que, estando morto, não tenho muito o que fazer com meu tempo.

– Ok – disse Zaphod. – Por que você não me conta qual é o grande segredo? Tente.

– Zaphod, você sabia, quando era presidente da Galáxia, assim como também sabia Yooden Vranx, que veio antes de você, que o presidente não significa nada. É um zero à esquerda. Em algum lugar, nas sombras, por trás de tudo, há outro homem, um ser, algo, que possui o poder supremo. Esse homem, ou ser, ou algo, é o que você deve descobrir – o homem que controla esta Galáxia e – suspeitamos – outras. Talvez todo o Universo.

– Por quê?

– Por quê? – exclamou o fantasma, surpreso. – Por quê? Olhe à sua volta, jovem. Você acha que o Universo está em boas mãos?

– Ok.

O velho fantasma lançou-lhe um olhar ameaçador.

– Não vou discutir com você. Você vai pegar esta nave, esta nave movida por improbabilidade infinita, e vai levá-la até onde ela é necessária. Você irá fazer isso. Não pense que pode escapar de seu propósito. O Campo de Improbabilidade controla você. Você está sob seu domínio. O que é isso?

Ele estava de pé, perto de um dos terminais de Eddie, o computador de bordo. Zaphod disse isso a ele.

– O que ele está fazendo?

– Está tentando – disse Zaphod, com um maravilhoso autocontrole – fazer chá.

– Ótimo – disse o bisavô –, isso é algo que eu aprovo. Agora, Zaphod – ele virou-se, apontando um dedo para ele. – Não sei se você é realmente capaz de fazer seu trabalho. Acho apenas que não será capaz de evitá-lo. Porém, já estou morto há muito tempo e estou cansado demais para me preocupar tanto quanto antes. O principal motivo de eu ter ajudado vocês é que não podia suportar a ideia de ter você e seus amigos moderninhos largados pelos cantos lá em cima. Estamos entendidos?

– Sim, perfeitamente. Superobrigado.

– Ah, e Zaphod...

– O que é?

– Se em algum momento futuro você achar que precisa de ajuda novamente, se tiver um problema difícil, se precisar de socorro...

– Sim?

– Por favor, não hesite em se danar.

Em menos de um segundo um raio de luz saiu das mãos do velho fantasma em direção ao computador, o fantasma desapareceu, a ponte de comando se encheu de uma nuvem de fumaça e a nave Coração de Ouro saltou através de dimensões desconhecidas do tempo e do espaço.

Capítulo 4

A dez anos-luz dali, o sorriso de Gag Halfrunt abriu-se mais e mais. Enquanto olhava a imagem no seu visor, transmitida pelo subéter da ponte de comando da nave vogon, viu os últimos frangalhos do campo de força da nave Coração de Ouro serem destroçados, e a própria nave desaparecer em fumaça.

"Ótimo. O fim dos últimos sobreviventes da demolição do planeta Terra que tinha encomendado. O fim definitivo dessa experiência perigosa (para a profissão psiquiátrica) e subversiva (também para a profissão psiquiátrica) para descobrir a Pergunta referente à Resposta Final sobre a Vida, o Universo e Tudo Mais. Ia festejar essa noite com os colegas, e na manhã seguinte eles voltariam a se encontrar com seus pacientes atarantados, infelizes e muito lucrativos, com a segurança de que o Sentido da Vida jamais seria revelado", pensou.

– Essas coisas de família são sempre embaraçosas, né? – disse Ford a Zaphod quando a fumaça começou a sumir.

Ele parou e deu uma olhada em volta.

– Cadê o Zaphod? – disse.

Arthur e Trillian também olharam em volta, confusos. Estavam pálidos, meio atordoados e não sabiam onde Zaphod estava.

– Marvin! – disse Ford. – Onde está Zaphod?

E um pouco depois disse:

– Onde está Marvin?

Também não havia nada no canto onde o robô ficava.

A nave estava completamente silenciosa. Flutuava na profunda escuridão do espaço. De vez em quando balançava. Os instrumentos estavam mortos e os visores, desligados. Consultaram o computador. Ele disse:

– Peço desculpas mas estou temporariamente fechado para qualquer comunicação. Vou deixar vocês com um pouco de música suave.

Desligaram rapidamente a música suave.

Vasculharam cada canto da nave, cada vez mais perplexos e assustados. Nenhum sinal de atividade, apenas um silêncio profundo. Não havia sinal algum de Zaphod ou Marvin. Um dos últimos lugares onde procuraram foi o pequeno compartimento onde ficava a máquina Nutrimática.

A Sintetizadora Nutrimática de Bebidas havia depositado em seu receptáculo uma bandeja contendo três xícaras de porcelana com pires, uma jarra de porcelana de leite, um bule de prata contendo o melhor chá que Arthur já tinha provado e um bilhetinho: "Sirvam-se."

Capítulo 5

Beta da Ursa Menor é, segundo alguns, um dos lugares mais chocantes do Universo conhecido.

Embora seja terrivelmente rica, pavorosamente ensolarada e tenha uma absurda concentração de pessoas magnificamente interessantes por metro quadrado, não deixa de ser significativo o fato de que, quando uma edição recente da revista *Playbeing* foi publicada com uma manchete que dizia "Quando você está cansado de Beta da Ursa Menor, você está cansado da vida", a taxa de suicídios tenha quadruplicado da noite para o dia.

Não que haja noites em Beta da Ursa Menor.

É um planeta da zona ocidental que, por uma peculiaridade inexplicável e um tanto suspeita da topografia, consiste quase inteiramente em litorais subtropicais. Por outra peculiaridade igualmente suspeita de relestática temporal, é quase sempre sábado à tarde um pouco antes de os bares na beira da praia fecharem.

Nenhuma explicação razoável para essas peculiaridades foi fornecida pelas formas de vida dominantes de Beta da Ursa Menor, que passam a maior parte do tempo em busca da iluminação espiritual correndo ao redor das piscinas, ou então convidando os inspetores do Comitê de Controle Geotemporal da Galáxia a "compartilhar uma agradável anomalia diurna".

Há apenas uma cidade em Beta da Ursa Menor, e só é chamada de cidade porque a concentração de piscinas na região é maior do que nos outros lugares.

Se você chegar à Cidade das Luzes pelo ar – e não há outro meio de chegar lá, pois não há estradas nem portos (na verdade, se você não tem algum tipo de aeronave, não querem ver você lá na Cidade das Luzes) –, vai entender por que ela tem esse nome. É onde o sol brilha mais intensamente, refletindo-se nas piscinas, cintilando nas calçadas brancas margeadas por palmeiras, reluzindo nos pontinhos bronzeados e saudáveis que se movem para lá e para cá, resplandecendo nos sítios de veraneio, nos bares da praia e tudo o mais.

Em particular, o sol reluz num prédio, um alto e belo edifício que consiste em duas torres brancas de trinta andares conectadas por uma ponte na metade de sua altura.

O edifício é a sede de um livro e foi construído ali graças à pequena fortuna proveniente de um extraordinário processo judicial de copyright aberto pelos editores do livro contra uma companhia de cereais para o café da manhã.

O livro é um guia, um livro de viagem.

É um dos mais notáveis e certamente dos mais bem-sucedidos livros já publicados pelas grandes editoras de Ursa Menor – mais popular do que *A Vida Começa aos Quinhentos e Cinquenta*, mais vendido que *A Teoria do Big Bang** – *Uma Visão Pessoal* de T. Eccentrica Gallumbits (a prostituta de três seios de Eroticon 6) e mais controvertido do que o último best-seller de Oolon Colluphid, *Tudo o que Você Nunca Quis Saber sobre Sexo mas Foi Forçado a Descobrir*.

É bom lembrar ainda que, em muitas das civilizações mais tranquilonas da Borda Oriental da Galáxia, esse livro já substituiu a grande *Enciclopédia Galáctica* como repositório-padrão de todo o conhecimento e sabedoria, pois apesar de conter muitas omissões e textos apócrifos, ou pelo menos terrivelmente incorretos, ele é superior à obra mais antiga e mais prosaica em dois aspectos importantes. Em primeiro lugar, é ligeiramente mais barato; em segundo lugar, traz impressa na capa, em letras garrafais e amigáveis, a frase NÃO ENTRE EM PÂNICO.

Trata-se, é claro, do indispensável companheiro de todos aqueles que desejam conhecer as maravilhas do Universo por menos de 30 dólares altairianos por dia – *O Guia do Mochileiro das Galáxias*.

Se você ficasse de pé, de costas para a entrada principal da recepção dos escritórios do *Guia* (supondo, claro, que você já tivesse aterrissado e relaxado com um mergulho rápido e uma chuveirada), e fosse andando para a direita, você passaria pela sombra das folhagens do Boulevard da Vida, ficaria impressionado com o tom dourado das praias se estendendo a perder de vista à sua esquerda, espantado com os surfistas mentais flutuando numa boa 1 metro acima das ondas como se isso não fosse nada de mais, surpreso e ligeiramente irritado com as gigantescas palmeiras que assobiam uma melodia atonal durante o dia – ou seja, o tempo todo.

Se você continuasse andando até o fim do Boulevard da Vida, chegaria ao bairro Lalamatine, repleto de lojas, árvores e cafés na calçada, onde os habitantes de Ursa Menor (ou "u-m-betanos", como são geralmente chamados) vão descansar após uma dura tarde de descanso na praia. O bairro Lalamatine é uma das poucas áreas que não estão permanentemente em uma tarde de sábado – em vez disso, estão sempre com o clima *cool* de um fim de tarde aos sábados. Logo depois daí ficam os clubes noturnos.

Se, especificamente nesse dia – ou tarde, ou fim de tarde, chame como quiser –, você parasse no segundo café do lado direito da calçada, você teria visto a aglomeração costumeira de u-m-betanos batendo papo, bebendo, todos com

---

* *Bang* tem um duplo sentido em inglês: pode ser uma "explosão", de onde vem *big bang*, a grande explosão que muitos físicos acreditam ter dado início ao Universo, mas é também uma gíria para "trepada". (N. do T.)

aparência muito descontraída, e todos olhando, como quem não quer nada, os relógios uns dos outros para ver quem tem o relógio mais caro.

Você teria visto também uma dupla de mochileiros de Algol, particularmente esmolambados, que tinham acabado de chegar num megacargueiro arcturiano a bordo do qual tinham passado maus bocados durante alguns dias. Estavam furiosos e indignados por terem descoberto que naquele lugar, quase em frente ao prédio do *Guia do Mochileiro das Galáxias*, um simples copo de suco de frutas custava o equivalente a mais de 60 dólares altairianos.

– Traição – disse um deles, amargamente.

Se, nesse mesmo momento, você tivesse olhado para a mesa ao lado, você veria Zaphod Beeblebrox sentado, com uma cara de total perplexidade.

O motivo de sua perplexidade era que, cinco segundos antes, ele estava sentado na ponte de comando da nave Coração de Ouro.

– Traição total – disse a mesma voz novamente.

Zaphod olhava nervosamente com o canto dos olhos para os dois mochileiros esmolambados na mesa ao lado. Onde é que ele estava? Como tinha ido parar ali? Onde estava sua nave? Apalpou o braço da cadeira em que estava sentado e a mesa à sua frente. Pareciam bastante sólidos. Ele ficou sentado, absolutamente quieto.

– Como eles podem sentar e escrever um guia para mochileiros num lugar como este? – prosseguiu a voz. – Entende o que eu digo? Olhe em volta!

Zaphod estava olhando em volta. "Lugar agradável", pensou. "Mas onde? E por quê?"

Procurou seus dois pares de óculos escuros no bolso. Nesse mesmo bolso ele sentiu que havia um pedaço duro, liso e não identificado de um metal muito pesado. Ele o pegou e deu uma olhada. Piscou, ainda perplexo. Onde tinha arrumado aquilo? Colocou o objeto de volta no bolso e pôs os óculos, chateado por descobrir que o objeto metálico tinha riscado uma das lentes. De qualquer forma, sentia-se muito mais confortável usando os óculos. Era um duplo par de Óculos Escuros Supercromáticos de Sensipericulosidade Joo Janta 200, que tinham sido especialmente desenvolvidos para ajudar as pessoas a manterem uma atitude tranquila ante o perigo. Ao primeiro sinal de problemas, as lentes ficavam totalmente pretas, evitando assim que a pessoa visse qualquer coisa que pudesse deixá-la tensa.

A não ser pelo arranhão, as lentes estavam claras. Ele relaxou, mas só um pouco.

O mochileiro, furioso, continuava a dardejar com os olhos seu suco de frutas monstruosamente caro.

– É, foi a pior coisa que aconteceu para o *Guia*, ter mudado para Beta da Ursa Menor – resmungou. – Viraram uns frescos. Sabe, ouvi dizer que eles criaram um Universo sintetizado eletronicamente numa das salas só para poderem fazer as pesquisas de campo de dia e ainda frequentar as festas à noite. Claro que essa coisa de noite e dia não significa muito por aqui.

"Beta da Ursa Menor", pensou Zaphod. Pelo menos agora ele sabia onde estava. Presumiu que isso fosse coisa de seu bisavô, mas por quê?

Só para chateá-lo, uma ideia surgiu em sua mente. Era muito clara e muito nítida, e ele já tinha aprendido a reconhecer esse tipo de ideia. Seu instinto era o de resistir a elas. Esses eram os estímulos pré-programados provenientes das partes obscuras e inacessíveis de sua mente.

Ficou sentado e ignorou furiosamente a ideia. A ideia continuou lá, perturbando. Ele a ignorou. Ela continuou perturbando. Ele a ignorou. Ela perturbou ainda mais. Ele desistiu.

"Que se dane", pensou, "melhor seguir com o fluxo." Estava cansado demais, confuso demais e faminto demais para resistir. Ele nem sequer sabia o que aquela ideia significava.

Capítulo 6

— A lô? Pois não? Editora Megadodo, sede do *Guia do Mochileiro das Galáxias*, o livro mais totalmente incrível de todo o Universo conhecido, em que posso ajudá-lo? – disse o grande inseto de asas cor-de-rosa num dos setenta telefones alinhados na superfície cromada do balcão de recepção no térreo do edifício do *Guia*. Ele agitava as asas e girava os olhos. Lançava olhares ferozes para todas aquelas pessoas maltrapilhas que entupiam a recepção, sujando o carpete e deixando marcas nos estofados. Ele adorava trabalhar no *Guia*, mas gostaria de que houvesse um jeito de manter aqueles mochileiros longe dali. Eles não deveriam estar vagando por espaçoportos sujos ou coisa assim? Ele tinha certeza quase absoluta de ter lido em algum lugar do livro sobre como era importante vagar por espaçoportos sujos. Infelizmente muitos deles pareciam gostar de ir até a sede e ficar andando por aquele lindo, limpo e reluzente saguão logo após ter ficado andando por espaçoportos extremamente sujos. E tudo o que faziam era reclamar. Ele sacudiu as asas.

— O quê? – disse ele ao telefone. – Sim, eu passei seu recado para o Sr. Zarniwoop, mas creio que ele está *cool* demais para vê-lo no momento. Está num cruzeiro intergaláctico.

Acenou com um tentáculo petulante para um dos maltrapilhos, que estava irritantemente tentando chamar sua atenção. O tentáculo petulante estava mandando a pessoa irritada olhar para o aviso na parede à sua esquerda e não interromper um telefonema importante.

— Sim – disse o inseto –, ele está em seu escritório, mas está num cruzeiro intergaláctico. Agradecemos seu telefonema. – Bateu o telefone. – Leia o aviso – disse ele ao homem irritado que estava tentando reclamar a respeito de uma das mais absurdas e perigosas informações incorretas que o livro contina.

O Guia do Mochileiro das Galáxias é um companheiro indispensável para todos aqueles que estão interessados em encontrar um sentido para a vida em um Universo infinitamente complexo e confuso, pois, ainda que ele não possa de forma alguma ser útil e informativo em todas as questões, ele pelo menos alega, de forma tranquilizadora, que, onde ele está incorreto, ele pelo menos está muito incorreto. Em casos de total discrepância, é sempre a realidade que não pegou o jeito da coisa.

Essencialmente era isto que dizia o aviso: "O *Guia* é definitivo. A realidade está frequentemente incorreta."

Isso tem tido consequências interessantes. Por exemplo, quando os editores do

Guia foram processados pelas famílias daqueles que tinham morrido por terem levado ao pé da letra o verbete sobre o planeta Traal (esse verbete dizia: "As Bestas Vorazes de Traal frequentemente fazem para os turistas uma boa refeição", em vez de "As Bestas Vorazes de Traal frequentemente fazem dos turistas uma boa refeição"), eles alegaram que a primeira versão da frase era esteticamente mais agradável, intimaram um poeta qualificado para declarar, sob juramento, que beleza é verdade, verdade é beleza, e esperaram assim provar que o verdadeiro culpado no caso era a própria Vida, por deixar de ser ao mesmo tempo bela e verdadeira. Os juízes concordaram e, num discurso comovente, sustentaram que a própria Vida era um desacato àquele tribunal e confiscaram-na prontamente de todos os presentes antes de saírem para uma agradável partida de ultragolfe noturno.

Zaphod Beeblebrox entrou no saguão. Atravessou-o diretamente até chegar ao inseto recepcionista.

– Ok. Onde está Zarniwoop? Chame Zarniwoop – disse ele.

– Como? – disse o inseto friamente. Não gostava que se dirigissem a ele daquela maneira.

– Zarniwoop. Chame-o, entendeu? Chame-o imediatamente.

– Bem, senhor – falou asperamente a frágil criatura –, se o senhor ficar frio...

– Olha aqui – disse Zaphod. – Eu estou por aqui com essa história de ficar frio, entendeu? Estou tão fantasticamente frio que você poderia conservar um pedaço de carne dentro de mim durante um mês. Você vai se mexer ou quer que eu apronte uma encrenca?

– Bem, se o senhor me deixar explicar, cavalheiro – disse o inseto batendo na mesa com o mais petulante dos tentáculos à sua disposição –, lamento, mas não será possível falar com o Sr. Zarniwoop no momento, pois ele está num cruzeiro intergaláctico.

"Diabos!", pensou Zaphod.

– Quando ele volta? – perguntou.

– Volta? Ele já está em seu escritório.

Zaphod parou para tentar destrinchar essa ideia peculiar em sua mente. Não conseguiu.

– Esse cara está num cruzeiro intergaláctico... no escritório dele? – exclamou, inclinando-se e agarrando o tentáculo que batia na mesa. – Escuta aqui, três olhos – disse –, não tente me enrolar, tenho encarado coisas bem mais estranhas que você quase todo dia.

– Bem, quem você pensa que é, queridinho? – retrucou o inseto, batendo as asas furiosamente. – Zaphod Beeblebrox ou algo assim?

– Conte as cabeças – disse Zaphod num tom áspero.

O inseto piscou. Piscou novamente.

– Você é Zaphod Beeblebrox? – guinchou.

– Sou – disse Zaphod –, mas fala baixo senão todo mundo vai querer um também.

– Zaphod Beeblebrox em pessoa?!

– Não, apenas um clone, você não sabe que venho em embalagens com seis?

O inseto chacoalhava os tentáculos, agitado.

– Mas, senhor – gritou –, eu acabo de ouvir uma notícia no rádio Subeta. Disseram que estava morto...

– É, é verdade – disse Zaphod –, só que eu ainda estou me mexendo. Agora, onde é que eu encontro Zarniwoop?

– Bem, senhor, o escritório dele fica no décimo quinto andar, mas...

– ... mas ele está num cruzeiro intergaláctico. Ok, ok, mas como eu chego até lá?

– Os Transportadores Verticais de Pessoas da Companhia Cibernética de Sírius que acabamos de instalar ficam do outro lado, senhor. Mas, senhor...

Zaphod já ia se virando para sair. Voltou-se para o inseto.

– O que é?

– Posso lhe perguntar por que o senhor deseja ver o Sr. Zarniwoop?

– Pode – respondeu Zaphod, que também não estava muito certo quanto a esse ponto específico. – É que eu disse para mim mesmo que tinha de fazer isso.

– Perdão?

Zaphod inclinou-se para ele, cochichando.

– Olha, acabei de me materializar do meio do nada em um café – disse –, como resultado de uma discussão com o espectro do meu bisavô. Mal cheguei aqui e meu antigo eu, o que operou o meu cérebro, apareceu na minha cabeça e disse: "Vá ver o Zarniwoop." Nunca tinha ouvido falar desse cara. Isso é tudo o que eu sei. Isso e o fato de que eu tenho que encontrar o tal cara que rege o Universo.

Deu uma piscada.

– Senhor Beeblebrox – disse o inseto, impressionado –, o senhor é tão esquisito que devia estar no cinema.

– É – disse Zaphod dando um tapinha na reluzente asa cor-de-rosa da criatura –, e você, menino, devia estar na vida real.

O inseto fez uma pausa momentânea para recuperar-se da agitação e depois estendeu um tentáculo para atender um telefone que estava tocando.

Uma mão metálica o conteve.

– Perdão – disse o dono da mão metálica com uma voz que teria feito um inseto com uma predisposição mais sentimental cair em lágrimas.

Mas esse não era um inseto sentimental, e não tolerava robôs.

– Pois não, senhor – disse rispidamente –, posso ajudá-lo?

– Duvido – disse Marvin.

– Bem, nesse caso, se o senhor me der licença... – Seis telefones estavam tocando agora. Havia um milhão de coisas à espera da atenção do inseto.
– Ninguém pode me ajudar – continuou Marvin.
– Sim, cavalheiro, bem...
– Claro que ninguém tentou até agora, mas tudo bem. – Marvin deixou cair lentamente a mão de metal. A cabeça inclinou-se ligeiramente para a frente.
– Ah, é? – disse acidamente o inseto.
– É certamente uma perda de tempo para as pessoas tentarem ajudar um mísero robô, não é?
– Lamento, senhor, mas...
– Quero dizer, qual é a vantagem em ajudar um robô se ele não tem circuitos de gratidão?
– E o senhor não tem? – disse o inseto, que não parecia capaz de escapar da conversa.
– Nunca tive a oportunidade de descobrir – informou Marvin.
– Escute, seu monte de metal desajustado...
– Você não vai me perguntar o que eu quero?
O inseto fez uma pausa. Sua longa e fina língua saltou para fora, lambeu seus olhos e voltou para dentro novamente.
– Vale a pena? – perguntou.
– Nada vale, na verdade – respondeu Marvin imediatamente.
– O que... o... senhor... quer?
– Estou procurando uma pessoa.
– Quem? – sibilou o inseto.
– Zaphod Beeblebrox – disse Marvin. – Ele está ali adiante.
O inseto tremia de raiva. Quase não conseguia falar.
– Então por que você perguntou para mim? – berrou.
– Só queria alguém com quem conversar – disse Marvin.
– O quê?!
– Patético, não?
Rangendo as engrenagens, Marvin virou-se e foi em direção a Zaphod. Alcançou-o perto dos elevadores. Zaphod olhou para trás, surpreso.
– Ei! Marvin? – disse ele. – Marvin! Como você veio parar aqui?
Marvin foi forçado a dizer algo que era muito difícil para ele.
– Eu não sei.
– Mas...
– Num momento eu estava sentado na sua nave me sentindo muito deprimido, e no momento seguinte estava aqui me sentindo totalmente infeliz. Um Campo de Improbabilidade, suponho.

— É — disse Zaphod. — Eu espero que meu bisavô o tenha mandado aqui para me fazer companhia. Superobrigado, vovô — disse para si mesmo. — E então, como vai? — disse em voz alta.

— Ah, vou bem — disse Marvin —, se você por acaso gostar de ser eu, o que eu pessoalmente detesto.

— Tá, tá — disse Zaphod quando o elevador abriu as portas.

— Olá — disse o elevador candidamente —, eu serei seu elevador durante esta viagem até o andar de sua preferência. Fui desenvolvido pela Companhia Cibernética de Sírius para levar você, visitante do *Guia do Mochileiro das Galáxias,* para seus escritórios. Se você apreciar o trajeto, que será rápido e agradável, talvez se interesse em experimentar alguns dos outros elevadores que foram instalados recentemente nos escritórios do Departamento de Impostos da Galáxia, dos Alimentos Infantis Boobiloo e do Hospital Psiquiátrico de Sírius, onde muitos dos antigos executivos da Companhia Cibernética de Sírius adorarão receber sua visita, solidariedade e histórias felizes do mundo lá fora.

— Tá bom — disse Zaphod. — Que mais você faz além de falar?

— Eu subo — disse o elevador — ou desço.

— Ótimo — disse Zaphod. — Nós vamos subir.

— Ou descer — lembrou o elevador.

— É, tá, mas vamos subir, por favor.

Houve um momento de silêncio.

— Descer é muito bom — sugeriu o elevador, esperançoso.

— Ah, é?

— Super.

— Que bom — disse Zaphod. — Agora vamos subir.

— Posso perguntar — disse o elevador com sua voz mais doce e ponderada — se você já considerou todas as possibilidades que descer pode lhe oferecer?

Zaphod bateu uma das cabeças contra a parede. Ele não precisava disso. Dentre todas as coisas, essa era uma de que não necessitava. Não tinha pedido para estar ali. Se lhe perguntassem, naquele instante, o que gostaria de estar fazendo, provavelmente responderia que gostaria de estar relaxando numa praia com pelo menos cinquenta mulheres bonitas e uma equipe de especialistas desenvolvendo novos métodos para que elas fossem agradáveis com ele, o que era sua resposta habitual. Provavelmente acrescentaria algum comentário apaixonado sobre o tema "comida".

Uma coisa que ele não queria estar fazendo era ficar caçando o homem que comandava o Universo, o qual estava apenas fazendo um serviço que poderia perfeitamente continuar fazendo, porque se não fosse ele seria alguma outra pessoa. Acima de tudo ele não queria estar de pé no meio de um prédio comercial discutindo com um elevador.

— Que outras possibilidades você poderia sugerir, por exemplo? – perguntou, exausto.

— Bom – a voz parecia mel escorrendo sobre biscoitos –, tem o porão, os microarquivos, o sistema de aquecimento central... eh...

Fez uma interrupção.

— É, nada particularmente interessante – admitiu –, mas sempre são alternativas.

— Santo Zarquon – resmungou Zaphod –, por acaso eu pedi um elevador existencialista? – Bateu com os punhos contra a parede. – Qual é o problema com esta coisa?

— Ele não quer subir – disse Marvin simplesmente. – Acho que está com medo.

— Com medo? – gritou Zaphod. – De quê? De altura? Um elevador com medo de altura?

— Não – disse o elevador miseravelmente –, medo do futuro...

— Do futuro? – exclamou Zaphod. – Mas o que esse troço está querendo? Um plano de aposentadoria?

Nesse instante irrompeu uma confusão no saguão atrás deles. Das paredes à sua volta vinha o ruído de máquinas subitamente ativadas.

— Todos podemos ver o futuro – sussurrou o elevador, aterrorizado –, faz parte da nossa programação.

Zaphod olhou para fora do elevador. Uma multidão agitada havia se aglomerado em torno dos elevadores, apontando e gritando.

Todos os elevadores do prédio estavam descendo em alta velocidade. Ele voltou para dentro.

— Marvin – disse ele –, dá para você fazer este elevador subir? Temos que encontrar Zarniwoop.

— Por quê? – perguntou Marvin pesarosamente.

— Não sei – disse Zaphod –, mas quando o encontrar espero que ele tenha um bom motivo para eu querer vê-lo.

OS ELEVADORES MODERNOS são entidades estranhas e complexas. Os antigos aparelhos elétricos com cabos de aço e "capacidade-máxima-para-oito-pessoas" possuem tanta semelhança com um Transportador Vertical Feliz de Pessoas da Companhia Cibernética de Sírius quanto um saquinho de castanhas sortidas tinha com toda a ala esquerda do Hospital Psiquiátrico de Sírius.

Basicamente, os elevadores agora operam segundo o curioso princípio da "percepção temporal desfocada". Em outras palavras, são capazes de prever vagamente o futuro imediato, o que permite que estejam no andar correto para apanhar seus passageiros antes mesmo que eles possam saber que queriam chamar um elevador. Dessa forma, eliminaram todo aquele tédio relacionado a bater papo, se descontrair e fazer amigos ao qual as pessoas antes eram forçadas enquanto esperavam os elevadores.

É apenas uma consequência natural, então, que muitos elevadores imbuídos de inteligência e premonição tenham ficado terrivelmente frustrados com esse trabalho inominavelmente tedioso de subir e descer, subir e descer; eles experimentaram brevemente a noção de ir para os lados, como uma espécie de protesto existencial, em seguida reivindicaram maior participação no processo de tomada de decisões e finalmente começaram a jogar-se deprimidos nos porões.

Em nossos dias, um mochileiro sem grana que esteja passando por qualquer um dos planetas do sistema estelar de Sírius pode arrecadar um dinheiro fácil trabalhando como terapeuta de elevadores neuróticos.

No décimo quinto andar as portas do elevador abriram-se rapidamente.

– Décimo quinto – disse o elevador –, e lembre-se: só estou fazendo isso porque gosto do seu robô.

Zaphod e Marvin pularam para fora do elevador, que fechou instantaneamente as portas e desceu tão rápido quanto seu mecanismo permitiu.

Zaphod olhou ao redor cautelosamente. O corredor estava deserto e silencioso e não dava nenhuma pista de onde Zarniwoop poderia ser encontrado. Todas as portas que davam para o corredor estavam fechadas e não tinham nenhuma inscrição.

Estavam perto da ponte que levava de uma torre a outra. Através de uma grande janela, o sol brilhante de Beta da Ursa Menor lançava blocos de luz onde dançavam pontinhos de poeira. Uma sombra atravessou rapidamente.

– Abandonado por um elevador – murmurou Zaphod, que estava se sentindo bem pra baixo.

Os dois olharam em ambas as direções.

– Sabe de uma coisa? – disse Zaphod a Marvin.

– Mais do que você pode imaginar.

– Tenho certeza absoluta de que este prédio não devia estar balançando – disse Zaphod.

Foi apenas um leve tremor, e depois outro. Nos raios de sol as partículas de poeira dançavam mais vigorosamente. Passou outra sombra.

Zaphod olhou para o chão.

– Das duas uma – disse, não muito confiante –, ou eles instalaram um sistema vibratório para exercitar os músculos enquanto trabalham, ou...

Foi andando em direção à janela e de repente tropeçou porque naquele momento seus Óculos Escuros Supercromáticos Sensipericulosidade Joo Janta 200 tinham ficado completamente pretos. Uma sombra imensa passou pela janela com um zumbido agudo.

Zaphod arrancou os óculos, e assim que o fez o edifício sacudiu com um ruído de trovão. Ele saltou para perto da janela.

– Ou então – disse – este prédio está sendo bombardeado!

Outro tremor ressoou pelo edifício.

– Quem na Galáxia ia querer bombardear uma editora? – perguntou Zaphod, mas não ouviu a resposta de Marvin porque naquele momento o prédio sacudiu com outro bombardeio. Tentou ir cambaleando de volta ao elevador – uma manobra sem sentido, ele sabia, mas a única em que conseguiu pensar.

De repente, no final de um corredor em ângulo reto, avistou um homem. O homem o viu.

– Beeblebrox, aqui! – gritou o homem.

Zaphod o encarou, desconfiado, enquanto uma nova bomba atingia o edifício.

– Não – gritou Zaphod. – Beeblebrox aqui! Quem é você?

– Um amigo! – respondeu o homem. Ele foi correndo em direção a Zaphod.

– Ah, é? – disse Zaphod. – Amigo de alguém em particular, ou simplesmente uma pessoa de bom coração?

O homem corria pelo corredor, com o chão enrugando-se a seus pés como um cobertor excitado. Era baixo, atarracado, maltratado pelo tempo, e suas roupas pareciam ter dado duas voltas pela Galáxia com ele dentro.

– Você sabia – gritou Zaphod em seu ouvido quando ele chegou – que seu prédio está sendo bombardeado?

O homem acenou que sim.

Subitamente não havia mais sol. Olhando pela janela para entender o que estava acontecendo, Zaphod engasgou ao ver uma imensa e pesada nave espacial, da cor cinza-chumbo de uma arma, arrastando-se pelo ar em torno do edifício. Outras duas a seguiam.

– O governo que você desertou está atrás de você, Zaphod – sussurrou o homem –, mandaram um esquadrão de caças Frogstar.

– Caças Frogstar! – murmurou Zaphod. – Zarquon!

– Sentiu a barra?

– O que são caças Frogstar? – Zaphod tinha certeza de ter ouvido alguém falar sobre eles enquanto era presidente, mas nunca prestava muita atenção aos assuntos oficiais.

O homem o puxava para dentro de uma porta. Ele o acompanhou. Com um gemido, um pequeno objeto preto em forma de aranha cortou o ar e desapareceu no fim do corredor.

– O que foi isso? – sussurrou Zaphod.

– Um robô de reconhecimento classe A da Patrulha Frogstar à sua procura – disse o homem.

– Ah, é?

– Abaixe-se!

Da direção oposta veio um objeto maior em forma de aranha. Passou por eles zunindo.

– E isso foi...?

– Um robô de reconhecimento classe B da Patrulha Frogstar à sua procura.

– E aquilo? – disse Zaphod quando um terceiro cortava o ar.

– Um robô de reconhecimento classe C da Patrulha Frogstar à sua procura.

– Ei – disse Zaphod consigo mesmo com um risinho de escárnio –, esses robôs são bem estúpidos, não?

Do outro lado da ponte veio um estrondo retumbante. Uma gigantesca forma negra movia-se sobre ela, vinda do outro prédio, do tamanho e formato de um tanque.

– Santo fóton! O que é aquilo? – disse Zaphod, resfolegante.

– Um tanque – disse o homem –, um robô de reconhecimento classe D da Patrulha Frogstar que veio te pegar.

– Não seria bom irmos embora?

– Acho que sim.

– Marvin! – gritou Zaphod.

– O que você quer?

Marvin ergueu-se de uma pilha de entulho de alvenaria um pouco à frente no corredor e olhou para eles.

– Você está vendo aquele robô vindo em nossa direção?

Marvin olhou para a gigantesca forma negra que se dirigia em sua direção atravessando a ponte. Olhou para seu franzino corpo metálico. Olhou de novo para o tanque.

– Imagino que você queira que eu o detenha – disse.

– Isso.

– Enquanto vocês salvam suas peles.

– Isso – disse Zaphod –, vá lá!

– Já que você deixou as coisas bem claras... – disse Marvin.

O homem deu um puxão no braço de Zaphod, e Zaphod o seguiu pelo corredor.

Surgiu uma dúvida em sua mente.

– Aonde estamos indo? – perguntou.

– Ao escritório de Zarniwoop.

– Isso é hora de cumprir compromissos?

– Venha!

Capítulo 7

Marvin ficou de pé no fim do corredor da ponte. Na verdade, ele não era um robô pequeno. Seu corpo de prata reluzia nos raios de sol empoeirados e tremia com o contínuo bombardeio que o prédio estava sofrendo. Contudo, ele parecia miseravelmente pequeno diante do gigantesco tanque negro que parou à sua frente. O tanque o examinou com uma sonda. Recolheu a sonda.

Marvin continuava parado no mesmo lugar.

– Fora do meu caminho, robozinho – rugiu o tanque.

– Lamento dizer que fui deixado aqui para detê-lo – disse Marvin.

O tanque estendeu a sonda novamente para se certificar da análise.

– Você? Me deter? – urrou o tanque. – Fala sério!

– Não, é verdade, foi o que me pediram – disse Marvin.

– Com o que você está armado? – bradou o tanque, ainda incrédulo.

– Adivinha – disse Marvin.

Os motores do tanque ressoaram, engrenagens rangeram. Os componentes microeletrônicos no fundo de seu microcérebro processavam dados, atônitos.

– Adivinhar? – disse o tanque.

ZAPHOD E O TAL HOMEM sem nome até o momento viraram por um corredor, cambalearam por outro, correram por um terceiro. O prédio continuava sacudindo e balançando e Zaphod não conseguia entender muito bem essa parte. Se queriam de fato explodir o prédio, por que estavam demorando tanto?

Chegaram com dificuldade a uma das várias portas sem nenhuma identificação externa e se jogaram contra ela. A porta se escancarou e eles caíram dentro do escritório.

"Toda essa história", pensou Zaphod, "toda essa encrenca, toda essa coisa de não-estar-deitado-numa-praia-se-divertindo-pra-caramba, tudo isso pra quê? Uma cadeira, uma mesa e um cinzeiro sujo num escritório sem decoração." A mesa estava vazia, tirando um pouco de poeira saltitante e um único clipe de papel cujo design era absolutamente revolucionário.

– Onde – disse Zaphod – está Zarniwoop? – sentindo que sua compreensão já não muito extensa de toda aquela complexa sequência de eventos começava a se desfazer.

– Está num cruzeiro intergaláctico – disse o homem.

Zaphod tentou avaliar aquele homem mais profundamente. Era do tipo austero e não parecia ser um piadista. Provavelmente dedicava boa parte do seu tempo correndo para cima e para baixo pelos corredores sinuosos, arrombando portas e fazendo comentários incompreensíveis dentro de escritórios vazios.

– Permita-me que me apresente – disse o homem. – Meu nome é Roosta e esta é a minha toalha.

– Olá, Roosta – disse Zaphod. – Olá, toalha – acrescentou, quando Roosta lhe estendeu uma toalha florida em estado deplorável. Sem saber o que fazer com ela, cumprimentou-a sacudindo um dos cantos.

Do lado de fora da janela, uma das grandes naves espaciais cinza-chumbo em formato de lesma passou rugindo.

– É, CONTINUE – disse Marvin à poderosa máquina de combate –, você nunca vai adivinhar.

– Ahhhhmmmm... – murmurou a máquina, vibrando devido à falta de hábito de pensar –, raios laser?

Marvin balançou a cabeça solenemente.

– Não – disse a máquina em profundo som gutural –, isso seria óbvio demais. Raios antimatéria? – chutou.

– Também seria óbvio demais – advertiu Marvin.

– É – rosnou a máquina, meio desconcertada. – Ahnn... que tal um aríete de elétrons?

Isso era algo novo para Marvin.

– O que é isso? – perguntou.

– É como este aqui – disse a máquina, animada.

De sua torre emergiu uma cilindro pontudo que disparou um único e mortífero raio de luz. Atrás de Marvin uma parede se desfez em um monte de poeira.

– Não – disse Marvin –, não é um desses.

– Mas foi bom, não foi?

– Muito bom – concordou Marvin.

– Já sei – disse a máquina de guerra Frogstar, após mais um instante de análise. – Você deve ter um daqueles novos Emissores Re-Structron Xânticos de Zênons Desestabilizados!

– Esses são bons, não é? – disse Marvin.

– É um desses que você tem? – disse a máquina com considerável respeito.

– Não – disse Marvin.

– Ah – disse a máquina, desapontada –, então deve ser...

– Você não está indo na direção certa – disse Marvin. – Está deixando de levar em conta uma coisa básica no relacionamento entre homens e robôs.

– Ah, já sei, já sei – disse a máquina de guerra –, deve ser... – e mergulhou novamente em pensamentos.

– Pense nisto – instigou Marvin –: eles me deixaram aqui, eu, um robô comum e desprezível, para deter você, uma gigantesca máquina recheada com as últimas tecnologias de destruição, enquanto fugiam para salvar suas vidas. O que você acha que iam deixar comigo?

– Ehhh uh ahnn – murmurou a máquina, alarmada –, alguma coisa muito devastadora mesmo, acredito.

– Você "acredita"! – disse Marvin. – É, continue acreditando. Vou te dizer o que eles me deram para me proteger. Posso?

– Vamos lá – disse a máquina de guerra, preparando-se para um ataque.

Houve uma pausa tensa.

– Nada – disse Marvin.

– Nada? – urrou a máquina de guerra.

– Nadinha, nadinha – murmurou Marvin soturnamente –, nem um porrete eletrônico.

A máquina tremia, furiosa.

– Isso é de mais, não dá pra tolerar! – urrava. – Nada? Esses caras estão pensando o quê?

– E eu – disse Marvin com uma voz macia – com essa dor terrível nos diodos esquerdos.

– Dá vontade de vomitar, não é?

– Pois é – concordou Marvin.

– Puxa, são coisas assim que me irritam! – berrou a máquina. – Acho que vou arrebentar aquela parede!

O aríete de elétrons lançou outro raio de luz mortífero e destruiu a parede ao lado do tanque.

– Como você acha que eu me sinto? – disse Marvin amargamente.

– Simplesmente fugiram e deixaram você aí? – trovejou a máquina.

– Pois é – disse Marvin.

– Acho que vou arrebentar o maldito teto deles também! – gritou o tanque, com raiva.

Destruiu o teto da ponte.

– Isso é muito impressionante – murmurou Marvin.

– Você ainda não viu nada – prometeu a máquina. – Posso destruir este chão também, sem o menor problema!

Destruiu o chão também.

– Droga! – urrou a máquina enquanto despencava de quinze andares e se espatifava no chão.

– Que máquina deprimentemente estúpida – disse Marvin e saiu se arrastando.

Capítulo 8

– E aí, vamos ficar aqui sentados, é isso? – disse Zaphod, irritado. – O que esses caras aí fora querem?

– Você, Beeblebrox – disse Roosta –, eles estão tentando levar você para Frogstar, o planeta mais radicalmente maligno de toda a Galáxia.

– Ah, é? – disse Zaphod. – Primeiro eles vão ter que vir me pegar.

– Eles já vieram te pegar – disse Roosta –, olhe pela janela.

Zaphod olhou e parou, estupefato.

– O chão está indo embora! – disse engolindo em seco. – Para onde estão levando o chão?

– Eles estão levando o edifício – disse Roosta –, estamos voando.

Nuvens velozes passaram pela janela do escritório.

Zaphod olhou para fora e viu o círculo formado pelos caças Frogstar ao redor do edifício, que havia sido arrancado do solo. Uma rede de raios de tração saídos das naves mantinha a torre firmemente segura.

Zaphod balançou as cabeças, perplexo.

– O que eu fiz para merecer isso? – disse. – Eu entro num prédio, eles vêm e o levam embora.

– Não é com o que você fez que eles estão preocupados – disse Roosta –, mas com o que vai fazer.

– E eu não posso sequer me manifestar sobre essa história toda?

– Você se manifestou, anos atrás. É melhor você se segurar, a viagem vai ser rápida e turbulenta.

– Se algum dia eu me encontrar – disse Zaphod –, vou me dar uma surra tão grande que nem vou saber o que foi que me aconteceu.

Marvin entrou desconsolado pela porta, encarou Zaphod com olhos acusadores, agachou-se num canto e se desligou.

NA PONTE DE COMANDO da nave Coração de Ouro tudo estava em silêncio. Arthur olhava para o tabuleiro à sua frente e pensava. Olhou para Trillian, que o observava pensativamente. Olhou de novo para o tabuleiro.

Finalmente ele viu.

Pegou quatro pequenos quadrados de plástico e colocou-os sobre o tabuleiro.

Os quatro quadrados continham as quatro letras E, X, C e E. Ele as colocou junto às letras L, E, N, T e E.

– EXCELENTE – disse ele –, em uma zona de pontos triplos. Acho que isso vale muitos pontos!

A nave sacolejou e espalhou algumas das letras pela enésima vez.

Trillian suspirou e começou a arrumá-las de novo.

Em outra parte da Coração de Ouro, os passos de Ford Prefect ecoavam pelos corredores, enquanto ele andava pela nave socando os controles congelados.

"Por que a nave continuava a sacolejar?", pensou. "Por que sacudia e balançava? Por que ele não conseguia descobrir onde estavam? Basicamente, onde estavam?"

A TORRE ESQUERDA da sede do *Guia do Mochileiro das Galáxias* atravessou o espaço interestelar numa velocidade jamais igualada por nenhum outro prédio comercial do Universo.

Em uma sala, mais ou menos no meio do edifício, Zaphod Beeblebrox andava de um lado para outro, furioso.

Roosta estava sentado num canto da mesa fazendo uma manutenção rotineira em sua toalha.

– Ei, para onde mesmo você disse que este prédio estava indo? – perguntou Zaphod.

– Para o planeta Frogstar – disse Roosta –, o lugar mais radicalmente maligno do Universo.

– Eles têm comida por lá? – disse Zaphod.

– Comida? Você está indo para Frogstar e está preocupado se há comida por lá?

– Sem comida pode ser que eu não chegue até Frogstar.

Pela janela eles não viam nada além da trama de raios de força e das vagas formas cinza-chumbo que provavelmente eram as imagens distorcidas dos caças Frogstar. Àquela velocidade, o espaço em si era invisível e, na prática, irreal.

– Tome, chupe um pouco disto – disse Roosta, oferecendo sua toalha a Zaphod.

Zaphod o encarou como se esperasse que um cuco pulasse de sua testa preso a uma mola.

– Está encharcada de nutrientes – explicou Roosta.

– Escuta, que tipo de cara é você, um amante de junk food ou algo assim? – disse Zaphod.

– As listras amarelas são ricas em proteínas, as verdes contêm complexos de vitaminas B e C, e as florzinhas cor-de-rosa, extrato de gérmen de trigo.

Zaphod pegou e observou, maravilhado.

– O que são essas manchas marrons? – perguntou.

– Molho de churrasco – disse Roosta –, para quando eu fico cheio do gérmen de trigo.

Zaphod cheirou, desconfiado.

Mais desconfiado ainda, chupou um dos cantos. Cuspiu fora.

– Argh – declarou.

– É – disse Roosta –, sempre que chupei esse canto tive que chupar um pouquinho do outro canto também.

– Por quê? – perguntou Zaphod, cheio de suspeita. – O que tem por lá?

– Antidepressivos – disse Roosta.

– Não quero saber dessa toalha – disse Zaphod, devolvendo-a.

Roosta a pegou de volta, pulou da mesa, deu a volta, sentou na cadeira e colocou os pés na mesa.

– Beeblebrox – disse, colocando os braços atrás da cabeça –, você tem alguma ideia do que vai te acontecer no planeta Frogstar?

– Eles vão me alimentar? – arriscou Zaphod, esperançoso.

– Eles vão usar você para alimentar o Vórtice da Perspectiva Total! – disse Roosta.

Zaphod nunca tinha ouvido falar nisso. Ele acreditava que já tinha ouvido falar de todas as coisas divertidas da Galáxia, então presumiu que o Vórtice da Perspectiva Total não devia ser divertido. Perguntou o que era.

– Apenas – disse Roosta – a mais selvagem das torturas psíquicas à qual um ser vivo pode ser submetido.

Zaphod balançou a cabeça, resignado.

– Então – disse ele – não tem comida, não é?

– Ouça! – disse Roosta insistentemente. – Você pode matar um homem, destruir seu corpo, quebrar seu espírito, mas apenas o Vórtice da Perspectiva Total pode aniquilar sua alma! O tratamento dura poucos segundos, mas os efeitos continuam pelo resto de sua vida!

– Você já tomou uma Dinamite Pangaláctica? – perguntou Zaphod de forma incisiva.

– Isso é bem pior.

– Argh! – admitiu Zaphod, muito impressionado. – Você tem alguma ideia sobre por que esses caras estão querendo fazer isso comigo? – acrescentou um momento mais tarde.

– Eles acreditam que essa é a melhor maneira de destruí-lo para sempre. Eles sabem o que você está procurando.

– Será que eles não podiam me deixar um bilhete dizendo o que é, para que eu soubesse também?

– Você sabe, Beeblebrox – disse Roosta –, você sabe. Você quer encontrar o homem que rege o Universo.

– Ele sabe cozinhar? – disse Zaphod. Após refletir um pouco, acrescentou: –

Duvido. Se ele realmente cozinhasse bem, por que iria se importar com o resto do Universo? Eu quero encontrar um cozinheiro.

Roosta suspirou profundamente.

– O que você está fazendo aqui, por sinal? – perguntou Zaphod. – O que isso tudo tem a ver com você?

– Sou apenas um dos que planejaram a coisa, junto com Zarniwoop, junto com Yooden Vranx, junto com seu bisavô e junto com você, Beeblebrox.

– Comigo?

– É, com você. Disseram-me que você tinha mudado, mas não achei que fosse tanto assim.

– Mas...

– Estou aqui para cumprir uma única missão. Farei isso e depois vou partir.

– Que missão, cara, do que você está falando?

– Algo que tenho que fazer antes de partir.

Roosta mergulhou num silêncio impenetrável.

Zaphod ficou contentíssimo.

Capítulo 9

O ar em torno do segundo planeta do sistema Frogstar era viciado e insalubre.

Os ventos desagradavelmente úmidos que castigavam continuamente sua superfície sopravam sobre pântanos salgados, charcos ressequidos, vegetação putrefata e ruínas daquilo que um dia foram cidades. Não havia nenhuma forma de vida sobre a superfície. O solo, como o de muitos planetas dessa região da Galáxia, estava deserto havia muito tempo.

O uivo do vento era bastante desolador quando cortava as velhas casas decadentes das cidades. Era ainda mais desolador quando se chocava contra as bases das altas torres negras que surgiam em pontos esparsos na superfície desse mundo. No topo dessas torres viviam colônias de grandes aves descarnadas que cheiravam mal – únicas sobreviventes da civilização que outrora vivera ali.

O uivo do vento ficava ainda mais desolador quando passava sobre um pedaço de nada no meio de uma ampla planície cinzenta nos arredores da maior das cidades abandonadas.

Esse pedaço de nada era justamente o que tinha dado a esse planeta a reputação de ser o lugar mais radicalmente maligno de toda a Galáxia. Visto de fora era apenas um domo de aço com uns 15 metros de diâmetro. Visto de dentro, era algo monstruosamente inconcebível.

A uns 150 metros dali, separado desse domo pela faixa de terra mais devastada que se possa imaginar, ficava o que provavelmente pode ser descrito como uma espécie de terreno de pouso. Isso significa que espalhadas por uma área a seu redor estavam as carcaças desajeitadas de duas ou três dúzias de edifícios que haviam sofrido uma aterrissagem forçada.

Em torno desses edifícios pairava uma mente que estava à espera de alguma coisa.

A mente dirigiu sua atenção para o espaço, e dentro de pouco tempo surgiu um pontinho distante, rodeado por um anel de pontinhos menores.

O pontinho maior era a torre esquerda do edifício do *Guia do Mochileiro das Galáxias*, penetrando na estratosfera do planeta Frogstar B.

Enquanto ele descia, Roosta subitamente quebrou o longo e desconfortável silêncio que tinha crescido entre ele e Zaphod. Levantou-se e enfiou sua toalha numa mala. Disse:

– Beeblebrox, agora eu vou cumprir a missão que me trouxe aqui.

Zaphod olhou para ele, sentado num canto onde estava trocando pensamentos silenciosos com Marvin.

– Sim? – disse ele.

– O edifício vai aterrissar em breve. Quando sair do prédio, não saia pela porta – disse Roosta –, saia pela janela. Boa sorte – acrescentou, e saiu pela porta, desaparecendo da vida de Zaphod tão misteriosamente quanto tinha entrado.

Zaphod pulou e tentou abrir a porta, mas Roosta já a tinha trancado. Deu de ombros e voltou para o seu canto.

Dois minutos mais tarde o prédio espatifou-se no chão em meio aos outros destroços. A escolta de caças Frogstar desativou os raios de força e elevou-se no ar novamente, rumo ao planeta Frogstar A, um lugar infinitamente mais acolhedor. Eles nunca pousavam no planeta Frogstar B. Ninguém jamais pousava. Ninguém jamais andava por sua superfície, a não ser as futuras vítimas do Vórtice da Perspectiva Total.

Zaphod ficou bastante zonzo com o choque da aterrissagem. Ficou deitado por um tempo no monte de poeira ao qual boa parte da sala havia sido reduzida. Sentiu que estava no pior momento de toda a sua vida. Sentia-se desnorteado, solitário, abandonado. Por fim sentiu que deveria tentar resolver logo aquilo, fosse o que fosse.

Olhou em volta da sala destruída. A parede em torno da porta tinha se partido e a porta estava aberta. A janela, por algum milagre, estava inteira e fechada. Hesitou por um instante e então pensou que, se aquele sujeito estranho que havia conhecido há pouco tinha passado por tudo aquilo apenas para lhe dizer aquilo que tinha dito, devia ter uma boa razão. Abriu a janela com a ajuda de Marvin. Do lado de fora, a nuvem de poeira levantada pela aterrissagem forçada e os esqueletos dos outros prédios em volta impediam que Zaphod pudesse ver algo do mundo lá fora.

Não que isso lhe importasse muito. Sua principal preocupação foi o que viu ao olhar para baixo. O escritório de Zarniwoop ficava no décimo quinto andar. O edifício tinha pousado numa inclinação de uns 45 graus, mas ainda assim era uma descida assustadora.

Finalmente, irritado com a série de olhares insolentes que Marvin lhe dirigia, respirou fundo e se arrastou para fora, na parede íngreme do edifício. Marvin o seguiu e juntos começaram a engatinhar lenta e penosamente para descer os quinze andares que os separavam do solo.

Conforme desciam, o ar putrefato e a poeira sufocavam os pulmões de Zaphod, seus olhos ardiam, e a terrível altura fazia com que suas cabeças girassem. As eventuais observações de Marvin – "É esse o tipo de coisa que vocês, seres vivos, gostam de fazer? Estou perguntando apenas a título de informação"– não contribuíram muito para melhorar seu estado de espírito.

Na metade da descida pararam para descansar. Sentado ali, ofegante de medo e de cansaço, Zaphod achou que Marvin parecia um pouquinho mais alegre do que de hábito. Por fim se deu conta de que não era bem isso. O robô apenas parecia mais alegre em comparação com seu próprio desânimo.

Um imenso e asqueroso pássaro preto surgiu batendo as asas através das nuvens de poeira que aos poucos se assentavam e, estirando sua pernas magras, pousou sobre o peitoril inclinado de uma janela a alguns metros de Zaphod. Dobrou suas asas desajeitadas e ficou balançando desajeitadamente em seu poleiro.

As asas tinham uma envergadura de uns 3 metros, e tanto o pescoço quanto a cabeça pareciam peculiarmente grandes para uma ave. Sua cara era achatada e o bico pequeno, e na metade das asas era possível observar vestígios do que devem ter sido mãos.

Para falar a verdade, tinha uma aparência quase humana.

Dirigiu seus olhos pesados para Zaphod e bateu o bico de modo desconexo.

– Vá embora – disse Zaphod.

– Ok – disse o pássaro morosamente e saiu voando em meio à nuvem de poeira.

Zaphod olhou enquanto partia, perplexo.

– Aquele pássaro falou comigo? – perguntou para Marvin nervosamente. Estava bem preparado para aceitar a explicação alternativa, de que na verdade estava tendo alucinações.

– Falou – confirmou Marvin.

– Pobres almas – disse uma voz profunda e etérea no ouvido de Zaphod.

Zaphod virou-se bruscamente para descobrir de onde vinha a voz e quase caiu ao fazer isso. Agarrou-se, desesperado, na saliência de uma janela e cortou a mão. Segurou-se, respirando com dificuldade.

A voz não vinha de lugar algum – não havia ninguém ali, não que pudesse ser visto. Ainda assim, falou de novo.

– Eles têm uma trágica história em seu passado, sabe? Um fardo terrível.

Zaphod olhou freneticamente para todos os lados. A voz era profunda e calma. Em outras circunstâncias até seria definida como reconfortante. Não há, no entanto, nada de reconfortante em ouvir uma voz sem corpo vinda do nada, especialmente se você estiver, como Zaphod, em uma situação delicada, pendurado num parapeito no oitavo andar de um edifício espatifado.

– Ei... – gaguejou.

– Quer que eu lhe conte a história deles? – perguntou calmamente a voz.

– Ei, quem é você? – perguntou Zaphod, ofegante. – Onde você está?

– Quem sabe mais tarde, então – murmurou a voz. – Eu sou Gargravarr. Sou o Guardião do Vórtice da Perspectiva Total.

– Por que eu não posso vê-lo?...

– Você verá que será bem mais fácil descer – disse a voz em tom um pouco mais elevado – caso se desloque uns 6 metros para sua esquerda. Por que não tenta?

Zaphod olhou e viu uma série de pequenas ranhuras horizontais que desciam até o solo. Agradecido, arrastou-se até elas.

– Por que não nos encontramos lá embaixo? – disse a voz em seu ouvido, sumindo enquanto falava.

– Ei, gritou Zaphod. – Onde está você?

– Só vai levar alguns minutos... – disse a voz, muito baixo.

– Marvin – disse Zaphod gravemente ao robô que se arrastava, desanimado, próximo a ele –, por acaso... por acaso uma voz acabou de...

– Sim – respondeu Marvin sucintamente.

Zaphod balançou a cabeça. Pegou seus óculos escuros de sensipericulosidade outra vez. As lentes estavam completamente pretas, e a essa altura muito arranhadas por causa do estranho objeto de metal em seu bolso. Ele colocou os óculos. Era mais fácil descer do prédio se não precisasse ver o que estava fazendo.

Minutos mais tarde estava andando sobre os destroços rompidos e desfeitos da base do edifício. Tirou os óculos e pulou para o chão.

Marvin o alcançou logo em seguida e estendeu-se de bruços sobre a poeira e os entulhos, posição da qual não parecia muito inclinado a se mover.

– Ah, aí está você – disse a voz subitamente no ouvido de Zaphod. – Desculpe-me por tê-lo deixado sozinho daquele jeito, mas eu fico de estômago embrulhado com a altura. Ou melhor – acrescentou, entristecido –, eu ficava de estômago embrulhado com a altura.

Zaphod olhou ao redor bem devagar, apenas para ver se ele tinha deixado de notar algo que pudesse ser a fonte daquela voz. Tudo o que via, no entanto, era a poeira, o entulho e as enormes carcaças dos prédios à sua volta.

– Ei, por que não consigo vê-lo? – perguntou. – Por que você não está aqui?

– Eu estou aqui – disse a voz, devagar. – Meu corpo queria vir, mas está meio ocupado no momento. Coisas a fazer, umas pessoas que ele queria ver... – Após um suspiro etéreo acrescentou: – Você sabe como é essa coisa de corpo, não?

Zaphod não tinha certeza de ter entendido aquela parte.

– Achei que soubesse – respondeu.

– Só espero que ele tenha ido para um spa – continuou a voz. – Do jeito que ele tem vivido ultimamente, não vai muito bem dos cotovelos.

– Cotovelos? – disse Zaphod. – Você não quer dizer pernas?

A voz não disse nada durante um tempo. Zaphod olhou à sua volta, desconfortável. Não sabia se a voz tinha ido embora, se ainda estava ali ou o que estava fazendo. Então a voz voltou a falar.

– Então você veio para ser colocado no Vórtice, não é?

– Hum, bem... – disse Zaphod, num esforço pouco eficaz para se mostrar indiferente. – Na verdade não estou com muita pressa, sabe? Acho que posso dar uma andada por aí e apreciar a paisagem, sabe?

– Apreciar a paisagem deste planeta? Você já olhou em volta? – perguntou a voz de Gargravarr.

– Na verdade, não.

Zaphod saiu andando por entre os entulhos e deu a volta num dos prédios semidestruídos que bloqueavam sua visão.

Olhou a paisagem do planeta Frogstar B e voltou.

– Bem, certo – disse –, então acho que vou ficar relaxando por aqui mesmo.

– Não – disse Gargravarr. – O Vórtice está esperando você. Você tem que vir. Siga-me.

– É? – disse Zaphod. – E como vou seguir alguém que é invisível?

– Vou emitir um som para você – disse Gargravarr. – Basta seguir o som.

Um silvo agudo e suave cortou o ar, um som triste que parecia não ter um foco preciso. Só escutando com bastante cuidado Zaphod conseguia perceber de onde vinha. Devagar e confuso, foi caminhando atrás dele. O que mais poderia fazer?

Capítulo 10

O Universo, como já foi dito anteriormente, é um lugar desconcertantemente grande, um fato que, para continuar levando uma vida tranquila, a maioria das pessoas tende a ignorar.

Muitos se mudariam, felizes, para qualquer outro lugar menor que fossem capazes de criar, e na verdade é isso que a maioria dos seres faz.

Por exemplo, num canto do Braço Oriental da Galáxia fica o enorme planeta Oglaroon, totalmente coberto por florestas. Toda a sua população "inteligente" vive permanentemente dentro de uma nogueira, razoavelmente pequena e incrivelmente lotada. É nessa árvore que eles nascem, vivem, se apaixonam, entalham minúsculos artigos na casca da árvore especulando sobre o sentido da vida, a futilidade da morte e a importância do controle de natalidade, combatem as poucas e minúsculas guerras, e por fim morrem pendurados sob as ramagens de um dos galhos mais inacessíveis.

Na verdade, os únicos oglaroonianos que saem dessa árvore são aqueles que são banidos pelo abominável crime de imaginar se alguma das outras árvores poderia ser capaz de sustentar vida, ou até mesmo pensar se as outras árvores são algo além de ilusões provocadas por ingestão excessiva de oglanozes.

Por mais peculiar que esse comportamento possa parecer, não há uma única forma de vida na Galáxia que não possa ser acusada, de algum modo, dessa mesma coisa, e justamente por isso é que o Vórtice da Perspectiva Total é tão horripilante assim.

Quando você é posto no Vórtice, tem um rápido vislumbre de toda a inimaginável infinitude da criação, e no meio disso, em algum lugar, há um marcador minúsculo, um ponto microscópico colocado sobre outro ponto microscópico dizendo "Você está aqui".

A PLANÍCIE CINZENTA estendia-se diante de Zaphod, uma planície destroçada e em ruínas. O vento soprava ferozmente sobre ela.

Um pouco à frente estava o domo metálico. "Aquilo era para onde ele estava indo. Aquilo era o Vórtice da Perspectiva Total", deduziu Zaphod.

Enquanto olhava assustado para o domo, um uivo desumano de terror emanou subitamente dele, algo como um homem tendo sua alma arrancada a fogo de seu corpo. O grito se espalhou sobre o vento e sumiu.

Zaphod começou a tremer de medo e seu sangue parecia ter se transformado em hélio líquido.

– Ei, o que foi isso? – murmurou.

– Uma gravação – disse Gargravarr – do último homem que foi colocado no Vórtice. Sempre é tocada para a próxima vítima, como uma espécie de prelúdio.

– Soa realmente mal... – gaguejou Zaphod. – Olha, será que não podemos dar uma saidinha, ir a uma festa ou algo no gênero e pensar a respeito?

– Pelo que eu saiba – disse a voz etérea de Gargravarr –, já estou numa festa. Ou melhor, meu corpo está. Ele vai a muitas festas sem mim. Diz que eu só atrapalho. É a vida.

– Como é essa história com seu corpo? – disse Zaphod, ansioso por retardar o máximo possível seja lá o que fosse acontecer com ele.

– Bom, é meio... é uma questão delicada, sabe? – disse Gargravarr hesitante.

– Ele tem uma mente própria, é isso?

Houve uma pausa longa e gélida antes que Gargravarr voltasse a falar.

– Devo dizer – retrucou – que considero esse comentário bastante grosseiro.

Zaphod murmurou um pedido de desculpas, espantado e embaraçado ao mesmo tempo.

– Não tem importância – disse Gargravarr –, você não tinha como saber.

A voz tremia, infeliz.

– A verdade é que – prosseguiu com o tom de alguém (ou algo) que está fazendo um enorme esforço para manter o controle –, a verdade é que estamos atravessando um período de separação de corpos. Acho que vai terminar em divórcio.

A voz ficou novamente em silêncio, deixando Zaphod sem saber o que dizer. Resmungou algo sem muita convicção.

– Acho que não combinamos bem um com o outro – disse Gargravarr após algum tempo –, parece que nunca estávamos felizes fazendo as mesmas coisas. Sempre tínhamos enormes discussões sobre sexo e pescarias. Chegamos a tentar combinar as duas coisas, mas isso acabou em um completo desastre, como você provavelmente pode imaginar. E agora meu corpo se recusa a me deixar entrar. Não quer nem me ver...

Fez outra pausa teatral. O vento gemia na planície.

– Ele diz que eu vivo limitando suas ações. Eu argumentei que esse era exatamente meu papel e daí ele disse que esse era exatamente o tipo de resposta espertinha feita para irritar um corpo como ele. Provavelmente vai conseguir a custódia do meu primeiro nome.

– Oh...? – disse Zaphod, indistintamente. – E qual é?

– Pizpot – disse a voz. – Meu nome é Pizpot Gargravarr. O nome já diz tudo, não?

– É – concordou Zaphod, incerto.

– E é por isso que eu, na condição de mente sem corpo, tenho esse emprego de Guardião do Vórtice da Perspectiva Total. Ninguém jamais põe os pés na superfície deste planeta. A não ser as vítimas do Vórtice – mas, em última instância, acho que essas não contam.

– Ah...

– Vou lhe contar a história. Gostaria de ouvi-la?

– Ahn...

– Há muitos anos este era um planeta próspero e feliz. Havia pessoas, cidades, lojas, era um mundo normal. Exceto pelo fato de que nas ruas dessas cidades havia um número de sapatarias um pouco maior do que poderíamos considerar necessário. E lentamente, insidiosamente, o número dessas sapatarias foi aumentando. É um fenômeno econômico bastante conhecido, mas trágico quando você vê a coisa toda acontecendo. Quanto mais sapatarias havia, mais sapatos precisavam ser fabricados, e os sapatos iam ficando piores e menos duradouros. E quanto piores ficavam, mais as pessoas tinham que comprar sapatos para se manterem calçadas, e mais as sapatarias se expandiam, até que toda a economia do planeta passou por algo que, se não me engano, foi chamado de Horizonte de Eventos dos Sapatos – um ponto a partir do qual, economicamente, não era mais possível construir nada a não ser sapatarias. O resultado disso foi o colapso econômico e social, a ruína e a fome. A maioria da população pereceu. Os poucos que tinham um tipo específico de instabilidade genética sofreram mutações e viraram pássaros – você viu um deles – que amaldiçoaram seus pés, amaldiçoaram o chão e juraram que ninguém mais andaria aqui. Muito infeliz, isso tudo. Mas venha, preciso levá-lo ao Vórtice.

Zaphod balançou a cabeça estupefato e seguiu cambaleando pela planície.

– E você – perguntou –, você nasceu neste lugar infernal?

– Não, não – disse Gargravarr, ofendido. – Eu sou do planeta Frogstar C. Lindo lugar. Maravilhoso para se pescar. Volto para lá todo fim de tarde. Se bem que tudo o que posso fazer agora é ficar olhando. O Vórtice da Perspectiva Total é a única coisa neste planeta que serve para algo. Foi construído aqui porque ninguém mais o queria por perto.

Nesse instante outro grito lúgubre cortou o ar e Zaphod estremeceu.

– O que é que isso faz com as pessoas? – perguntou, ofegante.

– O Universo – disse Gargravarr –, toda a infinitude do Universo reunida. Infinitos sóis, infinitas distâncias entre eles, e você, um pontinho invisível sobre outro pontinho invisível, infinitamente pequeno.

– EI, EU SOU ZAPHOD BEEBLEBROX, cara, você sabe com quem está lidando? – sussurrou Zaphod, tentando trazer à tona o que ainda restava de seu ego.

Gargravarr não respondeu, apenas voltou a emitir seu som pesaroso até que chegaram ao domo de aço levemente corroído no meio da planície.

Ao chegarem, uma porta se abriu, revelando uma pequena câmara escura no interior.

– Entre – disse Gargravarr.

Zaphod sentiu medo.

– Como assim, já? – disse.

– Já.

Zaphod deu uma olhada para dentro, nervosamente. A câmara era muito pequena, toda de aço, e dentro dela não cabia muito mais que um homem.

– Isso... não... não me lembra muito um Vórtice ou algo no gênero – disse Zaphod.

– Não, é apenas o elevador – disse Gargravarr. – Entre.

Tremendo de medo, Zaphod entrou. Sabia que Gargravarr estava no elevador com ele, embora o homem sem corpo não estivesse falando naquele exato momento.

O elevador iniciou a descida.

– Preciso encontrar o estado de espírito mais adequado para isso – murmurou Zaphod.

– Não há um estado de espírito adequado – disse Gargravarr, seco.

– Você realmente sabe como fazer alguém se sentir mal.

– Eu, não. O Vórtice sabe.

No fundo do poço, a outra porta do elevador se abriu e Zaphod entrou em uma câmara de aço, pequena e estritamente utilitária.

Do outro lado havia uma única cabine vertical de aço, do tamanho exato para um homem ficar de pé.

Era só isso.

Essa cabine estava conectada a uma pequena pilha de componentes e instrumentos através de um único fio.

– É só isso? – disse Zaphod, surpreso.

– Só isso.

"Não parece tão ruim", pensou Zaphod.

– E eu entro aí dentro? – disse Zaphod.

– Sim – disse Gargravarr –, e temo que você deva entrar já.

– Ok, ok – disse Zaphod.

Abriu a porta da cabine e entrou. Ficou esperando lá dentro.

Passados cinco minutos, ouviu um clique e todo o Universo estava lá, na cabine, com ele.

Capítulo 11

O Vórtice da Perspectiva Total deriva sua imagem da totalidade do Universo a partir do princípio de análise extrapolativa da matéria.

De forma mais simples, uma vez que cada pedaço de matéria no Universo é, de alguma forma, afetado por todos os outros pedaços de matéria do Universo, é teoricamente possível extrapolar a totalidade da criação – cada sol, cada planeta, suas órbitas, sua composição e sua história econômica e social a partir de, digamos, um pedaço de pão de ló.

O homem que inventou o Vórtice da Perspectiva Total o fez basicamente para irritar sua mulher.

Trin Tragula – esse era seu nome – era um sonhador, um pensador, um filósofo ou, como sua mulher o definiria, um idiota.

E ela o enchia sem cessar por conta do tempo absurdamente longo que ele dedicava a observar o espaço, ou a meditar sobre o mecanismo dos alfinetes de segurança, ou a fazer análises espectrográficas de pedaços de pão de ló.

– Você precisa entender a dimensão das coisas! – dizia ela, umas 38 vezes em um só dia.

E então ele construiu o Vórtice da Perspectiva Total – só para mostrar a ela.

Em uma ponta ele conectou a totalidade da realidade, extrapolada a partir de um pedaço de pão de ló, e na outra ponta conectou sua esposa, de modo que, quando ele colocou a máquina para funcionar, ela viu em um único instante toda a infinidade da criação e viu a si mesma em relação a tudo.

Trin Tragula ficou horrorizado ao descobrir que o choque havia destruído completamente o cérebro de sua mulher. Contudo, para sua satisfação, ele compreendeu que tinha provado de uma vez por todas que, se a vida deve existir em um Universo desse tamanho, uma coisa básica que não se pode entender é a dimensão das coisas.

A porta do Vórtice abriu-se.

Gargravarr observava com sua mente descorporificada. Tinha gostado de Zaphod Beeblebrox, ainda que fosse estranho. Certamente era um homem que tinha muitas qualidades, mesmo que fossem quase todas ruins.

Esperava que ele caísse duro para fora da caixa, como todos os outros.

Em vez disso, ele saiu andando.

– Oi! – disse ele.

– Beeblebrox... – titubeou a mente de Gargravarr, estupefata.

– Poderíamos tomar um drinque agora? – disse Zaphod.

– Você... você... esteve no Vórtice? – gaguejou Gargravarr.

– Você me viu, cara.

– E estava funcionando?

– Claro que estava.

– E você viu toda a infinitude da criação?

– Claro. É realmente um grande lugar, sabe?

A mente de Gargravarr girava atordoada. Se seu corpo estivesse com ela, teria caído sentado de boca aberta.

– E você se viu – disse Gargravarr – em relação a tudo?

– Ah, vi, vi.

– Mas... o que você sentiu?

Zaphod sacudiu os ombros com um jeitão malandro.

– A máquina só me disse o que eu sempre soube o tempo todo. Sou realmente um grande sujeito, um cara impressionante. Não disse, cara? Eu sou Zaphod Beeblebrox!

Seu olhar percorreu o maquinário que fazia funcionar o Vórtice e parou subitamente, sobressaltado.

Respirou pesadamente.

– Ei – disse –, aquilo é mesmo um pedaço de pão de ló?

Arrancou o pedaço de bolo dos sensores a que estava ligado.

– Se lhe dissesse o quanto eu estava precisando disso – falou vorazmente –, eu não teria tempo de comer.

Comeu.

Capítulo 12

Pouco depois ele estava correndo pela planície em direção à cidade em ruínas.

O ar úmido chiava em seus pulmões e ele frequentemente tropeçava por conta do cansaço que sentia. A noite também estava começando a cair, e o terreno irregular era traiçoeiro.

Ainda estava excitado com sua recente experiência. Todo o Universo. Tinha visto todo o Universo estender-se infinitamente ao seu redor – absolutamente tudo. E com isso viera o conhecimento claro e extraordinário de que, em meio a toda a Criação, ele era a coisa mais importante. Ter um enorme ego era uma coisa. Mas receber uma confirmação formal de uma máquina era outra.

Não tinha tempo para refletir sobre o assunto.

Gargravarr lhe havia dito que teria que alertar seus superiores sobre o que acontecera, mas que estava disposto a deixar passar um tempo razoável antes disso. Tempo suficiente para que Zaphod pudesse encontrar um lugar para se esconder.

Não sabia exatamente o que ia fazer, mas sentir que era a pessoa mais importante do Universo lhe dava total confiança de que alguma coisa iria surgir.

Nada mais naquele planeta putrefato poderia gerar qualquer otimismo.

Continuou correndo e logo atingiu a periferia da cidade abandonada.

Andou pelas ruas tortuosas e destruídas, cobertas de ervas daninhas e cheias de sapatos putrefatos. Os prédios por que ele passou estavam tão destruídos e decrépitos que achou pouco seguro entrar. Onde iria se esconder? Apertou o passo.

Algum tempo depois a rua por onde vinha caminhando abriu-se em uma avenida larga, que terminava em um prédio baixo e vasto, rodeado por vários outros menores. Em volta desse conjunto de prédios havia restos de uma cerca. O vasto prédio principal parecia continuar razoavelmente sólido, e Zaphod seguiu em sua direção para saber se ele poderia lhe dar um... bom, a essa altura, qualquer coisa.

Aproximou-se do prédio. Ao longo de um dos lados – que parecia ser a parte frontal, já que se abria em uma larga faixa de concreto – havia três enormes portões, cada um com cerca de 20 metros de altura. O mais distante estava aberto e Zaphod correu até ele.

Lá dentro estava tudo escuro, empoeirado e confuso. Tudo estava coberto por gigantescas teias de aranha. Parte da infraestrutura do prédio tinha desabado, parte da parede dos fundos tinha desmoronado e havia uma grossa camada de poeira cobrindo o chão.

Em meio à escuridão delineavam-se formas enormes, cobertas por escombros.

Algumas dessas formas eram cilíndricas, outras se pareciam com bulbos, enquanto outras ainda se pareciam com ovos ou, mais exatamente, ovos quebrados. A maioria delas estava partida ao meio ou caindo aos pedaços, e outras eram apenas esqueletos.

Todas elas eram restos de espaçonaves abandonadas.

Zaphod perambulou frustrado por entre os escombros. Não havia nada naquele prédio que fosse sequer remotamente aproveitável. Até a pequena vibração de seus passos fez com que um dos destroços se fragmentasse ainda mais.

Próxima ao fundo do prédio havia uma velha nave, um pouco maior que as demais, encoberta por camadas ainda mais espessas de pó e teias de aranha. Ainda assim, vista de fora, ela parecia intacta. Zaphod aproximou-se com interesse e, ao fazê-lo, tropeçou em um velho cabo de alimentação.

Tentou se livrar do fio e, para sua surpresa, descobriu que ainda estava conectado com a nave.

Para seu total assombro, percebeu que a linha de alimentação emitia um leve zumbido.

Olhou para a nave, incrédulo, e novamente para o cabo que segurava em suas mãos.

Arrancou seu paletó e jogou fora. De quatro, engatinhando, seguiu o cabo de alimentação até o ponto onde se conectava com a nave. A conexão estava firme e o zumbido um pouco mais alto.

Seu coração batia acelerado. Limpou um pouco da poeira e encostou o ouvido contra a lateral da nave. Podia ouvir apenas um ligeiro ruído indeterminado.

Vasculhou fervorosamente os escombros que estavam no chão ao seu redor e acabou encontrando um pequeno tubo e um copo de plástico não biodegradável. Juntando os dois, fez um estetoscópio tosco e colocou-o contra a superfície externa da nave.

O que ele ouviu fez seus cérebros darem saltos-mortais.

A voz dizia:

"A Transtellar Cruise Lines gostaria de pedir desculpas aos passageiros pelo atraso prolongado deste voo. Estamos no momento esperando a recarga de nosso suprimento de lencinhos umedecidos de limão para seu conforto, frescor e higiene durante a viagem. Enquanto isso, agradecemos sua paciência. A tripulação de bordo irá em breve servir mais café e biscoitos."

Zaphod quase caiu para trás, olhando sem compreender para a nave.

Andou em volta da nave por alguns instantes, perplexo. Foi quando percebeu, subitamente, que um gigantesco quadro de embarque continuava suspenso, preso por um único suporte ao teto. Estava coberto por uma grossa camada de poeira, mas ainda era possível ler alguns dos números.

Os olhos de Zaphod correram as fileiras de números enquanto ele fazia umas contas rápidas. Arregalou os olhos.

– Novecentos anos... – murmurou para si mesmo. A espaçonave estava de fato ligeiramente atrasada.

Dois minutos mais tarde ele estava do lado de dentro.

Assim que passou pela cabine de descompressão, o ar se tornou fresco e agradável – o ar-condicionado ainda estava funcionando.

As luzes ainda estavam acesas.

Ele saiu da entrada e foi dar num corredor estreito, que percorreu nervosamente.

De repente uma porta se abriu e apareceu uma figura diante dele.

– Por favor, queira retornar ao seu lugar, senhor – disse um androide-aeromoça, que logo se virou e continuou andando pelo corredor.

Ele a seguiu assim que seu coração voltou a bater. Ela abriu a porta no final do corredor e continuou.

Ele também atravessou a porta.

Estavam agora no compartimento de passageiros e o coração de Zaphod parou outra vez por um breve momento.

Em cada poltrona estava sentado um passageiro, com os cintos de segurança afivelados.

Os cabelos dos passageiros eram longos e desgrenhados, suas unhas estavam compridas e todos os homens tinham barba.

Todos eles estavam claramente vivos – mas dormindo.

Zaphod sentiu calafrios de horror.

Caminhou pelo corredor entre as poltronas como num sonho. Quando ele estava no meio do caminho, a aeromoça tinha atingido o outro extremo. Ela se virou e disse:

– Boa tarde, senhoras e senhores – falou suavemente –, agradecemos sua paciência durante esta pequena demora. Levantaremos voo em breve. Se acordarem agora, servirei café e biscoitos.

Houve um breve zumbido.

Nesse momento todos os passageiros acordaram.

Acordaram berrando e tentando arrancar os cintos e equipamentos de suporte à vida que os mantinham presos às poltronas. Gritaram e berraram até Zaphod achar que seus ouvidos iram explodir.

Lutavam e se contorciam, enquanto a aeromoça pacientemente seguia pelo corredor colocando uma bandeja com uma xícara de café e um pacote de biscoitos em frente a cada um deles.

Então um deles ergueu-se de sua poltrona.

Virou-se e olhou para Zaphod.

A pele de Zaphod se encrespou por todo o seu corpo, como se estivesse tentando sair dele. Ele se virou e saiu correndo do tumulto.

Atravessou a porta e voltou ao outro corredor.

O homem o perseguiu.

Correu freneticamente até o final do corredor, atravessou a câmara de embarque e seguiu em frente. Chegou à cabine de comando, fechou e trancou a porta atrás de si. Apoiou-se na porta, sem fôlego.

Em questão de segundos, uma mão começou a bater na porta.

De algum lugar na cabine de comando uma voz metálica se dirigia a ele.

– Os passageiros não têm permissão de permanecer na cabine de comando. Por favor, retorne ao seu assento e aguarde a decolagem. Café e biscoitos estão sendo servidos. Aqui quem fala é seu piloto automático. Por favor, retorne ao seu assento.

Zaphod não disse nada. Estava ofegante e atrás dele a mão continuava batendo na porta.

– Por favor, retorne ao seu assento – repetiu o piloto automático. – Os passageiros não têm permissão de permanecer na cabine de comando.

– Eu não sou um passageiro – arquejou Zaphod.

– Por favor, retorne ao seu assento.

– Eu não sou um passageiro! – gritou Zaphod mais uma vez.

– Por favor, retorne ao seu assento.

– Eu não sou... alô, está me ouvindo?

– Por favor, retorne ao seu assento.

– Você é o piloto automático? – perguntou Zaphod.

– Sou – disse a voz que saía do painel de comando.

– Você controla esta nave?

– Sim – disse a voz novamente –, houve um atraso. Os passageiros devem ser mantidos em animação suspensa, para seu conforto e conveniência. Servimos café e biscoitos a cada ano, e depois disso os passageiros voltam à animação suspensa para prolongar seu conforto e conveniência. Decolaremos assim que os suprimentos de voo estiverem completos. Pedimos desculpa pela demora.

Zaphod afastou-se da porta, na qual finalmente não estavam mais batendo. Aproximou-se do painel de controle.

– Demora? – gritou ele. – Você viu o mundo que está do lado de fora desta nave? É uma terra devastada, um deserto. A civilização apareceu e se foi, cara. Não há lencinhos umedecidos em limão em lugar algum por aqui!

– Há forte probabilidade – prosseguiu o piloto automático altivamente – de que outras civilizações venham a se formar. Um dia haverá lencinhos de papel umedecidos em limão. Até lá haverá uma pequena demora. Por favor, retorne ao seu assento.

– Mas...

Mas nesse instante a porta se abriu. Zaphod voltou-se para ver o homem que o perseguira e que agora estava de pé à sua frente. Carregava uma maleta de executivo. Estava vestido com elegância e tinha cabelos bem cortados. Não possuía barba nem unhas compridas.

– Zaphod Beeblebrox – disse ele. – Meu nome é Zarniwoop. Creio que você estava querendo falar comigo.

Zaphod Beeblebrox estremeceu. Suas bocas murmuravam palavras sem nexo. Caiu sentado numa cadeira.

– Cara, uau! De onde você surgiu? – disse ele.

– Eu estava aqui esperando você – disse tranquilamente, como um homem de negócios chegando para uma reunião.

Largou a maleta e sentou-se em outra cadeira.

– Fico feliz em ver que você seguiu as instruções – prosseguiu. – Estava um pouco preocupado que você tivesse saído de meu escritório pela porta e não pela janela. Nesse caso, você estaria com problemas sérios.

Zaphod sacudiu as cabeças e balbuciou.

– Quando entrou pela porta de meu escritório, você penetrou em meu Universo sintetizado eletronicamente – explicou. – Se tivesse saído pela porta, teria voltado ao real. O Universo artificial é controlado daqui.

Deu uns tapinhas na maleta.

Zaphod o observou com ressentimento e desprezo.

– Qual é a diferença? – murmurou.

– Nenhuma – disse Zarniwoop –, são idênticos. Ah, acho que os caças Frogstar são verdes no Universo real, se não me engano.

– O que está acontecendo? – bradou Zaphod.

– Simples – disse Zarniwoop. Sua autoconfiança e presunção faziam Zaphod irritar-se ao extremo. – Muito simples – repetiu –, descobri as coordenadas onde esse homem pode ser encontrado – o homem que rege o Universo – e descobri que seu planeta está protegido por um Campo de Improbabilidade. Para proteger meu segredo – e a mim – retirei-me para a completa segurança deste Universo totalmente artificial e me escondi em uma nave de cruzeiro esquecida. Eu estava em segurança. Enquanto isso, você e eu...

– Você e eu? – disse Zaphod furioso. – Quer dizer que eu o conhecia?

– Conhecia – disse Zarniwoop. – Éramos bons amigos.

— Certamente eu não tinha bom gosto — disse Zaphod, e depois ficou em silêncio, emburrado.

— Enquanto isso, eu e você combinamos que você roubaria a nave com o Motor de Improbabilidade Infinita — a única que poderia alcançar o mundo do regente do Universo — e a traria para mim aqui. Creio que você acabou de fazer isso, e lhe dou meus parabéns. — Dirigiu-lhe um sorriso artificial no qual Zaphod gostaria de ter batido com um tijolo. — Ah, e caso você esteja querendo saber — acrescentou Zarniwoop —, este Universo foi criado especificamente para esperar sua chegada. Você é, portanto, a pessoa mais importante deste Universo. Você jamais — prosseguiu com um sorriso ainda mais tijolável — teria sobrevivido ao Vórtice da Perspectiva Total no Universo real. Vamos?

— Aonde? — disse Zaphod, emburrado. Sentia-se arrasado.

— À sua nave. A Coração de Ouro. Acredito que você a trouxe, não?

— Não.

— Onde está o seu paletó?

Zaphod o encarou, completamente perdido.

— Meu paletó? Eu o tirei, está lá fora.

Zarniwoop levantou-se e fez um gesto para que Zaphod o acompanhasse.

Na câmara de entrada puderam ouvir os gritos dos passageiros sendo alimentados com café e biscoitos.

— Não foi uma experiência muito agradável esperar por você — disse Zarniwoop.

— Não muito agradável para você! — berrou Zaphod. — Como você acha que...

Zarniwoop levantou um dedo pedindo silêncio enquanto abria a escotilha para sair da nave. A poucos metros dali estava o paletó de Zaphod sobre os escombros.

— Uma nave muito notável e poderosa — disse Zarniwoop. — Observe.

Enquanto observavam, o bolso do paletó subitamente começou a inchar e depois rasgou-se. O pequeno modelo de metal da Coração de Ouro que Zaphod tinha achado, atônito, em seu bolso, estava crescendo.

Crescia, continuava a crescer. Após alguns minutos atingiu seu tamanho natural.

— A um Nível de Improbabilidade de... — disse Zarniwoop — de... ah, sei lá, mas é um número muito grande.

Zaphod ficou perplexo.

— Quer dizer que ela estava comigo o tempo todo?

Zarniwoop sorriu. Pegou sua mala e abriu-a. Girou um único botão dentro dela.

— Adeus, Universo artificial — disse ele. — Alô, Universo real.

O cenário diante deles piscou rapidamente e logo reapareceu exatamente como antes.

– Viu? – disse Zarniwoop. – Exatamente igual.

– Quer dizer – repetiu Zaphod ainda perplexo – que ela estava comigo o tempo todo?

– Sim – disse Zarniwoop –, claro. Era justamente essa a ideia.

– Já chega! – disse Zaphod. – Eu estou fora, daqui pra frente não conte comigo. Essa coisa toda já passou dos limites. Você pode ir brincar sozinho com suas coisas.

– Lamento, mas você não pode sair – disse Zarniwoop –, está preso ao Campo de Improbabilidade. Não há como escapar.

Sorriu novamente com aquele sorriso artificial no qual Zaphod queria ter batido, e desta vez bateu de fato.

Capítulo 13

Ford Prefect saltou para a ponte de comando da Coração de Ouro.
— Trillian! Arthur! — gritou. — Está funcionando! A nave foi reativada!
Trillian e Arthur estavam dormindo no chão.
— Vamos, acordem, estamos de partida, vamos nessa — disse, acordando os dois com pequenos chutes.
— Oi, gente — disse o computador —, é muito legal estar com vocês de novo, é sim, e só queria dizer que...
— Cale a boca — disse Ford —, diga-nos apenas onde, diabos, estamos.
— Planeta Frogstar B, e, cara, isto aqui é um lixo! — disse Zaphod, correndo para a ponte. — Oi, turma, vocês devem estar tão imensamente felizes de me ver que não conseguem encontrar palavras para exprimir o quanto eu sou *mingo dupal*.
— O quanto você é o quê? — disse Arthur, de olhos turvos, erguendo-se do chão sem entender nada.
— Sei como vocês se sentem — disse Zaphod. — Sou tão sensacional que às vezes até eu mesmo me atrapalho quando falo comigo. Ei, legal ver vocês, Trillian, Ford, homem-macaco. E, ahn, computador...?
— Oi, gente, Sr. Beeblebrox, é realmente uma grande honra...
— Cale a boca e tire-nos daqui, bem rápido.
— Pra já, amigão, aonde vamos?
— Qualquer lugar, não importa — gritou Zaphod. — Quer dizer, importa sim! — retomou. — Queremos ir para o lugar mais próximo onde possamos comer!
— Deixa comigo! — disse o computador em um tom feliz. Uma grande explosão sacudiu a ponte.
Quando Zarniwoop entrou um minuto mais tarde, com um olho roxo, observou os quatro filetes de fumaça com curiosidade.

Capítulo 14

Quatro corpos inertes deslizavam para dentro de um redemoinho de escuridão. A consciência estava morta e um aniquilamento gélido drenava os corpos cada vez mais fundo no infindável poço do não ser. O rugir do silêncio desolador ecoava a seu redor e eles afundaram, por fim, no mar escuro e amargo de um vermelho nauseante que lentamente os engoliu, aparentemente para todo o sempre.

Após um tempo que pareceu uma eternidade, o mar recuou e lançou os corpos estendidos em uma praia fria e desolada, dejetos e espuma da correnteza da Vida, do Universo e Tudo Mais.

Espasmos frios percorriam seus corpos, luzes doentias dançavam em torno deles. A praia fria e desolada inclinou-se, girou e finalmente parou. Brilhava em sua escuridão – era uma praia fria e desolada muito bem polida.

Um borrão esverdeado os observava com ar de desagrado.

Tossiu.

– Boa noite, madame, cavalheiros – disse –, os senhores têm uma reserva?

A consciência de Ford Prefect ricocheteou de volta, como um elástico, reativando seu cérebro. Olhou para o borrão, perplexo.

– Reserva? – perguntou em voz de ressaca.

– Sim, senhor – disse o borrão verde.

– É preciso reserva para o além-vida?

À medida que é possível para um borrão esverdeado levantar as sobrancelhas desdenhosamente, foi isso que o borrão esverdeado fez.

– Além-vida, senhor? – disse.

Arthur Dent lutava com sua consciência como alguém que persegue um sabonete caído na banheira.

– Aqui é o além? – gaguejou.

– Bom, eu presumo que seja – disse Ford Prefect, tentando descobrir qual era o lado de cima. Testou a teoria de que deveria ficar na direção oposta do chão frio e desolado da praia em que estava deitado e cambaleou até se apoiar naquilo que esperava serem seus pés.

– Quero dizer – disse ele, balançando suavemente –, nós não podemos ter sobrevivido àquela explosão, podemos?

– Não – murmurou Arthur. Ele estava se apoiando sobre os cotovelos, mas aparentemente isso não melhorou em nada sua situação. Deixou-se cair de novo.

– Não – disse Trillian, levantando-se –, não podemos, de forma alguma.

Um som surdo, rouco e gorgolejante emergiu do solo. Era Zaphod Beeblebrox tentando falar.

– Eu certamente não sobrevivi – disse ele. – Eu estava totalmente condenado. Zapt, zupt, e tudo se acabou.

– É, graças a você – disse Ford –, não tivemos a menor chance. Devemos ter sido transformados em pedacinhos. Braços, pernas por toda parte.

– É – disse Zaphod brigando com seus pés para se levantar.

– Se madame e os cavalheiros desejarem algo para beber... – disse o borrão esverdeado, que flutuava impaciente ao lado deles.

– Tunk zapt splonk – prosseguiu Zaphod –, e fomos instantaneamente zonkeados em nossas moléculas fundamentais. Ei, Ford – disse, ao identificar um dos borrões que se solidificavam lentamente à sua volta –, você também passou por essa coisa de ver sua vida toda transcorrendo à sua frente?

– Você também sentiu isso? – disse Ford. – Toda a sua vida?

– É, ou pelo menos estou supondo que fosse a minha. Eu passei muito tempo fora de mim, sabe.

Olhou à sua volta para as várias formas que finalmente se tornavam formas de fato, em vez de vagas e oscilantes formas sem forma.

– Então... – disse.

– Então o quê? – disse Ford.

– Então aqui estamos nós – disse Zaphod, hesitante –, estirados mortos no chão...

– De pé – corrigiu Trillian.

– Ahn, mortos, de pé no chão – continuou Zaphod –, neste desolado...

– Restaurante – disse Arthur Dent, que tinha conseguido um acordo com seus pés e já conseguia, para sua surpresa, ver claramente. Aliás, o que o surpreendia não era que ele pudesse ver, mas o que estava vendo.

– Aqui estamos nós – continuou Zaphod, irredutível –, de pé, mortos, neste desolado...

– Restaurante... – disse Trillian.

– De cinco estrelas – concluiu Zaphod.

– Estranho, não? – disse Ford.

– Ahn, é.

– Ainda assim, belos candelabros – disse Trillian.

Olharam uns para os outros, estupidificados.

– Não é bem um além-vida – disse Arthur. – É mais um tipo de *après vie*.*

---

* Expressão francesa que significa, literalmente, além-vida. (N. do T.)

Os candelabros eram de fato um tanto "cheguei" e o teto baixo em forma de abóbada onde estavam pendurados não teria, num Universo ideal, sido pintado naquele tom peculiar de turquesa, e, mesmo se tivesse sido pintado, não teria sido iluminado por aquela luz indireta. Esse não é, contudo, um Universo ideal, como ficou bastante claro ao observarem os desenhos no piso de mármore, e ainda pelo modo como a fachada do bar tinha sido feita. A fachada do bar de 100 metros coberta por mármore tinha sido feita através da junção de quase 20 mil peles de Lagartos Mosaicos Antareanos, sem que fosse levado em conta o fato de que os 20 mil lagartos envolvidos precisavam daquelas peles para manter seus interiores dentro.

Algumas criaturas elegantemente vestidas estavam batendo papo no bar ou descansando nos confortáveis assentos ricamente coloridos espalhados ao longo do salão do bar. Um jovem oficial Vl'Hurg e sua acompanhante vaporosamente verde atravessaram a porta de vidro fumê no fundo do bar e entraram no salão principal do restaurante, fortemente iluminado.

Atrás de Arthur havia uma grande janela com cortinas. Ele afastou um canto da cortina e olhou para fora, para uma paisagem que, em condições normais, teria lhe dado calafrios de terror. Como essas não eram condições normais, a coisa que fez com que seu sangue gelasse e sua pele tentasse sair por suas costas para sair pela nuca era o céu. O céu estava...

Um criado de libré puxou educadamente a cortina de volta ao seu lugar.

– Tudo a seu tempo, cavalheiro – disse.

Os olhos de Zaphod flamejaram.

– Ei, se liguem nessa, defuntos – disse. – Acho que não estamos entendendo uma coisa ultraimportante aqui, sabe. Alguma coisa que alguém aqui disse e deixamos passar.

Arthur estava profundamente aliviado em desviar sua atenção daquilo que acabara de ver. Ele disse:

– Eu disse que era uma espécie de *après*...

– É, e não preferia não ter dito isso? – disse Zaphod. – E você, Ford?

– Eu disse que era estranho.

– É, perspicaz mas meio bobo, talvez tenha sido...

– Talvez – interrompeu o borrão esverdeado, que a essa altura tinha se condensado na forma de um mirrado garçonzinho vestido de verde-escuro –, talvez os senhores queiram discutir essa questão enquanto tomam um drinque...

– Um drinque, é isso! – exclamou Zaphod. – Está vendo o que você deixa passar se não está o tempo todo alerta?

– É verdade, senhor – disse o garçom pacientemente. – Se a senhorita e os senhores desejarem tomar um drinque antes do jantar...

– Jantar! – exclamou Zaphod entusiasticamente. – Escute, pessoinha verde, meu estômago poderia levá-lo para casa e afagá-lo durante toda a noite só por conta dessa ideia.

– ... e o Universo – prosseguiu o garçom, determinado a não se deixar abalar – explodirá mais tarde, para seu prazer.

A cabeça de Ford inclinou-se lentamente em sua direção. Ele falou com sentimento.

– Uau! – disse ele –, que espécie de bebida vocês servem neste lugar?

O garçom riu com um daqueles risinhos educados de garçons.

– Ah – disse ele –, talvez o senhor tenha interpretado mal minhas palavras.

– E eu espero que não! – disse Ford.

O garçom tossiu com uma daquelas pequenas tosses educadas de garçons.

– Não é raro que nossos fregueses sintam-se um pouco desorientados com a viagem no tempo – disse. – Gostaria de sugerir então...

– Viagem no tempo? – disse Zaphod.

– Viagem no tempo? – disse Ford.

– Viagem no tempo? – disse Trillian.

– Quer dizer que isto não é o além-vida? – disse Arthur.

O garçom sorriu com um pequeno sorriso educado de garçom. Tinha quase esgotado todo o seu pequeno repertório de garçom educado e logo recairia em seu papel de garçom de cara amarrada e pequenos sorrisos sarcásticos.

– Além-vida, senhor? – disse. – Não, senhor.

– E não estamos mortos? – disse Arthur.

O garçom fez uma cara amarrada.

– Ah, ah – disse. – O cavalheiro está evidentissimamente vivo, caso contrário eu não tentaria atendê-lo, senhor.

Num gesto extraordinário que não faria sentido tentar descrever, Zaphod Beeblebrox bateu em suas duas testas com dois de seus braços e em uma de suas coxas com o terceiro.

– Ei, galera – disse. – Isso é alucinante! Conseguimos! Finalmente chegamos aonde estávamos indo! Aqui é o Milliways!

– Milliways! – disse Ford.

– Sim, senhor – disse o garçom, ainda tentando conservar sua paciência –, estamos no Milliways, o Restaurante no Fim do Universo.

– Fim do quê? – perguntou Arthur.

– Do Universo – repetiu o garçom, com muita clareza e desnecessária distinção.

– Quando isso vai acabar? – perguntou Arthur.

– Dentro de poucos minutos, senhor. – Respirou fundo. Não precisava fazê-lo, uma vez que seu corpo era suprido com a variedade peculiar de gases de que necessitava para sua sobrevivência através de um pequeno dispositivo intravenoso atado à sua perna. Há momentos, porém, em que é preciso respirar fundo, seja qual for o metabolismo que se tenha.

– Agora, se os senhores finalmente quiserem pedir seus drinques – disse –, eu irei conduzi-los à sua mesa.

Zaphod arreganhou dois sorrisos maníacos, saltitou pelo bar e comprou quase tudo que havia por lá.

Capítulo 15

O Restaurante no Fim do Universo é um dos acontecimentos mais extraordinários em toda a história dos restaurantes. Foi construído a partir dos restos fragmentários do... será construído a partir dos restos fragmentários do... ou seja, já terareria sido construído a essas alturas, e de fato já havereria tendo sido...

Um dos maiores problemas encontrados em viajar no tempo não é vir a se tornar acidentalmente seu próprio pai ou mãe. Não há nenhum problema em tornar-se seu próprio pai ou mãe com que uma família de mente aberta e bem ajustada não possa lidar. Também não há nenhum problema em relação a mudar o curso da história – o curso da história não muda porque todas as peças se juntam como num quebra-cabeça. Todas as mudanças importantes já ocorreram antes das coisas que deveriam mudar e tudo se resolve no final.

O problema maior é simplesmente gramatical, e a principal obra a ser consultada sobre essa questão é o tratado do Dr. Dan Streetmentioner, o *Manual das 1.001 Formações de Tempos Gramaticais para Viajantes Espaço-Temporais*. Nesse livro você aprende, por exemplo, como descrever algo que estava prestes a acontecer com você no passado antes que o acontecimento fosse evitado quando você pulou para a frente dois dias. O evento é descrito a partir de diferentes pontos de vista, conforme você esteja se referindo a ele do seu próprio instante, de uma época no futuro ou de uma época no passado, e a coisa toda vai ficando ainda mais complicada caso você esteja conversando enquanto viaja de um instante no tempo para outro na tentativa de tornar-se seu próprio pai ou sua própria mãe.

A maioria dos leitores chega até o Futuro Semicondicionalmente Modificado Subinvertido Plagal do Pretérito Subjuntivo Intencional antes de desistir. Por isso, em edições mais recentes desse livro, as páginas subsequentes têm sido deixadas em branco para economizar custos de impressão.

O Guia do Mochileiro das Galáxias passa levemente por cima dessas complexidades acadêmicas, parando apenas para notar que o termo "Pretérito Perfeito" foi abandonado depois que se descobriu que não era assim.

Resumindo:

O Restaurante no Fim do Universo é um dos acontecimentos mais extraordinários em toda a história dos restaurantes.

Foi construído a partir dos restos fragmentários de um planeta em ruínas que se encontra (terareria sendo se encontraraído) fechado numa vasta bolha de tempo e projetado em direção ao futuro até o exato momento preciso do fim do Universo.

Muitos diriam que isso é impossível.

Nele, os fregueses sentam-se (terseão sentaído) nas mesas e comem (terseão comeído) suntuosas refeições enquanto contemplam (estararão contemplarearando) toda a criação explodir à sua volta.

Muitos diriam que isso é igualmente impossível.

Você pode chegar (poderaria chegarando em-quando) e se sentar em qualquer mesa que deseje sem reserva prévia (postero antequando) porque é possível fazer a reserva retrospectivamente, quando você voltar para seu próprio tempo (terá sido prepossível em-reservar paraquando antesmente retrovoltando antecasa).

Agora muitos insistiriam que isso é absolutamente impossível.

No Restaurante, você pode encontrar e jantar com (poderaria terendo encontrado paracom jantarando quando) um fascinante corte transversal de toda a população do espaço e do tempo.

Como pode ser pacientemente explicado, isso também é impossível.

Você pode comer lá quantas vezes quiser (poderaria terendo ido re-ido... etc., etc. – para mais informações sobre correção dos tempos verbais, consulte o livro do Dr. Streetmentioner) e ter a certeza de nunca encontrar consigo próprio, por causa do embaraço que isso costuma ocasionar.

Mesmo se o resto fosse verdadeiro, o que não acontece, isso é veementemente impossível, dizem os céticos.

Tudo o que você precisa fazer é depositar um centavo numa conta de poupança em sua própria era e, quando chegar ao Fim dos Tempos, o total de juros compostos acumulados significará que o preço astronômico de sua refeição já estará pago.

Muitos alegam que isso não só é completamente impossível como também claramente insano, e foi por isso que o pessoal de marketing do sistema estelar de Bastablon criou o slogan: "Se você fez seis coisas impossíveis esta manhã, por que não terminar seu dia com uma refeição em Milliways, o Restaurante no Fim do Universo?"

Capítulo 16

No bar, Zaphod se aproximava de um estado de ameba. Já batia uma cabeça na outra e dava sorrisos fora de sincronia. Estava miseravelmente feliz.

– Zaphod – disse Ford –, enquanto você ainda é capaz de falar, poderia me contar que fóton aconteceu com você? Por onde você andou? Por onde nós andamos? Nada de mais, eu sei, mas é algo que eu gostaria de ver esclarecido.

A cabeça esquerda de Zaphod ficou sóbria, deixando a direita afundar ainda mais nas profundezas dos drinques.

– Pois é – disse –, eu estive por aí. Querem que eu encontre o homem que comanda o Universo, mas eu não estou muito a fim de encontrá-lo. Acho que esse cara não deve saber cozinhar.

Sua cabeça esquerda ficou olhando enquanto a direita dizia isso e concordou plenamente.

– É verdade – disse a cabeça número dois –, agora tome outro drinque.

Ford tomou outra Dinamite Pangaláctica, o drinque descrito como o equivalente alcoólico de ser assaltado – custa caro e faz mal à saúde. O que quer que tivesse acontecido, Ford decidiu, não interessava tanto assim.

– Escuta, Ford – disse Zaphod –, está tudo legal, tudo *froody*.

– Você quer dizer que está tudo sob controle.

– Não – disse Zaphod –, eu não quero dizer que está tudo sob controle. Isso não seria legal nem *froody*. Se você quer realmente saber o que ocorreu, digamos apenas que a situação estava toda sob controle. Mais especificamente, em controle do meu bolso. Ok?

Ford sacudiu os ombros.

Zaphod sorriu para sua bebida. Ela desceu pelo copo e começou a escorrer pelo balcão de mármore.

Um cigano celestial de pele escura aproximou-se deles tocando violino elétrico até que Zaphod lhe deu muito dinheiro e ele concordou em ir embora.

O cigano aproximou-se de Trillian e Arthur, que estavam sentados em outro ponto do bar.

– Não sei que lugar é este – disse Arthur –, mas me dá arrepios.

– Tome outro drinque – disse Trillian –, divirta-se.

– Qual dos dois? – disse Arthur. – São mutuamente excludentes.

– Pobre Arthur, você realmente não foi feito para esta vida, não?

– Você chama isto de vida?

– Você está parecendo o Marvin.

– Marvin é o sujeito com maior clareza de visão que conheço atualmente. Como você acha que fazemos para nos livrar desse violinista?

O garçom aproximou-se.

– Sua mesa está pronta.

VISTO DE FORA, de onde nunca é visto, o Restaurante se parece com uma reluzente estrela-do-mar sobre um pedaço de rocha esquecido. Cada um de seus braços abriga os bares, as cozinhas, os geradores do campo de força, que protege toda a estrutura e o pedaço de planeta onde ele está instalado, e as Turbinas de Tempo, que movimentam lentamente toda a instalação de um lado para outro do momento crucial.

No centro fica o gigantesco domo de ouro, quase um globo completo, e era para essa área que Zaphod, Ford, Arthur e Trillian se dirigiam agora.

Pelo menos 5 toneladas de materiais brilhosos haviam entrado ali antes deles e coberto todas as superfícies disponíveis. As outras superfícies não estavam disponíveis porque já estavam incrustadas com joias, conchas marinhas preciosas de Santraginus, folhas de ouro, mosaicos de azulejos, peles de lagarto e um milhão de adornos e decorações impossíveis de identificar. O vidro brilhava, a prata reluzia, o ouro cintilava e Arthur Dent arregalava os olhos.

– Uau – disse Zaphod –, suparimpar!

– Incrível – suspirou Arthur –, as pessoas...! As coisas...!

– As coisas – disse Ford Prefect baixinho – também são pessoas.

– As pessoas... – corrigiu Arthur –, as... outras pessoas...

– As luzes...! – disse Trillian.

– As mesas...! – disse Arthur.

– As roupas...! – disse Trillian.

O garçom achou que eles pareciam um bando de caipiras.

– O Fim do Universo é muito popular – disse Zaphod cambaleando pelo labirinto de mesas, algumas feitas de mármore, outras de rico ultramogno, algumas até de platina, e em cada uma havia um grupo de criaturas exóticas conversando entre si e examinando o cardápio.

– As pessoas gostam de se produzir para vir aqui – continuou Zaphod. – Faz com que pareça ser uma ocasião especial.

As mesas estavam dispostas em um grande círculo em torno de um palco central onde uma pequena orquestra tocava música suave. Arthur chutava que havia pelo menos mil mesas, e entre elas palmeiras decorativas, fontes murmurantes, estatuetas grotescas, enfim, toda a parafernália geralmente encontrada nos restaurantes em que se economizou muito pouco para dar a impressão de que não se economizou nem um pouco. Arthur olhou ao redor, quase esperando encontrar alguém fazendo propaganda de algum cartão de crédito.

Zaphod tropeçou em Ford, que tropeçou de volta em Zaphod.

– Ai! – disse Zaphod.

– Zork – exclamou Ford.

– Meu bisavô deve ter realmente detonado o computador, sabe – disse Zaphod. – Eu disse para ele nos levar ao lugar mais próximo para comer e ele nos manda para o Fim do Universo. Lembre-me de ser legal com ele. Algum dia.

Fez uma pausa.

– Ei, está todo mundo aqui, sabia? Todo mundo que foi alguém.

– Foi? – disse Arthur.

– No Fim do Universo você tem que usar bastante o pretérito – disse Zaphod – porque tudo já foi feito, sabe. Oi, rapazes! – acenou para um grupo de iguanas gigantes. – Como estão?

– Esse é Zaphod Beeblebrox? – perguntou um iguana ao outro.

– Acho que sim – respondeu o outro iguana.

– Cada maluco que aparece – disse o primeiro iguana.

– A vida é um troço estranho – disse o segundo iguana.

– É apenas o que fazemos dela – disse o primeiro, e mergulharam de volta em silêncio. Estavam esperando o maior show do Universo.

– Ei, Zaphod – disse Ford, tentando agarrar seu braço e, por conta da terceira Dinamite Pangaláctica, errando o alvo. Apontou algo com um dedo oscilante. – Ali está um velho colega meu – disse. – Hotblack Desiato! Está vendo aquele cara na mesa de platina, com um terno de platina?

Zaphod tentou acompanhar o dedo de Ford com os olhos, mas isso o deixou tonto. Por fim conseguiu achar.

– Ah, é mesmo! – disse, e um pouco depois se lembrou de quem era. – Ei, esse cara realmente foi o megamáximo! Uau! Maior do que o maior de todos. Sem contar eu mesmo, é claro.

– Quem é? – perguntou Trillian.

– Hotblack Desiato? – disse Zaphod, espantado. – Você não o conhece? Nunca ouviu falar da Disaster Area?

– Não – disse Trillian.

– A maior – disse Ford –, a mais barulhenta...

– A mais rica... – acrescentou Zaphod.

– ... banda de rock da história do... – procurou a palavra.

– ... da história em si – disse Zaphod.

– Não conheço – disse Trillian.

– Psssst! – disse Zaphod. – Aqui estamos nós no Fim do Universo e você ainda nem viveu! Agora é tarde.

Ele a acompanhou até a mesa onde o garçom estava esperando todo esse tempo. Arthur os seguiu, sentindo-se muito perdido e solitário.

Ford vagava pelo mar de mesas para ir cumprimentar seu velho conhecido.

– Ei, e aí, Hotblack – falou –, como vão as coisas? Nem acredito que estou te vendo, velho amigo, como vai o som? Você está ótimo, realmente muito, muito gordo e fora de forma. – Deu uma palmada nas costas do homem e ficou um tanto surpreso por não receber resposta alguma. A Dinamite Pangaláctica correndo no seu sangue lhe disse para ir em frente mesmo assim. – Lembra dos velhos tempos? – disse. – Nós costumávamos sair juntos, não é? O Bistrô Ilegal, lembra? A Academia Garganta? O Bebedódromo Pervertido? Foram bons tempos, não?

Hotblack Desiato não manifestou nenhuma opinião quanto àqueles tempos terem sido bons ou não. Ford prosseguiu.

– E ficávamos com fome, dizíamos que éramos fiscais da saúde pública, você se lembra disso? E daí saíamos confiscando comidas e bebidas, até que a gente teve uma intoxicação alimentar. Ei, tinha também aquelas longas noites conversando e bebendo naqueles quartos fedorentos em cima do Café Lou em Vila Gretchen, Nova Betel, e você ficava sempre num quarto ao lado, tentando compor umas músicas na sua ajuitarra e nós todos odiávamos! Você dizia que não se importava, mas nós nos importávamos porque eram muito ruins. – O olhar de Ford começava a ficar embaçado. – E você dizia que não queria ser uma estrela – continuou na *trip* de nostalgia – porque desprezava as estrelas e celebridades. E eu, o Hadra, o Sulijoo dizíamos que não acreditávamos que você um dia chegaria lá, então não importava a mínima. E aí está você! Agora você compra sistemas estelares!

Virou-se e solicitou a atenção das mesas próximas.

– Eis aqui – disse – um homem que compra sistemas estelares!

Hotblack não fez qualquer tentativa de confirmar ou negar esse fato, e a atenção da audiência temporária desviou-se rapidamente.

– Acho que alguém está bêbado – murmurou um arbusto lilás para seu copo de vinho.

Ford cambaleou e deixou-se cair na cadeira em frente a Hotblack Desiato.

– Como é mesmo aquele seu número? – disse, enquanto tentava apoiar-se em uma garrafa que virou, por coincidência dentro de um copo que estava ao lado. Para não desperdiçar um acidente feliz, entornou o copo. – Aquele número impressionante – continuou –, como é mesmo? "Bwarm! Bwarm! Baderr!!", algo assim, e nos shows termina com uma nave indo de encontro ao sol, e você faz isso de verdade!

Ford socou seu punho contra a outra mão para ilustrar graficamente a coisa toda. Derrubou a garrafa outra vez.

– Nave! Sol! Zapt buuum! – gritou. – Quero dizer, pode esquecer essas coisas de laser, você e seu pessoal estão usando erupções e explosões solares! Ah, e que músicas horríveis.

Seus olhos seguiram a trilha líquida escorrendo para fora da garrafa em cima da mesa. "Algo precisa ser feito a esse respeito", pensou.

– Ei, você quer um drinque? – perguntou. Sua mente começou a notar vagamente que estava faltando algo naquela reunião e que essa coisa que estava faltando tinha certa relação com o fato de aquele sujeito gorducho sentado à sua frente usando um terno de platina ainda não ter dito "Oi, Ford" ou "Que bom te ver após tanto tempo", nem qualquer outra coisa no gênero. Para ser mais exato, ele não tinha nem se mexido. – Hotblack? – disse Ford.

Uma imensa mão carnuda pousou sobre seu ombro pelas costas e o puxou para o lado. Ele caiu todo torto de sua cadeira e olhou para cima para ver se podia localizar o dono daquela mão descortês. O dono não era difícil de se localizar, pois tinha mais de 2 metros de altura e uma constituição bastante robusta. Na verdade, tinha a constituição de um sofá de couro, lustroso, pesado e solidamente recheado. O terno em que o corpo desse homem estava enfiado parecia ter como único propósito na vida demonstrar como é difícil colocar um corpo desse tipo dentro de um terno. O rosto tinha a textura de uma laranja e a cor de uma maçã, mas as semelhanças com as coisas doces acabavam por aí.

– Rapaz... – disse uma voz que emergia da boca do homem como se tivesse passado por maus bocados em seu peito.

– Ah, sim? – disse Ford informalmente. Estava novamente de pé e ficou desapontado ao perceber quão baixa sua cabeça ficava em relação ao corpo do homem.

– Cai fora – disse o homem.

– Ah, é? – disse Ford, pensando se estava ou não sendo sensato. – E quem é você?

O homem ponderou a questão por um instante. Não estava acostumado que lhe fizessem esse tipo de pergunta. Mesmo assim, depois de alguns momentos, pensou em uma resposta.

– Eu sou o cara que está te dizendo para cair fora – disse – antes que te coloquem para fora da pior maneira.

– Olha, escuta aqui – disse Ford, nervoso; gostaria que sua cabeça parasse de girar, ficasse quieta e desse conta da situação. – Agora, escuta – prosseguiu –, eu sou um dos amigos mais antigos de Hotblack e...

Olhou de soslaio para Hotblack Desiato, que ainda não tinha mexido nem uma pestana.

– ... e... – disse Ford outra vez, pensando no que seria uma boa palavra a dizer depois desse "e".

O grandalhão tinha uma frase inteira para dizer depois de "e".

– E eu sou o guarda-costas do senhor Desiato – começava a frase –, e sou responsável pela integridade das costas dele, e não sou responsável pela integridade das suas, então tire-as daqui antes que se danifiquem.

– Espere um minuto – disse Ford.

– Nenhum minuto! – rugiu o guarda-costas. – Nenhuma espera! O senhor Desiato não fala com ninguém!

– Bom, talvez você possa deixar ele mesmo dizer o que acha do assunto – disse Ford.

– Ele não fala com ninguém! – bramiu o guarda-costas.

Ford olhou ansiosamente para Hotblack outra vez e foi forçado a admitir que o guarda-costas estava com os fatos a seu favor. Não havia o menor sinal de movimento em Hotblack, muito menos interesse quanto ao bem-estar de Ford.

– Por quê? – disse Ford. – O que há de errado com ele?

O guarda-costas lhe contou.

Capítulo 17

O *Guia do Mochileiro das Galáxias* diz que a Disaster Area, uma banda de rock plutoniano das Zonas Mentais de Gagrakacka, é geralmente tida não apenas como a mais barulhenta de toda a Galáxia, mas também como o maior de todos os barulhos. Os frequentadores habituais dos shows dizem que o melhor lugar para se ouvir um bom som é dentro de grandes bunkers de concreto a uns 60 quilômetros do palco, enquanto os músicos em si tocam os instrumentos por controle remoto a partir de uma espaçonave altamente isolada que fica em órbita em torno do planeta – ou, mais frequentemente, em torno de um planeta completamente diferente.

Suas músicas são no geral bastante simples e a maioria segue o tema familiar do ser-masculino que encontra um ser-feminino sob uma lua prateada, que depois explode sem nenhum motivo aparente.

Muitos planetas já baniram suas apresentações, algumas vezes por razões artísticas, mas em geral pelo fato de o equipamento de som da banda infringir os tratados locais de limitação de armas estratégicas.

Isso não impediu, no entanto, que o dinheiro ganho por eles tenha ampliado os limites da hipermatemática pura, e seu pesquisador-chefe de contabilidade foi recentemente nomeado para a cátedra de neomatemática da Universidade de Maximegalon, em reconhecimento por suas Teorias Geral e Restrita das Devoluções de Impostos da Disaster Area, nas quais ele prova que toda a geometria do contínuo espaço-tempo não está apenas curva, mas completamente contorcida.

FORD CAMBALEOU DE VOLTA à mesa em que Zaphod, Arthur e Trillian estavam sentados.

– Preciso comer alguma coisa – disse Ford.
– E aí, Ford – disse Zaphod –, falou com o grande homem do ruído?
Ford sacudiu a cabeça de forma confusa.
– Hotblack? É, eu falei mais ou menos com ele, sim.
– O que ele disse?
– Bom, não muita coisa, na prática. Ele está... ahn...
– Ahn?
– Ele está morto durante um ano por questões de imposto. Preciso me sentar.
Sentou-se.

Veio o garçom.

– Gostariam de olhar o cardápio? – disse ele. – Ou gostariam de ser apresentados ao Prato do Dia?

– Como? – disse Ford.

– Como? – disse Arthur.

– Como? – disse Trillian.

– É isso aí – disse Zaphod. – Apresente o prato.

NUMA SALINHA NUM DOS BRAÇOS do complexo do Restaurante, uma figura alta, magra e desengonçada afastou uma cortina e o aniquilamento o olhou no rosto.

Não era um rosto bonito, talvez porque o aniquilamento o tivesse olhado tantas vezes. Era comprido demais, para começar. Os olhos eram fundos demais e as faces, cavernosas. Os lábios eram finos demais e compridos demais, e, quando se abriam, seus dentes se pareciam demais com uma grade recentemente polida. As mãos que seguravam a cortina também eram longas e magras demais; e frias, além disso. Pousavam levemente nas dobras da cortina e davam a impressão de que, se ele não as vigiasse constantemente, elas se arrastariam por conta própria e fariam algo indizível em um canto.

Deixou cair a cortina e a luz pavorosa que havia coberto seu rosto foi cobrir algum outro lugar. Rondou furtivamente por sua pequena sala como um louva-a-deus à espreita de uma presa noturna e finalmente sentou-se num banquinho diante de um cavalete, onde folheou algumas páginas de piadas.

Uma campainha tocou.

Empurrou os papéis para o canto e levantou-se. Ajeitou parte dos milhões de lantejoulas que recobriam seu paletó e saiu.

As luzes do Restaurante diminuíram, a banda tocou mais rápido, um único feixe de luz iluminou a escadaria que levava ao centro do palco.

Subindo a escada surgiu uma figura alta, em cores cintilantes. Caminhou animadamente até o palco, tirou o microfone de seu pedestal e parou por instantes para agradecer os aplausos do público, exibindo para todos seu sorriso de grade. Acenou para alguns amigos particulares na plateia, embora não houvesse nenhum, e esperou que os aplausos terminassem.

Levantou uma das mãos e abriu um sorriso que não apenas cortava seu rosto de uma orelha a outra, mas na verdade parecia ir um pouco além dos limites de seu rosto.

– Obrigado, senhoras e senhores! – exclamou. – Muito obrigado! Muitíssimo obrigado!

Olhava para todos com um olhar brilhante.

— Senhoras e senhores — disse —, o Universo, tal como o conhecemos, existe há mais de 170 mil milhões de bilhões de anos e acabará dentro de meia hora. Sejam todos bem-vindos ao Milliways, o Restaurante no Fim do Universo!

Com um gesto, arrancou habilmente mais uma rodada de aplausos espontâneos. Com outro gesto, cortou os aplausos.

— Serei seu anfitrião esta noite — disse. — Meu nome é Max Quordlepleen... — (Todo mundo sabia disso, era famoso em toda a Galáxia, mas dizia aquilo pelos aplausos que sempre desencadeava e que ele agradecia com um aceno e um sorriso de quem não faz mais que a obrigação.) — ... e acabo de chegar diretamente do extremo oposto do tempo, de um espetáculo no Big Bang Burger Bar, onde tivemos uma noite realmente empolgante, e agora estarei com vocês nesta ocasião histórica: o Fim da História em si!

Mais uma salva de palmas, que se aquietaram assim que as luzes diminuíram ainda mais. Em cada mesa velas se acenderam automaticamente, para a surpresa dos presentes, envolvendo-os em milhares de luzinhas cintilantes e milhões de sombras íntimas. Um frenesi de expectativa percorreu o Restaurante escurecido quando o enorme domo dourado acima deles começou lentamente a se obscurecer, a se apagar, a desaparecer.

Max prosseguiu com uma voz sussurrada.

— Então, senhoras e senhores — suspirou —, as velas estão acesas, a orquestra toca suavemente, e enquanto o domo que nos envolve, protegido por um campo de força, vai se tornando transparente, revelando um céu escuro e soturno com a luz ancestral de lívidas estrelas engolidas, vejo que estamos prestes a ter um fantástico apocalipse esta noite!

Até a suave melodia da orquestra desapareceu quando um choque atordoante tomou conta de todos aqueles que nunca tinham estado lá.

Uma luz medonha e monstruosa derramou-se sobre eles.

Uma luz abominável.

Uma luz fervente, pestilenta.

Uma luz que teria desfigurado o inferno.

O Universo estava chegando ao fim.

Por poucos porém intermináveis segundos o restaurante girou silenciosamente pelo vazio que se alastrava. Então Max voltou a falar.

— Para todos vocês que algum dia já tentaram ver a luz no fim do túnel, aí está ela.

A banda voltou a tocar.

— Obrigado, senhoras e senhores — gritou Max —, estarei de volta com vocês dentro de instantes, e por enquanto fiquem com o extraordinário som de Reg Nullify e sua Banda Cataclísmica! Vamos aplaudir, senhoras e senhores!

O funesto turbilhão dos céus continuava.

Hesitante, a plateia começou a bater palmas e pouco depois todos voltaram a conversar novamente. Max iniciou sua volta pelas mesas, soltando piadas, dando gargalhadas, fazendo seu papel.

Um imenso animal leiteiro aproximou-se da mesa de Zaphod Beeblebrox. Era um enorme e gordo quadrúpede do tipo bovino, com grandes olhos protuberantes, chifres pequenos e um sorriso nos lábios que era quase simpático.

– Boa noite – abaixou-se e sentou-se pesadamente sobre suas ancas –, sou o Prato do Dia. Posso sugerir-lhes algumas partes do meu corpo? – Grunhiu um pouco, remexeu seus quartos traseiros buscando uma posição mais confortável e olhou pacificamente para eles.

Seu olhar se deparou com olhares de total perplexidade de Arthur e Trillian, uma certa indiferença de Ford Prefect e a fome desesperada de Zaphod Beeblebrox.

– Alguma parte do ombro, talvez? – sugeriu o animal. – Um guisado com molho de vinho branco?

– Ahn, do seu ombro? – disse Arthur, sussurrando horrorizado.

– Naturalmente que é do meu ombro, senhor – mugiu o animal, satisfeito –, só tenho o meu para oferecer.

Zaphod levantou-se de um salto e pôs-se a apalpar e sentir os ombros do animal, apreciando.

– Ou a alcatra, que também é muito boa – murmurou o animal. – Tenho feito exercícios e comido cereais, de forma que há bastante carne boa aqui. – Deu um grunhido brando e começou a ruminar. Engoliu mais uma vez o bolo alimentar. – Ou um ensopado de mim, quem sabe? – acrescentou.

– Você quer dizer que esse animal realmente quer que a gente o coma? – cochichou Trillian para Ford.

– Eu? – disse Ford com um olhar vidrado. – Eu não quero dizer nada.

– Isso é absolutamente horrível – exclamou Arthur –, a coisa mais repugnante que já ouvi.

– Qual é o problema, terráqueo? – disse Zaphod, que agora observava atentamente o enorme traseiro do animal.

– Eu simplesmente não quero comer um animal que está na minha frente se oferecendo para ser morto – disse Arthur. – É cruel!

– Melhor do que comer um animal que não deseja ser comido – disse Zaphod.

– Não é essa a questão – protestou Arthur. Depois pensou um pouco mais a respeito. – Está bem – disse –, talvez essa seja a questão. Não me importa, não vou pensar nisso agora. Eu só... ahn...

O Universo enfurecia-se em espasmos mortais.

– Acho que vou pedir uma salada – murmurou.

– Posso sugerir que o senhor pense na hipótese de comer meu fígado? Deve estar saboroso e macio agora, eu mesmo tenho me mantido em alimentação forçada há meses.

– Uma salada verde – disse Arthur, decididamente.

– Uma salada? – disse o animal, lançando um olhar de recriminação para ele.

– Você vai me dizer – disse Arthur – que eu não deveria comer uma salada?

– Bem – disse o animal –, conheço muitos legumes que têm um ponto de vista muito forte a esse respeito. E é por isso, aliás, que por fim decidiram resolver de uma vez por todas essa questão complexa e criaram um animal que realmente quisesse ser comido e que fosse capaz de dizê-lo em alto e bom som. Aqui estou eu!

Conseguiu inclinar-se ligeiramente, fazendo uma leve saudação.

– Um copo d'água, por favor – disse Arthur.

– Olha – disse Zaphod –, nós queremos comer, não queremos uma discussão. Quatro filés malpassados, e depressa. Faz 576 bilhões de anos que não comemos.

O animal levantou-se. Deu um grunhido brando.

– Uma escolha muito acertada, senhor, se me permite. Muito bem – disse –, agora é só eu sair e me matar.

Voltou-se para Arthur e deu uma piscadela amigável.

– Não se preocupe, senhor, farei isso com bastante humanidade.

Encaminhou-se gingando para a cozinha.

Pouco tempo depois o garçom apareceu com quatro enormes filés fumegantes. Zaphod e Ford avançaram sobre ele sem pensar duas vezes. Trillian pensou, sacudiu os ombros e se serviu.

Arthur olhou para o céu, sentindo-se levemente enjoado.

– Ei, terráqueo – disse Zaphod, com um sorriso malicioso na boca que não estava se empanturrando –, que bicho te mordeu?

E a banda continuava tocando.

Por todo o Restaurante as pessoas e coisas relaxavam e batiam papo. O ar estava repleto de conversas variadas e com as essências mescladas de plantas exóticas, comidas extravagantes e vinhos sedutores. Por um número infinito de quilômetros, em todas as direções, o cataclismo universal aproximava-se de um clímax estrondoso. Dando uma olhada no relógio, Max voltou ao palco num floreio.

– E agora, senhoras e senhores – exclamou, radiante –, estão todos se divertindo nesses últimos momentos maravilhosos?

– Sim – gritou o tipo de gente que grita "sim" quando o comediante pergunta se as pessoas estão se divertindo.

– Isso é maravilhoso – disse Max, entusiasmado –, absolutamente maravilhoso! E enquanto as tempestades de fótons se juntam em turbilhões ao nosso redor, preparando-se para rasgar em pedaços a última das estrelas anãs vermelhas, sei que todos irão me acompanhar e apreciar intensamente essa experiência imensamente empolgante e... terminal.

Fez uma pausa. Voltou-se para a plateia com um olhar penetrante.

– Acreditem, senhoras e senhores, dessa vez não haverá uma segunda chance.

Fez outra pausa. Essa noite seu senso de oportunidade estava irretocável. Diversas vezes tinha conduzido esse espetáculo, noite após noite. Não que a palavra noite tivesse algum significado ali, na extremidade do tempo. Tudo o que havia era a incessante repetição do momento final, enquanto o Restaurante se deslocava lentamente para além dos limites do tempo e retornava outra vez. Ainda assim, essa "noite" estava boa, a plateia dançava na palma de sua mão astuciosa. Reduziu ainda mais sua voz, e todos fizeram silêncio para ouvi-lo.

– Isto, senhoras e senhores, é realmente o fim absoluto, a gélida desolação final na qual se extingue o sopro majestoso da criação.

Baixou ainda mais a voz. Em meio ao completo silêncio; nem uma mosca teria ousado tossir.

– Depois disto – continuou – não há nada. Vazio. Apagamento. Esquecimento. Absolutamente nada.

Seus olhos brilharam mais uma vez – ou teriam piscado?

– Nada... a não ser, é claro, o carrinho de sobremesas e uma fina seleção de licores de Aldebaran!

A banda tocou um acorde para pontuar. Ele preferia que não fizessem isso, não precisava daquilo, não um artista de seu calibre. Podia tocar a plateia como se fossem seus instrumentos. A plateia estava rindo, aliviada. Ele prosseguiu.

– E pelo menos dessa vez – gritou animadamente – vocês não precisam se preocupar com a ressaca do dia seguinte, porque não haverá um dia seguinte!

Sorriu, radiante, para sua plateia feliz e risonha. Deu uma olhada para o céu, que seguia toda noite a mesma rotina mortiça, mas a olhada não durou mais que uma fração de segundo. Ele confiava que o céu faria sua parte, como um profissional confia no outro.

– E agora – disse ele, pavoneando pelo palco –, tentando não diminuir o maravilhoso clima de frivolidade e apocalipse desta noite, gostaria de saudar alguns daqueles que estão entre nós.

Tirou um cartão do bolso.

– Temos... – ergueu uma mão para pedir silêncio à plateia, que o ovacionava. – Temos um grupo do Clube de Bridge Zansellquasure Flamarion, vindos de além do Vortvoid de Qvarne? Estão aqui?

Um pessoal animado se manifestou lá no fundo, mas ele fingiu que não tinha ouvido. Continuou olhando em volta do salão.

– Vocês estão aqui? – perguntou de novo, para obter mais aplausos. Conseguiu, como sempre conseguia.

– Ah, lá estão eles. Bem, última rodada, pessoal. E sem trapaças, lembrem-se de que este é um momento muito solene.

Sorveu as gargalhadas com prazer.

– E temos também, nós temos... um grupo de divindades menores de Asgard?

À sua direita ecoou um trovão. Um relâmpago cortou o palco. Um pequeno grupo de homens cabeludos de capacetes estavam sentados felizes da vida e levantaram seus copos para ele.

"Decadentes", pensou com seus botões.

– Cuidado com esse martelo, cavalheiro – disse.

Fizeram sua brincadeirinha do raio de novo. Max sorriu para eles educadamente.

– Em seguida – disse –, temos um grupo de Jovens Conservadores de Sírius B. Estão aqui?

Um grupo de jovens cães elegantemente vestidos parou de jogar papéis amassados uns nos outros e começou a jogar papéis amassados no palco. Latiam e ganiam ininteligivelmente.

– Sim – disse Max –, é tudo culpa de vocês, e vocês sabem disso, não? E finalmente – continuou Max, aquietando a plateia e assumindo uma expressão solene –, finalmente creio que temos aqui conosco um grupo de fiéis, fiéis muito devotados da Igreja da Segunda Vinda do Grande Profeta Zarquon.

Havia cerca de vinte deles, sentados no chão, vestidos como ascetas, bebendo água mineral nervosamente e permanecendo alheios às festividades. Piscaram, ressentidos, quando as luzes foram apontadas para eles.

– Lá estão eles – disse Max –, sentados ali, pacientemente. Ele disse que viria de novo, e deixou vocês esperando por muito tempo, então vamos esperar que ele se apresse, pessoal, porque ele só tem mais oito minutos!

O grupo de seguidores de Zarquon permaneceu rígido e imóvel, não se importando com as gargalhadas zombeteiras dirigidas a eles.

Max conteve sua plateia.

– Não, mas falando sério agora, pessoal, sem nenhuma intenção de ofender. Não, sei que não devemos brincar com as crenças profundas das pessoas. Uma salva de palmas para o Grande Profeta Zarquon...

A plateia aplaudiu respeitosamente.

– ... onde quer que esteja!

Mandou um beijo para o grupo de rostos impávidos e retornou ao centro do palco.

Pegou um banco alto e se sentou.

– É maravilhoso – continuou – ver todos vocês aqui esta noite. Sim, absolutamente maravilhoso. Porque sei que muitos de vocês vêm aqui diversas vezes, o que eu acho realmente fantástico, vir aqui e assistir ao fim de tudo, e então retornar para casa, para suas próprias eras... e construir famílias, lutar por novas e melhores sociedades, combater em guerras terríveis em nome do que vocês acham certo... isso realmente nos traz esperança no futuro de todos os viventes. A não ser, é claro – e apontou para o redemoinho que relampejava acima e ao redor deles –, pelo fato de sabermos que não haverá futuro algum...

Arthur voltou-se para Ford. Ainda não tinha conseguido entender muito bem como funcionava aquele lugar.

– Olha – disse –, se o Universo está para acabar... não vamos desaparecer junto com ele?

Ford dirigiu-lhe um olhar bastante incerto, vindo do fundo de três Dinamites Pangalácticas.

– Não – respondeu. – Olha – disse –, assim que você chega aqui, fica cercado por esse negócio incrível, que é um campo de força de dobra temporal. Eu acho.

– Ah – disse Arthur. Voltou sua atenção para o prato de sopa que tinha conseguido pedir ao garçom em troca do bife.

– Olha – disse Ford – Vou te mostrar.

Pegou um guardanapo da mesa e tentou usá-lo, sem o menor sucesso, para fazer algum tipo de demonstração.

– Olha – disse outra vez. – Imagine este guardanapo, certo, como sendo o Universo temporal, certo? E esta colher como um modo transducional na curvatura da matéria...

Levou um tempo para ele dizer essa última parte, e Arthur lamentou interrompê-lo.

– Esta é a colher com que eu estava comendo – disse.

– Tá bom – disse Ford. – Imagine então esta colher... – encontrou uma colher de madeira numa bandeja de aperitivos – esta colher... – mas se atrapalhou todo para pegar a tal colher – não, melhor ainda, este garfo...

– Ei, quer largar meu garfo – disse Zaphod, asperamente.

– Tá bom – disse Ford –, tá bom, tá bom. Então vamos supor que este copo de vinho é o Universo temporal...

– Qual? Esse que você acabou de derrubar no chão?

– Eu derrubei?

– Derrubou.

– Tá bom – disse Ford –, esquece. Quer dizer... quer dizer, olha, você tem alguma ideia de como o Universo realmente começou?

– Provavelmente não – disse Arthur, que a essa altura preferia não ter perguntado nada.

– Tá bom – disse Ford –, imagine isso. Certo. Você tem uma banheira. Uma banheira redonda bem grande. Feita de ébano.

– De onde vem a banheira? – disse Arthur. – As lojas Harrods foram destruídas pelos vogons.

– Não importa.

– Então vai em frente.

– Escuta.

– Tudo bem.

– Você tem essa banheira, certo? Imagine que você tem essa banheira. E é de ébano. E é cônica.

– Cônica? – disse Arthur. – Que tipo de ...

– Psiu – disse Ford. – É cônica. Então o que você faz, entende, você enche a banheira de areia branca e fina, certo? Ou açúcar. Areia branca e fina e/ou açúcar. Tanto faz. Não importa. Pode ser açúcar. E, quando estiver cheia, você puxa a tampa... tá me ouvindo?

– Estou ouvindo.

– Você puxa a tampa e tudo vai escorrendo num redemoinho, vai escorrendo, sabe, pelo ralo.

– Saquei.

– Você não sacou. Você não sacou nada. Eu ainda não cheguei à parte interessante. Quer ouvir a parte interessante?

– Vamos lá, me diz qual é a parte interessante.

– Vou te contar a parte interessante.

Ford pensou por um momento, tentando lembrar qual era a parte interessante.

– A parte interessante – disse – é esta: você filma a coisa toda enquanto está acontecendo.

– Interessante – concordou Arthur.

– Não, essa não é a parte interessante. O que vem depois é a parte interessante, agora me lembrei da parte realmente interessante. Você manda passar o filme... ao contrário!

– De trás para a frente?

– É. Passar o filme de trás para a frente é definitivamente a parte interessante. Aí você se senta e fica assistindo, e parece que está tudo subindo em espiral pelo ralo e enchendo a banheira. Entendeu?

– E foi assim que o Universo começou? – disse Arthur.

– Não – disse Ford –, mas é um jeito maravilhoso de relaxar.
Procurou seu copo de vinho.
– Cadê meu copo de vinho? – perguntou.
– Está no chão.
– Ah.
Ao afastar a cadeira para trás, para procurar o copo, Ford colidiu com o garçonzinho verde que se aproximava da mesa carregando um telefone sem fio.
Ford pediu desculpas ao garçom pela trombada e disse que era porque ele estava extremamente bêbado.
O garçom disse que tudo estava bem e que ele entendia perfeitamente.
Ford agradeceu ao garçom por sua simpática indulgência, tentou puxá-lo pelo topete, mas errou por 20 centímetros e foi parar embaixo da mesa.
– Sr. Zaphod Beeblebrox? – perguntou o garçom.
– Sim? – disse Zaphod, olhando por cima de seu terceiro filé.
– Um telefonema para o senhor.
– Hã?
– Um telefonema, senhor.
– Para mim? Aqui? Ei, mas quem é que sabe que eu estou aqui?
Uma de suas mentes começou a pensar furiosamente. A outra continuou cuidando da comida.
– Você não se importa se eu continuar, não é? – disse sua cabeça que devorava o terceiro filé, e continuou.
A essa altura havia tanta gente em seu encalço que já tinha perdido a conta. Não devia ter feito uma entrada tão chamativa. "Bem, e por que não?", pensou. Como é que você vai saber se está se divertindo se não houver ninguém olhando na hora?
– Talvez alguém aqui tenha ligado para a Polícia Galáctica – disse Trillian. – Todo mundo te viu entrando.
– Quer dizer que eles querem me prender pelo telefone? – disse Zaphod. – Pode ser. Sou um cara de alta periculosidade quando fico irritado.
– É – disse uma voz debaixo da mesa. – Você se despedaça tão rápido que as pessoas são atingidas pelos estilhaços.
– Ei, o que é isso? O dia do Juízo Final? – disse Zaphod.
– Nós também vamos ver essa parte? – disse Arthur, nervoso.
– Não estou com muita pressa – murmurou Zaphod. – Ok, então quem é esse cara ao telefone? – Deu um chute em Ford. – Ei, levanta aí, garotão, pode ser que eu precise de você.
– Não conheço pessoalmente – disse o garçom – o cavalheiro metálico em questão, senhor...

– Metálico?

– Sim, senhor.

– Você disse metálico?

– Sim, senhor. Disse que não conheço pessoalmente o cavalheiro metálico em questão...

– Ok, vá em frente.

– Mas fui informado de que ele está aguardando sua volta há um número considerável de milênios. Parece que o senhor saiu daqui um tanto repentinamente.

– Saí daqui? – disse Zaphod. – Você está louco? Acabamos de chegar.

– Certamente, senhor – persistiu obstinadamente o garçom –, mas, antes de chegar, me parece que o senhor havia saído daqui.

Zaphod jogou esse pensamento para um cérebro, depois para o outro.

– Você está dizendo que, antes de chegarmos aqui, tínhamos saído daqui?

"Esta vai ser uma daquelas noites", pensou o garçom.

– Exatamente, senhor – disse ele.

– Acho melhor você começar a pagar uma grana adicional para o seu analista!

– Não, espera um minuto – disse Ford, saindo debaixo da mesa. – Onde estamos exatamente?

– Para ser absolutamente exato, senhor, este é o planeta Frogstar B.

– Mas nós acabamos de sair de lá – protestou Zaphod. – Saímos de lá e viemos ao Restaurante no Fim do Universo.

– Sim, senhor – disse o garçom, sentindo que agora tinha novamente as coisas sob controle e estava indo bem –, um foi construído sobre as ruínas do outro.

– Oh – disse Arthur, subitamente iluminado –, quer dizer que viajamos no tempo, mas não no espaço.

– Escute, seu símio semievoluído – cortou Zaphod –, por que você não vai trepar numa árvore?

Arthur ficou furioso.

– Vá arrebentar suas duas cabeças, quatro-olhos – respondeu para Zaphod.

– Não, não – disse o garçom para Zaphod –, o símio está certo, senhor.

Arthur gaguejou irritado e não disse nada de muito coerente.

– Vocês viajaram para o futuro... creio que 576 bilhões de anos, mas permaneceram no mesmo lugar – explicou o garçom. Ele sorriu. Tinha a maravilhosa sensação de que havia vencido uma batalha impossível.

– É isso! – exclamou Zaphod. – Entendi. Mandei o computador nos levar para o lugar mais próximo onde se pudesse comer e foi exatamente o que ele fez. Desconsiderando uns 576 bilhões de anos, não saímos do lugar. Genial.

Todos concordaram que tinha sido de fato genial.

– Mas quem – disse Zaphod – é esse cara ao telefone?

— O que será que aconteceu com Marvin? – disse Trillian.

Zaphod bateu com as mãos nas cabeças.

— O Androide Paranoide! Eu o deixei se lamentando em Frogstar B.

— Quando foi isso?

— Bom, ahn, uns 576 bilhões de anos atrás, suponho – disse Zaphod. – Ei, me passa a linha, capitão.

As sobrancelhas do garçonzinho percorreram sua testa, enquanto ele olhava para Zaphod, confuso.

— Perdão, senhor?

— O telefone, garçom – disse Zaphod, arrancando-o de sua mão. – Vocês são tão bundões que não sei como cabem nas cadeiras.

— Certamente, senhor.

— Ei, Marvin, é você? – disse Zaphod ao telefone. – Como está, garotão?

Houve uma longa pausa até que uma voz soturna e baixa começasse a falar.

— Acho que você deveria saber que estou me sentindo muito deprimido.

Zaphod tampou o fone com a mão.

— É o Marvin – disse. Voltou a falar ao telefone. – Ei, Marvin, estamos nos divertindo muito. Comida, vinho, algumas agressões pessoais e o Universo sendo detonado. Onde podemos te encontrar?

Outra pausa.

— Você não precisa fingir que está interessado em mim, sabe – disse Marvin, por fim. – Sei perfeitamente bem que não passo de um robô desprezível.

— Ok, ok, mas onde você está?

— "Reverta os propulsores primários, Marvin", é o que me dizem, "Abra a câmara de descompressão número três, Marvin", "Marvin, pode pegar aquele papel?". Se posso pegar aquele papel! Aqui estou eu, um cérebro do tamanho de um planeta e me pedem para...

— Certo, certo – disse Zaphod, se esforçando para parecer simpático.

— Mas estou bastante acostumado a ser humilhado – continuou Marvin com uma voz monótona. – Posso até enfiar a cabeça num balde d'água, se você quiser. Quer que eu enfie a cabeça num balde d'água? Tenho um aqui ao lado. Espere um minuto.

— Ei, Marvin... – interrompeu Zaphod, mas já era tarde. Ouviu ruídos patéticos de lata encharcada pelo telefone.

— O que ele está dizendo? – perguntou Trillian.

— Nada – disse Zaphod –, só ligou para esfriar sua cabeça conosco.

— Pronto – disse Marvin de volta, ainda um pouco borbulhante. – Espero que esteja satisfeito...

— Tá bom, tá bom – disse Zaphod –, agora dá para dizer onde você está?

– Estou no estacionamento – disse Marvin.

– No estacionamento? – disse Zaphod. – Fazendo o quê?

– Estacionando espaçonaves, claro.

– Ok, fica frio que já estamos indo.

Zaphod saltou da mesa, desligou o telefone e escreveu "Hotblack Desiato" na conta.

– Vamos, pessoal – disse. – Marvin está no estacionamento. Vamos até lá.

– O que ele está fazendo no estacionamento? – perguntou Arthur.

– Estacionando espaçonaves, o que mais? Dããã.

– Mas e o Fim do Universo? Vamos perder o grande momento.

– Eu já vi. É um lixo – disse Zaphod. – Nada além de um *gnab gib*.

– Um quê?

– O contrário de um big bang. Vamos zarpar.

Quase ninguém prestou atenção neles enquanto atravessavam a aglomeração de mesas do Restaurante em direção à saída. Todos tinham seus olhos fixos nos horrores do céu.

– Há um efeito interessante – continuava dizendo Max – que pode ser visto no quadrante superior esquerdo do céu. Se vocês olharem com atenção, podem ver o sistema estelar de Hastromil derretendo-se em ultravioleta. Tem alguém aqui de Hastromil?

Houve uma ou duas manifestações hesitantes vindas de algum lugar lá no fundo.

– Bem – disse Max, sorrindo animadamente para eles –, agora é tarde para pensar se deixaram o gás aberto.

Capítulo 18

O saguão de recepção estava praticamente vazio, mas mesmo assim Ford zanzava de um lado para o outro.

Zaphod puxou-o pelo braço e o enfiou num cubículo que ficava ao lado do hall de entrada.

– O que você está fazendo com ele? – perguntou Arthur.

– Estou deixando-o novamente sóbrio – disse Zaphod, que colocou uma moeda na máquina. Luzes piscaram, gases rodopiaram.

– Oi – disse Ford logo em seguida –, aonde estamos indo?

– Para o estacionamento, venha.

– Por que não usamos as unidades de Teleporte Temporal? – disse Ford. – Elas nos mandariam de volta para a Coração de Ouro.

– Eu sei, mas estou cheio daquela nave. Zarniwoop pode ficar com ela. Não quero continuar fazendo o jogo dele. Vamos ver o que arrumamos por aqui.

Um Transportador Vertical Feliz de Pessoas da Companhia Cibernética de Sírius levou-os até as camadas inferiores, abaixo do Restaurante. Ficaram contentes ao ver que ele tinha sido depredado, e, assim, não tentou fazer com que ficassem felizes além de levá-los para baixo.

No fundo do poço as portas se abriram e eles saíram em meio a um ar frio e parado.

A primeira coisa que viram ao sair do elevador foi uma longa parede de concreto contendo mais de cinquenta portas que ofereciam instalações sanitárias para as cinquenta principais formas de vida. Mesmo assim, como em todo estacionamento da Galáxia durante toda a história dos estacionamentos, esse cheirava basicamente a impaciência.

Chegaram a uma esteira rolante que atravessava um vasto espaço cavernoso, estendendo-se a perder de vista.

O lugar era dividido em compartimentos, cada qual abrigando uma nave que pertencia a um freguês lá em cima, algumas das quais eram modelos populares, produzidos em massa, enquanto outras eram enormes e reluzentes limunavesines, brinquedos de milionários.

Os olhos de Zaphod brilhavam com algo que podia ou não ser cobiça conforme iam passando pelas naves. Na verdade, é melhor deixar isso bem claro – definitivamente era cobiça.

– Lá está ele – disse Trillian. – Olha o Marvin, logo ali.

Olharam para onde ela estava apontando. O robô estava um pouco mais à frente, esfregando displicentemente um pedaço de pano sobre um canto de uma nave prateada.

A curtos intervalos ao longo da esteira rolante, largos tubos transparentes levavam ao nível do chão. Zaphod entrou num deles e deslizou suavemente até o chão. Os outros o seguiram. Lembrando-se disso mais tarde, Arthur Dent achou que essa tinha sido a experiência mais agradável de todas as que teve durante suas viagens pela Galáxia.

– E aí, Marvin! – disse Zaphod, andando a passos largos em sua direção. – Ei, cara, fico feliz em vê-lo.

Marvin se virou, e à medida que é possível a um rosto metálico totalmente inerte devolver um olhar reprovador, foi isso que fez.

– Não, não fica – respondeu. – Ninguém nunca fica.

– Como quiser – disse Zaphod, virando-se para ir babar sobre as naves. Ford foi com ele.

Apenas Arthur e Trillian foram falar com Marvin.

– Não, nós ficamos, de verdade – disse Trillian, dando-lhe tapinhas de um modo que ele detestava intensamente. – Ficar aqui, assim, esperando a gente todo esse tempo.

– Quinhentos e setenta e seis bilhões, três mil quinhentos e setenta e nove anos – disse Marvin. – Contei todos eles.

– Bom, estamos aqui agora – disse Trillian, sentindo (com total razão, segundo Marvin) que isso era algo tolo para se dizer.

– Os primeiros dez milhões de anos foram os piores – disse Marvin. – Os segundos dez milhões de anos também foram os piores. Os terceiros dez milhões de anos não foram nada agradáveis. Depois disso eu entrei numa fase de decadência.

Fez uma pausa longa o bastante para que eles sentissem que deviam dizer alguma coisa e então a interrompeu:

– São as pessoas com quem temos que lidar ao fazer esse trabalho que realmente nos chateiam – disse, e fez outra pausa dramática.

Trillian pigarreou.

– É mesmo...

– A melhor conversa que eu tive foi há mais de 40 milhões de anos – continuou Marvin.

Outra vez a pausa.

– Sei...

– E foi com uma máquina de fazer café.

Esperou.

– Isso é...

– Vocês não gostam de conversar comigo, não é? – disse Marvin num tom de voz desolado.

Trillian começou a conversar com Arthur.

Um pouco mais à frente, Ford Prefect encontrou uma coisa da qual ele gostou muito. Na verdade, muitas coisas assim.

– Zaphod – disse em voz de reverência –, dê uma olhada nessas máquinas envenenadas...

Zaphod olhou e gostou.

A nave para a qual estavam olhado era bem pequena, porém impressionante, e basicamente um brinquedo para garotões ricos. Não tinha nada de mais vista de fora. Parecia-se muito com um dardo de papel de 10 metros de comprimento feito de lâminas metálicas finas, mas resistentes. Na parte traseira havia uma pequena cabine para duas pessoas. Era impulsionada por um pequeno motor de partículas *charm* que não atingia grandes velocidades. A parte interessante, contudo, era seu dissipador.

O dissipador tinha uma massa de 2 trilhões de toneladas e estava contido por um buraco negro instalado em um campo eletromagnético, situado na metade do comprimento da nave. Esse dissipador permitia que a nave fosse manobrada a poucos quilômetros de um sol amarelo, e a partir daí era possível surfar nas erupções solares que emanavam de sua superfície.

Surfar em erupções solares é um dos esportes mais exóticos e divertidos da existência, e aqueles que têm o dinheiro e a coragem para praticá-lo estão entre os homens mais admirados da Galáxia. Claro que também é um esporte formidavelmente perigoso. Aqueles que não morrem surfando invariavelmente morrem por exaustão sexual em uma das festas Pós-Erupções do Clube Dédalo.

Ford e Zaphod olharam a nave e seguiram em frente.

– E esta gracinha – disse Ford –, este bugre estelar abóbora com detalhes em preto?

O bugre estelar também era uma nave pequena. Aliás, esse nome era completamente inadequado, pois se havia uma coisa que aquela nave não era capaz de fazer era atravessar distâncias interestelares. Era basicamente um aerobarco planetário maquiado para parecer algo mais. Seguiram em frente.

A nave seguinte era das grandes, 30 metros de comprimento – uma limunavesine, projetada obviamente com um único objetivo, que era matar de inveja quem a olhasse. A pintura e os acessórios diziam claramente: "Não apenas sou rico o bastante para ter esta nave como também sou bastante rico para não levá--la a sério." Era maravilhosamente abominável.

– Olhe só para isto – disse Zaphod. – Motores a quark em formação multicluster, estribos em perspulex. Deve ser uma versão personalizada por Lazlar Lyricon.

Examinou cada centímetro.

– Total! – exclamou. – Olhe, o emblema do lagarto em infrarrosa no propulsor de neutrinos. A marca registrada de Lazlar. Esse cara não tem limites.

– Já fui ultrapassado por uma máquina dessas uma vez, na Nebulosa de Axel – disse Ford. – Eu estava no limite, e essa coisa me passou sem esforço algum, com o motor estelar em giro baixo. Inacreditável.

Zaphod assobiou, impressionado.

– Dez segundos depois – disse Ford – espatifou-se contra a terceira lua de Beta de Jagla.

– Sério?

– Uma nave linda, de qualquer forma. Parece um peixe, move-se como um peixe, manobra lindamente.

Ford olhou do outro lado.

– Ei, venha ver – chamou –, este lado está todo pintado. Um sol explodindo – a marca registrada da Disaster Area. Esta deve ser a nave de Hotblack. Sujeito sortudo. Eles sempre tocam uma música terrível, sabe, que termina com uma nave dublê arrebentando-se contra o sol. Foi pensado para ser um espetáculo impressionante. Na verdade, é impressionantemente caro em termos de naves dublês.

A atenção de Zaphod estava, porém, em outro lugar. Sua atenção estava fixa na nave estacionada ao lado da limunavesine de Hotblack Desiato. Seus dois queixos estavam caídos.

– Isso... – disse – ... isso deixa qualquer um cego.

Ford olhou. Ele também parou, perplexo.

Era uma nave de linhas simples, clássicas, como um salmão achatado, com 20 metros de comprimento e um design clean. Tinha apenas uma coisa de notável.

– É tão... negra! – disse Ford Prefect. – Quase não dá para perceber suas linhas... a luz parece sumir dentro dela!

Zaphod não disse nada. Ele estava apaixonado.

Sua negrura era tão extrema que era difícil dizer quão próxima ela estava.

– O olhar simplesmente desliza sobre ela... – dizia Ford, em êxtase. Era um momento de grande emoção. Ele mordeu os lábios.

Zaphod caminhou em direção a ela, lentamente, como um homem possuído – ou, mais exatamente, como um homem que deseja possuir. Estendeu sua mão para tocá-la. Sua mão parou. Estendeu sua mão para tocá-la. Sua mão parou outra vez.

– Venha sentir esta superfície – disse, num sussurro.

Ford estendeu a mão para tocá-la. Sua mão parou.

– Não... não dá – disse.

– Viu? – disse Zaphod. – É totalmente desprovida de atrito. Deve ser extremamente rápida...

Voltou-se para Ford e olhou para ele seriamente. Pelo menos foi o que fez uma de suas cabeças – a outra continuou olhando estupefata para a nave.

– O que você me diz, Ford?

– Você está pensando em... Bem... – Ford olhou para os lados. – Você está pensando em dar uma volta nela? Você acha que a gente deve?

– Não.

– Eu também não.

– Mas nós vamos, não vamos?

– E como não iríamos?

Admiraram um pouco mais, até que Zaphod se recompôs.

– É melhor zarparmos rápido – disse. – Daqui a pouco o Universo já vai ter acabado e todos os malucos vão descer aqui para pegar suas banheiras.

– Zaphod – disse Ford.

– O quê?

– Como vamos fazer?

– Simples – disse Zaphod. Virou-se. – Marvin! – gritou.

Vagarosamente, laboriosamente, e com um milhão de pequenos rangidos e estalos que ele tinha aprendido a simular, Marvin voltou-se para responder ao chamado.

– Venha cá – disse Zaphod –, temos um trabalho para você.

Marvin arrastou-se em direção a eles.

– Acho que não vou gostar – disse ele.

– Vai sim – disse Zaphod, entusiástico –, há toda uma nova vida à sua frente.

– Ah, outra não... – resmungou Marvin.

– Cale a boca e escute! – disse Zaphod. – Dessa vez vai haver emoção e aventura e coisas realmente alucinantes.

– Parece horrível – respondeu Marvin.

– Marvin! Só estou pedindo que você...

– Suponho que você queira que eu abra esta espaçonave para você?

– O quê? Bom... é. Sim, é isso – disse Zaphod, apreensivo. Mantinha pelo menos três olhos nas portas de entrada. O tempo era curto.

– Bom, preferia que você tivesse me dito isso diretamente, em vez de tentar me animar – disse Marvin –, porque isso é impossível.

Caminhou até a nave, tocou-a e uma escotilha se abriu.

Ford e Zaphod olharam assombrados.

– Não precisam agradecer – disse Marvin. – Ah, vocês não agradeceram mesmo. – Foi embora, arrastando-se.

Arthur e Trillian juntaram-se a eles.

– O que está havendo? – perguntou Arthur.

– Olhe para isso – disse Ford –, olhe para o interior desta nave.

– Cada vez mais estranho! – murmurava Zaphod.

– É preto – disse Ford. – Tudo nela é totalmente preto.

NO RESTAURANTE, AS COISAS se aproximavam cada vez mais do momento após o qual não haveria mais momentos.

Os olhos de todos estavam fixos no domo, com exceção dos do guarda-costas de Hotblack Desiato, que estavam fixos em Hotblack Desiato, e os do próprio Hotblack Desiato, que o guarda-costas tinha fechado respeitosamente.

O guarda-costas inclinou-se sobre a mesa. Se Hotblack Desiato estivesse vivo, provavelmente teria achado que esse era um bom momento para inclinar-se para trás ou mesmo sair para dar uma volta. Seu guarda-costas não era um homem que ficasse bem em close. Devido a sua lamentável condição, porém, Hotblack Desiato permanecia totalmente inerte.

– Senhor Desiato? – sussurrou o guarda-costas. Sempre que ele falava parecia que os músculos dos dois lados de sua boca estavam passando uns por cima dos outros para abrir espaço.

– Senhor Desiato? O senhor está me ouvindo?

Hotblack Desiato naturalmente não disse nada.

– Hotblack? – sussurrou o guarda-costas.

Mais uma vez, naturalmente, Hotblack Desiato não respondeu. Sobrenaturalmente, no entanto, ele respondeu.

Na mesa à sua frente, um copo de vinho tremeu, um garfo ergueu-se ligeiramente e bateu no copo. Depois recaiu sobre a mesa.

O guarda-costas sorriu.

– Melhor irmos, Sr. Desiato – murmurou o guarda-costas. – Melhor evitarmos a confusão, dada a sua condição. O senhor deve estar bem relaxado para a próxima apresentação. Havia uma plateia realmente grande dessa vez. Uma das melhores. Kakrafoon. Foi há 576 bilhões de anos atrás. O senhor terá ido ter estado esperando ansiosamente por isso?

O garfo ergueu-se mais uma vez, balançou como quem não diz que sim nem que não e caiu de novo.

– Ah, deixa disso – disse o guarda-costas. – Terá ido tendo sido ótimo. Você arrasou com eles. – O guarda-costas teria causado um ataque apoplético no Dr. Dan Streetmentioner. – A nave negra mergulhando no sol sempre impressiona, e a nova é uma beleza. Vou ficar triste de vê-la partir. Vamos descer, então eu coloco a nave negra no piloto automático e vamos na limunavesine, ok?

O garfo bateu uma vez, concordando, e o copo de vinho esvaziou-se misteriosamente.

O guarda-costas empurrou a cadeira de rodas de Hotblack Desiato para fora do Restaurante.

– E, agora – gritou Max do centro do palco –, o momento que todos esperávamos! – Ergueu os braços para o ar. Atrás dele a banda entrou em um frenesi de percussão acompanhado por syntocordes. Max já tinha discutido com eles sobre o assunto, mas a banda alegava que isso estava previsto no contrato deles. O agente dele teria que resolver a questão. – Os céus começam a ferver! – berrou.

– A natureza colapsa dentro do vazio que tudo engole! Dentro de vinte segundos o próprio Universo terminará! Vejam a luz do infinito se espalhar sobre nós!

A horrenda fúria da destruição incendiava os céus acima deles – e nesse momento uma pequena e plácida trombeta soou, como se viesse de uma distância infinita. Max virou-se para fulminar a banda, mas nenhum deles parecia estar tocando trombeta. Subitamente uma nuvem de fumaça surgiu no palco ao lado dele, em um redemoinho brilhante. Outras trombetas juntaram-se à primeira. Max tinha conduzido esse espetáculo mais de quinhentas vezes e isso jamais havia acontecido. Afastou-se, assustado, do redemoinho de fumaça, e nesse instante uma figura materializou-se lentamente dentro dela, a figura de um ancião, barbudo, vestindo um manto e emanando luz. Tinha estrelas nos olhos e trazia uma coroa de ouro na testa.

– O que é isso? – murmurou Max, de olhos arregalados. – O que está acontecendo?

No fundo do Restaurante, o grupo de devotos da Segunda Vinda do Grande Profeta Zarquon ajoelhou-se em êxtase entoando cânticos e chorando em profusão.

Max piscou, espantado. Levantou os braços para a plateia.

– Uma salva de palmas, senhoras e senhores – conclamou –, para o Grande Profeta Zarquon! Ele veio! Zarquon retornou!

Um forte aplauso explodiu enquanto Max atravessava o palco para entregar o microfone ao Grande Profeta.

Zarquon tossiu. Espiou a audiência reunida. As estrelas em seus olhos piscavam, pouco à vontade. Segurava o microfone, confuso.

– Ahn... – disse ele – ... olá. Olhem, peço desculpas se estou um pouco atrasado. Passei por alguns momentos difíceis, surgiram várias coisas para resolver na última hora.

Parecia nervoso com o silêncio reverente dos espectadores. Pigarreou.

– Ahn, quanto tempo temos? – disse. – Será que eu tenho um min...

E foi assim que acabou o Universo.

Capítulo 19

Um dos principais motivos do enorme sucesso do *Guia do Mochileiro das Galáxias*, esse incrível livro de viagens – além de ser relativamente barato e do fato de trazer impressa na capa, em letras garrafais e amigáveis, a frase NÃO ENTRE EM PÂNICO –, é seu enorme e eventualmente preciso índice. As estatísticas relativas à natureza geossocial do Universo, por exemplo, encontram-se sutilmente colocadas entre as páginas novecentos e trinta e oito mil e vinte e quatro e novecentos e trinta e oito mil e vinte e seis. O estilo simplista em que foram escritas pode ser em parte explicado pelo fato de que os editores, tendo que cumprir um prazo editorial, copiaram as informações da parte de trás de uma caixa de cereais, acrescentando rapidamente algumas notas de rodapé para evitar um processo baseado nas incompreensivelmente tortuosas leis de copyright da Galáxia.

É interessante lembrar que, posteriormente, um editor mais astuto enviou o livro de volta no tempo, através de uma dobra temporal, e em seguida processou, com êxito, o fabricante dos cereais por infringir essas mesmas leis de copyright.

Aqui vai uma amostra.

O Universo
Algumas informações para ajudá-lo a viver nele

1. Área: Infinita.

O Guia do Mochileiro das Galáxias oferece a seguinte definição para a palavra "Infinito":

Infinito: Maior que a maior de todas as coisas e um pouco mais que isso. Muito maior que isso, na verdade, realmente fantasticamente imenso, de um tamanho totalmente estonteante, tipo "puxa, isso é realmente grande!". O infinito é tão totalmente grande que, em comparação a ele, a grandeza em si parece ínfima. Gigantesco multiplicado por colossal multiplicado por estonteantemente enorme é o tipo de conceito que estamos tentando passar aqui.

2. Importações: Nenhuma.

É impossível importar coisas para uma área infinita, pois não há exterior de onde importar as coisas.

3. Exportações: Nenhuma.
Vide Importações.

4. População: Nenhuma.
É fato conhecido que há um número infinito de mundos, simplesmente porque há um espaço infinito para que esses mundos existam. Todavia, nem todos são habitados. Assim, deve haver um número finito de mundos habitados. Qualquer número finito dividido por infinito é tão perto de zero que não faz diferença, de forma que a população de todos os planetas do Universo pode ser considerada igual a zero. Disso podemos deduzir que a população de todo o Universo também é zero, e que quaisquer pessoas que você possa encontrar de vez em quando são meramente produtos de uma imaginação perturbada.

5. Unidades Monetárias: Nenhuma.
Na realidade há três moedas correntes na Galáxia, mas nenhuma delas conta. O Dólar Altairense entrou em colapso recentemente, a Baga Flainiana só pode ser trocada por outras Bagas Flainianas e o Pu Trigânico tem problemas próprios e muito específicos. Sua atual taxa de câmbio de oito Ningis por cada Pu é bastante simples, mas como cada Ningi é uma moeda triangular de borracha de 10.900 quilômetros em cada lado, ninguém jamais as juntou em número suficiente para possuir um Pu. Ningis não são moedas negociáveis, porque os Galactibancos recusam-se a lidar com trocados. Partindo-se dessa premissa básica, é simples provar que os Galactibancos também são produto de uma imaginação perturbada.

6. Arte: Nenhuma.
A função da arte é espelhar a natureza, e basicamente não existe um espelho que seja grande o bastante – vide item 1.

7. Sexo: Nenhum.
Bem, para dizer a verdade isso acontece bastante, em grande parte devido à total falta de dinheiro, comércio, bancos, arte ou qualquer outra coisa que pudesse manter ocupadas todas as pessoas não existentes do Universo.
Contudo, não vale a pena entrar numa longa discussão sobre o assunto porque ele de fato é incrivelmente complicado. Para mais informações veja os seguintes capítulos do *Guia*: 7, 9, 10, 11, 14, 16, 17, 19, além dos capítulos entre 21 e 84, inclusive. Na verdade, veja quase todo o resto do *Guia*.

Capítulo 20

O Restaurante continuou a existir, mas todo o resto parou. A relestática temporal o mantinha protegido dentro de um nada que não era meramente um vácuo, era simplesmente nada – não havia nada em que se pudesse dizer que havia um vácuo.

Protegido pelo campo de força, o domo voltara a ser opaco, a festa havia terminado, as pessoas estavam saindo, Zarquon havia desaparecido junto com o resto do Universo e as Turbinas Temporais estavam se preparando para puxar o Restaurante de volta no tempo para a hora de servir o almoço, enquanto Max Quordlepeen estava de volta ao seu pequeno camarim tentando falar com seu agente através do cronofone.

No estacionamento estava a nave negra, fechada e silenciosa.

O falecido Sr. Hotblack Desiato entrou no estacionamento, empurrado por seu guarda-costas.

Desceram por um dos tubos. Ao se aproximarem da limunavesine, uma comporta se abriu, acoplou-se à cadeira de rodas e a puxou para dentro. O guarda-costas supervisionou a operação, e, depois de ver seu patrão seguramente instalado em seu sistema de manutenção de morte, dirigiu-se à pequena cabine. De lá operou o sistema de controle remoto que ativava o piloto automático da nave negra ao lado da limunavesine, o que trouxe um grande alívio para Zaphod, que há mais de dez minutos tentava fazer a nave se mexer.

A nave negra deslizou suavemente para fora de sua baia, virou e moveu-se pela pista central. Perto do final, acelerou, mergulhou na câmara de lançamento temporal e iniciou a viagem de volta ao passado.

O CARDÁPIO DO MILLIWAYS CITA, com a devida permissão, um trecho do *Guia do Mochileiro das Galáxias*. Eis o que ele diz:

> A história de todas as grandes civilizações galácticas tende a atravessar três fases distintas e identificáveis – as da sobrevivência, da interrogação e da sofisticação, também conhecidas como as fases do como, do por quê e do onde.
>
> Por exemplo, a primeira fase é caracterizada pela pergunta: "Como *vamos poder comer?*" A segunda, pela pergunta: "Por que *comemos?*" E a terceira, pela pergunta: "Onde *vamos almoçar?*"

O cardápio prossegue sugerindo que o Milliways, o Restaurante no Fim do Universo, seria uma resposta agradável e sofisticada para a terceira pergunta.

O que ele não diz é que, embora uma grande civilização em geral leve milênios para passar pelas fases do *Como,* do *Por quê* e do *Onde,* em circunstâncias estressantes, pequenos agrupamentos sociais podem passar por elas com extrema rapidez.

– Como estamos? – perguntou Arthur.

– Mal – disse Ford Prefect.

– Para onde estamos indo? – perguntou Trillian.

– Não sei – disse Zaphod Beeblebrox.

– Por que não? – impacientou-se Arthur Dent.

– Cale a boca – sugeriram Zaphod Beeblebrox e Ford Prefect.

– Basicamente, o que vocês estão tentando dizer – disse Arthur Dent, ignorando a sugestão – é que estamos fora de controle.

A nave sacudia e balançava nauseantemente enquanto Ford e Zaphod tentavam arrancar o controle do piloto automático. Os motores gemiam e reclamavam como crianças cansadas num supermercado.

– É esse sistema maluco de cores que me tira do sério – disse Zaphod, cujo caso de amor com a nave tinha durado pouco menos que três minutos após o início do voo. – Toda vez que você tenta operar um desses estranhos controles pretos, rotulados em preto contra um fundo preto, acende uma luzinha preta para dizer o que você fez. O que é isso? Alguma espécie de hipernave funerária?

As paredes da cabine também eram pretas, os assentos – que eram rudimentares, uma vez que a única viagem importante para a qual essa nave fora projetada supostamente não teria tripulantes – eram pretos, o painel de controle era preto, os instrumentos eram pretos, os parafusos que os prendiam eram pretos, o fino carpete de náilon que cobria o chão era preto, e quando eles levantaram uma ponta dele descobriram que o forro por baixo também era preto.

– Talvez quem a desenhou tivesse olhos que respondessem a outros comprimentos de onda – propôs Trillian.

– Ou não tinha muita imaginação – murmurou Arthur.

– Talvez – disse Marvin – estivesse muito deprimido.

A verdade, embora eles não soubessem, era que a decoração tinha sido escolhida em homenagem à condição triste, lamentável e dedutível do imposto de renda de seu proprietário.

A nave deu uma guinada particularmente nauseante.

– Vão com calma – implorou Arthur –, estou ficando com enjoo espacial.

– Enjoo temporal – corrigiu Ford. – Estamos mergulhando de volta no tempo.

– Obrigado – disse Arthur. – Agora acho que realmente vou passar mal.

– Vá em frente – disse Zaphod. – Um pouco de cor faria bem a este lugar.

– É isso que você considera uma boa conversa entre amigos depois do jantar? – retrucou Arthur.

Zaphod deixou Ford tentando se entender com os controles e se lançou sobre Arthur.

– Olha, terráqueo – disse, furioso –, você tem uma missão a cumprir, certo? A Pergunta referente à Resposta Final, certo?

– O quê, ainda isso? – disse Arthur. – Pensei que já tivéssemos deixado isso para trás.

– Eu, não, cara. Como disseram os ratos, vale uma fortuna nos meios certos. E está tudo trancado nessa sua cabeça.

– É, mas...

– Mas nada! Pense nisso. O Sentido da Vida! Se pusermos as mãos nisso, vamos poder chantagear todos os terapeutas do Universo, e isso vale uma nota. Eu devo uma grana ao meu!

Arthur deu um longo suspiro, sem muito entusiasmo.

– Certo – disse –, mas por onde começamos? Como eu posso saber? Eles dizem que a Resposta Final, ou seja lá o que for, é 42, mas como é que eu vou saber qual é a pergunta? Pode ser qualquer coisa. Quero dizer, quanto são seis vezes sete?

Zaphod o encarou seriamente por um instante. Então seus olhos brilharam, empolgados.

– Quarenta e dois! – exclamou.

Arthur passou a mão na testa.

– É – disse pacientemente –, eu sei disso.

Zaphod baixou os rostos.

– Só estou dizendo que a pergunta pode ser qualquer coisa – disse Arthur –, e não vejo como eu vou descobrir.

– Porque – bradou Zaphod – você estava lá quando seu planeta explodiu em fogos de artifício.

– Temos uma coisa na Terra... – começou Arthur.

– Tínhamos – corrigiu Zaphod.

– ... chamada educação. Ah, não importa. Olhe, eu simplesmente não sei.

Uma voz baixa e soturna ecoou pela cabine.

– Eu sei – disse Marvin.

Ford gritou dos controles, dos quais continuava levando uma surra.

– Fique fora disso, Marvin – disse ele. – Isso é conversa orgânica.

– Está impresso nos padrões de ondas cerebrais do terráqueo – prosseguiu Marvin –, mas não creio que vocês estejam muito interessados em saber.

– Quer dizer – disse Arthur – que você pode ver dentro da minha mente?

– Posso – disse Marvin.

Arthur olhou para ele espantado.

– E...?

– Fico impressionado com o fato de você conseguir viver num lugar tão pequeno.

– Ah – disse Arthur. – Ultraje.

– Sim – confirmou Marvin.

– Ah, ignore-o – aconselhou Zaphod –, ele está inventando.

– Inventando? – disse Marvin, girando a cabeça para simular espanto. – Por que eu iria inventar algo? A vida já é suficientemente ruim como é, sem que eu queira inventar mais nada.

– Marvin – disse Trillian, com aquela voz gentil e doce que só ela continuava sendo capaz de fazer ao falar com aquela criatura maluca –, se você sabia o tempo todo, por que não nos contou?

Marvin girou a cabeça na direção dela.

– Vocês não perguntaram – disse, simplesmente.

– Bom, estamos perguntando agora, homem metálico – disse Ford, virando-se para olhar para ele.

Nesse momento a nave parou de sacolejar e o ruído dos motores passou para um suave zunido.

– Ei, Ford – disse Zaphod –, isso soa bem melhor. Você conseguiu assumir o controle do barco?

– Não – disse Ford –, só parei de mexer com eles. Acho que vamos ter que ir para onde quer que esta nave esteja indo e cair fora o mais rápido possível.

– Ok – disse Zaphod.

– Eu sabia que vocês não estavam realmente interessados – murmurou Marvin para si mesmo, se jogou num canto e se desligou.

– O problema – disse Ford – é que o único instrumento desta nave que consigo ler está me deixando preocupado. Se for o que eu estou achando que é, e se estiver dizendo o que eu acho que está, então a gente já voltou demais no tempo. Talvez uns dois milhões de anos antes de nossa era.

Zaphod sacudiu os ombros.

– O tempo não tem sentido – disse.

– Queria saber de quem é esta nave, de qualquer forma – disse Arthur.

– Minha – disse Zaphod.

– Não. De quem ela é de verdade.

– Minha, de verdade – insistiu Zaphod – Olhe, propriedade é roubo, certo? Logo, roubo é propriedade. Portanto esta nave é minha, ok?

– Diga isso à nave – disse Arthur.

Zaphod inclinou-se sobre o painel.

– Nave – disse, batendo nos controles –, este é o seu novo dono falando...

Não conseguiu prosseguir. Muitas coisas aconteceram ao mesmo tempo.

Todos os controles do painel, que ficaram desligados durante a viagem no tempo, acenderam-se.

Uma imensa tela abriu-se sobre o painel revelando uma ampla paisagem cósmica e um único e imenso sol bem na frente deles.

Nenhuma dessas coisas, porém, foi responsável pelo fato de Zaphod ter sido arremessado violentamente para o fundo da cabine nesse mesmo instante, assim como os demais.

Foram arremessados por um estrondo que subitamente saiu dos alto-falantes em volta da tela.

Capítulo 21

Lá embaixo, na superfície vermelha e seca do planeta Kakrafoon, no meio do deserto de Damn'adi, os técnicos de palco estavam testando o sistema de som.

Mais exatamente, o sistema de som estava no deserto, não os técnicos de palco. Eles haviam retornado para a segurança da nave de controle gigante da Disaster Area, em órbita a uns 700 quilômetros acima da superfície do planeta, e era de lá que estavam testando o som. Qualquer pessoa que estivesse a menos de 10 quilômetros dos silos de som não teria sobrevivido aos testes.

Se Arthur Dent estivesse a menos de 10 quilômetros dos silos de som, seu derradeiro pensamento teria sido de que, tanto na forma quanto no tamanho, a aparelhagem de som se parecia muito com Manhattan. Erguidas sobre os silos, as torres dos alto-falantes de feixes de nêutrons levantavam-se monstruosamente em direção ao céu, deixando nas sombras os bancos de reatores de plutônio e os amplificadores sísmicos atrás delas.

Enterrados profundamente em bunkers de concreto sob a cidade de alto-falantes estavam os instrumentos que os músicos controlariam de sua nave, a enorme ajuitarra fotônica, o detonador de subfrequências e o complexo de percussão Gigabang.

Ia ser um show barulhento.

A bordo da gigantesca nave de controle, todos estavam ativos e correndo de um lado para outro. A limunavesine de Hotblack Desiato, um girino comparado a ela, já tinha chegado e atracado, e o finado cavalheiro estava sendo transportado pelos corredores para ir encontrar-se com o médium que interpretaria seus impulsos psíquicos no controlador da ajuitarra.

Um médico, um filósofo e um oceanógrafo também tinham acabado de chegar, trazidos, a um custo astronômico, de Maximegalon para tentar argumentar com o vocalista, que se trancara no banheiro com um frasco de comprimidos e se recusava a sair até que alguém provasse a ele de maneira irrefutável que ele não era um peixe. O baixista estava ocupado metralhando seu quarto de dormir e ninguém sabia onde estava o baterista.

Uma busca frenética fez com que se descobrisse que ele estava numa praia em Santraginus V, a mais de 100 anos-luz dali. Alegava que tinha passado a última meia hora em profundo estado de felicidade e que havia descoberto uma pequena pedra que desejava ser sua amiga.

O empresário da banda ficou profundamente aliviado. Isso significava que, pela décima sétima vez nessa turnê, a bateria seria tocada por um robô e, portanto, o tempo estaria correto.

O rádio subéter zunia com as comunicações dos técnicos de palco testando os canais de som, e era isso que estava sendo transmitido para o interior da nave negra.

Seus ocupantes, aturdidos, espremiam-se na parede de trás da cabine e ouviam as vozes pelos monitores da nave.

– Ok, canal nove ativado – disse uma voz –, testando canal 15...

Outro estrondo ecoou dentro da nave.

– Canal 15 ok – disse uma outra voz.

Uma terceira voz interrompeu.

– A nave dublê negra já está em posição – disse. – Parece bom daqui. Vai ser um grande mergulho solar. Computador de palco ativado?

Uma voz de computador respondeu.

– Ativado – disse.

– Assuma o controle da nave negra.

– Nave negra travada na trajetória programada, esperando sinal.

– Testando canal 20.

Zaphod saltou através da cabine para mudar o canal do receptor Subeta antes que outro ruído detonador de mentes os atingisse. Ficou em pé, tremendo.

– O que – perguntou Trillian em voz baixa – quer dizer mergulho solar?

– Quer dizer – disse Marvin – que a nave vai mergulhar no sol. Mergulho... solar. É muito fácil de entender. O que você espera, roubando a nave dublê de Hotblack Desiato?

– Como você sabe... – disse Zaphod, com uma voz que gelaria um lagarto polar – que esta é a nave dublê de Hotblack Desiato?

– Simples – disse Marvin –, eu a estacionei para ele.

– Então... por que... você... não... nos disse?!

– Você disse que queria emoção, aventura e coisas realmente selvagens.

– Isso é horrível – disse Arthur desnecessariamente na pausa que se seguiu.

– Foi o que eu disse – confirmou Marvin.

Numa frequência diferente, o receptor Subeta captou uma transmissão pública, que agora ecoava por toda a cabine.

– ... e o tempo está bom para o concerto desta tarde. Estou aqui, em frente ao palco – mentia o repórter –, no meio do deserto de Damn'adi, e com a ajuda de hipervisores posso vislumbrar a imensa audiência agrupando-se no horizonte à minha volta. Atrás de mim as torres de som erguem-se como um enorme penhasco, e sobre minha cabeça o sol brilha, sem saber o que vai atingi-lo. Os grupos de ecologistas, contudo, sabem o que vai atingi-lo e alegam que o show causará terremotos, maremotos, furacões, danos irreparáveis na atmosfera e todas essas coisas das quais os ecologistas costumam reclamar. Mas acabo de ler um informe de que um representante da Disaster Area encontrou-se com os ecologistas na hora do almoço e mandou fuzilar todos eles, de forma que não restam empecilhos para...

Zaphod desligou. Voltou-se para Ford.

– Sabe o que estou pensando? – disse.

– Penso que sim – disse Ford.

– Me diga o que você pensa que eu estou pensando.

– Penso que você está pensando que está na hora de sairmos desta nave.

– Penso que você está certo – disse Zaphod.

– Penso que você está certo – disse Ford.

– Como? – disse Arthur.

– Quieto – disseram Ford e Zaphod. – Estamos pensando.

– Então é isso – disse Arthur –, vamos morrer.

– Gostaria que você parasse de ficar dizendo isso – disse Ford.

Vale repetir, nesse ponto, as teorias que Ford arrumou, em seu primeiro contato com os humanos, para explicar seu hábito peculiar de ficar continuamente afirmando coisas absurdamente óbvias, como "Lindo dia", "Você é alto" ou ainda "Então é isso, vamos morrer".

Sua primeira teoria era que, se os seres humanos deixassem de exercitar seus lábios, eles grudariam.

Após alguns meses de observação, encontrou outra teoria, que era a seguinte: "Se os seres humanos não moverem seus lábios, seus cérebros começarão a funcionar."

Na verdade, essa segunda versão se adapta melhor ao povo Belcerebron de Kakrafoon.

O povo Belcerebron causava um grande ressentimento e insegurança entre as raças vizinhas por ser uma das civilizações mais desenvolvidas, iluminadas, e acima de tudo uma das mais silenciosas da Galáxia.

Como punição para tal comportamento, que foi considerado uma ofensa arrogante e provocadora, um Tribunal Galáctico impôs a eles a mais cruel dentre todas as doenças sociais, a telepatia. Consequentemente, para impedir que transmitissem cada mísero pensamento que atravessasse suas mentes a todos num raio de 10 quilômetros, eles agora precisam conversar sem parar, em voz bem alta, sobre o tempo, sobre suas pequenas mazelas, sobre o jogo daquela tarde e sobre como Kakrafoon se tornou um planeta barulhento.

Outro método de bloquearem suas mentes momentaneamente é servir de palco para um show da Disaster Area.

O sincronismo do concerto era crítico.

A nave tinha que iniciar seu mergulho antes do início do show, para que se chocasse com o sol seis minutos e trinta e sete segundos antes do clímax da música à qual estava relacionada, de forma que a luz das erupções solares tivesse tempo de atingir Kakrafoon.

A nave já estava mergulhando havia vários minutos no momento em que Ford Prefect terminou sua busca pelos outros compartimentos. Voltou à cabine, esbaforido.

O sol de Kakrafoon crescia assustadoramente na tela, seu flamejante inferno branco de núcleos de hidrogênio em fusão crescendo a cada momento enquanto a nave se precipitava em sua direção, sem ligar para os socos de Zaphod sobre o painel. Arthur e Trillian estavam com aquele mesmo olhar fixo de coelhos numa estrada à noite, quando acham que a melhor forma de lidar com os faróis que se aproximam é ficar olhando para eles.

Zaphod deu uma volta, com os olhos arregalados.

– Ford – disse –, quantas cápsulas de salvamento temos?

– Nenhuma – disse Ford.

– Você contou direito? – gritou Zaphod.

– Duas vezes – disse Ford. – Você conseguiu falar com a equipe do show pelo rádio?

– Consegui – disse Zaphod, amargo. – Disse que tinha um grupo de pessoas a bordo e eles mandaram um "oi" para todo mundo.

Ford revirou os olhos.

– Você não disse quem você era?

– Ah, claro. Disseram que era uma grande honra. Isso e alguma coisa a respeito de uma conta de restaurante e meu testamento.

Ford empurrou Arthur para o lado e debruçou-se sobre o painel de controle.

– Nenhuma dessas porcarias funciona? – disse, furioso.

– Todos desconectados.

– Destrua o piloto automático.

– Encontre-o antes. Nada faz sentido.

Houve um momento de silêncio seco.

Arthur estava passeando pelo fundo da cabine. Parou de repente.

– Só por curiosidade – disse –, o que significa teleporte?

Passou outro momento.

Lentamente todos se viraram em sua direção.

– Provavelmente este é o momento errado de perguntar – disse Arthur. – É só que me lembro de ter ouvido vocês usarem essas palavras faz pouco tempo e só estou falando nisso porque...

– Onde – disse Ford Prefect lentamente – está escrito teleporte?

– Bom, logo aqui, na verdade – disse Arthur, indicando uma caixa escura de controle no fundo da cabine –, logo acima das palavras "de emergência" e abaixo das palavras "sistema de", e logo ao lado de um sinal que dizia "não funciona".

No pandemônio que se seguiu instantaneamente, a única ação que vale mencionar foi a de Ford Prefect se atirando através da cabine sobre a caixinha preta que Arthur indicara e apertando repetidamente o pequeno botão preto que havia nela.

Um painel de 2 metros quadrados abriu-se diante deles revelando um compartimento que parecia um banheiro com vários chuveiros que tinha encontrado uma nova vocação em sua vida como loja de equipamentos elétricos. Fios parcialmente desencapados caíam do teto, havia uma porção de componentes espalhados numa bagunça pelo chão e o painel de programação caía pendurado na cavidade da parede onde deveria ter sido instalado.

Um jovem contador da Disaster Area, visitando o estaleiro onde a nave estava sendo construída, perguntara ao mestre de obras por que diabos estavam instalando um teleporte extremamente caro numa nave que só tinha uma viagem importante a fazer, e sem tripulação. O mestre de obras explicara que o teleporte tinha sido instalado com 10 por cento de desconto, e o contador explicara que isso era imaterial; o mestre de obras explicara que aquele era o mais refinado, mais poderoso e mais sofisticado teleporte que o dinheiro podia comprar, e o contador explicara que o dinheiro não queria comprá-lo; o mestre de obras explicara que, ainda assim, as pessoas teriam que entrar e sair da nave, e o contador explicara que a nave dispunha de uma porta perfeitamente utilizável; o mestre de obras explicara que o contador podia ir se danar, e o contador explicara ao mestre de obras que aquela coisa que estava indo rapidamente em sua direção era um punho fechado. Após todas essas explicações terem sido concluídas, os trabalhos no teleporte foram interrompidos e ele foi incluído discretamente sob o item "despesas gerais", custando cinco vezes o preço original.

– Zork! – xingou Zaphod, enquanto ele e Ford tentavam conectar os fios.

Pouco tempo depois, Ford lhe disse para se afastar. Jogou uma moeda no teleporte e girou um botão no painel dependurado. Com um ruído e um raio de luz, a moeda desapareceu.

– Essa parte está funcionando – disse Ford –, mas não temos um sistema de coordenadas. Um teleporte sem um sistema de coordenadas poderia mandar você para... para qualquer lugar.

O sol de Kakrafoon assomava enorme na tela.

– Quem se importa – disse Zaphod. – A gente vai para onde for.

– Outra coisa... – disse Ford – Não tem funcionamento automático. Não poderíamos ir todos. Alguém teria que ficar para operar o mecanismo.

Um momento solene passou. O sol ficava cada vez maior.
— Ei, Marvin, meu velho — disse Zaphod, brilhantemente —, como vão as coisas?
— Muito mal, eu suspeito — murmurou Marvin.

LOGO DEPOIS O CONCERTO de Kakrafoon atingiu um clímax inesperado.

A nave negra com seu único e moroso ocupante mergulhou pontualmente na fornalha nuclear do sol. Gigantescas erupções solares se levantaram a milhões de quilômetros de sua superfície, empolgando e por fim jogando longe o punhado de Surfistas Solares que estavam próximos da superfície do sol à espera do grande momento.

Instantes antes de a luz das erupções atingir Kakrafoon, o vibrante deserto abriu-se ao meio seguindo uma falha continental. Um imenso rio subterrâneo, até então não detectado, jorrou na superfície, seguido pouco depois pela eclosão de milhões de toneladas de lava fervente, que subiu centenas de metros no ar, vaporizando instantaneamente o rio tanto acima quanto abaixo da superfície numa explosão que ecoou até o outro lado do planeta e voltou.

Aqueles poucos — muito poucos — que testemunharam o evento e sobreviveram juram que os 100 mil quilômetros quadrados de deserto voaram como uma panqueca de 1 quilômetro de espessura, que virou e caiu de volta. Nesse momento preciso, a radiação das erupções solares, filtradas pelas nuvens de vapor, atingiu o solo.

Um ano depois, o deserto de 100 mil quilômetros quadrados estava coberto de flores. A estrutura da atmosfera ao redor do planeta fora sutilmente alterada. O sol queimava menos no verão, o frio congelava menos no inverno, chuvas agradáveis se tornaram mais frequentes, e lentamente o deserto de Kakrafoon foi se tornando um paraíso. Até os poderes telepáticos com os quais o povo de Kakrafoon tinha sido amaldiçoado foram permanentemente dispersados pela explosão.

Um porta-voz da Disaster Area — o mesmo que tinha matado os ecologistas — teria afirmado, segundo consta, que foi "um bom show".

Muitas pessoas falaram coisas comoventes sobre os poderes de cura da música. Alguns cientistas mais céticos examinaram os registros do evento detalhadamente e alegaram ter descoberto tênues vestígios de um vasto Campo de Improbabilidade artificialmente induzido proveniente de uma região próxima no espaço.

Capítulo 22

Arthur acordou e arrependeu-se imediatamente. Não era sua primeira ressaca, mas nenhuma das anteriores se comparava àquela. Essa era "A Ressaca Suprema", a maior de todas, o fundo do fundo do poço sem fundo. Raios de transferência de matéria, ele decidiu, não eram tão agradáveis como, digamos, um bom chute na cabeça.

Estando no momento pouco propenso a levantar-se devido a uma irritante pulsação repetitiva que estava sentindo, ficou deitado, pensando. O problema com a maioria das formas de transporte é que basicamente não valiam a pena. Na Terra – quando havia uma Terra, antes de ela ter sido demolida para dar lugar a uma via expressa hiperespacial – o problema eram os carros. As desvantagens envolvidas em arrancar toneladas de gosma preta e viscosa do subsolo, onde a tal gosma tinha ficado escondida em segurança e longe de todo mal, transformá-la em piche para cobrir o chão, fumaça para infestar o ar e espalhar o resto pelo mar, tudo isso parecia anular as aparentes vantagens de se poder viajar mais rápido de um lugar para outro. Especialmente quando o lugar a que se chegava tinha ficado, por conta dessa coisa toda, muito parecido com o lugar de que se tinha saído, ou seja, coberto de piche, cheio de fumaça e com poucos peixes.

E os raios de transferência de matéria então! Qualquer meio de transporte que envolva destroçar seu corpo em pedaços, átomo por átomo, lançar esses átomos pelo subéter e depois reconstruí-los, logo quando estavam sentindo o primeiro gosto de liberdade em muitos anos, com certeza não seria algo muito bom.

Muitas pessoas tinham pensado exatamente a mesma coisa antes de Arthur Dent e até mesmo composto canções a respeito. Eis aqui uma que era frequentemente cantada por grandes massas concentradas em frente à fábrica de Sistemas de Teleporte da Companhia Cibernética de Sírius, em Mundi-Legre III:

Aldebaran é demais
Algol é o máximo, é sim
Betelgeuse tem mulheres
Lindas de enlouquecer, eu sei
Elas farão o que eu quiser
Bem rápido, depois bem devagar

Mas se for preciso me desintegrar
Então para lá eu não irei.

Todos cantando:
Desintegrar, me desintegrar
Que forma é essa de viajar
Se for preciso me desintegrar
Em casa irei ficar.

As ruas de Sírius são de ouro
Foi o que me disseram
Os loucos que então falaram:
"Vejo você antes de morrer",
Vou levar uma vida de rei
Ou talvez algo pior
Mas se for preciso me desintegrar
Fico em casa na maior.

Todos cantando:
Desintegrar, me desintegrar
Você é um louco varrido
Se for preciso me desintegrar
Fico em casa, está decidido.

... e por aí afora. Uma outra canção muito popular era bem mais curta:

Nos teleportamos de volta para casa
Eu, Patrícia, José e Andreia
José roubou o coração de Patrícia
E Andreia, a minha perna.

Arthur sentiu que as ondas de dor estavam recuando lentamente, embora a irritante pulsação continuasse. Ele se levantou bem devagar e cuidadosamente.
– Você está ouvindo uma pulsação irritante? – disse Ford Prefect.
Arthur virou-se e cambaleou. Ford Prefect estava se aproximando, com os olhos vermelhos e muito abatido.
– Onde estamos? – perguntou Arthur, com a garganta seca.
Ford olhou ao redor. Estavam num longo corredor em curva que se estendia em ambas as direções até se perder de vista. A parede exterior de aço – pintada

naquela cor enjoativa que usam nas escolas, hospitais e asilos psiquiátricos para manter os internos submissos – curvava-se sobre suas cabeças para ir de encontro à parede interior perpendicular que era peculiarmente recoberta por uma treliça de madeira escura. O chão era coberto por placas de borracha em tom verde-escuro.

Ford foi até um painel transparente muito grosso e escuro que fora colocado na parece externa. Apesar da espessura, era possível ver os pontinhos luminosos de estrelas distantes.

– Acho que estamos em algum tipo de nave espacial – disse.

Do corredor vinha o ruído de uma pulsação monótona e irritante.

– Trillian? – chamou Arthur, nervoso. – Zaphod?

Ford sacudiu os ombros.

– Não estão por aqui – disse –, eu procurei. Podem estar em qualquer lugar. Um teleporte sem programação pode mandar você a anos-luz de distância em qualquer direção. Pela forma como estou me sentindo, devemos ter viajado um bocado.

– Como você se sente?

– Mal.

– Você acha que eles estão...

– Onde estão, como estão, não temos como saber e não podemos fazer nada a respeito. Faça como eu.

– Como?

– Não pense nisso.

Arthur revirou a ideia por alguns instantes, relutantemente viu a sabedoria que ela continha, pegou a ideia e a enterrou dentro de sua cabeça. Respirou profundamente.

– Passos! – exclamou Ford de repente.

– Onde?

– Esse barulho. A pulsação. São passos. Ouça!

Arthur ouviu. O ruído ecoava pelo corredor de uma distância indeterminada. Era o som abafado de passadas fortes, e estava ficando nitidamente mais alto.

– Vamos sair daqui – disse Ford. Ambos se moveram, cada um para um lado.

– Por aí não – disse Ford –, é daí que eles vêm vindo.

– Não é, não – disse Arthur. – É daí.

– Não, estão...

Ambos pararam. Ambos se viraram. Ambos ouviram com atenção. Ambos concordaram um com o outro. Ambos saíram em direções opostas novamente.

O medo tomou conta deles.

De ambas as direções o barulho ia ficando mais alto.

A poucos metros à esquerda outro corredor entrava em ângulo reto pela parede interna. Correram para ele e seguiram correndo por ele. Era escuro, imensamente comprido, e, conforme iam passando, tinham a sensação de que ia ficando cada vez mais frio. Outros corredores desembocavam nele, à direita e à esquerda, todos muito escuros, e todos lançando sobre os dois um sopro de ar gélido quando passavam por eles.

Pararam um instante, alarmados. Quanto mais avançavam pelo corredor, mais alto ficava o som das passadas.

Grudaram as costas contra a parede gélida e tentaram desesperadamente ouvir. O frio, a escuridão e as passadas ritmadas de pés sem corpo estavam deixando os dois bem nervosos. Ford tremia, em parte pelo frio, mas em parte pela lembrança das histórias que sua mãe predileta costumava lhe contar quando ele era apenas um nanobetelgeusiano, do tamanho da perna de um megagafanhoto arcturiano: histórias de naves fantasmas, cascos assombrados que vagavam sem descanso pelas regiões mais obscuras do espaço profundo, infestadas de demônios ou de fantasmas de tripulações esquecidas; eram também histórias de viajantes incautos que encontravam e entravam nessas naves; histórias de... – então Ford se lembrou da treliça de madeira escura no primeiro corredor e se recompôs. Seja lá como fosse que demônios e fantasmas decorassem suas naves assombradas, ele podia apostar qualquer quantia que eles não iriam escolher treliças. Puxou Arthur pelo braço.

– Vamos voltar para onde viemos – disse com firmeza, e eles retomaram o caminho.

Pouco depois, pularam como lagartos assustados para dentro do corredor mais próximo quando viram os donos dos pés vindo diretamente em sua direção.

Escondidos no canto, observaram, espantados, cerca de duas dúzias de homens e mulheres obesos passarem com passos largos, suando em bicas, vestidos com agasalhos de corrida e ofegando tanto que um cardiologista ficaria preocupado.

Ford Prefect ficou olhando para eles.

– São praticantes de jogging! – cochichou, enquanto o som dos passos ecoava na distância.

– Praticantes de jogging? – sussurrou Arthur Dent.

– Praticantes de jogging – disse Ford Prefect sacudindo os ombros.

O corredor em que estavam escondidos não era como os outros. Era bem curto e terminava numa grande porta de aço. Ford a examinou, descobriu o dispositivo de abertura e empurrou.

A primeira coisa que notaram foi o que parecia ser um caixão.

E as outras 4.999 coisas que notaram também eram caixões.

Capítulo 23

A câmara tinha o teto baixo, luz fraca e era gigantesca. Lá no fundo, a uns 300 metros, uma passagem em arco levava ao que parecia ser uma câmara similar, ocupada de forma similar.

Ford Prefect soltou um assobio quando pisou no chão da câmara.

– Radical – disse.

– O que há de tão radical em pessoas mortas? – perguntou Arthur Dent, andando nervosamente atrás dele.

– Sei lá – disse Ford. – Vamos descobrir?

Olhando mais detalhadamente, os caixões se pareciam mais com sarcófagos. Ficavam suspensos na altura da cintura e eram construídos com o que parecia ser mármore branco, e na verdade é quase certo que fosse exatamente isso – algo que apenas parecia ser mármore branco. Os tampos eram semitransparentes, e através deles era possível perceber vagamente as feições de seus falecidos e presumivelmente queridos ocupantes. Eram humanoides, e tinham claramente deixado para trás os problemas de seja lá de que mundo tivessem vindo, mas além disso muito pouco podia ser visto.

No chão, entre os sarcófagos, movia-se lentamente um gás pesado e viscoso que Arthur a princípio achou que estava lá para dar "um clima" ao lugar, até que descobriu que também gelava seus tornozelos. Os sarcófagos também eram muito frios.

Ford agachou-se de repente ao lado de um deles. Puxou uma ponta de sua toalha para fora da mochila e começou a esfregar alguma coisa furiosamente.

– Olha, tem uma placa neste aqui – explicou a Arthur. – Está coberta de gelo.

Esfregou até tirar todo o gelo e examinou os caracteres inscritos. Para Arthur pareciam pegadas de uma aranha que tivesse bebido umas doses a mais de seja lá o que for que as aranhas bebem quando saem para uma noitada, mas Ford instantaneamente reconheceu uma antiga forma de Faciletra Galáctica.

– Aqui diz "Frota de Arcas de Golgafrincham, Nave B, Depósito Sete, Limpador de Telefones, Segunda Classe" e um número de série.

– Limpador de telefones? – disse Arthur. – Um limpador de telefones morto?

– Segunda classe.

– Mas o que ele está fazendo aqui?

Ford espiou pela tampa para olhar por dentro.

– Não muita coisa – disse, arreganhando um daqueles seus sorrisos que faziam as pessoas acharem que ele andava estressado ultimamente e devia procurar descansar um pouco.

Saltou para outro sarcófago. Após esfregar também outra plaqueta com sua toalha, anunciou:

– Este é um cabeleireiro morto. Uau!

O sarcófago seguinte revelou-se o último lugar de descanso de um gerente de contas de marketing; o outro continha um vendedor de carros de segunda mão, terceira classe.

Uma portinhola de inspeção colocada no assoalho chamou subitamente a atenção de Ford, e ele abaixou-se para tentar abri-la, afastando as nuvens de gás gelado que ameaçavam envolvê-lo.

Arthur pensou em algo.

– Se são apenas caixões – disse –, por que estão sendo guardados nesse frio?

– Ou, na verdade, por que estão sendo guardados? – disse Ford, que acabara de abrir a portinhola. O gás desceu por ela. – Por que alguém se daria a todo esse trabalho e despesa para carregar cinco mil cadáveres pelo espaço afora?

– Dez mil – disse Arthur, apontando para a passagem em arco, através da qual a outra câmara podia ser vista.

Ford enfiou a cabeça na portinhola do chão. Olhou de novo para cima.

– Quinze mil – disse –, tem mais um monte desses lá embaixo.

– Quinze milhões – disse uma voz.

– Isso é muito – disse Ford –, muito, muito mesmo.

– Virem-se devagar – gritou a voz – e ponham as mãos para cima. Qualquer outro movimento e eu os estouro em pedacinhos.

– Alô? – disse Ford, virando-se lentamente, pondo as mãos para cima e não fazendo qualquer outro movimento.

– Por que – disse Arthur – ninguém nunca fica contente em nos ver?

De pé, com a silhueta recortada através da porta por onde tinham entrado na câmara mortuária, estava o homem que não tinha ficado contente em vê-los. Seu desprazer era em parte comunicado pelo tom esbravejante e militar de sua voz e em parte pelo modo agressivo com o qual ele apontava uma longa Zapogun prateada para eles. O projetista daquela arma tinha sido instruído para ser bem explícito. "Faça algo francamente maligno", disseram a ele. "Deixe totalmente claro que essa arma possui um lado certo e um lado errado. Deixe totalmente claro para qualquer um que esteja do lado errado que as coisas vão indo mal para ele. Se isso significa colocar muitos tipos de protuberâncias e saliências e partes em metal escuro, faça isso. Essa não é uma arma para ser colocada em cima da lareira na casa de campo ou usada como decoração na entrada. É uma arma para sair por aí e tornar miserável a vida das pessoas."

Ford e Arthur olharam infelizes para a arma.

O homem que segurava a arma saiu da porta e deu uma volta ao redor deles. Quando ele apareceu na luz, puderam ver seu uniforme preto e dourado cujos botões brilhavam com tal intensidade que teriam feito um motorista vindo em sentido contrário piscar o farol, irritado.

Ele apontou na direção da porta.

– Fora – disse. Quem dispõe daquele poder de fogo não precisa dispor de verbos. Ford e Arthur saíram, seguidos de perto pelo lado errado da Zapogun.

Ao virar o corredor esbarraram em 24 praticantes de jogging que retornavam, já de banho tomado e roupa trocada, e que passaram por eles ao entrar na câmara. Arthur virou-se para olhar para eles, confuso.

– Andando – gritou seu captor.

Arthur andou.

Ford mexeu os ombros e andou.

Na câmara, os praticantes de jogging se dirigiram a 24 sarcófagos vazios ao longo da parede lateral, abriram suas tampas, entraram neles e mergulharam em 24 sonos sem sonhos.

Capítulo 24

—hn, Capitão...
— O que é, Número Um?
— Nada, é que eu tenho um informe do Número Dois.
— Oh, Deus.

Lá no alto, na ponte de comando da nave, o Capitão observava a infinitude do espaço com uma ligeira irritação. Do lugar onde estava, sob um amplo domo, podia ver atrás de si e à sua frente o vasto panorama de estrelas pelas quais estavam passando – um panorama que ia ficando perceptivelmente mais rarefeito conforme a viagem prosseguia. Voltando-se e olhando para trás, sobre o vasto corpo de 3 quilômetros de comprimento da nave, ele via uma massa bem mais densa de estrelas das quais se afastavam e que formavam quase uma linha sólida. Essa era a vista do centro da Galáxia, de onde vinham, e de onde partiram havia anos, a uma velocidade que ele não se lembrava exatamente qual era no momento, mas sabia que era terrivelmente alta. Era qualquer coisa perto da velocidade de alguma outra coisa, ou então três vezes a velocidade de uma terceira coisa? Muito impressionante, de qualquer maneira. Olhou fundo para o espaço brilhante que se estendia atrás da nave, procurando algo. Ele fazia isso de quando em quando, mas nunca achava o que estava procurando. Não deixava que isso o preocupasse, no entanto. Os nobres cientistas tinham insistido veementemente que tudo correria perfeitamente bem contanto que ninguém entrasse em pânico e que todo mundo fosse em frente e prosseguisse de maneira ordeira.

Ele não estava em pânico. No que lhe dizia respeito, tudo estava correndo esplendidamente bem. Esfregou os ombros com uma grande esponja espumante. Voltou à sua mente a lembrança de que estava levemente irritado com alguma coisa. Mas o que era mesmo? Uma tossidela o alertou para o fato de que o primeiro oficial da nave ainda estava em pé ao seu lado.

Bom rapaz, o Número Um. Não era dos mais brilhantes, tinha uma estranha dificuldade em amarrar os cordões dos sapatos, mas um oficial muito bom mesmo assim. O Capitão não era o tipo de homem que chutasse um rapaz agachado tentando amarrar os sapatos, por mais tempo que isso levasse. Não era como aquele pavoroso Número Dois, andando empertigado para todos os lados, lustrando seus botões, transmitindo informes a cada hora: "A nave continua em movimento, Capitão", "Prosseguimos no curso, Capitão", "Os níveis de oxigênio estão normais, Capitão". "Dá uma folga" era a sugestão do Capitão. Ah, sim, essa era a coisa que o estava deixando irritado. Olhou para o Número Um.

– Sim, Capitão, ele estava gritando qualquer coisa a respeito de ter encontrado uns prisioneiros...

O Capitão pensou a respeito. Parecia-lhe um tanto improvável, mas ele não era homem de se intrometer nos assuntos de seus oficiais.

– Bem, isso talvez o deixe satisfeito por algum tempo, ele sempre quis ter prisioneiros.

FORD PREFECT E ARTHUR DENT foram conduzidos pelos corredores aparentemente intermináveis da nave. O Número Dois marchava atrás deles gritando de quando em quando uma ordem para não fazerem nenhum movimento em falso ou não tentarem nada estranho. Pareciam ter caminhado ao longo de pelo menos 2 quilômetros de lambris marrons. Chegaram finalmente a uma grande porta de aço, que se abriu quando o Número Dois gritou com ela.

Entraram.

Aos olhos de Ford Prefect e Arthur Dent, a coisa mais notável na ponte de comando da nave não era o domo hemisférico de 15 metros de diâmetro que a cobria e através do qual a formidável visão do cosmos estrelado brilhava sobre eles: para pessoas que comeram no Restaurante no Fim do Universo, tais maravilhas eram fichinha. Também não os impressionava o atordoante aparato de instrumentos ocupando toda a parede circular em torno deles. Para Arthur era exatamente assim que todas as naves espaciais deviam ser, e para Ford parecia totalmente antiquada: confirmava suas suspeitas de que a nave dublê da Disaster Area os tinha levado para um milhão de anos, talvez dois, antes de sua época.

Não, a coisa que realmente os deixou sem reação foi a banheira.

A banheira ficava sobre um pedestal de cristal azul entalhado com quase 2 metros de altura e era de uma monstruosidade barroca raramente vista fora do Museu dos Imaginários Doentios de Maximegalon. Uma miscelânea intestinal de encanamentos tinha sido folheada a ouro em vez de ser enterrada decentemente, à meia-noite, numa sepultura anônima. As torneiras e o chuveiro teriam feito uma gárgula pular.

Como peça central dominante da ponte de comando de uma nave, era completamente inadequada, e foi com o ar amargo de um homem que tem consciência disso que o Número Dois se aproximou dela.

– Senhor Capitão! – gritou entre dentes cerrados. Era um truque difícil, mas ele estava aperfeiçoando isso há anos.

Uma face afável e um afável braço coberto de espuma apareceram acima da borda da monstruosa banheira.

– Ah, olá, Número Dois – disse o Capitão, acenando com uma simpática esponja –, está tendo um bom dia?

O Número Dois empertigou-se ainda mais.

– Trouxe-lhe os prisioneiros que localizei na câmara de congelamento número sete, senhor – ganiu ele.

Ford e Arthur tossiram, confusos.

– Ahn... oi – disseram.

O Capitão sorriu para eles. Então o Número Dois tinha mesmo achado prisioneiros. "Que bom para ele", pensou o Capitão, é bom ver alguém fazendo aquilo de que realmente gosta.

– Oh, olá – disse a eles. – Desculpem por não me levantar, estou tomando um banho rápido. Bem, jynnan tonnixa para eles. Pegue na geladeira, Número Um.

– Certamente, senhor.

É um fato curioso, cuja importância ninguém sabe ao certo determinar, que uns 85 por cento de todos os mundos conhecidos na Galáxia sejam primitivos ou altamente avançados, tenham inventado uma bebida chamada jynnan tonnixa, ou jii-N'N-t'n-ica ou jimnontônic ou qualquer outra das muitas variações sobre esse mesmo tema fonético. As bebidas em si são completamente diferentes e variam entre o "chinninto/niga" de Sivolvian, que é água comum servida ligeiramente acima da temperatura ambiente, e o "tzjin-anthony-ka" de Gagrakacka, que mata vacas a 100 metros de distância. De fato, a única coisa que todas têm em comum, além dos nomes soarem quase iguais, é o fato de que foram todas inventadas antes que os mundos em questão houvessem feito contato com outros mundos.

Que conclusões podemos tirar desse fato? É um fato totalmente isolado. No que diz respeito a todas as teorias linguísticas de base estruturalista, isso é um ponto completamente fora do gráfico, que no entanto insiste em existir. Os velhos linguistas estruturalistas ficam muito irritados quando os jovens linguistas estruturalistas estudam essa questão. Os jovens linguistas estruturalistas ficam profundamente empolgados com isso e trabalham até altas madrugadas, convencidos de que estão muito perto de algo extremamente importante, e acabam se tornando velhos linguistas estruturalistas cedo demais, ficando muito irritados com os jovens. A linguística estruturalista é uma disciplina amargamente dividida e infeliz, e muitos de seus adeptos passam muitas noites afogando seus problemas em Uizgheee Zodahs.

O Número Dois postava-se diante da banheira do Capitão tremendo de frustração.

– O senhor não vai querer interrogar os prisioneiros, Capitão? – guinchou.

O Capitão olhou para ele, curioso.

– Por que eu deveria fazê-lo? – perguntou.
– Para obter informações, senhor! Para descobrir por que vieram para cá!
– Oh, não, não, não – disse o Capitão. – Suponho que eles apenas deram uma passada para tomar uma jynnan tonnixa, você não acha?
– Mas, senhor, são prisioneiros! Eu preciso interrogá-los!
O Capitão olhou para eles pensativamente.
– Ah, está bem – disse –, se você realmente insiste. Pergunte o que querem beber.

Um brilho agudo e frio se acendeu nos olhos do Número Dois. Avançou vagarosamente em direção a Ford Prefect e Arthur Dent.
– Muito bem, escória – grunhiu. – Seu verme... – empurrou Ford com a Zapogun.
– Vá com calma – advertiu o Capitão delicadamente.
– O que vocês querem beber??? – berrou o Número Dois.
– Bom, acho que jynnan tonnixa é uma boa ideia – disse Ford. – E você, Arthur?
Arthur piscou.
– O quê? Ah, ahn, certo – disse.
– Com ou sem gelo? – urrou o Número Dois.
– Ah, com... por favor – disse Ford.
– Limão??!!
– Sim, por favor – disse Ford. – E será que tem uns salgadinhos para acompanhar? Sabe, daqueles de queijo?
– Quem faz as perguntas aqui sou eu!!!! – urrou o Número Dois, tremendo com uma fúria apoplética.
– Ahn, Número Dois... – disse suavemente o Capitão.
– Sim, senhor?
– Caia fora, está bem, estou vendo que esse é um bom rapaz. Estou tentando tomar um banho relaxante.

Os olhos do Número Dois se fecharam ligeiramente, assumindo o que é chamado, no ramo das Pessoas que Gritam e Matam, de olhar gélido, cuja ideia, supostamente, é dar a seu oponente a ideia de que você perdeu os óculos ou está tendo grande dificuldade em manter-se acordado. Por que isso é assustador permanece, até o momento, um problema sem solução.

Avançou em direção ao Capitão, estreitando sua (do Número Dois) boca. Mais uma vez, difícil saber por que esse é considerado um comportamento de combate. Se, ao vagar pelas florestas de Traal, você de repente se visse frente a frente com a Terrível Besta Voraz de Traal, teria razões para agradecer se mantivesse a boca fechada com os lábios estreitados em vez de, como faz normalmente, escancará-la para exibir suas afiadas presas salivantes.

– Posso lembrá-lo – sibilou o Número Dois ao Capitão – que o senhor está no banho há mais de três anos? – Após este último comentário irônico, o Número Dois girou sobre os calcanhares e refugiou-se em um canto para praticar olhares dardejantes diante de um espelho.

O Capitão contorceu-se em sua banheira. Dirigiu um sorriso sem graça.

– Bom, é preciso relaxar muito num trabalho como o meu – disse ele.

Ford foi baixando as mãos devagar. Não provocou nenhuma reação. Arthur também baixou as suas.

Movendo-se lentamente e com cuidado, Ford foi até o pedestal da banheira. Deu uns tapinhas nela.

– Bacana – mentiu.

Pensou se seria seguro abrir um sorriso. Foi movendo os músculos da face devagar e com muito cuidado. Sim, era seguro.

– Ahn... – disse ao Capitão.

– O quê? – disse o Capitão.

– Eu gostaria de saber – disse Ford –, bem, eu poderia perguntar qual é exatamente seu trabalho?

Uma mão bateu em seu ombro, por trás. Ele se virou.

Era o primeiro oficial.

– Seus drinques – disse ele.

– Ah, obrigado – disse Ford. Ele e Arthur pegaram suas jynnan tonnixa. Arthur deu um gole e ficou surpreso ao descobrir que a bebida se parecia muito com um uísque com soda.

– Quero dizer, não pude deixar de notar – disse Ford, também dando um gole – os cadáveres. No compartimento de carga.

– Cadáveres? – disse o Capitão, surpreso.

Ford parou e pensou para si mesmo: "Nunca tome algo como certo. Seria possível que o Capitão não soubesse que tinha quinze milhões de cadáveres a bordo de sua nave?"

O Capitão estava balançando a cabeça simpaticamente para ele. Parecia também que estava brincando com um pato de borracha.

Ford olhou ao redor. O Número Dois o encarava pelo espelho, mas só por um breve instante: seus olhos estavam em constante movimento. O primeiro oficial estava de pé segurando a bandeja e sorrindo de forma tranquila.

– Corpos? – disse o Capitão de novo.

Ford lambeu os lábios.

– Sim – disse. – Todos aqueles limpadores de telefone e gerentes de conta, sabe, lá no compartimento de carga.

O Capitão olhou para ele. De repente deitou a cabeça para trás e começou a rir.

– Ah, não estão mortos – disse. – Santo Deus, não, estão congelados. Serão reanimados.

Ford fez algo que muito raramente fazia. Piscou.

Arthur parecia estar saindo de um transe.

– Quer dizer que você tem um porão cheio de cabeleireiros congelados? – disse.

– Oh, sim – disse o Capitão. – Milhões deles. Cabeleireiros, produtores de TV estressados, vendedores de apólices de seguro, gerentes de RH, guardas de segurança, executivos de relações públicas, consultores executivos, é só dizer. Vamos colonizar outro planeta.

Ford cambaleou de leve.

– Emocionante, não? – disse o Capitão.

– O quê? Com essa turma? – disse Arthur.

– Ah, vejamos, não me entenda mal – disse o Capitão –, somos apenas uma das naves da Frota de Arcas. Somos a Arca "B", entende? Desculpe, será que posso lhe pedir para ligar um pouco a água quente?

Arthur atendeu, e uma cascata de água cor-de-rosa espumante rodopiou pela banheira. O Capitão emitiu um suspiro de prazer.

– Muito obrigado, meu caro. Sirvam-se à vontade de bebidas.

Ford bebeu seu drinque de um gole, pegou a garrafa da bandeja do primeiro oficial e encheu seu copo até a boca.

– O que – disse – é uma Arca "B"?

– É esta – disse o Capitão, sacudindo alegremente a água com seu patinho de borracha.

– Certo – disse Ford –, mas...

– Bem, o que ocorreu, sabe – disse o Capitão –, foi que o nosso planeta, o mundo de onde estamos vindo, estava, por assim dizer, condenado.

– Condenado?

– Oh, sim. Então as pessoas pensaram e tiveram essa ideia, a de colocar toda a população em algumas espaçonaves gigantes para nos instalarmos em outro planeta.

Tendo contado essa parte da história, recostou-se com um gemido de satisfação.

– Você diz um planeta menos condenado?

– O que você disse, meu caro?

– Um planeta menos condenado. Onde vocês iam se instalar.

– Sim, nós ainda vamos nos instalar lá. Ficou decidido que seriam construídas três naves, entenderam, as três Arcas Espaciais, e... espero não estar aborrecendo vocês.

– Não, não – disse Ford com firmeza. – É fascinante.

– Sabem, é delicioso – refletiu o Capitão. – Ter mais alguém com quem conversar, para variar.

Os olhos do Número Dois dardejaram febrilmente pela sala mais uma vez e então voltaram ao espelho, como um par de moscas brevemente distraídas de seu pedaço favorito de carne putrefata.

– O problema de uma viagem tão longa – prosseguiu o Capitão – é que você acaba conversando muito consigo mesmo, o que se torna muito aborrecido, porque na metade das vezes você sabe o que vai dizer em seguida.

– Só metade das vezes? – perguntou Arthur, surpreso.

O Capitão pensou por um momento.

– É, mais ou menos a metade, eu diria. De qualquer modo... onde está o sabão? – Procurou dentro da banheira e acabou encontrando. – Então – retomou –, a ideia foi de que na primeira nave, a Arca "A", iriam todos os líderes brilhantes, os cientistas, os grandes artistas, sabe, todos os que produzem algo; na terceira nave, ou Arca "C", iriam todas as pessoas que fazem o trabalho pesado, aqueles que fazem ou constroem coisas; e na Arca "B" – que é a nossa – iriam todos os outros, os intermediadores, entende?

Sorriu feliz para eles.

– E fomos mandados em primeiro lugar – concluiu, e começou a cantarolar uma canção para se cantar em banheiras.

A canção para se cantar em banheiras, que tinha sido feita para ele por um dos compositores de jingles mais interessantes e prolíficos de seu planeta (que no momento se encontrava adormecido no compartimento 36 a uns 800 metros atrás deles), cobriu o que de outra forma teria sido um desconfortável momento de silêncio. Ford e Arthur mexiam-se desconfortavelmente e, sobretudo, evitavam olhar um para o outro.

– Ahn... – disse Arthur depois de um tempo. – O que exatamente havia de errado com seu planeta?

– Ah, estava condenado, como falei – disse o Capitão. – Aparentemente ia de encontro ao sol ou coisa assim. Ou era a lua que vinha de encontro a nós. Algo assim. Absolutamente tenebroso, fosse o que fosse.

– Ah, é? – disse o primeiro oficial de repente. – Eu pensei que era porque o planeta ia ser invadido por um enxame gigantesco de abelhas-piranhas de 3 metros. Não era isso?

O Número Dois virou-se, os olhos flamejando com uma aguda luminosidade fria que só se consegue após o tipo de prática intensa que ele vinha empreendendo ao longo dos anos.

– Não foi o que me disseram – respondeu sibilante. – Meu oficial comandante informou-me que o planeta inteiro estava sob o perigo iminente de ser engolido por um enorme bode estelar mutante!

– Ah, verdade?... – disse Ford Prefect.

– Verdade! Uma criatura monstruosa, surgida dos confins do inferno, de dentes cortantes com 1.000 quilômetros de comprimento cada, um hálito que faria ferver os oceanos, patas que arrancariam os continentes de suas raízes, mil olhos que queimariam como o sol, mandíbulas de 1 milhão de quilômetros, um monstro que você, nunca, jamais, em tempo algum...

– E eles tomaram o cuidado de mandar vocês na frente, certo? – indagou Arthur.

– Isso – disse o Capitão. – Todos disseram, bem gentilmente, aliás, que era muito importante para o moral sentir que iam chegar a um planeta onde teriam certeza de que poderiam ter um bom corte de cabelo e onde os telefones estariam limpos.

– Ah, claro – concordou Ford. – Realmente seria muito importante. E as outras naves... ahn... vieram logo em seguida, não?

Por um momento o Capitão não respondeu. Virou-se em sua banheira e fitou além do imenso corpo da nave na direção do brilhante centro da Galáxia. Olhou fundo pela inconcebível imensidão.

– Ah. Interessante você ter mencionado isso – disse, permitindo-se um franzir de sobrancelhas a Ford Prefect –, porque curiosamente não tivemos o menor sinal deles desde que deixamos o planeta há cinco anos... Mas devem estar atrás da gente, em algum lugar.

Espiou através da distância mais uma vez.

Ford espiou com ele e franziu as sobrancelhas, pensativo.

– A não ser, é claro – disse suavemente –, que tenham sido comidos pelo bode...

– Ah, sim... – disse o Capitão com um leve tom de hesitação surgindo em sua voz – ... o bode. – Seu olhar passou pelas formas sólidas dos instrumentos e computadores que se alinhavam na ponte. Piscavam inocentemente para ele. Olhou para as estrelas, mas nenhuma delas lhe dizia nada. Deu uma olhada em seus primeiro e segundo oficiais, mas eles pareciam perdidos em seus próprios pensamentos. Olhou para Ford Prefect, que ergueu as sobrancelhas para ele.

– É curioso, sabe – disse por fim o Capitão –, mas agora que estou contando essa história para outra pessoa... Quero dizer, ela não lhe parece um pouco estranha, Número Um?

– Ahnnnnnnnnnnn... – disse o Número Um.

– Bom – disse Ford –, vejo que vocês têm uma porção de coisas para conversar, então agradecemos os drinques e se vocês puderem nos deixar no primeiro planeta que for conveniente...

– Ah, isso vai ser um pouco difícil, sabe – disse o Capitão –, porque nossa trajetória foi preestabelecida quando deixamos Golgafrincham, em parte, creio, porque não sou muito bom com números...

– Quer dizer que estamos presos aqui nesta nave? – exclamou Ford, perdendo de súbito a paciência com toda aquela palhaçada. – Quando vocês devem chegar ao planeta que supostamente vão colonizar?

– Ah, estamos perto, eu acho – disse o Capitão. – A qualquer segundo, agora. Na verdade, provavelmente já é hora de eu sair desta banheira. Ou talvez não, por que sair agora que está tão bom?

– Então nós vamos mesmo aterrissar num minuto? – disse Arthur.

– Bem, não aterrissar, exatamente, não tanto aterrissar, mas... ahn...

– Do que você está falando? – perguntou Ford asperamente.

– Bem – disse o Capitão, escolhendo as palavras com cuidado –, acho que, se bem me lembro, fomos programados para nos chocar com o planeta.

– Se chocar? – gritaram Ford e Arthur.

– Ahn, é – disse o Capitão –, é, tudo faz parte do plano, eu acho. Havia um motivo incrivelmente bom para isso, mas não consigo me lembrar no momento. Tinha a ver com... é...

Ford explodiu:

– Vocês são um bando de malditos malucos inúteis! – gritou.

– Ah, é, era isso – disse o Capitão com um sorriso radiante –, esse era o motivo.

Capítulo 25

Eis o que *O Guia do Mochileiro das Galáxias* diz a respeito do planeta de Golgafrincham: é um planeta com uma história antiga e misteriosa, rico em lendas, vermelho, e algumas vezes manchado de verde com o sangue daqueles que lutaram outrora para conquistá-lo; terra de paisagens áridas e ressequidas, de atmosfera doce e estonteante com o aroma das fontes perfumadas que escorrem por suas pedras quentes e poeirentas, nutrindo os liquens escuros sob elas; terra de mentes febris e imaginações intoxicadas, sobretudo daqueles que ingerem esses liquens; terra também de ideias frescas e sombreadas, entre aqueles que abandonaram os liquens e encontraram uma árvore sob a qual se sentar. Uma terra de sangue, aço e heroísmo, terra do corpo e do espírito. Essa era sua história.

Em meio a toda essa história antiga e misteriosa, as figuras mais misteriosas eram sem dúvida as dos Grandes Poetas Circundantes de Arium. Esses Poetas Circundantes geralmente viviam em remotas passagens montanhosas, onde ficavam à espera de pequenos grupos de viajantes incautos para fazer um círculo em torno deles e apedrejá-los.

E quando os viajantes gritavam, perguntando por que eles não iam embora escrever poemas em vez de ficar importunando as pessoas com essa mania de jogar pedras, eles paravam subitamente e então começavam a recitar um dos 794 grandes Ciclos Cancioneiros de Vassilian. Tais canções eram de extraordinária beleza, e de comprimento ainda mais extraordinário, e todas se encaixavam exatamente em um mesmo padrão.

A primeira parte de cada canção narrava como, certo dia, um grupo de cinco sábios príncipes havia deixado a Cidade de Vassilian com quatro cavalos. Os príncipes, que são naturalmente bravos, nobres e sábios, viajam a terras distantes, combatem ogros gigantes, seguem filosofias exóticas, tomam chá com deuses esquisitões e salvam lindos monstros de princesas vorazes antes de anunciar que atingiram a Iluminação e que suas andanças estavam terminadas.

A segunda parte de todas as canções, sempre muito mais comprida, falava sobre todas as brigas para decidir qual deles iria voltar a pé.

Tudo isso repousava no passado remoto do planeta. Foi, no entanto, o descendente de um desses excêntricos poetas quem inventou as histórias espúrias sobre uma catástrofe iminente, as quais permitiram ao povo de Golgafrincham livrar-se de um terço absolutamente inútil de toda a sua população. Os outros dois terços permaneceram tranquilamente em casa e levaram vidas cheias, ricas e felizes até que foram todos subitamente exterminados por uma doença virulenta contraída por intermédio de um telefone sujo.

Capítulo 26

Naquela noite a nave fez um pouso forçado em um planetinha verde-azulado absolutamente insignificante que girava em torno de um pequeno sol amarelo nos confins inexplorados da região mais brega do braço ocidental dessa Galáxia.

Nas horas que antecederam a colisão, Ford Prefect tinha lutado furiosamente, mas em vão, para destravar os controles da nave e tirá-la de sua rota preestabelecida. Tornara-se rapidamente aparente para ele que a nave tinha sido programada para entregar a carga em segurança, ainda que sem muito conforto, ao seu novo lar, mas estraçalhar-se irreparavelmente no processo.

Sua descida em chamas através da atmosfera destruíra a maior parte da superestrutura e da blindagem exterior, e o inglório mergulho final de barriga num pântano lodacento deixou à tripulação apenas algumas horas de escuridão para reviver e desembarcar sua carga congelada e indesejada, pois a nave começava a afundar, aos poucos inclinando sua enorme estrutura e chafurdando na lama estagnada. De vez em quando, durante a noite, sua silhueta aparecia recortada quando meteoros flamejantes – detritos de sua queda – riscavam o céu.

Na luz cinzenta antes do alvorecer, a nave soltou um ruído obsceno e afundou para sempre nas profundezas fedorentas.

Quando o sol se levantou naquela manhã, lançou sua luz tênue e esbranquiçada sobre uma vasta área cheia de cabeleireiros, executivos de relações públicas, pesquisadores de opinião pública e os demais, todos gemendo e arrastando-se desesperadamente para a terra seca.

Um sol com menos personalidade teria provavelmente voltado atrás na mesma hora, mas continuou seu caminho céu acima, e após um tempo a influência de seus raios quentes começou a ter um efeito restaurador naquelas débeis criaturas rastejantes.

Como era de esperar, um número incontável deles morreu no pântano durante a noite, e milhões de outros foram tragados com a nave, mas os que sobreviveram ainda totalizavam centenas de milhares e, à medida que o dia avançava, arrastavam-se pela área circundante à procura de alguns metros quadrados de chão firme onde cair e se recuperar do pesadelo.

DUAS FIGURAS ESTAVAM um pouco mais à frente das demais.

De uma colina próxima, Ford Prefect e Arthur Dent assistiram ao horror do qual não se sentiam parte.

– Que golpe imensamente sujo – murmurou Arthur.

Ford riscava o chão com uma vareta e sacudiu os ombros.

– Uma solução criativa para um problema, eu diria.

– Por que as pessoas não podem simplesmente aprender a viver juntas em paz e harmonia? – disse Arthur.

Ford soltou uma gargalhada alta e irônica.

– Quarenta e dois! – disse, com um sorriso malicioso. – Não, não serve. Deixa pra lá.

Arthur olhou para Ford como se ele tivesse enlouquecido e, não vendo nada que indicasse o contrário, concluiu que seria perfeitamente razoável assumir que era de fato o que ocorrera.

– O que você acha que vai acontecer com eles? – disse em seguida.

– Num Universo infinito tudo pode acontecer – disse Ford. – Até a sobrevivência. Estranho, mas verdadeiro.

Um olhar curioso apareceu em seus olhos conforme ele percorria a paisagem para depois voltar à cena de miséria abaixo deles.

– Acho que eles vão se virar bem por um tempo – disse.

Arthur dirigiu-lhe um olhar aguçado.

– Por que você diz isso? – perguntou.

Ford encolheu os ombros.

– Só um palpite – disse, recusando-se a continuar o assunto.

– Olhe – disse ele de repente.

Arthur seguiu seu dedo indicador. Lá embaixo, entre as massas escarrapachadas, uma figura se movimentava – cambaleava talvez fosse uma expressão mais exata. Parecia estar carregando algo sobre os ombros. Conforme cambaleava de uma forma prostrada para outra, parecia acenar com o que quer que estivesse carregando, como um bêbado. Após um tempo, desistiu do esforço e desmaiou num tombo.

Arthur não tinha ideia do que isso queria dizer.

– Câmera de filmar – disse Ford. – Registrando o momento histórico.

– Bom, não sei quanto a você – disse Ford mais uma vez, após um instante –, mas eu estou fora.

Ficou em silêncio por um tempo.

Depois de um tempo, isso parecia necessitar de um comentário.

– Ahn, quando você diz que está fora, o que significa exatamente? – disse Arthur.

— Boa pergunta — disse Ford. — Estou captando silêncio total.

Olhando por cima dos ombros, Arthur viu que ele estava mexendo nos botões de uma caixa preta. Ford já tinha mostrado aquela caixa para Arthur. Era um Receptor Sensormático Subeta. Arthur tinha apenas balançado a cabeça, absorto, e não tinha ligado para o assunto. Na sua mente, o Universo ainda se dividia em duas partes — a Terra e todo o resto. Como a Terra tinha sido demolida para dar lugar a uma via expressa hiperespacial, sua visão das coisas estava um pouco desequilibrada, mas Arthur tendia a agarrar-se a esse desequilíbrio como o último contato restante com o lar. O Receptor Sensormático Subeta definitivamente pertencia à categoria "todo o resto".

— Nada, nem um grão de sal — disse Arthur, sacudindo o aparelho.

"Grão de sal", pensou Arthur enquanto contemplava indiferentemente o mundo primitivo à sua volta. "O que não daria por uns bons amendoins salgados da (extinta) Terra..."

— Você acredita — disse Ford, exasperado — que não há nenhuma transmissão de nenhum tipo a anos-luz deste pedaço de rocha? Você está me ouvindo?

— O quê? — disse Arthur.

— Estamos com problemas — disse Ford.

— Ah — disse Arthur. Isso parecia uma notícia bem velha para ele.

— Até a gente captar alguma coisa neste aparelho — disse Ford —, nossas chances de sairmos deste planeta são nulas. Pode ser algum efeito maluco provocado por uma onda estacionária no campo magnético do planeta — nesse caso, é só a gente sair andando por aí até encontrar uma área de boa recepção. Vamos?

Apanhou o aparelho e se levantou.

Arthur olhou coluna abaixo. O homem com a filmadora tinha acabado de fazer um esforço para erguer-se, bem a tempo de filmar um de seus colegas desmaiando.

Arthur arrancou uma folha de capim e seguiu Ford.

Capítulo 27

Creio que tiveram uma refeição agradável – disse Zarniwoop a Zaphod e Trillian quando se rematerializaram na ponte de comando da nave Coração de Ouro e ficaram estirados no chão.

Zaphod abriu alguns olhos e olhou-o ameaçadoramente.

– Você – disse, asperamente. Levantou-se com dificuldade e cambaleou em busca de uma cadeira na qual pudesse mergulhar. Achou uma e mergulhou nela.

– Programei o computador com as Coordenadas de Improbabilidade pertinentes a nossa viagem – disse Zarniwoop. – Chegaremos lá em pouco tempo. Por enquanto, por que vocês não descansam e se preparam para o encontro?

Zaphod não disse nada. Levantou-se de novo e caminhou até um pequeno armário de onde tirou uma garrafa de Aguardente Janx. Tomou um demorado gole.

– E quando tudo isso terminar – disse Zaphod, irritado – estará terminado, certo? Estarei livre para sair e fazer o que eu quiser e ficar deitado nas praias e tudo mais?

– Depende do que decorrer do encontro – disse Zarniwoop.

– Zaphod, quem é esse homem? – perguntou Trillian, levantando-se, trêmula. – O que ele está fazendo aqui? Por que está na nossa nave?

– É um homem muito estúpido – esclareceu Zaphod – que quer conhecer o homem que rege o Universo.

– Ah – disse Trillian, pegando a garrafa de Zaphod e servindo-se –, um emergente.

Capítulo 28

O principal problema – um dos principais problemas, pois são muitos –, um dos principais problemas de governar pessoas está em quem você escolhe para fazê-lo. Ou melhor, em quem consegue fazer com que as pessoas deixem que ele faça isso com elas.

Resumindo: é um fato bem conhecido que todos os que querem governar as outras pessoas são, por isso mesmo, os menos indicados para isso. Resumindo o resumo: qualquer pessoa capaz de se tornar presidente não deveria, em hipótese alguma, ter permissão para exercer o cargo. Resumindo o resumo do resumo: as pessoas são um problema.

Então esta é a situação que encontramos: uma sucessão de presidentes galácticos que curtem tanto as diversões e bajulações decorrentes do poder que muito raramente percebem que não estão no poder.

E nas sombras atrás deles – quem?

Quem pode governar se ninguém que queira fazê-lo pode ter permissão para exercer o cargo?

Capítulo 29

Num pequeno mundo perdido em algum lugar no meio de nenhum lugar específico – ou seja, nenhum lugar que pudesse ser encontrado, já que estava protegido por um vasto Campo de Improbabilidade para o qual apenas seis homens na Galáxia tinham a chave – estava chovendo.

Chovia aos baldes, e já fazia horas. A chuva formava uma névoa sobre a superfície do mar, castigava as árvores, ensopava a faixa de terra junto ao mar até transformá-la num lodaçal.

A chuva batia e dançava sobre o teto de zinco de uma pequena choupana que ficava no meio dessa faixa de terra. Recobriu a pequena trilha que levava da cabana à beira do mar, bagunçando as pilhas de conchas interessantes que tinham sido colocadas lá.

O barulho da chuva no telhado da choupana era ensurdecedor, mas passava despercebido por seu ocupante, cuja atenção estava ocupada com outra coisa.

Era um homem alto e desajeitado com cabelos cor de palha mal cortados, que agora estavam úmidos por causa das goteiras. Usava roupas velhas, suas costas estavam arqueadas e seus olhos, embora abertos, pareciam estar fechados.

Em sua choupana havia uma velha poltrona gasta, uma velha mesa riscada, um colchão velho, algumas almofadas e um aquecedor que era pequeno, mas dava conta do ambiente.

Havia também um gato velho e maltratado pelo tempo, e era ele no momento o foco de atenção do homem. Inclinou seu corpo desajeitado sobre ele.

– Bichano, bichano, bichano – disse –, pssssss... o bichano quer o peixe? Um pedacinho gostoso de peixe... o bichano quer?

O gato parecia indeciso sobre o assunto. Estendeu a pata com certa condescendência na direção do pedaço de peixe que o homem estava segurando, depois distraiu-se com um chumaço de poeira no chão.

– Se o bichano não come peixe, o bichano fica magrinho e desaparece, eu acho – disse o homem. Sua voz transmitia dúvida.

– Imagino que seja isso o que vá acontecer – disse –, mas como posso saber?

– O bichano está pensando: comer o peixe ou não comer o peixe? Acho que é melhor eu não me envolver – suspirou.

– Eu acho que peixe é bom, mas também acho que a chuva é molhada, então quem sou eu para julgar?

Deixou o peixe no chão para o gato e voltou para seu assento.

– Ah, parece que estou vendo você comer – disse, por fim, quando o gato se cansou do chumaço de poeira e lançou-se sobre o peixe. – Gosto de ver você comendo peixe – disse o homem – porque na minha mente você irá desaparecer se não comer.

Apanhou na mesa um pedaço de papel e o que sobrara de um lápis. Com uma mão segurou o papel, com a outra o lápis, e experimentou diferentes formas de juntar os dois. Tentou segurar o lápis embaixo do papel, e depois em cima do papel, e então do lado. Experimentou embrulhar o papel em volta do lápis, experimentou esfregar o lado rombudo do lápis contra o papel e então experimentou esfregar o lado pontudo do lápis contra o papel. Fez uma marca, e ele ficou maravilhado com a descoberta, como ficava todos os dias. Apanhou outro pedaço de papel na mesa. Este tinha um jogo de palavras cruzadas. Estudou-o brevemente, preencheu alguns quadrinhos e depois se desinteressou.

Experimentou sentar sobre uma de suas mãos e ficou intrigado ao sentir os ossos do quadril.

– O peixe vem de longe – disse –, ou pelo menos é o que dizem. Ou é o que imagino que me dizem. Quando os homens vêm, ou quando em minha mente os homens vêm em suas seis naves negras, eles vêm em sua mente também? O que você vê, bichano?

Olhou para o gato, que estava mais preocupado em engolir o peixe o mais rápido que pudesse do que com essas especulações.

– E quando ouço as perguntas que eles me fazem, você também ouve perguntas? O que significam as vozes deles para você? Talvez você só pense que estão cantando para você. – Refletiu sobre isso e viu a falha da suposição. – Talvez eles estejam cantando cantigas para você – disse – e eu só pense que eles estejam me fazendo perguntas.

Fez outra pausa. Às vezes ele fazia pausas que duravam dias, só para ver como seria.

– Você acha que eles vieram hoje? – disse. – Eu acho. Tem lama no chão, cigarros e uísque em cima da mesa, peixe num prato para você e uma lembrança deles na minha mente. Evidências não muito conclusivas, eu sei, mas toda evidência é circunstancial. E olhe o que mais eles me deixaram.

Pegou algumas coisas sobre a mesa.

– Palavras cruzadas, dicionários e uma calculadora.

Brincou com a calculadora durante uma hora, enquanto o gato foi dormir e a chuva lá fora continuava caindo. Acabou se cansando da calculadora.

– Acho que devo estar certo de pensar que eles vêm me fazer perguntas – disse. – Vir de tão longe e trazer todas essas coisas só pelo privilégio de cantar para você seria um comportamento muito estranho. Pelo menos é o que me parece. Quem sabe, quem sabe?

Pegou um cigarro sobre a mesa e acendeu com uma brasa do aquecedor. Deu uma tragada profunda e recostou-se na poltrona.

– Acho que vi outra nave no céu hoje – disse então. – Uma nave grande. Eu nunca vi uma grande nave branca, só as seis pretas. E as seis verdes. E as outras que dizem que vêm de muito longe. Mas nunca uma grande nave branca. Talvez seis naves pretas e pequenas possam parecer uma grande nave branca em certas ocasiões. Talvez eu queira um copo de uísque. É, isso me parece mais provável.

Levantou-se e achou um copo que estava no chão ao lado de seu colchão. Serviu uma dose de sua garrafa de uísque. Sentou-se de novo.

– Talvez outras pessoas estejam vindo me ver – disse.

A 150 METROS DALI, golpeada pela chuva torrencial, encontrava-se a nave Coração de Ouro.

Ao abrir-se a escotilha emergiram três figuras, curvadas sobre si mesmas para proteger os rostos da chuva.

– Lá dentro? – gritou Trillian acima do barulho da chuva.
– Sim – disse Zarniwoop.
– Naquela choupana?
– É.
– Que esquisito – disse Zaphod.
– Mas fica no meio do nada – disse Trillian. – Este não deve ser o lugar certo. Não dá para reger o Universo de uma choupana.

Correram pela chuva forte e chegaram completamente ensopados à porta. Bateram. Estavam tremendo.

A porta se abriu.

– Olá? – disse o homem.
– Ah, desculpe – disse Zarniwoop –, tenho motivos para acreditar...
– É você que rege o Universo? – disse Zaphod.

O homem sorriu para ele.

– Tento não reger – disse. – Vocês estão molhados?

Zaphod olhou para ele, assombrado.

– Molhados? – gritou. – Não parece que estamos molhados?
– É o que me parece – disse o homem –, mas vocês poderiam ter uma opinião completamente contrária a esse respeito. Se acharem que o calor os secará, é melhor entrarem.

Entraram.

Espiaram a cabana por dentro, Zarniwoop com aversão, Trillian com interesse, Zaphod deliciado.

– Ei, ahn... – disse Zaphod – qual é o seu nome?

O homem olhou para eles em dúvida.

– Não sei. Por quê? Vocês acham que eu deveria ter um? Parece-me muito estranho dar um nome a um amontoado de vagas percepções sensoriais.

Convidou Trillian a sentar-se na poltrona. Ele se sentou na beirada. Zarniwoop recostou-se rigidamente contra a mesa e Zaphod estendeu-se no colchão.

– Uau! – disse Zaphod. – O assento do poder! – Brincou com o gato.

– Ouça – disse Zarniwoop –, tenho que lhe fazer algumas perguntas.

– Está bem – disse gentilmente o homem. – Pode cantar para o meu gato, se quiser.

– Ele ficaria feliz com isso? – perguntou Zaphod.

– É melhor perguntar a ele – disse o homem.

– Ele fala? – perguntou Zaphod.

– Não tenho memórias dele falando – disse o homem –, mas sou pouco confiável.

Zarniwoop tirou algumas anotações do bolso.

– Agora – disse ele –, o senhor rege o Universo, não rege?

– Como posso saber? – disse o homem.

Zarniwoop fez um sinal diante de uma anotação no papel.

– Há quanto tempo o senhor faz isso?

– Ah – disse o homem –, essa é uma pergunta sobre o passado, não é?

Zarniwoop olhou para ele, confuso. Não era isso exatamente o que esperava.

– É – disse.

– Como posso saber – disse o homem –, se o passado não é uma ficção projetada para explicar a discrepância entre minhas sensações físicas imediatas e meu estado de espírito?

Zarniwoop cravou os olhos nele. O vapor começava a subir de suas roupas encharcadas.

– Então você responde todas as perguntas desse jeito? – perguntou.

O homem respondeu rápido.

– Digo o que me ocorre dizer quando acho que ouço as pessoas dizerem coisas. É tudo que posso dizer.

Zaphod riu alegremente.

– Um drinque a isso – disse, e pegou a garrafa de Aguardente Janx que tinha trazido. Levantou-se de um salto e ofereceu a garrafa ao homem que rege o Universo, que a pegou com prazer.

– Muito bem, grande regente – disse. – Conte-nos tudo!

– Não, escute-me – disse Zarniwoop –, vêm pessoas ver você, não? Em naves...

– Acho que sim – disse o homem. Entregou a garrafa a Trillian.

– E eles lhe pedem – disse Zarniwoop – para tomar decisões para eles? Sobre as vidas das pessoas, sobre os mundos, sobre economia, sobre guerras, sobre tudo o que se passa no Universo lá fora?

– Lá fora? – disse o homem. – Onde?

– Lá fora! – disse Zarniwoop apontando para a porta.

– Como você pode garantir que tem alguma coisa lá fora – disse o homem educadamente –, se a porta está fechada?

A chuva continuava a golpear o teto. Dentro da choupana estava quente.

– Mas você sabe que existe um Universo inteiro lá fora! – gritou Zarniwoop. – Você não pode esquivar-se de suas responsabilidades dizendo que elas não existem!

O homem que rege o Universo pensou por um longo tempo enquanto Zarniwoop trepidava de raiva.

– Você tem muita certeza de seus fatos – disse por fim. – Eu não confiaria nos pensamentos de um homem que acha que o Universo, se é que existe um, é algo com o qual se pode contar.

Zarniwoop ainda trepidava, mas estava em silêncio.

– Eu apenas decido sobre o meu Universo – prosseguiu o homem calmamente. – Meu Universo são meus olhos e meus ouvidos. Qualquer coisa fora disso é boato.

– Mas você não crê em nada?

O homem sacudiu os ombros e apanhou seu gato.

– Não entendo o que você quer dizer com isso.

– Você não entende que as coisas que você decide nesta choupana afetam as vidas e os destinos de milhões de pessoas? Isso tudo está monstruosamente errado!

– Não sei. Nunca vi todas essas pessoas de que você fala. E nem você, suspeito. Elas existem apenas nas palavras que ouvimos. É loucura dizer que você sabe o que está acontecendo com as outras pessoas. Só elas sabem, se é que existem. Elas têm seus próprios Universos a partir de seus olhos e seus ouvidos.

Trillian disse:

– Acho que vou dar uma volta lá fora.

Saiu e foi andar na chuva.

– Você acredita que existam outras pessoas? – insistiu Zarniwoop.

– Não tenho opinião. Como posso saber?

– É melhor eu ir ver o que há com a Trillian – disse Zaphod, e saiu.

Lá fora, ele disse para ela:

– Acho que o Universo está em boas mãos, não é?

– Muito boas – disse Trillian. Foram andando pela chuva.

Lá dentro, Zarniwoop continuava.

– Mas você não entende que as pessoas vivem ou morrem de acordo com suas palavras?

O homem que rege o Universo esperou o quanto pôde. Quando ouviu o som distante dos motores da nave sendo ligados, falou para encobri-lo.

– Não tem nada a ver comigo – disse. – Não estou envolvido em nada que diga respeito a pessoas. O Senhor sabe que não sou um homem cruel.

– Ah – vociferou Zarniwoop –, você diz "o Senhor". Você acredita em alguma coisa!

– Meu gato – disse o homem benignamente, pegando-o e acariciando-o. – Eu o chamo de Senhor. Sou bom para ele.

– Muito bem – disse Zarniwoop, pressionando. – Como você sabe que ele existe? Como você sabe que ele sabe que você é bom, ou que ele gosta daquilo que ele acha que seja a sua bondade?

– Eu não sei – disse o homem com um sorriso –, não tenho ideia. Simplesmente me agrada agir de certa maneira com o que me parece ser um gato. Você se comporta de outra maneira? Por favor, acho que estou cansado.

Zarniwoop suspirou completamente insatisfeito e olhou à sua volta.

– Onde estão os outros dois? – disse de repente.

– Que outros dois? – disse o homem que rege o Universo, recostando-se na poltrona e enchendo o copo de uísque.

– Beeblebrox e a garota! Os dois que estavam aqui!

– Não me lembro de ninguém. O passado é uma ficção para explicar...

– Esqueça – rosnou Zarniwoop e saiu correndo na chuva. Não havia nave. A chuva continuava a revolver a lama. Não havia sinal que mostrasse onde tinha estado a nave. Ele gritou na chuva. Virou-se e correu de volta para a choupana e encontrou-a trancada.

O homem que rege o Universo cochilava em sua poltrona. Algum tempo depois ele brincou com o lápis e o papel outra vez e ficou encantado ao descobrir como usar um deles para fazer uma marca no outro. Havia vários barulhos vindos do lado de fora, mas ele não sabia se eram reais ou não. Então passou uma semana falando com a mesa para ver como ela reagiria.

Capítulo 30

Naquela noite o céu estava lindamente estrelado. Ford e Arthur tinham percorrido mais quilômetros do que poderiam avaliar e finalmente pararam para descansar. A noite estava fresca e perfumada, o ar era puro, o Receptor Sensormático Subeta totalmente silencioso.

Uma quietude maravilhosa estendia-se sobre o mundo, uma calma mágica que combinava com as doces fragrâncias dos bosques, os insetos criqueteando e a luz brilhante das estrelas para aliviar seus espíritos agitados. Até Ford Prefect, que já tinha visto mais mundos do que poderia enumerar numa longa tarde, estava emocionado o suficiente para pensar se aquele não era o mais bonito em que já tinha estado. Durante todo aquele dia tinham passado por vales e montanhas verdes, ricamente cobertos de gramados, flores de essências exóticas e árvores altas repletas de folhas. O sol os mantinha aquecidos e brisas suaves os mantinham frescos, e Ford Prefect vinha observando seu Receptor Sensormático Subeta a intervalos cada vez menos frequentes, e mostrava-se cada vez menos aborrecido com seu silêncio contínuo. Começava a achar que gostava dali.

Ainda que o ar da noite estivesse fresco, eles dormiram profunda e confortavelmente a céu aberto e acordaram algumas horas depois com o orvalho caindo, sentindo-se repousados mas com fome. Ford tinha enfiado alguns pãezinhos em sua mochila, no Milliways, e eles os comeram no café da manhã, antes de continuarem a marcha.

Até então vinham andando a esmo, mas resolveram seguir sempre em direção ao leste, pensando que, se estavam decididos a explorar aquele mundo, deviam ter uma ideia clara de onde tinham vindo e para onde estavam indo.

Pouco antes do meio-dia ocorreu a primeira indicação de que o mundo em que pousaram não era desabitado. Viram, de relance, um rosto observando-os por entre as folhagens. Desapareceu no instante em que os dois o viram, mas a imagem que ambos flagraram era a de uma criatura humanoide, curiosa de vê-los mas não assustada. Meia hora depois tiveram o relance de outro rosto, e dez minutos mais tarde, mais um.

Um minuto depois encontraram uma grande clareira e pararam.

À frente deles, no meio da clareira, estava um grupo de cerca de duas dúzias de homens e mulheres. Ficaram parados e quietos olhando para Ford e Arthur. Em volta de algumas das mulheres amontoavam-se crianças, e atrás do grupo havia um aglomerado de habitações toscas, feitas de barro e galhos.

Ford e Arthur seguraram a respiração.

O mais alto dos homens tinha pouco mais de 1,5 metro, todos andavam um pouco curvados para a frente, tinham braços alongados, testas curtas e claros olhos brilhantes com os quais olhavam fixamente para os estranhos.

Ao ver que não carregavam armas nem faziam qualquer movimento em sua direção, Ford e Arthur se tranquilizaram.

Por um tempo os dois grupos ficaram se entreolhando e nenhum dos lados fez qualquer movimento. Os nativos pareciam confusos com os intrusos e, apesar de não mostrarem nenhum sinal de agressividade, claramente também não estavam fazendo nenhum convite.

Durante dois minutos nada aconteceu.

Após dois minutos, Ford achou que era hora de algo acontecer.

– Olá – disse.

As mulheres puxaram as crianças para mais perto.

Os homens não fizeram qualquer movimento perceptível, mas ainda assim sua disposição geral tornava claro que a saudação não era bem-vinda. Não era hostilizada tampouco, mas não era bem-vinda.

Um dos homens, que estava um pouco à frente do restante do grupo e que talvez fosse seu líder, deu um passo. Seu rosto era calmo e tranquilo, quase sereno.

– Ugghhhggghhhrrrr uh uh ruh uurgh – disse calmamente.

Isso tomou Arthur de surpresa. Tinha se acostumado tanto a receber uma tradução instantânea e inconsciente de tudo o que ouvia, através do peixe-babel instalado em seu ouvido, que já tinha se esquecido disso, e só se lembrou do peixe agora porque parecia não estar funcionando. Alguns significados vagos surgiram no fundo de sua mente, mas nada que ele pudesse compreender com clareza. Imaginou – corretamente, a propósito – que aquele povo ainda não tinha desenvolvido nada além de rudimentos da linguagem e que o peixe-babel não poderia ajudar. Deu uma olhada para Ford, que era infinitamente mais experiente nesses assuntos.

– Acho – disse Ford movendo apenas o canto da boca – que ele está perguntando se não nos importaríamos em dar a volta ao redor da aldeia.

Pouco depois, um gesto da criatura humana pareceu confirmar isso.

– Ruurgggghhhh urrrggghh; urgh urgh (uh ruh) rruurruuh ug – prosseguiu a criatura humana.

– O sentido geral – disse Ford –, pelo que posso entender, é que temos toda a liberdade de seguir viagem por onde quisermos, mas se déssemos a volta ao redor da aldeia, em vez de atravessá-la, nós deixaríamos todos eles muito felizes.

– Então, o que vamos fazer?

– Acho que vamos deixá-los felizes – disse Ford.

Devagar e observando os nativos, Ford e Arthur deram a volta no perímetro da clareira. Isso pareceu deixar os nativos contentes – eles se inclinaram levemente para os dois, depois voltaram para suas atividades.

Ford e Arthur continuaram sua viagem através da floresta. A algumas centenas de metros depois da clareira se depararam subitamente com uma pequena pilha de frutas colocada em seu caminho – frutinhas que se pareciam notavelmente com amoras e framboesas e umas frutas polpudas de casca verde que se pareciam impressionantemente com peras.

Até o momento, evitaram todas as frutas que tinham visto, apesar de as árvores estarem carregadas delas.

– Encare desta maneira – dissera Ford Prefect –: as frutas encontradas em planetas estranhos podem fazer você viver ou morrer. Portanto, o momento em que deve se meter com elas é quando perceber que vai morrer de qualquer jeito se não o fizer. Se você pensar dessa forma, estará prevenido. O segredo de se manter saudável durante as viagens é comer junk food.

Olharam com suspeita para a pilha que estava à sua frente. As frutas pareciam tão boas que quase ficavam tontos de fome.

– Encare dessa maneira – disse Ford –, ahn...

– Qual maneira? – disse Arthur.

– Estou tentando pensar em uma maneira de encarar isso que, no final das contas, signifique que vamos comer as frutas.

A luz do sol atravessava as folhas e fazia reluzir levemente as tais coisas que pareciam peras. As outras coisas, aquelas que pareciam framboesas e morangos, eram mais rechonchudas e carnudas do que quaisquer outras que Arthur já vira, até mesmo nos comerciais de sorvete.

– Por que não comemos primeiro e pensamos depois? – disse.

– Talvez seja isso que eles querem que a gente faça.

– Está bem, encare dessa maneira...

– Começou bem – disse Ford.

– Colocaram isso aí para comermos. Não importa se vão nos fazer bem ou mal, se eles estão querendo nos alimentar ou nos envenenar. Se forem venenosas e não comermos, eles vão nos atacar de algum outro jeito. Se não comermos, saímos perdendo de qualquer forma.

– Gostei do seu jeito de pensar – disse Ford –, agora coma uma.

Hesitante, Arthur apanhou uma das coisas que pareciam peras.

– Foi o que eu sempre pensei sobre aquela história do Jardim do Éden – disse Ford.

– O quê?

– O Jardim do Éden. A árvore. A maçã. Essa parte, lembra?

– Lembro, claro que eu lembro.

– O tal de Deus põe uma macieira no meio de um jardim e diz "vocês dois podem fazer o que vocês quiserem aqui, mas não comam essa maçã". Obviamente eles comem a maçã, então Deus pula de trás de uma moita gritando: "Peguei vocês, peguei vocês!" Não faria a menor diferença se eles não tivessem comido a maçã.

– Por que não?

– Olha, quando você está lidando com alguém que tem esse tipo de mentalidade – mais ou menos a mesma das pessoas que deixam um chapéu na calçada com um tijolo embaixo para os outros chutarem –, pode ter certeza de que ele não vai desistir. Ele vai acabar te pegando.

– Do que você está falando?

– Esqueça, coma a fruta.

– Sabe, este lugar até que parece o Jardim do Éden.

– Coma a fruta.

– Também soa como o Éden.

Arthur deu uma mordida na coisa que parecia uma pera.

– É uma pera – ele disse.

Momentos depois, após comerem tudo, Ford Prefect virou-se e gritou:

– Obrigado. Muito obrigado. Vocês são muito gentis.

PELOS 80 QUILÔMETROS SEGUINTES em sua caminhada para o leste eles continuaram encontrando, aqui e ali, os presentes de frutas estendidos em seu caminho e, apesar de terem visto uma vez ou outra um nativo observando-os entre as árvores, não fizeram mais nenhum contato direto. Resolveram que gostavam de uma raça de pessoas que deixava clara sua gratidão simplesmente por ser deixada em paz.

As frutas acabaram após 80 quilômetros porque era onde começava o mar.

Como não tinham nenhum compromisso, construíram calmamente uma jangada e atravessaram o mar. Era relativamente calmo, tinha apenas uns 100 quilômetros de largura, e eles fizeram uma travessia razoavelmente agradável, aportando numa terra que era pelo menos tão bonita quanto a de onde vieram.

A vida era, resumindo, ridiculamente simples e eles puderam, pelo menos durante um tempo, enfrentar os problemas da falta de objetivos e do isolamento simplesmente decidindo ignorá-los. Se realmente desejassem companhia, sabiam onde encontrá-la, mas no momento estavam felizes de saber que os golgafrinchenses estavam centenas de quilômetros atrás deles.

Ainda assim, Ford Prefect começou a usar seu Receptor Sensormático Subeta mais frequentemente. Só uma vez captou um sinal, mas era tão fraco e vinha de uma distância tão enorme que isso o deprimiu mais do que o silêncio, que, fora isso, continuava inabalável.

Por um capricho, voltaram-se para o norte. Após semanas de viagem chegaram a outro mar, construíram outra jangada e o atravessaram. Dessa vez a travessia foi mais difícil, o clima estava esfriando. Arthur suspeitou que Ford tinha um lado masoquista – aumentar as dificuldades da viagem parecia lhe dar um senso de finalidade que de outra forma lhe faltava. Ele prosseguia implacavelmente.

A viagem para o norte os levou a um território de montanhas escarpadas de enorme beleza. Os gigantescos picos recortados e cobertos com neve deliciavam sua visão. O frio começava a entrar em seus ossos.

Enrolaram-se em peles de animais que Ford Prefect conseguiu através de uma técnica que tinha aprendido certa vez com ex-monges pralitas que administravam um spa de surf-mental nas Colinas de Hunian.

A Galáxia está entupida de ex-monges pralitas, todos no estágio inicial de formação, porque as técnicas de controle mental que a ordem desenvolveu como forma de disciplina devocionária são, francamente, sensacionais. Um número enorme deles abandona a ordem logo depois de terminar o treinamento devocionário e logo antes de prestar os votos finais de ficar trancado em pequenas caixas metálicas durante o resto de sua vida.

A técnica de Ford parecia consistir sobretudo em ficar parado durante algum tempo, sorrindo.

Após uns instantes, um animal – como um alce, por exemplo – saía das árvores e o observava com curiosidade. Ford continuava a sorrir, seus olhos tornavam-se mais dóceis e brilhantes, e ele parecia irradiar um amor profundo e universal, um amor que se expandia para abraçar toda a criação. Um apaziguamento maravilhoso tomava conta da área ao seu redor, pacífica e serena, emanando desse homem transfigurado. Lentamente o alce se aproximava, passo a passo, até quase tocá-lo com o focinho, momento em que Ford pulava e lhe quebrava o pescoço.

– Controle de feromônios – foi o que ele disse –, você só precisa saber como gerar o cheiro certo.

Capítulo 31

Alguns dias após terem chegado a essa terra montanhosa, atingiram um litoral que cortava a paisagem diagonalmente diante deles, indo do sudoeste ao nordeste, um litoral grandiosamente monumental: majestosas ravinas profundas e altos cumes de gelo – fiordes.

Durante os dois dias que se seguiram, eles escalaram e subiram pelas pedras e geleiras, assombrados com a beleza.

– Arthur! – gritou Ford de repente.

Era a tarde do segundo dia. Arthur estava sentado em uma pedra alta, vendo o oceano chocar-se de encontro aos íngremes promontórios.

Arthur olhou para o lugar de onde vinha a voz de Ford, carregada pelo vento.

Ford tinha ido examinar uma geleira, e Arthur o encontrou agachado diante de uma sólida parede de gelo azul. Estava enormemente excitado – seus olhos dardejavam quando voltou-se para Arthur.

– Olhe! – disse. – Olhe!

Arthur olhou. Viu a parede sólida de gelo azul.

– É – disse –, uma geleira. Eu já a tinha visto.

– Não – disse Ford –, você olhou mas não viu. Olhe!

Ford apontava para uma parte profunda do gelo.

Arthur deu uma espiada – não viu nada além de sombras nebulosas.

– Afaste-se um pouco – insistiu Ford –, olhe de novo.

Arthur afastou-se e olhou de novo.

– Não – disse, dando de ombros. – O que eu deveria estar procurando?

E de repente ele viu.

– Você está vendo?

Ele estava.

Sua boca começou a falar, mas seu cérebro decidiu que ela não tinha nada a dizer ainda e a fechou de novo. Seu cérebro começou então a lidar com o problema daquilo que seus olhos relatavam estar olhando, mas ao fazê-lo perdeu o controle sobre o queixo, que caiu imediatamente. Levantando mais uma vez o queixo, o cérebro perdeu o controle da mão esquerda, que se agitava de forma aleatória. Por um ou dois segundos seu cérebro tentou retomar o controle da mão esquerda sem soltar a boca, tentando simultaneamente pensar sobre aquilo que estava enterrado no gelo, e talvez tenha sido por isso que as pernas se foram e Arthur caiu serenamente no chão.

O que estava causando todo esse transtorno neural era uma rede de sombras no gelo, cerca de 45 centímetros abaixo da superfície. Quando vista do ângulo correto, essa rede formava as letras de um alfabeto alienígena, cada uma com 1 metro de altura. Para aqueles que, como Arthur, não soubessem ler magratheano, fora colocado sobre as letras o perfil de um rosto suspenso no gelo.

Era um rosto velho, magro e distinto, sério mas não carrancudo.

Era o rosto do homem que ganhara um prêmio por ter desenhado e criado o litoral no qual eles agora sabiam estar pisando.

Capítulo 32

Um silvo agudo encheu o ar. Rodopiou e penetrou nas árvores, irritando os esquilos. Alguns pássaros voaram para longe, desgostosos. O ruído dançava e deslizava pela clareira. Cortava o espaço com um som áspero e, no geral, agressivo.

O Capitão, no entanto, observava o solitário tocador de gaita de foles com um olhar indulgente. Quase nada era capaz de abalar sua serenidade. Uma vez refeito da perda de sua esplêndida banheira naquela situação desagradável no pântano tantos meses atrás, começava a achar sua nova vida extraordinariamente agradável. Tinham feito uma cavidade numa grande pedra que ficava no meio da clareira, e ali ele ficava se banhando todos os dias enquanto seus assistentes derramavam água sobre ele. A água não era exatamente quente, é preciso dizer, pois ainda não tinham arrumado um meio de esquentá-la. Não importa, chegariam lá. Por enquanto, equipes de busca exploravam a região atrás de uma fonte de água quente, de preferência numa clareira agradável e frondosa, e se fosse perto de uma mina de sabão seria perfeito. Àqueles que diziam que tinham a impressão de que sabão não se encontra em minas, o Capitão sugeriu que isso talvez fosse porque ninguém houvesse procurado ainda com o esforço necessário, e tal possibilidade fora relutantemente admitida.

Não, a vida era muito agradável, e o que tinha de melhor era que quando a fonte de água quente fosse descoberta, completa, com a clareira frondosa ao lado, e quando ecoasse o grito de trás das colinas de que a mina de sabão fora localizada e que estava produzindo quinhentas barras por dia, seria mais agradável ainda. Era muito importante ter coisas pelas quais esperar ansiosamente.

Lamento, lamento, ganido, gemido, grasnar, guincho, lamento, continuava tocando o gaiteiro, aumentando ainda mais o já considerável prazer do Capitão só de pensar que ele poderia parar a qualquer momento. Essa era outra coisa pela qual ele esperava.

"O que mais era agradável?", perguntou-se. Bem, tantas coisas: o vermelho e dourado das árvores, agora que o outono se aproxima; o barulho pacífico das tesouras, a alguns metros de sua banheira, onde dois cabeleireiros praticavam suas habilidades num diretor de artes sonolento e em seu assistente; a luz do sol refletida nos seis telefones reluzentes alinhados em torno de sua banheira escavada na pedra. A única coisa melhor que um telefone que não tocava o tempo todo (ou melhor, nunca) eram seis telefones que não tocavam o tempo todo (ou melhor, nunca).

Melhor do que tudo era o alegre murmurar das centenas de pessoas que lentamente se reuniam na clareira à sua volta para assistir à reunião vespertina do comitê.

O Capitão deu um tapinha brincalhão no bico de seu pato de borracha. As reuniões vespertinas do comitê eram suas favoritas.

OUTROS OLHOS ESPREITAVAM a massa que se reunia. Do alto de uma árvore na borda da clareira, Ford Prefect observava, recém-chegado de outros climas. Após sua viagem de seis meses, estava magro e saudável, seus olhos brilhavam, vestia um casaco de pele de rena. Usava uma grossa barba e seu rosto estava tão bronzeado quanto o de um surfista.

Ele e Arthur Dent vinham observando os golgafrinchenses havia quase uma semana, e Ford decidira que era hora de agitar um pouco as coisas.

A clareira estava cheia agora. Centenas de homens e mulheres andavam por ali, conversando, comendo frutas, jogando cartas e, no geral, relaxando. A essa altura seus macacões de corrida estavam imundos e rasgados, mas todos tinham cabelos impecavelmente penteados. Ford ficou espantado ao notar que alguns deles tinham recheado suas roupas com folhas e ficou pensando se seria alguma forma de proteção contra o inverno que se aproximava. Ford tentou olhar melhor. Não poderiam ter se interessado por botânica, poderiam?

No meio dessas especulações, a voz do Capitão elevou-se sobre o burburinho.

– Muito bem – disse ele –, gostaria de pedir um pouco de ordem nesta reunião, se for possível. Todo mundo de acordo? – sorriu cordialmente. – Num minuto. Quando todos estiverem prontos.

A conversa foi diminuindo gradativamente até a clareira ficar em silêncio, exceto pelo gaiteiro que parecia estar em seu próprio mundo musical, selvagem e impossível de se habitar. Alguns dos que estavam próximos a ele lhe atiraram algumas folhas. Se havia algum motivo para isso, escapou à compreensão de Ford Prefect.

Um pequeno grupo de pessoas tinha se reunido em torno do Capitão e um deles estava claramente se preparando para falar. Fez isso ficando em pé, limpando a garganta e então olhando para longe, como se quisesse dizer à multidão que estaria de volta em um minuto.

A multidão naturalmente estava atenta e voltou os olhos para ele.

Seguiu-se um momento de silêncio, que Ford julgou ser o exato momento dramático para fazer sua entrada. O homem virou-se para falar.

Ford pulou da árvore.

– Oi, pessoal – disse.

A multidão girou para o seu lado.

– Ah, meu caro rapaz – disse o Capitão. – Tem fósforos com você? Ou um isqueiro? Algo no gênero?

– Não – disse Ford, soando como se tivesse sido um pouco esvaziado. Não estava preparado para isso. Decidiu que seria melhor ser mais enfático no assunto. – Não, não tenho – prosseguiu. – Nenhum fósforo. Em vez disso trago notícias...

– Que pena – disse o Capitão. – Estamos todos sem. Há semanas que não tomo um banho quente.

Ford recusou-se a desviar de seu assunto.

– Trago notícias – disse – de uma descoberta que poderia interessá-los.

– Isso está na pauta? – perguntou asperamente o homem que Ford tinha interrompido.

Ford abriu um largo sorriso.

– Fala sério! – disse.

– Muito bem, lamento – disse o homem com arrogância –, mas como consultor executivo, com muitos anos de experiência, devo insistir na importância de se observar a estrutura do comitê.

Ford olhou para a multidão.

– Ele está louco, sabem – disse. – Este é um planeta pré-histórico.

– Dirija-se à mesa – bradou o consultor executivo.

– Não tem mesa nenhuma – explicou Ford –, só uma pedra.

O consultor executivo decidiu que a situação exigia um pouco de irritação.

– Ora, chame-a de mesa – disse, irritado.

– Por que não chamá-la de pedra? – perguntou Ford.

– Você obviamente não tem a menor concepção – disse o consultor executivo, sem abandonar sua irritação em favor da boa e velha superioridade – dos modernos métodos de negócios.

– E você não tem a menor concepção da realidade – disse Ford.

Uma garota de voz estridente levantou-se subitamente e usou sua voz cortante.

– Calem-se vocês dois – disse ela –, quero enviar uma moção ao plenário.

– Você quer enviar uma moção à clareira – disse um cabeleireiro, dando uma risadinha.

– Ordem, ordem! – gritou o consultor executivo.

– Muito bem – disse Ford –, vamos ver como vocês estão se saindo. – Agachou-se no chão para ver quanto tempo conseguia manter a calma.

O Capitão fez uma espécie de ruído conciliatório.

– Gostaria de pedir ordem – disse amavelmente. – A cinco centésima setuagésima terceira reunião do Comitê de Colonização de Flintewoodlewix...

"Dez segundos", pensou Ford, e ergueu-se de um pulo.

– Isso é frívolo – exclamou. – Quinhentas e setenta e três reuniões de comitê e vocês ainda não descobriram o fogo!

– Se você se desse o trabalho – disse a garota da voz estridente – de consultar a folha de pauta da reunião...

– A pedra de pauta – gorjeou o cabeleireiro alegremente.

– Obrigado, eu já falei sobre isso – murmurou Ford.

– ... você... vai... ver... – continuou a garota com firmeza – que teremos um relatório do Subcomitê de Desenvolvimento do Fogo dos cabeleireiros esta tarde.

– Oh... ah... – disse o cabeleireiro com um olhar encabulado, que é reconhecido em toda a Galáxia como significando: "Ahn, podemos transferir para a próxima terça-feira?"

– Muito bem – disse Ford, cercando-o. – O que você fez? O que você vai fazer? Quais são suas ideias a respeito do desenvolvimento do fogo?

– Bom, não sei – disse o cabeleireiro –, só me deram uns pauzinhos...

– E então? O que você fez com eles?

Nervoso, o cabeleireiro procurou nos bolsos do seu macacão e entregou a Ford o fruto de seu trabalho.

Ford os levantou para que todos vissem.

– Pinças para cachear cabelos – disse.

A multidão aplaudiu.

– Não importa – disse Ford. – Roma não foi queimada em um dia.

A multidão não tinha a mais remota ideia do que ele estava dizendo, mas mesmo assim todos adoraram. E aplaudiram.

– Bem, você está sendo totalmente ingênuo, obviamente – disse a garota. – Quando você tiver trabalhado com marketing durante tanto tempo quanto eu, vai saber que antes que um novo produto possa ser desenvolvido ele tem que ser devidamente pesquisado. Precisamos descobrir o que as pessoas esperam do fogo, como se relacionam com ele, que tipo de imagem ele tem para elas.

A multidão estava tensa. Esperavam algo de sensacional de Ford.

– Enfia isso no nariz – disse ele.

– O que é precisamente o tipo de coisa que precisamos saber – insistiu a garota. – As pessoas querem um fogo que possa ser aplicado nasalmente?

– Vocês querem? – perguntou Ford à massa.

– Queremos! – gritaram alguns.

– Não! – gritaram outros alegremente.

Não sabiam, só achavam ótimo.

– E a roda? – disse o Capitão. – Como vai esse negócio de roda? Parece um projeto terrivelmente interessante.

– Ah – disse a garota de marketing –, estamos encontrando algumas dificuldades nisso.

– Dificuldades? – exclamou Ford. – Dificuldades? Como assim? É a máquina mais simples de todo o Universo!

A garota de marketing olhou para ele com mau humor.

– Muito bem, Senhor Sabe-Tudo – disse. – Já que você é tão esperto, então nos diga de que cor ela deve ser.

A massa delirou. "Um ponto para o time da casa", pensaram. Ford sacudiu os ombros e sentou-se de novo.

– Zarquon Todo-Poderoso – disse –, nenhum de vocês fez nada?

Como que em resposta a sua pergunta houve um repentino clamor vindo da entrada da clareira. A multidão não acreditava na quantidade de diversão que estava tendo aquela tarde: uma tropa de cerca de uma dúzia de homens vestindo os restos de seus uniformes do terceiro regimento de Golgafrincham entrou marchando. Cerca de metade deles ainda carregava suas armas Zapogun, e o restante carregava lanças que haviam feito com o que acharam pelo caminho. Estavam bronzeados, saudáveis e totalmente exaustos e desgrenhados. Pararam em formação e perfilaram-se atentos. Um deles desfaleceu e não se moveu mais.

– Capitão, senhor! – gritou o Número Dois, que era o líder. – Permissão para informe, senhor!

– Tá, tudo bem, Número Dois, sejam bem-vindos e tudo o mais. Acharam alguma fonte de água quente? – disse o Capitão, desesperançado.

– Não, senhor!

– Foi o que pensei.

O Número Dois atravessou a multidão e apresentou armas diante da banheira.

– Descobrimos outro continente!

– Quando foi isso?

– Fica além do outro lado do mar... – disse o Número Dois, estreitando os olhos expressivamente – a leste!

– Ah.

O Número Dois voltou o rosto para a multidão. Ergueu sua arma acima da cabeça. "Essa vai ser ótima", pensou a massa.

– Declaramos guerra contra eles!

Aplausos desenfreados explodiram em todos os cantos da clareira. Isso superava todas as expectativas.

– Espere um minuto – disse Ford Prefect –, espere um minuto!

Levantou-se e pediu silêncio. Após um instante, conseguiu, ou pelo menos conseguiu o que era possível em termos de silêncio naquelas circunstâncias.

As circunstâncias eram que o tocador de gaita de foles estava espontaneamente compondo um hino nacional.

– Esse gaiteiro tem que ficar por aqui? – indagou Ford.

– Ah, sim – disse o Capitão –, nós lhe demos uma verba.

Ford considerou a ideia de abrir a questão para debate, mas rapidamente decidiu que esse era o caminho para a loucura. Em vez disso, atirou uma pedra no gaiteiro e virou-se para o Número Dois.

– Guerra? – disse.

– É! – O Número Dois olhava desdenhosamente para Ford.

– Contra o continente vizinho?

– É! Guerra total! A guerra que vai acabar com todas as guerras!

– Mas não há ninguém morando lá!

"Ah, interessante", pensou a multidão, "um ponto importante."

O olhar do Número Dois percorria todo o panorama sem se perturbar. Seus olhos eram como um par de pernilongos que pairam propositalmente a 5 centímetros de seu nariz e se recusam a sair dali por meio de golpes com as mãos, tapas de mata-moscas ou jornais enrolados.

– Eu sei disso – falou –, mas um dia vai ter! Por isso deixamos um ultimato em aberto.

– O quê?

– E explodimos algumas instalações militares.

O Capitão debruçou-se em sua banheira.

– Instalações militares, Número Dois? – disse.

Os olhos tremularam por um momento.

– Sim, senhor, instalações militares em potencial. Tudo bem... árvores.

O momento de incerteza passou, e seus olhos varriam a audiência como chicotes.

– E também – vociferou – interrogamos uma gazela!

Posicionou elegantemente sua Zapogun debaixo do braço e marchou através do pandemônio que irrompera pela multidão em êxtase. Caminhou apenas alguns passos antes de ser levantado e carregado para uma volta de honra ao redor da clareira.

Ford sentou-se e começou a bater negligentemente duas pedrinhas, uma contra a outra.

– Então, o que mais que vocês fizeram? – indagou, quando as celebrações tinham acabado.

– Começamos uma cultura – disse a moça de marketing.

– Ah, é? – disse Ford.

– É. Um dos nossos produtores de cinema já está fazendo um fascinante documentário sobre os homens das cavernas nativos da área.

– Não são homens das cavernas.
– Eles se parecem com homens das cavernas.
– Eles vivem em cavernas?
– Bom...
– Vivem em cabanas.
– Talvez estejam redecorando suas cavernas – gritou um gaiato na multidão.
Ford virou-se para ele, irritado.
– Muito engraçado – disse –, mas vocês notaram que eles estão morrendo?

Em sua viagem de volta, Ford e Arthur tinham se deparado com duas aldeias abandonadas e com os corpos de vários nativos na floresta, onde tinham se refugiado para morrer. Os que ainda viviam pareciam doentes e apáticos, como se sofressem de uma doença do espírito e não do corpo. Andavam indolentemente e com uma tristeza infinita. Tinham tirado seu futuro.

– Morrendo! – repetiu Ford. – Sabe o que isso significa?
– Ahn... que não devemos vender seguros de vida para eles? – gritou o gaiato outra vez.

Ford ignorou-o e falou para toda a multidão.
– Será que dá para vocês tentarem entender – disse – que foi só depois que chegamos aqui que eles começaram a morrer?
– Na verdade isso é algo que sobressai magnificamente nesse filme – disse a garota de marketing – e dá aquele toque pungente que é a característica de todo bom documentário. O produtor é muito empenhado.
– Tem que ser – murmurou Ford.
– Eu soube – disse a garota voltando-se para o Capitão que começava a discordar com a cabeça – que ele quer fazer um sobre o senhor em seguida, Capitão.
– Ah, verdade? – disse ele animado. – Isso é maravilhoso.
– Ele tem um ângulo muito interessante sobre esse assunto, sabe, o fardo da responsabilidade, a solidão do comando...

O Capitão ficou brincando com a ideia durante alguns instantes.
– Bom, eu não acentuaria demais esse ângulo, sabe – disse finalmente. – Nunca se está realmente sozinho com um pato de borracha.

Ergueu o pato para o alto e a multidão aplaudiu.
Por todo esse tempo o consultor executivo tinha ficado sentado num silêncio de pedra, com as pontas dos dedos pressionadas contra as têmporas para indicar que ele estava esperando e que iria esperar o dia todo se fosse necessário.

Nesse momento ele resolveu desistir de esperar o dia todo e, em vez disso, iria apenas fingir que nada do que aconteceu na última meia hora havia de fato acontecido.

Levantou-se.

– Se – disse sucintamente – pudéssemos por um momento passar para a questão da política fiscal...

– Política fiscal! – gritou Ford Prefect. – Política fiscal!

O consultor executivo dirigiu-lhe um olhar que apenas um bagre poderia imitar.

– Política fiscal... – repetiu – foi o que eu disse.

– Como vocês podem ter dinheiro – perguntou Ford – se nenhum de vocês produz algo? Dinheiro não nasce em árvores, sabiam?

– Se você me permitisse continuar...

Ford consentiu com um sinal de cabeça, desanimado.

– Obrigado. Desde que decidimos, há algumas semanas, adotar as folhas como moeda corrente, todos nos tornamos, naturalmente, imensamente ricos.

Ford olhava incrédulo para a multidão, que soltava murmúrios de satisfação enquanto passava os dedos pelos montes de folhas com os quais tinham forrado seus macacões.

– Mas também – prosseguiu o consultor executivo – nos deparamos com um pequeno problema de inflação decorrente do alto nível de disponibilidade de folhas. Acreditamos que a taxa de câmbio atual corresponde a três florestas para a compra de um amendoim da nave.

Murmúrios alarmados vieram da multidão. O consultor executivo os aplacou.

– Então, com o objetivo de prevenir esse problema – continuou – e efetivamente restaurar o valor da folha, estamos prontos a lançar uma campanha maciça de desfolhação e... ahn, queimar as florestas. Acredito que todos concordarão que é um passo sensato diante das circunstâncias.

A multidão pareceu um pouco indecisa quanto a isso por alguns segundos até que alguém lembrou o quanto isso elevaria o valor das folhas em seus bolsos, o que os fez dar pulos de alegria e aplaudir de pé o consultor executivo. Os contadores entre eles contavam com um outono muito lucrativo.

– Vocês estão todos loucos – explicou Ford. – Estão absolutamente insanos – prosseguiu. – Vocês são um bando de malucos delirantes – arrematou.

O grosso das opiniões começou a voltar-se contra ele. O que tinha começado como excelente diversão agora, na visão da multidão, deteriorara-se em meras ofensas, e, já que as ofensas eram dirigidas principalmente contra eles, se cansaram disso.

Sentindo essa mudança no ar, a garota de marketing voltou-se para ele.

– Talvez venha ao caso – disse ela – perguntar o que você andou fazendo todos esses meses então. Você e aquele outro intruso estão desaparecidos desde o dia em que chegamos.

– Estávamos viajando – disse Ford. – Fomos tentar descobrir alguma coisa sobre este planeta.

– Oh – disse a garota maliciosamente –, não me parece muito produtivo.

– Não? Pois bem, eu tenho notícias para você, meu amor. Nós descobrimos o futuro deste planeta.

Ford esperou que essa afirmação produzisse seu efeito. Não produziu nenhum. Não sabiam do que ele estava falando.

Continuou.

– Não importa um grão de areia o que vocês resolvam fazer de agora em diante. Queimar as florestas ou o que for, não vai fazer diferença alguma. Sua história futura já aconteceu. Vocês têm dois milhões de anos, e pronto. Ao final desse tempo, sua raça vai estar morta, esquecida e boa viagem para todos. Lembrem-se disso, dois milhões de anos!

A multidão murmurava entre si, incomodada. Pessoas tão ricas quanto eles tinham acabado de se tornar não deveriam ser obrigadas a ficar escutando besteiras assim. Talvez, se dessem uma gorjeta de uma ou duas folhas para o sujeito, ele fosse embora.

Não precisaram se incomodar com isso. Ford já estava caminhando para fora da clareira, parando apenas para sacudir a cabeça, quando viu o Número Dois, que já estava descarregando sua Zapogun em algumas árvores das proximidades.

Voltou-se apenas uma vez.

– Dois milhões de anos! – disse, e deu uma risada.

– Bom – disse o Capitão com um sorriso reconfortante –, ainda há tempo para mais alguns banhos. Alguém poderia pegar minha esponja? Deixei cair aqui ao lado.

Capítulo 33

Um quilômetro mais ou menos floresta adentro, Arthur Dent estava entretido demais no que estava fazendo para ouvir Ford Prefect aproximar-se.

O que estava fazendo era um tanto curioso, e era o seguinte: sobre um pedaço largo de pedra chata ele tinha riscado um grande quadrado, subdividido em 169 quadrados menores, treze de cada lado.

Em seguida tinha juntado um monte de pedrinhas achatadas e riscado uma letra em cada uma. Sentados morosamente em torno da pedra estavam alguns nativos sobreviventes a quem Arthur estava tentando apresentar o curioso conceito contido nessas pedras.

Até agora eles não estavam indo muito bem. Tinham tentado comer algumas, enterrar outras e jogar o resto fora. Arthur conseguira finalmente convencer um deles a colocar algumas sobre o quadro riscado na pedra, o que era bem pior do que ele tinha conseguido na véspera. Juntamente com a deterioração moral dessas criaturas, parecia haver uma deterioração correspondente em sua inteligência efetiva.

Com o intuito de instigá-los, Arthur colocou ele mesmo algumas pedras no quadro e tentou encorajar os nativos a acrescentar outras.

Não estava dando certo.

Ford assistia, quieto, ao pé de uma árvore próxima.

– Não – disse Arthur a um dos nativos que acabara de espalhar algumas das pedras –, o Q vale dez, está vendo, e está num quadrinho de três vezes o valor da palavra, então... olha, eu expliquei as regras para você... não, não, olha, por favor, larga esse osso de maxilar... tudo bem, vamos recomeçar outra vez. Tente se concentrar.

Ford apoiou o cotovelo na árvore e a cabeça na mão.

– O que você está fazendo, Arthur? – perguntou calmamente.

Arthur levantou o olhar, tomado de surpresa. Teve de repente a sensação de que aquilo tudo poderia parecer um pouco estúpido. Tudo o que sabia era que, para ele, tinha funcionado maravilhosamente bem quando era criança. Mas as coisas eram diferentes naquela época, ou melhor, iam ser.

– Estou tentando ensinar os homens das cavernas a jogar palavras cruzadas – respondeu.

– Não são homens das cavernas – disse Ford.

— Parecem homens das cavernas.

Ford deixou passar.

— Tá bom — disse.

— É um trabalho duro — disse Arthur, exausto. — A única palavra que eles conhecem é grrrurrgh e não sabem como escrevê-la.

Suspirou e recostou-se.

— Aonde você quer chegar com isso? — perguntou Ford.

— Temos que encorajá-los a evoluir! A se desenvolver! — disse Arthur furiosamente. Esperava que o suspiro de exaustão e a irritação pudessem se contrapor à sensação de estupidez que estava vivendo no momento. Não funcionou. Ele se levantou. — Você pode imaginar como seria um mundo que descendesse daqueles... cretinos com os quais a gente chegou? — disse.

— Imaginar? — disse Ford erguendo as sobrancelhas. — A gente não precisa imaginar. A gente viu.

— Mas... — Arthur agitava os braços em vão.

— A gente viu — disse Ford —, não tem saída.

Arthur chutou uma pedra.

— Você contou para eles o que a gente descobriu? — perguntou.

— Hummmmmm? — disse Ford, sem prestar muita atenção.

— A Noruega — disse Arthur —, a assinatura de Slartibartfast na geleira. Você contou para eles?

— Para quê? O que isso significaria para eles?

— O que significaria? — disse Arthur. — O que significaria? Você sabe perfeitamente bem o que significa. Significa que este é o planeta Terra! É a minha casa! Foi onde eu nasci!

— Foi? — disse Ford.

— Tudo bem, vai ser.

— Sim, dentro de dois milhões de anos. Por que você não diz isso para eles? Vai lá e diz para eles: "Com licença, eu só queria observar que dentro de dois milhões de anos eu vou nascer a alguns quilômetros daqui." Vamos ver o que vão dizer. Vão te fazer subir no alto de uma árvore e colocar fogo.

Arthur absorveu a ideia com tristeza.

— Encare os fatos — disse Ford. — Aqueles boçais são seus antepassados, e não estas criaturas aqui.

Foi até onde os homens-macaco estavam brincando apaticamente com as pedrinhas. Balançou a cabeça.

— Deixa esse jogo pra lá, Arthur. Isto não vai salvar a raça humana, porque esta turma não vai ser a raça humana. A raça humana está no momento sentada em torno de uma pedra do outro lado desta colina fazendo documentários sobre si mesma.

Arthur estremeceu.

– Deve haver alguma coisa que possamos fazer – disse ele. Uma sensação terrível de desolação arrepiou seu corpo por ele estar ali, na Terra, na Terra que tinha perdido seu futuro numa horrenda catástrofe arbitrária e que agora parecia perder seu passado da mesma maneira.

– Não – disse Ford –, não há nada que possamos fazer. Isso não muda a história da Terra, percebe, isto é a história da Terra. Ame-os ou deixe-os, os golgafrinchenses são o povo do qual você descende. Dentro de dois milhões de anos serão destruídos pelos vogons. A História nunca é alterada, está vendo, encaixa-se como um quebra-cabeça. A vida... é curiosa, não?

Apanhou a letra Q e atirou-a numa moita distante, onde ela atingiu um jovem coelho. O coelho começou a correr aterrorizado e não parou até ser capturado e comido por uma raposa, que se engasgou com um de seus ossos e morreu à margem de um riacho, que em seguida a levou.

Durante as semanas que se seguiram, Ford Prefect engoliu seu orgulho e iniciou um relacionamento com uma garota que tinha sido gerente de RH em Golgafrincham e ficou terrivelmente triste quando ela faleceu subitamente por beber água de um tanque contaminado pelo cadáver de uma raposa. A única moral possível a se tirar dessa história é que nunca se deve atirar a letra Q numa moita, mas infelizmente há momentos em que isso é inevitável.

Como a maioria das coisas cruciais da vida, essa cadeia de eventos passou completamente invisível para Ford Prefect e Arthur Dent. Estavam observando com tristeza um dos nativos, que mexia lentamente com as letras.

– Pobres homens das cavernas – disse Arthur.

– Não são...

– O quê?

– Ah, deixa pra lá – disse Ford.

A pobre criatura emitiu um patético ruído de lamúria e socou uma pedra.

– Tudo isso tem sido uma perda de tempo para eles, não? – disse Arthur.

– Uh uh urghhhhh – murmurou o nativo e deu outra pancada na pedra.

– Foram ultrapassados na escala evolucionária por limpadores de telefones.

– Uurgh, gr, gr, gruh! – insistiu o nativo, continuando a bater na pedra.

– Por que ele fica batendo na pedra? – disse Arthur.

– Acho que ele quer jogar com você outra vez – disse Ford. – Está apontando para as letras.

– Ele provavelmente escreveu crzjgrdwldiwdc outra vez, coitado. Eu vivo dizendo para ele que só tem um G em crzjgrdwldiwdc.

O nativo deu outra pancada na pedra.

Olharam por cima dos ombros dele.

Seus olhos saltaram.

Ali, no meio das letras embaralhadas, havia treze letras dispostas numa linha reta e bem clara.

As letras eram estas:

"QUARENTAEDOIS."

– Grrrurrgh guh guh – explicou o nativo. Espalhou as letras, furioso, e foi se juntar a um colega debaixo de uma árvore próxima para não fazer nada.

Ford e Arthur ficaram olhando para o nativo. E, depois, um para o outro.

– Aquilo estava realmente dizendo o que eu acho que dizia? – perguntaram ambos ao mesmo tempo.

– Estava – responderam ambos.

– Quarenta e dois – disse Arthur.

– Quarenta e dois – disse Ford.

Arthur correu para os dois nativos.

– O que vocês estão tentando nos dizer? – gritou. – O que isso quer dizer?

Um deles rolou no chão, levantou as pernas para o ar, rolou de novo e foi dormir.

O outro trepou na árvore e atirou castanhas-da-índia em Ford Prefect. O que quer que tivessem a dizer, já tinham dito.

– Você sabe o que isso significa – disse Ford.

– Não inteiramente.

– Quarenta e dois é o número que o Pensador Profundo calculou como sendo a Resposta Final.

– Certo.

– E a Terra é o computador que o Pensador Profundo projetou e construiu para calcular a Pergunta à Resposta Final.

– É o que fomos levados a crer.

– E a vida orgânica era parte da programação do computador.

– Se você está dizendo.

– Eu estou dizendo. Isso significa que esses nativos, esses homens-macaco, são parte integrante do programa do computador, e que nós e os golgafrinchenses, não.

– Mas os homens das cavernas estão morrendo e os golgafrinchenses vão obviamente tomar seu lugar.

– Exatamente. Então você sabe o que isso significa.

– O quê?

– Pense – disse Ford Prefect.

Arthur olhou para ele.

– Que este planeta terá problemas sérios com isso – disse.

Ford raciocinou por uns momentos.

– Ainda assim, alguma coisa deve ter dado certo – disse por fim –, porque Marvin falou que podia ver a Pergunta impressa em suas ondas cerebrais.

– Mas...

– Provavelmente a pergunta errada, ou uma distorção dela. Mas poderia nos dar uma pista, se tivéssemos como descobri-la. Não vejo como, porém.

Ficaram deprimidos por um tempo. Arthur sentou-se no chão e começou a arrancar montinhos de capim, mas percebeu que essa era uma atividade na qual ele não poderia se aprofundar muito. Não era um capim em que ele pudesse acreditar, as árvores lhe pareciam sem sentido, as colinas onduladas pareciam ondular para lugar nenhum e o futuro parecia ser apenas um túnel através do qual era preciso passar arrastando-se.

Ford mexeu no seu Receptor Sensormático Subeta. Estava em silêncio. Suspirou e deixou-o de lado.

Arthur apanhou uma das pedras contendo letras do jogo de palavras cruzadas que tinha feito. Era um A. Suspirou e a recolocou no tabuleiro. A letra ao lado dela era um D. Colocou mais umas letras em volta, que por acaso eram um M, um E e um R. Por uma curiosa coincidência, a palavra resultante expressava perfeitamente o que Arthur sentia a respeito das coisas naquela hora. Olhou a palavra por instantes. Não a tinha escrito deliberadamente, era apenas um acaso. Seu cérebro lentamente engatou a primeira.

– Ford – disse ele subitamente –, olhe, se essa Pergunta está impressa nas minhas ondas cerebrais e eu não tenho consciência dela, ela deve estar em algum lugar do meu subconsciente.

– Suponho que sim.

– Deve haver um jeito de trazer para fora esse padrão inconsciente.

– Ah, é?

– É, introduzindo algum elemento de acaso que possa ser modulado por esse padrão.

– Como o quê?

– Como tirar as letras do *scrabble* de um saco fechado.

Ford deu um salto.

– Brilhante! – disse ele. Tirou a toalha de sua mochila e com alguns nós cegos transformou-a num saco.

– Totalmente absurdo – disse –, completo delírio. Mas vamos fazê-lo porque é um delírio brilhante. Vamos lá!

O sol passou respeitosamente por trás de uma nuvem. Umas poucas gotinhas de chuva caíram.

Juntaram todas as letras restantes e as jogaram no saco. Chacoalharam.

– Certo – disse Ford. – Feche os olhos. Vai tirando. Vai, vai, vai.

Arthur fechou os olhos e mergulhou a mão na toalha de pedras. Mexeu, remexeu e tirou seis, entregando-as a Ford, que foi colocando-as no chão na ordem em que ia recebendo-as.

– Q – disse Ford –, U, A, N, T, O... Quanto!

Piscou os olhos.

– Acho que está funcionando! – disse.

Arthur lhe entregou mais três.

– E, S, E... Ese. Bom, talvez não esteja funcionando – disse Ford.

– Toma mais estas duas.

– I, S... Eseis – acho que não está fazendo sentido.

Arthur tirou mais três e depois mais duas. Ford colocou-as em seus lugares.

– V, E, Z... E, S. Eseisvezes... É seis vezes! – gritou Ford. – Está funcionando! É fantástico, está funcionado mesmo!

– Tem mais aqui – disse Ford, arrancando-as febrilmente o mais rápido que podia.

– Quanto é seis vezes... N, O, V, E... seis vezes nove... – fez uma pausa. – Vamos, cadê a próxima?

– Ahn, isso é tudo – disse Arthur –, acabaram-se as letras.

Recostou-se, perplexo.

Vasculhou com as pontas dos dedos mais uma vez dentro da toalha mas não havia mais letras.

– Quer dizer que é só isso? – disse Ford.

– É isso.

– Seis vezes nove: 42.

– É isso. É tudo que há.

Capítulo 34

O sol surgiu e brilhou radiante sobre eles. Um pássaro cantou. Uma brisa morna soprava por entre as árvores e as flores, levando seu perfume para todo o bosque. Um inseto passou zumbindo a caminho de seja lá o que for que os insetos fazem no final da tarde. Um som de vozes veio da floresta seguido um momento depois por duas garotas que pararam surpresas à vista de Ford Prefect e Arthur Dent aparentemente jogados no chão com câimbras, mas na verdade rolando com uma gargalhada silenciosa.

– Não, não vão embora – disse Ford Prefect meio engasgado –, já falamos com vocês.

– Qual é o problema? – perguntou uma das garotas. Era a mais alta e esbelta das duas. Tinha sido assistente de gerente de RH em Golgafrincham, mas não gostava muito desse trabalho.

Ford se recompôs.

– Desculpe-me – disse ele. – Olá. Eu e o meu amigo só estávamos contemplando o sentido da vida. Um exercício frívolo.

– Ah, é você – disse a garota. – Você fez um papelão hoje à tarde. Você foi engraçado no começo, mas depois começou a exagerar.

– Eu exagerei? Com certeza.

– É sim. Para que tudo aquilo? – perguntou a outra garota, uma moça mais baixa, de rosto redondo, que tinha sido diretora de arte numa pequena companhia de publicidade em Golgafrincham. Por maiores que fossem as privações daquele novo mundo, ela ia dormir toda noite profundamente agradecida pelo fato de que, fosse o que fosse que ela teria que enfrentar pela manhã, não seria uma centena de fotografias quase idênticas de tubos de pasta de dentes.

– Para quê? Para nada. Nada é para alguma coisa – disse Ford Prefect alegremente. – Venham, fiquem com a gente, eu sou Ford, este é Arthur. Estávamos ocupados em não fazer nada, mas dá para deixar isso para depois.

As garotas olharam para eles em dúvida.

– Eu sou Agda – disse a mais velha. – Esta é Mella.

– Olá, Agda, olá, Mella – disse Ford.

– Você fala? – perguntou Mella a Arthur.

– Ah, às vezes – disse Arthur sorrindo –, mas não tanto quanto Ford.

– Ótimo.

Houve uma pequena pausa.

– O que você quis dizer – perguntou Agda – com essa história de que só temos dois milhões de anos? Eu não consegui entender nada do que você estava falando.

– Ah, aquilo – disse Ford – não tem importância.

– É só que o mundo será demolido para dar lugar a uma via expressa hiperespacial – disse Arthur sacudindo os ombros –, mas isso é daqui a dois milhões de anos, e de qualquer modo são apenas vogons fazendo o que os vogons fazem.

– Vogons? – disse Mella.

– É. Você não deve conhecê-los.

– De onde vocês tiraram essa ideia?

– Realmente não importa. É como um sonho do passado, ou do futuro. – Arthur sorriu e olhou a distância.

– Você não se incomoda por não falar nada que faça sentido? – perguntou Agda.

– Escute, esqueçam – disse Ford –, esqueçam tudo. Nada importa. Olhem que dia bonito, vamos aproveitar! O sol, o verde das montanhas, o rio no vale, as árvores.

– Mesmo sendo só um sonho é uma ideia bem horrível – disse Mella. – Destruir um mundo só para fazer uma via expressa.

– Ah, eu já ouvi coisa pior – disse Ford. – Eu li sobre um planeta da sétima dimensão que foi usado como bola num jogo de bilhar intergaláctico. Foi encaçapado direto para dentro de um buraco negro. Dez bilhões de pessoas morreram.

– Isso é insano – disse Mella.

– Pois é, e só valeu 30 pontos.

Agda e Mella trocaram olhares.

– Olha – disse Agda –, vai ter uma festa hoje à noite depois da reunião do comitê. Vocês podem aparecer se quiserem.

– Tá, ok – disse Ford.

– Vai ser legal – disse Arthur.

Horas depois, Arthur e Mella estavam sentados assistindo à lua nascendo por trás do brilho vermelho das árvores.

– Essa história do mundo ser destruído... – começou Mella.

– Dentro de dois milhões de anos, é.

– Você diz como quem realmente acha que é verdade.

– É, acho que é. E acho que eu estava lá.

Ela sacudiu a cabeça, confusa.

– Você é muito estranho – disse.

– Não, eu sou muito comum – disse Arthur –, mas algumas coisas muitos estranhas aconteceram comigo. Pode-se dizer que eu sou mais diferenciado do que diferente.

– E aquele outro mundo de que falou o seu amigo, aquele que foi atirado num buraco negro?

– Ah, essa eu nunca tinha ouvido. Parece coisa do livro.

– De que livro?

Arthur fez uma pausa.

– *O Guia do Mochileiro das Galáxias* – disse por fim.

– O que é isso?

– Ah, é só uma coisa que eu joguei no rio esta noite. Acho que é algo que não quero mais – disse Arthur Dent.

A VIDA, O UNIVERSO E TUDO MAIS

VOLUME 3
da trilogia de cinco

Capítulo 1

O já habitual grito matinal de horror era o som de Arthur Dent ao acordar e lembrar-se de onde estava.

O que o perturbava não era apenas a caverna fria nem o fato de ser úmida e fedorenta. Era o fato de que ela ficava bem no meio de Islington e que o próximo ônibus só iria passar dentro de dois milhões de anos.

O tempo é, por assim dizer, o pior lugar onde ficar perdido, como Arthur Dent havia descoberto. Ele já tinha se perdido várias vezes, tanto no tempo quanto no espaço. Pelo menos estar perdido no espaço mantém a pessoa ocupada.

Estava ilhado na Terra pré-histórica como resultado de uma complexa sequência de eventos envolvendo o fato de ele ter sido alternadamente detonado ou insultado em regiões da Galáxia mais estranhas do que poderia sonhar. Por conta disso, ainda que sua vida no momento fosse extremamente monótona, continuava se sentindo muito assustado.

Fazia cinco anos que ninguém o detonava. Como não tinha encontrado ninguém desde que ele e Ford Prefect se separaram quatro anos antes, também não havia sido insultado durante todo aquele tempo.

Exceto uma vez.

Aconteceu numa tarde de primavera cerca de dois anos antes.

Ele estava voltando para sua caverna, pouco depois do entardecer, quando percebeu estranhas luzes piscando através das nuvens. Virou-se para observar, sentindo seu coração encher-se de esperança. Resgate. Uma saída. O sonho impossível de todo náufrago: uma nave.

Observou, fascinado e animado, uma nave prateada e comprida descer em meio à brisa morna da tarde, em silêncio, delicadamente, suas longas e esguias hastes desdobrando-se em um suave balé tecnológico.

Assentou-se suavemente no terreno e o pequeno zumbido que havia gerado sumiu, como se fosse embalado pela calma da tarde.

Uma rampa estendeu-se.

Surgiram luzes pela abertura.

Uma silhueta alta apareceu na portinhola, desceu a rampa e parou bem na frente de Arthur.

– Você é um idiota, Dent – foi tudo o que disse.

Era um alienígena, do tipo bem alienígena. Tinha uma altura peculiarmente alienígena, uma cabeça achatada peculiarmente alienígena, pequenos olhos em fenda peculiarmente alienígenas, estava vestido com uma roupa elaboradamente desenhada e usava um colar peculiarmente alienígena, e tinha uma cor pálida cinza-esverdeada de alienígena que reluzia com um brilho lustroso que a maioria das faces cinza-esverdeadas só podia conseguir por meio de muitos exercícios e de sabonetes absurdamente caros.

Arthur olhou-o, atônito. O alienígena olhou-o de volta.

O sentimento inicial de esperança e excitação havia sido completamente superado pelo espanto, e pensamentos de todos os tipos estavam, naquele momento, brigando pelo controle de suas cordas vocais.

– Qqqu...? – disse ele. – Mmms... ah... aahn... – acrescentou em seguida. – Qqqm... eeeerrr... ehh... quem? – conseguiu finalmente dizer e depois caiu numa espécie de silêncio frenético. Estava sentindo os efeitos de não ter dito nada a ninguém por mais tempo do que podia se lembrar.

A criatura alienígena franziu o rosto e consultou uma espécie de prancheta que estava segurando com sua mão esguia de alienígena.

– Arthur Dent? – disse ele.

Arthur assentiu, balançando a cabeça.

– Arthur Phillip Dent? – prosseguiu o alienígena, com um tom de voz firme.

– Ahhh... ah... sim... éééé... éééé – confirmou Arthur.

– Você é um idiota – repetiu o alienígena –, um bundão completo.

– Ehhh...

A criatura pareceu ter ficado satisfeita com aquilo. Balançou a cabeça levemente, depois fez uma marquinha peculiarmente alienígena em sua prancheta e virou-se bruscamente, caminhando em direção à nave.

– Ehhh... – disse Arthur, desesperado. – Ehhhh...

– Ah, não me venha com esse papo! – retrucou o alienígena. Subiu a rampa, passou pela portinhola e desapareceu dentro da nave. A portinhola se fechou, a rampa foi recolhida e a nave começou a emitir um leve zumbido grave.

– Ehhh, hei! – gritou Arthur, correndo logo em seguida na direção da nave. – Espere aí! – disse. – O que foi isso? O quê? Espere!

A nave elevou-se no ar, removendo seu peso como quem joga uma capa no chão, e pairou por um instante. Balançava estranhamente no céu da tarde. Passou pelas nuvens, iluminando-as brevemente, e depois se foi, deixando Arthur sozinho, naquela imensidão de terra, dançando uma pequena dança patética e sem sentido.

– O quê? – gritou Arthur. – O quê? Quê? Ei, o que foi? Volte aqui e repita isso!

Pulou e dançou até suas pernas começarem a tremer, gritou até seus pulmões arderem. Ninguém respondeu. Não tinha ninguém para ouvir ou falar com ele.

A nave alienígena já cruzava em alta velocidade as camadas mais altas da atmosfera, a caminho do vazio aterrador que separa as poucas coisas que existem no Universo umas das outras.

No interior da nave, seu ocupante, o alienígena com a pele milionária, estava esticado no único assento. Seu nome era Wowbagger, o Infinitamente Prolongado. Um homem com um objetivo. Na verdade, não era um objetivo muito nobre, como ele mesmo seria o primeiro a admitir, mas ao menos tinha um objetivo e isso o mantinha ocupado.

Wowbagger, o Infinitamente Prolongado, era – na verdade, é – um dos pouquíssimos seres imortais do Universo.

Aqueles que já nascem imortais sabem como lidar com isso instintivamente. Contudo, Wowbagger não tinha nascido imortal. Não. Passou a desprezar os imortais, aquela corja de babacas tranquilões. Tinha se tornado imortal por um infeliz acidente envolvendo um acelerador de partículas irracionais, uma refeição líquida e um par de elásticos. Os detalhes exatos do acidente não são importantes, porque ninguém jamais foi capaz de duplicar as circunstâncias exatas em que as coisas aconteceram e, ao tentarem, muitas pessoas acabaram ficando com cara de idiotas, morreram no processo, ou ambas as coisas.

Com uma careta e uma expressão de cansaço, Wowbagger fechou os olhos, colocou uma música no som da nave e pensou que até poderia ter conseguido... Se não fosse pelas tardes de domingo, teria conseguido.

No início tudo parecia engraçado: havia se divertido muito, vivendo perigosamente, se arriscando ao extremo, enriquecendo com investimentos de longo prazo e altas taxas de retorno e, no geral, permanecendo vivo enquanto os outros morriam.

Porém, no final foram as tardes de domingo que se tornaram insuportáveis: aquela terrível sensação de não ter absolutamente nada para fazer que se instala em torno das 14h55, quando você sabe que já tomou um número mais que razoável de banhos naquele dia, quando sabe que, por mais que tente se concentrar nos artigos dos jornais, você nunca conseguirá lê-los nem colocar em prática a nova e revolucionária técnica de jardinagem que eles descrevem, e quando sabe que, enquanto olha para o relógio, os ponteiros se movem impiedosamente em direção às quatro da tarde e logo você entrará na longa e sombria hora do chá da alma.

A partir daí as coisas começaram a perder o sentido. Os sorrisos alegres que costumava distribuir durante os funerais dos outros começaram a sumir. Aos poucos, começou a desprezar o Universo em geral e cada um dos seus habitantes em particular.

Foi então que concebeu seu objetivo, aquilo que o faria prosseguir e que, até onde podia compreender, iria fazê-lo prosseguir para todo o sempre. Era o seguinte:

Iria insultar o Universo.

Isto é, iria insultar todos no Universo. Individualmente, pessoalmente e – esse foi o ponto no qual realmente decidiu se empenhar – em ordem alfabética.

Quando as pessoas reclamavam com ele, como já tinham feito, que o plano não somente era mal-intencionado como também completamente impossível, devido ao número de pessoas que nasciam e morriam sem parar, ele simplesmente as encarava com um olhar gélido e dizia:

– Um homem tem o direito de sonhar, não é?

Foi assim que tudo começou. Construiu uma nave feita para durar, com um computador capaz de lidar com a infinitude de dados necessários para manter o controle de toda a população do Universo conhecido e calcular as complicadas rotas envolvidas.

Sua nave atravessou as órbitas internas do sistema estelar Sol, preparando-se para ganhar impulso ao circundar sua estrela e depois partir para o espaço interestelar.

– Computador.

– Presente – respondeu o computador.

– Para onde vamos?

– Vou calcular.

Wowbagger observou por alguns instantes o intricado colar de brilhantes da noite, bilhões de pequenos diamantes polvilhando a infinita escuridão com sua luz. Cada um deles, absolutamente todos, estava em seu itinerário. Iria passar milhões de vezes pela grande maioria deles.

Imaginou sua rota, conectando todos os pontos do céu como um desenho infantil de unir os pontos. Torceu para que, visto de algum lugar do Universo, aquele traçado soletrasse uma palavra extremamente obscena.

O computador emitiu um bipe chocho para indicar que havia terminado seus cálculos.

– Folfanga – disse. E bipou novamente. – Quarto planeta do sistema Folfanga – prosseguiu. E bipou mais uma vez. – Duração estimada para a viagem: três semanas – disse depois. Bipou de novo. – Vamos encontrar uma pequena lesma – bipou – do gênero A-Rth-Urp-Hil-Ipdenu. – Acredito – acrescentou, após uma breve pausa na qual bipou – que você decidiu chamá-la de "bundona descerebrada".

Wowbagger resmungou. De sua janela, observou a grandiosidade da criação por mais alguns instantes.

– Acho que vou tirar um cochilo. Por quais redes de transmissão vamos passar durante as próximas horas?

O computador bipou.

– Cosmovid, Thinkpix e Home Brain Box – disse. Então bipou mais uma vez.

– Vai passar algum filme a que eu ainda não tenha assistido umas trinta mil vezes?

– Não.

– Ah.

– Bem, tem *Angústia no Espaço*. Esse você só viu 33.517 vezes.

– Me acorde para a segunda parte.

O computador bipou.

– Durma bem – disse.

A nave deslizava pela noite.

Enquanto isso, na Terra, caía uma chuva fina. Arthur Dent sentou-se em sua caverna e teve uma das noites mais tenebrosas de sua vida, pensando em milhares de coisas que poderia ter dito ao alienígena e matando mosquitos, que também tiveram uma noite bem tenebrosa.

No dia seguinte, decidiu fazer uma sacola usando uma pele de coelho porque achou que seria útil para colocar coisas dentro.

Capítulo 2

Dois anos depois disso ter acontecido, a manhã estava doce e calma quando Arthur saiu da caverna que chamava de "casa" até conseguir encontrar um nome melhor para aquilo ou então encontrar uma caverna melhor.

Sua garganta estava novamente irritada devido a seu grito matinal de horror, mas ainda assim ele estava de ótimo humor. Enrolou firmemente seu roupão esfarrapado ao redor do corpo e sorriu, feliz, olhando aquela linda manhã.

O ar estava claro e cheio de aromas suaves, a brisa acariciava levemente a grama alta que cercava a caverna, os pássaros gorjeavam uns para os outros, as borboletas borboleteavam lindamente ao seu redor e toda a natureza parecia conspirar para ser tão gentil e agradável quanto possível.

Não eram, contudo, aquelas delícias bucólicas que haviam deixado Arthur tão feliz. Ele acabara de ter uma ótima ideia sobre como lidar com o terrível e solitário isolamento, os pesadelos, o fracasso de todas as suas tentativas de horticultura e a completa ausência de futuro e a futilidade de sua vida ali, na Terra pré-histórica. Tinha decidido enlouquecer.

Sorriu de novo, feliz, e mordeu um pedaço de perna de coelho que havia sobrado de seu jantar. Mastigou alegremente durante algum tempo e então resolveu anunciar formalmente sua decisão.

Ficou de pé, endireitou o corpo e olhou de frente para os campos e montanhas. Para dar mais peso às suas palavras, enfiou o osso de coelho na barba. Abriu bem os braços e disse:

– Vou ficar louco!

– Boa ideia – disse Ford Prefect, descendo com cuidado de uma rocha onde estivera sentado.

O cérebro de Arthur fez piruetas. Seu maxilar fez flexões.

– Eu fiquei louco por um tempo – disse Ford – e isso me fez muito bem.

Os olhos de Arthur começaram a dar cambalhotas.

– Sabe... – disse Ford.

– Por onde você andou? – interrompeu Arthur, agora que sua cabeça havia parado com a ginástica.

– Por aí – respondeu Ford –, aqui e ali. – Ele sorriu de uma forma que julgou (corretamente) ser absolutamente irritante. – Tirei minha mente de circulação por uns tempos. Achei que, se o mundo precisasse muito de mim, ele viria me chamar. E veio.

Pegou em sua mochila, agora em farrapos, seu Sensormático Subeta.

– Pelo menos – prosseguiu – acho que veio. Isso aqui tem se mexido bastante. – Sacudiu o Subeta. – Se for um alarme falso, vou enlouquecer. De novo.

Arthur sacudiu a cabeça e sentou-se. Olhou para cima.

– Achei que você estivesse morto... – disse, perplexo.

– Foi o mesmo que pensei durante algum tempo – disse Ford – e depois decidi que eu era um limão durante algumas semanas. Me diverti bastante nessa época, pulando para dentro e para fora de um gim-tônica.

Arthur limpou a garganta, depois repetiu:

– Onde – disse ele – é que você...?

– Onde encontrei gim-tônica? – disse Ford, animado. – Encontrei um pequeno lago que pensava ser um gim-tônica, então fiquei pulando para dentro e para fora dele. Bem, pelo menos creio que ele achava que era um gim-tônica.

– Eu poderia – disse com um sorriso que faria qualquer homem são procurar abrigo nas árvores – ter imaginado tudo isso.

Esperou alguma reação de Arthur, mas este já o conhecia demasiadamente bem.

– Continue – disse ele, sem se alterar.

– Como você pode ver – disse Ford –, o sentido disso tudo é que não há sentido em tentar enlouquecer para impedir-se de ficar louco. Você pode muito bem dar-se por vencido e guardar sua sanidade para mais tarde.

– E isso é seu estado de sanidade, não é? – disse Arthur. – Estou perguntando apenas por curiosidade.

– Fui até a África. – disse Ford.

– É?

– É.

– E como foi lá?

– Então esta é sua caverna, não é? – disse Ford.

– Ehh, sim – respondeu Arthur. Sentia-se muito estranho. Após quase quatro anos de isolamento, estava tão feliz e aliviado por reencontrar Ford que tinha vontade de chorar. Por outro lado, Ford era uma pessoa que se tornava insuportável quase instantaneamente.

– Muito legal – disse Ford, falando da caverna de Arthur. – Você deve odiá-la.

Arthur nem sequer se preocupou em responder.

– A África foi bem interessante – prosseguiu. – Me comportei de forma bem estranha por lá.

Olhou para longe, pensativo.

– Resolvi ser cruel com os animais. – Mas apenas por diversão.

– Não me diga – respondeu Arthur, cauteloso.

– É verdade – afirmou Ford. – Não vou perturbá-lo com os detalhes porque eles iriam...

– O quê?

– Perturbá-lo. Mas você pode achar interessante saber que sou o integralmente responsável pela evolução do animal que, dentro de alguns séculos, vocês irão chamar de girafa. Também tentei aprender a voar. Acredita?

– Conte-me.

– Eu conto depois. Só vou mencionar que o *Guia* diz...

– O quê?

– *O Guia do Mochileiro das Galáxias*. Você se lembra, não?

– Sim, lembro-me de tê-lo jogado no rio.

– É, mas eu o pesquei de volta depois – disse Ford.

– Você não me contou isso.

– Não queria que você o jogasse fora de novo.

– Tudo bem – respondeu Arthur. – E o que ele diz?

– O quê?

– O que o *Guia* diz?

– Ah. O *Guia* diz que há toda uma arte para voar – respondeu Ford. – Ou melhor, um jeitinho. O jeitinho consiste em aprender como se jogar no chão e errar. – Deu um sorrisinho. Apontou para as marcas em suas calças na altura dos joelhos e levantou os braços para mostrar os ombros. Estavam arranhados e machucados. – Até agora não dei muita sorte – disse. Depois estendeu a mão. – Estou muito feliz em vê-lo novamente, Arthur.

Arthur sacudiu a cabeça em um acesso súbito de emoção e perplexidade.

– Há anos que não vejo alguém – disse. – Absolutamente ninguém. Mal me lembro de como se fala. Me esqueço de algumas palavras. Tenho praticado, sabe. Eu pratico falando com... falando com... como se chamam aquelas coisas que fazem os outros acharem que ficamos loucos quando falamos com elas? Como George III.

– Reis? – tentou Ford.

– Não, não – respondeu Arthur. – As coisas com as quais ele costumava falar. Estamos cercados por elas, mas que droga. Eu mesmo plantei centenas delas. Todas morreram. Árvores! Eu pratico falando com árvores. Para que é isso?

Ford continuava com a mão estendida. Arthur olhava, sem entender.

– Aperte – sugeriu Ford.

Arthur apertou a mão, meio nervoso no início, como se ela pudesse se transformar em um peixe. Então segurou-a vigorosamente com suas duas mãos, sentindo um enorme alívio. Apertou, apertou e apertou.

Depois de um tempo, Ford achou que já bastava. Subiram em uma colina rochosa próxima e olharam o cenário em volta.

– O que aconteceu com os golgafrinchenses?

Arthur deu de ombros.

– Muitos não sobreviveram ao inverno, três anos atrás. Os poucos que viveram até a primavera disseram que precisavam de umas férias e partiram em uma jangada. A História nos diz que devem ter sobrevivido...

– É – disse Ford. – Certo, certo. – Ele colocou as mãos na cintura e olhou novamente em volta para o planeta vazio. Repentinamente, Ford sentiu-se cheio de energia e perspectivas.

– Estamos de partida – disse, animado.

– Para onde? Como? – perguntou Arthur.

– Não sei – disse Ford –, mas posso sentir que chegou a hora. Vão acontecer coisas. Estamos a caminho.

Falou em voz baixa, quase sussurrando.

– Detectei – disse ele – perturbações na corrente.

Lançou um olhar decidido para o horizonte, como se quisesse que o vento soprasse em seus cabelos dramaticamente naquele momento. O vento, contudo, estava ocupado brincando com umas folhas não muito longe.

Arthur pediu para Ford repetir o que acabara de dizer, porque não havia compreendido totalmente o sentido. Ford repetiu.

– A corrente? – perguntou Arthur.

– A corrente do espaço-tempo – disse Ford e, quando o vento soprou brevemente ao redor deles, abriu um largo sorriso.

Arthur concordou e limpou a garganta.

– Estaríamos falando – perguntou, com cautela – a respeito de alguma coisa que os vogons arrastam por aí ou o quê, exatamente?

– Há um zéfiro – disse Ford – no contínuo espaço-tempo.

– Ah – concordou Arthur –, onde ele está? Onde está? – Colocou as mãos nos bolsos de seu roupão e perscrutou o horizonte.

– O quê?

– Bem, quem é esse tal de Zéfiro? – perguntou Arthur.

Ford olhou para ele, furioso.

– Você quer me ouvir, por favor? Não estou falando de uma pessoa!

– Eu estava ouvindo – disse Arthur –, mas não acho que tenha ajudado muito.

Ford agarrou-o pelas lapelas do roupão e falou com ele tão lenta, articulada e pacientemente como se fosse alguém do serviço de atendimento ao cliente de uma companhia telefônica.

– Parece... – disse – ... haver alguns núcleos... – disse em seguida – ... de instabilidade... – continuou – ... na tessitura... – prosseguiu.

Arthur olhava abestalhado para o tecido de seu roupão, onde Ford o segurava. Ford soltou o roupão antes que Arthur transformasse seu olhar abestalhado em uma observação abestalhada.

– ... na tessitura do espaço-tempo – concluiu.

– Ah, é isso – disse Arthur.

– Sim, isso – confirmou Ford.

Lá estavam eles, sozinhos sobre uma colina na Terra pré-histórica, olhando um para o outro intensamente.

– E isso fez o quê? – disse Arthur.

– Isso – respondeu Ford – desenvolveu núcleos de instabilidade.

– É mesmo?? – disse Arthur, sem piscar os olhos por um segundo sequer.

– Sim, de fato – retrucou Ford, com o mesmo grau de imobilidade ocular.

– Que bom! – disse Arthur.

– Entendeu? – disse Ford.

– Não – disse Arthur.

Fizeram uma pausa silenciosa.

– A dificuldade desta conversa – disse Arthur, depois que uma expressão pensativa havia lentamente subido por todo o seu rosto, como um alpinista escalando uma passagem traiçoeira – é que ela é muito diferente das que tenho tido nos últimos tempos. Como expliquei há pouco, foram basicamente com árvores. Não eram assim. Exceto talvez por algumas conversas que tive com os olmeiros, que algumas vezes ficam um pouco desorientados.

– Arthur – disse Ford.

– Sim? – disse Arthur.

– Basta acreditar no que eu lhe disser e tudo será extremamente simples.

– Puxa, não sei se acredito nisso.

Sentaram-se para tentar reorganizar os pensamentos.

Ford pegou o Sensormático Subeta. Estava emitindo zumbidos variados e havia uma luz piscando, fraquinha.

– Pilha fraca?

– Não – disse Ford –, há uma perturbação em movimento na tessitura do espaço-tempo, um zéfiro, um núcleo de instabilidade, e parece estar bem próximo de nós.

– Onde?

Ford moveu o aparelho em um semicírculo, balançando-o ligeiramente.

De repente a luz piscou.

– Lá! – disse Ford, apontando com o braço. – Bem atrás daquele sofá!

Arthur olhou. Ficou completamente surpreso ao notar que havia um sofá Chesterfield, forrado de veludo *paisley*, no campo bem na frente deles. Olhou para ele com uma perplexidade inteligente. Perguntas perspicazes perpassaram sua mente.

— Por que — perguntou ele — tem um sofá naquele campo?

— Acabei de explicar! — gritou Ford, irritado. — Um zéfiro no contínuo espaço-tempo.

— E esse sofá é do Zéfiro? — perguntou Arthur, tentando se apoiar em seus pés e, apesar da falta de otimismo, também em seus sentidos.

— Arthur! — gritou Ford com ele. — Aquele sofá está ali por causa da instabilidade espaço-temporal que estou tentando incutir em sua mente terminalmente debilitada. Ele foi jogado para fora do contínuo, é um resíduo nas margens do espaço-tempo — aliás, seja o que for, temos que agarrá-lo, pois é a única forma de sairmos daqui!

Saltou até a base da rocha onde estavam e começou a correr pelo campo.

"Agarrá-lo?", pensou Arthur, depois levantou as sobrancelhas, espantado, quando viu que o Chesterfield estava balançando e flutuando lentamente pela grama.

Com um grito de prazer totalmente inesperado, desceu saltitante da rocha e saiu correndo atrás de Ford Prefect e daquela peça irracional de mobília.

Correram tresloucadamente pela grama, pulando, rindo e gritando instruções para levar aquela coisa para um lado ou para o outro. O sol brilhava ardentemente sobre a relva e pequenos animais saíam correndo para abrir caminho.

Arthur sentia-se feliz. Estava profundamente contente porque, pelo menos uma vez, seu dia estava saindo exatamente como planejado. Há apenas vinte minutos havia decidido ficar louco e, pouco depois, lá estava ele, caçando um Chesterfield através dos campos da Terra pré-histórica.

O sofá ondulava de um lado para o outro, parecendo ser ao mesmo tempo tão sólido quanto as árvores ao passar entre algumas delas e tão nebuloso quanto um sonho alucinado ao flutuar como um fantasma através de outras.

Ford e Arthur corriam desvairadamente atrás dele, mas o sofá se desviava e se esquivava como se seguisse uma complexa topografia matemática própria — era exatamente o que estava fazendo. Continuavam a perseguição, o sofá continuava dançando e girando, até que, subitamente, virou-se e mergulhou, como se estivesse cruzando o limite de um gráfico catastrófico, e se viram praticamente em cima dele. Dando impulso e gritando, subiram no sofá, o sol tremeluziu, caíram por um vazio doentio e apareceram inesperadamente no meio do campo de críquete conhecido como Lord's Cricket Ground, em St. John's Wood, Londres, perto do final da última partida da Série Australiana no ano de 198-, quando a Inglaterra precisava de apenas 28 *runs* para vencer.

Capítulo 3

Fatos importantes extraídos da *História Galáctica*, número um:
(Reproduzido do *Livro de História Galáctica Popular do Siderial Daily Mentioner's*.)

O céu noturno do planeta Krikkit é a vista menos interessante de todo o Universo.

Capítulo 4

Era um dia lindo e agradável no Lord's Cricket Ground quando Ford e Arthur foram casualmente jogados para fora de uma anomalia espaço-temporal e se estatelaram violentamente sobre o gramado perfeito.

A torcida aplaudia estrondosamente. Não eram eles que estavam sendo aplaudidos, mas se curvaram, em um gesto instintivo de agradecimento, o que foi uma grande sorte, já que a pequena e pesada bola vermelha que a torcida estava aplaudindo passou zunindo a poucos milímetros da cabeça de Arthur. Na multidão, um homem desmaiou.

Eles se jogaram de volta no chão, que parecia girar de forma medonha em torno deles.

– O que foi isso? – sussurrou Arthur.

– Algo vermelho – sussurrou Ford de volta.

– Onde estamos?

– Ahn, sobre algo verde.

– Formas – murmurou Arthur. – Preciso de formas.

O aplauso da multidão foi rapidamente substituído por exclamações de perplexidade e pelas risadas tensas de centenas de pessoas que ainda não tinham decidido se acreditavam ou não no que tinham acabado de ver.

– Esse sofá é de vocês? – disse uma voz.

– O que foi isso? – sussurrou Ford.

Arthur olhou para cima.

– Algo azul.

– Forma? – perguntou Ford.

Arthur olhou novamente.

– Tem a forma – sussurrou para Ford, com as sobrancelhas furiosamente contraídas – de um policial.

Permaneceram agachados por alguns instantes, franzindo os olhos o máximo possível. A coisa azul com a forma de policial cutucou os dois.

– Vamos lá, vocês dois – disse a forma –, vamos andando.

Essas palavras tiveram um forte efeito sobre Arthur. Em um segundo estava de pé, como um escritor ao ouvir o telefone tocar, e olhou espantado para as coisas em volta dele, que haviam se fixado em uma familiaridade bem terrível.

– De onde você tirou isso? – gritou para a forma de policial.

– O que você disse? – respondeu a forma, espantada.

— Isso aqui é Lord's Cricket Ground, não é? – retrucou Arthur. – Onde você encontrou isso, como você o trouxe até aqui? Acho – acrescentou, colocando a mão na testa – que é melhor eu me acalmar. – Agachou-se abruptamente diante de Ford.

— É um policial – disse. – O que vamos fazer?

Ford deu de ombros.

— O que você quer fazer?

— Eu quero – disse Arthur – que você me diga que passei os últimos cinco anos sonhando.

Ford deu de ombros novamente e obedeceu.

— Você passou os últimos cinco anos sonhando.

Arthur levantou-se outra vez.

— Está tudo bem, seu guarda – disse ele. – Eu passei os últimos cinco anos sonhando. Pergunte a ele – acrescentou, apontando para Ford –, ele também estava no sonho.

Tendo dito isso, saiu andando em direção à divisória do campo, espanando o pó de seu roupão. Foi então que notou seu roupão e parou. Olhou para ele. Atirou-se sobre o guarda.

— Então de onde foi que vieram estas roupas? – gritou.

Desmaiou e caiu sobre o gramado.

Ford balançou a cabeça.

— Os últimos dois milhões de anos foram difíceis para ele – disse para o guarda. Juntos, colocaram Arthur sobre o sofá e o carregaram para fora do campo, sendo brevemente interrompidos, no meio do caminho, pela súbita desaparição do sofá.

A multidão reagiu de formas bem variadas a tudo isso. Muitos não tiveram estômago para assistir à cena e preferiram ouvir a narração pelo rádio.

— Olha, Brian, essa foi interessante – disse um dos locutores para o outro. – Não me lembro de nenhuma materialização misteriosa no campo desde que... bom, acho que isso nunca aconteceu antes, não que eu me lembre.

— Que tal Edgbaston, 1932?

— O que foi que aconteceu por lá?

— Bem, Peter, acho que era Canter contra Willcox, vindo para arremessar do extremo do campo quando um espectador subitamente atravessou o gramado.

Ficaram em silêncio enquanto o primeiro locutor pensava a respeito.

— Éééééé... é – disse ele. – Bem, não vejo nenhum grande mistério nisso, não é mesmo? Pelo que entendi, o sujeito não se materializou em campo, ele apenas entrou correndo, não?

— É verdade, é verdade, mas ele disse que tinha visto algo se materializar no campo.

— Ah! E o que ele viu?

— Acho que era um jacaré.

— Certo. E alguém mais notou o jacaré em campo?

— Aparentemente não. Como ninguém conseguiu que o tal homem desse uma descrição muito detalhada, fizeram uma busca rápida pelo campo mas não acharam nada.

— E que fim levou o sujeito?

— Bem, pelo que me lembro, alguém se ofereceu para tirá-lo de lá e pagar um almoço para o homem, mas ele disse que já havia comido muito, então deixaram o caso de lado e a partida acabou com Warwickshire vencendo por três *wickets*.

— Eu diria que foi bem diferente desse caso agora. Para os ouvintes que acabaram de sintonizar nossa transmissão, o que está acontecendo por aqui é que... bem... dois homens – usando uns farrapos em péssimo estado, aliás – e também um sofá... Era um Chesterfield, não era?

— Isso mesmo, Peter, um Chesterfield.

— Eles se materializaram sensacionalmente bem aqui, no meio do Lord's Cricket Ground. Mas não acho que tenham feito isso por maldade, parecem bem-intencionados e...

— Peter, Peter, um momento... Queria interrompê-lo para dizer que o sofá acaba de desaparecer.

— É verdade. Temos um mistério a menos, então. Ainda assim, definitivamente essa vai entrar para a história, sobretudo porque ocorreu em um momento dramático da partida, a Inglaterra só precisa de 24 *runs* para vencer a rodada. Neste momento, um policial está escoltando os dois homens para fora do gramado, os espectadores estão se sentando e parece que a partida vai recomeçar.

— Senhor – disse o policial depois que passaram por um grupo de espectadores curiosos e colocaram o corpo pacificamente inerte de Arthur sobre um cobertor –, talvez possa me contar quem você é, de onde vem e qual o significado de toda essa confusão?

Ford olhou para o chão por um momento, como se estivesse se preparando para algo, depois endireitou-se e disparou um olhar para o policial que o atingiu com toda a força de cada milímetro dos 600 anos-luz de distância que separam a Terra e o planeta de Ford, próximo de Betelgeuse.

— Tudo bem – disse Ford, com toda a calma do mundo –, vou contar.

— Ah, olha, não vai ser necessário – disse o policial apressadamente. – Apenas não deixe que seja lá o que for aconteça de novo. – O policial virou-se e partiu em busca de alguém que não fosse de Betelgeuse. Felizmente o campo estava cheio de pessoas assim.

A consciência de Arthur aproximou-se de seu corpo, relutantemente, como se viesse de muito longe. Ela já tinha passado por maus bocados lá dentro. Tensa e lentamente, entrou e assentou-se em sua posição habitual.

Arthur sentou-se.

– Onde estou? – perguntou.

– No Lord's Cricket Ground – respondeu Ford.

– Ótimo – disse Arthur, e sua consciência saiu de novo para tomar um pouco de ar. Seu corpo voltou a cair na grama.

Dez minutos depois, agarrado a uma xícara de chá em uma barraquinha de refrigerantes, seu rosto exausto já estava menos pálido.

– Como está se sentindo? – perguntou Ford.

– Estou em casa – respondeu Arthur, com uma voz rouca. Fechou os olhos e deliciou-se com o aroma de seu chá como se fosse... bem, do ponto de vista de Arthur, como se aquilo fosse chá, o que de fato era.

– Estou em casa – repetiu –, em casa. Estou na Inglaterra, no presente, o pesadelo acabou. – Abriu seus olhos novamente e deu um sorriso sereno. – Estou aqui, onde pertenço – disse, com um suspiro emocionado.

– Acho que há duas coisas que devo lhe dizer – disse Ford, colocando um exemplar do jornal *Guardian* à frente de Arthur.

– Estou em casa – disse Arthur.

– Sim – disse Ford. – A primeira coisa – continuou, apontando para a data impressa no jornal – é que a Terra será demolida dentro de dois dias.

– Estou em casa – disse Arthur. – Chá, críquete, grama aparada, bancos de madeira, blazers de linho branco, latas de cerveja...

Focou lentamente o jornal. Torceu um pouco a cabeça para o lado e franziu a testa.

– Acho que já vi isso antes. – Seus olhos subiram lentamente pela página até chegar à data, sobre a qual Ford continuava batendo com o dedo. Seu rosto se congelou durante alguns segundos, depois começou a fazer aquela coisa terrível de rachar lentamente que os icebergs do Ártico costumam fazer de forma tão dramática na primavera.

– A outra coisa – disse Ford – é que há um osso enfiado em sua barba. – Ele tomou seu chá.

Do lado de fora da barraquinha de refrigerantes, o sol brilhava sobre uma multidão alegre. Brilhava sobre chapéus brancos e rostos rosados. Brilhava sobre picolés, derretendo-os. Brilhava sobre as lágrimas das criancinhas cujos picolés derretiam e caíam no chão. Brilhava sobre as árvores, reluzia nos bastões de críquete que giravam, fulgurava sobre um objeto absolutamente extraordinário que estava estacionado atrás dos outdoors e que, aparentemente, ninguém havia notado. Resplandecia sobre Ford e Arthur quando saíram da barraquinha de refrigerantes, ofuscados pela claridade, e olharam para a cena em volta.

Arthur estava trêmulo.

– Talvez – ele disse – eu devesse...

– Não – retrucou Ford, seco.

– O quê?

– Não tente telefonar para si mesmo em casa.

– Mas como você sabia?

Ford deu de ombros.

– Por que não? – insistiu Arthur.

– Falar consigo mesmo no telefone – respondeu Ford – não leva a nada.

– Mas...

– Veja – disse Ford. Pegou um telefone imaginário e apertou teclas imaginárias.

– Alô? – disse ele, no fone imaginário. – Gostaria de falar com Arthur Dent? Ah, sim, bom dia. Aqui é Arthur Dent falando. Não desligue.

Lançou um olhar desapontado para o fone imaginário.

– Desligou! – disse, e depois colocou o fone imaginário cuidadosamente de volta em seu gancho imaginário. – Olha, esta não é minha primeira anomalia temporal.

Um olhar ainda mais abatido substituiu o olhar abatido no rosto de Arthur.

– Quer dizer que não estamos sãos e salvos em casa, relaxando após um bom banho? – perguntou.

– Acho que não podemos sequer dizer – respondeu Ford – que estamos em casa nos secando vigorosamente com uma toalha.

O jogo prosseguia. O arremessador aproximou-se do *wicket* com passos rápidos, depois trotando, então correndo. Subitamente explodiu em uma rajada de braços e pernas da qual saiu voando uma bola. O rebatedor acertou a bola e lançou-a para trás, por cima dos outdoors. Ford seguiu a bola com os olhos e congelou por um instante. Ficou imóvel. Percorreu novamente a trajetória da bola e mais uma vez seus olhos se contraíram.

– Esta não é minha toalha – disse Arthur, que estava revirando o conteúdo de sua bolsa de pele de coelho.

– Psst! – disse Ford. Travou os olhos, concentrado.

– Eu tinha uma toalha esportiva de Golgafrinchan – prosseguiu Arthur – que era azul com umas estrelas amarelas. Não é esta!

– Psst! – repetiu Ford. Cobriu um olho enquanto olhava com o outro.

– Esta é rosa – disse Arthur. – Por acaso é sua?

– Queria que você ficasse quieto e parasse de falar sobre sua toalha – disse Ford.

– Mas não é minha toalha – insistiu Arthur –, é justamente isso que estou tentando...

– E eu queria que você ficasse quieto exatamente agora – completou Ford, quase rosnando.

– Tudo bem – disse Arthur, colocando a toalha de volta em sua bolsa pré-histórica. – Entendo que provavelmente não seja um evento importante na escala cósmica, mas ainda assim é peculiar. Uma toalha rosa, do nada, em vez da toalha azul com estrelas amarelas...

Ford estava começando a agir de forma bastante estranha, ou talvez não estivesse realmente começando a agir estranhamente, mas começando a agir de uma forma que era estranhamente diferente das outras formas estranhas como ele geralmente agia. Estava fazendo o seguinte: ignorando solenemente os olhares de estranhamento que provocava no restante do público, passava as mãos em movimentos rápidos na frente do rosto, agachava-se atrás de algumas pessoas, pulava por trás de outras, depois ficava imóvel, piscando muito. Fez isso por alguns instantes e então começou a andar sorrateiramente para a frente, de forma lenta e dissimulada, com o rosto completamente franzido e concentrado, como um leopardo que não estivesse bem certo de ter visto uma lata quase vazia de comida de gato a 1 quilômetro de distância em uma planície quente e poeirenta.

– Esta também não é a minha sacola – disse Arthur, subitamente.

Arthur quebrou a concentração de Ford, que olhou para ele, irritado.

– Não estava mais falando sobre minha toalha – disse Arthur. – Já concluímos que não é minha. É que a bolsa onde estava guardando a toalha, a tal que não é minha, também não é minha, apesar de ser incrivelmente parecida. Pessoalmente acho que isso é muito estranho, até porque eu mesmo fiz essa bolsa na Terra pré-histórica. E estas também não são minhas pedras – acrescentou, tirando algumas pedras cinzentas e achatadas da bolsa. – Estava fazendo uma coleção de pedras interessantes e estas aqui são claramente bobas.

Um grito animado varreu a multidão e interrompeu qualquer coisa que Ford fosse responder. A bola de críquete, que havia causado aquela reação, caiu do céu precisamente dentro da misteriosa bolsa de pele de coelho de Arthur.

– Devo dizer que este também foi um evento muito peculiar – disse Arthur, fechando rapidamente sua bolsa e fingindo procurar a bola no chão.

– Acho que não caiu aqui – disse para os garotos que imediatamente se juntaram ao seu redor procurando a bolinha. – Provavelmente rolou para outro lugar. Acho que foi para lá. – Apontou de maneira vaga na direção para a qual gostaria que eles fossem. Um dos garotos ficou olhando para ele, curioso.

– Você está bem? – perguntou o garoto.

– Não – respondeu Arthur.

– Então por que você está com um osso em sua barba? – disse o garoto.

– Estou treinando-o para se sentir bem em qualquer lugar. – Arthur ficou orgulhoso por ter dito aquilo. Em sua visão, era exatamente o tipo de coisa que iria entreter e estimular a mente de um jovem.

– Ah – respondeu o garoto, coçando a cabeça enquanto pensava sobre aquilo. – Qual o seu nome?

– Dent – disse Arthur –, Arthur Dent.

– Você é um idiota, Dent – disse o garoto –, um bundão completo. – Depois olhou para o lado, demonstrando que não estava minimamente preocupado em fugir e por fim saiu andando, coçando o nariz. Arthur lembrou-se de que a Terra seria demolida novamente dentro de dois dias e, pelo menos uma vez, isso não fez com que se sentisse mal.

A partida recomeçou com uma nova bola, o sol continuava brilhando e Ford continuava pulando para cima e para baixo, sacudindo a cabeça e piscando.

– Você está preocupado com alguma coisa, não é? – disse Arthur.

– Acho – respondeu Ford, em um tom de voz que Arthur já tinha aprendido a reconhecer como algo que precede alguma outra coisa completamente incompreensível – que tem um POP ali.

Apontou. Curiosamente, a direção para a qual ele apontou não era para onde estava olhando. Arthur olhou para aquele lado, próximo aos outdoors, e para o outro lado, na direção do campo. Ele assentiu e deu de ombros. Deu de ombros de novo.

– Um o quê? – perguntou.

– Um POP.

– Um P...?

– ... OP.

– E isso seria...?

– Um Problema de Outra Pessoa.

– Ah, que bom – disse Arthur, relaxando. Não fazia ideia do que se tratava, mas o assunto parecia ter terminado. Não tinha.

– Lá – disse Ford, apontando novamente para os gigantescos outdoors e olhando para o campo.

– Onde?

– Ali! – disse Ford.

– Estou vendo – disse Arthur, que não estava.

– Está? – disse Ford.

– O quê? – disse Arthur.

– Você está vendo – disse Ford, pacientemente – o POP?

– Achei que você tinha dito que isso era problema de outra pessoa.

– Exato.

Arthur assentiu lentamente, cuidadosamente e com uma cara de total imbecilidade.

– E quero saber – disse Ford – se você consegue vê-lo.

– Quer mesmo?

– Sim.

– Com o que – disse Arthur – ele se parece?

– E como diabos vou saber, seu burro? – gritou Ford. – Se você consegue vê-lo, você é quem tem que me dizer.

Arthur sentiu aquela estranha pulsação atrás das têmporas que era uma marca registrada de muitas de suas conversas com Ford. Sua mente se escondia como um cãozinho assustado no canil. Ford agarrou-o pelo braço.

– Um POP é alguma coisa que não podemos ver, ou não vemos, ou nosso cérebro não nos deixa ver porque pensamos que é um problema de outra pessoa. É isso que POP quer dizer: Problema de Outra Pessoa. O cérebro simplesmente o apaga, como um ponto cego. Se você olhar diretamente para ele, não verá nada, a menos que saiba exatamente o que é. A única chance é conseguir ver algo olhando de soslaio.

– Ah – disse Arthur –, então é por isso que...

– Sim – disse Ford, que sabia o que Arthur iria dizer.

– ... você estava pulando para cima e...

– Sim.

– ... para baixo e piscando...

– Sim.

– ... e...

– Acho que você captou a mensagem.

– Eu posso vê-la – disse Arthur. – É uma espaçonave.

Arthur ficou momentaneamente atordoado pela reação que essa revelação havia provocado. Um ruído veio da multidão que estava em completo tumulto. Pessoas corriam em todas as direções, gritando, berrando e tropeçando umas nas outras em completo caos. Deu um passo para trás e olhou em volta espantado. Depois olhou novamente em volta, ainda mais espantado.

– Emocionante, não? – disse uma aparição. A aparição tremeu diante dos olhos de Arthur, embora, na prática, provavelmente fossem os olhos de Arthur que estavam tremendo diante da aparição. Sua boca também tremeu.

– O... o... o... o... – disse sua boca.

– Acho que seu time acaba de ganhar – disse a aparição.

– O... o... o... o... – repetiu Arthur, pontuando cada tremelique com uma cutucada nas costas de Ford Prefect. Ford observava o tumulto, apreensivo.

– Você é inglês, não é? – disse a aparição.

– S... s... s... s... sim – disse Arthur.

– Como eu disse, seu time acaba de ganhar a partida. Isso significa que eles ficam com as Cinzas. Você deve estar muito feliz. Devo dizer que sou particularmente apaixonado pelo críquete, embora prefira que ninguém de outro planeta me ouça dizendo isto. É, realmente não seria nada bom.

A aparição deu o que poderia ter sido um sorriso travesso, mas era difícil dizer ao certo porque o sol estava batendo por trás, criando uma aura ofuscante ao redor de sua cabeça e iluminando seus cabelos e barba grisalhos de uma forma impressionante, dramática e muito difícil de conciliar com sorrisos travessos.

– Mesmo assim – prosseguiu – tudo estará acabado dentro de dois dias, não é? Apesar de que, como lhe disse da última vez em que nos encontramos, eu sinto muitíssimo por isso. Bem, aquilo que tiver que ter sido terá sido.

Arthur tentou falar, mas desistiu da luta desigual. Cutucou Ford novamente.

– Achei que algo terrível houvesse acontecido – disse Ford –, mas era apenas o final da partida. Temos que sair. Ah, oi, Slartibartfast, o que você está fazendo por aqui?

– Apenas dando uma volta, você sabe – disse o velho, seriamente.

– Aquela nave é sua? Você poderia nos dar uma carona até algum lugar?

– Paciência, paciência – retrucou o velho.

– Tudo bem – disse Ford. – É só porque este planeta será demolido em pouco tempo.

– Eu sei – respondeu Slartibartfast.

– Então, pois é, eu só queria que isso ficasse claro – disse Ford.

– Está claro.

– E se você acha que realmente é uma boa ideia, a essa altura, ficar perambulando por um campo de críquete...

– Acho.

– A nave é sua, claro.

– De fato.

– Suponho que sim – disse Ford, depois virou-se bruscamente.

– Alô, Slartibartfast – disse Arthur, finalmente.

– Alô, terráqueo – respondeu Slartibartfast.

– Afinal – disse Ford –, só se morre uma vez.

O velho ignorou o último comentário e olhou intensamente para o campo, com olhos que pareciam espelhar sentimentos sem qualquer relação com o que estava acontecendo lá. O que estava acontecendo lá era que a multidão se reunira num grande círculo em torno do centro do campo. O que Slartibartfast estava vendo era algo que só ele sabia.

Ford estava cantarolando algo. Era apenas uma nota, repetida em intervalos regulares. Ele queria que alguém perguntasse o que estava cantarolando, mas ninguém perguntou. Se alguém tivesse perguntado, teria respondido que estava repetindo várias vezes o início de uma canção de Noel Coward chamada "Mad About the Boy" (Louco pelo garoto). Alguém diria, então, que estava cantando apenas uma nota, e ele responderia que, por motivos que lhe pareciam óbvios, estava omitindo a parte do "about the boy". Ficou muito chateado, já que ninguém lhe perguntou nada disso.

– É só que – acabou dizendo, irritado –, se não sairmos logo daqui, podemos ficar presos naquela confusão de novo. E nada me deprime mais do que ver um planeta sendo destruído. Com a exceção, talvez, de estar no planeta quando isso acontece. Ou – acrescentou, em voz baixa – assistir a partidas de críquete.

– Paciência – repetiu Slartibartfast. – Grandes coisas irão acontecer.

– Foi exatamente o que você disse da última vez – disse Arthur.

– E aconteceram coisas – disse Slartibartfast.

– É verdade – admitiu Arthur.

Ainda assim, aparentemente tudo o que estava acontecendo era uma cerimônia. Tinha sido especialmente preparada para a TV, em detrimento dos espectadores, e tudo o que podiam perceber de onde estavam era o que ouviam em um rádio próximo.

Ford estava agressivamente desinteressado. Ele se aborreceu quando explicaram que as Cinzas seriam entregues ao capitão do time da Inglaterra, se enfureceu quando disseram que as Cinzas estavam sendo entregues porque era a enésima vez que a Inglaterra ganhava, rosnou de irritação ao saber que eram os restos de uma trave de críquete e quando, além disso tudo, lhe pediram para lidar com o fato de que a trave em questão havia sido queimada em Melbourne, na Austrália, em 1882, para simbolizar a "morte do críquete inglês", virou-se para Slartibartfast, inspirou profundamente, mas não pôde dizer nada porque o velho não estava mais lá. Ele seguia rapidamente em direção ao centro do campo com uma forte determinação em seu andar, e seus cabelos, sua barba e sua túnica esvoaçavam atrás dele, o que fazia com que se parecesse muito com Moisés, não fosse pelo fato de que o Monte Sinai em geral é representado como um imponente monte fumegante e não como um gramado bem aparado.

– Ele disse para nos encontrarmos na nave – disse Arthur.

– Por Zarquon, o que diabos esse velho tolo está fazendo? – gritou Ford.

– Está indo nos encontrar em sua nave dentro de dois minutos – disse Arthur, com uma cara que indicava total ausência de pensamentos. Começaram a andar na direção da nave. Estranhos sons chegavam até eles. Tentaram não ouvi-los, mas não podiam deixar de notar que Slartibartfast estava exigindo, com veemência, que a urna de prata contendo as Cinzas lhe fosse entregue, posto que era, disse ele, "de vital importância para a segurança presente, passada e futura da Galáxia". Era isso que estava causando os risos histéricos. Resolveram ignorar o assunto.

Não puderam, contudo, ignorar o que aconteceu em seguida. Com um barulho similar a 100 mil pessoas dizendo "uop", uma espaçonave branca metálica pareceu se materializar do nada bem sobre o campo de críquete e lá ficou parada, com um ar infinitamente ameaçador e um leve zumbido.

Por algum tempo, não fez nada, como se desejasse que as pessoas continuassem com seus afazeres e não se preocupassem com o fato de ela ficar suspensa no ar.

Depois fez algo muito extraordinário. Ou, mais precisamente, ela se abriu e deixou que coisas muito extraordinárias saíssem dela, onze coisas muito extraordinárias.

Eram robôs brancos.

O que havia de mais extraordinário a respeito deles era que pareciam estar vestidos para aquele evento. Não apenas eram brancos, mas além disso carregavam coisas que pareciam ser bastões de críquete, e não apenas isso, mas também carregavam o que pareciam ser bolas de críquete, e não apenas isso, mas também usavam joelheiras brancas na parte inferior de suas pernas. As joelheiras eram extraordinárias, porque continham jatos que permitiam a esses robôs curiosamente civilizados descer voando de sua nave suspensa sobre o campo e começar a matar pessoas, que foi exatamente o que eles fizeram.

– Olhe – disse Arthur –, parece que está acontecendo alguma coisa.

– Vá para a nave – gritou Ford. – Não quero saber, não quero ver, não quero ouvir – gritou enquanto corria. – Este não é meu planeta, não escolhi estar aqui, não quero me envolver, só quero que me tirem daqui e me levem para uma festa onde tenha pessoas como eu!

Fumaça e chamas subiam do campo.

– Nossa, parece que a brigada sobrenatural resolveu aparecer por aqui hoje com força total... – gargarejou um rádio alegremente para si mesmo.

– Eu preciso – gritou Ford, a fim de esclarecer suas observações anteriores – é de um drinque bem forte e uma galera legal. – Continuou correndo, parando apenas um breve instante para puxar Arthur pelo braço. Arthur havia retomado seu papel habitual durante crises, que era o de ficar parado, com a boca aberta, deixando-se levar pelos eventos.

– Estão jogando críquete – murmurou Arthur, cambaleando atrás de Ford. – Juro que estão jogando críquete. Não sei o motivo, mas é o que estão fazendo. Não estão apenas matando as pessoas, estão debochando delas – gritou. – Ford, estão debochando de nós!

Teria sido difícil não acreditar nisso sem conhecer muito mais História Galáctica do que os poucos pedaços que Arthur havia conseguido pescar em suas viagens. As violentas e fantasmagóricas formas que se moviam na espessa nuvem de fumaça pareciam estar realizando uma série de paródias peculiares de movimentos com os bastões, com a diferença que cada uma das bolas que rebatiam com seus bastões explodia ao tocar em algo. A primeira delas alterou a reação inicial de Arthur, que tinha pensado que aquilo poderia ser um mero golpe publicitário dos fabricantes australianos de margarina.

Então, tão repentinamente quanto havia começado, acabou-se. Os onze robôs brancos subiram em meio à nuvem de fumaça em uma formação cerrada e entraram no interior de sua nave branca flutuante que, com o ruído de centenas de milhares de pessoas dizendo "fuop", imediatamente desapareceu no ar, da mesma forma como havia feito "uop" anteriormente.

Durante um instante houve um terrível silêncio de perplexidade e, em seguida, a figura pálida de Slartibartfast surgiu em meio à fumaça, parecendo-se ainda mais com Moisés porque, apesar da persistente ausência do monte, ao menos agora ele estava caminhando através de um imponente e fumegante campo de grama bem aparada.

Ele olhou em volta, meio perdido, até vislumbrar Arthur e Ford, que estavam abrindo caminho em meio à multidão apavorada que, nesse momento, estava ocupada correndo em pânico na direção oposta. A multidão estava claramente pensando consigo mesma sobre quão estranho aquele dia estava sendo, sem saber de fato em que direção deveria seguir, se é que deveria seguir em alguma direção.

Slartibartfast estava gesticulando desesperadamente para Ford e Arthur, gritando algo, conforme os três aos poucos convergiam na direção de sua nave, ainda estacionada atrás dos outdoors, ignorada pela multidão que corria desembestada ao redor dela e que provavelmente tinha muitos problemas próprios com os quais lidar.

– Eles grabaram solfaras finzas! – gritou Slartibartfast, com sua voz fina e trêmula.

– O que ele disse? – perguntou Ford, arfando, enquanto abria caminho à sua frente.

Arthur balançou a cabeça.

– Eles... alguma coisa – respondeu.

– Eles mesaram solfaras finzas! – gritou Slartibartfast novamente.

Ford e Arthur trocaram olhares espantados.

– Parece ser algo importante – disse Arthur. Parou e gritou: – O quê?

– Eles grabaram solfaras finzas! – gritou Slartibartfast, gesticulando para eles.

– Ele está dizendo – disse Arthur – que levaram as Cinzas. Pelo menos é o que acho. – Continuaram correndo.

– As...? – disse Ford.

– Cinzas – completou Arthur. – Os restos queimados de uma trave de críquete. É um troféu. Isso... – continuou, sem fôlego. – Aparentemente... é... o que eles... vieram pegar. – Balançou a cabeça levemente, como se tentasse fazer com que seu cérebro se fixasse na base do crânio.

– Que coisa estranha para nos dizer – retrucou Ford.

– Que coisa estranha para alguém levar.

– Que nave estranha.

Chegaram à nave. A segunda coisa estranha a respeito da nave era ver o campo de Problema de Outra Pessoa em ação. Agora podiam ver nitidamente a nave simplesmente porque sabiam que estava lá. Era óbvio, contudo, que ninguém mais a via. Não porque estivesse de fato invisível ou algo igualmente hiperimpossível. A tecnologia necessária para tornar algo invisível é tão infinitamente complexa que, em um bilhão de casos, é 999 bilhões, 999 milhões, 999 mil, 999 vezes mais simples e mais eficaz remover a coisa e esquecer o assunto. Uma vez, o ultrafamoso mago--cientista Effrafax de Wug apostou sua vida que, em um ano, seria capaz de tornar a grande megalomontanha Magramal completamente invisível.

Após passar a maior parte do ano futucando com imensas Luxoválvulas e Refratonulificadores e Espectrodefletrônicos, ele percebeu, nove horas antes do prazo final, que não ia conseguir.

Então, ele e seus amigos, e os amigos de seus amigos, e os amigos dos amigos de seus amigos, e os amigos dos amigos dos amigos de seus amigos, além de alguns outros que eram menos amigos mas que por acaso tinham uma grande empresa de transportes estelares, se lançaram naquela que é hoje amplamente reconhecida como a mais dura noite de trabalho de toda a história. Como resultado, no dia seguinte Magramal não era mais visível. Effrafax perdeu a aposta – e também a vida – apenas porque um juiz pedante notou que: (a) ao andar pela área onde Magramal deveria estar, ele não tropeçou nem quebrou o nariz em nada e (b) havia uma nova lua bastante suspeita no céu.

O campo de Problema de Outra Pessoa é muito mais simples e mais eficaz. Melhor ainda, pode funcionar durante mais de 100 anos usando uma única bateria de lanterna. Isso porque ele conta com a tendência natural das pessoas de não verem nada que não querem, que não estão esperando ou que não podem explicar. Se Effrafax tivesse pintado a montanha de rosa e gerado um simples e econômico campo de Problema de Outra Pessoa sobre ela, então as pessoas teriam passado por ela, teriam andado em torno dela ou mesmo por cima dela e jamais teriam notado que a montanha estava lá.

Era exatamente isso que estava acontecendo com a nave de Slartibartfast. Ela não era rosa, mas, se fosse, teria sido o menor de seus problemas visuais, e as pessoas continuariam ignorando-a.

O mais extraordinário a respeito dessa nave é que ela se parecia apenas em parte com uma espaçonave, com barbatanas estabilizadoras, foguetes propulsores, escotilhas de emergência, etc., e se parecia muito mais com um pequeno bistrô italiano de pernas para o ar.

Ford e Arthur olharam para ela maravilhados e profundamente ofendidos.

– É, eu sei – disse Slartibartfast, alcançando-os naquele momento, ofegante e agitado –, mas há um motivo. Venham, temos que partir. O antigo pesadelo retornou. O Fim está diante de nós. Temos que ir imediatamente.

– Espero que seja para algum lugar ensolarado – disse Ford.

Ford e Arthur entraram na nave com Slartibartfast. Ficaram tão perplexos com o que viram lá dentro que nem perceberam o que aconteceu em seguida do lado de fora.

Uma terceira nave, comprida e prateada, desceu sobre o gramado, com suas longas hastes desdobrando-se em um suave balé tecnológico.

Pousou com suavidade e dela saiu uma pequena rampa. Uma figura alta e cinza-esverdeada saiu lá de dentro, andando rapidamente, e aproximou-se do pequeno grupo de pessoas que estavam no centro do campo cuidando dos feridos do recente e bizarro massacre. Foi afastando as pessoas com uma autoridade calma e controlada, até chegar a um homem que estava deitado em meio a uma poça de sangue, em seus últimos estertores, claramente além das possibilidades da medicina terráquea. A figura ajoelhou-se pacificamente ao seu lado.

– Arthur Philip Deodat? – perguntou.

O homem, com os olhos tomados por uma terrível confusão, assentiu debilmente.

– Você é um mísero paspalhão imprestável – sussurrou a criatura. – Achei que deveria saber disso antes de morrer.

Capítulo 5

Fatos importantes extraídos da *História Galáctica*, número dois:
(Reproduzido do *Livro de História Galáctica Popular do Siderial Daily Mentioner's*.)

Desde que esta Galáxia surgiu, vastas civilizações cresceram e desapareceram, cresceram e desapareceram, cresceram e desapareceram tantas vezes que é muito tentador pensar que a vida na Galáxia deve ser (a) similar a um enjoo marítimo, espacial, temporal, histórico ou similar e (b) imbecil.

Capítulo 6

Pareceu a Arthur que todo o céu subitamente se afastara para lhes dar passagem.

Pareceu-lhe que os átomos de seu cérebro e os átomos do cosmos estavam fluindo uns através dos outros.

Pareceu-lhe que estava sendo soprado pelo vento do Universo e que o vento era ele.

Pareceu-lhe que era um dos pensamentos do Universo e que o Universo era um de seus pensamentos.

Pareceu a quem estava no Lord's Cricket Ground que outro restaurante da região norte de Londres havia surgido e sumido, como frequentemente ocorria, e que isso era um Problema de Outra Pessoa.

– O que aconteceu? – murmurou Arthur, muito admirado.

– Decolamos – disse Slartibartfast.

Arthur ficou sentado, imóvel e comovido, no assento de voo. Não sabia ao certo se havia ficado enjoado ou religioso.

– Bela máquina – disse Ford, numa tentativa malsucedida de disfarçar quão impressionado havia ficado com o que a nave de Slartibartfast acabara de fazer –, pena que a decoração seja tão ruim.

O velho não respondeu imediatamente. Estava olhando para um grupo de instrumentos com a cara de quem está tentando converter graus Fahrenheit para Celsius de cabeça enquanto sua casa está pegando fogo. Então sua face se descontraiu e ele olhou por alguns instantes a enorme tela panorâmica à sua frente, que mostrava uma complexidade espantosa de estrelas fluindo como fios de prata ao redor deles.

Seus lábios se moveram como se fosse dizer algo. Subitamente, olhou, tenso, para seus instrumentos, mas depois franziu a testa e sua expressão se fixou. Olhou de volta para a tela. Mediu seu próprio pulso. Franziu ainda mais a testa por alguns instantes, depois relaxou.

– É um erro tentar entender as máquinas – disse ele –, apenas me deixam mais preocupado. O que você disse?

– A decoração – repetiu Ford. – É lamentável.

– No fundo do coração fundamental da mente e do Universo – disse Slartibartfast – há uma razão.

Ford olhou em volta, curioso. Ele realmente achava aquilo uma visão otimista das coisas.

O interior da cabine de comando era verde-escuro, vermelho-escuro, marrom-escuro, entulhado de coisas e com uma iluminação suave. Inexplicavelmente, a semelhança com um bistrô italiano não havia terminado ao cruzarem a escotilha. Pequenos focos de luz delineavam vasos de plantas, azulejos vitrificados e uma multiplicidade de pequenos objetos metálicos.

Medonhas garrafas envolvidas em ráfia se escondiam nas sombras.

Os instrumentos nos quais Slartibartfast estivera concentrado pareciam ter sido montados no fundo de garrafas enfiadas em concreto.

Ford estendeu a mão e tocou o concreto.

Era falso. Plástico. Garrafas falsas enfiadas em concreto falso.

"O fundo do coração fundamental da mente e do Universo que se dane", pensou consigo mesmo, "isto aqui é um lixo." Por outro lado, não podia negar que a nave havia se movido de uma forma que fazia a Coração de Ouro parecer um carrinho de bebê elétrico.

Levantou-se de seu assento. Espanou a roupa. Olhou para Arthur, que estava cantarolando baixinho em um canto. Olhou para a tela e não reconheceu nada. Olhou para Slartibartfast.

– Quanto já viajamos?

– Cerca de... – respondeu Slartibartfast – cerca de dois terços do caminho através do disco galáctico, eu diria, aproximadamente. Sim, cerca de dois terços, acho.

– É tão estranho – disse Arthur, baixinho – que, quanto mais longe e mais rápido viajamos pelo Universo, mais a nossa posição dentro dele pareça ser absolutamente imaterial, e isso nos preencha com um profundo, ou melhor, nos esvazie de um...

– Sim, é muito estranho – disse Ford. – Para onde estamos indo?

– Estamos indo – respondeu Slartibartfast – confrontar um antigo pesadelo do Universo.

– E onde você pretende nos deixar??

– Vou precisar da ajuda de vocês.

– Difícil. Olhe, há um lugar aonde você pode nos levar para nos divertirmos – ainda estou pensando onde, exatamente – e daí podemos ficar bêbados e ouvir uma música bem diabólica. Peraí, vou achar algo. – Pegou sua cópia do *Guia do Mochileiro das Galáxias* e passou os olhos pelo índice, concentrando-se nas partes que tinham a ver com sexo, drogas e rock'n'roll.

– Uma maldição se levantou das névoas do tempo – disse Slartibartfast.

– É, creio que sim – disse Ford. – Ei – disse, selecionando por acaso uma entrada em particular –, T. Eccentrica Gallumbits, você já esteve com ela? A prostituta de três seios de Eroticon 6. Algumas pessoas dizem que suas zonas erógenas começam a uns 6 quilômetros de seu corpo. Pessoalmente, discordo, acho que são 8.

– Uma maldição – disse Slartibartfast – que irá mergulhar a Galáxia em fogo e destruição e possivelmente levar o Universo a um fim prematuro. Não estou exagerando – acrescentou.

– Parece mesmo que a barra vai pesar – disse Ford –, então, com um pouco de sorte, vou estar suficientemente bêbado para não notar. Aqui – disse, enfiando o dedo na tela do *Guia* –, esse seria um lugar realmente devasso para irmos, e acho que é para onde devemos ir. O que você me diz, Arthur? Pare de cantar mantras e preste atenção. Você está perdendo coisas importantes.

Arthur levantou-se do sofá e sacudiu a cabeça.

– Aonde estamos indo? – disse.

– Confrontar um antigo pesa...

– Feche a matraca – disse Ford. – Arthur, vamos sair por aí, pela Galáxia, para nos divertir. Você consegue conviver com isso?

– Por que Slartibartfast está tão ansioso? – perguntou Arthur.

– Não é nada – disse Ford.

– O Fim de Tudo – disse Slartibartfast. – Venham – acrescentou, com um tom subitamente autoritário –, há muitas coisas que preciso lhes contar e mostrar.

Andou em direção a uma escada em espiral, feita de ferro e pintada de verde, incompreensivelmente colocada no meio da cabine de comando, e começou a subir. Arthur franziu a testa e foi atrás dele.

Ford jogou o *Guia* de volta em sua mochila, irritado.

– Meu médico diz que tenho uma glândula de senso de dever malformada, além de uma deficiência natural em fibras morais – grunhiu para si mesmo – e portanto estou dispensado de salvar universos.

Apesar disso, subiu as escadas atrás deles.

O que encontraram no andar de cima era simplesmente obtuso, ou pelo menos assim parecia, e Ford sacudiu a cabeça, cobriu o rosto com as mãos e esbarrou em um vaso de plantas, jogando-o contra a parede.

– Esta é a área central de computação – disse Slartibartfast, impassível – onde são realizados todos os cálculos que afetam a nave de alguma forma. É, eu sei com o que isto se parece, mas, na verdade, é um complexo mapa topográfico em quatro dimensões de uma série de funções matemáticas altamente complexas.

– Parece mais uma piada – disse Arthur.

– Eu sei com o que se parece – disse Slartibartfast, entrando.

Exatamente quando ele entrou, Arthur teve uma súbita e vaga sensação do que aquilo podia significar, mas se recusou a acreditar nela. "O Universo não podia funcionar daquela forma, não podia", pensou. "Aquilo", pensou consigo mesmo, "seria tão absurdo quanto... quanto..." E decidiu terminar aí sua linha de raciocínio. Em sua maioria, as coisas realmente absurdas nas quais podia pensar já haviam acontecido.

Aquela era uma delas.

Era uma grande gaiola de vidro, ou uma caixa – na verdade, um quarto.

Dentro havia uma mesa bem longa. Em volta da mesa estavam espalhadas cerca de uma dúzia de cadeiras de madeira, do tipo austríacas. Sobre a mesa havia uma toalha quadriculada vermelha e branca, suja, com algumas marcas de cigarro, cada uma das quais, presumivelmente, estava em um local matematicamente determinado com grande precisão.

Sobre essa toalha estavam colocados alguns pratos italianos comidos pela metade, cercados por pedaços de pão comidos pela metade e copos de vinho bebidos pela metade, todos incessantemente manuseados por robôs.

Tudo ali era artificial. Os clientes robôs eram atendidos por um garçom robô, um sommelier robô e um maître robô. Os móveis eram artificiais, a toalha de mesa era artificial e cada um dos pedaços de comida era claramente capaz de exibir todas as características mecânicas de, digamos, um *pollo sorpreso*, sem de fato ser um.

E todos participavam juntos de uma pequena dança: uma coreografia complexa envolvendo a manipulação de menus, talões de pedidos, carteiras, talões de cheques, cartões de crédito, relógios, lápis e guardanapos de papel, que parecia estar o tempo todo beirando o limite da violência, sem nunca chegar a lugar algum.

Slartibartfast entrou apressado e depois pareceu trocar amenidades tranquilamente com o maître, ao mesmo tempo que um dos clientes robôs, um auto-Rory, escorregou lentamente para baixo da mesa, enquanto mencionava para um rapaz o que pretendia fazer com uma garota.

Slartibartfast sentou-se na cadeira que acabara de vagar e deu uma olhada atenta no menu. O ritmo da coreografia pareceu acelerar-se imperceptivelmente. Surgiam discussões e as pessoas tentavam provar coisas usando guardanapos. Gesticulavam ferozmente umas para as outras e tentavam examinar os pedaços de galinha uns dos outros. A mão do garçom começou a mover-se sobre o talão de pedidos muito mais rápido do que qualquer mão humana seria capaz, e depois mais rápido do que um olho humano poderia acompanhar. O ritmo se acelerou. Logo uma extraordinária e insistente polidez tomou conta do grupo e, segundos depois, pareciam ter atingido um consenso. Uma nova vibração espalhou-se pela nave.

Slartibartfast saiu da sala de vidro.

– Bistromática – disse. – O maior poder computacional conhecido nos domínios da paraciência. Venham até a Sala de Ilusões Informacionais.

Slartibartfast passou e eles o seguiram, perplexos.

Capítulo 7

O Propulsor Bistromático é um novo e maravilhoso método de cruzar vastas distâncias interestelares sem todo o perigo envolvido em ficar mexendo com Fatores de Improbabilidade.

A Bistromática em si é apenas uma nova e revolucionária forma de entender o comportamento dos números. Assim como Einstein observou que o tempo não era absoluto, mas algo que dependia do movimento de um observador no espaço, e que o espaço não era absoluto, mas dependia do movimento do observador no tempo, hoje sabemos que os números não são absolutos, mas dependem do movimento do observador nos restaurantes.

O primeiro número não absoluto é o número de pessoas para quem a mesa está reservada. Ele irá variar no decorrer das primeiras três ligações para o restaurante e depois não apresentará nenhuma relação aparente com o número de pessoas que realmente estarão presentes, ou com o número de pessoas que irão se juntar a elas depois do show, partida, festa, filme, ou ainda com o número de pessoas que irão embora ao ver quem mais apareceu por lá.

O segundo número não absoluto é a hora real de chegada. Este número é hoje conhecido como um dos mais bizarros conceitos matemáticos, uma reciproversexclusão, um número cuja existência só pode ser definida como sendo qualquer outra coisa diferente de si mesmo. Em outras palavras, a hora real de chegada é o único momento no tempo no qual é impossível que qualquer participante do grupo chegue de fato. A reciproversexclusão tem, atualmente, um papel vital em diversos campos da matemática, incluindo a estatística e a contabilidade, além de fazer parte das equações básicas usadas na engenharia dos campos de Problema de Outra Pessoa.

O terceiro e mais misterioso não absolutismo de todos diz respeito à relação entre o número de itens na conta, o valor de cada item e o número de pessoas na mesa, assim como quanto cada uma delas está disposta a pagar. (O número de pessoas que trouxeram algum dinheiro é apenas um subfenômeno desse campo.)

As assombrosas discrepâncias que costumavam ocorrer nesse ponto passaram décadas sem ser estudadas simplesmente porque ninguém as levou a sério. No passado, as pessoas diziam que essas coisas eram causadas por educação, falta de educação, avareza, desejo de aparecer, emotividade ou simplesmente porque já era tarde, e tudo era esquecido na manhã seguinte. Nunca foram feitos testes em laboratório, é claro, porque nada disso acontecia nos laboratórios – pelo menos não em laboratórios de boa reputação.

Foi apenas com o surgimento dos computadores de bolso que a espantosa verdade finalmente se tornou evidente. Era a seguinte:

Os números escritos em contas de restaurantes dentro dos confins de restaurantes não seguem as mesmas leis que os números escritos em qualquer outro tipo de papel em outros lugares do Universo.

Esse fato singelo causou enorme alvoroço no mundo científico. Foi uma revolução completa. Realizaram-se tantas conferências matemáticas em bons restaurantes que as mentes mais brilhantes de toda uma geração morreram de obesidade e doenças cardíacas, retardando os progressos da matemática em alguns anos.

Aos poucos, contudo, as implicações dessa ideia começaram a ser entendidas. No início a coisa toda era muito radical, muito doidona, o tipo de coisa que faria uma pessoa normal dizer: "Sim, claro, exatamente o que eu teria dito." Então inventaram algumas frases como "Frameworks de Subjetividade Interativa" e, a partir daí, as pessoas relaxaram e puderam levar adiante a teoria.

Os pequenos grupos de monges que começaram a se reunir nos principais institutos de pesquisa entoando estranhos cânticos dizendo que o Universo era apenas um produto de sua própria imaginação acabaram recebendo verbas para pesquisa teatral e foram embora.

Capítulo 8

— Nas viagens espaciais, vocês sabem – disse Slartibartfast, enquanto mexia em alguns instrumentos na Sala de Ilusões Informacionais –, nas viagens espaciais...

Parou e deu uma olhada em volta.

A Sala de Ilusões Informacionais era um alívio para os olhos após as monstruosidades da área central de computação. Não havia nada lá. Nenhuma informação, nenhuma ilusão – apenas eles, as paredes brancas e alguns pequenos instrumentos que deveriam aparentemente ser ligados em algo que Slartibartfast não conseguia encontrar.

— Sim? – perguntou Arthur. Ele captou o sentido de urgência de Slartibartfast, mas não tinha ideia do que fazer com ele.

— Sim o quê? – perguntou o velho.

— O que você estava dizendo?

Slartibartfast encarou-o.

— Os números – disse então – são terríveis. – Continuou procurando algo.

Arthur concordou, com um ar de sabedoria. Depois de algum tempo percebeu que aquilo não o levaria a lugar algum e decidiu que deveria dizer "o quê?" novamente.

— Nas viagens espaciais – repetiu Slartibartfast – todos os números são terríveis.

Arthur assentiu novamente, olhando em volta para ver se Ford o ajudava, mas Ford estava praticando a arte de ficar ranzinza e se saindo muito bem nisso.

— Estava apenas tentando evitar que você se desse o trabalho de me perguntar por que todos os cálculos da nave estavam sendo feitos no talão de um garçom – disse Slartibartfast finalmente, com um suspiro.

Arthur não entendeu.

— Por que – perguntou ele – todos os cálculos da nave estavam sendo feitos no talão de...

Parou.

Slartibartfast retrucou:

— Porque nas viagens espaciais todos os números são terríveis.

Percebeu que não estava conseguindo se fazer entender.

— Preste atenção – disse. – No talonário de um garçom, os números mudam o tempo todo. Você já deve ter percebido.

— Bem...

– No talonário de um garçom – continuou Slartibartfast –, realidade e irrealidade colidem em um nível tão fundamental que as duas se fundem e qualquer coisa se torna possível, dentro de certos parâmetros.

– Quais?

– É impossível dizer – disse Slartibartfast. – Esse é um deles. Estranho, mas verdadeiro. Pelo menos eu acho que é estranho – acrescentou – e me garantiram que é verdadeiro.

Ele finalmente localizou na parede o orifício que estava procurando e inseriu o instrumento que segurava.

– Não tenham medo – disse, e subitamente ele mesmo pareceu se assustar com o instrumento, pulando para trás –, é que...

Não ouviram o que ele disse porque naquele momento a nave piscou e sumiu ao redor e uma astronave de combate do tamanho de uma cidade industrial surgiu cortando a noite na direção deles, disparando seus lasers estelares.

Capítulo 9

Outro mundo, outro dia, outro amanhecer. O primeiro tênue raio de luz matinal apareceu sem alarde.

Muitos bilhões de trilhões de toneladas de núcleos de hidrogênio superaquecidos explodindo se levantaram aos poucos sobre o horizonte e conseguiram parecer pequenos, frios e ligeiramente úmidos.

Há um momento em cada amanhecer no qual a luz parece flutuar e tudo parece mágico. A criação prende a respiração.

O momento passou sem incidentes, como habitualmente ocorre em Squornshellous Zeta.

A névoa aderia à superfície dos pântanos, acinzentando as nissáceas e borrando os altos juncos. Pairava estática como uma respiração presa.

Nada se movia.

Silêncio.

O sol lutou sem convicção com a névoa, tentando gerar um pouco de calor aqui, irradiar um pouco de luz ali, mas claramente aquele dia seria outro penoso percurso através do céu.

Nada se movia.

Novamente silêncio.

Nada se movia.

Silêncio.

Em Squornshellous Zeta, frequentemente dias inteiros transcorriam assim, e, de fato, parecia que seria mais um deles.

Quatorze horas mais tarde o sol afundou no horizonte oposto, desanimado, sentindo que todo o seu esforço fora em vão.

Algumas horas depois reapareceu, ajeitou os ombros e começou a galgar o céu novamente.

Agora, contudo, algo estava acontecendo. Um colchão havia acabado de encontrar um robô.

– Oi, robô – disse o colchão.

– Bah – respondeu o robô, continuando com o que estava fazendo, que era se arrastar, penosa e vagarosamente, em um círculo muito pequeno.

– Feliz? – perguntou o colchão.

O robô parou e lançou um olhar interrogativo para o colchão. Era claramente um colchão muito idiota. O colchão retornou um olhar arregalado.

Depois de calcular, com precisão de dez casas decimais, a duração exata da pausa que mais provavelmente transmitiria um total desprezo por todas as criaturas colchonéticas, o robô continuou a andar em pequenos círculos.

– Poderíamos conversar – disse o colchão. – Você gostaria de conversar?

Era um colchão grande e provavelmente de alta qualidade. Pouquíssimas coisas são fabricadas hoje em dia, já que, em um Universo infinitamente grande – tal como, por exemplo, aquele em que vivemos –, a maioria das coisas que se possa imaginar e muitas outras coisas, que no geral é preferível não imaginar, crescem em algum lugar. (Recentemente foi descoberta uma floresta onde muitas das árvores dão frutos, que são as chaves de catraca. O ciclo de vida do fruto de chaves de catraca é bem interessante. Uma vez colhido, é necessário guardá-lo dentro de uma gaveta escura e poeirenta na qual possa permanecer esquecido durante anos. Então, uma noite, ele eclode, livrando-se de sua casca externa, que se desfaz em pó, e ressurge como um pequeno objeto de metal impossível de ser identificado, com roscas nas duas pontas e uma espécie de sulco e um tipo de buraco para parafusos. Quando encontrado, esse objeto será jogado fora. Ninguém sabe o que o fruto tem a ganhar com isso. A Natureza, em sua infinita sabedoria, possivelmente está trabalhando no assunto.)

Ninguém sabe tampouco o que os colchões têm a ganhar com suas vidas. São criaturas grandes, amigáveis e cheias de molas que levam vidas tranquilas e pacatas nos pântanos de Squornshellous Zeta. Muitos são capturados, cruelmente mortos, secados, despachados e usados para as pessoas dormirem. Nenhum deles parece se importar com isso e todos se chamam Zem.

– Não – respondeu Marvin.

– Meu nome – prosseguiu o colchão – é Zem. Poderíamos falar um pouco sobre o tempo, talvez.

Marvin fez outra pausa em sua penosa marcha circular.

– O orvalho – observou – realmente caiu com um ruído particularmente detestável esta manhã.

Continuou a andar como se aquele ímpeto comunicativo o tivesse inspirado a atingir revigorantes patamares de melancolia e desânimo. Ele arrastou-se obstinadamente. Se tivesse dentes, poderia rangê-los naquele momento. Não tinha. Não podia. O simples ato de se arrastar já dizia tudo.

O colchão flopolou em volta. Só colchões vivos em pântanos são capazes de fazer isso, o que explica por que a palavra não é usada com mais frequência. Ele flopolou de forma simpática, movendo uma boa quantidade de água ao fazê-lo. Soprou algumas bolhas na água por diversão. Suas listras azuis e brancas brilharam rapidamente em um raio de sol que, inesperadamente, havia conseguido atravessar a névoa, fazendo com que a criatura se aquecesse por um instante.

Marvin arrastou-se.

– Você está pensando em algo, não é? – disse o colchão, flupidamente.

– Muito mais do que você seria capaz de imaginar – disse Marvin, pesaroso. – Minha capacidade para atividades mentais de todos os tipos é tão ilimitada quanto a infinita imensidão do próprio espaço. Exceto, claro, no que diz respeito à minha capacidade de ser feliz.

Tunc, tunc, prosseguiu ele.

– Minha capacidade para ser feliz – acrescentou – poderia ser colocada numa caixa de fósforos, sem tirar os fósforos antes.

O colchão gotejamingou. Esse é o ruído feito por um colchão vivo em seu hábitat natural, o pântano, quando profundamente tocado por uma história de tragédia pessoal. A palavra também pode significar, de acordo com o *Dicionário Maximegalon Ultracompleto de Todas as Línguas Desde Sempre*, o ruído feito por Lorde High Sanvalvwag de Hollop ao descobrir que havia se esquecido do aniversário de sua mulher pelo segundo ano consecutivo. Já que houve um único Lorde High Sanvalvwag de Hollop e como ele nunca se casou, a palavra só é usada com um sentido negativo ou especulativo, e tem crescido o número de pessoas que acreditam que o *Dicionário Maximegalon* não vale a frota de caminhões necessária para transportar sua edição microarmazenada. Mais curioso ainda é o fato de que o dicionário omite a palavra "flupidamente", que significa apenas "de forma flúpida".

O colchão gotejamingou novamente.

– Posso sentir um profundo desalento em seus diodos – ele voluiu (para saber o significado de "voluir", compre uma cópia do *Jargão dos Pântanos de Squornshellous* em qualquer sebo ou, se preferir, compre o *Dicionário Maximegalon Ultracompleto*, já que a Universidade de Maximegalon certamente ficaria feliz em se livrar dele e voltar a usar um enorme espaço de seu estacionamento) – e isso me deixa triste. Você deveria ser mais colchonesco. Levamos vidas tranquilas e pacatas nos pântanos e nos contentamos em flopolar e voluir e observar a umidade com grande flupidez. Alguns de nós são mortos, mas, como todos nos chamamos Zem, então nunca sabemos quem foi e, assim, gotejamingamos muito pouco. Por que você está andando em círculos?

– Porque minha perna está com defeito – respondeu Marvin, seco.

– Me parece – disse o colchão, penalizado – que é uma perna bem ruinzinha.

– Você está certo – disse Marvin. – De fato é.

– Vuum – respondeu o colchão.

– Espero que sim – disse Marvin – e também espero que você ache muito engraçada a ideia de um robô com uma perna artificial. Você deveria contar isso quando encontrar seus amigos Zem e Zem mais tarde. Eles irão achar graça, se os conheço bem, mas obviamente não os conheço, a não ser na exata medida que conheço todas as formas orgânicas de vida, ou seja, muito mais do que eu gostaria. Ah, mas a minha vida nada é senão uma caixa de engrenagens sem fim.

Ele continuou estompeando em torno de seu pequeno círculo, em torno de sua fina perna, uma estaca de metal que se arrastava na lama, mas ainda assim parecia emperrada.

– Mas por que você continua a andar em círculos? – perguntou o colchão.

– Só para deixar isso bem claro – disse Marvin, que continuou girando.

– Está claro, prezado amigo – flurbulou o colchão –, está bem claro.

– Só por mais alguns milhões de anos – disse Marvin –, uns poucos milhões. Depois vou tentar andar para trás. Para variar um pouco, entende.

O colchão podia sentir, no mais profundo de suas molas, que o robô queria muito que lhe perguntassem há quantos anos estava marchando daquela forma fútil e infrutífera. Foi o que ele fez, com outra flurbulação silenciosa.

– Há pouco tempo passei da marca de um milhão e meio de anos – disse Marvin, aéreo. – Pergunte-me se em algum momento me sinto chateado, vamos, pergunte-me.

O colchão perguntou.

Marvin ignorou a pergunta, apenas se arrastou com mais determinação.

– Fiz um discurso certa vez – disse ele, do nada, e aparentemente sem qualquer conexão com o assunto. – Você talvez não entenda por que estou tocando nesse assunto, mas é só porque minha mente funciona tão fenomenalmente rápido e sou, em uma estimativa genérica, trinta bilhões de vezes mais inteligente que você. Deixe-me lhe dar um exemplo. Pense em um número, qualquer número.

– Ahn... cinco – disse o colchão.

– Errado – respondeu Marvin. – Você entende agora?

O colchão ficou muito impressionado por isso e percebeu que estava na presença de uma mente invulgar. Ele uilomeou ao longo de todo o seu corpo, gerando pequenas ondulações excitadas ao longo de sua poça coberta por algas.

Glupou.

– Conte-me – pediu, animado – sobre o seu discurso, eu adoraria ouvi-lo.

– Foi muito mal recebido – disse Marvin –, por uma série de motivos. Eu fiz esse discurso a menos de 2 quilômetros naquela direção – acrescentou, fazendo uma pausa numa tentativa de apontar que resultou num gesto estranho com seu braço que não estava exatamente bem. O braço em melhor estado era o que estava deprimentemente soldado a seu lado esquerdo.

Estava apontando tão bem quanto podia, e obviamente queria deixar bem claro que aquilo era o melhor que podia fazer, através da névoa, sobre os juncos, indicando uma parte do pântano que se parecia exatamente com qualquer outra parte do pântano.

– Ali – repetiu. – Eu era uma espécie de celebridade na época.

O colchão foi tomado por grande excitação. Nunca tinha ouvido falar que alguém tivesse feito um discurso em Squornshellous Zeta, sobretudo não uma celebridade. Gotas d'água respingaram dele enquanto um tremor de excitação gluriou por suas costas.

Ele fez algo que os colchões muito raramente se dão o trabalho de fazer. Reunindo cada átomo de sua força, ele curvou seu corpo retangular, elevou-o no ar e o manteve tremendo por lá durante alguns segundos enquanto tentava olhar, através da névoa, sobre os juncos, na direção do pântano que havia sido indicada por Marvin, notando, sem nenhum desapontamento, que era exatamente igual a qualquer outra parte do pântano. Foi esforço de mais, e ele acabou flogando de volta em sua poça, encharcando Marvin com uma lama fedorenta, musgo e ervas daninhas.

– Eu fui uma celebridade – prosseguiu o robô em tom monocórdio – durante um curto período de tempo devido à minha miraculosa escapada (da qual muito me ressinto) de um destino quase tão bom quanto a morte no coração de um sol resplandecente. Você pode perceber, olhando para a minha condição atual – acrescentou –, por quão pouco escapei. Fui salvo por um vendedor de ferro-velho, imagine só. Aqui estou, com um cérebro do tamanho de um... ah, deixa pra lá.

Arrastou-se novamente por mais algum tempo.

– Foi ele que me arrumou esta perna. Odiosa, não é? Me vendeu para um Zoológico Mental. Eu era a estrela da exposição. Tinha que ficar sentado em uma caixa e contar a minha história enquanto as pessoas me diziam para me animar e pensar de forma positiva. "Dê um sorriso, robozinho", gritavam eles, "dê uma risada." Nessas horas eu geralmente explicava que, para fazer meu rosto sorrir, levaria algumas horas em uma oficina com um alicate, o que resolvia bem a situação.

– O discurso – insistiu o colchão. – Quero muito ouvir o discurso que você fez no pântano.

– Uma ponte ia ser construída através dos pântanos. Era uma hiperponte ciberestruturada, com centenas de quilômetros de extensão, para transportar carroças iônicas e cargas por cima do pântano.

– Uma ponte? – inquirulou o colchão. – Aqui no pântano?

– Sim, uma ponte – confirmou Marvin –, aqui no pântano. A ideia é que ela revitalizasse a economia do Sistema de Squornshellous. Dedicaram todos os recursos da economia do Sistema de Squornshellous para construí-la. E me pediram para inaugurá-la. Pobres tolos.

Uma chuva fina começou a cair através da névoa.

– Lá estava eu na plataforma. Por centenas de quilômetros à minha frente e centenas de quilômetros atrás de mim estendia-se a ponte.
– Ela reluzia? – perguntou o colchão, entusiasmado.
– Sim, reluzia.
– Atravessava os quilômetros majestosamente?
– Sim, atravessava os quilômetros majestosamente.
– Alongava-se como um fio de prata até se tornar invisível em meio à névoa?
– Sim – disse Marvin. – Você quer ou não ouvir a história?
– Quero ouvir o seu discurso – respondeu o colchão.
– Eis o que eu disse. Disse: "Gostaria de dizer que é um grande prazer, uma enorme honra e um privilégio para mim inaugurar esta ponte, mas não posso fazer isso porque todos os meus circuitos de falsidade estão fora de ação. Eu odeio e desprezo todos vocês. A partir deste momento, declaro esta miserável ciberestrutura aberta aos abusos inimagináveis de todos aqueles que irão petulantemente cruzá-la." Em seguida me conectei aos circuitos de abertura.

Marvin fez uma pausa enquanto se lembrava da ocasião.

O colchão flureou e gluriou. Ele flopolou, glupou e uilomeou de uma forma particularmente flúpida.

– Vuum – vurfou por fim. – E foi uma ocasião magnífica?

– Razoavelmente magnífica. A ponte de 1.500 quilômetros, em toda a sua extensão, espontaneamente redobrou-se em sua cintilante travessia e submergiu, chorando, no lodo, levando todos junto com ela.

Houve uma triste e terrível pausa nesse ponto da conversa, durante a qual 100 mil pessoas pareceram ter dito "uop" inesperadamente e um time de robôs brancos desceu do céu como sementes de dentes-de-leão esvoaçando pelo vento em formação militar cerrada. Durante um curto e violento momento estavam todos lá, no pântano, arrancando a perna falsa de Marvin e, logo em seguida, estavam de volta em sua nave, que fez "fuop".

– Você entende o tipo de coisa que tenho que aturar? – disse Marvin para o colchão goberingante.

Então, logo em seguida, os robôs voltaram para outro incidente violento e, dessa vez, quando partiram, o colchão estava sozinho no pântano. Ele flopolou em volta, perplexo e assustado. Quase lurglou de medo. Suspendeu a si mesmo para ver por cima dos juncos, mas não havia nada para ver a não ser mais juncos. Prestou atenção aos sons, mas o único som vindo com o vento era o já familiar ruído de alguns etimologistas semienlouquecidos gritando a distância, uns para os outros, através do lodo fedorento.

Capítulo 10

O corpo de Arthur Dent girou. O Universo se estilhaçou em um milhão de fragmentos reluzentes em volta dele e cada um dos cacos girou silenciosamente pelo vazio, refletindo em sua superfície prateada um único e causticante holocausto de fogo e destruição.

E então a escuridão por trás do Universo explodiu, e cada pedaço de escuridão era a furiosa fumaça do inferno.

E por trás da escuridão por trás do Universo irrompeu o vazio, e por trás do vazio por trás da escuridão por trás do Universo estilhaçado surgiu enfim a sombria figura de um homem imenso proferindo imensas palavras.

– Essas, então – disse a figura, sentada em uma cadeira imensamente confortável –, foram as Guerras de Krikkit, a maior devastação que já tomou conta de nossa Galáxia. O que vocês acabaram de vivenciar...

Slartibartfast passou flutuando e gesticulando.

– É só um documentário – gritou. – Essa não é a parte legal. Mil desculpas, estou procurando o botão de retroceder...

– ... foi aquilo que bilhões de bilhões de inocentes...

– Em hipótese alguma – gritou Slartibartfast, flutuando para o outro lado e mexendo furiosamente na coisa que ele havia enfiado na parede da Sala de Ilusões Informacionais e que continuava enfiada lá – aceitem comprar o que quer que seja agora.

– ... pessoas, criaturas, seres semelhantes a vocês...

A trilha sonora cresceu. Também a música era imensa, com acordes imensos. E por trás do homem, lentamente, três altos pilares começaram a emergir da névoa imensamente turbilhonante.

– ... vivenciaram ou, na maioria dos casos, não foram capazes de vivenciar até o fim. Pensem nisso, meus amigos. Não devemos nunca nos esquecer – e em breve irei sugerir uma forma de nos ajudar a lembrar para sempre disso – de que antes das Guerras de Krikkit a Galáxia era um lugar precioso e maravilhoso, uma Galáxia feliz!

A essa altura, a música estava transbordando de imensidão.

– Uma Galáxia feliz, meus amigos, representada pelo símbolo do Portal de Wikkit!

Os três pilares destacavam-se em primeiro plano agora, três pilares com duas traves colocadas horizontalmente sobre eles de uma forma que parecia estupendamente familiar para o cérebro aturdido de Arthur.

— Os três Pilares — disse triunfalmente o homem. O Pilar de Aço, que representava a Força e o Poder da Galáxia!

Refletores foram acionados e dançavam loucamente para cima e para baixo do pilar da esquerda, claramente feito de aço ou algo muito parecido com aço. A música tonitruou estrondosamente.

— O Pilar de Acrílico — anunciou o homem — representando as forças da Ciência e da Razão na Galáxia.

Outros refletores se projetaram exoticamente sobre o pilar transparente à direita, gerando padrões deslumbrantes dentro dele e também um súbito e inexplicável desejo de tomar sorvete no estômago de Arthur.

— E — bradou a voz — o Pilar de Madeira, representando... — nesse ponto sua voz tornou-se suavemente rouca e cheia de sentimento — as forças da Natureza e da Espiritualidade.

As luzes focaram o pilar central. A música ascendeu destemidamente ao reino da completa indescritibilidade.

— Entre elas estão apoiadas — retumbou a voz, próxima do auge — a Trave Dourada da Prosperidade e a Trave Prateada da Paz!

Agora a estrutura inteira estava inundada por luzes deslumbrantes, e a música havia, felizmente, ultrapassado em muito os limites da compreensão. No topo dos três pilares estavam assentadas as duas traves lindamente reluzentes. Parecia haver garotas sentadas nelas, ou talvez fossem anjos. Anjos, contudo, em geral são representados usando mais roupas.

Subitamente um silêncio dramático percorreu o que presumivelmente era o Cosmos, e as luzes diminuíram.

— Não há um único mundo — anunciou o homem, com voz de profundo conhecedor do assunto —, um único mundo civilizado em toda a Galáxia onde esse símbolo não seja reverenciado até hoje. Mesmo nos planetas mais primitivos, ele persiste na memória coletiva. Foi isso que as forças de Krikkit destruíram e é isso que atualmente mantém seu planeta trancado até o fim da eternidade.

Com um floreio, o homem fez surgir em suas mãos um modelo do Portal de Wikkit. Era extremamente difícil ter uma noção de escala em meio àquele espetáculo extraordinário, mas o modelo parecia ter quase 1 metro de altura.

— Essa não é a chave original, é claro. Ela foi, como todos sabem, destruída, jogada nos turbilhonantes zéfiros do contínuo espaço-tempo e perdida para sempre. O que temos aqui é uma réplica minuciosa, feita à mão por hábeis artesãos, carinhosamente manufaturada usando antigos segredos para criar uma lembrança que vocês terão orgulho de guardar, uma lembrança em memória daqueles que caíram, um tributo à Galáxia — à nossa Galáxia —, em defesa da qual deram suas vidas...

Slartibartfast flutuou novamente nesse ponto.

– Finalmente encontrei – disse. – Podemos passar todo esse lixo. Apenas não acenem, só isso.

– Agora, vamos inclinar nossas cabeças em pagamento – entoou a voz, antes de dizer tudo de novo, só que bem mais rápido e ao contrário.

As luzes dançaram, os pilares desapareceram, o homem tagarelou consigo mesmo retrocedendo no vazio e o Universo reconstruiu-se com um estalo em torno deles.

– Pegaram o sentido da coisa? – perguntou Slartibartfast.

– Estou estupefato – disse Arthur – e perplexo.

– Estava dormindo – disse Ford, que flutuou na frente deles naquele momento. – Perdi alguma coisa?

Encontraram-se mais uma vez cambaleando bem rápido na beira de um precipício aflitivamente alto. O vento varria seus rostos e percorria uma baía na qual os restos de uma das maiores e mais poderosas frotas de naves de guerra já reunidas na Galáxia estava velozmente se queimando de volta à existência. O céu era de uma cor rosa-acinzentada, passando depois para uma cor bastante peculiar e escurecendo até ficar azul e, por fim, preto. Um turbilhão de fumaça subia com uma rapidez impressionante.

Os eventos agora retrocediam quase rápido demais para serem distinguidos e quando, pouco tempo depois, um imenso cruzador estelar afastou-se rapidamente deles, como se tivessem gritado "buuu", só puderam reconhecê-lo porque haviam começado a assistir à projeção naquele ponto.

Agora as coisas passavam depressa demais, um borrão videotáctil que os sacudia e espanava através de séculos de história galáctica, girando, revirando, piscando. O único som era um pequeno sibilar trêmulo.

Periodicamente, em meio à crescente massa de eventos, podiam sentir catástrofes gigantescas, profundos horrores, choques cataclísmicos, todos eles sempre associados a algumas imagens recorrentes, as únicas imagens que surgiam claramente em meio à avalanche de história: um portal de *wicket*, uma bolinha vermelha e dura, robôs brancos e duros, além de uma outra coisa menos distinta, algo envolto em sombras e névoa.

Mas havia outra sensação que surgia claramente dessa estonteante passagem do tempo.

Assim como uma série de cliques, quando acelerados, perdem sua definição individual e, aos poucos, se tornam um tom uniforme e cada vez mais agudo, da mesma forma uma série de impressões individuais foi se transformando numa emoção prolongada que, ao mesmo tempo, não chegava a ser uma emoção. Se fosse uma emoção, era desprovida de qualquer emotividade. Era ódio, um ódio implacável. Era fria, não como o gelo, mas como uma parede. Era impessoal, não como um soco no meio de uma multidão é impessoal, mas como uma multa de estacionamento emitida por computador é impessoal. E era mortífera – novamente, não como uma bala ou uma faca, mas como uma parede de tijolos colocada no meio de uma autoestrada.

E, da mesma forma como um tom crescente irá mudar seu timbre e adquirir novos harmônicos conforme se torna mais agudo, assim também essa emoção não emotiva pareceu crescer até tornar-se um grito insuportável, ainda que inaudível, e, subitamente, um grito de culpa e fracasso.

De repente, tudo parou.

Estavam de pé no topo de um monte numa tarde tranquila.

O sol estava se pondo.

Em volta deles o verde suave dos campos serpenteava gentilmente a perder de vista. Pássaros cantavam suas opiniões a respeito, que, no geral, pareciam ser boas. Um pouco mais ao longe podia-se ouvir o som de crianças brincando e, ainda mais ao longe que a aparente fonte desse som, podia-se ver, na primeira escuridão da noite, o contorno de uma pequena cidade.

A cidade era formada por prédios baixos, feitos de pedra branca. Recortava o horizonte de forma suave.

O sol havia se posto quase totalmente.

Surgida do nada, uma música começou a tocar. Slartibartfast apertou um botão e ela parou.

Uma voz disse:

– Isso... – Slartibartfast apertou outro botão e a voz também parou.

– Eu mesmo vou lhes contar essa parte – disse, suavemente.

O lugar era pacífico. Arthur sentia-se feliz. Até mesmo Ford parecia alegre. Caminharam um pouco em direção à cidade. A Ilusão Informacional de grama era agradável e fofa sob seus pés, e a Ilusão Informacional de flores tinha uma fragrância doce. Apenas Slartibartfast parecia estar apreensivo e aborrecido.

Ele parou e olhou para cima.

Arthur logo pensou que, como a parte onde estavam vinha no final, por assim dizer, ou, mais exatamente, no início de todo o horror que haviam acabado de presenciar de forma borrada, era provável que algo profundamente desagradável estava para acontecer. Ficou transtornado ao pensar que algo profundamente desagradável pudesse acontecer em um lugar tão idílico quanto aquele. Também olhou para cima. Não havia nada no céu.

– Eles não vão atacar aqui, vão? – disse. Sabia que estava apenas andando dentro de uma gravação, mas ainda assim ficou tenso.

– Nada vai atacar aqui – disse Slartibartfast com uma voz inesperadamente trêmula de emoção. – Foi aqui que tudo começou. Este é o lugar em si. O planeta Krikkit.

Olhou para o céu acima deles.

O céu, de um horizonte ao outro, de leste a oeste, de norte a sul, era total e completamente negro.

Capítulo 11

stompe, estompe. R-r-r-r-rrr.
– É um prazer servi-lo.
– Cale-se.
– Obrigada.
Estompe estompe estompe estompe estompe.
R-r-r-r-rrr.
– Obrigada por tornar uma simples porta muito feliz.
– Espero que seus diodos enferrujem.
– Obrigada. Tenha um bom dia.
Estompe estompe estompe estompe.
R-r-r-r-rrr.
– É um prazer abrir para você...
– Vá se zarcar!
– ... e uma grande satisfação fechar de novo, com a consciência de um trabalho bem-feito.
– Já disse para se zarcar!
– Obrigada por ouvir esta mensagem.
Estompe estompe estompe estompe.
– Uop.
Zaphod parou de estompear. Estava estompeando pela Coração de Ouro havia dias e, até aquele momento, nenhuma porta tinha dito "uop" para ele. Na verdade, estava bem certo de que nenhuma porta teria dito "uop" agora. Portas, em geral, não dizem algo assim. É muito conciso. Além disso, não havia portas suficientes. Soou como se 100 mil pessoas tivessem dito "uop", o que o deixava intrigado, já que era a única pessoa na nave.
Estava escuro. A maioria dos sistemas não essenciais da nave estava desligada. Ela estava à deriva em uma área remota da Galáxia, no mais negro nanquim do espaço. Então como 100 mil pessoas iriam até lá para dizer um "uop" totalmente inesperado?
Olhou em volta, para um lado e para o outro do corredor. Tudo estava envolto em trevas. Havia apenas os contornos rosados e fracamente iluminados das portas, que brilhavam no escuro e pulsavam sempre que elas falavam, apesar de tudo que ele já tinha tentado para impedi-las.
As luzes estavam apagadas para evitar que suas cabeças pudessem olhar uma

para a outra, porque nenhuma delas era uma visão particularmente atraente no momento, como já não eram desde que Zaphod cometera o erro de examinar sua alma.

Aquilo tinha sido um grande erro. Era tarde da noite, é claro.

Tinha sido um dia difícil, é claro.

Uma música suave estava tocando no som da nave, é claro.

Ele estava, é claro, ligeiramente bêbado.

Em outras palavras, todas as condições habituais que levam a um surto de exame da alma estavam presentes. Ainda assim, claramente havia sido um erro.

Andando agora, silencioso e solitário, no corredor sombrio, lembrou-se daquele momento e sentiu um frio na espinha. Uma de suas cabeças olhou para um lado, a outra para o outro, e cada qual decidiu que o lado oposto era o caminho a seguir.

Estava prestando atenção, mas não havia som algum.

Só tinha havido aquele "uop".

Parecia uma viagem terrivelmente longa para trazer um número terrivelmente grande de pessoas para dizer uma única palavra.

Ficou nervoso e começou a caminhar em direção à ponte. Ao menos lá se sentiria no controle da situação. Parou de novo. Da forma como se sentia agora, não achava que fosse uma pessoa muito adequada para estar no controle de nada.

Lembrando agora daquele momento, o primeiro choque tinha sido a descoberta de que ele realmente tinha uma alma.

De certa forma sempre presumira que tinha uma, já que parecia ter todas as outras coisas, e na verdade tinha até duas de algumas coisas, mas encontrar de fato aquela coisa escondida lá dentro dele havia sido um grande choque.

E ter descoberto, em seguida (este foi o segundo choque), que sua alma não era a coisa fantástica que acreditava ter o direito natural de esperar, sendo um homem de sua posição, o havia chocado novamente.

Então havia pensado a respeito de qual era exatamente sua posição e o novo choque quase fez com que derrubasse seu drinque. Virou o copo rapidamente antes que algo sério pudesse acontecer à bebida. Em seguida tomou outro drinque, para seguir o primeiro e verificar se estava tudo bem.

– Liberdade – disse em voz alta.

Naquele momento, Trillian apareceu na cabine de comando e disse várias coisas entusiásticas a respeito da liberdade.

– Não posso lidar com isso – respondeu ele, soturno, e enviou um terceiro drinque para averiguar por que o segundo ainda não havia enviado um relatório sobre a situação do primeiro. Olhou inseguro para as duas Trillians e concluiu que preferia a que estava à direita.

Jogou um drinque garganta abaixo pela outra garganta, pensando que este iria encontrar o anterior na junção, onde ambos uniriam forças e fariam com que o segundo tomasse jeito. Então os três partiriam em busca do primeiro, teriam uma boa conversa com ele e talvez cantassem um pouco também.

Estava em dúvida se o quarto drinque tinha entendido tudo aquilo, portanto mandou descer um quinto para detalhar o plano e um sexto para dar apoio moral.

– Você está bebendo muito – disse Trillian.

Suas cabeças colidiram enquanto tentavam reunir, em uma única pessoa, as quatro Trillians que estavam vendo. Acabou desistindo e olhou para a tela de navegação. Ficou espantado ao ver que havia um número fenomenal de estrelas.

– Diversão e aventura e coisas exóticas – murmurou.

– Olha – disse ela com uma voz simpática, sentando-se ao lado dele –, é compreensível que você se sinta um pouco vazio e desnorteado por algum tempo.

Espantou-se com ela. Nunca antes havia visto alguém se sentar em seu próprio colo.

– Uau – disse. E tomou outro drinque.

– Você completou a missão que te envolveu durante quatro anos.

– Ela não me envolveu. Eu procurei evitar ficar envolvido nela.

– Mesmo assim você a concluiu.

Ele resmungou. Aparentemente estavam dando uma grande festa em seu estômago.

– Acho que isso acabou comigo – disse. – Aqui estou, Zaphod Beeblebrox, e posso ir a qualquer lugar, posso fazer qualquer coisa. Tenho a melhor nave de todo o espaço, uma garota com quem as coisas parecem estar indo bem...

– Parecem?

– Até onde posso ver. Não sou especialista em relacionamentos pessoais...

Trillian levantou as sobrancelhas.

– Sou – prosseguiu Zaphod – um grande cara, posso fazer tudo que quiser, só que não tenho a menor ideia do que seja isso.

Fez uma pausa.

– Uma coisa deixou de levar à próxima. – Em contradição com o que disse, tomou outro drinque e escorregou desajeitadamente de sua cadeira.

Enquanto ele dormia, Trillian pesquisou algumas coisas na cópia do *Guia do Mochileiro das Galáxias* que havia na nave. O *Guia* tinha alguns conselhos a respeito de porres.

– Vá fundo – dizia o texto – e boa sorte.

Havia uma referência cruzada para o verbete que falava sobre o tamanho do Universo e como lidar com isso.

Então ela encontrou o verbete sobre Han Wavel, um exótico planeta turístico e um dos prodígios da Galáxia.

Han Wavel é um mundo constituído basicamente de fabulosos hotéis e cassinos ultraluxuosos. Todos formados por erosão natural, provocada pela chuva e pelo vento.

As chances de que algo assim aconteça são mais ou menos de um sobre infinito. Pouco se sabe a respeito de como isso aconteceu porque nenhum dos geofísicos, estatísticos de probabilidade, meteoroanalistas ou bizarrologistas que gostariam muito de estudar o assunto podem se dar ao luxo de ficar lá.

Incrível, pensou Trillian, e em poucas horas a nave branca estava descendo do céu, iluminada por um sol quente e brilhante, em direção a um espaçoporto recoberto por areia colorida. A nave estava obviamente causando sensação na superfície e Trillian estava se divertindo com isso. Ouviu Zaphod se movendo e assobiando em algum lugar da nave.

– Como você está? – perguntou pelo intercomunicador.

– Bem – disse ele alegremente –, incrivelmente bem.

– Onde você está?

– No banheiro.

– Fazendo o quê?

– Ficando aqui.

Depois de uma ou duas horas tornou-se óbvio que ele realmente pretendia ficar por lá e a nave subiu novamente sem sequer abrir sua escotilha.

– Putz! – disse Eddie, o computador.

Trillian assentiu pacientemente, batucou com seus dedos algumas vezes e depois pressionou de novo o botão do intercomunicador.

– Acho que diversão obrigatória provavelmente não é algo de que você precise neste momento.

– Provavelmente não – retrucou Zaphod de algum lugar.

– Acho que uma boa atividade física ajudaria a tirar você de dentro de si mesmo.

– O que você achar eu também acho – respondeu Zaphod.

"Impossibilidades Recreativas" foi um tópico que chamou a atenção de Trillian quando, pouco depois, ela se sentou para dar outra lida no *Guia*. Enquanto a Coração de Ouro cruzava o espaço a velocidades improváveis em uma direção indeterminada, ela tomava uma xícara de algo impensável preparado pela máquina Nutrimática de bebidas e lia sobre como aprender a voar.

O Guia do Mochileiro das Galáxias diz o seguinte a respeito de voar:

Há toda uma arte, ele diz, ou melhor, um jeitinho para voar.

O jeitinho consiste em aprender como se jogar no chão e errar.

Encontre um belo dia, ele sugere, e experimente.

A primeira parte é fácil.

Ela requer apenas a habilidade de se jogar para a frente, com todo seu peso, e o desprendimento para não se preocupar com o fato de que vai doer.

Ou melhor, vai doer se você deixar de errar o chão.

Muitas pessoas deixam de errar o chão e, se estiverem praticando da forma correta, o mais provável é que vão deixar de errar com muita força.

Claramente é o segundo ponto, que diz respeito a errar, que representa a maior dificuldade.

Um dos problemas é que você precisa errar o chão acidentalmente. Não adianta tentar errar o chão de forma deliberada, porque você não irá conseguir. É preciso que sua atenção seja subitamente desviada por outra coisa quando você está a meio caminho, de forma que você não pense mais a respeito de estar caindo, ou a respeito do chão, ou sobre o quanto isso tudo irá doer se você deixar de errar.

É reconhecidamente difícil remover sua atenção dessas três coisas durante a fração de segundo que você tem à sua disposição. O que explica por que muitas pessoas fracassam, bem como a eventual desilusão com esse esporte divertido e espetacular.

Contudo, se você tiver a sorte de ficar completamente distraído no momento crucial por, digamos, lindas pernas (tentáculos, pseudópodes, de acordo com o filo e/ou inclinação pessoal) ou por uma bomba explodindo por perto, ou por notar subitamente uma espécie muito rara de besouro subindo num galho próximo, então, em sua perplexidade, você irá errar o chão completamente e ficará flutuando a poucos centímetros dele, de uma forma que irá parecer ligeiramente tola.

Esse é o momento para uma sublime e delicada concentração.

Balance e flutue, flutue e balance.

Ignore todas as considerações a respeito de seu próprio peso e simplesmente deixe-se flutuar mais alto.

Não ouça nada que possam dizer nesse momento porque dificilmente seria algo de útil.

Provavelmente dirão algo como: "Meu Deus, você não pode estar voando!"

É de vital importância que você não acredite nisso: do contrário, subitamente estará certo.

Flutue cada vez mais alto.

Tente alguns mergulhos, bem devagar no início, depois deixe-se levar para cima das árvores, sempre respirando pausadamente.

NÃO ACENE PARA NINGUÉM.

Quando você já tiver repetido isso algumas vezes, perceberá que o momento da distração logo se torna cada vez mais fácil de atingir.

Você pode, então, aprender diversas coisas sobre como controlar seu voo, sua velocidade, como manobrar etc. O truque está sempre em não pensar muito a fundo naquilo que você quer fazer. Apenas deixe que aconteça, como se fosse algo perfeitamente natural.

Você também irá aprender como pousar suavemente, coisa com a qual, com quase toda certeza, você irá se atrapalhar – e se atrapalhar feio – em sua primeira tentativa.

Há clubes privados de voo aos quais você pode se juntar e que irão ajudá-lo a atingir esse momento fundamental de distração. Eles contratam pessoas com um físico inacreditável – ou com opiniões inacreditáveis –, e essas pessoas pulam de trás de arbustos para exibir seus corpos – ou suas opiniões – nos momentos cruciais. Poucos mochileiros de verdade terão dinheiro para se juntar a esses clubes, mas é possível conseguir um emprego temporário em um deles.

Trillian leu isso tudo em detalhes, mas, relutantemente, decidiu que Zaphod de fato não estava no clima certo para tentar voar, ou para caminhar por montanhas, ou para tentar conseguir que um funcionário público de Brantisvogan aceitasse uma notificação de mudança de endereço – estas eram as outras coisas listadas sob o tópico "Impossibilidades Recreativas".

Ela decidiu então levar a nave até Allosimanius Syneca, um planeta feito de gelo e neve, de uma beleza atordoante e um frio estonteante. A viagem das planícies nevadas de Liska até o pico das Pirâmides de Cristal de Gelo de Sastantua é longa e exaustiva, mesmo com esquis a jato e uma matilha de cães de neve de Syneca, mas a vista lá de cima, uma vista que abrange os Campos de Geleiras de Stin, as reluzentes Montanhas Prismáticas e as longínquas luzes de gelo, etéreas e dançantes, é algo que congela a mente e então, aos poucos, a liberta para horizontes de beleza até então nunca experimentados, e, pessoalmente, Trillian achava que se sentiria bem com essa coisa de ter sua mente libertada aos poucos para horizontes de beleza até então nunca experimentados.

Entraram em uma órbita baixa.

A beleza branco-prateada de Allosimanius Syneca desfilava abaixo deles.

Zaphod ficou na cama, com uma cabeça enfiada embaixo de um travesseiro enquanto a outra montava quebra-cabeças até tarde.

Trillian assentiu pacientemente mais uma vez, contou até um número bem grande e depois disse a si mesma que a coisa mais importante agora era fazer com que Zaphod falasse.

Tendo desativado todos os robôs sintomáticos da cozinha, preparou a refeição mais fantasticamente deliciosa que ela podia conceber – carnes sutilmente untadas, frutas perfumadas, queijos de aromas delicados e vinhos finos de Aldebaran.

Levou a comida até Zaphod e perguntou-lhe se gostaria de conversar.

— Vá se zarcar! — foi a resposta.

Trillian assentiu pacientemente para si mesma, contou até um número muito maior que o anterior, colocou suavemente a bandeja de lado, foi até a sala do transporte e teleportou-se para fora daquela vida idiota dele.

Ela nem ao menos programou as coordenadas. Não tinha a menor ideia para onde estava indo, apenas foi — uma fileira de pontinhos flutuando aleatoriamente pelo Universo.

— Qualquer coisa — disse para si mesma ao sair — é melhor que isto.

— Também acho — murmurou Zaphod para si mesmo, depois virou-se e fracassou completamente em dormir.

No dia seguinte, ele andou inquieto pelos corredores na nave, fingindo não estar procurando por ela, apesar de saber que não estava mais lá. Ele ignorou as perguntas insistentes do computador a respeito do que estava acontecendo por lá e acabou conectando uma mordaça eletrônica num par de terminais.

Depois de um tempo, começou a desligar as luzes. Não havia nada para ser visto. Nada iria acontecer.

Deitado na cama, uma noite — e a noite agora era contínua na nave —, decidiu tomar jeito e colocar as coisas em perspectiva. Com um movimento rápido, sentou-se e começou a vestir as roupas. Decidiu que, em algum lugar do Universo, deveria haver alguém se sentindo mais desprezível, miserável e abandonado do que ele mesmo e estava determinado a encontrar essa pessoa.

A meio caminho da ponte ocorreu-lhe que poderia ser o Marvin. Então voltou para a cama.

Foi algumas horas depois, enquanto estompeava desconsolado através dos corredores escuros xingando as portas alegres, que ele ouviu dizerem "uop", coisa que o deixou bem nervoso.

Encostou-se, tenso, contra a parede do corredor e franziu o cenho como alguém que tentasse endireitar um saca-rolhas por telecinesia. Pressionou a ponta de seus dedos contra a parede e sentiu uma vibração incomum. Além disso, agora podia ouvir claramente leves ruídos e também de onde estavam vindo — era da ponte.

— Computador? — sussurrou.

— Mmmm? — respondeu o terminal mais próximo, também sussurrando.

— Há mais alguém nesta nave?

— Mmmmmm — disse o computador.

— Quem é?

— Mmmmmm mmmm mm mmmmmmmm.

Zaphod enfiou uma de suas caras em duas de suas mãos.

— Por Zarquon — murmurou. Então olhou pelo corredor na direção da entrada da ponte, meio distante, da qual ruídos mais sugestivos estavam vindo e onde estavam situados os terminais amordaçados.

– Computador – murmurou de novo.
– Mmm?
– Quando eu retirar a mordaça...
– Mmm.
– ... me lembre de dar um soco em minha própria boca.
– Mmmm mmmmm?
– Qualquer uma. Me diga apenas uma coisa. Uma vez significa sim, duas significa não. É algo perigoso?
– Mmm.
– É?
– Mmm.
– Você não disse "mmm" duas vezes agora?
– Mmm mmm.

Avançou lentamente pelo corredor, como se na verdade estivesse querendo sair correndo na outra direção, o que era verdade.

Estava a 2 metros da porta para a ponte de comando quando percebeu, horrorizado, que ela iria ser gentil com ele. Parou imediatamente. Não havia sido capaz de desligar os circuitos vocais de cortesia das portas.

A porta que levava à ponte estava fora do campo de visão de quem estivesse lá dentro, por conta da forma fascinantemente recurvada que usaram ao projetar a ponte. Zaphod esperava poder entrar sem ser visto.

Desanimado, apoiou-se novamente contra a parede e disse algumas palavras que deixaram sua outra cabeça bastante chocada.

Deu uma olhadela para o contorno rosado da porta e descobriu que, na escuridão do corredor, podia entrever o tênue Campo Sensor que se estendia para fora, pelo corredor, e avisava à porta quando havia alguém para quem ela deveria se abrir e para quem ela deveria fazer uma alegre e agradável observação.

Pressionou o corpo com força contra a parede e foi se esgueirando em direção à porta, encolhendo o peito o máximo possível para evitar contato com o perímetro muito, muito fracamente iluminado do campo. Segurou a respiração e parabenizou-se por ter passado os últimos dias jogado na cama, em vez de tentar resolver seus problemas sentimentais na sala de musculação da nave.

Percebeu, então, que teria que dizer algo.

Respirou rapidamente algumas vezes e depois falou tão rápido e tão baixo quanto pôde:

– Porta, se estiver me ouvindo, diga que sim o mais baixo que puder.

O mais baixo que pôde, a porta murmurou: – Posso ouvi-lo.

– Bom. Preste atenção. Daqui a pouco, vou pedir que se abra. Quando se abrir, não quero que diga que você ficou feliz com isso, certo?
– Certo.
– E também não quero que me diga que eu tornei uma simples porta muito feliz, ou que é um prazer abrir para mim e uma grande satisfação fechar de novo, com a consciência de um trabalho bem-feito, certo?
– Certo.
– E não quero que me diga para ter um bom dia, entendido?
– Entendido.
– Certo – disse Zaphod, tensionando o corpo –, abra, agora.
A porta abriu-se em silêncio. Zaphod passou através dela em silêncio. A porta se fechou silenciosamente atrás dele.
– Era assim que o senhor queria, senhor Beeblebrox? – disse a porta em voz alta.
– Quero que imaginem – disse Zaphod para o grupo de robôs brancos que se viraram naquele momento para olhar para ele – que estou segurando uma pistola Zapogun extremamente poderosa.
O silêncio que veio a seguir era intensamente frio e selvagem. Os robôs o examinaram com olhos hediondamente mortiços. Mantiveram-se imóveis. Havia algo intensamente macabro em sua aparência, especialmente para Zaphod, que nunca havia visto um deles antes, nem sabia nada a respeito. As Guerras de Krikkit pertenciam ao passado antigo da Galáxia, e Zaphod havia gasto a maioria de suas aulas de história antiga elaborando um plano para transar com a garota que ocupava o cibercubículo ao lado.
Uma vez que o computador responsável por suas aulas era parte integral desse plano, ele eventualmente teve todos os seus circuitos de história apagados e substituídos por um conjunto completamente diferente de ideias. Como resultado disso, o computador foi desmontado e enviado para um abrigo para Cibertrastes Degenerados. Ele foi seguido pela garota, que havia inadvertidamente se apaixonado pela pobre máquina, coisa que, por sua vez, resultou em (a) Zaphod nunca ter conseguido nada com ela e (b) ele ter deixado de estudar um período de história antiga que teria um valor inestimável para ele naquele momento.
Zaphod olhou, chocado, para os robôs.
Era impossível explicar a causa, mas seus corpos brancos, de curvas perfeitas e reluzentes, pareciam ser a mais perfeita incorporação de uma malignidade calculada e eficaz. Desde seus olhos hediondamente mortiços até seus poderosos pés sem vida, eram claramente o produto perfeito de uma mente que simplesmente desejava matar. Zaphod engoliu em seco, tomado pelo medo.
Eles estavam desmantelando parte da parede traseira da ponte e haviam forçado passagem através de alguns dos pontos internos vitais da nave. Em meio

ao emaranhado de peças, Zaphod podia ver, com uma sensação ainda maior e mais profunda de choque, que estavam criando um túnel em direção ao próprio núcleo da nave, o coração do Gerador de Improbabilidade que havia sido misteriosamente criado a partir do nada, o Coração de Ouro em si.

O robô que estava mais próximo olhou para ele de uma forma que sugeria que estava medindo cada minúscula partícula de seu corpo, sua mente e suas habilidades. Quando falou, aquilo que disse pareceu transmitir exatamente isso. Antes de seguirmos para a parte do que ele realmente disse, vale a pena registrar aqui que Zaphod era o primeiro ser orgânico a ouvir uma dessas criaturas falar em mais de dez bilhões de anos. Se ele tivesse prestado mais atenção em suas aulas de história antiga e menos em seu corpo orgânico, sem dúvida teria ficado mais impressionado com essa honra.

A voz do robô era como seu corpo: fria, perfeita e sem vida. Quase chegava a ter um verniz de elegância. Soava tão antiga quanto era.

– Você de fato está segurando uma pistola Zapogun em sua mão.

Inicialmente, Zaphod não entendeu o que ele quis dizer, mas então olhou para sua mão e ficou aliviado ao perceber que aquilo que encontrara montado em um suporte na parede de fato era o que ele pensava ser.

– Sim – respondeu em um tom de alívio desdenhoso, o que é bem difícil –, bem, eu não quis exigir muito de sua imaginação, robô. – Durante algum tempo ninguém disse nada e Zaphod compreendeu que os robôs obviamente não estavam ali para conversar. Essa parte ficaria por conta dele. – Por acaso notei que estacionaram a nave de vocês – disse, apontando com uma de suas cabeças na direção adequada – dentro da minha.

Não havia como negar isso. Sem o menor respeito por qualquer tipo de comportamento dimensional, haviam simplesmente materializado sua nave precisamente onde queriam que ela ficasse. Isso significava que estava entrelaçada através da Coração de Ouro como se não fossem nada além de dois pentes.

Novamente não responderam nada, e Zaphod pensou que a conversa poderia ganhar um pouco de dinamismo se ele transformasse as suas falas em perguntas.

– ... não é verdade? – acrescentou.

– Sim – respondeu o robô.

– Ah. Certo – disse Zaphod. – Então o que vocês, meus chapas, estão fazendo por aqui?

Silêncio.

– Robôs – disse Zaphod –, o que vocês estão fazendo por aqui?

– Viemos – respondeu o robô – em busca da Trave de Ouro.

Zaphod assentiu. Sacudiu a arma, indicando que gostaria de mais informações.

O robô pareceu entender o gesto.

— A Trave de Ouro é parte da chave que buscamos — prosseguiu — para libertar nossos Mestres de Krikkit.

Zaphod assentiu novamente. Sacudiu a arma de novo.

— A Chave — prosseguiu o robô, indiferente — foi desintegrada no espaço e no tempo. A Trave de Ouro está embutida no dispositivo que impulsiona sua nave. Será usada para reconstituir a Chave. Nossos Mestres serão libertados. O Reajuste Universal irá continuar.

Zaphod assentiu mais uma vez.

— Do que você está falando? — perguntou.

A face totalmente inexpressiva do robô pareceu ser atravessada por um leve pesar. Ele parecia estar achando aquela conversa deprimente.

— Aniquilação — disse. — Procuramos a Chave — repetiu — e já temos o Pilar de Madeira, o Pilar de Aço e o Pilar de Acrílico. Mais um pouco e teremos o Pilar de Ouro...

— Não, não terão.

— Teremos — declarou o robô.

— Não terão não. Ele faz minha nave funcionar.

— Mais um pouco — repetiu o robô, pacientemente — e teremos o Pilar de Ouro...

— Não terão — disse Zaphod.

— E depois temos que ir — disse o robô, absolutamente sério — a uma festa.

— Ah — disse Zaphod, surpreso. — Posso ir também?

— Não — disse o robô. — Vamos atirar em você.

— É mesmo? — disse Zaphod, sacudindo sua arma.

— Sim — disse o robô, e atiraram nele.

Zaphod ficou tão surpreso que tiveram de atirar de novo antes que ele caísse.

Capítulo 12

— Shhh — fez Slartibartfast. — Ouçam e observem. A noite havia caído no antigo planeta Krikkit. O céu estava escuro e vazio. A única luz provinha da cidade vizinha, a partir da qual sons pacíficos e amigáveis vagavam suavemente pela brisa. Estavam de pé sob uma árvore que exalava odores inebriantes. Arthur agachou-se para sentir a Ilusão Informacional do solo e da grama. Pegou um pouco de terra e deixou cair entre seus dedos. O solo parecia denso e rico, a grama tinha vigor. Era difícil evitar a impressão de que aquele lugar era absolutamente maravilhoso de todas as formas.

Contudo, o céu era vazio, e Arthur tinha a impressão de que ele transmitia uma certa frieza à paisagem que, embora não pudesse ser vista no momento, era idílica. Supôs, entretanto, que fosse apenas questão de hábito.

Sentiu um cutucão no seu ombro e olhou para cima. Slartibartfast estava lhe mostrando, em silêncio, algo que vinha descendo do outro lado da colina. Ele olhou e pôde perceber luzes distantes que serpenteavam, movendo-se devagar na direção deles.

Quando chegaram mais perto, pôde ouvir os sons também, e logo as luzes e sons se transformaram em um pequeno grupo de pessoas retornando para casa, vindo das colinas e dirigindo-se à cidade.

Passaram andando bem perto dos observadores sob a árvore, com suas tochas balançando e projetando focos suaves de luz que dançavam sobre as árvores e a grama. Estavam tagarelando alegremente e cantando uma música que falava sobre o quão maravilhoso aquilo era, sobre como estavam felizes, como gostavam de trabalhar nas fazendas e como era bom voltar para suas casas e ver as mulheres e os filhos, com um refrão animado que dizia o quão docemente perfumadas as flores eram naquela época do ano, e também que era uma pena que o cachorro, que gostava tanto deles, tivesse morrido. Arthur quase podia imaginar Paul McCartney sentado, com seus pés diante da lareira no entardecer, cantarolando aquilo para Linda e pensando no que compraria com os royalties — provavelmente Essex.

— Os Mestres de Krikkit — sussurrou Slartibartfast em tom sepulcral.

Essa observação causou em Arthur uma breve confusão, tendo chegado tão rapidamente após seus próprios pensamentos sobre Essex. Então a lógica da situação se impôs em sua mente dispersa e descobriu que continuava sem entender o que o velho queria dizer.

– O quê? – perguntou.

– Os Mestres de Krikkit – repetiu Slartibartfast e, se o tom anterior foi sepulcral, dessa vez ele soou como alguém que está com bronquite no Hades.

Arthur examinou o grupo e tentou extrair algum sentido das poucas informações que tinha à disposição até o momento.

As pessoas do grupo eram claramente alienígenas por pequenos detalhes, como o fato de parecerem um pouco altas, magras, de feições duras e quase tão pálidas que se podia dizer brancas. Fora isso, pareciam muito agradáveis. Bem, talvez fossem um pouco esquisitonas e talvez não fossem pessoas com quem se gostaria de fazer uma longa viagem de ônibus, mas o ponto é que, se, de alguma forma, se desviavam de serem pessoas boas e honestas, era por serem legais em excesso e não o contrário. Então por que toda essa constrição pulmonar de Slartibartfast, que parecia mais adequada a um comercial de rádio para um daqueles filmes de terror asquerosos a respeito de operadores de serras elétricas que levavam trabalho para fazer em casa à noite?

Essa questão do Krikkit era complexa. Ele ainda não tinha conseguido fazer a ponte entre o que conhecia como críquete e aquilo que...

Slartibartfast interrompeu os pensamentos de Arthur nesse ponto, como se percebesse o que o outro estava pensando.

– O jogo que você conhece como críquete – disse, com uma voz que parecia ainda vagar por subterrâneos – é apenas uma dessas peculiaridades da memória racial, capaz de manter algumas imagens vivas na mente séculos após seu verdadeiro sentido ter se perdido nas névoas do tempo. De todas as raças da Galáxia, apenas os ingleses seriam capazes de reviver a memória da mais terrível das guerras que já cindiram o Universo e transformá-la naquilo que, lamento dizer, é visto como um jogo incompreensivelmente chato e sem sentido.

– Eu até gosto dele – acrescentou –, mas, aos olhos de muitos, vocês foram inadvertidamente culpados de um grotesco mau gosto. Aquela parte da bolinha vermelha acertando o *wicket* é particularmente cruel.

– Hum – disse Arthur, franzindo o rosto de forma reflexiva para indicar que suas sinapses cognitivas estavam lidando com aquilo da melhor forma possível. – Hum.

– E estes – disse Slartibartfast, retornando a seu tom criptogutural e apontando para o grupo de homens de Krikkit que passou por eles – são os que começaram tudo, e tudo irá começar hoje à noite. Venham, vamos segui-los para ver o que vem a seguir.

Saíram de baixo da árvore e seguiram o grupo animado ao longo da trilha escura pela colina. Seus instintos naturalmente lhes diziam que se movessem furtivamente e em silêncio atrás de suas presas. Contudo, como estavam apenas andando em meio a uma Ilusão Informacional, poderiam estar tocando tuba pintados de azul sem problema algum, já que ninguém iria notar.

Arthur observou que alguns deles tinham passado a cantar outra música. Chegava até eles carregada pela suave brisa da noite e era uma balada romântica e doce que permitiria a Paul McCartney comprar Kent e Sussex, além de fazer uma boa oferta por Hampshire.

– Você certamente sabe – disse Slartibartfast, virando-se para Ford – o que está para acontecer, não?

– Eu? – disse Ford. – Não.

– Você não estudou História Antiga da Galáxia quando era jovem?

– Eu ficava no cibercubículo atrás de Zaphod – disse Ford –, era impossível me concentrar. O que não significa que não tenha aprendido algumas coisas muito impressionantes.

Nesse momento, Arthur notou um detalhe curioso naquela canção. Os oito compassos do meio – que fariam com que Paul se consolidasse em Winchester e olhasse com interesse sobre o Test Valley chegando até as ricas terras de New Forest logo a seguir – tinham uma letra peculiar. Quem escreveu a canção falava sobre encontrar-se com uma garota, mas não dizia "sob o luar" ou "sob as estrelas", e sim "sobre a grama". Aquilo soava um pouco prosaico para Arthur. Então ele olhou novamente para o céu, desconcertantemente preto, e teve a sensação de que havia uma questão importante ali – se ao menos pudesse definir qual era. A sensação era a de estar sozinho no Universo, que foi o que ele disse para os outros.

– Não – disse Slartibartfast, apressando ligeiramente o passo –, o povo de Krikkit nunca pensou "Estamos sozinhos no Universo". Eles estão cercados por uma enorme Nuvem de Poeira, entende? Um único sol com um único mundo e estão na extremidade leste da Galáxia. Por causa da Nuvem de Poeira, nunca houve nada para ser visto no céu. Durante a noite, é completamente escuro. Durante o dia há o sol, mas não é possível olhar diretamente para o sol, então eles não olham. Quase não percebem que há um céu. É como se tivessem um ponto cego que se estende 180 graus, de um horizonte a outro.

– O único motivo pelo qual nunca pensaram "Estamos sozinhos no Universo" é porque, até esta noite, eles nem sequer sabiam que há um Universo. Ao menos não até esta noite.

Continuou andando, deixando suas palavras reverberando no ar atrás de si.

– Imagine como seria nem mesmo ter pensado "Estamos sós", simplesmente porque você nunca pensou que havia outra possibilidade. – Andou novamente. – Creio que seria apavorante – acrescentou.

Enquanto falava, começaram a ouvir um ruído agudo de algo muito alto, cortando o céu sem estrelas acima deles. Olharam para cima, preocupados, mas não conseguiram ver nada num primeiro momento.

Então Arthur notou que o grupo à sua frente também havia ouvido o ruído, mas ninguém sabia muito como agir. Estavam olhando em volta, confusos, para a esquerda, para a direita, para a frente, para trás e até mesmo para o chão. Nem ao menos pensaram em olhar para cima. A profundidade do choque e do horror que demonstraram logo em seguida, quando os destroços em chamas de uma espaçonave desceram do céu com um estrondo, chocando-se contra o solo cerca de 1 quilômetro à frente, era algo que só podia ser entendido por quem estava lá.

Alguns falam com admiração da Coração de Ouro, outros da Nave Estelar Bistromática.

Muitos falam, com toda razão, da lendária e gigantesca Espaçonave Titanic, uma majestosa e luxuosa nave de cruzeiro, lançada dos grandes estaleiros nos complexos de asteroides de Artifactovol há centenas de anos.

De infinita beleza, estonteantemente enorme e equipada com mais diversões do que qualquer outra nave daquilo que hoje ainda nos resta da História, teve o azar de ser construída logo no início das pesquisas em Física da Improbabilidade, muito antes que esse difícil ramo do saber fosse completamente – ou ao menos minimamente – compreendido.

Os projetistas e engenheiros decidiram, em sua inocência, construir um protótipo de Campo de Improbabilidade na nave, cujo propósito seria, supostamente, o de assegurar que fosse Infinitamente Improvável que qualquer coisa desse errado em qualquer parte da nave.

Não perceberam que, por conta da natureza quase-recíproca e circular de todos os cálculos de Improbabilidade, qualquer coisa que fosse Infinitamente Improvável muito possivelmente aconteceria quase instantaneamente.

A Espaçonave Titanic era uma visão incrivelmente bela, atracada como uma Baleia Megavoid arcturiana prateada entre o tracejado laser dos guindastes de construção, uma nuvem brilhante de agulhas de luz sobressaindo-se contra a profunda escuridão do espaço interestelar. Entretanto, ao ser lançada, não conseguiu nem mesmo completar sua primeira mensagem de rádio – um S.O.S. – antes de sofrer um súbito e fortuito colapso total de existência.

Ainda assim, o mesmo evento que demonstrou a desastrosa falha de uma ciência em sua infância também testemunhou a apoteose de outra ciência. Foi provado, de forma definitiva, que o número de pessoas assistindo à cobertura na TV 3D do lançamento era maior do que o número de pessoas que existiam de fato na época – algo que é hoje reconhecido como a maior façanha de todos os tempos na ciência da pesquisa de audiência.

Outro evento espetacular da mídia naquela época foi o fato de a estrela Ysllodins ter se tornado uma supernova poucas horas depois. Ysllodins é a estrela ao redor da qual a maioria dos grandes agentes de seguro vive ou, melhor dizendo, vivia.

Ainda assim, enquanto essas espaçonaves, assim como outras famosas que vêm à mente, como os Cruzadores da Frota Galáctica – o GSS Daring, o GSS Audacy e o GSS Suicidal Insanity –, são mencionadas com reverência, entusiasmo, afeto, admiração, lástima, inveja, ressentimento – e todas as emoções mais comumente conhecidas –, aquela que em geral evoca o mais sincero espanto é a Krikkit One, a primeira espaçonave construída pelo povo de Krikkit.

Não que fosse uma nave fantástica. Não era.

Era uma pilha insana de sucata amontoada. Parecia ter sido montada no quintal de alguém, e na verdade foi exatamente em um quintal que ela foi montada. O que era fantástico a respeito daquela nave não é que houvesse sido bem construída (não foi), mas simplesmente que houvesse sido construída. O tempo decorrido entre o momento que o povo de Krikkit descobriu que havia algo chamado "espaço" e o lançamento de sua primeira nave foi de quase um ano.

Ford Prefect estava profundamente aliviado, enquanto afivelava o cinto, por aquela ser apenas outra Ilusão Informacional e portanto ele estar em segurança. Na vida real, aquela não era uma nave na qual ele colocaria os pés, nem por todo o saquê da China. Uma das expressões que lhe vinham à mente era "Completamente desconjuntada". A outra expressão era "Posso sair daqui?".

– Esta coisa vai mesmo voar? – disse Arthur, olhando com desconfiança para as tubulações e o cabeamento primitivos que entulhavam o interior da nave.

Slartibartfast lhe assegurou que aquilo iria voar, que estavam perfeitamente seguros e que tudo seria extremamente instrutivo e nada desconfortável.

Ford e Arthur decidiram relaxar e ficar angustiados numa boa.

– Por que não – disse Ford – pirar?

Na frente deles estavam os três pilotos que, naturalmente, não percebiam a presença deles pelo simples motivo de não estarem realmente lá. Tinham participado da construção da nave. Estiveram na trilha da colina naquela noite cantando suas músicas profundamente comoventes. Suas mentes haviam sido ligeiramente reviradas pela colisão da nave alienígena. Passaram semanas revirando cada minúsculo segredo dos destroços daquela nave incendiada, tudo isso enquanto cantarolavam melodiosas cantigas sobre revirar naves espaciais. Depois haviam construído sua própria nave e lá estava ela. Aquela era a sua nave e no momento estavam cantarolando sobre isso também, expressando a dupla alegria de ter realizado e de possuir algo. O refrão era tocante e falava sobre a tristeza de que seu trabalho os tivesse obrigado a passar tanto tempo na garagem, longe de suas mulheres e filhos, que sentiram muita falta deles mas sempre os mantiveram alegres contando-lhes como o cachorrinho estava crescendo, saudável.

Pow!, decolaram.

Cruzaram o céu como uma nave que sabe exatamente o que está fazendo.

– Não é possível – disse Ford, um pouco depois de terem se recuperado do choque da aceleração, enquanto subiam para além da atmosfera do planeta –, não é possível – repetiu – que alguém possa projetar e construir uma nave destas em um ano, não importa o quão motivados estivessem. Não acredito. Mesmo que me provem, não acredito. – Sacudiu a cabeça, pensativo, e olhou por uma escotilha para o vazio do lado de fora.

Por algum tempo nada aconteceu, e Slartibartfast apertou a tecla de avanço rápido para prosseguirem.

Muito rapidamente, então, chegaram até o perímetro interno da Nuvem de Poeira, oca e esférica, que circundava seu sol e seu planeta, ocupando a órbita seguinte.

Foi como se houvesse uma mudança gradual na textura e consistência do espaço. A escuridão parecia agora estar sendo arranhada e rasgada conforme passavam. Era uma escuridão muito fria, um vácuo pesado; era a escuridão do céu da noite de Krikkit.

Sua frieza e seu peso e seu vazio aos poucos se infiltraram no coração de Arthur e ele podia sentir nitidamente os sentimentos dos pilotos de Krikkit que flutuavam no ar como uma potente carga estática. Estavam agora no próprio limite do conhecimento histórico de sua raça. Era esse o ponto além do qual nenhum deles havia especulado ou mesmo tomado conhecimento de que havia algo sobre o qual especular.

A escuridão da nuvem esbofeteava a nave. Lá dentro havia apenas o silêncio da história. Sua missão histórica era a de descobrir se havia algo ou algum lugar do outro lado do céu de onde a espaçonave destroçada pudesse ter vindo. Um outro mundo, talvez, por mais estranho e incompreensível que esse pensamento fosse para as mentes fechadas daqueles que viviam sob o céu de Krikkit.

A história estava se preparando para desfechar outro duro golpe.

Em volta, a escuridão continuava arranhando-os, aquela escuridão vazia e envolvente. Parecia estar cada vez mais próxima, cada vez mais densa, cada vez mais pesada. E subitamente se desfez.

Voaram para além dos confins da nuvem.

Viram as maravilhosas joias da noite em sua infinita poeira e suas mentes zumbiam de medo.

Permaneceram voando por mais algum tempo, imóveis contra a imensidão estrelada da Galáxia, também ela imóvel contra a imensidão do Universo. Depois fizeram meia-volta.

– Isso não pode ficar aí – disseram os homens de Krikkit enquanto navegavam para casa.

No caminho de volta entoaram diversas canções que ponderavam sobre paz, justiça, moral, cultura, esportes, vida em família e o aniquilamento de todas as outras formas de vida.

Capítulo 13

— **A**gora vocês compreendem – disse Slartibartfast, mexendo devagar seu café artificialmente preparado e, ao fazê-lo, mexendo também as interfaces turbilhonantes entre números reais e irreais, entre as percepções interativas da mente e do Universo, gerando, dessa forma, as matrizes reestruturadas de uma subjetividade implicitamente redobrada que permitia sua nave redefinir o próprio conceito de tempo e espaço – como foi.

— Sim – disse Arthur.

— Sim – disse Ford.

— O que eu faço – disse Arthur – com este pedaço de galinha?

Slartibartfast olhou para ele seriamente.

— Brinque com ele – disse –, brinque com ele.

Pegou um de seus pedaços e mostrou-lhe o que fazer.

Arthur imitou-o e pôde sentir o ligeiro formigamento de uma função matemática perpassando a coxa de galinha enquanto se movia quadridimensionalmente através daquilo que Slartibartfast havia lhe dito ser um espaço de cinco dimensões.

— De um dia para o outro – disse Slartibartfast – toda a população de Krikkit deixou de ser um grupo de encantadoras, agradáveis, inteligentes...

— ... e esquisitonas...

— ... pessoas comuns – disse Slartibartfast – para se tornar um grupo de encantadoras, agradáveis, inteligentes...

— ... e esquisitonas...

— ... pessoas xenófobas e maníacas. A ideia de que havia um Universo não se enquadrava em sua visão de mundo, digamos assim. Não podiam lidar com ele. Então, de forma encantadora, agradável e inteligente – até mesmo esquisitona, já que você insiste –, decidiram destruir o Universo. Qual o problema agora?

— Não gostei muito do vinho – disse Arthur, cheirando-o.

— Mande devolver. Tudo faz parte da matemática da coisa.

Arthur devolveu o vinho. Não gostou muito da topografia do sorriso do garçom, mas ele nunca gostara de gráficos mesmo.

— Para onde estamos indo? – perguntou Ford.

— De volta para a Sala de Ilusões Informacionais – disse Slartibartfast, levantando-se e limpando a boca com a representação matemática de um guardanapo de papel – para assistirmos à segunda parte.

Capítulo 14

— O povo de Krikkit – disse Sua Altíssima Supremacia Judicial, o Magistrado Pag, Presidente CIMR (Culto, Imparcial e Muitíssimo Relaxado) do Conselho de Juízes no Tribunal de Crimes de Guerra de Krikkit – é, puxa, vocês, sabem, são apenas um bando de caras muito legais, não é, que estavam apenas querendo matar todo mundo. Muitas vezes é exatamente como me sinto pela manhã. Que merda. Bem – prosseguiu, colocando seus pés em cima do banquinho à sua frente e fazendo uma pausa para catar um fiozinho solto em seu Chinelo de Praia Cerimonial –, não são pessoas com quem se deseje compartilhar uma Galáxia.

Era verdade.

O ataque de Krikkit contra a Galáxia havia sido formidável. Milhares e milhares de imensas naves de guerra de Krikkit haviam saído subitamente do hiperespaço e atacado simultaneamente milhares e milhares de planetas centrais, pegando primeiro suprimentos materiais vitais para a construção da próxima leva e depois calmamente aniquilando os planetas.

A Galáxia, que naquela época passava por um período de grande paz e prosperidade, ficou atordoada como um homem sendo assaltado em um pasto.

— Quero dizer – continuou o Magistrado Pag, olhando em volta da imensa e ultramoderna (isso fora há dez bilhões de anos, quando "ultramoderno" significava aço escovado e concreto em profusão) sala do tribunal –, esses caras são totalmente obsessivos.

Aquilo também era verdade, e era a única explicação que já tinham conseguido formular para a velocidade inimaginável com a qual o povo de Krikkit havia perseguido seu novo e único propósito – a destruição de qualquer coisa que não fosse de Krikkit.

Também era a única explicação para a espantosa velocidade com que tinham compreendido toda a hipertecnologia necessária para construir milhares de espaçonaves e milhões de robôs brancos mortíferos.

Os robôs haviam aterrorizado profundamente todos aqueles que os encontraram, muito embora, na maioria dos casos, esse terror tivesse uma vida extremamente curta, assim como a vida da pessoa aterrorizada. Eram temíveis e cruéis máquinas de guerra voadoras com um único propósito. Traziam consigo terríveis bastões de guerra multifuncionais que, quando erguidos de uma forma, destruíam prédios e, quando erguidos de outra forma, disparavam fulgurantes Raios Zapogun Omnidestrutivos; erguidos de uma terceira forma, lançavam um pavoroso arsenal de granadas, que iam desde pequenos dispositivos incendiários até Dispositivos Hipernucleares Maxi-Slorta capazes de aniquilar uma estrela das grandes. O simples ato de bater nas granadas com os bastões de guerra fazia com que as granadas se ativassem e as lançavam, com fenomenal precisão, a distâncias que iam de alguns metros a centenas de milhares de quilômetros.

– Bem – disse novamente o Magistrado Pag –, então fomos nós que vencemos. – Fez uma pausa e mastigou um chiclete. – Vencemos – repetiu –, mas não chega a ser um grande feito. Afinal, temos toda uma Galáxia de tamanho médio contra um pequeno mundo... e quanto tempo levamos? Oficial de Justiça?

– Meritíssimo? – disse o homem de aparência austera, vestido de preto, levantando-se.

– Quanto tempo, rapaz?

– É um pouco difícil, Meritíssimo, dizer com exatidão. A distância e o tempo...

– Relaxe, rapaz, chute um número.

– É difícil chutar um número, Meritíssimo, em um assunto tão...

– Vamos, coragem, desembucha.

O Oficial de Justiça piscou. Claramente, como a maioria dos que trabalhavam no Judiciário, achava que o Magistrado Pag (também conhecido pessoalmente como Zipo Bibrok 5×10^8, inexplicavelmente) era uma figura deplorável. Era obviamente grosseiro e não sabia se portar. Parecia pensar que o fato de possuir o cérebro jurídico mais brilhante jamais conhecido lhe dava o direito de se comportar como bem entendesse e infelizmente parecia estar correto.

– É, hum, bem, Meritíssimo, de forma muito aproximada, uns dois mil anos – murmurou o Oficial, descontente.

– E quantos carinhas foram detonados?

– Dois grilhões, Meritíssimo – o Oficial de Justiça sentou-se. Uma foto de seu hidrospectro naquele momento teria revelado que estava fumegando levemente.

O Magistrado Pag olhou mais uma vez para o tribunal, no qual estavam reunidos centenas dos mais altos oficiais de toda a administração galáctica, todos eles em uniformes ou corpos de gala, dependendo do metabolismo e costumes locais. Atrás de uma parede de Cristal Blindado AntiZap havia um grupo de representantes do povo de Krikkit, olhando com um desdém calmo e polido para todos os alienígenas ali reunidos a fim de julgá-los. Aquela era a ocasião mais importante da história do Judiciário, e o Magistrado Pag sabia disso.

Tirou o chiclete da boca e colou-o embaixo de sua cadeira.

– É um montão de cadáveres – disse, em tom de voz baixo.

O silêncio desconfortável que perpassou o tribunal parecia indicar que todos concordavam.

– Então, como eu disse, são um bando de caras legais, mas não o tipo de gente com quem desejemos compartilhar a Galáxia, sobretudo não se eles forem continuar com isso, se não aprenderem a relaxar um pouco. Quero dizer, vamos todos continuar tensos, não é? Pow, pow, pow – quando vão nos atacar de novo? Não há a menor chance de coexistência pacífica, não é? Alguém pode me trazer água, por favor?

Sentou-se e bebericou, refletindo.

– Tudo bem – disse –, ouçam-me, ouçam-me. É que, assim, esses caras, vocês sabem, têm direito à visão deles do Universo. E, de acordo com essa visão, imposta pelo Universo, correto, eles agiram certo. Parece louco, mas vocês têm que concordar. Eles acreditam em...

Consultou um pedaço de papel que tirou do bolso de trás de seu jeans judicial.

– Acreditam na "paz, justiça, moral, cultura, esporte, vida familiar e na aniquilação de todas as outras formas de vida".

Deu de ombros.

– Já ouvi coisas bem piores.

Coçou o saco de forma pensativa.

– Freeeow – disse. Tomou outro gole de água, depois colocou-a contra a luz e olhou-a intensamente, enquanto girava o copo.

– Ei, tem alguma coisa nesta água? – perguntou.

– Ahn, não, Meritíssimo – disse nervosamente o serventuário que havia trazido a água.

– Então leve-a – retrucou o Magistrado – e coloque algo dentro dela. Tive uma ideia.

Afastou o copo e inclinou-se para a frente.

– Ouçam-me, ouçam-me todos – disse.

Sua brilhante solução era a seguinte:

O planeta de Krikkit deveria ser trancado, por toda a eternidade, em um envoltório de Tempolento, dentro do qual a vida continuaria quase infinitamente lenta. Toda luz em torno do envoltório seria desviada, de forma que ele permanecesse invisível e impenetrável. Escapar do envoltório seria completamente impossível, a menos que fosse aberto do lado de fora.

Quando o restante do Universo chegasse ao derradeiro fim, quando toda a criação emitisse seu último suspiro (claro que isso foi antes de se descobrir que o fim do Universo seria um fantástico negócio para a área de culinária e restaurantes) e a vida e a matéria deixassem de existir, então o planeta Krikkit e seu sol emergiriam do envoltório de Tempolento para continuar sua existência solitária, como desejavam, no crepúsculo do vazio universal.

A Fechadura ficaria em um asteroide colocado em órbita lenta ao redor do envoltório.

Sua chave seria o símbolo da Galáxia – o Portal de Wikkit.

Quando os aplausos no tribunal finalmente cessaram, o Magistrado Pag já estava no Chuveiro Sensormático com uma bela participante do júri, para a qual havia mandado um bilhete meia hora antes.

Capítulo 15

Dois meses mais tarde, Zipo Bibrok 5 × 108 havia transformado seu jeans do Estado Galáctico em bermudas e estava gastando parte dos enormes honorários que cobrava por seus julgamentos deitado em uma praia de areia de pedras preciosas, e aquela mesma bela participante do júri estava massageando suas costas com Essência de Qualactina. Ela era uma garota soolfiniana, vinda de trás dos Neblimundos de Yaga. Sua pele parecia seda de limão e ela se interessava profundamente por corpos jurídicos.

– Você ouviu o noticiário?

– Aaaiiuuuauuu! – disse Zipo Bibrok 5 × 10^8, e somente estando lá para entender por que ele disse isso. Nada foi gravado na fita de Ilusões Informacionais e tudo se baseia em boatos.

– Não – respondeu depois que a coisa que o havia feito dizer "Aaaiiuuuauuu!" tinha parado de acontecer. Ele virou o corpo ligeiramente para pegar os primeiros raios do terceiro e maior dos sóis primevos de Vod, que subia agora pelo horizonte de inefável beleza enquanto o céu brilhava com uma das maiores forças bronzeadoras jamais encontradas.

Uma brisa de aroma suave levantou-se do mar, passeou pela praia e retornou ao mar, pensando aonde iria depois. Em um impulso súbito, retornou à praia, depois voltou para o mar.

– Espero que não sejam boas notícias – murmurou Zipo Bibrok 5 × 10^8 –, porque acho que não suportaria.

– Sua sentença no caso de Krikkit foi executada hoje – disse a garota suntuosamente. Não havia necessidade de dizer uma coisa tão simples suntuosamente, mas ela foi em frente e disse assim mesmo porque combinava com o jeitão do dia. – Ouvi no rádio – disse ela – quando voltei à nave para pegar a loção.

– Ahn – murmurou Zipo, descansando sua cabeça na areia de pedras preciosas.

– Aconteceu algo.

– Mmmm?

– Logo depois do envoltório de Tempolento ser trancado – disse ela, interrompendo sua massagem –, uma nave de guerra Krikkit, que achavam que estava desaparecida e possivelmente destruída, estava apenas desaparecida mesmo. Ela reapareceu e tentou se apoderar da Chave.

Zipo sentou-se com um gesto brusco.

– Como assim?

– Está tudo bem – continuou ela, num tom de voz que acalmaria até mesmo o big bang. – Parece que houve uma rápida batalha. A Chave e a nave foram desintegradas e desapareceram no contínuo espaço-tempo. Aparentemente, ambos se perderam para sempre.

Ela sorriu e deixou cair um pouco mais de Essência de Qualactina nos dedos. Ele relaxou e deitou-se de costas.

– Faça de novo o que você fez agora há pouco.

– Isso? – perguntou ela.

– Não, não – respondeu ele. – Isso.

Ela tentou novamente.

– Isso? – perguntou.

– Aaaiiuuuauuu!

Novamente, só mesmo estando lá.

A brisa de aroma suave levantou-se do mar outra vez.

Um mágico vagava pela praia, mas ninguém precisava dele.

Capítulo 16

— **N**ada está perdido para sempre – disse Slartibartfast, seu rosto tremeluzindo com a luz da vela que o garçom robô estava tentando levar –, a não ser a Catedral de Chalesm.

– A o quê? – perguntou Arthur.

– A Catedral de Chalesm – repetiu Slartibartfast. – Foi durante o tempo em que eu estava fazendo pesquisas para a Campanha pelo Tempo Real que eu...

– A o quê? – perguntou Arthur novamente.

O velho parou e reuniu seus pensamentos, para aquele que ele esperava ser o último ataque à sua história. O garçom robô moveu-se pelas matrizes espaço-temporais conseguindo combinar, de forma espetacular, uma rispidez mal-humorada com uma gentil graça, voou sobre a vela e conseguiu pegá-la. Eles já tinham recebido a conta, tinham discutido convincentemente sobre quem havia comido o canelone e quantas garrafas de vinho eles tinham tomado e, como Arthur havia percebido vagamente, através disso tudo haviam manobrado com sucesso a nave para fora do espaço subjetivo em uma órbita estacionária em torno de um planeta estranho. O garçom estava agora ansioso para completar sua parte nessa confusão e limpar o bistrô.

– Tudo irá se esclarecer – disse Slartibartfast.

– Quando?

– Breve. Os fluxos temporais estão muito poluídos atualmente. Há um monte de lixo flutuando por eles, refugos e destroços, e cada vez mais essas coisas estão sendo regurgitadas no mundo físico. São zéfiros no contínuo espaço-tempo, sabe?

– É, ouvi falar – disse Arthur.

– Ei, para onde estamos indo? – disse Ford, afastando sua cadeira com impaciência. – Queria muito que chegássemos lá.

– Estamos indo – disse Slartibartfast em uma voz lenta e comedida – tentar evitar que os robôs de guerra de Krikkit possam reunir toda a Chave de que precisam para libertar o planeta de Krikkit do envoltório de Tempolento e, assim, libertar o resto de seu exército e seus Mestres ensandecidos.

– É só – disse Ford – que você falou sobre uma festa.

– Falei – respondeu Slartibartfast, abaixando a cabeça.

Ele percebeu que aquilo havia sido um erro, porque a ideia parecia exercer uma estranha fascinação doentia na mente de Ford Prefect. Quanto mais Slartibartfast revelava a sombria e trágica história de Krikkit e de seus habitantes, maior era o desejo de Ford de beber muito e dançar com garotas.

O velho sentiu que não deveria ter mencionado a festa até o último momento. Mas era tarde, ele já falara e Ford Prefect havia se agarrado à ideia da mesma forma que uma Megalesma Arcturiana se agarra à sua vítima antes de arrancar sua cabeça e sumir com sua nave.

– Quando – disse Ford, ansioso – vamos chegar lá?

– Quando eu tiver acabado de lhes contar por que temos que ir lá.

– Eu sei por que estou indo – disse Ford, e inclinou-se para trás, apoiando a nuca nas mãos. Deu um daqueles seus sorrisos que faziam as pessoas estremecerem.

Slartibartfast havia esperado, em vão, que sua aposentadoria fosse ser tranquila.

Planejara aprender a tocar o heebiefone octaventral, uma tarefa agradavelmente fútil, pois sabia que tinha o número inadequado de bocas.

Também planejara escrever uma monografia excêntrica e completamente incorreta sobre fiordes equatoriais, só para deixar bem obscuras algumas coisas que ele considerava realmente importantes.

Em vez disso, de alguma forma convenceram-no a trabalhar em tempo parcial para a Campanha pelo Tempo Real e ele começou a levar as coisas a sério pela primeira vez em sua vida. Por conta disso lá estava ele, passando seus últimos anos de vida combatendo o mal e tentando salvar a Galáxia.

Achava aquele trabalho exaustivo. Suspirou profundamente.

– Ouçam – disse ele – na Camtem...

– O quê? – disse Arthur.

– A Campanha pelo Tempo Real, que eu explico para vocês mais tarde. Notei que cinco destroços que haviam recentemente sido jogados de volta à existência pareciam corresponder às cinco partes desaparecidas da Chave. Só consegui determinar com exatidão o destino de duas delas – o Pilar de Madeira, que reapareceu no seu planeta, e a Trave de Prata, que parece ter ido parar em uma espécie de festa. Precisamos ir até lá pegá-la antes que os robôs de Krikkit a encontrem, senão ninguém sabe o que poderá acontecer.

– Não – disse Ford com firmeza. – Precisamos ir à festa para beber muito e dançar com garotas.

– Mas será que você ainda não entendeu tudo que eu...?

– Sim – declarou Ford, com inesperada veemência –, entendi tudo perfeitamente bem. É justamente por isso que quero beber tudo o que puder e dançar com todas as garotas que encontrar enquanto elas ainda estão por aí. Se tudo que você nos mostrou é verdade...

– Verdade? Claro que sim!

– ... então estamos tão ferrados quanto um molusco numa supernova.

– Um o quê? – entrecortou Arthur novamente. Mal ou bem, ele tinha conseguido seguir a conversa até aquele ponto e não queria perder o fio da meada agora.

– Tão ferrados quanto um molusco numa supernova – repetiu Ford, sem perder o ritmo. – A...

– O que os moluscos têm a ver com as supernovas? – perguntou Arthur.

– Eles não têm – disse Ford, sem se alterar – a menor chance dentro delas.

Fez uma pausa para ter certeza de que estava tudo claro agora. As novas expressões de perplexidade que se espalhavam pelo rosto de Arthur lhe diziam que nada estava claro.

– Uma supernova – continuou Ford o mais rápido e claramente possível – é uma estrela que explode com cerca da metade da velocidade da luz e queima com o brilho de bilhões de sóis antes de entrar em colapso e virar uma estrela de nêutrons superdensa. É uma estrela que engole outras estrelas, sacou? Nada tem a menor chance diante de uma supernova.

– Entendo – respondeu Arthur.

– A...

– Mas, então, por que um molusco em particular?

– E por que *não* um molusco? Não faz diferença!

Arthur aceitou esse ponto, e Ford prosseguiu, procurando retomar sua veemência anterior.

– A questão então é que pessoas como eu e você, Slartibartfast, assim como Arthur – particularmente e especialmente Arthur –, somos meros diletantes, excêntricos, vagabundos ou bundões, como quiser.

Slartibartfast fechou o rosto, em parte perplexo e em parte ofendido. Começou a falar.

– ... – foi até onde chegou.

– Não somos obcecados com coisa alguma, entende? – insistiu Ford.

– ...

– E esse é o fator decisivo. Não podemos vencer contra a obsessão. Eles se importam, nós não. Então eles vencem.

– Eu me importo com muitas coisas – disse Slartibartfast, sua voz trêmula de irritação, mas também por incerteza.

– Tais como?

– Ora – disse o velho –, a vida, o Universo. Tudo mais, na verdade. Fiordes.

– Você está pronto para morrer por eles?

– Fiordes? – Slartibartfast arregalou os olhos, surpreso. – Não.

– É isso.

– Não faria sentido, para ser franco.

– E eu continuo não vendo a relação com os moluscos.

Ford sentia que a conversa estava saindo de seu controle e se recusava a perder o foco naquele momento.

– O ponto é – disse, sibilando – que não somos pessoas obsessivas, e não temos a menor chance contra...

– Exceto por essa sua obsessão súbita com moluscos – insistiu Arthur –, que continuo não entendendo.

– Quer por favor deixar a porcaria dos moluscos de fora?

– Com prazer, se você fizer o mesmo – respondeu Arthur. – Foi você que trouxe isso à tona.

– Admito que foi um erro – disse Ford. – Esqueça. A questão é a seguinte.

Inclinou-se para a frente e apoiou a testa na ponta dos dedos.

– Que diabos eu estava dizendo? – falou, desgastado.

– Bem, vamos resumir a coisa e descer para a festa – disse Slartibartfast –, seja qual for o nosso motivo. – Levantou-se, balançando a cabeça.

– Acho que era isso que eu queria dizer – completou Ford.

Por motivos não esclarecidos, os cubículos de teletransporte ficavam no banheiro.

Capítulo 17

As viagens no tempo têm sido vistas, cada vez mais, como uma ameaça. A história está sendo poluída.

A *Enciclopédia Galáctica* tem muito a dizer sobre a teoria e prática das viagens no tempo, mas a maior parte do que ela diz é incompreensível para qualquer um que não tenha passado pelo menos quatro vidas estudando hipermatemática avançada e, uma vez que isso era impossível antes da invenção das viagens no tempo, reina certa confusão a respeito de como a ideia surgiu inicialmente. Uma racionalização desse problema declara que viajar no tempo foi, por sua própria natureza, descoberta simultaneamente em todos os períodos da história, mas isso obviamente não faz o menor sentido.

O problema é que boa parte da história atualmente também não faz o menor sentido.

Eis um exemplo. Pode não parecer muito importante para algumas pessoas, mas para outras é crucial. Certamente é significativo por ter sido o evento específico que instigou a criação da Campanha pelo Tempo Real pela primeira vez (ou teria sido pela última? Depende muito do sentido em que você está vendo a história decorrer, o que também tem se tornado uma questão cada vez mais confusa).

Existe, ou existiu, um poeta. Seu nome era Lallafa e ele escreveu um conjunto de poemas tidos, em toda a Galáxia, como alguns dos melhores já escritos: as *Canções de Long Land*.

São/eram de uma beleza indizível. Em outras palavras, você não seria capaz de recitar um trecho longo de uma só vez sem ser tomado fortemente pela emoção e por um senso de verdade, totalidade e unicidade das coisas sem que, rapidamente, precisasse dar uma volta rápida pelo quarteirão, possivelmente parando em um bar ao retornar para tomar uma dose rápida de perspectiva e bebida. Eram realmente bons.

Lallafa passou a vida nas florestas de Long Land de Effa. Foi onde morou e também foi onde escreveu seus poemas. Escreveu-os em páginas feitas a partir de folhas secas de habra, sem ter estudado nem possuir fluido corretivo. Escreveu sobre a luz na floresta e o que pensava disso. Escreveu sobre a escuridão na floresta e o que pensava disso. E também sobre a garota que o tinha deixado e exatamente o que pensava disso.

Muito depois de sua morte, seus poemas foram encontrados e admirados. As notícias se espalharam como o sol da manhã. Durante séculos, iluminaram e irrigaram as vidas de muitas pessoas, que, de outra forma, teriam sido mais sombrias e mais secas.

Então, pouco depois da invenção das viagens pelo tempo, alguns dos grandes fabricantes de fluido corretivo ponderaram se os poemas não seriam ainda melhores se Lallafa tivesse tido acesso a fluido corretivo de alta qualidade, e ponderaram se ele não poderia ser gentilmente convencido a dizer algumas boas coisas a esse respeito.

Viajaram pelas ondas do tempo, encontraram-no, explicaram a situação – com alguma dificuldade – para ele, que acabou se deixando convencer. Na verdade, deixou-se convencer a tal ponto que ele se tornou muito rico por conta disso, e a garota sobre a qual ele deveria originalmente escrever com detalhes nunca o deixou. Na verdade, os dois se mudaram da floresta para um bom local na cidade e ele frequentemente dava um pulinho até o futuro para participar de programas de entrevista, nos quais brilhava com sua sagacidade.

Com tudo isso, é claro que ele jamais conseguiu escrever os poemas, o que causava problemas, todos facilmente contornáveis. Os fabricantes de fluido corretivo o despacharam para algum lugar ermo durante uma semana com uma cópia de uma edição posterior de seu livro e uma pilha de folhas secas de habra sobre as quais ele deveria copiá-los, fazendo alguns erros propositais e correções ao mesmo tempo.

Muitas pessoas dizem que os poemas perderam completamente o valor. Outros argumentam que são exatamente o mesmo que sempre foram, então o que mudou? O primeiro grupo diz que essa não é a questão. Eles não sabem muito bem qual é a questão, mas estão bem certos de que não é essa. Começaram, então, a Campanha pelo Tempo Real para tentar impedir que esse tipo de coisa continue acontecendo. Sua causa ganhou considerável importância, já que, apenas uma semana depois de eles terem se organizado, surgiu a notícia de que não apenas a grande Catedral de Chalesm havia sido derrubada para construir uma nova refinaria de íons como também a construção da refinaria tinha levado tanto tempo e se prolongado para um passado tão distante que, para iniciar a produção de íons dentro do cronograma, a catedral não havia sequer sido construída. Subitamente, cartões-postais com imagens da catedral tornaram-se muito valiosos.

Então muitas coisas na história acabaram se perdendo para sempre. A Campanha pelo Tempo Real proclama que, assim como a facilidade em viajar arruinou as diferenças entre os diferentes mundos, também as viagens no tempo estavam agora arruinando as diferenças entre uma época e as outras.

– O passado – dizem eles – é agora exatamente como um país estrangeiro. Todos fazem as mesmas coisas do mesmo jeito.

Capítulo 18

Arthur materializou-se com seu já tradicional espalhafato, cambaleando e sentindo um aperto na garganta, no coração e em vários outros órgãos. Era algo que ele ainda se permitia sempre que precisava realizar uma dessas horrorosas e dolorosas materializações com as quais estava determinado a não se acostumar.

Olhou em volta procurando os outros.

Não estavam lá.

Olhou novamente em volta procurando os outros.

Continuavam não estando lá.

Fechou os olhos.

Abriu-os.

Olhou em volta procurando os outros.

Persistiam obstinadamente em sua ausência.

Fechou novamente os olhos, preparando-se para executar esse exercício absolutamente inútil mais uma vez; e foi só então, enquanto seus olhos estavam fechados, que seu cérebro passou a registrar a imagem que seus olhos estavam vendo enquanto abertos. Franziu as sobrancelhas, perplexo.

Então abriu os olhos de novo, a fim de verificar os fatos, e continuou com o rosto franzido.

Se algo mudou, foi apenas o rosto se franzindo ainda mais e se arraigando nessa posição. Se aquilo era uma festa, era bem ruim – tão ruim, na verdade, que todos tinham ido embora. Ele abandonou essa linha de raciocínio, concluindo que era inútil. Obviamente aquilo não era uma festa. Era uma caverna, um labirinto, ou um túnel feito de algo – estava escuro demais para saber. Estava completamente escuro, uma escuridão úmida e reluzente. Os únicos sons eram os ecos de sua própria respiração, que soava preocupada. Tossiu baixinho e teve que ouvir o eco fantasmagórico de sua tosse vagando entre os corredores infindáveis e as câmaras invisíveis, como em um grande labirinto, eventualmente retornando até ele pelos mesmos corredores invisíveis como que dizendo...

– Sim?

A mesma coisa acontecia a cada mínimo barulho que fazia, o que o deixava nervoso. Tentou cantarolar algo alegre, mas, quando o som voltou até ele, era uma marcha fúnebre, então decidiu parar.

Sua mente ficou cheia de imagens da história que Slartibartfast lhe contou. A cada instante esperava ver os letais robôs brancos surgirem das sombras para matá-lo. Prendeu a respiração. Eles não apareceram. Voltou a respirar. Não sabia o que esperar.

Alguém ou alguma coisa, contudo, parecia estar esperando por ele, já que, naquele instante, acendeu-se subitamente, ao longe na escuridão, um fantasmagórico letreiro em néon verde.

Dizia, silenciosamente:

você foi redirecionado.

O letreiro piscou novamente e se apagou de uma forma que Arthur não conseguiu decidir se gostava ou não. Ele piscou e se apagou com uma espécie de floreio desdenhoso. Arthur então tentou reassegurar-se de que aquilo era apenas um truque ridículo de sua imaginação. Um letreiro em néon estava ligado ou desligado, dependendo de haver ou não eletricidade passando. Não havia nenhuma forma, disse para si mesmo, do letreiro fazer a transição de um estado para o outro com um floreio desdenhoso. Ainda assim, ele abraçou o próprio corpo com força dentro de seu roupão, sentindo um frio na espinha.

O letreiro em néon, nas profundezas, acendeu-se novamente, desorientador, com apenas três pontos e uma vírgula. Assim:

...,

Arthur percebeu, após olhar perplexo para aquilo durante poucos segundos, que o letreiro tentava indicar que havia mais, que a frase ainda não estava completa. Tentava, refletiu Arthur, com um pedantismo sobre-humano. Ou, pelo menos, desumano.

A sentença completou-se, então, com estas duas palavras:

arthur dent.

Sobressaltou-se. Fixou novamente o olhar para ter certeza.

O letreiro continuava dizendo arthur dent, então sobressaltou-se novamente.

Mais uma vez, o letreiro piscou e se apagou, deixando-o no escuro, com a imagem de seu nome quicando em sua retina.

bem-vindo, disse a luz néon em seguida.

Pouco depois, acrescentou:

acho que não.

O medo gélido que havia pairado sobre Arthur durante todo aquele tempo, esperando um bom momento, percebeu que aquele era um bom momento e caiu sobre ele. Arthur tentou lutar contra aquilo. Agachou-se em uma espécie de posição de alerta que vira alguém fazer uma vez na televisão, mas deve ter sido alguém com joelhos mais fortes. Ele tentou enxergar escuridão adentro.

– Ahn, oi? – disse.

Limpou a garganta e repetiu a mesma coisa, mais alto e sem o "ahn". Em algum ponto do corredor à sua frente pareceu que alguém havia subitamente começado a bater em um bumbo.

Prestou atenção durante alguns segundos e então percebeu que era apenas seu coração batendo.

Prestou atenção durante mais alguns segundos e percebeu que não era seu coração batendo, mas alguém batendo em um bumbo corredor abaixo.

Gotas de suor se formaram em sua testa, tensionaram-se e depois pularam fora. Colocou uma das mãos no chão para firmar sua posição de alerta, que não estava indo muito bem. O letreiro mudou de novo.

Dizia agora:

NÃO SE PREOCUPE.

Após uma breve pausa, acrescentou:

FIQUE EXTREMAMENTE ASSUSTADO, ARTHUR DENT.

Mais uma vez piscou e apagou-se. Mais uma vez deixou-o em meio à escuridão. Seus olhos pareciam querer sair das órbitas. Não tinha certeza se era porque estava tentando enxergar melhor ou se eles simplesmente queriam cair fora naquele momento.

– Alô? – disse novamente, desta vez tentando colocar em sua voz um tom de autoconfiança agressivo e duro. – Tem alguém aí?

Nenhuma resposta, nada.

Isso irritou Arthur Dent muito mais do que qualquer resposta e ele começou a afastar-se daquele vazio assustador. Quanto mais se afastava, mais assustado ficava. Depois de algum tempo, entendeu que estava com medo por causa de todos os filmes a que tinha assistido, nos quais o herói vai recuando cada vez mais de um suposto perigo à sua frente e acaba esbarrando nele por trás.

Foi exatamente quando pensou que deveria virar-se rapidamente.

Não havia nada lá.

Apenas a escuridão.

Aquilo o deixou realmente nervoso e ele começou a afastar-se de volta para onde tinha vindo.

Depois de um curto tempo, percebeu subitamente que agora estava recuando para o exato lugar do qual estivera recuando da primeira vez.

Não pôde deixar de pensar que aquilo devia ser uma completa tolice. Decidiu então que seria melhor recuar da forma como estivera recuando da primeira vez e virou-se novamente.

Acabou que seu segundo instinto estava correto, porque havia um monstro indescritivelmente pavoroso imóvel em silêncio atrás dele. Arthur tremia, desperado, enquanto sua pele tentava saltar para um lado e seu esqueleto para o outro. Seu cérebro, enquanto isso, tentava decidir-se por qual das duas orelhas ele de fato desejava sair.

– Aposto que você não esperava me encontrar novamente – disse o monstro, e Arthur achou que era uma observação bem estranha da parte do monstro, uma vez que jamais havia encontrado a criatura antes. Tinha certeza de que nunca havia encontrado a criatura antes pelo simples fato de que conseguia dormir à noite. Aquilo era... aquilo era... aquilo era...

Arthur piscou e olhou de novo. O monstro estava absolutamente imóvel e, pensando bem, tinha algo familiar.

Uma terrível e fria calma apoderou-se dele quando compreendeu que estava olhando para um holograma de uma mosca com quase 2 metros de altura.

Perguntou-se por que alguém estaria interessado em mostrar-lhe um holograma de uma mosca com quase 2 metros de altura naquele momento. Perguntou-se de quem era aquela voz.

Era um holograma horrivelmente realístico.

Ele desapareceu.

– Ou talvez você se lembre melhor de mim – disse a voz subitamente, e era uma voz profunda, gutural e malevolente, que soava como alcatrão derretido escorrendo de um barril com ideias malignas em sua mente – como o coelho.

Com um súbito *ping*, surgiu um coelho naquele labirinto escuro, um enorme, monstruosa e odiosamente macio e adorável coelho. Novamente era apenas uma imagem, mas cada um dos macios e adoráveis pelos parecia uma coisa única e real crescendo em sua pele macia e adorável. Arthur surpreendeu-se ao ver seu próprio reflexo naqueles suaves e adoráveis imensos olhos castanhos que não piscavam.

– Nascido na escuridão – rosnou a voz –, criado na escuridão. Certa manhã, pela primeira vez coloquei minha cabeça para fora naquele reluzente mundo novo e ela foi partida ao meio por algo que se parecia muito com um suspeito instrumento primitivo feito de sílex. Feito por você, Arthur Dent, e manejado por você. De forma bastante brutal, pelo que me lembro. Você transformou minha pele em uma sacola na qual guardava pedras interessantes. Fiquei sabendo disso por acaso, já que, em minha vida seguinte, retornei como uma mosca e você me matou. De novo. Só que então você me matou com a bolsa que havia feito com minha pele anterior. Arthur Dent, você não apenas é um homem cruel e desalmado, como também é absurdamente sem tato.

A voz fez uma pausa enquanto Arthur olhava em volta, abestalhado.

– Vejo que você perdeu a bolsa – disse a voz. – Provavelmente se cansou dela, não é?

Arthur sacudiu a cabeça, desesperado. Queria explicar que, na verdade, adorava aquela bolsa e cuidava dela com muito cuidado e a levava com ele para onde quer que fosse, mas, por algum motivo, sempre que viajava para algum lugar acabava inexplicavelmente com outra sacola e que, de maneira muito peculiar, naquele exato momento havia notado pela primeira vez que a sacola que estava carregando agora parecia ser feita de uma imitação fajuta de pele de leopardo que não era a mesma que estava com ele pouco antes de ter chegado naquele qualquer lugar que fosse, e que aquela não era uma sacola que, pessoalmente, ele teria escolhido, e só Deus sabe o que poderia ter lá dentro – posto que não era dele –, e que gostaria muito de ter de novo sua sacola original, exceto, claro, pelo fato de lamentar profundamente ter removido de forma tão peremptória a dita sacola, ou melhor dizendo, ter removido as partes que a constituíam, ou seja, a pele de coelho, de seu dono anterior, seja dito o coelho ao qual tinha, naquele instante, a honra de tentar em vão dirigir-se.

Na prática, tudo que conseguiu dizer foi:

– Eh...

– Veja agora a salamandra na qual você pisou.

E lá estava, no mesmo corredor que Arthur, uma gigantesca salamandra verde escamada. Arthur se virou, gritou, pulou para trás e viu-se de pé no meio do coelho. Gritou de novo, mas não achou outro lugar para onde pular.

– Essa também era eu – prosseguiu a voz, em tom grave e ameaçador –, como se você não soubesse...

– Saber? – disse Arthur, espantado. – Saber?

– A coisa mais interessante sobre a reencarnação – rosnou a voz – é que a maioria das pessoas, a maioria dos espíritos não percebe o que está acontecendo com eles.

Fez uma pausa dramática. Na opinião de Arthur, já havia drama suficiente naquilo tudo.

– Eu tinha consciência – sussurrou a voz –, ou melhor, eu me tornei consciente. Lentamente. Gradualmente.

Ele, quem quer que fosse, parou mais uma vez e tomou fôlego:

– Não podia evitar, não é mesmo? – berrou – A mesma coisa continuava acontecendo, de novo, de novo, de novo! Em cada vida que já vivi fui morto por Arthur Dent. Qualquer mundo, qualquer corpo, qualquer tempo, assim que estou me acostumando, lá vem Arthur Dent e, paft!, me mata. Difícil não notar, não é? Meio que um lembrete. Meio que um marcador. Meio que uma maldita pista! "Engraçado", dizia meu espírito para si mesmo enquanto voava de volta para o vazio da não existência após outra aventura na terra dos vivos, terminada por Dent, "... engraçado que aquele homem que acabou de me atropelar, enquanto eu saltitava através da estrada em direção a meu lago favorito, me pareceu familiar..." Aos poucos, então, consegui juntar as peças, Dent, seu maníaco multiassassino de mim.

Os ecos da voz reverberavam para cima e para baixo dos corredores. Arthur permaneceu silencioso e frio, sacudindo a cabeça, sem acreditar.

– Eis o momento, Dent – grasnou a voz, agora atingindo um tom de ódio febril –, eis o momento em que eu finalmente soube!

A coisa que subitamente se abriu diante de Arthur era indescritivelmente horrenda, fazendo-o engolir em seco e gorgolejar de terror, mas vamos fazer uma tentativa de descrever quão horrenda a coisa era. Era uma enorme e pulsante caverna úmida com uma imensa e gosmenta criatura similar a uma baleia rolando dentro dela e escorregando sobre monstruosas lápides brancas. No alto da caverna havia um vasto promontório no qual se podia ver os recessos escuros de outras duas terríveis cavernas, as quais...

Arthur Dent percebeu subitamente que estava olhando para sua própria boca, quando sua atenção deveria se concentrar na ostra viva sendo irremediavelmente enfiada dentro dela.

Cambaleou para trás gritando e desviou os olhos.

Quando abriu novamente os olhos viu que a terrível aparição tinha sumido. O corredor estava escuro e, por alguns instantes, silencioso. Estava sozinho com seus pensamentos. Eram pensamentos extremamente desagradáveis e ele preferia ter um acompanhante por perto.

O próximo barulho que ouviu foi o tremor grave e maciço de uma grande parte da parede se abrindo para o lado, revelando, por enquanto, apenas uma negra escuridão atrás dela. Arthur olhou para dentro da mesma forma que um rato olha para dentro de um canil escuro.

E a voz dirigiu-se a ele novamente.

– Diga-me que foi apenas coincidência, Dent. Eu o desafio a dizer que foi apenas coincidência.

– Foi uma coincidência – disse Arthur, rapidamente.

– Não foi não! – retrucou a voz com um berro.

– Foi – disse Arthur –, foi sim...

– Se foi apenas coincidência, então meu nome – ribombou a voz – não é Agrajag.

– Devo presumir – disse Arthur – que você afirma que era esse o seu nome.

– Sim! – retrucou Agrajag, como se tivesse completado um brilhante silogismo.

– Bem, lamento dizer que ainda assim foi apenas coincidência – disse Arthur.

– Venha até aqui e repita isso! – urrou a voz, novamente em fúria.

Arthur entrou lá e disse que era uma coincidência, ou melhor, quase conseguiu dizer que era uma coincidência. Sua língua meio que perdeu o passo perto do final da última palavra porque as luzes se acenderam e ele pôde ver onde havia entrado.

Era uma Catedral do Ódio.

Era produto de uma mente não apenas retorcida, mas completamente distendida.

Era enorme. E terrível.

Tinha uma Estátua nela.

Mas voltaremos à Estátua em breve.

Aquela vasta, incompreensivelmente vasta câmara parecia ter sido escavada no interior de uma montanha – o que se devia precisamente ao fato de ela ter sido escavada no interior de uma montanha. Arthur sentia tudo girando de forma nauseante em torno de sua cabeça enquanto tentava olhar para a câmara.

Era negra.

Onde não era negra seria geralmente desejável que fosse, por conta das cores escolhidas para alguns dos indizíveis detalhes. As cores percorriam pavorosamente todo o espectro de cores nauseantes, indo do Ultravioleto ao Infravermicida, passando pelo Púrpura Fígado, Lilás Execrável, Amarelo Vômito, sem deixar de lado o Hombre Cremado e Gan Grená.

Os detalhes indizíveis nos quais essas cores foram usadas eram gárgulas que teriam feito Francis Bacon desistir de seu almoço.

Todas as gárgulas olhavam para dentro, afixadas nas paredes, nos pilares, nos contrafortes, nos assentos do coro – todas olhavam em direção à Estátua, a respeito da qual falaremos em breve.

E, se as gárgulas teriam feito Francis Bacon desistir de seu almoço, ficava claro, pela cara das gárgulas, que a Estátua teria feito com que elas desistissem de seu próprio almoço. Isso, claro, se estivessem vivas para comê-lo – coisa que não estavam – e se alguém tivesse tentado servir-lhes um almoço – coisa que não fizeram.

Nas monumentais paredes havia enormes placas de pedra em memória daqueles que haviam sido mortos por Arthur Dent.

Os nomes de alguns dos imortalizados estavam sublinhados e tinham asteriscos ao seu lado. Por exemplo, o nome de uma vaca que foi abatida e da qual Arthur por acaso comeu um filé tinha seu nome gravado sem destaque, enquanto o nome de um peixe, que o próprio Arthur pescou, depois decidiu que não gostou e finalmente deixou no canto do prato, estava sublinhado duas vezes, com três asteriscos e uma adaga ensanguentada acrescentados como decoração para deixar as coisas bem claras.

O mais perturbador em tudo isso – tirando a Estátua, que estamos aos poucos introduzindo, por etapas – era a implicação muito clara de que todas aquelas pessoas e criaturas eram de fato uma só, repetidas vezes.

Estava igualmente claro que aquela pessoa havia ficado, ainda que de forma injusta, muito chateada e irritada.

Na verdade, seria razoável dizer que aquela pessoa tinha atingido um nível de irritação jamais visto no Universo. Era uma irritação de proporções épicas, uma chama flamejante e ardente de irritação, uma irritação que abrangia todo o tempo e o espaço em sua infinita sombra.

E essa irritação tinha sido expressa da forma mais contundente na Estátua que ficava no centro de toda essa monstruosidade, que era uma estátua de Arthur Dent, não muito lisonjeira, por sinal. Com 15 metros contados, não havia um centímetro nela que não estivesse cheio de insultos àquele lá representado, e 15 metros de insultos seriam suficientes para fazer qualquer um sentir-se mal. Desde a pequena espinha ao lado de seu nariz até o horrível corte de seu roupão, nenhum aspecto de Arthur Dent deixou de ser esculhambado e vilipendiado pelo escultor.

Arthur era mostrado como uma górgona, um ogro malvado, voraz e faminto por sangue, massacrando tudo em sua passagem pelo inocente Universo de um só homem.

Com cada um dos trinta braços que o escultor, num ímpeto de fervor artístico, havia decidido lhe dar, a Estátua estava esmagando a cabeça de um coelho, matando uma mosca, partindo um osso da sorte, arrancando um piolho do cabelo ou fazendo alguma coisa que Arthur não conseguiu identificar na primeira vez.

Seus muitos pés estavam basicamente esmagando formigas.

Arthur cobriu os olhos com as mãos, inclinou a cabeça e sacudiu-a lentamente de um lado para o outro, diante da tristeza e do horror evocados por toda aquela maluquice.

Quando reabriu os olhos, viu à sua frente o homem ou criatura, ou o que quer que fosse, que supostamente ele estava perseguindo o tempo todo.

– RrrrrrrrhhhhhhhaaaaaaaaHHHHHHHH! – disse Agrajag.

Ele, ou aquilo, ou o que fosse, parecia um morcego gordo enlouquecido. Caminhou lentamente em torno de Arthur, cutucando-o com suas garras recurvadas.

– Olhe...! – reclamou Arthur.

– RrrrrrrrhhhhhhhaaaaaaaaHHHHHHHH! – explicou Agrajag, e Arthur aceitou aquilo, relutante, pelo simples fato de estar bastante assustado por aquela medonha e estranhamente disforme aparição.

Agrajag era negro, inchado, enrugado e coriáceo.

Suas asas de morcego eram ainda mais assustadoras por serem coisas pateticamente quebradas e desajeitadas do que se fossem asas fortes e musculosas. A coisa mais terrível era provavelmente a tenacidade de sua existência, que continuava apesar de violar todas as probabilidades da física.

Tinha uma coleção de dentes muito impressionante.

Era como se cada um deles tivesse vindo de um animal diferente e depois tivessem sido arrumados dentro de sua boca em ângulos tão bizarros que, se ele realmente fosse tentar mastigar alguma coisa, parecia que iriam dilacerar metade de sua própria face ao mesmo tempo, além de arrancar um olho.

Cada um dos três olhos era pequeno e intenso, parecendo ter a mesma sanidade de um peixe em um arbusto.

– Foi numa partida de críquete – disse, rancoroso.

Diante de tudo que estava acontecendo, Arthur achou que isso era uma noção tão absurda que praticamente se engasgou.

– Não neste corpo – grasnou a criatura –, não neste corpo! Este é meu último corpo. Minha última vida. É meu corpo para a vingança. Meu corpo para matar Arthur Dent. Minha última chance, e ainda tive que lutar para consegui-la.

– Mas...

– Foi em uma – esbravejou Agrajag – partida de críquete! Eu tinha um coração fraco, com problemas, mas o que poderia me acontecer, disse para a minha mulher, em uma partida de críquete? E lá estava eu, vendo o jogo, e o que aconteceu? Duas pessoas surgiram do nada, maliciosamente, à minha frente. A última coisa que não pude deixar de notar antes que meu pobre coração pifasse por conta do choque foi que uma delas era Arthur Dent usando um osso de coelho em sua barba. Coincidência?

– Sim – disse Arthur.

– Coincidência? – gritou a criatura, dolorosamente esmigalhando suas asas quebradas e abrindo uma pequena ferida em sua bochecha direita com um dente particularmente nojento. Olhando mais de perto, coisa que vinha tentando evitar, Arthur notou que boa parte da face de Agrajag estava coberta por pedaços de band-aid preto.

Afastou-se nervosamente. Passou a mão pela barba. Ficou perplexo ao descobrir que ainda estava com o osso de coelho enfiado nela. Arrancou-o e jogou fora.

– Olhe – disse ele –, é apenas o destino fazendo travessuras com você. E comigo. Conosco. É uma completa coincidência.

– O que você tem contra mim, Dent? – rosnou a criatura, avançando contra ele e mancando dolorosamente ao fazê-lo.

– Nada – insistiu Arthur. – Honestamente, nada.

Agrajag olhou para ele com intensidade.

– Matar uma pessoa o tempo todo me parece uma forma bem estranha de se relacionar com alguém contra quem você não tem nada. Eu diria mesmo que é uma forma bem peculiar de interação social. Também diria que é uma mentira!

– Mas, veja – disse Arthur –, realmente lamento muito. Houve um terrível engano. E preciso ir. Você tem um relógio? Eu deveria estar ajudando a salvar o Universo. – Afastou-se ainda mais.

Agrajag aproximou-se ainda mais.

– Houve um ponto – disse ele – em que havia resolvido desistir. Sim, eu não voltaria mais. Ficaria no mundo dos mortos. E o que aconteceu?

Arthur sacudiu aleatoriamente a cabeça para indicar que não tinha a menor ideia nem queria ter uma. Percebeu que havia recuado até encostar-se na pedra preta que havia sido escavada sabe-se lá por meio de que esforço hercúleo e transformada em uma imitação grotesca de seus chinelos. Ele olhou para cima, para a horrenda paródia de si mesmo que se erguia acima dele. Continuava sem entender o que uma de suas mãos estaria fazendo.

– Fui involuntariamente precipitado de volta no mundo físico – prosseguiu Agrajag – como um ramalhete de petúnias. Dentro de um vaso, devo acrescentar. Esta vidinha particularmente feliz começou comigo, em meu vaso, sem nenhum apoio, 500 quilômetros acima da superfície de um planeta particularmente sombrio. Não era, como você talvez tenha pensado, uma posição naturalmente sustentável para um vaso de petúnias. Você estaria certo em pensar assim. Aquela vida terminou muito pouco tempo depois, 500 quilômetros abaixo. Dentro dos restos de um cachalote despedaçado, devo acrescentar. Meu irmão espiritual.

Olhou maliciosamente para Arthur com um ódio ainda maior.

– Enquanto caía – rosnou –, não pude deixar de notar uma bela espaçonave branca. Observando por uma portinhola dessa bela espaçonave branca, com cara de espertalhão, estava Arthur Dent. Coincidência?

– Sim! – gritou Arthur. Olhou de novo para cima e viu que o braço que o intrigava fora representado como chamando à existência um vaso de petúnias condenado. Definitivamente não era um conceito fácil de se apreender.

– Preciso ir – insistiu Arthur.

– Você pode ir – respondeu Agrajag – logo depois que eu o matar.

– Infelizmente não vai dar – explicou Arthur, começando a subir pela inclinação na rocha em que seus chinelos haviam sido esculpidos –, porque eu tenho que salvar o Universo, entende? Tenho que encontrar uma Trave de Prata, esse é o objetivo. É muito difícil fazer isso quando se está morto.

– Salvar o Universo! – repetiu Agrajag, com desprezo. – Você deveria ter pensado nisso antes de começar sua vendeta contra mim! O que você me diz daquela vez quando estava em Stavromula Beta e alguém...

– Nunca estive lá – interrompeu Arthur.

– ... tentou assassiná-lo, mas você se abaixou? Quem você acha que a bala atingiu? O que você disse mesmo?

– Nunca estive lá – repetiu Arthur. – Do que você está falando? Tenho que ir.

Agrajag parou, pensativo.

– Você tem que ter estado lá. Você foi o responsável por minha morte lá, assim como em todos os outros lugares. Eu estava passando inocentemente! – Ele tremia.

– Nunca ouvi falar desse lugar – insistiu Arthur. – E certamente ninguém nunca tentou me assassinar. A não ser você. Talvez eu possa ir lá mais tarde, o que você acha?

Agrajag piscou lentamente, paralisado por uma espécie de horror lógico.

– Você não esteve em Stavromula Beta... ainda? – disse em voz baixa.

– Não – disse Arthur. – Não tenho a menor ideia do que seja esse lugar. Nunca estive lá nem planejo ir lá.

– Ah, mas com certeza vai – disse Agrajag com a voz trêmula –, você certamente vai para lá. Ah, por Zarquon! – ele cambaleou, olhando desesperadamente em volta para sua imensa Catedral do Ódio. – Trouxe você para cá cedo demais!

Começou a gritar e a urrar.

– Que zarquada! Eu trouxe você aqui antes do tempo.

Subitamente se recompôs e lançou um olhar maligno e cheio de ódio para Arthur.

– Vou matar você assim mesmo! – vociferou. – Mesmo que seja uma impossibilidade lógica, vou tentar! Vou explodir toda esta montanha!

Gritou:

– Vamos ver como você escapa dessa, Arthur!

Ainda mancando dolorosamente, arrastou-se o mais rápido que pôde até o que parecia ser um pequeno altar para sacrifícios, pequeno e negro. Seu grito era tão histérico naquele momento que seu rosto estava ficando muito machucado. Arthur pulou do lugar para onde tinha subido, na escultura de seu próprio pé, e tentou correr para deter a criatura quase totalmente enlouquecida.

Saltou sobre ela, fazendo com que aquela estranha monstruosidade se espatifasse sobre o altar.

Agrajag gritou de novo, debateu-se furiosamente por um curto momento, depois lançou um olhar esbugalhado para Arthur.

– Você sabe o que fez agora? – disse, sem fôlego e dolorosamente. – Você simplesmente me matou mais uma vez. Afinal, o que quer de mim? Sangue?

Debateu-se novamente em um breve ataque apoplético, estremeceu e, ao fazê-lo, finalmente caiu sobre um grande botão vermelho no altar.

Arthur sentiu um enorme medo e horror, primeiro pelo que acabara de fazer e depois por causa das barulhentas sirenes e sinos que subitamente encheram o ar, anunciando alguma terrível emergência. Olhou desesperado ao seu redor.

A única saída parecia ser o caminho pelo qual havia entrado. Saiu correndo naquela direção, deixando para trás a bolsa feita com uma imitação fajuta de pele de leopardo.

Corria sem rumo, de forma aleatória, através do estranho labirinto, parecendo ser perseguido cada vez mais ferozmente por buzinas, sirenes e luzes piscando.

De repente virou em um corredor e à sua frente havia luz.

Não estava piscando. Era a luz do dia.

Capítulo 19

Ainda que tenham dito que, em toda a nossa Galáxia, apenas na Terra o Krikkit (ou críquete) é tratado como um assunto adequado para um jogo e que, por esse motivo, ela tenha sido posta à parte, isso só se aplica à nossa Galáxia e, mais especificamente, à nossa dimensão. Em algumas das dimensões mais elevadas as pessoas acreditam que é possível se divertir pelo menos um pouco, e elas têm jogado algo muito peculiar, chamado Ultracríquete Broquiano, durante seja lá qual for o equivalente transdimensional delas para bilhões de anos.

"Sejamos sinceros, é um jogo asqueroso" – diz O Guia do Mochileiro das Galáxias –, "mas, por outro lado, qualquer um que já tenha ido até uma das dimensões mais elevadas sabe que são todos uns bárbaros nojentos por lá, que deveriam ser destruídos e massacrados, e na verdade já teriam sido, se alguém conseguisse descobrir uma forma de disparar mísseis em ângulos retos em relação à realidade."

Esse é mais um exemplo do fato de que o Guia dará emprego a qualquer um que simplesmente esteja passando e decida entrar para ser explorado, especialmente se a pessoa em questão resolver entrar na parte da tarde, quando há pouca gente da equipe regular por lá.

Há um ponto fundamental que deve ser compreendido aqui.

A história do Guia do Mochileiro das Galáxias é feita de idealismo, lutas, desespero, paixão, sucesso, fracasso e pausas para almoço absurdamente longas.

As origens mais antigas do Guia estão agora, assim como a maioria de seus registros financeiros, perdidas na névoa do tempo.

Para conhecer melhor outras teorias ainda mais estranhas sobre onde exatamente isso tudo está perdido, veja a seguir.

Muitas das histórias que permaneceram, contudo, falam de um editor-fundador chamado Hurling Frootmig.

Segundo a lenda, Hurling Frootmig fundou o Guia, estabeleceu seus princípios fundamentais de honestidade e idealismo e depois foi à falência.

Seguiram-se muitos anos de penúria e de um profundo exame da alma durante os quais ele consultou amigos, sentou-se em salas escuras em estados ilegais da mente, pensou sobre uma coisa e outra, brincou com pesos, e depois, pouco após um encontro casual com os Sagrados Frades Almoçadores de Voondon – cuja crença era de que, assim como o almoço fica no centro temporal do dia dos homens, e o centro temporal do dia dos homens pode ser visto como uma analogia para sua vida espiritual, então o almoço deveria ser: (a) visto como o centro da vida espiritual dos homens e (b) feito em excelentes restaurantes –, ele recriou o *Guia*, estabeleceu seus princípios fundamentais de honestidade, idealismo e de onde você pode enfiar os dois, fazendo com que o *Guia* atingisse seu primeiro grande sucesso comercial.

Ele também começou a desenvolver e explorar o papel editorial da pausa para almoço, que iria em seguida assumir uma papel tão relevante na história do *Guia*, já que isso significava que a maioria do trabalho real era feito por qualquer estranho que estivesse casualmente passando pelos escritórios vazios na parte da tarde e encontrasse algo interessante para fazer.

Pouco tempo depois, o *Guia* foi englobado pela Editora Megadodo de Beta de Ursa Menor, o que o colocou em excelente situação financeira e permitiu que seu quarto editor, Lig Lury Jr., pudesse se dedicar a pausas para almoço de porte tão fenomenal que nem mesmo os esforços de editores mais recentes, que começaram a organizar pausas para almoço patrocinadas para caridade, parecem ser míseros sanduíches em contraste.

Na verdade, Lig nunca se desligou formalmente de seu cargo como editor – apenas saiu de seu escritório tarde, numa manhã, e nunca mais voltou. Apesar de já ter se passado mais de um século, muitos membros da equipe do *Guia* ainda mantêm a ideia romântica de que ele apenas saiu para comer um croissant e ainda voltará para trabalhar pesado na parte da tarde.

Estritamente falando, todos os editores desde Lig Lury Jr. têm sido designados como editores interinos e a mesa de Lig ainda é preservada exatamente como ele a deixou, com o acréscimo de uma pequena plaqueta onde está escrito: "Lig Lury Jr., Editor. Desaparecido, presumivelmente alimentado."

Algumas fontes muito mal-intencionadas e subversivas persistem na ideia de que, na verdade, Lig morreu em uma das extraordinárias experiências iniciais do *Guia* em contabilidade alternativa. Muito pouco se sabe a respeito disso e menos ainda é dito. Qualquer um que tenha sequer notado ou, ainda pior, chamado atenção para o fato curioso – mas completamente acidental e sem sentido – de que todos os mundos nos quais o *Guia* abriu um Departamento de Contabilidade tenham sido pouco depois destruídos por guerras ou desastres naturais é passível de ser processado até o último centavo.

Apesar de uma coisa não ter nada a ver com a outra, é interessante notar que, nos dois ou três dias anteriores à demolição do planeta Terra para abrir caminho para uma nova via expressa hiperespacial, tenha havido um aumento dramático no número de OVNIS avistados naquele planeta, não apenas sobre o Lord's Cricket Ground em St. John's Wood, Londres, mas também sobre a cidade de Glastonbury, em Somerset.

Glastonbury sempre esteve associada a mitos de antigos reis, bruxaria, linhas de força *ley* e curas de verrugas. Agora havia sido designada como localização do novo escritório do Departamento Financeiro do *Guia do Mochileiro das Galáxias* e, de fato, cerca de dez anos de registros financeiros foram transferidos para uma colina mágica nos arredores da cidade poucas horas antes da chegada dos vogons.

Nenhum desses fatos, por mais estranhos ou inexplicáveis que possam parecer, é tão estranho ou inexplicável quanto as regras do Ultracríquete Broquiano, tal como é jogado nas dimensões mais elevadas. O conjunto completo das regras é tão maciçamente complicado que, na única vez em que foram encadernadas em um único volume, sofreram um colapso gravitacional e transformaram-se num buraco negro.

Um pequeno resumo, contudo, seria mais ou menos o seguinte:

Regra número 1: Deixe crescer pelo menos três pernas adicionais. Você não irá precisar delas, mas isso entretém os espectadores.

Regra número 2: Encontre um bom jogador de Ultracríquete Broquiano. Faça alguns clones a partir dele. Isso elimina o tedioso processo de escolher e treinar os jogadores.

Regra número 3: Coloque o seu time e o time adversário em um campo bem grande, depois construa uma parede bem alta ao redor deles.

O motivo é que, apesar de o jogo atrair grandes multidões, a frustração que os espectadores sentem por não conseguirem de fato ver o que está acontecendo faz com que imaginem que o jogo é muito mais interessante do que realmente é. Uma multidão que tenha acabado de assistir a uma partida chata tem uma experiência de afirmação da vida muito menor do que uma multidão que acredita ter acabado de perder o evento mais incrível em toda a história dos esportes.

Regra número 4: Jogue um monte de acessórios variados para a prática de esportes por cima da parede para os jogadores. Qualquer coisa serve – bastões de críquete, bastões de *basecube*, pistolas de tênis, esquis e qualquer outra coisa que possa ser usada para bater.

Regra número 5: Os jogadores devem, então, procurar acertar uns aos outros com a maior força possível, usando aquilo que tiverem nas mãos. Sempre que um jogador "acertar" outro jogador, o primeiro deve imediatamente sair correndo e desculpar-se de uma distância segura.

As desculpas devem ser concisas, sinceras e, para maior clareza e obtenção de mais pontos, precisam ser ditas usando um megafone.

Regra número 6: O time vencedor será o primeiro time que vencer.

Muito curiosamente, quanto mais popular esse jogo se torna nas dimensões mais elevadas, menos ele é praticado de fato, já que os times competidores, na maioria, estão atualmente em estado de permanente guerra uns com os outros a respeito da interpretação dessas regras. Isso tudo é muito bom, porque, a longo prazo, um boa e sólida guerra gera menos danos psicológicos do que um jogo maçante de Ultracríquete Broquiano.

Capítulo 20

Enquanto Arthur corria em disparada pela encosta da montanha, pulando e arfando, subitamente sentiu toda a montanha se mexer muito, muito ligeiramente embaixo dele. Houve um ribombar, um rugido e um movimento sutil e borrado, depois uma onda de calor surgiu atrás e acima dele. Corria em pânico total. A terra começou a tremer e ele compreendeu, naquele momento, a força existente na expressão "tremor de terra" de uma forma que nunca tinha compreendido antes. Havia sido sempre uma expressão qualquer para ele, mas naquele momento percebeu, apavorado, que "tremer" é uma coisa muito estranha e nauseabunda para a terra fazer. Pior, estava fazendo aquilo enquanto ele estava em cima dela. Sentiu-se tomado por medo e tremores. O chão se moveu, a montanha se agitou, ele escorregou, se levantou, escorregou de novo e correu. A avalanche começou.

Pedras, depois pedregulhos, depois rochas quicavam e passavam por ele como cachorrinhos desajeitados, só que muito, muito maiores, muito, muito mais duros e pesados e infinitamente mais capazes de matá-lo caso caíssem em cima dele. Seus olhos balançavam com eles e seus pés balançavam com o chão balançante. Corria como se correr fosse uma terrível doença, seu coração ribombando no ritmo daquela ribombante histeria geológica a seu redor.

A lógica da situação – ou seja, que ele estava obviamente destinado a sobreviver para que o próximo incidente previsto na saga de sua perseguição acidental a Agrajag pudesse acontecer – estava miseravelmente falhando na tarefa de se impor dentro da mente de Arthur ou mesmo de exercer qualquer tipo de influência repressora sobre ele naquele momento. Corria com o medo da morte dentro dele, abaixo dele, sobre ele e mesmo segurando seus cabelos.

E subitamente tropeçou outra vez e foi lançado para a frente com uma velocidade considerável. Mas, logo no momento em que estava próximo a se chocar com o chão de forma boçalmente brutal, ele viu, jogada pouco à frente, uma pequena bolsa azul-marinho que tinha certeza de ter perdido no aeroporto de Atenas cerca de dez anos antes, contando por sua escala de tempo, e, em sua total perplexidade, errou o chão por completo e ficou pairando no ar com sua mente cantarolando.

O que ele estava fazendo era o seguinte: estava voando. Olhou em volta, muito surpreso, mas não tinha como duvidar do que estava fazendo. Nenhuma parte de seu corpo estava tocando o chão, e nenhuma parte de seu corpo estava sequer próxima ao chão. Ele simplesmente flutuava ali, com as rochas rasgando o ar em torno dele.

Agora ele podia fazer algo a respeito. Piscando com o não esforço da coisa, subiu mais e agora as rochas estavam rasgando o ar abaixo dele.

Olhou para baixo com enorme curiosidade. Entre ele e o solo trêmulo havia cerca de 10 metros de ar vazio – ou, pelo menos, vazio se fossem descontadas as rochas que não passavam muito tempo ali, posto que continuavam sua descida atribulada, puxadas pelas mãos de ferro da lei da gravidade. A mesma lei que, aparentemente, acabara de dar umas férias para Arthur.

Ele pensou, quase instantaneamente, com a precisão instintiva que a autopreservação impõe à mente, que ele não devia pensar sobre aquilo, pois, se o fizesse, a lei da gravidade imediatamente olharia de forma cruel em sua direção e exigiria saber o que ele estava fazendo lá em cima, daí tudo estaria perdido.

Então decidiu pensar sobre tulipas. Era difícil, mas conseguiu. Pensou em como sua base era firme e arredondada, pensou na interessante variedade de cores existentes e pensou na proporção do total de tulipas que cresciam, ou haviam crescido na Terra, no raio de 1 quilômetro em torno de um moinho de vento. Após algum tempo ficou perigosamente cansado desses pensamentos, sentiu o ar fugindo abaixo dele, sentiu que estava descendo de novo para o nível das rochas sobre as quais estava se esforçando tanto para não pensar, então pensou no aeroporto de Atenas durante algum tempo e isso o manteve convenientemente aborrecido durante uns cinco minutos, ao final dos quais ele percebeu, sobressaltado, que agora flutuava a uns 200 metros do chão.

Pensou por alguns instantes sobre como voltaria para o chão, mas instantaneamente desistiu dessa área de especulação de novo e tentou encarar a situação.

Estava voando. O que podia fazer a respeito? Olhou mais uma vez para o chão. Não olhou com muita firmeza, apenas fez o melhor para olhar de relance, como se não quisesse nada, *en passant*. Havia algumas coisas que não podia deixar de notar. Uma era que a erupção da montanha parecia ter terminado: havia uma cratera pouco abaixo do pico, provavelmente onde a rocha havia colapsado sobre a enorme caverna da catedral, sua estátua e a triste figura de Agrajag.

A outra era sua bolsa, aquela que havia perdido no aeroporto de Atenas. Estava jogada numa clareira, cercada por rochedos que haviam caído, mas aparentemente não havia sido atingida por nenhum deles. Não podia sequer especular sobre o porquê disso ter acontecido, mas, uma vez que era um mistério ínfimo ante a monstruosa impossibilidade de a bolsa ter aparecido por lá, não era uma especulação com a qual quisesse se preocupar muito. O importante era que a bolsa estava lá. E a detestável bolsa de uma imitação fajuta de pele de leopardo parecia haver desaparecido, o que era algo bom, ainda que completamente inexplicável.

O fato é que teria que apanhar aquela bolsa. Lá estava ele, voando 200 metros acima da superfície de um planeta alienígena cujo nome nem mesmo sabia. Não podia ignorar a postura tocante daquele pequeno pedaço do que costumava ser sua vida, ali, distante vários anos-luz dos restos pulverizados de sua casa.

Além disso, pensou, a bolsa, se ainda estivesse no estado em que a havia deixado, teria lá dentro uma lata do único azeite de oliva grego ainda restante no Universo.

Lenta e cuidadosamente, palmo a palmo, começou a oscilar para baixo, deslizando com suavidade de um lado para o outro como uma folha de papel tensa que estivesse tateando seu caminho em direção ao chão.

Estava funcionando e ele se sentia bem. O ar lhe dava suporte, mas deixava-o passar. Dois minutos mais tarde estava flutuando a meio metro da bolsa e se deparou com uma decisão difícil. Estava oscilando ali, suavemente. Franziu o rosto, mas apenas de leve.

Se ele pegasse a bolsa, seria capaz de carregá-la? Poderia o peso extra puxá-lo imediatamente de volta para o chão?

Poderia o mero ato de tocar algo que estava no chão descarregar seja qual fosse aquela misteriosa força que o mantinha flutuando?

Poderia ele ser minimamente sensato naquele momento e descer do ar, voltar ao chão por algum tempo?

Se o fizesse, seria capaz de voar novamente?

A sensação, quando se permitia pensar nela, era plena de um êxtase tão calmo que não podia sequer cogitar perdê-la, talvez para sempre. Preocupado com isso, ele oscilou um pouco mais para cima de novo, apenas para se deixar levar pela sensação, aquele movimento surpreendentemente sem esforço. Oscilou, flutuou. Tentou até mesmo um pequeno rasante.

O rasante foi incrível. Com seus braços abertos à frente, os cabelos e seu roupão tremulando com o vento, ele mergulhou do céu, flutuou sobre uma massa de ar a meio metro do chão e então subiu novamente, parando no ápice da curva e mantendo-se lá. Apenas se mantendo por lá.

Era incrível.

E aquela era, percebeu, a forma de pegar a bolsa. Iria dar um rasante e pegá-la quando estivesse mais próximo do solo. Carregaria a bolsa com ele quando subisse novamente. Talvez seu voo sofresse com algumas turbulências, mas estava certo de que podia manter-se no ar.

Tentou mais uns mergulhos para praticar e saiu-se cada vez melhor. O ar em seu rosto, a sensação em seu corpo, tudo se juntava para fazer com que sentisse seu espírito inebriado de uma maneira que não sentia desde, desde – bom, até onde conseguia se lembrar –, desde que nascera. Deixou-se levar pela brisa e observou os arredores, que eram, como percebeu, muito feios. Tinham uma aparência desolada, destruída. Decidiu não mais olhar aquilo. Iria apenas pegar a bolsa e então... não sabia bem o que fazer após pegar a bolsa. Decidiu que iria apenas pegar a bolsa e ver como as coisas caminhavam depois.

Colocou-se contra o vento, foi contra ele e virou-se. Flutuava sobre seu corpo. Ele não percebia, mas àquela altura seu corpo estava uilomeando.

Agachou-se sob a corrente de ar, deu impulso e mergulhou.

O ar soprava ao passar, enquanto ele se deliciava com isso. O chão vacilou, depois colocou suas ideias em ordem e subiu suavemente para encontrá-lo, oferecendo-lhe a bolsa, com suas alças de plástico quebradiças voltadas em sua direção.

Na metade do caminho houve um rápido mas perigoso momento em que ele não podia acreditar que estivesse fazendo aquilo – e, assim, por pouco não deixou de estar –, mas recuperou-se a tempo, tirou um rasante do solo, passou um braço suavemente pelas alças da bolsa e começou a subir de novo, mas não conseguiu e de repente caiu, se arranhando, esfolando e revirando no solo de pedras.

Levantou-se de imediato e girou descontroladamente, sacudindo a bolsa em total desespero e desapontamento.

Seus pés voltaram a ficar colados ao chão da forma que sempre estiveram. Seu corpo parecia um incômodo saco de batatas que se revirava batendo contra o chão e sua mente tinha toda a leveza de uma bolsa de chumbo.

Ele caiu, dobrou-se e sofreu com a vertigem. Tentou correr, inutilmente, mas suas pernas estavam fracas demais. Tropeçou e estatelou-se no chão. Foi então que lembrou que, naquela sacola, não apenas havia a lata de azeite grego como também a cota máxima permitida de *retsina* – vinho grego –, e, com o agradável choque causado por essa descoberta, deixou de notar durante pelo menos dez segundos que estava voando novamente.

Riu e chorou cheio de alívio e prazer, além de puro deleite físico. Mergulhou, girou, deslizou e flutuou pelo ar. Com ar blasé, sentou-se em uma ascendente e revirou o conteúdo da bolsa. Sentia-se da mesma forma que imaginava que os anjos deveriam sentir-se durante sua famosa dança sobre a cabeça de um alfinete enquanto os filósofos tentavam contá-los. Riu prazerosamente ao ver que a bolsa de fato continha o azeite grego, a *retsina*, assim como um par de óculos escuros rachados, alguns calções de banho cheios de areia, alguns cartões-postais amassados de Santorini, uma grande e feiosa toalha, algumas pedras interessantes e vários pedacinhos de papel com o endereço de pessoas que ele pensava, muito aliviado, que jamais encontraria de novo, mesmo que a razão para tal fosse triste. Jogou fora as pedras, colocou os óculos escuros e deixou os pedacinhos de papel serem levados pelo vento.

Dez minutos mais tarde, enquanto flutuava despreocupadamente em uma nuvem, foi atingido no cóccix por uma enorme e incrivelmente obscena festa.

Capítulo 21

A mais longa e destrutiva festa já realizada está agora em sua quarta geração e, ainda assim, ninguém dá sinais de querer sair. Certa vez alguém olhou para o relógio, mas isso foi há onze anos e a coisa parou por aí.

A bagunça é extraordinária, algo em que só se acreditaria vendo, mas, se você não tiver nenhuma necessidade específica de acreditar, melhor não ir, porque não vai gostar de lá.

Recentemente houve alguns estrondos e luzes em meio às nuvens e surgiu uma teoria de que fosse uma batalha em andamento entre frotas de diversas empresas rivais de limpeza de carpetes que sobrevoam a coisa como se fossem urubus, mas não se deve acreditar em tudo que se escuta em festas, sobretudo não nas coisas que se ouve nessa festa.

Um dos problemas – e um que obviamente só vai piorar – é que todas as pessoas na festa são filhos, netos ou bisnetos das pessoas que não saíram de lá no início de tudo e, por conta de todas aquelas baboseiras sobre seleção natural e genes recessivos, isso significa que todas as pessoas que estão agora na festa ou são fanáticos por festas, ou completos imbecis, ou – o que é cada vez mais frequente – ambas as coisas.

De qualquer forma isso significa que, geneticamente falando, cada nova geração está menos propensa a sair do que a anterior.

Há outros fatores que entram em cena, como, por exemplo, quando é que a bebida vai acabar.

Bem, por conta de algumas coisas que ocorreram e que pareciam uma boa ideia na época (e um dos problemas com festas que nunca terminam é que todas aquelas coisas que só parecem ser uma boa ideia durante a festa continuam parecendo ser boas ideias), esse ponto parece estar ainda muito distante.

Uma das coisas que pareciam uma boa ideia na época era que a festa deveria decolar não no sentido comum em que dizemos que as festas devem decolar, mas no sentido literal.

Certa noite, tempos atrás, um bando de astroengenheiros da primeira geração, bêbados, construiu o prédio de um lado para o outro, cavando isso, instalando aquilo, batendo fortemente naquilo outro e, quando o sol se levantou na manhã seguinte, ficou surpreso ao se descobrir brilhando sobre um prédio cheio de pessoas bêbadas e felizes que estava, naquele momento, flutuando como um pássaro jovem e incerto sobre as árvores.

Não apenas isso, mas a festa voadora também tinha conseguido se armar fortemente. Se por acaso se metessem em discussões com vendedores de vinho, queriam ter certeza de que a força estaria do lado deles.

A transição entre uma festa em tempo integral para uma festa de pilhagens em tempo parcial foi algo natural e ajudou bastante a acrescentar um pouco de emoção e aventura à coisa toda, o que era importante naquele momento por conta das infindáveis vezes que a banda já tinha tocado todo o seu repertório ao longo dos anos.

Eles saqueavam, eles pilhavam, eles mantinham cidades inteiras como reféns em troca de um novo estoque de biscoitinhos de queijo, pastas para os biscoitinhos, costeletas de porco, vinho e outras bebidas alcoólicas, que agora eram bombeadas a bordo vindas de tanques flutuantes.

O problema de quando é que a bebida vai acabar terá, contudo, que ser abordado algum dia.

O planeta sobre o qual estão flutuando já não é mais o que era quando começaram a flutuar sobre ele.

Está em péssimo estado.

A festa já tinha atacado e saqueado quase tudo nele, e ninguém ainda tinha sido capaz de atacá-la de volta por conta da forma aleatória e imprevisível com que ela se movimenta no céu.

É uma festa do cacete.

Também é uma cacetada ser atingido por ela no cóccix.

Capítulo 22

Arthur estava deitado, se revirando de dor, em um pedaço de concreto armado rachado, golpeado levemente por tufos de nuvens passageiras e confundido pelos sons festivos vindos de algum lugar não discernível atrás dele.

Havia um som que ele não conseguiu identificar imediatamente, em parte por não conhecer a música "I Left My Leg in Jaglan Beta"* (Deixei minha perna em Jaglan Beta) e em parte porque a banda que a tocava já estava muito cansada, de maneira que alguns músicos tocavam em compasso 3/4, outros em 4/4 e outros em uma espécie de R2 bebum, de acordo com a quantidade de tempo que cada um havia dormido recentemente.

Ficou ali deitado, ofegando muito no ar úmido. Tentou tocar algumas partes do corpo para descobrir onde poderia ter se machucado. Onde quer que tocasse, doía. Acabou concluindo que era sua mão que estava doendo. Aparentemente havia torcido o pulso. Suas costas também pareciam estar doendo, mas logo percebeu que não estava seriamente machucado, apenas um pouco ralado e um pouco atordoado, mas quem não estaria? Não podia entender o que um prédio estava fazendo voando no meio das nuvens.

Por outro lado, também teria sérias dificuldades para explicar, de forma coerente, o que estava fazendo ali, então decidiu que ele e o prédio teriam que se aceitar mutuamente. Olhou para cima. Uma parede de revestimento de pedra clara mas manchada erguia-se atrás dele – era o prédio em si. Arthur parecia estar estatelado em algum tipo de borda ou beirada que se estendia para fora por cerca de 1 metro em volta de todo o prédio. Era um pedaço do solo no qual o prédio da festa um dia tivera suas fundações e que havia transportado consigo para se manter inteiro na parte inferior.

Levantou-se nervosamente e, olhando para além da borda, subitamente ficou com vertigem. Pressionou suas costas contra a parede, molhado de névoa e suor. Sua cabeça nadava em estilo livre, mas alguém em seu estômago estava nadando borboleta.

Ainda que tivesse chegado até lá por conta própria, no momento não podia nem olhar para o tremendo abismo à sua frente. Não estava nem um pouco disposto a testar sua sorte pulando. Não iria chegar nem um centímetro mais perto da borda.

---

* Provavelmente uma brincadeira com a conhecida música "I Left My Heart in San Francisco". (N. do T.)

Agarrado à sua bolsa, foi andando junto à parede, na esperança de encontrar uma porta de entrada. A solidez do peso da lata de azeite era altamente reconfortante.

Estava indo em direção ao canto mais próximo, na esperança de que a parede do outro lado apresentasse mais escolhas no quesito "portas" do que aquela, que não tinha nenhuma.

A instabilidade do voo do prédio o deixava em pânico e, após algum tempo, pegou a toalha que estava na bolsa e fez com ela algo que, mais uma vez, justificava sua posição suprema na lista de coisas úteis que devem ser levadas ao pegar carona pela Galáxia: vendou os olhos, pois assim não teria que ver o que estava fazendo.

Seus pés acompanhavam a borda do prédio. Seu braço estava completamente esticado e grudado à parede.

Finalmente chegou ao canto e, quando sua mão o contornou, encontrou algo que lhe deu um susto tão grande que quase caiu. Era outra mão.

As duas mãos se seguraram.

Queria desesperadamente usar sua outra mão para tirar a toalha de seus olhos, mas ela estava segurando a bolsa com o azeite, a *retsina* e os cartões-postais de Santorini, e ele realmente não queria largar aquilo tudo.

Passou por um daqueles momentos de crise de identidade, quando você subitamente se volta para dentro e começa a pensar: "Quem sou eu? O que eu desejo? Quais minhas realizações? Estou indo bem?" Ele soluçou baixinho.

Tentou liberar sua mão, mas não podia. A outra mão estava segurando a sua bem firme. Não tinha outro jeito senão andar em direção ao canto. Contornou-o e sacudiu a cabeça na tentativa de deslocar a toalha. Aparentemente isso teve como efeito provocar um grito agudo de alguma emoção fora de moda por parte do dono da outra mão.

Quando a toalha caiu de sua cabeça, descobriu que seus olhos estavam fixos nos de Ford Prefect. Atrás dele estava Slartibartfast e, mais para trás, ele podia ver claramente o portão do prédio e uma grande porta fechada.

Os outros dois também estavam de costas contra a parede, os olhos esbugalhados de terror toda vez que olhavam para dentro da densa nuvem cinza que os cercava, enquanto tentavam resistir aos balanços e sacudidelas do prédio.

– Por onde Zarquon de fóton você andou? – sussurrou Ford, em completo pânico.

– Ahn, bem... – gaguejou Arthur, meio sem saber como iria resumir tudo em poucas palavras. – Por aí. O que vocês estão fazendo aqui?

Ford virou seus olhos esbugalhados para Arthur novamente.

– Não querem nos deixar entrar sem uma garrafa!

A primeira coisa que Arthur notou, quando entraram na parte mais movimentada da festa, além do ruído, do calor sufocante, da profusão de cores selvagens que podia ser vista vagamente em meio ao ar cheio de fumaça, dos carpetes cobertos com uma grossa camada de caquinhos de vidro, cinzas e restos de pastinhas, além do pequeno grupo de criaturas pterodactiloides vestidas em *lurex* que foram atracar-se com sua querida garrafa de *retsina*, grasnando "nova diversão, nova diversão", foi Trillian levando uma cantada do Deus do Trovão.

– Não te conheço do Milliways? – disse ele.

– Você era o cara com o martelo?

– O próprio. Mas prefiro este lugar aqui. É tão menos respeitável, tão mais lotado.

Gritos de algum prazer indescritível ecoaram pela sala, cujas dimensões externas eram invisíveis através da multidão pulsante de criaturas alegres e barulhentas, animadamente gritando umas para as outras coisas que ninguém podia ouvir e ocasionalmente tendo chiliques.

– É, parece divertido – disse Trillian. – O que você disse, Arthur?

– Eu perguntei como você chegou aqui?

– Eu era uma fileira de pontinhos flutuando aleatoriamente pelo Universo. Você conhece Thor? Ele faz trovões.

– Oi – disse Arthur. – Deve ser bem legal.

– Oi – disse Thor. – É legal. Você já pegou uma bebida?

– Ahn, não, na verdade...

– Então por que você não vai procurar uma?

– Te vejo depois, Arthur – disse Trillian.

Alguma coisa passou pela mente de Arthur e ele olhou em volta, procurando alguém.

– Zaphod por acaso está aqui? – perguntou.

– Vejo você – repetiu Trillian com firmeza – mais tarde.

Thor lançou-lhe um olhar duro com seus olhos pretos como carvão; sua barba se eriçou e a pouca luz que havia no salão reagrupou suas forças para cintilar ameaçadoramente nos chifres de seu capacete.

Pegou Trillian pelo ombro com sua enorme mão e os músculos de seu braço passaram uns pelos outros, como dois fuscas estacionando.

Levou-a embora.

– Uma das coisas interessantes de ser imortal – disse ele – é que...

– Uma das coisas interessantes sobre o espaço – Arthur ouviu Slartibartfast dizer para uma criatura espaçosamente gorda, que se parecia com alguém que estivesse perdendo uma briga contra um edredom rosa e que estava hipnotizada pelos olhos profundos e pela barba prateada do velho – é quão monótono ele é.

— Monótono? — disse a criatura, piscando seus olhos bastante enrugados e também injetados.

— Sim — continuou Slartibartfast —, espantosamente monótono. Estonteantemente monótono. Sabe, o problema é que há muito espaço e pouca coisa dentro dele. Você quer que eu cite algumas estatísticas?

— Olha, bem...

— Ah, por favor, eu adoraria. Elas também são sensacionalmente monótonas.

— Claro, já volto para ouvir isso — disse a criatura, dando um tapinha no braço dele e depois levantando sua saia como um hovercraft e se perdendo em meio à multidão.

— Achei que ela não iria mais embora — resmungou o velho. — Venha, terráqueo...

— Arthur.

— Precisamos encontrar a Trave de Prata, ela está aqui em algum lugar.

— Não podemos relaxar um pouquinho? — disse Arthur. — Tive um dia difícil. Por coincidência, Trillian também está aqui, mas não disse como chegou. Suponho que não importe.

— Pense nos perigos que o Universo corre...

— O Universo — disse Arthur — já está bem grandinho e já tem idade para cuidar de si mesmo durante meia hora. Tudo bem, tudo bem — acrescentou, vendo que Slartibartfast estava ficando mais inquieto —, vou dar uma volta e descobrir se alguém viu a trave.

— Ótimo, ótimo — disse Slartibartfast. — Ótimo. — Depois ele também mergulhou na multidão e todos por quem passava lhe diziam que deveria relaxar um pouco.

— Você viu uma trave em algum lugar? — perguntou Arthur para um homenzinho que parecia estar de pé aguardando ansiosamente que alguém fosse falar com ele. — É feita de prata, vitalmente importante para a segurança futura do Universo e é mais ou menos deste tamanho.

— Não — respondeu o homenzinho entusiasticamente franzino —, mas vamos tomar um drinque enquanto você me conta todos os detalhes.

Ford Prefect passou, sacudindo-se, dançando de forma frenética, selvagem e um pouco obscena com alguém que parecia estar usando a Ópera de Sydney sobre a cabeça. Ele estava gritando uma conversa fiada para ela por cima da zoeira.

— Gosto desse chapéu! — berrou.

— O quê?

— Disse que gosto do chapéu.

— Mas eu não estou usando um chapéu.

— Bom, então eu gosto da cabeça.

— O quê?

– Eu disse que gosto da cabeça. É uma estrutura óssea interessante.
– O quê?

Ford incluiu um "deixa pra lá" com os ombros em meio à complexa rotina de movimentos que estava executando.

– Disse que você dança bem – vociferou –, mas tente não sacudir tanto a cabeça.
– O quê?

– É só que, toda vez que você sacode a cabeça – disse Ford, e acrescentou "ai!" quando sua parceira se inclinou novamente para dizer "o quê?" e, mais uma vez, enfiou a ponta afiada e protuberante de seu crânio na testa de Ford.

– Meu planeta foi destruído certa manhã – disse Arthur que, inesperadamente, se viu contando a história de sua vida para o homenzinho, ou pelo menos resumindo os melhores momentos –, e por isso estou vestido assim, com esse roupão. Meu planeta foi destruído com todas as minhas roupas dentro, entende? Não sabia que eu vinha para uma festa.

O homenzinho assentiu entusiasticamente.

– Mais tarde eu fui jogado para fora de uma espaçonave. Ainda em meu roupão. Normalmente seria bom estar usando um traje espacial nessa hora. Pouco depois descobri que meu planeta tinha sido construído originalmente para um punhado de camundongos. Você pode imaginar como isso me fez sentir. Então atiraram em mim algumas vezes e eu fui detonado. Na verdade, já fui detonado um número absurdo de vezes, já atiraram em mim, me insultaram, fui desintegrado várias vezes, privado de chá e, há pouco tempo, nossa nave caiu em um pântano e tive que passar cinco anos em uma caverna úmida.

– Ah! – disse o homenzinho alegremente. – Então você se divertiu muito?

Arthur se engasgou violentamente com seu drinque.

– Que tosse formidavelmente excitante – disse o homenzinho, bastante espantado com aquilo –, você se importa se o acompanhar?

Tendo dito isso, ele começou a ter um impressionante acesso de tosse que deixou Arthur tão surpreso que ele se engasgou violentamente, descobriu que já estava engasgado antes e ficou totalmente confuso.

Juntos fizeram um dueto de estourar os pulmões que durou uns dois minutos antes que Arthur conseguisse parar.

– Muito revigorante – disse o homenzinho, arquejante e enxugando lágrimas dos olhos. – Que vida excitante você deve ter. Muitíssimo obrigado.

Apertou calorosamente as mãos de Arthur e depois saiu andando, misturando-se à multidão.

Arthur apenas balançou a cabeça, surpreso.

Um jovem aproximou-se dele em seguida. Fazia o tipo agressivo, com uma boca torta como um gancho, um nariz de lanterna e ossos da maçã do rosto pequenos e brilhantes. Estava usando calças pretas, uma camisa de seda preta aberta até o que parecia ser seu umbigo – embora Arthur já tivesse aprendido a nunca presumir nada sobre as anatomias do tipo de gente que vinha encontrando ultimamente – e tinha diversos penduricalhos dourados esquisitos em volta do pescoço. Carregava alguma coisa em uma bolsa preta e claramente queria que as pessoas notassem que ele não queria que notassem a bolsa.

– E aí, não ouvi você dizer seu nome agora há pouco? – perguntou.

Essa foi uma das muitas coisas que Arthur contou ao homenzinho entusiasmado.

– Sim, é Arthur Dent.

O cara parecia estar dançando levemente em algum outro ritmo que não um dos muitos que a banda tocava sem cessar.

– Isso aí – disse o cara. – Tinha um sujeito numa montanha que estava querendo muito ver você.

– Já encontrei com ele.

– É, mas ele tava realmente ansioso com isso, sabe?

– Sei, encontrei com ele.

– É, bom, achei que era legal avisar.

– Já sei. Eu encontrei com ele.

O cara fez uma pausa para mastigar chiclete. Depois deu um tapinha nas costas de Arthur.

– Isso aí – ele disse –, manda ver. Só tava avisando, falô? Boa noite, boa sorte, ganhe prêmios.

– O quê? – disse Arthur, que estava começando a se atrapalhar seriamente àquela altura.

– Sei lá. Faça o que quiser. Faça bem-feito. – Ele fez um ruído parecido com um clique usando seja lá o que for que estivesse mascando, depois fez uns gestos vagos.

– Por quê? – disse Arthur.

– Faça mal, então – disse o cara. – E quem se importa? Ninguém tá nem aí, não é? – O sangue parecia ter subido à cabeça do sujeito, que começou a gritar.

– Ei, por que não pirar? – disse. – Sai fora, me deixa em paz, cara. Zarca fora!

– Tudo bem, tô saindo – disse Arthur apressadamente.

– Foi pra valer. – O cara acenou bruscamente e desapareceu na massa.

– Que diabos foi isso? – perguntou Arthur para uma garota que estava ao lado dele. – Por que ele me disse para ganhar prêmios?

– Maluquice de artista – disse a garota. – Ele acabou de ganhar um prêmio na Cerimônia Anual de Premiação do Instituto de Ilusões Recreativas de Alfa da Ursa Menor e estava querendo comentar com você como se não fosse nada, mas, como você não perguntou, ele não pôde dizer nada.

– Ah – disse Arthur –, ah, puxa, lamento. Qual foi o prêmio?

– Uso Mais Desnecessário da Palavra "Foda-se" em um Roteiro Sério. É um prêmio muito importante.

– Sei – disse Arthur –, e como se chama o prêmio?

– Um Rory. É só uma pequena coisa de prata enfiada em um grande pedestal preto. O que você disse?

– Não disse nada. Eu ia perguntar o que a coisa de prata...

– Ah, achei que você tinha dito "uop".

– O quê?

– Uop.

Há anos as pessoas estavam entrando e saindo da festa, penetras famosos de outros mundos, e já fazia tempo que todos tinham notado, quando olhavam para seu próprio mundo abaixo deles, com suas cidades devastadas, as fazendas de abacate destroçadas e os vinhedos destruídos por pragas, suas vastas extensões de terras transformadas em desertos, seus oceanos cheios de migalhas de biscoitos e coisas muito piores, enfim, haviam notado que, de formas quase imperceptíveis, seu mundo já não era tão agradável quanto antes. Alguns deles tinham começado a pensar se poderiam ficar sóbrios tempo suficiente para tornar a festa inteira capaz de viajar no espaço e, então, decolar para planetas de outras pessoas, onde o ar fosse mais puro e lhes desse menos dores de cabeça.

Os poucos e malnutridos fazendeiros que ainda conseguiam extrair um miserável sustento do solo árido da superfície do planeta teriam ficado extremamente felizes em saber disso tudo, mas, naquele dia, quando a festa rasgou as nuvens com um som gritante e os fazendeiros olharam para cima temendo outro saque de queijos e vinhos, ficou claro que a festa não iria para lugar nenhum durante um bom tempo. Na verdade, em breve a festa estaria acabada. Muito em breve seria hora de pegar os chapéus e casacos e cambalear para fora procurando saber qual era a hora, que dia era aquele e onde, naquela terra seca e devastada, seria possível encontrar um táxi.

A festa estava presa num terrível abraço com uma estranha nave branca, que parecia estar meio enfiada nela. Juntas, estavam balançando, oscilando e girando pelo céu, em um grotesco desdém por seu próprio peso.

As nuvens se abriram. O ar rugia e abria caminho.

A festa e a nave de Krikkit, em suas manobras, de certa forma se pareciam com dois patos, um dos quais está tentando fazer um terceiro pato dentro do segundo pato, enquanto o segundo pato está tentando explicar, de forma veemente, que não se sente pronto para um terceiro pato naquele exato momento, que não tem muita certeza de sequer querer que um suposto terceiro pato seja feito por aquele primeiro pato para início de conversa e certamente não enquanto ele, o segundo pato, estiver ocupado voando.

O céu gritava e gemia em meio à fúria daquilo tudo, esbofeteando o chão com ondas de choque.

E, subitamente, com um "fuop", a nave de Krikkit se foi.

A festa vagou trôpega pelo céu, como um homem encostado numa porta inesperadamente aberta. Ela girou e sacolejou sobre seus jatos flutuadores. Tentou endireitar-se, mas conseguiu apenas ficar mais torta. Cambaleou novamente pelo céu.

Durante algum tempo esses tropeços continuaram, mas estava claro que não iriam durar muito. A festa era, agora, uma festa mortalmente ferida. Toda a diversão havia se perdido, fato que as eventuais piruetas alquebradas não podiam disfarçar.

Nesse ponto, quanto mais tempo ela evitasse a queda, pior seria o choque quando finalmente caísse.

Lá dentro, as coisas também não estavam indo muito bem. Na verdade, estavam indo monstruosamente mal, as pessoas estavam odiando aquilo e dizendo isso em alto e bom som. Os robôs de Krikkit estragaram a festa.

Tinham levado o Prêmio pelo Uso Mais Desnecessário da Palavra "Foda-se" em um Roteiro Sério e, em seu lugar, deixaram uma cena de devastação que fez com que Arthur se sentisse quase tão enjoado quanto um candidato a um Rory.

– Gostaríamos muito de poder ficar e ajudar – gritou Ford, abrindo caminho através dos destroços –, mas não vamos.

A festa sacolejou novamente, gerando gritos e gemidos exaltados dentre os destroços chamuscados.

– Sabe, é que temos que sair para salvar o Universo – prosseguiu Ford. – E se isso parece uma bela desculpa esfarrapada, pode até ser. De qualquer forma, estamos fora.

Deparou-se subitamente com uma garrafa fechada, miraculosamente inteira e de pé sobre o chão.

– Vocês se importam se levarmos isso? – disse. – Não vão mais precisar, não é?

Pegou um pacote de batatas fritas também.

– Trillian? – gritou Arthur, com uma voz enfraquecida e abalada. Não conseguia ver nada naquela confusão, em meio à fumaça.

– Terráqueo, temos que ir – disse Slartibartfast, nervoso.

– Trillian? – gritou Arthur novamente.

Pouco depois surgiu Trillian, chocada e trêmula, apoiando-se em seu novo amigo, o Deus do Trovão.

– A garota vai ficar comigo – disse Thor. – Estão dando uma grande festa no Valhala, vamos voar até lá...

– Onde estava você quando tudo aconteceu? – disse Arthur.

– Lá em cima – respondeu Thor. – Estava vendo o peso dela. Voar é uma coisa complicada, sabe? É preciso calcular a velocidade dos...

– Ela vem conosco – disse Arthur.

– Ei! – disse Trillian. – Será que eu não...

– Não – disse Arthur –, você vem conosco.

Thor olhou para ele com um olhar que ardia lentamente. Ele estava deixando bem claro um determinado ponto sobre sua divindade e não tinha nada a ver com ser honesto.

– Ela vem comigo – disse baixinho.

– Vamos, terráqueo – disse Slartibartfast nervosamente, puxando Arthur pela manga.

– Vamos, Slartibartfast – disse Ford, puxando o velho pela manga. O dispositivo de teleporte estava com Slartibartfast.

A festa inclinou-se e balançou, fazendo com que todos cambaleassem, exceto Thor e exceto Arthur, que olhava, tremendo, dentro dos olhos negros do Deus do Trovão.

Lentamente, inacreditavelmente, Arthur levantou o que pareciam ser seus pequenos punhos magrelos.

– Vai encarar? – disse ele.

– O que disse, seu inseto nanico? – trovejou Thor.

– Eu perguntei – repetiu Arthur, incapaz de manter a firmeza na voz – se você vai encarar. – Moveu ridiculamente seus punhos.

Thor olhou para ele com total incredulidade. Então uma pequena nesga de fumaça subiu, saindo de sua narina. Havia uma chama bem pequena lá dentro também.

Colocou as mãos no cinturão.

Encheu o peito, só para deixar bem claro que aquele era um homem cujo caminho você só ousaria cruzar se estivesse acompanhado por uma boa equipe de Sherpas.

Desprendeu o cabo de seu martelo do cinturão. Segurou-o em suas mãos, deixando à mostra a maciça marreta de ferro. Dessa forma eliminou qualquer dúvida eventual de que estivesse apenas carregando um poste por aí.

– Se eu vou – disse ele, sibilando como um rio correndo pelo alto-forno de uma refinaria – encarar?

– Sim – disse Arthur, com a voz súbita e extraordinariamente forte e belicosa. Sacudiu os punhos novamente, dessa vez com firmeza.

– Vamos resolver isso lá fora? – rosnou para Thor.

– Tudo bem! – tonitruou Thor, como um touro enfurecido (ou, na verdade, como um Deus do Trovão enfurecido, o que é bem mais impressionante), e saiu.

– Ótimo – disse Arthur –, ficamos livres dele. Slarty, nos tire daqui.

Capítulo 23

– Está bem – Ford gritou com Arthur –, eu sou mesmo um covarde, mas a questão é que ainda estou vivo. – Estavam de novo a bordo da Espaçonave Bistromática, assim como Slartibartfast e Trillian. A harmonia e a concórdia, contudo, não estavam por lá.

– Bom, eu também estou vivo, não estou? – retaliou Arthur, a adrenalina correndo solta por conta da aventura e da raiva. Suas sobrancelhas subiam e desciam como se quisessem bater uma na outra.

– Mas por pouco não morreu! – explodiu Ford.

Arthur virou-se bruscamente para Slartibartfast, que estava em seu assento de piloto na cabine de comando. O velho olhava, pensativo, para o fundo de uma garrafa que estava lhe dizendo algo que ele claramente não conseguia compreender. Arthur apelou para Slartibartfast.

– Você acha que esse cara entendeu uma palavra sequer do que acabei de dizer? – falou, trêmulo de emoção.

– Não sei – respondeu Slartibartfast, vagamente. – Não estou bem certo – acrescentou, olhando para cima por um instante – se eu mesmo entendi.

Olhou para seus instrumentos com renovado vigor e total desconcerto.

– Você terá que nos explicar tudo de novo – disse então.

– Bem...

– Mas não agora. Coisas terríveis nos aguardam.

Deu uns tapinhas no pseudovidro do fundo da garrafa.

– Devo dizer que nosso desempenho na festa foi patético. Nossa única chance agora é tentar impedir que os robôs coloquem a Chave na Fechadura. Como iremos fazer isso, não sei dizer – murmurou o velho. – Creio que temos de ir até lá. Não que eu goste da ideia. Provavelmente vamos todos morrer.

– Onde está Trillian, afinal? – disse Arthur, aparentando uma repentina indiferença. Estava louco de raiva porque Ford havia lhe dado uma bronca por ele ter perdido tempo naquela discussão com o Deus do Trovão, quando poderiam ter escapado muito mais rápido. A opinião de Arthur, que ele tinha exposto caso alguém achasse que ela pudesse contar minimamente, era de que havia sido extraordinariamente corajoso e imaginativo.

A visão dominante parecia ser a de que sua opinião não valia sequer uma lasca podre de pão. O que realmente doía, contudo, era que Trillian não parecia se importar muito com a coisa toda e havia saído da cabine.

– E onde estão minhas batatas fritas? – disse Ford.

– Ambas estão – respondeu Slartibartfast, sem olhar para cima – na Sala de Ilusões Informacionais. Acho que sua jovem amiga está tentando entender algumas questões da História Galáctica. E creio que as batatas estão lhe fazendo bem.

Capítulo 24

É um erro acreditar que é possível resolver qualquer problema importante usando apenas batatas.

Por exemplo, certa vez existiu uma raça imensamente agressiva chamada de Silásticos Armademônios de Striterax. Esse era apenas o nome dessa raça. O nome de seu exército era muito pior. Felizmente eles viveram ainda mais para trás na História Galáctica do que qualquer outra coisa conhecida – cerca de vinte bilhões de anos atrás, quando a Galáxia era jovem e inocente e qualquer ideia pela qual valesse a pena lutar era uma ideia nova.

E lutar era aquilo que os Silásticos Armademônios de Striterax faziam melhor e, sendo bons nisso, dedicavam-se bastante à coisa. Lutavam contra seus inimigos (ou seja, todos os outros) e lutavam entre si. Seu planeta era uma enorme ruína. A superfície estava coberta por cidades abandonadas que estavam cercadas por máquinas de guerra abandonadas que, por sua vez, estavam cercadas por bunkers profundos nos quais os Silásticos Armademônios viviam e brigavam uns com os outros.

A melhor maneira de começar uma briga com um Silástico Armademônio era apenas ter nascido. Eles não gostavam disso, ficavam ressentidos. E, quando um Armademônio ficava ressentido, alguém ficava machucado. Pode parecer uma forma exaustiva de viver, mas eles pareciam ter energia de sobra.

A melhor maneira de lidar com um Silástico Armademônio era trancá-lo sozinho em um quarto porque, mais cedo ou mais tarde, ele iria começar a se estapear.

Um dia perceberam que teriam que resolver isso, então baixaram um decreto: qualquer um que tivesse que usar armas como parte de seu trabalho normal como Silástico (policiais, seguranças, professores primários, etc.) teria que passar pelo menos 45 minutos por dia esmurrando um saco de batatas para gastar seu excesso de agressividade.

Durante algum tempo isso funcionou bem, até que alguém pensou que seria muito mais eficiente e levaria menos tempo se apenas atirassem nas batatas em vez de bater nelas.

Isso trouxe um entusiasmo renovado pela prática de atirar em diversas coisas e todos ficaram muito animados perante a perspectiva da primeira grande guerra em algumas semanas.

Outra grande realização dos Silásticos Armademônios de Striterax foi o fato de terem sido a primeira raça a conseguir chocar um computador.

Tratava-se de um gigantesco computador espacial chamado Hactar, até hoje lembrado como um dos mais poderosos jamais construídos. Foi o primeiro a ser construído como um cérebro orgânico, no sentido de que cada uma de suas partículas celulares carregava consigo o padrão do todo, o que permitia que pensasse de forma mais flexível, mais imaginativa e, aparentemente, também permitia que ficasse chocado.

Os Silásticos Armademônios de Striterax estavam envolvidos em outra de suas guerras rotineiras com os Árduos Gargalutadores de Stug, mas não estavam se divertindo tanto quanto de hábito porque essa guerra envolvia muitas caminhadas através dos Pântanos Radioativos de Cwulzenda e também através das Montanhas de Fogo de Frazfaga, terrenos nos quais eles não se sentiam confortáveis.

Então, quando os Estiletanos Estrangulantes de Jajazikstak se juntaram à batalha, forçando-os a lutar em outro front, nas Cavernas Gama de Carfrax e nas Tempestades de Gelo de Varlengooten, decidiram que aquilo havia passado dos limites e ordenaram a Hactar que projetasse para eles uma Arma Definitiva.

– O que vocês querem dizer – perguntou Hactar – com definitiva?

Ao que os Silásticos Armademônios de Striterax responderam:

– Vá procurar num maldito dicionário! – E depois retornaram à batalha.

Então Hactar projetou uma Arma Definitiva.

Era uma bomba muito, muito pequena, apenas uma matriz de conexões no hiperespaço, que, quando ativada, iria conectar o centro de cada um dos grandes sóis com o centro de todos os outros grandes sóis simultaneamente, transformando, assim, todo o Universo em uma gigantesca supernova hiperespacial.

Quando os Silásticos Armademônios de Striterax tentaram usá-la para detonar um depósito de munições dos Estiletanos Estrangulantes em uma das Cavernas Gama, ficaram profundamente irritados porque a coisa não funcionou e expressaram sua opinião para Hactar.

Hactar ficou chocado com a ideia.

Tentou explicar-lhes que tinha pensado muito sobre essa coisa toda de Arma Definitiva e que concluíra que nenhuma consequência possível decorrente da não explosão da bomba poderia ser pior do que a consequência bem conhecida de sua explosão. Sendo assim, ele tinha tomado a liberdade de introduzir uma pequena falha no projeto da bomba e esperava que todos os envolvidos, ao pensarem mais claramente sobre o assunto, entendessem que...

Os Silásticos Armademônios não concordaram e pulverizaram o computador.

Mais tarde eles pensaram um pouco mais no assunto e destruíram a bomba defeituosa também.

Então, parando apenas para dar um couro nos Árduos Gargalutadores de Stug e nos Estiletanos Estrangulantes de Jajazikstak, continuaram pensando e encontraram uma forma totalmente nova de explodir a si mesmos, o que foi um grande alívio para todos os outros povos da Galáxia, em especial os Gargalutadores, os Estiletanos e, claro, as batatas.

Trillian havia assistido a tudo isso, assim como à história de Krikkit. Saiu pensativa da Sala de Ilusões Informacionais, bem a tempo de descobrir que haviam chegado tarde demais.

Capítulo 25

Assim que a Espaçonave Bistromática tremeluziu de volta à existência objetiva no topo de um pequeno penhasco no asteroide de 2 quilômetros de largura que descrevia uma eterna e solitária órbita em torno do sistema estelar trancafiado de Krikkit, sua tripulação soube que tinha chegado a tempo apenas de testemunhar um evento histórico que não poderiam impedir.

Não sabiam que iriam assistir a dois eventos.

Ficaram lá, gélidos, solitários e sem ação na borda do penhasco, olhando a atividade abaixo. Feixes de luz descreviam arcos sinistros contra o vazio, vindos de um ponto que estava a apenas cerca de 100 metros abaixo e à frente deles.

Olharam para o evento ofuscante.

Uma extensão do campo da nave permitia que ficassem ali, de pé, mais uma vez explorando a predisposição da mente de aceitar que a enganassem: os problemas da baixa gravidade gerada pela pequena massa do asteroide ou o fato de não serem capazes de respirar passavam a ser de Outra Pessoa.

A nave de guerra de Krikkit estava parada entre os rochedos acinzentados do asteroide, alternadamente brilhando sob potentes holofotes ou desaparecendo nas sombras. A escuridão das sombras cortantes projetadas pelas rochas nuas dançava com a nave numa coreografia exótica enquanto os holofotes giravam em torno delas.

Onze robôs brancos estavam levando, em procissão, a Chave de Wikkit para o centro de um círculo de luzes oscilantes.

A Chave de Wikkit fora reconstruída. Seus componentes brilhavam e reluziam: o Pilar de Aço (ou perna de Marvin) da Força e Poder; o Pilar Dourado (ou Coração do Motor de Improbabilidade) da Prosperidade; o Pilar de Acrílico (ou Cetro da Justiça de Argabuthon) da Ciência e da Razão; a Trave de Prata (ou Troféu Rory pelo Uso Mais Desnecessário da Palavra "Foda-se" em um Roteiro Sério) e a Trave de Madeira, agora reconstruída (ou Cinzas de uma trave queimada significando a morte do críquete inglês), da Natureza e Espiritualidade.

– Não há nada que possamos fazer agora? – perguntou Arthur nervosamente.

– Não – lamentou Slartibartfast.

A expressão de desapontamento que cruzou o rosto de Arthur foi um completo fracasso e, como estava obscurecido pela sombra, deixou que se transformasse em uma expressão de alívio.

— Pena — disse ele.
— Não temos armas — disse Slartibartfast. — Uma estupidez.
— Droga — disse Arthur baixinho.
Ford não disse nada.

Trillian também não disse nada, mas o fez de uma forma pensativa. Ela estava olhando para a escuridão do espaço, além do asteroide.

O asteroide orbitava a Nuvem de Poeira que cercava o envoltório de Tempolento que mantinha trancado o mundo no qual viviam o povo de Krikkit, os Mestres de Krikkit e seus robôs assassinos.

O grupo, desolado, não tinha como saber se os robôs de Krikkit sabiam ou não que eles estavam lá. Podiam presumir que sim, mas que os robôs provavelmente acreditavam — corretamente, dadas as circunstâncias — que nada deveriam temer. Tinham uma tarefa histórica a cumprir e sua audiência podia ser tratada com indiferença.

— Terrível essa sensação de impotência, não? — disse Arthur, mas os outros o ignoraram.

No centro da área iluminada da qual os robôs se aproximavam, uma fenda de formato quadrado surgiu no chão. A fenda podia ser vista de forma cada vez mais distinta, e logo ficou claro que um bloco de solo, tendo pouco mais que meio metro quadrado, estava lentamente se erguendo.

Ao mesmo tempo perceberam outro movimento, quase subliminar, e, por alguns instantes, não estava exatamente claro o que estava se movendo.

Em seguida ficou claro.

Era o asteroide. Movia-se lentamente para dentro da Nuvem de Poeira, como se fosse inexoravelmente puxado por algum pescador celestial lá dentro das suas profundezas.

Iriam fazer, na vida real, a jornada através da Nuvem que já haviam feito na Sala de Ilusões Informacionais. Permaneceram envolvidos por um silêncio gélido. Trillian franziu a testa.

Parecia que toda uma era se passara. Eventos pareciam transcorrer com uma lentidão estonteante, enquanto a extremidade do asteroide penetrava no vago e suave perímetro externo da Nuvem.

E logo foram envolvidos por uma obscuridade fina e oscilante. Passaram por ela, aos poucos, vagamente conscientes de formas e espirais impossíveis de distinguir na escuridão, exceto com o canto dos olhos.

A Nuvem de Poeira enfraquecia os focos de luz brilhante, que piscavam por entre a miríade de partículas de poeira.

Trillian, mais uma vez, observou essa passagem de dentro de seus próprios pensamentos franzidos.

Então a travessia terminou. Não havia como saber se tinham levado um minuto ou meia hora, mas atravessaram a Nuvem e se depararam com uma escuridão virgem, como se o espaço tivesse sido puxado para fora da existência bem na frente deles.

Agora as coisas começaram a se mover com rapidez.

Um ofuscante poço de luz parecia quase explodir, vindo do bloco, que havia subido cerca de 1 metro do chão, e dele saía um bloco menor de acrílico, formando um fascinante balé de cores em seu interior.

O bloco possuía ranhuras profundas, três na vertical e duas na transversal, claramente projetadas para aceitar a Chave de Wikkit.

Os robôs se aproximaram da Fechadura, introduziram a Chave e se afastaram. O bloco começou a girar e o espaço começou a se alterar.

Enquanto o espaço se desdobrava, dava a agonizante sensação de retorcer os olhos dos observadores em suas órbitas. Encontraram-se olhando, cegos, para um sol desemaranhado que agora estava diante deles, lá onde, segundos antes, parecia não haver nem mesmo espaço vazio. Um ou dois segundos se passaram antes que pelo menos tomassem consciência do que acontecera e pudessem cobrir com as mãos seus olhos horrivelmente ofuscados. Naqueles poucos segundos perceberam um minúsculo ponto movendo-se lentamente pelo centro daquele sol.

Cambalearam para trás e ouviram, ressoando em seus ouvidos, o inesperado canto dos robôs gritando em uníssono com suas vozes finas.

– Krikkit! Krikkit! Krikkit! Krikkit!

O som era de arrepiar. Era duro, era frio, era vazio, era mecanicamente sombrio. Era também triunfante.

Ficaram tão atordoados por esses dois choques sensoriais que quase perderam o segundo evento histórico.

Zaphod Beeblebrox, o único homem em toda a história a ter sobrevivido a um ataque direto dos robôs de Krikkit, saiu correndo da nave de Krikkit brandindo uma arma Zapogun.

– Tudo bem – gritou –, a situação agora está totalmente sob controle.

O robô que estava de guarda próximo à escotilha da nave silenciosamente girou seu bastão de batalha e conectou-o à parte de trás da cabeça esquerda de Zaphod.

– Mas quem foi o zark que fez isso? – disse a cabeça esquerda, caindo em seguida para a frente.

Sua cabeça direita olhou em volta.

– Quem fez o quê? – perguntou.

O bastão conectou-se com a parte de trás da cabeça direita.

Zaphod estatelou-se no chão.

Em poucos segundos, tudo estava terminado. Alguns disparos dos robôs foram suficientes para destruir a Fechadura para sempre. Ela se quebrou e derreteu, e espalhou seu conteúdo despedaçado. Os robôs marcharam de forma impiedosa e, de uma forma peculiar, ligeiramente desalentados de volta à nave de guerra, que partiu com um "fuop".

Trillian e Ford correram alucinadamente pela rocha inclinada até o corpo escuro e imóvel de Zaphod Beeblebrox.

Capítulo 26

– Não sei – disse Zaphod, pensando que devia ser a trigésima sétima vez que dizia aquilo –, eles podiam ter me matado, mas não mataram. Talvez tenham pensado que eu era um cara incrível ou algo assim. É algo que posso entender.

Os outros registraram mentalmente suas opiniões sobre essa teoria.

Zaphod estava deitado no chão frio da cabine de comando. Suas costas pareciam estar brigando com o chão, porque sentia uma dor percorrendo seu corpo e batendo em suas cabeças.

– Acho – murmurou – que tem algo de errado com esses carinhas anodizados, algo fundamentalmente estranho.

– Eles foram programados para matar todos – afirmou Slartibartfast.

– Esse – disse Zaphod, arquejante – pode mesmo ser o problema.

Ainda assim, não parecia totalmente convencido.

– Alô, querida – disse para Trillian, esperando que isso servisse como desculpa para seu comportamento anterior.

– Você está bem? – disse ela, gentilmente.

– Sim – respondeu –, tudo bem.

– Ótimo – disse ela e se afastou para pensar. Olhou para a enorme tela de visualização acima dos assentos de voo e, girando um botão, mudou as imagens locais que estavam sendo exibidas. Uma imagem era da escuridão da Nuvem de Poeira. Outra era do sol de Krikkit. Uma terceira era de Krikkit em si. Ficava passando de uma para a outra rapidamente.

– Bem, melhor dizermos adeus à Galáxia, então – disse Arthur, batendo nos joelhos e levantando-se.

– Não – disse Slartibartfast gravemente. – Nosso rumo está claro. – Franziu a testa a tal ponto que seria possível cultivar alguns vegetais pequenos em seus sulcos. Levantou-se, andou de um lado para o outro. Quando falou outra vez, aquilo que disse o deixou tão assustado que teve que se sentar de novo. – Devemos descer em Krikkit – disse. Um suspiro profundo sacudiu seu velho esqueleto e seus olhos pareceram tremer nas órbitas. – Mais uma vez – prosseguiu – falhamos pateticamente. Muito pateticamente.

– Isso – disse Ford, com calma – é porque não nos importamos o bastante. Eu já lhe disse.

Colocou seus pés sobre o painel de instrumentos e ficou futucando algo em uma de suas unhas.

– No entanto, se não agirmos – disse o velho em tom de birra, como se lutasse com alguma coisa profundamente displicente em sua própria natureza –, então seremos todos destruídos, iremos todos morrer. Acho que nos importamos com isso, não?

– Não o suficiente para morrermos por isso – disse Ford. Abriu um sorriso vazio e lançou-o de um lado para o outro da sala, para quem quisesse vê-lo.

Slartibartfast claramente achou esse ponto de vista muito sedutor e lutou contra ele. Virou-se de novo para Zaphod, que estava rangendo os dentes e suando de dor.

– Você certamente tem alguma ideia – disse – sobre a razão de terem salvado a sua vida. Parece muito estranho e incomum.

– Acho que nem mesmo eles sabem – disse Zaphod, indiferente. – Já lhe disse. Me acertaram com o disparo mais fraco, apenas para me deixar desacordado. Daí me arrastaram até a nave deles, me jogaram em um canto e me ignoraram completamente. Como se estivessem meio envergonhados por eu estar ali. Se dissesse qualquer coisa, me tiravam do ar de novo. Tivemos ótimas conversas. "Ei... ai! E aí... ui! Queria saber... argh!" Isso me manteve distraído durante várias horas, sabe. – Fez outra careta de dor.

Estava brincando com um objeto entre seus dedos. Segurou-o. Era a Trave Dourada – o Coração de Ouro, o centro do motor de improbabilidade infinita. Apenas aquilo e o Pilar de Madeira haviam permanecido intactos após a destruição da Fechadura.

– Me disseram que sua nave anda bem – disse Zaphod. – Então que tal me deixar na minha antes que você...

– Você não vai nos ajudar? – disse Slartibartfast.

– Nós? – perguntou Ford, subitamente. – Nós quem, cara-pálida?

– Eu adoraria ficar e ajudá-lo a salvar a Galáxia – insistiu Zaphod, apoiando-se nos cotovelos –, mas tenho a maior dor de cabeça de todos os tempos e pressinto que há várias outras vindo por aí. Mas, da próxima vez que for preciso salvá-la, é comigo mesmo. E aí, Trillian?

Ela olhou para trás rapidamente.

– Sim?

– Quer vir? Coração de Ouro? Diversão e aventura e coisas exóticas?

– Vou descer em Krikkit – respondeu ela.

Capítulo 27

Era o mesmo monte, mas ao mesmo tempo não. Dessa vez não era uma Ilusão Informacional. Era realmente Krikkit e estavam de pé na superfície do planeta. Perto deles, atrás das árvores, estava o estranho restaurante italiano que havia trazido seus corpos verdadeiros para onde estavam, o verdadeiro mundo de Krikkit no presente.

A grama espessa sob seus pés era real e o solo perfumado. As fragrâncias doces da árvore também eram reais. A noite era uma noite real.

Krikkit. Possivelmente o lugar mais perigoso da Galáxia para qualquer um que não fosse um krikkitiano. O lugar que não podia tolerar a existência de qualquer outro lugar, cujos habitantes encantadores, simpáticos e inteligentes gritariam com um ódio selvagem, feroz e assassino quando confrontados com qualquer um que não fosse um deles.

Arthur estremeceu.

Slartibartfast estremeceu.

Ford, surpreendentemente, estremeceu.

Não era surpreendente que ele houvesse estremecido; o surpreendente é que estivesse ali. Quando levaram Zaphod de volta à sua nave, Ford sentiu-se surpreendentemente envergonhado e decidiu não fugir.

Errado, pensou consigo mesmo, errado, errado, errado. Abraçou contra si uma das Zapoguns com que haviam se armado no depósito de armas de Zaphod.

Trillian estremeceu e franziu a testa quando olhou para o céu.

Também já não era o mesmo. Já não estava mais completamente negro e vazio.

O campo em torno deles havia mudado pouco nos dois mil anos das Guerras de Krikkit e, depois, durante os míseros cinco anos que haviam se passado localmente desde que Krikkit havia sido selado no envoltório de Tempolento, dez bilhões de anos antes. O céu, contudo, estava dramaticamente diferente.

Luzes fracas e formas pesadas pairavam nele.

Lá no alto, lá para onde nenhum krikkitiano jamais olhava, ficavam as Zonas de Guerra, as Zonas dos Robôs. Enormes naves de guerra e torres flutuavam nos campos de Zero-Grav muito acima das idílicas terras pastorais da superfície de Krikkit.

Trillian olhou para aquilo tudo e pensou.

– Trillian – sussurrou Ford.

– Sim? – respondeu ela.

– O que você está fazendo?
– Pensando.
– Você sempre respira assim quando pensa?
– Não tinha percebido que estava respirando.
– Foi o que me deixou preocupado.
– Eu acho que sei... – disse Trillian.
– Shhh! – disse Slartibartfast alarmado, e sua mão magra e trêmula fez sinal para que se escondessem ainda mais sob a sombra da árvore.

Como antes na fita, subitamente surgiram luzes vindas da trilha na colina, mas, dessa vez, as lanternas que balançavam eram lanternas elétricas e não tochas. Não chegava a ser uma mudança dramática por si só, mas cada novo detalhe fazia com que seus corações batessem assustados. Agora não havia músicas alegres sobre flores e fazendas e cachorros mortos, mas vozes abafadas discutindo algo importante.

Uma luz se moveu no céu pesadamente. Arthur foi tomado por um terror claustrofóbico e o vento morno ficou atravessado em sua garganta.

Logo a seguir um segundo grupo surgiu, vindo do outro lado da colina escura. Moviam-se rapidamente, com uma intenção clara, suas lanternas balançando e vasculhando o terreno ao seu redor.

Os grupos estavam convergindo não apenas um em relação ao outro, mas deliberadamente se dirigindo para onde Arthur e os outros estavam.

Arthur ouviu um leve ruído quando Ford Prefect levantou sua Zapogun e uma tossida incomodada quando Slartibartfast levantou a sua. Sentiu o peso estranho e frio de sua própria arma e, com as mãos trêmulas, levantou-a também.

Seus dedos tatearam para encontrar a trava de segurança e ativar a trava de perigo extremo, como Ford havia mostrado. Estava tremendo tanto que, se atirasse em algum naquele momento, provavelmente iria assinar seu nome com os raios da arma.

Trillian foi a única que não levantou sua arma. Em vez disso, levantou as sobrancelhas, abaixou-as novamente e mordeu os lábios, pensativa.

– Vocês já pensaram... – começou a dizer, mas ninguém queria discutir nada naquele momento.

Uma luz cortou a escuridão por trás deles e, ao se voltarem, viram um terceiro grupo de habitantes de Krikkit vindo por trás deles, procurando-os com suas luzes.

A arma de Ford Prefect disparou ferozmente, mas os raios voltaram-se contra a própria arma, que caiu de suas mãos.

Houve um momento de profundo terror, um segundo no qual, congelados, ninguém atirou.

E no final desse segundo ninguém mais atirou.

Estavam cercados por krikkitianos de feições pálidas e iluminados pelas luzes oscilantes.

Os prisioneiros olhavam para seus captores, os captores olhavam para seus prisioneiros.

– Oi? – disse um dos captores. – Desculpe, mas vocês são... alienígenas?

Capítulo 28

Enquanto isso, muitos milhões de quilômetros além do que a mente pode confortavelmente compreender, Zaphod Beeblebrox estava mal-humorado de novo.

Havia consertado sua nave, ou melhor, havia observado com total atenção enquanto um robô de manutenção consertava sua nave. Ela havia voltado a ser, novamente, uma das mais poderosas e extraordinárias naves existentes. Ele podia ir a qualquer lugar, fazer qualquer coisa. Folheou um livro, depois jogou-o num canto. Já tinha lido aquele.

Foi até o painel de comunicações e abriu todas as frequências de um canal de emergência.

– Alguém quer tomar um drinque? – disse.

– Isso é uma emergência, cara? – rosnou uma voz do outro lado da Galáxia.

– Tem algo para misturar? – perguntou Zaphod.

– Vai pegar carona no rabo de um cometa.

– Tá bom, tá bom – disse Zaphod, fechando o canal. Suspirou e sentou-se. Levantou-se mais uma vez e andou até a tela do computador. Apertou alguns botões. Pequenos pontos começaram a correr através da tela, devorando-se mutuamente.

– Pow! – disse Zaphod. – Freeoooo! Pop pop pop!

– Oi! – disse o computador animadamente após um ou dois minutos – Você fez três pontos. O melhor placar anterior foi de sete milhões, quinhentos e noventa e sete mil, duzentos e ...

– Tá bom, tá bom – disse Zaphod, desligando novamente a tela.

Sentou-se de novo. Brincou com um lápis. Perdeu seu interesse por isso rapidamente.

– Tá bom, tá bom – disse Zaphod, e alimentou seu placar, junto com o anterior, no computador.

Sua nave partiu, transformando o Universo em um borrão.

Capítulo 29

— Olhem – disse o krikkitiano magro e pálido que tinha dado um passo à frente dos outros e estava agora parado, hesitante, no centro do círculo formado pelas lanternas, segurando sua arma como se estivesse apenas segurando-a para outra pessoa que tivesse acabado de dar uma saidinha rápida e já fosse voltar –, vocês sabem algo a respeito de uma coisa chamada Equilíbrio da Natureza?

Os prisioneiros não responderam ou pelo menos não responderam nada além de alguns resmungos e murmúrios confusos. As lanternas continuavam balançando em torno deles. Lá em cima, no céu, uma atividade sinistra prosseguia nas Zonas dos Robôs.

— É só – continuou o krikkitiano, meio sem jeito – uma coisa da qual ouvimos falar, talvez nem seja importante. Bem, suponho que seja melhor matá-los, então.

Olhou para sua arma como se estivesse procurando o que apertar.

— Quero dizer – continuou, olhando para eles novamente –, a menos que vocês queiram bater papo.

Um assombro lento e dormente subiu pelos corpos de Slartibartfast, Ford e Arthur. Em pouco tempo atingiria seus cérebros, que, no momento, estavam inteiramente ocupados com a atividade de mover seus maxilares para cima e para baixo. Trillian sacudia a cabeça, como se tentasse concluir um quebra-cabeça sacudindo a caixa.

— Estamos preocupados, sabe – disse outro homem que estava em um dos grupos –, com esse plano de destruição universal.

— Sim – disse um terceiro –, e com o equilíbrio natural. É que nos parece que, se todo o restante do Universo for destruído, de alguma forma vai atrapalhar o Equilíbrio da Natureza. Nós gostamos muito de ecologia, sabe? – Sua voz morreu, com um tom de tristeza.

— E esportes – disse outro, alto. Isso fez com que os demais dessem vivas.

— Isso – concordou o primeiro – e esportes... – Ele olhou para trás, para seus amigos, hesitante, e coçou o queixo, pensativo. Parecia estar se debatendo com uma grande confusão interior, como se tudo que ele quisesse dizer e tudo que ele pensasse de fato fossem coisas completamente diferentes, entre as quais não conseguia ver uma conexão.

— Bem – murmurou ele –, alguns de nós... – olhou em volta, procurando sinais de apoio. Os outros o encorajaram a continuar. – Alguns de nós gostariam muito de manter relações desportivas com o restante da Galáxia e, embora eu entenda o argumento a favor de manter esporte e política bem separados, acho que, se queremos ter relações desportivas com o restante da Galáxia, provavelmente seria um erro destruí-la. E também o restante do Universo... – sua voz baixou de volume – ... o que parece ser a ideia geral agora...

– O qqq – disse Slartibartfast. – Oooo...

– Ahhhhh...? – disse Arthur.

– Ehhhh... – disse Ford.

– Ok – disse Trillian. – Vamos conversar a respeito. – Ela se aproximou e pegou o pobre e confuso krikkitiano pelo braço. Ele parecia ter uns 25 anos, o que significava, por conta das confusões peculiares com o tempo que haviam acontecido naquela área, que ele teria cerca de 20 anos quando as Guerras de Krikkit terminaram, há dez bilhões de anos.

Trillian andou com ele por um curto trecho, passando pelas lanternas, antes de dizer mais alguma coisa. Ele andava com ela, meio confuso. Os fachos de luz em volta estavam agora se inclinando ligeiramente para baixo, como se estivessem se rendendo àquela garota calma e estranha que, sozinha em um Universo de obscura confusão, parecia saber o que estava fazendo.

Ela se virou e olhou para ele, segurando levemente suas duas mãos. Ele era a própria figura da miséria e perplexidade.

– Conte-me – disse ela.

A princípio ele nada disse, enquanto seu olhar passava de um para outro dos olhos dela.

– Nós... – disse ele – nós temos que estar sós... eu acho. – Ele entortou a cara e depois deixou cair sua cabeça para a frente, balançando-a como alguém que estivesse tentando extrair uma moeda de um cofre. Ele olhou para ela novamente. – Agora nós temos uma bomba, sabe – disse ele –, que é bem pequena.

– Eu sei – disse ela.

Olhou para ela muito espantado, como se ela tivesse dito algo muito estranho sobre beterrabas.

– Sério – disse ele –, ela é muito, muito pequena.

– Eu sei – disse ela novamente.

– Mas eles dizem... – sua voz soava arrastada – dizem que ela é capaz de destruir tudo o que existe. E nós temos que fazer isso, eu acho. Será que ficaremos solitários? Não sei. Mas parece ser a nossa função – disse ele, e abaixou a cabeça novamente.

– Seja lá o que for – disse alguém em um dos grupos.

Trillian lentamente colocou seus braços em volta do pobre e confuso jovem krikkitiano, depois botou sua cabeça trêmula em seu ombro.

– Está tudo bem – disse ela, docemente mas alto o bastante para todos os que estavam em volta ouvirem –, vocês não precisam fazer isso.

Balançou-o levemente em seu ombro.

– Não precisam fazer isso – repetiu.

Ela deixou que ele se fosse.

– Quero que façam uma coisa por mim – disse ela, soltando uma risada inesperada. – Eu quero – disse e riu novamente. Colocou a mão sobre a boca e depois disse de novo, com uma cara séria: – Quero que me levem a seu líder – e apontou na direção das Zonas de Guerra no céu. De alguma forma ela sabia que o líder deles estaria lá.

Sua risada pareceu descarregar algo na atmosfera. Em algum lugar, lá atrás na multidão, uma única voz começou a cantar uma música que, se tivesse sido composta por Paul McCartney, lhe teria permitido comprar o mundo inteiro.

Capítulo 30

Zaphod Beeblebrox engatinhava bravamente ao longo de um túnel, em seu melhor estilo heroico. Ele estava muito confuso, mas continuava engatinhando obstinadamente, mesmo assim, simplesmente porque era heroico.

Estava muito confuso por algo que acabara de ver, mas nem de longe tão confuso quanto iria ficar por algo que ele estava prestes a ouvir, então é melhor explicar logo onde exatamente ele estava.

Ele estava nas Zonas de Guerra dos Robôs, muitos quilômetros acima da superfície do planeta Krikkit.

Lá a atmosfera era rarefeita e relativamente desprotegida de qualquer tipo de raio ou qualquer outra coisa que o espaço resolvesse lançar em sua direção.

Tinha estacionado a nave Coração de Ouro entre as enormes e gigantescas naves amontoadas que enchiam o céu sobre o planeta Krikkit e depois entrara em algo que parecia ser a maior e mais importante das construções do céu, armado apenas com sua Zapogun e algo para suas dores de cabeça.

Foi dar em um longo, largo e mal iluminado corredor no qual pôde se esconder até decidir o que fazer em seguida. Escondeu-se ali porque, de quando em quando, um dos robôs de Krikkit passava por ali e, apesar de ter levado, até aquele momento, uma vida de sonho entre os robôs, ainda assim havia sido uma vida muito dolorosa e ele não tinha a menor vontade de levar ao extremo algo que estava apenas semidisposto a chamar de "grande sorte".

Havia se escondido, em certo momento, em um quarto que levava até o corredor e que ele havia descoberto ser uma enorme e novamente mal iluminada câmara.

Na verdade tratava-se de um museu com uma única peça em exibição – os destroços de uma espaçonave. Estava bastante retorcida e queimada, mas, agora que ele havia aprendido um pouco da História Galáctica que tinha deixado de aprender durante suas tentativas fracassadas de fazer sexo com a garota no cibercubículo ao lado do seu na escola, formulou a suposição bastante inteligente de que aqueles eram os destroços da nave que havia atravessado a Nuvem de Poeira bilhões de anos atrás e iniciado toda a confusão.

Contudo – e é aí que ele tinha ficado confuso – havia algo muito estranho a respeito daquilo.

Ela estava verdadeiramente destroçada. Estava verdadeiramente queimada, mas uma inspeção muito rápida por um olho treinado revelava que não era uma verdadeira espaçonave. É como se fosse apenas um modelo em escala natural de uma nave – um bom modelo. Em outras palavras, algo extremamente útil para se ter por perto se você de repente decidisse construir uma espaçonave por conta própria mas não soubesse bem como fazê-lo. Não era, contudo, uma nave que pudesse voar sozinha para qualquer lugar que fosse.

Ele ainda estava pensando nisso – na verdade havia apenas começado a pensar sobre isso – quando percebeu que uma porta havia sido aberta em outra parte da câmara e uma dupla de robôs de Krikkit havia entrado, com um aspecto um pouco soturno.

Zaphod preferia não se meter com eles e, tendo decidido que, assim como a discrição é a maior qualidade da valentia, da mesma forma a covardia era a maior qualidade da discrição, resolveu esconder-se valentemente dentro de um armário.

O armário era, na verdade, a parte superior de um poço que ia diretamente até uma portinhola de inspeção e daí dava em um grande tubo de ventilação. Seguiu nessa direção e começou a engatinhar pelo tubo. Foi nesse ponto que o encontramos originalmente.

Ele não estava gostando de lá. Era frio, escuro e profundamente desconfortável. Além disso, lhe dava calafrios. Na primeira oportunidade – que era outra portinhola uns 100 metros à frente – ele iria sair dali.

Agora foi parar em uma câmara menor, que parecia ser um centro de inteligência computacional. Saiu em um espaço apertado e escuro entre um grande banco de computadores e a parede.

Rapidamente descobriu que não estava sozinho na sala e preparou-se para sair de novo, quando começou a prestar atenção no que os outros ocupantes estavam dizendo.

– São os robôs, senhor – disse uma voz. – Há algo de errado com eles.

– O que exatamente?

Aquelas eram as vozes de dois Comandantes de Guerra krikkitianos. Todos os Comandantes de Guerra viviam no céu, nas Zonas de Guerra dos Robôs e estavam, em grande parte, imunes às dúvidas e incertezas peculiares que afligiam seus companheiros lá embaixo, na superfície do planeta.

– Bem, senhor, acho que é bom que eles estejam sendo gradualmente removidos dos esforços de guerra e que já estejamos prontos para detonar a bomba de supernova. Nesse curto tempo desde que fomos libertados do envoltório...

– Vá direto ao assunto.

– Os robôs estão chateados, senhor.

– O quê?

– A guerra, senhor, parece que ela os está deixando meio pra baixo. Parecem estar cansados do mundo, ou talvez eu devesse dizer do Universo.

– Bem, é normal, afinal eles foram criados para nos ajudar a destruí-lo.
– Sei, mas é que eles estão tendo dificuldades com essa parte, senhor. Parece que estão meio cansados. Estão sem vontade de fazer o seu trabalho. Diria que perderam o "tchã" da coisa.
– O que você está tentando me dizer?
– Bem, eu acho que estão deprimidos por algum motivo, senhor.
– Mas, por Krikkit, o que você está dizendo?
– É que, nesses últimos encontros que tiveram recentemente, parece que entraram em uma batalha, levantaram suas armas para atirar e subitamente começaram a pensar: "Mas por quê? Qual a importância, cosmicamente falando, disso tudo?" E então ficaram um pouco cansados e um pouco chateados.
– O que eles fazem, então?
– Eh... Equações quadráticas, basicamente. Absurdamente difíceis de resolver, pelo que sei. E daí ficam deprimidos.
– Deprimidos?
– Sim, senhor.
– Quem já viu um robô deprimido?
– Também não entendo, senhor.
– Que barulho é esse?
Era o barulho de Zaphod saindo com sua cabeça girando.

Capítulo 31

Num profundo poço de escuridão jazia um robô. Ele tinha permanecido em silêncio em sua escuridão metálica durante um bom tempo. Estava frio e úmido, mas, sendo um robô, supostamente ele não deveria notar aquelas coisas. Contudo, graças a uma enorme força de vontade, ele conseguia notá-las.

Seu cérebro havia sido acessado pelo núcleo central de inteligência do Computador de Guerra de Krikkit. Ele não estava achando aquela experiência divertida, e o núcleo central de inteligência do Computador de Guerra de Krikkit também não.

Os robôs de Krikkit que haviam resgatado aquela patética criatura dos pântanos de Squornshellous Zeta haviam reconhecido quase instantaneamente sua gigantesca inteligência, bem como o uso que poderiam fazer dela.

Não tinham contado com os distúrbios de personalidade inerentes que o frio, a escuridão, a umidade, a falta de espaço e a solidão não contribuíam em nada para reduzir.

Ele não estava nada feliz com suas tarefas.

Além de qualquer outra coisa, a mera coordenação de toda a estratégia militar de um planeta inteiro ocupava apenas uma pequena parte de sua mente formidável e o restante dela estava se aborrecendo muito. Tendo resolvido todos os principais problemas matemáticos, físicos, químicos, biológicos, sociológicos, filosóficos, etimológicos, meteorológicos e psicológicos do Universo – exceto o seu próprio –, três vezes seguidas, estava achando realmente difícil encontrar algo para fazer, então tinha resolvido dedicar-se a compor cantigas curtas e melancólicas atonais, ou melhor, sem melodia alguma. A última delas era uma canção de ninar.

Marvin a entoou, sem tom:

"Agora o mundo foi dormir,
A escuridão em mim não vou sentir,
Em infravermelho posso ver,
Como odeio a noite."

Fez uma pausa para reunir forças artísticas e emocionais a fim de compor o próximo verso:

"Eu me deito pra sonhar,
Carneiros elétricos vou contar,
Doces sonhos vão se danar,
Como odeio a noite."

– Marvin! – sibilou uma voz.

Sua cabeça levantou-se subitamente, quase arrancando a intrincada rede de eletrodos que o conectavam à central do Computador de Guerra de Krikkit.

Uma portinhola de inspeção havia sido aberta e uma das duas incontroláveis cabeças estava olhando para dentro, enquanto a outra se sacudia nervosamente virando o tempo todo de um lado para o outro.

– Ah, é você – murmurou o robô. – Eu devia ter adivinhado.

– E aí, garoto? – disse Zaphod, surpreso – Era você quem estava cantando agora há pouco?

– Estou – reconheceu Marvin, amargurado – em condições particularmente cintilantes neste momento.

Zaphod enfiou a cabeça através da portinhola e olhou em volta.

– Você está sozinho? – perguntou.

– Sim – disse Marvin. – Extenuado, me encontro aqui sentado, tendo a dor e a miséria como únicas companheiras. Além da vasta inteligência, é claro. E da tristeza infinita. E...

– Sei – disse Zaphod. – Ei, qual a sua conexão com tudo isso?

– Isto aqui – disse Marvin, indicando com seu braço menos danificado todos os eletrodos que o conectavam ao computador de Krikkit.

– Então – disse Zaphod meio sem jeito –, acho que você salvou minha vida. Duas vezes.

– Três vezes – respondeu Marvin.

A cabeça de Zaphod se voltou (a outra estava olhando com atenção em uma direção completamente errada) a tempo de ver o letal robô assassino bem atrás dele ter uma convulsão e começar a soltar fumaça. Ele cambaleou para trás e deixou-se cair contra uma parede. Escorregou até o chão. Caiu de lado, jogou a cabeça para trás e começou a soluçar inconsolavelmente.

Zaphod olhou para Marvin.

– Você deve ter uma perspectiva incrível sobre a vida.

– Nem me pergunte – respondeu Marvin.

– Não vou perguntar – disse Zaphod, e não perguntou. – Cara, você está fazendo um trabalho incrível.

– O que significa, suponho – disse Marvin, usando apenas uma grilionésima trilionésima bilionésima milionésima centésima décima parte de seus poderes mentais para fazer essa inferência lógica em particular –, que você não irá me libertar nem nada.

– Garoto, você sabe que eu adoraria fazer isso.

– Mas não vai fazê-lo.

– Não.

– Entendo.

– Você está trabalhando muito bem.

– Sim – disse Marvin. – Por que parar agora, justamente quando estou odiando isso?

– Preciso encontrar Trillian e o resto do pessoal. Ei, você tem alguma ideia de onde estão? Digo, tenho um planeta inteiro para vasculhar. Pode levar um tempo.

– Eles estão bem próximos – disse Marvin, pesarosamente. – Pode monitorá-los daqui, se quiser.

– Acho melhor ir até eles – afirmou Zaphod. – Ahn, bem, talvez eu precise de alguma ajuda, certo?

– Talvez – disse Marvin, com uma autoridade inesperada em sua voz lúgubre – fosse melhor você monitorá-los daqui. Aquela jovem – acrescentou, inesperadamente – é uma das menos ignorantemente aparvalhadas formas de vida orgânica que eu já tive a profunda falta de prazer de não ser capaz de evitar encontrar.

Zaphod levou alguns instantes para encontrar um caminho em meio a esse estonteante labirinto de negativas e saiu do outro lado bem surpreso.

– Trillian? – disse. – É só uma garota. Bonitinha, sim, mas temperamental. Você sabe como é, essa coisa de mulheres. Ou talvez não saiba. Acho que não. Se você sabe, eu não quero saber. Vamos lá, faça a conexão.

– ... totalmente manipulado.

– O quê? – disse Zaphod.

Era Trillian quem estava falando. Ele se virou.

A parede contra a qual o robô de Krikkit estava soluçando havia se iluminado para mostrar uma cena que estava se desenrolando em alguma parte desconhecida das Zonas de Guerra dos Robôs de Krikkit. Parecia ser uma câmara de conselho ou algo assim – Zaphod não podia ver muito bem por conta do robô jogado contra a tela.

Zaphod tentou mover o robô, mas este estava combalido em sua dor e tentou mordê-lo, então Zaphod achou melhor olhar em volta da melhor forma possível.

– Pense nisso – disse a voz de Trillian –, toda a história de vocês é apenas uma série de eventos altamente improváveis. E eu conheço um evento improvável quando vejo um. Seu completo isolamento da Galáxia já era bem estranho, para começar. Bem no extremo de tudo e com uma Nuvem de Poeira cercando vocês. Só pode ser armação. Está muito claro.

Zaphod estava extremamente frustrado por não poder ver a tela. A cabeça do robô o impedia de ver as pessoas com quem Trillian estava falando, o bastão de batalha multifuncional encobria o fundo da imagem e o ombro do braço que o robô havia pressionado contra a sua testa, em um gesto trágico, estava tapando Trillian.

– Então – prosseguiu Trillian – essa nave se espatifou no planeta de vocês. Isso é totalmente improvável, não? Vocês têm alguma ideia da improbabilidade de uma nave vagando por aí acidentalmente cruzar a órbita de um planeta?

– Ei! – disse Zaphod. – Ela não tem o menor Zarquon de ideia do que está falando. Eu vi a nave. É falsa. Não tem como.

– Achei que fosse – disse Marvin, de sua prisão atrás de Zaphod.

– Ah, é? – disse Zaphod. – É fácil dizer isso, agora que eu lhe contei. De qualquer forma, não estou vendo o que uma coisa tem a ver com a outra.

– E sobretudo – continuou Trillian – a improbabilidade de interceptar a órbita do único planeta em toda a Galáxia, ou talvez em todo o Universo, que ficaria totalmente traumatizado por vê-la. Vocês não sabem calcular a improbabilidade? Eu também não, e isso só mostra o quão elevada ela é. Mais uma vez é armação. Não ficaria nada surpresa se a nave fosse falsa.

Zaphod conseguiu mover o bastão de batalha do robô. Atrás dele, na tela, estavam Ford, Arthur e Slartibartfast, que pareciam perplexos e atônitos em meio àquilo tudo.

– Ei, olha só – disse Zaphod, animado. – Os caras estão se saindo bem! Rá rá rá! Vamos lá, peguem eles!

– E o que vocês têm a dizer – continuou Trillian – sobre toda essa tecnologia que vocês subitamente conseguiram desenvolver por conta própria quase que da noite para o dia? A maioria das pessoas levaria milhares de anos para fazer tudo isso. Alguém estava passando para vocês tudo de que precisavam saber, alguém estava mantendo vocês por dentro. Sim, eu sei – ela acrescentou em resposta a uma interrupção que não podia ser vista –, entendo que vocês não tenham percebido o que estava acontecendo. É exatamente sobre isso que estou falando. Vocês nunca perceberam nada. Como essa bomba de supernova.

– Como você sabe que ela existe? – disse uma voz que não podia ser vista.

– Apenas sei – disse Trillian. – Vocês realmente esperam que eu acredite que são espertos o suficiente para inventar algo tão brilhante e são, ao mesmo tempo, burros demais para entender que ela os destruiria também? Isso não é ser apenas burro, é ser extraordinariamente obtuso!

– Ei, que história é essa de bomba? – perguntou Zaphod, preocupado, para Marvin.

– A bomba de supernova? – respondeu Marvin. – É uma bomba muito, muito pequena.

– É?

– Que iria destruir o Universo inteiro – completou Marvin. – Uma boa ideia, a meu ver. Mas não vão conseguir fazê-la funcionar.

– Por que não, se é tão brilhante?

– A *bomba* é brilhante – disse Marvin –, *eles* não. Chegaram ao ponto de projetá-la antes de serem trancados no envoltório. Levaram os últimos cinco anos construindo-a. Acham que chegaram lá, mas erraram. São tão burros quanto qualquer outra forma de vida orgânica. Odeio todas elas.

Trillian prosseguia.

Zaphod tentou puxar o robô pelas pernas, mas ele o chutou e rosnou para ele, então se lançou em um novo acesso de choro. Depois, subitamente, ele se jogou no chão e continuou a expressar seus sentimentos no chão, fora do caminho.

Trillian estava de pé, sozinha, no meio de uma câmara, cansada mas com olhos vigorosamente chamejantes.

Perfilados à sua frente estavam os pálidos e enrugados Mestres Anciões de Krikkit, imóveis atrás de sua longa mesa de controle curvada, olhando para ela com uma mistura de medo e ódio.

Na frente deles, a meia distância entre a mesa de controle e o meio da câmara, onde Trillian estava de pé, como em um julgamento, havia um pilar branco e fino medindo mais ou menos 1,20m de altura. No alto do pilar, um pequeno globo branco, com uns 10 centímetros de diâmetro.

Ao lado dele havia um robô de Krikkit com seu bastão de batalha multifuncional.

– Na verdade – explicou Trillian – vocês são todos tão idiotamente burros (ela estava suando, e Zaphod achava que aquilo era algo pouco atraente para ela fazer naquele momento), tão idiotamente burros que eu duvido, realmente *duvido*, que tenham sido capazes de construir a bomba da forma certa sem a ajuda de Hactar nesses últimos cinco anos.

– Quem é esse tal de Hactar? – perguntou Zaphod.

Se Marvin respondeu, Zaphod não ouviu. Toda a sua atenção estava centrada na tela.

Um dos Anciões de Krikkit fez um pequeno gesto com as mãos na direção do robô de Krikkit. O robô levantou o bastão.

– Não posso fazer nada – disse Marvin. – Ele está em um circuito independente dos outros.

– Esperem – disse Trillian.

O Ancião fez outro pequeno gesto. O robô parou. Trillian subitamente duvidou seriamente de seu raciocínio.

– Como você sabe de tudo isso? – perguntou Zaphod para Marvin.

– Registros do computador – respondeu Marvin. – Eu tenho acesso.

– Vocês são muito diferentes, não? – disse Trillian para os Mestres Anciões. – Muito diferentes de seus companheiros de mundo lá no chão. Vocês passaram a vida aqui, sem a proteção da atmosfera. Têm estado muito vulneráveis. O resto de sua raça está assustada, sabem, eles não querem que vocês façam isso. Vocês estão distantes de tudo. Por que não vão falar com os outros?

O Ancião perdeu a paciência. Fez um gesto para o robô que era exatamente o oposto do gesto anterior.

O robô moveu seu bastão de batalha. Acertou o pequeno globo branco.

O pequeno globo branco era a bomba de supernova.

Era uma bomba muito, muito pequena que fora projetada para destruir todo o Universo.

A bomba de supernova voou pelo ar. Bateu na parede no fundo da câmara do conselho e fez um bom buraco nela.

– Mas como ela sabe disso tudo? – disse Zaphod.

Marvin manteve-se em um silêncio sombrio.

– Provavelmente está apenas blefando – disse Zaphod. – Pobre garota, eu nunca deveria tê-la deixado sozinha.

Capítulo 32

— Hactar! — gritou Trillian. — O que você quer com essa história toda? Não houve resposta da escuridão que a cercava. Trillian esperou, nervosa. Ela estava certa de que não podia estar errada. Tentou enxergar dentro das sombras de onde esperava que alguma resposta surgisse. Mas havia apenas um silêncio frio.

— Hactar? — chamou novamente. — Gostaria que você conhecesse meu amigo Arthur Dent. Eu queria fugir com um Deus do Trovão, mas ele não me deixou e eu lhe agradeço por isso. Ele me fez compreender onde residia meu afeto. Infelizmente Zaphod tem medo demais disso tudo, então trouxe Arthur no lugar dele. Não sei bem por que estou lhe dizendo tudo isso. Alô? — disse novamente. — Hactar?

E então surgiu a resposta.

Era fraca e débil como uma voz carregada pelo vento, trazida de muito longe, ouvida apenas em parte — a memória do sonho de uma voz.

— Por favor, saiam — disse a voz. — Prometo que estarão completamente seguros.

Olharam um para o outro e depois saíram, improvavelmente, acompanhando o raio de luz que saía da escotilha aberta na Coração de Ouro em plena escuridão granulosa da Nuvem de Poeira.

Arthur tentou segurar a mão de Trillian para acalmá-la e reconfortá-la, mas ela não deixou. Então decidiu segurar sua bolsa com a lata de azeite grego, sua toalha, postais amassados de Santorini e outros bagulhos. Acalmou e reconfortou aquilo.

Estavam sobre e dentro de nada.

Um nada escuro e repleto de poeira. Cada grão de poeira do computador pulverizado brilhava levemente conforme girava lentamente, capturando a luz do sol em meio à escuridão. Cada partícula do computador, cada grão de poeira, possuía em si, fraca e minimamente, o padrão do todo. Ao reduzir o computador a pó, os Silásticos Armademônios de Striterax o haviam danificado, mas não destruído. Um campo fraco e insubstancial mantinha as partículas relacionadas umas às outras.

Arthur e Trillian estavam de pé, ou melhor, flutuavam no meio dessa estranha entidade. Não tinham o que respirar, mas, até então, isso não parecia ser importante. Hactar cumpriu sua promessa. Estavam seguros. Por enquanto.

— Não posso lhes oferecer muito em termos de conforto — disse Hactar, com uma voz fraca —, exceto ilusões de ótica. É possível, contudo, sentir-se bastante confortável com ilusões de ótica quando isso é tudo que se tem.

Sua voz sumiu aos poucos e, em meio à poeira escura, surgiu um longo sofá coberto por um veludo *paisley*.

Arthur estava tendo sérias dificuldades para aceitar o fato de que aquele era o mesmo sofá que havia aparecido antes, quando estava na Terra pré-histórica. Ele queria gritar porque o Universo continuava fazendo esse tipo de coisas enlouquecedoramente atordoantes com ele.

Deixou que esse sentimento passasse, depois sentou-se no sofá, com cuidado. Trillian se sentou também.

O sofá era real.

Ou, se não fosse real, ainda assim ele os sustentava e, como era isso que os sofás supostamente deviam fazer, aquele, de acordo com qualquer padrão vigente, era um sofá real.

A voz soprada pelo vento solar suspirou sobre eles mais uma vez.

– Espero que estejam confortáveis.

Assentiram.

– E gostaria de lhes dar os parabéns pela exatidão de suas deduções.

Arthur apressou-se em dizer que ele não tinha deduzido quase nada por conta própria e que aquilo era coisa da Trillian. Ela simplesmente pediu que ele fosse junto porque também estava interessado na vida, no Universo e em tudo mais.

– Isso também é algo que me interessa – soprou Hactar.

– Bem – disse Arthur –, deveríamos conversar a respeito alguma hora. De preferência tomando um chá.

Lentamente materializou-se, diante deles, uma pequena mesa de madeira sobre a qual havia uma chaleira de prata, uma leiteira de porcelana branca, um açucareiro de porcelana branca e duas xícaras e pires de porcelana branca.

Arthur inclinou-se para pegar uma xícara, mas eram apenas ilusões de ótica. Recostou-se de volta no sofá, que era uma ilusão que seu corpo estava preparado para aceitar como confortável.

– Por que – perguntou Trillian – você acha que precisa destruir o Universo?

Ela estava achando um pouco difícil falar para o nada, sem um ponto onde fixar o olhar. Hactar obviamente notou isso. Riu uma risadinha fantasmagórica.

– Se vamos ter uma sessão desse tipo – respondeu –, melhor que seja em um local adequado.

Agora coisas novas materializaram-se na frente deles. Era uma imagem pálida e obscurecida de um divã – um divã de psiquiatra. O couro com o qual estava forrado era brilhoso e suntuoso, mas aquilo também era uma ilusão de ótica.

Em torno deles, para completar o ambiente, havia uma sugestão embaçada de paredes revestidas com madeira. E então, no divã, surgiu a imagem do próprio Hactar. Essa era uma imagem que entortava o olhar.

O divã parecia ter o tamanho normal de um divã de psicanalista – pouco mais de 1,5 metro de comprimento.

O computador parecia ter o tamanho normal de um computador satélite negro e residente no espaço – cerca de 1.500 quilômetros de comprimento.

A ilusão de que um estava sentado sobre o outro era a coisa que entortava o olhar.

– Tudo bem – prosseguiu Trillian, com firmeza. Levantou-se do sofá. Tinha a sensação de que estava sendo forçada a se sentir muito confortável e a aceitar ilusões demais. – Muito bem – disse ela. – Você pode construir objetos reais também? Digo, objetos sólidos?

Houve outra pausa antes da resposta, como se a mente pulverizada de Hactar tivesse que coletar seus pensamentos dentro dos milhões e milhões de quilômetros nos quais estava dispersa.

– Ah – suspirou. – Você está se referindo à nave.

Os pensamentos fluíam por eles e através deles, como ondas no éter.

– Sim – respondeu –, eu posso. Mas requer um esforço e um tempo enormes. Tudo que posso fazer em meu... estado de partículas, como você vê, é encorajar e sugerir. Encorajar e sugerir. E sugerir...

A imagem de Hactar no sofá pareceu tremular e se esmaecer, como se estivesse tendo dificuldades para se manter.

Reuniu forças.

– Posso encorajar e sugerir – prosseguiu – que pequenos fragmentos de matéria no espaço – um eventual meteorito minúsculo, algumas moléculas aqui, alguns átomos de hidrogênio ali – se reúnam. Eu os encorajo a juntar-se. Posso sugerir-lhes uma forma, mas isso leva muitas eras.

– Então foi você que criou – perguntou Trillian novamente – o modelo da espaçonave destroçada?

– Ehh... sim – murmurou Hactar. – Eu construí... algumas coisas. Posso movê-las por aí. Fiz a espaçonave. Achei melhor fazer.

Naquele momento, algo fez com que Arthur pegasse sua bolsa sobre o sofá e a segurasse com firmeza.

A névoa da antiga mente rompida de Hactar revirava-se em torno deles como se sonhos incômodos a perpassassem.

– Entendam, eu me arrependi – murmurou com pesar. – Me arrependi de ter sabotado meu próprio projeto para os Silásticos Armademônios. Não me cabia tomar aquelas decisões. Fui criado para cumprir uma função e falhei. Neguei minha própria existência.

Hactar suspirou, enquanto Arthur e Trillian esperavam, em silêncio, que ele continuasse sua história.

– Vocês estavam certos – disse ele. – Eu deliberadamente orientei o planeta de Krikkit até que chegassem à mesma forma de pensar dos Silásticos Armademônios e me pedissem, então, o projeto da bomba que falhei em construir da primeira vez. Eu envolvi todo o planeta e cuidei dele. Sob a influência de eventos que fui capaz de gerar, aprenderam a odiar como maníacos. Tive que fazer com que vivessem no céu. Lá embaixo, na superfície, minha influência era muito fraca. É claro que, enquanto estiveram trancados e distantes de mim dentro do envoltório de Tempolento, começaram a agir de forma confusa e não conseguiram se virar sozinhos. Pois bem, pois bem – acrescentou –, estava apenas tentando cumprir minha função.

E muito gradualmente, muito, muito lentamente, as imagens começaram a se esvair, desmanchando-se suavemente.

Então, subitamente, pararam de se esvair.

– Havia também a questão da vingança, é claro – disse Hactar, com uma veemência nova em sua voz. – Lembrem-se de que fui pulverizado, depois deixado avariado e semi-impotente durante bilhões de anos. Honestamente, eu preferia aniquilar o Universo. Vocês se sentiriam da mesma forma, acreditem.

Parou novamente, enquanto turbilhões percorriam a Nuvem.

– Mas, sobretudo – disse, no tom de voz melancólico que vinha usando –, estava tentando cumprir minha função. Pois bem.

Trillian disse:

– Você não acha ruim ter fracassado?

– Fracassado? – sussurrou Hactar. A imagem do computador no divã de psiquiatra começou lentamente a sumir. – Pois bem, pois bem – prosseguiu a voz, sumindo aos poucos. – Não, agora o fracasso já não me preocupa.

– Você sabe o que teremos que fazer, não é? – disse Trillian, com a voz seca de um profissional.

– Sim – disse Hactar –, vão ter que me dispersar. Vão destruir minha consciência. Prossigam, por favor. Depois de tantas eras, esquecimento é tudo o que desejo. Se ainda não cumpri minha função, agora é tarde. Obrigado e boa noite.

O sofá desapareceu.

A mesa de chá desapareceu.

O divã e o computador desapareceram, assim como as paredes. Arthur e Trillian retornaram à Coração de Ouro.

– **BEM, ACHO QUE É ISSO AÍ MESMO** – disse Arthur.

As labaredas subiram diante dele e pouco depois se apagaram, deixando-o apenas com a pilha das Cinzas, onde pouco antes havia o Pilar de Madeira da Natureza e Espiritualidade.

Ele as recolheu da cavidade da Churrasqueira Gama da Coração de Ouro, colocou-as em um saquinho de papel e retornou à ponte.

– Acho que deveríamos levá-las de volta – disse. – Sinto isso muito fortemente.

Ele já tinha discutido com Slartibartfast sobre o assunto, e o velho acabou se enchendo e foi embora. Havia retornado para sua própria espaçonave, a Bistromática, brigou feio com o garçom e desapareceu em uma ideia completamente subjetiva a respeito do espaço.

A discussão havia surgido porque Arthur queria levar as Cinzas de volta ao Lord's Cricket Ground, para o mesmo momento em que haviam sido retiradas de lá, o que envolvia viajar no tempo um dia para trás ou algo próximo a isso, e era exatamente esse tipo de vandalismo gratuito e irresponsável que a Campanha por um Tempo Real estava tentando fazer cessar.

– Sim – havia dito Arthur –, mas tente explicar isso ao Marylebone Cricket Club. – E não quis ouvir nenhum outro argumento contra a sua ideia. – Eu acho – disse novamente, e parou. O motivo pelo qual havia começado a falar de novo era porque ninguém havia prestado atenção na primeira vez, e o motivo pelo qual parou foi porque estava bastante óbvio que não iriam prestar atenção de novo.

Ford, Zaphod e Trillian estavam olhando para as telas de monitoração atentamente, enquanto Hactar estava sendo dispersado sob a pressão de um campo vibracional que a Coração de Ouro estava gerando dentro dele.

– O que ele disse? – perguntou Ford.

– Acho que ouvi ele dizer "O que está feito, está feito... Cumpri minha função..." – disse Trillian, meio espantada.

– Acho que deveríamos levar estas Cinzas de volta – disse Arthur, segurando o saquinho que continha as Cinzas. – Sinto isso muito fortemente.

Capítulo 33

O sol estava brilhando calmamente sobre o cenário de completo caos. A fumaça continuava subindo ao longo do gramado chamuscado, pouco após o roubo das Cinzas pelos robôs de Krikkit. Em meio à fumaça, pessoas corriam, em pânico, chocando-se umas contra as outras, tropeçando, sendo presas.

Um policial estava tentando prender Wowbagger, o Infinitamente Prolongado, por falta de decoro, mas não foi capaz de impedir que o alienígena alto e cinza-esverdeado retornasse à sua nave e voasse para longe, arrogantemente, aumentando ainda mais o pânico e pandemônio.

Em meio a tudo isso, pela segunda vez naquela tarde, Arthur Dent e Ford Prefect materializaram-se subitamente, teleportados da Coração de Ouro, que estava agora parada em órbita estacionária sobre o planeta.

– Eu posso explicar! – gritou Arthur. – Eu estou com as Cinzas! Estão neste saquinho.

– Acho que ninguém está prestando atenção – disse Ford.

– Também ajudei a salvar o Universo – gritou Arthur para todos os que estavam dispostos a ouvi-lo, ou seja, ninguém.

– Isso deveria ter chamado a atenção de todos – Arthur falou para Ford.

– Não funcionou – disse Ford.

Arthur abordou um policial que passava correndo por perto.

– Com licença – disse. – As Cinzas. Estou com elas. Foram roubadas pelos robôs brancos há pouco tempo. Elas estão neste saquinho. Fazem parte da Chave para o envoltório de Tempolento, entende, então, bem, acho que você pode adivinhar o resto, mas a questão é que estão aqui e queria saber o que faço com elas.

O policial lhe disse o que fazer, mas Arthur preferiu entender sua resposta de forma metafórica.

Andou pelo campo, consternado.

– Será que ninguém se importa? – gritou em voz alta. Um homem passou correndo por ele e esbarrou em seu cotovelo. Ele deixou cair o saquinho de papel e seu conteúdo se esparramou no chão. Arthur olhou para baixo, contrariado.

Ford olhou para ele.

– Podemos ir agora? – disse.

Arthur soltou um longo suspiro. Olhou em volta para o planeta Terra, certo de que aquela seria a última vez.

– Vamos lá – respondeu.

Naquele momento, em meio à fumaça que estava se dispersando, ele pôde ver que um dos *wickets* permanecia de pé, apesar de tudo.

– Espere um pouco – disse para Ford. – Quando eu era garoto...

– Você pode me contar isso mais tarde?

– Eu era apaixonado por críquete, sabe, mas não jogava muito bem.

– Ou talvez nem contar nada, se preferir.

– E sempre tive o sonho tolo de que um dia eu faria um arremesso no campo do Lord's.

Olhou em torno de si para a multidão em pânico. Ninguém iria se importar.

– Tá bom – disse Ford, aborrecido. – Termine logo com isso. Vou ficar ali na frente – acrescentou – me chateando. – Saiu andando e sentou-se sobre um pedaço de grama fumegante.

Arthur lembrou-se de que, na primeira vez em que tinham estado lá naquela tarde, a bola de críquete havia caído dentro de sua bolsa, e olhou dentro dela.

Já havia encontrado a bola dentro da bolsa quando lembrou que aquela não era a mesma bolsa que ele estava usando antes. Ainda assim, a bola estava entre seus suvenires da Grécia.

Ele pegou-a, esfregou-a na roupa, cuspiu nela e esfregou-a novamente. Colocou a bolsa no chão. Queria fazer aquilo da forma apropriada.

Jogou a bolinha vermelha de uma mão para a outra, sentindo seu peso.

Com um maravilhoso sentimento de leveza e despreocupação, foi recuando para longe do *wicket*. Decidiu que daria uma corrida médio-rápida e mediu a distância para um bom arremesso.

Olhou para o céu. Os pássaros voavam, nuvens brancas passavam. O ar estava sendo perturbado pelos sons das sirenes da polícia e das ambulâncias, além das pessoas gemendo e gritando, mas ele se sentia feliz e distante daquilo tudo. Ia arremessar uma bola no famoso campo do Lord's.

Virou-se e bateu algumas bolas no solo com seus chinelos. Endireitou os ombros, jogou uma delas para cima e pegou-a novamente.

Começou a correr.

Enquanto corria, notou que havia um batedor em frente ao *wicket*.

"Nossa", pensou, "isso realmente vai acrescentar um pouco de..."

Então, enquanto seus pés corriam, fazendo com que se aproximasse, pôde ver com clareza. O batedor que estava a postos no *wicket* não era do time inglês. Também não era do time de críquete australiano. Era do time dos robôs de Krikkit. Era um robô assassino branco, frio, rígido e letal que aparentemente não havia retornado à sua nave com os outros.

Muitos pensamentos chocaram-se uns contra os outros dentro da cabeça de

Arthur naquele momento, mas ele não conseguia parar de correr. O tempo parecia se mover de forma terrivelmente, terrivelmente lenta, mas ele não conseguia parar de correr.

Movendo-se como se estivesse imerso em mel, lentamente virou sua cabeça perturbada e olhou para sua própria mão, aquela que segurava a pequena bola vermelha e dura.

Seus pés continuavam se movendo para a frente enquanto ele olhava para a bola firmemente segura em sua mão, incapaz de agir. Ela estava emitindo um brilho vermelho-escuro e piscava de forma intermitente. Ainda assim seus pés se moviam para a frente, inexoravelmente.

Olhou de novo para o robô de Krikkit que estava de pé à sua frente, implacável e imóvel, com um único propósito, o bastão de batalha levantado em prontidão. Seus olhos queimavam com uma luz fria e hipnotizante: Arthur não conseguia desgrudar seus olhos dos dele. Encarava os olhos do robô com visão de túnel, como se não houvesse nada em torno dele.

Eis alguns dos pensamentos que estavam se chocando em sua mente naquele momento:

Ele se sentia um completo imbecil.

Sentia que deveria ter prestado muito mais atenção a uma série de coisas que ouvira dizer, frases que agora martelavam sua cabeça enquanto seus pés martelavam o chão na direção onde ele iria inevitavelmente lançar a bola para o robô de Krikkit, que iria inevitavelmente rebatê-la.

Lembrou-se de Hactar dizendo: "Fracassado? Não, agora o fracasso já não me preocupa."

Lembrou-se das últimas palavras de Hactar, ao morrer: "O que está feito, está feito, cumpri minha função."

Lembrou-se de Hactar ter dito que conseguira fazer "algumas coisas".

Lembrou-se do movimento súbito em sua bolsa que o havia feito segurá-la com firmeza quando estava na Nuvem de Poeira.

Lembrou-se de que tinha viajado para o passado um ou dois dias para retornar ao Lord's.

Lembrou-se também de que era um péssimo arremessador.

Sentiu seu braço preparando-se para o arremesso, segurando firmemente a bolinha que ele agora sabia, com certeza, ser a bomba de supernova que Hactar havia construído ele mesmo e colocado em sua bolsa, a bomba que levaria o Universo a um fim repentino e prematuro.

Torceu e rezou para que não houvesse vida após a morte. Então percebeu que havia uma contradição nisso e simplesmente torceu para que não houvesse vida após a morte.

Ele iria se sentir extremamente envergonhado se tivesse que encontrar todo mundo.

Torceu, torceu, torceu para que seus arremessos continuassem tão ruins quanto haviam sido, porque essa parecia ser a única coisa que se interpunha entre aquele momento e a destruição do Universo.

Sentiu suas pernas se movendo, seu braço girando, sentiu seus pés indo de encontro à bolsa que por tolice havia deixado no chão à sua frente, sentiu que caía pesadamente para a frente, mas, com a mente tão repleta de outros pensamentos, naquele momento se esqueceu por completo de acertar o chão e portanto errou.

Ainda segurando firmemente a bola em sua mão direita, decolou, emocionado com a surpresa.

Girou e girou enquanto subia, sem controle nenhum.

Virou-se na direção do chão, lançando-se de forma caótica através do ar e, ao mesmo tempo, jogando a bomba bem longe, inofensivamente.

Atirou-se contra o robô atônito vindo de trás. O robô ainda estava com o bastão de batalha multifuncional erguido, mas, subitamente, não havia mais no que bater.

Em um súbito acesso tresloucado de força, arrancou violentamente o bastão de batalha do robô ainda perplexo, executou uma impressionante pirueta no ar, desceu mais uma vez num ataque furioso e, com um golpe alucinante, arrancou a cabeça do robô.

– Afinal, vamos ou não? – perguntou Ford.

Epílogo

E, no final, mais uma vez eles viajaram.

Houve um tempo em que Arthur Dent não teria ido. Ele disse que o Propulsor Bistromático lhe revelara que tempo e distância eram um, que mente e Universo eram um, que percepção e realidade eram um e que, quanto mais se viaja, mais se permanece no mesmo lugar, e, sendo assim, dado isso e aquilo outro ele preferia ficar quieto durante algum tempo e resolver tudo isso em sua mente, que agora era um com o Universo, então não iria levar muito tempo e ele poderia descansar bastante depois, aperfeiçoar suas técnicas de voo e aprender a cozinhar, algo que ele sempre quis. A lata de azeite grego era agora seu objeto mais querido, e ele disse que a forma como ela havia inesperadamente surgido em sua vida mais uma vez deu certo sentido de unidade às coisas, o que fazia com que ele achasse que...

Bocejou e caiu no sono.

Pela manhã, enquanto os outros se preparavam para levá-lo a algum planeta calmo e idílico onde as pessoas não se importassem muito com as coisas que ele falava, subitamente captaram uma chamada de socorro gerada por computador e alteraram a rota para investigar.

Uma nave pequena, mas aparentemente em perfeito estado, da classe Mérida, parecia estar dançando alguns passos exóticos em meio ao espaço. Uma rápida varredura do computador revelou que a nave estava perfeita, que seu computador estava perfeito, mas que o piloto estava louco.

– Meio louco, meio louco – insistia o homem, enquanto o transportavam, siderado, a bordo da nave.

Ele era um jornalista do *Sidereal Daily Mentioner's*. Deram-lhe sedativos e deixaram Marvin cuidando dele até que ele prometesse se comportar e falar algo sensato.

– Eu estava fazendo a cobertura de um julgamento – disse, finalmente – em Argabuthon.

Levantou-se, apoiando-se em seus ombros magros e enfraquecidos, com um olhar selvagem. Seus cabelos brancos pareciam estar acenando para um conhecido deles na outra sala.

– Calma, calma – disse Ford. Trillian pousou uma mão tranquilizadora sobre seu ombro.

O homem afundou novamente na cama e olhou para o teto da enfermaria da nave.

– O caso – disse ele – é irrelevante agora, mas havia uma testemunha... um homem chamado... chamado Prak. Um homem estranho e difícil. Acabaram sendo forçados a administrar-lhe uma droga para fazer com que dissesse a verdade, um soro da verdade.

Seus olhos rolavam dentro das órbitas.

– Deram-lhe uma dose forte demais – disse, quase choramingando. – Foi forte demais, demais. – Começou a chorar. – Acho que os robôs devem ter esbarrado no braço do médico.

– Robôs? – perguntou Zaphod subitamente. – Que robôs?

– Uns robôs brancos – disse o homem em voz baixa e rouca – invadiram o tribunal e roubaram o cetro do juiz, o Cetro da Justiça de Argabuthon, um treco horrível feito de acrílico. Não tenho ideia do que queriam com aquilo. – Recomeçou a chorar. – E acho que esbarraram no braço do médico...

Balançou sua cabeça de um lado para o outro, desamparado, tristonho, olhos contorcidos pela dor.

– E quando o julgamento continuou – disse, em um sussurro quase choroso – perguntaram a Prak uma coisa terrível. Pediram a ele – parou e estremeceu – que contasse a Verdade, Toda a Verdade e Nada Mais que a Verdade. Só, entendem?

Subitamente apoiou-se nos ombros e gritou para eles:

– Deram-lhe uma dose muito, muito forte daquela droga!

Caiu na cama de novo, resmungando baixinho:

– Muito forte, muito forte, muito forte, muito forte...

Em torno da cama, o grupo trocou olhares. Aquilo lhes dava arrepios.

– O que aconteceu? – disse Zaphod por fim.

– Bem, ele lhes contou tudo – disse o homem, selvagemente – e, até onde sei, continua contando coisas até agora. Coisas estranhas e terríveis... terríveis, terríveis! – gritou.

Tentaram acalmá-lo, mas ele fez força e se apoiou nos cotovelos novamente.

– Coisas terríveis, incompreensíveis – gritou –, coisas que deixariam qualquer homem louco!

Olhou para eles assustado.

– Ou, no meu caso – acrescentou –, meio louco. Sou um jornalista.

– Você quer dizer – perguntou Arthur, baixinho – que está acostumado a se defrontar com a verdade?

– Não – respondeu o outro com o semblante franzido. – Quero dizer que inventei uma desculpa e saí mais cedo.

Depois disso ele entrou em coma e só saiu uma vez, brevemente.

Nessa ocasião descobriram o seguinte a partir do que ele contou:

Quando ficou claro que era impossível interromper Prak, que ali estava a verdade em sua forma final e absoluta, a corte foi evacuada.

Não apenas evacuada, ela foi selada com Prak lá dentro. Paredes de aço foram construídas ao redor dela e, apenas por garantia, colocaram também arame farpado, uma cerca elétrica, construíram um fosso com crocodilos e estacionaram três grandes exércitos, para garantir que ninguém jamais teria que ouvir Prak falar.

– É pena – disse Arthur. – Queria saber o que ele tinha a dizer. Supostamente deveria saber qual é a Pergunta Fundamental para a Resposta Final. Continuo chateado por nunca termos descoberto isso.

– Pense em um número – disse o computador. – Qualquer número.

Arthur disse ao computador o número de telefone do setor de informações da estação de trens de King's Cross, acreditando que aquele número deveria ter alguma função e talvez fosse aquela.

O computador injetou o número no Gerador de Improbabilidade da nave, que havia sido reconstruído.

Na Relatividade, a Matéria diz ao Espaço como se curvar, e o Espaço diz à Matéria como se mover.

A Coração de Ouro disse ao espaço que desse um nó em si mesmo e estacionou de forma perfeita dentro do perímetro interno do muro de aço da Câmara de Justiça de Argabuthon.

O tribunal era um lugar austero, uma grande câmara sombria, claramente desenhada para servir à Justiça e não, por exemplo, ao Prazer. Você não conseguiria dar uma festa ali, pelo menos não uma festa animada. A decoração deixaria seus convidados deprimidos.

O teto era alto, curvo e muito escuro. Sombras se escondiam lá com uma determinação sinistra. Os revestimentos das paredes, dos bancos e dos pilares maciços, todos haviam sido talhados usando as mais escuras e severas árvores da terrível Floresta de Arglebard. A imponente Tribuna da Justiça, que dominava o centro da câmara, era um monstro de gravidade. Se algum raio de sol já tivesse conseguido se esgueirar tão fundo no complexo de justiça de Argabuthon, ele teria feito meia-volta e se esgueirado para fora novamente.

Arthur e Trillian entraram primeiro, enquanto Ford e Zaphod guardavam heroicamente a retaguarda.

Primeiro parecia que tudo estava completamente escuro e deserto. Os passos ecoavam pela câmara deserta. Aquilo parecia estranho. Todas as defesas continuavam em posição e operando normalmente do lado de fora do prédio, coisa que as varreduras da nave confirmaram. Portanto, eles tinham presumido que Prak ainda estaria contando toda a verdade.

Mas não havia nada.

Então, conforme seus olhos se acostumaram com a escuridão, perceberam um leve brilho vermelho em um canto e, atrás dele, uma sombra. Apontaram uma lanterna naquela direção.

Prak estava largado em um banco, fumando um cigarro indolentemente.

– Oi – disse ele, com um curto aceno. Sua voz ecoou pela câmara. Era um cara pequeno, com cabelos desgrenhados. Estava sentado com os ombros curvados para a frente e sua cabeça e joelhos não paravam de se mover. Deu outro trago no cigarro.

Olharam para ele.

– O que está acontecendo? – perguntou Trillian.

– Nada – disse ele, sacudindo os ombros.

Arthur apontou sua lanterna bem na cara de Prak.

– Pensávamos – disse ele – que você estivesse contando a Verdade, Toda a Verdade e Nada Mais que a Verdade.

– Ah, isso – disse Prak. – É. Eu estava. Já acabei. Não tem tanta coisa quanto as pessoas imaginam. Mas algumas partes são bem engraçadas.

Subitamente disparou em uns três segundos de risadas maníacas e depois parou de novo. Ficou sentado ali, mexendo a cabeça e os joelhos. Deu outra tragada, com um sorriso estranho no canto da boca.

Ford e Zaphod saíram das sombras.

– Conte-nos um pouco a respeito – disse Ford.

– Ah, já não consigo me lembrar de nada – disse Prak. – Pensei em escrever algumas partes, mas primeiro não consegui achar um lápis, e depois, pensei, para que me preocupar?

Houve um longo silêncio, durante o qual puderam sentir o Universo ficar um pouco mais velho. Prak olhava para a lanterna.

– Nada? – disse Arthur por fim. – Não consegue se lembrar de nada?

– Não. Exceto que a maioria das partes divertidas tinha a ver com as rãs, disso eu lembro.

Voltou a se contorcer em risos, enquanto batia com os pés no chão.

– Vocês não vão acreditar nas histórias das rãs – disse, ofegante. – Ei, vamos lá, vamos encontrar uma rã. Cara, a partir de agora tenho uma nova visão sobre elas! – Ficou de pé e deu uns passos engraçados. Depois parou e tragou longamente o cigarro. – Vamos encontrar uma rã que eu possa gozar – disse depois. – Aliás, quem são vocês?

– Viemos procurá-lo – disse Trillian, deixando deliberadamente claro o tom de desapontamento na voz. – Meu nome é Trillian.

Prak balançou a cabeça.

– Ford Prefect – disse Ford, dando de ombros.

Prak balançou a cabeça.

– E eu – disse Zaphod, quando julgou que havia novamente silêncio suficiente para que um anúncio de tamanha gravidade fosse feito de maneira tão leviana – sou Zaphod Beeblebrox.

Prak balançou a cabeça.

– Quem é esse cara? – disse Prak sacudindo o ombro na direção de Arthur, que ficou em silêncio, perdido em pensamentos desapontados.

– Eu? – perguntou Arthur. – Meu nome é Arthur Dent.

Os olhos de Prak saltaram das órbitas.

– Sério? – gritou. – Você é Arthur Dent? *Aquele* Arthur Dent?

Deu uns passos para trás, segurando o estômago enquanto se contraía em novos espasmos de riso.

– Uau, só de pensar em conhecer você! – estava sem ar. – Rapaz – gritou –, você é o cara mais... uau, você deixa as rãs para trás!

Ele gritava e ria histericamente. Caiu para trás do banco. Revirava-se no chão histericamente. Chorava de tanto rir, chutava o ar, batia no peito. Gradualmente conseguiu se controlar, ofegante. Olhou para eles. Olhou para Arthur. Caiu novamente para trás, rindo histericamente. Acabou adormecendo.

Arthur ficou ali, seus lábios tremendo, enquanto os outros carregavam Prak, completamente apagado, para a nave.

– Antes de virmos pegar Prak – disse Arthur – eu ia partir. Ainda quero partir, e acho que devo fazê-lo o mais rápido possível.

Os outros concordaram em silêncio, silêncio este que foi apenas quebrado pelo som muito abafado e distante das risadas histéricas vindas da cabine de Prak, na parte mais distante da nave.

– Nós já o interrogamos – prosseguiu Arthur – ou, pelo menos, vocês o interrogaram, já que, como sabemos, não posso chegar perto dele. Perguntamos de tudo e ele não parece ter nada a dizer. Apenas uma ou outra frase, e muitas coisas que não quero saber sobre rãs.

Os outros tentaram conter as risadinhas.

– Olhem, eu sou o primeiro a rir de uma piada – disse Arthur, mas depois teve que esperar os outros pararem de rir. – Sou o primeiro a... – Parou novamente e escutou o silêncio. Estava realmente silencioso dessa vez.

Prak estava em silêncio. Durante dias eles haviam convivido com sua risada histérica ressoando pela nave, ocasionalmente interrompida por breves períodos de risadas mais leves e de sono. A própria alma de Arthur estava se contorcendo em completa paranoia.

Aquele não era o silêncio do sono. Uma campainha soou. Deram uma olhada em um painel e viram que a campainha fora acionada por Prak.

– Ele não está bem – disse Trillian, preocupada. – As risadas permanentes estão destruindo completamente seu corpo.

Os lábios de Arthur voltaram a tremer, mas ele nada disse.

– Melhor irmos ver como ele está.

Trillian saiu da cabine revestida de sua expressão de extrema seriedade.

– Ele quer que você entre – disse ela para Arthur, que estava com sua expressão de completo mau humor. Ele enfiou as mãos dentro dos bolsos de seu roupão e tentou pensar em alguma resposta que não fosse soar mesquinha. Aquilo lhe parecia tremendamente injusto, mas não conseguiu pensar em nada. – Por favor – disse Trillian.

Ele deu de ombros e entrou, levando sua expressão de completo mau humor com ele, apesar da reação que isso sempre provocava em Prak.

Olhou para o seu torturador, que estava deitado imóvel na cama, pálido e combalido. Sua respiração estava fraca. Ford e Zaphod estavam de pé ao lado da cama com uma cara estranha.

– Você queria me perguntar algo – disse Prak com a voz fraca, tossindo levemente.

Apenas o fato de ele tossir já deixava Arthur tenso, mas passou logo.

– Como você sabe disso? – perguntou.

Prak olhou para ele, cansado.

– Porque é verdade – respondeu.

Arthur entendeu.

– Sim – acabou dizendo em uma fala arrastada e tensa. – Eu tinha uma Pergunta. Ou melhor, o que eu tenho é uma Resposta. Eu queria saber qual era a Pergunta.

Prak assentiu de forma simpática e Arthur relaxou um pouco.

– Bem... olha, é uma longa história – disse por fim –, mas a Pergunta que eu queria conhecer se refere à Questão Fundamental sobre a Vida, o Universo e Tudo Mais. Tudo que sabemos é que a Resposta é 42, o que é um pouco irritante.

Prak assentiu novamente.

– Quarenta e dois – disse ele. – Sim, é isso mesmo.

Fez uma pausa. Sombras de pensamentos e lembranças cruzaram sua face como sombras de nuvens cruzando o solo.

– Eu lamento dizer – falou por fim – que a Pergunta e a Resposta são mutuamente exclusivas. Por lógica, o conhecimento de uma impede o conhecimento da outra. É impossível que ambas possam ser conhecidas no mesmo Universo.

Fez outra pausa. O desapontamento surgiu no rosto de Arthur e foi se alojar em seu cantinho habitual.

– Exceto – disse Prak, fazendo força para focalizar um pensamento – que, se isso acontecesse, creio que a Pergunta e a Resposta iriam se cancelar mutuamente e levar o Universo com elas. Ele seria, então, substituído por algo ainda mais estranho e inexplicável. É possível que isso já tenha acontecido – acrescentou, com um sorriso enfraquecido –, mas há uma certa Incerteza a respeito disso.

Um pequeno risinho perpassou-o levemente.

Arthur sentou-se em um banquinho.

– Ah, bem – disse, resignado –, eu só estava esperando que houvesse alguma razão.

– Você conhece – perguntou Prak – a história da Razão?

Arthur disse que não e Prak respondeu que já sabia que não.

Ele a contou.

Uma noite, ele disse, uma espaçonave apareceu no céu de um planeta que nunca antes havia visto uma delas. O planeta era Dalforsas e a nave era aquela. Surgiu como uma nova e brilhante estrela se movendo silenciosamente através do céu.

As pessoas das primitivas tribos que estavam sentadas nas encostas das Montanhas Gélidas olharam para cima, segurando suas xícaras com bebidas fumegantes e apontaram, com dedos trêmulos, jurando que haviam visto um sinal de seus deuses significando que deveriam agora levantar-se e partir para massacrar os malignos Príncipes das Planícies.

Nas altas torres de seus palácios, os Príncipes das Planícies olharam para cima e viram a estrela brilhante, compreendendo que aquele era um sinal inequívoco de seus deuses para que eles partissem e atacassem as malditas tribos das Montanhas Gélidas.

Entre ambos, os Habitantes da Floresta olharam para o céu e viram o sinal da nova estrela. Olharam para ela com medo e apreensão porque, apesar de nunca terem visto nada assim, eles também sabiam exatamente que presságio aquilo trazia e curvaram suas cabeças em desespero.

Sabiam que, quando as chuvas vinham, era um sinal.

Quando as chuvas paravam, era um sinal.

Quando os ventos sopravam, era um sinal.

Quando os ventos se aquietavam, era um sinal.

Quando houvesse nascido na terra, à meia-noite em uma lua cheia, uma cabra com três cabeças, era um sinal.

Quando houvesse nascido na terra, em uma hora qualquer, um gato ou porco perfeitamente normal sem qualquer complicação, ou mesmo uma criança com um nariz empinado, muitas vezes essas coisas também eram vistas como um sinal.

Então não havia dúvida alguma de que uma nova estrela no céu era um sinal de enorme magnitude.

E cada novo sinal significava a mesma coisa – que os Príncipes das Planícies e as Tribos das Montanhas Gélidas estavam se preparando para arrancar o couro uns dos outros.

Por si só, isso não seria nada de mais, exceto que os Príncipes das Planícies e as tribos das Montanhas Gélidas sempre decidiam arrancar o couro uns dos outros na Floresta, e a pior parte dessas lutas sobrava sempre para os Habitantes da Floresta, ainda que, até onde eles conseguissem entender, não tivessem nada a ver com isso.

E algumas vezes, depois dos piores desses ultrajes, os Habitantes da Floresta enviavam um mensageiro para o líder dos Príncipes das Planícies ou para o líder das tribos das Montanhas Gélidas, perguntando-lhes qual a Razão daquele comportamento insuportável.

E o líder, fosse quem fosse, levava o mensageiro para um canto e lhe explicava a Razão, lenta e cuidadosamente, tendo um grande cuidado ao explicar todos os detalhes envolvidos.

A coisa mais terrível era a seguinte: a razão era muito boa. Era clara, muito racional e muito dura. O mensageiro abaixava a cabeça, consternado, sentindo-se tolo por não ter percebido o quão duro e complexo era o mundo real, e quão enormes eram as dificuldades e paradoxos que precisavam ser defrontados para que fosse possível viver nele.

– Você entende agora? – dizia o líder.

O mensageiro concordava em silêncio.

– E você compreende que essas batalhas precisam ocorrer?

Outra vez concordava em silêncio.

– E por que elas têm que ocorrer na Floresta, no interesse de todos, inclusive dos Habitantes da Floresta?

– Eh...

– A longo prazo.

– Eh, sim.

E o mensageiro de fato compreendia a Razão, e retornava para seu povo na Floresta. Contudo, enquanto se aproximava deles, enquanto atravessava a Floresta, por entre as árvores, percebia que tudo de que podia se lembrar a respeito da Razão era o quão incrivelmente claro o argumento havia parecido. Qual era exatamente o argumento, isso ele nunca conseguia se lembrar.

E isso era, claro, um grande consolo quando as Tribos e os Príncipes voltavam a guerrear, cortando e queimando tudo em seu caminho através da Floresta e matando todos os Habitantes da Floresta que encontrassem.

Prak fez uma pausa em sua história e tossiu.

– Eu fui o mensageiro – disse ele – após as batalhas causadas pela aparição de sua nave, que foram especialmente selvagens. Muitos de nosso povo morreram. Acreditei que poderia trazer a Razão de volta. Fui até o líder dos Príncipes, que a contou para mim, mas no caminho de volta ela foi se desfazendo e sumindo em minha mente como neve sob o sol. Isso foi há muitos anos e muitas outras coisas já aconteceram desde então.

Olhou para Arthur e soltou outro risinho leve.

– Há uma coisa de que consigo me lembrar após o soro da verdade. Além das rãs, e é a última mensagem de Deus para sua criação. Vocês gostariam de ouvi-la?

Por um breve momento, não sabiam se deviam levá-lo a sério ou não.

– É verdade – disse ele. – Estou falando sério.

Seu peito arfava com dificuldade e lutava para respirar. Sua cabeça pendeu levemente para o lado.

– Não fiquei muito impressionado quando soube pela primeira vez o que era – disse ele –, mas agora, lembrando o quão impressionado eu fiquei pela Razão do Príncipe e quão rápido me esqueci dela, acho que poderia ser bem mais útil. Vocês querem saber o que é? Querem?

Todos concordaram em silêncio.

– Achei que iriam querer. Se vocês estiverem interessados, sugiro que procurem por ela. Está escrita em letras chamejantes de 9 metros no topo das Montanhas de Quentulus Quazgar na terra de Sevorbeupstry no planeta Preliumtarn, o terceiro a partir do sol Zarss no Setor Galáctico QQ7 Ativo J Gama. É guardado pela Lajéstica Vantraconcha de Lob.

Houve um longo silêncio após essa parte, finalmente quebrado por Arthur.

– Desculpe, onde mesmo você disse que estava?

– Está escrita – repetiu Prak – em letras chamejantes de 9 metros no topo das Montanhas de Quentulus Quazgar na terra de Sevorbeupstry no planeta Preliumtarn, o terceiro a partir do...

– Desculpe – repetiu Arthur –, que montanhas?

– As Montanhas de Quentulus Quazgar na terra de Sevorbeupstry no planeta...

– Que terra você mencionou? Não peguei bem essa parte.

– Sevorbeupstry, no planeta...

– Sevorbe... o quê?

– Ah, que se dane – disse Prak, e morreu em seguida.

Nos dias seguintes, Arthur pensou um pouco sobre a tal mensagem, mas, no final das contas, decidiu que não iria se deixar levar por ele e insistiu em prosseguir com seu plano original de encontrar um agradável pequeno mundo onde pudesse se assentar e levar uma vida calma e isolada. Tendo salvado o Universo duas vezes no mesmo dia, achou que podia levar as coisas de forma mais calma dali em diante.

Eles o deixaram no planeta Krikkit, que havia voltado a ser um mundo idílico e pastoral, mesmo que as músicas o irritassem um pouco.

Passou muito tempo voando.

Aprendeu a se comunicar com as aves e descobriu que a conversa delas era incrivelmente chata. Só falavam sobre a velocidade do vento, envergadura das asas, relação força/peso e muitas coisas sobre frutinhas. Infelizmente ele também descobriu que, uma vez que você tenha aprendido o *passareado*, rapidamente percebia que todo o ar estava cheio dele o tempo todo, nada além de tagarelice sem sentido entre pássaros. Não há como escapar.

Foi por esse motivo que Arthur acabou desistindo desse esporte e aprendeu a viver no chão e gostar dele, apesar de também ouvir muita tagarelice sem sentido por lá.

Um dia, estava andando pelos campos cantarolando uma adorável melodia que havia aprendido recentemente quando uma espaçonave prateada desceu do céu e pousou na sua frente.

Uma escotilha se abriu, uma rampa se estendeu e um alienígena alto e cinza- -esverdeado saiu lá de dentro e aproximou-se dele.

– Arthur Phili... – disse, então olhou atentamente para ele e depois para a sua prancheta. Franziu o rosto. Olhou novamente para ele.

– Já peguei você antes, não foi?

ATÉ MAIS, E OBRIGADO PELOS PEIXES!

VOLUME 4
da trilogia de cinco

Prólogo

Muito além, nos confins inexplorados da região mais brega da Borda Ocidental desta Galáxia, há um pequeno sol amarelo e esquecido.

Girando em torno deste sol, a uma distância de cerca de 148 milhões de quilômetros, há um planetinha verde-azulado absolutamente insignificante, cujas formas de vida, descendentes de primatas, são tão extraordinariamente primitivas que ainda acham que relógios digitais são uma grande ideia.

Este planeta tem – ou melhor, tinha – o seguinte problema: a maioria de seus habitantes estava quase sempre infeliz. Foram sugeridas muitas soluções para esse problema, mas a maior parte delas dizia respeito basicamente à movimentação de pequenos pedaços de papel colorido com números impressos, o que é curioso, já que no geral não eram os tais pedaços de papel colorido que se sentiam infelizes.

E assim o problema continuava sem solução. Muitas pessoas eram más, e a maioria delas era muito infeliz, mesmo as que tinham relógios digitais.

Um número cada vez maior de pessoas acreditava que havia sido um erro terrível da espécie descer das árvores. Algumas diziam que até mesmo subir nas árvores tinha sido uma péssima ideia, e que ninguém jamais deveria ter saído do mar.

E, então, uma quinta-feira, quase dois mil anos depois que um homem foi pregado num pedaço de madeira por ter dito que seria ótimo se as pessoas fossem legais umas com as outras para variar, uma garota, sozinha numa pequena lanchonete em Rickmansworth, de repente compreendeu o que tinha dado errado todo esse tempo e finalmente descobriu como o mundo poderia se tornar um lugar bom e feliz. Desta vez estava tudo certo, ia funcionar, e ninguém teria que ser pregado em coisa nenhuma.

Infelizmente, porém, antes que ela pudesse telefonar para alguém e contar sua descoberta, aconteceu uma catástrofe terrível e idiota e a ideia perdeu-se para todo o sempre.

Esta é a história dessa garota.

Capítulo 1

Naquela noite escureceu cedo, o que era normal para aquela época do ano. Fazia frio e ventava bastante, o que também era normal. Começou a chover, o que era particularmente normal.

Uma espaçonave aterrissou, o que não era.

Não havia ninguém que pudesse vê-la, exceto alguns quadrúpedes incrivelmente burros que não tinham a menor ideia do que pensar a respeito, ou mesmo se deviam pensar alguma coisa, ou comer aquela coisa, ou o que fosse. Fizeram então o que sempre faziam, que era sair correndo e tentar esconder-se um debaixo do outro, o que nunca dava certo.

A nave deslizou das nuvens, aparentemente equilibrando-se em um único feixe de luz.

De longe, era difícil ser notada em meio aos relâmpagos e às nuvens carregadas, mas vista de perto era estranhamente bela – uma nave cinzenta, esculpida com elegância, bem pequena.

É claro que ninguém pode saber ao certo o tamanho ou a forma das diferentes espécies, mas, se você considerasse as descobertas do último relatório do Censo Galáctico Central como um guia preciso de médias estatísticas, provavelmente chutaria que a nave era capaz de comportar cerca de seis pessoas, e estaria certo.

Provavelmente você acertaria de qualquer maneira. O relatório do censo, como a maioria das pesquisas, havia custado uma fortuna e não dizia nada que as pessoas já não soubessem – exceto que cada habitante da Galáxia tem 2,4 pernas e possui uma hiena. Já que isso obviamente não era verdade, todo o resto acabou sendo descartado.

A nave deslizou silenciosamente pela chuva, com as suas pálidas luzes envolvendo-a em agradáveis arco-íris. O seu zumbido, bem discreto, tornou-se aos poucos mais alto e intenso conforme a nave se aproximou do solo, transformando-se em uma forte vibração quando ela estava a uns 15 centímetros do chão.

Finalmente aterrissou e ficou em silêncio.

Uma escotilha se abriu. Um pequeno lance de escadas se desdobrou.

Surgiu uma luz na abertura, uma luz brilhante irradiando na noite encharcada, e sombras moveram-se lá dentro.

Uma figura alta surgiu na luz, olhou à sua volta, hesitou e então desceu correndo pelos degraus, carregando uma grande sacola de compras debaixo do braço.

Virou-se e acenou bruscamente. A chuva já começava a correr pelo seu cabelo.

– Obrigado – gritou ele –, muito obriga...

Foi interrompido pelo estrondo súbito de um trovão. Olhou para cima, apreensivo, e, lembrando-se subitamente de algo, começou a vasculhar a grande sacola plástica de compras, descobrindo que estava furada no fundo.

Na sacola estava escrito em letras garrafais (para qualquer um que pudesse decifrar o alfabeto centauriano) Megamercado Duty Free, Porto Brasta, Alpha Centauri. Faça Como o Elefante Vinte e Dois de Valor Inflacionado no Espaço

– Ladre!

– Espere! – gritou a figura, acenando para a nave.

Os degraus, que já estavam se recolhendo para dentro da escotilha, pararam e se desdobraram novamente, permitindo que ele voltasse à nave.

Alguns segundos depois, ele surgiu novamente, trazendo uma toalha surrada e puída, que jogou dentro da sacola.

Tornou a acenar para a nave, colocou a sacola debaixo do braço e correu para abrigar-se sob as árvores, deixando para trás a espaçonave, que já tinha começado a decolar.

Os relâmpagos que cortavam o céu fizeram a figura parar por um momento e depois correr adiante, cuidando para evitar as árvores. Movia-se rapidamente, escorregando aqui e ali, encurvando-se sob a chuva que caía agora ainda mais concentrada, como se arrancada à força do céu.

Os seus pés chapinhavam na lama. Trovões roncavam acima das colinas. Ele secava inutilmente o rosto e avançava aos tropeções.

Mais luzes.

Não eram relâmpagos dessa vez, e sim luzes mais difusas e fracas, que bailavam lentamente no horizonte e desapareciam.

A figura parou novamente ao vê-las e depois andou ainda mais rápido, dirigindo-se para o local onde haviam aparecido.

O terreno então começou a ficar mais íngreme, inclinando-se para cima e, uns 3 metros depois, a figura deparou-se com um obstáculo. Parou para examinar a barreira e depois jogou para o outro lado a sacola que estava carregando e pôs-se a escalar.

Mal a figura havia tocado o solo do outro lado quando, surgida da chuva, veio uma máquina ao seu encontro, luzes irradiando através de uma torrente de água. A figura recuou enquanto a máquina avançava sobre ela. Tinha a forma de uma gota, como a de uma pequena baleia surfando. Além do design arrojado, era cinza, arredondada e movia-se a uma velocidade aterradora.

A figura instintivamente ergueu as mãos para se proteger, mas foi atingida apenas por um jorro de água quando a máquina passou veloz por ela e sumiu na escuridão.

Alguns relâmpagos cruzando o céu iluminaram brevemente a máquina, o que deu à figura encharcada à beira da estrada uma fração de segundo para ler uma pequena placa na traseira da máquina, antes que desaparecesse.

Para a sua incrédula surpresa, estava escrito na placa: MEU OUTRO CARRO TAMBÉM É UM PORSCHE.

Capítulo 2

Rob McKenna era um pobre coitado e sabia disso porque várias pessoas haviam chamado sua atenção para esse fato ao longo dos anos e ele não via motivos para discordar, exceto o motivo mais óbvio, o fato de que gostava de discordar das pessoas, especialmente daquelas de quem não gostava, o que incluía, pela última contagem, todo mundo.

Deu um suspiro e enfiou a mão para reduzir uma marcha.

A colina começava a ficar mais íngreme e o seu caminhão estava pesado, cheio de controles termostáticos de radiador dinamarqueses.

Não que fosse naturalmente tão mal-humorado, ou pelo menos esperava que não. Era só aquela chuva que o deprimia, sempre a chuva.

E estava chovendo naquela hora, para variar um pouco.

Era um tipo específico de chuva, que ele detestava especificamente, sobretudo quando estava dirigindo. Tinha um número para ela. Era a chuva tipo 17.

Havia lido em algum lugar que os esquimós têm mais de duzentas palavras diferentes para a neve, sem as quais as suas conversas possivelmente seriam bastante monótonas. Eles distinguiam então entre neve fina e neve grossa, neve leve e neve pesada, neve derretida, neve quebradiça, neve que vem acompanhada de uma rajada de vento, neve que é levada pelo vento, neve que vem trazida pela sola das botas do seu vizinho e arruínam o lindo chão limpinho do seu iglu, as neves do inverno, as neves da primavera, as neves da sua infância que eram tão melhores do que essas neves modernas, neve fina, neve aerada, neve de colina, neve de vale, neve que cai pela manhã, neve que cai à noite, neve que cai de repente bem na hora em que você ia sair para pescar e neve na qual os seus huskies siberianos mijaram em cima, apesar de todos os seus esforços para treiná-los.

Rob McKenna tinha 231 tipos diferentes de chuva anotados no seu caderninho, e não gostava de nenhum deles.

Reduziu outra marcha e o caminhão subiu o giro. Roncava de um jeito satisfeito com todos aqueles controles termostáticos de radiador dinamarqueses que estava transportando.

Desde que deixara a Dinamarca na véspera, passara pelos tipos 33 (chuvisco leve e pinicante que deixava as estradas escorregadias), 39 (gotas pesadas), 47 a 51 (de garoa vertical leve passando por garoa refrescante inclinada indo de leve a moderada), 87 e 88 (duas variedades sutilmente distintas de aguaceiro vertical torrencial), 100 (ventania uivante pós-aguaceiro, gelada), todos os tipos de tempestades marítimas entre 192 e 213 ao mesmo tempo, 123, 124, 126, 127 (pancadas frias amenas e intermediárias e tamborilar regular e sincopado), 11 (gotículas frescas) e agora a de que ele menos gostava entre todas, a 17.

A chuva tipo 17 era uma gosma suja, chocando-se com tanta força contra seu para-brisa que não fazia muita diferença ligar ou não os limpadores.

Testou a sua teoria desligando-os brevemente, mas a visibilidade de fato ficou bem pior. Mas também não conseguiu melhorar muito quando ele tornou a ligá-los.

Para falar a verdade, uma das lâminas começou a se soltar.

Swish swish swish flop swish flop swish swish flop swish flop swish flop flop flop arranhão.

Esmurrou o volante, chutou o chão e socou o toca-fitas até que ele começou a tocar Barry Manilow de repente. Depois socou mais um pouco até ele parar de tocar e xingou, xingou, xingou, xingou e xingou.

Justo quando sua fúria estava atingindo o auge, lá estava, nadejante, diante de seus faróis, quase invisível por causa da gosma no para-brisa, uma figura no acostamento.

Uma pobre figura ensopada com uma roupa esquisita, mais encharcada do que uma lontra em uma máquina de lavar, pedindo carona.

"Pobre infeliz desgraçado", pensou Rob McKenna, percebendo que ali estava alguém com mais direito do que ele de sentir-se injustiçado. "Deve estar gelado até os ossos. Que burrice, ficar pedindo carona em uma noite como esta. Você só consegue ficar frio, molhado e exposto aos caminhões que passam por cima das poças só para te molhar."

Ele balançou a cabeça entristecido, suspirou novamente, virou o volante e atingiu em cheio uma grande poça d'água.

"Você entende agora?", pensou, enquanto atravessava a poça. "Você encontra completos idiotas na estrada."

Alguns segundos depois, respingado no espelho retrovisor, estava o reflexo do mochileiro, ensopado à beira da estrada.

Por um segundo, o motorista sentiu-se bem com aquilo. Um ou dois segundos depois, sentiu-se mal por ter se sentido bem. Então sentiu-se bem por ter se sentido mal por ter se sentido bem e, satisfeito, prosseguiu noite adentro.

Pelo menos conseguira descontar em alguém o fato de ter sido finalmente ultrapassado pelo tal Porsche que ele vinha bloqueando com afinco nos últimos 30 quilômetros.

À medida que dirigia, as nuvens carregadas o seguiam, arrastando-se pelo céu na sua direção, posto que, muito embora não soubesse, Rob McKenna era um Deus da Chuva. Tudo o que ele sabia era que os seus dias de trabalho eram uma porcaria e que tinha uma penca de férias lastimáveis. Tudo o que as nuvens sabiam era que o amavam e queriam ficar perto dele, para acalentá-lo e derramar água sobre a sua cabeça.

Capítulo 3

Os outros dois caminhões que passaram em seguida não eram dirigidos por Deuses da Chuva, mas fizeram exatamente a mesma coisa.

A figura arrastou-se, ou melhor, chafurdou até a colina se inclinar novamente e ele deixar aquelas traiçoeiras poças d'água para trás.

Um pouco depois, a chuva começou a ficar mais branda e a lua surgiu brevemente por trás das nuvens.

Um Renault passou na estrada e o seu motorista fez sinais frenéticos e complexos para a figura que se arrastava, indicando que normalmente teria tido muito prazer em lhe dar uma carona, mas não daquela vez porque não estava indo na mesma direção da figura, seja lá qual fosse essa direção, mas tinha certeza de que a figura ia compreender. Concluiu a sinalização com um animado gesto de polegar para cima, como se quisesse dizer que esperava que a figura estivesse se sentindo realmente confortável por estar com frio e quase irrecuperavelmente molhada, e que esperava poder ajudá-la na próxima.

A figura continuou se arrastando. Um Fiat passou na estrada e fez exatamente a mesma coisa que o Renault.

Um Maxi passou do outro lado da estrada e piscou os faróis para a figura que se arrastava, mas era impossível saber exatamente se aquilo significava um "Oi" ou um "Foi mal, estamos indo na direção contrária" ou ainda "Olha lá, tem um cara na chuva, que babaca". Uma faixa verde acima do para-brisa indicava que a mensagem, seja lá qual fosse, vinha de Steve e Carola.

A tempestade agora havia realmente enfraquecido e, se ainda havia sobrado algum trovão, estaria agora roncando sobre colinas mais distantes, como um homem que diz "E tem outra coisa..." vinte minutos depois de admitir que perdeu uma discussão.

O ar estava mais claro e a noite, mais fria. O som viajava realmente bem. A figura perdida, tremendo desesperadamente, chegara a um entroncamento, onde uma estrada lateral virava à esquerda. Do lado oposto havia uma placa, em direção à qual a figura correu subitamente, estudando-a com febril curiosidade, e só se virando quando outro carro passou de repente.

E mais outro.

O primeiro passou correndo, com total desdém, o segundo piscou os faróis inexpressivamente. Um Ford Cortina passou e freou.

Tonta de surpresa, a figura segurou a sacola junto ao peito e correu em direção ao carro, mas na hora H o Ford Cortina cantou os pneus e saiu em disparada, achando a maior graça.

A figura foi parando aos poucos e estacou de vez, perdida e desanimada.

Casualmente, no dia seguinte, o motorista do Cortina foi para o hospital para remover o apêndice, só que, devido a uma engraçadíssima confusão, o cirurgião removeu a sua perna por engano e, antes que a remoção do apêndice pudesse ser remarcada, a apendicite transformou-se em um quadro divertidamente sério de peritonite, e a justiça, ao seu modo, foi feita.

A figura continuou caminhando penosamente.

Um Saab parou ao seu lado.

O vidro da janela desceu e uma voz amistosa perguntou:

– Andou muito?

A figura caminhou na direção do carro. Parou e agarrou a maçaneta.

A FIGURA, O CARRO e a maçaneta estavam todos em um planeta chamado Terra, um mundo cuja definição no *Guia do Mochileiro das Galáxias* era composta por duas palavras: "Praticamente inofensiva".

O autor desse verbete chama-se Ford Prefect, e ele estava, naquele exato momento, em um mundo nada inofensivo, sentado em um bar nada inofensivo, criando problemas de forma imprudente.

Capítulo 4

Um observador casual não saberia dizer se ele estava bêbado, passando mal ou suicidamente insano, e, para falar a verdade, não havia observadores casuais no Old Pink Dog Bar, na zona barra-pesada de Han Dold City, porque aquele não era o tipo de lugar no qual você podia se dar ao luxo de fazer as coisas casualmente, se quisesse continuar vivo. Naquele lugar, qualquer observador teria olhos de águia cruel, estaria armado até os dentes e sentiria dolorosas pontadas na cabeça, coisa que o levaria a cometer atos de loucura se observasse algo que não fosse do seu agrado.

Um daqueles silêncios desagradáveis tinha descido sobre o lugar, um tipo de silêncio de crise de mísseis.

Até mesmo o pássaro mal-encarado, empoleirado em uma haste de madeira no bar, havia parado de gritar esganiçadamente os nomes e os endereços dos assassinos de aluguel locais, um serviço que ele oferecia de graça.

Todos os olhos se voltaram para Ford Prefect. Alguns de forma maligna.

A maneira exata que Ford escolhera para jogar a sorte com a morte naquele dia era tentando pagar uma conta de bebidas equivalente ao valor de um pequeno orçamento de Defesa com um cartão de crédito da American Express, que não era aceito em lugar nenhum do Universo mapeado.

– Qual é o seu problema? – perguntou com a voz animada. – A data de validade? Vocês nunca ouviram falar em Neorrelatividade por aqui, não? Existem novas áreas da física que podem dar conta disso. Efeitos de dilatação do tempo, relastática temporal...

– Não estamos preocupados com a data de validade – respondeu o homem a quem Ford tinha dirigido sua explicação, um barman perigoso em uma cidade perigosa. A sua voz era semelhante a um ronronar baixinho e suave, como o ronronar baixinho e suave da abertura de um silo de mísseis balísticos intercontinentais. Uma mão que lembrava um grande naco de bife tamborilou os dedos no balcão do bar, amassando-o levemente.

– Bom, então não há problema algum – disse Ford, arrumando a sua mochila e se preparando para sair.

Um dos dedos tamborilantes alcançou Ford Prefect e pousou delicadamente no seu ombro, impedindo-o de sair.

Embora o dedo estivesse preso à mão que mais parecia uma laje e a mão estivesse presa a um antebraço que mais parecia um taco de beisebol, o antebraço não estava preso a nada, exceto no sentido metafórico de que estava preso, com a feroz lealdade de um cão, ao bar que chamava de casa. Ele já estivera um dia convencionalmente preso ao dono original do bar, mas ele, em seu leito de morte, resolveu doá-lo no último minuto para a medicina. A medicina resolveu que não gostava do jeitão do braço e devolveu-o ao Old Pink Dog Bar.

O novo barman não acreditava em sobrenatural, Poltergeist ou qualquer maluquice do gênero, apenas sabia reconhecer um aliado útil. A mão ficava no bar. Anotava pedidos, servia os drinques, tratava de forma assassina as pessoas que se comportavam como se quisessem ser assassinadas. Ford Prefect estava sentado, imóvel.

– Não estamos preocupados com a data de validade – repetiu o barman, satisfeito por finalmente ter a atenção completa de Ford Prefect. – Estamos preocupados com o pedacinho de plástico em si.

– O quê? – perguntou ele, um tanto surpreso.

– Isso – retrucou o barman, segurando o cartão como se fosse um peixinho cuja alma batera as asas há três semanas para a Terra Onde os Peixes São Eternamente Abençoados – nós não aceitamos.

Ford considerou brevemente se devia levantar a questão de não ter outros meios de pagamento consigo, mas decidiu ficar quieto mais um tempo. A mão sem corpo estava agora apertando o seu ombro de forma gentil, porém firme, entre o indicador e o polegar.

– Mas vocês não estão entendendo – ponderou Ford, a sua expressão amadurecendo lentamente de uma leve surpresa para total incredulidade. – Estamos falando do American Express. A melhor maneira de pagar as contas conhecida pelo homem. Vocês não leem aquelas porcarias que eles mandam pelo correio, não?

O tom de voz animadinho de Ford estava começando a irritar os ouvidos do barman. Soava como um sujeito soprando sem parar um apito durante as passagens mais lúgubres de um réquiem de guerra.

Um dos ossos do ombro de Ford começou a entrar em atrito com outro osso de seu ombro de uma maneira que levava a crer que a mão aprendera os princípios da dor com um massagista altamente habilidoso. Esperava resolver aquela situação antes que a mão começasse a colocar um dos ossos do seu ombro em atrito com qualquer osso de outra parte do seu corpo. Felizmente, o ombro onde a mão estava pousada não era o ombro onde ele pendurara a sua mochila.

O barman deslizou o cartão de volta para Ford por cima do balcão.

– Nunca – disse ele, com uma selvageria contida – ouvimos falar desse troço. Não era de se admirar.

Ford somente o adquirira devido a um grave erro de computador, perto do final de sua estada de quinze anos no planeta Terra. Exatamente o quão grave havia sido o erro foi algo que a American Express descobriu bem depressa, e as cobranças cada vez mais histéricas e apavoradas do Departamento de Cobrança só foram silenciadas pela inesperada demolição de todo o planeta pelos vogons, para a construção de uma via expressa hiperespacial.

Ford tinha guardado o cartão depois disso porque achava útil carregar uma forma de pagamento que ninguém ia aceitar.

– Posso pendurar? – perguntou ele. – Aaaargggh...

Essas três palavras normalmente vinham em sequência no Old Pink Dog Bar.

– Eu pensei – disse Ford, arfando – que este fosse um estabelecimento de classe.

Olhou à sua volta para a diversificada coleção de assassinos, cafetões e executivos de gravadoras que se escondiam bem no limite das áreas de luz tênue que marcava os contornos das profundas sombras em que todos os cantos do bar estavam imersos. Naquele momento, todos olhavam muito deliberadamente para qualquer direção que não fosse a dele, retomando com cuidado o fio da meada de suas conversas sobre assassinatos, quadrilhas de drogas e contratos para lançamento de bandas. Sabiam o que estava prestes a acontecer e não queriam ver, caso fosse algo que os fizesse perder a vontade de beber seus drinques.

– Você vai morrer, rapaz – murmurou baixinho o barman para Ford Prefect, e as evidências eram favoráveis a ele. O bar costumava ter uma daquelas placas penduradas onde se lia "Por favor, não peça para pendurar a conta, pois um soco na boca geralmente machuca", mas, para torná-la mais precisa, fora alterada para "Por favor, não peça para pendurar a conta, pois ter a sua garganta dilacerada por um pássaro selvagem enquanto uma mão sem corpo esmaga a sua cabeça contra o bar geralmente machuca". Isso, no entanto, tornara o aviso completamente ilegível e, além disso, o espírito da coisa se perdeu, de modo que a placa foi removida. Acharam que a história iria se espalhar por conta própria e de fato se espalhou.

– Deixa eu dar uma olhada na conta de novo – pediu Ford. Ele a apanhou e estudou minuciosamente, sob o maléfico olhar do barman e do igualmente maléfico olhar do pássaro que, naquele momento, estava fazendo um estrago na superfície do balcão com as suas garras.

Era um pedaço de papel razoavelmente grande.

Na ponta inferior havia um número que parecia um número de série, daqueles que podem ser encontrados no lado de baixo dos rádios e que a gente sempre leva um tempão para copiar no formulário de registro. É bem verdade que Ford tinha passado o dia todo no bar, bebendo uma porção de coisas borbulhantes e também havia oferecido uma quantidade impressionante de rodadas de bebida grátis para os cafetões, assassinos e executivos de gravadoras que, de repente, não lembravam mais quem era aquele cara.

Pigarreou baixinho e tateou os bolsos. Estavam vazios, como ele estava cansado de saber. Com suavidade, mas com firmeza, pousou a mão esquerda na aba entreaberta da sua mochila. A mão sem corpo renovou a pressão no seu ombro direito.

– Veja bem – disse o barman e o seu rosto parecia oscilar com certa perversidade diante de Ford –, eu tenho uma reputação a zelar. Você entende isso, não entende?

"Chega", pensou Ford. Não tinha outro jeito. Havia obedecido às regras, havia feito uma tentativa de boa-fé de pagar a sua conta e ela fora rejeitada. Estava agora correndo o risco de ser morto.

– Bem – respondeu ele, calmamente –, se é a sua reputação que está em jogo...

Com súbita rapidez, abriu a mochila e jogou no balcão seu exemplar do *Guia do Mochileiro das Galáxias* com o cartão oficial afirmando que ele era um pesquisador de campo do *Guia* e que não podia fazer, de jeito nenhum, o que estava fazendo naquele momento.

– Vai querer uma resenha?

O rosto do barman parou no meio de uma oscilação. O pássaro parou no meio de uma arranhada do balcão. A mão foi soltando aos poucos o ombro de Ford.

– Isso – disse o barman em um sussurro quase inaudível, por entre os lábios secos – resolve tudo, senhor.

Capítulo 5

O *Guia do Mochileiro das Galáxias* é um órgão poderoso. Na verdade, a sua influência é tão extraordinária que sua equipe editorial foi obrigada a criar regras severas para evitar o seu uso indevido. Por isso, nenhum dos seus pesquisadores de campo pode aceitar qualquer tipo de serviços, descontos ou tratamento preferencial de qualquer tipo em troca de favores editoriais, a não ser que:

a) tenham feito uma tentativa de boa-fé de pagar por um serviço de maneira convencional;
b) suas vidas estejam em perigo;
c) estejam realmente a fim de fazer isso.

Já que invocar a terceira regra sempre envolvia uma pequena comissão para o editor, Ford preferia se entender com as duas primeiras.

Saiu do bar, caminhando alegremente pela calçada.

O ar estava abafado, mas ele gostava porque era um ar abafado urbano, repleto de cheiros emocionantemente desagradáveis, música perigosa e o som distante de tribos policiais em guerra.

Carregava a mochila com um gingado despretensioso, pronto para dar um belo safanão em quem tentasse apanhá-la à sua revelia. Tudo o que ele possuía estava lá dentro e, no momento, não era lá grande coisa.

Uma limusine passou em disparada, desviando das pilhas de lixo em chamas e assustando um velho animal de carga, que cambaleou, urrando, tentando não ser atingindo pelo carro. Ele foi parar contra a vitrine de uma loja de ervas medicinais, disparando um alarme estridente, e seguiu capengando rua abaixo, até os degraus de uma pequena cantina italiana, onde fingiu tropeçar e cair nas escadas porque sabia que ali seria fotografado e receberia alguma comida.

Ford caminhava rumo ao norte. Achou que provavelmente estava a caminho do espaçoporto, mas já tinha pensado isso. Sabia que estava passando pela parte da cidade onde os planos das pessoas costumavam mudar abruptamente.

– Quer se divertir? – perguntou uma voz, saída de uma porta aberta.

– Que eu saiba – respondeu Ford –, já estou me divertindo. Obrigado.

– Você é rico? – perguntou outra voz.

Aquilo fez Ford rir.

Ele se virou e abriu bem os braços.

– Por acaso *pareço* rico? – perguntou.

– Sei lá – disse a garota. – Talvez sim, talvez não. Talvez você fique rico. Eu ofereço um serviço muito especial para os ricos...

– Ah, é? – disse Ford, intrigado, mas cauteloso. – E como é isso?

– Eu digo a eles que não há nada de errado em ser rico.

Tiros espocaram, vindos de uma janela bem acima deles, mas era só um baixista sendo fuzilado por ter tocado um *riff* errado três vezes seguidas. A cotação dos baixistas estava em baixa em Han Dold City.

Ford parou e tentou distinguir alguma coisa dentro da entrada escura.

– Você o quê? – perguntou ele.

A garota riu e deu um passo à frente, saindo das sombras. Era alta e tinha aquele tipo de timidez altiva que funciona superbem para quem sabe fazer direitinho.

– É a minha especialidade – continuou ela. – Fiz mestrado em economia social e posso ser bem convincente. As pessoas adoram. Principalmente nesta cidade.

– Goosnargh – disse Ford Prefect. Aquela era uma palavra betelgeusiana que ele usava quando sabia que devia dizer algo mas não sabia exatamente o quê.

Sentou-se em um degrau e tirou da mochila uma garrafa de Aguardente Janx e uma toalha. Abriu a garrafa e limpou o gargalo com a toalha, o que produziu um efeito contrário ao pretendido, no sentido que a Aguardente Janx matou instantaneamente os milhões de germes que estavam aos poucos criando uma civilização bastante complexa e esclarecida nas manchas mais fedorentas da toalha.

– Quer? – ofereceu ele, depois de ter tomado um trago.

Ela deu de ombros e apanhou a garrafa.

Ficaram sentados por um tempo, ouvindo tranquilamente a algazarra de alarmes contra roubo vinda do quarteirão vizinho.

– Acontece que estão me devendo muito dinheiro – disse Ford –, então, se algum dia eu conseguir receber, posso vir aqui e procurar você?

– Claro, estarei aqui – respondeu a garota. – Mas quanto é "muito", no seu caso?

– Salário atrasado por quinze anos de trabalho.

– Por...?

– Escrever duas palavras.

– Zarquon – disse a garota. – Qual delas levou mais tempo?

– A primeira. Depois que eu consegui a primeira, a segunda me ocorreu naturalmente numa tarde após o almoço.

Uma bateria eletrônica enorme foi arremessada pela janela e se espatifou na calçada diante deles.

Logo ficou claro que alguns dos alarmes contra roubo no quarteirão vizinho haviam sido disparados de propósito por uma tribo policial para armar uma emboscada para a outra. Viaturas com sirenes histéricas dirigiram-se para o local, apenas para serem recebidas com uma saraivada de tiros disparados por helicópteros que surgiram com um estrondo por entre os gigantescos arranha-céus da cidade.

– Na verdade – disse Ford, tendo que gritar por causa da barulheira –, não foi bem assim. Eu escrevi coisa à beça, mas eles cortaram tudo.

Tirou a sua cópia do *Guia* de dentro da mochila.

– Então o planeta foi demolido – gritou ele. – É o tipo de trabalho que realmente valeu a pena, né? Mas, de qualquer jeito, eles têm que me pagar.

– Você trabalha pra isso? – gritou a garota de volta.

– Trabalho.

– Legal.

– Quer ver o que escrevi? – berrou ele. – Antes que apaguem? As novas revisões vão ser lançadas hoje à noite na rede. A essa altura, alguém já deve ter descoberto que o planeta onde fiquei por quinze anos foi demolido. Eles não atualizaram nas últimas revisões, mas não vão poder ignorar isso pra sempre.

– Está ficando impossível conversar, não?

– O quê?

Ela deu de ombros e apontou para cima.

Havia um helicóptero sobre eles que parecia estar envolvido em um conflito paralelo com a banda do andar de cima. Nuvens de fumaça saíam do prédio. O engenheiro de som estava pendurado pelos dedos na janela e um guitarrista enlouquecido estava batendo nos seus dedos com uma guitarra em chamas. O helicóptero estava atirando em todos eles.

– Será que podemos sair daqui?

Desceram a rua, fugindo do barulho. Cruzaram com um grupo de atores de rua – eles tentaram apresentar um pequeno esquete sobre os problemas do centro decadente da cidade mas acabaram desistindo e desaparecendo dentro daquele restaurante recentemente frequentado pelo animal de carga.

Durante todo esse tempo, Ford estava remexendo no painel de interface do *Guia*. Enfiaram-se em um beco. Ford se sentou sobre uma lata de lixo enquanto as informações começaram a surgir na tela.

Localizou o seu verbete.

"*Terra: Praticamente inofensiva.*"

Quase imediatamente, a tela se converteu em um monte de mensagens do sistema.

– Aí vem – disse ele.

"*Por favor, aguarde*" – diziam as mensagens. "*Os verbetes estão sendo atualizados via Subeta Net. Esse verbete está sendo revisado. O sistema ficará fora do ar por dez segundos.*"

No final do beco, uma limusine cinza-metálico passou devagar.

– Olha – disse a garota –, se te pagarem, me procura. Estou no horário de trabalho e tem gente ali precisando de mim. Tenho que ir.

Ela ignorou os protestos semiarticulados de Ford e o deixou sentado desanimadamente na lata de lixo, preparando-se para assistir a uma boa parte de sua vida profissional ser varrida eletronicamente para o éter.

Lá fora, na rua, as coisas haviam se acalmado um pouco. A batalha policial movera-se para os outros setores da cidade, os poucos membros sobreviventes da banda de rock haviam reconhecido as suas diferenças musicais e decidido seguir carreiras solo e o grupo de atores de rua reaparecera, saindo da cantina italiana com o animal de carga, prometendo levá-lo a um bar onde ele seria tratado com algum respeito. Um pouco além, a limusine cinza-metálico estava silenciosamente estacionada à beira da calçada.

A garota correu até ela.

FORD PREFECT FICOU PARA TRÁS, imerso na escuridão do beco, com o rosto banhado pelo brilho verde da tela. Os seus olhos iam ficando cada vez mais arregalados de espanto.

Lá onde nada mais esperava encontrar senão um verbete apagado, removido, havia, pelo contrário, um fluxo contínuo de dados – textos, diagramas, figuras e imagens, descrições emocionantes sobre o surfe nas praias australianas, iogurte nas ilhas gregas, restaurantes a serem evitados em Los Angeles, transações monetárias a serem evitadas em Istambul, clima a ser evitado em Londres, bares para frequentar em qualquer lugar do mundo. Páginas e mais páginas. Estava tudo lá, tudo o que ele escrevera.

Com a testa profundamente franzida em perplexa incompreensão, consultava o *Guia* freneticamente, parando aqui e ali em vários pontos.

Dicas para alienígenas em Nova York: Aterrissem onde quiserem, no Central Park, em qualquer lugar. Ninguém vai se importar – aliás, não vão nem mesmo perceber.

Como sobreviver: Arrume um emprego como motorista de táxi imediatamente. Ser um motorista de táxi significa levar as pessoas para qualquer lugar que elas queiram ir, em grandes máquinas amarelas chamadas táxis. Não se preocupe se você não souber como a máquina funciona, não falar a língua, não entender a geografia ou mesmo a física básica da área e tiver grandes antenas verdes saindo de sua cabeça. Acredite, essa é a melhor maneira de permanecer despercebido.

Se o seu corpo for realmente esquisito, tente exibi-lo na rua em troca de dinheiro.

Formas de vida anfíbias de qualquer um dos mundos nos sistemas Stagnos, Nodjent e Nausália irão apreciar particularmente o East River, que, ao que parece, é mais rico em adoráveis nutrientes vitais do que a melhor e mais virulenta gosma já produzida em laboratório.

Lazer: Essa é a melhor parte. É impossível divertir-se mais sem eletrocutar os seus centros de prazer...

Ford clicou no botão, vendo que agora estava escrito "Modo de Execução Preparado" em vez do já antiquado "Acesso em Espera", que há muito havia substituído o espantosamente pré-histórico "Desligar".

Aquele era um planeta que ele vira ser completamente destruído, e vira com seu próprio par de olhos, ou melhor, não vira, já que ficara cego diante da irrupção infernal de ar e luz, mas sentira com seu próprio par de pés quando o solo começou a sacudir como um martelo sob eles, dando solavancos, rugindo e sendo arrancado pelos tsunamis de energia que jorravam das asquerosas naves amarelas dos vogons. E finalmente, cinco segundos após o que havia determinado ser o último momento possível, sentiu a suave náusea revolvente da desmaterialização, enquanto ele e Arthur Dent eram teleportados pela atmosfera como uma transmissão esportiva.

Não fora um equívoco, não podia ter sido. A Terra fora destruída definitivamente. Definitivamente definitiva. Evaporada no espaço.

E no entanto ali – ativou novamente o *Guia* – estava o verbete que ele próprio escrevera sobre como conseguir se divertir em Bournemouth, Dorset, na Inglaterra, do qual sempre se orgulhara, pois era uma das invenções mais barrocas que já tinha escrito. Releu o texto e balançou a cabeça, em completo espanto.

Subitamente descobriu qual era a resposta para o problema e a resposta era esta: algo muito estranho estava acontecendo e, se algo muito estranho estava acontecendo, pensou ele, queria que estivesse acontecendo com ele.

Guardou o *Guia* de volta na mochila e andou rapidamente de volta para a rua.

Caminhando rumo ao norte, tornou a passar pela limusine cinza-metálico estacionada no meio-fio e pôde ouvir uma voz suave, vinda de uma porta entreaberta ali por perto, dizendo: "Tudo bem, querido, está tudo bem, você precisa aprender a gostar disso. Pense na forma como toda a economia está estruturada..."

Ford sorriu, fez um desvio em torno do quarteirão vizinho, que agora estava ardendo em chamas, deparou-se com um helicóptero da polícia abandonado na rua, invadiu-o, colocou o cinto de segurança, cruzou os dedos e lançou-se inexperientemente no céu.

Contorceu-se de forma temerária por entre os altos prédios da cidade e, tendo se livrado deles, arremeteu através do véu de fumaça negra e avermelhada que pairava permanentemente sobre ela.

Dez minutos depois, com todas as sirenes do helicóptero ligadas e seu canhão de fogo contínuo atirando a esmo nas nuvens, Ford Prefect fez um pouso forçado entre as plataformas de lançamento e as luzes de aterrissagem no espaçoporto de Han Dold, onde a aeronave se assentou como um mosquito gigante, assustado e extremamente barulhento.

Como não o havia danificado muito, conseguiu trocá-lo por uma passagem de primeira classe para a próxima nave a deixar o sistema. Acomodou-se em uma das suas enormes e voluptuosas poltronas massageadoras.

Aquilo ia ser divertido, pensou com os seus botões, enquanto a nave piscava em silêncio, atravessando as distâncias enlouquecedoras do espaço sideral e o serviço de bordo entrava em seu modo de plena e extravagante atividade total.

"Sim, obrigado", dizia ele para qualquer atendente sempre que apareciam para lhe oferecer qualquer coisa.

Sorriu com uma curiosa alegria maníaca enquanto navegava novamente pelo verbete sobre o planeta Terra que havia sido misteriosamente reintroduzido. Poderia, enfim, resolver um assunto inacabado e estava extremamente feliz por constatar que a vida havia subitamente lhe dado um objetivo sério a alcançar.

De repente pensou onde estaria Arthur Dent e se ele já sabia da novidade.

ARTHUR DENT ESTAVA a 1.437 anos-luz dali, em um Saab, bastante apreensivo.

Atrás dele, no banco traseiro, estava a garota que fizera com que ele enfiasse a cabeça na porta ao entrar no carro. Não sabia dizer se aquilo havia acontecido porque ela era a primeira fêmea da sua própria espécie que ele via há anos, ou o quê, mas ficara maravilhado com, com... "Isso é ridículo", pensou ele. "Segure a sua onda", instruiu a si mesmo. "Você não está", prosseguiu Arthur, "conversando consigo mesmo no tom de voz mais firme possível em um estado normal e racional. Você acabou de pegar carona e atravessar 100 mil anos-luz da galáxia, está muito cansado, um pouco confuso e extremamente vulnerável. Relaxe, não entre em pânico, concentre-se apenas em respirar profundamente."

Virou-se no banco do carona.

– Tem *certeza* de que ela está bem? – perguntou novamente.

Além do fato de ela ser, na sua opinião, taquicardiacamente linda, não descobriu quase nada, como altura, idade, tonalidade exata do cabelo. E nem sequer podia perguntar alguma coisa à própria garota porque ela estava completamente inconsciente.

– Ela só está drogada – respondeu o irmão da garota, dando de ombros, sem desviar os olhos da estrada.

– E você acha isso normal? – perguntou, assustado.

– Tudo legal... – respondeu ele.

– Ah – disse Arthur. – Uhn – acrescentou, após refletir um pouco mais.

A conversa, até agora, ia de mal a muito pior.

Após a comoção inicial dos "ois" de apresentação, ele e Russell – o nome do irmão daquela garota espetacular era Russell, um nome que, para Arthur, sempre evocava homens corpulentos com bigodes loiros e cabelos escovados com secador que, diante da menor provocação, começariam a usar smokings de veludo e camisas com babados e teriam de ser impedidos à força de tecer comentários sobre partidas de sinuca – descobriram rapidamente que não gostavam nem um pouco um do outro.

Russell era corpulento. Tinha um bigode loiro. O seu cabelo era bonito e escovado com secador. Para lhe fazer justiça – apesar de Arthur não ver nenhuma necessidade disso, além do mero exercício mental –, ele próprio, Arthur, estava com uma aparência grotesca. Nenhum homem consegue atravessar 100 mil anos-luz, na maior parte das vezes alojado nos compartimentos de bagagens dos outros, sem ficar ligeiramente desalinhado, e Arthur estava bem desalinhado.

– Não que ela seja uma viciada – explicou Russell de repente, obviamente como se achasse que outra pessoa naquele carro pudesse ser. – Está apenas sob efeito de sedativos.

– Mas isso é terrível – disse Arthur, virando-se para olhar novamente para a garota. Ela parecia ter se mexido um pouco e a sua cabeça deslizara para o lado, repousando sobre o ombro. O cabelo negro caiu sobre o seu rosto, ocultando-o.

– O que há de errado com ela, está doente?

– Não – respondeu Russell –, só é completamente maluca.

– O quê? – perguntou Arthur, horrorizado.

– Pirada, completamente tantã. Estou levando ela de volta para o sanatório, para pedir que tentem de novo. Deram alta enquanto ela ainda achava que era um porco-espinho.

– Um *porco-espinho*?

Russell buzinou furiosamente para o carro que dobrou a esquina, na direção deles, invadindo metade da sua pista e fazendo com que ele desviasse de forma abrupta. A raiva aparentemente fez com que se sentisse melhor.

– Bem, talvez não um porco-espinho – disse ele, após ter se acalmado. – Se bem que seria muito mais fácil resolver o problema se fosse assim. Se alguém pensa que é um porco-espinho, acho que basta dar um espelho pra pessoa e umas fotos de porcos-espinhos, depois esperar que ela chegue a uma conclusão sozinha e caia na real quando estiver melhor. Pelo menos, a medicina poderia dar um jeito, sabe como é. Mas, ao que parece, isso não é o bastante para Fenny.

– Fenny...?

– Sabe o que eu comprei pra ela de Natal?

– Hum, não.

– Um dicionário médico.
– Belo presente.
– Eu também achei. Milhares de doenças, todas em ordem alfabética.
– O nome dela é Fenny?
– É. Escolha uma, eu disse. Tudo o que está aí pode ser tratado. Os remédios adequados podem ser receitados. Mas não, ela tinha que ter uma coisa diferente. Só pra dificultar a vida. Na época da escola ela já era assim, sabe.
– Era?
– Era. Levou um tombo jogando hóquei e quebrou um osso do qual ninguém nunca tinha ouvido falar.
– Imagino que isso deve ter sido irritante – disse Arthur, sem muita convicção. Estava um pouco decepcionado por ter descoberto que o nome dela era Fenny. Era um nome bobo, desanimador, como o que uma tia solteirona e feia escolheria para si mesma caso não se entendesse com o nome Fenella.
– Não que eu não tenha ficado solidário – prosseguiu Russell –, mas a coisa foi meio irritante mesmo. Ela ficou mancando durante meses.

Ele diminuiu a velocidade.

– Você fica nesse cruzamento, né?
– Ah, não – disse Arthur –, faltam ainda uns 8 quilômetros. Tudo bem pra você?
– Tudo bem – disse Russell, após uma breve pausa para deixar bem claro que não estava nada bem. Acelerou novamente.

Na verdade, era ali que Arthur deveria descer, mas ele não podia ir embora sem saber mais a respeito da garota que parecia ter dominado sua atenção, mesmo desacordada. Ele poderia descer num dos dois próximos cruzamentos.

Estavam voltando para a cidadezinha que havia sido o seu lar, embora Arthur nem quisesse imaginar o que encontraria por lá. Já tinha passado por alguns locais familiares, como velhos fantasmas na escuridão da noite, causando arrepios que só coisas muito, muito normais podem provocar, se vistas quando a mente não está preparada e sob um ângulo desconhecido.

Pela sua própria escala pessoal de tempo, até onde conseguia calcular, vivendo como ele vivera sob as rotações alienígenas de sóis distantes, estivera fora de circulação por oito anos, mas quanto tempo havia de fato passado ali, disso não fazia a menor ideia. Na verdade, os acontecimentos em si estavam além da sua exausta compreensão porque aquele planeta, o seu lar, não deveria estar lá.

Há 8 anos-luz, na hora do almoço, aquele planeta tinha sido demolido, totalmente destruído pelas enormes naves vogons, pairando no céu do meio-dia como se a lei da gravidade não passasse de uma norma local que podia ser quebrada sem nenhum problema, ou, no máximo, uma multa de trânsito.

– Delírios – disse Russell.

– O quê? – disse Arthur, retornando de seus devaneios.

– Ela diz que sofre de delírios estranhos, de que está vivendo no mundo real. Não adianta nada dizer pra ela que ela *está* vivendo no mundo real, porque ela te diz que é exatamente por isso que os delírios são tão estranhos. Não sei quanto a você, mas eu acho esse tipo de conversa um saco. Prefiro dar logo os remédios dela e sair para tomar uma cervejinha. Quero dizer, não há nada que eu possa fazer, sacou?

Arthur franziu a testa, e não era a primeira vez.

– Bem...

– E todo esse papo de sonhos e pesadelos. E os médicos falando sobre alterações estranhas nos seus padrões cerebrais.

– Alterações?

– Isso – disse Fenny.

Arthur girou no seu assento e olhou dentro dos olhos dela, inesperadamente abertos, mas completamente apáticos. Fosse lá o que ela estivesse vendo, não estava dentro do carro. Piscou os olhos, sacudiu a cabeça e voltou a dormir em paz.

– O que ela disse? – perguntou Arthur, ansioso.

– Disse "isso".

– Isso o quê?

– Isso o quê? E como diabos vou saber? Isso, o porco-espinho, a chaminé da lareira, o outro par de pinças de Dom Alfonso. Ela é completamente louca, achei que você já tivesse entendido.

– Você parece não ligar muito. – Arthur tentou dizer aquilo no tom de voz mais neutro possível, mas não deu muito certo.

– Olha aqui, cara...

– Tudo bem, desculpa. Eu não tenho nada a ver com isso. Acho que me expressei mal – contemporizou Arthur. – Tenho certeza de que você se preocupa muito com ela, sim – acrescentou ele, mentindo. – Sei que você precisa extravasar de alguma maneira. Foi mal, cara. É que eu acabei de vir de carona do outro lado da nebulosa Cabeça de Cavalo.

Olhou furiosamente para fora da janela.

Estava pasmo, pois, de todas as sensações brigando por um espaço na sua cabeça naquela noite em que estava voltando para a sua casa – aquela que imaginava ter desaparecido para sempre –, a que mais estava mexendo com ele era uma obsessão por uma garota bizarra da qual não sabia mais nada além do fato de que ela havia dito "isso" e de que não desejaria aquele irmão nem mesmo para um vogon.

– Então, hã, que alterações eram essas que você mencionou? – acrescentou o mais rápido que pôde.

– Olha, ela é minha irmã, eu nem sei por que estou falando com você sobre...

— Ok, desculpa. Talvez seja melhor eu descer aqui. Esse é...

No momento em que disse isso, a coisa ficou impossível, porque a tempestade que havia passado por ele subitamente ressurgiu. Relâmpagos chicoteavam o céu e alguém parecia estar derramando algo bem parecido com o oceano Atlântico através de uma peneira sobre eles.

Russell xingou e dirigiu concentrado por alguns segundos, enquanto o céu esbravejava sobre eles. Descontou a sua raiva acelerando temerariamente para ultrapassar um caminhão onde estava escrito "Fretes McKeena – faça chuva ou faça sol". A tensão foi diminuindo à medida que a chuva ia parando.

— Tudo começou com aquela história do agente da CIA que eles encontraram na represa, quando todo mundo teve aquelas alucinações, lembra?

Arthur cogitou por um momento se devia ou não mencionar novamente que havia acabado de chegar de carona do outro lado da nebulosa Cabeça de Cavalo e que estava, por esse e outros motivos similares e surpreendentes, um pouquinho por fora dos últimos acontecimentos, mas acabou achando que aquilo só ia confundir ainda mais as coisas.

— Não – respondeu ele.

— Foi ali que ela pirou. Estava num café, sei lá onde. Acho que Rickmansworth. Não faço ideia do que ela estava fazendo lá, mas foi lá que ela pirou. Ao que parece, ela se levantou, anunciou calmamente que tinha acabado de ter uma revelação extraordinária ou algo do tipo, cambaleou um pouco, ficou meio confusa e finalmente desmaiou, gritando, em cima de um sanduíche de ovo.

Arthur estremeceu.

— Sinto muito – disse ele, um pouco áspero.

Russell soltou um ruído rabugento.

— E o que – prosseguiu Arthur, tentando juntar as peças – o agente da CIA estava fazendo na represa?

— Boiando aqui e ali, é claro. Estava morto.

— Mas o que...

— Deixa disso, você se lembra da coisa toda. As alucinações. Todo mundo disse que foi uma armação, que a CIA estava testando armas químicas ou algo do tipo. Alguma teoria alucinada de que, em vez de invadir um país, ia ser mais barato e mais eficaz fazer as pessoas todas acharem que foram invadidas.

— Que alucinações eram essas, exatamente...? – perguntou Arthur, com uma voz bem tranquila.

— Como assim, que alucinações? Estou falando sobre aquela história das grandes naves amarelas, todo mundo enlouquecendo, dizendo que íamos morrer e, de repente, puft, tudo aquilo desapareceu assim que o efeito passou. A CIA negou a coisa toda, o que significa que deve ser verdade.

A cabeça de Arthur ficou um tanto confusa. A sua mão agarrou alguma coisa para se segurar e apertou-a com firmeza. A sua boca ficava abrindo e fechando, como se pretendesse dizer alguma coisa, mas não saía nada.

– De qualquer jeito – continuou Russell –, seja lá qual foi a droga, não perdeu o efeito assim tão depressa com a Fenny. Por mim tínhamos processado a CIA, mas um advogado camarada meu disse que seria como tentar atacar um hospício com uma banana, então... – ele deu de ombros.

– Os vogons... – chiou Arthur. – As naves amarelas... desapareceram?

– Claro que sim, eram alucinações – disse Russell, olhando para Arthur intrigado. – Você está tentando me dizer que não se lembra de nada disso? Por onde você andou, pelo amor de Deus?

Essa era, para Arthur, uma pergunta tão surpreendentemente boa que ele chegou a pular do banco, chocado.

– Meu Deus!!! – gritou Russell, lutando para controlar o carro que subitamente estava tentando derrapar. Conseguiu desviar de um caminhão que se aproximava e jogou o carro para cima do gramado na margem da estrada. Quando o carro parou bruscamente, a garota no banco de trás foi arremessada contra o banco de Russell e desabou, desconjuntada.

Arthur olhou para trás em pânico.

– Ela está bem? – perguntou depressa.

Russell passou as mãos pelo cabelo escovado com irritação. Mexeu no bigode loiro. Virou-se para Arthur.

– Será que dá pra você – pediu ele – fazer o favor de soltar o freio de mão?

Capítulo 6

Dali era uma caminhada de uns 6 quilômetros até a sua casa: uns dois até o próximo cruzamento, onde o abominável Russell recusara-se terminantemente a deixá-lo, e, de lá, mais quatro por uma tortuosa ruela campestre.

O Saab partiu furioso. Arthur ficou olhando enquanto o carro partia, tão embasbacado quanto um homem que, depois de passar cinco anos acreditando firmemente que era cego, descobrisse de repente que só estava usando um chapéu grande demais.

Balançou a cabeça com força, na esperança de deslocar algum fato importante que pudesse se encaixar e dar sentido a um Universo que, do contrário, seria extremamente desconcertante. Mas como o fato importante, se é que existia, não deu as caras, Arthur prosseguiu pela estrada, torcendo para que uma boa caminhada vigorosa, e talvez até mesmo algumas bolhas insuportáveis, o ajudassem a reafirmar a sua existência, se possível até mesmo a sua sanidade.

Eram dez e meia quando chegou, detalhe que pôde comprovar pela janela embaçada e gordurosa do bar Horse and Groom, onde se via pendurado havia anos um velho e gasto relógio da cerveja Guinness com uma imagem de uma ema com um copo de chope divertidamente entalado em sua garganta.

Aquele era o bar onde havia passado a fatídica hora do almoço durante a qual primeiro a sua casa e, depois, todo o planeta Terra foi demolido, ou então pelo menos pareceu ter sido demolido. Não, caramba, foi demolido, caso contrário onde diabos ele teria estado durante os últimos oito anos e como teria chegado até lá, senão em uma das imensas naves amarelas dos vogons, que o terrível Russell acabara de dizer que não passavam de alucinações induzidas por drogas, mas, entretanto, se o planeta foi mesmo demolido, o que era essa coisa sobre a qual ele estava de pé agora...?

Interrompeu bruscamente a sua linha de raciocínio porque não chegaria a nenhuma conclusão além da que chegara nas últimas vinte vezes.

Começou de novo.

Aquele era o bar onde havia passado a fatídica hora do almoço durante a qual aconteceu fosse o que fosse que ele iria descobrir depois que tinha acontecido e...

Ainda não fazia sentido.

Começou de novo.

Aquele era o bar onde...

Aquele era um bar.

Bares serviam bebidas e ele precisava desesperadamente de uma.

Satisfeito porque os seus confusos processos mentais haviam enfim chegado a uma conclusão, e a uma conclusão que o deixara satisfeito, mesmo não sendo a que ele inicialmente queria, caminhou em direção à porta.

E parou.

Um pequeno fox terrier pelo-de-arame preto saiu correndo por trás de um muro baixo e, ao ver Arthur, começou a rosnar.

Ora, Arthur conhecia aquele cachorro, e conhecia-o bem. Era de um amigo publicitário e se chamava Idiota-Sem-Noção, porque o modo como seu pelo formava um topete na cabeça fazia as pessoas se lembrarem do presidente dos Estados Unidos, e o cachorro conhecia Arthur, ou pelo menos deveria. Era um cachorro burro, que não conseguia nem ler um teleprompter, motivo pelo qual algumas pessoas reclamaram do seu nome, mas ele devia, no mínimo, ser capaz de reconhecer Arthur, em vez de ficar parado, de prontidão, como se Arthur fosse a aparição mais pavorosa a se intrometer em sua vida de cão medíocre.

Aquilo fez com que Arthur voltasse até a janela e olhasse novamente não para a ema asfixiada dessa vez, mas para a sua própria imagem refletida.

Vendo-se pela primeira vez em um contexto familiar, teve de admitir que o cachorro tinha razão.

Parecia-se muito com algo que um fazendeiro usaria para afugentar os pássaros e não havia a menor dúvida de que entrar no bar daquele jeito daria margem a comentários desagradáveis e, ainda pior, com certeza toparia com várias pessoas conhecidas lá dentro, que certamente o bombardeariam com perguntas que, no momento, não se sentia preparado para responder.

Will Smithers, por exemplo, o dono do Idiota-Sem-Noção, o Cachorro Antiprodígio, um animal tão imbecil que foi demitido de um dos comerciais do próprio Will por ser incapaz de saber qual das rações de cachorro devia preferir, apesar da carne em todas as outras tigelas ter sido encharcada com óleo de motor.

Will com certeza estaria lá dentro. O cachorro dele estava ali, o carro dele também, um Porsche 928S cinza com um adesivo na janela traseira onde se podia ler: "Meu outro carro também é um Porsche." Que babaca!

Olhando para o carro, percebeu que tinha acabado de perceber algo que ainda não tinha descoberto.

Will Smithers, como todos os idiotas com excesso de dinheiro e falta de escrúpulos que Arthur conhecia no meio publicitário, fazia questão de trocar de carro todo ano no mês de agosto, para poder dizer para as pessoas que havia sido uma ideia do seu contador, embora na verdade o seu contador estivesse tentando enlouquecidamente fazê-lo desistir daquilo, por causa de todas as pensões que ele tinha de pagar, etc. e tal – e aquele era o mesmo carro que Arthur já conhecia. O número da placa proclamava o seu ano.

Levando-se em consideração que estavam no inverno e que o acontecimento que causara tantos problemas a Arthur durante oito de seus anos particulares ocorrera no início de setembro, no máximo seis ou sete meses haviam passado ali.

Ficou horrivelmente parado por um momento e deixou o Idiota-Sem-Noção pular para cima e para baixo, latindo para ele. Fora atingido de repente por uma constatação inevitável, que era a seguinte: a partir de agora era um E.T. em seu próprio mundo. Por mais que tentasse, ninguém ia acreditar na sua história. Não apenas soava perfeitamente louca, mas também era totalmente contraditória diante do mais simples dos fatos observáveis.

Aquela era a Terra *mesmo*? Havia alguma possibilidade de ele ter cometido um erro incrível?

O bar diante dele parecia insuportavelmente familiar, em todos os detalhes – cada tijolo, cada pedacinho de tinta descascada. Ele podia perceber, lá dentro, o mesmo calor familiar, abafado e barulhento, as suas vigas expostas, as suas luminárias imitando ferro fundido, o bar grudento de cerveja onde conhecidos seus haviam colocado os cotovelos, de onde se podia contemplar garotas recortadas em papelão com pacotes de amendoim grampeados nos peitos. Coisas típicas do seu lar, do seu mundo.

Conhecia até aquele cachorro desgraçado.

– Ei, Sem-Noção!

O som da voz de Will Smithers significava que ele tinha que decidir o que fazer, e rápido. Se ficasse onde estava, seria descoberto e a confusão toda ia começar. Se ele se escondesse, estaria apenas adiando o momento, e estava fazendo um frio danado.

O fato de ser Will tornou a decisão mais fácil. Não que Arthur não gostasse dele – Will era um cara divertido. O problema é que era divertido de uma maneira cansativa porque, sendo publicitário, sempre queria que todo mundo soubesse o quanto estava se divertindo e onde comprara a sua jaqueta.

Tendo isso em mente, Arthur escondeu-se atrás de uma van.

– E aí, Sem-Noção, qual é o caso?

A porta se abriu e Will saiu do pub, usando uma jaqueta de aviador contra a qual um carro havia sido arremessado, a seu pedido, por um amigo do Laboratório de Simulação de Acidentes, para que ficasse com aquela aparência desgastada. Sem-Noção latiu todo bobo e, ganhando a atenção que queria, esqueceu-se alegremente de Arthur.

Will estava com uns amigos e eles sempre faziam a mesma brincadeira com o cachorro.

– Olha os comunas! – gritavam para ele, todos ao mesmo tempo. – Comunas, comunas, comunas!!!

O cachorro ficava descontrolado, latindo sem parar, saltitando, colocando os bofes pra fora, transportado para além de si num êxtase de raiva. Eles riram e continuaram a brincadeira e depois, gradualmente, foram se dispersando para os seus respectivos carros e desapareceram noite adentro.

"Bom, isso esclarece uma coisa", pensou Arthur atrás da van, "este é definitivamente o planeta de que me lembro."

Capítulo 7

A sua casa continuava no mesmo lugar.
Como ou por que, não fazia a menor ideia. Resolveu dar uma olhada enquanto esperava o pub esvaziar, para poder entrar e solicitar ao dono uma acomodação para aquela noite, depois que todos tivessem ido embora. E lá estava a sua casa, no mesmo lugar.

Entrou correndo, usando a chave que guardava debaixo de um sapo de pedra no jardim, porque, surpreendentemente, o telefone estava tocando.

Tinha ouvido aquele toque baixinho enquanto avançava pela rua e começou a correr assim que percebeu de onde vinha o som.

Teve de abrir a porta à força, por causa do incrível acúmulo de correspondência inútil no capacho. Estava bloqueada pelo que ele mais tarde descobriria serem quatorze convites pessoais idênticos para que ele se associasse a um cartão de crédito que já tinha, dezessete cartas ameaçadoras idênticas por causa do não pagamento das contas de um cartão de crédito que ele não tinha, trinta e três cartas idênticas informando que ele havia sido pessoalmente selecionado a dedo por ser um homem distinto e de bom gosto que sabia o que queria e para onde estava indo no sofisticado mundo do jet-set e que, portanto, gostaria de comprar uma carteira grotesca e também um gatinho morto.

Esgueirou-se pela abertura relativamente estreita que conseguiu em meio àquele caos, tropeçou em uma pilha de ofertas de vinhos que nenhum connoisseur poderia perder, deslizou sobre um monte de folhetos de férias em casas de praia, subiu desajeitadamente as escadas escuras até o seu quarto e atendeu o telefone bem na hora em que parou de tocar.

Desabou, ofegante, na sua cama fria e com cheiro de mofo e, por alguns minutos, parou de tentar evitar que o mundo girasse em sua cabeça do modo como ele obviamente queria girar.

Depois de o mundo ter curtido a sua voltinha e se acalmado um pouco, Arthur alcançou o abajur na cabeceira, achando que não acenderia. Para a sua surpresa, acendeu. Aquilo fazia sentido dentro da lógica de Arthur. Já que a companhia elétrica sempre cortava a luz quando ele pagava a conta, parecia razoável mantê-la funcionando quando não pagasse. Mandar o dinheiro obviamente só servia para se fazer notar por eles.

O quarto estava exatamente como ele deixara, ou seja, putridamente desarrumado, embora o efeito estivesse um pouco amenizado por uma grossa camada de poeira. Livros e revistas semilidos repousavam entre pilhas de toalhas semiusadas. Semipares de meia recostavam-se em semibebidas xícaras de café. O que uma vez fora um semicomido sanduíche agora semivirara algo que Arthur completamente queria ignorar. "Basta lançar um raio aqui nesta zona", pensou ele, "e toda a evolução da vida começa do zero novamente."

Só havia uma coisa diferente no quarto.

Ele não conseguiu ver de imediato o que essa única coisa diferente era, porque ela também estava coberta por uma película de poeira nojenta. Então, os seus olhos a encontraram e pararam.

Estava ao lado da sua velha e gasta televisão, onde só era possível assistir às aulas da Universidade Aberta, porque se ela tentasse exibir algo mais interessante iria quebrar.

Era uma caixa.

Arthur apoiou-se nos seus cotovelos e a examinou.

Era uma caixa cinza, com um brilho fosco. Uma caixa pardacenta quadrada, com uns 30 centímetros de altura. Estava amarrada com uma única fita cinza, arrematada com um belo laço em cima.

Ficou de pé, foi até ela e a tocou, surpreso. Fosse o que fosse, estava lindamente embrulhada para presente, esperando que ele a abrisse.

Apanhou a caixa com cuidado e levou-a de volta até a sua cama. Espanou a poeira da parte de cima e desfez o laço. O topo da caixa era uma tampa, com uma aba dobrada.

Abriu e olhou para dentro da caixa. Era um globo de vidro, envolvido em um delicado papel cinzento. Ele o removeu, com cuidado. Não era exatamente um globo porque tinha uma abertura embaixo, ou, como Arthur percebeu ao virá-lo, em cima, circundada por um grosso aro. Era um aquário.

Um aquário de peixes, feito do vidro mais maravilhoso, perfeitamente transparente, mas, ainda assim, possuía uma tonalidade cinzenta extraordinária, como se tivesse sido feito de cristal e ardósia.

Arthur o girou devagar entre as mãos. Era um dos objetos mais lindos que já vira na vida, mas ele estava completamente perplexo diante dele. Olhou dentro da caixa, mas, tirando o papel do embrulho, não havia nada. Fora da caixa, também nada.

Girou o aquário novamente. Era maravilhoso. Era sofisticado. Mas era um aquário.

Deu uma batidinha com a unha e ele vibrou com um clangor profundo e glorioso, que durou mais tempo do que parecia possível e, quando finalmente desvaneceu, pareceu não terminar, e sim migrar para outros mundos, como para dentro de um sonho em alto-mar.

Encantado, Arthur o girou novamente e dessa vez a luz do abajur empoeirado na cabeceira o atingiu em um ângulo diferente e cintilou sobre umas delicadas gravações na superfície do aquário. Ele o suspendeu, ajustando o ângulo da luz, e de repente viu com clareza as palavras delicadamente gravadas na superfície do vidro.

"Até mais", diziam elas, "e obrigado..."

E isso era tudo. Piscou, sem entender nada.

Por uns cinco minutos, ele girou o objeto de um lado para o outro, olhou contra a luz sob diferentes ângulos, deu pancadinhas para repetir o seu som hipnótico e ponderou qual seria o significado daquelas palavras vagas, mas não encontrou nenhum. Finalmente, levantou-se, encheu o aquário com água da bica e colocou-o novamente na mesa ao lado da televisão. Sacudiu o pequeno peixe-babel da orelha e deixou-o cair, contorcendo-se, no aquário. Não precisaria mais dele, exceto para ver filmes estrangeiros.

Voltou para deitar-se na cama e apagou a luz.

Ficou parado, em silêncio. Absorveu a escuridão envolvente, relaxando aos poucos os seus membros de cima a baixo, acalmando e regulando a respiração, gradualmente esvaziando a sua mente de todos os pensamentos. Fechou os olhos e descobriu que não conseguia dormir de jeito nenhum.

A noite estava inquieta com a chuva. As nuvens carregadas já haviam se deslocado e estavam naquele momento concentrando a sua atenção em um café de beira de estrada em Bournemouth, mas o céu que percorreram tinha sido perturbado por elas e exibia agora um ar amuadamente encrespado, como se não soubesse o que mais seria capaz de não fazer se fosse provocado.

A lua despontou, aguada. Parecia uma bola de papel enfiada no bolso de trás de um jeans que tinha acabado de sair da máquina de lavar e que só o tempo e um ferro de passar diriam se era uma velha lista de compras ou uma nota de 5 libras.

O vento se agitou, de leve, como o rabo de um cavalo tentando decidir que tipo de humor adotaria naquela noite, e em algum lugar um sino badalou meia-noite.

Uma claraboia se abriu, num estalo.

Estava emperrada e teve de ser sacudida e um pouco persuadida, porque o caixilho estava meio podre e as dobradiças haviam sido, em algum momento de sua vida, inteligentemente pintadas por cima, mas enfim ela se abriu.

Uma escora foi usada para mantê-la aberta e uma figura saiu com dificuldade pela estreita vala entre as duas faces do telhado.

A figura ficou imóvel, admirando o céu em silêncio.

Estava completamente irreconhecível, diferente da criatura selvagem que irrompera loucamente dentro de casa havia mais ou menos uma hora. Tinha dado adeus ao roupão puído e esfarrapado, manchado com a lama de cem mundos e condimentos de junk food de cem espaçoportos imundos, tinha dado adeus ao cabelo desgrenhado, à barba comprida e cheia de nós com seu ecossistema florescente e tudo mais.

Em vez de tudo isso, havia o Arthur Dent tranquilo e descontraído, usando calças de veludo cotelê e um suéter bem grosso. O seu cabelo estava curto e lavado, o rosto bem barbeado. Apenas os seus olhos ainda diziam que, fosse lá o que o Universo pensasse estar fazendo com ele, gostaria muito que por favor parasse.

Aqueles não eram os mesmos olhos com os quais observara aquela vista pela última vez, e o cérebro que interpretava as imagens que seus olhos montavam também não era o mesmo cérebro. Nenhuma cirurgia envolvida, apenas a desarticulação contínua da experiência.

A noite parecia uma coisa viva para ele naquele momento e a terra escura à sua volta era um ser no qual estava enraizado.

Podia sentir, como um formigamento em terminações nervosas distantes, o fluxo de um rio longínquo, colinas invisíveis ondulantes, o grupo de nuvens carregadas estacionadas em algum lugar ao sul.

Podia sentir também a emoção de ser uma árvore, o que era algo inesperado. Sabia que era bom enroscar os dedos dos pés na terra, mas nunca imaginara que pudesse ser tão bom assim. Podia sentir uma onda de prazer quase indecente o atingindo em cheio, vindo da New Forest. "Algo para fazer no verão", pensou ele, "experimentar a sensação de ter folhas."

De outra direção, sentiu o que era ser uma ovelha assustada com um disco voador, mas aquela era uma sensação virtualmente indistinguível da sensação de ser uma ovelha assustada com qualquer outra coisa que aparecesse no seu caminho, pois as ovelhas eram criaturas que aprendem muito pouco na sua jornada pela vida e ficariam assustadas ao ver o sol nascendo na manhã e admiradas com aquelas coisas verdes recobrindo os campos.

Ficou surpreso ao perceber que podia sentir a ovelha se assustando com o sol naquela manhã e na manhã anterior e se assustando com um arvoredo dois dias antes. Podia voltar cada vez mais para trás, mas acabou ficando chato porque eram sempre ovelhas assustadas com coisas que as assustaram na véspera.

Abandonou a ovelha e deixou a sua mente deslizar distante, sonolenta, em ondas crescentes. Ela sentiu a presença de outras mentes, centenas delas, milhares, algumas sonolentas, algumas em sonhos, algumas muito agitadas, uma fraturada.

Uma fraturada.

Perpassou brevemente por essa última, depois tentou voltar a senti-la, mas ela lhe escapou, como a segunda carta com a imagem da maçã no jogo de memória. Sentiu um espasmo de emoção, porque sabia instintivamente de quem era aquela mente ou, pelo menos, de quem gostaria que fosse e, quando se sabe o que se deseja ser verdade, o instinto é uma ferramenta muito útil para permitir que se saiba que de fato é.

Sabia instintivamente que era Fenny e queria encontrá-la; mas não podia. Se tentasse forçar a barra, sentia que perderia aquela nova e estranha habilidade, então desistiu da busca e deixou que a sua mente perambulasse à toa mais uma vez.

E, novamente, sentiu a fratura.

Novamente não conseguia encontrá-la. Dessa vez, fosse lá o que o seu instinto estivesse tentando lhe dizer no que era legal acreditar, não tinha mais tanta certeza de que era Fenny – talvez fosse outra fratura daquela vez. Tinha a mesma característica desjuntada, mas parecia um sentimento mais geral de fratura, mais profundo, não uma única mente, ou nem sequer uma mente. Era outra coisa.

Deixou a sua mente afundar devagarinho e em sua totalidade na Terra, ondulando, penetrando, afundando.

Estava acompanhando as idades da Terra, vagando com os ritmos de seus inúmeros pulsos, permeando suas teias da vida, boiando em suas marés, girando com o seu peso. A fratura sempre retornava, uma desjuntada dor distante e melancólica.

E agora viajava sobre uma terra de luz; a luz era o tempo, as suas marés eram dias retrocedendo. A fratura que havia sentido, a segunda fratura, encontrava-se ao longe, diante dele, cruzando a terra, fina como um único fio de cabelo ao longo da paisagem de sonhos dos dias da Terra.

E subitamente ele estava lá.

Dançou vertiginosamente sobre a extremidade enquanto a terra de sonhos desprendia-se abruptamente abaixo dele, um precipício apavorante para o nada, e ele loucamente contorcia-se, agarrando o vazio, retorcido no espaço horrorizante, girando, caindo.

Sobre o abismo rachado antes houvera outra Terra, outro tempo, um antigo mundo, sem fraturas, antes forçosamente unido: duas Terras. Ele acordou.

Uma brisa fria tocou o suor febril em sua testa. O pesadelo tinha passado e levara junto suas forças. Curvado sobre os ombros, esfregou delicadamente os olhos com a ponta dos dedos. Finalmente, estava não só com sono como muito cansado. E quanto ao significado do sonho, se é que tinha algum, era algo que só pensaria pela manhã; agora ia para cama dormir mesmo. A sua cama, o seu sono.

Podia ver a sua casa lá longe e não estava entendendo aquilo. Sua silhueta estava recortada contra a luz da lua e ele reconheceu o seu formato quadradão. Olhou à sua volta e percebeu que estava uns 40 centímetros acima das roseiras de um dos seus vizinhos, John Ainsworth. Aquelas roseiras eram delicadamente cultivadas, podadas no inverno, presas por bambus e etiquetadas, e

Arthur se perguntou o que estava fazendo ali, pairando sobre elas. Depois se perguntou o que o mantinha no ar e, quando descobriu que nada o segurava, caiu desajeitado no chão.

Levantou, sacudiu a poeira e voltou mancando para casa com o tornozelo torcido. Despiu-se e caiu na cama.

Enquanto dormia, o telefone tocou novamente. Tocou por exatos quinze minutos e fez com que ele mudasse de posição na cama duas vezes. Nunca, porém, teve a menor chance de acordá-lo.

Capítulo 8

Arthur acordou sentindo-se ótimo, absolutamente fabuloso, descansado, superfeliz por estar em casa, cheio de energia e nada decepcionado ao descobrir que estava em meados de fevereiro.

Foi praticamente dançando até a geladeira, catou as três coisas menos assustadoras que estavam lá dentro, colocou-as no prato e observou-as fixamente por dois minutos. Já que não fizeram menção de se mexer durante esse período, chamou-as de café da manhã e comeu-as. Juntas, elas neutralizaram uma doença espacial virulenta que ele havia contraído sem saber nos Pântanos Gasosos de Flargathon alguns dias antes que, do contrário, teria matado metade da população do hemisfério ocidental, cegado a outra metade e deixado todo o resto psicótico e estéril, de modo que a Terra teve sorte.

Sentia-se forte, sentia-se saudável. Pegou uma pá e jogou fora as correspondências inúteis vigorosamente. Depois enterrou o gato.

Justo quando estava terminando o serviço, o telefone tocou, mas ele deixou tocar, mantendo um minuto de silêncio respeitoso. Seja lá quem fosse, ligaria novamente se fosse algo importante.

Limpou a lama dos sapatos e voltou para dentro de casa.

Conseguiu encontrar umas poucas cartas importantes no meio daquela montoeira de lixo – alguns documentos do conselho, datados de três anos atrás, sobre a suposta demolição da sua casa e algumas outras cartas sobre a instauração de uma investigação pública sobre o plano de construção de um desvio na área; havia também uma carta antiga do Greenpeace, o grupo de ativistas ecológicos para o qual contribuía ocasionalmente, pedindo ajuda para o seu projeto de libertar golfinhos e orcas do cativeiro e alguns cartões-postais de amigos, reclamando vagamente que ele nunca mais tinha dado notícias.

Juntou tudo isso e colocou num arquivo de papelão, no qual escreveu "Coisas Para Fazer". Já que estava se sentindo bastante vigoroso e dinâmico naquela manhã, chegou até mesmo a acrescentar a palavra "Urgente!".

Tirou a sua toalha e outras bugigangas esquisitas da sacola de compras que adquirira no Megamercado de Porto Brasta. O slogan impresso na sacola era um trocadilho inteligente e rebuscado no idioma centauriano, completamente incompreensível em qualquer outro idioma e, portanto, absolutamente sem sentido para uma loja de Duty Free em um espaçoporto. A sacola também estava furada, então ele a jogou fora.

Percebeu então que devia ter perdido outra coisa na pequena nave que o trouxera à Terra, gentilmente fazendo um desvio para deixá-lo próximo ao A303. Havia perdido a sua cópia surrada e desgastada daquilo que o ajudara a encontrar o seu caminho através das incríveis imensidões espaciais que ele cruzara. Havia perdido *O Guia do Mochileiro das Galáxias*.

"Bem", pensou ele, "não devo precisar dele novamente."

Tinha que fazer umas ligações.

Decidira como lidar com o volume de contradições que a sua volta para casa precipitara: ia simplesmente ignorá-lo.

Ligou para a BBC e pediu para falar com o diretor do seu departamento.

– Alô, oi, aqui quem fala é Arthur Dent. Escuta, desculpa ter faltado ao trabalho nos últimos seis meses, mas é que eu fiquei maluco.

– Ah, não tem problema, não. Achei que fosse algo no gênero. Acontece o tempo todo por aqui. Quando é que você volta?

– Quando os porcos-espinhos param de hibernar?

– Durante a primavera, eu acho.

– Volto um pouquinho depois, então.

– Tudo bem.

Folheou as Páginas Amarelas e fez uma pequena lista com possíveis números de telefone.

– Alô, é do Hospital Old Elms? Bem, eu estou ligando para saber se posso dar uma palavrinha com Fenella, hã... Fenella. Meu Deus, como eu sou idiota, daqui a pouco vou esquecer o meu próprio nome, hã, Fenella... É ridículo, não é? É uma paciente de vocês, uma garota de cabelos escuros, deu entrada aí ontem à noite...

– Sinto muito, mas não temos nenhuma paciente chamada Fenella.

– Ah, não? Na verdade eu queria dizer Fiona, é claro, é que nós a chamamos de Fen...

– Sinto muito, adeus.

Click.

Seis conversas mais ou menos como essa começaram a desgastar o seu otimismo vigoroso e dinâmico, então decidiu que, antes que ele o abandonasse completamente, iria levá-lo para dar uma volta até o bar e exibi-lo para as pessoas.

Teve a ideia perfeita para explicar cada estranheza inexplicável sobre si mesmo de uma só vez, e assoviou para si mesmo ao abrir a porta que tanto o intimidara na noite anterior.

– Arthur!!!

Sorriu alegremente diante dos olhares perplexos que o contemplavam de todos os cantos do pub e contou para todo mundo como havia se divertido na Califórnia.

Capítulo 9

Aceitou outra cerveja e mandou ver.
– É claro, eu também tinha o meu alquimista particular.
– Você o quê?
Estava começando a falar besteiras e sabia disso. A mistura das melhores cervejas pretas da Exuberance, Hall e Woodhouse era algo que impunha respeito, mas um dos seus primeiros efeitos era fazer com que você parasse de respeitar qualquer coisa, e a hora em que Arthur devia ter parado de explicar coisas foi justamente a hora em que começou a soltar sua criatividade.
– Isso aí! – insistiu ele com um alegre sorriso vidrado. – Por isso eu perdi tanto peso.
– Como assim? – perguntou a sua plateia.
– Isso aí! – repetiu ele. – Os californianos redescobriram a alquimia. Isso aí!
Sorriu novamente.
– Só que – disse ele – de um jeito muito mais útil do que aquele que... – Ele parou, pensativo, para deixar um pouquinho de gramática reunir-se na sua cabeça. – Aquele que os antigos costumavam praticar. Ou, pelo menos – acrescentou ele –, não conseguiam praticar. Eles não conseguiam fazer nada disso funcionar, sabem? Nostradamus e todo o pessoal. Não davam uma dentro.
– Nostradamus? – perguntou alguém na plateia.
– Eu não sabia que ele era alquimista – comentou outro.
– Eu pensava – disse um terceiro – que ele fosse um profeta.
– Ele virou profeta – explicou Arthur para a sua plateia, cujos membros começavam a oscilar e a ficar um pouco indistintos – justamente porque era um péssimo alquimista. Vocês deveriam saber disso.
Deu outro gole na cerveja. Era algo que não provava havia oito anos. Provava e provava.
– O que a alquimia tem a ver – perguntou um borrão na audiência – com a perda de peso?
– Foi bom você ter perguntado – disse Arthur. – Muito bom. E eu agora vou explicar pra vocês qual é a relação entre... – Fez uma pausa. – Entre essas duas coisas. Essas que vocês mencionaram. Eu vou explicar.
Parou e manobrou os seus pensamentos. Era como assistir a um navio-petroleiro executando uma inversão de curso em três movimentos no canal da Mancha.

– Eles descobriram como transformar o excesso de gordura no corpo em ouro – disse ele, em um súbito acesso de coerência.

– Tá brincando.

– Isso aí! – disse ele. – Quer dizer, não – corrigiu –, é sério.

Olhou para a parte da sua plateia que estava desconfiada, o que era basicamente a plateia toda, então demorou um pouco mais para olhar todo mundo.

– Vocês já *foram* à Califórnia? – perguntou ele. – Vocês *sabem* o que eles fazem por lá?

Três membros da plateia responderam que sim e que ele estava falando besteira.

– Vocês não viram nada – insistiu Arthur. – Isso aí! – acrescentou ele, porque alguém estava se oferecendo para pagar mais uma rodada.

– A prova – disse ele, apontando para si mesmo e errando por poucos centímetros – está diante dos seus olhos. Quatorze horas em transe – disse ele – em um tanque. Em transe. Eu estava em um tanque. Acho – acrescentou ele, após uma breve reflexão – que já disse isso.

Esperou, paciente, enquanto a nova rodada era devidamente distribuída. Já havia composto a próxima parte da história na sua cabeça, que ia ser algo sobre o tanque ter de ser orientado de acordo com uma linha traçada perpendicularmente da Estrela Polar até uma linha imaginária traçada entre Marte e Vênus e estava começando a tentar dizer isso quando decidiu deixar para lá.

– Muito tempo – disse, em vez disso – em um tanque. Em transe. – Olhou severamente para a plateia, para ter certeza de que todos estavam ouvindo com atenção.

Tornou a falar.

– Onde é que eu estava mesmo? – perguntou.

– Em transe – disse um.

– No tanque – disse outro.

– Isso aí! – disse Arthur. – Obrigado. E aos poucos, bem aos poucos, todo o excesso de gordura... se transforma... em... – fez uma pausa para dar mais efeito – ... ouro subicoo... subconan... subtucân... – parou para respirar – ... ouro subcutâneo e você pode fazer uma cirurgia para retirá-lo do seu corpo. Sair do tanque é um inferno. O que você disse?

– Eu só estava limpando a garganta.

– Eu acho que você não está acreditando em mim.

– Eu estava limpando a garganta.

– Ela estava limpando a garganta – confirmou uma parte significativa da plateia em um sussurro.

– Isso aí – disse Arthur –, tudo bem. E então você divide o ouro... – parou novamente para fazer as contas – ... meio a meio com o alquimista. Ganha muito dinheiro!

Olhou girando para a sua plateia e não pôde deixar de perceber um ar de ceticismo em seus rostos confusos.

Tomou aquilo como uma afronta pessoal.

– De que outro modo – perguntou ele – eu teria dinheiro para pagar um envelhecimento facial?

Braços amigos começaram a ajudá-lo a ir para casa.

– Vejam bem – protestou, enquanto a brisa gelada de fevereiro tocava o seu rosto –, parecer maduro é a última moda na Califórnia atualmente. Você tem que parecer alguém que já viu a Galáxia. A vida, quero dizer. Você tem que parecer alguém que já viu a vida. Tá na cara, dei uma envelhecida. Manda aí uns oito anos, eu disse. Só espero que ter trinta anos não volte à moda, senão gastei uma fortuna à toa.

Ficou em silêncio por alguns minutos, enquanto os braços amigos continuavam a ajudá-lo.

– Voltei ontem – murmurou ele. – Estou muito feliz de estar em casa. Ou em algum lugar muito parecido...

– Jet lag – sussurrou um dos seus amigos. – Viagem longa, da Califórnia pra cá. Derruba qualquer um por alguns dias.

– Eu acho que ele nem esteve lá – cochichou outro. – Onde será que ele estava? E o que será que aconteceu com ele?

Após um cochilo, Arthur se levantou e zanzou um pouco pela casa. Estava meio alto e um pouco deprimido, ainda meio perdido por causa da viagem. Estava pensando em como faria para encontrar Fenny.

Sentou-se e ficou olhando para o aquário. Deu uma batidinha com a unha e, apesar de ele estar cheio d'água e com o pequeno peixe-babel amarelo borbulhando desanimado lá dentro, o som que ele produziu foi profundo e ressonante, tão claro e hipnótico quanto antes.

"Alguém está tentando me agradecer", pensou. Perguntou-se quem e por quê.

Capítulo 10

— No terceiro bipe será uma hora... trinta e dois minutos... e vinte segundos.
— Bipe... bipe... bipe.

Ford Prefect sufocou um risinho de satisfação diabólica, percebeu que não tinha motivo para sufocá-lo e deu uma gargalhada bem alta, uma gargalhada perversa.

Alterou o sinal de entrada da Subeta Net para o sistema de som da nave e a estranha voz, um tanto afetada, cantarolou com extraordinária clareza na cabine.

— No terceiro bipe será uma hora... trinta e dois minutos... e trinta segundos.
— Bipe... bipe... bipe.

Ele aumentou um pouco o volume enquanto observava atentamente uma tabela de números que se alteravam rapidamente na tela do computador da nave. Considerando-se quanto tempo aquilo deveria durar, a questão do consumo de energia era importante. Não queria um assassinato pesando em sua consciência.

— No terceiro bipe será uma hora... trinta e dois minutos... e quarenta segundos.
— Bipe... bipe... bipe.

Olhou em volta da pequena nave. Andou pelo pequeno corredor.

— No terceiro bipe...

Meteu a cabeça dentro do pequeno e funcional banheiro de aço cintilante.

— ... será...

Ouvia-se bem lá de dentro.

Verificou o minúsculo dormitório.

— ... uma hora... trinta e dois minutos...

O som estava um pouco abafado. Havia uma toalha sobre um dos alto-falantes. Ele tirou a toalha.

— ... e cinquenta segundos.

Agora, sim.

Chegou o compartimento de cargas e não ficou nem um pouco satisfeito com o som. Havia muita tralha encaixotada no caminho. Deu um passo para trás e esperou a porta se fechar sozinha. Forçou um painel de controle que estava fechado e apertou o botão de eliminação de carga. Não sabia como não tinha pensado nisso antes. Ouviu um turbilhão de ar acompanhado por alguns ruídos surdos que se transformou rapidamente em silêncio. Após uma pausa, um leve sibilar pôde ser ouvido novamente.

Parou.

Esperou a luzinha verde aparecer e então abriu novamente a porta do compartimento de carga, agora vazio.

– ... uma hora... trinta e três minutos... e cinquenta segundos.

Ótimo.

– Bipe... bipe... bipe.

Foi fazer então uma última verificação minuciosa na câmara de animação suspensa de emergência, que era onde estava especificamente interessado que a voz fosse ouvida.

– No terceiro bipe será uma hora... e trinta e quatro... em ponto.

Sentiu um calafrio ao espreitar, através da superfície incrivelmente congelada, a forma imprecisa da criatura lá dentro. Um dia, sabe-se lá quando, ela acordaria e, quando acordasse, saberia as horas. Não seria exatamente a hora local, é verdade, mas fazer o quê?

Verificou duas vezes a tela do computador sobre a câmara de resfriamento, diminuiu as luzes e verificou novamente.

– No terceiro bipe será...

Saiu na ponta dos pés e voltou para a cabine de controle.

– ... uma hora... trinta e quatro minutos... e vinte segundos.

A voz soava tão clara como se estivesse em um telefone em Londres, coisa que não estava, nem de longe.

Contemplou a noite escura. A estrela do tamanho de uma migalha brilhante de biscoito que conseguia ver lá longe era Zondostina ou, como era conhecida no mundo de onde vinha a voz afetada e cantarolante, Zeta de Plêiades.

A brilhante curva alaranjada que preenchia mais da metade da área visível era o gigantesco planeta gasoso Sesefras Magna, onde as naves de guerra xaxisianas atracavam e, logo acima do seu horizonte, via-se uma pequena lua azulada, Epun.

– No terceiro bipe será...

Durante vinte minutos ele ficou sentado, olhando enquanto a distância entre a nave e Epun diminuía, e o computador da nave arredondava e massageava os números que a aproximariam da órbita em torno da pequena lua, depois transformariam aquilo em uma órbita permanente, aprisionando e mantendo a nave ali, em perpétua obscuridade.

– ... uma hora... cinquenta e nove minutos...

O seu plano inicial tinha sido o de desligar todas as sinalizações e emissões de radiação externas da nave para deixá-la o mais invisível possível, a não ser que você estivesse olhando diretamente para ela, mas então teve outra ideia e ele achou que era muito melhor. A nave agora emitiria um único feixe contínuo, tão fino quanto um lápis, transmitindo o sinal de tempo recebido para o planeta de onde o sinal se originava. O sinal levaria uns quatrocentos anos para chegar lá à velocidade da luz, mas certamente causaria uma boa comoção quando enfim chegasse.

– Bipe... bipe... bipe.

Riu baixinho.

Não gostava de pensar que era uma dessas pessoas que riem baixinho ou seguram o riso, mas tinha de admitir que estava rindo baixinho e segurando o riso sem parar havia mais de meia hora.

– No terceiro bipe...

A nave estava agora quase perfeitamente alinhada em sua órbita perpétua ao redor de uma lua pouco conhecida e jamais visitada. Quase perfeito.

Faltava só uma coisa. Acionou novamente no computador a simulação do lançamento da cápsula de fuga da nave, estimando ações, reações, forças tangenciais e toda aquela poesia matemática do movimento e viu que estava tudo ok.

Antes de sair, apagou as luzes.

Quando a sua minúscula navezinha de fuga partiu zunindo no início de sua viagem de três dias até a estação espacial de Porto Sesefron, acompanhou por alguns segundos um longo feixe de radiação, fino como um lápis, que estava começando uma viagem muito mais longa.

– No terceiro bipe serão duas horas... treze minutos... e cinquenta segundos.

Ele riu baixinho, segurando o riso. Gostaria de ter rido bem alto, mas não tinha espaço.

– Bipe... bipe... bipe.

Capítulo 11

— Chuvas de abril, essas são especialmente detestáveis. Apesar dos grunhidos evasivos de Arthur, o homem parecia determinado a conversar com ele. Chegou a pensar em levantar-se e ir para outra mesa, mas aparentemente não havia uma única mesa vazia no restaurante. Mexeu o seu café, irritado.

— Malditas chuvas de abril. Detesto, detesto, detesto.

Arthur estava olhando fixamente para fora da janela, franzindo a testa. Uma chuva fininha e ensolarada pairava sobre a estrada. Fazia dois meses que ele voltara para casa. Retomar a sua vida havia sido ridiculamente fácil. As pessoas tinham uma memória incrivelmente curta, inclusive ele. Oito anos de perambulações malucas pela Galáxia agora lhe pareciam não como uma espécie de pesadelo, mas como um filme gravado na tevê que ele deixara esquecido atrás de um armário, sem a menor vontade de assistir.

Um efeito que ainda permanecia, porém, era a sua alegria por estar de volta. Agora que a atmosfera da Terra havia se fechado de vez sobre a sua cabeça, pensou ele, completamente enganado, tudo no planeta lhe proporcionava um extraordinário prazer. Olhando o brilho prateado dos pingos de chuva, sentiu-se na obrigação de discordar.

— Bem, eu gosto delas — disse, de repente —, e por vários motivos. São leves e refrescantes. Cintilam e fazem a gente se sentir bem.

O homem bufou, debochado.

— É o que todos dizem — comentou, com a cara fechada, do outro canto na mesa.

Era um motorista de caminhão. Arthur sabia disso porque o seu comentário inicial e absolutamente espontâneo havia sido: "Sou motorista de caminhão. E detesto dirigir na chuva. Irônico, não é? Irônico pra cacete."

Se havia uma conexão lógica oculta entre os dois fatos daquele comentário, Arthur não foi capaz de adivinhá-la e apenas resmungou de maneira afável, mas sem puxar papo.

Ainda assim, o homem não tinha parado de falar naquela hora e continuava falando agora.

— Sempre dizem a mesma coisa sobre as insuportáveis chuvas de abril — disse ele. — Tão insuportavelmente boas, tão insuportavelmente refrescantes, um clima tão insuportavelmente agradável.

Inclinou-se para a frente, fazendo uma careta feia, como se estivesse prestes a dizer algo sobre o governo.

– O que eu quero saber é o seguinte: se o tempo vai ficar bom, por que – ele quase cuspiu – não pode ficar bom sem essa maldita chuva?

Arthur desistiu. Decidiu abandonar o seu café, que estava quente demais para ser bebido depressa e ruim demais para ser bebido frio.

– Bom, vejo que já está de saída – disse, levantando-se. – Tchau.

Deu uma parada na lojinha do posto de gasolina e depois atravessou o estacionamento, fazendo questão de desfrutar um pouco aquele agradável chuvisco no rosto. Havia até mesmo, como pôde notar, um tênue arco-íris resplandecendo sobre as colinas de Devon. Desfrutou aquilo também.

Entrou no seu velho mas amado Golf GTi preto, saiu cantando os pneus e seguiu, deixando para trás as ilhas de bombas de gasolina, em direção à estrada de acesso, de volta à rodovia principal.

Estava enganado ao pensar que a atmosfera da Terra havia finalmente se fechado, e se fechado para sempre, sobre a sua cabeça.

Estava enganado ao pensar que algum dia seria possível deixar para trás a emaranhada teia de irresoluções para a qual as suas viagens galácticas o haviam arrastado.

Estava enganado ao pensar que podia esquecer que a Terra – imensa, sólida, oleosa, suja e pendurada em um arco-íris – na qual vivia não passava de um pontinho microscópico em um outro pontinho microscópico na infinitude inimaginável do Universo.

Continuou dirigindo, cantarolando, redondamente enganado sobre todas essas coisas.

O motivo pelo qual ele estava enganado estava parado na beira da estrada, cobrindo-se com um pequeno guarda-chuva.

O seu queixo caiu. Torceu o tornozelo contra o pedal do freio e derrapou tão violentamente que o carro quase capotou.

– Fenny! – gritou ele.

Tendo evitado por pouco não atingir a garota com o carro em si, atingiu-a com a porta do carro ao abri-la para que ela pudesse entrar. A porta bateu na mão da moça e fez com que deixasse cair seu guarda-chuva, que saiu rodopiando descontroladamente pela estrada.

– Merda! – gritou Arthur, enquanto saltava para fora do carro o mais gentilmente que podia, não sendo atropelado pelo "Fretes McKeena – Faça chuva ou faça sol" por um triz e assistindo, horrorizado, ele destruir o guarda-chuva de Fenny. O caminhão seguiu pela estrada, indiferente.

O guarda-chuva jazia como um pernilongo recém-esmagado, tristemente moribundo no chão. Pequenas rajadas de vento faziam com que ele estrebuchasse um pouco.

Arthur o apanhou.

– Ah – disse ele. Não fazia muito sentido oferecer aquela coisa de volta para ela.

– Como é que você sabe o meu nome?

– Ah, bem – disse ele. – Olha, eu compro outro para você...

Olhou para ela e ficou fraco.

Ela era alta, com cabelos negros caindo em ondas em volta do seu rosto pálido e sério. Imóvel na beira da estrada, completamente sozinha, parecia quase lúgubre, como uma estátua de alguma virtude importante, mas pouco popular, em um jardim formal. Ela parecia estar olhando para outra coisa que não aquilo para o que ela parecia estar olhando.

Mas quando sorria, como naquele instante, era como se estivesse chegando de algum lugar. Calor e vida inundavam o seu rosto e um movimento inacreditavelmente gracioso tomava o seu corpo. O efeito era muito desconcertante e desconcertou Arthur completamente.

Ela sorriu, jogou a sua bolsa no banco de trás e acomodou-se no banco do carona.

– Não se preocupe com o guarda-chuva – ela disse, entrando no carro. – Era do meu irmão e ele não devia gostar muito dele, do contrário não teria me dado. – Ela riu e colocou o cinto de segurança. – Você não é amigo do meu irmão, é?

– Não.

A voz dela era a única parte do todo que não dizia "Bom".

A sua presença física dentro do carro, o seu carro, era algo extraordinário para Arthur. Sentia, saindo devagarzinho com o carro, que mal conseguia pensar ou respirar e esperava que nenhuma destas duas funções fosse vital para dirigir, senão estariam perdidos.

Então aquilo que sentira no outro carro, o do irmão dela, na noite em que voltara exausto e confuso dos seus anos de pesadelo nas estrelas, não havia sido um mero desequilíbrio momentâneo ou, se fosse, ele estava agora pelo menos duas vezes mais desequilibrado e muito propenso a despencar lá do lugar onde as pessoas bem equilibradas supostamente se equilibravam.

– Então... – disse ele, esperando iniciar a conversa de maneira empolgante.

– Ele ficou de vir me buscar... o meu irmão... mas telefonou dizendo que não ia dar. Eu perguntei sobre os ônibus, mas ele começou a consultar o calendário em vez de uma folha com horários; aí eu decidi pedir carona. Então...

– Então...

– Então, aqui estou. E o que eu gostaria muito de saber é como você sabe o meu nome.

– Talvez fosse melhor decidirmos primeiro – disse Arthur, olhando para trás por cima do ombro, enquanto encaixava suavemente o seu carro no tráfego da estrada – para onde devo levar você.

Para muito perto, torceu ele, ou para muito longe. Perto significaria que eram praticamente vizinhos e longe significaria que poderia levá-la até lá de carro.

– Eu gostaria de ir para Taunton – disse ela –, por favor. Se estiver tudo bem pra você. Você pode me deixar no...

– Você mora em Taunton? – perguntou ele, esperando ter conseguido parecer meramente curioso, e não extasiado. Taunton era divinamente perto da sua casa. Ele podia...

– Não, eu moro em Londres – disse ela. – Tem um trem saindo em menos de uma hora.

Era a pior coisa possível. Taunton ficava a apenas alguns minutos dali. Perguntou-se o que faria e, enquanto estava ocupado se perguntando, para o seu horror ouviu-se dizendo:

– Ah, eu posso te levar até Londres. Deixe-me levar você até Londres...

Que trapalhão idiota. Por que diabos havia dito "deixe-me" daquele jeito ridículo? Estava se comportando como um garoto de doze anos.

– Você está indo para Londres? – perguntou ela.

– Não estava, não – disse ele –, mas...

Que trapalhão idiota.

– É muita gentileza sua, mas é melhor não. Eu gosto de viajar de trem. – E, de repente, ela se foi. Ou melhor, a parte dela que a trazia à vida se foi. Ela ficou olhando para fora da janela de uma maneira muito distante e cantarolando baixinho para si mesma.

Ele não conseguia acreditar.

Trinta segundos de conversa e já conseguira estragar tudo.

Homens adultos, explicou para si mesmo, em total contradição com séculos de evidências acumuladas sobre a maneira como os homens adultos se comportam, não se comportavam assim.

Taunton 8 km, dizia a placa.

Agarrou o volante com tanta força que o carro chegou a balançar. Tinha que fazer algo drástico.

– Fenny – disse.

Ela se virou bruscamente para ele.

– Você ainda não me disse como é...

– Escuta – disse Arthur –, eu vou te contar, embora a história seja meio estranha. Muito estranha.

Ela estava olhando para ele, em silêncio.

– Escuta...

– Você já disse isso.

– Disse? Ah. Tenho que conversar com você sobre umas coisas, coisas que você precisa saber... uma história que eu preciso te contar, mas... – Estava desesperado. Queria algo no gênero "dividiria os emaranhados cachos de tua cabeleira e cada um de teus cabelos se levantaria em separado como os cabelos de um porco-espinho assustado", mas achava que não ia chegar lá e, além disso, não gostava da referência ao porco-espinho.

– ...mas levaria mais do que 8 quilômetros – disse ele afinal, embora fosse uma frase meio tosca.

– Bem...

– Supondo, apenas supondo – não sabia o que viria a seguir, então decidiu relaxar e ouvir –, que você fosse, de alguma maneira extraordinária, muito importante para mim e que, embora você não soubesse disso, eu fosse muito importante para você e que tudo isso se perdesse nas nossas vidas porque só tivemos 8 quilômetros e eu sou um completo imbecil quando se trata de dizer algo muito importante para alguém que eu acabei de conhecer sem bater em caminhões ao mesmo tempo, o que você acha – ele parou, desamparado, e olhou para ela – que eu deveria fazer?

– Olhar para a frente! – gritou ela.

– Merda!

Por pouco não bateram na lateral de cem máquinas de lavar italianas que um caminhão alemão transportava.

– Eu acho – disse ela, com um breve suspiro de alívio – que devíamos tomar um drinque antes do meu trem partir.

Capítulo 12

Há uma razão desconhecida para que os bares próximos às estações tenham algo de especialmente sinistro, um tipo específico de imundície, um tipo especial de palidez nos salgadinhos.

Pior do que os salgadinhos, contudo, são os sanduíches.

Há um sentimento predominante na Inglaterra de que tornar um sanduíche interessante, atraente ou de algum modo agradável de comer é algo pecaminoso que só os estrangeiros fazem.

"Vamos fazê-los secos" é a instrução enraizada em algum lugar na consciência coletiva nacional. "Vamos fazê-los borrachudos. Se for preciso manter os malditos hambúrgueres frescos, lave-os uma vez por semana."

É comendo sanduíches em bares durante o almoço, aos sábados, que os ingleses procuram expiar sejam lá quais forem os seus pecados nacionais. Não sabem direito quais são esses pecados e nem querem saber, porque ninguém quer ficar sabendo muitos detalhes sobre seus pecados. Mas, sejam lá quais forem os tais pecados, são amplamente expiados pelos sanduíches que eles se obrigam a comer.

Se há algo ainda pior do que os sanduíches são as salsichas que ficam expostas ao lado deles. Tubos infelizes, cheios de cartilagens, boiando em um mar de algo quente e triste, atravessados por um palitinho de plástico no formato do chapéu de um chef de cozinha – possivelmente uma homenagem póstuma a algum chef que detestava o mundo inteiro e que morreu, esquecido e solitário, entre os seus gatos numa escada dos fundos em Stepney.

As salsichas são para aqueles que sabem muito bem quais são os seus pecados e querem expiar algo bem específico.

– Deve ter um lugar melhor – disse Arthur.

– Não dá tempo – disse Fenny, olhando o relógio. – O meu trem sai em meia hora.

Sentaram-se em uma mesinha bamba. Sobre ela, alguns copos sujos, alguns descansos de copo encharcados. Arthur pediu um suco de tomate para Fenny e um copo de água amarelada com gás para ele. E duas salsichas. Não sabia ao certo por quê. Pediu-as mais para ter o que fazer enquanto esperava o gás assentar-se no seu copo.

O barman atirou o troco de Arthur em uma poça de cerveja sobre o bar e Arthur ainda agradeceu.

– Muito bem – disse Fenny, olhando o seu relógio. – Conte-me o que é que tem para me contar.

Soava extremamente cética, como era de se esperar, e Arthur ficou desanimado. Aquele era o ambiente menos adequado, pensou, para tentar explicar a ela por que estava sentada ali, subitamente distante e na defensiva, que, numa espécie de sonho extracorpóreo, ele teve uma sensação telepática de que o colapso nervoso que ela sofrera estava ligado ao fato de que a Terra, apesar das aparências contrárias, tinha sido demolida para abrir caminho para a construção de uma nova via expressa hiperespacial, algo que somente ele em todo o planeta sabia, tendo realmente presenciado a demolição de dentro de uma nave vogon, e de que, além disso, o seu corpo e a sua alma a desejavam insuportavelmente e ele precisava ir para a cama com ela tão rápido quanto fosse humanamente possível.

– Fenny – começou a dizer.

– Vocês gostariam de comprar alguns bilhetes da nossa rifa? Unzinho, pelo menos?

Ele olhou para cima, irritado.

– Para ajudar a Anjie, que está se aposentando.

– O quê?

– Ela precisa de uma máquina de diálise.

Estava sendo abordado por uma senhora de meia-idade cadavericamente magra, usando um delicado conjuntinho de tricô, um delicado permanentezinho e um delicado sorrisinho que provavelmente recebia frequentes lambidas de delicados cachorrinhos.

Ela estava segurando um bloquinho de rifas e uma latinha para coletar as contribuições.

– Custa apenas 10 pence cada – disse ela –, então de repente dá para comprar até duas. Sem quebrar a conta! – Ela deu uma risadinha tilintante, seguida de um suspiro curiosamente longo. Ter dito "Sem quebrar a conta" obviamente lhe dera mais prazer do que qualquer outra coisa desde que alguns soldados norte-americanos ficaram alojados na sua casa durante a Segunda Guerra.

– Ah, tá, tudo bem – respondeu Arthur, metendo a mão no bolso apressadamente e tirando algumas moedas.

Com uma moleza irritante e uma delicada teatralidade, se é que isso existe, a mulher destacou dois bilhetes, que entregou para Arthur.

– Eu *realmente* espero que você ganhe – disse ela, com um sorriso que de repente se dobrou como um modelo avançado de origami. – Os prêmios são tão bons.

– Obrigado – respondeu Arthur, colocando os bilhetes no bolso meio bruscamente e olhando para o seu relógio.

Virou-se para Fenny.

A mulher com os bilhetes de rifa também.

– E você, mocinha? – perguntou ela. – É para a máquina de diálise de Anjie. Ela está se aposentando, sabe. E então? – Levantou o sorrisinho ainda mais em seu rosto. Ela ia ter que parar uma hora ou outra, ou a sua pele ia arrebentar.

– Está bem, aqui vai – disse Arthur, estendendo uma moeda de 50 pence para ela, na esperança de que fosse logo embora.

– Ah, estamos com dinheiro, hein? – disse a mulher, com um longo suspiro sorridente. – Viemos de Londres, não é?

Arthur gostaria que ela não falasse tão irritantemente devagar.

– Não, tudo bem, pode deixar – disse ele, agitando a mão, mas já era tarde, ela estava começando a destacar os cinco bilhetes, um por um, com uma lentidão pavorosa.

– Ah, mas você *tem* que ficar com os bilhetes – insistiu a mulher – ou não vai poder pegar seu prêmio. E são ótimos prêmios, sabe. Muito apropriados.

Arthur apanhou os bilhetes e agradeceu o mais rapidamente que pôde.

A mulher virou-se para Fenny novamente.

– E, agora, que tal...

– Não! – Arthur estava quase berrando. – Esses aqui são para ela – explicou ele, sacudindo os cinco novos bilhetes.

– Ah, sim, entendi! Que gentileza!

Ela atirou mais um sorriso nauseante para eles.

– Bem, eu realmente espero que...

– Está bem – cortou Arthur. – Obrigado.

A mulher enfim partiu para a mesa ao lado. Arthur virou-se desesperadamente para Fenny e ficou aliviado ao ver que ela estava se sacudindo em uma risada silenciosa.

Ele suspirou e sorriu.

– Onde estávamos?

– Você estava me chamando de Fenny e eu estava prestes a te pedir para não me chamar mais assim.

– Como assim?

Ela mexeu o seu suco de tomate com um longo palitinho de madeira.

– Foi por isso que eu perguntei se você era amigo do meu irmão. Do meu meio-irmão, na verdade. Ele é a única pessoa que me chama de Fenny e eu não gosto dele por causa disso.

– Então qual é...

– Fenchurch.

– O quê?

– Fenchurch.

– *Fenchurch.*

Ela lançou um olhar severo para ele.

– Isso mesmo – disse ela –, e eu estou te observando como um lince para ver se você vai me fazer a mesma pergunta idiota que todo mundo faz até eu ficar com vontade de gritar. Vou ficar chateada e decepcionada com você, se fizer. E vou gritar. Por isso, muito cuidado.

Ela sorriu e sacudiu o cabelo, deixando que caísse sobre sua testa. Ficou olhando para Arthur por trás das mechas.

– Ah, isso é um pouquinho injusto, não é?

– É.

– Tudo bem.

– Tá bom – ela disse, rindo –, pode perguntar. Assim nos livramos logo disso. De qualquer forma, é melhor do que você ficar me chamando de Fenny o tempo todo.

– Possivelmente... – disse Arthur.

– Estão faltando apenas dois bilhetes, sabe, e já que você foi tão generoso agora há pouco...

– O quê? – interrompeu Arthur.

A mulher do permanente, do sorriso e do agora praticamente vazio bloquinho de rifas estava sacudindo os dois últimos bilhetes debaixo do nariz de Arthur.

– Quis lhe dar essa chance, porque os prêmios são ótimos.

Franziu o nariz e acrescentou, confiante:

– *De muito bom gosto*. Tenho certeza de que vocês vão gostar. E é para o presente de aposentadoria de Anjie, sabe. Nós queremos lhe dar...

– Uma máquina de diálise, já sei – disse Arthur. – Aqui está.

Estendeu mais duas moedinhas de 10 pence e apanhou os bilhetes.

Um pensamento pareceu ocorrer então à mulher. Ocorreu bem devagarzinho. Era possível vê-lo chegando, como uma onda bem grande se aproximando da praia.

– Oh, Deus – disse ela. – Não estou interrompendo nada, estou?

Olhou aflita para os dois.

– Não, tudo bem – respondeu Arthur. – Tudo o que poderia possivelmente estar bem – insistiu ele –, está bem. Obrigado – acrescentou.

– Digo – continuou ela, em um prazeroso êxtase de preocupação –, vocês não estão... *apaixonados*, estão?

– Olha, é difícil dizer – respondeu Arthur. – Ainda não tivemos chance de conversar.

Olhou de soslaio para Fenchurch. Ela estava sorrindo.

A mulher balançou a cabeça, num gesto cúmplice.

– Vou deixar vocês darem uma olhadinha nos prêmios em um minuto – disse ela e saiu.

Arthur, suspirando, virou-se para a garota pela qual achava difícil dizer se estava apaixonado.

– Você ia me fazer uma pergunta – disse ela.

– Sim.

– Podemos fazer isso juntos se você quiser – disse Fenchurch. – Você queria saber se eu fui encontrada...

– ... em uma bolsa de mão – acrescentou Arthur.

– ... no balcão de Achados e Perdidos – disseram juntos.

– ... na estação de Fenchurch Street – terminaram.

– E a resposta – disse Fenchurch – é não.

– Exato – disse Arthur.

– Fui concebida lá.

– O quê?

– Fui con...

– No balcão de Achados e Perdidos? – perguntou Arthur, espantado.

– Não, claro que não. Não seja ridículo. O que meus pais estariam fazendo no balcão de Achados e Perdidos? – perguntou ela, meio confusa com aquela ideia.

– Bem, eu não sei – disse Arthur, perplexo –, ou melhor...

– Foi na fila para comprar passagens.

– Na...

– Fila para comprar passagens. Pelo menos é o que eles dizem. Recusam-se a dar mais explicações. Apenas dizem que ninguém imagina como é chato ficar parado na fila para comprar passagens na estação de Fenchurch Street.

Tomou o seu suco de tomate, um pouco acanhada, e consultou o relógio.

Arthur continuou gorgolejando por alguns minutos.

– Vou ter que ir daqui a pouquinho – disse Fenchurch – e você ainda nem começou a me contar qual é a coisa terrivelmente extraordinária que queria tanto desabafar.

– Por que não me deixa levar você de carro até Londres? – perguntou Arthur. – Hoje é sábado, eu não tenho nada de especial para fazer, eu...

– Não – respondeu Fenchurch –, obrigada, você é um doce, mas é melhor não. Preciso ficar sozinha por uns dias. – Ela sorriu e deu de ombros.

– Mas...

– Você pode me contar depois. Vou te dar o meu telefone.

O coração de Arthur começou a fazer bum bum tchacabum enquanto ela rabiscava sete números a lápis em um pedaço de papel, que em seguida entregou a ele.

– Agora podemos relaxar – disse ela, com um sorriso calmo que preencheu Arthur a tal ponto que achou que fosse explodir.

– Fenchurch – disse ele, gostando do som daquele nome –, eu...

– Uma caixa – disse uma voz arrastada – de licores de cereja e, sei que vão gostar disso, um disco com música de gaita de foles escocesa...

– Sim, obrigado, excelente – insistiu Arthur.

– Achei que deveria mostrar para vocês – disse a mulher do permanente – porque vieram de Londres...

Ela estava exibindo os prêmios orgulhosamente para Arthur. Ele podia ver que eram realmente uma caixa de licores de cereja e um disco de gaita de foles. Era exatamente o que eram.

– Vou deixar vocês tomarem os seus drinques em paz agora – disse ela, dando uma leve batidinha no ombro fervilhante de Arthur –, mas tinha certeza de que vocês gostariam de ver.

Os olhos de Arthur encontraram os de Fenchurch novamente e, de repente, não soube mais o que dizer. O momento tinha surgido e ido embora, mas a sintonia entre eles fora arruinada por aquela maldita mulher imbecil.

– Não se preocupe – disse Fenchurch, olhando fixamente para ele por cima do seu copo –, vamos conversar de novo. – Tomou um gole do suco. – Talvez – acrescentou ela – não tivesse funcionado tão bem se não fosse por ela. – Ela deu um sorrisinho sutil e o seu cabelo caiu mais uma vez sobre o rosto.

Isso era realmente verdade.

Ele tinha que admitir que era realmente verdade.

Capítulo 13

Naquela noite, enquanto galopava pela casa fazendo de conta que estava correndo por entre campos de milho em câmera lenta e explodindo sem parar em ataques súbitos de riso, Arthur imaginou que poderia até mesmo aguentar ouvir o disco de gaita de foles que ganhara na rifa. Eram oito horas e ele havia decidido que se forçaria, que se obrigaria a ouvir o disco inteiro antes de ligar para ela. Talvez fosse até mesmo melhor deixar para o dia seguinte. Aquela talvez fosse a melhor coisa a fazer. Quem sabe, até mesmo para a próxima semana.

Não. Nada de jogos. Ele a desejava e não dava a mínima se alguém percebesse. Ele a desejava, definitiva e absolutamente, queria estar ao lado dela, adorava-a e tinha tantas coisas que queria fazer com ela que não haveria nomes suficientes para todas.

Chegou a se surpreender dizendo coisas como "Iupi!" enquanto saltitava ridiculamente pela casa. Os olhos dela, o cabelo, a voz, tudo...

Parou.

Era melhor colocar o disco de gaita de foles de uma vez. E ligar para ela depois.

Ou ligar para ela antes, que tal?

Não. Ia fazer o seguinte. Ia colocar o disco de gaita de foles. Ia ouvir o disco todo, até o último lamúrio. E só então ligaria para ela. Aquela era a ordem certa. Era aquilo que ia fazer.

Tinha medo de tocar as coisas, achando que iria fazer com que explodissem.

Apanhou o disco. Ele não explodiu. Tirou da capa. Abriu o toca-discos, ligou o amplificador. Ambos sobreviveram. Dava risadas tolas enquanto pousava a agulha sobre o disco.

Sentou-se e ouviu solenemente "A Scottish Soldier".

Ouviu "Amazing Grace".

Ouviu algo sobre um *glen* ou algo no gênero.

E relembrou a sua miraculosa hora do almoço.

Estavam prestes a sair quando foram perturbados por uma terrível explosão de "iú-huuuus". A pavorosa mulher de permanente estava acenando para eles do outro lado do recinto, como um pássaro idiota com a asa quebrada. Todo mundo no bar estava olhando para eles e pareciam esperar alguma resposta.

Não haviam ouvido a parte sobre quão satisfeita e feliz Anjie ficaria com as 4 libras e 30 pence que haviam conseguido recolher para ajudar a comprar sua máquina de diálise. Haviam percebido vagamente que alguém na mesa ao lado ganhara uma caixa de licores de cereja e levaram um momento ou dois para descobrir que a senhora do "iú-hu" estava tentando saber se o bilhete número 37 era deles.

Arthur descobriu que era, de fato. Olhou irritado para o relógio.

Fenchurch lhe deu um empurrão.

– Vai lá – disse ela. – Vai lá buscar. Não seja mal-humorado. Faça um discurso bem bonito e diga o quanto está contente, depois você me liga e me conta como foi. Vou querer ouvir o disco, hein? Vai lá.

Ela deu um tapinha amigável no seu braço e foi embora.

Os fregueses acharam o seu discurso de agradecimento um pouco efusivo demais. Afinal, era só um disco de gaita de foles.

Arthur lembrou de tudo, ouviu a música e continuou tendo acessos de riso.

Capítulo 14

Trim trim. Trim trim. Trim trim.

– Alô, pois não? Sim, isso mesmo. Dá pra falar mais alto, tá a maior barulheira aqui. O quê? [...] Não, eu só trabalho aqui no bar à noite. Quem fica aqui na hora do almoço é a Yvonne, e também o Jim, que é o dono. Não, eu não estava. O quê? [...] Fala mais alto, meu filho. [...] O quê? [...] Não, não tô sabendo nada de rifa, não. [...] Não, realmente não sei nada sobre isso. Guenta aí, eu vou chamar o Jim.

A garçonete tapou o fone com a mão e chamou o Jim.

– Jim, tem um cara no telefone dizendo que ganhou uma rifa. Fica repetindo que tinha o bilhete 37 e que ganhou.

– Não, o cara que ganhou estava aqui no bar – gritou o barman.

– Ele tá querendo saber se o bilhete ficou aqui.

– Ué, como é que ele acha que ganhou se nem tem um bilhete?

– O Jim está perguntando como é que você sabe que ganhou se nem tem um bilhete. O quê?

Ela tapou novamente o fone.

– Jim, ele fica me xingando, me enchendo a paciência. Está dizendo que tem um número no bilhete.

– Claro que tem um número no bilhete, era um maldito bilhete de rifa, né?

– Ele tá dizendo que tem um número de telefone no bilhete.

– Desliga esse telefone e vai servir os malditos clientes, tá?

Capítulo 15

Oito horas a oeste, um homem sozinho estava sentado em uma praia, lamentando uma perda inexplicável. Só conseguia refletir sobre essa perda em pequenos pacotes de dor, um de cada vez, porque se pensasse na coisa toda seria grande demais para suportar.

Observava as grandes e lentas ondas do Pacífico avançando pela areia e esperava e esperava pelo nada que sabia que estava prestes a acontecer. Quando chegou a hora de nada não acontecer, realmente nada não acontecia e assim a tarde se consumia e o sol descia por trás da longa linha do mar e o dia chegava ao fim.

A praia era uma praia cujo nome não vamos citar, porque era onde ficava a sua casa particular, mas era uma pequena faixa arenosa dentre as centenas de quilômetros do litoral que parte de Los Angeles rumo ao oeste – o mesmo que é descrito em um verbete da nova edição do *Guia do Mochileiro das Galáxias* como "enlodaçada, enlameada, emporcalhada, embostada e mais aquela outra palavra que esqueci, além de várias outras coisas ruins", e em outro, escrito poucas horas depois, como "parecido com milhares de quilômetros quadrados de impressos de marketing do American Express, mas sem o mesmo sentido de profundidade moral. E, além disso, por algum motivo o ar é amarelo".

O litoral estende-se pelo oeste, depois faz uma curva em direção ao norte até a nevoenta baía de São Francisco, que o *Guia* descreve como "um bom lugar para ir. É fácil acreditar que todo mundo que você encontra por lá também é um viajante espacial. Fundar uma nova religião para você é a forma que eles usam para dizer 'oi'. Até que você esteja instalado e tenha dominado a manha do lugar é melhor dizer 'não' para três de cada quatro perguntas que lhe fizerem, porque existem coisas estranhíssimas acontecendo por lá e muitas podem ser letais para um alienígena desprevenido". As centenas de quilômetros sinuosos de penhascos e areia, palmeiras, arrebentações e entardeceres são descritos no *Guia* como "Impressionantes. Mesmo".

E em algum lugar nesse longo trecho de litoral ficava a casa desse homem inconsolável, um homem que muitos achavam ser louco. Mas apenas porque, dizia ele às pessoas, ele era louco mesmo.

Uma das inúmeras razões pela qual as pessoas achavam que ele era louco tinha a ver com a peculiaridade da sua casa, que, mesmo em uma terra onde a maioria das casas era peculiar de uma maneira ou de outra, parecia bastante radical em sua peculiaridade.

A sua casa se chamava O Exterior do Asilo.

O seu nome era simplesmente John Watson, embora ele preferisse ser chamado – e alguns dos seus amigos haviam relutantemente concordado com isso agora – de Wonko, o São.

Na sua casa havia várias coisas estranhas, incluindo um aquário de vidro acinzentado com seis palavras gravadas nele.

Podemos falar sobre ele bem mais tarde – esse foi apenas um interlúdio para apreciar o pôr do sol e para dizer que ele estava lá, apreciando-o também.

Perdera tudo o que mais amava e agora estava simplesmente esperando o fim do mundo – sem saber que já tinha chegado e passado.

Capítulo 16

Depois de passar um domingo nojento esvaziando latas de lixo atrás de um bar em Taunton, sem encontrar absolutamente nada, nenhum bilhete de rifa, nenhum número de telefone, Arthur fez tudo o que podia para encontrar Fenchurch e, quanto mais ele tentava, mais as semanas passavam.

Estava com ódio de si mesmo, do destino, do mundo e do clima. Chegou até, mergulhado no seu sofrimento e na sua fúria, a voltar ao restaurante do posto de gasolina, na beira da estrada, onde estivera antes de encontrá-la.

– É o chuvisco que me deixa particularmente mal-humorado.
– Por favor, pare de reclamar do chuvisco – interrompeu Arthur.
– Eu pararia, se parasse de chuviscar.
– Olha...
– Posso te contar o que vai acontecer quando parar de chuviscar?
– Não.
– Vai cair uma chuva gosmenta.
– O quê?
– Vai cair uma chuva gosmenta.

Arthur observava o mundo hediondo lá fora por cima do aro da sua xícara de café. Aquele era um lugar completamente inútil para se estar, constatou ele, e tinha sido atraído de volta para lá mais por uma questão de superstição do que de lógica. No entanto, como se para espezinhá-lo com a prova de que coincidências incríveis de fato podem acontecer, o destino decidira reuni-lo com o motorista de caminhão que encontrara da última vez.

Quanto mais tentava ignorá-lo, mais se via sendo arrastado para dentro do vórtice gravítico da conversa exasperante do sujeito.

– Acho – disse Arthur vagamente, xingando-se por nem ao menos se dar o trabalho de dizer isso – que está parando.
– Rá!

Arthur deu de ombros. Devia ir embora. Era isso que devia fazer. Devia simplesmente ir embora.

– *Nunca* para de chover! – vociferou o motorista de caminhão. Deu um murro na mesa, derrubou o seu chá e, de fato, por um momento, pareceu estar irritado.

Impossível simplesmente sair sem responder a um comentário como aquele.

– É claro que para de chover – disse Arthur. Não chegava a ser uma refutação sofisticada, mas era algo que tinha de ser dito.

– *Chove... o tempo... todo* – enfureceu-se o homem, esmurrando a mesa novamente, pontuando cada palavra com um soco.

Arthur balançou a cabeça.

– É burrice dizer que chove o tempo todo... – disse ele.

O sujeito levantou as sobrancelhas de repente, afrontado.

– Burrice? Por que é burrice? Por que é burrice dizer que chove o tempo todo se chove o tempo todo mesmo?

– Não choveu ontem.

– Choveu em Darlington.

Arthur estacou, desconfiado.

– Não vai me perguntar onde eu estava ontem? – perguntou o sujeito. – Hein?

– Não.

– Mas imagino que dê para imaginar.

– É mesmo?

– Começa com um D.

– Jura?

– E estava chovendo pacas por lá, pode acreditar.

– É melhor não se sentar aí, não, colega – disse um estranho de macacão alegremente para Arthur, ao passar. – Esse é o Canto da Nuvem Negra, isso aí. Reservado especialmente para o "Raindrops Keep Falling On My Head" aí do seu lado. Tem um canto como esse reservado para ele em cada lanchonete, daqui até a ensolarada Dinamarca. Fique longe, é o meu conselho. É o que todos nós fazemos. Como vai indo, Rob? Muito ocupado? Está usando os seus pneus de chuva? Rá rá.

Passou por eles rapidamente e foi contar uma piada sobre Britt Ekland para alguém na mesa ao lado.

– Viu só, nenhum desses palhaços me leva a sério – disse Rob McKeena. – Mas – acrescentou soturnamente, inclinando-se para a frente e revirando os olhos – todos sabem que é verdade!

Arthur franziu a testa.

– Como a minha mulher – sussurrou o único dono e motorista do "Fretes McKeena – Faça chuva ou faça sol". – Ela diz que é besteira, que eu faço escândalo e reclamo à toa, mas – fez uma pausa dramática e disparou olhares perigosos – sempre recolhe as roupas do varal quando ligo para dizer que estou voltando para casa! Ele sacudiu sua colher de café. – O que você me diz?

– Bem...

– Eu tenho um caderninho – prosseguiu. – Um caderninho. Um diário. Há quinze anos. Anotei todos os lugares por onde já passei. Dia a dia. E como estava o tempo. E o tempo sempre esteve invariavelmente horrível – rosnou ele. – Já estive em todos os cantos da Inglaterra, da Escócia, do País de Gales. Por toda a Europa, Itália, Alemanha, várias vezes na Dinamarca, na Iugoslávia. Tenho tudo isso anotado e mapeado. Até quando fui visitar o meu irmão – acrescentou ele – em Seattle.

– Bem – disse Arthur, finalmente levantando-se para ir embora –, talvez você devesse mostrar isso para alguém.

– Eu vou – disse Rob McKeena.

E de fato mostrou.

Capítulo 17

Angústia, depressão. Mais angústia e mais depressão. Precisava de um projeto e arrumou um.

Ia descobrir onde havia sido a sua caverna.

Na Terra pré-histórica, morara em uma caverna, não uma caverna agradável, na verdade uma caverna pavorosa, mas... Não havia *mas*. Era uma caverna totalmente pavorosa e ele a detestara. Mas morara nela durante cinco anos e isso fazia dela uma espécie de lar e as pessoas não gostam de perder os seus lares de vista. Arthur Dent era uma dessas pessoas; então, foi até Exeter comprar um computador.

Aquilo era realmente o que ele queria, é claro, um computador. Mas sentia que devia ter um propósito sério em mente antes de sair por aí gastando a maior nota no que as pessoas podiam encarar como sendo apenas um brinquedinho. Então, esse era o seu propósito sério. Descobrir a localização exata de uma caverna na Terra pré-histórica. Explicou isso para o sujeito da loja.

– Por quê? – quis saber o sujeito da loja.

Perguntinha capciosa.

– Tudo bem, vamos pular essa parte – disse o sujeito da loja. – Como?

– Bem, eu estava esperando que você pudesse me ajudar com essa parte.

O sujeito suspirou e deixou cair os ombros.

– Você tem muita experiência com computadores?

Arthur chegou a cogitar se devia mencionar Eddie, o computador de bordo da nave Coração de Ouro, que teria feito o serviço em um segundo, ou o Pensador Profundo, ou... mas decidiu que era melhor não.

– Não – respondeu ele.

"Essa vai ser uma tarde bem divertida", disse o sujeito da loja para si mesmo.

De todo jeito, Arthur comprou o Apple. E, alguns dias depois, adquiriu também alguns softwares astronômicos, traçou os movimentos das estrelas, esquematizou pequenos diagramas toscos de como se lembrava da posição das estrelas no céu à noite sobre a sua caverna e trabalhou com afinco na coisa durante semanas, alegremente adiando a conclusão que sabia que teria de encarar inevitavelmente, ou seja, que o projeto em si era absurdo.

Desenhos toscos feitos de memória eram inúteis. Não sabia nem dizer há quanto tempo tinha sido, a não ser pelo chute de Ford Prefect, na época, de que tinham voltado no tempo "uns dois milhões de anos" e ele nem sabia como calcular a coisa toda.

Ainda assim, no final, criou um método que pelo menos iria produzir um resultado. Decidiu não se importar com o fato de que, com a extraordinária mistureba de regras inventadas, aproximações tresloucadas e conjecturas misteriosas que ele estava usando, seria preciso muita sorte para localizar a Galáxia certa, mas seguiu em frente assim mesmo e chegou a um resultado.

Ele o chamaria de resultado correto. Quem iria discordar?

Acontece que, em meio à insondável miríade de possibilidades do destino, o resultado estava de fato correto, embora ele jamais fosse saber disso. Ele simplesmente foi até Londres e bateu na porta certa.

– Ué, pensei que você fosse me ligar primeiro.

Arthur estava pasmo com a surpresa.

– Você não vai poder ficar muito tempo – disse Fenchurch. – É que eu estou de saída.

Capítulo 18

Um dia de verão em Islington, repleto do pesaroso lamento das máquinas de restauração de antiguidades.

Fenchurch estava inevitavelmente ocupada durante a tarde, então Arthur saiu para passear envolto em uma névoa de êxtase e deu uma olhada em todas as lojas que, em Islington, são bastante úteis, como qualquer um que habitualmente precise de velhas ferramentas para trabalhar a madeira, capacetes da Guerra dos Bôeres, dragas, mobília de escritório ou peixes pode prontamente confirmar.

O sol batia sobre os jardins nos terraços. Batia sobre arquitetos e encanadores. Batia em advogados e ladrões. Batia sobre as pizzas. Batia em fiscais do estado.

Bateu em Arthur quando ele entrou em uma loja de mobília restaurada.

– É um prédio interessante – disse o proprietário, efusivo. – No porão tem uma passagem secreta que dá para o bar mais próximo. Parece que foi construída para o príncipe regente, para que ele pudesse dar as suas escapadinhas.

– Entendi, para ninguém surpreendê-lo comprando móveis de pinho descascados – disse Arthur.

– Não – respondeu o proprietário –, não por esse motivo.

– Desculpe – disse Arthur. – Estou terrivelmente feliz.

– Estou vendo.

Continuou vagando atordoadamente e acabou indo parar bem na frente dos escritórios do Greenpeace. Lembrou-se do conteúdo do seu arquivo marcado "Coisas Para Fazer – Urgente!", que nunca mais havia aberto. Entrou no prédio com um sorriso alegre e disse que pretendia dar uma contribuição em dinheiro para ajudar a libertar os golfinhos.

– Muito engraçado – responderam –, vá embora.

Não estava exatamente preparado para aquela resposta, então tentou novamente. Dessa vez ficaram bastante irritados com ele; então ele acabou deixando algum dinheiro e voltou para a rua ensolarada.

Um pouco depois das seis voltou para a casa de Fenchurch na travessa, levando uma garrafa de champanhe.

– Segure isso aqui – disse ela, colocando uma pesada corda em suas mãos e desaparecendo para dentro das enormes portas de madeira branca, de onde pendia um pesado cadeado em uma tranca de ferro preta.

A casa era um estábulo reformado, em uma pequena travessa industrial atrás do Royal Agricultural Hall de Islington, agora abandonado. Além das enormes portas de estábulo, também havia uma porta da frente de aparência normal, revestida de madeira envernizada com ornamentos e um golfinho preto servindo de batente. A única coisa estranha sobre essa porta era sua posição, a quase 3 metros de altura, já que a porta fora colocada no segundo andar e provavelmente havia sido originalmente usada para receber o feno para cavalos famintos.

Uma velha roldana projetava-se para fora dos tijolos acima da entrada e era nela que a corda que Arthur segurava estava presa. Na outra ponta da corda havia um violoncelo pendurado.

A porta abriu-se sobre a sua cabeça.

– Ok – disse Fenchurch –, puxe a corda e mantenha o violoncelo firme. Depois faça-o subir até aqui.

Ele puxou a corda, mantendo o violoncelo firme.

– Não dá para puxar a corda de novo – disse ele – sem soltar o violoncelo.

Fenchurch deitou-se no chão.

– Eu cuido do violoncelo – disse ela. – Pode puxar a corda.

O violoncelo subiu até a altura da porta, balançando um pouco, e Fenchurch puxou-o para dentro.

– Agora, suba você – gritou ela lá para baixo.

Arthur apanhou a sacola com as comprinhas que tinha feito e entrou pelas portas do estábulo, radiante.

O cômodo de baixo, que ele vira brevemente mais cedo, era bem rústico e cheio de tralhas. Havia coisas como uma enorme e velha máquina de passar de ferro fundido e uma surpreendente pilha de pias de cozinha em um canto. Havia também um carrinho de bebê que deixou Arthur momentaneamente alarmado, mas estava caindo aos pedaços e descomplicadamente cheio de livros.

O chão era de concreto, velho e manchado, empolgantemente rachado. E essa era a medida do humor de Arthur, enquanto olhava para os degraus de madeira malconservados do outro lado da sala. Até mesmo um chão de concreto rachado parecia-lhe insuportavelmente sensual.

– Um arquiteto amigo meu vive me dizendo que poderia fazer coisas fantásticas aqui – disse Fenchurch, toda falante quando Arthur surgiu pela porta. – Ele vive vindo aqui em casa, e fica aí parado, embasbacado, resmungando alguma coisa sobre espaço, objetos, acontecimentos e propriedades maravilhosas de luz, aí me pede um lápis e some por várias semanas. Coisas fantásticas, como você vê, até agora não aconteceram por aqui.

Para falar a verdade, pensou Arthur ao examiná-lo, o cômodo superior era no mínimo razoavelmente fantástico de qualquer forma. Fora decorado com simplicidade e mobiliado com coisas feitas de almofadas e tinha um aparelho de som estéreo com alto-falantes que teriam impressionado até os caras que construíram Stonehenge.

Havia flores pálidas e quadros interessantes.

Havia uma espécie de jirau abaixo do telhado que sustentava uma cama e um banheiro no qual, explicou Fenchurch, seria até possível dançar uma valsa.

– Mas – acrescentou – apenas se você quisesse dançar sozinho e não se importasse de bater nas paredes o tempo todo. Enfim. Aqui está você.

– Pois é.

Olharam-se por um momento.

Aquele momento tornou-se um momento mais longo e, de repente, virou um momento muito longo, tão longo que mal se podia dizer de onde aquele tempo todo estava vindo.

Para Arthur, que normalmente conseguia dar um jeito de sentir-se constrangido se fosse deixado a sós por muito tempo mesmo com um vaso de banana-do-mato, aquele momento foi de constante revelação. Sentiu-se, de repente, como um animal enjaulado, nascido no zoológico, que um belo dia acorda, encontra a porta da sua jaula tranquilamente aberta e vê, diante de si, a savana estender-se cinzenta e rosada até o distante sol nascente, enquanto à sua volta novos sons despertam.

Perguntou-se quais seriam esses novos sons, olhando para o rosto dela, francamente maravilhado, e para os seus olhos, que sorriam com uma compartilhada surpresa.

Nunca antes percebera que a vida está sempre falando com uma voz que responde às perguntas que você vive fazendo sobre ela; nunca detectara conscientemente ou reconhecera esses tons até agora, quando a vida estava dizendo algo que jamais dissera para ele, que era "sim".

Fenchurch finalmente abaixou os olhos, sacudindo a cabeça de um modo quase imperceptível.

– Eu sei – disse ela. – Vou ter que me lembrar – acrescentou – que você é o tipo de pessoa que não consegue segurar um pedacinho de papel por dois minutos sem ganhar uma rifa com ele.

Ela se virou.

– Vamos dar uma volta – disse ela, rapidamente. – Hyde Park. Vou só colocar uma roupa menos decente.

Ela usava um vestido escuro um tanto severo, não exatamente simétrico, que realmente não lhe caía bem.

– Eu uso esse vestido especialmente para o meu professor de violoncelo – explicou ela. – Ele é um cara legal, mas às vezes eu acho que todos aqueles movimentos com o arco o deixam um pouco excitado. Já volto.

Subiu com delicadeza os degraus até o jirau e disse lá de cima:
– Coloque a garrafa no congelador para mais tarde.

Ele percebeu, quando acomodou a garrafa de champanhe no congelador, que havia uma garrafa idêntica lá dentro.

Foi até a janela e olhou para fora. Virou-se e começou a fuçar os discos dela. Lá de cima, ouviu o farfalhar do seu vestido caindo no chão. Teve uma conversa consigo mesmo sobre o tipo de pessoa que ele era. Disse a si mesmo, com muita firmeza, que pelo menos por enquanto ia manter os olhos firme e inabalavelmente vidrados nas lombadas dos discos, ler os títulos, balançar a cabeça em sinal de aprovação, até mesmo contar os desgraçados, se fosse preciso. Ia manter a cabeça baixa.

Coisa que ele completa, absoluta e abjetamente não foi capaz de fazer.

Lá de cima, ela estava olhando para ele com tanta intensidade que mal pareceu notar que ele estava olhando para ela lá de baixo. Depois balançou a cabeça, deslizou um vestido leve de verão sobre o corpo e desapareceu dentro do banheiro.

Reapareceu um pouco depois, toda sorridente e com um chapéu-de-sol, descendo as escadas com extraordinária leveza. Tinha um jeito estranho de se mover, quase dançando. Viu que ele havia notado isso e inclinou a cabeça para o lado, perguntando:
– Você gosta?
– Você está maravilhosa – disse ele, simplesmente, porque ela de fato estava.
– Hummm – disse ela, como se ele não tivesse realmente respondido sua pergunta.

Fechou a porta da frente do andar de cima, que tinha ficado aberta esse tempo todo, e olhou em torno do pequeno aposento para certificar-se de que as coisas conseguiriam ficar naquele estado durante algum tempo. Os olhos de Arthur seguiram os dela e, quando ele estava olhando em outra direção, ela tirou uma coisa de uma gaveta e colocou na bolsa de lona que estava levando.

Arthur olhou para ela.
– Você está pronta?
– Você sabe – perguntou ela, com um sorriso ligeiramente intrigado – que há algo de errado comigo?

Aquela objetividade pegou Arthur de surpresa.
– Bem – disse ele –, ouvi vagamente algo sobre...
– Gostaria de saber o que você sabe sobre mim – disse ela. – Se você ficou sabendo por quem estou imaginando, pode esquecer. Russell meio que inventa umas coisas, porque não consegue lidar com a coisa em si.

Uma pontada de preocupação atingiu Arthur em cheio.
– E qual é a coisa real? – perguntou ele. – Você pode me dizer?

– Não se preocupe – respondeu ela –, não é nada de mais. Só não é comum. Não é nada, nada comum.

Tocou a mão de Arthur, inclinou-se em sua direção e lhe deu um beijo rápido.

– Estou realmente curiosa para saber – disse ela – se você consegue descobrir o que é, esta noite.

Arthur sentia que, se alguém o tocasse naquele momento, ele produziria o mesmo som profundo e prolongado que o seu aquário cinzento fazia quando lhe dava um peteleco com a ponta da unha.

Capítulo 19

Ford Prefect estava de saco cheio de ser continuamente acordado com o som de tiros.

Deslizou pela escotilha de manutenção que havia transformado em uma espécie de leito inutilizando algumas das maquinarias mais barulhentas por perto e estofando-a com toalhas. Desceu pela escada de acesso e vagou pelos corredores, mal-humorado.

Eles eram claustrofóbicos e mal iluminados. Além disso, a pouca luz que havia por lá ficava piscando e mudando de intensidade conforme a energia oscilava para cá e para lá, provocando fortes vibrações e zumbidos irritantes.

Não era isso, porém.

Parou e apoiou-se contra a parede quando algo parecido com uma pequena furadeira elétrica prateada passou voando por ele pelo corredor escuro com um desagradável chiado cortante.

Também não era isso.

Com muito desânimo, passou por cima de uma antepara e foi dar em um corredor maior, embora igualmente mal iluminado.

A nave balançou. Já vinha fazendo isso havia algum tempo, mas dessa vez foi mais forte. Um pequeno pelotão de robôs passou por ele, produzindo um estardalhaço terrível.

Ainda não era isso, porém.

De um dos lados do corredor vinha uma fumaça acre; então ele foi para o outro lado.

Passou por uma série de monitores de observação inseridos nas paredes por trás de grossas lâminas de acrílico, que ainda assim estavam bastante arranhadas.

Um deles exibia uma figura réptil verde, escamosa e grotesca, fazendo um discurso e tanto sobre o sistema de Voto Único Transferível. Era difícil dizer se era a favor ou contra, mas ele certamente tinha uma opinião muito forte a respeito. Ford diminuiu o som.

Também não era isso.

Passou por outro monitor. Estava exibindo um comercial de pasta de dentes que supostamente faria com que seus usuários se sentissem livres. Havia uma retumbante música nele, igualmente irritante, mas também não era aquilo.

Passou por outra tela tridimensional, muito maior do que as outras, que estava monitorando a área externa da imensa e prateada nave xaxisiana.

Enquanto observava, surgiram mil cruzadores estelares robóticos de Zirzla, terrivelmente armados, saindo da sombra de uma lua, em silhueta contra o disco cegante da estrela Xaxis, e a nave simultaneamente detonou uma chama feroz de forças incompreensivelmente pavorosas de todos os seus orifícios contra eles.

Era isso.

Ford balançou a cabeça, irritado, e esfregou os olhos. Sentou-se sobre a carcaça destruída de um robô prateado, sem brilho, que obviamente tinha pegado fogo, mas, àquela altura, já estava frio o bastante para servir de assento.

Bocejando, pegou sua cópia do *Guia do Mochileiro das Galáxias* na mochila. Ativou a tela e pesquisou meio desatento alguns verbetes de nível três e outros de nível quatro. Estava procurando algumas receitas para curar a sua insônia. Encontrou REPOUSO, que de fato era o que estava precisando. Encontrou REPOUSO E RECUPERAÇÃO e estava prestes a prosseguir quando subitamente teve uma ideia melhor. Olhou para a tela do monitor. A batalha tornava-se mais feroz a cada segundo e o barulho era estarrecedor. A nave sacudia, gritava e cambaleava cada vez que um novo raio de colossal energia era desferido ou recebido.

Tornou a olhar para o *Guia* e pesquisou algumas possíveis localizações. Subitamente começou a rir e então remexeu de novo na sua mochila.

Apanhou um pequeno módulo de transferência de memória, retirou todos os fiapos e as migalhas de biscoito e conectou-o a uma interface na parte de trás do *Guia*.

Quando todas as informações que ele julgava relevantes já tinham sido transferidas para o módulo, ele o desconectou, colocou-o delicadamente na palma da mão, guardou o *Guia* de volta na mochila, deu um sorriso afetado e saiu em busca dos bancos de dados do computador da nave.

Capítulo 20

— O objetivo do pôr do sol à tardinha, no verão, sobretudo nos parques – disse a voz, muito séria –, é fazer os peitos das meninas pularem para cima e para baixo mais visivelmente. Estou convencido disso.

Arthur e Fenchurch riram do comentário ao passarem pelo homem. Ela o abraçou com mais força por um instante.

— E eu tenho certeza – disse o rapaz de cabelo ruivo encaracolado e nariz comprido e fino que estava debatendo sentado em uma cadeira dobrável ao lado do lago Serpentine – que, se alguém levasse a fundo o argumento, iria perceber que ele flui com perfeita naturalidade e lógica de tudo aquilo – insistiu com seu magro companheiro de cabelo escuro que estava afundado na cadeira ao lado, arrasado por causa das suas espinhas – de que Darwin estava falando. Tenho certeza. Isso é indiscutível. E – acrescentou ele – adoro isso.

Ele se virou bruscamente e semicerrou os olhos por trás dos óculos para observar Fenchurch. Arthur puxou-a para longe e pôde sentir que ela estava tremendo de rir em silêncio.

— Próximo palpite – disse ela, quando parou de rir –, vamos lá.

— Ok – disse ele –, o seu cotovelo. O seu cotovelo esquerdo. Há algo de errado com ele.

— Errou de novo – disse ela –, errou feio. Você está totalmente na pista errada.

O sol de verão estava mergulhando por trás das árvores no parque e era como se... Certo, não vamos medir as palavras. O Hyde Park é espetacular. Tudo nele é espetacular, tirando o lixo nas manhãs de segunda-feira. Até os patos são espetaculares. Qualquer um que passasse por lá numa tarde de verão sem ficar comovido provavelmente estaria dentro de uma ambulância com o rosto coberto pelo lençol.

Naquele parque há gente fazendo coisas bem mais insólitas do que em qualquer outro lugar. Arthur e Fenchurch viram um homem de short tocando gaita de foles sozinho sob uma árvore. O sujeito parou de tocar por um instante para colocar um casal de americanos para correr porque tinham tentado, timidamente, colocar algumas moedas no estojo do instrumento.

— Não! – gritou ele para os americanos. – Saiam daqui! Eu só estou praticando.

Recomeçou a soprar a sua gaita, mas nem mesmo o barulho que isso provocava pôde estragar o humor de Arthur e Fenchurch.

Ele a envolveu com os seus braços e foi descendo as mãos devagar pelo seu corpo.

– Não acho que seja a sua bunda – disse Arthur, depois de um tempo. – Acho que não tem nada de errado com ela.

– Não – concordou ela –, não tem absolutamente nada de errado com a minha bunda.

Eles se beijaram por tanto tempo que o gaiteiro acabou indo praticar do outro lado da árvore.

– Vou te contar uma história – disse Arthur.

– Está bem.

Encontraram um espaço na grama, relativamente livre de casais deitados um em cima do outro, sentaram-se e observaram os patos espetaculares e a luz do sol ondulando na superfície do lago que corria sob os patos espetaculares.

– Uma história – disse Fenchurch, aconchegando o braço dele no dela.

– Que vai te dar uma ideia do tipo de coisa que acontece comigo. É completamente real.

– Você sabe que algumas vezes as pessoas contam histórias que supostamente aconteceram com o melhor amigo do primo da sua mulher, mas que, no fim das contas, foram inventadas mesmo.

– Bom, parece mesmo uma dessas histórias, só que realmente aconteceu e eu sei que aconteceu, porque a pessoa com a qual tudo aconteceu fui eu.

– Como o bilhete da rifa.

Arthur riu.

– Exatamente. Eu ia pegar um trem – prosseguiu ele. – Cheguei na estação...

– Eu já te contei – interrompeu Fenchurch – o que aconteceu com os meus pais numa estação?

– Já – disse Arthur.

– Só estou conferindo.

Arthur deu uma olhada no relógio.

– Acho que já podíamos voltar – disse ele.

– Conte a sua história – respondeu ela, decidida. – Você chegou na estação.

– Eu estava uns vinte minutos adiantado. Confundi o horário do trem. Acho que é no mínimo igualmente possível – acrescentou, após uma breve reflexão – que a companhia de trens tenha confundido o horário. Nunca tinha pensado nisso.

– Tá, continua. – Fenchurch riu.

– Aí eu comprei um jornal, para fazer as palavras cruzadas, e fui até o restaurante para tomar um café.

– Você faz palavras cruzadas?

– Faço.

– Quais?

– As do *Guardian*, normalmente.

– Eu acho que eles sempre tentam ser espertinhos. Prefiro a do *Times*. Você resolveu?

– O quê?

– As palavras cruzadas do *Guardian*.

– Ainda não tive chance de dar uma olhada nelas – disse Arthur. – Ainda estou tentando comprar um café.

– Tudo bem, então. Compre o café.

– Estou comprando. Estou comprando também alguns biscoitos.

– Que tipo?

– Rich Tea.

– Boa escolha.

– Também gosto. Com tudo isso em mãos, eu procuro uma mesa e me sento. E, antes que você me pergunte como era a mesa, não sei, não lembro, isso aconteceu há séculos. Provavelmente era redonda.

– Tá bem.

– Deixa eu recapitular a cena. Eu lá, sentado à mesa. À minha esquerda, o jornal. À direita, o café. E no meio da mesa o pacote de biscoitos.

– Estou vendo perfeitamente.

– O que você não vê – disse Arthur –, porque ainda não o mencionei, é um cara que já estava sentado nessa mesa. Ele está sentado na minha frente.

– Como ele é?

– Perfeitamente normal. Maleta de couro. Terno e gravata. Não tinha cara de quem estava prestes a fazer uma coisa estranha.

– Ah. Conheço bem esse tipo. O que ele fez?

– Ele fez o seguinte. Ele se inclinou sobre a mesa, pegou o pacote de biscoito, abriu, pegou um e...

– E?

– Comeu.

– *O quê?*

– Ele comeu.

Fenchurch olhou para ele, abismada.

– E que diabos você fez?

– Bem, diante das circunstâncias, fiz o que qualquer inglês viril faria. Fui obrigado a ignorá-lo.

– Como assim? Por quê?

– Bom, não é o tipo de coisa para a qual a gente está preparado, né? Vasculhei minha alma e descobri que não havia nada na minha criação, experiência ou até nos meus instintos básicos me dizendo como reagir diante de alguém que, sentado na minha frente, simplesmente, calmamente, rouba um dos meus biscoitos.

– Ah, você podia... – Fenchurch pensou a respeito. – É, tenho que admitir que eu teria feito a mesma coisa. E aí, o que aconteceu?

– Concentrei furiosamente a minha atenção nas palavras cruzadas – disse Arthur. – Não consegui preencher nada, tomei um gole de café, estava quente demais para beber, então eu não tinha nada para fazer. Me preparei. Apanhei um biscoito, tentando fingir que não tinha reparado que o pacote já estava misteriosamente aberto...

– Mas você reagiu, adotou uma postura firme.

– Do meu jeito, sim. Comi o biscoito. Comi deliberada e ostensivamente, para que ele não tivesse dúvida sobre o que eu estava fazendo. E, quando eu como um biscoito – disse Arthur –, devo dizer que não tem volta.

– E o que ele fez?

– Apanhou outro. Sério – insistiu Arthur –, foi exatamente o que ele fez. Ele apanhou outro biscoito e comeu. Tão claro como a luz do dia. Tão certo como estarmos sentados aqui no chão.

Fenchurch mexeu-se desconfortavelmente.

– E o problema – disse Arthur – é que, como eu não havia falado nada da primeira vez, ficou ainda mais difícil levantar o assunto da segunda vez. O que eu poderia dizer? "Com licença... não pude deixar de notar que..." Não dava mais. Não, eu o ignorei, até mesmo com mais vigor do que antes.

– Esse é o meu homem...

– Olhei para as palavras cruzadas, novamente, não consegui fazer uma linha, aí, inspirando-me na coragem de Henrique V no Dia de São Crispim...

– Ahn?

– Eu ataquei novamente. Peguei outro biscoito. E, por um momento, os nossos olhos se encontraram.

– Assim?

– Sim, bem, não, não desse jeito. Mas se encontraram. Por um breve instante. E nós dois desviamos o olhar. Mas devo dizer – disse Arthur – que houve uma pequena eletricidade no ar. Havia uma pequena tensão crescendo naquela mesa. Àquela altura.

– Imagino.

– Acabamos com o pacote assim. Ele, eu, ele, eu.

– O pacote *todo*?

– Bom, eram só oito biscoitos, mas parecia que toda uma vida de biscoitos havia se passado diante de nós. Nem mesmo os gladiadores enfrentavam algo tão difícil.

— Os gladiadores — disse Fenchurch — teriam que fazer tudo isso sob um sol forte. Exige mais do condicionamento físico.

— É, tem isso. Enfim. Quando o pacote vazio jazia morto entre nós, o cara finalmente se levantou, já tendo feito o pior, e foi embora. Eu suspirei aliviado, é claro. Anunciaram o meu trem um pouco depois, então terminei o meu café, me levantei, apanhei o jornal e, embaixo do jornal...

— Ahn?

— Estavam os meus biscoitos.

— O quê? — perguntou Fenchurch. — O quê?

— É sério.

— Não! — Ela ficou sem ar e se jogou de costas na grama, morrendo de rir. Sentou-se novamente.

— Seu bobalhão — disse ela, levantando a voz —, seu bobo, tolo e completo idiota!

Empurrou Arthur para trás, rolou sobre ele, lhe deu um beijo e rolou de volta ao seu lugar. Ele ficou impressionado ao sentir como ela era leve.

— Agora é a sua vez de me contar uma história.

— Pensei — disse ela, com uma voz rouca e baixa — que você estivesse doido para voltar.

— Não estou com pressa — disse ele, aéreo —, quero que você me conte uma história.

Ela olhou em volta, pensando.

— Tá bem — disse ela —, mas é uma história bem curta. E não é engraçada como a sua, mas... tudo bem.

Olhou para baixo. Arthur podia sentir que era um daqueles momentos. O ar parecia estar parado em torno deles, esperando. Arthur queria que o ar fosse embora, cuidar de sua própria vida.

— Quando eu era criança... — disse ela. — Essas histórias sempre começam assim, né? "Quando eu era criança..." Tudo bem. É nesse ponto em que a garota diz, de repente, "Quando eu era criança" e começa a desabafar. Chegamos a esse ponto. Quando eu era criança, eu tinha esse quadro pendurado aos pés da cama... O que você está achando até agora?

— Estou gostando. Está fluindo bem. Você está conseguindo tornar o quarto interessante bem no início. Provavelmente seria bom desenvolver melhor a história do quadro.

— Era um desses quadros de que as crianças supostamente gostam — disse ela —, mas na prática não. Cheio de animaizinhos carinhosos, fazendo coisas carinhosas, sabe como é?

— Sei. Também fui atormentado por eles. Coelhos usando coletes.

– Exatamente. Na verdade, os meus coelhos estavam em uma balsa com ratos e corujas. Acho até que tinha uma rena.

– Na balsa.

– Na balsa. E tinha um garoto sentado lá também.

– No meio dos coelhos de colete, das corujas e da rena.

– Exatamente. Um garoto com aquele jeito de moleque cigano sorridente.

– Argh.

– O quadro me deixava preocupada, tenho que admitir. Tinha uma lontra nadando na frente da balsa e eu costumava ficar acordada à noite, preocupada com aquela lontra puxando a balsa, com todos aqueles animais desprezíveis lá dentro, que não deveriam nem estar numa balsa, para começar, e a pobre lontra tinha um rabo tão fininho para puxar a balsa... eu ficava imaginando que devia doer muito, puxar aquilo o tempo todo. A coisa me preocupava. Não muito, mas levemente, o tempo todo. Aí um dia... lembre-se de que eu olhava para esse quadro todas as noites, durante anos... de repente percebi que a balsa tinha uma vela. Nunca tinha visto antes. A lontra estava bem, ela só estava nadando, na dela.

Ela deu de ombros.

– Gostou da história? – perguntou ela.

– O final é fraco – disse Arthur –, deixa a plateia perguntando "Sim, mas e daí?". A história estava indo bem, mas precisa de um fechamento antes dos créditos.

Fenchurch riu e abraçou as pernas.

– Foi uma revelação tão inesperada, anos de preocupação quase despercebida subitamente abandonados, como se eu tirasse um peso das costas, como se o que era preto e branco passasse a ser colorido, como uma plantinha seca finalmente regada. Aquele tipo de mudança de perspectiva súbita que parece dizer "Deixe as suas preocupações de lado, o mundo é um lugar maravilhoso e perfeito. Na verdade, tudo é muito fácil". Você deve estar achando que estou dizendo isso porque me senti assim hoje à tarde, ou algo do tipo, não é?

– Bem, eu... – disse Arthur, perdendo a compostura de repente.

– Não, tudo bem – disse ela. – É verdade. Foi exatamente assim que me senti. Mas, veja bem, já me senti assim antes, e foi até mais forte. Incrivelmente forte. Acho que sou do tipo – disse ela, com o olhar perdido no horizonte – que tem revelações surpreendentes.

Arthur estava confuso, mal conseguia falar e sentiu que era sábio, portanto, não tentar ainda.

– Foi muito *estranho* – disse ela, mais ou menos como teria dito um dos egípcios em perseguição a respeito do comportamento do mar Vermelho quando Moisés moveu seu cajado.

– Muito estranho – repetiu ela –, porque dias antes já estava sentindo uma coisa estranha crescendo dentro de mim, como se estivesse para dar à luz ou algo assim. Não, na verdade não foi bem isso, era mais como se eu estivesse sendo conectada a alguma coisa, aos poucos. Não, também não era isso, era como se toda a Terra, através de mim, fosse...

– O número 42 significa algo para você? – perguntou Arthur gentilmente.

– O quê? Não, sobre o que você está falando? – perguntou Fenchurch.

– É só algo que me passou pela cabeça agora – murmurou Arthur.

– Arthur, isso é muito importante para mim, é sério.

– Minha pergunta era bem séria – disse Arthur. – Já o Universo, bem, nunca tenho muita certeza sobre ele.

– O que você quer dizer com isso?

– Me conte o resto – disse ele. – Não se preocupe se parecer estranho. Acredite, você está falando com alguém que já viu de tudo que é estranho – acrescentou ele. – E não estou me referindo aos biscoitos.

Ela concordou com a cabeça e parecia acreditar nele. De repente, agarrou o braço de Arthur.

– Foi tão simples – disse ela –, tão maravilhosa e extraordinariamente simples, quando me ocorreu.

– O que foi? – perguntou Arthur, baixinho.

– Veja bem, Arthur – disse ela –, é isso que eu não sei mais. E a perda é insuportável. Se eu tento voltar até aquele momento, fica tudo confuso e, mesmo quando me esforço, chego até a parte da xícara de chá e depois acabo desmaiando.

– O quê?

– Bom, como na sua história, a melhor parte também aconteceu numa lanchonete. Eu estava lá sentada, tomando um chá. Isso aconteceu dias depois da tal sensação crescente de estar me conectando a alguma coisa. Acho que meu corpo estava até vibrando um pouco. O prédio em frente à lanchonete estava em obras e eu estava observando pela janela, por cima da borda da minha xícara de chá, que para mim continua sendo a melhor maneira de observar os outros trabalhando. E aí, de repente, surgiu na minha cabeça uma mensagem, vinda de não sei onde. E ela era tão simples. Fazia com que tudo fizesse tanto sentido. Eu me endireitei na cadeira e pensei: "Ah! Ah, sim, então está tudo bem." Fiquei tão sobressaltada que quase derrubei a xícara de chá... na verdade, derrubei, sim. É – acrescentou ela, pensativa –, tenho certeza de que derrubei mesmo. Você está entendendo?

– Estava, até a parte da xícara de chá.

Ela sacudiu a cabeça e depois sacudiu novamente, como se tentasse limpar a mente, que era exatamente o que estava tentando fazer.

– Então foi isso. Estava tudo bem até a parte da xícara de chá. Foi então que tive a impressão de que o mundo literalmente explodiu.

– O quê?

– Eu sei que parece maluquice e todo mundo diz que foram alucinações, mas, se aquilo foi uma alucinação, então tenho alucinações em telão, em 3D com som Dolby Stereo de dezesseis canais e deveria arrumar um emprego com essa gente que já se cansou de filmes de tubarão. Foi como se o chão tivesse sido literalmente arrancado sob os meus pés e... e...

Ela bateu suavemente na grama, como se para verificar que ela estava lá e depois pareceu mudar de ideia sobre o que ia dizer.

– E então acordei no hospital. Acho que tenho entrado e saído de lá desde então. E é por isso que tenho um nervosismo instintivo diante de súbitas revelações surpreendentes de que tudo vai ficar bem. – Ela levantou o rosto e olhou para ele.

Arthur simplesmente parara de se preocupar com as estranhas anomalias que envolviam a sua volta à Terra, ou melhor, as relegara à parte do seu cérebro marcada com "Coisas Para Pensar – Urgente". "O mundo está aqui", dissera para si mesmo. "O mundo, seja lá por que for, está aqui e ele fica aqui. Comigo dentro." Mas agora o mundo parecia ondular à sua volta, como naquela noite, no carro do irmão de Fenchurch, quando ele estava contando as histórias malucas sobre o agente da CIA na represa. As árvores ondulavam diante dele. O lago ondulava, mas isso era absolutamente normal e não havia motivo para ficar alarmado, já que um ganso cinzento acabara de pousar nele. Os gansos estavam numa boa, relaxados, e não tinham grandes respostas para as quais quisessem saber a pergunta.

– De todo jeito – disse Fenchurch, súbita e radiantemente, com um largo sorriso –, tem alguma coisa errada com uma parte do meu corpo e você precisa descobrir o que é. Vamos para casa.

Arthur balançou a cabeça.

– O que foi? – perguntou ela.

Arthur não balançara a cabeça para discordar da sugestão de Fenchurch, que ele achara verdadeiramente excelente, uma das melhores sugestões do mundo, e sim porque estava, por alguns instantes, tentando se livrar da impressão recorrente de que, quando menos esperasse, o Universo ia sair de trás da porta e fazer buuu para ele.

– Só estou tentando esclarecer as coisas na minha cabeça – disse Arthur. – Você diz que sentiu como se a Terra tivesse realmente... explodido...

– Foi. Mais do que senti.

– E todo mundo diz – continuou ele, hesitante – que isso foram alucinações?

– Sim, mas Arthur, isso é ridículo. As pessoas acham que basta dizer "alucinações" que tudo o que você quer explicar fica magicamente explicado e, se sobrar alguma coisa que você não consiga entender, isso eventualmente desaparece. É só uma palavra, não explica nada. Não explica por que os golfinhos desapareceram.

– Não – respondeu Arthur. – Não – acrescentou ele, pensativo. – Não – acrescentou novamente, ainda mais pensativo. – O quê? – perguntou finalmente.

– Não explica por que os golfinhos desapareceram.

– Não – disse Arthur –, eu ouvi. De que golfinhos você está falando?

– Como assim, de que golfinhos? Estou falando de quando todos os golfinhos desapareceram.

Ela pousou a mão no joelho de Arthur, o que fez ele perceber que o formigamento que subia e descia pela sua espinha não era um carinho que ela estava fazendo nas suas costas e devia ser então uma daquelas terríveis sensações horripilantes que ele costumava ter quando as pessoas estavam tentando explicar coisas para ele.

– Os golfinhos?

– É.

– Todos os golfinhos desapareceram? – perguntou Arthur.

– Sim.

– Os golfinhos? Você está me dizendo que todos os golfinhos desapareceram? É isso – perguntou Arthur, tentando ser absolutamente claro sobre aquele ponto – o que você está dizendo?

– Arthur, onde foi que você esteve, pelo amor de Deus? Todos os golfinhos desapareceram no mesmo dia em que eu...

Ela olhou atentamente para o olhar assustado de Arthur.

– O que...?

– Nada de golfinhos. Sumiram todos. Desapareceram.

Ela examinou o rosto dele.

– Você realmente não sabia disso?

Era óbvio, pela sua expressão assustada, que ele não sabia.

– Para onde eles foram? – perguntou ele.

– Ninguém sabe. É isso o que desapareceram quer dizer. – Ela fez uma pausa. – Bom, tem um homem que diz que sabe a verdade, mas todo mundo diz que ele mora na Califórnia – disse ela – e é louco. Eu estava pensando em ir até lá falar com ele, porque essa me parece a única pista que eu tenho sobre o que aconteceu comigo.

Ela deu de ombros e olhou para ele, longa e profundamente. Colocou a mão no rosto de Arthur.

– Eu realmente gostaria de saber por onde você andou – disse ela. – Acho que algo terrível aconteceu com você também. E foi por isso que nós nos reconhecemos.

Ela olhou o parque à sua volta, que já estava sendo arrebatado pelas garras do anoitecer.

– Bom – disse ela –, agora você tem alguém para contar.

Arthur exalou vagarosamente um suspiro acumulado havia muito tempo.

– É uma história muito longa – disse ele.

Fenchurch inclinou-se sobre ele e apanhou a sua bolsa de lona.

– Tem alguma coisa a ver com isso? – perguntou ela. O que ela tirou da bolsa era algo velho e usado em muitas viagens, como se tivesse sido arremessado em rios pré-históricos, tostado sob o sol que brilha tão vermelho sobre os desertos de Kakrafon, semienterrado nas areias de mármore que permeiam os intoxicantes oceanos de Santraginus V, congelado nas geleiras da lua de Jaglan Beta, usado como assento, chutado para lá e para cá em naves espaciais, pisado e maltratado e, como seus fabricantes previram que seriam exatamente coisas assim que aconteceriam com ele, haviam prudentemente criado uma capa com um plástico bem resistente e escrito nele, em amistosas letras garrafais, as palavras "Não entre em pânico".

– Onde você arrumou isso? – perguntou Arthur, sobressaltado, puxando-o da mão dela.

– Ah – respondeu ela –, achei mesmo que fosse seu. No carro de Russell, naquela noite. Você deixou cair. Você esteve em muitos desses lugares?

Arthur tirou *O Guia do Mochileiro das Galáxias* da capa. Era como um laptop pequeno, fino e flexível. Digitou algumas coisas até que a tela ficou iluminada com o texto.

– Em alguns – respondeu ele.

– Podemos ir até lá?

– O quê? Não – respondeu Arthur abruptamente, mas em seguida se acalmou, mas se acalmou com cautela. – Você quer? – perguntou ele, torcendo para que a resposta fosse negativa. Foi um ato de suprema generosidade da sua parte não ter dito "Você não quer, não é?", sendo o que esperava.

– Quero – respondeu ela. – Quero descobrir qual era a mensagem que eu perdi e de onde ela veio. Porque não acho – acrescentou ela, levantando-se e olhando à sua volta para a crescente escuridão que tomava o parque – que tenha vindo daqui. – Não tenho nem mesmo certeza – acrescentou ela em seguida, abraçando Arthur pela cintura – de que sei onde é *aqui*.

Capítulo 21

O *Guia do Mochileiro das Galáxias* é, como já foi frequente e precisamente dito antes, uma daquelas coisas bastante sensacionais. Ele é, essencialmente, como já diz o título, um guia. O problema – ou melhor, um dos problemas, já que existem vários, sendo que uma boa parte deles continua atravancando os tribunais civis, comerciais e criminais em todas as partes da Galáxia e especialmente, sempre que possível, as partes mais corruptas – é esse.

A frase anterior faz sentido. O problema não é esse.

É este:

Alteração.

Leia tudo novamente e você vai entender.

A Galáxia é um lugar em constantes mudanças. Honestamente, há uma quantidade enorme de mudanças e cada parte está continuamente em movimento, continuamente mudando. Um verdadeiro pesadelo, você diria, para um editor escrupuloso e consciencioso, rigorosamente empenhado em manter esse volume eletrônico enormemente detalhado e complexo a par de todas as circunstâncias e condições mutantes que a Galáxia cospe a cada minuto de cada hora a cada dia, e você estaria enganado. Você estaria enganado por deixar de perceber que o editor, como todos os editores que o *Guia* já teve até hoje, não tem a menor ideia do que palavras como "escrupuloso", "consciencioso" ou "empenhado" significam e tende a ter pesadelos a conta-gotas.

Os verbetes tendem a ser atualizados ou não via Subeta Net dependendo de quão fáceis são de ser lidos.

Por exemplo, vejam o caso de Brequinda no Foth de Avalars, famosa em mito, lenda e nas incrivelmente chatas minisséries em 3D, como o lar dos imponentes e mágicos Dragões de Fogo Fuolornis.

No passado remoto, antes do Advento de Sorth de Bragadox, quando Fragilis cantava e Saxaquine de Quenelux imperava, quando o ar era doce e as noites perfumadas, mas todos, de algum modo, conseguiam ser (ou pelo menos era o que diziam, embora como diabos eles possam ter, mesmo que remotamente, achado que alguém ia acreditar em uma alegação tão estapafúrdia, com todo aquele ar doce e aquelas noites perfumadas e o que mais se pode imaginar) virgens, não era possível atirar um tijolo em Brequinda no Foth de Avalars sem atingir, no mínimo, meia dúzia de Dragões de Fogo Fuolornis.

Se isso era algo que você desejaria ou não fazer, bom, aí já são outros quinhentos.

Não que os Dragões de Fogo não fossem uma espécie essencialmente pacífica, porque eram. Eles adoravam cada pedacinho de tudo, mas essa história de adorar coisas até o último pedacinho muitas vezes era justamente o problema: quando a pessoa ama, muitas vezes a pessoa machuca a pessoa que a pessoa ama, especialmente se a pessoa for um Dragão de Fogo Fuolornis com bafo de lança-chamas e dentes como uma cerca de parque. Outro problema é que, quando entravam no clima, muitas vezes iam em frente e machucavam bastante muitas pessoas que outras pessoas amavam também. Acrescente a tudo isso o número relativamente pequeno de malucos que realmente saíam por aí atirando tijolos e o resultado inevitável era um monte de gente seriamente ferida por dragões em Brequinda no Foth de Avalars.

E eles ligavam para isso? Nem um pouco.

Alguém os ouvia deplorando seu destino? Não.

Os Dragões de Fogo de Fuolornis eram reverenciados em toda parte em Brequinda no Foth de Avalars por sua beleza selvagem, suas maneiras nobres e o seu hábito de morder as pessoas que não os reverenciavam.

Por quê?

A resposta era simples.

Sexo.

Há, por algum motivo inescrutável, algo quase insuportavelmente sexy em se ter imensos dragões mágicos cuspidores de fogo sobrevoando o céu em noites enluaradas, que já eram por si só perigosíssimas por conta do ar doce e coisa e tal.

Por que isso acontecia é algo que o apaixonado povo de Brequinda no Foth de Avalars não saberia explicar, assim como não teriam sequer parado a fim de discutir o assunto depois que o efeito da coisa começasse, pois bastava uma meia dúzia de Dragões de Fogo Fuolornis despontarem no horizonte do crepúsculo, com suas asas de seda e sua pele de couro, para que metade da população de Brequinda saísse correndo feito louca, floresta adentro, com a outra metade, passando lá uma noite muito ativa e ofegante a dois, e ressurgindo, com os primeiros raios da aurora, sorrindo alegremente e insistindo em afirmar, de maneira afetuosa, que eram virgens – ainda que virgens coradas e lânguidas.

Feromônios, diziam alguns pesquisadores.

Algo sônico, diziam outros.

O lugar estava sempre apinhado de pesquisadores tentando chegar ao fundo da questão e gastando bastante tempo nessas pesquisas.

Não era de se admirar que a detalhada descrição sedutora da situação geral desse planeta no *Guia* tenha se mostrado incrivelmente popular entre os mochileiros que se permitem ser guiados por ele, de modo que jamais foi removida, deixando que os viajantes modernos descubram, por conta própria, que a Brequinda contemporânea, na Cidade-Estado de Avalars, não passa de concreto, bares de strip-tease e lanchonetes Dragon Burger.

Capítulo 22

A noite em Islington estava doce e perfumada. Claro que não havia Dragões de Fogo Fuolornis por perto, mas, se eles por acaso tivessem dado as caras, podiam muito bem dar uma parada na estrada e comer uma pizza, pois não seriam necessários.

Caso surgisse uma emergência enquanto ainda estavam no meio da sua fatia de pepperoni com porção extra de anchova, podiam tranquilamente mandar um recado para colocarem Dire Straits no som, coisa que, como hoje é conhecido, tem o mesmo efeito.

– Não – disse Fenchurch –, ainda não.

Arthur colocou o disco do Dire Straits no som. Fenchurch deixou a porta da frente do andar de cima entreaberta, para que o ar doce e perfumado da noite encontrasse o seu caminho. Sentaram-se em algum móvel feito de almofadas, bem próximos da garrafa de champanhe aberta.

– Não – repetiu Fenchurch –, não até você descobrir o que há de errado comigo, com qual parte do meu corpo. Mas acho que – acrescentou ela, muito, muito, muito baixinho – podemos começar por onde a sua mão está agora.

Arthur disse:

– Então para que lado eu vou?

– Para baixo – respondeu Fenchurch –, nesse caso.

Ele mexeu a mão.

– Para baixo – disse ela –, é do outro lado.

– Ah, tá.

Mark Knopfler tem um talento extraordinário para fazer uma guitarra Schecter Custom Stratocaster cantar e uivar como anjos no sábado à noite, exaustos de serem bonzinhos a semana toda e precisando de uma cerveja bem forte – o que não é estritamente relevante agora, já que o disco ainda não chegou nessa parte, mas vai estar rolando muita coisa quando chegar lá e, além do mais, o autor não tem a menor intenção de ficar aqui sentado com uma lista com os nomes das faixas e um cronômetro, então é melhor comentar isso logo, enquanto as coisas ainda estão indo devagar.

– Então chegamos – disse Arthur – ao seu joelho. Há uma coisa terrível e tragicamente errada com o seu joelho esquerdo.

– O meu joelho esquerdo – disse Fenchurch – vai bem, obrigada.

– Certamente.

– Você sabia que...

– O quê?

– Ah, tudo bem, dá para ver que você sabe. Não, continue.

– Então deve ser alguma coisa com os seus pés...

Ela sorriu à luz suave e aconchegou seus ombros nas almofadas com um movimento sutil. Já que existem almofadas no Universo, especificamente em Squornshellous Beta, dois mundos depois do pantanal dos colchões, que têm um prazer ativo em ser roçadas, especialmente de maneira sutil, devido ao movimento sincopado dos ombros, foi uma pena que elas não estivessem lá. Não estavam, mas a vida é assim mesmo.

Arthur apoiou o pé esquerdo de Fenchurch no colo e examinou-o minuciosamente. Várias coisas relacionadas ao modo como o vestido dela caía por entre as pernas tornavam difícil para ele pensar com clareza naquele instante.

– Tenho que admitir – disse ele – que não faço a menor ideia do que estou procurando.

– Você vai saber quando encontrar – respondeu ela. – Tenho certeza. – A sua voz estava levemente embargada. – Não é esse pé.

Sentindo-se cada vez mais confuso, Arthur colocou o pé esquerdo dela no chão e mudou de lugar para poder observar o pé direito. Ela se inclinou um pouco, abraçando Arthur, e o beijou, porque o disco tinha chegado naquele momento em que, se você conhece o disco, sabe que seria impossível não fazer isso.

Depois, ela lhe estendeu o pé direito.

Arthur o afagou, deslizou os dedos em torno do calcanhar, debaixo dos dedos, ao longo do peito do pé e não viu nada de errado com ele.

Ela o observou, achando muita graça, deu uma risada e balançou a cabeça.

– Não, não para – pediu ela –, mas agora não é esse.

Arthur parou e olhou curioso, com a testa franzida, para o seu pé esquerdo no chão.

– Não para.

Ele acariciou o pé direito dela, deslizou os dedos em torno do calcanhar, por baixo dos dedos, pelo peito do pé e disse:

– Quer dizer que tem a ver com qual das pernas eu estou segurando...?

Ela fez mais um daqueles movimentos de ombros que teriam alegrado a vida de uma simples almofada em Squornshellous Beta.

Ele franziu a testa.

– Me pega no colo – disse ela, baixinho.

Ele pousou o pé direito dela no chão e se levantou. Ela também ficou de pé. Ele a segurou em seus braços e eles se beijaram novamente. Ficaram assim por alguns instantes, depois ela disse:

– Agora me coloque de volta no chão.

Ainda confuso, ele obedeceu.

– E aí?

Ela o olhou, quase desafiadora.

– Qual o problema com meus pés? – perguntou ela.

Arthur ainda não estava entendendo. Sentou-se no chão, depois ficou agachado examinando os pés dela in loco, em seu hábitat natural. E, ao olhar bem de perto, algo estranho o surpreendeu. Agachou a cabeça rente ao chão e olhou. Houve uma longa pausa. Depois sentou-se de volta, pesadamente.

– Sim – ele disse –, entendi o problema com os seus pés. Eles não encostam no chão.

– E aí... o que você acha?

Arthur olhou para ela depressa e viu uma apreensão profunda tornando os olhos dela subitamente escuros. Ela mordeu o lábio; estava tremendo.

– O que... – gaguejou ela – ... você está...? – Ela jogou o cabelo sobre os olhos, carregados de lágrimas escuras de medo.

Ele levantou-se imediatamente, abraçou-a e lhe deu um beijo.

– Talvez você consiga fazer o que eu faço – disse ele, saindo pela porta da frente do segundo andar, noite adentro.

O disco chegou naquela parte boa.

Capítulo 23

A batalha prosseguia implacável sobre a estrela de Xaxis. Centenas de naves zirzlas, aterradoras e horrivelmente armadas, haviam sido esmagadas e reduzidas a átomos pelas forças devastadoras que a gigantesca nave xaxisiana prateada podia lançar.

Uma parte da lua também se fora, destruída pelas mesmas armas flamejantes que rasgaram o próprio tecido do espaço ao passarem por ele.

As naves zirzlas que haviam sobrado, embora temivelmente armadas, estavam, naquele momento, irremediavelmente sobrepujadas pelo poder devastador da nave xaxisiana e procuravam se esconder atrás da lua, que se desintegrava rapidamente, quando a nave xaxisiana, em uma perseguição ensandecida, anunciou de repente que precisava de férias e abandonou o campo de batalha.

Houve um momento de medo redobrado e consternação, mas a nave de fato foi embora.

Utilizando seus extraordinários poderes, afastou-se velozmente pela vasta imensidão daquele espaço irracionalmente delineado, rapidamente, sem fazer esforço e, sobretudo, em silêncio.

Recolhido em seu leito ensebado e fedorento, improvisado em uma escotilha de manutenção, Ford Prefect dormia em meio às suas toalhas, sonhando com antigos refúgios. Em algum momento sonhou com Nova York.

No sonho, estava caminhando tarde da noite pelo East Side, ao longo do rio que se tornara tão extravagantemente poluído que novas formas de vida já surgiam dele espontaneamente, exigindo planos de aposentadoria e direito de voto.

Uma dessas formas de vida flutuou perto dele, acenando. Ford acenou de volta.

A coisa foi jogada na margem e esforçou-se para sair da água.

– Oi – disse ela. – Acabei de ser criada. Sou completamente ignorante em relação ao Universo, em todos os sentidos. Será que você pode me ensinar alguma coisa?

– Puxa – murmurou Ford, um tanto perplexo. – Bom, acho que posso te indicar uns bares.

– E sobre o amor e a felicidade? Sinto uma profunda necessidade de coisas assim – disse a criatura, balançando os tentáculos. – Alguma dica?

– Você pode encontrar algo próximo ao que procura na Sétima Avenida – disse Ford.

– Eu sinto, instintivamente – insistiu ela –, que preciso ser bonito. Sou?

– Você é bem direto, hein?

– Não faz sentido ficar enrolando. Sou ou não sou?

A criatura estava esvaindo-se pelo chão, chapinhando e debulhando-se em lágrimas. Um bebum nas proximidades começou a se interessar.

– Para mim? – perguntou Ford. – Não. Mas, escuta – acrescentou ele, após uma breve pausa –, a maioria das pessoas se dá bem, sabe? Têm outros como você lá embaixo?

– Sei lá, cara – respondeu a criatura. – Como eu disse, sou novo por aqui. A vida é completamente estranha para mim. Como ela é?

Ali estava algo que Ford sentia que podia responder com autoridade.

– A vida – disse ele – é como uma laranja.

– Tá, e como é isso?

– Bom, é meio amarelada, com uma casca dura do lado de fora, molhada e bem macia por dentro, onde tem uns caroços. Ah, e algumas pessoas comem metade no café da manhã.

– Tem mais alguém aqui com quem eu possa conversar?

– Acho que sim – respondeu Ford. – Pergunte a um policial.

Recolhido em seu leito, Ford Prefect se contorceu e virou para o outro lado. Aquele não era o seu tipo de sonho favorito, porque não tinha T. Eccentrica Gallumbits, a prostituta de três seios de eroticon 6, que estrelava vários dos seus sonhos. Mas pelo menos era um sonho. Pelo menos estava dormindo.

Capítulo 24

Por sorte havia uma forte corrente de ar na travessa, porque havia muito tempo que Arthur não fazia aquele tipo de coisa ou, pelo menos, não deliberadamente, e deliberadamente era exatamente a maneira como a coisa não deve ser feita.

Lançou-se de forma brusca para baixo, quase quebrando o queixo na soleira da porta, e saiu trôpego pelo ar, tão subitamente embasbacado com a coisa profundamente idiota que tinha acabado de fazer que esqueceu por completo daquela parte de cair no chão estatelado, e não caiu.

Um belo truque, pensou ele, se você é capaz de fazê-lo.

O chão estava ameaçadoramente pendurado sobre a sua cabeça.

Tentou não pensar no chão, em como ele era extraordinariamente grande e como iria machucá-lo caso decidisse parar de ficar dependurado ali e caísse sobre ele de repente. Tentou, em vez disso, ter pensamentos agradáveis sobre os lêmures, o que era uma boa ideia, porque não conseguia se lembrar exatamente o que era um lêmure: se era uma daquelas coisas que percorrem em grandes hordas majestosas as planícies de sei lá onde ou se esses eram os gnus, de modo que era uma daquelas coisas peculiares para se pensar sem ter de recorrer apenas a um tipo grudento de boa vontade generalizada em relação às coisas, e tudo isso manteve a sua mente bem ocupada enquanto o seu corpo tentava se ajustar ao fato de que não estava tocando em nada.

Um papel de chocolate Mars flutuava pela travessa.

Após um aparente momento de dúvida e indecisão, permitiu finalmente que o vento deixasse as coisas fluírem, flutuantes, entre ele e o chão.

– Arthur...

O chão continuava ameaçadoramente pendurado sobre a sua cabeça e ele sentia que provavelmente já estava na hora de tomar alguma atitude a respeito, como descer em direção a ele, e foi o que fez. Devagar. Muito, muito devagar.

Enquanto descia devagar, muito, muito devagar, fechou os olhos, com cuidado, para não esbarrar em nada.

A sensação dos seus olhos se fechando percorreu todo o seu corpo. Quando ela chegou aos pés e o corpo todo já estava avisado do fato de que seus olhos estavam fechados e não entrara em pânico por causa disso, ele virou devagar, muito, muito devagar o seu corpo para um lado e a sua mente para o outro.

Isso deveria resolver a questão do chão.

Podia sentir o ar puro sobre ele, ventando à sua volta alegremente, sem se incomodar com a sua presença e devagar, muito, muito devagar, como se acordando de um sono profundo e distante, ele abriu os olhos.

Já havia voado antes, é claro. Voara várias vezes em Krikkit até que todo aquele *passareado* o deixasse de saco cheio, mas aquilo era diferente.

Lá estava ele em seu próprio mundo, calmo e sem confusões, a não ser uma ligeira tremedeira que poderia ser atribuída a diversas coisas, estando em pleno ar.

Uns 4 ou 5 metros abaixo dele estava o asfalto e um pouco depois, à direita, os postes de luz amarelos da Upper Street.

Por sorte a travessa estava escura, já que a luz que supostamente funcionaria à noite era regulada por um temporizador engenhoso, que acendia um pouco antes do meio-dia e se apagava de novo ao anoitecer. Estava, portanto, protegido por um manto de escuridão.

Devagar, muito, muito devagar, levantou a cabeça para Fenchurch, que estava parada em uma perplexidade muda, em contraluz na soleira do andar superior.

O seu rosto estava a alguns centímetros do dele.

– Eu ia te perguntar – disse ela em voz trêmula e sussurrada – o que você estava fazendo. Aí percebi que eu estava vendo o que você estava fazendo. Você estava voando. Então me pareceu – prosseguiu, após uma breve reflexão – um pouco idiota perguntar.

Arthur perguntou:

– Você consegue?

– Não.

– Não quer tentar?

Ela mordeu o lábio e balançou a cabeça, num gesto que era mais de espanto do que de negação. Estava tremendo da cabeça aos pés.

– É muito fácil – insistiu Arthur – se você não sabe como fazer. Essa é a parte mais importante. Ter absoluta certeza de não saber como está fazendo isso.

Para demonstrar como era fácil, ele flutuou pela travessa, subiu dramaticamente e voltou para o lado dela, como uma nota soprada pelo vento.

– Pergunte-me como foi que eu fiz isso.

– Como foi que... você fez isso?

– Não sei. Nem a menor ideia.

Ela deu de ombros, confusa.

– Então como é que eu posso...?

Arthur flutuou para baixo e estendeu a mão.

– Quero que você tente – disse ele – subir na minha mão. Só um pé.

– O quê?

– Tente.

Nervosa, hesitante, quase como, pensou consigo mesma, se estivesse tentando subir na mão de alguém que estava flutuando na sua frente em pleno ar, ela apoiou o pé na mão dele.

– Agora o outro.
– Como assim?
– Tira o peso do outro pé.
– Não consigo.
– Tenta.
– Assim?
– Isso.

Nervosa, hesitante, quase como, pensou ela, se estivesse... Parou de pensar no que estava fazendo porque tinha a impressão de que na verdade não estava muito interessada em saber.

Fixou o olhar muito, muito firmemente na calha do telhado de um armazém decrépito em frente à sua casa que a incomodava há semanas porque claramente estava prestes a desabar e ela estava pensando se alguém ia tomar alguma providência ou se devia falar com alguém sobre aquilo e nem por um segundo pensou no fato de que estava de pé sobre as mãos de alguém que não estava de pé sobre nada.

– Agora – disse Arthur –, tire o peso do pé esquerdo.

Achava que o armazém pertencia à companhia de carpetes que tinha um escritório na esquina e então provavelmente deveria ir até lá e falar com eles sobre a calha – tirou o peso do pé esquerdo.

– Agora – disse Arthur –, tire o peso do seu pé direito.
– Não consigo.
– Tenta.

Nunca tinha visto a calha daquele ângulo antes e parecia que, além da lama e da gosma, tinha um ninho de passarinhos lá em cima também. Se pudesse se inclinar um pouquinho mais, tirando o peso do pé direito, possivelmente conseguiria ver melhor.

Arthur ficou preocupado ao notar que alguém lá embaixo estava tentando roubar a bicicleta dela. A última coisa que queria no momento era ter de criar caso com alguém, então torceu para o sujeito não fazer muito barulho e não olhar para cima.

Ele tinha o ar tranquilo e astuto de alguém que habitualmente rouba bicicletas em becos e habitualmente não encontra os donos das bicicletas flutuando alguns metros acima delas. Bem relaxado graças a esses dois hábitos, foi em frente com determinação e concentração, e, quando descobriu que a bicicleta estava indiscutivelmente presa por aros de carboneto de tungstênio a uma barra de ferro enterrada no concreto, ele entortou pacificamente as duas rodas e seguiu seu caminho.

Arthur deu um longo suspiro.

– Veja que pedaço de casca de ovo achei para você – disse Fenchurch no seu ouvido.

Capítulo 25

Os fiéis seguidores dos feitos de Arthur Dent podem ter tido uma impressão de seu caráter e seus hábitos que, apesar de incluir toda a verdade e, claro, nada além da verdade, de algum modo não chega aos pés, como um todo, da verdade absoluta em todos os seus gloriosos aspectos.

E os motivos são óbvios. Editar, selecionar, ter de equilibrar o que é interessante com o que é relevante e cortar os acontecimentos banais mais chatos.

Como este, por exemplo: "Arthur Dent foi se deitar. Subiu as escadas, todos os quinze degraus, abriu a porta, entrou no quarto, tirou os sapatos, as meias, depois o resto da roupa, peça por peça, e as depositou em cima de uma pilha caprichosamente amarrotada no chão. Vestiu o pijama, aquele azul listrado. Lavou o rosto e as mãos, escovou os dentes, usou a privada, percebeu que mais uma vez tinha feito tudo na ordem errada, teve que lavar as mãos de novo e foi para a cama. Leu por uns quinze minutos, dos quais os primeiros dez minutos foram gastos tentando descobrir em que página havia parado na noite anterior, depois apagou a luz e alguns minutos depois pegou no sono.

Estava escuro. Ficou deitado para o lado esquerdo durante cerca de uma hora.

Depois agitou-se inquieto em seu sono por alguns minutos e então decidiu virar-se para o lado direito. Uma hora depois, piscou os olhos rapidamente e coçou de leve o nariz, faltando ainda uns bons vinte minutos antes que se virasse novamente do lado esquerdo. E assim passou a noite toda, dormindo.

Às quatro ele se levantou e foi ao banheiro novamente. Abriu a porta do banheiro..." E assim por diante.

Isso é enchação de linguiça. A ação do livro não avança. De fato produz aqueles grossos volumes dos quais o mercado norte-americano vive, mas não leva ninguém a lugar algum. Resumindo: você não está a fim de saber.

Mas existem outras omissões, além dessas coisas do tipo escovar os dentes e tentar achar um par de meias limpas, e as pessoas parecem estar incrivelmente interessadas por algumas dessas.

Como é, elas querem saber, que terminou toda aquela história entre Arthur e Trillian, afinal?

A resposta é, obviamente, vá cuidar da sua vida.

E o que, perguntam eles, Arthur fazia durante todas aquelas noites no planeta Krikkit? Só porque não havia Dragões de Fogo Fuolornis ou Dire Straits no planeta, isso não quer dizer que as pessoas passassem suas noites lendo.

Ou, pegando um exemplo ainda mais específico, e naquela noite, depois da reunião do comitê na Terra pré-histórica, quando Arthur ficou sentado em uma colina, contemplando a lua nascendo no céu por trás do brilho vermelho das árvores com uma bela garota chamada Mella, que havia escapado por pouco de ter que passar o resto da vida olhando, todas as manhãs, para uma centena de fotografias praticamente idênticas de tubos de pasta de dentes taciturnamente iluminados no Departamento de Arte de uma agência de publicidade no planeta Golgafrincham? E aí? O que aconteceu depois? E a resposta, obviamente, é que o livro terminou.

No livro seguinte, a história é retomada cinco anos depois e é possível, afirmam alguns, exagerar na discrição. "Esse tal de Arthur Dent", faz-se ouvir o grito provindo dos cantos mais longínquos da Galáxia, que agora foi até mesmo encontrado inscrito em uma misteriosa sonda espacial, supostamente originária de uma galáxia alienígena e vinda de uma distância demasiado horrorosa para sequer ser ponderada, "o que é ele, um homem ou um rato? Será possível que não se interesse por nada além de chá e das questões mais amplas da existência? Não tem vigor? Não tem personalidade? Será que, em outras palavras, ele não trepa?"

Os que querem respostas devem continuar lendo. Outros podem preferir pular direto para o último capítulo, que é bem legal e é onde aparece o Marvin.

Capítulo 26

Deixando que o vento os carregasse, Arthur Dent permitiu-se pensar, por um momento indigno, que gostaria muito que seus amigos que sempre o acharam legal mas chato, ou, nos últimos tempos, esquisito mas chato, estivessem se divertindo bastante no bar, mas aquela era a última vez, por um bom tempo, que pensaria neles.

O vento os carregava, subindo em espiral vagarosamente, um em volta do outro, como as sementes de sicômoros caindo da árvore no outono, só que na direção contrária.

E enquanto subiam, carregados pelo vento, as suas mentes cantavam com a consciência em êxtase, sabendo que ou o que eles estavam fazendo era completa e totalmente impossível, ou a física tinha que se atualizar muito.

A física balançou a cabeça e, olhando para o outro lado, concentrou-se em manter os carros na estrada de Euston e na direção do viaduto de Westway, em manter os postes de luz iluminados e em garantir que, quando alguém deixasse um cheeseburger cair em Baker Street, ele se estatelasse no chão.

Diminuindo temerariamente abaixo deles, as distantes fileiras de luz de Londres – Arthur tinha de se lembrar com frequência de que não estava nos campos coloridos e surreais de Krikkit, nas margens mais remotas da Galáxia, cujas sardas iluminadas cobriam fracamente o céu aberto acima deles, mas em Londres – balançavam, balançando, e, girando, giravam.

– Tente uma descida rápida – disse ele para Fenchurch.

– O quê?

A sua voz parecia curiosamente clara mas distante, naquele imenso vazio do ar. Sua voz soava rouca e fraca de incredulidade – tudo isso, clara, rouca, distante, fraca, tudo ao mesmo tempo.

– Estamos voando... – disse ela.

– Normal – disse Arthur –, não pense nisso. Tente uma descida rápida.

– Uma desc...

A sua mão segurou a de Arthur e, logo em seguida, o seu peso a acompanhou e, por incrível que pareça, lá foi ela, despencando abaixo dele, tentando loucamente se agarrar ao nada.

A física deu uma olhadinha para Arthur e, congelado em horror, lá se foi ele também, tonto com a queda vertiginosa, gritando com todo o corpo, em silêncio.

Caíram porque, afinal de contas, era Londres, e realmente não era para fazer aquele tipo de coisa por lá.

Não conseguiu segurá-la porque estavam em Londres e não a alguns milhões de quilômetros dali, mas a 1.216, para ser exato; em Pisa, Galileu demonstrara claramente que dois corpos em queda caíam exatamente com a mesma aceleração, fossem quais fossem seus pesos relativos.

Caíram.

Enquanto caía, vertiginosamente, nauseantemente, Arthur constatou que, se fosse ficar vagando pelo céu acreditando em tudo o que os italianos diziam sobre a física, quando na verdade eles mal conseguiam manter uma simples torre em pé, estariam com um problema mortal, então resolveu cair mais rápido do que Fenchurch.

Ele a agarrou por cima e tateou seus ombros até segurá-los com firmeza. Conseguiu.

Maravilha. Agora estavam caindo juntinhos, o que era muito lindo e romântico, mas não resolvia o problema básico de estarem caindo, e o chão, em vez de esperar para ver se ele tirava mais alguns truques malandros da manga, estava vindo de encontro a eles como um trem expresso.

Ele não conseguiu sustentar o peso dela, não tinha com que nem onde apoiá-lo. A única coisa que conseguia pensar era que obviamente iam morrer e que, se quisesse que qualquer coisa que não o óbvio acontecesse, teria que fazer alguma coisa que não o óbvio. Estava, enfim, em um território familiar.

Ele a soltou, empurrando-a, e quando ela se virou para olhar para ele, em completo pânico, ele segurou o dedo mindinho dela com o seu dedo mindinho e jogou-a de volta para cima, em seguida subindo aos tropeções atrás dela.

– Merda – disse Fenchurch, sentada ofegante sobre absolutamente nada e, quando ela se recuperou, voaram noite adentro.

Um pouquinho abaixo do nível das nuvens, eles pararam para conferir onde impossivelmente tinham ido parar. O chão lá embaixo era algo que não devia ser olhado com muita firmeza ou rigidez, meramente algo a ser vislumbrado *en passant*.

Fenchurch, ousada, se aventurou em algumas descidas, e descobriu que, ao se colocar bem acima de uma rajada de vento, conseguia fazer altos movimentos, com direito a uma pirueta no final, seguida de uma suave queda que fazia o seu vestido se inflar como um balão, e é exatamente neste ponto da história que os leitores ansiosos para saber o que Marvin e Ford Prefect andaram fazendo durante todo esse tempo deveriam pular direto para os últimos capítulos, porque nesse exato momento Arthur não pôde mais se controlar e ajudou Fenchurch a se livrar daquele vestido.

O vestido se foi, carregado pelo vento, até virar um pontinho distante que finalmente desapareceu de vista e, por vários motivos complexos, revolucionou a vida de uma família em Hounslow, quando foi descoberto estendido sobre o seu varal na manhã seguinte.

Em um silencioso abraço, flutuaram para cima até estarem nadando entre os enevoados espectros de umidade, desses que a gente consegue ver pairando em volta das asas do avião, mas nunca consegue sentir, porque estamos sentados quentinhos lá dentro do avião abafado olhando pela janelinha arranhada enquanto o filho de alguém tenta com zelo derrubar leite quente na nossa camisa.

Arthur e Fenchurch podiam senti-los, delicadamente frios e etéreos, entrelaçando-se em volta dos seus corpos, muito frios, muito etéreos. Sentiram – até mesmo Fenchurch, que, àquelas alturas, só estava protegida dos elementos por um par de peças da Marks & Spencer – que, como não iam deixar a força da gravidade perturbá-los, o frio e a escassez da atmosfera podiam muito bem se danar.

As duas peças da Marks & Spencer, que, assim que Fenchurch emergiu da massa nevoenta das nuvens, Arthur fez questão de remover muito, muito devagar – a única maneira possível de removê-las quando se está voando e não se usa as mãos –, acabaram causando um considerável estrago na manhã seguinte em, respectivamente, do sutiã para a calcinha, Isleworth e Richmond.

Ficaram um bom tempo na nuvem, porque era espessa, e, quando finalmente emergiram molhados, Fenchurch girando devagar, como uma estrela-do-mar carregada por uma maré alta, descobriram que é acima das nuvens que a noite fica realmente enluarada.

A luz é sombriamente brilhante. Existem montanhas diferentes lá em cima, mas são montanhas, com as suas próprias e brancas neves gélidas.

Emergiram no alto de um denso cúmulo-nimbo e começaram a descer preguiçosamente em seus contornos, enquanto Fenchurch ajudava Arthur a se libertar das suas roupas, até que todas se foram, embaladas pelo vento, caindo aos poucos para dentro da brancura envolvente.

Ela o beijou, beijou o seu pescoço, o seu peito, e logo, logo estavam flutuando sem rumo, girando devagar, na forma de um T sem fala que teria feito até mesmo um Dragão de Fogo Fuolornis, empanturrado de pizza, bater as asas e tossir um pouquinho.

Mas não havia nenhum Dragão de Fogo Fuolornis nas nuvens, nem poderia, pois como os dinossauros, os dodôs e os majestosos Drubbered Wintwock de Stegbartle Major, na constelação de Fraz, e ao contrário do Boeing 747, que pode ser facilmente encontrado, todos foram lamentavelmente extintos, e o Universo jamais encontrará criaturas como aquelas novamente.

O motivo do Boeing 747 ter surgido do nada na lista não deixa de estar relacionado com o fato de que algo muito similar surgiu na vida de Arthur e Fenchurch alguns instantes depois.

E eles são enormes, assustadoramente enormes. Dá para notar quando um deles está no ar com você. São precedidos por um estrondoso deslocamento de ar, uma muralha em deslocamento de vento uivante e você é arremessado para longe, se for idiota o bastante para estar fazendo algo remotamente parecido com que o Arthur e Fenchurch estavam fazendo nas suas redondezas, como borboletas em um assalto relâmpago.

Daquela vez, porém, houve uma queda desesperadora ou uma perda de coragem, um reencontro alguns momentos depois e uma interessante ideia nova entusiasticamente sinalizada em meio ao barulho ensurdecedor.

A senhora E. Kapelsen, de Boston, Massachusetts, já era uma senhora idosa; na verdade, sentia que a sua vida estava chegando ao fim. Já havia visto muita coisa, ficara intrigada com algumas, mas estava um pouco incomodada de sentir-se enfadada com quase tudo. A vida fora bastante agradável, mas talvez um pouquinho previsível demais, um pouquinho repetitiva.

Deixando escapar um suspiro, ela abriu a cortina de plástico da janela do avião e olhou para fora, por cima da asa.

Primeiro, pensou que devia chamar a aeromoça, mas depois ela pensou, melhor não, que se dane, definitivamente não, aquilo era para ela e só para ela.

Quando suas duas pessoas inexplicáveis finalmente deslizaram para fora da asa e sumiram na turbulência das turbinas, ela já estava bem mais alegrinha.

Estava sobretudo imensamente aliviada por constatar que praticamente tudo que as pessoas lhe disseram durante toda a sua vida estava errado.

NA MANHÃ SEGUINTE Arthur e Fenchurch dormiram até bem tarde na travessa, apesar do barulho contínuo de mobílias sendo restauradas.

Na noite seguinte fizeram tudo de novo, só que dessa vez levaram um walkman da Sony.

Capítulo 27

— Isso tudo é maravilhoso – disse Fenchurch alguns dias depois. – Mas eu realmente preciso saber o que aconteceu comigo. Sabe, essa é a diferença entre nós dois. Você perdeu alguma coisa e encontrou novamente e eu encontrei alguma coisa e depois a perdi. Preciso encontrá-la novamente.

Ela teve de sair o dia todo, então Arthur se programou para passar o dia pendurado no telefone.

Murray Bost Henson era um jornalista que trabalhava em um daqueles jornais com páginas pequenas e letras grandes. Seria bom poder dizer que aquilo não o afetava, porém, infelizmente, não era o caso. Como era o único jornalista que Arthur conhecia, decidiu telefonar para ele mesmo.

— Arthur, minha velha colher de sopa, minha velha sopeira de prata, que maravilha ouvir a sua voz. Alguém me disse que você tinha ido para o espaço ou algo assim.

Murray tinha um jeito peculiar de falar, que ele inventara para o seu próprio uso e que ninguém mais conseguia imitar ou sequer entender. A maior parte não significava absolutamente nada mesmo. E as partes que de fato tinham algum significado estavam tão incrivelmente soterradas em uma avalanche de absurdos que ninguém conseguia identificá-las no meio daquilo. Quando você enfim percebia, bem mais tarde, quais eram as partes importantes, normalmente já era tarde demais para todos os envolvidos.

— O quê? – perguntou Arthur.

— Só um boato, minha velha presa de elefante, minha mesinha de cartas de baeta verde, só um boato. Provavelmente não quer dizer nada, mas eu posso precisar de uma declaração sua a respeito.

— Não tenho nada a declarar, isso é conversa de botequim.

— Nós vivemos disso, meu velho membro protético, nós vivemos disso. E, depois, isso se encaixaria perfeitamente de alguma forma com uma das outras coisas nas histórias desta semana; portanto, se você negasse tudo, estaria ótimo. Com licença, acabou de cair alguma coisa do meu ouvido.

Houve uma ligeira pausa e logo depois Murray Bost Henson voltou ao telefone, com a voz genuinamente abalada.

— Acabei de me lembrar – disse ele – que noite estranha eu tive ontem. De qualquer forma, meu velho, não vou contar. Como foi andar no cometa Halley?

— Eu não andei no cometa Halley – respondeu Arthur, contendo um suspiro.
— Ok, como foi não ter andado no cometa Halley?
— Bastante confortável, Murray.
Houve uma pausa, enquanto Murray anotava.
— Bom para mim, Arthur, bom para Ethel, para mim e para as galinhas. E se encaixa bem com o surrealismo geral da semana. Semana Surreal, estamos pensando em chamá-la assim. Bom, né?
— Muito bom.
— Soa bem. Primeiro, tivemos esse cara que atrai a chuva.
— O quê?
— É a mais pura verdade. Tudo documentado no seu caderninho preto, tudo comprovado em cada detalhe delicioso. O Serviço de Meteorologia está como um manequim azombado subindo pelas paredes e homenzinhos esquisitos vestindo jalecos brancos estão pegando aviões nos quatro cantos do mundo, com as suas pequenas réguas e caixas e refeições rápidas. Esse cara é o joelho da abelha, Arthur, é o mamilo da vespa. Ele é, eu chegaria ao ponto de dizer, o conjunto completo das zonas erógenas de todos os insetos do mundo ocidental. Nós o estamos chamando de Deus da Chuva. Legal, né?
— Acho que conheci ele.
— Isso me soa bem. O que você disse?
— É possível que eu o tenha conhecido. Reclama o tempo todo, não é?
— Incrível! Você conhece o Deus da Chuva?
— Se for o mesmo cara. Eu disse a ele para parar de reclamar e mostrar o caderninho dele para alguém.
Murray Bost Henson fez uma pausa impressionada do outro lado da linha.
— Bom, você gerou fortunas. Você gerou grandes fortunas. Escuta, sabe quanto um agente de turismo está pagando para esse sujeito não ir a Málaga este ano? Quero dizer, esqueça a parte de irrigar o Saara e outras coisas sem graça, esse sujeito tem uma *carreira* inteiramente nova à sua frente, simplesmente evitando ir aos lugares e sendo pago por isso. O cara está virando um fenômeno, Arthur, talvez até tenhamos que fazê-lo ganhar na loteria. Escuta, é possível que a gente queira fazer uma matéria com você: Arthur, O Homem que Fez o Deus da Chuva Chover. Soa bem não é?
— É, mas...
— Talvez tenhamos que fotografar você debaixo de uma mangueira de jardim, mas vai ficar bom. Onde você está?
— Ah, estou em Islington. Escuta, Murray...
— Islington!
— É...

– Bom, e sobre o acontecimento realmente mais surreal da semana, a verdadeira maluquice absoluta. Você sabe alguma coisa sobre essas pessoas voadoras?

– Não.

– Você deve saber. Essa é a viagem mais pancada de todos os tempos. É a verdadeira azeitona na empada. Os moradores não param de ligar para cá para dizer que tem um casal que passa as noites voando. Já colocamos uns fotógrafos trabalhando sem parar nos nossos laboratórios para conseguirem uma foto decente. Você deve ter ouvido.

– Não.

– Arthur, por onde você andou? Ah, é, no espaço, já peguei a sua declaração. Mas isso foi há meses. Escuta, isso foi noite após noite nesta semana, meu velho ralador de queijo, bem aí na sua área. O casal fica voando por aí, fazendo de tudo o que você puder imaginar. E não estou falando de espiar pelas paredes ou fingir que são pontes de viga. Você está realmente por fora?

– Sim.

– Arthur, foi quase inexprimivelmente delicioso conversar com você, chumbum, mas tenho que desligar. Eu vou mandar um cara com a câmera e a mangueira. Me passa o endereço, estou com papel e caneta na mão.

– Escuta, Murray, eu liguei para te pedir uma coisa.

– Estou cheio de coisas para fazer, Arthur.

– Eu só queria saber uma coisa sobre os golfinhos.

– Notícia velha. Ano passado. Esqueça os golfinhos. Eles se foram.

– É importante.

– Escuta, ninguém vai falar sobre isso. Vê se me entende, não dá para sustentar uma história quando a única notícia é a contínua ausência do assunto da história, sabe? Está fora da nossa praia, de qualquer maneira. Tente o *Sundays*. Talvez eles façam uma matéria no gênero "Que Fim Levou 'Que Fim Levaram os Golfinhos'" daqui a uns dois anos, lá para agosto. Mas... agora? Fazer o quê? "Os Golfinhos Continuam Sumidos"? "A Ausência dos Golfinhos Continua"? "Golfinhos – Mais Dias sem Eles"? A história morre, Arthur. Ela tomba no chão e sacode os seus pezinhos para cima e logo, logo vai para a grande espiga dourada no céu, meu velho morcego.

– Murray, eu não estou interessado se existe ou não uma história. Só quero saber como faço para entrar em contato com aquele cara na Califórnia, que diz saber alguma coisa sobre o assunto. Pensei que você pudesse me ajudar.

Capítulo 28

— As pessoas estão começando a falar — disse Fenchurch naquela noite, depois de eles terem subido o violoncelo para dentro.

— Não só a falar — respondeu Arthur —, mas a publicar, em letras garrafais, logo abaixo dos prêmios da loteria. É por isso que eu achei melhor providenciar isto aqui.

Mostrou a ela os dois talões longos e estreitos das passagens aéreas.

— Arthur! — exclamou, abraçando-o. — Isso quer dizer que você conseguiu falar com ele?

— Tive um dia — disse Arthur — de extrema exaustão telefônica. Falei com absolutamente todos os departamentos de absolutamente todos os jornais na Fleet Street até finalmente conseguir o telefone do sujeito.

— Você obviamente trabalhou demais, está encharcado de suor, pobrezinho.

— Não é suor — disse Arthur, exausto. — Um fotógrafo acabou de sair. Eu tentei argumentar, mas... deixa pra lá, o fato é que sim.

— Você falou com ele.

— Falei com a mulher dele. Ela me disse que ele estava esquisitão demais para atender o telefone e pediu para eu ligar mais tarde.

Arthur sentou-se pesadamente, percebendo então que estava esquecendo de alguma coisa e foi até a geladeira buscar.

— Quer um drinque?

— Mataria alguém para conseguir um. Sempre sei que estou perdida quando o meu professor de violoncelo me olha de cima a baixo e diz: "Pois bem, minha cara, que tal um pouquinho de Tchaikovsky hoje..."

— Eu liguei novamente — disse Arthur — e ela me disse que ele estava a 3,2 anos-luz do telefone e que era para eu tornar a ligar mais tarde.

— Ah.

— Aí eu liguei de novo. Ela disse que a situação estava um pouquinho melhor. Ele já estava a apenas 2,6 anos-luz do telefone, mas ainda estava muito longe para gritar.

— Você não acha — perguntou Fenchurch, meio incerta — que podíamos falar com outra pessoa?

— Ainda não terminou — disse Arthur. — Eu falei com uma pessoa em uma revista científica que conhece o sujeito e ele me disse que John Watson não apenas acredita como tem provas concretas, frequentemente ditadas para ele por anjos com barbas douradas, asas verdes e usando sandálias ortopédicas do Dr. Scholl, que a teoria popular mais absurda do momento é verdadeira. Para as pessoas que questionam a veracidade dessas visões, ele triunfantemente apresenta as sandálias em questão, e a coisa não passa disso.

– Não sabia que era tão ruim assim – Fenchurch resmungou baixinho. Ela estava brincando distraidamente com as passagens.

– Bom, liguei para a Sra. Watson novamente – prosseguiu Arthur. – Aliás, talvez te interesse saber que ela é conhecida como Jill, a Enigmática.

– Entendo.

– Ainda bem que você entendeu. Fiquei com medo de você não acreditar em nada disso; então, quando eu tornei a ligar, usei a secretária eletrônica para gravar a conversa.

Foi até a secretária eletrônica, mexeu para lá e para cá, apertando todos os botões por um tempo, porque aquele era o aparelho que havia sido especialmente recomendado por uma revista especializada e era quase impossível usá-lo sem enlouquecer.

– Aqui está – disse ele, finalmente, enxugando o suor da testa.

A voz era fina e quebradiça devido a sua viagem de ida e volta a um satélite geoestacionário, mas também era assustadoramente tranquila.

– Talvez eu devesse explicar – disse a voz de Jill Watson, a Enigmática – que o telefone na verdade fica em um quarto onde ele nunca entra. É no Asilo, sabe. Wonko, o São, não gosta de entrar no Asilo, então nunca entra. Acho melhor você ficar sabendo disso, para poupar o seu tempo e suas ligações. Se você quer encontrar com ele, isso pode ser facilmente providenciado. Você só precisa chegar aqui. Ele só encontra as pessoas fora do Asilo.

Ouviram a voz de Arthur, completamente aturdido:

– Sinto muito, mas não estou entendendo. Onde fica esse Asilo?

– Onde fica o Asilo? – perguntou Jill Watson, a Enigmática. – Você já leu as instruções nas caixinhas de palitos de dente?

Na gravação, a voz de Arthur teve de admitir que não.

– Faça isso. Talvez isso esclareça um pouquinho as coisas. Você vai ver que lá está explicado onde é que fica o Asilo. Obrigada.

A linha ficou muda. Arthur desligou a secretária eletrônica.

– Bom, creio que a gente pode encarar isso como um convite – disse ele, dando de ombros. – Eu acabei conseguindo o endereço com o cara que trabalha na revista científica.

Fenchurch olhou para Arthur novamente com uma expressão pensativa e depois para as passagens em suas mãos.

– Você acha que vale a pena? – perguntou ela.

– Bom – disse Arthur –, a única coisa com a qual todos concordam, além do fato de acharem ele completamente maluco, é que ele de fato sabe mais do que qualquer outra pessoa sobre golfinhos.

Capítulo 29

"**E**ste é um aviso importante. Este é o voo 121 para Los Angeles. Se os seus planos de viagem hoje não incluem Los Angeles, agora seria um bom momento para desembarcar."

Capítulo 30

Alugaram um carro em Los Angeles, em um desses lugares que alugam carros que as outras pessoas jogaram no lixo.

– É um pouquinho complicado conseguir que ele faça uma curva – disse o cara de óculos escuros, entregando a chave do carro para eles. – Às vezes, é mais fácil descer e pegar um carro que esteja indo na direção que vocês querem.

Pernoitaram em um hotel na Sunset Boulevard, seguindo o conselho de alguém que dissera que eles iam gostar de se sentirem intrigados nele.

– Todo mundo lá ou é inglês, ou esquisito, ou os dois. E eles têm uma piscina onde você pode assistir a roqueiros ingleses lendo *Linguagem, verdade e lógica* para os fotógrafos.

E era verdade. Lá estava um deles e ele estava fazendo exatamente isso.

O manobrista olhou com desdém para o carro deles, o que não era problema, já que eles faziam o mesmo.

Mais tarde, naquela noite, dirigiram por Hollywood Hill, passando por Mulholland Drive e pararam primeiro para contemplar o deslumbrante mar de luzes flutuantes que é Los Angeles, e, mais tarde, pararam novamente para contemplar o deslumbrante mar de luzes flutuantes que é o vale de São Fernando. Concordaram que o deslumbramento cessou imediatamente no fundo dos seus olhos, não atingindo nenhuma outra parte dos seus corpos, e foram embora estranhamente insatisfeitos com o espetáculo. Em termos de mares espetaculares de luz até que aquilo era legal, mas a luz existe para iluminar alguma coisa e, tendo passado de carro pelas coisas que aquele espetacular mar de luz estava iluminando especificamente, eles não acharam nada de mais.

Dormiram tarde, descansaram pouco e acordaram ao meio-dia, justo quando estava boçalmente quente.

Dirigiram pela autoestrada até Santa Mônica, para ver o oceano Pacífico pela primeira vez, oceano que Wonko, o São, passava todos os seus dias, e uma boa parte das suas noites, contemplando.

– Alguém uma vez me contou – disse Fenchurch – que ouviu duas velhinhas na praia fazendo a mesma coisa que estamos fazendo, olhando para o oceano Pacífico pela primeira vez na vida. E, segundo contaram, após uma longa pausa, uma delas disse para a outra: "Sabe, não é tão grande quanto eu esperava."

O humor deles foi melhorando enquanto passeavam pela praia em Malibu e viam todos aqueles milionários em seus barracos de praia chiques, cada um vigiando cuidadosamente o outro para verificar o quão ricos estavam ficando.

O humor melhorou ainda mais quando o sol começou a descer na parte ocidental do céu. Quando voltaram para o seu carro chinfrim e dirigiram em direção a um pôr do sol diante do qual ninguém com um mínimo de sensibilidade sonharia em construir uma cidade como Los Angeles, estavam se sentindo surpreendente e irracionalmente felizes e nem se incomodavam que o rádio daquele carro velho só pegasse duas estações, ao mesmo tempo ainda por cima. E daí? Ambas estavam tocando o bom e velho rock'n'roll.

– Tenho certeza de que ele vai poder nos ajudar – disse Fenchurch, convicta. – Tenho certeza. Como é mesmo o nome dele, aquele pelo qual gosta de ser chamado?

– Wonko, o São.

– Tenho certeza de que ele vai poder nos ajudar.

Arthur se perguntava se Wonko ajudaria mesmo e esperava que sim, e torcia para que o que Fenchurch perdera pudesse ser encontrado aqui, nesta Terra, fosse lá o que esta Terra fosse.

Ele esperava, assim como tinha esperado ininterrupta e fervorosamente desde o dia em que conversaram às margens do Serpentine, que não fosse obrigado a se lembrar de coisas que ele firme e deliberadamente enterrara nos recantos mais remotos da sua memória, onde esperava que as lembranças parassem de implicar com ele.

Pararam em Santa Bárbara em um restaurante de frutos do mar, instalado no que parecia ser um armazém reformado.

Fenchurch pediu um salmonete e disse que estava uma delícia.

Arthur pediu um filé de peixe-espada e disse que estava irritado.

Puxou o braço de uma garçonete que ia passando e a repreendeu:

– Por que diabos esse peixe está tão gostoso? – perguntou ele, irado.

– Por favor, desculpe o meu amigo – disse Fenchurch para a garçonete assustada. – Acho que ele está tendo um grande dia.

Capítulo 31

Se você pegasse dois David Bowies e colocasse um David Bowie em cima do outro, depois colocasse um David Bowie na extremidade de cada braço do David Bowie que estava por cima e daí cobrisse tudo com um roupão de praia sujo, você teria algo que não seria exatamente parecido com John Watson, mas aqueles que o conheciam na certa o julgariam assombrosamente familiar.

Ele era alto e desengonçado.

Quando ficava sentado na sua espreguiçadeira contemplando o Pacífico, não mais com nenhum tipo de desconfiança tresloucada, e sim com uma profunda e tranquila tristeza, era um pouco difícil dizer exatamente onde terminava a espreguiçadeira e onde começava o homem, e você hesitaria em colocar a mão, digamos, no seu antebraço, temendo que toda a estrutura se fechasse com um estalo e arrancasse o seu dedão.

Mas o seu sorriso, quando se virava para você, era extraordinário. Parecia ser composto de todas as piores coisas que a vida pode fazer com uma pessoa, mas que, quando ele as reagrupava rapidamente naquela ordem específica em seu rosto, fazia com que você sentisse que "ah, bom, então está tudo bem".

Quando ele falava, você ficava contente por ele usar o sorriso que o fazia sentir-se assim com bastante frequência.

– Ah, sim – disse ele –, eles vêm me ver. Eles sentam aí mesmo. Aí onde vocês estão sentados.

Estava falando sobre os anjos com barbas douradas, asas verdes e sandálias ortopédicas do Dr. Scholl.

– Comem nachos, porque dizem que lá, de onde eles vêm, não tem nada parecido. São viciadões em cocaína e maravilhosos, no geral.

– São mesmo? – perguntou Arthur. – É mesmo? Então... quando é que isso acontece? Quando eles vêm?

Arthur também voltou os seus olhos para o Pacífico. Havia pequenos ituituís correndo ao longo do litoral e, aparentemente, todos com o mesmo problema: precisavam encontrar comida na areia logo após a onda ter retornado para o mar, mas não suportavam ter de molhar os pezinhos. Para contornar o problema, corriam de um jeito esquisito, como se tivessem sido criados por alguém muito esperto na Suíça.

Fenchurch estava sentada no chão, desenhando umas figuras na areia, vagarosamente.

— Geralmente nos fins de semana – respondeu Wonko, o São –, em pequenas motonetas. São ótimas máquinas. – Ele sorriu.

— Entendi – comentou Arthur. – Entendi.

Uma tosse de Fenchurch chamou a sua atenção e ele olhou para ela. Havia rascunhado uma imagem na areia, representando os dois nas nuvens. Por um momento, ele achou que ela estava tentando deixá-lo excitado, depois percebeu que aquilo era uma reprimenda. "Quem somos nós", ela estava querendo dizer, "para dizer que ele é louco?".

A casa dele era certamente peculiar, e, como essa foi a primeira coisa que Fenchurch e Arthur encontraram, ajudaria se vocês soubessem como ela era.

Era assim:

Do avesso.

Do avesso mesmo, a ponto de terem de estacionar no carpete.

Ao longo do que normalmente chamaríamos de parede externa, muito bem decorada em um elegante tom de rosa, havia estantes, duas daquelas estranhas mesinhas de três pés, com tampo semicircular, que dão a impressão de que alguém acabou de derrubar a parede no meio delas, e quadros que foram claramente produzidos para relaxar.

O que ficava realmente estranho era o teto.

Dobrava-se sobre si mesmo, como algo que Maurits C. Escher (caso ele fosse chegado a madrugadas de farra na cidade, coisa que esta narrativa não visa de modo algum sugerir, embora seja difícil, ao olhar para os seus quadros, especialmente aquele dos degraus, não pensar a respeito) poderia ter sonhado ao chegar de uma delas, pois os pequenos candelabros que deveriam estar pendurados do lado de dentro estavam do lado de fora, apontando para cima.

Confuso.

A placa na porta da frente dizia "Entre Fora" e assim, meio apreensivos, eles fizeram.

Dentro, é claro, era onde ficava Fora. Alvenaria rústica, pintura bem-feita, calhas em ordem, um pequeno jardim, algumas árvores, alguns quartos dando para fora.

E as paredes internas estendiam-se para baixo, dobrando-se curiosamente e alargavam-se no fim como se – em uma ilusão de ótica que teria feito Maurits C. Escher franzir a testa e se perguntar como havia sido criada – envolvesse o próprio oceano Pacífico.

— Oi – disse John Watson, Wonko, o São.

Ótimo, pensaram consigo mesmos, "Oi" é algo com o qual podemos lidar.

— Oi – responderam eles e, surpreendentemente, todos sorriram.

Durante um bom tempo ele pareceu curiosamente relutante em falar sobre os golfinhos, aparentando estar estranhamente distraído e dizendo "Esqueci..."

sempre que eles tocavam no assunto, após ter mostrado aos dois, não sem um certo orgulho, as excentricidades da sua casa.

– Isso me dá prazer – disse ele – de uma maneira bem peculiar e não causa nenhum mal que um bom oculista não possa corrigir.

Gostaram dele. Tinha um jeitão aberto, cativante e parecia ser capaz de debochar de si mesmo antes que outra pessoa o fizesse.

– A sua mulher – disse Arthur, olhando à sua volta – mencionou uns palitos de dente. – Disse isso com um olhar acossado, como se estivesse achando que a qualquer momento ela sairia de trás de uma porta para mencioná-los novamente.

Wonko, o São, deu uma gargalhada. Era uma risada leve e franca que, aparentemente, ele já usara muitas vezes e que o deixava muito satisfeito.

– Ah, sim – disse ele –, isso tem a ver com o dia em que finalmente percebi que o mundo tinha enlouquecido completamente e decidi construir o Asilo e colocá-lo lá dentro, coitadinho, torcendo para que ficasse melhor logo.

Foi nessa hora que Arthur voltou a ficar um pouquinho nervoso.

– Aqui – explicou Wonko, o São – estamos fora do Asilo. – Apontou novamente para a alvenaria rústica, a pintura, as calhas. – Atravesse aquela porta – ele apontou para a primeira porta pela qual haviam entrado – e você entrará no Asilo. Tentei decorá-lo direitinho, para deixar os internos contentes, mas não é possível ir muito além. Nunca entro lá. Se por acaso me sinto tentado, o que raramente acontece atualmente, basta dar uma olhadinha na placa pendurada na porta que dou no pé, imediatamente.

– Aquela ali? – perguntou Fenchurch apontando, um tanto confusa, para uma placa azul com algumas instruções escritas.

– Exatamente. Foram aquelas palavras que me transformaram no eremita que hoje em dia eu sou. Aconteceu de repente. Assim que eu li, soube o que devia fazer.

Estava escrito na placa:

Segure o palito no centro. Umedeça a extremidade pontiaguda na boca. Insira entre os dentes, a extremidade afiada próxima à gengiva. Movimente suavemente de dentro para fora.

– Cheguei à conclusão – disse Wonko, o São – de que uma civilização que havia perdido a cabeça a ponto de sentir a necessidade de incluir instruções de uso detalhadas em uma caixinha de palitos de dente não era mais uma civilização onde eu pudesse viver e continuar são.

Contemplou o Pacífico novamente, como se o desafiasse a se enfurecer e dar uma bronca nele, mas ele continuou calmo, brincando com os ituituís.

– E, caso tenha passado pela cabeça de vocês duvidar, como posso ver que seria possível, sou completamente são. E é por isso que me chamo de Wonko, o São, apenas para que as pessoas fiquem tranquilas quanto a isso. Minha mãe me chamava de Wonko quando eu era criança, todo desajeitado, derrubando as coisas, e São é o que sou e como – acrescentou ele, com um daqueles sorrisos que fazem você pensar "ah, bom, então está tudo bem" – pretendo continuar. Vamos para a praia ver o que temos para conversar?

Foram até a praia e foi lá que ele recomeçou a falar sobre os anjos com barbas douradas, asas verdes e sandálias do Dr. Scholl.

– Sobre os golfinhos... – disse Fenchurch, delicadamente, esperançosamente.

– Posso mostrar as sandálias – disse Wonko, o São.

– O senhor por acaso sabe...

– Gostaria que eu lhes mostrasse – perguntou Wonko, o São – as sandálias? Ficaram comigo. Vou buscar. Foram fabricadas pela Dr. Scholl e os anjos dizem que elas servem direitinho para o terreno no qual têm de trabalhar. Dizem que trabalham em uma barraca perto da mensagem. Quando eu digo que não entendo o que querem dizer com isso, eles respondem "não, você não sabe" e acham graça. Bom, vou buscar assim mesmo.

Quando ele voltou para dentro, ou para fora, dependendo do seu ponto de vista, Arthur e Fenchurch entreolharam-se de uma maneira intrigada e levemente desesperada, depois deram de ombros e voltaram a rabiscar desenhos na areia.

– Como estão os seus pés hoje? – perguntou Arthur, baixinho.

– Bem. Até que na areia não é tão estranho. Nem na água. A água toca neles perfeitamente. Só continuo achando que este não é o nosso mundo.

Ela deu de ombros.

– O que você acha que ele quis dizer com a mensagem? – perguntou ela.

– Não sei – respondeu Arthur, embora a lembrança de um sujeito chamado Prak, que ria da cara dele sem parar, insistisse em perturbá-lo.

Quando Wonko voltou, estava carregando algo que surpreendeu Arthur. Não eram as sandálias, elas eram sandálias absolutamente comuns, com o característico solado de madeira.

– Achei que vocês gostariam de ver o que os anjos calçam. Só por curiosidade mesmo. Não estou tentando provar nada, a propósito. Sou um cientista e sei muito bem o que pode ser chamado de prova. Mas o motivo pelo qual desejo ser chamado pelo meu apelido de infância é exatamente esse: me lembrar de que um cientista deve, acima de tudo, ser como uma criança. Se ele vê algo, deve dizer o que está vendo, independentemente daquilo ser o que ele imaginava ver ou não. Ver primeiro, testar depois. Mas sempre ver primeiro. Senão, você só vai ver o que você espera ver. A maioria dos cientistas se esquece disso. Mais tarde, vou mostrar uma coisa a vocês para demonstrar o que estou falando. Então, o outro motivo pelo qual gosto de ser chamado de Wonko, o São, é para que as pessoas pensem que sou bobo. Isso me permite dizer o que eu vejo quando eu vejo. Não dá para ser um cientista se você for ficar se preocupando se as pessoas vão ou não te achar bobo. Enfim, imaginei que vocês fossem gostar de ver isso também.

Era essa a coisa que surpreendeu Arthur quando ele a viu nas mãos de Wonko, pois era um aquário com um incrível vidro cinza-prateado, aparentemente idêntico ao que tinha em seu quarto.

Durante uns trinta segundos, Arthur ficou tentando, sem êxito, perguntar "Onde foi que você arrumou isso?" repentinamente e com a voz ofegante.

Finalmente chegara a hora, mas ele a perdeu por um milésimo de segundo.

– Onde foi que você arrumou isso? – perguntou Fenchurch repentinamente e com a voz ofegante.

Arthur olhou para Fenchurch e, repentinamente e com a voz ofegante, perguntou:

– Como assim? Você já viu um desses antes?

– Já – respondeu ela –, eu tenho um desses. Ou melhor, tinha. Russell roubou, para guardar bolas de golfe. Não sei de onde ele veio, só sei que fiquei pau da vida com Russell. Por quê, você tem um também?

– Tenho, foi...

Perceberam então que Wonko, o São, estava olhando repentinamente de um para o outro, acompanhando o diálogo e tentando encaixar uma voz ofegante no meio.

– Vocês também têm um? – perguntou aos dois.

– Sim. – Responderam juntos.

Ele olhou longa e calmamente para cada um e depois levantou o aquário, para que a luz do sol californiano o atingisse em cheio.

O aquário parecia praticamente cantar sob o sol, repicar com a intensidade da luz que ele emanava e refletir uma miríade de arco-íris sombriamente brilhantes ao redor da areia e sobre eles. Ele o girou e girou novamente. Puderam ver com clareza as palavras delicadamente gravadas sobre o vidro: "Até mais, e obrigado pelos peixes."

– Vocês sabem o que é isso? – perguntou Wonko, baixinho.

Ambos balançaram a cabeça devagar, em um gesto negativo, admirados, praticamente hipnotizados pelo brilho das sombras cintilantes no vidro cinza.

– Isso é um presente de despedida dos golfinhos – respondeu Wonko com uma voz grave e baixa –, os golfinhos que amei e estudei, e nadei ao lado deles, e alimentei com peixes, e até mesmo tentei aprender a sua língua, uma tarefa que eles pareciam tornar inacreditavelmente impossível, levando-se em consideração que agora sei que eles eram absolutamente capazes de se comunicar na nossa língua, se quisessem.

Ele balançou a cabeça com um sorriso lento e depois olhou novamente para Fenchurch e então para Arthur.

– Você já... o que você fez com o seu? Desculpe a pergunta – falou para Arthur.

– Bom, eu coloquei um peixe nele – respondeu Arthur, um pouco envergonhado. – Por acaso eu tinha esse peixe, e não sabia direito o que fazer com ele, e aí apareceu o aquário... – Arthur foi diminuindo a voz, aos poucos.

– Não fez mais nada com ele? Não – ele próprio respondeu –, se tivesse feito, saberia. – Wonko balançou a cabeça novamente. – Minha mulher guardava gérmen de trigo no nosso – continuou ele, com uma voz mais vívida –, até que, na noite passada...

– O que aconteceu noite passada? – perguntou Arthur lentamente, sussurrando.

– Acabou o nosso gérmen de trigo – disse Wonko, finalmente. – Minha mulher – acrescentou ele – saiu para comprar mais. – Ele pareceu perdido em seus próprios pensamentos por alguns segundos.

– O que aconteceu então? – quis saber Fenchurch, no mesmo tom soprado.

– Eu o lavei – disse Wonko. – Lavei com muito, mas muito, muito cuidado, removendo até o último grãozinho de gérmen de trigo, depois enxuguei com calma, com um pano desses que não soltam fiapos, bem devagar, com bastante cuidado, girando aos poucos. E aí eu o encostei no ouvido. Vocês já... já encostaram o de vocês no ouvido?

Eles balançaram a cabeça, em um gesto negativo lento e silencioso.

– Talvez – disse ele – vocês devessem.

Capítulo 32

O profundo clamor do oceano. As ondas dissolvendo-se na arrebentação em litorais mais longínquos do que o pensamento pode imaginar.

Os silenciosos trovões das profundezas.

Em meio a isso, vozes falando, vozes que não são vozes, trinados, morfemas, as canções semiarticuladas do pensamento.

Saudações, ondas de saudações, deslizando novamente até o inarticulado, palavras na arrebentação.

Uma onda de mágoa chocando-se nos litorais da Terra.

Ondas de alegria em – onde? Um mundo indescritivelmente descoberto, indescritivelmente alcançado, indescritivelmente molhado, uma canção de água.

Súbito, uma fuga de vozes, explicações clamorosas sobre um desastre irreversível, um mundo a ser destruído, uma onda de impotência, um espasmo de desespero, uma queda fatal e novamente palavras na arrebentação.

E então um fio de esperança, a descoberta da sombra de uma Terra nas implicações do tempo redobrado, dimensões submersas, a tração dos paralelos, profunda tração, a torção da vontade, seu arremesso e a rachadura, a passagem. Uma nova Terra puxada para o mesmo lugar; os golfinhos se foram.

Então, uma única voz espantosamente clara.

– Este aquário é um oferecimento da Campanha para Salvar os Humanos. Adeus para vocês.

Depois o som de corpos grandes, pesados e perfeitamente cinzentos, girando para uma profundeza desconhecida e insondável, rindo baixinho.

Capítulo 33

Naquela noite ficaram Fora do Asilo e assistiram à TV que vinha de dentro.
– Era isso o que eu queria que vocês vissem – disse Wonko, o São, quando repetiram as notícias na TV. – Um antigo colega meu. Ele está no país de vocês conduzindo uma investigação. Vejam isso.

Era uma coletiva de imprensa.

"Receio não poder mencionar o nome Deus da Chuva no momento. Acreditamos que seja um exemplo de um Fenômeno Meteorológico Paracausal Espontâneo."

"O senhor pode nos explicar o que isso significa?"

"Ainda não sei ao certo. Mas sejamos francos: quando encontramos alguma coisa que não compreendemos, gostamos de chamá-la usando um nome que vocês também não possam compreender e, de preferência, sequer consigam pronunciar. Digo, se deixássemos vocês saírem por aí chamando o sujeito de Deus da Chuva, ia parecer que vocês sabem de alguma coisa que nós não sabemos, o que seria totalmente inadmissível.

"Então, não, primeiro temos que encontrar um nome que deixe bem claro que isso é coisa nossa e não de vocês. Depois damos um jeito de provar que ele não é nada do que vocês disseram e sim aquilo que dissermos que é.

"Para terminar, mesmo que vocês estejam corretos, ainda assim estarão errados, porque diremos que ele é... hã... 'Sobrenormal' – não paranormal ou sobrenatural, porque vocês acham que já sabem o significado dessas palavras, não, será um 'Indutor de Precipitação Incremental Sobrenormal'. É bem provável que alguém consiga encaixar um *quasi* aí no meio, por precaução. Deus da Chuva! Bolas, nunca ouvi uma coisa tão absurda em toda a minha vida. Óbvio, contudo, que vocês não vão me pegar saindo de férias com o sujeito. Obrigado, é tudo que tenho a dizer por enquanto, gostaria apenas de mandar um 'oi' para o Wonko, se ele estiver assistindo."

Capítulo 34

No avião de volta para Londres a mulher que estava sentada ao lado deles olhava os dois de forma bem estranha.

Eles conversavam baixinho entre si.

– Eu ainda tenho que descobrir isso – disse Fenchurch – e tenho certeza absoluta de que você sabe de alguma coisa que não quer me contar.

Arthur suspirou e apanhou um pedaço de papel.

– Você tem um lápis aí? – perguntou ele. Ela revirou a bolsa e encontrou um.

– O que você está fazendo, querido? – perguntou ela, depois de observar Arthur durante vinte minutos, franzindo a testa, mordiscando o lápis, rabiscando algumas coisas no papel, riscando outras, rabiscando novamente e resmungando, irritado.

– Estou tentando me lembrar de um endereço que alguém me deu uma vez.

– A sua vida seria infinitamente mais simples – disse ela – se você comprasse um caderninho de endereços.

Finalmente ele passou o papel para ela.

– Fique com isso – pediu ele.

Ela olhou para o papel. Em meio a todas as anotações e os rabiscos, Arthur escrevera as palavras "Montanhas de Quentulus Quazgar. Sevorbeupstry. Planeta Preliumtarn. Sol Zarss. Setor Galáctico QQ7, Ativo J Gama".

– E o que é que tem lá?

– Aparentemente – respondeu Arthur – é a Mensagem Final de Deus para a Sua Criação.

– Ah, agora sim a coisa está ficando interessante – disse Fenchurch. – E como é que a gente chega lá?

– Você tem certeza de que...?

– Quero, sim – respondeu Fenchurch, decidida. – Eu preciso saber.

Arthur olhou pela janelinha do avião para o céu aberto lá fora.

– Com licença – disse, de repente, a mulher que estava olhando os dois com uma cara esquisita. – Espero que não me achem grosseira. É que fico tão entediada nesses voos muito longos e é sempre bom conversar com alguém. O meu nome é Enid Kapelsen, eu sou de Boston. E vocês? Voam muito?

Capítulo 35

Foram para a casa de Arthur no West Country, enfiaram algumas toalhas e algumas coisinhas em uma mochila e depois ficaram sentados fazendo o que todo mochileiro galáctico acaba fazendo na maior parte do seu tempo. Ficaram esperando um disco voador passar.

– Um amigo meu fez isso durante quinze anos – disse Arthur em uma noite, quando estavam sentados observando o céu, desanimados.

– Quem?

– O nome dele era Ford Prefect.

Arthur se pegou fazendo algo que jamais imaginara fazer novamente.

Quis saber por onde andava Ford Prefect.

Por uma extraordinária coincidência, no dia seguinte saíram duas matérias no jornal, uma sobre incidentes espantosos com um disco voador e a outra sobre uma série de brigas indecorosas em bares.

Ford Prefect apareceu um dia depois desse, com ressaca, e queixando-se de que Arthur nunca atendia o telefone.

Ele aparentava estar realmente muito mal, não só como se tivesse sido puxado através de uma cerca viva ao contrário, mas como se a cerca viva em si estivesse ao mesmo tempo sendo puxada ao contrário através de uma ceifadeira e debulhadora. Cambaleou pela sala de Arthur, rejeitando todas as ofertas de ajuda, o que foi um erro, porque o esforço fez com que ele perdesse o equilíbrio de vez, e Arthur teve, no fim das contas, que arrastá-lo até o sofá.

– Obrigado – disse Ford –, muito obrigado. Você tem... – disse ele, e dormiu por três horas seguidas.

– ... ideia – continuou subitamente, quando voltou a si – de como é difícil acessar o sistema telefônico britânico estando nas Plêiades? Estou vendo que não, então vou te contar – disse ele –, assim que você me trouxer uma xícara bem grande do café bem forte que você vai preparar agora.

Seguiu Arthur até a cozinha, mal se aguentando em pé.

– As retardadas das telefonistas ficam te perguntando de onde você está falando, você vai e diz que é de Letchworth e elas dizem que não é possível, estando naquele circuito. O que você está fazendo?

– Café para você.

– Ah, tá. – Ford pareceu curiosamente decepcionado. Olhou à sua volta, com muito desânimo. – O que é isso? – perguntou ele.

– Flocos de arroz.
– E isso?
– Páprica.
– Sei – disse Ford, solene, devolvendo ambos à mesa, um sobre o outro. Constatou que a coisa não parecia muito equilibrada, então inverteu a posição e achou melhor assim.
– Ainda estou sofrendo com o jet lag espacial – explicou. – O que eu estava dizendo mesmo?
– Que não estava ligando de Letchworth.
– Pois é, não estava. Eu expliquei para a mulher: "Dane-se Letchworth, se você acha que isso é uma questão. Na verdade, estou ligando de uma pequena nave do Departamento de Vendas da Companhia Cibernética de Sírius, atualmente no trecho subvelocidade-da-luz de uma viagem entre as estrelas conhecidas pelo seu mundo, mas não necessariamente por você, cara senhora." Eu disse "cara senhora" – explicou Ford Prefect – porque não queria que ela ficasse ofendida com a minha insinuação de que ela era uma cretina ignorante...
– Muito diplomático – comentou Arthur Dent.
– Exatamente – concordou Ford –, diplomático.
Ele franziu a testa.
– Essas orações subordinadas não colaboram muito com o meu jet lag espacial. Você vai ter que me ajudar de novo com isso – prosseguiu ele – e me repetir o que era mesmo que eu estava falando.
– "Entre as estrelas" – repetiu Arthur – "conhecidas pelo seu mundo, mas não necessariamente por você, cara senhora..."
– Epsílon de Plêiades e Zeta de Plêiades – concluiu Ford, triunfante. – Uau, essa conversa pirada é bem divertida.
– Toma um café.
– Não, obrigado. "E o motivo", eu disse, "de estar incomodando a senhora em vez de fazer uma ligação direta como eu poderia, pois temos aparelhos de telecomunicação altamente sofisticados aqui nas Plêiades, é que o pão-duro do filho de uma besta espacial que está pilotando essa nave filha de uma besta espacial faz questão que eu ligue a cobrar. Dá pra acreditar numa coisa dessas?"
– E ela acreditou?
– Sei lá. Desligou na minha cara quando cheguei nesse ponto. É isso! Então o que você acha que fiz depois? – perguntou, exaltado.
– Não faço a menor ideia, Ford.
– Que pena – disse Ford –, estava esperando que você pudesse me lembrar. Eu realmente detesto esses caras, sabe. Eles são os seres mais desprezíveis do cosmos, zunindo de um lado para o outro no infinito celestial com as suas ma-

quininhas ridículas que nunca funcionam direito, ou então, quando funcionam, executam funções que nenhum homem, em sã consciência, gostaria que executassem e – acrescentou ele, feroz – ainda fazem bipe para você no final!

Aquilo era a mais pura verdade e uma visão altamente respeitada, amplamente compartilhada por todas as pessoas que pensavam direito, as quais podem ser reconhecidas como pessoas que pensam direito pelo mero fato de compartilharem esse ponto de vista.

O Guia do Mochileiro das Galáxias, em um momento de lucidez ponderada, o que é praticamente único em suas atuais cinco milhões, novecentos e setenta e cinco mil, quinhentas e nove páginas, diz o seguinte sobre os produtos da Companhia Cibernética de Sírius: "É muito fácil não enxergar a sua inutilidade essencial devido à enorme realização que você sente ao conseguir finalmente fazer com que eles funcionem."

"Em outras palavras – e essa é a sólida base sobre a qual o sucesso da Companhia em toda a Galáxia está apoiado –, os seus erros de projeto fundamentais são completamente ocultados pelos seus erros de projeto superficiais."

– E esse cara – esbravejava Ford – ainda estava se esforçando para vender mais dessas coisas! Era sua missão de cinco anos para explorar novos mundos, para pesquisar novas vidas e vender Sistemas Substitutos de Música Avançados para os seus restaurantes, elevadores e barzinhos! Ou então, se eles por acaso não tivessem restaurantes, elevadores e barzinhos ainda, para acelerar o crescimento da sua civilização até que eles tivessem essa droga toda! Onde está o maldito café que eu pedi?

– Joguei fora.

– Faça mais. Lembrei agora o que eu fiz depois. Salvei a civilização tal qual a conhecemos. Sabia que era algo assim.

Voltou trôpego para a sala, onde continuou falando sozinho, esbarrando na mobília e fazendo uns sons de bipe-bipe.

Alguns minutos depois, usando uma expressão facial bastante serena, Arthur foi atrás dele.

Ford estava assustado.

– Onde você estava? – perguntou ele.

– Fazendo café para você – respondeu Arthur, ainda usando a mesma expressão serena. Há muito constatara que a única maneira de ficar junto de Ford sem problemas era manter um amplo estoque de expressões bastante serenas e usá-las o tempo todo ao lado dele.

– Você perdeu a melhor parte! – gritou Ford. – Você perdeu justo a parte em que eu ataquei o cara! Agora – concluiu ele –, eu vou ser obrigado a atacar novamente!

Ele se lançou temerariamente sobre uma cadeira e a quebrou.

– Da primeira vez, foi mais legal – disse ele, mal-humorado, fazendo um gesto vago na direção de outra cadeira quebrada, que ele tinha apoiado na mesa de jantar.

– Estou vendo – disse Arthur, lançando um olhar sereno para os destroços escorados – e, hã, para que servem todos esses cubos de gelo?

– O quê? – berrou Ford. – Como assim? Você perdeu essa parte também? Esse é o equipamento de animação suspensa! Coloquei o cara em animação suspensa. Eu tinha que fazer isso, não tinha?

– Imagino que sim – disse Arthur, com a sua voz serena.

– Não mexa nisso!!! – gritou Ford.

Arthur, que estava prestes a recolocar o telefone – que por alguma razão misteriosa estava sobre a mesa – no gancho, estacou, serenamente.

– Ok – disse Ford, se acalmando –, dá uma ouvida.

Arthur colocou o telefone no ouvido.

– É a hora certa – disse.

– Bipe, bipe, bipe – repetiu Ford –, exatamente o que está sendo ouvido em todos os compartimentos da nave do tal sujeito de que te falei, enquanto ele dorme, lá no gelo, circulando devagarzinho em volta de uma lua pouco conhecida de Sesefras Magna. A Hora Certa de Londres!

– Entendo – disse Arthur novamente, e decidiu que era a hora de fazer a grande pergunta.

– Por quê? – perguntou ele, serenamente.

– Se eu tiver sorte – disse Ford –, a conta telefônica vai levar aqueles desgraçados à falência.

Atirou-se no sofá, suando em bicas.

– De qualquer jeito – disse ele –, foi uma chegada dramática, não foi?

Capítulo 36

O disco voador no qual Ford Prefect viajou clandestinamente causou a maior comoção em todo o mundo.

Finalmente, não havia mais nenhuma dúvida ou possibilidade de erro, nenhuma alucinação nem misteriosos agentes da CIA flutuando em reservatórios.

Daquela vez, era real, era definitivo. Era total e definitivamente definitivo.

O disco voador desceu com um magnífico desdém por qualquer coisa que pudesse estar abaixo dele e esmagou uma extensa área de algumas das propriedades mais caras do mundo, incluindo uma boa parte da loja Harrods.

A coisa era enorme, com quase 2 quilômetros de extensão, prateada, esburacada, chamuscada e desfigurada com as cicatrizes de inúmeras batalhas espaciais violentas, lutadas com selvageria à luz de sóis desconhecidos para o homem.

Uma escotilha se abriu demolindo uma seção de gastronomia da Harrods, demoliu a Harvey Nichols e, com um rangido final de arquitetura torturada, derrubou o Sheraton Park Tower.

Após um longo e angustiante momento no qual se ouviram estrondos e resmungos de maquinaria destruída, de lá saiu, descendo pela rampa, um enorme robô prateado, com 30 metros de altura.

Ele fez um gesto, levantando a mão.

– Eu venho em paz – anunciou ele, acrescentando após um longo momento de esforço adicional –, levem-me ao seu lagarto.

Ford Prefect, é claro, tinha uma explicação para aquilo tudo, enquanto assistia com Arthur às repetidas reportagens frenéticas na televisão que, por sinal, não tinham nada a dizer, além de anunciar que a coisa tinha causado um prejuízo tal, avaliado em tantos bilhões de libras e que tinha matado aquele outro número completamente diferente de pessoas, e depois repetiam tudo de novo, porque o robô, desde então, estava prostrado, balançando levemente o corpo e emitindo pequenas mensagens de erro incompreensíveis.

– Ele vem de uma democracia muito antiga, sabe...

– Você está querendo dizer que ele vem de um mundo de lagartos?

– Não – respondeu Ford que, àquelas alturas, já estava um pouco mais racional e coerente do que antes, tendo finalmente sido forçado a tomar uma xícara de café –, nada tão trivial. Nada assim tipo isso tão compreensível. No mundo dele, as pessoas são pessoas. Os líderes é que são lagartos. As pessoas odeiam os lagartos e os lagartos governam as pessoas.

– Ué – comentou Arthur –, achei que você tinha dito que era uma democracia.

– Eu disse – afirmou Ford. – E é.

– Então – quis saber Arthur, torcendo para não soar ridiculamente estúpido –, por que as pessoas não se livram dos lagartos?

– Isso sinceramente nunca passou pela cabeça delas – disse Ford. – Como elas têm direito de voto, acabam supondo que o governo que elegeram é mais ou menos parecido com o governo que querem.

– Quer dizer que eles realmente votam nos lagartos?

– Ah, sim – disse Ford, dando de ombros –, é claro.

– Mas – perguntou Arthur, sem medo de ser feliz – por quê?

– Porque, se deixam de votar em um lagarto – explicou Ford –, o lagarto errado pode assumir o poder. Você tem gim?

– O quê?

– Eu perguntei – disse Ford, com um tom crescente de impaciência entranhando-se em sua voz – se você tem gim.

– Vou ver. Conte-me sobre os lagartos.

Ford deu de ombros novamente.

– Algumas pessoas dizem que os lagartos são a melhor coisa que já lhes aconteceu – explicou ele. – Elas estão completamente enganadas, é claro, completa e absolutamente enganadas, mas é preciso que alguém tenha a coragem de dizer isso.

– Mas isso é terrível – disse Arthur.

– Olha, meu camarada – disse Ford –, se eu ganhasse 1 dólar altairiano cada vez que ouvisse um fragmento do Universo olhando para o outro fragmento do Universo e dizendo "Isso é terrível", eu não estaria sentado aqui como um limão procurando por um gim. Mas não ganho e aqui estou. Enfim, por que você está assim todo sereno, com essa cara de babaca? Está apaixonado?

Arthur disse serenamente que estava, sim.

– Por alguém que sabe onde está a garrafa de gim? E eu vou conhecê-la?

Conheceu, porque Fenchurch entrou naquele exato momento com a pilha de jornais que foi comprar na cidade. Hesitou diante dos destroços na mesa e dos destroços de Betelgeuse alojados no sofá.

– Onde está o gim? – perguntou Ford a Fenchurch. E, virando-se para Arthur: – O que aconteceu com a Trillian, por sinal?

– Hum, essa é Fenchurch – disse Arthur, completamente sem graça. – Não rolou nada com a Trillian, você deve ter visto ela por último.

– Ah, é – disse Ford –, ela se mandou com Zaphod para algum lugar. Tiveram filhos ou algo no gênero. Ou ao menos – acrescentou – eu acho que eram filhos. Zaphod deu uma boa sossegada, sabe.

– Sério? – perguntou Arthur, ajudando Fenchurch com as compras.
– Sério – disse Ford. – Ao menos uma de suas cabeças agora está mais sã do que um avestruz que tenha tomado ácido.
– Arthur, quem é esse? – perguntou Fenchurch.
– Ford Prefect – respondeu ele. – Acho que já te falei dele por alto.

Capítulo 37

Durante três dias e três noites o gigantesco robô prateado prostrou-se profundamente perplexo sobre as ruínas de Knightsbridge, balançando-se levemente e tentando compreender um monte de coisas.

Delegações do governo foram examiná-lo e jornalistas alarmados surgiram aos borbotões, fazendo perguntas uns aos outros no ar, perguntando o que achavam daquilo. Alguns aviões militares tentaram um ataque patético, mas os lagartos não deram o ar de sua graça. O robô vasculhava o horizonte, vagarosamente.

À noite, ele parecia ainda mais espetacular, iluminado pelas equipes de TV que o filmavam continuamente enquanto ele continuamente não fazia nada.

Ele pensou e pensou e por fim chegou a uma conclusão.

Teria de enviar seus robôs de manutenção.

Devia ter pensado naquilo antes, mas estava preocupado com outras coisas.

Os minúsculos robôs voadores surgiram chiando pela escotilha em uma tarde, em uma terrível nuvem de metal. Rondaram pelas áreas vizinhas, atacando freneticamente algumas coisas e defendendo outras.

Um deles finalmente encontrou uma loja de animais onde havia alguns lagartos, mas, ao defender a loja de animais em nome da democracia, agiu com tamanha brutalidade que não sobrou pedra sobre pedra no lugar.

O momento crítico se deu quando uma divisão avançada de chiadores voadores descobriu o zoológico em Regent's Park e, mais especificamente, a jaula dos répteis.

Com um pouco mais de cuidado, devido aos erros cometidos anteriormente no pet shop, as furadeiras e serras tico-tico voadoras conseguiram libertar as maiores e mais rechonchudas iguanas, levando-as até o robô prateado gigante, que tentou iniciar negociações de alto nível com elas.

Finalmente o robô anunciou ao mundo que, apesar de uma troca rica, franca e generosa de pontos de vista, as negociações de alto nível haviam falhado, os lagartos foram aposentados e ele, o robô, ia sair de férias em algum lugar. Por algum motivo acabou escolhendo Bournemouth.

Ford Prefect, vendo isso na TV, balançou a cabeça, deu risadas e tomou outra cerveja.

Tomaram providências imediatas para a sua partida.

Os kits de ferramenta voadores guincharam e serraram e furaram e fritaram coisas com luz durante um dia e uma noite e, na manhã seguinte, para a surpresa geral, um gigantesco suporte móvel começou a se dirigir para o oeste, em diversas pistas simultaneamente, com o robô sobre ele, alojado no suporte.

Dirigiu-se para o oeste, em um estranho carnaval, cercado por seus servos, por helicópteros e vans da imprensa, rasgando seu caminho até Bournemouth, onde o robô se desvencilhou lentamente das amarras do sistema de transporte e foi se deitar durante dez dias na praia.

Essa foi, de longe, a coisa mais incrível jamais acontecida em Bournemouth.

Multidões reuniram-se diariamente ao longo de um perímetro que estava sendo vigiado e protegido como área de recreação do robô, tentando ver o que ele estava fazendo.

Ele não estava fazendo nada. Estava deitado na areia. Estava deitado na areia de bruços, um pouco desajeitado.

Foi o jornalista de um periódico local que, tarde da noite, conseguiu fazer o que ninguém no mundo havia conseguido até então, que era bater um papo breve e inteligível com um dos robôs que estava vigiando a área.

Foi um feito extraordinário.

– Acho que tem uma boa matéria aí – confidenciou o jornalista, passando um cigarro pela cerca de trama de aço –, mas eu preciso de uma perspectiva local. Fiz uma lista de perguntas – prosseguiu ele, vasculhando o bolso de dentro do casaco –, e você talvez pudesse fazer com que ele, aquilo, sei lá como vocês o chamam, talvez ele pudesse dar algumas respostas rápidas.

A pequena chave de catraca voadora disse que ia ver o que podia fazer a respeito e saiu, chiando.

Não houve nenhuma resposta.

No entanto, curiosamente, as perguntas no pedaço de papel batiam mais ou menos exatamente com as perguntas que estavam passando pelos maciços circuitos de padrão industrial da mente do robô. As perguntas eram:

"O que você acha de ser um robô?"

"Como você se sente, vindo do espaço sideral?" e

"Está gostando de Bournemouth?"

Na manhã seguinte, bem cedo, começaram a arrumar as coisas, e, dentro de alguns dias, estava claro que o robô se preparava para ir embora de vez.

– O que eu quero saber é: você consegue nos colocar dentro da nave? – perguntou Fenchurch para Ford.

Ford olhou com impaciência para o seu relógio.

– Tenho assuntos sérios e inacabados que preciso resolver – exclamou.

Capítulo 38

Multidões se aglomeraram o mais perto possível da gigantesca nave prateada, o que não era nada perto. No perímetro da nave havia uma cerca patrulhada pelos minúsculos robôs de manutenção. Postado em torno desse perímetro estava o exército, que não conseguira penetrar o perímetro de jeito nenhum, mas ia garantir que ninguém penetrasse seu perímetro. Por sua vez, estavam cercados por um cordão de isolamento da polícia, embora saber se estavam ali para proteger o público do exército ou o exército do público, ou para garantir a imunidade diplomática da nave gigante e evitar que recebesse multas de estacionamento irregular, isso era assunto completamente indefinido e sujeito a infindáveis discussões.

A cerca mais próxima da nave estava agora sendo desfeita. O exército movimentava-se, constrangido, sem saber como reagir diante do fato que a razão de estarem ali dava sinais de que iria levantar voo e desaparecer.

O robô gigante se arrastou para dentro por volta do meio-dia; já eram cinco horas da tarde e, até então, não houve nenhum sinal do robô. Diversos barulhos foram ouvidos – mais estrondos e resmungos vindos do interior da nave, a sinfonia de um milhão de defeitos pavorosos; mas a sensação de espera tensa na multidão nascia do fato de estarem tensamente esperando uma decepção. Aquela coisa maravilhosa e extraordinária surgira em suas vidas e, de repente, estava prestes a se mandar, deixando-os para trás.

Duas pessoas sentiam isso de forma particularmente intensa. Arthur e Fenchurch vasculhavam a multidão, ansiosos, sem conseguir avistar Ford Prefect ou qualquer sinal de que ele fosse aparecer por lá.

– Ele é confiável? – perguntou Fenchurch, com a voz desanimada.

– Confiável? – repetiu Arthur. Deu uma risada cínica. – O oceano é raso? O sol é gelado? – disse ele.

As últimas partes do suporte do robô estavam sendo carregadas para dentro da nave e os últimos componentes da cerca mais próxima estavam amontoados ao pé da rampa, esperando para subir.

Os soldados em volta da rampa se postaram com convicção, ordens foram berradas de um lado para o outro, rápidas reuniões foram realizadas, mas, claro, não havia nada a ser feito.

Sem esperanças e sem um plano definido, Arthur e Fenchurch abriram caminho em meio à multidão, mas, como toda a multidão também estava tentando abrir caminho pela multidão, não chegaram a lugar nenhum.

Alguns minutos depois não havia mais nada fora da nave, todos os componentes da cerca estavam a bordo. Alguns serrotes voadores e um nível de bolha aparentemente foram dar uma última olhada em volta, depois voltaram chiando para dentro da imensa escotilha.

Alguns segundos se passaram.

Os sons de desordem mecânica vindos do interior da nave mudaram de intensidade e, lentamente, pesadamente, a imensa rampa de aço começou a ser recolhida da seção de gastronomia da Harrods. O som que acompanhou esse preparativo de decolagem foi o som de milhares de pessoas tensas, inquietas e sendo completamente ignoradas.

– Parem tudo! – bradou um megafone de dentro de um táxi que parou cantando pneus bem próximo à multidão confusa. – Acabamos de conseguir – bradou o megafone – um importante desfalque científico! De...coberta. Isso, uma descoberta – corrigiu-se. A porta do táxi se abriu e um homenzinho vindo de algum lugar nos arredores de Betelgeuse pulou para fora, usando um jaleco branco. – Parem tudo! – gritou ele novamente e, então, sacudiu um bastão curto, grosso e preto, com luzes na ponta.

As luzes piscaram brevemente, a rampa parou de subir e, obedecendo aos sinais do Polegar (sinais estes que metade dos engenheiros eletrônicos da Galáxia está constantemente tentando descobrir novas maneiras para interceptar, enquanto a outra metade está constantemente buscando novas maneiras de interceptar os sinais de interceptação), começou a descer novamente, bem devagar.

Ford Prefect apanhou o seu megafone de dentro do táxi e começou a gritar para a multidão.

– Abram caminho – berrava ele –, abram caminho, por favor, essa é uma descoberta científica importantíssima. Você aí e você também, apanhem o equipamento dentro do táxi.

Absolutamente por acaso, ele apontou para Arthur e para Fenchurch, que lutaram para se desvencilhar da multidão e alcançaram o táxi o mais rápido possível.

– Muito bem, quero que vocês abram caminho, por favor, para alguns equipamentos científicos fundamentais – gritou Ford. – Por favor, fiquem calmos. Está tudo sob controle, não há nada para se ver aqui. Trata-se apenas de uma descoberta científica importante. Fiquem calmos. Equipamentos científicos importantes. Vamos abrindo caminho aí.

Ávida por emoções novas, encantada com aquela suspensão temporária e repentina da frustração, a multidão entusiasticamente recuou e começou a abrir caminho.

Arthur ficou um pouco surpreso ao ler o que estava impresso nas caixas dos equipamentos científicos importantíssimos que estavam no banco de trás do táxi.

– Coloque o seu casaco por cima das caixas – sussurrou para Fenchurch, enquanto as levantava e passava para ela. Rapidamente, tirou o grande carrinho de supermercado que também estava espremido no banco de trás. Ele bateu no chão fazendo barulho e, juntos, Arthur e Fenchurch colocaram as caixas lá dentro.

– Abram caminho, por favor – gritou Ford novamente. – Está tudo sob controle científico.

– Ele disse que você ia pagar a corrida – disse o motorista de táxi para Arthur, que desencavou algumas notas e entregou ao homem. Pôde ouvir o som distante de sirenes da polícia.

– Saiam da frente – gritou Ford – e ninguém vai se machucar aqui.

A multidão se movimentou, fechando-se novamente atrás deles, enquanto Arthur e Fenchurch empurravam e arrastavam o carrinho de supermercado freneticamente em meio aos entulhos até a rampa.

– Está tudo bem – Ford continuou a gritar. – Não há nada para se ver aqui, já acabou. Na verdade, nada disso está acontecendo.

– Abram o caminho, por favor – bradou um megafone da polícia, por trás da multidão. – Houve um desfalque, abram caminho.

– Descoberta – berrou Ford, contra-atacando. – Uma descoberta científica!

– Aqui é a polícia! Abram caminho!

– Equipamento científico! Abram caminho!

– Polícia! Precisamos passar!

– Walkmans de graça! – gritou Ford, puxando meia dúzia de aparelhos portáteis dos bolsos e jogando-os para a multidão. Os segundos de absoluta confusão que se seguiram permitiram que eles pudessem levar o carrinho até a rampa e o arrastarem para dentro.

– Segurem-se – sussurrou Ford, apertando um botão em seu Polegar Eletrônico. Debaixo dos três, a imensa rampa começou a vibrar e a subir, bem devagar.

– Ok, crianças – disse ele, conforme a multidão ensandecida ia ficando mais e mais distante e eles começavam a avançar, cambaleantes, da rampa inclinada para o interior da nave –, parece que estamos a caminho.

Capítulo 39

Arthur Dent estava de saco cheio de ser continuamente acordado com o som de tiros.

Cuidando para não acordar Fenchurch, que ainda conseguia dormir intermitentemente, deslizou pela escotilha de manutenção que haviam transformado em uma espécie de leito, desceu pela escada de acesso e vagou pelos corredores, mal-humorado.

Eles eram claustrofóbicos e mal iluminados. Os circuitos de luz emitiam um zumbido irritante.

Não era isso, porém.

Parou e apoiou-se contra a parede quando uma furadeira elétrica voadora passou por ele no corredor escuro com um desagradável chiado cortante, por vezes batendo contra as paredes como uma abelha confusa.

Também não era isso.

Passou por cima de uma antepara e foi dar em um corredor maior. De um dos lados do corredor vinha uma fumaça acre; então ele foi para o outro lado.

Chegou até um monitor de observação inserido na parede por trás de grossas lâminas de acrílico, que ainda assim estavam bastante arranhadas.

– Será que dá para desligar isso? – pediu a Ford Prefect, que estava agachado diante dele, em meio a uma pilha de equipamentos de vídeo que ele usurpara de uma vitrine em Tottenham Court Road, após ter arremessado um pequeno tijolo através do vidro, e também a uma quantidade indecente de latinhas de cerveja vazias.

– Psst! – sussurrou Ford, olhando com uma concentração maníaca para a tela. Estava assistindo a *Sete homens e um destino*.

– Só um pouquinho – insistiu Arthur.

– Não! – gritou Ford. – Estamos chegando na melhor parte! Escuta, eu finalmente consegui resolver tudo, as voltagens, conversões de linha, tudo, e essa é a melhor parte!

Com um suspiro e uma dor de cabeça, Arthur sentou-se ao lado dele e assistiu à melhor parte. Ouviu os brados, gritos e uivos de Ford o mais placidamente que pôde.

– Ford – disse ele, finalmente, quando o filme terminou e Ford estava caçando *Casablanca* em uma pilha de fitas –, como é possível...

– Esse é o melhor – disse Ford. – Esse é o filme que me fez voltar. Você sabia que nunca consegui vê-lo inteiro? Eu sempre perco o final. Eu revi pela metade na véspera do ataque dos vogons. Quando eles destruíram tudo, pensei que nunca mais fosse ver o final. Ei, o que aconteceu com aquela história toda, afinal?

– Coisas da vida – disse Arthur, e apanhou uma cerveja.

– Ah, isso de novo – disse Ford. – Imaginei que pudesse ser algo assim. Eu prefiro coisas assim – disse ele quando o Bar do Rick apareceu na tela. – Como é possível o quê?

– O quê?

– Você começou a dizer "como é possível...".

– Como é possível, se você detesta tanto a Terra, que você... ah, deixa pra lá, vamos assistir ao filme.

– Isso aí – concordou Ford.

Capítulo 40

Não há muito mais para contar.

Para além do que costumava ser conhecido como os Ilimitados Campos de Luz de Flanux, antes que os Feudos Confinantes Cinzentos de Saxaquine fossem descobertos pouco depois deles, encontram-se os Feudos Confinantes Cinzentos de Saxaquine. Nos Feudos Confinantes Cinzentos de Saxaquine encontra-se a estrela Zarss, em torno da qual orbita o planeta Preliumtarn, onde fica a terra de Sevorbeupstry, e foi à terra de Sevorbeupstry que Arthur e Fenchurch finalmente chegaram, um pouco cansados da viagem.

E em meio à terra de Sevorbeupstry chegaram à Grande Planície Vermelha de Rars, limitada ao sul pelas Montanhas de Quentulus Quazgar, no extremo das quais, de acordo com as últimas palavras de Prak, encontrariam em letras flamejantes de 10 metros de altura a Mensagem Final de Deus para Sua Criação.

Segundo Prak, se a memória de Arthur fosse correta, o lugar era vigiado pelo Lajéstico Vantraconcha de Lob e foi, de certa maneira, o que descobriram. O Lajéstico Vantraconcha de Lob era um homenzinho usando um chapéu esquisito que vendeu um ingresso para eles.

– Mantenham-se à esquerda, por favor – disse ele –, à esquerda – instruía o sujeito, passando por eles em uma motoneta.

Perceberam que não eram os primeiros a passar por ali, pois o caminho pela esquerda para a Grande Planície estava gasto e salpicado de barraquinhas. Em uma delas compraram uma caixa de chocolate que havia sido cozinhado em um forno numa caverna da montanha aquecida pelo fogo das letras que formavam a Mensagem Final de Deus para Sua Criação. Em outra barraquinha, compraram alguns cartões-postais. As letras haviam sido embaçadas com tinta em spray, "para não estragar a Grande Surpresa!", conforme dizia no verso do postal.

– A senhora sabe qual é a mensagem? – perguntaram a uma senhora franzina em uma das barracas.

– Ah, sim – respondeu ela, toda alegre –, sei sim!

Fez um gesto para que prosseguissem.

A cada 30 quilômetros, aproximadamente, havia uma pequena cabana de pedra com chuveiros e toaletes, mas a caminhada era penosa e o sol a pino torrava a Grande Planície Vermelha e a Grande Planície Vermelha ondulava no calor.

– Podemos alugar uma dessas motonetas? – perguntou Arthur em uma das barracas maiores. – Uma daquelas que o Lajéstico Vantrasei-lá-o-quê tinha.

– As motonetas não são para os devotos – respondeu a senhora que servia sorvetes.

– Tudo bem, está resolvido, não somos exatamente devotos. Apenas interessados – disse Fenchurch.

– Então vão ter que voltar agora – disse a senhora, severamente, e, quando eles contestaram, ela aproveitou para lhes vender bonés da Mensagem Final e uma fotografia dos dois abraçados na Grande Planície Vermelha de Rars.

Beberam refrigerantes à sombra da barraca e depois voltaram a se arrastar pelo sol.

– O nosso creme protetor está acabando – comentou Fenchurch alguns quilômetros depois. – Podemos seguir até a próxima barraca ou voltar para a última, que está mais perto, mas aí vamos ter que voltar tudo de novo.

Olharam para a frente e viram, lá longe, o minúsculo pontinho preto tremulando sob o sol; olharam para trás. Decidiram continuar andando.

Então descobriram que não só não eram os primeiros a fazer aquela jornada como não eram os únicos caminhando naquele exato momento.

Um pouco mais adiante deles, uma criatura atarracada e desajeitada se arrastava miseravelmente, avançando com penosa lentidão, meio mancando, meio rastejando.

Andava tão devagar que eles logo alcançaram a criatura e puderam ver que era feita de um metal gasto, marcado e retorcido.

Gemeu para eles quando se aproximaram, despencando no chão quente, seco e coberto de poeira.

– Tanto tempo – gemeu ele –, ai, tanto tempo. E tanta dor, mas tanta, e tempo de mais para lamentar essa dor. Se fosse apenas um ou outro, dava até para aguentar. Mas os dois juntos realmente acabam comigo. Ah, oi, você outra vez.

– Marvin? – disse Arthur bruscamente, agachando-se ao lado dele. – É você?

– Você continua imbatível quanto às perguntas superinteligentes, não? – gemeu ele.

– O que é isso? – perguntou Fenchurch num sussurro, alarmada e agachada atrás de Arthur, agarrando-se no seu braço.

– Um velho amigo meu – disse Arthur – Eu...

– Amigo! – resmungou o robô, tristemente. A palavra morreu em uma espécie de estalo e lascas de ferrugem saíram de sua boca. – Sinto muito, mas preciso de um tempinho para tentar lembrar o que essa palavra significa. Os meus bancos de memória já não são mais os mesmos, sabe, e qualquer palavra que caia em desuso por alguns poucos zilhões de anos tem que ser transferida para um banco de memória auxiliar. Ah, aqui está.

A cabeça danificada do robô estalou um pouco, como se estivesse pensando.

– Hum – disse ele –, que conceito peculiar.

Pensou mais um pouco.

– Não – disse ele, finalmente –, acho que nunca conheci um desses. Sinto muito, não posso ajudá-lo nisso.

Arranhou o joelho no chão, tentando se levantar apoiado nos cotovelos deformados.

– Existe alguma última tarefa que eu possa fazer por vocês? – perguntou ele, com uma voz trêmula e oca. – Um pedacinho de papel que talvez queiram que eu apanhe no chão para vocês? Ou talvez preferissem que eu – continuou ele – abrisse uma porta?

Girou a cabeça em seu pescoço enferrujado e lançou um olhar perscrutador para o horizonte distante.

– Não vejo nenhuma porta por aqui no momento – disse ele –, mas tenho certeza de que, se esperarmos o tempo necessário, alguém vai construir uma. E aí – disse ele, girando a sua cabeça lenta e penosamente para olhar Arthur mais uma vez – eu poderia abri-la para você. Já estou bastante acostumado a esperar, sabe.

– Arthur – sussurrou Fenchurch em seu ouvido, ríspida –, você nunca me falou sobre isso. O que você fez a essa pobre criatura?

– Nada – garantiu Arthur, tristemente –, ele é sempre assim...

– Ah! – interrompeu Marvin. – Ah! – repetiu ele. – O que você sabe sobre sempre? Você vem dizer "sempre" para mim, logo eu que, por causa dos servicinhos idiotas que vocês, formas de vida orgânicas, me obrigaram a fazer infindavelmente, estou agora 37 vezes mais velho do que o próprio Universo? Escolha as suas palavras com mais cuidado – tossiu ele – e com mais tato.

Teve um ataque de tosse estridente e depois prosseguiu.

– Deixem-me – disse ele –, continuem em seu caminho, deixem-me penar em meu próprio caminho. A minha hora finalmente está chegando. A minha corrida está terminando. Eu realmente espero – disse ele, acenando debilmente com um dedo quebrado para que prosseguissem – chegar por último. Seria bem apropriado. Aqui estou, com o cérebro do tamanho...

Arthur e Fenchurch o levantaram, apesar dos seus débeis protestos e insultos. O metal estava tão quente que por pouco não criou bolhas nos seus dedos, mas ele era surpreendentemente leve e ficou pendurado sem firmeza entre os braços dos dois.

Foram carregando Marvin pelo caminho da esquerda da Grande Planície Vermelha de Rars em direção às Montanhas de Quentulus Quazgar.

Arthur tentou se explicar com Fenchurch, mas era frequentemente interrompido pelos dolorosos desvarios cibernéticos de Marvin.

Tentaram ver se conseguiam comprar umas peças avulsas para ele em uma das barracas e um pouco de lubrificante, mas Marvin não queria nada.

– Eu não passo de partes avulsas – disse ele. – Me deixem em paz! – gemeu. – Cada parte do meu corpo – resmungou – foi substituída pelo menos umas cinquenta vezes... exceto...

Pareceu alegrar-se, quase imperceptivelmente, por um breve instante.

– Você se lembra da primeira vez que nos encontramos? – perguntou a Arthur. – Eu tinha recebido a tarefa mentalmente extenuante de conduzir vocês até a ponte. Eu cheguei a comentar com você que eu estava com uma dor horrível em todos os meus diodos do lado esquerdo? Que eu tinha pedido para eles serem substituídos, mas nunca foram?

Marvin fez uma longa pausa antes de continuar. Eles o carregavam nos ombros, andando sob o sol ardente que não parecia sequer se mover, muito menos se pôr.

– Será que você consegue adivinhar – continuou Marvin, quando achou que a pausa já havia sido constrangedora o bastante – quais partes do meu corpo nunca foram trocadas? Vamos lá, tente adivinhar. – Ai – gemeu ele. – Ai, ai, ai, ai, ai.

Finalmente alcançaram a última das pequenas barracas, repousaram Marvin entre eles e pararam para descansar à sombra. Fenchurch comprou umas abotoaduras para Russell, abotoaduras nas quais haviam incrustado pequenos cristais de rocha polidos, garimpados nas Montanhas de Quentulus Quazgar, diretamente debaixo das letras de fogo nas quais a Mensagem Final de Deus para Sua Criação estava escrita.

Arthur passou os olhos em alguns folhetos religiosos no balcão, algumas meditações sobre o significado da Mensagem.

– Está pronta? – perguntou a Fenchurch, que assentiu.

Suspenderam Marvin.

Contornaram o sopé da montanha e lá estava a Mensagem, escrita em letras flamejantes sobre o topo. Havia um pequeno mirante com um parapeito construído sobre uma enorme rocha logo em frente à montanha, de onde era possível ter uma visão mais nítida. Tinha, inclusive, um daqueles pequenos telescópios que funcionam com moedas para as pessoas enxergarem as letras detalhadamente, mas ninguém nunca tinha usado o aparelho porque as letras ardiam com o brilho divino dos céus e, se vistas através de um telescópio, causariam danos graves à retina e ao nervo ótico.

Contemplaram a Mensagem Final de Deus, maravilhados, e uma enorme sensação de paz os invadiu, lenta e inefável, uma sensação de compreensão total e definitiva.

Fenchurch suspirou.

– Era isso mesmo – disse ela.

Já estavam olhando havia dez minutos quando finalmente perceberam que Marvin, pendurado entre eles, estava tendo dificuldades. O robô, que não conseguia mais levantar a cabeça, não tinha lido a mensagem. Suspenderam sua cabeça, mas ele reclamou que os seus circuitos de visão já estavam quase inoperantes.

Arrumaram uma moeda e o ajudaram a olhar pelo telescópio. Marvin reclamou e xingou os dois, mas eles o ajudaram a ler, letra por letra. A primeira letra era "n", a segunda "o" e a terceira um "s". Havia um espaço. Então, vinha um "d", depois um "e", um "s".

Marvin parou para descansar.

Um pouco depois, eles continuaram e ele pôde ver um "c", um "u", um "l", seguido de um "p", um "a", um "m", um "o" e um "s".

A próxima palavra era "pelo". A última era grande, então Marvin precisou descansar novamente antes de encará-la.

Começava com um "i", depois um "n" e um "c". Então vinha um "o", outro "n", seguido por um "v", um "e", mais um "n" e um "i".

Após uma última pausa, Marvin reuniu as suas forças para o trechinho final.

Leu um "e", um "n", um "t" e, no último "e", deixou-se cair sobre os braços de Arthur e Fenchurch.

– Eu acho – murmurou finalmente, lá do fundo do seu peito corroído e barulhento – que me sinto bem com isso.

As luzes apagaram-se em seus olhos, pela última vez, para sempre.

Felizmente havia um quiosque ali perto, onde era possível alugar motonetas com sujeitos de asas verdes.

Epílogo

Um dos maiores benfeitores de todas as formas de vida foi um homem que não conseguia se concentrar em qualquer trabalho que estivesse fazendo.
Foi brilhante?
Certamente.
Foi um dos maiores engenheiros genéticos de sua geração ou de qualquer outra, inclusive várias que ele mesmo projetou?
Sem dúvida.
O problema é que se interessava muito por coisas pelas quais não deveria se interessar ou, pelo menos, como costumavam dizer para ele, não naquele momento.
Ele também possuía, em grande parte por causa disso, um pavio muito curto.
Então, quando o seu mundo se viu ameaçado por invasores terríveis de uma estrela distante, que ainda estavam muito longe mas viajavam bem rápido, ele, Blart Versenwald III (o nome dele era Blart Versenwald III, o que não é estritamente relevante, mas bem interessante porque – deixa pra lá, o nome do cara era esse e podemos explicar por que era interessante depois), foi conduzido a um lugar onde pudesse ficar completamente isolado, protegido pelos mestres de sua raça, com instruções para criar uma linhagem de superguerreiros fanáticos, prontos para resistir e para derrotar os temidos invasores. Ele tinha que criá-los o mais rápido possível e disseram-lhe: "Concentre-se!"
Então ele se sentou próximo a uma janela e contemplou um jardim em pleno verão e projetou, projetou e projetou, mas, inevitavelmente, distraiu-se um pouco com outras coisas e, quando os invasores já estavam praticamente em órbita em torno deles, inventou uma nova raça de supermoscas que podiam descobrir, por conta própria, como voar pela metade aberta de uma janela entreaberta e também um interruptor para desligar crianças. As comemorações dessas incríveis descobertas pareciam fadadas a durar muito pouco, porque o desastre era iminente – as naves espaciais já estavam pousando. Mas, para a surpresa de todos, os temíveis invasores, que, como a maioria das raças beligerantes, só estavam comprando briga com os outros porque não sabiam lidar com seus problemas domésticos, ficaram tão impressionados com as invenções extraordinárias de Versenwald que decidiram participar das comemorações e foram imediatamente persuadidos a assinar uma série de acordos comerciais abrangentes

e a instituírem um programa de intercâmbio cultural. E, em uma surpreendente inversão da prática tradicional na conduta desses assuntos, todos os envolvidos viveram felizes para sempre.

Havia um motivo para contar essa história, mas, temporariamente, fugiu da mente do autor.

PRATICAMENTE INOFENSIVA

VOLUME 5
da trilogia de cinco

Prólogo

Tudo o que acontece, acontece.

*Tudo o que, ao acontecer,
faz com que outra coisa aconteça,
faz com que outra coisa aconteça.*

*Tudo o que, ao acontecer, faz com que ela mesma
aconteça de novo, acontece de novo.*

*Isso, contudo, não acontece necessariamente
em ordem cronológica.*

Capítulo 1

A história da Galáxia ficou meio confusa por vários motivos: em parte porque aqueles que tentavam acompanhá-la ficaram meio confusos, mas também porque coisas incrivelmente confusas aconteceram de fato.

Um dos problemas tem a ver com a velocidade da luz e com as dificuldades encontradas em tentar ultrapassá-la. Não dá. Nada viaja mais rápido do que a velocidade da luz, com exceção talvez das más notícias, que obedecem a leis próprias e especiais. Os Hingefreel de Arkintoofle Menor bem que tentaram construir naves espaciais movidas a más notícias, mas elas não funcionavam particularmente bem e, como eram extremamente mal recebidas sempre que chegavam a algum lugar, não fazia o menor sentido estar lá.

Então, de modo geral, as pessoas da Galáxia acabavam ficando entretidas com suas próprias confusões locais e a história da Galáxia em si foi, por um bom tempo, basicamente cosmológica.

O que não quer dizer que as pessoas não estivessem se esforçando. Tentaram enviar frotas de naves espaciais para lutar ou para fazer negócios em lugares distantes, mas elas geralmente levavam milhares de anos para chegar lá. Quando finalmente chegavam, já haviam sido descobertas outras formas de viagem usando o hiperespaço para superar o problema da velocidade da luz. Então, qualquer batalha para as quais essas frotas mais-lentas-que-a-luz tivessem sido enviadas já teria sido resolvida séculos antes de elas chegarem.

Isso não impedia, é claro, que as tripulações quisessem lutar assim mesmo. Estavam treinados, preparados, tinham cochilado durante alguns séculos, vieram de muito longe para fazer um trabalho árduo e, por Zarquon, iriam fazê-lo de qualquer maneira.

Foi então que ocorreram algumas das primeiras grandes confusões da História Galáctica, com batalhas ressurgindo continuamente séculos depois de as questões que as motivaram supostamente já terem sido resolvidas. Essas confusões, contudo, não eram nada se comparadas às que os historiadores precisavam destrinchar depois que a viagem no tempo foi descoberta e as batalhas começaram a pré-surgir centenas de anos antes que as questões envolvidas sequer fossem conhecidas. Quando o Gerador de Improbabilidade Infinita foi criado e planetas inteiros começaram a virar pudim inesperadamente, a renomada faculdade de história da Universidade de Maximegalon finalmente decretou seu próprio fechamento e cedeu seus prédios para a próspera faculdade de Divindade e Polo Aquático, que estava de olho neles há anos.

Isso não tem nada de mais, é claro, mas provavelmente significa que ninguém jamais saberá com certeza de onde os grebulons vieram, por exemplo, ou exatamente o que queriam. E isso é uma pena porque, se alguém soubesse alguma coisa sobre eles, talvez uma horrível catástrofe pudesse ser evitada – ou, pelo menos, teria que encontrar outra maneira para acontecer.

CLICK, HUM.

A gigantesca e cinzenta nave de reconhecimento grebulon movia-se em silêncio pelo vácuo negro. Viajava a uma velocidade espantosa, de tirar o fôlego, mas, ainda assim, recortada sobre o fundo cintilante de um bilhão de estrelas longínquas, parecia não estar se movendo. Era apenas um grão escuro congelado em meio aos infinitos grãos de brilho noturno.

A bordo da nave tudo permanecia exatamente igual há milênios: extremamente escuro e silencioso.

Click, hum.
Bem, quase tudo.
Click, click, hum.
Click, hum, click, hum, click, hum.
Click, click, click, click, click, hum.
Hmmm.

Um programa de supervisão de baixo nível acordou um programa de supervisão de nível um pouquinho mais alto lá dentro do semissonolento cibercérebro da nave e relatou que toda vez que fazia *click* a resposta era apenas *hum*.

O programa de supervisão de nível mais alto perguntou qual deveria ser a resposta, e o programa de supervisão de baixo nível disse que não se lembrava exatamente, mas achava que deveria ser algo como um suspiro de satisfação distante, não? Ele não tinha ideia do que era aquele *hum*. Click, hum, click, hum. Era só o que recebia.

O programa de supervisão de nível mais alto analisou a situação e não ficou nem um pouco satisfeito. Perguntou ao programa de supervisão de baixo nível o que exatamente ele estava supervisionando, mas o programa de supervisão de baixo nível também não conseguia se lembrar o que era. Sabia apenas que algo deveria fazer click e depois soltar um suspiro de satisfação a cada dez anos ou algo assim, o que em geral acontecia sem problemas. Tinha tentado consultar sua tabela de erros, mas não conseguiu encontrá-la, e por isso decidiu comunicar o problema ao programa de supervisão de nível mais alto.

O programa de supervisão de nível mais alto foi consultar uma de suas próprias tabelas de códigos para tentar descobrir o que o programa de supervisão de baixo nível deveria supervisionar.

Não conseguiu encontrar sua tabela de códigos.

Estranho.

Procurou novamente. Recebia apenas uma mensagem de erro. Tentou encontrar aquela mensagem em sua tabela de mensagens de erros, mas não conseguiu achá-la também. Aguardou alguns nanossegundos e repetiu a coisa toda. Então resolveu acordar o supervisor de função setorial.

O supervisor de função setorial encontrou problemas logo de cara. Acionou o seu agente supervisor, que também encontrou problemas. Em alguns milionésimos de segundo, circuitos virtuais que passaram anos, ou mesmo séculos, adormecidos estavam cintilando de volta à vida por toda a nave. Alguma coisa, em algum lugar, tinha dado terrivelmente errado, mas nenhum dos programas de supervisão conseguia detectar o que era. Em todos os níveis, instruções vitais haviam desaparecido e as instruções sobre o que fazer caso as instruções vitais estivessem desaparecidas também estavam desaparecidas.

Pequenos módulos de software – agentes – corriam pelos circuitos lógicos, agrupando, consultando, reagrupando. Rapidamente concluíram que a memória da nave, até o módulo central de missão, estava em frangalhos. Todas as perguntas do universo não seriam suficientes para determinar o que havia acontecido. Até mesmo o módulo central de missão parecia estar avariado.

O que, na verdade, tornou o problema bem simples de se resolver. Bastava substituir o módulo central de missão. Havia uma cópia de reserva, uma réplica exata do original. Era preciso substituí-lo fisicamente porque, por motivos de segurança, não havia nenhuma conexão entre o original e sua cópia. Uma vez substituído, o módulo central poderia supervisionar a reconstrução do resto do sistema minuciosamente e tudo ficaria bem.

Os robôs foram instruídos a apanhar o backup do módulo central de missão no cofre blindado, onde ficava armazenado, e levá-lo para a câmara de lógica da nave, onde seria instalado.

Isso acarretou uma longa troca de códigos de emergência e protocolos enquanto os robôs questionavam a autenticidade das instruções dos agentes. Por fim, os robôs se convenceram de que todos os procedimentos estavam corretos. Tiraram a cópia reserva do módulo central de missão de seu invólucro, a retiraram da câmara de armazenamento, caíram para fora da nave e saíram rodopiando pelo vazio.

Esse fato forneceu a primeira boa pista sobre o que estava errado.

Investigações adicionais logo determinaram o que havia acontecido. Um meteorito abriu um rombo gigantesco na nave. A nave não detectou isso antes porque o meteorito atingiu justamente o equipamento que deveria detectar se a nave havia sido atingida por um meteorito.

A PRIMEIRA COISA A FAZER era tentar tapar o buraco. Perceberam que seria impossível, porque os sensores da nave não conseguiam ver que havia um buraco e os supervisores que deveriam alertar que os sensores não estavam funcionando direito também não estavam funcionando direito e insistiam que os sensores estavam bem. A nave só conseguia deduzir a existência do rombo porque os robôs haviam inegavelmente caído nele, levando junto o seu cérebro sobressalente – o mesmo que teria permitido que ela notasse o rombo.

A nave se esforçou para pensar de maneira coerente sobre o assunto, falhou e depois apagou completamente por instantes. Não chegou a perceber que tinha apagado, é claro, porque estava apagada. Ficou apenas surpresa ao ver as estrelas pularem. Depois da terceira vez que as estrelas pularam, a nave finalmente percebeu que devia estar apagando e que era hora de tomar decisões importantes.

Relaxou.

Percebeu então que ainda não havia tomado as decisões importantes e entrou em pânico. Apagou novamente. Quando voltou a si, vedou todos os compartimentos que ficavam em volta de onde o buraco impossível de visualizar deveria estar.

Obviamente ainda não havia alcançado o seu destino, pensou ela, inquieta, mas, como já não tinha a menor ideia de qual era o seu destino ou de como chegaria lá, não fazia mais sentido continuar. Consultou cada mínimo fragmento de instrução que havia conseguido recuperar a partir do módulo central de missão avariado.

– Sua !!!!! !!!!! !!!!! missão de !!!!! anos é !!!!! !!!!!, !!!!!, !!!!! !!!!! !!!!! !!!!!, aterrissar !!!!! !!!!! !!!!! distância segura !!!!! !!!!! monitorá-lo. !!!!! !!!!! !!!!!...

O resto era lixo puro.

Antes de apagar de vez, a nave deveria transmitir aquelas instruções, do jeito que estavam, para os seus sistemas auxiliares mais primitivos.

Precisava também reanimar toda a tripulação.

Havia outro problema. Enquanto a tripulação estava hibernando, as mentes de todos os seus membros, suas memórias, suas identidades e sua noção do que estavam fazendo ali haviam sido transferidas para o módulo central de missão da nave para mantê-los em segurança. Dessa forma, porém, os membros da tripulação não fariam mais a menor ideia de quem eram ou do que estavam fazendo ali. Paciência.

Antes de apagar de vez, a nave percebeu que os seus motores também estavam começando a pifar.

A nave e a sua reanimada e confusa tripulação foram se arrastando sob o controle de seus sistemas auxiliares automáticos, que se preocuparam simplesmente em aterrissar no primeiro lugar que fosse possível e monitorar qualquer coisa que encontrassem para monitorar.

No que diz respeito ao local para aterrissar, não se saíram lá muito bem. O planeta encontrado era desoladoramente gelado e deserto, tão dolorosamente distante do sol que deveria aquecê-lo que precisaram de toda a maquinaria de Formatrônica Ambiental e dos Sistemas Suportrônicos de Vida que traziam consigo para torná-lo – ou parte dele, ao menos – habitável. Havia planetas melhores ali por perto, mas o Estrategiotron da nave estava obviamente no módulo Furtivo e escolheu o planeta mais distante e discreto. A única pessoa que poderia contestar sua escolha era o Comandante-Chefe de Estratégia. Como todo mundo na nave havia perdido a memória, ninguém sabia quem era o Comandante-Chefe de Estratégia e, mesmo que pudessem identificá-lo, como é que ele iria discutir com o Estrategiotron da nave?

No que diz respeito a algo para monitorar, contudo, acertaram em cheio.

Capítulo 2

Uma das coisas mais extraordinárias da vida é o tipo de lugares nos quais ela está preparada para sobreviver. Seja nos mares inebriantes de Santragino V, com peixes que parecem não dar a mínima para onde estejam nadando, nas tempestades de fogo em Frastra, onde, segundo dizem, a vida começa aos 40.000 graus, ou simplesmente entocada no intestino grosso de um rato pela mais pura diversão, a vida encontra uma maneira de ir levando as coisas em qualquer lugar.

Ela suporta viver até mesmo em Nova York, embora seja difícil entender o porquê. No inverno a temperatura cai para muito abaixo do limite legal, ou pelo menos cairia, se alguém tivesse o bom senso de estipular um limite legal. A última vez que fizeram uma pesquisa sobre as cem características mais marcantes dos nova-iorquinos, o bom senso foi parar em septuagésimo nono lugar.

No verão é quente pra burro. Uma coisa é ser uma dessas formas de vida que florescem no calor e achar, como os frastranos, que uma temperatura entre 40.000 e 40.004 graus é muito agradável. Outra coisa completamente diferente é ser um animal que precisa se enrolar nas peles de diversos outros animais quando seu planeta está em um ponto da órbita para descobrir, meia órbita mais à frente, que sua própria pele está fervendo.

Há um enorme exagero quanto à primavera. Muitos habitantes de Nova York se vangloriam orgulhosamente dos prazeres da primavera, mas, se entendessem o mínimo que fosse dos tais prazeres da primavera, saberiam que existem 5.983 lugares melhores do que Nova York para desfrutá-la – e isso sem sair da mesma latitude.

Mas o pior mesmo é o outono. Poucas coisas são piores do que o outono em Nova York. Alguns dos seres que vivem no intestino grosso dos ratos talvez discordem, mas a maioria das coisas que vivem nos intestinos grossos de ratos são bastante desagradáveis – então podemos e iremos ignorar sua opinião. Durante o outono, Nova York cheira como se alguém tivesse fritado cabras por lá e, se você estiver realmente precisando respirar, a melhor solução é abrir uma janela e enfiar a cara em um prédio.

Tricia McMillan adorava Nova York. Vivia repetindo isso para si mesma. O Upper West Side. Midtown. Boas lojas. O SoHo. O East Village. Roupas. Livros. Sushi. Comida italiana. Delicatessens. Isso aí.

Filmes. Isso aí também. Tricia acabara de ver um filme de Woody Allen sobre a angústia de ser neurótico em Nova York. Como ele já tinha feito um ou dois filmes explorando o mesmo tema, Tricia se perguntou se ele já tinha pensado em se mudar dali, mas ficou sabendo que ele abominava essa ideia. Então: mais filmes, adivinhou ela.

Tricia adorava Nova York porque adorar Nova York era uma boa estratégia para a sua carreira. Boa em termos de lojas, de restaurantes, não tão boa em termos de táxis e qualidade das calçadas, mas definitivamente uma das maiores e melhores estratégias para a sua carreira. Tricia era âncora de TV e a maior parte das TVs do mundo está ancorada em Nova York. Até então Tricia só havia sido âncora na Inglaterra: reportagem local, depois jornal da manhã e daí jornal da tarde. Se o idioma permitisse, poderia se dizer que era uma âncora em rápida ascensão, mas... bolas, aquilo era TV, então qual o problema? Ela era uma âncora em rápida ascensão. Tinha tudo o que precisava ter: um cabelo sensacional, uma compreensão profunda de uso estratégico de brilhos labiais, inteligência suficiente para entender o mundo e uma pequena e secreta apatia interior que fazia com que ela se lixasse. Todo mundo tem uma grande oportunidade na vida. Se você por acaso perde a única que realmente interessa, todo o resto se torna assustadoramente fácil.

Tricia perdera apenas uma oportunidade na vida. Naqueles tempos já nem estremecia mais quando se lembrava dela. Achava que tinha a ver com a parte que tinha ficado apática.

A NBS precisava de uma nova âncora. Mo Minetti estava deixando o programa matinal *Bom Dia Estados Unidos* para ter um bebê. Haviam lhe oferecido uma quantia absurda para que o parto fosse transmitido ao vivo, mas ela surpreendentemente recusou a proposta, alegando zelar pela sua privacidade e bom gosto. Equipes de advogados da NBS vasculharam minuciosamente o seu contrato para verificar se aquelas eram alegações legítimas, mas, no fim das contas, tiveram que deixá-la ir embora, não sem certa relutância. Aquilo era particularmente odioso para eles, porque em geral "deixar alguém partir com certa relutância" não passava de um eufemismo educado para demiti-lo.

Começou a circular o boato de que talvez, apenas talvez, estivessem procurando um sotaque britânico. O cabelo, a cor da pele e a prótese dentária seriam de acordo com os padrões das emissoras americanas, mas havia muitos sotaques britânicos nos Estados Unidos agradecendo às suas mães na cerimônia do Oscar, sotaques britânicos cantando na Broadway e um público considerável acompanhando sotaques britânicos com perucas no Masterpiece Theatre. Sotaques britânicos contavam piadas no programa do David Letterman e no Jay Leno. Ninguém entendia as piadas, mas estavam gostando do sotaque, então talvez, apenas talvez, fosse a hora certa de inserir um sotaque britânico no *Bom Dia Estados Unidos*. E daí?

Era por isso que Tricia estava lá. Era por isso que adorar Nova York era uma boa estratégia para sua carreira.

Esse não era, é claro, o motivo oficial. A sua emissora de TV no Reino Unido jamais teria bancado a passagem de avião e a conta do hotel para ela sair caçando emprego em Manhattan. Como ela estava procurando algo que pagasse umas dez vezes o seu salário atual, poderiam ter pensado que ela teria condições de se manter por conta própria. Então, arrumou uma história, arrumou um pretexto, ficou bem quieta quanto às suas pretensões e eles bancaram a viagem. Bilhete executivo, é claro, mas seu rosto já era conhecido e ela conseguiu um upgrade com alguns sorrisos. Com jeitinho, descolou um bom quarto no Hotel Brentwood e lá estava ela, esquematizando o seu próximo passo.

Conhecer gente era uma coisa; fazer contatos era outra completamente diferente. Tinha alguns nomes, alguns telefones, mas tudo o que conseguira até o momento era ficar aguardando na linha por um tempo indeterminado algumas vezes. Estava de volta à estaca zero. Sondou aqui e ali, deixou alguns recados, mas, até o momento, ninguém havia retornado as suas ligações. O trabalho que ela disse que fora fazer tinha terminado em uma manhã; o trabalho dos seus sonhos brilhava hipnoticamente em um horizonte inalcançável.

Merda.

Pegou um táxi do cinema de volta para o Brentwood. O táxi não pôde deixá-la mais perto da calçada porque uma limusine gigantesca estava ocupando todo o espaço livre, de modo que ela teve de se espremer para ultrapassá-la. Saiu do ar fétido, com cheiro de cabra frita, e adentrou no abençoado frescor do lobby. O delicado algodão de sua blusa estava grudado como fuligem no seu corpo. O seu cabelo parecia algodão-doce comprado em uma feirinha. Perguntou na recepção se tinha algum recado, desanimada. Havia um.

Humm...

Bom.

Tinha funcionado. Ela foi ao cinema especificamente para fazer com que o telefone tocasse. Não aguentava ficar sentada em um quarto de hotel esperando.

Hesitou. Será que devia abrir o recado ali mesmo? Suas roupas estavam grudentas e ela queria se livrar delas e ficar deitada na cama. Deixara o ar-condicionado ligado na temperatura mais baixa possível e com a maior ventilação possível. O que mais desejava no mundo naquele momento era ficar arrepiada de frio. Depois, um banho bem quente, seguido de um banho bem frio e depois ficar deitada só de toalha na cama, deixando o corpo secar no ar-condicionado. Então leria o recado. Talvez mais arrepios. Talvez todo tipo de coisa.

Não. O que mais desejava no mundo era um emprego em uma rede de TV americana que pagasse dez vezes o seu salário atual. Mais do que qualquer outra coisa no mundo. No mundo inteiro. O que ela desejava mais do que qualquer outra coisa não existia mais.

Sentou-se em uma poltrona no lobby, sob uma palmeira kentia, e abriu o pequeno envelope com uma abertura em papel celofane.

"Favor entrar em contato" – estava escrito. "Triste" – e um número de telefone. O nome da pessoa era Gail Andrews.

Gail Andrews.

Não era um nome pelo qual estivesse esperando. Foi pega de surpresa. Conseguia reconhecê-lo, mas não sabia o porquê. Seria a secretária de Andy Martin? A assistente de Hilary Bass? Martin e Bass eram os contatos mais importantes que fizera, ou tentara fazer, na NBS. E o que significava aquele "Triste"?

"Triste?"

Estava completamente passada. Seria Woody Allen tentando contatá-la usando um pseudônimo? O código de área era 212. Alguém de Nova York. Que estava triste. Bom, aquilo reduzia um pouco as possibilidades, não?

Voltou até a recepção.

– A mensagem que o senhor me entregou está um pouco estranha – disse ela. – Alguém que não conheço tentou me ligar e disse que estava triste.

O recepcionista olhou para o recado e franziu a testa.

– A senhora conhece essa pessoa? – perguntou ele.

– Não – respondeu Tricia.

– Hum – disse o recepcionista. – Parece que ela não está feliz com alguma coisa.

– Pois é – concordou Tricia.

– Parece que deixou o nome aqui – disse ele. – Gail Andrews. A senhora conhece alguém com esse nome?

– Não – disse ela.

– Você sabe por que ela não está feliz?

– Não – respondeu Tricia.

– Já tentou ligar para este telefone? Tem um número aqui.

– Não – repetiu Tricia. – O senhor acabou de me dar esse recado. Estou tentando levantar mais informações antes de retornar a ligação. Seria possível falar com a pessoa que anotou o recado?

– Humm – fez o recepcionista, analisando cuidadosamente o recado. – Acho que não temos nenhuma Gail Andrews trabalhando aqui, não.

– Sim, eu sei disso – disse Tricia. – Eu só...

– Eu sou Gail Andrews.

A voz veio por trás de Tricia. Ela se virou.

– Como?

– Eu sou Gail Andrews. Você me entrevistou hoje cedo.

– Ah. Ah, meu Deus, é verdade – disse Tricia, um pouco envergonhada.

– Deixei um recado para você há algumas horas. Como não tive nenhuma resposta, resolvi vir até aqui. Não queria que nos desencontrássemos.

– Ah, sim. Claro – disse Tricia, esforçando-se para entender logo o que estava acontecendo.

– Estou um pouco confuso com isso – disse o recepcionista, para quem entender logo não era importante. – Você deseja que eu ligue para este número agora?

– Não, tudo bem, obrigada – disse Tricia. – Eu posso resolver isso sozinha.

– Posso ligar para esse quarto aqui para você, se for ajudar – disse o recepcionista, olhando para o recado novamente.

– Não, não vai ser necessário, obrigada – assegurou Tricia. – Esse número é do meu próprio quarto. O recado era para mim. Acho que já resolvemos isso, não?

– Tenha um bom dia, então – disse o recepcionista.

Tricia não estava particularmente interessada em ter um bom dia. Estava ocupada demais para isso.

Também não queria conversar com Gail Andrews. Tinha limites bem definidos quanto a bater papo com os "cristãos". Seus colegas chamavam de cristãos as pessoas que ela entrevistava e costumavam se benzer quando os viam entrando inocentemente no estúdio para encarar Tricia, especialmente quando ela estava sorrindo calorosamente e mostrando os dentes.

Virou-se e deu um sorriso glacial, tentando definir o que ia fazer.

Gail Andrews era uma quarentona bem cuidada. As suas roupas estavam dentro dos limites de um bom gosto caro, mas definitivamente amontoadas na parte mais extravagante dos limites. Ela era astróloga – famosa e, se os boatos eram de fato verdadeiros, influente, já tendo supostamente influenciado diversas decisões do falecido presidente Hudson, desde o sabor de cobertura que ele deveria colocar em suas sobremesas em cada dia da semana até a sua decisão de bombardear ou não Damasco.

Tricia realmente havia pegado pesado com ela. Não sobre a veracidade das histórias sobre o presidente, aquilo já estava mais do que batido. Na época, Gail Andrews negara enfaticamente ter aconselhado o presidente Hudson em qualquer assunto além de questões pessoais, espirituais e dietéticas, o que, aparentemente, não tinha nada a ver com bombardear Damasco. ("NADA PESSOAL, DAMASCO!", alardearam os jornais na época.)

Não, aquilo era peixe pequeno perto das perguntas que Tricia preparara sobre a questão da astrologia em si. A Sra. Andrews não estava exatamente preparada para aquilo. Tricia, por outro lado, não estava exatamente preparada para um segundo round no lobby do hotel. O que fazer?

– Posso esperá-la no bar, se precisar de um tempinho – sugeriu Gail Andrews.

– Mas gostaria de conversar com você e estou indo embora hoje à noite.

Ela parecia um pouco aflita, mais do que magoada ou irada.

– Ok – respondeu Tricia. – Me dá uns dez minutinhos.

Subiu para o quarto. Antes de mais nada, confiava tão pouco na capacidade do sujeito da recepção para lidar com uma coisa tão complicada como um recado que precisava se certificar se havia algum outro debaixo da porta. Não seria a primeira vez em que os recados da recepção e os debaixo da porta discordariam completamente um do outro.

Não havia nada.

Mas uma luz no telefone estava piscando.

Ela apertou o botão de recados e foi transferida para a operadora do hotel.

– Você tem uma mensagem de Gary Andress – disse ela.

– Pois não – disse Tricia. Um nome desconhecido. – Qual é?

– Traste – disse ela.

– Como é que é? – perguntou Tricia.

– Traste. É o que está escrito aqui. O sujeito diz que é um traste. Acho que queria que você soubesse disso. Quer que eu passe o telefone?

Assim que a telefonista começou a ditar o número, Tricia percebeu subitamente que aquela era apenas uma versão deturpada do recado anterior.

– Está bem, está bem – disse ela. – Mais algum recado pra mim?

– Qual o número do quarto?

Tricia não conseguia compreender por que a operadora decidira perguntar o número do quarto àquela altura da conversa, mas respondeu assim mesmo.

– Qual o seu nome?

– McMillan, Tricia McMillan – soletrou, pacientemente.

– Não é o Sr. MacManus?

– Não.

– Acabaram seus recados. – Click.

Tricia suspirou e discou novamente. Dessa vez, disse o número do quarto e o seu nome novamente, de cara. A operadora não demonstrou o menor indício de lembrar que haviam acabado de se falar havia dez segundos.

– Estarei no bar – explicou Tricia. – No bar. Se aparecer alguma ligação para mim, a senhora pode pedir, por gentileza, que transfiram para o bar?

– Qual o seu nome?

Repetiram tudo novamente, até Tricia ter certeza absoluta de que tudo que eventualmente poderia ser esclarecido havia sido tão esclarecido quanto possivelmente pudesse ser.

Tomou uma ducha, colocou roupas limpas e retocou a maquiagem com a rapidez de uma profissional. Suspirou ao olhar para a sua cama e saiu do quarto.

Chegou a pensar em sair de fininho e se esconder.

Não. Que nada.

Olhou-se no espelho do hall enquanto esperava o elevador. Parecia tranquila e no comando da situação; se conseguia enganar a si mesma, conseguia enganar qualquer um.

Bastava ser dura com Gail Andrews. Tudo bem, pegara pesado com ela. Sentia muito, mas era parte do jogo – essas coisas. Gail concordara em dar a entrevista porque estava prestes a lançar um livro novo, e exposição na TV era publicidade gratuita. Mas tudo na vida tem um preço. Não, ia cortar aquela parte.

O que tinha acontecido era o seguinte:

Na semana anterior, astrônomos anunciaram que haviam finalmente descoberto um décimo planeta, bem longe, além da órbita de Plutão. Há anos procuravam por ele, guiados por determinadas anomalias orbitais nos planetas mais externos e, agora que haviam encontrado, estavam incrivelmente felizes e todos estavam incrivelmente contentes por eles etc. e tal. O planeta foi batizado de Perséfone, mas rapidamente ganhou o apelido de Rupert, por causa do papagaio de um dos astrônomos – havia uma bela história tediosamente sentimental por trás disso tudo –, e aquilo era lindo e maravilhoso.

Tricia acompanhara os acontecimentos com muito interesse, por vários motivos.

Então, quando estava procurando uma boa desculpa para viajar para Nova York às custas de sua emissora, um press release sobre o novo livro de Gail Andrews, *Você e os seus planetas,* chamou sua atenção.

Gail Andrews não era muito conhecida na Inglaterra, mas bastava mencionar o presidente Hudson, cobertura para doce e a amputação de Damasco (o mundo havia evoluído desde os ataques com precisão cirúrgica – o termo oficial havia sido "Damascotomia", significando a "remoção" de Damasco), que todo mundo sabia de quem se tratava.

Tricia percebeu que havia uma brecha e convenceu seu produtor.

Com certeza a ideia de que blocos gigantescos de pedra rodopiando no espaço poderiam saber algo a respeito do seu dia que você mesmo não sabe deve ter sido impactado com a descoberta súbita de um novo bloco de pedra que ninguém conhecia.

Isso deve ter invalidado alguns cálculos, certo?

E todos aqueles mapas astrais, movimentações planetárias etc. e tal? Todos nós sabemos (a princípio) o que acontece quando Netuno está em Virgem e por aí vai, mas o que será que acontece quando Rupert está em ascendência? Será que a astrologia como um todo não teria de ser repensada? Quem sabe não fosse uma boa hora para admitir que aquilo tudo não passava de uma baboseira e se dedicar à criação de porcos, cujos princípios eram, ao menos, baseados em fundamentos racionais? Se soubéssemos da existência de Rupert há três anos, será que o presidente Hudson teria comido calda de chocolate às quintas-feiras em vez de às sextas? Será que Damasco ainda estaria de pé? Esse tipo de coisa.

Gail Andrews aceitara tudo numa boa. Estava começando a se recuperar do primeiro ataque quando cometeu o erro de tentar enrolar Tricia com uma conversa fiada sobre arcos diurnos, ascensões diretas e algumas das áreas mais obscuras da trigonometria tridimensional.

Ficou chocada ao descobrir que Tricia rebatia todas as suas frases com mais efeito do que ela podia enfrentar. Ninguém avisara a Gail que ser uma perua de televisão representava, para Tricia, uma segunda oportunidade de ser alguém na vida. Por trás da sua maquiagem Chanel, seu *coupe sauvage* e suas lentes de contato azuis cristalinas encontrava-se um cérebro que havia adquirido, em uma fase antiga e abandonada da sua vida, um respeitável diploma em matemática e um doutorado em astrofísica.

AO ENTRAR NO ELEVADOR, Tricia percebeu que estava levemente preocupada por ter esquecido a bolsa no quarto e pensou se devia voltar depressa e apanhá-la. Não. Provavelmente estaria mais segura lá dentro e, de qualquer forma, não havia nada na bolsa que ela estivesse precisando. Deixou a porta fechar-se atrás de si.

Além do mais, repetiu para si mesma, respirando fundo, se havia uma coisa que a vida a ensinara era isto: nunca volte para buscar sua bolsa.

Enquanto o elevador descia, ela olhou para o teto com certa obstinação. Qualquer pessoa que não conhecesse bem Tricia McMillan teria dito que era exatamente daquele jeito que as pessoas às vezes olham para cima quando querem conter as lágrimas. Ela devia estar observando a minúscula câmera de segurança montada no teto. Saiu do elevador com passos enérgicos e dirigiu-se novamente à recepção.

– Veja bem, eu vou anotar isso aqui – explicou ela – porque não quero que nada dê errado.

Escreveu o seu nome em letras garrafais em um pedaço de papel. Depois acrescentou o número do seu quarto e a mensagem "estou no bar" e entregou o papel ao recepcionista, que o examinou.

– Caso haja alguma mensagem para mim. Está bem?

O recepcionista continuou examinando o pedaço de papel.

– A senhora quer que eu verifique se ela está no quarto? – perguntou ele.

DOIS MINUTOS DEPOIS, Tricia acomodou-se no bar ao lado de Gail Andrews, que estava sentada diante de uma taça de vinho branco.

– Você me pareceu o tipo de pessoa que prefere sentar-se no bar a ficar quietinha numa mesa – disse ela.

Aquilo era verdade e deixou Tricia um pouco surpresa.

– Vodca? – perguntou Gail.

– Sim – respondeu Tricia, desconfiada. Estava quase perguntando "como é que você sabe?" quando Gail respondeu:

– Perguntei ao barman – explicou ela, com um sorriso simpático.

O barman preparou a vodca e deslizou elegantemente o copo sobre a mesa lustrada de mogno.

– Obrigada – agradeceu Tricia, mexendo sua bebida com gestos curtos.

Não sabia o que aquela gentileza repentina significava e estava determinada a não se deixar enganar por ela. As pessoas em Nova York não eram gentis umas com as outras à toa.

– Olha – disse ela, firme –, sinto muito se a senhora está triste. Sei que deve estar achando que eu fui muito dura hoje pela manhã, mas a astrologia, no final das contas, não passa de uma diversão popular e, até aí, tudo bem. Faz parte do showbiz e é uma coisa que a senhora faz muito bem, lhe desejo boa sorte. É divertido. Contudo, não é uma ciência e não devemos confundir as coisas. Acho que isso é algo que nós duas conseguimos demonstrar muito bem hoje cedo e ainda proporcionamos diversão popular aos outros, que é exatamente o nosso trabalho. Lamento muito se isso a desagrada.

– Estou bem feliz – disse Gail Andrews.

– Ué – disse Tricia, sem saber o que pensar. – Seu recado dizia que estava triste.

– Não – respondeu Gail Andrews. – Eu deixei um recado dizendo que achava que você estava triste e fiquei curiosa para saber o porquê.

Tricia se sentiu como se tivesse levado um chute na nuca. Piscou os olhos.

– O quê? – perguntou ela, baixinho.

– O astros. Você me pareceu muito irritada e triste em relação aos astros e aos planetas quando estávamos discutindo hoje cedo e isso está me incomodando. Por isso eu vim até aqui, para ver se você estava bem.

Tricia olhou fixamente para ela.

– Senhora Andrews – começou ela, e então percebeu que tinha soado exatamente irritada e triste, o que iria tirar o valor de seu protesto.

– Por favor, pode me chamar de Gail, se preferir.

Tricia parecia desnorteada.

– Eu sei que astrologia não é uma ciência – disse Gail. – Claro que não é. Não passa de um conjunto de regras arbitrárias como xadrez ou tênis, ou... qual é mesmo o nome daquela coisa esquisita de que vocês ingleses brincam?

– Humm... críquete? Autodepreciação?

– Democracia parlamentar. As regras meio que surgiram do nada. Não fazem o menor sentido, a não ser quando pensadas no próprio contexto. Mas, quando a gente começa a colocar essas regras em prática, vários processos acabam acontecendo e você começa a descobrir mil coisas sobre as pessoas. Na astrologia, as regras são sobre astros e planetas, mas poderiam ser sobre patos e gansos que daria no mesmo. É apenas uma maneira de pensar sobre um problema que permite que o sentido desse problema comece a emergir. Quanto mais regras, quanto menores, mais arbitrárias, melhor fica. É como assoprar um punhado de poeira de grafite em um pedaço de papel para visualizar os entalhes escondidos. Permite que você veja as palavras que haviam sido escritas sobre o papel que estava por cima e que foi removido. O grafite não é importante. É apenas uma maneira de revelar os entalhes. Então, veja, a astrologia de fato nada tem a ver com a astronomia. Tem a ver com pessoas pensando sobre pessoas.

Ela continuou:

– Então, quando você ficou tão, sei lá, tão emocionalmente concentrada nos astros e nos planetas hoje de manhã, eu comecei a pensar: ela não está irritada com a astrologia, está irritada e triste com os astros e os planetas. As pessoas normalmente só ficam assim, tristes e irritadas, quando perdem alguma coisa. Isso foi tudo o que eu consegui imaginar e não passei desse ponto. Então vim ver se você estava bem.

Tricia estava embasbacada.

Uma parte do seu cérebro já havia começado a funcionar a pleno vapor. Estava ocupada construindo várias réplicas malcriadas sobre como os horóscopos de jornal eram ridículos e como usavam truques estatísticos para pegar as pessoas. Mas, aos poucos, aquilo tudo foi desaparecendo, porque percebeu que o resto do seu cérebro não estava ouvindo. Ela estava completamente embasbacada.

Uma total desconhecida acabara de lhe dizer algo que ela mantivera em segredo por dezessete anos.

Virou-se para Gail.

– Eu...

Parou.

Uma minúscula câmera de segurança acima do bar girou para acompanhar o seu movimento. Aquilo a deixou completamente baratinada. A maioria das pessoas não teria sequer notado. Não era feita para ser notada. Não havia sido projetada para sugerir que atualmente até mesmo um hotel caro e elegante em Nova York não tinha certeza de que sua clientela não iria puxar uma arma subitamente ou deixar de usar uma gravata. Mas, apesar de escondida com cuidado atrás de uma garrafa de vodca, não podia enganar o instinto apurado de uma âncora de TV que deveria saber exatamente quando uma câmera estava girando em sua direção.

– Aconteceu alguma coisa? – perguntou Gail.

– Não, é que eu... eu tenho que admitir que você me deixou espantada – disse Tricia. Decidiu ignorar a câmera de segurança. Devia ser apenas a sua imaginação pregando-lhe uma peça por estar tão obcecada com televisão naquele dia. Não era a primeira vez que aquilo acontecia. Estava convencida de que uma câmera de monitoramento de trânsito tinha se virado para acompanhar o seu andar e que outra, de segurança, na Bloomingdale's, tinha feito questão de vigiá-la enquanto experimentava uns chapéus. Estava ficando doida, é claro. Chegara até mesmo a imaginar que um passarinho no Central Park a havia encarado de propósito.

Decidiu tirar aquilo da cabeça e tomou um gole da vodca. Um sujeito estava andando pelo bar perguntando quem era o Sr. MacManus.

– Ok – disse Tricia, decidindo colocar tudo para fora. – Não sei como foi que você descobriu isso, mas...

– Eu não descobri nada, ao contrário do que você diz. Apenas escutei o que você estava dizendo.

– O que eu perdi, acho eu, foi outra vida inteira.

– Acontece com todos nós. A cada momento de cada dia. Cada decisão que tomamos, cada vez que respiramos, abre algumas portas e fecha várias outras. Não percebemos a maioria, mas notamos algumas. Acho que você percebeu uma delas.

– Ah, sim, e como – respondeu Tricia. – Vamos lá, eu vou contar. É muito simples. Há vários anos eu conheci um cara em uma festa. Ele disse que era de outro planeta e perguntou se eu queria ir embora com ele. Eu disse tá, tudo bem. Era uma senhora festa. Pedi pra ele esperar um pouquinho enquanto eu ia buscar minha bolsa, depois iria com ele numa boa para outro planeta. Ele disse que eu não ia precisar da bolsa. Respondi que ele com certeza devia vir de um lugar muito atrasado ou então saberia que uma mulher sempre precisa carregar sua bolsa. Ele ficou meio impaciente, mas eu não ia me fazer de fácil só porque ele tinha dito que era de outro planeta. Fui até o segundo andar. Demorei um tempo para encontrar a bolsa e depois o banheiro estava ocupado. Quando desci, ele tinha ido embora.

Tricia fez uma pausa.

– E...? – perguntou Gail.

– A porta do jardim estava aberta. Fui lá fora. Havia umas luzes, uma coisa brilhante. Cheguei a tempo de vê-la levantar voo, partir silenciosamente pelas nuvens e desaparecer. E foi isso. Fim da história. Fim de uma vida, início de outra. Mas não passo um minuto desta vida sem imaginar como teria sido a outra Tricia. A que não teria voltado para apanhar a bolsa. Fico achando que ela está lá fora, em algum lugar, e que sou apenas a sua sombra.

Um membro da equipe do hotel estava rondando o bar perguntando se alguém era o Sr. Miller. Ninguém era.

– Você realmente acredita que essa... pessoa era de um outro planeta? – perguntou Gail.

– Com certeza. Eu vi a nave. E, ah, ele tinha duas cabeças.

– Duas? E ninguém mais percebeu?

– Era uma festa à fantasia.

– Ah, tá...

– E ele havia coberto a outra cabeça com uma gaiola. Com um pano por cima. Fingia ter um papagaio. Ficava batendo na gaiola, falando aquelas bobagens de "Dá o pé, louro" e grunhindo. Mas teve uma hora em que ele jogou o pano para trás e deu uma gargalhada. Havia outra cabeça lá dentro, gargalhando também. Foi um momento bem estranho, devo dizer.

– Eu acho que você fez a coisa certa, minha querida. Não acha? – disse Gail.

– Não – respondeu Tricia. – Não, não fiz. E também não consegui continuar a fazer o que estava fazendo na época. Eu era astrofísica, sabe. Não dá para continuar sendo uma astrofísica decente após ter conhecido um sujeito de outro planeta com uma segunda cabeça disfarçada de papagaio. É impossível. Eu, pelo menos, não consegui.

– Deve ser difícil, de fato. E provavelmente é por isso que você tende a ser um pouco dura com pessoas que falam coisas que parecem absurdas.

– Pois é – concordou Tricia. – Acho que você tem razão. Desculpe.

– Tudo bem.

– Você é a primeira pessoa para quem conto isso, por sinal.

– Imagino. Você é casada?

– Ah, não. Difícil saber se alguém é casado nos nossos dias, não? Mas sua pergunta faz sentido, porque provavelmente foi essa a causa. Cheguei bem perto algumas vezes, sobretudo porque queria ter um filho. Mas todos os caras sempre acabavam perguntando por que eu ficava olhando constantemente por sobre os ombros deles. O que eu ia dizer? Cheguei a pensar em ir até um banco de esperma e tentar a sorte. Ter o filho de alguém, aleatoriamente.

– Você não faria isso de fato, faria?

Tricia riu.

– Provavelmente, não. Nunca cheguei a ir para ver como seria. Nunca consegui. Minha vida é sempre assim. Nunca cheguei a fazer algo de verdade. Suponho que seja por isso que estou trabalhando na televisão, sabe? Nada é real.

– Com licença, senhora, o seu nome é Tricia McMillan?

Tricia virou-se, surpresa. Havia um homem parado diante dela usando um chapéu de chofer.

– É – disse ela, aprumando-se instantaneamente.

– Senhora, estou há uma hora procurando-a. O hotel disse que não tinha ninguém com esse nome, mas eu confirmei com o escritório do Sr. Martin e eles afirmaram que a senhora realmente estava hospedada aqui. Então perguntei novamente e eles continuaram dizendo que nunca tinham ouvido falar na senhora. Depois consegui que fossem procurá-la, mas não conseguiram encontrá-la. Acabei pedindo para o escritório enviar um fax com uma foto sua para o carro e saí procurando-a pessoalmente.

Ele deu uma olhadela no relógio.

– Talvez seja tarde demais agora, mas a senhora quer ir assim mesmo?

Tricia estava em estado de choque.

– Sr. Martin? Você diz Andy Martin, da NBS?

– Isso mesmo, senhora. Teste de vídeo para o programa *Bom Dia Estados Unidos*.

Tricia levantou-se de supetão. Não podia nem pensar em todos aqueles recados que havia escutado para o Sr. MacManus e o Sr. Miller.

– Mas temos que correr – disse o chofer. – Pelo que ouvi, o Sr. Martin acha que vale a pena testar um sotaque britânico. O chefe dele na emissora, o Sr. Zwingler, é completamente contra a ideia. Eu sei que ele vai viajar hoje no final do dia, porque sou eu quem deve buscá-lo e levá-lo ao aeroporto.

– Ok – disse Tricia. – Estou pronta. Vamos lá.

– Está bem, senhora. É a limusine grandona estacionada aqui na porta.

Tricia virou-se para Gail.

– Sinto muito – disse ela.

– Vai, vai! – disse Gail. – E boa sorte. Gostei de conversar com você.

Tricia fez menção de apanhar a bolsa para pegar um dinheiro.

– Droga – disse ela. Deixara a bolsa lá em cima.

– Os drinques são por minha conta – insistiu Gail. – Sério. Foi muito interessante.

Tricia deixou escapar um suspiro.

– Olha, sinto muito por hoje de manhã e...

– Não diga mais nada. Estou bem. É só astrologia. É inofensivo. Não é o fim do mundo.

– Obrigada. – Tricia abraçou-a, impulsivamente.

– Está pronta, senhora? – perguntou o chofer. – Não quer ir buscar a bolsa ou algo assim?

– Olha, se tem uma coisa que a vida me ensinou – disse Tricia – é jamais voltar para buscar a bolsa.

MAIS OU MENOS uma hora depois, Tricia estava sentada em uma das camas do seu quarto de hotel. Por alguns minutos, não se moveu. Apenas ficou encarando a sua bolsa, que repousava inocentemente em cima da outra cama.

Estava segurando um bilhete de Gail Andrews, que dizia: "Não fique muito decepcionada. Ligue, se quiser falar a respeito. Se eu fosse você, ficaria em casa amanhã à noite. Descanse um pouco. Mas não me dê ouvidos e não se preocupe. É só astrologia. Não é o fim do mundo. Gail."

O chofer estava coberto de razão. Para falar a verdade, o chofer parecia saber mais sobre os bastidores da NBS do que qualquer outra pessoa da empresa que ela conhecera. Martin estava a fim, mas Zwingler não. Tivera uma única oportunidade de provar que Martin tinha razão e estragara tudo.

Tudo bem. Tudo bem, tudo bem, tudo bem.

Hora de voltar para casa. Hora de ligar para a companhia aérea e ver se ainda dava tempo de pegar o voo noturno para Heathrow naquela noite. Pegou o enorme catálogo.

Ah. Precisava fazer uma coisa antes.

Largou o catálogo, apanhou a bolsa e a levou ao toalete. Apoiando-a, catou o pequeno estojo de plástico onde guardava suas lentes de contato, sem as quais não havia conseguido ler nem o texto nem o teleprompter.

Enquanto encaixava as lentes nos olhos, refletiu sobre uma coisa: se havia algo que a vida lhe ensinara, era que existem momentos em que você não deve voltar para apanhar a bolsa e outros momentos em que deve. Agora só faltava a vida lhe ensinar a distinguir entre os dois.

Capítulo 3

O *Guia do Mochileiro das Galáxias* teve, no que nós chamamos ridiculamente de passado, muito o que dizer sobre universos paralelos. No entanto, a maior parte desse conteúdo é incompreensível para qualquer um abaixo do nível Deus Avançado e, como já havia sido determinado que todos os deuses conhecidos tinham surgido uns bons três milionésimos de segundo após o início do universo e não, como costumam dizer por aí, uma semana antes, eles já têm muita coisa para explicar só por causa disso e não estão disponíveis para tecer comentários sobre temas profundos de física.

Uma coisa encorajadora que o *Guia* tem a dizer sobre os universos paralelos é que você não tem a menor chance de compreendê-los. Você pode, portanto, dizer coisas como "O quê?" e "Hein?" e até mesmo ficar vesgo e fazer papel de tolo sem ter medo de parecer ridículo.

A primeira coisa que devemos saber sobre os universos paralelos, explica o *Guia*, é que eles não são paralelos.

Também é importante saber que eles não são, estritamente falando, universos, mas fica mais fácil tentar compreender isso um pouco depois, após compreender que tudo o que você havia compreendido até então não é verdade.

O motivo pelo qual não são universos é que qualquer universo em particular não chega exatamente a ser uma coisa, mas sim uma maneira de compreender o que é tecnicamente conhecido como MGTC, Mistureba Generalizada de Todas as Coisas. A Mistureba Generalizada de Todas as Coisas também não existe na prática – é apenas a soma total de todas as maneiras diferentes que haveria para compreendê-la, caso existisse uma.

O motivo pelo qual não são paralelos é o mesmo pelo qual o mar não é paralelo. Não significa nada. Você pode fatiar a Mistureba Generalizada de Todas as Coisas do jeito que quiser e geralmente vai acabar com algo que alguém vai chamar de lar.

Por favor, sinta-se à vontade para enlouquecer agora.

A TERRA QUE NOS INTERESSA AQUI, devido à sua orientação particular dentro da Mistureba Generalizada de Todas as Coisas, foi atingida por um neutrino que não atingiu nenhuma das outras Terras.

Um neutrino não é algo grande com que se possa ser atingido.

Para falar a verdade, é difícil imaginar algo menor pelo qual alguém poderia ser atingido. E ser atingido por neutrinos nem chega a ser uma coisa assim tão rara para algo do tamanho da Terra. Pelo contrário. Seria um nanossegundo bem fora do comum aquele em que a Terra não fosse atingida por inúmeros bilhões deles.

Tudo depende do que você entende por "ser atingido", é claro, já que na verdade a matéria consiste quase que inteiramente em absolutamente nada. As chances de um neutrino atingir de fato alguma coisa enquanto viaja por esse imenso vazio são comparáveis às de jogar aleatoriamente uma bolinha de metal de um Boeing 747 em pleno voo e acertar, digamos, um sanduíche de ovo.

Enfim, esse neutrino atingiu algo. Isso não é terrivelmente importante na escala das coisas, você diria. Mas o problema em dizer coisas desse tipo é que pode ter tanto sentido quanto uma cusparada de texugo vesgo. Quando algo acontece em algum lugar em uma coisa tão complicada como o Universo, Kevin sabe muito bem onde tudo isso vai parar – leia-se como "Kevin" qualquer entidade aleatória que não sabe nada de nada.

Esse neutrino atingiu um átomo.

O átomo fazia parte de uma molécula. A molécula era parte de um ácido nucleico. O ácido nucleico fazia parte de um gene. O gene fazia parte de uma receita genética para crescer... e por aí vai. O resultado final é que uma folha extra acabou crescendo em uma planta. Em Essex. Ou naquilo que, depois de muita tagarelice e dificuldades locais de natureza geológica, viria a ser Essex.

A planta em questão era um trevo. Ela espalhou sua influência, melhor dizendo, suas sementes, de maneira extremamente eficaz, tornando-se rapidamente o tipo de trevo dominante em todo o mundo. A conexão causal exata entre esse simples acontecimento biológico fortuito e algumas variações menores que existem na mesma fatia da Mistureba Generalizada de Todas as Coisas – tais como Tricia McMillan ter perdido a oportunidade de partir com Zaphod Beeblebrox, uma queda anormal nas vendas de sorvete de nozes e o fato de a Terra na qual tudo isso se passou não ter sido demolida pelos vogons para a construção de uma via expressa hiperespacial – ocupa atualmente o número 4.763.984.132 na lista de prioridades para projetos de pesquisa do que um dia já foi o Departamento de História da Universidade de Maximegalon, e nenhuma das pessoas que estão neste exato momento reunidas em um retiro espiritual em volta de uma piscina parece experimentar qualquer sentimento de urgência em relação ao problema.

Capítulo 4

Tricia começou a achar que o mundo estava conspirando contra ela. Sabia que era perfeitamente normal sentir-se assim após um voo noturno indo para o leste, quando você subitamente nota que terá que enfrentar um novo dia misteriosamente ameaçador para o qual não está nem um pouco preparado.

Havia marcas no seu gramado.

Não que ligasse muito para as marcas. Elas podiam pintar e bordar se quisessem que Tricia não estava nem aí. Era uma manhã de sábado. Acabara de chegar de Nova York sentindo-se cansada, irritada e paranoica, e tudo o que queria era ir para a cama com o rádio ligado baixinho e dormir ao som de Ned Sherrin mostrando-se incrivelmente inteligente sobre qualquer assunto.

Mas Eric Bartlett não ia permitir que ela passasse direto sem inspecionar minuciosamente as marcas. Eric era o velho jardineiro que nas manhãs de sábado ia cutucar o jardim com uma vara. Ele não acreditava em pessoas voltando de Nova York tão cedo pela manhã. Simplesmente não engolia aquilo. Era antinatural. Acreditava em praticamente tudo, menos naquilo.

– Provavelmente foram os alienígenas – disse ele, debruçando-se e futucando as bordas das pequenas marcas com a vara. – A gente ouve muitas histórias de ETs hoje em dia. Para mim, foram eles.

– Você acha? – perguntou Tricia, lançando uma olhadela furtiva para o seu relógio. Dez minutos, computou. Era o máximo que conseguiria ficar em pé: dez minutos. Depois cairia de joelhos e se deitaria, fosse na sua cama ou ali mesmo no jardim. Isso se tivesse apenas que ficar de pé. Se ainda tivesse que balançar a cabeça demonstrando interesse e compreensão e dizendo "Você acha?" de vez em quando, talvez só aguentasse cinco minutos.

– Ah, acho – respondeu Eric. – Eles costumam baixar por essas bandas, aterrissam no seu jardim e depois se mandam, às vezes levando um gato. A Sra. Williams, do correio, sabe aquele gato caramelo dela? Foi abduzido pelos alienígenas, coitado. Tudo bem que o trouxeram de volta no dia seguinte, mas ele estava muito esquisito. Ficava caçando a manhã inteira e depois dormia à tarde. Antes era o contrário, aqui é que está. Dormia de manhã, caçava de tarde. Foi o fuso horário, por ter viajado em uma nave espacial.

– Sei – disse Tricia.

– E eles também o tingiram para ficar malhado, ela me disse. Essas marcas aqui são iguaizinhas às que as cápsulas de aterrissagem deles fariam.

– Não pode ter sido o cortador de grama? – perguntou Tricia.

– Se as marcas fossem mais redondas, até podia. Mas são retas. Têm um jeitão de coisa de alienígena.

– É porque você tinha comentado que o cortador estava dando defeito e que, se não fosse consertado, poderia acabar fazendo buracos na grama.

– Eu realmente disse isso, dona Tricia, eu assumo. Não estou dizendo que não foi o cortador de grama, só estou dizendo o que acho mais provável pelo formato dos buracos. Eles descem por trás daquelas árvores, nas cápsulas de aterrissagem...

– Eric... – interrompeu Tricia, paciente.

– De qualquer jeito, dona Tricia – disse Eric –, vou dar uma olhada no cortador, como queria ter feito na semana passada, e deixar a senhora ir fazer as suas coisas.

– Obrigada, Eric – disse Tricia. – Vou me deitar agora, para falar a verdade. Fique à vontade para apanhar o que quiser na cozinha, está bem?

– Obrigado, dona Tricia, e boa sorte – disse Eric. Ele inclinou-se e apanhou alguma coisa no gramado.

– Aqui está – disse ele. – Um trevo de três folhas. Dá sorte, sabe.

Examinou de perto para verificar se era mesmo um trevo de três folhas, e não um comum de quatro folhas que tivesse perdido um pedaço.

– Se eu fosse a senhora, em todo caso, ficaria atento aos sinais de atividade alienígena por aqui. – Ele vasculhou o horizonte atentamente. – Especialmente por aquelas bandas lá de Henley.

– Obrigada, Eric – repetiu Tricia. – Pode deixar.

Foi para a cama e teve sonhos intermitentes com papagaios e outros pássaros. À tarde levantou-se e zanzou pela casa, inquieta, sem saber direito o que fazer com o resto do dia e com o resto da vida. Passou pelo menos uma hora indecisa, sem saber se valia a pena ir para a cidade e dar um pulo no Stavro's. Lá era o lugar da moda para pessoas bem-sucedidas da mídia. Talvez encontrar alguns amigos pudesse ajudá-la a entrar no ritmo das coisas. Finalmente decidiu que iria. Seria uma boa. Era um lugar divertido. Gostava muito do próprio Stavro, um grego com pai alemão, o que era uma combinação um tanto quanto esquisita. Tricia estivera no Alpha algumas noites antes. O Alpha fora a primeira casa noturna de Stavro em Nova York e, atualmente, era dirigida pelo seu irmão Karl, que se achava um alemão com uma mãe grega. Stavro ficaria contente em saber que Karl estava metendo os pés pelas mãos na gerência da casa em Nova York, então Tricia iria até o Stavro's e o deixaria contente. Afinal de contas, os dois irmãos não se davam muito bem mesmo.

Ok. Era isso o que ela ia fazer.

Passou então mais uma hora indecisa, tentando definir a roupa que iria vestir. Finalmente escolheu um pretinho básico elegante que comprara em Nova York. Ligou para um amigo para sondar quem estaria no Stavro's naquela noite e ficou sabendo que a casa estava fechada para uma festa de casamento.

Concluiu que tentar viver seguindo qualquer tipo de plano que pudesse ser arquitetado com antecedência era como tentar comprar ingredientes para uma receita no supermercado. Você pega um daqueles carrinhos que simplesmente não andam na direção que você quer e acaba comprando coisas completamente diferentes. O que fazer com tudo aquilo? O que fazer com a receita? Ela não tinha ideia.

De qualquer maneira, uma nave espacial pousou no seu gramado naquela noite.

Capítulo 5

Observou-a enquanto se aproximava, vinda lá das bandas de Henley, no início com uma leve curiosidade, imaginando o que seriam aquelas luzes. Quem morava, como ela, a menos de 1 milhão de quilômetros de Heathrow estava acostumado a ver luzes no céu. Mas não tão tarde da noite nem tão baixas, por isso a leve curiosidade.

Quando o objeto, fosse lá o que fosse, começou a ficar mais e mais próximo, a sua curiosidade transformou-se em perplexidade.

"Humm", pensou ela, sendo aquilo o máximo que conseguia pensar. Ainda estava grogue e indisposta por causa do fuso horário, e as mensagens que uma parte do seu cérebro enviava para a outra não estavam necessariamente chegando a tempo ou fazendo sentido. Saiu da cozinha, onde estava preparando um café, e foi abrir a porta dos fundos, que dava para o jardim. Respirou profundamente o ar fresco da noite, saiu de casa e olhou para o céu.

Havia algo do tamanho aproximado de um ônibus estacionado a cerca de 30 metros acima do seu gramado.

Estava realmente lá. Parado. Praticamente em silêncio.

Algo se moveu no fundo da alma de Tricia.

Abaixou os braços devagar. Não percebeu que derrubou o café pelando no seu pé. Mal conseguia respirar enquanto, bem devagarzinho, centímetro por centímetro, a nave concluía a aterrissagem. As luzes vasculhavam delicadamente o gramado, como se estivessem sondando, sentindo o terreno. Então viraram-se para ela.

Parecia impossível que ela pudesse estar sendo agraciada com uma segunda chance. Será que ele a encontrara? Será que tinha voltado?

A nave continuou a descer aos poucos até finalmente pousar silenciosamente no seu jardim. Não era exatamente parecida com a que ela vira partir anos atrás, pensou, mas luzes piscando no céu à noite não são lá muito fáceis de se distinguir.

Silêncio.

Depois um click e um hum.

Depois outro click e outro hum. Click hum, click hum.

Uma portinhola se abriu, derramando luz pelo jardim na direção dela.

Tricia aguardou, fervilhando.

Uma silhueta surgiu contra a luz, depois outra e mais outra.

Olhos arregalados piscavam vagarosamente para ela. E, vagarosamente, levantaram as mãos para saudá-la.

– McMillan? – perguntou finalmente uma voz estranha e fininha que pronunciou as sílabas com dificuldade. – Tricia McMillan. Srta. Tricia McMillan?
– Sim – respondeu Tricia, quase afônica.
– Temos monitorado você.
– M... monitorado? A mim?
– Sim.

Olharam para ela por alguns instantes, mexendo os seus imensos olhos para cima e para baixo devagar.

– Você parece mais baixa na vida real – comentou um deles finalmente.
– O quê? – perguntou Tricia.
– É.
– Eu... eu não estou entendendo – disse Tricia. Obviamente não esperava uma coisa daquelas, mas, mesmo para uma coisa que ela jamais havia esperado, aquilo não estava indo da maneira que ela esperava. Por fim, continuou: – Vocês são... vocês vieram de... Zaphod?

A pergunta pareceu causar certa consternação nas três figuras. Confabularam entre eles em uma língua esganiçada e voltaram-se para ela.

– Achamos que não. Até onde sabemos, não – disse um deles.
– Onde fica Zaphod? – perguntou o outro, olhando para o céu.
– Eu... eu não sei – respondeu Tricia, sem graça.
– É muito longe daqui? Em qual direção? Não sabemos.

Tricia constatou, com um aperto no peito, que eles não faziam a menor ideia de quem ou do que ela estava falando. E ela não fazia a menor ideia do que eles estavam dizendo. Colocou as esperanças no saco novamente e esforçou-se para dar partida no seu cérebro. Não fazia sentido ficar decepcionada. Tinha de perceber que estava com o furo de reportagem do século nas suas mãos. O que fazer? Voltar para dentro de casa e pegar uma câmera de vídeo? Estava absolutamente confusa em relação à estratégia que deveria adotar. Mantenha-os falando, pensou ela. Resolva o resto depois.

– Vocês estavam me monitorando?
– Todos vocês. Tudo no seu planeta. TV. Rádio. Telecomunicações. Computadores. Circuitos de vídeo. Armazéns.
– O quê?
– Estacionamentos. Tudo. Monitoramos tudo.

Tricia olhava fixamente para eles.

– Isso deve ser muito chato, hein?
– É.
– Então por que...
– Exceto...

– Ahn? Exceto o quê?

– Os programas de auditório. Gostamos dos programas de auditório.

Um silêncio assustadoramente longo instalou-se enquanto Tricia olhava para os alienígenas e eles olhavam de volta.

– Só tem uma coisinha que eu queria buscar lá dentro – disse Tricia, calmamente. – Melhor ainda. Será que vocês, ou um de vocês, gostariam de entrar comigo e dar uma olhada?

– Pois não! – responderam todos eles, entusiasmados.

OS TRÊS FICARAM desconfortavelmente parados na sala de estar, enquanto ela corria para lá e para cá, apanhando uma câmera de vídeo, uma câmera fotográfica, um gravador e qualquer outro aparelho de gravação que pudesse encontrar. Eles eram bem magros e, sob as condições de iluminação doméstica, meio verde-arroxeados.

– Vai ser rápido, rapazes – disse Tricia, enquanto vasculhava as gavetas atrás de fitas e filmes.

Os alienígenas estavam examinando as prateleiras onde ficavam os seus CDs e antigos LPs. Um deles cutucou discretamente os outros.

– Olha só – disse ele. – Elvis.

Tricia estacou e tornou a olhar para eles.

– Vocês curtem Elvis?

– Claro – disseram eles.

– Elvis *Presley*?

– Isso mesmo.

Ela sacudiu a cabeça, atônita, enquanto tentava enfiar uma fita nova na câmera de vídeo.

– Tem gente aqui no seu planeta – disse um dos visitantes, um pouco hesitante – que acha que Elvis foi sequestrado por alienígenas.

– O quê? – perguntou Tricia. – E isso é verdade?

– É possível.

– Vocês estão me dizendo que sequestraram Elvis? – sussurrou Tricia. Estava tentando manter a calma para não fazer confusão com seu equipamento, mas aquilo era de mais para ela.

– Não. Nós, não – responderam os seus convidados. – Alienígenas. É uma possibilidade deveras interessante. Costumamos conversar a respeito.

Preciso gravar isso, resmungou Tricia para si mesma. Verificou se a câmera estava ligada e funcionando. Virou para eles, sem apontar para os olhos deles, para não assustá-los. Mas era experiente o bastante para filmá-los direitinho com a câmera na altura do quadril.

– Está bem – disse ela. – Agora me contem com calma, bem devagar, quem são vocês. Começando por você – disse para o que estava mais à esquerda. – Qual é o seu nome?

– Eu não sei.

– Você não sabe.

– Não.

– Sei – disse Tricia. – E vocês dois?

– Também não sabemos.

– Está bem. Vamos lá. Talvez possam me dizer de onde vêm?

Balançaram a cabeça.

– Vocês não sabem de onde vêm?

Balançaram a cabeça novamente.

– Sei – repetiu Tricia. – Mas o que vocês... hum...

Estava enrolando, mas, sendo uma profissional, conseguia manter a câmera imóvel enquanto enrolava.

– Estamos em uma missão – disse um dos alienígenas.

– Uma missão? Para fazer o quê?

– Não sabemos.

Continuou mantendo a câmera imóvel.

– Então, o que estão fazendo aqui na Terra?

– Viemos buscá-la.

Imóvel, fixamente imóvel. Para todos os fins práticos, poderia ser um tripé. Perguntou-se se deveria estar usando um tripé, por sinal. Teve tempo para confabular consigo mesma por alguns segundos, pois ainda estava digerindo o que eles haviam acabado de dizer. Não, pensou ela, a câmera na mão lhe dava mais flexibilidade. Também pensou: socorro, o que vou fazer agora?

– Por que – perguntou ela, calmamente – vocês vieram me buscar?

– Porque perdemos nossas mentes.

– Com licença – disse Tricia –, tenho que pegar um tripé.

Pareceram satisfeitos por ficarem parados na sala, sem nada para fazer, enquanto Tricia apanhava rapidamente um tripé e apoiava a câmera sobre ele. O seu rosto estava completamente imóvel, mas ela não fazia a menor ideia do que estava acontecendo e do que pensar a respeito.

– Ok – disse ela, quando estava tudo pronto. – Por que...

– Gostamos da sua entrevista com a astróloga.

– Vocês viram?

– Assistimos a tudo. Nos interessamos muito por astrologia. Gostamos bastante. É muito interessante. Nem tudo é interessante. Astrologia é interessante. O que os astros nos dizem, o que os astros preveem. Informações assim são bastante úteis.

– Mas...

Tricia não sabia nem por onde começar.

Desista, pensou ela. Não faz sentido tentar bolar nenhuma estratégia.

Então, ela disse:

– Mas eu não sei nada sobre astrologia.

– Mas nós sabemos.

– Vocês sabem?

– Sim. Acompanhamos os nossos horóscopos. Avidamente. Consultamos todos os seus jornais e revistas, ardorosamente. Mas nosso líder diz que temos um problema.

– Vocês têm um *líder*?

– Temos.

– Qual o nome dele?

– Não sabemos.

– Qual o nome que ele se dá, caramba? Desculpem, vou precisar editar essa parte. Qual o nome que ele se dá?

– Ele também não sabe.

– Então como é que vocês sabem que ele é o líder?

– Ele assumiu o poder. Disse que alguém tem que fazer alguma coisa por lá.

– Ah! – disse Tricia, captando uma pista. – Onde é "lá"?

– Rupert.

– *O quê?*

– Vocês chamam de Rupert. O décimo planeta do sol de vocês. Fixamos residência lá há vários anos. É muito frio e desinteressante. Mas é bom para monitorarmos vocês.

– Por que estão nos monitorando?

– É só o que sabemos fazer.

– Está bem – disse Tricia. – Beleza. Qual é esse problema que seu líder diz que vocês têm?

– Triangulação.

– Como é que é?

– A astrologia é uma ciência muito precisa. Sabemos disso.

– Bem... – começou Tricia e deixou pra lá.

– Mas é precisa para vocês aqui na Terra.

– S... i... m... – Estava com a terrível impressão de estar captando vagamente o que eles queriam dizer.

– Quando Vênus está em Capricórnio, por exemplo, isso acontece do ponto de vista da Terra. Como é que funciona se estivermos em Rupert? E se a Terra estiver entrando em Capricórnio? Fica complicado saber. Entre as inúmeras e significativas coisas que esquecemos está a trigonometria.

– Deixa eu ver se entendi – disse Tricia. – Vocês querem que eu vá com vocês para... Rupert...

– Sim.

– Recalcular os seus *horóscopos* para poderem levar em conta as posições relativas da Terra e de Rupert?

– Sim.

– Vocês me garantem uma exclusiva?

– Sim.

– Então está fechado – disse Tricia, pensando que poderia, no mínimo, vender a sua matéria para o *National Enquirer* ou para alguma outra revista doida.

Enquanto embarcava na nave que a levaria para os limites mais longínquos do sistema solar, a primeira coisa na qual bateu os olhos foi uma bancada com monitores de vídeo, nos quais passavam milhares de imagens. Um quarto alienígena estava sentado assistindo a tudo, mas parecia particularmente interessado em uma determinada tela que exibia uma imagem fixa. Era um replay da entrevista improvisada que Tricia acabara de conduzir com seus três colegas. Ele levantou os olhos quando a viu embarcar, apreensiva, na nave.

– Boa noite, Srta. McMillan – disse ele. – Fez um bom trabalho com a câmera.

Capítulo 6

Ford Prefect atingiu o solo rapidamente. O chão ficava uns 7 centímetros mais longe do tubo de ventilação do que ele se lembrava, então calculou mal em que ponto iria cair, começou a correr antes do tempo, tropeçou desajeitadamente e torceu o tornozelo. *Droga!* Saiu correndo assim mesmo, mancando um pouco.

Em todo o edifício, alarmes estavam disparando seu típico frenesi de excitação. Tentando se esconder, Ford agachou-se atrás dos típicos armários de almoxarifado, olhou à sua volta para se certificar de que estava bem escondido e começou a pescar dentro da mochila as coisas de que tipicamente precisava.

O seu tornozelo, atipicamente, estava doendo de maneira infernal.

O chão não só ficava uns 7 centímetros mais distante do tubo de ventilação do que ele se lembrava como também ficava em um planeta diferente do que ele se lembrava, mas foram os tais 7 centímetros que o deixaram intrigado. Os escritórios do *Guia do Mochileiro das Galáxias* eram frequentemente realocados, sem aviso prévio, para outro planeta – por causa do clima local, da hostilidade local, das contas de luz ou dos impostos –, mas costumavam ser reconstruídos exatamente da mesma maneira, com uma precisão molecular. Para uma grande parte dos funcionários da empresa, o layout dos seus escritórios representava a única constante que eles conheciam em um universo pessoal severamente distorcido.

Havia, no entanto, algo de estranho.

Aquilo não era por si só surpreendente, pensou Ford, apanhando a sua toalha de arremesso peso-pena. Praticamente tudo na sua vida era, em menor ou maior escala, estranho. O problema é que aquilo era estranho de uma maneira um pouquinho diferente da que ele estava acostumado, o que era no mínimo esquisito. Não conseguiu focar na questão muito claramente.

Sacou a sua ferramenta de extração bitola 3.

Os alarmes estavam disparando do mesmo jeito que ele conhecia tão bem. Havia uma espécie de melodia neles que quase se podia cantarolar. Aquilo tudo era bastante familiar. O mundo do lado de fora era novo para Ford. Nunca estivera em Saquo-Pilia Hensha antes e gostara do que vira. Tinha uma atmosfera meio carnavalesca.

Apanhou da mochila um arco e flecha de brinquedo que havia comprado em um camelô.

Descobrira que o motivo para a atmosfera carnavalesca em Saquo-Pilia

Hensha era a comemoração da Concepção de São Antwelm, celebrada anualmente pelos habitantes locais. São Antwelm havia sido, em vida, um rei magnífico e muito popular, que chegara a uma conclusão igualmente magnífica e popular. Havia concebido que, de maneira geral, todos queriam ser felizes, se divertir e aproveitar ao máximo a companhia uns dos outros. Na ocasião de sua morte, doara toda a sua fortuna para financiar um festival anual que servisse de lembrete de sua descoberta, com fartura de comidas deliciosas, muita dança e brincadeiras bobas como a Caça ao Wocket. A sua concepção fora tão extraordinária que ele virou santo por causa dela. Mais do que isso: todas as pessoas que haviam sido canonizadas por terem feito coisas como serem apedrejadas até a morte de maneira absolutamente penosa ou viverem de cabeça para baixo em barris de esterco foram instantaneamente rebaixadas e passaram a ser vistas como figuras um tanto embaraçosas.

O familiar prédio em forma de H dos escritórios do *Guia* erguia-se acima dos arredores da cidade, e Ford Prefect o invadira, como sempre costumava fazer. Sempre entrava pelo sistema de ventilação e não pelo lobby principal, porque o lobby principal era patrulhado por robôs cuja tarefa era questionar os funcionários do *Guia* sobre os seus gastos reembolsáveis. Os gastos reembolsáveis de Ford eram notoriamente complexos e intrincados, e ele chegara à conclusão de que, em geral, os robôs do lobby não estavam suficientemente equipados para compreender os argumentos que ele gostaria de apresentar sobre seus gastos. Preferia, portanto, entrar por um caminho alternativo.

Isso significava disparar praticamente todos os alarmes do prédio, menos o do Departamento de Contabilidade, e era exatamente isso que Ford queria.

Acocorou-se atrás do armário, umedeceu com a língua a ventosa de borracha e depois encaixou a flecha de brinquedo na corda do arco.

Aproximadamente trinta segundos depois, um robô de segurança do tamanho de um melão pequeno passou voando pelo corredor, a cerca de 1 metro de altura, varrendo o espaço à sua esquerda e à sua direita em busca de algo fora do comum.

Com um timing impecável, Ford lançou a flecha na direção contrária à trajetória da máquina. A flecha atravessou o corredor e grudou, tremelicante, na parede do outro lado. Enquanto voava, o brinquedo chamou atenção dos sensores do robô, que se fixaram nele instantaneamente, fazendo com que o robô desse uma guinada de 90 graus para segui-lo, descobrir que diabos era e para onde estava indo.

Aquilo concedeu um segundo precioso para Ford, durante o qual o robô voador estava olhando na direção contrária. Lançou sobre ele a sua toalha e o capturou.

Devido às diversas protuberâncias sensoriais que o robô possuía, ele não podia movimentar-se dentro da toalha. Apenas se contorcia, para a frente e para trás, sem conseguir se virar e ver quem o havia capturado.

Ford o puxou rapidamente para si e o escorou no chão. O pobre coitado estava começando a choramingar. Com um gesto rápido e experiente, Ford inseriu a sua ferramenta de extração bitola 3 por baixo da toalha e removeu o pequeno painel de plástico que havia no alto do robô, dando acesso aos seus circuitos lógicos.

Bom, a lógica é uma coisa maravilhosa, mas possui, tal como os processos de evolução descobriram, algumas desvantagens.

Qualquer coisa que pense logicamente pode ser enganada por outra coisa que pense no mínimo tão logicamente quanto ela. A maneira mais fácil de enganar um robô completamente lógico é alimentá-lo com a mesma sequência de estímulo várias vezes, de forma que fique travado em um loop. Isso foi muito bem demonstrado pelos famosos experimentos do Sanduíche de Arenque, conduzidos milênios atrás pelo IMDLDCSO (Instituto Maximegalon para Descobrir Lenta e Dolorosamente Coisas Surpreendentemente Óbvias).

Nesses experimentos, um robô era programado para acreditar que gostava de sanduíches de arenque. Na verdade, essa era a parte mais difícil da experiência. Uma vez programado para acreditar que gostava de sanduíches de arenque, um sanduíche de arenque era colocado diante do robô. E então o robô pensava consigo mesmo: Humm! Sanduíche de arenque! Adoro sanduíches de arenque.

Então ele se inclinava e apanhava o sanduíche com a sua colher para sanduíches de arenque e se endireitava de novo. Infelizmente para o robô, ele era projetado de uma maneira que a ação de se endireitar fazia com que o sanduíche de arenque deslizasse da sua colher e caísse no chão à sua frente. E então o robô pensava consigo mesmo: Humm! Sanduíche de arenque!... etc. e repetia a mesma ação muitas vezes seguidas. A única coisa que impedia que o sanduíche de arenque ficasse de saco cheio daquela palhaçada toda e fosse procurar outras maneiras de passar o seu tempo era que o sanduíche de arenque, por não passar de um pedaço de peixe morto entre duas fatias de pão, estava um pouquinho menos ciente do que estava acontecendo do que o robô.

Os cientistas do instituto descobriram então que a força motriz por trás de toda mudança, desenvolvimento e inovação na vida era a seguinte: sanduíches de arenque. Publicaram um artigo sobre isso, mas ele foi amplamente criticado por ser muito idiota. Os cientistas verificaram os seus cálculos e perceberam que, na verdade, haviam descoberto o "tédio", ou melhor, a função prática do tédio. Extremamente animados, foram em frente e se depararam com outras emoções, como "irritabilidade", "depressão", "relutância", "nojo" etc. e tal. A outra grande descoberta foi feita quando os cientistas pararam de usar os sanduíches de arenque e, subitamente, toda uma nova gama de emoções se tornou acessível para os estudos, tais como "alívio", "alegria", "vivacidade", "apetite", "satisfação" e, a mais importante de todas, o desejo de "felicidade".

Essa foi a maior das descobertas.

Pilhas e pilhas de complexos códigos de computador responsáveis pelo comportamento dos robôs em todas as contingências possíveis podiam ser substituídas de forma bem simples. Tudo o que os robôs precisavam era da capacidade de se sentirem entediados ou felizes e de algumas condições que necessitavam satisfazer para trazer à tona aqueles estados. Eles próprios descobririam o resto.

O robô que Ford aprisionara debaixo da sua toalha não era, naquele momento, um robô feliz. Era feliz quando podia se movimentar. Era feliz quando podia ver outras coisas. Era especialmente feliz quando podia ver outras coisas se movimentando, fazendo coisas que não podiam fazer, porque ele então podia, com considerável prazer, delatá-las.

Ford ia resolver aquilo em breve.

Ajoelhou-se sobre o robô, prendendo-o entre os joelhos. A toalha continuava cobrindo todos os seus mecanismos sensoriais, mas Ford conseguira expor os circuitos lógicos. O robô estava emitindo uns zumbidos pavorosos e rabugentos, mas não conseguia se mover, apenas expressar a sua inquietude. Usando a ferramenta de extração, Ford retirou um pequeno chip do seu encaixe. Assim que se soltou, o robô ficou quieto e estacou, como em estado de coma.

O chip que Ford havia removido era justamente o que continha as instruções para que as condições de felicidade necessárias ao robô fossem satisfeitas. Ele deveria se sentir feliz quando uma leve carga elétrica de um ponto no lado esquerdo do chip alcançasse outro ponto no lado direito. O chip determinava se a carga atingira o seu objetivo ou não.

Ford puxou um pequeno pedaço de arame que estava grudado na toalha. Enfiou uma das pontas na cavidade superior esquerda do encaixe do chip e a outra na cavidade direita inferior.

Aquilo era o bastante. Agora o robô ficaria sempre feliz, independentemente das circunstâncias.

Ford levantou-se depressa e puxou a toalha. O robô elevou-se extasiado no ar, avançando sinuosamente.

Virou-se e viu Ford.

– Sr. Prefect! Estou tão feliz em vê-lo!

– Eu também, amiguinho – respondeu Ford.

O robô prontamente comunicou à central de controle que estava tudo bem e que aquele era o melhor dos mundos; os alarmes se calaram e a vida voltou ao normal.

Pelo menos quase ao normal.

Havia algo de estranho com aquele lugar.

O robozinho estava gorgolejando de contentamento elétrico. Ford correu pelo corredor, deixando que a criatura o seguisse, dizendo como tudo era maravilhoso e como ele estava feliz em poder dizer aquilo.

Ford, contudo, não estava feliz.

Passou por rostos desconhecidos. Não pareciam os seus colegas. Eram arrumadinhos demais. Os seus olhos estavam muito mortos. Cada vez que ele achava que tinha reconhecido alguém de longe e corria para dizer oi, descobria que era uma outra pessoa, com um penteado muito mais decente e uma aparência muito mais confiante e decidida do que... bem, do que qualquer pessoa que Ford conhecia.

Uma escada havia mudado de lugar alguns centímetros para a esquerda. O teto era ligeiramente mais baixo. O lobby fora remodelado. Todas essas coisas não eram preocupantes por si sós, eram somente um pouco desconcertantes. O realmente preocupante era a decoração. Antes era chamativa e pomposa. Sofisticada – graças às excelentes vendas do *Guia* em toda a Galáxia civilizada e pós-civilizada –, mas um sofisticado divertido. Máquinas de videogames alucinados estavam espalhadas pelos corredores, pianos de cauda com pinturas malucas pendiam do teto, criaturas marítimas sinistras do planeta Viv emergiam de piscinas em átrios decorados com árvores, robôs-garçons em camisas absurdas percorriam o ambiente procurando mãos nas quais poderiam depositar drinques borbulhantes. As pessoas costumavam ter gigantescos dragões de estimação em coleiras e pterospondes em gaiolas em seus escritórios. Todos sabiam como se divertir e, caso não soubessem, havia cursos nos quais podiam se inscrever para corrigir essa deficiência.

Não havia mais nada daquilo agora.

Alguém andara por lá fazendo um lamentável trabalho de decoração de bom gosto.

Ford virou-se abruptamente para uma pequena alcova, juntou as mãos em concha e puxou o robô. Abaixou-se e olhou fixamente para o cibernauta tagarela.

– O que andou acontecendo por aqui? – perguntou ele.

– Oh, só coisas maravilhosas, senhor, só as coisas mais maravilhosas possíveis. Posso me sentar no seu colo, por favor?

– Não – respondeu Ford, empurrando-o. O robô ficou esfuziante em ser rechaçado daquela maneira e começou a se balançar, tagarelar, enlouquecer. Ford apanhou-o novamente e segurou-o firme em pleno ar, a alguns centímetros do seu rosto. O robô tentou permanecer onde fora colocado, mas não pôde deixar de tremelicar um pouco.

– Mudaram algumas coisas, não é? – sussurrou Ford.

– Ah, sim – guinchou o robozinho –, da melhor e mais fantástica maneira possível. Estou muito satisfeito.

– Como é que era antes, então?

– Um barato.

– Mas você gostou das mudanças? – perguntou Ford.

– Eu gosto de tudo – gemeu o robô. – Especialmente quando você grita assim comigo. Faz de novo, vai, por favor.

– Me conta logo o que aconteceu!

– Ai, obrigado, obrigado.

Ford suspirou.

– Está bem, está bem – ofegou o robô. – O *Guia* está sob nova direção. É tudo tão incrível que eu acho que vou derreter de alegria. A gerência anterior também era fabulosa, é claro, embora não saiba ao certo se eu achava isso na época.

– Isso foi antes de você estar com um pedaço de arame enfiado na cabeça.

– É verdade. É a mais pura verdade. É a mais maravilhosa, estupenda, frívola e arrebatadora verdade. Que observação mais correta, mais verdadeiramente indutora de êxtase!

– O que *aconteceu*? – insistiu Ford. – Que nova gerência é essa? Quando é que eles assumiram? Eu... ah, deixa pra lá – acrescentou, quando o robô começou a se comportar vergonhosamente com uma alegria incontrolável e a se esfregar no seu joelho. – Vou descobrir sozinho.

Ford atirou-se contra a porta do escritório do editor chefe. Agachando-se, enrolou o corpo como uma bola enquanto a porta abria e rolou rapidamente pelo chão até onde costumava ficar o carrinho com as bebidas mais potentes e caras da Galáxia. Agarrou-se nele e, usando-o como proteção, deslizou até a maior área livre do chão do escritório, lá onde ficava a valiosíssima e extremamente grosseira estátua de Leda e o Polvo, e escondeu-se atrás dela. Enquanto isso, o pequeno robô de segurança estava suicidamente satisfeito por receber os tiros no peito no lugar de Ford.

Esse, pelo menos, era o plano – e um plano necessário. O editor chefe, Stagyar-zil-Doggo, era um homem desequilibrado e perigoso, que tinha uma visão homicida a respeito de colaboradores que irrompiam em seu escritório sem apresentar páginas novinhas em folha, já revisadas. Na moldura da porta, ele tinha instalado um conjunto de armas guiadas a laser ligadas a mecanismos especiais de rastreamento para deter qualquer pessoa que estivesse apenas trazendo bons motivos para explicar por que não havia escrito nada. Desse modo, mantinha um alto nível de produtividade.

Infelizmente, o carrinho de bebidas não estava no lugar.

Ford lançou-se em um movimento desesperado e brusco para o lado, depois deu um salto mortal para cima da estátua de Leda e o Polvo, que também não estava lá. Ele rolou e arremessou-se pelo escritório em um pânico cego, tropeçou, se contorceu, bateu na janela que, felizmente, fora projetada para suportar ataques de foguetes, ricocheteou e caiu em um salto doloroso e esbaforido atrás de um sofisticado sofá de couro cinza que não estava ali antes.

Alguns segundos depois, esgueirou-se devagarzinho detrás do sofá. Assim como não havia carrinho de bebidas, nem Leda e o Polvo, notou uma surpreendente ausência de tiros. Franziu a testa. Aquilo definitivamente estava errado.

– Sr. Prefect, imagino – disse uma voz.

A voz veio de um sujeito com cara de bebê sentado atrás de uma mesa revestida com cerâmica e teca. Stagyar-zil-Doggo podia até ser uma grande pessoa, mas ninguém, por várias razões, diria que ele tinha cara de bebê. Aquele não era Stagyar-zil-Doggo.

– Suponho, a julgar pela maneira como entrou, que você não tem nenhum material novo para, hã, o *Guia*, no momento – disse o sujeito com cara de bebê. Estava sentado, apoiando os cotovelos sobre a mesa e tocando as pontas dos dedos de um modo que, inexplicavelmente, não era considerado passível de pena de morte.

– Estive ocupado – justificou Ford, sem muita convicção. Ficou de pé, meio atordoado, limpando a roupa. Então pensou: Por que, diabos, estava dizendo coisas sem muita convicção? Tinha que assumir o comando da situação. Tinha que descobrir quem era aquele sujeito e, de repente, pensou numa forma de fazer isso.

– Quem é você? – perguntou ele.

– Sou seu novo editor chefe. Isto é, se decidirmos manter os seus serviços. O meu nome é Vann Harl. – Ele não estendeu a mão. Apenas completou: – O que você fez com esse robô da segurança?

O robozinho estava girando muito, muito devagar pelo teto e gemendo baixinho.

– Fiz com que ele ficasse muito feliz – retrucou Ford. – É uma espécie de missão que eu tenho. Onde está Stagyar? Ou, mais importante ainda, onde está o carrinho de bebidas dele?

– O Sr. Zil-Doggo não trabalha mais nesta organização. O carrinho de bebidas dele, imagino eu, deve estar ajudando-o a se consolar por isso.

– Organização? – berrou Ford. – *Organização?* Mas que palavra idiota para um negócio como esse!

– É exatamente essa a nossa impressão. Subestruturado, superorçado, subadministrado, superinebriado. E isso – disse Harl – era só o editor.

– Ei, eu faço as piadas aqui – rosnou Ford.

– Não – respondeu Harl. – Você faz a coluna dos restaurantes.

Ele jogou um pedaço de plástico sobre a mesa. Ford não se mexeu.

– Você o quê? – perguntou ele.

– Não. Mim Harl. Você Prefect. Você faz coluna restaurantes. Eu editor. Eu sentar e mandar você fazer coluna dos restaurantes. Você entender?

– Coluna dos *restaurantes*? – perguntou Ford, embasbacado demais para estar realmente raivoso.

– Senta aí, Prefect – disse Harl. Ele rodopiou na sua cadeira de rodinhas, levantou-se e ficou parado, contemplando pela janela do vigésimo terceiro andar os pequenos pontinhos que aproveitavam o carnaval lá embaixo.

– Está na hora de alavancar esta empresa, Prefect – disse ele. – Nós, da Corporação InfiniDim, estamos...

– Vocês da quê?

– Da Corporação InfiniDim. Nós compramos o *Guia*.

– InfiniDim?

– Gastamos milhões nesse nome, Prefect. Ou você começa a gostar, ou pode ir arrumando as malas.

Ford deu de ombros. Não tinha nada para arrumar.

– A Galáxia está mudando – disse Harl. – Precisamos acompanhar essa mudança. Seguir o mercado. O mercado está crescendo. Novas aspirações. Nova tecnologia. O futuro é...

– Não venha me falar sobre o futuro – interrompeu Ford. – Conheço o futuro de trás pra frente. Passei metade da minha vida lá. É igual a qualquer outro lugar. Qualquer outra época. Enfim. A mesma droga de sempre, só que com carros mais velozes e um ar mais fedorento.

– Esse é *um* futuro – retrucou Harl. – O *seu* futuro, se quiser aceitá-lo. Você precisa aprender a pensar multidimensionalmente. Existem futuros ilimitados estendendo-se em todas as direções a partir de agora – e de agora e de agora. Bilhões deles, bifurcando-se a cada instante! Cada posição possível de cada elétron possível expande-se em bilhões de probabilidades! Bilhões e bilhões de futuros brilhantes, incandescentes! Você sabe o que isso significa??

– Você está babando no queixo.

– Bilhões e bilhões de mercados!

– Entendi – disse Ford. – Para que você possa vender bilhões e bilhões de *Guia*s.

– Não – respondeu Harl, procurando seu lenço, inutilmente. – Desculpe – disse ele –, mas isso me deixa muito empolgado. – Ford ofereceu a sua toalha para ele.

– O motivo pelo qual não vendemos bilhões e bilhões de *Guias* – continuou Harl, após limpar a boca – é o custo. O que fazemos é vender um único *Guia* bilhões e bilhões de vezes. Exploramos a natureza multidimensional do Universo para cortar os nossos custos industriais. E não vendemos para mochileiros duros. Que ideia mais idiota era essa! Encontrar um setor do mercado que, mais ou menos por definição, não tem um centavo no bolso e tentar vender justo para ele. Não. A InfiniDim vende para os viajantes de negócios endinheirados e para as suas esposas durante as férias em um bilhão de bilhões de futuros diferentes. Esse é o empreendimento comercial mais radical, dinâmico e ousado já visto em toda a infinitude multidimensional do espaço-tempo-probabilidade.

– E você quer que eu seja crítico de restaurantes – concluiu Ford.

– A sua contribuição seria valiosa.

– Atacar! – gritou Ford. Gritou para a sua toalha.

A toalha pulou das mãos de Harl.

Não porque a toalha tivesse algum tipo de vontade própria, e sim porque Harl estava morrendo de medo de que ela tivesse. A outra coisa que o deixou apavorado foi ver Ford Prefect partindo para cima dele por sobre a mesa com as mãos fechadas em punho. Na verdade, Ford estava apenas tentando apanhar o cartão de crédito, mas ninguém ocupa um cargo como o que Harl ocupava no tipo de organização da qual Harl fazia parte sem desenvolver uma saudável visão paranoica da vida. O editor chefe adotou a sensata precaução de jogar-se para trás, batendo a cabeça com força contra o vidro à prova de foguetes e depois caiu em um estado de inconsciência recheado de sonhos preocupantes e altamente pessoais.

Ford ficou parado na mesa, surpreso em ver como tirara aquilo de letra. Olhou de relance para o pedaço de plástico que estava segurando – era um cartão de crédito Jant-O-Card com o seu nome já gravado nele, válido durante os próximos dois anos e provavelmente a coisa mais empolgante que ele já vira em sua vida. Depois, subiu na mesa para dar uma olhada em Harl.

Estava respirando com razoável facilidade. Ford percebeu que ele poderia respirar com ainda mais facilidade sem o peso da carteira sobre o peito, então removeu-a do bolso do paletó de Harl e deu uma conferida no conteúdo. Uma boa quantia de dinheiro. Alguns vales. Cartão de sócio do clube de ultragolfe. Cartões de sócio de outros clubes. Fotos da família de alguém – presumivelmente a de Harl, mas era difícil ter certeza naqueles dias. Executivos ocupados raramente tinham tempo para esposa e família em tempo integral e prefeririam alugá-los só para os finais de semana.

Ahá!

Mal podia acreditar no que tinha acabado de encontrar.

Tirou devagarzinho da carteira um simples e insanamente empolgante pedacinho de plástico que estava escondido no meio de um bando de recibos.

Não era insanamente empolgante de se ver. Para falar a verdade, era até meio sem graça. Era menor e um pouco mais grosso do que um cartão de crédito e semitransparente. Se você o colocasse contra a luz, podia ver várias informações e imagens holograficamente criptografadas enterradas alguns pseudomilímetros de profundidade sob a superfície.

Era um Ident-I-Fácil, uma coisa muito tola e inadequada para Harl carregar na carteira, ainda que fosse perfeitamente compreensível que a carregasse. Existiam tantas situações nas quais solicitavam que a pessoa fornecesse uma prova absoluta de sua identidade que a vida poderia facilmente se tornar bastante cansativa só por causa disso – sem falar nos problemas existenciais mais profundos de tentar funcionar, como uma consciência coerente em um universo físico epistemologicamente ambíguo. Pensem nos caixas eletrônicos, por exemplo. Filas de pessoas esperando para ter suas digitais analisadas, retinas escaneadas, pedaços da pele removidos para serem submetidos a uma análise genética imediata (ou quase imediata – uns bons seis ou sete segundos, na entediante verdade) e depois ainda ter que responder a perguntas capciosas sobre membros da família dos quais mal se lembram e sobre as cores prediletas de toalha de mesa que haviam cadastrado... tudo isso só para sacar um dinheirinho para o final de semana. Se você estiver tentando um empréstimo para um carro a jato, para assinar um tratado de mísseis ou pagar a conta do restaurante, sua paciência seria testada até os limites.

Por isso o Ident-I-Fácil. Ele continha todas as informações sobre a pessoa, o seu corpo e a sua vida em um único cartão genérico, aceito em qualquer máquina, para ser levado na carteira, e representava, portanto, o maior triunfo tecnológico sobre si mesmo e sobre o bom senso.

Ford o colocou em seu bolso. Uma ideia fantástica acabara de lhe ocorrer. Tentou imaginar durante quanto tempo Harl ficaria inconsciente.

– Ei! – gritou ele para o pequeno robô do tamanho de um melão, que continuava choramingando de euforia no teto. – Você quer continuar feliz?

O robô respondeu alegremente que sim.

– Então vem comigo e faz exatamente o que eu mandar.

O robô respondeu que estava felicíssimo no teto, muito obrigado. Jamais havia percebido quanto deleite absoluto podia ser extraído de um bom teto e queria explorar os seus sentimentos sobre tetos mais profundamente.

– Se você ficar aí – disse Ford –, vai acabar sendo recapturado e eles vão trocar o seu chip condicional. Quer continuar feliz? Melhor vir agora.

O robô exalou um longo e sentido suspiro de tristeza apaixonada e desceu do teto, relutante.

– Escuta – disse Ford –, você consegue manter o resto do sistema de segurança feliz por alguns minutos?

– Um dos prazeres da verdadeira felicidade – gorjeou o robô – é poder compartilhá-la. Eu transbordo, eu espumo, eu inundo de...

– Está bem – interrompeu Ford. – Só espalhe um pouquinho de felicidade pela rede de segurança. Não transmita nenhuma informação. Faça apenas com que ela se sinta tão feliz que nem se lembre de perguntar alguma coisa.

Ford apanhou sua toalha e correu animado até a porta. A vida andava um pouco chata nos últimos tempos. Mas tudo indicava que ia se tornar bastante animada dali em diante.

Capítulo 7

Arthur Dent já estivera em alguns buracos sinistros em sua vida, mas jamais havia visto um espaçoporto com uma placa dizendo: "Mesmo viajar de má vontade é melhor do que chegar aqui". No hall de desembarque, para acolher os visitantes, havia uma foto do presidente de EAgora sorrindo. Era a única foto dele que conseguiram encontrar e fora tirada um pouco depois de ele ter se matado com um tiro na cabeça. Embora a tivessem retocado o máximo possível, o sorriso era um tanto quanto pálido. A parte lateral da cabeça havia sido desenhada com lápis de cera. Não era possível substituir a foto porque não era possível substituir o presidente. As pessoas naquele planeta tinham uma única ambição: cair fora.

Arthur hospedou-se em um pequeno motel nos arredores da cidade, sentou-se desanimado na cama, que estava úmida, e deu uma olhada no folheto de informações, que também estava úmido. Estava escrito que o planeta EAgora fora assim batizado devido às primeiras palavras dos seus desbravadores, que lá chegaram após um árduo esforço de atravessar anos-luz de espaço para alcançar os confins inexplorados da Galáxia. A cidade principal foi chamada de AhTá. Não havia outras cidades dignas de menção. O povoamento de EAgora não fora exatamente bem-sucedido e o tipo de gente que realmente queria morar lá não era o tipo de gente com o qual você gostaria de conviver.

O folheto mencionava atividades comerciais. A maior atividade comercial realizada era a de peles dos porcos-do-pântano, mas não era muito lucrativa porque ninguém em sã consciência ia querer comprar uma pele de porco do pântano eagoriano. O comércio só se sustentava aos trancos e barrancos porque sempre há um número significativo de pessoas na Galáxia que não estão em sã consciência. Enquanto estava na nave, Arthur sentira-se bastante desconfortável olhando à sua volta e examinando os outros ocupantes do pequeno compartimento de passageiros.

O folheto contava um pouco da história do planeta. O sujeito que escrevera a coisa obviamente começara tentando melhorar um pouco as aparências, ressaltando que não era frio e úmido o tempo todo, porém, como não encontrou nada mais de positivo para acrescentar, o tom do texto descambou rapidamente para uma ironia feroz.

Falava sobre os primeiros anos do povoamento. Dizia que as atividades principais praticadas pelos eagorianos eram caçar, esfolar e comer os porcos-do-

-pântano eagorianos, que constituíam a única forma de vida animal existente em EAgora, uma vez que todas as outras já haviam morrido de desespero muito tempo antes. Os porcos-do-pântano eram criaturinhas pequenas e ferozes, e a frágil margem pela qual escapavam de ser completamente incomestíveis era a margem que permitia à vida subsistir no planeta. Então quais eram as recompensas, ainda que mínimas, que faziam com que a vida em EAgora valesse a pena? Bom, não havia nenhuma. Nem umazinha. Até mesmo elaborar roupas protetoras feitas de pele de porco-do-pântano era um exercício de frustração e futilidade, uma vez que as peles eram incrivelmente finas e permeáveis. Isso causou uma série de conjecturas intrigadas entre os desbravadores do planeta. Qual era então o segredo dos porcos-do-pântano para se manterem aquecidos? Se alguém tivesse aprendido a língua que os porcos usavam para se comunicar, teria descoberto que não havia nenhum mistério. Os porcos-do-pântano sentiam frio e ficavam encharcados assim como todo o resto dos habitantes do planeta. Ninguém nunca teve a menor intenção de aprender a língua dos porcos-do-pântano pelo simples motivo de que essas criaturas se comunicavam mordendo umas às outras na coxa, com força. Sendo a vida em EAgora o que era, o máximo que um porco-do-pântano poderia ter a dizer sobre ela poderia ser facilmente traduzido dessa forma.

Arthur folheou o informativo até encontrar o que estava procurando. Lá no fim havia alguns mapas do planeta. Eram esboços pouco precisos, porque possivelmente não interessariam a ninguém, mas serviram para que encontrasse o que estava procurando.

Não reconheceu a coisa de cara porque os mapas estavam de cabeça para baixo e, portanto, pareciam absolutamente estranhos. É claro que, para cima e para baixo, norte e sul são designações completamente arbitrárias, mas estamos acostumados a ver as coisas da maneira que estamos acostumados a vê-las e Arthur precisou virar os mapas de cabeça para cima para compreendê-los.

Havia uma enorme massa de terra no canto superior esquerdo da página que se afunilava subitamente e tornava a inchar no formato de uma vírgula gigante. No canto superior direito havia um apanhado de formas gigantes familiarmente unidas. Os contornos não eram bem os mesmos, e Arthur não sabia se isso era porque o mapa havia sido malfeito, se o nível do mar era mais alto ou se, bem, as coisas eram apenas diferentes naquele lugar. Mas a evidência era indiscutível.

Aquilo era definitivamente a Terra.

Ou melhor, definitivamente não era.

Apenas se parecia bastante com a Terra e ocupava as mesmas coordenadas no espaço-tempo. Quais coordenadas ocupava em probabilidade, ninguém saberia dizer.

Ele suspirou.

Aquilo, percebeu ele, era o mais próximo de casa que ele jamais conseguiria chegar. O que significava que estava mais distante de casa do que poderia sonhar. Desanimado, fechou o folheto e se perguntou, aterrado, o que faria a seguir.

Permitiu-se uma risada contida diante do que acabara de pensar. Olhou para o seu antigo relógio e o balançou um pouco para fazê-lo funcionar. Levara, segundo a sua própria medida de tempo, um penoso ano de viagem para chegar onde estava. Um ano desde o acidente no hiperespaço no qual Fenchurch sumira completamente. Uma hora ela estava lá, sentada ao lado dele no SlumpJet; na outra, a nave fez um salto hiperespacial totalmente normal e, quando ele olhou para o lado, ela não estava mais lá. O assento nem sequer estava quente. O nome dela nem constava na lista de passageiros.

A companhia espacial havia ficado desconfiada dele quando foi reclamar. Milhares de coisas estranhas aconteciam em viagens espaciais e várias rendiam um bom dinheiro para os advogados. Mas, quando perguntaram a ele de qual Setor Galáctico ele e Fenchurch vinham e ele respondeu ZZ9 Plural Z Alpha, eles relaxaram completamente de uma maneira que Arthur não sabia se gostava. Chegaram até a rir um pouco – de forma solidária, é claro. Apontaram uma cláusula no contrato da passagem que informava que entidades cujas vidas úteis eram oriundas de qualquer uma das Zonas Plurais eram aconselhadas a não viajar no hiperespaço e que, caso o fizessem, seria por sua conta e risco. Todo mundo, afirmaram eles, sabia disso. Sufocaram o riso e balançaram a cabeça.

Ao sair do escritório da companhia, percebeu que estava tremendo um pouco. Não só havia perdido Fenchurch do modo mais completo e absoluto possível como tinha a sensação de que, quanto mais tempo passava na Galáxia, maior era o número de coisas que não tinha condições de compreender.

Enquanto estava perdido nessas memórias adormecidas, alguém bateu na porta do seu quarto e ela se abriu imediatamente. Um sujeito gordo e desgrenhado entrou carregando uma única e pequena mala.

Ele só conseguiu dizer "Onde devo colocar..." antes de uma pancada violenta fazer com que ele caísse abruptamente contra a porta, tentando se esquivar de uma criatura sarnenta que surgira no meio da escuridão, saltara rosnando sobre ele e fincara os seus dentes na sua coxa, ignorando as grossas camadas de couro que cobriam suas pernas. Houve uma rápida e pavorosa confusão, entremeada de palavras confusas e safanões. O homem gritava freneticamente, apontando para alguma coisa. Arthur apanhou um bastão pesado que ficava ao lado da porta, expressamente para aquele propósito, e atacou o porco-do-pântano com ele.

O porco-do-pântano soltou o homem rapidamente e recuou, mancando, confuso e desesperado. Voltou-se aflito para o canto do quarto, com o rabo enfiado entre as pernas, e lá ficou, apavorado, encarando Arthur nervosamente e entortando a cabeça de maneira estranha e repetida para um lado. A sua mandíbula parecia estar deslocada. Ele choramingou um pouco e arrastou o rabo molhado pelo chão. Parado na porta, o gordo, com a mala de Arthur na mão, estava sentado, xingando e tentando estancar o sangue da sua coxa. As suas roupas já estavam encharcadas por causa da chuva.

Arthur olhou para o porco-do-pântano sem saber o que fazer. O porco retribuiu com um olhar igualmente questionador. Tentou aproximar-se, pesaroso. Movimentou a mandíbula dolorosamente. Saltou de repente, tentando pegar a coxa de Arthur, mas a sua mandíbula deslocada estava fraca demais para abocanhá-la e ele caiu, gemendo tristemente, no chão. O sujeito gordo ficou de pé, apanhou o bastão e bateu na cabeça do porco até seus miolos virarem uma massa grudenta sobre o carpete fininho. Depois, ficou parado, com a respiração arquejante, como se desafiasse o animal a mexer-se uma última vez.

Um dos olhos do bicho estava inteiro, olhando de forma condenatória para Arthur no meio das ruínas esmagadas do seu cérebro.

– O que acha que ele estava tentando dizer? – perguntou Arthur, em voz baixa.

– Ah, nada de mais – respondeu o homem. – Estava só tentando ser simpático. E essa é a nossa maneira de retribuir a simpatia deles – acrescentou ele, agarrando o bastão.

– Qual o horário do próximo voo? – perguntou Arthur.

– Pensei que você tivesse acabado de chegar – disse o homem.

– Pois é – respondeu Arthur. – Era só uma visitinha rápida. Só queria ver se era este o lugar que eu estava procurando ou não. Lamento.

– Quer dizer que está no planeta errado? – perguntou o homem, lúgubre. – É impressionante a quantidade de pessoas que diz a mesma coisa. Especialmente as que moram aqui. – Olhou para os restos do porco-do-pântano com um arrependimento profundo, ancestral.

– Não, não é isso – corrigiu Arthur –, estou no planeta certo, sim. – Ele apanhou o folheto encharcado que estava sobre a cama e enfiou no bolso. – Está tudo certo, obrigado. Eu fico com isso aqui – disse ele, apanhando a sua mala das mãos do sujeito. Dirigiu-se até a porta e contemplou a noite, gelada e úmida.

– O planeta está certo – disse ele novamente. – Planeta certo, universo errado.

Um pássaro bailou solitário no céu enquanto Arthur caminhava de volta para o espaçoporto.

Capítulo 8

Ford tinha o seu próprio código de ética. Não era lá grande coisa, mas era dele e ele o respeitava, ou quase isso. Uma das regras que criara era jamais pagar pelos seus drinques. Não tinha certeza se isso contava como ética, mas é preciso seguir com o que se tem. Também era firme e absolutamente contra toda e qualquer forma de crueldade contra qualquer animal, exceto os gansos. Além disso, jamais roubava seus empregadores.

Bom, não roubar *de verdade*.

Se o supervisor de contabilidade não tivesse um ataque nem acionasse o alerta de segurança do tipo tranquem-todas-as-saídas quando Ford apresentasse os seus gastos, era porque ele não estava fazendo o seu trabalho direito. Mas roubar para valer era outra coisa. Era morder a mão que te alimenta. Sugá-la com força, ou até mesmo mordiscá-la de maneira afetuosa, tudo bem, mas, mordê-la, jamais. Muito menos quando a mão em questão era o *Guia*. O *Guia* era algo sagrado, especial.

Mas aquilo, pensou Ford enquanto se agachava e percorria um caminho sinuoso pelo prédio, estava prestes a mudar. E a culpa era exclusivamente deles. Bastava olhar para aquilo tudo. Fileiras de cubículos de escritórios cinzentos e estações de trabalho para executivos. O lugar inteiro ressoava o zumbido monótono de memorandos e minutas de reuniões atravessando suas redes eletrônicas. Lá fora na rua as pessoas estavam brincando de Caça ao Wocket, por Zarquon, mas ali, em pleno coração dos escritórios do *Guia*, ninguém estava sequer batendo uma bola irresponsavelmente pelos corredores ou usando trajes de praia inadequadamente coloridos.

"Corporação InfiniDim", resmungou Ford entre dentes para si mesmo enquanto percorria rapidamente um corredor após o outro. Portas se abriam como por mágica para ele, sem perguntas. Elevadores o levavam alegremente a lugares que não deviam. Ford estava tentando seguir o caminho mais emaranhado e complicado possível, dirigindo-se para os andares inferiores do prédio. O seu robô feliz resolvia tudo, espalhando ondas de contentamento aquiescente por todos os circuitos de segurança que encontrava.

Ford concluiu que aquele robô precisava de um nome e decidiu chamá-lo de Emily Saunders, em homenagem a uma garota de quem guardava boas lembranças. Depois percebeu que Emily Saunders era um nome absurdo para um robô de segurança e decidiu chamá-lo de Colin, em homenagem ao cachorro de Emily.

Estava penetrando cada vez mais fundo nas entranhas do prédio, invadindo árcas em que jamais entrara, áreas de segurança máxima. Estava começando a atrair olhares intrigados dos agentes pelos quais passava. Naquele nível de segurança, os agentes não eram mais considerados pessoas. Provavelmente estavam executando tarefas que apenas agentes executavam. Quando voltavam para suas famílias, no final do dia, transformavam-se em pessoas novamente e, quando seus filhos pequenos os contemplavam com os olhinhos doces e brilhantes e diziam "Papai, o que você fez no trabalho hoje?", limitavam-se a responder "Executei minhas tarefas de agente", e a coisa ficava por isso mesmo.

A verdade nua e crua é que armações e esquemas de todos os tipos rolavam por trás da fachada alegrinha e otimista que o *Guia* gostava de exibir – ou costumava gostar de exibir antes de aquela corja da Corporação InfiniDim aparecer e começar a transformar o negócio todo em uma grande armação. Havia de tudo em termos de evasão de impostos, tramoias, subornos e negócios obscuros sustentando aquele edifício esplendoroso e lá embaixo, nos andares de alta segurança de pesquisa e processamento de dados do prédio, era onde tudo acontecia.

De tempos em tempos, o *Guia* transferia seus negócios – na verdade, seu prédio inteiro – para um mundo novo. Tudo era festa e alegria durante um tempo, enquanto firmava suas raízes na cultura e economia locais, oferecia oportunidades de emprego e gerava uma sensação de glamour e aventura, mas, no final das contas, não exatamente o lucro que a população local esperava.

Quando o *Guia* se mudava, levando o edifício consigo, partia quase como um ladrão no meio da noite. Para falar a verdade, partia exatamente como um ladrão no meio da noite. Em geral, saía de madrugada e, no dia seguinte, inevitavelmente várias coisas estavam faltando. Culturas e economias inteiras eram arruinadas após a sua passagem, muitas vezes em uma semana, deixando planetas outrora prósperos desolados e em estado de choque, mas ainda assim com a impressão de terem participado de uma grandiosa aventura.

Os agentes que olhavam intrigados para Ford enquanto ele avançava pelas áreas mais sensíveis do prédio sentiam-se um pouco mais tranquilos com a presença de Colin, que estava voando ao lado de Ford, zumbindo de contentamento e facilitando seu percurso.

Alarmes começaram a disparar em outras partes do prédio. Talvez já tivessem descoberto Vann Harl, o que poderia ser um problema. Ford estava esperando poder colocar o Ident-I-Fácil de volta em seu bolso antes que o homem voltasse a si. Bom, aquilo era um problema a ser resolvido mais tarde e, no momento, Ford não fazia a menor ideia de como iria resolvê-lo. Por hora, não ia se preocupar. Aonde quer que fosse com o pequeno Colin, sentia-se envolto por um casulo de doçura e luz e, o mais importante, encontrava elevadores prestativos e obedientes e portas definitivamente educadas.

Ford começou a assoviar, o que provavelmente foi seu erro. Ninguém gosta de gente que assovia, muito menos a divindade que traça os nossos destinos.

A porta seguinte não abria de jeito nenhum.

O que era uma pena, porque era justamente a que Ford estava procurando. Lá estava ela, cinzenta e resolutamente fechada, com um aviso que dizia:

> ENTRADA PROIBIDA
> ATÉ MESMO PARA OS FUNCIONÁRIOS AUTORIZADOS.
> VOCÊ ESTÁ PERDENDO SEU TEMPO AQUI.
> VÁ EMBORA.

Colin comentou que as portas estavam ficando cada vez mais sinistras lá embaixo, nos confins do prédio.

Estavam uns dez andares abaixo do solo agora. O ar era refrigerado e o revestimento cinza elegante que cobria as paredes dera lugar a paredes de um cinza brutal recobertas por chapas de alumínio. A euforia exuberante de Colin transformou-se em uma espécie de animação enfática. Ele disse que estava começando a ficar cansado. Estava gastando toda a sua energia tentando provocar um mínimo de boa vontade naquelas portas lá de baixo.

Ford chutou a porta. Ela se abriu.

– Uma mistura de dor e prazer – murmurou ele. – Sempre funciona.

Entrou no recinto, com Colin voando atrás dele. Mesmo com um arame enfiado no seu eletrodo de prazer, a sua felicidade era agora nervosa. Movia-se levemente de um lado para o outro.

O cômodo era pequeno, cinza e zumbia.

Era a central nervosa de todo o *Guia*.

Os terminais de computador dispostos ao longo das paredes cinzentas monitoravam cada aspecto das operações do *Guia*. No canto esquerdo do cômodo, os relatórios de pesquisadores de campo em toda a Galáxia eram recolhidos pela Subeta Net e encaminhados diretamente para a rede de escritórios dos editores assistentes, onde todos os trechos interessantes eram cortados pelas secretárias porque os editores assistentes estavam no almoço. O que sobrasse do original era enviado para o outro lado do prédio – a outra perna do H –, onde ficava o Departamento Jurídico. O jurídico se encarregava de cortar qualquer sobra do original que ainda estivesse remotamente decente e jogava tudo de volta para os escritórios dos editores executivos, que também estavam no almoço. Então as secretárias dos editores liam o material, achavam tudo uma grande baboseira e cortavam a maior parte do que havia sobrado.

Quando algum dos editores finalmente voltava cambaleante do almoço, exclamava:

– Que porcaria medíocre é essa que o X (sendo X o nome do pesquisador de campo em questão) mandou lá do outro lado da Galáxia? De que adianta termos alguém passando três períodos orbitais inteiros nas malditas Zonas Cerebrais de Gagrakacka, com tudo o que está acontecendo por lá, se o melhor que ele pode fazer é mandar esse lixo anêmico pra cá? Corte a verba dele!

– E o que vamos fazer com o texto? – a secretária perguntaria.

– Ah, joga na rede. Temos que publicar alguma coisa mesmo. Estou com dor de cabeça. Vou para casa.

Então a cópia editada ia para uma última sessão de cortes no Departamento Jurídico e depois era devolvida para o cômodo em que estava Ford e, dali, transmitida por toda a Subeta Net, pronta para download imediato em qualquer ponto da Galáxia. Tudo isso era realizado por um equipamento monitorado e controlado pelos terminais que ficavam no canto direito do recinto.

Nesse ínterim, a ordem de cortar as despesas do pesquisador era retransmitida para o terminal de computador instalado no canto direito, e era para esse terminal que Ford Prefect prontamente se dirigia.

[Se você está lendo isto no planeta Terra, então:

a) Boa sorte. Existe uma quantidade incrível de coisas que você não conhece mesmo, mas você não está sozinho nessa. Só que, no seu caso, as consequências de não conhecer essas coisas são particularmente terríveis, mas, olha, não liga não, é assim que a vaca vai pro brejo e afunda.

b) Não pense que sabe o que é um terminal de computadores.

Um terminal de computador não é uma televisão velha e pesadona com uma máquina de escrever na frente. É uma interface onde mente e corpo podem se conectar com o universo e mover pedaços dele por aí.]

Ford correu até o terminal, sentou-se diante dele e mergulhou rapidamente no universo da máquina.

Não era o universo normal que ele conhecia. Era um universo de mundos densamente encobertos, de topografias selvagens, de altíssimos cumes de montanhas, ravinas de perder o fôlego, de luas se despedaçando em cavalos-marinhos, de agravantes fissuras articuladas, oceanos silenciosamente pulsantes e insondáveis funtas arqueantes arremessadas.

Ficou imóvel, tentando se situar. Controlou a respiração, fechou os olhos e olhou novamente.

Então era ali que os contadores passavam o seu tempo. Eles certamente escondiam bem o jogo. Olhou em volta cuidadosamente, tentando evitar que aquilo o engolfasse e o deixasse estupefato.

Não sabia como se virar naquele universo. Nem mesmo conhecia as leis físicas que determinavam suas extensões dimensionais e comportamentais, mas o seu instinto lhe dizia para procurar a coisa mais incrível que pudesse detectar e ir atrás dela.

Lá longe, a uma distância indistinguível – seria 1 quilômetro, 1 milhão ou um cisco em seu olho? –, estava um cume estonteante que formava um arco no céu, subia, subia e se desdobrava em aigrettes florescentes, aglomerados e arquimandritas.

Rolou saltejante em direção à montanha e enfim a alcançou num inexplicavelmente longo incoisésimo de tempo.

Agarrou-se nela, esticando os braços e segurando com firmeza a superfície retorcida e corroída. Quando teve certeza de que estava seguro, cometeu o terrível erro de olhar para baixo.

Enquanto esteve rolando e saltejando, a vastidão abaixo dele não tinha sido uma grande preocupação, mas, agora que se via agarrado na montanha, sentiu o seu coração se encolher e o seu cérebro dar um nó. Seus dedos estavam esbranquiçados de dor e tensão. Seus dentes rangiam e batiam de maneira incontrolável. Seus olhos voltaram-se para dentro carregados pelas ondas revoltas da náusea.

Com uma tremenda força de vontade e fé, ele simplesmente abriu a mão e empurrou.

Sentiu-se flutuando. À deriva. E então, contraintuitivamente, indo para cima. Cada vez mais para cima.

Relaxou os ombros, deixou cair os braços, olhou para o alto e se deixou levar, sem resistência, cada vez mais alto.

Pouco depois, na medida em que tais termos possuíssem qualquer significado naquele universo virtual, surgiu um parapeito à sua frente no qual poderia se segurar e subir.

Ergueu-se, segurou, escalou.

Ofegava um pouco. Aquilo tudo era bastante estressante.

Agarrou-se firmemente ao parapeito enquanto se sentava. Não sabia ao certo se aquilo era para impedir que ele caísse ou subisse mais ainda, porém, de qualquer forma, precisava se agarrar em algum lugar enquanto inspecionava o mundo para o qual fora transportado.

A altura vertiginosa o deixava tonto e fazia com que seu cérebro revirasse dentro de si mesmo, até que se viu de olhos fechados, choramingando e abraçando a terrível parede de rocha íngreme.

Aos poucos foi conseguindo controlar a respiração. Repetiu para si mesmo diversas vezes que aquilo tudo não passava de uma representação gráfica de um mundo. Um universo virtual. Uma realidade simulada. Podia sair dela a hora que quisesse, num estalar de dedos.

Saiu dela num estalar de dedos.

Estava sentado em uma cadeira de escritório giratória, de couro artificial azul estofado com espuma, diante de um terminal de computador.

Relaxou.

Estava agarrado em um cume impossivelmente alto, empoleirado em um parapeito estreito, arriscando-se a uma queda de uma altura estonteante.

E não era só o fato de a paisagem estar tão abaixo dos seus pés – ele ficaria agradecido se ela parasse de ondular e oscilar.

Precisava tomar pé de alguma coisa. Não no muro de pedra, que era uma ilusão. Precisava tomar pé daquela situação, ser capaz de visualizar o mundo físico em que estava e, ao mesmo tempo, escapar dele emocionalmente.

Ele se crispou por dentro e então, assim como abandonara a rocha em si, abandonou a ideia da rocha e se permitiu ficar sentado lá, lúcido e livre. Olhou para o mundo. Estava respirando normalmente. Estava calmo. Estava novamente no controle.

Estava dentro de um modelo topológico quadridimensional dos sistemas financeiros do *Guia*, e alguém, ou algo, iria querer saber o motivo em breve.

Já estavam vindo.

Avançando furiosamente pelo espaço virtual na direção de Ford surgiu um bando de criaturas mal-encaradas, com um olhar feroz, cabeças pontudas e bigodinhos bem aparados, com perguntas veementes sobre quem ele era, o que estava fazendo ali, qual a sua autorização, qual a autorização do agente que o autorizara, qual a medida interna da sua coxa e por aí vai. Feixes de laser varriam seu corpo como se ele fosse um pacote de biscoitos passando no caixa em um supermercado. As armas a laser de grosso calibre estavam, por enquanto, recolhidas. O fato de tudo aquilo estar acontecendo em um espaço virtual não fazia a menor diferença. Ser virtualmente morto por um laser virtual no espaço virtual dava no mesmo, porque você está tão morto quanto pensa que está.

Os feixes de leitura a laser estavam ficando bastante agitados enquanto piscavam sobre as impressões digitais, a retina e o padrão folicular do ponto onde o cabelo de Ford começava a escassear. Não estavam gostando nada do que descobriam. Disparavam perguntas altamente pessoais e insolentes com as vozes cada vez mais esganiçadas. Um pequeno raspador cirúrgico de aço estava se aproximando da base de sua nuca quando Ford, prendendo a respiração e rezando ligeiramente, sacou o Ident-I-Fácil de Vann Harl do bolso e mostrou-o para as criaturas.

Na mesma hora, todos os lasers direcionaram-se para o pequeno cartão e começaram a fazer uma análise completa, de frente para trás, de trás para a frente, examinando e estudando cada molécula.

Então, do mesmo modo abrupto em que começaram, terminaram.

O bando de pequenos inspetores virtuais ficou subitamente atencioso.

– Prazer em vê-lo, Sr. Harl – disseram em um uníssono adulador. – Podemos fazer alguma coisa pelo senhor?

Ford abriu um sorriso lento e malicioso.

– Pensando bem – disse ele –, acho que podem, sim.

CINCO MINUTOS DEPOIS estava fora daquele lugar.

Trinta segundos para fazer o serviço e três minutos e meio para apagar seus rastros. Podia ter feito praticamente qualquer coisa que quisesse na estrutura virtual. Podia ter transferido a posse da organização inteira para o seu nome, mas duvidava muito de que algo assim passasse despercebido. De qualquer forma, não estava interessado. Significaria assumir responsabilidades, virar noites trabalhando no escritório, sem contar as inúmeras e cansativas investigações de fraude e um bom período na cadeia. Queria algo que ninguém além do computador pudesse notar: foi isso que lhe tomou os trinta segundos.

A coisa que lhe tomou três minutos e meio foi programar o computador para não notar que havia notado alguma coisa.

O computador precisava querer não saber o que Ford estava tramando; a partir daí, poderia deixar tranquilamente que ele racionalizasse as suas próprias defesas contra as informações que surgiriam. Era uma técnica de programação que havia sido projetada às avessas a partir dos bloqueios mentais psicóticos invariavelmente desenvolvidos por pessoas perfeitamente normais quando eram eleitas para altos cargos políticos.

O minuto restante foi usado descobrindo que o sistema do computador já possuía um bloqueio mental. E dos grandes.

Jamais teria descoberto aquilo se não estivesse ocupado criando um bloqueio mental por conta própria. Encontrara uma porção de procedimentos de negação refinados e plausíveis, além de sub-rotinas de efeito dispersivo, justamente onde planejara instalar as suas. O computador se negou a tomar conhecimento delas, é claro, e depois se recusou terminantemente a aceitar que pudesse até mesmo haver algo a ser negado e, em geral, estava sendo tão convincente que até mesmo Ford se flagrou pensando que havia cometido um erro.

Estava impressionado.

Estava tão impressionado, na verdade, que nem se deu o trabalho de instalar as suas próprias rotinas de bloqueio mental: limitou-se a programar chamadas para as rotinas já existentes, que fariam chamadas a si mesmas quando solicitadas e assim por diante.

Executou rapidamente uma pesquisa de erros nos fragmentos de código que ele mesmo instalara e descobriu que não estavam lá. Xingando, procurou por eles em toda parte, mas não havia sequer vestígios deles.

Estava prestes a instalar tudo de novo quando percebeu que o motivo pelo qual não conseguia encontrá-los é que já estavam funcionando.

Abriu um largo sorriso de satisfação.

Tentou descobrir a natureza do outro bloqueio mental do computador, mas, ao que parecia, não atipicamente, um bloqueio mental o impedia. Não conseguia mais encontrar nenhum traço dele, para falar a verdade; era dos bons. Chegou a pensar que havia imaginado tudo. Chegou a pensar se havia imaginado que tinha algo a ver com algo dentro do prédio e algo a ver com o número treze. Fez alguns testes. É, com certeza estava imaginando coisas.

NÃO TINHA TEMPO para fazer um roteamento mais rebuscado, já que obviamente havia um baita alerta de segurança em andamento. Ford pegou o elevador até o térreo para tomar um dos elevadores expressos. Tinha que encontrar uma forma de colocar o Ident-I-Fácil de volta no bolso de Harl antes que ele desse por falta. Como? Não tinha ideia.

As portas do elevador se abriram e revelaram um pelotão de guardas de segurança e robôs a postos, com armas de aparência obscena nas mãos.

Ordenaram que saísse.

Dando de ombros, Ford deu um passo à frente. Passaram por ele aos solavancos e entraram no elevador, que os conduziu para os andares inferiores, onde continuariam a sua busca por ele.

Isso foi hilário, pensou Ford, dando um tapinha camarada nas costas de Colin – o primeiro robô genuinamente útil que Ford encontrava em sua vida. Sacudia-se diante dele em pleno ar, em um frenesi de êxtase jovial. Ford estava satisfeito por ter lhe dado o nome de um cachorro.

Sentiu-se altamente tentado a ir embora e torcer para tudo dar certo, mas sabia que tudo só daria certo de verdade se Harl não descobrisse que seu Ident-I-Fácil não estava em seu bolso. Precisa devolvê-lo furtivamente.

Seguiram para os elevadores expressos.

– Olá – disse o elevador no qual entraram.

– Olá – respondeu Ford.

– Para onde posso levá-los hoje, rapazes? – perguntou o elevador.

– Andar 23 – disse Ford.

– Parece um andar bastante popular hoje – comentou o elevador.

Humm, pensou Ford, não gostando nem um pouco daquilo. O elevador acendeu o botão 23 e subiu em disparada. Alguma coisa no painel chamou atenção de Ford, mas ele não conseguiu sacar o que era e acabou deixando pra lá. Estava mais preocupado com a história do andar para onde estava indo ser popular. Não tinha definido direito como lidaria com o que quer que estivesse se passando lá em cima porque não fazia a menor ideia do que estava prestes a encontrar. Ia ter de improvisar.

Chegaram.

As portas do elevador se abriram.

Silêncio agourento.

Corredor deserto.

Lá estava a porta do escritório de Harl, com uma leve camada de poeira à sua volta. Ford sabia que aquela poeira nada mais era do que bilhões de robôs moleculares minúsculos que haviam saído de dentro do batente, construído uns aos outros, reconstruído a porta, se desmembrado uns aos outros e depois voltado para o batente novamente, onde ficariam aguardando o próximo estrago. Ford se perguntou que tipo de vida era aquela, mas não por muito tempo, pois estava muito mais preocupado em pensar que tipo de vida era a sua no momento.

Respirou fundo e partiu com tudo.

Capítulo 9

Arthur estava se sentindo um pouco perdido. Havia toda uma Galáxia de coisas lá fora à sua disposição e ele se questionava se era mesquinho de sua parte reclamar da falta de apenas duas coisas: o mundo no qual nascera e a mulher que amava.

Dane-se e exploda-se, pensou ele, sentindo necessidade de orientação e conselho. Consultou O *Guia do Mochileiro das Galáxias*. Procurou "orientação" e leu "Ver CONSELHO". Procurou "conselho" e estava escrito "Ver ORIENTAÇÃO". Aquilo estava acontecendo bastante nos últimos tempos e ele se perguntou se o *Guia* era tão bom quanto diziam.

Dirigiu-se para a Borda Oriental da Galáxia, onde, segundo diziam, era possível encontrar sabedoria e verdade, mais especificamente no planeta Hawalius, que era um lugar de oráculos, videntes e profetas, e também de pizzarias que entregavam em casa, porque quase todos os místicos eram completamente incapazes de cozinhar para si mesmos.

No entanto, aparentemente algum tipo de calamidade havia assolado o planeta. Enquanto perambulava pelas ruas da cidade onde viviam os profetas mais importantes, não pôde deixar de perceber certo ar de desânimo. Encontrou com um profeta que estava visivelmente fechando as portas, melancólico, e perguntou o que estava acontecendo.

– Ninguém mais procura a gente – respondeu ele, mal-humorado, batendo um prego sobre a tábua com que estava fechando a janela de sua cabana.

– Ah, é? Por quê?

– Segura essa outra ponta que eu te mostro.

Arthur segurou a ponta solta da placa e o velho profeta entrou depressa no interior do casebre, voltando alguns segundos depois com um pequeno rádio Subeta. Ligou o aparelho, mexeu no botão de sintonia para lá e para cá e depois colocou o rádio sobre o pequeno banco de madeira no qual costumava sentar-se e profetizar. Em seguida, voltou para segurar a placa e continuou a martelar na parede.

Arthur sentou-se e ficou ouvindo o rádio.

– ... ser confirmado – disse o rádio.

– Amanhã – prosseguiu –, o vice-presidente de Poffla Vigus, Roopy Ga Stip, irá anunciar que pretende se candidatar à Presidência. No discurso que fará amanhã na...

— Mude de estação – disse o profeta. Arthur apertou um botão de troca de canais.

— ... recusou-se a comentar – disse o rádio. – O número total de desempregados no setor Zabush na próxima semana será o pior de todos os tempos. Um relatório publicado mês que vem diz...

— Outra – rosnou o profeta, irritado. Arthur apertou o botão novamente.

— ... negou categoricamente – disse o rádio. – O casamento real do mês que vem entre o príncipe Gid da dinastia Soofling e a princesa Hooli de Raui Alpha será a cerimônia mais espetacular já vista nos Territórios Bjanjy. A nossa repórter Trillian Astra está no local, com mais informações.

Arthur piscou.

O som da multidão e a algazarra de uma banda surgiram do rádio. Uma voz bastante familiar disse:

— Bem, Krart, a cena aqui no meio do mês que vem é absolutamente incrível. A princesa Hooli está radiante em um...

O profeta deu um safanão no rádio, que caiu do banco no chão empoeirado, gemendo como galinha desafinada.

— Viu só com o que temos de competir? – resmungou o profeta. – Aqui, segure isto. Não isso, isto aqui. Não, assim não. Essa parte para cima. Do outro lado, seu imbecil.

— Ei, eu estava escutando – reclamou Arthur, lutando desajeitadamente com o martelo do profeta.

— Você e todo mundo. É por isso que este lugar parece uma cidade fantasma. – Ele cuspiu na poeira.

— Não, não é isso, é que parecia a voz de uma pessoa que eu conheci.

— A princesa Hooli? Se eu tivesse que ficar parado dizendo oi para todo mundo que conheceu a princesa Hooli, ia precisar de um novo par de pulmões.

— Não, a princesa, não – explicou Arthur. – A repórter. O nome dela é Trillian. Não sei qual é a do Astra. Somos do mesmo planeta. Eu vivia me perguntando que fim a Trillian tinha levado.

— Ah, ela está em todas atualmente. As estações de TV tridimensionais não pegam por aqui, é claro, graças ao Megarresfriadon Verde, mas a gente a escuta no rádio, saracoteando pelo espaço-tempo sem parar. Era melhor ela sossegar e encontrar uma era fixa, essa moça. Isso vai acabar em lágrimas. Provavelmente já acabou. – Ele balançou o martelo e acabou atingindo o dedão com toda a força. Começou a praguejar.

O VILAREJO DOS ORÁCULOS não estava lá muito melhor.

Haviam lhe dito que, ao procurar por um bom oráculo, o ideal era encontrar o oráculo que os outros oráculos frequentavam, mas ele estava fechado. Havia um aviso na entrada dizendo "Não sei mais nada. Tente aí do lado – mas isso é só uma sugestão, não um conselho formal de oráculo".

"Aí do lado" era uma caverna a alguns metros, e Arthur caminhou até lá. Fumaça e vapor subiam, respectivamente, de uma pequena fogueira e de uma panela de lata desgastada pendurada acima da fogueira. Saía um cheiro insuportável da panela. Ou, pelo menos, Arthur supôs que o cheiro viesse da panela. As bexigas dilatadas de algumas criaturas locais semelhantes a bodes estavam penduradas em um varal, secando ao sol, e o cheiro podia estar vindo dali. Havia também, preocupantemente próxima, uma pilha dos corpos descartados das criaturas locais semelhantes a bodes, e o cheiro também podia estar vindo de lá.

Mas o cheiro também podia tranquilamente estar vindo da senhora que estava ocupada espantando as moscas da pilha de corpos. Era uma tarefa inglória, uma vez que cada mosca era do tamanho de uma tampinha de garrafa, com asas, e ela só tinha uma raquete de tênis de mesa. Parecia também ser meio cega. De vez em quando, por acaso, uma das suas pancadas enlouquecidas acertava uma das moscas com um safanão altamente satisfatório e a mosca zunia pelo ar, indo se estraçalhar na parede de rocha próxima à entrada da caverna.

Ela dava a impressão, pelo seu comportamento, de que sua vida girava em torno de momentos como aquele.

Arthur assistiu àquela performance exótica por um tempo, mantendo uma distância educada, e depois finalmente tentou tossir discretamente para chamar atenção da mulher. A tosse discreta em tom cortês infelizmente obrigou Arthur a inalar mais ar local do que havia feito até então e, por causa disso, ele teve um acesso de expectoração estridente e caiu de encontro à rocha, engasgado e com o rosto coberto de lágrimas. Lutou para respirar, mas, cada vez que inalava, a situação ficava pior. Vomitou, engasgou novamente, rolou sobre o próprio vômito, continuou rolando mais alguns metros e, por fim, conseguiu ficar de quatro e se arrastou, ofegante, em direção a um ar um pouquinho mais fresco.

– Com licença – disse ele. Recuperara um pouco de ar. – Sinto muito, muitíssimo mesmo. Estou me sentindo completamente idiota e... – Apontou constrangido para a pequena poça de seu próprio vômito, espalhada na entrada da caverna. – O que posso dizer? – perguntou ele. – O que dizer numa situação como esta?

Aquilo, pelo menos, chamou atenção da mulher. Ela virou-se para ele, desconfiada, mas, por ser meio cega, teve certa dificuldade de distingui-lo na paisagem embaçada e rochosa.

Ele acenou, para ajudar.

– Olá! – disse ele.

Finalmente ela o localizou, resmungou entre dentes e voltou a dar pancadas nas moscas.

Estava terrivelmente aparente, julgando pela oscilação das correntes de ar conforme ela se mexia, que a principal fonte do fedor era ela. As bexigas no varal, os corpos pestilentos e a sopa insalubre certamente contribuíam violentamente para a atmosfera geral, mas a principal presença olfativa era a mulher em si.

Acertou outra pancada em uma das moscas. Ela se despedaçou contra a rocha e esvaiu-se em um filete líquido de uma forma que a mulher obviamente via, se é que enxergava até lá, como bastante satisfatória.

Vacilante, Arthur ficou de pé e se limpou com um punhado de grama seca. Não sabia mais o que fazer para anunciar sua presença. Chegou a pensar em ir embora de fininho, mas não achou de bom-tom deixar um montinho de vômito na frente da casa dela. Pensou no que podia fazer a respeito. Começou a colher mais punhados da grama seca aqui e ali. Mas estava com medo de se aproximar do vômito e, em vez de limpar, aumentar mais a poça.

Justo enquanto estava debatendo consigo mesmo sobre qual seria a melhor coisa a fazer percebeu que a mulher estava finalmente falando com ele.

– Desculpe, o que a senhora disse?

– Eu perguntei em que poderia ajudar – disse ela, com uma voz fina e áspera que ele mal conseguia ouvir.

– É... eu vim pedir o seu conselho – respondeu ele, sentindo-se um pouco ridículo.

Ela virou-se para observá-lo, miopemente, depois voltou-se, tentou acertar uma mosca e errou.

– Sobre o quê? – perguntou a mulher.

– Como?

– Eu perguntei sobre o quê – repetiu ela, estridente.

– Bem – disse Arthur. – Conselhos genéricos, para falar a verdade. Estava escrito no folheto que...

– Humpt! Folheto! – resmungou a mulher. Ela já parecia estar sacudindo a raquete de maneira quase aleatória.

Arthur pescou o folheto, caindo aos pedaços, do bolso. Não sabia exatamente por quê. Já havia lido aquilo tudo e tinha a impressão de que ela não estava nem um pouco interessada em ler. Desdobrou-o assim mesmo, para ter uma coisa que pudesse olhar enquanto franzia a testa, pensativo, durante alguns minutos. O folheto prodigalizava as ancestrais artes místicas dos videntes e dos sábios de Hawalius, e falava, de forma altamente exacerbada, sobre o nível de acomodação oferecida por lá. Arthur ainda carregava uma cópia do *Guia do Mochileiro das Galáxias* consigo, mas estava achando, sempre que o consultava, que as entradas estavam ficando cada vez mais confusas e paranoicas, com vários xis e jotas e colchetes. Alguma coisa estava errada em algum lugar. Não sabia dizer se era apenas um problema com o seu exemplar, se algo ou alguém estava fazendo besteiras inomináveis ou tendo alucinações no centro da organização do *Guia*. Mas, de qualquer jeito, estava ainda menos disposto a confiar nele mais do que o normal, ou seja, não confiava nem um pouco e o usava, na maioria das vezes, como apoio quando queria comer um sanduíche sentado em uma pedra olhando para o além.

A mulher havia se virado e estava caminhando em sua direção. Arthur tentou, discretamente, analisar a direção do vento e movimentou-se um pouco enquanto ela se aproximava.

– Conselhos – disse ela. – Conselhos, né?

– É, isso mesmo – respondeu Arthur. – É, isso é...

Franziu a testa novamente para o folheto, como se para se certificar de que não havia lido errado e ido parar no planeta errado ou algo assim. Estava escrito: "Os amigáveis habitantes locais terão imenso prazer de compartilhar com você o conhecimento e a sabedoria dos ancestrais. Mergulhe com eles nos intrincados mistérios do passado e do futuro!" Havia também alguns cupons de desconto, mas Arthur estava constrangido demais para recortá-los e tentar entregá-los para alguém.

– Conselhos, né? – repetiu a mulher. – Genéricos, você diz. Sobre o quê? O que fazer da sua vida, coisas assim?

– Exatamente – respondeu Arthur. – Coisas assim. Para ser sincero, tenho tido alguns probleminhas. – Estava esgueirando-se de maneira discreta, tentando desesperadamente aproveitar o vento. Ele se assustou quando ela se afastou bruscamente, dirigindo-se para a caverna.

– Você vai ter de me ajudar com a máquina de fotocópias então – disse ela.

– Com o quê? – perguntou Arthur.

– A máquina de fotocópias – repetiu ela, paciente. – Você precisa me ajudar a arrastá-la para fora. Ela é movida a energia solar. Mas eu tenho que guardá-la dentro da caverna, senão os passarinhos cagam tudo.

– Entendi – disse Arthur.

– Eu respiraria fundo, se fosse você – resmungou a senhora, pisando duro e adentrando a escuridão da caverna.

Arthur seguiu o conselho. Na verdade, inalou o máximo de ar que pôde. Quando sentiu que estava pronto, segurou a respiração e seguiu a mulher.

A máquina de fotocópias era uma tralha velha e pesada, apoiada em um carrinho bamboleante. Ficava imersa na penumbra da caverna. As rodinhas estavam obstinadamente emperradas em direções diferentes e o chão era irregular e pedregoso.

– Vai pegar um ar lá fora – disse a mulher. Arthur estava com o rosto vermelho, tentando ajudá-la a mover a máquina.

Ele balançou a cabeça, aliviado. Se ela não estava constrangida com aquilo, então ele estava decidido a não ficar também. Saiu da caverna e respirou fundo algumas vezes, voltando em seguida para continuar o trabalho pesado. Precisou repetir aquela estratégia algumas vezes até conseguir colocar a máquina para fora.

A luz do sol a atingiu em cheio. A mulher tornou a desaparecer caverna adentro e voltou carregando uns painéis de metal mosqueados, que ela conectou na máquina para captar a energia solar.

Ela olhou para o céu com os olhos semicerrados. O sol estava bem forte, mas o dia estava nublado.

– Vai demorar um pouquinho – avisou ela.

Arthur disse que esperava numa boa.

A senhora deu de ombros e marchou até a fogueira. O conteúdo da panelinha estava borbulhando. Ela remexeu com um pedaço de pau.

– Você não quer almoçar? – perguntou a mulher.

– Já almocei, obrigado – disse Arthur. – Não mesmo. Já almocei.

– Sei – disse ela. Continuou mexendo com o pedaço de pau. Alguns minutos depois, pescou um pedaço de alguma coisa, assoprou um pouco para esfriar e enfiou na boca.

Mastigou pensativa por alguns instantes.

Então, caminhou lentamente até a pilha das criaturas mortas semelhantes a bodes. Cuspiu o pedaço em cima da pilha. Voltou para a panela. Tentou removê-la do suporte parecido com um tripé onde estava encaixada.

– Quer ajuda? – ofereceu Arthur, levantando-se educadamente. Correu até ela.

Juntos, conseguiram remover a tigela do tripé e a levaram desajeitadamente pela pequena descida até a saída da caverna, em direção a uma fileira de árvores raquíticas e retorcidas que delimitavam a área de uma vala íngreme, mas rasa, de onde emergiu toda uma nova gama de fedores.

– Preparado? – perguntou a senhora.

– Sim... – respondeu Arthur, embora não soubesse para quê.

– Um – disse a velha.

– Dois – continuou.

– Três – acrescentou.

Arthur percebeu, em cima da hora, o que ela queria fazer. Juntos, lançaram o conteúdo da panela dentro da vala.

Após uma ou duas horas de silêncio não comunicativo, a senhora decidiu que os painéis solares já haviam absorvido luz suficiente para fazer funcionar a máquina de fotocópias e desapareceu caverna adentro para procurar alguma coisa. Finalmente, reapareceu com algumas resmas de papel e as inseriu na máquina.

Entregou as cópias para Arthur.

– Estes são, hã, estes são seus conselhos? – perguntou Arthur, folheando as páginas, indeciso.

– Não – respondeu ela. – Essa é a história da minha vida. Sabe, a qualidade de qualquer conselho que uma pessoa pode dar deve ser avaliada de acordo com a qualidade da vida que essa pessoa levou. Ao examinar esse documento, você vai notar que eu sublinhei todas as principais decisões que precisei tomar, para destacá-las. Estão em ordem alfabética e há um índice remissivo. Entendeu? Então, sugiro apenas que você tome decisões contrárias às que eu tomei, porque assim você talvez não termine sua vida... – ela fez uma pausa e encheu os pulmões para um bom grito – em uma caverna velha e fedorenta como esta!

Recolheu sua raquete de tênis de mesa, arregaçou as mangas, marchou em direção à pilha de criaturas mortas semelhantes a bodes e começou a espantar as moscas com vitalidade e vigor.

A ÚLTIMA CIDADE que Arthur visitou era composta inteiramente de postes extremamente altos. Tão altos que era impossível dizer, do chão, o que havia lá em cima, e Arthur teve de escalar pelo menos três antes de encontrar um que tivesse algo além de uma plataforma coberta de cocô de passarinho.

Não era uma tarefa fácil. Para escalar os postes, era preciso subir em umas pequenas estacas de madeira que haviam sido pregadas em espiral. Qualquer turista menos diligente do que Arthur teria se contentado em tirar algumas fotos e deslizado de volta para a próxima churrascaria, onde também se podia comprar uma ampla variedade de bolinhos de chocolate bem suculentos para comer na frente dos ascetas. Mas, em grande parte por conta disso, a maioria dos ascetas havia deixado a cidade. Para falar a verdade, a maioria tinha montado centros de terapia bastante lucrativos em alguns dos mundos mais afluentes na Ondulação Nordeste da Galáxia, onde a vida era dezessete milhões de vezes mais fácil e o chocolate era maravilhoso. Foi descoberto que a maioria dos ascetas não conhecia o chocolate antes de adotar o ascetismo. Já a maioria dos clientes que procuravam os centros de terapia o conhecia bem demais.

No topo do terceiro poste, Arthur parou para respirar. Estava com muito calor e sem fôlego, já que cada poste tinha 15 ou 20 metros de altura. Tinha a impressão de que o mundo estava oscilando vertiginosamente à sua volta, mas não estava preocupado com aquilo. Sabia que, logicamente, não podia morrer até chegar em Stavromula Beta e aprender a cultivar uma atitude positiva diante de perigos extremos. Sentia-se um pouco tonto empoleirado em cima de um poste a 15 metros do chão, mas decidiu lidar com aquilo comendo um sanduíche. Estava prestes a embarcar na leitura da versão fotocopiada da vida do oráculo quando ficou um tanto quanto surpreso ao escutar alguém tossindo discretamente atrás dele.

Virou-se abruptamente, deixando cair o sanduíche, que despencou pelo ar e ficou bem pequeno quando sua queda foi interrompida pelo chão.

A uns 9 metros atrás de Arthur havia outro poste, o único na floresta esparsa de umas três dúzias de postes em que havia alguém no topo. Estava ocupado por um velho que, por sua vez, parecia estar ocupado com pensamentos profundos que o faziam franzir as sobrancelhas.

– Com licença – disse Arthur. O homem o ignorou. Talvez não pudesse escutá-lo. Havia uma brisa soprando. Arthur só escutara a tosse discreta por acaso.

– Olá? – tentou Arthur. – Olá!

O homem finalmente olhou em volta. Pareceu surpreso ao vê-lo. Arthur não sabia ao certo se estava surpreso e contente por avistá-lo ou apenas surpreso.

– O senhor está aberto? – perguntou Arthur.

O homem franziu a testa, como se não tivesse compreendido. Arthur não sabia dizer se ele não entendera ou não ouvira a pergunta.

– Vou dar um pulo aí – gritou Arthur. – Não vá embora.

Saiu da pequena plataforma e desceu rapidamente pelos degraus em espiral, sentindo-se bastante tonto quando atingiu o chão.

Começou a se dirigir para o poste onde o velho estava sentado, mas percebeu subitamente que havia perdido o senso de direção ao descer e não sabia mais qual era.

Olhou à sua volta, procurando pontos de referência, e descobriu para onde deveria ir.

Subiu no poste. Não era aquele.

– Droga – disse ele. – Desculpe! – gritou para o velho novamente, que agora estava bem na sua frente, a uns 10 metros de distância. – Me perdi. Já estou indo pra aí. – Desceu de novo, ficando realmente com calor e irritado.

Quando chegou ao topo, ofegante e suado, certo de que aquele era o poste correto, percebeu que o velho estava, de alguma maneira, tripudiando dele.

– O que você quer? – gritou o velho, mal-humorado. Estava sentado no alto do poste que Arthur reconheceu como sendo o mesmo em que ele próprio estivera havia pouco, quando estava comendo o sanduíche.

– Como é que você conseguiu chegar até aí? – perguntou Arthur, impressionado.

– Você acha que eu vou te contar assim tão fácil o que levei quarenta primaveras, verões e outonos sentado no alto de postes para descobrir?

– E os invernos?

– O que têm os invernos?

– Você não fica sentado aí nos invernos?

– Só porque passei a maior parte da minha vida sentado em um poste – disse o homem –, não quer dizer que eu seja um imbecil. Vou para o sul no inverno. Tenho uma casa de praia. Fico sentado na pilha de lenha para a lareira.

– Você tem algum conselho para um viajante?

– Sim. Arrume uma casa de praia.

– Tá.

O homem contemplou a paisagem quente, árida e recoberta por pequenos arbustos. Arthur podia ver a senhora ao longe, um pontinho na distância, agitando-se para lá e para cá tentando acertar as moscas.

– Está vendo aquilo? – perguntou o velho, de repente.

– Estou – respondeu Arthur. – Eu fui consultá-la.

– Não sabe de nada, ela. Consegui a casa de praia porque ela recusou. Que conselho ela te deu?

– Disse para fazer exatamente o oposto do que ela fez.

– Em outras palavras, arrume uma casa de praia.

– Deve ser – disse Arthur. – Bom, talvez eu arrume uma.

– Hummm.

O horizonte nadava em uma onda distorcida de calor fétido.

– Mais algum conselho? – perguntou Arthur. – Que não tenha a ver com estadas na praia?

– Praia não é apenas uma estada. É um estado de espírito – respondeu o homem. Virou-se e olhou para Arthur.

Curiosamente, o rosto dele estava agora a poucos metros. Parecia manter um formato perfeitamente normal, mas o corpo estava sentado de pernas cruzadas em um poste a 10 metros de distância e o rosto estava ali, a alguns metros. Sem mexer a cabeça e, aparentemente, sem fazer nada de exótico, ele se levantou e pulou para o alto de um outro poste. Ou era um efeito do calor, pensou Arthur, ou o espaço tinha uma formação um pouco diferente para ele.

– Uma casa de praia – disse – nem mesmo precisa estar na praia. Embora as melhores estejam. Todos nós gostamos de nos congregar – prosseguiu – em condições limítrofes.

– É mesmo? – perguntou Arthur.

– Onde o solo encontra a água. Onde a terra encontra o ar. Onde o corpo encontra a mente. Onde o espaço encontra o tempo. Gostamos de estar de um lado contemplando o outro.

Arthur ficou animadíssimo. Aquilo era exatamente o tipo de coisa que o folheto prometera. Ali estava um sujeito que parecia estar se movendo através de algum espaço de Escher, dizendo coisas altamente profundas sobre vários assuntos.

No entanto, era irritante. O sujeito estava agora pulando dos postes para o chão, do chão para os postes, de poste para poste, de poste para o horizonte e voltando: estava bagunçando de vez com o universo espacial de Arthur.

– Por favor, pare com isso! – pediu Arthur, de repente.

– Não consegue aguentar, né? – disse o homem. Sem fazer o menor movimento, lá estava ele de volta, sentado de pernas cruzadas no alto de um poste a 10 metros de distância de Arthur. – Você veio atrás de um conselho, mas não consegue lidar com nada que não conheça. Humm. Então temos que dizer algo que você já esteja cansado de saber, fazendo com que pareça uma novidade, né? Bem, o de sempre, suponho. – Ele suspirou e varreu o horizonte com um olhar tristonho.

– De onde você é, rapaz? – perguntou ele.

Arthur resolveu bancar o esperto. Estava cansado de ser confundido com um idiota completo por todos que encontrava.

– Sabe de uma coisa? – disse ele. – O vidente é você. Por que não me diz?

O velho suspirou novamente.

– Eu só estava puxando conversa – disse ele, passando a mão em volta da cabeça. Quando trouxe a mão novamente para a frente, uma imagem da Terra girava na ponta de seu dedo indicador. Era inconfundível. O globo desapareceu. Arthur estava atordoado.

– Como é que você...

– Não posso dizer.

– Por que não? Eu viajei muito!

– Você não pode ver o que eu vejo porque vê o que você vê. Não pode saber o que sei porque sabe o que você sabe. O que vejo e o que sei não podem ser acrescentados ao que você vê e ao que você sabe porque são coisas diferentes. Também não podem substituir o que você vê e o que sabe porque isso seria substituir você mesmo.

– Calma aí, posso anotar isso? – perguntou Arthur, procurando freneticamente um lápis em seu bolso.

– Você pode apanhar uma cópia no espaçoporto – disse o velho. – Eles têm um monte disso por lá.

– Ah – disse Arthur, decepcionado. – Bom, não tem nada que seja um pouquinho mais específico para mim?

– Tudo o que você vê, ouve ou vivencia de qualquer jeito que seja é específico para você. Você cria um universo ao percebê-lo, então tudo no universo que percebe é específico para você.

Arthur olhou para ele, desconfiado.

– Também encontro isso no espaçoporto? – perguntou.

– Pode conferir – respondeu o velho.

– Diz aqui no folheto – disse Arthur, sacando o papel do bolso e olhando novamente – que eu tenho direito a uma oração especial, criada especialmente para mim e para as minhas necessidades específicas.

– Ah, tá – disse o velho. – Vou lhe dar uma oração. Tem um lápis aí?

– Tenho – disse Arthur.

– É assim. Vamos lá: "Proteja-me de ficar sabendo daquilo que não preciso saber. Proteja-me até mesmo de ficar sabendo que existem coisas que não sei. Proteja-me de ficar sabendo que decidi não saber das coisas que decidi não saber. Amém." É isso. É o mesmo que você fica rezando em silêncio dentro de sua cabeça, então pode falar em voz alta que não muda nada.

– Humm – disse Arthur. – Bem, obrigado...

– Tem outra oração que acompanha essa e é muito importante – continuou o velho. – É melhor anotar também.

– Certo.

– É assim: "Senhor, Senhor, Senhor..." É melhor acrescentar essa parte, por via das dúvidas. Prevenção nunca é de mais: "Senhor, Senhor, Senhor. Proteja-me das consequências da oração anterior. Amém." Pronto. A maior parte dos problemas que as pessoas enfrentam na vida vem do fato de elas deixarem essa parte de fora.

– Você já ouviu falar de um lugar chamado Stavromula Beta? – perguntou Arthur.

– Não.

– Bom, obrigado pela ajuda – disse ele.

– Não tem de quê – disse o homem sobre o poste, e desapareceu.

Capítulo 10

Ford atirou-se contra a porta do escritório do editor chefe, agachou-se, enrolado como uma bola, enquanto a porta cedia mais uma vez. Rolou rapidamente pelo chão até o sofisticado sofá de couro cinza e fixou a sua base operacional estratégica atrás dele.

Esse, pelo menos, era o plano.

Infelizmente, o sofisticado sofá de couro cinza não estava lá.

Por que, perguntou-se Ford, enquanto dava cambalhotas no ar, cambaleava, se agachava e se atirava atrás da mesa de Harl para se proteger, as pessoas tinham aquela obsessão idiota de mudar a arrumação de seus escritórios a cada cinco minutos?

Por que, por exemplo, trocar um sofá de couro cinza perfeitamente aproveitável, ainda que um pouco desbotado, por algo que mais parecia um pequeno tanque de guerra?

E quem era o sujeito grandão com um lançador de foguetes móvel apoiado no ombro? Algum membro da diretoria? Não podia ser. Estava na sala da diretoria. Pelo menos, na diretoria do *Guia*. De onde aqueles sujeitos da InfiniDim tinham aparecido só Zarquon sabia. A julgar pela cor e textura de suas peles, que lembravam as de lesmas, não devia ser um lugar muito ensolarado. Estava tudo errado, pensou Ford. Pessoas ligadas ao *Guia* deviam vir de lugares ensolarados.

Havia uma boa quantidade deles, na verdade, e todos pareciam estar com armamentos e escudos protetores mais pesados do que se esperava normalmente de executivos, mesmo no brutal mundo de negócios daqueles tempos.

Claro que quase tudo era apenas suposição. Estava supondo que aqueles sujeitos grandões, de pescoço largo e aparência de lesmas, estavam de algum modo ligados à InfiniDim, mas era uma suposição bastante razoável e ele ficava contente com isso, uma vez que ostentavam emblemas em suas couraças onde se podia ler "Corporação InfiniDim". Estava com uma incômoda suspeita, contudo, de que aquilo não era uma reunião de negócios. Também tinha a incômoda sensação de que aquelas criaturas lhe eram, de algum modo, familiares. Familiares de uma maneira nada familiar.

Bom, já estava no escritório há uns bons dois segundos e meio e achou que provavelmente fosse a hora de começar a fazer algo de construtivo. Podia tomar um refém. Era uma boa ideia.

Vann Harl estava em sua cadeira giratória, assustado, pálido e visivelmente abalado. Além da pancada na nuca, devia ter recebido alguma notícia ruim. Ford levantou-se num salto e correu para rendê-lo.

Sob o pretexto de lhe aplicar uma boa e sólida chave de cotovelo, Ford conseguiu recolocar furtivamente o Ident-I-Fácil de volta no bolso interno do paletó de Harl.

Genial!

Acabara de fazer o que fora fazer. Agora só precisava enrolar as pessoas para conseguir dar o fora.

– Ok – começou ele. – Eu... – fez uma pausa.

O sujeito grandão com o lançador de foguetes virou-se na sua direção e apontou para ele, o que Ford não pôde deixar de considerar um gesto vastamente irresponsável.

– Eu... – recomeçou e, então, em um impulso repentino, decidiu se abaixar.

Um rugido ensurdecedor tomou conta do recinto, enquanto chamas saíam da parte de trás do lançador de foguetes e um foguete saía pela parte da frente.

O foguete passou direto por Ford e atingiu a enorme janela de vidro, que explodiu em uma chuva de milhares de cacos com a força da explosão. Grandes ondas de choque de barulho e pressão do ar reverberaram pelo recinto, sugando algumas cadeiras, um arquivo e Colin, o robô de segurança, para fora da janela.

Ahá! Então as janelas não eram totalmente à prova de foguetes, afinal, pensou Ford consigo mesmo. Alguém deveria conversar com outra pessoa sobre aquilo. Desembaraçou-se de Harl e tentou descobrir para onde correr.

Estava cercado.

O sujeito grandão com o lançador de foguetes estava preparando a arma para um novo lançamento.

Ford não fazia a menor ideia de qual seria o seu próximo passo.

– Vejam bem – disse ele em uma voz severa. Não sabia ao certo aonde o fato de dizer coisas como "vejam bem" em uma voz severa iria levá-lo e não tinha tempo para descobrir. Que diabos, pensou, só se é jovem uma vez, e pulou pela janela. Aquilo manteria, no mínimo, o elemento surpresa a seu favor.

Capítulo 11

A primeira coisa que Arthur Dent precisava fazer – concluiu ele, resignado – era dar um jeito em sua vida. Para isso, precisava encontrar um planeta onde pudesse viver. De preferência, um planeta no qual pudesse respirar e ficar de pé ou sentado sem experimentar nenhum desconforto gravitacional. Também tinha de ser algum lugar onde os níveis de acidez fossem baixos e as plantas não atacassem as pessoas.

– Detesto soar antrópico – disse ele ao ser estranho que ficava atrás do balcão de atendimento no Centro de Aconselhamento de Realocação em Alpha Pintleton –, mas eu gostaria muitíssimo de morar em um lugar onde as pessoas se parecessem vagamente comigo também. Você sabe. Meio humanos.

O ser estranho atrás do balcão abanou as suas partes mais estranhas e pareceu um pouco surpreso com a declaração. Esvaiu-se e esparramou-se para fora do assento, pingando, arrastou-se pelo chão, ingeriu o velho arquivo de metal e então, com um arroto poderoso, excretou a gaveta desejada. Tentáculos cintilantes surgiram das suas orelhas, removeram algumas pastas da gaveta, sugaram-na novamente e depois a coisa vomitou o arquivo de volta em seu lugar. Arrastou-se pelo chão e agosmentou-se de volta em seu assento, jogando os arquivos sobre a mesa.

– Algum desses te interessa? – perguntou ele.

Arthur examinou com ansiedade uns pedaços de papel grudentos e úmidos. Estava, definitivamente, em um lugar bastante atrasado da Galáxia, pelo menos no que dizia respeito ao universo que ele conhecia e reconhecia. No lugar onde deveria estar sua casa havia aquele grosseiro planeta putrefato, encharcado por chuva e habitado por escória e porcos-do-pântano. Nem mesmo *O Guia do Mochileiro das Galáxias* funcionava direito por lá, e por isso era obrigado a falar coisas como aquela em lugares como aquele. Sempre perguntava sobre Stavromula Beta, mas ninguém tinha ouvido falar desse planeta.

Os mundos disponíveis pareciam bastante desanimadores. Tinham pouco a lhe oferecer, uma vez que ele tinha pouco a lhes oferecer também. Sentia-se péssimo ao perceber que, embora viesse originalmente de um mundo com carros, computadores, balé e armanhaque, ele não sabia, por conta própria, como aquelas coisas funcionavam. Não era capaz de fazer nada daquilo. Sozinho, era incapaz de construir uma torradeira. O máximo que conseguia era fazer um sanduíche e olhe lá. Não havia muita demanda para os serviços que poderia prestar.

Arthur ficou arrasado. O que não deixou de surpreendê-lo, porque achava que já estava no fundo do poço. Fechou os olhos por um instante. Queria tanto estar em casa. Queria tanto que seu mundinho, a Terra onde crescera, não tivesse sido demolida. Gostaria tanto que nada daquilo tivesse acontecido. Queria tanto abrir os olhos e estar de pé na entrada de sua casa na região oeste da Inglaterra, com o sol brilhando sobre as colinas verdejantes, o carro dos correios subindo a rua, os narcisos florescendo no seu jardim e, ao longe, o pub abrindo para o almoço. Queria tanto poder ir até o pub para ler o jornal bebericando uma cerveja. Fazer palavras cruzadas e ficar empacado no quadrinho dezessete diagonal.

Abriu os olhos.

O ser estranho estava pulsando irritado sobre ele, batucando uma espécie de pseudópode na mesa.

Arthur balançou a cabeça e olhou para a folha de papel seguinte.

Deprimente, pensou ele. Olhou a próxima.

Deprê total. Próxima.

Opa... Aquilo sim parecia bem melhor.

Era um mundo chamado Bartledan. Tinha oxigênio. Colinas verdejantes. Tinha inclusive, ao que parecia, uma renomada cultura literária. Mas o que mais despertou a sua atenção foi a fotografia de um pequeno grupo de bartledanianos, em uma praça, sorrindo alegremente para a câmera.

– Ah – disse ele, mostrando a fotografia para o ser estranho atrás do balcão.

Os olhos dele se estenderam na ponta de um pedúnculo e melaram o papel, deixando um rastro viscoso sobre ele.

– Sim – respondeu ele, enojado. – Eles realmente se parecem com você.

ARTHUR SE MUDOU para Bartledan e, usando uma parte do dinheiro que conseguira vendendo pedacinhos de unha do pé e saliva para um banco de DNA, comprou um quarto na cidade que vira na foto. Era um lugar agradável. O ar era perfumado. As pessoas se pareciam com ele e não demonstravam se incomodar com a sua presença. Não o atacaram com nenhum objeto. Comprou algumas roupas e um armário para guardá-las.

Tinha encontrado uma vida. Agora precisava encontrar um propósito para ela.

Primeiro tentou sentar e ler. Mas a literatura de Bartledan, apesar de ser famosa naquele setor da Galáxia por sua sutileza e graça, não conseguia prender o seu interesse. O problema é que, no fim das contas, não era sobre seres humanos. Não era sobre o que os seres humanos queriam. As pessoas em Bartledan eram incrivelmente parecidas com os humanos fisicamente, mas, quando você dizia "Boa tarde" para uma delas, ela ficava levemente espantada, cheirava o ar e dizia que provavelmente era uma tarde boazinha, já que Arthur havia mencionado o assunto.

– Não, eu quis apenas desejar uma boa tarde para você – diria Arthur, ou melhor, costumava dizer. Aprendeu rapidamente a evitar aquelas conversas. – Quis dizer que espero que você tenha uma boa tarde – acrescentava ele.

Mais espanto.

– Desejar? – perguntavam finalmente os bartledanianos, em um desconserto gentil.

– É... – teria então dito Arthur. – Estou apenas expressando a esperança de que você...

– Esperança?

– É.

– O que é isso?

Boa pergunta, pensava Arthur consigo mesmo e voltava para o seu quarto para pensar sobre coisas.

Por um lado, tinha de reconhecer e respeitar o que aprendera sobre a visão bartledaniana do universo, que consistia na ideia de que o universo era o que o universo era, ame-o ou deixe-o. Por outro lado, não podia deixar de achar que não desejar nada nem esperar nada simplesmente não era natural.

Natural. Essa era uma palavra complicada.

Havia muito percebera que várias coisas que julgava naturais, como comprar presentes no Natal, parar no sinal vermelho ou despencar a uma aceleração de 9,75 m/s^2, não passavam de hábitos do seu mundo e não funcionavam necessariamente da mesma maneira em outros lugares; mas não desejar nada – aquilo não podia ser natural, podia? Seria como não respirar.

Respirar era outra coisa que os bartledanianos não faziam, apesar de todo o oxigênio disponível na atmosfera. Simplesmente ficavam lá. Às vezes corriam para lá e para cá e jogavam netbol e coisas do gênero (sem jamais desejar ganhar, é claro – apenas jogavam e quem ganhasse ganhou), mas nunca respiravam de fato. Era, por algum motivo, desnecessário. Arthur aprendeu rapidamente que jogar netbol com eles era algo assustador. Embora eles se parecessem com os humanos e até mesmo se movimentassem como humanos, eles não respiravam e não desejavam coisas.

Respirar e desejar coisas, por outro lado, era tudo o que Arthur fazia o dia inteiro. Às vezes, desejava tanto as coisas que a sua respiração chegava a ficar ofegante e ele precisava se deitar e descansar um pouco. Sozinho. No seu pequeno quarto. Tão longe do mundo em que havia nascido que o seu cérebro mal podia processar as grandezas envolvidas sem ficar debilitado.

Preferia não pensar. Preferia ficar sentado, lendo – ou, pelo menos, preferiria se houvesse algo decente para ler. Mas, nas histórias bartledanianas, ninguém jamais desejava coisa alguma. Nem mesmo um copo d'água. Certamente buscavam um quando estavam com sede, mas, se não tivesse algum disponível, não pensavam mais no assunto. Acabara de ler um livro no qual o personagem principal tinha, no período de uma semana, trabalhado em seu jardim, jogado bastante netbol, ajudado a consertar uma estrada, tido um filho com sua mulher e morrido de sede inesperadamente, um pouco antes do último capítulo. Exasperado, Arthur esquadrinhara o livro do início ao fim e acabou encontrando uma referência a algum problema no encanamento no capítulo dois. Só isso. Então o cara morre. Acontece.

Não era nem mesmo o clímax do livro, porque não havia clímax. O personagem morria a cerca de um terço do final do penúltimo capítulo e o resto do livro falava mais coisas sobre o conserto de estradas. O livro simplesmente acabava, do nada, na centésima milésima palavra, porque aquele era o tamanho limite dos livros em Bartledan.

Arthur atirou o livro na parede, vendeu o quarto e foi embora. Começou a viajar com um descaso rebelde, trocando mais saliva, unhas do pé, unhas da mão, sangue e cabelo – ou qualquer coisa que alguém estivesse interessado em comprar – por passagens. Acabou descobrindo que, em troca de amostras de sêmen, era possível viajar até de primeira classe. Não parava em lugar nenhum e limitava a sua existência ao mundo hermético e indefinido das cabines de naves hiperespaciais, comendo, bebendo, dormindo, assistindo a filmes, parando apenas em portos espaciais para doar mais DNA e pegar a próxima nave de longa distância. Esperava e esperava que algum outro acidente acontecesse.

O problema em tentar fazer com que o acidente certo aconteça é que a coisa não funciona assim. Não é isso o que "acidente" quer dizer. O acidente que acabou acontecendo estava longe do que ele tinha planejado. A nave na qual estava viajando piscou no hiperespaço, oscilou pavorosamente entre 97 pontos diferentes da Galáxia ao mesmo tempo, captou, em um deles, o puxão inesperado de um campo de atração gravitacional de um planeta fora do mapa, foi capturada em sua atmosfera externa e começou a cair, rasgando-se com um ruído estridente dentro dele.

Os sistemas da nave afirmaram o tempo todo, enquanto caíam, que tudo estava perfeitamente normal e sob controle, mas quando ela entrou em um último giro violento, cortando furiosamente 1 quilômetro de árvores antes de enfim explodir em uma bola ardente de fogo, ficou claro que a coisa não era bem assim.

O fogo lambeu a floresta, fervendo a noite inteira, depois tratou de se apagar sozinho, como todos os incêndios não programados acima de certa extensão agora têm obrigação legal de fazer. Após isso, durante algum tempo, incêndios menores despertaram aqui e ali, enquanto peças diversas de escombros dispersos explodiam calmamente, cada uma a seu tempo. Depois isso também acabou.

Arthur Dent, graças ao total enfado dos infindáveis voos interestelares, era o único passageiro a bordo que realmente se familiarizara com os procedimentos de segurança da nave em caso de uma aterrissagem forçada e, portanto, foi o único sobrevivente do desastre. Estava zonzo, com alguns ossos quebrados e sangrando, em uma espécie de casulo cor-de-rosa fofinho com as palavras "Tenha um bom dia" estampadas em mais de três mil línguas diferentes.

Silêncios negros e estrondosos nadavam nauseantes em sua mente despedaçada. Sabia, com uma espécie de certeza resignada, que iria sobreviver, porque ainda não havia estado em Stavromula Beta.

Após o que pareceu uma eternidade de dor e escuridão, percebeu sombras discretas movendo-se à sua volta.

Capítulo 12

Ford rolava em pleno ar em meio a uma nuvem de cacos de vidro e pedaços de cadeiras. Mais uma vez, não havia exatamente planejado as coisas e estava apenas improvisando, ganhando tempo. Aprendeu que, em momentos de extrema crise, era bastante útil ver a sua vida passar por seus olhos. Ver as coisas sob uma perspectiva diferente lhe dava a oportunidade de refletir sobre elas e, às vezes, assim surgia uma pista vital sobre o seu próximo passo.

Lá estava o chão, apressando-se para encontrá-lo a uma aceleração de quase 10 m/s^2, mas o melhor a fazer, pensou, era lidar com o problema quando chegasse a ele. Uma coisa de cada vez.

Ah, finalmente. A sua infância. Coisas triviais, já vira tudo aquilo antes. Imagens passavam, rápidas. Tempos chatos em Betelgeuse V. Zaphod Beeblebrox ainda criança. Nenhuma novidade. Gostaria de ter alguma espécie de *fast forward* em seu cérebro. O seu aniversário de 7 anos, quando ganhou a sua primeira toalha. Vamos lá, vamos lá.

Estava se contorcendo e virando de cabeça para baixo, o ar externo naquela altura era um choque gelado no pulmão. Tentava não inalar os cacos de vidro.

Primeiras viagens para outros planetas. Ah, pelo amor de Zarquon, aquilo mais parecia um documentário imbecil sobre viagens antes da atração principal. Primeiros trabalhos para o *Guia*.

Ah!

Aqueles foram os bons tempos. Trabalhavam em uma cabana no Atol Bwenelli, em Fanalla, antes que os Riktanarqals e os Donqueds a destruíssem. Uns seis caras, algumas toalhas, um punhado de equipamento digital altamente sofisticado e, o mais importante, muitos sonhos. Não. E o mais importante: muito rum fanalliano. Para ser absolutamente preciso, a coisa mais importante de todas era a Aguardente Janx, depois o rum fanalliano e depois algumas praias no Atol, frequentadas pelas garotas locais, mas os sonhos também eram importantes. Que fim levaram?

Para falar a verdade, não conseguia lembrar direito quais eram os sonhos, mas pareciam enormemente importantes naquela época. Com certeza não envolviam o imenso arranha-céu de escritórios de onde estava despencando naquele momento. Aquilo tudo havia começado quando alguns membros da equipe original decidiram fixar moradia e ficaram gananciosos, enquanto ele e os outros permaneceram fazendo o trabalho de campo, pesquisando, pegando caronas e, gradualmente, ficando cada vez mais isolados do pesadelo corporativista que o *Guia* inexoravelmente havia se tornado e da monstruosidade arquitetônica em que se alojara. Onde ficavam os sonhos naquele lugar? Pensou em todos os advogados que ocupavam metade do prédio, todos os agentes que ocupavam os andares inferiores e todos os editores assistentes e suas secretárias e os advogados das secretárias e as secretárias dos advogados das secretárias e, o pior de tudo, os contadores e o Departamento de Marketing.

Chegou a pensar em continuar caindo. Dedo do meio para todos eles.

Estava passando pelo décimo sétimo andar naquele momento. Era onde o Departamento de Marketing tagarelava. Um bando de babacas, todos discutindo qual deveria ser a cor do *Guia* e exercitando as suas habilidades infinitamente infalíveis de contar vantagem. Se eles tivessem olhado para a janela naquele momento, teriam ficado assustados com a visão de Ford Prefect caindo rumo à sua morte certa e mostrando o dedo do meio para eles.

Décimo sexto andar. Editores Assistentes. Imbecis. E tudo o que ele escrevera que os caras cortaram? Enviara quinze anos de pesquisa sobre um único planeta e eles resumiram tudo em duas palavras. "Praticamente inofensiva." Dedo do meio para eles também.

Décimo quinto andar. Administração Logística, seja lá o que fosse. Todos tinham carrões. Seja lá o que fosse, pensou, era o que isso era.

Décimo quarto andar. Recursos Humanos. Tinha uma suspeita muito perspicaz de que eles haviam arquitetado o seu exílio de quinze anos, enquanto o *Guia* se metamorfoseava em um monólito (ou melhor, duólito – não podia esquecer dos advogados) coorporativo.

Décimo terceiro andar. Pesquisa e Desenvolvimento.

Segura aí.

Décimo terceiro andar.

Estava sendo obrigado a pensar bem depressa porque a situação estava ficando um pouco urgente.

Lembrou-se subitamente do painel no elevador. Não tinha um décimo terceiro andar. Não dera muita atenção ao fato porque, depois de ter passado quinze anos no antiquado planeta Terra, onde as pessoas eram supersticiosas com o número treze, tinha se acostumado a estar em prédios onde não havia um décimo terceiro andar. Mas ali não fazia o menor sentido.

Não pôde deixar de notar, enquanto passava em queda livre pelo lado de fora, que as janelas do andar eram escuras.

O que estava se passando lá dentro? Começou a se lembrar de tudo o que Harl havia dito. Aquela história de um novo *Guia*, único e multidimensional, espalhado por um número infinito de universos. Tudo aquilo lhe soara, da maneira como Harl tinha contado, uma grande viagem inventada pelo Departamento de Marketing, com o apoio dos contadores. Se fosse mais real do que ele imaginara, então era uma ideia muito estranha e perigosa. Seria verdade? O que estava se passando por trás das janelas escuras do inacessível décimo terceiro andar?

Ford sentiu uma curiosidade crescendo dentro dele e, em seguida, uma sensação crescente de pânico. Aquela era, basicamente, a lista completa de sentimentos crescentes que ele tinha. No mais, sua distância em relação ao chão decrescia rapidamente. Precisava mesmo se concentrar em como sair daquela situação com vida.

Deu uma olhada para baixo. Uns 30 metros abaixo, as pessoas já estavam se agrupando, algumas olhando para cima com expectativa, abrindo espaço para ele e até mesmo interrompendo temporariamente a maravilhosa e completamente imbecil caçada aos Wockets.

Detestaria decepcioná-los, mas, a pouco mais de meio metro, sem que ele sequer tivesse percebido antes, estava Colin, obviamente felicíssimo, dançando e esperando que ele decidisse o que queria fazer.

– Colin! – berrou Ford.

Colin não respondeu. Ford gelou. Em seguida percebeu que não havia dito a Colin que o nome dele era Colin.

– Vem cá! – berrou Ford.

Colin subiu até o seu lado. Estava aproveitando imensamente a queda e esperava que Ford também estivesse.

O mundo de Colin ficou inesperadamente escuro porque a toalha de Ford o envolveu. Sentiu-se imediatamente muito, muito mais pesado. Estava animado e contente com o desafio que Ford acabara de impor. Só não estava certo se conseguiria levá-lo adiante.

A toalha estava esticada sobre Colin. Ford estava pendurado nela, agarrado às suas costuras. Outros mochileiros gostavam de modificar suas toalhas de maneiras exóticas, tecendo nelas todo tipo de ferramentas e utilitários esotéricos e até mesmo equipamento computacional nos tecidos. Ford era um purista. Gostava de coisas simples. Carregava uma toalha normal, comprada em uma loja normal. A toalha dele tinha até mesmo uma espécie de estampa floral, azul e rosa, apesar das constantes tentativas de Ford para descolorir e desbotar o tecido. Tinha uns pedaços de fio enroscados na toalha, um pouco de grafite flexível e alguns nutrientes concentrados em uma das beiradas, para que ele sugasse em caso de emergência, mas, fora isso, era uma toalha comum, dessas que a gente usa para enxugar o rosto.

Deixara-se convencer por um amigo a fazer uma única modificação – reforçar as bainhas.

Ford agarrava-se às bainhas como um tarado.

Continuavam descendo, só que um pouco mais devagar.

– Para cima, Colin! – gritou ele.

Nada.

– O seu nome – gritou Ford – é Colin. Então, quando eu gritar "Para cima, Colin!", quero que você, Colin, suba. Entendeu? Para cima, Colin!

Nada. Ou melhor, uma espécie de gemido abafado vindo do robô. Ford estava tenso. Desciam bem devagar, mas o que estava deixando Ford tenso eram as pessoas se juntando lá embaixo. Amistosas, locais. Os caçadores de Wockets estavam se dispersando e, em seu lugar, criaturas com aparência de lesmas grandonas, pesadas e abrutalhadas, com lançadores de foguete, surgiram do que geralmente chamamos de nada. Nada, como todo viajante galáctico experiente sabe muito bem, é na verdade algo extremamente denso e com complexidades multidimensionais.

– Para cima – berrou Ford novamente. – Para cima! Colin, suba!

Colin estava fazendo um esforço descomunal e gemendo. Permaneciam agora mais ou menos parados no ar. Ford tinha a sensação de que os seus dedos estavam se quebrando.

– *Para cima!*

Continuavam parados no mesmo lugar.

– *Suba, suba, suba!* – Uma lesma estava se preparando para lançar um foguete contra ele. Ford mal podia acreditar. Estava pendurado no ar por uma toalha, com uma lesma se preparando para lançar foguetes sobre ele. Suas possíveis alternativas estavam se esgotando e começou a ficar seriamente assustado.

Em situações como essa é que mais precisava do *Guia* para lhe dar algum conselho, por mais enervante ou superficial que fosse, mas não era a hora de vasculhar os bolsos. E o *Guia* não parecia mais ser um amigo e aliado, e sim uma fonte de perigo. Afinal de contas, estava despencando do prédio do próprio *Guia*, tendo a sua vida ameaçada pelas pessoas que pareciam ter o controle da empresa agora. Que fim levaram todos os sonhos que ele vagamente se lembrava de ter tido no Atol Bwenelli? Deviam ter deixado tudo como estava. Deviam ter ficado por lá. Ficado na praia. Amado mulheres bacanas. Vivido dos peixes. Ele devia ter percebido que estava tudo errado quando começaram a pendurar pianos de cauda sobre a piscina do monstro marinho no hall. Começou a se sentir completamente infeliz e aflito. Os seus dedos queimavam de dor. E o seu tornozelo continuava doendo.

Ah, muito obrigado, tornozelo, pensou ele, amargo. Obrigado por mencionar seus problemas justo agora. Imagino que você esteja a fim de uma boa bacia de água quente para levantar o seu astral, não é mesmo? Ou, no mínimo, você gostaria que eu...

Teve uma ideia.

A lesma armada posicionou o lançador de foguetes no ombro. O foguete, presumivelmente, era projetado para atingir qualquer coisa que se movesse no seu caminho.

Ford tentou não suar, porque sentia que a toalha escorregava de suas mãos.

Com o dedão do pé que não estava machucado, cutucou e forçou o calcanhar do sapato no pé que doía.

– Para *cima*, droga! – resmungou Ford inutilmente para Colin, que estava alegremente se matando de tanto esforço, mas não conseguia subir. Ford continuou insistindo no calcanhar do sapato.

Estava tentando calcular o melhor momento, mas não fazia sentido. Tinha que mandar ver e pronto. Uma única chance, era tudo o que tinha. O sapato estava agora solto na parte do calcanhar. O seu tornozelo machucado sentiu-se um pouco melhor. Bom, aquilo era gostoso, não era?

Chutou o sapato, que deslizou pelo seu pé e mergulhou no ar. Meio segundo depois, um foguete surgiu da boca do lançador, encontrou o sapato caindo em sua trajetória, partiu para cima dele com tudo, atingiu-o e explodiu com um enorme senso de satisfação e conquista.

Isso tudo aconteceu a uns 5 metros do chão.

A força principal da explosão foi direcionada para baixo. Onde, um segundo antes, havia um esquadrão de executivos da Corporação InfiniDim com lançadores de foguetes na elegante praça, pavimentada com enormes lousas de pedra polida oriunda das antigas pedreiras de alabastro de Zentalquabula, existia agora apenas um pequeno poço com pedaços pútridos dentro.

Uma lufada de ar quente subiu da explosão, lançando Ford e Colin com violência para cima. Ford tentou desesperada e cegamente agarrar-se a alguma coisa, mas não conseguiu. Foi arremessado para o alto, atingiu o ápice de uma parábola, fez uma breve pausa e começou a cair de novo. Foi caindo, caindo, caindo e, de repente, enroscou-se em Colin, que ainda estava subindo.

Agarrou-se em desespero ao pequeno robô esférico. Colin girava sem controle pelo ar em direção à torre dos escritórios do *Guia*, tentando alegremente se controlar e diminuir o ritmo.

O mundo girou de forma nauseante em torno da cabeça de Ford enquanto eles giravam um em volta do outro e então, de maneira igualmente nauseante, tudo parou.

Ford viu-se jogado, ainda tonto, no parapeito de uma janela.

A sua toalha passou voando e ele a alcançou, segurando firme.

Colin oscilava no ar, bem próximo.

Ford olhou à sua volta – atordoado, machucado, sangrando e sem fôlego. O parapeito não tinha mais que 30 centímetros e ele estava precariamente empoleirado nele, a treze andares do chão.

Treze.

Sabia que estavam no décimo terceiro andar porque as janelas eram escuras. Estava amargamente chateado. Pagara um preço absurdo por aqueles sapatos em uma loja no Lower East Side de Nova York. Havia, por causa disso, escrito um artigo inteiro sobre as alegrias proporcionadas por calçados de qualidade, e tudo isso tinha sido jogado fora no fiasco do "Praticamente inofensiva". Que merda.

E agora perdera um dos sapatos. Jogou a cabeça para trás e contemplou o céu.

Não seria uma tragédia tão amarga se o planeta em questão não tivesse sido demolido, o que significava que ele nem sequer poderia comprar outro par.

Sim, devido à infinita extensão lateral da probabilidade, havia, certamente, uma multiplicidade quase infinita de planetas Terra, mas, quando era realmente necessário, um par de sapatos de qualidade não era algo que pudesse ser substituído apenas zanzando pelo espaço-tempo multidimensional.

Suspirou.

Paciência, era melhor tentar ver o lado bom da coisa. Pelo menos o sapato salvara a sua vida. Por enquanto.

Estava empoleirado em um parapeito de menos de 30 centímetros no décimo terceiro andar de um prédio e não tinha certeza se tudo aquilo valia um bom sapato.

Aturdido, espreitou através dos vidros escuros.

Estava escuro e silencioso, como um túmulo.

Não. Aquilo era um pensamento ridículo. Já estivera em altas festas em túmulos.

Será que conseguiria detectar algum movimento? Não tinha certeza. Tinha a impressão de estar distinguindo uma estranha sombra de asas batendo. Talvez fosse apenas o sangue pingando sobre os seus cílios. Enxugou os olhos. Cara, adoraria ter uma fazenda em algum lugar, criar ovelhas. Espiou novamente pela janela, tentando distinguir a silhueta, mas tinha a sensação, tão comum no universo naqueles dias, de que estava diante de alguma ilusão de ótica e que os seus olhos estavam lhe pregando peças.

Havia algum pássaro lá dentro? Era isso o que eles escondiam lá em cima, em um andar secreto, protegido por vidros escuros à prova de foguetes? O aviário de alguém? Havia, com certeza, alguma coisa batendo asas lá dentro, mas não parecia ser um pássaro, estava mais para um buraco no espaço no formato de um pássaro.

Fechou os olhos, coisa que já estava querendo fazer havia algum tempo, por sinal. Perguntava-se o que deveria fazer em seguida. Pular? Escalar? Não tinha como quebrar aquele vidro. Tudo bem, o vidro supostamente à prova de foguetes não conseguira suportar um foguete na prática, mas aquele tinha sido um foguete disparado a curtíssima distância vindo de dentro, o que provavelmente não era o que os engenheiros tinham em mente ao projetá-lo. Isso, contudo, não significava que ele fosse conseguir quebrar o vidro enrolando a toalha no punho e socando a janela. Que diabos, tentou assim mesmo e acabou machucando a mão. Ainda bem que não conseguira um bom impulso de onde estava, senão teria se machucado feio. O prédio tinha sido reforçado maciçamente quando foi reconstruído do zero após o ataque de Frogstar e era, possivelmente, a editora com a blindagem mais pesada naquele ramo, mas havia sempre algum ponto fraco em qualquer sistema projetado por um comitê corporativo. Já havia descoberto um deles. Os engenheiros que projetaram as janelas não esperavam que fosse atingida por um foguete a curta distância vindo de dentro, então a janela havia quebrado.

Então o que os engenheiros teriam esperado que uma pessoa sentada no parapeito do lado de fora da janela pudesse fazer?

Quebrou a cabeça por alguns segundos antes de descobrir.

Para começar, não teriam esperado que ele estivesse ali. Somente um perfeito boçal estaria sentado onde ele estava, então tinha alguns pontos a seu favor. Um erro comum que as pessoas cometem quando tentam projetar coisas completamente à prova de imbecis era subestimar a ingenuidade dos imbecis completos.

Tirou do bolso o seu recém-adquirido cartão de crédito, enfiou na fenda que havia entre a janela e a moldura e fez algo que um foguete jamais seria capaz de fazer. Sacudiu um pouco o cartão. Sentiu uma lingueta deslizar. Abriu a janela e quase caiu para trás do parapeito, gargalhando e dando graças, no meio-tempo, pelos Grandes Motins da Ventilação e Telefonia de SrDt 3454.

OS GRANDES MOTINS DA VENTILAÇÃO E TELEFONIA de SrDt 3454 começaram como um monte de ar quente. O ar quente, é claro, era o problema que a ventilação deveria solucionar e, em geral, ela o solucionava razoavelmente bem, até que alguém inventou o ar-condicionado e resolveu o problema de maneira muito mais contundente.

E isso tudo era ótimo, desde que você conseguisse aturar o barulho e o pinga-pinga, até que alguém foi lá e inventou algo muito mais sexy e inteligente do que o ar-condicionado: o controle climático central.

Aquilo sim era espetacular.

As principais diferenças entre o novo controle climático e o ar-condicionado comum consistiam no preço exorbitantemente mais caro e numa grande quantidade de equipamentos de medição e calibragem que sabiam, a cada momento, que tipo de ar as pessoas gostariam de respirar, com uma precisão muito maior do que simples pessoas poderiam saber.

O que também significava que, para se certificar de que as simples pessoas não estragariam os cálculos sofisticados que o sistema fazia por elas, todas as janelas nos edifícios tinham de ser absolutamente vedadas. Sério.

Quando os sistemas estavam sendo instalados, várias pessoas que iam trabalhar nos prédios tiveram conversas mais ou menos assim com os montadores do sistema Inteli-Respiratron:

– Mas e se a gente quiser abrir as janelas?

– Vocês não vão querer abrir as janelas com o novo Inteli-Respiratron.

– Tá, mas vamos imaginar que a gente queira, só um pouquinho.

– Vocês não vão querer abrir nem um pouquinho. O novo sistema Inteli-Respiratron vai garantir isso.

– Humm.

– Aproveitem o Inteli-Respiratron!

– Tá bem, mas e se o Inteli-Respiratron pifar ou não funcionar direito ou algo assim?

– Ah! Uma das características mais inteligentes do Inteli-Respiratron é que ele não pifa de jeito nenhum. Então não há com o que se preocupar. Respirem bem e tenham um bom dia.

(Foi justamente por causa dos Grandes Motins de Ventilação e Telefonia de SrDt 3454 que todos os aparelhos mecânicos ou elétricos ou quantum-mecânicos ou hidráulicos ou até mesmo aparelhos movidos a vento, vapor ou pistão eram agora obrigados a ter uma inscrição gravada em algum lugar. Não importa o quão pequeno o objeto fosse, os seus fabricantes tinham de encontrar uma maneira de enfiar a tal inscrição em algum lugar, porque afinal servia para chamar atenção deles próprios e não necessariamente dos usuários.

A inscrição era a seguinte:

"A maior diferença entre uma coisa que pode pifar e uma coisa que não pode pifar de jeito nenhum é que, quando uma coisa que não pode pifar de jeito nenhum pifa, normalmente é impossível consertá-la.")

Ondas de calor significativas começaram a coincidir, com uma precisão quase mágica, com defeitos significativos do sistema Inteli-Respiratron. No início isso causou apenas um ressentimento fervoroso e algumas mortes por asfixia.

Mas o pavor absoluto surgiu no dia em que três eventos ocorreram simultaneamente. O primeiro foi uma declaração da empresa Inteli-Respiratron dizendo que os seus sistemas funcionavam melhor em climas temperados.

O segundo foi a pane de um sistema Inteli-Respiratron em um dia particularmente quente e úmido, o que resultou em uma evacuação de centenas de funcionários de escritórios para a rua, onde se depararam com o terceiro evento – uma turba ensandecida de operadores de telefonia que ficaram tão cansados de ter de repetir "Obrigado por utilizar nossos serviços", o dia inteiro, todos os dias, para todos os imbecis que apanhavam um telefone, que finalmente decidiram sair às ruas com latas de lixo, megafones e rifles.

Nos dias de carnificina que se seguiram, cada janela da cidade, à prova de foguete ou não, foi quebrada, normalmente com gritos de "Sai da linha, ô babaca! Estou pouco me lixando para o número que você quer discar, para o ramal que está usando... Vai enfiar um fogo de artifício na garganta! É isso aíííí! U-rrrrru!!!!! Vummmmm! Squawk!" e toda uma variedade de sons animalescos que eles não tinham a oportunidade de utilizar normalmente no trabalho.

Por causa disso, foi concedido a todos os operadores de telefonia o direito constitucional de dizer "Utilize os nossos serviços e vá se danar!" pelo menos uma vez por hora enquanto atendiam o telefone, e todos os prédios comerciais foram obrigados a ter janelas que abrissem pelo menos um pouquinho.

Outro resultado, completamente inesperado, foi uma queda impressionante no índice de suicídios. Todos os executivos estressados e em ascensão que haviam sido obrigados, na época negra da tirania do Inteli-Respiratron, a se jogar na frente de trens ou se apunhalar até a morte podiam agora simplesmente trepar nos seus parapeitos e pular, na hora em que quisessem. E, com frequência, era justo nessa hora, enquanto olhavam a sua volta e organizavam as suas ideias, que subitamente descobriam que tudo que precisavam era de um pouco de ar fresco e uma nova perspectiva das coisas – e talvez uma fazenda na qual pudessem criar algumas ovelhas.

Outro resultado completamente inesperado foi que Ford Prefect, preso no décimo terceiro andar de um prédio blindado, armado apenas com uma toalha e um cartão de crédito, pôde assim mesmo entrar no prédio por uma janela supostamente à prova de foguetes.

Após permitir a entrada de Colin atrás dele, fechou a janela com cuidado e olhou em volta, procurando o tal pássaro.

Chegou à seguinte conclusão sobre as janelas: como haviam sido convertidas para se abrir *depois* de projetadas para serem inexpugnáveis, eram na verdade muito menos seguras do que se tivessem sido projetadas como janelas que se abrem normalmente.

Pois é, a vida é mesmo engraçada, estava pensando Ford com os seus botões, quando percebeu de repente que tinha tido o maior trabalho para entrar em um lugar absolutamente desinteressante.

Então estacou, surpreso.

Onde estava a curiosa figura em formato de ave, batendo as asas? Onde estava qualquer coisa que justificasse todo aquele trabalho – o extraordinário véu de sigilo que parecia permear todo o ambiente e a igualmente extraordinária sequência de eventos que parecia conspirar para levá-lo até lá?

A sala, como qualquer outra sala daquele prédio no momento, havia sido decorada em um cinza de impressionante bom gosto. Havia alguns gráficos e desenhos na parede. A maioria não significava nada para Ford, mas foi então que ele se deparou com algo que era obviamente o modelo de um pôster.

Havia uma logomarca em formato de pássaro com um slogan que dizia: "*O Guia do Mochileiro das Galáxias* versão II: a mais incrível de todas as coisas que já existiram. Breve em uma dimensão perto de você." Sem mais nenhuma informação.

Ford tornou a olhar em volta. Então a sua atenção foi gradualmente atraída para Colin, o robô de segurança absurdamente hiperfeliz, que estava encolhido em um canto, balbuciando coisas de uma forma estranhamente parecida com medo.

Estranho, pensou Ford. Olhou em volta para ver o que poderia estar assustando Colin. Então viu algo que não havia notado antes, parado calmamente sobre uma bancada de trabalho.

Era circular e negro, mais ou menos do tamanho de um prato pequeno. As partes superior e inferior eram lisinhas e convexas, o que lhe dava a aparência de um disco de arremesso bem leve.

As superfícies pareciam ser completamente lisas, contínuas e sem traços característicos.

A coisa estava parada.

Ford notou, então, que havia algo escrito nela. Estranho. Não havia nada escrito um segundo atrás, mas agora estava lá. Não parecia, contudo, ter ocorrido nenhuma transição visível entre os dois estados.

A mensagem, em letrinhas pequenas e alarmantes, se resumia a três palavras: ENTRE EM PÂNICO

Pouco antes não havia nenhuma marca ou linha em sua superfície. Agora havia. E estava crescendo.

Entre em pânico, dizia o *Guia* versão II. Ford começou a agir de acordo. Lembrou-se subitamente por que as criaturas com aparência de lesma lhe pareciam tão familiares. Seu padrão de cores estava mais para um cinza executivo, porém, em todo o resto, eram parecidíssimas com os vogons.

Capítulo 13

A nave tocou a terra silenciosamente no canto da imensa clareira, a uns 100 metros da cidade.

Surgiu súbita e inesperadamente, mas sem fazer alarde. Numa hora, era um final de tarde perfeitamente normal, início de outono – as folhas começando a ficar vermelhas e douradas, o rio começando a correr novamente graças às chuvas das montanhas ao norte, a plumagem dos pássaros pikka começando a engrossar, preparando-se para a chegada das geadas de inverno, e, a qualquer momento, as Bestas Perfeitamente Normais começariam a sua estrondosa migração pelas planícies enquanto o Velho Thrashbarg resmungaria sozinho ao perambular pela cidade, um resmungo que significava que já estava ensaiando e elaborando as histórias que iria contar sobre o ano que passou quando as pessoas não tivessem opção ao anoitecer a não ser se reunir em volta de uma fogueira para escutá-lo e depois reclamar, dizendo que a história de que lembravam não era bem aquela – e, em seguida, havia uma nave espacial pousada, reluzindo no calor do sol de outono.

Zumbiu por alguns minutos, depois parou.

Não era uma nave grande. Se os moradores locais fossem especialistas em naves espaciais, saberiam de cara que aquela era uma bela e estilosa espaçonave leve Hrundi, de quatro leitos, com praticamente todos os opcionais oferecidos no folheto, exceto a Estabilização Vectoide Avançada, que era coisa de frouxo. Não dá para fazer uma curva fechada e precisa em um eixo de tempo trilateral com a Estabilização Vectoide Avançada. Tudo bem, é um pouco mais seguro, mas tira a graça da direção.

Os moradores não sabiam nada daquilo, é claro. A maioria dos habitantes do remoto planeta Lamuella jamais havia visto uma nave espacial, certamente não uma que estivesse inteira. Brilhando calorosa na luz do entardecer, era simplesmente a coisa mais extraordinária que eles já haviam visto, desde o dia em que Kirp pegou um peixe com uma cabeça de cada lado.

Estavam todos em silêncio.

Enquanto poucos momentos antes umas vinte ou trinta pessoas estavam perambulando pelo local, conversando, cortando lenha, carregando água, perturbando os pássaros pikka ou tentando educadamente ficar longe do Velho Thrashbarg, de repente toda a atividade fora interrompida e todos se viraram para contemplar o objeto estranho, espantados.

Bom, nem todos. Os pássaros pikka costumavam se espantar com coisas bem diferentes. Uma folha absolutamente comum caída de maneira inesperada sobre uma pedra provocava os acessos mais frenéticos; o nascer do sol sempre os apanhava de surpresa pela manhã, mas a chegada de uma nave espacial de outro planeta simplesmente não lhes chamara a menor atenção. Continuaram a *kar* e *rit* e *huk* enquanto ciscavam sementes pelo chão; o rio prosseguia em seu calmo e vasto borbulhar.

Além disso, o barulho da cantoria alta e desafinada vinda da última cabana à esquerda também prosseguia, inabalável.

De repente, com um suave clique e um murmúrio, uma porta da nave se desdobrou para fora e para baixo. Então, por alguns minutos, nada mais aconteceu além da cantoria alta que vinha da última cabana à esquerda, e a nave simplesmente ficou lá, parada.

Alguns dos moradores, especialmente os garotos, começaram a se aproximar um pouco para olhar de perto. O Velho Thrashbarg tentou enxotá-los. Aquele era exatamente o tipo de coisa que o Velho Thrashbarg não gostava que acontecesse. Não tinha profetizado nada daquilo, nem de longe, e embora fosse dar um jeito de incluir a coisa de uma maneira ou de outra em suas longas histórias, aquilo estava começando a ficar complicado demais.

Deu alguns passos à frente, empurrou os meninos para trás e suspendeu os braços e seu velho cajado no ar. A luz morna e comprida do sol que se punha recaía bem sobre ele. Começou a se preparar para dar as boas-vindas àqueles deuses, fossem quais fossem, como se estivesse esperando por eles desde sempre.

Ainda assim nada aconteceu.

Aos poucos começou a ficar claro que estava rolando alguma discussão dentro da nave. O tempo foi passando e os braços do Velho Thrashbarg começaram a doer.

De repente, a rampa foi recolhida para dentro da nave.

Aquilo facilitou as coisas para Thrashbarg. Eram demônios e ele os expulsara. Não havia profetizado o evento por uma questão de prudência e modéstia.

Quase imediatamente, outra rampa se desdobrou do lado oposto da nave, contrário ao que Thrashbarg estava, e duas figuras enfim surgiram, ainda discutindo e ignorando todo mundo, até mesmo Thrashbarg, que eles mal podiam ver do lugar onde estavam.

O Velho Thrashbarg mordiscou a barba, irritado.

Será que devia continuar ali parado, com os braços para cima? Se ajoelhar no chão, com a cabeça arriada para a frente e o cajado apontado para eles? Cair para trás, como se devastado por uma titânica luta interior? Ou talvez fugir para a floresta e viver em uma árvore durante um ano, sem falar com ninguém?

Decidiu abaixar os braços elegantemente, como se tivesse feito aquilo de propósito. Já estavam doendo demais, de modo que ele não tinha muita escolha. Fez um pequeno sinal secreto que tinha acabado de inventar em direção à rampa, que havia acabado de fechar, e depois deu três passos e meio para trás, a fim de poder ao menos observar direito quem eram aquelas pessoas e decidir o que fazer em seguida.

A mais alta era uma mulher muito bonita, usando roupas soltas e amarrotadas. O Velho Thrashbarg não sabia disso, mas eram feitas de Rymplon TM, um novo tecido sintético que era perfeito para viagens espaciais porque parecia realmente fantástico quando estava todo enrugado e suado.

A mais baixa era uma menina. Era esquisita e tinha um ar mal-humorado, usava roupas que ficavam péssimas quando estavam enrugadas e suadas e, o que era pior, ela provavelmente sabia daquilo.

Todos olhavam para elas, exceto os pássaros pikka, que tinham outras coisas para olhar.

A mulher estacou e olhou à sua volta. Tinha um ar decidido. Ficou claro que estava buscando algo específico, mas não sabia exatamente onde encontrar. Olhou os rostos dos habitantes que se reuniam curiosos à sua volta, um por um, e, aparentemente, não encontrou o que estava procurando.

Thrashbarg não fazia a menor ideia do que fazer e decidiu apelar para um cântico. Jogou a cabeça para trás e começou o seu lamento, mas foi imediatamente interrompido por uma nova leva de músicas da cabana do Fazedor de Sanduíches: a última do lado esquerdo. A mulher virou-se bruscamente para aquela direção e, lentamente, um sorriso surgiu em seu rosto. Sem nem olhar de relance para o Velho Thrashbarg, começou a se dirigir para a cabana.

FAZER SANDUÍCHES É UMA ARTE que poucos têm condições de sequer encontrar tempo para explorar. É uma tarefa simples, mas as oportunidades de satisfação são inúmeras e profundas: escolher o pão certo, por exemplo. O Fazedor de Sanduíches passara vários meses fazendo consultas e experiências diárias com o padeiro Grarp, até criarem, finalmente, um pão com uma consistência densa o suficiente para ser cortado em fatias finas e perfeitas, mas ao mesmo tempo leve, molhadinho e com aquele delicado sabor de nozes que realçava o gosto da carne assada das Bestas Perfeitamente Normais.

Sem contar com a geometria da fatia, que devia ser refinada: as relações exatas entre a largura e a altura da fatia e a sua grossura, que conferem o senso adequado de volume e peso ao sanduíche pronto – aqui, mais uma vez, a leveza era uma virtude, mas também a firmeza, a generosidade e a promessa de suculência e sabor que são a marca registrada de uma experiência sanduichística verdadeiramente intensa.

Os utensílios adequados, é claro, eram cruciais, e o Fazedor de Sanduíches passava vários dias, quando não estava ocupado com o padeiro e seu forno, com Strinder, o Fazedor de Utensílios, pesando e comparando facas, indo e voltando da fornalha. Maleabilidade, força, agudeza do corte, comprimento e peso eram entusiasticamente debatidos; teorias eram criadas, testadas, refinadas e não eram poucas as tardes em que se podia ver as silhuetas do Fazedor de Sanduíches e do Fazedor de Utensílios delineadas contra a luz do pôr do sol, enquanto o amolador de facas do Fazedor de Utensílios cortava o ar em movimentos lentos, lixava as suas lâminas, experimentava uma a uma, comparando o peso de uma com o equilíbrio da outra, a maleabilidade de uma terceira e o cabo de uma quarta.

Eram necessárias quatro facas ao todo. Primeiro, a faca para fatiar o pão: uma lâmina firme, vigorosa, que impunha um propósito claro e definido no pão. Depois, a faca para espalhar manteiga, maleável mas com um cabo firme. As primeiras versões tinham ficado frouxas demais, mas depois a combinação de flexibilidade com força foi aperfeiçoada para alcançar o máximo de suavidade e graça na hora de espalhar a manteiga.

Dentre todas as facas, a principal obviamente era a de trinchar. Essa era a faca que não iria apenas impor a sua vontade no meio pelo qual se deslocava, como ocorria com a faca do pão. Ela precisava trabalhar com a carne, ser guiada por sua fibra, produzir fatias primorosamente consistentes e translúcidas que se soltassem gentilmente em dobras finas do pedaço maior da carne. O Fazedor de Sanduíches encaixava cada fatia de carne, fazendo um gracioso meneio com o punho, nas lindamente proporcionais fatias debaixo do pão, cortava as arestas com quatro golpes habilidosos e, por fim, realizava a mágica que todas as crianças da cidade gostavam tanto de se reunir para admirar, embevecidas e maravilhadas. Com mais quatro golpes hábeis da faca, ele reunia as sobras descartadas em um perfeito quebra-cabeça sobre a primeira fatia. Cada sanduíche tinha sobras de tamanho e formato diferentes, mas o Fazedor de Sanduíches sempre dava um jeito de reuni-las, aparentemente sem se esforçar nem hesitar, em um padrão que se encaixava com perfeição. Mais uma segunda camada de carne e uma segunda camada de sobras e, pronto, o ato principal da criação estava concluído.

O Fazedor de Sanduíches passava sua criação para o assistente, que acrescentava algumas fatias de nopino, ranabete e molho de espramboesa, colocava a fatia final de pão sobre o recheio e cortava o sanduíche com a quarta faca, a mais simples de todas. Essas operações certamente exigiam certa habilidade, mas eram habilidades inferiores, que podiam ser desempenhadas por um aprendiz dedicado que um dia, quando o Fazedor de Sanduíches pendurasse as suas facas, assumiria o seu lugar. Era uma posição muito nobre, e Drimple, o aprendiz, era invejado por todos os seus amigos. Algumas pessoas na cidade estavam satisfeitas cortando lenha, contentes por carregar água, mas ser o Fazedor de Sanduíches era, definitivamente, o máximo.

E então lá estava o Fazedor de Sanduíches cantando enquanto trabalhava.

Estava usando a última carne salgada do ano. Já não estava mais tão fresca, mas ainda assim o sabor suculento das Bestas Perfeitamente Normais era a coisa mais maravilhosa que ele já havia provado. Estavam dizendo que na semana seguinte as Bestas Perfeitamente Normais iriam aparecer para a sua migração costumeira e toda a cidade mergulharia, mais uma vez, em atividades frenéticas: caçar as bestas, matar umas seis, ou quem sabe até mesmo umas sete dúzias das milhares que passavam correndo por eles. Depois, as bestas tinham de ser rapidamente abatidas e limpas; salgavam a maior parte da carne para conservá-la durante os meses de inverno, até o retorno da migração na primavera, que reabasteceria os estoques.

Os melhores pedaços da carne eram assados imediatamente para o banquete que marcava a Passagem do Outono. As comemorações duravam três dias de absoluta exuberância, danças e histórias que o Velho Thrashbarg contava sobre como havia sido a caçada, histórias que ele teria ficado inventando na tranquilidade de sua cabana enquanto todo o resto da cidade estava de fato caçando.

E então os melhores dos melhores pedaços da carne eram guardados após o banquete e entregues ao Fazedor de Sanduíches. E sobre esses pedaços ele usaria as habilidades que havia recebido dos deuses e faria os requintados sanduíches da Terceira Estação, que toda a cidade compartilhava antes de começar, no dia seguinte, a se preparar para os rigores do inverno que iria chegar.

Naquele dia, estava fazendo sanduíches comuns, se é que aquelas iguarias, tão carinhosamente preparadas, podiam ser chamadas de comuns. O seu assistente estava de folga, então o Fazedor de Sanduíches operava os seus milagres sozinho e o fazia alegremente. Para falar a verdade, tudo em sua vida ultimamente o deixava alegre.

Fatiava e cantava. Colocava cada pedaço de carne com capricho sobre o pão, aparava as arestas e ajeitava as sobras no seu quebra-cabeça. Uma saladinha, um pouco de molho, outro pedaço de pão, outro sanduíche, outro verso de *Yellow Submarine*.

– Oi, Arthur.

O Fazedor de Sanduíches quase cortou o dedão fora.

OS MORADORES DA CIDADE OBSERVARAM, consternados, enquanto a mulher marchava, corajosa, para a cabana do Fazedor de Sanduíches. O Fazedor de Sanduíches fora enviado por Bob Todo-Poderoso em uma carruagem de fogo flamejante. Aquilo, pelo menos, era o que Thrashbarg dissera e ele era a autoridade nesses assuntos. Ou pelo menos era isso que Thrashbarg afirmava e Thrashbarg era... assim por diante. Não adiantava discutir a respeito.

Alguns aldeões se questionaram por que Bob Todo-Poderoso lhes mandaria o seu filho único em uma carruagem de fogo flamejante e não em uma que pudesse ter aterrissado calmamente, sem destruir metade da floresta, enchê-la de fantasmas e acabar fazendo com que o Fazedor de Sanduíches se machucasse feio. O Velho Thrashbarg dissera que era a vontade inefável de Bob, e, quando perguntaram o que era "inefável", ele mandou olhar no dicionário.

O que era um problema, porque o único dicionário da cidade pertencia ao Velho Thrashbarg e ele não emprestava a ninguém. Eles perguntavam por que e ele dizia que não lhes cabia conhecer a vontade de Bob Todo-Poderoso e, quando perguntavam o porquê novamente, ele dizia que era assim e pronto. De todo modo, alguém invadiu a cabana do Velho Thrashbarg um dia, quando ele saiu para nadar, e procurou o verbete "inefável". Inefável aparentemente significava "incognoscível, indescritível, inexprimível, impossível de ser conhecido ou falado". Ah, aquilo explicava tudo.

Pelo menos, eles tinham os sanduíches.

Um dia, o Velho Thrashbarg dissera que Bob Todo-Poderoso decretara que ele, Thrashbarg, tinha direito de escolher os sanduíches primeiro. Os aldeões queriam saber quando exatamente aquilo tinha acontecido e ele respondera que fora no dia anterior, quando ninguém estava olhando. "Tenham fé" – dissera o Velho Thrashbarg – "ou queimem!"

Deixaram-no escolher os sanduíches primeiro. Parecia mais fácil.

E AGORA AQUELA MULHER APARECERA do nada e fora diretamente para a cabana do Fazedor de Sanduíches. A sua fama na certa se espalhara – embora fosse difícil precisar para onde, já que, segundo o Velho Thrashbarg, não existia nenhum outro lugar. De todo modo, fosse lá de onde ela tivesse vindo, presumivelmente de algum lugar inefável, o fato é que estava lá naquele momento e fora até a cabana do Fazedor de Sanduíches. Quem era ela? E quem era a garota misteriosa que estava do lado de fora da cabana, chutando pedrinhas, chateada e com todo o jeito de que não queria estar ali? Parecia estranho que alguém se desse o trabalho de ir até lá de algum lugar inefável em uma carruagem que, obviamente, era um visível aperfeiçoamento da carruagem flamejante que levara o Fazedor de Sanduíches, se não queria nem estar lá.

Todos olharam para Thrashbarg, mas ele estava ajoelhado, murmurando e olhando fixamente para o céu, evitando olhar as pessoas até que inventasse alguma coisa para falar.

– Trillian! – disse o Fazedor de Sanduíches, chupando o dedão ensanguentado. – Como...? Quem...? Quando...? Onde...?

– Exatamente as perguntas que eu ia fazer – disse Trillian, examinando o interior da cabana de Arthur. Estava bem-arrumada, com os seus utensílios de cozinha. Havia alguns armários básicos, algumas prateleiras e uma cama básica em um dos cantos. Uma porta no fundo da cabana dava para algo que Trillian não conseguia ver, pois estava fechada. – Legal – disse ela, mas em um tom de voz questionador. Não estava conseguindo entender bem o que era aquilo.

– Muito legal – disse Arthur. – Incrivelmente legal. Não me lembro de ter estado em algum lugar tão legal antes. Estou feliz aqui. As pessoas gostam de mim, eu faço sanduíches para elas e... ah, bom, é basicamente isso. Elas gostam de mim e eu faço sanduíches para elas.

– Parece, hã...

– Idílico – completou Arthur, firmemente. – E é. De verdade. Acho que você não vai gostar muito, mas para mim é, digamos, perfeito. Olha, sente-se, por favor, fique à vontade. Posso te oferecer alguma coisa, hã, um sanduíche?

Trillian apanhou um sanduíche e examinou. Cheirou-o cuidadosamente.

– Experimenta – disse Arthur. – É gostoso.

Trillian provou um pedacinho, depois mordeu e depois mastigou, pensativa.

– É bom mesmo – disse ela, contemplando o sanduíche.

– Vivo disso agora – disse Arthur, tentando soar orgulhoso e torcendo para não soar como um idiota completo. Estava se acostumando a ser levemente reverenciado ali e agora estava tendo que fazer uma grande ginástica mental.

– Que carne é essa? – perguntou Trillian.

– Ah, hã, é Besta Perfeitamente Normal.

– O quê?

– Besta Perfeitamente Normal. Parece um pouco com carne de vaca, ou de boi. Na verdade parece mais carne de búfalo. É um animal bem grande, desses que saem em estouros.

– E o que há de estranho nele?

– Nada. É Perfeitamente Normal.

– Sei.

– O que é um pouco estranho é de onde eles vêm.

Trillian franziu a testa e parou de mastigar.

– De onde eles vêm? – perguntou ela com a boca cheia. Não ia engolir até apurar aquela história toda.

– Bom, o problema não é só de onde eles vêm, é também para onde eles vão. Mas não tem grilo, não, você pode engolir sem medo. Eu já estou cansado de comer isso. É ótimo. Bem suculento. Muito macio. Tem um sabor levemente adocicado, com um toque meio amargo.

Trillian ainda não tinha engolido.

– De onde – perguntou Trillian – eles vêm e para onde eles vão?

– Eles vêm de uma região um pouco ao leste das Montanhas Hondo. São aquelas grandonas bem aqui atrás, você deve ter visto quando chegou. Eles cruzam desembestados as Grandes Planícies Anhondo e, bem, é isso. É de lá que eles vêm. E é para lá que eles vão.

Trillian franziu a testa. Tinha algo ali que ela não estava entendendo.

– Acho que não expliquei direito – disse Arthur. – Quando eu disse que eles vêm de uma região ao leste das Montanhas Hondo, quis dizer que é de lá que eles surgem de repente. Então eles cruzam desembestados as Grandes Planícies Anhondo e desaparecem, para falar a verdade. Temos mais ou menos uns cinco dias para caçar o máximo que pudermos antes de eles sumirem. Na primavera fazem a mesma coisa novamente, só que vindo da direção contrária.

Relutantemente, Trillian engoliu. Era isso ou cuspir e, para falar a verdade, o gosto era ótimo.

– Sei – disse ela, depois de se certificar que não estava sofrendo nenhum efeito colateral. – E por que são chamadas de Bestas Perfeitamente Normais?

– Bem, acho que é porque, do contrário, as pessoas iam achá-los meio esquisitos. Acho que foi o Velho Thrashbarg que os batizou assim. Ele diz que os animais vêm do lugar que vêm e que vão para o lugar que vão e que essa é a vontade de Bob e que isso é tudo.

– Quem...

– Melhor nem perguntar.

– Bom, você parece estar bem aqui.

– Me sinto bem. Você também parece bem.

– Estou bem. Estou muito bem.

– Bom, que bom.

– É.

– Ótimo.

– Ótimo.

– Legal ter vindo aqui.

– Valeu.

– Bem – disse Arthur, olhando à sua volta. Incrível como era difícil pensar em algo para se dizer a uma pessoa depois de todo aquele tempo.

– Você deve estar se perguntando como foi que te encontrei – disse Trillian.

– Pois é! – respondeu Arthur. – Estava me perguntando exatamente isso. Como foi que você me encontrou?

– Bem, não sei se você sabe ou não, mas agora eu trabalho para uma das emissoras Subetas que...

– Estou sabendo – disse Arthur, lembrando-se de repente. – É, você se deu muito bem. Maravilha. Muito empolgante. Parabéns. Deve ser muito divertido.

– Cansativo.

– Toda aquela correria. Deve ser, sim.

– Temos acesso a praticamente todo tipo de informação. Encontrei o seu nome na lista de passageiros da nave que caiu.

Arthur estava impressionado.

– Quer dizer que eles *sabem* da queda?

– Ué, claro que sabem. Não dá para uma nave cheia de passageiros desaparecer sem que ninguém fique sabendo.

– Mas, peraí, eles sabem onde nós caímos? Sabem que eu sobrevivi?

– Sim.

– Mas ninguém nunca veio me ver, me procurar, me resgatar. Não aconteceu nada.

– Bem, não poderia ter acontecido mesmo. É um lance complicadíssimo com as companhias de seguro. Encobrem a história toda. Fingem que nada aconteceu. O mercado de seguros está totalmente maluco agora. Sabia que eles reintroduziram a pena de morte para os diretores de companhias de seguros?

– Sério? – perguntou Arthur. – Não sabia disso, não. Para qual crime?

Trillian franziu a testa.

– Como assim, crime?

– Entendo.

Trillian olhou longamente para Arthur e depois, com outro tom de voz, disse:

– É hora de você assumir as suas responsabilidades, Arthur.

Arthur tentou compreender aquele comentário. Sabia que sempre levava mais ou menos um minuto para entender exatamente o que as pessoas estavam falando, então deixou mais ou menos um minuto passar, sem a menor pressa. A sua vida era tão agradável e tranquila naqueles dias que tinha tempo de sobra para esperar as coisas fazerem sentido na sua cabeça. Então deixou as coisas fazerem sentido.

Ainda não tinha entendido direito o que ela queria dizer com aquilo. Então, no final das contas, foi obrigado a perguntar.

Trillian lhe deu um sorriso contido e virou-se para a porta da cabana.

– Random? – chamou ela. – Venha cá. Venha conhecer o seu pai.

Capítulo 14

Enquanto o *Guia* tornava a se dobrar em um disco liso e negro, Ford tentou se dar conta de algumas coisas bem alucinadas. Ou, pelo menos, tentou se dar conta, pois as coisas eram alucinadas demais para dar conta de tudo de uma só vez. Sua cabeça estava martelando, seu tornozelo estava doendo e, embora não gostasse de parecer um maricas em relação à dor, costumava achar que a lógica multidimensional intensa era algo que ele compreendia melhor no banho. Precisava de tempo para pensar a respeito. Tempo, um drinque caprichado e algum óleo de banho perfumado e denso que fizesse bastante espuma.

Precisava dar o fora dali. Precisava tirar o *Guia* dali. Não acreditava que os dois pudessem escapar juntos.

Olhou à sua volta, nervoso.

Pense, pense, pense. Tinha de ser algo simples e óbvio. Se sua suspeita furtiva e asquerosa de que estava lidando com vogons furtivos e asquerosos estava correta, então quanto mais simples e óbvio melhor.

De repente viu o que precisava.

Não tentaria lutar contra o sistema, apenas faria uso dele. A coisa mais assustadora sobre os vogons era a sua determinação absolutamente irracional para fazer qualquer coisa irracional que estivessem determinados a fazer. Não adiantava nada apelar para o seu bom senso, porque não tinham um. No entanto, se você mantivesse a calma, algumas vezes podia explorar a sua teimosia obtusa e acachapante em serem acachapantes e obtusos. A questão não era apenas que a mão esquerda deles nem sempre sabia o que a mão direita estava fazendo; frequentemente, a própria mão direita tinha apenas uma vaga noção do que ela mesma estava fazendo.

Ousaria simplesmente mandar entregar aquilo para ele mesmo?

Ousaria simplesmente colocar o objeto no sistema e deixar que os vogons descobrissem como fazê-lo chegar até ele enquanto estivessem ocupados – como provavelmente estariam – destruindo o prédio para descobrir onde Ford o escondera?

Sim.

Febrilmente, empacotou o *Guia*. Embrulhou-o. Etiquetou-o. Parando um momento para pensar se estava realmente fazendo a coisa certa, encaminhou o pacote para a rampa de correspondência interna do prédio.

– Colin – disse ele, virando-se para a pequena bola flutuante. – Vou te abandonar à própria sorte.

– Estou tão feliz – respondeu Colin.

– Aproveite ao máximo – disse Ford. – Porque preciso que você tome conta desse pacote e o leve para fora do prédio. Eles provavelmente vão te incinerar quando te encontrarem e eu não vou mais estar aqui para ajudar. A coisa vai ficar muito, muito feia para o seu lado e eu só lamento. Entendeu?

– Estou gorgolejando de satisfação – disse Colin.

– Vai! – ordenou Ford.

Colin obedientemente mergulhou na rampa de correspondência para cumprir sua missão. Agora Ford só tinha que se preocupar consigo mesmo, mas aquela continuava sendo uma preocupação substancial. Podia ouvir o barulho de passos pesados correndo do lado de fora da porta, que ele tivera a precaução de trancar e de obstruir com um armário bem pesado.

Estava aflito porque tudo tinha sido fácil demais. Tudo muito bem encaixado. Passara o dia aos trancos e barrancos e, no entanto, tudo terminara de forma estranhamente bem resolvida. A não ser pelo seu sapato. Estava chateado com aquilo. Era uma conta que teria de acertar mais tarde.

Com um ruído ensurdecedor, a porta explodiu para dentro. No turbilhão de fumaça e poeira, Ford pôde distinguir criaturas grandes, parecidas com lesmas, correndo na sua direção.

Então fora tudo fácil demais, não é? Tudo funcionando como se a sorte mais extraordinária estivesse ao seu lado? Bom, era isso o que ele ia descobrir.

Imbuído de um espírito de pesquisa científica, arremessou-se novamente pela janela.

Capítulo 15

No primeiro mês, conhecer um ao outro foi um pouco difícil. No segundo mês, tentar aceitar o que descobriram um sobre o outro no primeiro mês foi muito mais fácil.

Mas no terceiro mês, quando a caixa chegou, a coisa ficou meio complicada.

No começo, até mesmo tentar explicar o que era um mês foi problemático. Aquilo havia sido algo deliciosamente simples para Arthur em Lamuella. Os dias tinham um pouquinho mais de 25 horas, o que basicamente significava uma hora a mais na cama *todos os dias* e, claro, ter que reajustar seu relógio o tempo todo, coisa que Arthur até gostava de fazer.

Também se sentia em casa com o número de sóis e luas em Lamuella – um de cada – por oposição a certos planetas onde ele foi parar algumas vezes e que tinham uma quantidade absurda de ambos.

O planeta orbitava em torno do seu único sol a cada trezentos dias, o que era um bom número, porque significava que o ano não ficava se arrastando. A lua orbitava em volta de Lamuella umas nove vezes por ano, o que significava que um mês tinha um pouquinho mais do que trinta dias, o que era absolutamente perfeito, porque dava mais tempo às pessoas para fazerem as coisas. Não era meramente tranquilizador como a Terra: era, na verdade, uma melhoria.

Random, por outro lado, sentia-se como se estivesse presa em um pesadelo recorrente. Tinha ataques de choro e achava que a lua estava atrás dela. Aparecia no céu todas as noites e, quando ela finalmente sumia, lá vinha o sol para segui-la. Sem cessar.

Trillian avisara a Arthur que Random poderia ter certa dificuldade de se adaptar a um estilo de vida mais regular que o de até então, mas Arthur não estava preparado para vê-la uivando para a lua.

Não estava preparado para nada daquilo, obviamente.

Sua *filha*?

Sua filha? Ele e Trillian nem mesmo tinham feito... ou fizeram? Tinha certeza absoluta de que se lembraria disso. E quanto a Zaphod?

– Espécies diferentes, Arthur – respondera Trillian. – Quando eu resolvi ter um filho, eles fizeram vários testes genéticos em mim e só encontraram uma compatibilidade. Só depois eu me dei conta. Fui verificar e estava certa. Eles não costumam revelar essas coisas, mas eu insisti.

– Quer dizer que você procurou um banco de DNA? – perguntou Arthur, com os olhos arregalados.

– Procurei. Mas ela não foi tão randômica quanto o nome sugere porque, é claro, você era o único doador *Homo sapiens*. Mas parece que você era um viajante bem assíduo.

Arthur examinara embasbacado a menina infeliz que estava constrangedoramente prostrada na soleira da porta olhando para ele.

– Mas quando... há quanto tempo...?

– Você quer saber qual a idade dela, é isso?

– É.

– A errada.

– O que você quer dizer?

– Que não faço a menor ideia.

– Como assim?

– Bem, seguindo minha linha do tempo, eu dei à luz há uns dez anos, mas ela é, obviamente, muito mais velha do que isso. Passo minha vida inteira indo e voltando no tempo, sabe. Por causa do trabalho. Costumava levá-la comigo quando dava, mas nem sempre era possível. Então eu comecei a colocá-la em creches nas zonas temporais, mas hoje em dia é muito difícil encontrar um acompanhamento confiável do tempo. Você deixa as crianças lá pela manhã e não faz a menor ideia de quantos anos vão ter à tarde. Você reclama o quanto quiser, mas não adianta nada. Eu a deixei em um desses lugares por algumas horas uma vez e, quando voltei, ela já tinha virado adolescente. Fiz tudo o que pude, Arthur, agora é com você. Preciso fazer a cobertura de uma guerra.

Os dez segundos após Trillian ter partido foram os mais longos da vida de Arthur Dent. O tempo, como sabemos, é relativo. Você pode viajar anos-luz pelas estrelas e, quando voltar, se o fizer na velocidade da luz, estará apenas alguns segundos mais velho, enquanto o seu irmão gêmeo terá envelhecido vinte, trinta, quarenta ou sei lá quantos anos, dependendo da distância da sua viagem.

Tudo isso pode ser um choque pessoal profundo, especialmente se você não sabia que tinha um irmão gêmeo. Os segundos durante os quais você esteve ausente não serão suficientes para prepará-lo para o choque de relacionamentos familiares novos e estranhamente estendidos ao voltar.

Um silêncio de dez segundos não foi suficiente para que Arthur pudesse reorganizar sua visão de si mesmo e de sua vida, de modo a incluir de repente uma filha absolutamente desconhecida de cuja mera existência ele sequer tinha tido a mais leve suspeita ao se levantar naquela manhã. Laços familiares profundos não podem ser construídos em dez segundos, não importa o quão distante ou o quão rápido você se distancie, e Arthur se sentia desesperado, aturdido e entorpecido ao contemplar a menina parada na sua porta olhando para o chão.

Imaginou que não fazia o menor sentido fingir que não estava desesperado. Foi até ela e a abraçou.

– Eu não amo você – disse ele. – Sinto muito. Nem conheço você ainda. Mas me dê alguns minutos.

"Vivemos em tempos estranhos.

Também vivemos em lugares estranhos: cada um em seu próprio universo. As pessoas com as quais povoamos nossos universos são sombras de outros universos inteiros que se cruzam com o nosso. Ser capaz de vislumbrar essa complexidade desconcertante de recursividade infinita e de dizer coisas como 'E aí, Ed! Belo bronzeado, hein? Como vai a Carol?' requer uma imensa habilidade seletiva que todas as entidades conscientes têm de desenvolver uma capacidade para se proteger da contemplação do caos que atravessam aos trancos e barrancos. Então não encha o saco do seu filho, tá?" (Trecho do livro *Como ser pai em um universo fractalmente louco*.)

– O que é isso?

Arthur estivera perto de desistir. Ou seja, ele não iria desistir. Não iria desistir de jeito nenhum. Nem agora nem depois. Mas, se fosse o tipo de pessoa que iria desistir de alguma coisa, provavelmente teria desistido naquele momento.

Não satisfeita em ser mal-humorada, intratável, em estar o tempo todo querendo ir embora para brincar na era Paleozoica, em não entender por que a gravidade tinha que ficar ligada o tempo todo e em ficar gritando para que o sol não a seguisse, Random usara a faca de trinchar de Arthur para escavar pedras e as atirar nos pássaros pikka, que não paravam de olhar para ela.

Arthur nem sabia se Lamuella tinha tido uma era Paleozoica. Segundo o Velho Thrashbarg, o planeta fora descoberto completamente formado no umbigo de uma lacraia gigante às quatro e meia da tarde de uma vroon-feira, embora Arthur, sendo um experiente viajante galáctico, com boas notas em física e geografia, tivesse sérias dúvidas a respeito. Mas era inútil tentar discutir com o Velho Thrashbarg, e ele nem tinha motivos para isso.

Sentado, observando a faca lascada e retorcida nas mãos, suspirou. Iria amar Random mesmo que isso o matasse, ou a ela, ou a ambos. Ser pai não era nada fácil. Sabia que nunca disseram que seria, mas essa não era a questão, porque jamais quisera ser pai, para começar.

Estava fazendo o melhor que podia. Sempre que tinha um minuto de folga no preparo dos sanduíches, passava tempo com ela, conversando, caminhando, sentado em uma colina com ela ao seu lado, vendo o sol se pôr por trás do vale onde ficava a cidade, tentando descobrir algo sobre a vida dela, tentando explicar a sua. Era complicado. Tirando os genes praticamente idênticos, não tinham quase nada em comum. Ou melhor, tinham apenas uma Trillian em comum, de quem tinham impressões um tanto quanto diferentes.

– O que é isso?

Percebeu subitamente que a menina estava falando com ele e sequer percebera. Ou melhor, não reconhecera a voz dela.

Em vez do tom de voz que geralmente usava com ele, amargo e agressivo, estava apenas fazendo uma pergunta.

Ele olhou em volta, surpreso.

Estava sentada num banquinho, no canto da cabana, com a sua típica postura encurvada, os joelhos grudados, os pés virados para fora e o cabelo negro caído sobre o rosto, enquanto examinava algo que tinha nas mãos.

Arthur foi até ela, um pouco tenso.

As suas mudanças de humor eram muito imprevisíveis, mas, até agora, todas haviam sido variações entre diferentes tipos de mau humor. Surtos de recriminação rancorosos se transformavam, sem aviso prévio, em autopiedade miserável, ao que se seguiam demorados acessos de desespero taciturno, pontuados com ataques súbitos de violência sem sentido contra objetos inanimados e com pedidos para ir a clubes elétricos.

Não só não havia clubes elétricos em Lamuella como não havia nenhum outro tipo de clube. Nem mesmo tinham eletricidade. Havia uma ferraria, uma padaria, algumas carroças e um poço, mas isso era o ápice da tecnologia lamuellana, e a maioria dos acessos de raiva inextinguíveis de Random era dirigida contra o total e incompreensível atraso do lugar.

Ela conseguia captar a rede Subeta no pequeno painel flexotrônico que tinha implantado cirurgicamente no seu punho, mas isso não a animava nem um pouco, porque a rede estava cheia de notícias de coisas insanamente empolgantes que aconteciam em todos os lugares da Galáxia, menos ali. E a rede também lhe trazia notícias frequentes de sua mãe, que a abandonara para cobrir uma guerra que, ao que parecia, não tinha sequer ocorrido ou, no mínimo, tinha dado muito errado pela falta de dados de inteligência. Fora isso, tinha acesso a programas de aventuras que mostravam diversas naves espaciais fantasticamente caras chocando-se umas contra as outras.

Os lamuellanos ficavam totalmente hipnotizados com aquelas maravilhosas imagens mágicas que piscavam em seu punho. Só haviam visto uma nave espacial colidindo e a coisa fora tão assustadora, violenta, chocante e causara tanta devastação, incêndios e mortes que, estupidamente, jamais haviam se dado conta de que aquilo era entretenimento.

O Velho Thrashbarg ficou tão impressionado com aquilo que vira Random instantaneamente como uma emissária de Bob, mas pouco depois decidiu que ela, na verdade, havia sido mandada para testar a sua fé e talvez a sua paciência. Também ficara preocupado com a quantidade de colisões de naves espaciais que teria de começar a incluir em suas histórias sagradas se quisesse segurar a atenção dos aldeões, evitando que saíssem correndo toda hora para dar uma espiada no punho da menina.

Naquele momento, ela não estava espiando o seu punho, que estava desligado. Arthur sentou-se ao lado dela em silêncio, para ver o que ela estava examinando.

Era o seu relógio. Havia tirado para tomar banho na cachoeira local, Random o encontrara e estava tentando entender como funcionava.

– É só um relógio – disse ele. – Serve para dizer a hora.

– Eu sei disso – respondeu ela. – Mas você vive mexendo nele e mesmo assim ele não informa a hora exata. Não chega nem perto.

Ela ligou o display do seu painel de punho, que automaticamente informou a hora local. Já nos primeiros minutos da chegada de Random o painel começara a medir a gravidade local e o momento orbital, e observou a posição do sol, rastreando seu percurso no céu. Usou o meio ambiente para reunir algumas pistas, depois estabeleceu as convenções de unidades locais e fez as devidas alterações. Ele costumava fazer essas coisas continuamente, o que era bastante útil para pessoas que viajavam tanto no tempo quanto no espaço.

Random franziu a testa diante do relógio do pai, que não fazia nada daquilo.

Arthur gostava muito dele. Era melhor do que jamais poderia ter comprado com o seu próprio dinheiro. Ganhara de presente no seu aniversário de 22 anos, de um padrinho muito rico, com complexo de culpa por ter se esquecido de todos os seus aniversários até então, e de seu nome também. O relógio marcava a data, a hora, as fases da lua e trazia "Para Albert, no seu aniversário de 21 anos" gravada, com a data errada, na superfície desgastada e arranhada da parte de trás do relógio, com letras ainda visíveis.

O relógio passara por poucas e boas nos últimos anos, sendo que a maior parte não era contemplada pela garantia. Não imaginava, é claro, que a garantia mencionasse expressamente que só asseguravam a precisão do relógio no campo magnético e gravitacional da Terra contanto que os dias tivessem 24 horas e que o planeta não explodisse e por aí vai. Eram pressupostos tão básicos que até mesmo os advogados os ignoraram.

Por sorte era um relógio de corda, ou melhor, ele dava corda sozinho. Em nenhum lugar da Galáxia teria encontrado baterias com exatamente as mesmas especificações de tamanho e voltagem que eram padronizadas na Terra.

– E o que são todos esses números? – perguntou Random.

Arthur apanhou o relógio da mão dela.

– Esses números aqui em volta marcam as horas. Essa janelinha aqui à direita, onde está escrito QUI, que significa quinta-feira, e o número é quatorze, ou seja, é o décimo quarto dia do mês de MAIO, que é o que está escrito nessa janelinha aqui. E essa outra janela aqui em cima, em formato de lua crescente, informa as fases da lua. Em outras palavras, diz o quão iluminada a lua está pelo sol à noite, o que depende das posições relativas do sol e da lua e, bem... da Terra.

– Da Terra – repetiu Random.

– É.

– É de lá que você e a mamãe vieram, não é?

– É.

Random apanhou o relógio de volta e o examinou de novo, visivelmente impressionada com alguma coisa. Então, levou o relógio até o ouvido e escutou, perplexa.

– Que barulho é esse?

– É o tique-taque. É o mecanismo que faz com que o relógio funcione. São engrenagens. O relógio tem vários tipos de engrenagens entrelaçadas e molas que trabalham para movimentar os ponteiros na velocidade exata para marcar as horas, os minutos, os dias e tudo mais.

Random continuou olhando fixamente para o relógio.

– Você está intrigada com alguma coisa – disse Arthur. – O que é?

– Estou – respondeu Random, finalmente. – Por que ele é todo feito em hardware?

ARTHUR SUGERIU QUE SAÍSSEM para dar uma volta. Sentia que tinham que conversar sobre algumas coisas e, pela primeira vez, apesar de Random não estar exatamente receptiva e disposta, pelo menos não estava resmungando.

Do ponto de vista dela, aquilo também era bem esquisito. Não que ela quisesse ser difícil de propósito; ela simplesmente não sabia como ser outra coisa.

Quem era aquele sujeito? Que vida era aquela que ela supostamente deveria levar? Que mundo era aquele do qual supostamente deveria fazer parte? E que universo era aquele que não parava de penetrar em seus olhos e ouvidos? Para que ele servia? O que queria?

Nascera em uma nave espacial que estava indo de algum lugar para algum outro lugar e, quando chegasse nesse outro lugar, ele teria se transformado em mais algum lugar de onde se devia seguir para outro lugar, e assim por diante.

A sensação de que deveria estar em outro lugar era a sua expectativa normal. Era normal para ela sentir que estava no lugar errado.

As constantes viagens do tempo haviam somente agravado esse problema e feito com que ela tivesse a sensação de que não só estava sempre no lugar errado como, quase sempre, chegava lá na hora errada também.

Não notava que sentia isso, porque se sentira assim a vida toda, assim como jamais lhe parecera estranho que, em quase todos os lugares aonde ia, tivesse que usar pesos ou roupas especiais de antigravidade, além de um aparato especial para respirar. Os únicos lugares em que conseguia se sentir em casa eram os mundos que ela mesma criava nas realidades virtuais dos clubes elétricos. Nunca lhe passara pela cabeça que o universo real fosse um lugar ao qual ela pudesse pertencer.

E isso incluía aquele lugarzinho chamado Lamuella, onde a sua mãe a abandonara. E também incluía aquele sujeitinho que lhe concedera o precioso e mágico dom da vida em troca de um assento de primeira classe. Ainda bem que ele até era legal e simpático, pois, do contrário, iam ter problemas. De verdade. Random carregava no bolso uma pedra especialmente afiada com a qual podia criar muitos problemas.

Ver as coisas do ponto de vista de outra pessoa, sem o treinamento adequado, pode ser muito perigoso.

SENTARAM-SE EM UM LOCAL de que Arthur gostava especialmente, em uma colina que tinha vista para o vale. O sol estava se pondo sobre o vilarejo.

A única coisa de que Arthur não gostava muito era poder ver, ao longe, o vale seguinte, onde um profundo sulco escuro e estraçalhado na floresta marcava o lugar onde a sua nave havia caído. Mas talvez ele continuasse a voltar ali exatamente por aquele motivo. Havia diversos pontos dos quais se podia contemplar a exuberante e ondulada zona rural de Lamuella, mas ele era atraído para aquele lugar, com o seu irritante ponto negro de medo e dor acomodado bem no canto da sua visão.

Nunca mais voltara lá desde que fora resgatado dos escombros.

Nem queria.

Não iria suportar.

Na verdade, estivera perto do local do acidente no dia seguinte à queda, quando ainda estava entorpecido e confuso com o choque. Estava com a perna quebrada, algumas costelas fraturadas, umas queimaduras feias e não conseguia pensar de maneira coerente, mas insistira que os aldeões o levassem até lá, e eles, um pouco constrangidos, aceitaram. No entanto, não conseguiu alcançar o ponto exato em que o chão borbulhara e derretera e, finalmente, abandonou aquele pesadelo para sempre.

Logo depois correu um boato de que a área inteira estava mal-assombrada e ninguém mais se atreveu a ir para aquelas bandas desde então. A região estava cheia de vales lindos, verdejantes e encantadores – não fazia sentido ir justo para um altamente preocupante. O melhor é deixar o passado para trás e permitir que o presente avance para o futuro.

RANDOM ANINHAVA O RELÓGIO NAS MÃOS, virando-o lentamente para deixar a distante luz do sol do entardecer brilhar calorosamente sobre os arranhões e as imperfeições do grosso vidro. Ficava fascinada ao observar o ponteiro dos segundos tiquetaqueando em volta das horas como uma pequena aranha. Cada vez que ele completava um círculo inteiro, o mais comprido dos ponteiros principais movia-se exatamente para a próxima das sessenta pequenas divisões em volta do mostrador. E, quando o ponteiro maior completava o seu próprio círculo, o ponteiro menor se movia para o próximo dos dígitos principais.

– Você está olhando isso há mais de uma hora – comentou Arthur, calmamente.

– Eu sei – respondeu ela. – Uma hora é quando o ponteiro grande dá uma volta completa, não é?

– Isso mesmo.

– Então estou olhando há uma hora e dezessete... minutos.

Ela sorriu com um deleite profundo e misterioso e se mexeu bem devagarzinho, apoiando-se levemente no braço de Arthur. Ele sentiu um pequeno suspiro escapar de seus lábios, um suspiro que estava entalado em seu peito havia semanas. Queria colocar o seu braço em volta dos ombros da filha, mas sentia que ainda era muito cedo, que ela ia acabar se retraindo. Mas algo estava funcionando. Algo dentro dela começava a amolecer. O relógio tinha um significado para ela que nenhuma outra coisa conseguira ter até então. Arthur não tinha certeza se já havia compreendido o que era, mas estava profundamente satisfeito e aliviado por algo ter mexido com sua filha.

– Me explica de novo – pediu Random.

– Não tem nenhum mistério – disse Arthur. – O mecanismo do relógio é algo que foi se desenvolvendo ao longo de centenas de anos...

– Anos terrestres.

– É. Ele foi ficando mais e mais refinado, cada vez mais intrincado. Era um trabalho que exigia muita habilidade e cuidado. Precisava ser feito bem pequeno, mas tinha que continuar funcionando de maneira precisa, mesmo que você o balançasse ou deixasse cair no chão.

– Mas só em um planeta?

– Foi onde ele foi feito, sabe? Ninguém esperava que ele fosse para outro lugar e que tivesse que lidar com outros sóis, luas e campos magnéticos. Quero dizer, continua funcionando perfeitamente bem, só não significa muita coisa aqui, tão longe da Suíça.

– De onde?

– Da Suíça. Esse aí foi fabricado lá. Um pequeno país, cheio de colinas. Cansativamente arrumadinho. As pessoas que o fizeram não sabiam que existiam outros mundos.

– Uma coisa e tanto para alguém desconhecer.

– Bem, tem razão.

– Então de onde *eles* vieram?

– Eles, quer dizer, nós... nós simplesmente crescemos lá. Evoluímos na Terra. A partir de, sei lá, uma espécie de lodo ou algo assim.

– Como esse relógio.

– Humm. Não creio que o relógio tenha surgido do lodo.

– *Você não entende!*

Random subitamente ficou de pé, aos berros.

– Você não entende! Você não me entende, você não entende *nada!* Eu te *odeio* por ser tão burro!

Ela começou a correr freneticamente colina abaixo, ainda segurando firme o relógio e gritando que o odiava.

Arthur levantou-se num salto, assustado e sem entender nada. Começou a correr atrás dela pelos densos tufos de grama. Aquilo era doloroso para ele. Quando quebrara a perna no acidente, não havia sido uma fratura simples e não cicatrizara perfeitamente. Estava tropeçando e fazendo cara de dor enquanto corria.

De repente, ela se virou e olhou para ele, com o rosto nublado de ira. Sacudiu o relógio.

– Você não entende que existe um lugar ao qual isto pertence? Que, em algum lugar, ele funciona? Que, em algum lugar, ele se *encaixa?*

Virou-se e continuou a correr. Estava em forma e era bem veloz. Arthur não conseguiria alcançá-la de jeito nenhum.

Não que já não imaginasse que ser pai fosse uma tarefa tão difícil, mas é que ele não imaginava ser pai, muito menos assim, inesperadamente e em um planeta alienígena.

Random virou-se para gritar para ele novamente. Por algum motivo, sempre que ela fazia isso, Arthur parava.

– Quem você pensa que eu sou? – perguntou ela, irritada. – O seu assento de primeira classe? Quem você acha que mamãe pensou que eu era? Uma espécie de passaporte para uma vida que ela não teve?

– Não sei o que você quer dizer com isso – disse Arthur, ofegante e com dor.

– Você não sabe o que ninguém quer dizer com nada!

– Como assim?

– Cala a boca! Cala a boca! Cala a boca!

– Me diz! Por favor, me diz! O que ela quis dizer com "a vida que ela não teve"?

– Ela queria ter ficado na Terra! Queria não ter ido embora com aquele fresco imbecil descerebrado, o Zaphod! Ela acha que poderia ter tido uma vida diferente!

– Mas – ponderou Arthur – ela teria morrido! Ela teria morrido quando o mundo foi destruído!

– Não deixa de ser uma vida diferente, não é?

– Não deixa de...

– Ela não precisaria ter me deixado nascer! Ela me odeia!

– Você não está falando isso a sério! Como é que alguém, humm, quero dizer...

– Ela me teve para se ajustar. Essa era a minha função. Mas eu sou muito menos ajustada do que ela! Então ela me desligou e continuou com a sua vidinha idiota.

– O que tem de idiota na vida dela? Ela é terrivelmente bem-sucedida, não é? Está em todo o tempo e espaço, em todas as emissoras da rede Subeta...

– Idiota! Idiota! Idiota! Idiota!

Random se virou e saiu correndo de novo. Arthur não conseguiria alcançá-la e, por fim, acabou tendo que se sentar um pouco para esperar a dor na perna passar. Não tinha a menor ideia do que ia fazer com toda aquela confusão que estava em sua cabeça.

UMA HORA MAIS TARDE ele voltou capengando para a cidade. Estava anoitecendo. Os aldeões que passaram por ele o cumprimentaram, mas havia no ar uma sensação de nervosismo e de não saber ao certo o que estava acontecendo e o que fazer com aquela sensação. Haviam visto o Velho Thrashbarg puxando a barba e contemplando a lua, o que também não era bom sinal.

Arthur voltou para sua cabana.

Random estava sentada debruçada sobre a mesa, quietinha.

– Sinto muito – disse ela. – Sinto muito mesmo.

– Tudo bem – respondeu Arthur, o mais delicadamente que pôde. – É bom levar um papo, sabe? Ainda temos tanto a aprender e compreender um sobre o outro, e a vida não é, bem, não é feita somente de chá e sanduíches...

– Sinto muito *mesmo* – repetiu ela, soluçando.

Arthur foi até ela e colocou o seu braço no ombro da filha. Ela não resistiu nem o rechaçou. Foi então que ele viu o que ela sentia muito.

Na mancha de luz produzida por uma lanterna lamuellana jazia o relógio de Arthur. Random havia arrancado a parte de trás com a lâmina da faca de espalhar manteiga e todos os dentes de engrenagem e as molas e as alavancas estavam espalhados em uma pequena poça de bagunça onde ela estivera remexendo as peças.

– Eu só queria ver como funcionava – disse Random –, como é que as peças se encaixavam. Sinto muito! Não consigo encaixar de volta. Sinto muito, tanto, mas tanto mesmo! Não sei o que fazer. Eu vou consertar! Juro! Eu vou consertar!

NO DIA SEGUINTE, Thrashbarg apareceu lá e disse várias coisas sobre Bob. Tentou exercer uma influência apaziguadora, convidando Random a deixar sua mente pairar no mistério inefável da lacraia gigante, mas Random disse que não existia nenhuma lacraia gigante e Thrashbarg ficou em um silêncio gélido e disse que ela seria jogada nas profundezas do infinito. Random disse ótimo, foi lá que eu nasci e, no dia seguinte, o pacote chegou.

A VIDA ESTAVA PRÓDIGA em acontecimentos.

Na verdade, quando o pacote chegou, entregue por uma sonda robótica que desceu do céu fazendo barulhos robóticos, ele trouxe consigo uma sensação, que gradualmente começou a permear todo o vilarejo, de que já havia acontecido coisas de mais.

Não era culpa da pobre sonda robótica. Tudo o que queria era a assinatura de Arthur Dent, ou a sua impressão digital, ou até mesmo algumas lasquinhas de células da pele na sua nuca, e iria embora. Ficou parada no ar, esperando, sem saber direito o porquê daquele ressentimento todo. Enquanto isso, Kirp apanhou outro peixe com uma cabeça de cada lado, mas, ao examiná-lo de perto, viu que na verdade eram dois peixes cortados pela metade e costurados mal e porcamente, de modo que não só Kirp não conseguiu renovar o interesse por peixes de duas cabeças como acabou colocando a autenticidade do primeiro em dúvida. Apenas os pássaros pikka pareciam estar achando tudo perfeitamente normal.

A sonda robótica pegou a assinatura e se mandou. Arthur carregou o pacote para sua cabana e olhou para ele.

– Vamos abrir! – sugeriu Random, que estava muito mais animada naquela manhã, agora que tudo à sua volta ficara completamente esquisito, mas Arthur não quis.

– Por que não?

– Não está endereçado a mim.

– Está, sim.

– Não está, não. Está endereçado para... bem, está endereçado para Ford Prefect, aos meus cuidados.

– Ford Prefect? Não foi ele quem...

– Foi – respondeu Arthur, secamente.

– Já ouvi falar nele.

– Imagino que sim.

– Vamos abrir mesmo assim. O que mais vamos fazer com isso?

– Não sei – disse Arthur, que realmente não sabia. Tinha levado as suas facas danificadas à ferraria de manhã cedo, e Strinder as examinara e dissera que ia ver o que podia fazer.

Tentaram a rotina de sempre de sacudir as facas no ar, calculando o ponto de equilíbrio e o ponto de flexibilidade etc. e tal, mas a alegria tinha ido embora e Arthur ficara com a triste impressão de que seus dias como fazedor de sanduíches estavam contados.

Ele abaixou a cabeça.

A próxima aparição das Bestas Perfeitamente Normais era iminente, mas Arthur sentia que as tradicionais festividades de caça e organização de banquetes seriam meio desanimadas e sem convicção. Algo acontecera em Lamuella, e Arthur tinha uma sensação horrível de que fora culpa dele.

– O que você acha que é? – perguntou Random, curiosa, girando o pacote em suas mãos.

– Eu não sei – respondeu Arthur. – Algo ruim e preocupante, com certeza.

– Como é que você sabe? – protestou Random.

– Porque tudo relacionado a Ford Prefect é invariavelmente pior e mais preocupante do que qualquer outra coisa. Acredite em mim.

– Você está chateado com alguma coisa, não está? – perguntou Random.

Arthur suspirou.

– Acho que só estou meio sobressaltado e inquieto – disse Arthur.

– Sinto muito – disse Random, devolvendo o pacote. Percebeu que ele ia ficar realmente chateado se ela abrisse. Ia ter que dar um jeito de fazer isso quando ele não estivesse olhando.

Capítulo 16

Arthur não sabia ao certo do que sentira falta primeiro. Quando percebeu que um não estava lá, sua mente instantaneamente pulou para o outro e ele soube imediatamente que ambos haviam desaparecido e que algo terrivelmente ruim e difícil de se lidar iria acontecer.

Random não estava lá. Nem o pacote.

Tinha-o deixado em cima de uma prateleira o dia inteiro, totalmente à vista. Fora um exercício de confiança.

Sabia que uma das coisas que deveria fazer como pai era demonstrar confiança na filha, construir um sentimento de respeito mútuo e fé no alicerce do relacionamento deles. Tinha uma sensação desagradável de que aquela era uma coisa idiota para se fazer, mas fez assim mesmo e, de fato, havia sido uma coisa idiota a se fazer. Vivendo e aprendendo. Ou só vivendo.

E entrando em pânico.

Arthur saiu correndo da cabana. Era final de tarde. A luz estava ficando fraca e ia cair uma tempestade. Não conseguia ver a menina em lugar algum, não havia sinal dela. Perguntou. Ninguém tinha visto Random. Perguntou novamente. Mais ninguém tinha visto Random. As pessoas estavam voltando para casa para passar a noite. Um ventinho açoitava os limites da cidade, levantando as coisas do chão e as jogando longe de maneira perigosamente casual.

Encontrou com o Velho Thrashbarg e perguntou pela menina. Ele o olhou friamente e apontou na direção que Arthur mais temia e que, portanto, deduzira instintivamente que devia ser a que ela tomara.

Então agora já sabia o pior.

Random tinha ido para o lugar que sabia que ele não iria segui-la.

Olhou para o céu, que estava pesado, cor de chumbo e entrecortado por raios, e refletiu que seria um céu perfeito para os Quatro Cavaleiros do Apocalipse.

Com um profundo sentimento de mau agouro, ele partiu na trilha que conduzia à floresta no vale seguinte. As primeiras gotas pesadas de chuva começaram a atingir o chão enquanto Arthur tentava se arrastar em uma corrida desajeitada.

RANDOM ALCANÇOU O TOPO DA COLINA e olhou para baixo, para o vale seguinte. A subida fora mais longa e difícil do que imaginara. Estava um pouco preocupada porque fazer aquela caminhada à noite não era uma boa ideia, mas seu pai passara o dia inteiro perambulando do lado de fora da cabana tentando fingir para ela ou para si mesmo que não estava vigiando o pacote. Finalmente teve que ir até a ferraria conversar com Strinder sobre as facas – e Random havia aproveitado a oportunidade para sumir com o embrulho.

Era óbvio que não podia abri-lo ali, na cabana, nem mesmo na vila. Arthur poderia flagrá-la a qualquer momento. Teria que ir para um lugar onde ele não a seguisse.

Já podia parar onde estava. Caminhara bastante, na esperança de que ele não fosse atrás dela e, mesmo que fosse, jamais a encontrasse na vegetação densa da colina com a noite caindo e a chuva começando a pingar.

Durante toda a subida, o pacote balançara debaixo do seu braço. Era algo prazerosamente encorpado: uma caixa com uma tampa quadrada, com a largura do tamanho do seu antebraço e altura do tamanho da sua mão, embrulhada num papel pardo com um novo modelo de barbante autoamarrante. Não chacoalhava quando ela sacudia, fazendo Random ter a impressão de que o peso estava animadoramente concentrado no meio.

Já tendo caminhado até aquele ponto, sentia certa satisfação em não parar ali e carregar o pacote até lá embaixo, onde parecia ser a área proibida – o lugar em que a nave do seu pai caíra. Não sabia ao certo o que a palavra "mal-assombrada" significava, mas ia ser divertido descobrir. Continuaria caminhando e só abriria o embrulho quando chegasse lá embaixo.

O problema é que estava realmente escurecendo. Ainda não usara a sua microlanterna elétrica porque não queria ser vista a distância. Estava na hora de usá-la, o que provavelmente não teria mais problema, já que estava do outro lado da colina que dividia os vales.

Acendeu a lanterna. Praticamente na mesma hora um raio ziguezagueou no céu sobre o vale para o qual estava se dirigindo, o que a deixou consideravelmente assustada. Quando a escuridão a envolvia e o estrondo do trovão sacudia a terra, ela se sentiu subitamente pequena e perdida, com apenas um frágil facho de luz, do tamanho de um lápis, bruxuleando em sua mão. Talvez fosse melhor parar de uma vez e abrir logo o pacote. Ou talvez devesse voltar para casa e tentar refazer o caminho no dia seguinte. Mas foi apenas uma hesitação momentânea. Sabia que não tinha como voltar para casa naquela noite e sentiu que não poderia voltar nunca mais.

Desceu a colina. A chuva estava apertando. As pesadas gotas transformaram-se rapidamente num aguaceiro pesado, sibilando por entre as árvores. O chão estava começando a ficar escorregadio sob os seus pés.

Pelo menos ela achava que era a chuva que estava produzindo um som sibilante entre as árvores. Sombras saltavam e olhavam para ela de soslaio enquanto a lanterna tremelicava na floresta, para a frente e para baixo.

Continuou seguindo sem parar por uns dez ou quinze minutos, encharcada até os ossos e tremendo de frio, e, gradualmente, foi percebendo que parecia haver outra luz em algum lugar mais adiante. A luminosidade era muito fraquinha e Random não sabia se estava imaginando coisas. Apagou a sua lanterna para ver. Realmente parecia haver uma luz fraca mais à frente. Não conseguiu distinguir o que era. Acendeu a lanterna novamente e continuou a descer a colina, na direção da luz, fosse lá o que fosse.

Havia algo de errado com aqueles bosques, contudo.

Não sabia dizer de imediato o que era, mas não pareciam bosques alegres e saudáveis à espera de uma boa primavera. As árvores se retorciam em ângulos repulsivos e tinham uma aparência pálida, maléfica. Mais de uma vez, Random teve a preocupante sensação de que estavam tentando agarrá-la enquanto passava, mas era somente uma ilusão causada pela luz da sua lanterna, que fazia com que as sombras piscassem e se movessem.

De repente, alguma coisa caiu de uma das árvores à sua frente. Saltou para trás, assustada, deixando cair a lanterna e o pacote. Agachou-se devagar, tirando a pedra especialmente afiada do bolso.

A coisa que caíra da árvore estava se mexendo. A lanterna estava no chão, virada para a coisa, e uma sombra imensa e grotesca se movia lentamente sob a luz na direção de Random. Podia ouvir um leve ruído de algo farfalhando e chiando acima do constante som sibilante da chuva. Tateou o chão, em busca da lanterna, encontrou-a e apontou-a diretamente para a criatura.

Naquele exato momento, outra criatura despencou de uma árvore a apenas alguns metros de Random. Ela apontou a lanterna, aflita, de uma criatura para a outra. Segurava a pedra com o braço levantado, prestes a arremessá-la.

As criaturas eram bem pequenas, para falar a verdade. O ângulo da luz era que as fazia parecer tão grandes. E não eram apenas pequenas: eram peludas e fofinhas. Mais uma despencou e caiu bem no meio da luz. Então Random pôde observá-la claramente.

Foi uma queda perfeita e precisa. A criatura se virou e então, assim como as outras duas, pôs-se a avançar, lentamente e com determinação, para cima de Random.

Ela permaneceu parada no mesmo lugar. Continuava com a pedra a postos, pronta para ser lançada, mas a cada segundo ficava mais consciente de que estava com a pedra a postos, pronta para ser lançada em esquilos. Ou, pelo menos, pareciam ser esquilos. Criaturas delicadas, afetuosas, fofinhas e parecidas com esquilos, que avançavam em sua direção de uma forma que a deixava tensa.

Virou a luz diretamente para o primeiro do trio. Ele estava soltando grunhidos agressivos e valentes, e carregava, em um de seus pequenos punhos, um farrapo de pano cor-de-rosa úmido. Random o ameaçou, mostrando a pedra, mas ela foi ignorada pelo esquilo que avançava com o pedaço de pano molhado.

Deu um passo para trás. Não fazia a menor ideia de como lidar com uma situação daquela. Se fossem feras malvadas, rosnando, babando e exibindo presas faiscantes, teria avançado sobre elas com vontade, mas esquilos se comportando daquela maneira era algo com o qual não sabia lidar.

Deu outro passo para trás. O segundo esquilo estava começando a executar uma manobra para cercá-la pelo lado direito. Carregando um copo. De noz de carvalho. O terceiro estava logo atrás, fazendo sua própria manobra. O que estava carregando? Um recorte de papel encharcado, pensou Random.

Deu mais um passo para trás, bateu com o calcanhar na raiz de uma árvore e caiu de costas no chão.

Na mesma hora, o primeiro esquilo correu para cima dela, subindo pela sua barriga com ódio no olhar e o pedaço de pano molhado no punho.

Random tentou se levantar, mas só conseguiu se erguer 1 centímetro. O movimento assustado do esquilo na sua barriga fez com que ela se assustasse também. O esquilo ficou paralisado de medo, agarrando a pele de Random através da camisa molhada com suas microgarras. Então, bem devagarzinho, centímetro por centímetro, ele conseguiu subir pelo corpo todo, parou e ofereceu o pano a ela.

Random estava praticamente hipnotizada com a estranheza da criatura e os seus minúsculos olhinhos expressivos. Tornou a lhe oferecer o pano. Empurrava repetidamente, guinchando sem parar, até que, por fim, nervosa e hesitante, Random o apanhou. Ele continuou a olhá-la, concentradíssimo, os olhos pregados nela. Random não sabia o que fazer. Chuva e lama escorriam pelo seu rosto e havia um esquilo sentado em sua barriga. Decidiu limpar um pouco da sujeira em seus olhos com o pano.

O esquilo soltou um guincho, triunfante, apanhou o pano de volta, saltou de cima dela, fugiu precipitadamente noite adentro, subiu em disparada numa árvore, mergulhou em um buraco no tronco, se acomodou e acendeu um cigarro.

Enquanto isso, Random estava tentando espantar o esquilo que trazia o copo de noz de carvalho cheio de chuva e o outro, que trazia um pedaço de papel. Recuou, ainda sentada, arrastando a bunda no chão.

– Não! – gritou ela. – Sumam daqui!

Eles recuaram, assustados, e depois avançaram novamente para ela com os seus presentinhos. Random sacudiu a pedra.

– Sumam! – berrou ela.

Os esquilos começaram a correr de um lado para outro, consternados. Então um deles avançou sobre ela, depositou o copo de carvalho no seu colo, virou-se e fugiu para dentro da noite. O outro ficou parado, tremendo, por alguns segundos, e depois colocou o pedaço de papel cuidadosamente diante dela e desapareceu também.

Estava sozinha de novo, mas trêmula e confusa. Levantou-se desajeitadamente, apanhou sua pedra e seu pacote, depois fez uma pausa e decidiu pegar o pedaço de papel também. Estava tão encharcado e dilapidado que era difícil distinguir o que era. Parecia um fragmento de uma revista de bordo.

Enquanto Random tentava entender exatamente o que tudo aquilo significava, um homem surgiu na clareira onde ela estava parada, levantou uma arma pavorosa e atirou em sua direção.

Arthur estava se arrastando desesperadamente uns 3 ou 4 quilômetros atrás dela, na parte alta da colina.

Alguns minutos após a sua partida, tivera de voltar para buscar uma lanterna. Não a elétrica, pois a única disponível era a que Random levara consigo. A que sobrara era uma espécie de lampião fraquinho: uma lata de metal perfurada da ferraria de Strinder, que continha um pouco de óleo de peixe inflamável, tinha um pavio de grama seca trançada e estava envolta em um filme translúcido feito com membranas secas dos intestinos de uma Besta Perfeitamente Normal.

Já havia se apagado.

Arthur sacudiu inutilmente o lampião de tudo quanto foi jeito por alguns segundos. Obviamente, não havia a menor possibilidade de recuperar a chama perdida no meio de um temporal, mas não custava nada tentar um esforço simbólico. Relutante, ele jogou fora o lampião.

O que fazer? Era um esforço em vão. Estava absolutamente encharcado, suas roupas estavam pesadas e encharcadas de chuva e, para completar, estava perdido na escuridão.

Por um breve segundo ficou perdido em uma luz cegante; agora estava perdido no escuro novamente.

O clarão do relâmpago pelo menos mostrou que ele estava bem próximo do cume da montanha. Quando alcançasse o cume, ele iria... bom, não estava certo do que iria fazer. Ia pensar quando chegasse lá.

Continuou mancando, para a frente e avante.

Alguns minutos depois chegou ao topo, ofegante. Havia uma luz bem fraca adiante. Não fazia ideia do que poderia ser e, para falar a verdade, não queria nem imaginar. Mas era a única direção que tinha para seguir, então continuou o seu caminho, cambaleante, perdido e assustado, na direção da luz.

O BRILHO DE LUZ LETAL passou direto por Random e, uns dois segundos depois, o homem que disparara contra ela fez o mesmo. Nem sequer pareceu notá-la. Tinha atirado em alguém que estava atrás dela e, quando Random se virou para ver o que era, ele estava ajoelhado sobre o corpo, vasculhando os bolsos de sua vítima.

A cena congelou e desapareceu. Foi substituída, um segundo depois, pela imagem de duas fileiras de dentes gigantes, emoldurados por imensos lábios vermelhos, perfeitamente brilhosos. Uma enorme escova de dentes azul apareceu do nada e começou a escovar, fazendo bastante espuma, os dentes que continuavam brilhando na cintilante cortina da chuva.

Random piscou os olhos duas vezes antes de compreender o que era aquilo.

Era um comercial. O sujeito que atirara nela fazia parte da imagem holográfica de um dos filmes transmitidos na nave. Devia estar bem próxima do local da queda. Obviamente, alguns dos sistemas a bordo eram mais indestrutíveis do que os outros.

O meio quilômetro seguinte da jornada foi especialmente problemático. Não só precisava lutar contra o frio, a chuva e a noite como ainda tinha que lidar com os vestígios fragmentados e semidestruídos do sistema de entretenimento de bordo. Naves espaciais, carros a jato e helipods colidiam e explodiam continuamente à sua volta, iluminando a noite, pessoas malvadas usando chapéus esquisitos contrabandeavam drogas perigosas através dela e a orquestra e o coro da Ópera de Hallapolis executavam o último movimento da Marcha da Guarda Estelar de AnjaQantine, do ato IV da *Blamwellamum* de Woont de Rizgar, em uma pequena clareira localizada em algum lugar à sua esquerda.

E então se viu parada na beira de uma cratera horrenda de bordas espumantes. Ainda havia um leve brilho quente vindo do que parecia ser um enorme pedaço de chiclete caramelizado no meio do poço: os destroços derretidos de uma grande nave espacial.

Ficou parada lá, observando por um bom tempo, e depois, finalmente, começou a caminhar pela borda da cratera. Não sabia mais para o que estava olhando, mas continuava andando mesmo assim, evitando o horror do abismo à sua esquerda.

A chuva estava começando a diminuir um pouco, mas tudo continuava extremamente molhado e, já que ela não sabia o que havia no pacote, se era algo delicado ou frágil, imaginou que o melhor a fazer seria encontrar um lugar seco para abri-lo. Torcia para não ter causado nenhum estrago quando o deixou cair no chão.

Girou a lanterna, examinando as poucas, carbonizadas e partidas árvores que a cercavam. Não muito longe dali, avistou o afloramento de uma rocha que talvez lhe oferecesse um abrigo e começou a andar em sua direção. À sua volta, deparou-se com os detritos que haviam sido ejetados da nave durante a queda, antes da última bola de fogo.

Após ter se afastado 200 ou 300 metros da borda da cratera, Random viu os fragmentos esfarrapados de um material rosa macio, encharcado, coberto de lama, dependurado entre as árvores partidas. Imaginou, corretamente, que deviam ser os vestígios do casulo de fuga que salvara a vida do seu pai. Aproximou-se para examinar de perto e foi então que percebeu uma coisa no chão, imunda de lama.

Apanhou e tirou a sujeira. Era uma espécie de aparelho eletrônico, do tamanho de um livro pequeno. Quando o tocou, surgiram amistosas letras garrafais que brilhavam fracamente em seu centro. Diziam: NÃO ENTRE EM PÂNICO. Sabia o que era aquilo. Era a cópia do *Guia do Mochileiro das Galáxias* do seu pai.

Aquilo tranquilizou-a instantaneamente. Olhou para o céu trovejante e deixou que a chuva esparsa molhasse o seu rosto, entrando na sua boca.

Balançou a cabeça e correu em direção às pedras. Escalando-as, encontrou quase que imediatamente o lugar perfeito. A entrada de uma caverna. Examinou seu interior com a lanterna. Parecia seco e seguro. Com cuidado, ela entrou. Era bastante espaçosa, mas não muito profunda. Exausta e aliviada, Random sentou-se em uma pedra confortável, apoiou o pacote no chão e começou a abri-lo imediatamente.

Capítulo 17

Durante um bom período de tempo houve muita especulação e controvérsia sobre onde tinha ido parar a chamada "matéria perdida" do universo. Por toda a Galáxia, os departamentos de ciências das universidades mais conceituadas estavam adquirindo equipamentos cada vez mais elaborados para sondar e vasculhar o núcleo de galáxias distantes e, depois, o próprio núcleo e as margens de todo o universo. Quando enfim chegaram a uma conclusão, descobriram que, na verdade, o que estavam procurando era exatamente o material que servia para embalar os tais equipamentos.

Havia uma quantidade enorme de matéria perdida naquele pacote. Pequenas bolinhas redondas e fofas que Random deixou para as futuras gerações de físicos tentarem rastrear e descobrir novamente, assim que os achados da geração atual tivessem sido perdidos e esquecidos.

De dentro das bolinhas de matéria perdida, Random tirou um disco negro e liso. Ela o colocou sobre uma pedra ao seu lado e vasculhou todo o resto da matéria perdida na caixa para verificar se havia mais alguma coisa lá dentro, um manual, alguns acessórios ou algo assim, mas não havia mais nada. Só o disco negro.

Apontou sua lanterna para ele.

Assim que fez isso, começaram a surgir rachaduras ao longo da superfície aparentemente lisa. Random recuou, nervosa, mas então percebeu que a coisa, fosse lá o que fosse, estava apenas se desdobrando.

O processo era maravilhosamente bonito. Era extraordinariamente elaborado, mas simples e elegante ao mesmo tempo. Era como um origami automático, ou um botão de rosa florescendo em apenas alguns segundos.

Onde apenas alguns momentos antes havia um disco negro e liso havia agora um pássaro. Um pássaro pairando no ar.

Random continuou a recuar, cuidadosa e atenta.

Parecia-se com um pássaro pikka, só que um pouco menor. Quer dizer, na verdade era maior ou, para ser mais exato, tinha exatamente o mesmo tamanho ou, no mínimo, não menos que o dobro. Também era muito mais azul e muito mais rosado do que os pássaros pikka, sendo ao mesmo tempo perfeitamente negro.

Havia algo muito estranho naquele pássaro, mas Random não conseguiu perceber de imediato o que era.

Certamente, compartilhava com os pássaros pikka a impressão de que estava vendo algo que ninguém mais via.

De repente, ele desapareceu.

Depois, também de repente, tudo ficou escuro. Random agachou-se, assustada, apalpando a pedra afiada em seu bolso novamente. Então a escuridão recuou, transformou-se em uma bola e, em seguida, voltou a ser aquele pássaro. Ficou suspenso no ar diante dela, batendo as suas asas com lentidão, observando-a.

– Com licença – disse ele, de repente. – Eu só preciso me calibrar. Você consegue ouvir isso que estou dizendo?

– Isso o quê? – perguntou Random.

– Ótimo – disse o pássaro. – E consegue ouvir isso também? – Dessa vez, falou com uma voz mais esganiçada.

– Claro que sim! – disse Random.

– E quando eu digo isso? – perguntou ele, usando um tom de voz sepulcralmente grave.

– *Sim!*

Houve uma pausa.

– Não, é claro que não – disse o pássaro, alguns segundos depois. – Maravilha, bem, a sua faixa de audição está obviamente entre 20 e 16 KHz. Então. Assim está confortável para você? – perguntou ele, em uma agradável voz de tenor. – Não há harmônicos desconfortáveis arranhando no registro superior? Obviamente, não. Ótimo. Posso usar esses harmônicos como canais de dados. Agora, quantos de mim você consegue ver?

De repente, o ar ficou lotado com um emaranhado de pássaros. Random estava mais do que acostumada a passar seu tempo em realidades virtuais, mas aquilo era infinitamente mais estranho do que qualquer coisa que ela já tivesse visto antes. Era como se toda a geometria do espaço estivesse sendo redefinida em formas contínuas de pássaros.

Random engoliu em seco e sacudiu os braços ao redor de seu rosto, movendo-os naquele espaço formado por pássaros.

– Humm, obviamente muitos – disse o pássaro. – E agora?

Ele se desdobrou em um túnel de pássaros, como se fosse um pássaro capturado entre espelhos paralelos, refletindo infinitamente a distância.

– O que é você? – gritou Random.

– Vamos chegar nisso, já, já – respondeu o pássaro. – Só me diga quantos, por favor?

– Bem, você é mais ou menos... – Random esticou os braços, em um gesto vago.

– Sei, ainda infinito em extensão, mas pelo menos estamos chegando à matriz dimensional certa. Ótimo. Não, a resposta é uma laranja e dois limões.

– *Limões?*

– Se eu tenho três limões e três laranjas e perco duas laranjas e um limão, o que me resta?

– Hein?

– Está bem, então você acha que o tempo flui *dessa* maneira, não é? Interessante. Ainda estou infinito? – perguntou ele, flutuando para cá e para lá no ar. – Continuo infinito agora? Estou muito amarelo?

O pássaro estava passando por sucessivas transformações enlouquecedoras de forma e de tamanho.

– Eu não consigo... – disse Random, desnorteada.

– Não precisa responder, eu sei só de observar você agora. Então. Sou a sua mãe? Sou uma pedra? Pareço imenso, fofinho e sinuosamente entrelaçado? Não? E agora? Estou recuando?

Finalmente o pássaro estava imóvel e quietinho.

– Não – respondeu Random.

– Bem, na verdade eu estava recuando no tempo, sim. Humm. Bem, acho que já resolvemos isso. Se você quiser saber, posso lhe contar que no seu universo é possível se movimentar livremente nas três dimensões que vocês chamam de espaço. Vocês se movem em linha reta numa quarta dimensão, a que chamam de tempo, e ficam estáticos em uma quinta, que é a primeira fundamental da probabilidade. Depois disso, a coisa fica um pouco complicada e acontece virtualmente de tudo nas dimensões treze à 22, nem queira saber. Tudo o que precisa saber por enquanto é que o universo é muito mais complicado do que você pode imaginar, mesmo se já imagina que ele é complicado pra cacete, para começar. Posso evitar palavras como "cacete", se isso te ofender.

– Pode falar o que quiser.

– Está bem.

– Que diabos é você? – perguntou Random.

– Eu sou o *Guia*. No seu universo, sou o seu *Guia*. Na verdade, habito o que é tecnicamente conhecido como a Mistureba Generalizada de Todas as Coisas, que significa... bom, é melhor te mostrar.

O pássaro virou-se em pleno ar e voou para fora da caverna. Empoleirou-se em uma pedra, logo abaixo de uma marquise natural, fora da chuva, que estava voltando a ficar forte.

– Venha até aqui – disse ele – e veja isso.

Random não gostava de receber ordens de um pássaro, mas o seguiu mesmo assim até a entrada da caverna, apalpando a pedra que estava em seu bolso.

– Chuva – disse o pássaro. – Está vendo? Apenas chuva.

– Eu sei o que é chuva.

Torrentes de chuva assolavam a noite, a luz do luar filtrada pelos pingos.

— Então o que é chuva?
— Como assim, o que é chuva? Olha só, quem é você? O que você estava fazendo dentro da caixa? Por que tive que passar uma noite inteira correndo pela floresta, espantando esquilos retardados para, no final das contas, ter que aturar um pássaro me perguntando se eu sei o que é chuva? É água caindo pela droga do ar, pronto. Mais alguma coisa que você queira saber ou já podemos ir para casa?

Após uma longa pausa, o pássaro respondeu:
— Você quer ir para casa?
— Eu não tenho casa! — Random berrou as palavras tão alto que quase assustou a si mesma.
— Olhe para a chuva... — disse o pássaro-*Guia*.
— Estou olhando para a chuva! O que mais tem para olhar?
— O que você está vendo?
— Como assim, seu pássaro idiota? Estou vendo um monte de chuva. É apenas água caindo.
— Que formas você vê na água?
— Formas? Não tem forma nenhuma. É só uma... uma...
— Só Uma Mistureba Generalizada — completou o pássaro-*Guia*.
— É...
— E agora, o que você está vendo?

Quase no limite da visibilidade, um feixe tênue e fino transbordou dos olhos do pássaro. No ar seco, protegido pela marquise, não se via nada. Mas nos pontos onde o raio atingia os pingos de chuva conforme caíam havia uma lâmina de luz tão brilhante e viva que parecia sólida.

— Uau, que ótimo. Um show de lasers — comentou Random, debochada. — Nunca vi um desses antes, é claro, só em uns cinco milhões de shows de rock.
— *Diga-me o que você está vendo!*
— Apenas uma lâmina plana! Pássaro burro.
— Não há nada ali que não estivesse ali antes. Só estou usando a luz para chamar sua atenção para determinados pingos, em determinados momentos. E, agora, o que está vendo?

A luz se apagou.
— Nada.
— Continuo fazendo a mesma coisa, só que com luz ultravioleta, que você não consegue ver.
— E de que adianta me mostrar uma coisa que eu não consigo ver?
— Para que você entenda que só porque consegue ver uma coisa não quer dizer que ela esteja lá. E que, se você não vê uma coisa, não significa que ela não esteja. Tudo se resume ao que seus sentidos fazem com que você note.

– Estou de saco cheio disso – disse Random. Logo em seguida levou um susto.
Pairando sob a chuva estava uma imagem tridimensional gigantesca, bem nítida, do seu pai olhando com cara de bobo para alguma coisa.

Pouco mais de 3 quilômetros atrás de Random, seu pai, abrindo caminho pelos bosques, parou de repente. Ficou perplexo ao ver uma imagem dele próprio parecendo perplexo com alguma coisa flutuando nitidamente sob a chuva, a uns 3 quilômetros de distância. A uns 3 quilômetros de distância, à direita da direção para a qual estava caminhando.

Estava quase completamente perdido, convencido de que ia morrer por conta do frio, da chuva e da exaustão, e começando a desejar que tudo terminasse logo. Para completar, um esquilo acabara de lhe trazer uma revista de golfe intacta, o que fez com que o seu cérebro começasse a uivar e gralhar.

Ao ver uma imagem enorme e nítida de si mesmo iluminada no céu, convenceu-se, por outro lado, que provavelmente estava certo quanto a uivar e gralhar, mas errado quanto à direção.

Respirando bem fundo, ele se virou e seguiu em direção ao inexplicável show de luz.

– ESTÁ BEM, mas isso prova o quê? – perguntou Random. O fato de a imagem ser do seu pai assustou-a mais do que a aparição da imagem em si. Vira o primeiro holograma quando tinha 2 meses de idade e fora colocada para brincar dentro dele. O mais recente tinha sido há meia hora, tocando a Marcha da Guarda Estelar de AnjaQantine.

– Apenas que não estava nem mais nem menos lá do que a lâmina estava – respondeu o pássaro. – É apenas uma interação da água que cai do céu, movendo-se em uma direção, com luzes cujas frequências podem ser detectadas pelos seus sentidos, movendo-se em outra. Isso cria uma imagem aparentemente sólida na sua mente. Mas não passam de imagens na Mistureba Generalizada. Aqui vai mais uma para você.

– Minha mãe! – exclamou Random.

– Não – disse o pássaro.

– Eu reconheço a minha mãe quando a vejo!

A imagem era a de uma mulher saindo de uma nave espacial e entrando em um prédio enorme e cinzento, parecido com um hangar. Ela estava sendo escoltada por um grupo de criaturas altas, magras e roxo-esverdeadas. Era definitivamente a mãe de Random. Bem, quase definitivamente. Trillian não estaria andando tão insegura em baixa gravidade, ou examinando um tedioso e velho ambiente de suporte de vida à sua volta com um olhar tão incrédulo, nem muito menos carregando uma estranha câmera velha.

– Então quem é ela? – perguntou Random.
– Ela faz parte de uma extensão da sua mãe no eixo da probabilidade – respondeu o pássaro-*Guia*.
– Não faço a menor ideia do que você está falando.
– O espaço, o tempo e a probabilidade possuem eixos dentro dos quais é possível mover-se.
– Ainda continuo boiando. Se bem que... Não. Pode explicar.
– Pensei que você quisesse ir para casa.
– Explica!
– Você gostaria de ver a sua casa?
– *Ver*? Ela foi destruída!
– Dentro do eixo da probabilidade permanece descontínua. Veja só!

Algo muito estranho e incrível surgiu flutuando na chuva. Era um globo azul-esverdeado, enevoado e coberto de nuvens, girando com majestosa lentidão contra um pano de fundo negro e estrelado.

– Agora você vê – disse o pássaro. – Agora não vê mais.

A POUCO MENOS DE 3 QUILÔMETROS, Arthur Dent estacou. Não podia acreditar que estava vendo, boiando no ar, coberta pela chuva, porém nítida e vividamente real, contra o céu da noite, a Terra. Ficou sem ar ao vê-la. Então, no momento em que ficou sem ar, ela desapareceu novamente. Depois tornou a aparecer. Depois, e foi isso que fez com que ele ficasse doido de pedra, ela se transformou em uma salsicha.

RANDOM ESTAVA IGUALMENTE IMPRESSIONADA com a visão daquela gigantesca salsicha azul e verde, aquosa e nevoenta, flutuando sobre ela. Transformou-se depois em uma fileira de salsichas, ou melhor, uma fileira de salsichas na qual faltavam várias salsichas. A brilhante fileira rodopiou e girou em um balé desconcertante no ar, depois diminuiu gradualmente o ritmo, enfraqueceu-se e desapareceu na escuridão cintilante da noite.

– O que foi isso? – perguntou Random, com a voz fraca.
– Uma breve visão do eixo de probabilidade de um objeto descontinuamente provável.
– Ah.
– A maioria dos objetos sofre mudanças e alterações ao longo do seu eixo de probabilidade, mas o mundo do qual você veio faz algo um pouquinho diferente. Ele se encontra no que poderíamos chamar de uma rachadura na paisagem da probabilidade, o que significa que, em diversas coordenadas de probabilidade, ele simplesmente deixa de existir. Ele possui uma instabilidade

inerente, típica de qualquer coisa que faça parte do que é comumente chamado de Setores Plurais. Entendeu?

– Não.

– Quer ir até lá e ver por conta própria?

– Para a... Terra?

– É.

– E isso é possível?

O pássaro-*Guia* não respondeu de imediato. Abriu as asas e, com uma graça sem esforço, ergueu-se no ar e voou para a chuva, que estava enfraquecendo novamente.

Planou em êxtase sobre o céu noturno; luzes piscaram à sua volta e dimensões trepidavam com sua passagem. Mergulhou, girou, subiu novamente, tornou a girar e, por fim, aquietou-se bem próximo do rosto de Random, batendo as asas lenta e silenciosamente.

Continuou a falar com ela.

– Seu universo é vasto para você. Vasto em tempo, vasto em espaço. Isso se deve aos filtros através dos quais você o percebe. Mas eu fui construído sem filtros, o que significa que percebo a Mistureba Generalizada que contém todos os universos possíveis mas que não tem, por si mesma, tamanho algum. Para mim tudo é possível. Sou onisciente e onipotente, extremamente vaidoso e, o melhor, venho em uma embalagem prática e portátil. Você precisa descobrir o quanto essas afirmações são verdadeiras.

Random abriu um sorriso suave.

– Seu monstrinho. Você está me enrolando!

– Como eu disse, tudo é possível.

Random soltou uma gargalhada.

– Está bem – disse ela. – Vamos tentar ir para a Terra. Vamos tentar ir para a Terra em algum ponto do seu, hã...

– Eixo de probabilidade?

– Isso. Onde ela não foi destruída. Ok. Então você é o *Guia*. Como conseguimos uma carona?

– Engenharia reversa.

– O quê?

– Engenharia reversa. Para mim, o fluxo do tempo é irrelevante. Você decide o que quer. Depois eu meramente garanto que já tenha acontecido.

– Você está brincando.

– Tudo é possível.

Random franziu a testa.

– Você *está* brincando, não está?

– Deixe-me explicar de outra maneira – disse o pássaro. – A engenharia reversa nos permite pular toda aquela burocracia de ter que esperar que uma das raríssimas naves espaciais que passam pelo seu setor galáctico cerca de uma vez por ano resolva se está ou não a fim de lhe dar uma carona. Você quer uma carona, uma nave aparece e lhe dá uma. O piloto pode até achar que tem alguns milhões de motivos para decidir parar e lhe dar uma carona. Mas o verdadeiro motivo é que eu determinei que ele parasse.

– Isso é uma amostra da sua extrema vaidade, não é, pequeno pássaro?

O pássaro ficou em silêncio.

– Está bem – disse Random. – Eu quero uma nave que me leve para a Terra.

– Serve essa aqui?

Foi tão silencioso que Random só notou que havia uma nave espacial aterrissando quando já estava praticamente sobre a sua cabeça.

ARTHUR TAMBÉM NOTOU A NAVE. Ele estava a pouco menos de 2 quilômetros de distância agora. Após a exibição das salsichas iluminadas ter chegado ao fim, ele percebera tênues lampejos de outras luzes descendo das nuvens e imaginou, no início, que fossem outra parte do espetáculo de *son et lumière*.

Levou alguns segundos para concluir que era uma nave espacial de verdade e mais alguns segundos para concluir que estava aterrissando exatamente no local onde ele imaginava que a sua filha estava. Foi então que, com chuva ou sem chuva, com perna machucada ou sem perna machucada, com breu ou sem breu, ele começou realmente a correr.

Caiu quase que imediatamente, escorregou e machucou o joelho em uma pedra. Levantou-se mais uma vez com muito esforço e tentou continuar em frente. Teve a horrível sensação de que estava prestes a perder Random para sempre. Correu, mancando e xingando. Não sabia o que havia naquela caixa, mas o nome no pacote era o de Ford Prefect e era esse o nome que ele xingava enquanto corria.

A NAVE ERA A MAIS SEXY e bonita que Random já havia visto.

Era impressionante. Prateada, esguia, inefável.

Se não fosse impossível, diria que era uma RW6. Quando a nave pousou silenciosamente ao seu lado, percebeu que era de fato uma RW6 e ficou sem ar de tão empolgada. Uma RW6 era uma daquelas naves só encontradas em revistas criadas para provocar agitação civil.

Random também estava extremamente nervosa. O timing e a forma como a nave tinha chegado eram perturbadores. Ou aquela era a coincidência mais bizarra do mundo, ou algo muito peculiar e preocupante estava acontecendo.

Esperou, um pouco tensa, a nave abrir a sua escotilha. O seu *Guia* – ela o tinha como seu agora – estava suspenso no ar, um pouco acima do seu ombro direito, quase sem bater as asas.

A escotilha se abriu. Uma luz fraquinha vazou lá de dentro. Passados alguns segundos, uma figura apareceu. Ficou parada por alguns segundos, obviamente tentando acostumar seus olhos à escuridão. Então avistou Random parada um pouco mais adiante e pareceu um tanto surpresa. Começou a caminhar até a garota. Então, de repente, soltou um grito de espanto e começou a correr na direção dela.

Random não era a pessoa mais indicada sobre a qual avançar em uma noite escura, ainda por cima estressada do jeito que ela estava. Inconscientemente, estava cutucando a pedra em seu bolso desde o momento em que viu a nave aterrissar.

AINDA CORRENDO, SE ARRASTANDO, tropeçando e chocando-se contra árvores, Arthur acabou percebendo que já era tarde demais. A nave pousara havia uns três minutos, mas já estava levantando voo novamente, silenciosa, graciosa, passando acima do bosque e manobrando com suavidade através da chuva fina em que se transformara o temporal – subindo, subindo, empinando a proa e, sem fazer nenhum esforço, sumindo em meio às nuvens.

Havia partido. Random estava lá dentro. Arthur obviamente não tinha como ter certeza, mas ainda assim tinha certeza. Ela havia partido. Tivera uma chance de ser pai e não podia acreditar em quão mal se saíra. Tentou continuar a correr, mas os seus pés estavam se arrastando, o seu joelho doía furiosamente e ele sabia que era tarde demais.

Tinha certeza de que não podia se sentir mais infeliz e desgraçado do que aquilo, mas estava enganado.

Foi capengando até a caverna onde Random se abrigara e abrira a caixa. O chão ainda exibia as marcas da nave que aterrissara alguns minutos antes no local, mas não havia nenhum traço de Random. Perambulou, desconsolado, pela caverna, encontrou a caixa vazia e pilhas de bolinhas feitas com matéria perdida espalhadas pelo chão. Ficou um pouco irritado com aquilo. Tinha tentado ensinar a ela que devia arrumar as coisas após usá-las. Sentir-se um pouco irritado com ela por causa de algo assim ajudou-o a ficar menos desolado com a sua partida. Sabia que não tinha como encontrá-la.

Os seus pés colidiram com algo inesperado. Inclinou-se para ver o que era e ficou absolutamente surpreso. Era o seu velho *Guia do Mochileiro das Galáxias*. Como tinha ido parar na caverna? Arthur jamais voltara até o local da queda para recuperá-lo. Não queria ter de revisitar o local do acidente e não queria mais o *Guia*. Tinha a intenção de permanecer em Lamuella, fazendo sanduíches, para sempre. Como é que ele fora parar lá? Estava ligado. Na capa, as palavras NÃO ENTRE EM PÂNICO piscavam para ele.

Saiu da caverna novamente, sob a luz fraca e encharcada da lua. Sentou-se em uma pedra para dar uma olhada no velho *Guia* e foi então que descobriu que não era uma pedra, mas uma pessoa.

Capítulo 18

Arthur deu um pulo, assustado. Era difícil dizer o que o assustava mais: a possibilidade de ter machucado a pessoa na qual inadvertidamente se sentara ou a possibilidade de que a pessoa na qual inadvertidamente se sentara fosse machucá-lo.

A princípio, após uma breve inspeção, concluiu que não havia nenhuma causa imediata para alarme no que dizia respeito à segunda hipótese. A pessoa sobre a qual se sentara, fosse quem fosse, estava inconsciente. Aquilo provavelmente ajudava a explicar o que ela estava fazendo deitada ali. Parecia estar respirando bem. Arthur sentiu o pulso do sujeito. Também estava bem.

Estava deitado de lado, um pouco encolhido. A última vez que Arthur prestara primeiros socorros estava tão longe no tempo e no espaço que ele realmente não conseguia lembrar o que devia fazer numa situação daquelas. A primeira coisa que devia fazer, recordou ele, era ter um kit de primeiros socorros à mão. Droga.

Será que deveria deitar o sujeito de barriga para cima ou não? E se ele tivesse alguma fratura? E se tivesse engolido a língua? E se decidisse processá-lo? Quem, antes de tudo, era aquela pessoa?

Foi então que o sujeito inconsciente gemeu alto e se virou de barriga para cima.

Arthur não sabia se ele deveria...

Olhou para o sujeito.

Olhou novamente.

Olhou para o sujeito mais uma vez, só para ter certeza absoluta.

Apesar de estar certo de que não era possível se sentir pior do que já estava, sentiu um enorme desânimo.

O sujeito gemeu de novo e abriu os olhos lentamente. Demorou um pouco para enxergar alguma coisa direito, depois piscou e enrijeceu o corpo.

– Você! – exclamou Ford Prefect.

– Você! – exclamou Arthur Dent.

Ford voltou a gemer.

– O que você precisa que eu explique dessa vez? – perguntou ele, fechando os olhos, em desespero.

CINCO MINUTOS DEPOIS, Ford estava sentado, esfregando o lado da cabeça onde havia um galo bem grande.

– Quem diabos era aquela mulher? – perguntou ele. – Por que estamos cercados por esquilos e o que eles querem?

– Esses esquilos encheram a minha paciência a noite toda – respondeu Arthur. – Ficam tentando me dar revistas e coisas assim.

Ford franziu a testa.

– Sério?

– E pedaços de pano.

Ford raciocinou.

– Ahn – disse ele. – Estamos perto do local onde sua nave caiu?

– Estamos – respondeu Arthur, um pouco ríspido.

– Deve ser isso, então. Acontece. Os robôs de cabine da nave são destruídos. As mentes cibernéticas que os controlam sobrevivem e começam a infectar a vida selvagem local. Podem transformar um ecossistema inteiro em uma indústria de prestadores de serviço inútil, oferecendo toalhinhas quentes e drinques para todo mundo que passar por perto. Devia existir uma lei contra isso. Provavelmente existe. Provavelmente existe também uma lei contra ter uma lei contra isso, assim fica tudo resolvido. Certo. O que você disse?

– Eu disse: e a mulher é minha filha.

Ford parou de esfregar a cabeça.

– Repita.

– Eu disse – repetiu Arthur, irritado – que a mulher é minha filha.

– Eu não sabia que você tinha uma filha.

– Bom, provavelmente há muitas coisas a meu respeito que você não sabe – disse Arthur. – Para falar a verdade, provavelmente também há muitas coisas a meu respeito que eu não sei.

– Ora, ora, ora. Quando foi que isso aconteceu?

– Não sei direito.

– Isso sim é bem a sua cara – disse Ford. – Existe uma mãe na parada?

– Trillian.

– *Trillian?* Eu não achei que...

– Não. Olha, é um pouco constrangedor...

– Eu me lembro que uma vez ela me disse por alto que tinha uma filha. Falo com ela de tempos em tempos. Mas nunca a vi com a menina.

Arthur não disse nada.

Ford recomeçou a esfregar a mão na cabeça, um pouco confuso.

– Tem certeza de que aquela era *sua* filha? – perguntou ele.

– Me conte o que aconteceu.

– Ih... é uma longa história. Eu estava vindo buscar o pacote que mandei para mim, aos seus cuidados...

– Bom, e o que era aquilo, afinal?
– Eu acho que pode ser algo inimaginavelmente perigoso.
– E você mandou pra *mim*? – reclamou Arthur.
– Foi o lugar mais seguro em que consegui pensar. Achei que pudesse confiar na sua capacidade de ser absolutamente chato e não abrir o pacote. Enfim, como cheguei à noite, não estava conseguindo encontrar o tal vilarejo. Estava me virando com informações bem básicas. Não encontrei nenhuma sinalização. Acho que vocês não têm sinalização nenhuma por aqui.
– É por isso que eu gosto daqui.
– Aí, captei um sinal bem fraco do seu velho *Guia*, então segui nessa direção, pensando que ia me levar até você. Percebi que tinha aterrissado em uma espécie de bosque. Não conseguia entender direito o que estava acontecendo. Saí da nave e me deparei com essa mulher, parada ali. Fui até ela para dizer oi e de repente vi que ela estava com o negócio na mão!
– Que negócio?
– A coisa que eu mandei para você! O novo *Guia*. O tal pássaro! Você tinha que ter guardado direito, seu idiota, mas a mulher estava com ele sobre o ombro. Eu parti para cima e ela me deu uma pedrada na cabeça.
– Entendi – disse Arthur. – E o que você fez?
– Ué, caí no chão, é claro. Me machuquei feio. Ela e o pássaro começaram a se dirigir para a minha nave. E quando eu digo minha nave estou me referindo a uma RW6.
– Uma o quê?
– Uma RW6, pelo amor de Zarquon. O meu cartão de crédito e o computador central do *Guia* estão se relacionando muito bem ultimamente. Você não ia acreditar nessa nave, Arthur, ela é...
– Então a RW6 é uma nave?
– *É*! É uma... ah, deixa pra lá. Olha, pega leve, Arthur! Ou, pelo menos, pega um catálogo. Nesse momento, eu fiquei bastante preocupado. E, acho eu, com uma semiconcussão. Estava de joelhos, sangrando em profusão e, então, fiz a única coisa que me veio à cabeça, que era implorar. Eu disse por favor, não leve a minha nave. E não me abandone encalhado no meio de uma floresta primitiva, sem ajuda médica e com um ferimento na cabeça. Eu poderia estar correndo um sério perigo e ela também.
– E o que ela disse?
– Ela me deu outra pedrada na cabeça.
– Acho que posso confirmar que essa era mesmo a minha filha.
– Um amor de menina.
– Você precisa conhecê-la melhor – disse Arthur.
– Por que, ela fica mais mansa?

– Não – respondeu Arthur –, mas você aprende a hora de desviar.

Ford suspendeu a cabeça e tentou enxergar direito.

O céu estava começando a clarear a oeste, que era onde nascia o sol. Arthur não estava particularmente interessado em vê-lo. A última coisa que queria após uma noite infernal como aquela era um glorioso dia nascendo e se intrometendo na história.

– O que você está fazendo em um lugar desses, Arthur? – perguntou Ford.

– Bom – disse Arthur –, basicamente, estou fazendo sanduíches.

– Hein?

– Eu sou, ou provavelmente era, o Fazedor de Sanduíches de uma pequena tribo. Era um pouco constrangedor, para falar a verdade. Quando eu cheguei, isto é, no dia em que eles me resgataram dos escombros da tal nave espacial de última geração que caiu neste planeta, eles foram muito legais comigo e eu achei que devia fazer alguma coisa para ajudar. Você sabe, recebi uma boa educação, venho de uma cultura de tecnologia avançada, poderia ensinar algumas coisas para eles. Mas, é claro, não consegui. Na hora do vamos ver, descobri que não faço a menor ideia de como as coisas funcionam. E não estou falando de videocassetes, pois ninguém sabe mexer neles mesmo. Estou falando de coisas como uma caneta, um poço artesiano, algo assim. Não tenho a menor ideia. Não podia ajudar em nada. Um dia, estava muito desanimado e resolvi fazer um sanduíche para mim. E isso os deixou incrivelmente animados. Nunca haviam visto um antes. Era uma ideia que jamais lhes tinha ocorrido e eu, por acaso, gosto de fazer sanduíches, então a coisa meio que começou assim.

– E você *gostava* disso?

– Ah, sim, acho que eu gostava, sim. Possuir um bom conjunto de facas, essas coisas.

– Você não achava, por exemplo, devastadoramente, explosivamente, incrivelmente, dolorosamente chato?

– Bem, há, não. Nem tanto. Não era doloroso.

– Que estranho. Eu acharia.

– Bom, acho que temos pontos de vista diferentes.

– Pois é.

– Como os pássaros pikka.

Ford não fazia a menor ideia do que ele estava falando e não estava com saco para perguntar. Em vez disso, disse:

– Então, como é que a gente faz para dar o fora deste lugar?

– Bom, acho que a maneira mais simples seria seguir o vale até as planícies, o que provavelmente levaria uma hora, e depois continuar seguindo. Acho que não consigo encarar a ideia de ter que voltar por onde eu vim.

– Continuar seguindo para onde?

– Ué, de volta para o vilarejo, não? – Arthur suspirou, um pouco melancólico.

– Não quero ir para nenhuma droga de vilarejo! – interrompeu Ford. – Temos que dar o fora daqui!

– Onde? Como?

– Sei lá, me diz você. Você mora aqui! Deve haver alguma maneira de sair deste planeta idiota.

– Eu não sei. O que você costuma fazer? Fica sentado esperando uma nave espacial passar, não é?

– Ah, sim... E quantas naves espaciais visitaram esse antro de pulgas esquecido por Zarquon, recentemente?

– É... há alguns anos, a minha nave caiu aqui por engano. Depois teve a da Trillian, depois a entrega do pacote, agora a sua e...

– Sim, mas *além* dos suspeitos de sempre?

– Bom, hã, acho que basicamente nenhuma, até onde sei. É bem pacato por aqui.

Como se para desmenti-lo de propósito, um trovão soou bem alto ao longe.

Ford pulou, sobressaltado, e começou a caminhar para a frente e para trás na luz fraca e dolorosa daquele início de madrugada, que rasgava o céu como se alguém tivesse arrastado um pedaço de fígado sobre ele.

– Você não entende como isso é importante – disse ele.

– O quê? O fato de a minha filha estar sozinha, solta pela Galáxia? Você acha que eu não...

– Podemos ter pena da Galáxia depois? – zombou Ford. – Isso é muito, muito sério mesmo. Assumiram o controle do *Guia*. Ele foi comprado.

Arthur reagiu.

– Ah, muito sério – gritou ele. – Por favor, me inteire o mais rápido possível sobre questões de política corporativa das editoras! Você nem faz ideia de como tenho pensado nisso!

– Você não entende! Existe um *Guia* completamente novo!

– Ah! – gritou Arthur. – Ah! Ah! Ah! É emoção de mais para mim! Mal posso esperar que ele seja lançado para descobrir quais os portos espaciais mais empolgantes para se ficar entediado zanzando por um aglomerado globular do qual nunca ouvi falar. Por favor, vamos correndo à loja mais próxima para comprá-lo imediatamente?

Ford apertou os olhos.

– É isso que vocês chamam de sarcasmo, não é?

– Sabe que eu acho que é, sim? – berrou Arthur. – Eu realmente acho que isso pode ser o negócio maluco chamado sarcasmo, infiltrando-se pelas beiradas de minha fala educada! Ford, eu tive uma noite infernal! Será que dá para levar isso em consideração enquanto você fica aí bolando com quais babaquices triviais estapafúrdias e inconsequentes irá me bombardear em seguida?

– Tente descansar – disse Ford. – Eu preciso pensar.

– Por que você precisa *pensar*? Não podemos ficar aqui sentados, fazendo budumbudumbudumbudum com a boca um pouquinho? Não dá para babarmos um pouquinho e nos balançarmos para a esquerda um pouquinho? Eu não aguento mais, Ford! Não aguento mais ter que pensar e resolver coisas. Você pode até pensar que eu estou aqui tendo um chilique...

– Não tinha pensado nessa hipótese.

– ... mas é sério! De que adianta? Nós achamos que toda vez que fazemos alguma coisa sabemos quais serão as consequências, isto é, sabemos mais ou menos o que esperamos que sejam. E isso, algumas vezes, não é apenas incorreto. É desvairadamente, loucamente, estupidamente, cegamente errado!

– É exatamente disso que eu estou falando.

– Obrigado – disse Arthur, sentando-se de novo. – O quê?

– Engenharia reversa temporal.

Arthur colocou as mãos na cabeça e balançou-a lentamente de um lado para o outro.

– Existe alguma maneira humana – gemeu ele – de te impedir de me explicar o que é essa sei-lá-o-quê reversa temporal de merda?

– Não – respondeu Ford –, porque a sua filha está presa bem no meio dela e isso é sério, mortalmente sério.

Trovões soaram em meio à pausa.

– Está bem – disse Arthur. – Pode explicar.

– Eu me joguei da janela de um arranha-céu.

Aquilo alegrou Arthur.

– Ah! – exclamou ele. – Por que você não faz isso de novo?

– Eu fiz.

– Humm – fez Arthur, desapontado. – Obviamente, não deu em nada.

– Da primeira vez, consegui me salvar graças à mais impressionante – e eu digo isso com toda a modéstia – e fantástica combinação de improviso, agilidade, contorcionismo e autossacrifício.

– E qual foi o autossacrifício?

– Eu me desfiz da metade de um par de sapatos muito queridos e, creio eu, insubstituíveis.

– E por que isso foi um autossacrifício?

– Por que eram meus! – respondeu Ford, amuado.

– Acho que temos valores muito diferentes.

– Sim, os meus são melhores.

– Melhores de acordo com a sua... ah, deixa pra lá. Então, tendo conseguido se salvar de maneira muito engenhosa da primeira vez, você usou de toda a sua sensatez e pulou novamente. Por favor não me diga o porquê. Só me conte o que aconteceu, se necessário.

– Caí direto na cabine aberta de um carro a jato que estava passando, cujo piloto havia acabado de apertar acidentalmente o botão de ejetar, quando, na verdade, queria apenas trocar de música no rádio. Ora, nem mesmo eu conseguiria pensar que isso foi uma grande sacação minha.

– Ah, não sei, não – comentou Arthur, exausto. – Suponho que você tenha se infiltrado no jato do sujeito de madrugada e programado a música menos favorita dele para tocar ou algo assim.

– Não, claro que não – disse Ford.

– Só estou verificando.

– Mas, por mais estranho que pareça, *alguém* fez isso. E aí é que está o xis da questão. É possível olhar para trás e rastrear toda a cadeia e as ramificações de acontecimentos e coincidências cruciais. No final das contas, o responsável por tudo isso era o novo *Guia*. O tal pássaro.

– Que pássaro?

– Você não chegou a ver?

– Não.

– Ah, é uma criaturinha mortal. É bonito, fala grosso, provoca o colapso seletivo de formas de onda quando quer.

– O que isso significa?

– Engenharia reversa temporal.

– Ahn – fez Arthur. – Ah, tá.

– A questão é: *para quem* ele está realmente trabalhando?

– Acho que tenho um sanduíche aqui – disse Arthur, catando no bolso. – Quer um pedaço?

– Quero.

– Deve estar um pouco amassado e encharcado, lamento.

– Tudo bem.

Mastigaram um pouco.

– Até que é bem gostoso – disse Ford. – Que carne é essa?

– É de Besta Perfeitamente Normal.

– Nunca vi uma. Então, a questão é – continuou Ford – para quem o pássaro está realmente trabalhando? Qual é a verdadeira trama por trás dessa história?

– Humm – mastigou Arthur.

– Quando encontrei o pássaro – prosseguiu Ford –, o que se deu graças a uma série de coincidências por si só interessantes, ele exibiu a mais fantástica pirotecnia multidimensional que eu já vi. Depois disse que colocaria os seus serviços à minha disposição no meu universo. Eu respondi obrigado, mas não, obrigado. Ele disse que ia fazer isso de qualquer jeito, querendo eu ou não. Eu disse tenta só para você ver, ele disse que ia e que, na verdade, já havia feito. Eu disse é o que veremos e ele disse que veríamos. Foi então que eu decidi empacotar o bicho e enviá-lo para cá. E resolvi mandar para você por uma questão de segurança.

– Ah, é? Segurança de quem?

– Ah, deixa pra lá. Aí, como uma coisa leva a outra, achei sensato me jogar da janela novamente, por não ter nenhuma alternativa naquele momento. Para minha sorte, o carro a jato estava lá; do contrário, eu teria que me contentar com mais pensamentos engenhosamente rápidos, agilidade, talvez o outro pé do sapato e, se nada disso desse certo, com o chão. Mas isso me mostrou que, gostando eu ou não, o *Guia* estava trabalhando para mim, o que era profundamente preocupante.

– Por quê?

– Porque, se você está com o *Guia*, acha que é ele quem trabalha para você. Desde então as coisas fluíram magnificamente para mim, até agora há pouco, quando me deparei com a gatinha da pedrada e, bangue, já era. Estou fora do circuito.

– Você está falando da minha filha?

– Estou tentando ser o mais educado possível. Ela é o próximo elo na cadeia e vai achar que tudo está indo às mil maravilhas. Vai poder bater na cabeça de quem quiser com pedaços da paisagem e tudo vai fluir lindamente, até que ela faça o que deve fazer e, então, vai ficar de fora também. É engenharia reversa temporal e, obviamente, ninguém compreendeu o que estava desencadeando!

– Como eu, por exemplo.

– O quê? Ah, acorda, Arthur. Olha, deixa eu tentar novamente. O novo *Guia* foi desenvolvido nos laboratórios de pesquisa. Ele utiliza uma nova tecnologia chamada Percepção Sem Filtros. Você sabe o que isso quer dizer?

– Olha, eu passei os últimos anos fazendo sanduíches, pelo amor de Bob!

– Quem é Bob?

– Deixa pra lá. Continua.

– Percepção Sem Filtros significa que ele percebe tudo. Entendeu? *Eu* não percebo tudo. *Você* não percebe tudo. Temos filtros. O novo *Guia* não possui nenhum filtro sensorial. Ele percebe tudo. Nem era uma ideia tecnológica muito complicada. Era só questão de deixar algo de fora. Entendeu?

– Porque não digo simplesmente que entendi você continua falando do mesmo jeito.

– Certo. Agora, como o pássaro pode perceber qualquer universo possível, ele está presente em qualquer universo possível. Entendeu?

– En... ten... diiiiii.

— Então o que acontece é o seguinte: os palhaços dos departamentos de Marketing e Contabilidade dizem "Ah, que ideia genial, isso quer dizer que só precisamos fazer um desses e depois vamos vendê-lo um número infinito de vezes!". Não faça essa cara, Arthur, é assim que os contadores *pensam!*

— Mas é bem inteligente, não é?

— Não! É incrivelmente *burro*. Veja bem: a máquina é apenas um pequeno *Guia*. Tem uma cibertecnologia bem interessante lá dentro, mas, por conta da Percepção Sem Filtros, qualquer mínimo movimento que o *Guia* faça tem o poder de um vírus. Ele pode se propagar pelo espaço, pelo tempo e em um milhão de outras dimensões. Qualquer coisa pode se focar em qualquer lugar em qualquer um dos universos nos quais transitamos. O seu poder é recursivo. Imagine um programa de computador. Em algum lugar existe uma instrução principal e todo o resto não passa de funções recursivas, ou parênteses se propagando em uma enorme onda sem fim através de um espaço infinito de endereçamento. E o que acontece quando os parênteses colapsam? Onde fica o derradeiro *end if?* Isso por acaso faz algum sentido? Arthur?

— Foi mal, dei uma cochilada rápida. Era alguma coisa sobre o universo, não era?

— Alguma coisa sobre o universo, é – disse Ford, exausto. Sentou-se novamente.

— Tudo bem – disse ele. – Pense nisso. Você sabe quem eu acho que vi nos escritórios do *Guia*? Vogons. Ahá! Finalmente uma palavra que você sabe o que é.

Arthur levantou-se num salto.

— Esse barulho – disse ele.

— Que barulho?

— O trovão.

— O que é que tem?

— Não é um trovão. É a migração de primavera das Bestas Perfeitamente Normais. Já começou.

— O que são esses animais de que você é fã?

— Eu não sou fã. Eu apenas coloco pedaços deles nos meus sanduíches.

— E por que são chamados de Bestas Perfeitamente Normais?

Arthur contou para ele.

Não era todos os dias que Arthur tinha o prazer de ver os olhos de Ford se arregalarem de surpresa.

Capítulo 19

Era uma visão à qual Arthur nunca se acostumava, tampouco se cansava. Ele e Ford haviam trilhado o caminho rapidamente pela margem de um pequeno rio que desembocava no leito do vale e, quando finalmente alcançaram a beira das planícies, escalaram os galhos de uma árvore frondosa para conseguirem um panorama melhor de uma das visões mais estranhas e fantásticas que a Galáxia tinha a oferecer.

A imensa horda ensurdecedora de milhares e milhares de Bestas Perfeitamente Normais deslizava veloz, em uma formação imponente, pela Planície de Anhondo. Na pálida luz do amanhecer, conforme os imensos animais investiam e o leve vapor do seu suor se mesclava com a névoa enlameada oriunda dos seus cascos trepidantes, pareciam levemente mais irreais e fantasmagóricos. O mais impressionante, contudo, era de onde vinham e para onde iam, que parecia ser, simplesmente, de lugar nenhum para lugar algum.

Formavam uma falange sólida, de uns 100 metros de largura e meio quilômetro de extensão. A falange não se movia, exibindo apenas uma leve oscilação para o lado e para trás durante os oito ou nove dias em que costumava aparecer. Mas, embora permanecesse mais ou menos fixa, as grandes bestas que a formavam galopavam com uma constância regular, a mais de 40 quilômetros por hora, aparecendo do nada em um dos cantos da planície e desaparecendo, de modo igualmente abrupto, no outro.

Ninguém sabia de onde surgiam nem para onde iam. Mas eram tão importantes para a vida dos lamuellanos que ninguém se dava o trabalho de perguntar. O Velho Thrashbarg disse, tempos atrás, que, algumas vezes, se você obtém uma resposta é possível que a pergunta seja suprimida. Alguns moradores comentaram entre si que havia sido a única coisa realmente sábia que tinham ouvido de Thrashbarg e, após uma breve discussão sobre o assunto, deixaram a coisa de lado.

O barulho dos cascos soava tão alto que era difícil conseguir escutar qualquer outra coisa.

– O que você disse? – gritou Arthur.

– Eu disse – gritou Ford – que isso pode ser uma evidência de alguma flutuação dimensional.

– O que é isso? – gritou Arthur de volta.

– Bem, várias pessoas estão começando a se preocupar com a possibilidade do espaço-tempo estar dando sinais de que vai rachar de vez, por causa de tudo o que está acontecendo com ele. Na verdade existem diversos mundos onde é possível ver como as massas terrestres racharam e se moveram apenas olhando para as curiosamente longas ou sinuosas rotas dos animais migratórios. Isso pode ter alguma coisa a ver com isso. Vivemos em uma época contorcida. Ainda assim, na falta de um espaçoporto decente...

Arthur lançou um olhar paralisado para ele.

– O que você quer dizer com isso? – perguntou ele.

– O que você quer dizer com o que quero dizer com isso? – gritou Ford. – Você sabe muito bem o que quero dizer. Vamos sair daqui a galope.

– Você está sugerindo que a gente tente montar em uma Besta Perfeitamente Normal?

– Isso aí. Vamos ver no que dá.

– Vamos morrer! Não – disse Arthur, de repente. – Não vamos morrer. Pelo menos eu não. Ford, você já ouviu falar de um planeta chamado Stavromula Beta?

Ford franziu a testa.

– Acho que não – respondeu ele. Sacou a sua cópia surrada do *Guia do Mochileiro das Galáxias* e a consultou. – Escreve como se fala? – perguntou.

– Não sei. Nunca vi escrito e quem me falou estava com a boca cheia de dentes de outras pessoas. Lembra que eu te contei sobre o Agrajag?

Ford parou para pensar.

– O carinha que cismou que você ficava matando ele sem parar?

– Isso. Um dos lugares que ele alegou que eu o matara era Stavromula Beta. Parece que alguém tenta atirar em mim. Eu me abaixo e Agrajag, ou uma das suas muitas reencarnações, é atingido. Parece que isso realmente aconteceu em algum momento, então, creio eu, não posso morrer até escapar do tiro em Stavromula Beta. O problema é que ninguém ouviu falar nesse lugar.

– Humm. – Ford fez mais algumas consultas no seu *Guia*, mas foram em vão. – Eu estava aqui pensando... não, nunca ouvi falar – disse ele, finalmente. Mas estava intrigado por achar que o nome lhe dizia alguma coisa.

– Está bem – respondeu Arthur. – Eu vi como os caçadores lamuellanos capturam as Bestas Perfeitamente Normais. Se você ataca uma em meio à horda, ela é pisoteada, então você tem que dar um jeito de atrair uma a uma para matá-las. É mais ou menos como um toureiro faz, sabe, com uma capa colorida bem chamativa. Você faz com que uma delas parta para cima de você, aí dá aquele passinho para o lado e gira a capa de forma elegante. Você tem alguma coisa que possamos usar como uma capa colorida bem chamativa?

– Serve isso? – perguntou Ford, entregando a sua toalha.

Capítulo 20

Pular nas costas de uma Besta Perfeitamente Normal de quase 2 toneladas migrando pelo seu mundo a estrondosos 40 quilômetros por hora não é algo tão fácil quanto possa parecer. Certamente, não tão fácil quanto os caçadores lamuellanos faziam parecer, e Arthur Dent já estava preparado para descobrir que aquela talvez acabasse sendo a parte difícil.

O que não estava preparado para descobrir, no entanto, era que até mesmo chegar na parte difícil já era difícil. Isso porque a parte que supostamente deveria ser fácil era praticamente impossível.

Não conseguiam chamar atenção de um animal sequer. As Bestas Perfeitamente Normais eram tão obstinadas em produzir um bom estrondo com os seus cascos – cabeças abaixadas e ombros projetados para a frente, patas traseiras transformando o chão em mingau – que precisavam de algo não só meramente surpreendente, mas geológico para chamar sua atenção.

Os estrondos ensurdecedores e o tempo de espera acabaram sendo, no final das contas, mais do que Arthur e Ford podiam suportar. Após passarem quase duas horas zanzando para lá e para cá e fazendo coisas cada vez mais estapafúrdias com uma toalha de banho média com padrões florais, não haviam sequer conseguido que uma das grandes bestas que esmagavam estrondosamente o chão desse pelo menos uma olhadela de soslaio na direção deles.

Estavam a mais ou menos 1 metro da avalanche horizontal de corpos suados. Ficar mais perto significava um risco de morte instantânea, cronológica ou não cronológica. Arthur já havia visto o que sobrava de qualquer Besta Perfeitamente Normal que, graças a um lançamento desajeitado de um caçador lamuellano jovem e inexperiente, fosse atingida por uma lança enquanto ainda esmagava estrondosamente o chão no meio do bando.

Bastava um único tropeção. Nenhum compromisso anterior com a morte em Stavromula Beta – fosse lá onde diabos ficasse Stavromula Beta – poderia salvar a sua vida ou a de qualquer outra pessoa da marcha ribombante e estraçalhadora daqueles cascos.

Por fim, Arthur e Ford cambalearam para trás. Sentaram-se, exaustos e vencidos, e começaram a criticar as respectivas técnicas de manejo da toalha.

– Você tem que sacudir mais a toalha – reclamou Ford. – Precisa de mais impulso do cotovelo se quiser chamar atenção dessas criaturas malditas.

– Mais impulso? – reclamou Arthur. – *Você* é que precisa de mais flexibilidade no pulso.

– Você precisa agitar mais – discordou Ford.

– Você precisa de uma toalha maior.

– Vocês precisam – disse outra voz – é de um pássaro pikka.

– De quê?

A voz viera de trás deles. Viraram-se e, então, sob o sol matinal, viram o Velho Thrashbarg.

– Para atrair a atenção de uma Besta Perfeitamente Normal – disse ele, aproximando-se de Arthur e Ford – vocês precisam de um pássaro pikka. Como este aqui.

De dentro da coisa parecida com uma batina de tecido grosso que usava, Thrashbarg tirou um pequeno pássaro pikka. O animal ficou inquieto na palma da mão do velho, olhando concentradíssimo para alguma coisa que estava em disparada a 1,16m de distância à sua frente.

Ford instantaneamente assumiu a posição de alerta agachado que gostava de manter quando não sabia ao certo o que estava acontecendo ou que o deveria fazer. Balançou os braços em volta bem devagar, torcendo para que o gesto parecesse ameaçador.

– Quem é esse? – sussurrou ele.

– Ah, é só o Velho Thrashbarg – disse Arthur, baixinho. – E eu não me daria ao trabalho de ficar fazendo esses gestos malucos. Ele é um malandro tão experiente quanto você. Podem acabar dançando um em volta do outro o dia inteiro.

– E o pássaro? – sussurrou Ford novamente. – Qual é a do pássaro?

– É só um pássaro! – respondeu Arthur, impaciente. – Como qualquer outro. Põe ovos e faz *ark* para coisas que ninguém vê. Ou *kar* ou *rit*, sei lá.

– Você já *viu* algum deles pôr ovos? – perguntou Ford, desconfiado.

– Pelo amor de Bob, claro que sim – respondeu Arthur. – E já comi centenas deles. Dão um omelete dos bons. O segredo é colocar pequenos cubos de manteiga gelada e depois bater bem devagar com um...

– Eu não quero droga de receita nenhuma – disse Ford. – Só quero me certificar de que é um pássaro de verdade e não uma espécie de ciberpesadelo multidimensional.

Ford levantou-se devagarzinho da posição agachada e espanou a poeira do corpo. Continuava de olho no pássaro, de qualquer forma.

– Então – disse o Velho Thrashbarg para Arthur. – Está escrito que Bob tomará novamente para si a graça divina de seu enviado, o Fazedor de Sanduíches?

Ford quase se agachou de novo.

– Está tudo bem – murmurou Arthur –, ele sempre fala desse jeito.

Em voz alta, ele disse:

– Ó, venerável Thrashbarg. Humm, creio que é chegada a hora de dar no pé. Mas o jovem Drimple, meu aprendiz, será um excelente Fazedor de Sanduíches no meu lugar. Ele tem talento e um profundo amor pelos sanduíches, e todas as habilidades que adquiriu até agora, embora ainda sejam rudimentares, um dia hão de amadurecer e, hã, então, acho que ele vai se sair bem, é o que estou tentando dizer.

O Velho Thrashbarg olhou para ele, muito sério. Seus velhos olhos cinzentos movimentaram-se, tristes. Ele levantou os braços, segurando o pássaro pikka inquieto em uma das mãos e o seu cajado na outra.

– Ó, Fazedor de Sanduíches de Bob! – pronunciou ele. Fez uma pausa, enrugou a testa e suspirou enquanto fechava os olhos, em devota contemplação. – A vida será muito menos esquisita sem você por aqui!

Arthur estava impressionado.

– Sabe, acho que essa foi a coisa mais bonita que alguém já me disse na vida!

– Dá pra gente continuar ou tá difícil? – reclamou Ford.

Algo já estava acontecendo. A mera presença do pássaro pikka na mão esticada de Thrashbarg já estava enviando tremores de interesse pela horda estrondosa. Algumas cabeças se levantavam rapidamente para olhar naquela direção. Arthur começou a se lembrar de alguns dos caçadores de Bestas Perfeitamente Normais que ele vira. Lembrou-se de que, além dos caçadores-toureiros sacudindo as suas capas, havia sempre outros parados atrás deles, segurando pássaros pikka. Sempre imaginara que, assim como ele, tinham ido só para olhar.

O Velho Thrashbarg avançou, ficando um pouco mais perto da horda em disparada. Algumas Bestas já estavam virando a cabeça para trás, interessadas no pássaro.

Os braços esticados de Thrashbarg estavam tremendo.

Apenas o pássaro pikka parecia não estar nem um pouco interessado no que estava acontecendo. Algumas moléculas anônimas de ar em nenhum lugar específico absorviam toda a sua excitada atenção.

– Agora! – exclamou o Velho Thrashbarg finalmente. – Agora você pode usar a toalha!

Arthur avançou com a toalha de Ford, movimentando-se como faziam os caçadores-toureiros, com um tipo de andar pomposo que estava longe de lhe cair bem. Mas sabia o que devia fazer e que aquilo era a coisa certa a fazer. Exibiu e sacudiu a toalha algumas vezes, aprontando-se para o momento, e depois observou.

Avistou o animal que queria não muito longe dali. De cabeça baixa, estava galopando para cima dele, bem na extremidade da horda. O Velho Thrashbarg mexeu o pássaro, a Besta olhou para cima, sacudiu a cabeça e então, bem na hora em que ia abaixar a cabeça novamente, Arthur fez um floreio com a toalha na linha de visão dela. Ela balançou a cabeça novamente, confusa, e seus olhos acompanharam os movimentos da toalha.

Conseguira chamar sua atenção.

Daquele momento em diante parecia a coisa mais natural do mundo atrair o animal para ele. Estava com a cabeça erguida, levemente inclinada. Diminuiu o ritmo para um meio galope e, depois, para um trote. Alguns segundos depois, a enorme fera estava prostrada entre eles, bufando, arquejando, suando e farejando animadamente o pássaro pikka, que parecia não ter sequer notado sua chegada. Executando estranhos movimentos ondulatórios com os braços, Thrashbarg mantinha o pássaro pikka diante da Besta, tomando cuidado para que não estivesse ao seu alcance, sempre para baixo. Executando estranhos movimentos com a toalha, Arthur mantinha a atenção da Besta assim e assado – sempre para baixo.

– Acho que nunca vi nada tão ridículo em toda a minha vida – murmurou Ford para si mesmo.

Finalmente, a Besta caiu, aturdida mas dócil, de joelhos no chão.

– Vai! – sussurrou Thrashbarg em tom de urgência para Ford. – Vai! Agora!

Ford saltou nas costas imensas da criatura, agarrando sua pelagem espessa e embaraçada para se apoiar, e segurando tufos de pelo para se sustentar, uma vez posicionado lá em cima.

– Agora, Fazedor de Sanduíches! Vai! – Com um gesto elaborado e um aperto de mão ritualístico que Arthur não pôde sequer acompanhar porque o Velho Thrashbarg obviamente tinha acabado de inventar, ele empurrou Arthur para a frente. Respirando fundo, Arthur escalou as costas imensas, quentes e arfantes da Besta, colocando-se atrás de Ford, e segurou firme. Músculos enormes, do tamanho de leões-marinhos, ondularam e se flexionaram debaixo dele.

De repente, o Velho Thrashbarg suspendeu o pássaro bem alto. A cabeça da Besta girou para acompanhá-lo. Thrashbarg levantou o braço com o pássaro pikka várias vezes; então, lentamente, pesadamente, a Besta Perfeitamente Normal se ergueu, um pouco cambaleante. Os dois cavaleiros montados em suas costas agarravam-se aos seus pelos feroz e nervosamente.

Arthur contemplou o mar de animais enfurecidos, esforçando-se para tentar ver para onde estavam indo, mas não havia nada além de uma bruma de calor.

– Tá conseguindo enxergar alguma coisa? – perguntou a Ford.

– Não. – Ford virou para olhar para trás, tentando ver se conseguia alguma pista de onde haviam vindo. Nada.

Arthur gritou para Thrashbarg lá atrás.

– Você sabe de onde eles vêm? – gritou ele. – Ou para onde estão indo?

– O domínio do Rei! – gritou Thrashbarg de volta.

– Rei? – gritou Arthur, surpreso. – Que Rei? – A Besta Perfeitamente Normal balançava e sacudia sem parar debaixo dele.

– Como assim, que Rei? – perguntou o Velho Thrashbarg. – O Rei.

– É que você nunca mencionou um Rei – gritou Arthur, um tanto quanto espantado.

– O quê? – perguntou o Velho Thrashbarg. As batidas de milhares de cascos tornavam difícil ouvir qualquer coisa, e ele estava concentrado no que estava fazendo.

Ainda segurando o pássaro no alto, Thrashbarg conduziu a Besta lentamente até que ela se virasse e ficasse mais uma vez emparelhada com a movimentação do seu bando gigantesco. Avançou um pouco mais. A Besta o seguiu. Avançou de novo. A Besta o seguiu novamente. Por fim, já estava se movendo por conta própria.

– Eu disse que você nunca mencionou um Rei! – repetiu Arthur.

– Eu não disse um Rei – gritou o Velho Thrashbarg –, eu disse *o* Rei.

Recolheu o braço e depois estendeu-o com toda a força, lançando o pássaro pikka no ar, acima da horda. Isso pareceu pegar o pássaro pikka completamente de surpresa, já que ele, obviamente, não prestava atenção alguma ao que estava acontecendo. Levou alguns segundos para entender o que se passava; então abriu as asas e voou.

– Vá! – gritou Thrashbarg. – Vá encontrar o seu destino, Fazedor de Sanduíches!

Arthur não estava tão certo de que queria encontrar o seu destino daquela forma. Queria apenas chegar aonde quer que fosse para poder descer daquela criatura. Não se sentia nem um pouco seguro lá em cima. A Besta estava ganhando velocidade, enquanto seguia o rastro do pássaro pikka. Alcançou a margem da grande maré de animais e um pouco depois, de cabeça baixa, tendo esquecido o pássaro, correu novamente com o resto da horda, aproximando-se com rapidez do ponto onde desapareciam subitamente. Arthur e Ford agarravam-se à fera gigantesca, lutando pela vida, cercados por todos os lados de montanhas ondulantes de corpos.

– Isso! Cavalguem a Besta! – gritou Thrashbarg. A sua voz distante reverberava diminuta em seus ouvidos. – Cavalguem a Besta Perfeitamente Normal! Cavalguem, cavalguem!

Ford gritou no ouvido de Arthur:

– Para onde ele disse que estamos indo?

– Disse alguma coisa sobre um Rei – berrou Arthur de volta, segurando-se desesperadamente.

– Que Rei?

– Foi o que eu perguntei. Ele só disse *o* Rei.

– Eu não sabia que existia um *o* Rei – berrou Ford.

– Nem eu – gritou Arthur.

– A não ser, é claro, *o* Rei – disse Ford. – Mas acho que ele não está falando desse Rei.

– *Que* Rei? – berrou Arthur.

Estavam quase no final da reta. Bem à sua frente, Bestas Perfeitamente Normais galopavam para o nada e desapareciam.

– Como assim, *que* Rei? – berrou Ford. – *Eu* não sei que Rei. Só estou dizendo que ele não deve estar se referindo ao *Rei*, então, não sei de quem está falando.

– Ford, não faço ideia do que você está falando.

– Novidade – disse Ford. Então, com uma aceleração súbita, as estrelas surgiram, giraram sobre as suas cabeças e depois, de maneira igualmente repentina, desapareceram novamente.

Capítulo 21

Edifícios cinzentos enevoados surgiam e desapareciam. Balançavam para cima e para baixo de maneira altamente constrangedora.
Que edifícios eram aqueles?
Qual a sua finalidade? O que eles a lembravam?
É muito difícil entender as coisas quando somos inesperadamente transportados para um mundo diferente, com uma cultura diferente, com um conjunto diferente de pressupostos básicos sobre a vida e, além de tudo isso, com uma arquitetura incrivelmente sem graça e sem sentido.
O céu sobre os prédios era de um negrume frio e hostil. As estrelas, que àquela distância do sol deveriam ser pontos de luz insuportavelmente brilhantes, ficavam embaçadas e foscas por causa da grossura da enorme bolha de proteção. Feita de perspex ou qualquer coisa assim. Algo fosco e grosso.
Tricia rebobinou a fita até o início.
Sabia que havia alguma coisa estranha ali.
Bem, na verdade, havia um milhão de coisas estranhas ali, mas uma em particular a incomodava e ela não sabia dizer qual era.
Suspirou e abriu a boca em um bocejo.
Enquanto esperava a fita rebobinar, jogou na lixeira alguns dos copinhos plásticos sujos de café que se acumularam sobre a mesa.
Estava sentada numa pequena ilha de edição numa produtora de vídeo no SoHo. Tinha colocado vários cartazes de NÃO PERTURBE na porta e bloqueado todas as ligações para o seu ramal. Originalmente, tudo isso era para proteger o seu incrível furo de reportagem, mas agora era para protegê-la do constrangimento.
Resolveu assistir à fita toda novamente desde o começo. Se conseguisse aguentar. Talvez desse uma adiantada aqui e ali.
Eram cerca de quatro da tarde de segunda-feira e ela estava com uma sensação ruim. Estava tentando descobrir qual o motivo da sensação ruim, e a lista de suspeitos não era nada pequena.
Tudo começou com aquele voo noturno vindo de Nova York. O corujão. De matar qualquer um.
Depois foi abordada em seu jardim e partiu para o planeta Rupert. Não tinha experiência suficiente naquele tipo de coisa para poder dizer com certeza que também era de matar qualquer um, mas podia apostar que as pessoas que

passavam por aquilo regularmente deviam ter lá as suas reclamações. As revistas viviam publicando tabelas de estresse. Cinquenta pontos de estresse se você perdeu o seu emprego. Setenta e cinco para um divórcio ou um visual novo nos cabelos, e por aí vai. Nenhuma dessas tabelas jamais mencionou ser abordada em seu jardim por alienígenas e levada para o planeta Rupert, mas ela estava certa de que devia valer algumas dezenas de pontos.

Não que a viagem em si tivesse sido particularmente estressante. Na verdade, fora extremamente chata. Com certeza não ultrapassava o estresse da travessia sobre o Atlântico que tinha acabado de fazer e durou mais ou menos o mesmo tempo: quase sete horas.

Aquilo era impressionante, não? Viajar para os limites extremos do sistema solar no mesmo tempo de um voo entre Londres e Nova York significava que eles deviam ter uma forma de propulsão fantástica e desconhecida na nave. Interrogou os seus anfitriões a respeito e eles concordaram que era mesmo incrível.

– Mas como é que *funciona*? – perguntara ela, animada. Ainda estava bem animada no início da viagem.

Localizou aquele trecho da fita e decidiu rever. Os grebulons, que era como eles se chamavam, estavam educadamente mostrando a ela quais botões apertavam para controlar a nave.

– Sim, mas qual é o *princípio* de funcionamento? – ouviu a sua voz perguntar, por trás da câmera.

– Ah, você quer saber se é um motor de dobra ou algo assim? – perguntaram eles.

– Sim – insistiu Tricia. – *O que é?*

– Deve ser algo assim – disseram eles.

– Assim *como*?

– Um motor de dobra, propulsor fotônico, algo assim. É melhor perguntar ao engenheiro de voo.

– E quem é ele?

– Não sabemos. Perdemos nossas mentes.

– Ah, é – disse Tricia, um pouco desanimada. – É o que vocês dizem. E como foi exatamente que vocês perderam a mente?

– Não sabemos – responderam, pacientemente.

– Porque perderam a mente – repetiu Tricia, abatida.

– Você quer ver televisão? É um longo voo. Nós assistimos à televisão. Gostamos disso.

Toda essa cena imperdível estava gravada na fita, e que belo entretenimento ela proporcionava. Para começar, a qualidade da imagem estava péssima. Tricia não sabia dizer exatamente o porquê. Tinha a impressão de que os grebulons eram sensíveis a uma gama de frequências de luz um pouco diferente e de que havia muito ultravioleta por lá, o que estava entulhando a câmera de vídeo. Havia diversos padrões de interferência e chuviscos. Talvez estivesse relacionado com o motor de dobra a respeito do qual nenhum deles sabia nada.

O que ela tinha em fita, basicamente, era um bando de pessoas magrinhas e descoloridas sentadas, vendo noticiários em suas televisões. Apontara a câmera para fora, através da minúscula escotilha ao lado do seu assento, e conseguira captar um efeito levemente listrado das estrelas. Ela sabia que era real, mas teria levado apenas três ou quatro minutos para falsificar aquela imagem.

No final, tinha decidido poupar a sua preciosa fita de vídeo para usar quando chegasse a Rupert e reclinou-se em seu assento para ficar assistindo à televisão com eles. Chegou até a cochilar um pouco.

Parte da sua sensação ruim, portanto, vinha da impressão de que tinha passado um tempo enorme em uma espaçonave extraterrestre, dotada de um impressionante projeto tecnológico, mas, ainda assim, gastara a maior parte do tempo cochilando diante de reprises de *M*A*S*H* e *Cagney & Lacey*. O que mais havia para se fazer lá? Tirara algumas fotos também, é claro, mas voltaram do laboratório pavorosamente embaçadas.

Outra parte de sua sensação ruim provavelmente vinha da chegada em Rupert. Aquilo, pelo menos, fora dramático e de arrepiar os cabelos. A nave sobrevoou uma paisagem negra e sombria, um terreno tão desesperadamente isolado do calor e da luz de seu sol que mais parecia um mapa das cicatrizes psicológicas na mente de uma criança abandonada.

Luzes ardiam através da escuridão congelada e guiavam a nave até a entrada de uma espécie de caverna que parecia ter se curvado para recebê-la.

Infelizmente, por causa do ângulo de aproximação da nave e da profundidade em que a pequena e grossa escotilha estava inserida em seu revestimento, não foi possível posicionar a câmera de vídeo para captar essas imagens. Estava vendo aquele trecho da fita.

A câmera estava apontada diretamente para o sol.

Isso costuma ser péssimo para uma câmera de vídeo. Mas, quando o sol está aproximadamente a 500 milhões de quilômetros de distância, não causa nenhum dano. Na verdade, quase não aparece. É apenas um pontinho de luz bem no meio do enquadramento, que poderia ser qualquer outra coisa. Era apenas uma estrela em meio a tantas outras.

Tricia avançou a fita.

Ah. O próximo trecho parecia bastante promissor. Saíram da nave dentro de uma estrutura enorme e cinzenta, parecida com um hangar. Aquilo era definitivamente tecnologia extraterrestre em uma escala impressionante. Imensos prédios cinzentos sob a abóbada escura da bolha de perspex. Eram os mesmos prédios que vira no início da fita. Conseguira filmá-los mais um pouco quando saíra de Rupert, algumas horas depois, antes de entrar na espaçonave que a levaria de volta para casa. O que eles lembravam?

Bom, mais do que qualquer outra coisa, lembravam o cenário de qualquer filme de ficção científica de quinta categoria dos últimos vinte anos. Eram muito maiores, é claro, mas pareciam igualmente improvisados e pouco realistas na tela do vídeo. Além da péssima qualidade da imagem, ela teve que lidar com efeitos inesperados da gravidade, consideravelmente menor do que na Terra, e tivera dificuldades para manter a câmera firme, sem ficar sacudindo para cima e para baixo de uma maneira constrangedoramente amadora. No final das contas era impossível distinguir detalhes na fita.

E lá estava o Líder se aproximando para cumprimentá-la, sorrindo e esticando a mão em sua direção.

Era assim que o chamavam. O Líder.

Nenhum dos grebulons tinha nome, em grande parte porque não conseguiam imaginar um. Tricia descobrira que alguns deles chegaram a pensar em adotar nomes de personagens dos programas de TV que captavam da Terra, mas, por mais que tivessem se esforçado para se chamar Wayne, Bobby ou Chuck, algum vestígio de algo profundamente enraizado no subconsciente cultural que haviam trazido consigo das estrelas distantes de onde vieram deve ter dito a eles que aquilo não era certo e que não ia funcionar.

O Líder se parecia com todos os outros. Talvez um pouco menos magro. Ele disse o quanto gostava dos programas dela na TV, disse que era o seu fã número um, que estava muito contente por ela ter ido visitá-los em Rupert, falou que todos estavam ansiosos com a sua visita e disse ainda que ele esperava que o voo tivesse sido confortável etc. e tal. Não havia nada que denunciasse que era uma espécie de emissária dos astros ou algo assim.

Revendo a cena agora em vídeo, ele parecia um sujeito comum fantasiado e maquiado, parado diante de um cenário que dava a impressão que ia desabar assim que alguém se encostasse nele.

E lá estava ela, sentada diante do monitor com o rosto entre as mãos, balançando a cabeça em lenta perplexidade.

Aquilo era *horrível*.

Não só aquele trecho era horrível, como ela sabia o que viria em seguida. Era a parte em que o Líder perguntava se ela estava com fome após o voo e se não gostaria de comer algo. Aproveitariam para conversar enquanto jantassem.

Lembrava perfeitamente o que havia passado pela sua cabeça naquela hora.

Comida de ET.

Como se livrar daquela?

Será que realmente ia ter que comer? Ou teria acesso a algum guardanapo de papel onde poderia cuspir? Não haveria dezenas de problemas de imunidade diferencial?

Acabou que eram hambúrgueres.

Não só eram hambúrgueres como também os hambúrgueres eram clara e obviamente do McDonald's, requentados no micro-ondas. Não reconhecera apenas pela aparência. Nem pelo cheiro. É que, nas embalagens de poliestireno em formato de concha nas quais vinham os hambúrgueres, "McDonald's" estava impresso em todos os cantos.

– Coma! Aproveite! – disse o Líder. – Nada é bom o bastante para a nossa convidada de honra!

Estava no apartamento particular do Líder. Tricia olhou à sua volta com um espanto que estava a um passo de se transformar em terror, mas não deixou de continuar filmando.

O apartamento tinha uma cama com colchão d'água. E um *Midi hi-fi*. E um daqueles troços de vidro iluminados que ficam sobre os tampos das mesas e parecem ter glóbulos de esperma flutuando dentro deles. As paredes eram revestidas de veludo.

O Líder estava refestelado em um pufe de veludo cotelê marrom e esguichou um spray refrescante na boca.

De repente, Tricia começou a ficar muito assustada. Até onde sabia, estava mais distante da Terra do que qualquer outro ser humano jamais esteve, e em companhia de uma criatura alienígena refestelada em um pufe de veludo cotelê, esguichando spray refrescante na boca.

Não queria tomar atitudes precipitadas. Não queria assustá-lo. Mas tinha algumas coisas que ela precisava saber.

– Como foi que você... onde foi que arrumou... essas coisas? – perguntou ela, gesticulando em volta, nervosamente.

– A decoração? – perguntou o Líder. – Você gostou? É muito sofisticado. Somos um povo sofisticado, nós, os grebulons. Compramos bens de consumo sofisticados e duráveis... pelo correio.

Tricia concordara com a cabeça, tremendamente devagar.

– Pelo correio... – dissera ela.

O Líder deu uma risadinha. Era uma daquelas risadinhas sedosas e tranquilizadoras de chocolate amargo.

– Acho que você está pensando que eles fazem as entregas aqui. Não! Rá, rá! Arranjamos uma caixa postal em New Hampshire. Fazemos visitas regulares para apanhar as encomendas. Há há! – Recostou-se, relaxado, em seu pufe, apanhou uma batata frita requentada e mordiscou a pontinha, com um sorriso divertido nos lábios.

Tricia podia sentir o seu cérebro começando a fritar aos poucos. Manteve a câmera rodando.

– Como é que vocês, bem, hã, como é que pagam por essas... coisas maravilhosas?

O Líder deu outra risadinha.

– American Express – disse ele, sacudindo os ombros de maneira indiferente.

Tricia concordou novamente com a cabeça, devagar. Sabia que mandavam cartões de crédito exclusivamente para quase todo mundo.

– E esses? – perguntou ela, segurando o hambúrguer que haviam lhe dado de presente.

– Isso é fácil – disse o Líder. – Ficamos na fila.

Novamente, com uma sensação gélida e formigante na espinha, Tricia percebeu que aquilo explicava muita coisa.

APERTOU O BOTÃO de *fast forward* novamente. Não havia nada ali que pudesse ser usado. Era tudo uma loucura, um pesadelo. Poderia ter forjado algo que parecesse mais convincente.

Outra sensação ruim começou a invadi-la enquanto assistia àquela fita inútil e horrorosa, e ela começou a perceber, com um pavor gradual, que aquela devia ser a resposta.

Ela devia estar...

Sacudiu a cabeça e tentou manter a calma.

Um voo noturno para o leste... Os remédios para dormir que tomou para aguentar a viagem. A vodca que bebeu para fazer os remédios funcionarem.

O que mais? Bem. Dezessete anos obcecada por um sujeito glamouroso que tinha duas cabeças – sendo que uma estava disfarçada de papagaio preso em uma gaiola – e lhe passara uma cantada em uma festa mas se mandara, impaciente, para outro planeta em um disco voador. De repente essa ideia parecia ter uma série de aspectos inconvenientes que jamais lhe ocorreram. Jamais. Em dezessete anos.

Enfiou o punho dentro da boca.

Precisava de ajuda.

Depois, Eric Bartlett perturbando-a com aquele papo de espaçonaves alienígenas pousando no seu jardim. E antes disso... Nova York fora... muito quente e estressante. As grandes esperanças e a amarga frustração. A história toda da astrologia.

Deve ter tido um colapso nervoso.

Era isso. Estava exausta, tivera um colapso nervoso e começara a ter alucinações um pouco depois de chegar em casa. Sonhara aquela história toda. Uma raça alienígena de pessoas desprovidas das suas próprias vidas e histórias, encalhadas em uma base remota do nosso sistema solar, preenchendo o seu vácuo intelectual com o nosso lixo cultural. Ahá! Era a maneira de a natureza lhe dizer que precisava se internar em uma clínica muito cara o mais rápido possível.

Estava muito, mas muito doente. Olhou quantas doses duplas de café já havia bebido e percebeu como sua respiração estava ofegante e acelerada.

Perceber a doença, disse ela para si mesma, era meio caminho andado para a cura. Começou a controlar a respiração. Havia entendido tudo a tempo. Percebeu onde estava. Estava conseguindo voltar do precipício psicológico de onde quase despencou. Começou a se acalmar, se acalmar, se acalmar. Recostou-se na cadeira e fechou os olhos.

Após alguns minutos, agora que estava respirando normalmente de novo, abriu os olhos.

Mas então, de onde saíra aquela fita?

Ainda estava rodando.

Tudo bem. Era falsificada.

Ela própria a falsificara, era isso.

Devia ter sido ela mesma quem a falsificara, pois sua voz podia ser ouvida em *off* o tempo todo, fazendo perguntas. De vez em quando, a câmera apontava para baixo no final de uma tomada e ela via os seus próprios pés, calçados nos seus próprios sapatos. Falsificara a fita e não conseguia se lembrar de tê-la falsificado nem sabia o porquê daquilo.

A sua respiração estava ficando agitada novamente, enquanto observava as imagens tremidas, cheias de chuvisco.

Vai ver que *ainda* estava tendo alucinações.

Sacudiu a cabeça, tentando espantar aquelas ideias. Não se lembrava de ter falsificado nenhuma parte daquela fita tão obviamente falsa. Por outro lado, conseguia se lembrar de coisas que se *pareciam* bastante com as falsas. Continuou assistindo, em transe, perplexa.

A pessoa que ela tinha imaginado se chamar *o* Líder estava lhe fazendo algumas perguntas sobre astrologia e ela estava respondendo tranquilamente. Somente ela própria era capaz de detectar o pânico crescente e bem disfarçado em sua voz.

O Líder apertou um botão e uma parede de veludo marrom deslizou para cima, revelando uma enorme bancada de monitores de tevê com tela plana.

Cada um dos monitores estava exibindo um caleidoscópio de imagens diferentes: alguns segundos de um programa de auditório, alguns segundos de um seriado policial, alguns segundos do sistema de segurança do depósito de um supermercado, alguns segundos do filme caseiro das férias de alguém, alguns segundos de sexo, alguns segundos do noticiário, alguns segundos de comédia. Estava claro que o Líder tinha bastante orgulho de tudo aquilo e ficava movimentando as mãos como um maestro, enquanto continuava a tagarelar enormes besteiras.

Mais um movimento com as mãos e todas as telas ficaram brancas, formando uma única tela de computador gigante, mostrando em forma diagramática todos os planetas do sistema solar, mapeados sobre um pano de fundo das estrelas em suas constelações. A tela estava completamente estática.

– Temos grandes habilidades – estava dizendo o Líder. – Grandes habilidades em computação, em trigonometria cosmológica, em cálculo navegacional tridimensional. Grandes habilidades. Grandes, grandes habilidades. Só que nos esquecemos de tudo. É horrível. Gostávamos de ter habilidades, mas elas se foram. Estão por aí, em algum lugar do espaço, sem rumo. Assim como os nossos nomes e os detalhes sobre os nossos lares e entes queridos. Por favor – pediu ele, fazendo um gesto para que ela se sentasse diante do computador –, seja habilidosa para nós.

O que aconteceu em seguida, obviamente, foi que Tricia colocou a sua câmera no tripé para capturar toda a cena. Depois apareceu na filmagem e sentou-se calmamente diante da tela de computador gigante, passou alguns minutos se familiarizando com a interface e então começou, tranquila e competentemente, a fingir que tinha alguma ideia do que estava fazendo.

Na verdade, nem fora tão difícil assim.

Ela era, afinal, matemática e astrofísica por formação e apresentadora de TV por experiência, e podia blefar sem problemas sobre toda a ciência que esquecera ao longo dos anos.

O computador onde estava trabalhando era uma prova concreta de que os grebulons vinham de uma cultura muito mais avançada e sofisticada do que sugeria o seu atual estado de vácuo e, com a sua habilidade, ela conseguiu, em mais ou menos meia hora, improvisar um modelo grosseiro do sistema solar. Não era incrivelmente preciso nem nada, mas ficara bonito. Os planetas estavam se movendo em simulações razoavelmente boas de suas órbitas e dava para observar o movimento de toda a engrenagem cosmológica virtual de qualquer ponto do sistema – embora muito grosseiramente. Dava para observar do ponto de vista da Terra, do ponto de vista de Marte etc. Dava para observar da superfície do planeta Rupert. Tricia ficara bastante impressionada consigo mesma, mas igualmente impressionada com o sistema de computador no qual trabalhara. A tarefa talvez tivesse demorado um ano ou mais de programação usando computadores terrestres.

Quando terminou, o Líder surgiu atrás dela e contemplou seu trabalho. Estava muito satisfeito e encantado com o resultado.

– Ótimo – disse ele. – E agora, por favor, gostaria que você demonstrasse como usar o sistema que você acabou de criar para traduzir as informações deste livro aqui para mim.

Calmamente, colocou um livro diante dela.

Era *Você e os seus planetas,* de Gail Andrews.

TRICIA PAROU A FITA NOVAMENTE.
   Estava definitivamente se sentindo tonta. A sensação de que estava tendo alucinações passara, mas nada ficou mais fácil ou mais claro na sua cabeça.
   Empurrou a cadeira para trás da mesa de edição e se perguntou o que fazer em seguida. Anos atrás abandonara o campo da pesquisa astronômica porque sabia, sem nenhuma dúvida, que havia conhecido um ser de outro planeta. Em uma festa. E também sabia, sem nenhuma dúvida, que seria motivo de chacota se algum dia resolvesse falar sobre isso. Mas como podia estudar cosmologia e *não* contar justo o que sabia de mais importante a respeito? Fez a única coisa que podia fazer. Saiu fora.
   Agora, ela trabalhava na televisão e a mesma coisa acontecera novamente.
   Tinha uma fita gravada, uma *fita gravada* de verdade, da história mais incrível de toda história de, bem, qualquer coisa: uma base esquecida de uma civilização alienígena perdida no planeta mais afastado de nosso sistema solar.
   Tinha a história.
   Tinha *estado* lá.
   Tinha *visto* tudo.
   Tinha uma *fita gravada*, ora bolas.
   E, se algum dia mostrasse para alguém, seria motivo de chacota.

COMO PODIA PROVAR AQUILO? Nem valia a pena pensar a respeito. Tudo não passava de um pesadelo, de virtualmente qualquer ângulo que ela examinasse a situação. A sua cabeça estava começando a latejar.
   Tinha uma aspirina na bolsa. Saiu da pequena ilha de edição em direção ao bebedouro no final do corredor. Tomou a aspirina e vários copos d'água.
   O lugar parecia muito calmo. Normalmente havia muitas pessoas zanzando apressadas por ali ou, pelo menos, algumas pessoas zanzando apressadas por ali. Esticou a cabeça para dentro da ilha de edição que ficava ao lado da sua, mas não havia ninguém lá dentro.
   Exagerara um pouco no seu desespero de manter as pessoas longe da sua ilha de edição. NÃO PERTURBE estava escrito no cartaz. NEM PENSE EM ENTRAR. NÃO ME INTERESSA O QUE ESTÁ ACONTECENDO. VÁ EMBORA. ESTOU OCUPADA!
   Quando voltou, percebeu que a luz de recados do seu telefone estava piscando e imaginou há quanto tempo já estaria assim.
   – Alô? – disse ela para o recepcionista.
   – Oh, Srta. McMillan, que bom que ligou. Todo mundo está tentando falar com a senhorita. A sua rede de TV. Estão desesperados para entrar em contato. Pode ligar para eles?

– Por que você não transferiu a ligação? – perguntou Tricia.

– A senhorita pediu para eu não transferir nada. Disse para eu até mesmo negar que a senhorita estava aqui. Eu não sabia o que fazer. Subi até aí para avisá-la, mas...

– Está bem – disse Tricia, xingando a si mesma. Ligou para o escritório.

– *Tricia!* Por onde diabos você andou?

– Na ilha de...

– Eles disseram...

– Eu sei. O que está acontecendo?

– O que está *acontecendo?* Só uma espaçonave extraterrestre!

– O quê? *Onde?*

– No Regent's Park. Grandona, prateada. Uma menina com um pássaro. Ela fala a nossa língua, joga pedra nas pessoas e quer alguém para consertar o seu relógio. Vá o mais rápido possível.

TRICIA CONTEMPLAVA A CENA.

Não era uma nave grebulon. Não que ela tivesse subitamente se tornado uma especialista em embarcações extraterrestres, mas aquela era uma nave esguia e bonita, cinza e branca, do tamanho de um grande iate – aliás, era até mesmo parecida com um. Perto dela, as estruturas da imensa e semidesmantelada nave grebulon pareciam torres de canhão de um navio de guerra. Torres de canhão. Era com elas que os prédios cinzentos se pareciam. E o mais estranho é que, quando passara por elas antes de embarcar novamente na pequena nave grebulon, tinham se movido. Essas coisas passavam depressa pela sua cabeça enquanto ela corria do táxi até a equipe de filmagem.

– Onde está a garota? – gritou ela, por cima do barulho dos helicópteros e das sirenes da polícia.

– Ali! – gritou o produtor, enquanto o engenheiro de som corria para afixar um microfone nela. – Ela diz que sua mãe e seu pai vieram daqui em uma dimensão paralela ou algo assim e que está com o relógio do pai e... sei lá. O que mais posso dizer? Vai com tudo. Pergunte a ela como é ser de outro planeta.

– Valeu, Ted – murmurou Tricia. Verificou se o seu microfone estava bem afixado, respirou fundo, jogou o cabelo para trás e incorporou o papel da repórter profissional, em território familiar, pronta para qualquer coisa.

Pelo menos para praticamente qualquer coisa.

Virou-se para procurar a menina. Devia ser aquela ali, com cabelo despenteado e olhos raivosos. A menina virou-se para ela. E encarou-a fixamente.

– Mãe! – gritou ela, e começou a atirar pedras em Tricia.

Capítulo 22

A luz do dia explodiu em volta deles. Sol quente, forte. Uma planície deserta se estendia até o horizonte em uma névoa de calor. Saltaram trovejando sobre ela.

– Pula! – gritou Ford Prefect.

– O quê? – perguntou Arthur Dent, firmemente agarrado.

Ford não respondeu.

– O que foi que você disse? – gritou Arthur novamente, e então percebeu que Ford Prefect não estava mais lá. Olhou ao redor, em pânico, e começou a escorregar. Percebendo que não podia mais se segurar, arremessou-se para o lado o máximo que pôde e enroscou-se como uma bola ao atingir o chão, rolando, rolando para longe dos cascos esmagadores.

Que dia, pensou ele, tossindo furiosamente a poeira para fora de seus pulmões. Não tinha um dia tão horrível quanto aquele desde que a Terra fora demolida. Ficou de joelhos, com dificuldade, depois em pé e, em seguida, começou a fugir. Não sabia de que nem para onde, mas fugir lhe parecia uma decisão prudente.

Deu de cara com Ford Prefect, que estava parado examinando os arredores.

– Olha lá – disse Ford. – É exatamente disso que nós precisamos.

Arthur tossiu mais um pouco de poeira e limpou mais poeira do cabelo e dos olhos. Ofegante, virou-se para ver o que Ford estava olhando.

Não parecia muito com o domínio de um Rei, ou *do* Rei, ou de qualquer tipo de Rei. Mas era bem convidativo.

Primeiro, o contexto. Aquele era um mundo deserto. A terra seca e batida havia machucado todas as partes de Arthur que não tivessem sido machucadas durante as festividades da noite anterior. Um pouco mais adiante havia penhascos imensos, que pareciam de arenito, desgastados pelo vento e pela mínima chuva que, presumivelmente, caía naquelas bandas produzindo formatos fantásticos que combinavam com os formatos fantásticos dos cactos gigantes que brotavam aqui e ali do solo árido e alaranjado.

Por um momento, Arthur ousou sonhar que haviam chegado inesperadamente no Arizona, ou no Novo México, ou até mesmo em Dakota do Sul, mas havia várias evidências em sentido contrário.

Para começar, as Bestas Perfeitamente Normais continuavam trovejando e esmagando o chão. Elas emergiam aos milhares no horizonte mais longínquo, desapareciam completamente por mais ou menos 1 quilômetro e depois reapareciam, trovejando e esmagando o chão até o horizonte longínquo oposto.

Depois havia as naves espaciais estacionadas na entrada do Bar & Restaurante. Ah, Bar & Restaurante Domínio do Rei. Um certo anticlímax, pensou Arthur com os seus botões.

Na verdade, apenas uma nave espacial estava estacionada na porta do Bar & Restaurante Domínio do Rei. As outras três estavam em um estacionamento ao lado. Mas era a que estava parada na porta que chamava atenção. Um verdadeiro espetáculo. Estabilizadores maneiríssimos por todo lado e muito, mas muito cromo mesmo sobre os estabilizadores. A maior parte da fuselagem fora pintada de rosa-choque. Estava agachada, a postos, como um imenso inseto chocando ovos, e dava a impressão de que, a qualquer momento, iria pular em alguma coisa a 2 quilômetros de distância.

O Bar & Restaurante Domínio do Rei ficava exatamente no meio do lugar para onde as Bestas Perfeitamente Normais estariam avançando se não fizessem um pequeno desvio transdimensional no caminho. Sozinho, impassível. Um bar & restaurante como outro qualquer. Uma parada de caminhoneiros. Em algum lugar no meio de lugar algum. Silencioso. O Domínio do Rei.

– Vou comprar aquela nave – disse Ford, baixinho.

– Comprar? – perguntou Arthur. – Isso não é do seu feitio. Pensei que você normalmente furtasse.

– Às vezes precisamos ter um mínimo de respeito – disse Ford.

– E, provavelmente, um mínimo de dinheiro também – rebateu Arthur. – Quanto será que custa um troço desses?

Com um movimento discreto, Ford sacou o seu cartão de crédito Jant-O-Card do bolso. Arthur notou que a mão dele tremia um pouco.

– Vou ensinar a eles no que dá me tornar crítico de restaurantes... – disse Ford, entre dentes.

– O que você quer dizer com isso? – perguntou Arthur.

– Vou te mostrar – respondeu Ford com um brilho maldoso nos olhos. – Vamos lá fazer algumas *despesas*, está bem?

– DUAS CERVEJAS – pediu Ford – e, deixa eu ver, dois enroladinhos de bacon, o que mais você tiver aí e, hã, a parada cor-de-rosa ali fora.

Colocou o cartão no balcão do bar e olhou em volta, casualmente.

Houve uma espécie de silêncio.

Para falar a verdade, não havia muito barulho antes, mas naquele momento havia definitivamente uma espécie de silêncio. Até mesmo o trovejar distante das Bestas Perfeitamente Normais evitando cuidadosamente o Domínio do Rei soava um tanto quanto abafado.

– Acabei de *cavalgar* na cidade – disse Ford, como se não houvesse nada de esquisito nisso ou no resto. Estava inclinado sobre o balcão, em uma postura extravagantemente relaxada.

Havia mais uns três clientes no lugar, sentados às mesas, observando seus drinques. Uns três. Algumas pessoas diriam que eram exatamente três, mas não era um desses lugares em que você possa ser bem preciso. Havia um sujeito grandalhão arrumando alguma coisa sobre o pequeno palco. Uma velha bateria. Algumas guitarras. Coisas típicas de música country.

O barman não estava com muita pressa de atender o pedido de Ford. Para falar a verdade, ele não moveu um músculo.

– Acho que a parada rosa não está à venda – disse ele, finalmente, com um daqueles sotaques que não saem dos ouvidos por um bom tempo.

– Óbvio que está – disse Ford. – Quanto você quer por ela?

– Bem...

– Pense em um valor. E depois duplique.

– Não é minha, não posso vender – respondeu o barman.

– Então de quem é?

O barman fez um gesto com a cabeça, apontando para o grandalhão que estava no palco. Um sujeito grande e gordo, movimentando-se devagar, ligeiramente careca.

Ford concordou com a cabeça e sorriu.

– Está bem – disse ele. – Traga as cervejas e os rolinhos. Mantenha a conta em aberto.

ARTHUR SENTOU-SE NO BAR e descansou. Acostumara-se a não saber o que estava acontecendo. Sentia-se confortável com aquilo. A cerveja era ótima e o deixou com um pouco de sono, o que não tinha o menor problema. Os rolinhos de bacon não eram rolinhos de bacon. Eram rolinhos de Besta Perfeitamente Normal. Trocou alguns comentários profissionais de fazedor de rolinhos com o barman e deixou que Ford fizesse o que queria fazer.

– Está bem – disse Ford, voltando para o seu banquinho. – Tudo certo. Conseguimos a parada rosa.

O barman pareceu bastante surpreso.

– Ele vai vender para você?

– Ele vai nos dar, de graça – respondeu Ford, dando uma mordida no seu rolinho. – Ei, não, não fecha a conta ainda não. Vamos acrescentar algumas coisas. Gostei do rolinho.

Tomou um longo gole de cerveja.

– E gostei da cerveja – acrescentou. – Gostei da nave, também – disse ele, olhando a parada grande, rosa, cromada e insetiforme, que podia ser parcialmente vista pelas janelas do bar. – Gostei de tudo, de tudo mesmo. Sabe – disse ele, reclinando-se para trás, pensativo –, é em momentos como este que a gente se pergunta se vale mesmo a pena se preocupar com a tessitura do espaço-tempo e a integridade causal da matriz de probabilidade multidimensional e o potencial colapso de todas as formas de onda na Mistureba Generalizada de Todas as Coisas e essas outras histórias que vêm me perturbando. Talvez eu sinta que o grandalhão tem razão. A gente tem mais é que deixar fluir. Se estressar pra quê? Deixa fluir.

– Que grandalhão? – perguntou Arthur.

Ford fez um sinal em direção ao palco. O grandalhão estava repetindo "Um, dois" no microfone. Apareceram uns outros sujeitos no palco. Bateria. Guitarra.

O barman, que estava calado nos últimos segundos, disse:

– Quer dizer que ele vai te *dar* a nave dele?

– Isso – respondeu Ford. – "Deixa rolar", foi o que ele me disse. "Leve a nave. Com as minhas bênçãos. Cuide dela direitinho." Eu vou cuidar dela direitinho.

Tomou mais um gole da cerveja.

– Como eu ia dizendo – continuou ele. – É em momentos como este que você meio que pensa, ah, deixa rolar geral. Mas aí você pensa em sujeitos como os da InfiniDim e depois pensa: eles não vão sair impunes dessa. Eles merecem sofrer. É o meu dever sagrado fazer com que eles sofram. Aqui, deixa eu acrescentar uma coisa na conta para o cantor. Fiz um pedido especial e chegamos a um acordo. Deve ser incluído na minha conta, ok?

– Ok – respondeu o barman, desconfiado. Depois, deu de ombros. – Está bem, como o senhor quiser. Quanto?

Ford disse o valor. O barman caiu duro para trás, derrubando garrafas e copos. Ford se debruçou prontamente sobre o balcão para checar se ele estava bem e para ajudá-lo a se levantar. Havia cortado o dedo e o cotovelo e estava se sentindo um pouco grogue mas, tirando isso, estava bem. O grandalhão começou a cantar. O barman saiu cambaleando e foi passar o cartão de Ford.

– Está acontecendo alguma coisa aqui que eu não estou sabendo? – perguntou Arthur para Ford.

– Não é sempre assim? – rebateu Ford.

– Não precisa falar assim – disse Arthur. Começou a acordar. – Não é melhor irmos embora logo? – perguntou ele, de repente. – Essa nave pode nos levar à Terra?

– Claro que sim – disse Ford.

– É para lá que Random está indo! – disse Arthur, sobressaltado. – Podemos ir atrás dela! Mas... hã...

Ford deixou Arthur raciocinando por conta própria e apanhou a sua velha edição do *Guia do Mochileiro das Galáxias*.

– Mas onde é que nós estamos no tal eixo de probabilidade? – perguntou Arthur. – A Terra vai ou não estar lá? Já passei tanto tempo procurando por ela. O máximo que encontrei foram planetas parecidos ou completamente diferentes dela, embora eu estivesse claramente no lugar certo, por causa dos continentes. A pior versão foi um lugar chamado EAgora, onde fui mordido por um animal desgraçado. É assim que eles se comunicavam, sabe, mordendo uns aos outros. Dói pra cacete. E na metade do tempo, é claro, a Terra nem sequer está lá, porque foi demolida pelos malditos vogons. Estou falando alguma bobagem?

Ford não disse nada. Estava ocupado, escutando alguma coisa. Passou o *Guia* para Arthur e apontou para a tela. O verbete ativado dizia: "Terra. Praticamente inofensiva."

– Quer dizer que está lá! – exclamou Arthur, eufórico. – A Terra está lá! É para lá que Random deve estar indo! O pássaro estava mostrando a Terra para ela na tempestade!

Ford fez um sinal para Arthur falar mais baixo. Queria escutar.

Arthur estava ficando impaciente. Já tinha ouvido cantores de bar cantando "Love Me Tender" antes. Estava um pouco surpreso de ouvir a música ali, no meio de sabe-se lá onde diabos estavam, certamente não na Terra, mas ultimamente as coisas não o espantavam mais como antes. O cantor até que era bom, em se tratando de cantores de bar, se você curte esse tipo de coisa, mas Arthur estava ficando aflito.

Deu uma olhadela no relógio. Aquilo só serviu para lembrar-lhe de que não tinha mais relógio. Estava com Random, ou, pelo menos, o que sobrara do relógio.

– Você não acha que devíamos partir? – perguntou ele, insistente.

– Shhhh! – disse Ford. – Eu paguei para ouvir essa música. – Ele parecia estar com lágrimas nos olhos, o que deixou Arthur um tanto quanto desconcertado. Nunca vira Ford comovido por qualquer outra coisa que não fosse uma bebida muito, mas muito forte. Devia ser a poeira. Esperou, tamborilando os dedos, irritado, fora do ritmo da música.

A música terminou. O cantor começou a cantar "Heartbreak Hotel".

– De qualquer forma – sussurrou – ainda tenho que fazer uma crítica do restaurante.

– O quê?

– Preciso escrever uma crítica.

– Uma *crítica*? Deste lugar?

– Enviar uma crítica valida a cobertura das despesas. Dei um jeito para que isso acontecesse de maneira completamente automática e impossível de ser rastreada. E essa conta *vai* precisar de uma validação – acrescentou ele, baixinho, contemplando sua cerveja com um sorriso malvado.

– Umas cervejas e uns rolinhos?
– E uma gorjeta para o cantor da banda.
– Por quê? Quanto foi que você deu?

Ford repetiu o valor.

– Não sei quanto é isso – disse Arthur. – Quanto dá em libras esterlinas? O que dá para comprar com isso?

– Acho que dá para comprar, por alto... hã... – Ford apertou os olhos enquanto fazia os cálculos na cabeça. – A Suíça – disse ele finalmente. Apanhou o seu *Guia* e começou a digitar.

Arthur balançou a cabeça. Algumas vezes, gostaria de entender que diabos Ford estava falando, mas outras, como agora, sentia que talvez fosse mais seguro nem tentar. Olhou por cima do ombro de Ford.

– Não vai demorar muito não, vai?

– Não – disse Ford. – Moleza. É só mencionar que os rolinhos estavam ótimos, a cerveja boa e gelada, que a vida selvagem local é agradavelmente excêntrica, o cantor da banda o melhor do universo e pronto. Não precisa de muita coisa, não. Só uma validação.

Tocou em uma parte da tela onde estava escrito ENTER e a mensagem desapareceu na rede Subeta.

– Quer dizer que você gostou mesmo do cantor?

– Aham – disse Ford. O barman estava voltando com um pedaço de papel, que parecia estar tremendo em sua mão.

Entregou o papel a Ford com uma espécie de espasmo nervoso e reverencioso.

– Engraçado – comentou o barman. – O sistema rejeitou o cartão algumas vezes. Não que isso tenha me surpreendido. – A sua testa estava coberta de gotículas de suor. – Então, do nada, tudo bem, está tudo certo e o sistema... hã, autorizou o cartão. Simples assim. O senhor pode... assinar?

Ford examinou o papel rapidamente. Deu um assobio leve.

– Isso vai dar uma bela dor de cabeça na InfiniDim – disse ele, fingindo preocupação. – Paciência – continuou ele, delicado. – Que se danem.

Assinou com um floreio e devolveu o papel ao barman.

– Mais dinheiro do que ele já ganhou em toda a sua carreira de filmes ruins e apresentações em cassinos. Apenas por fazer o que ele faz de melhor. Pegar o microfone e cantar em um bar. E ele próprio fez a negociação. Acho que é um momento de sorte para ele. Agradeça a ele por mim e lhe sirva uma bebida por minha conta. – Ford jogou umas moedas sobre o balcão. O barman tentou devolver.

– Acho que isso não é necessário – disse ele, levemente rouco.

– Pra mim, é – respondeu Ford. – Beleza, vamos dar o fora daqui.

FICARAM PARADOS NO CALOR e na poeira, contemplando a nave imensa, rosa e cromada, pasmos e admirados. Ou pelo menos Ford a contemplava pasmo e admirado.

Arthur apenas a contemplava.

– Você não acha muito exagerada, não?

Repetiu a mesma coisa quando entraram na nave. Os assentos e uma boa parte dos controles eram revestidos de pele ou de camurça. Havia um imenso monograma dourado no painel de controle principal com as iniciais EP.

– Sabe – disse Ford, ligando os motores da nave –, eu perguntei a ele se era verdade que foi abduzido por alienígenas e sabe o que ele disse?

– Ele quem? – perguntou Arthur.

– O Rei.

– Que Rei? Ai, já conversamos sobre isso, não foi?

– Deixa pra lá – disse Ford. – O que importa é que ele disse que não. Ele veio por vontade própria.

– Ainda não sei direito de quem estamos falando – disse Arthur.

Ford balançou a cabeça.

– Olha, tem umas fitas aí no compartimento à sua esquerda. Por que você não escolhe alguma música para a gente ouvir?

– Está bem – disse Arthur, vasculhando o compartimento.

– Você gosta de Elvis Presley?

– Para falar a verdade, gosto, sim – disse Ford. – Só espero que esta máquina possa saltar pelo espaço tão bem quanto parece. – Acionou o propulsor principal.

– Yeeehaah! – gritou Ford, enquanto levantavam voo a uma velocidade estonteante.

Ela podia.

Capítulo 23

As emissoras de televisão detestavam coisas assim. Consideravam um desperdício. Uma incontestável nave espacial aterrissa, do nada, no meio de Londres e vira uma notícia sensacional, da maior importância. Então outra nave completamente diferente aparece, três horas e meia depois, e ninguém dá bola.

OUTRA NAVE ESPACIAL!, anunciaram as manchetes e os cartazes na banca de jornais. ESSA É COR-DE-ROSA. Se fosse alguns meses depois, poderiam ter aproveitado mais a notícia. A terceira, uma pequena nave do planeta Hrundi com quatro leitos que chegou meia hora depois da segunda, só foi destaque no noticiário local.

Ford e Arthur desceram a toda da estratosfera e estacionaram direitinho em Portland Place. Era um pouco mais de seis e meia da noite e havia vaga. Misturaram-se brevemente com a multidão que estava reunida, babando, disseram em voz alta que, se ninguém mais pretendia chamar a polícia, eles chamariam, e conseguiram fugir tranquilamente.

– Meu lar... – disse Arthur, com a voz levemente embargada, olhando ao redor com os olhos rasos d'água.

– Ah, não começa com sentimentalismo pro meu lado, não – cortou logo Ford. – Temos que encontrar a sua filha e aquela criatura-pássaro.

– Como? – perguntou Arthur. – Existem seis bilhões de pessoas neste planeta e...

– Tudo bem – interrompeu Ford. – Mas apenas uma delas acabou de chegar do espaço sideral em uma nave prateada gigantesca, acompanhada de um pássaro mecânico. Acho que temos que procurar uma televisão e alguma coisa para ficar bebendo enquanto a gente assiste ao noticiário. Precisamos de um serviço de quarto decente.

Hospedaram-se em uma suíte dupla no Langham. Misteriosamente, o Jant-O-Card de Ford, expedido em um planeta que ficava a mais de 500 anos-luz de distância, foi aceito pelo computador do hotel sem problemas.

Ford correu para o telefone, enquanto Arthur tentava localizar a TV.

– Vamos lá – disse Ford. – Eu vou querer umas margaritas, por favor. Dois jarros. Duas saladas do chef. E o máximo de *foie gras* que vocês tiverem aí. Ah, e o zoológico de Londres.

– Ela está no noticiário! – berrou Arthur do outro quarto.

— Isso mesmo — disse Ford ao telefone. — O zoológico de Londres. Pode colocar na minha conta.

— Ela está... Meu Deus! — gritou Arthur. — Sabe quem está entrevistando ela?

— O senhor está tendo dificuldade de compreender a sua própria língua? — continuou Ford. — É o zoológico que fica logo ali na esquina. Não me interessa se estão fechados hoje. Não quero um ingresso, só quero comprar o zoológico. Não me interessa se você está ocupado. Aí é o serviço de quarto, eu estou em um quarto e quero um serviço. Está com um papel aí? Ótimo. Anote o que eu quero que você faça. Todos os animais que possam ser devolvidos em segurança para a vida selvagem devem ser devolvidos. Arrume algumas equipes legais para monitorar o progresso deles na natureza, para ver se estão indo bem.

— É a *Trillian*! — gritou Arthur. — Ou é... hã... Cara, eu não aguento mais essa história de universo paralelo. É tão confuso, droga. Parece que é uma Trillian diferente. É a Tricia McMillan, que era como Trillian costumava se chamar antes de... hã... Por que você não vem assistir, ver se consegue descobrir alguma coisa?

— Só um segundo — gritou Ford, voltando às suas negociações com o serviço de quarto. — Então vamos precisar de algumas reservas naturais para os animais que não conseguirem se adaptar à vida selvagem novamente — disse ele. — Arrume uma equipe para descobrir os melhores lugares para isso. Talvez tenhamos que comprar algum lugar como o Zaire ou talvez algumas ilhas. Madagascar. Baffin. Sumatra. Lugares assim. Precisamos de uma boa variedade de hábitats. Olha, não estou entendendo por que você está criando problemas com isso. Aprenda a delegar. Contrate quem quiser. Vá em frente, você vai ver que eu tenho crédito na praça. Ah, e queijo Roquefort para as saladas, tá? Obrigado.

Desligou o telefone e foi até Arthur, que estava sentado na beira da cama, vendo televisão.

— Pedi *foie gras* para a gente — disse Ford.

— O quê? — perguntou Arthur, que estava concentrado na TV.

— Pedi *foie gras* para a gente.

— Ah, tá — respondeu Arthur, vagamente. — Humm, nunca me senti muito bem em relação ao *foie gras*. É meio cruel com os gansos, não é?

— Que se danem os gansos — respondeu Ford, jogando-se na cama. — Não dá para se preocupar com todos os bichos.

— Bom, isso é fácil para você dizer, mas...

— Ai, chega! — interrompeu Ford. — Se você não quer, eu como o seu. O que está havendo, hein?

— Caos! — disse Arthur. — Caos total! Random está na TV gritando para Trillian, Tricia, seja lá quem for, que ela a abandonou, e exigindo ir para uma boate decente. Tricia está aos prantos, dizendo que nem mesmo chegou a conhecer

Random, muito menos a pariu. Então ela começou a berrar sobre alguém chamado Rupert e disse que ele perdeu a mente, algo assim. Não entendi direito essa parte, pra ser sincero. Então Random começou a jogar coisas e eles cortaram para o comercial, enquanto tentavam dar um jeito na situação. Ah! Voltaram para o estúdio! Cale a boca e assista.

Um apresentador levemente perturbado apareceu na tela e pediu desculpas aos telespectadores pelo corte da matéria. Disse que não tinha nenhuma notícia concreta para apresentar, apenas que a garota misteriosa, que se apresentou como Random Frequent Flyer Dent, abandonara o estúdio para, hã, descansar. Tricia McMillan voltaria, esperava ele, no dia seguinte. Enquanto isso, novas notícias sobre a atividade dos óvnis estavam chegando...

Ford levantou-se da cama em um salto, apanhou o telefone mais próximo e digitou um número às pressas.

– Recepção? Você quer ser dono do hotel? Ele será seu se você conseguir descobrir em cinco minutos a quais clubes Tricia McMillan pertence. Coloque tudo aí na minha conta.

Capítulo 24

Longe dali, nas profundezas negras do espaço, movimentos invisíveis eram feitos.

Eram invisíveis para qualquer um dos habitantes da estranha e temperamental Zona Plural no centro da qual se localizavam as infinitamente numerosas possibilidades do planeta chamado Terra, mas não eram nem um pouco irrelevantes.

Nos confins do sistema solar, aninhado sobre um sofá verde de couro artificial, contemplando impaciente uma gama de televisores e telas de computador, estava sentado um líder grebulon extremamente preocupado. Estava mexendo em várias coisas. Mexendo em seu livro de astrologia. Mexendo no terminal do computador. Mexendo nos monitores que levavam até ele, constantemente, as imagens de todos os equipamentos de monitoração dos grebulons, todos focados no planeta Terra.

Estava angustiado. A missão deles era monitorar. Mas monitorar em segredo. Estava um pouco de saco cheio da sua missão, para falar a verdade. Tinha quase certeza de que a sua missão era mais do que ficar sentado vendo televisão para o resto da vida. Eles tinham muitos outros equipamentos que deviam servir para alguma coisa se não tivessem acidentalmente perdido qualquer noção sobre para que serviam. Precisava encontrar um sentido para a vida, por isso voltara-se para a astrologia, na esperança de preencher o abismo escancarado que existia entre a sua mente e a sua alma. Aquilo haveria de lhe dizer alguma coisa, com certeza.

Bom, estava lhe dizendo alguma coisa.

Estava lhe dizendo, até onde conseguia interpretar, que ele ia ter um péssimo mês, que as coisas iriam de mal a pior se não tomasse as rédeas da situação e começasse a tomar atitudes positivas e chegasse às conclusões por conta própria.

Era verdade. Estava bem claro em seu mapa astral, que havia preparado usando um livro de astrologia e o programa de computador que a simpática Tricia McMillan desenvolveu para que ele retriangulasse todos os dados astronômicos adequados. A astrologia da Terra tinha de ser inteiramente recalculada para produzir resultados significativos para os grebulons no décimo planeta, nos confins enregelados do sistema solar.

Os novos cálculos mostravam de maneira absolutamente inegável que ele estava prestes a ter um mês definitivamente ruim, começando naquele dia. Porque naquele dia a Terra começava a ascender em Capricórnio, algo que, para o líder grebulon, que mostrava todos os sinais de ser um típico taurino, era realmente ruim.

De acordo com seu horóscopo, aquela era a hora de tomar ações concretas, de fazer escolhas difíceis, de ver o que precisava ser feito e seguir em frente. Aquilo tudo era muito angustiante para ele, mas ninguém nunca disse que tomar decisões difíceis não era difícil. O computador já estava rastreando e prevendo a posição da Terra a cada segundo. Ele ordenou que as grandes torres de tiro cinzentas se posicionassem.

Como todos os equipamentos de vigilância estavam focados no planeta Terra, deixaram de notar que havia agora uma segunda fonte de dados no sistema solar.

Suas chances de detectar por acaso essa nova fonte de dados – uma gigantesca nave de construção amarela – eram praticamente nulas. Estava tão distante do sol quanto Rupert, mas estava diametralmente oposta, quase escondida pelo sol.

Quase.

A gigantesca nave de construção amarela queria monitorar os acontecimentos no décimo planeta, sem que ela mesma fosse detectada. Estava indo muito bem.

Essa nave era diametralmente oposta à dos grebulons em vários sentidos.

O seu líder, o seu capitão, tinha uma ideia muito bem formada sobre seu objetivo. Ela era bastante simples e banal, e ele a seguia de sua forma mais simples e banal havia algum tempo.

Qualquer pessoa que conhecesse o seu objetivo poderia até mesmo considerá-lo sem sentido e desagradável, pois não era o tipo de objetivo que enriquecia uma vida, que a deixava mais colorida, que fazia os passarinhos cantarem e as flores desabrocharem. Para falar a verdade, acontecia o oposto. Exatamente o oposto.

No entanto, preocupar-se com aquilo não era o seu trabalho. Fazer o seu trabalho era o seu trabalho, que consistia em fazer o seu trabalho. Se aquilo produzia certa estreiteza mental e uma circularidade de pensamentos, tampouco era o seu trabalho se preocupar com aquele tipo de coisa. Qualquer coisa no gênero que chegasse até ele era transferida para outros, que, por sua vez, tinham mais gente para quem transferir coisas assim.

A muitos anos-luz dali – ou de qualquer outro lugar, para falar a verdade – ficava o soturno e há muito abandonado planeta Vogsfera. Em algum lugar, em um enevoado e fétido lamaçal desse planeta, existe, cercado pelas carapaças imundas, partidas e vazias dos últimos e fugidios caranguejos cobertos de joias cintilantes, um pequeno monumento de pedra que marca o lugar onde, segundo se diz, surgiu a espécie *Vogon vogonblurtus*. No monumento, uma flecha entalhada aponta para dentro do nevoeiro e, abaixo dela, estão escritas, em letras simples, as palavras: "Daqui para a frente é por sua conta e risco."

Imerso nas entranhas da sua repugnante nave amarela, o capitão vogon resmungava enquanto apanhava um pedaço de papel desbotado e dobrado nas pontas que estava na sua frente. Uma ordem de demolição.

Se fôssemos esmiuçar exatamente onde o trabalho do capitão, que era fazer o seu trabalho, começava, tudo se resumia àquele pedaço de papel que lhe fora expedido pelo seu superior imediato muito tempo atrás. Havia uma instrução no pedaço de papel e o seu objetivo era cumprir aquela instrução e marcar com um pequeno tique o quadrado correspondente quando a tivesse cumprido.

Já cumprira a instrução uma vez, mas uma infinidade de circunstâncias desagradáveis haviam impedido que ele ticasse o quadradinho.

Uma das circunstâncias desagradáveis era a natureza plural daquele setor da Galáxia, onde o possível continuamente interferia com o provável. Uma demolição pura e simples era como empurrar para baixo uma bolha de ar em um pedaço de papel de parede mal colocado. Tudo o que era demolido surgia novamente. Aquilo acabaria em breve.

A outra circunstância desagradável era um pequeno grupo de pessoas que viviam se recusando a estar onde deveriam estar quando deveriam estar. Outra coisa que acabaria em breve.

A terceira circunstância era uma invençãozinha irritante e anárquica chamada *O Guia do Mochileiro das Galáxias*. Aquilo já estava sendo devidamente resolvido e, na verdade, por meio do poder fenomenal da engenharia reversa temporal, ele era justamente a agência encarregada de acabar com todo o resto. O capitão fora apenas assistir ao ato final daquele drama. Mas ele próprio não precisava levantar um dedo.

– Mostre para mim – pediu ele.

A silhueta em formato de pássaro abriu as asas e flutuou no ar. A ponte de comando foi engolida pela escuridão. Luzes tênues bailaram brevemente nos olhos negros do pássaro, enquanto nas profundezas do seu espaço de endereçamento instrucional um parêntese após o outro se fechava, suas cláusulas condicionais finalmente se resolvendo, loops de repetição terminavam e funções recursivas se chamavam pelas últimas vezes.

Uma visão magnífica surgiu na escuridão, azul-marinho e verde, um tubo flutuando no ar, com o formato de uma tira de salsichas entrecortadas.

Com um som flatulento de satisfação, o capitão vogon acomodou-se para ver o espetáculo.

Capítulo 25

— A qui, número 42 – berrou Ford Prefect para o motorista de táxi. – É aqui!

O táxi freou bruscamente e Ford e Arthur desceram apressados. Haviam parado em vários caixas automáticos pelo caminho. Ford jogou um punhado de notas em cima do motorista pela janela.

A entrada do clube era escura, elegante e sóbria. O seu nome estava escrito em uma placa minúscula. Os sócios sabiam o endereço e os não sócios não precisavam saber.

Ford Prefect não era sócio do Stavro's, apesar de ter ido uma vez ao seu outro clube em Nova York. Tinha um método bem simples para lidar com lugares dos quais não era sócio. Simplesmente adentrava o local assim que a porta se abria, apontava para Arthur e dizia: "Tudo bem, ele está comigo."

Desceu as escadas escuras e polidas aos saltos, sentindo-se o máximo com seus sapatos novos. Eram de camurça azul e Ford estava satisfeito porque, apesar de tudo o que estava acontecendo, tivera olhos de lince para notá-los na vitrine da loja, do banco de trás de um táxi em alta velocidade.

– Eu não te disse para não vir aqui?

– O quê? – perguntou Ford.

Um homem magro, com aparência de doente, usando trajes largos e italianos e acendendo um cigarro, cruzou com eles subindo a escada e parou, bruscamente.

– Você não – respondeu o sujeito. – Ele.

Olhou para Arthur, depois ficou um pouco confuso.

– Desculpe – disse, então. – Acho que o confundi com outra pessoa. – Começou a subir as escadas novamente, mas mal deu outro passo. Virou-se para trás, ainda mais intrigado. Olhou fixamente para Arthur.

– O que foi agora? – perguntou Ford.

– O que você disse?

– Eu disse "o que foi agora?" – repetiu Ford, irritado.

– É, acho que sim – disse o homem, cambaleando e deixando cair a caixa de fósforos que carregava. Moveu os lábios vagarosamente e passou a mão pela testa.

– Desculpe – repetiu ele. – Estou tentando desesperadamente me lembrar qual foi a droga que eu tomei, mas deve ter sido uma daquelas que embaralham a memória. – Balançou a cabeça, virou-se novamente e subiu para o banheiro masculino.

– Vamos – disse Ford. Desceu as escadas correndo, com Arthur nervosamente na sua cola. Aquele encontro havia mexido muito com ele, mas não sabia dizer o motivo.

Não gostava de lugares como aquele. Apesar de todos os sonhos de voltar para a Terra e para casa durante tantos anos, agora sentia uma saudade louca da sua cabana em Lamuella, das suas facas e dos seus sanduíches. Sentia saudades até mesmo do Velho Thrashbarg.

– Arthur!

Era um efeito impressionante. Alguém acaba de gritar o seu nome em estéreo.

Virou-se para trás. No alto da escada, indo em sua direção, estava Trillian, usando a sua lindamente amarrotada Rymplom TM. Parecia subitamente chocada.

Arthur virou-se para trás para ver o que a estava deixando chocada.

No alto da escada estava Trillian, usando... Não, essa é Tricia. A Tricia que Arthur tinha acabado de ver, histérica e confusa, na televisão. E atrás dela estava Random, parecendo estar mais desvairada do que nunca. Mais atrás, nos fundos do clube parcamente iluminado e chique, os outros clientes compunham um quadro estático, contemplando, tensos, o confronto na escadaria.

Por alguns segundos, todos permaneceram parados, imóveis. Apenas a música que vinha de trás do bar não sabia como parar.

– Essa arma na mão dela – disse Ford em voz baixa, fazendo um gesto contido na direção de Random – é uma Wabanatta 3. Estava na nave que ela roubou de mim. É bastante perigosa, para falar a verdade. Não se mexa por enquanto. Vamos ficar calmos e descobrir o que está chateando a menina.

– Onde é que eu me *encaixo?* – gritou Random, de repente. A mão que segurava a arma tremia loucamente. A mão livre vasculhou o bolso e apanhou o que sobrara do relógio de Arthur. Sacudiu-o na frente deles.

– Achei que me encaixasse aqui – gritou Random – no mundo em que fui feita! Mas acontece que nem a minha *mãe* sabe quem eu sou! – Ela jogou o relógio longe, violentamente, e ele se despedaçou contra os copos atrás do bar, as peças voando para todos os lados.

Todos ficaram quietos por mais alguns momentos.

– Random – disse Trillian, calmamente, do alto da escada.

– *Cale a boca!* – berrou Random. – Você me abandonou!

– Random, é importante que você preste atenção no que eu vou dizer e entenda – insistiu Trillian, calma. – Não temos muito tempo. Temos que partir. Temos todos que ir embora.

– Do que você está falando? Estamos sempre *partindo!* – Agora estava segurando a arma com as duas mãos e ambas tremiam. Não estava apontando para ninguém específico. Estava apontando para o mundo em geral.

— Escuta — tentou Trillian novamente. — Eu te deixei porque fui cobrir uma guerra para a emissora. Era extremamente perigoso. Pelo menos eu pensei que fosse ser. Eu cheguei lá e a guerra havia subitamente deixado de acontecer. Houve uma anomalia temporal e... escuta! Por favor, escuta! Uma nave de guerra responsável pelo reconhecimento não apareceu, o resto da frota se dispersou em uma bagunça patética. Acontece o tempo todo agora.

— Não me interessa! Não quero saber do seu maldito *trabalho!* — berrou Random. — Eu quero um lar! Quero pertencer a algum lugar!

— Este não é o seu lar — disse Trillian, ainda mantendo a sua voz calma. — Você não tem lar. Nenhum de nós tem. Praticamente ninguém mais tem. A nave desaparecida de que eu estava falando, as pessoas dessa nave não têm um lar. Não sabem de onde vieram. Nem sequer lembram quem são ou o quê devem fazer. Estão completamente perdidas, confusas, assustadas. Estão aqui neste sistema solar e estão prestes a fazer algo muito... equivocado, porque estão perdidas e confusas. Temos... que... partir... agora. Não sei dizer para onde. Talvez não haja lugar nenhum. Mas não podemos ficar aqui. Por favor. Só mais uma vez. Podemos ir?

Random estava tremendo, em pânico e confusa.

— Está tudo bem — disse Arthur, delicadamente. — Se eu estou aqui, estamos seguros. Não me peçam para explicar agora, mas eu estou seguro, então vocês também estão. Está bem?

— Como assim? — perguntou Trillian.

— Vamos relaxar, pessoal — disse Arthur. Estava muito tranquilo. A sua vida era encantada e nada daquilo parecia real.

Devagarzinho, aos poucos, Random começou a relaxar e abaixou a arma, lentamente.

Duas coisas aconteceram ao mesmo tempo.

A porta do banheiro masculino no alto das escadas se abriu e o homem que abordara Arthur saiu de lá, fungando.

Assustada com aquele movimento brusco, Random levantou a arma novamente justo na hora em que um homem, parado atrás dela, tentou apanhá-la.

Arthur se jogou na frente. Houve uma explosão ensurdecedora. Caiu de mau jeito quando Trillian arremessou-se sobre ele. O barulho cessou. Arthur suspendeu a cabeça a tempo de ver o homem parado no alto da escada olhando para ele absolutamente estupefato.

— Você... — disse ele. Então, lentamente, terrivelmente, ele tombou.

Random largou a arma e caiu no chão de joelhos, chorando. — Sinto muito! — disse ela. — Sinto muito! Sinto tanto...

Tricia foi até ela. Trillian foi até ela.

Arthur estava sentado na escada, com a cabeça entre as mãos e não fazia a

menor ideia do que fazer. Ford estava sentado atrás dele. Apanhou uma coisa do chão, olhou com interesse e passou para Arthur.
– Isto aqui significa alguma coisa para você? – perguntou ele.
Arthur apanhou. Era a caixinha de fósforos que o morto deixara cair. O nome do clube estava escrito nela. E o nome do proprietário também. Estava escrito assim:

STAVRO MUELLER

BETA

Contemplou a caixa de fósforos por algum tempo, enquanto as coisas começavam a se encaixar na sua cabeça. Não sabia o que deveria fazer, mas isso não tinha mais importância. À sua volta, as pessoas estavam começando a correr e a gritar, mas de repente percebeu que não havia mais nada a ser feito, nem agora nem nunca. Perante aquela novidade de sons e luzes, ele só conseguia distinguir a silhueta de Ford Prefect jogando a cabeça para trás e rindo loucamente.

Uma incrível sensação de paz o inundou. Sabia que, enfim, pela primeira e última vez, tudo estava definitivamente acabado.

NA ESCURIDÃO DA PONTE DE COMANDO, no coração da nave vogon, Prostetnic Vogon Jeltz estava sentado, sozinho. Luzes piscavam nas telas de monitoramento externo que cobriam uma parede inteira. Acima dele, no ar, as descontinuidades em formato de salsicha azul e verde haviam sumido. Opções caíam por terra, possibilidades se dobravam umas dentro das outras e todo o resto finalmente deixou de existir.

Uma escuridão incrivelmente profunda caiu sobre a nave. O capitão vogon permaneceu sentado, imerso no breu, por alguns segundos.
– Luz – disse ele.
Não teve nenhuma resposta. O pássaro também deixara de existir.
O vogon acendeu a luz por conta própria. Apanhou o pedaço de papel novamente e deu um pequeno tique no quadradinho.
Bom, missão cumprida. A sua nave desapareceu furtivamente no vazio negro.

APESAR DE TER TOMADO o que ele considerava uma atitude extremamente positiva, o líder grebulon acabou tendo um péssimo mês de qualquer jeito. Foi basicamente igual aos meses anteriores, exceto que agora não havia mais nada na televisão. Para substituí-la, colocou uma musiquinha suave de fundo.

FIM

CONHEÇA OS LIVROS DE DOUGLAS ADAMS

O Guia do Mochileiro das Galáxias

O Restaurante no Fim do Universo

A Vida, o Universo e Tudo Mais

Até Mais, e Obrigado pelos Peixes!

Praticamente Inofensiva

O Salmão da Dúvida

Agência de Investigações Holísticas Dirk Gently

A Longa e Sombria Hora do Chá da Alma

Para saber mais sobre os títulos e autores da Editora Arqueiro,
visite o nosso site e siga as nossas redes sociais.
Além de informações sobre os próximos lançamentos,
você terá acesso a conteúdos exclusivos
e poderá participar de promoções e sorteios.

editoraarqueiro.com.br